读客三个圈经典文库

经典就读三个圈　导读解读样样全

玻璃球游戏

[德]赫尔曼·黑塞 著
(1877—1962)
文泽尔 译

读客三个圈经典文库

经典就读三个圈　导读解读样样全

图书在版编目（CIP）数据

玻璃球游戏 /（德）赫尔曼·黑塞著；文泽尔译
. —南京：江苏凤凰文艺出版社，2023.9
 （读客三个圈经典文库）
 ISBN 978-7-5594-7787-3

Ⅰ.①玻… Ⅱ.①赫…②文… Ⅲ.①长篇小说-德国-现代 Ⅳ.① I516.45

中国国家版本馆 CIP 数据核字 (2023) 第 098220 号

玻璃球游戏

[德] 赫尔曼·黑塞 著　　文泽尔 译

责任编辑	丁小卉
特约编辑	黄婧　张宇
封面设计	胡艺
责任印制	刘巍
出版发行	江苏凤凰文艺出版社
	南京市中央路 165 号，邮编：210009
网　　址	http://www.jswenyi.com
印　　刷	嘉业印刷（天津）有限公司
开　　本	880 毫米 ×1230 毫米 1/32
印　　张	24
字　　数	630 千字
版　　次	2023 年 9 月第 1 版
印　　次	2023 年 9 月第 1 次印刷
标准书号	ISBN 978-7-5594-7787-3
定　　价	99.90 元

江苏凤凰文艺版图书凡印刷、装订错误，可向出版社调换，联系电话：010-87681002。

Das Glasperlenspiel

HERMANN HESSE

花园里的时光(节选)[1]

黑塞

不经意间,我已深陷其中
颤抖不停,
陷入固定、单调的节拍里。
自那节拍之中,永不疲累的记忆
进一步创造出一段音乐,
于是我跟随音乐哼唱,
尽管仍不知其名亦不知其创作者。
然后,我突然知道:是莫扎特,
这是一部用上了双簧管的四重奏作品……

---

1 引用片段选自黑塞1935年所作的田园诗《花园里的时光》,这首诗提到了黑塞正在创作的《玻璃球游戏》。本部分选用画作均为黑塞亲自绘制。——编者注

现在，在我内心深处，
开始了一场思维游戏，
这游戏我已熟谙多年，
其名为"玻璃球游戏"——
一项美妙的发明，
其框架乃音乐，其基础为冥想。
约瑟夫·科讷希特是引我入门的大师，
他助我领略这瑰丽的想象力。
每逢喜乐时，
游戏于我，是嬉戏与至福；
每当遭遇悲恸与动荡时，
游戏于我，是安慰及反思。

此地,在窑火旁,在土筛边,
我经常玩玻璃球游戏,
哪怕玩得远不如科讷希特精妙。
泥土堆成锥形,土粉从筛子里流下,
在此期间,只要有必要,
右手就会机械般地动作起来
照管我一直冒着烟的炭窑,
或者用泥土重新堆满筛子,
从马厩里望出去,大大的向日葵花
纷纷注视着我,
藤蔓枝条后边,正午的蔚蓝在远处弥漫。

我听着音乐,看见过去及未来的人们,
看见智者与诗人,科学家和艺术家,
大家勠力同心共建精神世界的百门大教堂
——具体情况如何
还是留待以后再来细叙吧,
毕竟这天尚未到来。
不过,无论这天是早来还是晚到,
哪怕永不来临,
每当我需要安慰时,
依旧会开始约瑟夫·科讷希特那
亲切宜人、蕴意深远的游戏,
那些古老的东方旅行者们,
从时代和年份数字中逃离,
遁入幻境,
他们和谐的唱诵亦道出了我的心声。

(文泽尔 译)

致献东方旅行者

目　录

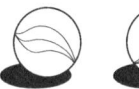

第一部分　　玻璃球游戏　　　　　　　　　　　　　　001

第二部分　　玻璃球游戏大师约瑟夫·科讷希特之生平　　047

　第一节　感　召　　　　　　　　　　　　　　　　　049

　第二节　瓦尔德策尔　　　　　　　　　　　　　　　097

　第三节　科研岁月　　　　　　　　　　　　　　　　126

　第四节　两个团体　　　　　　　　　　　　　　　　173

　第五节　使　命　　　　　　　　　　　　　　　　　219

　第六节　"卢迪大师"　　　　　　　　　　　　　　258

　第七节　在　职　　　　　　　　　　　　　　　　　296

　第八节　双极点　　　　　　　　　　　　　　　　　339

　第九节　一次对话　　　　　　　　　　　　　　　　375

　第十节　多方准备　　　　　　　　　　　　　　　　429

　第十一节　公开信　　　　　　　　　　　　　　　　467

　第十二节　传　奇　　　　　　　　　　　　　　　　507

第三部分　约瑟夫·科讷希特遗留下来的手稿　　587

学生及自由研究时期诗歌　　589
  悲　诉　　589
  通　融　　590
  字　母　　591
  读先哲所思　　593
  最后的玻璃球游戏玩家　　594
  致巴赫的一首托卡塔　　595
  一个梦　　596
  侍　奉　　600
  肥皂泡　　601
  《反异教大全》读后　　602
  阶　梯　　604
  玻璃球游戏　　606

三篇传记　　607
  祈雨法师　　607
  告解神父　　653
  印度传记　　684

三个圈独家文学手册　　723

  导　读　生命的悖论与游戏的衰落　　725
  书　信　致儿子马丁　　746
  黑塞生平大事年表　　748

第一部分

玻璃球游戏

尝试以一种普遍可理解之方式介绍玻璃球游戏的历史。

... non entia enim licet quodammodo levibusque hominibus facilius atque incuriosius verbis reddere quam entia, verumtamen pio diligentique rerum scriptori plane aliter res se habet: nihil tantum repugnat ne verbis illustretur, at nihil adeo necesse est ante hominum oculos proponere ut certas quasdam res, quas esse neque demonstrari neque probari potest, quae contra eo ipso, quod pii diligentesque viri illas quasi ut entia tractant, enti nascendique facultati paululum appropinquant.

Albertus Secundus

tract. de cristall. spirit.

ed. Clangor et Collof. lib. I. cap. 28[1]

约瑟夫·科讷希特的亲笔翻译如下：

……对于肤浅之人而言，通常情况下，不存在的事物兴许比存在的事物更容易进行口头描绘，可以更不负责任地诉诸语言；但

---

[1] 这部分内容为拉丁语。德语原文只翻译了拉丁语的正文部分，作者名Albertus Secundus及最后一行引用出处没有翻译，本书保留德语原文格式。——译者注（若无特别说明，本书注释均为译者注）

是，对于虔诚且富有责任心的历史编纂者[1]而言，情况却刚好相反，不过话说回来，也没有什么比某些既不能证明其过去已存在，也无法断定其未来将存在的事物更需要用语言来向人们传达其存在的可能性了。恰恰由于这些虔诚且富有责任心的人将其视为存在于当下的事物，才使它们离已存在、将存在的可能性更近了一步。

---

[1] 值得注意的是，此处原文为"历史编纂者"（Geschichtsschreiber）而非后文中多次出现的"历史学家"（Historiker）。这里体现了此段拉丁文及科讷希特德语翻译的严谨之处。

我们的目标，乃是通过本书，将所能搜集到的少量关于约瑟夫·科讷希特，即在玻璃球游戏档案中被称作"卢迪大师"约瑟夫三世之人的传记资料，通过文字的形式记录并保存下来。在此过程中，我们未曾忽视这样一项事实：上述尝试在某种程度上而言，是与灵性生活的普遍规律和传统习俗相抵触的，或者至少看起来如此。毕竟，彻底去除个性，将个体最完美地融入由教育体系与学术象牙塔所构成的团体当中，是我们灵性生活的最重要原则之一。在漫长的传统延续道路上，该原则始终都能得到广泛遵循，这也导致我们如今再想找到曾经为团体做出过杰出贡献的个体的传记资料、窥探他们每个人当年的心路历程，已经变得异常困难，对于其中大多数个体而言，已是完全不可能办到的事情了；绝大多数情况下，甚至连这些个体的真实姓名都无从确定。要知道，我们所过的灵性生活，其重要特征之一，就是对应的团体组织具有隐姓埋名的理想，而且这一理想几乎总是能够得以实现。

尽管如此，我们仍然坚持上述编纂尝试，想方设法地去确证"卢迪大师"约瑟夫三世人生中的种种经历，并借此大致勾勒出他作为个体的独特形象。之所以如此坚持，绝非如我们刚开始认为的那样，是出于对其人格的崇拜、出于对传统礼制的不服从；恰恰相反，我们不过是服膺于真理与科学罢了。这套观念古已有之：我们越是尖锐，越是毫无保留地投身到某个议题当中，该议题的对立面就越是洞若观火。隐姓埋名是我们所属的这一体系、我们所过灵性生活的基础，之所以如此坚持，恰恰是出于我们对此基础的赞同与崇尚。不过话说回来，只消看一眼这种灵性生活的早期发展史，也即玻璃球游戏的发展历程，一切即已无可辩驳地向我们表明，每一个发展阶段、每一次开疆拓土、每一项细节变更、每一步关键进程——无论指向进步还是指向保守——都不可避免地留下了其独一无二真正发起者的个性特征。作为引入变化之人，作为对整套体系施加转变、予以完善的工具，个体最清晰的面容，亦随之显露了出来。

然而，我们如今所理解的个性特征，与早期传记作者和历史学家们的理解有着很大区别。对于他们而言，尤其是对于过去那些具有明显传记写作倾向的作家而言，所谓的个性特征，其本质似乎永远都是离经叛道、特立独行、独一无二的，甚至常常是病态的；我们当下对个性特征的理解则截然不同，那些已经懂得如何去超越一切独创性与特殊性的个体，成功地将自身尽可能完美地置于普通人之中的个体，尽可能完美地服务于普罗大众的个体，唯有当我们遇见他们时，才会看重其个性特征。一旦更加仔细地加以观察，我们就会发现，上述理想化的衡量标准，其实早在古代就已经为人们所熟知。比方说，古代中国人口耳相传的所谓"智者"或"完人"的形象，又或是苏格拉底美德论中的典范人物[1]，其标准与我们如今的理想比较起来，几乎不存在任何区别；不少体量庞大、专注于灵性生活的组织，比如罗马天主教会，在其力量最强大的时代，也曾奉行过类似原则。罗马天主教会历史上的一些伟大人物，例如圣托马斯·阿奎纳[2]，在我们看来，简直跟早期的希腊雕塑一样[3]，与之相关的史料，对外展现得更多的，是他作为某一类代表人物的典型特征，而非作为人类个体的特殊性。不管怎么说，二十世纪开始的灵性生活改革——我们都是其继承人——早在这场改革之前的年代，上述真正的古老理想，显然就已消失殆尽了。因此，当我们在创作于那个年代的传记

---

1 苏格拉底美德论中奉行"自制是一切美德的基础"，该观点与前述当下"对个性特征的理解"在理念上是相似的。
2 托马斯·阿奎纳（1225—1274），中世纪经院哲学代表人物，自然神学的最早提倡者，代表作为《神学大全》。
3 早期希腊人物雕塑沿袭古埃及，身份重于写实，个人特征较为模糊。

里，发现诸如"英雄有多少个兄弟姐妹"这样的琐事都得到了详细记载，发现英雄在童年和青春期、在为了获得众人认可而进行的斗争中、在对爱情所开展的孜孜追求中，精神上留下了怎样的伤痕和疮疤时，难免会颇为惊讶。我们如今对一位英雄的病理学档案、家族史、情欲本能、消化和睡眠情况根本就不感兴趣，甚至对他所具有的知识背景、他在受教育阶段最喜爱的学科、他最中意的书籍等也不怎么感兴趣。在我们看来，唯有这样一类人物才称得上英雄，才值得我们给予特殊关注：这类人物的天性，以及他们所受的教育，能够使他们几乎彻底融入团体的对应职能当中；与此同时，人类个体独立性所具有的芬芳与价值，也不至于因此而失去，不至于失去其中蕴藏着的强大无比、振奋人心、令人钦佩的驱动力。因此，一旦某个人类个体与团体制度之间发生了冲突，我们往往也会将这类冲突视为考察其个性是否足够强韧的试金石。我们并不认同那些受到欲望和激情驱使、敢于打破秩序的叛逆者，相比之下，我们只会去尊敬那些全心全意的奉献者，将其视作真正的悲情英雄。

一旦真的在某处找到了英雄人物，在面对这些货真价实的人类楷模时，我们对他们的性格特征、名字、模样和行为举止，就会马上产生浓厚的兴趣——这种现象在我们看来没有任何问题，合情合理，非常自然。因为通过这样一类人物，我们得以成功认识到，即使在体系构筑得最为完美的团体内部，在那些发展上一帆风顺的组织里，我们所面对的也并非一台机器，并非由早已死去、对一切都无所谓的大大小小零部件所构成的机器，而是一具活生生的躯体，由各个不同部分组成，由各种各样的器官来驱动，每一个部分、每一样器官都具有各自不同的特性，行动上固然完全自由，共同的参与亦创造出了生命的奇迹。以这样一层意义为出发点，我们开始努力搜集与玻璃球游戏大师约瑟夫·科讷希特生平相关的各种材料，尤其是他亲笔所写的一切文字资料，经过一番努力，的确找到了不少值得阅读的真迹手稿。

我们要讲的是科讷希特的为人和生平，对于团体成员们而言，尤其是对于玻璃球游戏玩家们而言，这些内容肯定早就一清二楚，至少也有大致的了解。单就这一层面来讲，本书所针对的阅读对象，就不会只局限在团体范围内，也打算找到身处这个圈子之外且能较好理解书中内容的读者们。

在这个范围窄小的圈子内部，本书当然既不需要介绍，也不需要添加任何注解。尽管如此，我们还是希望这位英雄人物的生平和壮举，能够有团体以外的读者，能够让更多人读到，因此，我们眼下必须完成一项稍微有点儿困难的任务，必须在本书开篇部分，为普通读者提供一段简短、通俗的介绍，简述玻璃球游戏的存在意义及其历史。必须再次强调，这部分内容是完全大众化的，仅以通俗易懂为目的，并不打算澄清团体内部争论已久的、关于游戏本身及其相关历史的诸多问题，事实上也完全没这种必要。毕竟眼下还远远未到能够客观讨论这类问题的时候。

有鉴于此，大家实在不必抱有过高期待，认为我们能够在这里给出玻璃球游戏的完整历史及相应理论知识；实话实说，就算是那些比我们德高望重、写作技巧比我们娴熟得多的作家，今时今日也不可能做到这些。这项任务必须留待未来，等待真正能够完成此事的人来完成——前提是，在那之前，相关文献资料没有丢失，且人类的思想并未因为某些原因显著降低。此外，大家更不应将本书视作玻璃球游戏教科书，像这样的一类书籍，是绝对不可能写得出来的。须知，除了通常意义上的、早已规划妥当的学习路径之外，人类不可能通过其他任何方式学会玻璃球游戏的游玩规则，学习这一游戏需要多年时间，没有任何捷径可走。而且，对于那些已经学会的人而言，没有谁会对"让这些规则变得更容易学习"这件事感兴趣。

上述规则，即游戏的符号语言和语法，本质上是一门高度发达的隐语，由若干科学类目与艺术类目彼此巧妙交融、统合后构成，其中占到最大份额的，乃是数学与音乐（或谓之曰音乐科学），这门语言能够表述出几乎所有学科的内容和结论，并将它们相互联系起来。故此，玻璃球游戏是统合了我们文化中所有内容与价值的游戏，它的游玩对象恰是它们全体，诚如某位画家在自己艺术创作全盛期的游玩对象，是他调色盘上的全部颜色一样。人类在其创造力的鼎盛年代催生出的各种知识、各种崇高思想、各种艺术作品，及其所衍生出来的一切，以及创造期结束之后，紧随而来的学习、沉思、反思年代引入的一切概念、理念与研究成果，这一切经过吸收、提炼、改造得来的一切精神财富，构筑成了一整块无比巨大、充满灵性价值的材料，这就是玻璃球游戏玩家的游玩对象。就好比管风琴需要由风琴师来负责演奏一样，玻璃球游戏玩家所演奏的这台管风琴，其完美程度几乎无法用常理来形容，它的键盘和踏板可以俯瞰整个灵性宇宙，它的音栓[1]几乎不计其数，理论上讲，整个灵性宇宙囊括的所有内容，皆可由这台乐器复现。这些键盘、踏板和音栓的设置，眼下已完全固定，再想改变其数量和排序，试图进一步完善它们，恐怕只存在理论上的可能。通过加入新的内容来丰富游戏的语言，必须受到游戏最高管理部门的最严格限制，这一规定的存在是可以想象的。另一方面，在这固定不变的庞杂结构内部——不妨继续拿我们一直在使用的管风琴进行类比——在这台巨大管风琴的复杂机械内部，每位玩家都被赋予了排列、组合整个灵性宇宙全部可能性的权限，在一千次严格执行的游戏当中，哪怕想要找出两次不仅仅在表面上相似的游戏，都几乎是不可能办到的。即使碰巧有两位玩家将完全相同的一小部分主题区域作为他们的游玩对象，这两次游戏的呈现与流程也必然大相径庭，其中决定性的差异，取决于玩家的思维方式、性格、情绪与技巧。

　　历史学家想将玻璃球游戏的滥觞追溯至多远，想将其诞生之前的历史梳理至多久，完全由他本人的想法来决定。诚如所有伟大思想一样，其无所谓开始，亦永不会结束。我们发现，玻璃球游戏作为一种思想源流，作为一种期许与愿景，在世界许多地方的古早年代都能寻得端倪，比方说，在毕达哥拉斯[2]的思想中，接下来，在古代文明的晚期[3]、信奉古希腊—诺斯

1　管风琴上用于变换音色的拉栓或按钮，数量通常在几十到上百个。
2　毕达哥拉斯（约前580—约前500），古希腊数学家、哲学家。
3　此处指古希腊、古罗马文明的晚期，从古希腊于公元前146年并入罗马帝国算起，至公元476年西罗马帝国灭亡，古典时代结束，欧洲正式进入黑暗时代。

替主义[1]的圈子里，在古代中国也能找到，随后又在阿拉伯—摩尔人[2]文化生活的几个高峰期出现。玻璃球游戏诞生之前的历史不断向前延展，途经经院哲学[3]和人文主义[4]，导向十七和十八世纪的数学家学院[5]，直至浪漫主义哲学[6]，以及诺瓦利斯[7]那些形如魔法幻梦般的如尼符文[8]。每一次朝着"知识的总和"[9]这一理想目标前进的灵性律动，每一座柏拉图式的学院，每一场知识精英的聚会，每一次让应用科学与理论科学之间达成和解的尝试，每一次在科学与艺术抑或科学与宗教之间达成和解的尝试，上述一切都基于同一个永恒理念，玻璃球游戏为我们所形成的，也正是这一永恒理念的具象。古往今来，诸如阿贝拉尔[10]、莱布尼茨[11]、黑格尔[12]这样的大哲，早已对玻璃球游戏所对应的梦想洞若观火，这是毫无疑问的——他们试图将灵性宇宙收拢在高

---

1 希腊哲学晚期的一种思想，起源于一世纪，衰落于五世纪前后。"诺斯替"在希腊语中意为"知识"，该思想为哲学与宗教的混合体系，与毕达哥拉斯学派有一定渊源，信仰一套极为复杂的宇宙生成论，相关文献在中古世纪之后的欧洲几乎完全消失。
2 历史上，摩尔人主要指盘踞在伊比利亚半岛的伊斯兰征服者，其历史自公元711年北渡直布罗陀海峡后登陆半岛算起，直至1492年格拉纳达的摩尔人诚服西班牙王国为止。文中所指的"文化高峰期"主要指格拉纳达的摩尔人王国所取得的文化成就。
3 天主教教会用来在其所设经院中教授的理论，故名经院哲学。根据文中时代的线性发展，此处所指的是十四世纪形而上学被引入神学后的经院哲学。
4 欧洲文艺复兴时期的主要思潮，以人（尤其是个人的兴趣）、价值观和尊严作为一切的出发点。
5 此处指十七世纪在法国巴黎由数学家梅森举办的数学沙龙，参加者有当时著名的数学家帕斯卡尔、费尔马等，该沙龙后来演变为法国科学院，亦被称为"数学家学院"。
6 唯心主义哲学中的一类，代表人物为黑格尔、卢梭、谢林，对应年代为十八、十九世纪。
7 诺瓦利斯（1772—1801），德国浪漫主义诗人，代表作有《夜颂》《圣歌》等。
8 此处暗喻诺瓦利斯作品的象征主义和神秘主义精神。
9 原文为拉丁语"Universitas Litterarum"，语出自洪堡对现代大学的定义，他认为现代大学应是"知识的总和"，教学和研究同时在大学内进行。值得注意的是，洪堡的年代同样在十八、十九世纪，此处时代上仍然保持了线性。
10 阿贝拉尔（1079—1142），历史上第一位运用辩证法处理神学问题的学者。
11 莱布尼茨（1646—1716），德国哲学家、数学家，数学史上最伟大的符号学者之一，德国古典辩证法先驱，也是黑格尔唯心主义辩证法的思想源泉之一，被誉为"符号大师""十七世纪的亚里士多德"。
12 黑格尔（1770—1831），哲学家，德国古典哲学代表人物。

度凝聚的某个系统之中,将文化和艺术所拥有的生动美感,与崇尚严谨、精确的科学所催生出来的神奇力量结合起来。在那个时期,音乐和数学的发展几乎同时登峰造极,成就了无数经典,两门学科之间的相互交流与融合进行得十分频繁。向前回溯两个世纪,在库萨的尼古拉[1]的著作中,我们发现了拥有同样意境的句子:"灵性,化自身为潜能,即以潜能之形貌衡量万物;首先,此形貌独具绝对之必然性,唯以此为前提,方可凭借之纯至简之法则,筹算万物于股掌之上,诚如神之所为;其次,此形貌亦令自身独具联结之必然性,唯以此为前提,方可凭借其显形之无两,筹算万物于股掌之上;最后,此形貌亦反作用于潜能自身,令其固化成型,唯以此为前提,方可凭借其存在本身,筹算万物于股掌之上。须知灵性亦具象形,故此,亦可借由类比之法衡量万物,兹用无穷数字、几何图形,正与之相仿,筹算万物于股掌之上。"顺带一提,尽管可以很明确地看出,库萨的尼古拉的这段思考,所指的几乎就是我们的玻璃球游戏,或者换种说法,我们的玻璃球游戏与此处的思考游戏是相呼应的,且很可能发端于类似这段思考游戏的哲思方向,但玻璃球游戏与库萨的尼古拉的关联却远不止于此;实际上,从他的著作中,可以找到好几处,甚至许多处类似的思考。库萨的尼古拉对数学的喜爱和他所拥有的将欧几里得几何学[2]的图示及公理,作为带有说明性质的譬喻,应用到神学—哲学概念上的能力,以及通过这一过程所获得的快乐,似乎也非常接近玻璃球游戏玩家的游玩心态,有时,甚至连他所使用的拉丁语(其中不乏他随心所欲发明出来的词汇,但还不至于被任何懂拉丁语的读者误解)也会令人联想起玻璃球游戏语言所具备的那种供玩家自由发挥的可塑性。

恰如我们这篇介绍型文章的引言部分已经明确表述过的那样,艾尔

---

1 库萨的尼古拉(1401—1464),文艺复兴早期的德国哲学家、神学家、法学家,他的哲学与前文中提到的莱布尼茨、谢林、黑格尔属于一脉,代表作为《论有学识的无知》。
2 指古希腊数学家欧几里得在其著作《几何原本》中构造出来的几何学。

伯图斯·塞孔铎斯[1]乃是不折不扣的玻璃球游戏先祖之一。而且，在无法通过引经据典的方式进行证明的不利条件下，我们仍坚持假设，该游戏的核心思想，同样支配着十六、十七和十八世纪那些相当有学问的音乐家的创作思路，因为他们的音乐作品都是以数学上的大胆空想为基础的。在古代流传下来的那些文学作品中，大家时常能够看到这样一类传说：学者、僧侣，要么就是醉心于思维游戏的贵族们，他们设计出各种充满灵性与魔力的智慧游戏，并且玩得不亦乐乎。以对弈形式进行的棋类游戏就是个典型的例子。值得注意的是，这些棋类游戏的棋子与棋盘设计，除了表面上的游戏定义之外，往往还拥有各种秘而不宣的深层含义。除此之外，还有一个众所周知的例子，在那些针对各种文明起源时期的研究报告中，我们可以发现，据当时的各种故事、传说记载，音乐这门艺术，总是会被赋予一种具有支配地位的神秘力量——音乐能够支配人的灵魂，能够支配整个民族的命运，其力量远远胜过其他任何一种艺术表现形式。因此，音乐成了这些早期文明的隐秘统治者们必须学习并遵守的准则，成了国民及其对应国家的法规法典。人类直接受到音乐的统治，从而过上天堂般的理想生活——从最早的远古中国神话，一直到古希腊传说，上述观念始终都在发挥作用。玻璃球游戏与上述对音乐的崇拜之间，有着最深切的联系（"在永恒的流变中，总有歌曲的神秘力量在向尘世间的我们问好。"[2]——诺瓦利斯）。

纵使我们现在承认玻璃球游戏的观念是永恒存在的，即它早在真正得以实现之前，就一直存在且处于不断发展、变化的状态，可是，它以我们眼下所熟知的形式存在，却也依然有其自身特定的历史脉络可循。我们试图在此简要论述其中最重要的阶段。

---

[1] 本部分引言的作者。名字中的"艾尔伯图斯"对应了德国天主教多明我会哲学家、科学家艾尔伯图斯·麦格努斯（约1200—1280），代表作为《物理学》，其中内容包括自然科学、逻辑学、修辞学、数学、天文学、伦理学、经济学、政治学和玄学等各个方面。姓氏Secundus为拉丁语"第二"之意，合起来即为"艾尔伯图斯二世"。

[2] 出自诺瓦利斯未完成的作品《海因里希·冯·奥弗特丁根》。

在这场灵性运动所取得的大量成果当中,最为关键的两项,无疑是创立玻璃球游戏团体,以及成功建立起玻璃球游戏体系。运动开始于特定的历史时期,这个时期是由文学史家普林尼乌斯·齐根哈尔斯[1]经过极其透彻的调查研究后最终确定下来的,其名称亦由他来订立,即所谓的"专栏时代"。这样的名字无疑是漂亮的,但也是危险的,总是会在不知不觉间,诱使人们不甚公平地去看待过去人类生活的某些特定状态,实话实说,"专栏时代"绝对不是个没有思想的时代,甚至可以认为是个思想上百花齐放的时代。可是,根据齐根哈尔斯的说法,那个时代并不知道如何妥善处理这些思想,或者换种说法,不知道应该如何在国民日常生活和国家经济结构中,为这些思想分配适当位置,从而发挥出相应功用。坦率地讲,我们对那个时代知之甚少,尽管它是构成我们今天灵性生活几乎所有特征的培育土壤,一切都是从那个时代生长、发育起来的。根据齐根哈尔斯的说法,那是个极其"小市民"的时代,是个向影响广泛的个人主义宣示效忠的时代。当我们以齐根哈尔斯描述中所列举出来的关于那个时代的具体特征为依据,尝试对当时社会的整体氛围加以概括时,至少可以确信,齐根哈尔斯列举出来的这些特征,既不是肆意编造出来的,也没有进行过大规模的夸大和矫饰,因为它们早已被这位伟大的研究者用无数的文献和其他文件予以证实了。我们选择加入这位研究者的行列,因为他是唯一真正认真研究"专栏时代"的人物。请不要忘记——对距今已经非常遥远的那些时代的错误或陋习嗤之以鼻,是轻率且愚蠢的行为。

中世纪结束之后,欧洲灵性生活的发展,似乎出现了两个主要趋势:其一,思想和信仰从一切权威所施加的影响中彻底解放出来,即当理智重新感知到自身存在、产生足够的自主意识之后,以成熟的态势对抗罗马天主教会的统治,与之展开一系列激烈的斗争;以及——另外一个趋势——虽隐秘但热情地寻求理智自由的合法化,寻求某种来自其内部并与之契合的新权威。

---

[1] 黑塞虚构的历史人物。

概括地讲，我们恐怕可以断言：在为了两个本质上相互矛盾的目标而进行的拉锯战结束之后，灵性生活赢得了这场天人交战式的内部斗争。至于得胜的收益是否超过了过程中无数的牺牲、我们目前的灵性生活秩序规划得是否足够完美、这一秩序是否能够维持足够长的时间，长到使之前经受过的所有痛苦、危机与异象——从异端审判和实施火刑，到许多以发疯或自杀告终的"天才"的凄惨命运——最终都能被视作有意义的牺牲，像这样一类问题，我们是不允许去问的。历史已然发生——不管其结果是好的还是坏的；不管它当年不发生是否会让现在变得更好；不管我们是否承认它所具有的种种"意义"，这些统统不重要。无论如何，人类为灵性生活的"自由"所进行的斗争就是这样发生的，在此前提下，大家一路高歌猛进至随后的"专栏时代"，已经发生的一连串事情，终于招致了这样一项后果：灵性生活所享有的自由，膨胀到了无以复加、闻所未闻的地步，因为它一方面已经完全克服了天主教会的大家长式专制，另一方面也已部分克服了国家的管控。可是与此同时，这份自由始终没能找到一套由其亲自制定并能给予充分尊重的真正准则，因此它也始终无法成为真正的新权威，无法取得合法地位。齐根哈尔斯向我们讲述了一些那个时代堕落、腐败、自暴自弃的例子，有一部分确实令人感到匪夷所思。

必须承认，被那个时代的人们称为"专栏"的一系列产物，实际上是无法对其进行明确定义的。仅从表面上看，这类产物显然经过精心炮制，面向数以百万计的读者，是每日发行的报刊内容当中尤其受欢迎的一部分，构成了那些亟须接受可持续性教育的普通读者的主要精神食粮。专栏内容无疑是很丰富的，在报刊上开设的"讲座"——或者说得更确切点儿，应该是"闲聊"——涉及的知识门类足有上千种之多。专栏作家们所使用的语言多半辛辣，嬉笑怒骂是很常见的现象，当中相对较聪明的那帮人，经常拿自己的作品开玩笑，甚至将自己直接拿来作为文章中的笑料，对于上述现象，齐根哈尔斯在接触过许多此类作品之后，至少能够确认这样一项事实，即这类自我嘲弄型的专栏作品，单就其内容上而言，往往是很难理解透彻的，仅从显露出来的创作态度上，可以判断出其作者普遍具有较明显的自嘲倾向。实话实说，的确存在着这样一种可能性，即在这些大批量炮制出来的专栏文章中，多少都会包含一些讽刺和自我嘲弄的成分，想真正理解它们，首先就必须找到进入其中的钥匙。纵观这些嬉笑怒骂小品文的生产者，有些属于报刊编辑部的职员，有些则是所谓的"自由"撰稿人，甚至经常被称为作家，他们中的许多人似乎也隶属于学术界，其真实身份通常是颇具名望的大学讲师。这类专栏文章中流行的内容，往往是社会上知名男士和女士们的日常生活逸事，以及彼此之间的通信摘抄，大体上会使用如下一类标题：《弗里德里希·尼采[1]与1870年前后的女性时尚》或者《作曲家罗西尼[2]最喜爱的菜品》，又或者《试论狮子狗在知名交际花生活中所起到的作用》，等等。此外，读者们也喜欢对当今达官显贵们之间的闲聊话题进行历史性反思，例如《数世纪以来的点石成金梦》或者《针对气候的化学—物理影响之实验》等成百上千种议题。仔细读一读齐根哈尔斯所列举出来的这些五花八门的闲聊文章题目，我们就会发现，不少人选择将这类文章作为精神食粮，必定要从每日发行的报刊里翻出来狼吞虎咽一番，其实称不上什么值得惊讶的事情；恰恰相反，那些有名望、有地位、受过良好教育的作家，竟然必须"服务"于专栏写作，对琐碎、低俗、规模庞大的普罗大众式文化消费提供协助，这才是真正值得惊讶的现实。值得注意的是，同样是"服务"这个词，当年也曾被拿来说明人类与机器之间的关系。在"专栏时代"，时不时地就会兴起一阵以当时流行的议题向社会知名人士发问的访谈式写作，这类文章往往特别受欢迎，齐根哈尔斯的相关著作中，专门为此现象准备了一个章节，以便对其加以梳理。比方说，知名化学家或者钢琴演奏家受邀前来谈论政治，又或者由受欢迎的演员、舞者、体操运动员、飞行员甚至诗人来探讨单身的好处与坏处，以及经济危机的假定成因等。撰写这类文章，唯一的重点就是将

---

1 弗里德里希·尼采（1844—1900），德国知名哲学家、思想家，其著作对宗教、道德、现代文化、哲学以及科学等领域进行了广泛的批判和讨论。
2 罗西尼（1792—1868），意大利作曲家，其作品以歌剧、宗教音乐、室内乐为主。

某个众所周知的人名跟时下最热门的话题绑定在一起，内容大可以随心所欲乱写：齐根哈尔斯在其著作中引用了数百个实例，其中部分内容让人触目惊心，读后难免会令人感觉错愕。正如前文中已经提到过的，在所有这些光怪陆离的专栏文章中，可能混杂了大量讽刺性内容，甚至很可能包含恶魔般的绝望讽刺。不过话说回来，毕竟没有身在那个时代，我们也只能尽量进行一些设身处地的想象：当年那些看似非常喜爱阅读报刊的读者，无疑是以真正严肃的态度，毫无保留地接受了专栏所提供的一切，自然也包括其中一切光怪陆离之处。比方说，一幅名画易手，一份珍贵手稿被拍卖，一座历史悠久的城堡毁于大火，要么就是哪位继承了古老贵族之名的大人物意外卷入了某起丑闻之中，读者们不仅能够从当天发表的成千上万篇专栏文章中了解到当下发生的一切，还可以在事件发生的同一天或者隔天收获大量围绕各自关键词的名人逸事、历史背景、心理分析、情色周边等各种讯息。每一起日常事件都伴随着大量急不可耐的文字，它们以事无巨细的全景视角奔涌至广大读者面前。所有这些讯息的运输、筛选及成形，都带有批量化生产、不必承担任何相关责任的大众商品印记。此外，专栏之中似乎还囊括了某种游戏，读者本人也要亲身参与，通过玩这种游戏来激活自己被过度灌输的各种知识；齐根哈尔斯曾经针对"纵横字谜"这一奇妙主题，撰写了一则篇幅颇长的说明文，对该游戏进行了详细的描绘。在那个时代，有成千上万的人——其中大部分都从事着艰苦的劳动，过着无比艰难的生活——他们在空闲时间里总是会将身体缩成一团，弯腰屈背地注视着这些由字母和空格堆积而成的横行与纵列，依照特定的游戏规则，用字母来填充这些空格。在思考与"纵横字谜"相关的问题时，我们务必得小心在意，不要只看到它荒谬或者疯狂的一面，不仅如此，我们也没必要嘲笑它。实际上，醉心于这些充满孩子气的猜谜、填词游戏的人，绝不是天真无邪的孩童，也不是能够无忧无虑享清福的闲人；恰恰相反，他们往往不得不战战兢兢地困守在政治、经济与道德的危机之中，亲历许多次可怕的战争，他们周围的一切都在变质、腐败、坍塌，如同置身于一场大地震的震中位置，并因此而感到无限恐惧。他们所玩的这种小小填词游戏，当然并非悠闲自在、毫无实际意义可言的孩童玩意儿，反而完全符合他们自身最迫切的需要：在内心深处紧闭双眼，遁入某个尽可能纯真无瑕的虚构世界里，躲避一切悬而未决的问题，逃避对即将到来厄运的恐怖想象。他们锲而不舍地学习如何驾驶汽车，玩高难度的纸牌游戏，着了魔似的致力于解开各种纵横字谜——因为他们在死亡、恐惧、痛苦、饥饿面前几乎毫无抵抗力。如前所述，他们已经不再能够从教会那里得到安慰，他们已经失去了精神上的指引。他们读了那么多文章，听了那么多讲座，却不打算真正花费时间和精力来使自己强大起来，对抗恐惧，对抗自己内心深处对死亡的畏惧。他们心惊胆战地苟活着，沉沦于当下，不相信明天。

除此之外，充斥于社会各界的大量专题演讲，也是这类专栏较为重要的变种之一，因此，我们也必须在此稍加论述。在那个时期，无论是身居象牙塔内的诸多专家和学者，还是在文化界各个圈层沉浮的所谓文化人，都曾以中产阶级市民为主要对象，举办过海量的演讲。究其原因，乃是因为中产阶级市民对那些早已失去实际意义的往昔文化观念，依旧抱持着深深的眷恋之情。就演讲本身而言，不仅包括在特定节日、特殊场合的集会上所进行的讲话，即预先准备好演讲稿的个人演讲，还包括参与者们相互之间进行激烈讨论的开放式演讲，即所谓的论坛或者座谈会。演讲的数量是如此之多，几乎多到令人费解的地步。在那个时期，一位居住在中等规模城市的小市民先生或他的妻子，每周至少有一次参加座谈会的机会；相比之下，住在大城市的人，几乎每天晚上都可以去听各种不同主题的演讲，且演讲形式也更为多样化。这些演讲包括对艺术作品，对诗人、学者、科研人员、环球旅行等议题发表各种理论与见解。主讲人高谈阔论，听众则大多处于一种完全被动的聆听状态。尽管演讲内容与听众之间或多或少存在着一些关联——因为愿意花费时间和精力来听相应演讲的人士，至少也是对演讲主题感兴趣的——且这类演讲通常不会禁止听众发言，但听众毕竟水平相对业余，相关知识的积累没有达到一定程度（否则他们也会去做主讲人了），当众发言所需的心理准备同样不足，又碍于对演讲技巧本身不怎么了解，不得不一直保持沉默，令会场气氛显得极为高雅、严肃。不过话说回来，当然也有一些整体气氛轻松有趣、演讲内容妙趣横生的主题讲座，比如绘声绘色地讲述文豪歌德是怎样穿着蓝色燕尾服走出驿站马车[1]、如何跟斯特拉斯堡[2]或者威茨拉尔[3]的美丽女孩潇洒地谈一场恋爱，或者干脆畅谈阿拉伯文化，演讲过程中时不时地抛出一些名言警句、摩登词汇，犹如在摇盅中一轮接一轮地掷骰子，只要运气好，听众能够大致听懂这些俏皮话的意思，就能博得满堂喝彩，如此一来，这次演讲就算是成功了。除了上述之外，小市民们还经常参加读书会，听所谓的专业读书人介绍国内外的各种作家作品，有些作家极度知名，有些则十分冷门。实话实说，作为听众，他们基本上没怎么读过读书会介绍的那些著作，而且以后也不打算去读，他们纯粹就是过来听一听演讲，盯着投影屏幕上大幅的作家照片发呆。对他们而言，读书会的大部分内容都是晦涩难懂的，诚如他们在阅读报刊专栏文章时所感受到的一样。专题各不相同的演讲，就仿佛由互不相干的各种知识碎片汇聚而成的汪洋大海，他们对其中每一块碎片的内容都不怎么理解，又偏要在这片汪洋大海中遨游，过程当然无比艰辛。长此以往，普罗大众难免会生出逆反心理，不只对专栏，甚至对所有文章、文字都产生了怀疑。历史发展到这一阶段是很可怕的，抛开书本、回归自然的反动思想开始萌芽，放弃文化领域追求，以苦修主义心态去过一种舍弃欲望生活的理念逐渐发展茁壮。刚开始时，这类运动的发起者与参加者还秉承着低调行事的主张，只在极小的圈子内部开展相应活动。哪曾想到，由于普罗大众的反文化热情极度高涨，反对者们的力量日趋强大，很快就汇成了一股股洪流，变成了完全公开、席卷社会各个角落的风潮，并且从

---

[1] 此典出自歌德名作《少年维特的烦恼》，书中维特穿蓝色燕尾服配黄色马甲，因为小说过于流行，这种服装搭配也成了当时风靡欧洲的一种时尚。
[2] 歌德在斯特拉斯堡读博时期，爱上了当地牧师的女儿弗利斯利克，故有此说。《少年维特的烦恼》发生的主要地点就是以斯特拉斯堡为原型。
[3] 1772年，歌德奉父亲之命前往威茨拉尔城的帝国最高法院实习，他在那里疯狂地爱上了朋友克斯特纳的未婚妻夏绿蒂·布芙，故有此说。夏绿蒂是《少年维特的烦恼》中女主人公的原型。

最初的为了反对而反对，迅速转变为有着明确目标的理念斗争，喊出了培养新一代文化人、重建普罗大众社会地位的口号。

撇开混乱的晚期现象不谈，当时那个年代，灵性生活在许多方面都显得生机勃勃，给人的整体印象非常严肃，其目标几乎永远都是崇高的。值得注意的是，无论在哪个时代，灵性生活多多少少也存在着一些不稳定的状态，弄虚作假的情况同样不在少数，时至今日，我们往往将之解释为心理上的恐惧症所带来的后果。如前所述，这种恐惧症在"专栏时代"的晚期表现得尤为明显，因为当某个长久以来似乎都很成功、社会面上欣欣向荣的时代行将就木时，大量衰亡的征兆开始显现，猝不及防之间，人们突然发现，自己莫名其妙就陷入了极度绝望的境地：经济开始出现危机，政治和军事冲突不断。于是，人们的怀疑倾向变得越来越严重，怀疑世界是否还有机会回到正轨，怀疑人类是否还有力量去改变些什么，怀疑个体的尊严是否还有必要去维护，没错，人们甚至还会怀疑自身的存在意义。尽管如此，与那个行将就木时代的无数衰亡征兆相呼应，我们也能看到许多精神文化领域的伟大成就。时代临近尾声时，相关领域的发展往往也达到了很高的境界，为后人留下大量宝贵的遗产，其中一项遗产尤其令我们心怀感激，即音乐科学的萌芽。然而，我们不得不考虑到历史编纂领域普遍存在的一项规律：无论身处于哪个具体的年代，当时的人们基本上能够很轻松地将过去任何一段时期内发生的历史事件，以断代史的方式，纳入世界历史的框架之中，历史编纂者们可以用十分巧妙的手段来编排这些与当下相隔已久的事件，对细节加以粉饰，选择不同的叙述角度，将其记录得公正、客观又感人；可是，想让同样的一群人去书写、去记录、去概括亲身经历的现实，将当下发生的一切作为历史事件来加以诠释，却是几乎不可能完成的任务，因为最可怕的怀疑与绝望，恰恰会在知识分子群体中产生。在那个时代也是如此，他们目睹了如火如荼的反文化运动，普罗大众的精神文化需求下降到了几乎可以忽略不计的地步，运动开始之前取得的文化成就逐渐被破坏殆尽。与此同时，他们终于发现——顺带一提，这是一个自尼采哲学正式诞生之日起就无处不在的发现——自己所处时代的精神文化周期已步入尾声,朝气蓬勃的发展早已逝去,创造性所剩无几,文化的末日近在眼前。转眼之间,知识分子们全都意识到了上述现实,于是,其中许多人开始进行理性分析,尽量运用客观、坦诚的视角,来看待社会上出现的各种问题,试图解释当下出现无数衰亡征兆的原因,试图以此来安抚世人的恐慌情绪:形如精密机械般的乏味现代生活、伦理道德上的严重堕落、各民族普遍面临的信仰崩塌现象、艺术创作实践的虚伪造作。一切恰如那篇内容惊人的古代中国寓言故事中所描绘的那样,"靡靡之音"[1]已经奏响。不过话说回来,这整个过程的推进,在当时人们的眼中看来,其实是极为缓慢的。文化的毁灭就好比一台无比巨大的管风琴,在结束正常演奏之后,其低音部分仍在持续不断地振荡、回响,需要连续静置数十年之久,才会迎来彻底的终结。可是在此之前,这如同"靡靡之音"般的低音,早已席卷中小学校、报刊编辑部、大大小小的学院与学术机构,令这些与文化相关的地方统统散发出腐朽气息;它早已滋扰过大部分通常意义上而言仍然称得上严肃、真诚的艺术家与批评家,令他们陷入长期忧郁的状态,或者干脆彻底发狂;凡是艺术所能触及的领域,它一个也不会放过。

它是个十分恐怖的敌人,入侵已正式开始,驱逐是完全不可能办到的。因此,为了与它展开长期对抗,或者至少免受其折磨,知识分子们想出了各种各样的办法。一部分人干脆直接缴械投降,采取默认其存在的态度,看似心平气和地容忍这残酷的现实——实话实说,对于这部分人而言,这恐怕是最好的选择。另一部分人否认其存在,选择自欺欺人,不承认当代文化已走向衰亡,可是,这部分人的行为,恰恰给支持文化衰亡学说的文学预言家们提供了不少便于下手的攻击点。此外,那些与上述文学预言家针锋相对的人士,通常会在小市民群体中收获不少声望,取得一定影响力。这是因为基数庞大的中产阶级市民根本无法接受文化衰亡的现实,他们坚持认为,自

---

[1] 原文为Musik des Untergangs,即"毁灭的音乐",对应《韩非子·十过》中"靡靡之音"的典故,指商纣时颓废淫荡、使人沉溺享乐而忽略国事,进而导致亡国之乐曲。

己昨天明明还牢牢把握着的文化、自己一直引以为傲的文化,怎么可能已经衰败、灭亡,怎么可能已经没有未来了呢?大家普遍喜爱的学问、普遍喜爱的艺术,转眼之间就被说成虚假的学问和虚伪的艺术,这种现象对于小市民们而言,其粗暴无礼、不可容忍的程度,简直不亚于通货膨胀和制度革命对他们拥有的财产所带来的威胁。还有一部分人,他们在面对无处不在的衰败气息时,采取的是玩世不恭的嘲讽态度:他们结伴去跳舞,在舞池中尽情发泄;他们公开宣称,任何对未来的关切都是老古板式的愚蠢;他们撰写言辞激昂的专栏文章,高歌近在眼前的艺术、科学、语言末日。他们在自己用纸张构筑而成的专栏小世界里,怀着某种自杀式的狂热欲望,大谈人类文明的彻底堕落、人性观念的整体破产。不仅如此,他们还展现出无限夸大的倾向,仿佛他们以玩世不恭的镇定自若或桀骜不驯态度所审视的,不只是艺术、文化、道德、伦理的衰亡,在他们口中,甚至连整个欧洲和"全世界"的一切都在走向灭亡。对于本性良善的人们而言,盛行的无非是一种充斥着忧郁与感伤的悲观主义;对于性格恶劣的家伙们而言,这种悲观主义无疑是恶毒、讥诮且幸灾乐祸的。总之,在文化能够真正进行自我反省与转型之前,必须先通过政治和战争手段,对幸存下来的东西进行拆解,对世界和道德观加以某种特定改造。

不过,上述文化在转型期的数十年时间里,倒也没有进入休眠状态,反而恰恰在其衰落过程中,在明显已经被艺术家、大教授和专栏作家们弃之不顾的情况下,借由少数人的良心发现,达成了最敏锐的觉醒与自我反省。实际上,即使在专栏创作的鼎盛时期,各地也已普遍存在着决心忠于灵性生活基本良心的个人和小团体,为了文化的未来,他们通过各个渠道的不懈努力,力求保全文化所辖范围内的各种优良传统、规则和方法论的精华,以及与知识分子道德相关的种种核心内容。根据我们今天所掌握到的资料来看,自我反省、反思,以及自觉抵御腐化的过程,主要发生在两个群体当中。其一是音乐史相关领域——学者们的文化良知,在音乐史的研究与教学工作中得到了庇佑,因为这门学科当时正处于发展的高峰期,拥有足以与专栏文学相抗衡的显赫势力,甚至在专栏世界里也形成了两个后来变得十分有名的专题研究小团体,其洁身自好、严谨规范的创作手法堪称模范,得到了很高的评价。这些小团体虽然微不足道,却格外勇敢,愿意为崇高的理想奋斗。就连命运之神也仿佛被他们的诚意所感动,主动伸出援手,在那最暗淡无光的时代,牵引出了那个令所有人都倍感惊喜的奇迹。虽然事件本身纯属巧合,可是这样的事情竟然真的会发生,也确实很容易令人联想到来自神明的首肯:在约翰·塞巴斯蒂安·巴赫的儿子弗里德曼[1]遗留下来的物什当中,竟然又找到了十一本巴赫手稿!抵御堕落的第二个主要群体,是东方旅行者组成的联盟,该联盟的成员所追求的并非智力上的修为,而是精神方面的磨砺,即虔诚与敬畏方面的磨砺——从东方旅行者群体所奉行的方法论中,我们如今的灵性修炼模式,以及玻璃球游戏的玩法,均得到了十分重要的推动,尤其在冥想这方面,几乎可以说是完全脱胎于他们。除此之外,东方旅行者们也分享了对我们文化的根本性质,以及其继续存在下去可能性的独到看法。值得注意的是,这些新见解与其说是借助了我们所熟知的科学分析方法取得的成果,倒不如认为是他们直接通过古老秘仪完成的具体实践,以极为神秘的方式进入遥远的古代时空,亲身体验过当时的文化之后所给出的经验主义总结。比方说,他们当中有一些音乐家和歌手,的确有能力以完美且纯粹的古老演奏、演唱方式,来表演过去一些时代的音乐作品。举例而言,他们可以用非常精准的手法弹唱一首1600年或者1650年创作出来的曲子,就仿佛此后年代里,音乐领域的一切时尚风潮、一切优化细化、一切精湛技巧都还没有被创造出来,他们还不知道似的。在当时那个年代,这种行为可谓闻所未闻的惊人壮举,因为当时的人们对力度[2]和高音的追求已经到了痴迷的程度,几乎主宰了所有音乐创作,听众们醉心于高超的演奏技巧,醉心于指挥家们

---

[1] 在巴赫的众多传记中,作者们一致认为弗里德曼是他父亲手稿的糟糕保管者。弗里德曼生前便宜变卖了不少巴赫手稿,留下的都是相对重要的部分。一次性发现十一本巴赫手稿在古典音乐界可谓史诗级事件,故有文中所说。

[2] 音乐术语,对应乐谱中音的强弱程度,以力度记号来表示。

的"巧思",反而忽略了音乐本身;据史料记载,当某个东方旅行者组成的交响乐团,第一次在公开场合演奏亨德尔[1]之前时代的一部组曲时,部分听众声称自己完全无法理解他们的演奏方式,可是,另一部分听众却表示听进去了,并且听着听着就觉得这是自己人生中第一次听到真正的音乐——完全依照最原始的乐谱来演奏,没有任何夸大或削弱,带着另一个时代、另一处世界特有的淳朴与真诚。联盟的其中一位成员,还在位于布雷姆加藤[2]和莫尔比奥[3]之间的联盟大厅里,建造了一台巴赫式管风琴[4],这台管风琴制作得极其完美,简直就跟约翰·塞巴斯蒂安·巴赫亲手打造的一样。甚至可以说,只要能够证明大师当年曾经出现在相同的地点,且有证据表明他有打造这台管风琴的可能性,那就一定是他本人打造的。依照联盟中很早之前即已生效的规则,这位管风琴制造者隐瞒了自己的真实姓名,挪用十八世纪一位同行前辈的名字,自称为西尔伯曼[5]。

　　随着时间线逐步向前推进,我们已逐渐接近今日文化概念诞生的源头。其中最重要的部分之一,就是新出现的学科,包括音乐史与音乐美学,紧接着就是数学领域的一次大跃进。东方旅行者们的智慧,同样为这些熊熊燃烧的新生火焰添上了助燃的灯油。值得注意的是,与音乐领域涌生出的各种新概念和新阐释有着最紧密联系的,恰恰是人们对文化衰亡问题所抱持的勇敢抵抗之决心:这种决心同时包含着振奋作用,以及明知不可为而为之的不甘心。上述情况大家都很清楚,在此多说无益。总之,对文化采取的这种新态度,或者说在文化发展进程中出现的这种新定位,造成的最重要后果,就是导致大家最终广泛放弃了新艺术作品的创作,灵性生活与世俗琐事逐渐分道

1　乔治·弗里德里希·亨德尔(1685—1759),巴洛克时期德国作曲家。
2　瑞士古镇,位于苏黎世近郊。
3　瑞士南部提契诺州小镇。两处地点在黑塞《东方之旅》与《提契诺之歌》中亦有提及。
4　德国传统巴洛克式管风琴,拥有四层手键盘,可操纵大量音栓,音色庄严宏伟。
5　西尔伯曼(1683—1753),德国著名键盘乐器制作师,巴赫的至交好友。巴赫认为西尔伯曼建造的每台管风琴都是杰作,经常对西尔伯曼管风琴进行评测,从各个方面给予调整意见。

扬镳，以及——同样最重要的后果，或曰这一切结出的硕果：玻璃球游戏。

对玻璃球游戏的发端带来最大影响的，无疑是音乐科学的深化，这一趋势早在1900年之后不久就开始了，当时正值专栏写作的鼎盛时期。作为音乐科学的传承人，我们坚信自己对创作于伟大创造性世纪的那些音乐作品，尤其是十七世纪和十八世纪的音乐作品，比所有之前年代（包括创作出古典音乐的年代本身）的人们了解得更清楚。不仅如此，某种程度上而言，我们甚至比过去的音乐大师们理解得更深，即使这些音乐作品实际上是由他们亲手创作出来的。当然，我们这些后人与古典音乐的关系，跟创造性世纪的大师们本就是完全不同的；我们这代人对真正伟大的音乐作品所抱持的精神化崇敬，并不能彻底摆脱围绕着我们的不甘心状态酝酿而成的忧郁情绪。创造性世纪的大师们在创作音乐作品时，总是能感受到一些可爱又天真的情愫，这类情愫跟我们这个时代铺天盖地的忧郁情绪是截然不同的。我们往往倾向于羡慕他们在创作时所感受到的快乐，然而这种快乐的产生，却有着不可回避的先决条件，我们反而经常在不知不觉中忘记与其呼应的条件，即这种创作本身是建立在足够漫长的积累与铺垫上的，也有相应的宿命需要去承担。几代人以来，我们已经不再像几乎整个二十世纪一直在做的那样，将哲学或者诗歌视作自中世纪末期以降直到伟大创造性世纪结束的这数百年时间里，人类文明所传承下来的最伟大、最持久的成就。相应地，我们选择将数学和音乐视作从文艺复兴初期一直延续至今的最重要成就。自从我们——至少在整体上——放弃了与那几代人进行创造性竞争以来，自从我们同样放弃了对音乐创作中长期占据统治地位的和音追求的崇拜，放弃了纯粹依靠感性来实现的力度崇拜以来（这两种崇拜在自贝多芬、自浪漫主义初期开始的两个多世纪时间里，一直主导着人类的音乐实践），我们相信——当然是以我们自己的方式，以我们自己那些尽管缺乏创造性，尽管颇显突兀，却足以令人敬畏的方式！——唯有如此，我们才能更加清楚、更为正确地看待自己所继承的那套文化的本来面目。如今，我们已不再拥有过去那些时代的旺盛创作欲；上溯至十五世纪和十六世纪，那一阶段的音乐能够长久不变地保持自身风格的纯粹性，由当时的大师们所创作出来的大量音乐作品，几乎全部都是臻于完美的经典名作，其中貌似根本找不出哪怕一丁点儿腐化堕落的气息——对于我们而言，这项事实几乎难于理解。十八世纪，这个已经开始堕落的世纪，仍然拥有足够的活力，层出不穷的风格、时尚与流派，如烟火般尽情绽放，尽显出一派姹紫嫣红的繁荣景象。尽管其生命周期大多也形如烟火般短暂，却始终能在盛放时焕发出足够的自信——不过话说回来，通过今日被称为古典音乐的这一音乐门类，我们深信自己已经理解了那几代人的秘密、精神、美德与虔诚，并且愿意将这一切作为我们自身的榜样。比方说，我们今天对十八世纪的神学和教会文化，或者对启蒙运动时期的哲学，基本上已经很少给予关注，甚至对其采取不以为然的态度；可是与此同时，我们在巴赫所创作的大合唱、基督受难曲和前奏曲里面，却切实感受到了基督教文化的最后一次升华。

除此之外，我们的文化与音乐之间的紧密联系，还存在着另一个古老的、值得景仰的模式——这同时也是玻璃球游戏本身始终保持了高度尊重的模式。大家应该都还记得这样的历史知识，在古代中国充满传奇色彩的"先秦"[1]时期，音乐在国家和宫廷生活中被赋予了主导作用；音乐的繁荣意味着文化与道德的繁荣，甚至直接意味着国家的繁荣；各个国家的音乐大师们，必须坚决守护"古曲调"，监督其传承，保证其纯粹性不受任何外界力量侵犯。相应地，"礼崩乐坏"无疑是政府和国家衰亡的标志。当时的作家写下了许多这方面的可怕故事，都是跟受到当时民众广泛抵制、与"天道"格格不入的堕落曲调相关的。比方说，清商[2]和清角[3]这两个曲调，即所谓"靡靡之音"，一旦在王宫里奏响这类亵渎性的曲调，天空马上就会变暗，城墙开始震动，继而坍塌，王朝和国家也随之毁灭。古代的中国作家们讲了很多相

---

1 此处引号内原文alten Könige直译为"古代诸王"，是西方历史学中对秦朝建立之前中国所有历史时期的称法。
2 商朝末年乐师师延为暴君商纣王所作的曲调。
3 相传为黄帝当年于西泰山上会集诸鬼神而作的曲调。

关的内容,我们在此仅引用吕不韦[1]《春秋》[2]与音乐相关篇目中的几段话。

> 音乐之所由来者远矣,生于度量,本于太一。太一生两仪,两仪出阴阳。[3]
>
> ……
>
> 天下太平,万物安宁,皆化其上,乐乃可成。成乐有具,必节嗜欲。嗜欲不辟,乐乃可务。务乐有术,必由平出。平出于公,公出于道。故惟得道之人,其可与言乐乎![4]
>
> ……
>
> 凡乐,天地之和、阴阳之调也。[5]
>
> ……
>
> 亡国戮民,非无乐也,其乐不乐。[6]
>
> ……
>
> 故乐愈侈,而民愈郁,国愈乱,主愈卑,则亦失乐之情矣。[7]
>
> ……

---

1 吕不韦(?—前235),战国末年卫国商人、政治家、思想家,后为秦国丞相。
2 指《吕氏春秋》。原书中黑塞引用部分为《大乐》《侈乐》《适音》的德语白话版本,略有删改,本书直接引用《吕氏春秋》原文,并在注释中另附对应德语白话翻译。
3 出自《大乐》,意为:音乐的起源可以追溯至很久以前。它产生于音律度数的增减,自然之道为其本源。道产生了天地两极,天地两极产生了阴与阳的力量。
4 出自《大乐》,意为:当世界和平的时候,当世间万物都处于安宁祥和状态的时候,当所有民众都心悦诚服、归顺于他们的统治者时,就可以创作音乐了。音乐的创作是有具体条件的,必须克制住不恰当的欲望与激情,不走上错误的道路,才可能创作出音乐。完美的音乐是有对应创作方法的——完美的音乐产生于平衡。平衡产生于公正,公正产生于对世界的正确认知。正因如此,唯有跟对世界有着正确认知的人一起,才能好好谈论音乐。
5 出自《大乐》,意为:音乐的基础是天与地的和谐,是阴与阳的协调一致。
6 出自《大乐》,意为:当然,腐朽的国家和已经走向衰亡的人民,实际上也不缺乏音乐,但他们的音乐并不欢快。
7 出自《侈乐》,意为:因此,音乐越轰鸣,民众就越抑郁,国家就越濒临危险,国君就越沉沦。如此一来,音乐的本质也就失去了。

> 凡古圣王之所为贵乐者，为其乐也。夏桀、殷纣作为侈乐……以巨为美，以众为观，俶诡殊瑰，耳所未尝闻，目所未尝见，务以相过，不用度量。[1]
>
> ……
>
> 楚之衰也，作为巫音。侈则侈矣，自有道者观之，则失乐之情。失乐之情，其乐不乐。乐不乐者，其民必怨，其生必伤。……此生乎不知乐之情，而以侈为务故也。[2]
>
> ……
>
> 故治世之音安以乐，其政平也。乱世之音怨以怒，其政乖也。亡国之音悲以哀，其政险也。[3]

这位中国人流传下来的上述名言警句，相当清楚地指出了一切音乐的起源，以及如今几乎已经被世人完全遗忘的音乐本质。在史前时代，就跟舞蹈，还有其他任何一种艺术活动一样，音乐实际上等同于施法手段，属于历史极为悠久的、合法合规的施法方式之一。音乐起源于节奏（拍手，跺脚，击打木头，最原始的鼓点），是一种强而有力、行之有效的技巧，得到过反复验证。借助音乐，可以让很多人"合拍"，让他们的呼吸、心跳和精神

---

[1] 出自《侈乐》，意为：古代所有的贤君，他们之所以重视音乐，欣赏的正是音乐能够使人开心的特点。暴君桀和纣制作了轰鸣声响彻天际的音乐。他们将声音巨大视为美好，认为乐器数量众多所达成的效果非常有趣。他们努力追求新奇怪异的声音效果，追求没有任何人听过的曲调；他们总是试图超越过去的一切创作，超越一切既有的尺度与目标。

[2] 出自《侈乐》，意为：楚国衰落的原因，是因为他们发明了一种娱神、祈求鬼神降福禳灾的音乐。这类音乐本身倒是足够嘈杂响亮，但实际上已经与音乐的本质拉开了距离。恰恰由于这类音乐远离了音乐的本质，导致它听起来并不欢快。而一旦音乐听起来不欢快，人民就会怨声载道，生活就会受到损害。……所有这些现象的产生，都源于对音乐本质的误解，在音乐创作中只懂得追求嘈杂响亮的声音效果。

[3] 出自《适音》，意为：因此，秩序井然的年代，其音乐是平静而欢快的，治理上也是平和而安定的；动荡不安的年代，其音乐是焦躁而严峻的，治理上则是乖张反常的；国家衰亡之际，其音乐是悲戚而哀伤的，治理上可谓危机四伏。

状态保持在相同节奏上，从而鼓励人们自发自觉地去召唤某种永恒的力量，鼓励他们去跳舞、竞争、打仗，鼓励他们去参与各种神圣的仪式。这种原始、纯粹、彰显出灵魂原初力量的本质特征，即所谓的魔法特征，在音乐中留存的时间，比其他任何艺术门类都要长久得多；对此，大家只需要稍微留意一下历史学家和作家们在他们著作中的相关说法，回顾一下他们著作中关于音乐的那部分论述，结论基本上可以说是一目了然，从古希腊人作品到歌德的小说，莫不如是。不仅如此，音乐在行军和舞蹈方面，至今仍能起到十分重要的作用。在这些方面，音乐发挥的作用极具实践性，可以说从未失效过。——可这并非我们目前正在探讨的话题，所以还是言归正传吧！

现在，我们简要介绍一下玻璃球游戏正式开始阶段最值得了解的一些内容。首先，它似乎是在德国和英国两地同时出现的，在这两个国家都是作为带有明显游戏性质的休闲活动而存在，参与者基本上是当时定期前往参加新兴音乐理论研讨会的音乐学者和音乐家们，而且，游戏完全是在小圈子里展开的。假如我们将玻璃球游戏最初的游玩状态，与后来乃至现在的游玩状态相比较，很容易就会发现这样一项事实，即这种比较本身，很像是将一份公元1500年以前的古老乐谱，以及这份乐谱中的原始音符——顺带一提，当时的音符组合之间甚至连小节线[1]都没有——跟十八世纪完成的乐谱相比较一样，两者之间的差别无疑是巨大的。实话实说，早期玻璃球游戏与后来游戏的差别，甚至比这还要大得多，更像是拿古老乐谱跟十九世纪乐谱进行比较，后者之中充斥着大量混乱不堪的缩写符号，诸如力度、节奏、分句[2]等，其庞杂程度常常使得印刷这类乐谱成为一种困难无比的技术性问题。

早期的玻璃球游戏，不过是音乐专业学生和音乐家们用来锻炼记忆力、训练元素组合能力的一种练习手段，诚如前文所述，甚至早在此地的科隆音

---

[1] 指乐谱中穿过五线谱使小节彼此分开的垂直线。
[2] 句逗划分，指乐曲中各个单元，如音型、乐汇、乐节、乐句、乐段等的划分。

乐学院[1]"发明"出玻璃球游戏,并且给它起了如今这个名字之前,英国和德国就已经有人玩过它了。科隆音乐学院时期所取的名字,在经过了这么多代人之后,依旧沿用了下来,尽管如今的游戏玩法跟当初相比已截然不同,几乎可以说是跟玻璃球本身毫无关联了。

玻璃球游戏的发明者巴斯蒂安·佩罗特,卡尔夫[2]人士,是一位总是会冒出各种异想天开想法的音乐理论家,是个非常聪明又很好相处的人。正是他开创性地用玻璃球代替了字母、数字、音符,以及其他各种图形符号。在"发明"玻璃球游戏的过程中,佩罗特还顺带写出了一篇名为《对位法[3]的盛与衰》的论文。通过一次偶然的机会,他发现科隆音乐学院的学生们在参加研讨会的时候,都在玩一种规则上已经发展得相当成熟的游戏,最基本的两人玩法如下所述。首先,其中一名玩家需要朝对方大声喊出某部古典音乐作品中的任意主题或者开头部分。喊的方式颇为讲究,不能使用日常惯用的语言,必须用自己专业的各种缩写组合来加以表述。这些组合是经过高度浓缩简化的,很快就能喊完,而且表意极为准确,且因为玩家本身都是音乐专业的学生,彼此之间完全可以相互理解。喊完之后,对方必须马上以同样方式来回应。至于回应的具体内容,要么是这段乐谱中紧接着的一段,通过继续喊出缩写组合的方式,将作品如此反复接龙下去;更高级的玩法则是对位法式回应,即必须使用较高或较低的音调,以类似对位法技巧的相应主题来呼应。这实际上是一种新型的即兴演奏练习,同时还能锻炼记忆力,在许茨[4]、

---

1 今科隆音乐与舞蹈学院,位于德国科隆,成立于1850年,为欧洲最大、历史最悠久的音乐大学。
2 黑塞出生地,小镇卡尔夫位于巴登符腾堡州首府斯图加特市远郊,隶属于卡尔斯鲁厄行政区,在南德著名的黑森林区域内。
3 音乐创作中使两条或者更多条相互独立的旋律同时发声并且彼此融洽的技术,是音乐史上最古老的创作技巧之一。
4 许茨(1585—1672),德国作曲家、管风琴家,巴赫之前德国最重要的作曲家之一。

帕克贝尔[1]以及巴赫的年代，类似的练习可能在指导学生进行对位法学习时一度流行过（尽管当时还没有任何理论化的公式，也没有高度专业化的缩写，而是直接用羽管键琴[2]、鲁特琴、长笛或者歌声来进行实践），至少在方法论上是极其相似的。至于巴斯蒂安·佩罗特，他称得上是一位典型的"手工艺之友"，曾经按照古人流传下来的方式，亲手制造了好几架钢琴和克拉维卡琴[3]，他很可能是东方旅行者们当中的一员，传说他会用一种早在1800年时就已经失传的古老方式来演奏小提琴，使用的是高拱形琴弓[4]，弓毛的松紧需要随时用手指来进行调节。——佩罗特模仿小孩子们玩游戏时使用的那种构造极其简单的球串计数器，制作出了一个框架，在里面逐一系紧好几十根金属丝。如此一来，他就可以在这些金属丝上面串起不同大小、形状和颜色的玻璃球。金属丝对应谱线，珠子则对应了音符，以及其他各种相关符号。通过这种方式，他不仅成功以玻璃球为载体，建立起了一整套音乐专用的语言，或者说发明了一种全新的谱曲法，还能够通过改变玻璃球的种类、调整玻璃球在框架上的位置等手段，拓展它们的表达，让原本固定的组合不断发生变化，随时在各种组合之间进行对照比较。单就技术层面而言，这套系统不过是小孩子玩意儿罢了，原理非常简单，但学生们很是喜爱，同样的系统一而再、再而三地被仿制，甚至连制造这种游戏系统本身，都成了当时很流行的一门技艺，它不仅传遍了欧陆，还漂洋过海传到了英国。较长的一段时期

---

1 帕克贝尔（1653—1706），德国著名卡农曲作家，对位法大师，也是巴赫的老师。"卡农"并非曲名，而是一种音乐曲式，字面意思为"轮唱"，即有好几个声部的旋律重复出现，交织演奏，互相追随，让听众有无限延伸的感觉——这与文中所描述的早期玻璃球游戏玩法是很相似的。
2 起源于十五世纪末的拨弦古钢琴，形制上与现代的三角钢琴类似，唯独琴弦是用羽管拨奏而不是用琴槌敲击。
3 一种在多弦乐器上加键而成的击弦古钢琴，出现于十四世纪。这种古钢琴发音轻柔微弱，特别适合家庭演奏室内乐，一度非常流行。
4 此处暗指1905年由著名巴赫学者、管风琴演奏家施韦泽提出的"巴赫弓"构思。这种弓有非常高的拱形，弓杆与弓毛之间的最大垂直距离超过十厘米。其演奏方式正如文中所描述：演奏时大拇指需要同时进行水平移动，以控制弓毛的松紧。弓毛处于放松状态时，可以同时触到所有的琴弦。

里,音乐专业的日常练习,就是以这种原始又可爱的方式,在各个地方的学生们之间进行的。于是——正如历史上经常发生的那样——像这样一项长久存在、对整个人类文明意义非凡的重要发明,竟然从某件相对而言为时非常短暂、具体内容也无足轻重的细碎琐事中获得了自己的正式名称。那套脱胎自科隆音乐学院研讨会上学生们之间所玩游戏的复杂系统,那套从佩罗特挂满珠子的金属丝发展而来的复杂系统,迄今为止所使用的,还是当初广为流传的那个名字:玻璃球游戏。

过了二三十年,上述游戏在音乐专业大学生们当中的受欢迎程度,似乎已弱化了不少,不过与此同时,它在数学家群体中却受到了极大关注,甚至可以说,过去在音乐领域内受到的喜爱,已经由数学领域正式接管了。游戏发展进程中,在很长的一段时间里,始终存在着这样一个显著特征,即它总是会被正处于发展鼎盛期或者复兴期的某门学科所青睐,这些蓬勃向上的学科,基本上能在其所辖范围内找到适合游戏的空间,对游戏加以认识,进行合理运用,并令游戏获得进一步发展。随着数学家们的出现,游戏被带到了全新的境界,被赋予了极高的流动性,在抽象概念上也得到了进一步升华,并且已经获得了某种类似于自我认知的个体意识,从外部观察者的角度来看,它似乎已经懂得如何主动去找寻自身发展的可能性了。自然,这一切都是跟当时整个社会文化意识的普遍发展规律相匹配的,实际上,在那个时期,后者已经成功克服了之前所面临的巨大危机,恰如普林尼乌斯·齐根哈尔斯在其著作中所描述的那样:"这一晚期文化总算发现了自己在整个人类文明史当中所扮演的角色,总算以略带谦卑的自豪态度,接受了自己当下的处境,形如上古晚期文明[1],以及希腊化—亚历山大时期[2]的文明。"

---

1 西方历史学术语,指晚期罗马帝国与中世纪之间这段时期的西方文明,开始于戴克里先(284—305)与君士坦丁(307—337)的长期统治,持续时间为两三个世纪。
2 西方历史学术语,即我们所熟知的希腊化时代,一般认为开始于公元前323年,即从亚历山大大帝去世算起,结束于公元前30年,即屋大维将托勒密埃及并入罗马帝国的那一年,持续时间同样为约三个世纪。文中所列举的两个时期,均为西方早期文明中很典型的过渡时期。

齐根哈尔斯的部分暂时就这样吧。截至目前，我们算是对玻璃球游戏的历史做了一番概述，现在，我们要试着对其历史进行阶段性总结：可以明确的是，游戏所针对的玩家从音乐研讨会转向数学研讨会之后（顺带一提，这一转变在法国和英国甚至比德国更快），游戏本身发展极其迅速，没过多久，就已经能够使用特殊符号和各类缩写，来表达数学领域的复杂运算过程了；数学家和数学专业的学生们，可以通过玻璃球游戏构建出来的各种抽象公式互相启迪思维，很方便地对游戏表述的数学原理展开更进一步的推导；研究领域不同的玩家，可以用游戏来向对方表述他们在这一细分领域内的学科发展轨迹，以及未来研究的各种可能方向。这套内容广泛涉及数学—天文学公式的游戏，要求玩家同时具备极为优秀的观察力、领悟力和精神集中力；哪怕在玻璃球游戏刚刚进入数学小圈子的那段时期里，对于数学家群体而言，"玻璃球游戏行家"这一称号，就已经是同行当中的超高评价了，拥有这一称号的数学家，往往享有卓尔不凡的声誉，数量上也可谓是凤毛麟角；在那段时期，"玻璃球游戏行家"实际上已正式成为"杰出数学家"的同义词。

不只数学，在漫长的发展历程中，这套游戏几乎被所有学科采用并模仿过，换句话说，玻璃球游戏的应用，几乎已涉及人类文明中的所有领域；至少在古典语言学和逻辑学领域，它的应用是早就得到了证实的。此外，在玻璃球游戏充分渗透到各个学科当中去的同时，学科与学科之间，也借助这一普适性媒介，进行了充分的嵌套与融合。举例而言，当它被应用到对音乐价值进行分析量化考察的科研领域时，熟悉游戏的学者们，开始利用物理数学公式，对乐曲演奏的线性流程进行即时估值，并且取得了前所未有的开创性成果。紧接着，语言学也从游戏中获得了灵感，以物理学测量大自然中各种常量的特有方式来测量语言结构，带来了不少新发现；随后又是对造型艺术研究的介入——值得注意的是，早在很久以前，造型艺术就已经通过建筑学这门学科，跟数学建立起了联系。因此，玻璃球游戏只是在很大程度上加强了这三者之间的关联而已。走上玻璃球游戏的道路之后，玩家们持续不断地通过游戏获得新的抽象公式，然后又将这些新公式运用到各门学科之上，从而发现各种新的对应关系，找到各种新的类比，或者在某些规律上领悟到契合之处，并且以此为切入点，发掘出新的天地。事实上，每一门拥抱游戏的学科，都专门为它开创出了一套由各种公式、大量缩写符号及一切可能实现的排列组合构建而成的游戏语言；在世界各地的知识青年精英中，这套带有公式序列和公式对话机制的玻璃球游戏都大受欢迎。众所周知，这套游戏不仅仅是一种学术训练方式，也不仅仅是闲暇时的消遣，重要之处在于，它对灵性生活很有帮助，可以培养知识分子们在自我认知方面的专注力，使他们不需要再借助其他手段，就能得到充分的精神给养，从而达到心灵上的满足与和谐；尤其是数学家们，作为玩家，他们以一种既是苦行僧又是运动员式的精湛技艺和严苛要求来玩玻璃球游戏，通过全身心的投入，获得了难以想象的乐趣，足以弥补他们在投身知识海洋的同时放弃世俗享受、放弃对名誉地位的追求所带来的遗憾。玻璃球游戏在完全克服"专栏时代"影响，以及通过最高效、最精准的灵性生活训练来唤醒全新快感这两个方面，显然发挥了很大的作用。实话实说，我们的确需要感谢这套新一代苦修纪律体系的出现。有了玻璃球游戏，世界从此不同。时至今日，人们大可以将"专栏时代"的灵性生活比作一株变异植物，这株植物在人类文化的发展进程中呈现出退化、返祖的现象，因为生长过于迅速，自外界汲取了过多养料，导致养料很快枯竭，自身也随之枯萎，之后的修正方式，只能是砍去这株植物的所有枝干，切割分解到只剩下根部，才能勉强加以保全。如今这些年轻人——假如想要投身象牙塔、将科学研究作为自己的终身事业——他们对于自己未来的规划，基本上是很清楚的，已经没有谁愿意再到高校去旁听那些带有明显专栏性质的讲座了。他们知道，那些讲座的主讲人，无非是些有名无实、喋喋不休的老教授，这帮老教授所讲的内容看似高深莫测，或许能够令小市民听众们肃然起敬，可是细究起来，不过是些旧时代高等教育的残渣罢了，全是些过时的东西，浮夸、空洞又无用，没有任何独立见解可言。如今，他们必须向过去那些在各个科工行业摸爬滚打多年、最终修炼成百事通的高级工程技师看齐,以严谨认真的态度,学习与自己所选专业相关的各种知识;考虑到学术科研与综合应用之间的客观差别,在学习态度与刻苦程度上,他们甚至比前人还要有过之而无不及,而且还必须循序渐进、有条不紊地在学术道路上前行,否则很容易就会掉队。无论如何,他们都必须走一条陡峭艰险的道路,必须接受数学和亚里士多德主义经院哲学[1]的严格训练,以此来净化并提高他们的认知能力,尤其是必须学会放弃下述一切好处,哪怕这些好处已经得到了之前好几代学者的公认,认为此生值得为它们卖命,即获得轻而易举赚快钱的机会,享受社会名声和公共荣誉,享受来自报刊的赞颂,成功地跟银行家和工厂主的女儿结婚,追求物质生活的豪华与奢靡。未来一旦成了作家,追求的就是作品的高印数,想方设法获得诺贝尔文学奖,购买漂亮的乡村别墅;一旦成了有名的医生,就希望能够戴上政府颁发的最高荣誉奖章,拥有一大帮穿制服的仆人;一旦成了学术界人士,那就想要娶上富有的妻子,家里的客厅金碧辉煌,大到能够办沙龙;化工专家要谋求工业界大企业监事会的实权位置;哲学家恨不得能开出自己的专栏工厂,在座无虚席的学术报告厅里慷慨激昂地发表迷人的演讲,现场不仅掌声雷动,还摆满了崇拜者们献上的鲜花——时至今日,上面描述的这类人物早已消失不见,截至目前,也没有再现身。实话实说,如今仍然有许多天赋颇高的年轻人,在他们看来,上述人物始终还是值得自己去羡慕的榜样,可是,通往公共荣誉、社会财富、名声地位和奢华享受的道路,再也不会经过演讲厅、研讨会和博士学位论文了;从普罗大众角度来看,堕落已久的知识分子群体,他们口中高高在上的所谓灵性生活早已破产。尽管如此,如今仍有一部分年轻人,他们出于对灵性生活的向往,出于对久远传统的盲信,重新开始了精神上的忏悔之旅,开始了狂热的奉献,并且也真的重新赢回了那一小块心灵的容身之地。相比之下,数量更多的青年才俊,他们要么为了光耀门楣,要么为了争取荣华富贵,不得不背弃如今早已无利可图的灵性生活,转而去寻找

---

[1] 经院哲学的一个主要流派,指直接、间接、程度不等地信仰亚里士多德基本学说,并且广泛采用亚里士多德特有的概念和方法来进行哲学研究。

并从事那些可享荣华富贵、可盼纸醉金迷的职业去了。

假如我们还想在上述讨论的基础上更进一步，详细地描绘出新一代年轻人在自我认知能力得到净化之后，在正式成了合格的知识分子之后，将会在国家社会体系中占据哪些位置，将会起到哪些作用，将会取得怎样的成就，那恐怕就显得有些离题了。不过话说回来，实践经验很快就给出了相关论证——已经发生过的大量历史事实表明，一旦人类在某段时期内松懈了下来，疏忽了精神方面的训练，在灵性生活上放纵了自己，那么，哪怕只是经过区区两三代人，也足以对实际生活造成严重损害。上述损害涉及一切相对而言要求较高的社会职业，其中自然也包括技术性行业所辖的各种岗位，随着松懈状况的持续，从业者们的职业素养会变得越来越低下，工作能力越来越差，愿意承担责任的在职人员数量也变得越来越少。长此以往，负责在国家与国民之中进行思想建设的机构，即整个学校教育系统，越来越被知识分子所垄断。诚如今日欧洲几乎所有国家的学校，只要不是像过去那样，还处在罗马天主教会的控制之下，那就肯定掌握在由知识分子精英所组成的团体手中。这类团体对外通常是匿名的，普罗大众至多也只能感觉到某种普遍存在的倾向。当然，无论团体中的知识分子在日常行事上如何严苛、如何在普通民众面前表现出所谓"孤芳自赏"的态度，并因此在公众舆论上给自己造成怎样不利的影响，甚至个别人士还经常受到攻讦——无论怎样，知识分子团体的领导地位依旧屹立不倒。究其原因，不仅是因为这一群体本身在精神层面上的刚正不阿，不仅是因为它主动放弃掉了精神层面以外的其他全部利益和好处，保持并保护了自身的纯粹性——它同时也受到了早已成为全体人类普遍常识的一项理念的保护，受到了教育领域先祖们的荫泽，即认为严苛的教育对于人类文明的延续是必不可少的。每个人都明白这个道理，或者只是隐约意识到有这样一条规律存在：一旦思考不再纯粹，思想不再清醒，一旦对精神的崇敬不再如往常般见效，灵性生活的信仰统统失灵，那么——转眼之间，船舶与车辆将无法继续行驶，工程师滑尺上的读数，连带着银行和证券交易所里无处不在的数字，每个都开始摇摆不定，失去了原本的权威属性，失去了定义上的合法性，混乱亦随之而来，社会开始动荡，文明因此而颠覆。人类花费了长得惊人的时间，前后不知历经多少代人，才将历史上反复重演的教训与悲剧，转化为一段全新的集体记忆：哪怕是我们文明的外部框架，哪怕是技术、工业、贸易等看似与灵性生活无关的部分，也必须以精神上的道德和正直作为共同基础。

玻璃球游戏在当时仍缺乏普适性的能力，即超越各个学科、高悬于各个学科之上的统御力。在那个时期，隶属于各个学科的知识分子，以及勇攀知识分子道路的修行者们，包括天文学家、希腊语学者、拉丁语学者、经院哲学理论家、音乐学院大学生等，在他们各自的小圈子内部都会玩玻璃球游戏，这套游戏已经成了他们灵性生活中不可或缺的组成部分。但是，玻璃球游戏本身却并不统一，每个院系、每个学科，乃至于每个学科当中具体而微的每个研究领域，都拥有各自不同的玻璃球游戏语言和规则，彼此独立，自成体系。知识分子们花费了半个世纪的时间，才迈出了弥合上述分歧的第一步，并且以此为基础，最终实现了玻璃球游戏的统一。造成这种迟缓的主要原因无疑是道德上的，形式与技术上的原因，相对而言反而比较次要：实话实说，早在半个世纪之前，其实已经可以找到弥合分歧的方法，但是，与新崛起的知识分子严苛道德精神一同显形的，还有一系列的恐惧，恰恰是这些恐惧阻止了分歧的弥合，即对"玩闹"的清教徒式恐惧；对将原本泾渭分明的各个学科和既存分类法的边界彻底击碎，并且将一切混合到一起的恐惧；除此之外，他们还对某种深刻且合理的羞怯心理感到恐惧，即对可能重新陷入过去那个礼崩乐坏的"专栏时代"存在着罪恶感——当时的知识分子们因为这份罪恶感的存在，时刻感觉到羞怯。

造成半个世纪后这一决定性影响的，乃是玻璃球游戏历史上的一位重要人物，此人的壮举，使人们几乎一步到位地认识到，玻璃球游戏体系中存在着无比巨大的潜在可能性，从而一举将游戏带过了普适性的门槛。值得注意的是，这次给游戏带来跨时代进步的，又是与音乐之间的联系：一位瑞士音乐学者，同时也是一位狂热的数学爱好者，他为游戏赋予了全新的转机，同时也带来了向最高阶段发展的可能。时至今日，这位伟大人物在俗世中所用的名字已无从查考——毕竟在那个年代，知识分子当中已经不流行搞个人崇拜了——唯一能够确定的是，在团体的历史记录中，他以"巴塞尔[1]的卢梭尔（又名：江湖艺人）"这个身份存在。他的发明——就跟那个时代的其他任何一项发明一样——完全出自他本人的兴趣与天赋，但又绝非仅仅脱胎于个人的需要与努力，仔细考察相关史料就会发现，其主要驱动力，实际上是来自一台相比之下动力更为强大的引擎。众所周知，他那个时代的知识分子当中，到处都活跃着一种热切的渴望，即找到能完美表达出自身崭新思想的合适手段。大家寄希望于哲学，希望哲学能给出自己想要的答案；大家寄希望于统合，希望原本存在隔阂的一切能够相互交融，最终融为一体。大家普遍抱持着这样一种观念，即认为以前那种隐居在自己学科所辖范围内、自得其乐的小小幸福是不够的，不足以弥补心灵上的空白；因此，时不时地就会涌现出一两位试图突破学科原有限制的学者，他们总是能找到这样那样的方法，将学科中少数几个微不足道的领域，巧妙地推进到普适性的殿堂；大家渴望拥有一套崭新的字母表——渴望掌握一门全新的符号式语言，只要学会这种语言，就可以跨越一切障碍，可以用它来记录全新的精神体验，专攻不同领域的知识分子之间，也可以无障碍地进行交流。这台特殊引擎所拥有的动力是如此强劲，当时有一位身在巴黎的知名学者，他以《中国的劝诫》为题所创作的文章足可证明这点。至于这篇文章作者的具体情况，反倒没必要在此多费笔墨，只提一点：同时代的许多知识分子都忍不住想去嘲笑他，认为他是某种形式的"堂吉诃德"。顺带一提，在他自己的专攻领域，即中国语言学这一学科内部，他是一位德高望重的学者，受到很多人的尊敬。在文章中，他详细解释了科学与思想的培养将要面临的危机。他说，尽管截至目前，一切的发展还算凑合，但如果无法尽快发展出一门国际通用的符号式语言，向上的态势很快就将陷入瓶颈，随后必将无可挽回地陷入崩

---

[1] 巴塞尔古乐学院，瑞士历史最悠久的音乐学院之一，致力于研究中世纪至巴洛克时期的音乐。

塌与解体。在他看来，这套全新的符号式语言，形式上应该与中国的古汉字相类似，一旦用上了这门语言，哪怕面对最复杂的事物，也可以从容不迫地以世界上所有学者都能理解的方式进行图像化表达，而且还不会影响到个人的想象力与创造力。可惜的是，文章中仅仅提出了关于这门语言的设想，并没有真正创造出这门语言，满足其相关要求的最重要一步，始终还是由"巴塞尔的江湖艺人"踏出的。他为玻璃球游戏发明了一套新兴语言专用的基本规则，将之定义为一门完全使用符号与公式来构成语素的语言。在这门语言中，数学和音乐占据了同等重要的份额，天文学与音乐之间通过各种公式达成紧密联结也成了可能，对于任何一门学科而言，数学和音乐都是一个共同的公分母。尽管这绝非玻璃球游戏发展的终点，但我们必须承认，正是这位没有在历史上留下自己真实姓名的"巴塞尔的江湖艺人"，为我们宝贵游戏后来的一切奠定了坚实的基础。

玻璃球游戏，很长一段时间以来都是数学家、语言学家或者音乐家们的专属娱乐方式。不过今时不同往日，它所拥有的独特魅力，已越来越吸引所有真正追求灵性生活的人。部分历史悠久的大学研究院、部分共济会组织分舵，甚至连古老的东方旅行者联盟，都将目光转向了它。就连一些天主教修会成员，也在接触玻璃球游戏的过程中，感受到了某种全新的精神气息，并且为之着迷；尤其在一些本笃会[1]修道院里，有很多人都参与了这项游戏。有鉴于此，早在那个时期，一个与游戏相关的重要问题已经开始浮现。而且，这个问题被正式提出来之后，马上就受到了足够的重视，此后也经常被拿出来讨论，即教会和罗马教廷究竟应该如何看待玻璃球游戏？是应该容忍、支持还是加以禁止呢？

自从那位巴塞尔人迈出了革命性的一步，在玻璃球游戏的历史上做出了伟大壮举之后，游戏迅速发展成了今天的模样，成了完全体，并且长久保持了下来：统合为思想与音乐的缩影，统合为对一切崇高对象的无比崇敬，统

---

[1] 由意大利人本笃于公元529年创立的天主教隐修会组织，相较于其他隐修会，本笃会非常重视教会音乐的传承与发展。

合"知识的总和"当中原本各自独立存在的一切个体，进入"天人合一"[1]的完满境界。在我们的日常生活中，玻璃球游戏部分扮演着艺术的角色，部分则起到了思辨哲学[2]该起的作用。普林尼乌斯·齐根哈尔斯生活的那个年代，玻璃球游戏在日常生活中的应用其实也并不罕见。举例而言，其中有一种方式，它的大名甚至早在"专栏时代"的报刊文章中就已耳熟能详，一些想象力异常丰富的文人雅士会用这种方式创造出千变万化的幻想空间，借此勾勒出自己在相应年代里的渴求目标，其名唤作：魔幻剧场[3]。

打从一开始起，玻璃球游戏就在游戏技巧策略与素材选用方面有着不可限量的拓展可能，也正因如此，就其核心内容而言，确实也对玩家们的心智提出了极高的要求，这种高要求令游戏顺理成章地成了一门高高在上的艺术与科学。不过话说回来，在巴塞尔人发明游戏的那个时期，游戏依旧缺乏一些最基本的要素。当时，每场玻璃球游戏都要走一套大致相同的流程：首先，需要考察大量彼此之间各不相同的思想与美学领域，将来自这些领域的种种概念、想法和思考片段集中起来，归纳成一个可堪使用的集合；然后，需要对上述集合中的海量元素进行排列、整理、分组，并以严谨细致的方式，对所有元素加以比较。通过这样一种方式，我们得以对这些元素所蕴藏着的、超越时间的永恒价值与永存形式，进行一次非常迅速的回溯，相当于在精神王国所辖疆域内完成一次技艺精湛的短途飞行。玻璃球游戏如此运作了很久，直到多年以后，"修心养性"的冥想概念才逐渐在教育事业的库存清单中出现——准确点儿讲，这一概念是从东方旅行者的传统与风俗中偶然发掘出来的——并且很快就被引入了游戏当中。实际上，在当时已经出现了一种很明显的趋势，一些除了超强记忆力之外，再无其他任何美德或修养可

---

1 原文为"Unio Mystica"，即"神秘结合"，出自诺斯替主义的概念，指神秘主义者与神祇结合，借此获得某种终极体验，大致等同于中国的"天人合一"境界。
2 指从概念出发进行纯粹逻辑思维，推演出整个客观实在，使客观世界的发展屈从于人类思维普遍法则的哲学。
3 黑塞名作《荒原狼》中的经典场景，主角"荒原狼"哈利·哈特在此完成了自己的人格统合。在本书中被定义为早期玻璃球游戏的呈现模式之一。

言的所谓"记忆大师"，他们不仅能够轻而易举地玩出技巧精湛、令人眼花缭乱的游戏，还能通过自身所具备的巨大优势，将无数个想法像走马灯一样串联起来，密不透风地对其他游戏参与者们施加压力，使他们感到无所适从、困惑不解，被迫交出游戏的主导权，受到"记忆大师"的支配与掌控。在"修心养性"被正式引入游戏之前，上述邪道玩法已对游戏的平衡性构成了极大的威胁，早就引发了普遍的不满与警惕。一旦有了新概念加持，纯粹依赖技巧性的不公平玩法旋即被禁止，对其施加的禁令逐渐变得越来越严格。相比之下，冥想反而成了游戏非常重要的组成部分——没错，它实际上已经成了每场游戏的观众和听众们关注的主要内容。该现象的出现表明，游戏正朝着宗教化的方向转变：不再像过去那样，仅仅依靠迅速的观察响应和熟能生巧的记忆力这两样工具，去跟随每场游戏的思想序列，追求每场游戏精神上的完整拼图。确切点儿讲，所做的固然还是这些事情，却有了更高层次的追求：游戏过程中，不应再存有任何不负责任、玩世不恭的想法，玩家必须以更严肃、更能让灵魂产生共鸣的方式，全身心地投入游戏。如今，当每场游戏的主持人召唤出某个符号之后，所有参与者都必须先对这个符号的内容、起源和蕴意展开冥想——整个过程必须保持沉默，且要求十分严格，不可敷衍了事。这就迫使每个玩家必须将相关符号的内容密集地、有机地发掘出来，必须对其有着深入而彻底的了解。冥想步骤的应用技巧与训练手法，是由各个团体和游戏联盟的全体成员从精英学校里带出来的，那里一直都对沉思和冥想的技艺给予了最大的关注。通过这样一种方式，玻璃球游戏的象形文字得以保全，避免逐渐退化为纯粹的字母符号形式。

　　发生上述变化之前，尽管玻璃球游戏在学者们当中一直很受欢迎，但它始终没有脱离知识分子小圈子活动的范畴，始终都是十分私人化的精神训练，作为玩家，既可以独自游玩，也可以两人或者很多人一起参与。不过话说回来，虽然是私人性质很强的游戏，但那些一局下来完成得特别巧妙的经典局，每一步构思都很精彩，游玩过程极为成功，常常会被官方授予奖项，予以表彰，并且在城市与城市、国家与国家之间广为传颂，接受人们的顶礼膜拜抑或评头品足。但是，直到上述变化发生之后，通过让自己成为公共庆典这一方式，游戏才慢慢开始拓展起自己的新功能。今时恰如往日，每个人也还是可以自由地在私下场合畅玩玻璃球游戏，通过它来进行精神训练的热情有增无减，尤其在年青一代当中，情况更是如此。可是，如今我们对游戏的认知已经发生了根本性的转变——如今，当我们听到"玻璃球游戏"这个词时，第一时间想到的就是与游戏相关的节日庆典，以及公开举办的竞技游戏。这类游戏通常是在少数位高权重的大师主持下进行的，这些"卢迪大师"，或者说游戏大师，分散在各个国家里，仅在举办竞技游戏时才会在众人面前现身，他们在受邀请者的虔诚聆听下，在来自世界各地的听众聚精会神的关注下，承担着主持任务。这类游戏当中的一部分相当耗时，往往需要持续数天乃至数周之久。当人们在庆典上遇到这种旷日持久的游戏时，所有玩家和听众都必须精确遵守相应的游戏规则，共同在游戏中度过一段清心寡欲、无私忘我的灵性生活时光，进入纯粹的冥想境界之中。不只在清醒的时候，这套规则同样也延伸到了睡眠时间里，堪比多年以前，参加圣依纳爵[1]主持的一项信仰训练的信众们所过的那种秩序井然、规定严苛的忏悔生活。

对于这部分内容，恐怕也没有多少可补充的了。总之，随着时间的推移，占统治地位的学科不断发生变化，科学领域抑或艺术领域，这门学科抑或那门学科——久而久之，玻璃球游戏作为当之无愧的"游戏之王"，某种程度上而言，已经发展成了一门通用语言。借助这一语言，玩家们能够自由运用各种表意明确的符号来传递特定的价值观念，并且还可以将它们相互联系起来，表达特定的思想。游戏发展进程中的任何一个时期都跟音乐息息相关，因此，大家所玩的游戏也普遍按照音乐或者数学规则来进行。一个

---

[1] 圣依纳爵（1491—1556），天主教耶稣会创始人，西班牙贵族。圣依纳爵治下的耶稣会要求十分严格，强调会士必须绝对服从会长，严守教规，常进行一些严苛的信仰训练，故有文中所说。

主题、两个主题、三个主题相继得以确立，相继用游戏规则表述出来，然后开始发生变化，开始进行拓展：像这样的一种游戏进程，与赋格曲或者协奏曲中的主题变化极为相似，两者遭遇的几乎是同样一种命运。打比方说，一场游戏可以从预先给定的天文学参数起步，也可以从巴赫的赋格主题起步，或者从莱布尼茨的某个数学公式起步，甚至从《奥义书》[1]中的某一句话起步……总之，游戏可以从任意选定的主题起步，根据玩家的意图和天赋，对已经被选定并唤醒的主题展开深入讨论，继续向内发展其奥妙，挖掘其核心思想，或者通过对其他相关概念的呼应来丰富其表达。就后者而言，如果说游戏初学者能够合理运用游戏符号，在古典音乐与自然法则的公式之间找到相似之处，并借此建立起粗浅、薄弱的联系；那么游戏高手和大师们完全能够以最初选定的主题为根基，以近乎无限的可能性向外自由拓展，为游戏创造出无穷无尽的组合变化。长期以来，总是存在着这样一派玩家，他们特别喜欢将两种明显相互对立的主题或思想在游戏中并列、并置，以看似矛盾重重的困难条件起步，通过游戏中的一系列复杂操作，最终将这两种对立关系和谐融洽地结合到一起，诚如法律与自由、个人与集体。大家普遍认为，这类以对立关系为起步条件的游戏，有着巨大的实践价值，因为在游戏的游玩过程中，玩家有机会将两种对立主题或思想完全平等、不抱任何成见地加以展开，进行深入且彻底的探讨，尽可能纯粹地从主题的核心本质上加以统合：如果不是借助游戏，如此理想、优越的研究条件显然是难以实现的。一般而言，除了少数特立独行的例外情况，那些带有消极思想、怀疑论调、不和谐结局的游戏都是不受欢迎的，有时甚至是被禁止的，这与游戏在其鼎盛时期给玩家们带来的深切感受有着莫大的关系。在玩家们看来，游戏意味着通过一种极为精致巧妙的方式，从象征层面来探索完美和谐之境界，它是一门艰深又高雅的炼金术，是一套几乎能够让个体超越一切具象、一切多重性的统合精神——换句话说，可以借游戏来接近神。恰如那些在较早之前的历

---

[1] 附在印度圣书《吠陀》书末解释《吠陀》奥义的一类书籍，内容驳杂。

史时期里生活的虔诚思想家的主张,他们将多姿多彩、富于创造性的俗世浮生,视为通往上帝的必由之路,且认为表象世界的多重性唯有经过神性的统合,才能最终抵达和谐之地,唯有追求神的意志,才能真正将思考进行到底。相比之下,玻璃球游戏所使用的那些符号和公式,同样受到人类文明中所有科学与艺术学科的哺育,作为一门通行于全球的世界语言,以与俗世浮生相类似的方式,在游戏空间中进行组合与搭建,创造音乐、思考哲学,朝着完美、纯粹的至高存在稳步迈进,以完满的现实为目标而持续努力。正因如此,"实现"在玻璃球游戏玩家们之间是个很流行的词,他们认为自己所追求的游戏事业,乃是一条从设想走向存在、从可能走向现实的伟大道路。在此,我们理当再次回顾前文中引用的、由库萨的尼古拉所写的那段名言警句。

顺带一提,基督教神学的诸多表达方式,只要是以经典方式来表述的,似乎都已成了人类文化遗产的重要组成部分,因此,这些神学表达,自然而然地也被吸纳进了游戏的符号语言。具体而言,基督教的某条主要教义,抑或是《圣经》里的某段经文,教堂神父信手拈来的一句教诲,抑或是弥撒仪式上的拉丁语念诵,其实也跟几何学的公理或者莫扎特笔下的古典乐旋律一样,能够轻而易举又无比精确地用玻璃球游戏的语言表述,并且纳入游戏内部。假设我们敢于公开讲出下面这番话,就会发现这其实也算不得夸张:在真正属于玻璃球游戏高手的狭小圈子里,玩游戏几乎等同于侍奉上帝,尽管游戏本身并没有属于自己的一套神学。

世界级强权之间,始终都在进行你死我活的斗争,这种斗争毫无精神之美可言。为了在残酷斗争中生存下去,无论玻璃球游戏玩家还是罗马教会成员,都已自发地意识到唇亡齿寒的危险,因此,他们在各自团体的内部皆已下定决心,不允许在两者之间做出任何非此即彼式的选择。尽管如此,彼此冲突的状况还是时有发生。究其原因,乃是因为知识分子恰好夹在这两大强权之间,他们一方面是正直且虔诚的,可是另一方面,他们又对非黑即白、明确无误的表述有着强烈的渴望,两者之间的矛盾催生出一股冲动,驱使他们做出抉择。不过话说回来，上述非此即彼式的选择，实际上也从未真正做出过。罗马方面满足于自身对玻璃球游戏所采取的时而仁慈、时而敌对的态度，因为包括枢机主教在内，有一批等级颇高，甚至等级最高的教士都是隶属于玩家团体的，这些教士同时也是天主教阵营里的优秀人才。另外一个原因则在于玻璃球游戏本身——游戏已经发展到了公开举办大型竞技游戏这一阶段，已经有"卢迪大师"存在了，也就顺理成章地得到了宗教组织和教育部门的庇护，而且这两者对罗马方面总是彬彬有礼，满怀着骑士精神。教皇庇护十五世[1]，当他还是枢机主教时，就已经是一位水平高超、醉心于玻璃球游戏的资深玩家了。可是成为教皇之后，他不仅跟他的前任们一样，永远放弃了这一游戏，甚至还试图对其进行宗教审判，一旦成功，便可以透过教廷的名义对其加以遏止；当年确实也走到了这一步，距离游戏在天主教徒群体当中被彻底封杀仅有一步之遥，但这位教皇在最终完成此事之前就去世了。尽管封杀未成，纵观玻璃球游戏的历史，也并不能将教皇庇护十五世视作一位无足轻重的人物。关于这位先生，在他那本被人们广泛阅读的传记中，一度将他跟玻璃球游戏之间的关系描述为一份深深的激情，作为教皇，他只懂得用敌对的方式来掌控这份激情。

此前，游戏一直都是由个人玩家和志同道合者们无拘无束游玩的，不存在任何体制上的约束。可是，由于各个国家的教育部门持之以恒地对游戏进行善意推广，玩家数量越来越多，受众面也越来越广，法国和英国开始出现公开的玩家组织，其他国家也很快跟进。于是，最终在每个国家都成立了一个游戏委员会，并选出一位首席游戏大师，其正式头衔为"卢迪大师"。在这位大师的亲自主持下举办的官方游戏活动，有着显赫的社会地位，被官方指定为精神文明领域的节日加以庆祝。当然，就跟团体里所有负责高级和最高级职务的成员一样，这位大师对外也是隐姓埋名的；除了与他关系密切的少数几个人之外，没有任何人知道其真实姓名。唯有"卢迪大师"亲自

---

[1] 黑塞虚构出来的一位教皇。

负责的官方大型游戏,才有资格使用由官方和国际化集团掌控的高效传播手段,如电台广播等。除了主持公开举办的游戏之外,大师们的职责还包括培养职业玩家,以及管理游戏学校。不过话说回来,大师最重要的职责,始终还是对游戏的进一步发展进行最严格的监管。玻璃球游戏建立了世界游戏委员会,由全世界各个国家派驻代表组成,唯有世界游戏委员会才有资格决定(这在今天简直无法想象)是否需要往游戏里添加新的符号和公式,是否需要扩展游戏规则,纳入的新领域是否有必要,是不是要从游戏中剔除出去,等等。假如我们将游戏视作全世界追求灵性生活的人们共同使用的一门语言,那么,由大师负责指导的各国游戏委员会,显然就是监督这门语言存续状况、规范其后续发展,并且努力维护其纯洁性的学院机构。每个国家的游戏委员会都拥有属于自己的一套游戏档案,即截至目前所有经过测试、得到官方批准的符号与密钥集合,其数量之多,早已远远超过中国古汉字的数量。一般而言,对于合格的玻璃球游戏玩家,大家都会默认此人拥有足够能力,能够顺利通过高等学校,乃至于精英学校的期终考试,达到了足以从这些学校顺利毕业的水准。可是,无论过去还是现在,对于未来玩家的另外一份期许同样也是心照不宣的,即他们对至少一门主要科学科目或者音乐的掌握,必须显著高于平均水平。在精英学校里,几乎每个十五岁的孩子都梦想自己未来能够成为游戏委员会的成员,甚至是"卢迪大师"。但实际上,到了博士生这个阶段之后,只有极少数人仍旧认真坚守着这份雄心,仍旧愿意积极投身于玻璃球游戏事业之中,为了该领域能够取得进一步发展而努力。当然,真到了这个阶段,仍旧选择坚守的游戏爱好者,无一例外地都会在游戏研究和冥想中加倍努力、勤奋练习,虔诚又忠实地成为公开举办的"大型"游戏中最核心的参与者。他们令公开游戏拥有了庄严肃穆的特性,同时也避免公开游戏堕落为华而不实的单纯庆典。对于这些货真价实的玩家和狂热爱好者而言,"卢迪大师"堪比王侯,不亚于教皇,几乎称得上是一位神灵了。

无论如何,对于每一位真正独立自主的玩家,甚至对于大师们而言,玻璃球游戏首先还是作为一种音乐创作方法而存在的，诚如约瑟夫·科讷希特在讨论古典音乐本质时曾经讲过的那样：

"我们认为，古典音乐是我们文化的精华与缩影，因为它是我们文化最清晰、最具特色的姿态与表达。在这种音乐之中，我们继承了来自古代和基督教时代的遗产，继承了宁静致远、勇敢无畏的虔信精神，继承了无可比拟的骑士道德。我们强调道德，因为每一种经典的文化姿态，最终都会收束于道德，人类行为的全部模式，最终都会收束于一种姿态。在公元1500年至公元1800年间，有许多不同种类的音乐被创造了出来，它们的风格和表达方式都非常不同，但其中的精神，或者说道德，在每种音乐当中却是完全一样的。古典音乐表达出来的人性态度始终保持了一致；始终基于对生活的同一种认知，并努力争取以同样的方式去克服命运的偶然性。古典音乐的姿态意味着：对人类悲剧的认识，对人类命运的肯定，意味着勇敢，意味着开朗活泼！小步舞曲优雅，无论作者是亨德尔还是库普兰[1]；要么就是像许多意大利作曲家或者莫扎特那样，将感性升华为一缕温柔的情愫；要么就是像巴赫，安静沉稳、有条不紊地准备好去死——无论哪种，当我们仔细聆听时，其中总有一份倔强、一份直面死亡的勇气、一份骑士精神，其中总有一阵超凡脱俗的笑声在回响，源自那不朽的欢愉。在我们的玻璃球游戏之中，在我们的整个生命、一切行为与苦难当中，听来也应如此。"

这番话是由科讷希特的一位学生记录下来的。我们即以此来结束对玻璃球游戏的思考。

---

[1] 库普兰（1668—1733），法国作曲家，法国键盘音乐古钢琴乐派的中心人物。

第二部分

玻璃球游戏大师
约瑟夫·科讷希特之生平

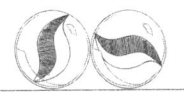

第一节 感 召

对于约瑟夫·科讷希特的身世,我们一无所知。恐怕跟其他许多精英学校的学生一样,他要么在很小的时候就已经失去了父母,要么就是被教育部门从非常不利于成长的环境中解救了出来,由政府负责统一收养。无论具体是哪种情况,他都成功避免了精英学校与学生原生家庭之间通常会有的矛盾冲突。要知道,这类冲突已经给其他许多同龄人的青春期带来了沉重的负担,不仅令他们难以进入团体,在某些情况下,还令其中部分极具天赋的年轻人面临莫大的困难,给大家带来很多麻烦,最后变成了学校里的问题人物。科讷希特属于幸运者们当中的一员,他似乎生来就注定要为卡斯塔利亚[1]、为团体、为教育部门服务;尽管他对灵性生活中存在着的种种问题做不到触类旁通,但还是能够感同身受地体会到每个献身于灵性生活的生命所固有的悲剧因素,且不会对自身造成任何心灵上的痛苦。不过话说回来,诱使我们对约瑟夫·科讷希特其人进行深入考察、详细了解其性格特征的根本原因,恐怕并非源于他对上述悲剧因素的洞察力;相比之下,他那沉稳又开朗,甚至可以用光芒四射来形容的处世方式,才是我们重点关注的对象——他以这种处世方式呼应了自身命运,发挥了自我才能,达成了自己的使命。就跟人类历史上的每位重要人物一样,他也有属于自己的守护魔神[2]和洒脱爱

---

[1] 此典出自希腊神话的水仙女。为了摆脱阿波罗的狂热追求,卡斯塔利亚选择化作帕尔纳索斯山间的一道山泉。在本书中为虚构地名,是一处专门负责教育的区域。
[2] 对应苏格拉底哲学著作中的守护魔神,根据柏拉图书中记载,苏格拉底对守护魔神的一切盼咐都无条件遵从。

神[1]，我们注意到，他所拥有的洒脱爱神确实显了灵，保佑了他，使他免受青少年常有的阴郁与狂热滋扰。很显然，那些早已被隐藏起来了的东西，我们如今是根本不可能知道的。我们从来不打算忘记这样一条守则，即当一个人尝试撰写历史著作的时候，无论头脑多么清醒，无论想要追求客观性的意愿有多么强烈，写出来的始终都是虚构作品，纵使其经纬完全忠于史实，它的第三个维度仍旧是虚构的。不妨以历史上那些非常伟大的人物来举例，实话实说，我们其实根本就不知道，约翰·塞巴斯蒂安·巴赫或者沃尔夫冈·阿玛迪斯·莫扎特，他们所过的究竟是一种怎样的生活——究竟是欢欣雀跃，还是沉痛难挨？在我们眼中，莫扎特过早完成了自己命中注定的任务，因而呈现出一种与众不同的感人要素，以及足以唤醒爱意的优雅天赋；在我们眼中，巴赫对苦难与死亡有着独到的见解，以一种令人振奋、使人感到安慰的方式教导我们屈服于命运的安排，那是犹如上帝一般的慈祥父爱——但我们实际上根本没有从他们的传记、他们私人生活中流传下来的种种事实里了解到这些。我们看来如此，乃是因为我们听来如此：我们其实是从他们所创作出来的作品、从他们的音乐中了解到这些的。更进一步讲，在我们所熟知的巴赫传记，以及根据他的音乐所幻想出来的那个形象之外，我们还不由自主地思考起了他死后的命运。在我们的想象中，巴赫已经完全是个活生生的人了，我们穿越历史长河来观察他，让他微笑着对如下"现实"保持了沉默：他的全部作品在他死后立即被世人所遗忘；他的大量手稿转眼成了废纸、销声匿迹；他的其中一个儿子代替他成了"伟大的巴赫"并获得了成功；多年以后，他的作品终于涅槃重生，但随后又陷入"专栏时代"的一系列误解之中，遭到各种粗暴对待；等等。同样，我们也倾向于将自己对莫扎特的认识还原为他本人，觉得他早在还活着的时候就已经清楚地知道，自己此生的安危完全掌控在了死神的手中。想想看，他仍然活着，以旺盛的精力与充沛的灵感，创作出大量全力以赴、健康向上的作品，在这样一个时期，他已提前

---

[1] 尼采提出的"爱命运"的概念，指无条件接受生命中所发生一切事情的人生态度。此处意译为"洒脱爱神"。

知道死亡将要过来拥抱他了。有鉴于此，我们或许可以得出结论，对于那些哪怕只有一件作品存留的创作者，历史学家们都只剩下唯一的一个选择，那就是必须将这件作品与创作者的生平结合起来，作为鲜活统一体所拥有的两个不可分割的组成部分来加以考察。这就是我们在面对莫扎特或者巴赫时应该做的，这也是我们在面对科讷希特时必须做的，尽管他属于我们这个从根本上而言完全缺乏创造力的年代，而且他也没有留下哪怕一件传统大师意义上的真正"作品"。

当我们试图追溯科讷希特的人生轨迹时，自然也打算对其进行一番解说。尽管作为历史学家，我们不得不对几乎没有他人生最后阶段真实资料留存这件事深感遗憾，不过话说回来，也正是由于科讷希特人生的最后部分已经成为传说这一现实，才真正赋予了我们放开手脚、大胆开展工作的勇气：在传记的创作过程中，我们对这一传说予以了采信，而且是完全接受了其中的内容，包括所有细节，不管它们是否只是出于虔诚而进行的虚构。恰如我们对科讷希特的出生与身世一无所知，我们对他生命的最终结局同样一无所知。尽管如此，我们在创作中却没有丝毫理由去假设这一结局恐怕完全是出于偶然；换句话说，发生了某种无法预测的意外。理由很明显，就我们目前所关注到的、科讷希特的整个人生经历而言，其中的每一个阶段都是很清楚的，他的人生实际上就是由一系列无比清晰的发展阶段按顺序搭建起来的；所以，假如我们真的可以对他的结局进行随心所欲的假设，而不必考虑我们作为历史学家所肩负的使命，那我们当然愿意完全跟随传说中所讲的内容，百分之百地相信它，并在著作中采用它——要知道，我们之所以这样做，是因为传说中对他生命最后阶段所进行的描绘，至少在我们眼中，是跟他之前生活的各个阶段完全对应的。我们甚至很愿意承认，像这样一个伟大的生命，以缥缈不定的形态遁入传说之中，似乎也是符合逻辑、合情合理的。这就好比天空中一直存在的某颗星星从我们的视野当中消失了，但我们知道，这颗星星只是在视野中"消失"，可它依然在某处继续存在着，我们虽然看不见它，却不会对它的存在产生任何疑虑。无论如何，在我们这本书的作者和读者们所处的这个世界里，约瑟夫·科讷希特过完了他确定的一生，攀上了生命的最高峰，取得了我们所有人能够想象得出来的最高成就。作为"卢迪大师"，他是所有专注于精神修养与灵性生活之人的领导者，是他们共同的榜样。他以一种堪称模范的方式管理并增加了传给我们的精神遗产，是我们每个人精神圣殿里的教皇。值得注意的是，他不仅仅是达到并取得了一个大师的位置，即达到我们等级制度的顶端；他超越了它，进入了某个我们根本无法观察、只能毕恭毕敬地去揣测的全新维度。正是由于这一原因，在我们眼中，他的这本传记同样超出了寻常范畴，就其内容来看，不再是一本普通的伟人传记，通过人生各个阶段一连串的铺垫，最后终于超越了界限，抵达了传奇所在的维度。我们不仅很愿意接受这一奇迹般的事实，甚至为之感到欢欣鼓舞；尽管如此，我们也并不打算过多地解释其中蕴意，毕竟很多东西都是只可意会，不可言传的。如此这般，只要科讷希特的人生还处在还原史实的历史阶段之中，我们便在这本传记里将其作为史实来看待，从完全尊重历史记录的角度出发进行书写，直到那一天来临之前皆是如此；至于那天之后发生的事情，我们也已进行了深入彻底的研究，打算完全按照研究得出的成果，将之后的内容无缝衔接下去。

对于他所过的童年生活，也即正式进入精英学校就读之前的情况，我们只能从史料中获知唯一的一起事件，但这的确是一起非常重要的事件，具有不可磨灭的象征意义，因为它标志着灵性生活第一次对他发出了感召，其力量非常强大，是他天赋所必须承担的第一次使命。作为首次出现的感召，它给我们提供的最重要线索在于——这次感召并非来自科学那一方，而是来自音乐那一方。顺带一提，对于这段传记材料，诚如几乎所有关于科讷希特个人生活的回忆材料一样，都必须感谢一位玻璃球游戏学生存留下来的笔记，他是科讷希特的一位忠实崇拜者，写下了他这位伟大老师平日里的许多言论与故事。

科讷希特当时应该是十二岁或者十三岁左右的年纪，而且已经在位于察伯瓦尔德[1]边缘地带的小城贝洛尔芬根[2]读了一段时间的书,是当地拉丁语学校的学生。贝洛尔芬根可能也是他的出生地。这个男孩成绩优异,在拉丁语学校里多次荣获奖学金,已经持续了很长一段时间,负责培养他的几位教学人员已向学校最高层陆续推荐了两三次,希望能够让他进入精英学校就读,其中最热心的正是他的音乐老师,但他本人却对此毫不知情,完全没有跟精英学校的相关人员或者国家教育部门的大师们发生过任何接触。过了一段时间之后,他的音乐老师(当时他正在系统学习小提琴和鲁特琴)告诉他,那位知名的音乐大师可能很快就会到贝洛尔芬根来旁听学校的音乐课,因此,约瑟夫必须好好练习乐器,到时候可不要让自己感到难堪,让老师感到难堪。这个消息令男孩深感兴奋,因为他当然很清楚音乐大师的身份,知道这位大师有多么高高在上——他不仅仅是国家庞大教育机构某个高级部门的重要官员,就跟每年必定会来考察两次的督学一样;重点在于,他是这整个教育部门的十二位最高负责人之一。要知道,从国家层面来看,教育部门是所有政府机构当中最尊贵的,所以,部门内部的这十二位最高负责人,简直等同于十二位半神。至于这位大师,他就是领导全国一切音乐事务的至高权威。音乐大师本人,这位如传奇一般的"穆希卡大师"[3],即将来到贝洛尔芬根!对于小男孩约瑟夫而言,在这个世界上,比音乐大师还要传奇神秘的,恐怕只有一个人——玻璃球游戏大师。话说回头,一想到这位已经提前宣布了自己到来日期的音乐大师,某种仿佛铺天盖地而来的、令人感到无比恐慌的敬畏之情也提前笼罩了他。在男孩的想象中,音乐大师有着各种各样的形象,有时像一位国王,有时像魔法师,有时又像十二使徒当中的某一位,或者已经成为传奇的、古典时期伟大艺术家们当中的某一位。比方说,其中有一位名叫米夏埃尔·普雷托里乌斯[4],再比方说,还有一位

---

[1] 黑塞虚构的地名,应为"魔法森林"的改写。
[2] 黑塞虚构的地名。
[3] 如前文中出现过的"卢迪大师",属于尊称。
[4] 米夏埃尔·普雷托里乌斯(1571—1621),德国作曲家、管风琴家、音乐理论家。

名叫克劳迪奥·蒙特威尔第[1]，有一位约翰·雅各布·弗罗贝格尔[2]，或者约翰·塞巴斯蒂安·巴赫——他满怀欣喜地期待着这颗星星在自己面前出现的时刻尽快到来，他心中的欣喜诚如他同时怀抱着的恐惧。因为将要到来的那位人物可是半神之一，是大天使当中的一员，是精神世界神秘无比又无所不能的统治者之一。他竟然会来这里，来到这座小城，在这所拉丁语学校里现身，而且，他应该能够亲眼看到他，跟他见面。大师也许会跟他讲话，测试他、责备或者赞扬他，这一切无疑是件大事，堪称奇迹，堪称最罕见的天象；正如老师们向他所保证的那样，这是几十年来首次发生的大事件，一位真正的穆希卡大师，将要亲自访问这座小城，还有这所小小的拉丁语学校。男孩尽情想象着即将发生的大事件，心中涌生出许许多多的图景，首先想到的是一场盛大的公共庆典，一次与大师身份相匹配的接待活动，就跟他曾经亲身经历过的、欢迎新市长上任的典礼一样，有管弦乐队表演，街道上挂满五颜六色的旗帜，也许还会放烟花。科讷希特的同学们也有同样的想法与期许。他满心的期待实在太过炽烈，唯有当他想到自己或许不应该跟这位伟大的男人太过接近时——因为一旦真正接近了这位伟大的音乐鉴赏家，跟他产生了交流之后，男孩就不得不在他面前演奏音乐，不得不回答他的问题，这肯定会令男孩感到无比难堪——这份期待才会偃旗息鼓。不过话说回来，期待中的恐惧不是只有痛苦，它同时也是甜蜜的。男孩的心中藏着一个秘密的念头，这个念头他绝对不会公开承认，那就是他并不认为人们期待已久的这场庆典活动，包括五颜六色的旗帜、可能会放的烟花，实际上真的有多么美好、多么激动人心、多么重要。实话实说，即将发生的这一切事情，固然很了不起，但跟他又有什么关系？难道他——这个微不足道的约瑟夫·科讷希特，真的能够站到这位先生的身边去，真的能够近距离地好好打量他一下

---

[1] 克劳迪奥·蒙特威尔第（1567—1643），意大利作曲家、制琴师，主要作品为牧歌和歌剧。蒙特威尔第是介于文艺复兴与巴洛克时期的重要音乐家，被认为是古典音乐史上一位划时代的人物。

[2] 约翰·雅各布·弗罗贝格尔（1616—1667），德国作曲家、制琴师，出生于斯图加特。

吗？怎么可能会有这样的机会呢？好吧，男孩此刻还完全不知道。事实上，音乐大师之所以会到贝洛尔芬根来，其中确实有一小部分原因是为了他，为了约瑟夫！这样说自然是有道理的，因为他既然来了这里，肯定是要考察音乐课的，与此同时，负责上音乐课的老师又站在男孩这边，显然会想方设法让他好好考察一下这个男孩。

可是也许……唉呀呀，也许事情并不会走到这一步，因为这一切几乎是不可能成真的，大师肯定有其他更重要的事情要处理，不会浪费时间，不会随便让哪个小男孩给他拉小提琴听。再说了，就算真的想听，他恐怕也只愿意见一下高年级里最顶尖的学生，听这些学生给他拉小提琴。就这样，带着上述各种念头跟想法，男孩耐心等待着这一天的到来。可是，当这一天真的到来时，几乎从一开始就令他感到大失所望：街道上没有管弦乐队负责演奏，房屋上既没有悬挂旗帜，也没有装饰花环，大家不得不跟平常一样，拿着书本跟练习簿，老老实实地去上每天必上的课程，甚至在教室里也没有丝毫装饰和节日气氛。一切都跟平常一样。开始上课了，老师也跟平常一样，穿着平时常穿的衣服。他什么话也没多说，对于那位即将到来的伟大客人，甚至连一个字都没有提。

可是，在上第二或者第三节课的时候，有人来敲门了，学校里的一位勤杂工走了进来，向老师问了好，随后便通报了一条消息：请班上的学生约瑟夫·科讷希特，务必在一刻钟之后，准时到音乐老师那里报到，确保这位学生将头发梳理整齐，确保他的双手干净清洁，确保他的手指甲里没有任何污垢。听到消息之后，科讷希特吓得脸上都没了血色，他跟跟跄跄地走出校舍，奔向自己住的膳宿公寓，放下书本，认真洗漱了一番，又好好给自己梳了梳头，用颤抖的双手拿起自己的小提琴琴盒跟乐谱，喉咙里哽噎着，大步流星地冲向坐落在副楼里的音乐室。这时，他发现一位激动万分的同学已经在楼梯间等着迎接他了。见到他跑过来之后，这位同学马上指着其中一间练习室，说道："你应该先在这里等，有人会来喊你的。"

其实也没等多久，但对男孩而言，时间却仿若永恒。一直都没人过来喊他，这时却有个男人走了进来，是位年纪非常大的老人，一眼看去，他个子并不是很高，满头白发，容光焕发，脸上仿佛时刻散发出圣洁的光芒，一双浅蓝色眼眸，目光如鹰隼般锐利。别人或许会害怕这种目光，认为它太过锐利，甚至不敢直视，可男孩却并不感到害怕。他认为老人的目光固然锐利，但同时也满怀着愉悦。这份愉悦之情既不张扬，也不犹疑，安静从容地闪耀出淡淡的光彩，显得和蔼又安详。他跟男孩握了握手，又朝他点了点头，若有所思地坐到老式练习钢琴前面的凳子上，说道："你就是约瑟夫·科讷希特？你的老师似乎对你平时的表现感到非常满意。我想他应该挺喜欢你。来吧，让我们一起来演奏一点儿音乐。"科讷希特已经提前取出了自己的小提琴，他听见老人在琴键上敲了敲A调，马上给琴调好了音，然后就开始疑惑又焦急地注视着眼前这位音乐大师。

"你想演奏些什么？"大师问道。可是这位学生却无法搭话，因为他对眼前这位老人充满了敬畏，不知如何是好——在此之前，男孩还从来没有见过像他这样的大人物。短暂迟疑过后，他伸手去拿自己的乐谱，递给了眼前这位先生。

"不必，"大师说道，"我想让你凭记忆演奏，而且不能是练习曲，一些你早已熟记于心的简单作品就行。对了，或许可以选一首艺术歌曲，只要你自己喜欢就好。"

科讷希特什么也没回应，他已经彻底被眼前的这张脸和这双眼睛给迷住了，陶醉其中，不能自拔。他其实很想回答些什么，却连一句话都说不出来，他对自己呆若木鸡的表现感到极为羞愧，可说不出话就是说不出话，什么办法都没有。大师并没有催促。他用一根手指敲出了某段旋律的头几个音符，用询问的目光注视着男孩。男孩点了点头，立即欢快地紧跟着旋律演奏起来，这是学校里的孩子们经常会唱的一首老歌。

"再来一次！"大师说道。于是，科讷希特将这段旋律重复了一遍，老人现在用第二声部来跟他配合演奏。这首老歌开始以两个声部的合奏形式在这间练习室里响起。

"再来一次！"

科诺希特继续演奏，大师开始同时配合演奏第二和第三声部。在三个声部的齐奏中，这首美丽的老歌响彻了音乐室里的每一个角落。

"再来一次！"大师同时奏响三个声部。

"一首多么美丽的歌！"大师轻声说道，"现在开始用低音区演奏。"

科诺希特很听话地演奏了起来，大师已经给他起了调，现在又开始同时演奏三个声部，紧跟着男孩的旋律。老人一次又一次地说着："再来一次！"每一次演奏之后，歌曲声都变得更加欢快。科诺希特开始演奏起男高音声部，每一个音符响起时，钢琴这边总是会有两到三个对音来给他伴奏。他们两人多次演绎了这首老歌，不再需要进行更多的交流，每一次重复，这首老歌的装饰音和变奏部分都会进化得更加丰富，也更有层次感。此刻，上午的阳光愉悦地洒满这间空空荡荡的小房间，悠扬的乐声之中，洋溢着庆典的欢乐气氛。

过了一会儿，老人暂时停了下来。"觉得够了吗？"他问道。科诺希特摇了摇头，于是又开始演奏；男孩的声部再一次开心地加入了老人的三个声部当中，四个声部各自描绘出细腻又清晰的声线，声线与声线之间相互交流，相互依靠，相互重叠，勾勒出美妙的弧线，各种美好的形状，彼此环绕，恣意嬉戏。此刻，男孩和老人已进入浑然忘我的境界，将自己完全托付给了美丽的声线，托付给了声线彼此交汇时所形成的各种图案，陷入了它们用音乐编织而成的巨网之中。此刻，他们两人听从一位看不见的乐团总指挥所下的指令，轻轻摇晃自己的身体。当旋律再一次结束时，大师回过头来问道："你喜欢像这样演奏吗，约瑟夫？"

科诺希特感激万分、神采奕奕地看着他。此时的他喜笑颜开，但仍然一句话也说不出来。

"你恐怕已经学过了吧，"大师现在又问他，"知道赋格曲是什么，对吗？"

科诺希特的脸上露出了迷惑的表情。在此之前，他确实听说过赋格曲，但在课堂上还没有教过。

"好吧，"大师说，"既然如此，我就给你实际演示一下。要知道，学习赋格的最快办法，就是自己直接来一段赋格曲。我们来看看：一首赋格曲，首先需要有一个主题，这个主题我们也不必专门花时间去找，只需要从我们一直演奏的艺术歌曲里选一个就行了。"

说罢，他马上敲出了一小串音符，是艺术歌曲旋律当中的一小段，直接截取下来，没头没尾的，听起来很奇怪。像这样选定了主题之后，他开始重复弹奏这一主题，并且在里面逐渐加入变化，第一次起奏很快就结束了；第二次起奏时，第二声部将前一次的高五度变成了降四度；第三次起奏时，又以高八度来重复第一次起奏的内容；第四次起奏时，同样以高八度来重复第二次起奏的内容；最后再以主调的一次重复，为呈现部[1]画上了休止符。到了第二部分即中间部，主题开始更自由地展开，转变为各种不同的调子。第三部分即再现部，更倾向于下属方向调，最后以基础主题上的一小段变奏作为结束。男孩目不转睛地注视着演奏者灵巧而白皙的手指，看到赋格曲发展变化的过程悄悄反映在他那张皱成一团的脸上，他的眼睛仿佛什么也没看，在半睁半闭的眼皮下休息。男孩的内心充满了崇敬，充满了对大师的景仰。他的耳朵里听到了赋格曲，实在是太奇妙了，仿佛有生以来第一次听到音乐似的。此刻，他已经蒙蒙眬眬地意识到了，在自己面前发展变化的这支音乐作品的背后，是一整个精神领域的世界，它有着属于自己的一套法则，享受着无拘无束的自由，是服膺，是支配，而这一切又都归属于某种令人感到无比幸福的和谐之中。此刻，他心悦诚服地向这个精神世界、向眼前的这位大师顶礼膜拜，立誓效忠。短短几分钟的时间里，他看到了他自己，看到了他的整个人生，看到了这整个世界，一切都受到这种音乐精神的引导与支配，一切都需要由这种音乐精神来加以阐释。当这场漫长的演奏会终于走到了自己的终点之后，他静静注视着眼前这位受到自己无限爱戴、无限景仰的老

---

[1] 赋格一般分为三个部分：呈现部、中间部和再现部。各个声部在呈现部中用主调和属调将主题逐一呈现，然后各自展开为不同的插部，最后在再现部里回到原来的主题上。

先生，注视着这位伟大的魔法师，注视着这位君临一切的王者——虽然已经停止了演奏，但他的上半身仍然微微屈身向前，向着钢琴的琴键倾斜，他那双眼睛仍旧是半睁半闭，他的脸庞由内至外散发出柔和的光芒。此时此刻，男孩不打算再去思考任何东西，他的脑海里一片空白，他不知道自己是否应该为这短暂的幸福而欢呼，是否应该为其暴风骤雨般的终结而哭泣。老人慢慢从琴凳上站起来，用那双明亮的蓝眼睛注视着他，目光很锐利，很有穿透力，但同时又透露出无法描述的友好与亲切，老人开口说道："在这个世界上，再没有什么能够比一起演奏音乐更容易让两个人成为朋友的了。这是一件十分美好的事情。希望我们以后还能继续做朋友，你跟我。或许你很快也能学会创作赋格曲，约瑟夫。"讲完这句话之后，他跟男孩握了握手，然后就离开了。走到门口之后，他又一次转身，用眼神向男孩示意，彬彬有礼地朝他微微点一点头，以此作为告别。多年以后，科讷希特告诉自己的学生：当他走出校舍时，他发现这座小城、这整个世界都展现出了更加多姿多彩的一面，仿佛被谁施了魔法似的，比他之前想到的那些旗帜与花环、彩带与烟花的装点还要更美妙得多。这是他第一次真正体会到天命感召的力量，大家完全可以将它称为一场宗教上的圣典：发生这起大事件之前，这颗年轻的心灵只是部分地从道听途说、部分地从热切而混乱的梦境之中大致了解到了这个理想世界的存在。如今，这个原本看不见的理想世界突然就变成可见的了，而且还十分诱人地向他敞开了怀抱。原来如此，原来这个世界并不仅仅存在于远方某个不知名的地点，并不仅仅存在于过去或未来，不是这样的，这个世界就在这里，而且还很活跃，散发出耀眼光芒，它向外派出了使者、使徒、信使，派出了像眼前这位老年大师一样的先生们——顺带一提，在约瑟夫看来，这位先生其实并没有实际上看起来的那么老。从这个理想世界里，透过这些可敬使者当中的一员，劝诫与感召竟也传达到了他的身上，传达到了这个微不足道的拉丁语学校低年级学生的身上！以上就是这起大事件对他的启发，直到过了好几个星期之后，他才终于回过神来，真正知道发生在自己身上的这一切所具有的重大意义；与此同时，他也终于能够确信，在那如梦似幻般的一小段时间里所体验到的神奇过程，其实也是跟现实世界里的真实历程相呼应的，因为这种感召不仅仅出自他个人的灵魂与良知，不仅仅是从这唯一的渠道获得的幸福与劝诫，它同时也来自凡尘俗世的伟力，也是从现实中脱胎而出的恩赐与警示。事件发生之后，随着时间的推移，关于这起事件的一项客观事实已经无法继续掩盖下去了，即这位音乐大师的来访既不是率性而为的巧合，也称不上是正规的学校考察，因为男孩的老师们长期以来都在坚持不懈地向上级主管部门汇报与他相关的情况，科讷希特的大名早就被列在似乎值得被推荐到精英学校接受教育的优秀学生名单上了，或者换一种说法，其实科讷希特早就被推荐给了国家教育部门的最高管理层，他得到的评价非常不错，只待被实地考察了。这个男孩科讷希特在书面报告中看起来实在是太优秀了，他不仅被誉为精通拉丁语的语言天才，个人性格与道德方面同样无懈可击，而且还得到了他音乐老师的特别推荐和赞扬。有鉴于此，我们这位音乐大师在一次公务旅行中主动抽出时间来，到贝洛尔芬根待了几个小时，实地考察了一下这个学生的水准。在音乐大师看来，此行的重要目的，既不是对男孩的拉丁语水平进行考核，也不是对他手指的灵活程度开展测试（在这些方面，他是相信老师们所提供的大量报告的——他可花了足足一个小时的时间来研究这些报告）。主要问题在于，这个男孩是否具备成为更高层次音乐家的客观条件：他是否拥有足够的热情，是否拥有合格的自我管理能力，对理应敬畏之人、理应敬畏之事物是否有敬畏之心，对未来将从事的伟大事业，是否能够做到无私奉献。整体而言，公立学校的老师们在推荐自己的学生进入"精英"行列时，其态度固然是端正的，基本上是出于良好的意愿，但具体到行动上，却往往表现得过分慷慨。单就结果来看，老师们推荐的学生大部分时候都是很不错的，尽管有时也会出现这样一类学生，他们当然也不算差，但或多或少还是因为不诚实的原因受到了老师们的青睐，从而得到了本不应该属于自己的推荐。除此之外，像这样的一种情况也不罕见，某位老师由于缺乏远见，出于偏心，坚持推荐某个自己十分喜爱的学生，可是，这名学生除了勤奋、爱慕虚荣，以及在老师面前耍些小聪明之外，就再没有其他任何优点了。音乐大师最反感的恰恰就是这样一类学生，因此，他往往会在学生还没来得及意识到自己的未来和前途正处于危险之中时，就将这类学生给提前剔除掉——所以，一旦哪个学生太过娴熟、太过自发、太过巧妙地迎合他，甚至企图奉承他，那可就糟糕了；在某些比较极端的情况下，考察还没有开始，考生已经提前被他给拒之门外了。

我们的这位音乐大师——这位老人，对这个名叫科讷希特的学生感到相当满意，非常喜欢他，在之后的旅途中仍然开心地回想着他；老人没有在随身的笔记本里写下任何关于他的记录文字，也没有对他的表现打分，他只是很简单地将这个开朗、谦逊的男孩给记住了。回去之后，他亲手将科讷希特这个名字，写进了由国家教育部门最高管理层成员当面审查并认为值得录取的学生名单里。

就连约瑟夫本人，偶尔也会在学校里听到一些关于这份名单的传闻——拉丁语学校的学生们通常将它称为"金榜题册"，但偶尔也会被人毫不客气地称为"书呆子名录"——大家对它的看法总是存在着很大的分歧。当老师提到这份名单时，基本上是为了借此来责备自己的学生，他们会说，像这样一个不好好学习的小伙子，他的名字永远都不可能跑到这份名单上去。尽管是出于批评的目的，当老师提到这份名单时，语气中也始终会带有一份如同面对盛大庆典般的庄重、一份发自肺腑的尊重，以及少许夸张的意味。可是，当学生们聊起这份"书呆子名录"时，他们通常会采取一种粗暴无礼的态度，满不在乎的模样甚至让人觉得有点儿夸张。有一次，约瑟夫听到有个学生说："哎呀，什么嘛，这份愚蠢的'书呆子名录'可真让人恶心，我唾弃它！只要你还算是个男人，你就进不了这份名单，这就是真相。老师们只会把那些最厚颜无耻的钻营高手张罗上去。"

精彩无比的经历结束之后，是一段颇为怪异的时间。起初，他对自己现在已经属于"当选者"[1]、属于"青年之花"[2]的事实一无所知——顺带一

---

[1] 原文为拉丁语"electi"。
[2] 原文为拉丁语"flos juventutis"。

提，在团体中，大家就是以"青年之花"来称呼精英学生的——起初，他根本没有想到，与音乐大师一起的这段经历将会对他本人的命运、对他今后的日常生活造成什么实质性的后果和影响。尽管拉丁语学校的老师们已经将他认定为一场激烈角逐之后的获胜者，甚至都开始准备为他饯行了，可是在他本人看来，几乎只将这次对自己天赋的感召视为一场单纯的历练。不过话说回来，即便如此，这也是他人生中的一次骤变，他对自我的认知已经改头换面。尽管他只跟自己心中的这位魔法大师一起度过了很短的一段时间，却借此实现了自己心中设想已久的一些东西，或者至少也是跟这些东西更接近了一些；可是相应地，同样因为那段时间的存在，昨天与今天之间，过去、现在和未来之间被清楚地分割开来了，这就好比一个刚刚从睡梦中醒来的人，因为之前梦中所处的环境跟现实完全相同，看到同样的环境，无法不去怀疑自己很可能还处在梦中一样。感召有着许多不同的类型，以及纷繁复杂的形式，但具体到相关体验上，其核心与蕴意总是相同的：灵魂被唤醒，发生了一些改变，甚至得到了升华。因为感召并非发自个体内部的梦境与幻觉，它是来自外部的，是隶属于现实世界的一部分，可以认为是现实的片段；它的到来总是十分突然，仿佛突然现身于某处，强行介入了个体的生命之中，在很短时间内就对其造成了深刻的影响。具体到男孩身上，"现实的片段"就是大师这位人物：这位了不起的音乐大师，在此之前，他只是一位遥不可及的大人物，一位可敬可畏的半神，一位身处天国最高处的大天使。可是如今呢，他竟摇身一变，以肉体凡胎的模样出现在了男孩面前。他有一双无所不知的蓝眼睛，坐在练习用钢琴前面的小凳子上，跟约瑟夫一起演奏音乐。演奏出来的音乐无比美妙，几乎不用任何言语，就向约瑟夫展示出了真正的音乐究竟是什么。再然后，演奏很快就结束了，他祝福了男孩，转眼就消失不见了。在这起大事件刚刚结束的那段时间里，科讷希特完全无法静下心来，无法思考这一切可能会造成的深远影响，无法思考未来将会发生的各种变化。因为他实在太忙了，他的内心实在太过充实，忙于处理这一事件所带来的一系列直接、内在的波动，完全忽视了其他一些在他看来并非很重要的内容。眼下的他，就像一株无比稚嫩的植物幼苗，截至目前，一直都在以一种与世无争的平和方式，缓慢无比、犹疑不决地生长着。哪曾想到，这株幼苗突然爆发了，突然开始以更加激烈的方式呼吸，开始疯狂长大，仿佛在某个奇妙难言的时刻，突然意识到了自身存在的意义，看清了自我成长的规律，探明了未来将走的道路，于是就开始加倍努力，热切期盼着能够尽快实现自己作为植物的某个终极目标似的。情况大致就是如此，当男孩偶然触碰到了魔法师拥有神力的那只大手之后，旋即开始迅速而急切地聚集、绷紧自己所具有的各种力量。此时此刻，他已感觉到了自身的变化，感觉到了自己的成长，感觉到自己与世界之间有了新的张力、新的和谐。在某些时候，他感觉自己有能力解决音乐、拉丁语、数学领域的一些难题——在此之前，单就他的年龄而言，是根本不可能有机会解决这些难题的，因为这些问题实在太难，已经远远超出他们这个年龄阶段了；他的同学们与这些难题之间，更是存在着遥不可及的距离。除此之外，他还感觉自己能够胜任一切工作，取得世界上任何一种可以取得的成就。可是，在另外一些时候，他又会忘记一切，以一种过去从未有过的心境，如此温柔、如此虔敬地做起梦来。他会聆听，聆听那和风细雨；他会凝视，凝视一朵花，或者凝视流动不停的溪水。此时的他，什么都不懂，什么都怀疑，完全被同情心、好奇心、求知欲所包围；此时的他，不再坚守自我，内心逐渐由自我绵延至他人，绵延至世界，绵延至神秘主义与神圣事务，绵延至虚无缥缈的游戏所匿藏的痛楚之美当中。

情况就是如此，先是从内部开始，逐渐由内部绵延至外部，直到内部与外部完整相遇，彼此确认对方的存在，并且达成了和谐共处——如此这般，约瑟夫·科讷希特的感召，以一种完满而纯粹的方式发生了；他成功经历了感召的所有阶段，品尝了所有的幸福、所有的恐惧。这是一次美好、高尚的精神升华过程，它完整且成功走到了终点，没有受突如其来的妄念折磨，没有被不负责任的行为所干扰，这是人类文明中每一个高贵灵魂在青年时期最典型的成长方式，是他们成为伟大人物之前最常见的历史重演；内部与外部有条不紊地运作着——和谐共处，相互制约，相互成长。当上述一系列的发展变化抵达终点时，这个学生终于开始意识到自己当下的处境，开始关注起自己在现实世界将要面对的命运。他发现自己被老师们当作同事来对待，有时甚至像对待那些随时都会离开的贵客一般；他发现自己跟同学之间产生了很大的隔阂，大家对他半是钦佩和羡慕，半是躲避与猜忌，甚至有人对他表示了反感，还有人公开嘲笑他，甚至立场鲜明地憎恨他；至于原本是朋友的那些孩子，跟他渐行渐远的越来越多，狠心抛弃他的也越来越多。——不过话说回来，同样的渐行渐远、同样的狠心抛弃过程，其实早已在他内心深处同步发生了：他也同样远离了他们，他也同样抛弃了他们。仅从他自己的内心感受上来看，老师们越来越像同事，不再是高高在上的相处模式，昔日的朋友们摇身一变，成了自己人生旅途中徘徊不前的风景，最终形同陌路。他发现同龄人里面已经没有自己的容身之处了，他发现自己继续待在学校和小城里已经没有什么意思了。眼下这里的一切都被某种神秘的死亡气息所笼罩，某种超现实的恍惚感正在暗流涌动，这里的一切已经蜕变为某种得过且过的权宜措施，仿佛一件破旧不堪的衣服，不再适用于任何场合。目前这种感受是很荒谬的，迄今为止一直和蔼可亲的故乡，他明明是从这里成长起来的，这里却已不再能够留住他；迄今为止的生活方式——他明明是从这生活方式中成长起来的，它却不再属于他、不再符合他的要求；他明明在那一小段时间里体会到了至高的幸福，拥有了光芒四射的自我认知，却偏偏因为这幸福和认知，断送了迄今为止习以为常的生活方式，被迫过上了一种即将远行、即将被人带走的苦闷日子，这种日子到了最后，甚至成了一种巨大的折磨，一种他几乎无法承受的压力和痛苦，因为眼下一切都远离了他，可他自己却无法确定，这种远离是否真是出自他本人自发自愿的选择。是啊，他岂不正是导致这一切动荡的罪魁祸首吗？他岂不正是因为自己的野心、傲慢、骄纵、不忠和缺爱，导致了过去一切的消逝，在迫不得已的状态下，成了自己那个亲爱又熟悉的旧世界里的陌路人吗？是啊，在响应自己真正天职的同时所带来的痛苦中，在接受感召的过程中，这些恰恰是最苦涩的。实际上，接受感召、响应天职的人，不仅接受了一份礼物、一道命令，他还接受了某种类似于愧疚、类似于亏欠的东西。这就好比从战友们的队伍里被挑选出来、将要晋升为军官的一名士兵，他的心中越是带有愧疚感——甚至因此而对自己的战友们产生了良心上的不安——他就越配得上这次晋升。

在这段时期里，科讷希特成功控制住了自己的情绪，表现得相当克制，最后总算没有受到任何干扰，安安稳稳地度过了这段充满了发展变化的时期：当拉丁语学校的教师委员会终于发出正式通知，宣布他因为各方面表现优异而被选中、即将被精英学校录取时，他在短时间里竟然感到万分惊讶，不敢相信这是真的，尽管下一刻他就恢复了正常，觉得这个貌似很新鲜的消息对他而言已经不再新鲜，因为他早就知道了，而且对此期待了很久。直到现在他才想到，最近几个星期，时不时就会有人用开玩笑般的口吻冲着他大喊"当选者"或者"精英仔"[1]这样的绰号。他确实听见了，但都是左耳朵进右耳朵出，从来没有往坏处想，从来没有将这些喊叫理解为除了开玩笑之外的其他东西。实话实说，他觉得他们其实并不是真打算用"当选者"这样的绰号来称呼他，反而是想用这样一种方式来劝诫他，想要对他说："你呀，你是如此傲慢，竟然真以为自己能成为当选者！"他有时也会因为自己跟同学们之间出现了严重的疏离感而感到十分难受，但他也确实从未真正认为自己是一名"当选者"。实话实说，他并没有意识到，这次感召从客观上来讲，意味着他在社会阶层上实现了一次跃升。他的感受几乎完全是主观上的，仅仅将感召作为一种内在的告诫和激励罢了。可是话又说回来，他难道真的不清楚外界发生了什么吗？他难道没有总是去怀疑、去揣摩、去感受吗？不管怎样，如今时机已经成熟，他的幸福得到了确认，学校已经发出正式通知，他的成功被合法化了，之前所受的一切苦难终于有了意义。这件令他感到难以忍受的旧衣服，又窄又挤，样式落后，现在总算可以除掉了，一件崭新的衣服已经为他准备好了。

---

[1] 原文为德语"Eliteknabe"，并非拉丁语。

随着科讷希特被接纳为精英们当中的一员，他的人生也被提升到了另一个完全不同的层次，他的生命发展历程因此而迈出了决定性的第一步。

值得注意的是，尽管所有的精英学生都是在经过了官方的认定程序之后，才正式被接纳成为精英当中的一员的，但他们并不一定都像科讷希特这样，真正经历过感召的过程，他们内心的天赋并不一定能够完全觉醒。感召其实是恩典，说恩典或许有些难于理解，兴许还可以表达得更世俗一点儿：这纯粹是一种运气。好运气就是这么回事，一旦幸运之神看上了谁，谁的一辈子都会好运相随。实际上完全是先出现了结论，然后再去讨论因果，而且这种好运往往是天生的。这就好比有些人刚一出生，幸运之神就已经为他们准备好了天赋禀异的身体和心灵，在未来的道路上，他们获得成功的可能性，当然比那些资质平庸的人要大得多。大多数精英学生——好吧，甚至可以认为就是几乎所有的精英学生，都将自己被选中、被认定为精英这件事视作一桩大大的好运，视作一份引以为傲的殊荣，重要之处在于，其中非常多的学生早就开始热切期盼着这份殊荣了。可是，对于大多数被选中的学生而言，从普普通通的家乡学校过渡到卡斯塔利亚的精英学校这件事，往往比他们之前所设想过的还要困难许多，当中的落差，甚至给其中一部分人带来了意想不到的失落感。当然，最显著的改变，始终还是针对那些之前一直生活在健全家庭的荫庇之下、受到父母的宠爱、度过了无比幸福童年的学生，对于这部分学生而言，抵达卡斯塔利亚之后的过渡期，无一例外都是非常艰难的，因为这意味着告别和放弃。因此——尤其是在进入精英学校之后的头两年时间里——遣退回原学籍的情况不断出现，而且整体数量还不少，究其原因，并不是因为这些学生缺乏天赋或者不够勤奋，而是因为他们实在无法适应自己在卡斯塔利亚的寄宿学校式生活，这种生活首先要求他们越来越多地切断与原生家庭和故乡之间的联系，最终必须将上述联系完全切断，除了团体之外，不再关注并尊重其他任何从属关系。还有一些学生，他们的情况刚好相反，进入精英学校的主要目的就是从父亲掌权的家里逃脱出来，或者跟他们不喜欢的学校分道扬镳；而且，当他们真的来到精英学校之后，也确实从严格的父亲或者不喜欢的老师那里解脱了出来，可以暂时松一口气，过一段时间相对轻松自在的生活。可是与此同时，他们往往也期待着自己的整个人生能够借此发生翻天覆地的变化，取得之前根本不可能取得的成就，于是失望很快就找上了他们。实话实说，哪怕是真正勤奋刻苦的学生，哪怕是堪称楷模的优秀青年，哪怕是迂腐到只知道读书、其他什么都不懂的书呆子，在卡斯塔利亚也未必总是能够保持住自己的优势地位；这并不是说他们没有足够的学习能力，在精英学校里，面对的不仅是单纯的学习问题，不仅是不同学科当中的能力培养问题，学生们要达成的同时还有教育和艺术上的目标，在这些目标面前，有些学生无论怎样努力都难以弥补自己跟其他学生之间的差距。幸运的是，在整个教育体系当中，总共有四所精英学校，这些精英学校辖下还有众多分校，学校里的各个学院也在各地建立了许多分院，这就为天赋各不相同的大批人才提供了足够的培养空间。一旦学校里有哪个雄心勃勃的"数学家"或者"语言学家"横空出世，如果此人真的具备成为学者的条件，那么，因为有众多可以培养他的机构存在，他就根本不需要将自己缺乏音乐或者哲学才能视为一种危险。在历史上的部分时期，甚至在卡斯塔利亚内部，也存在着一种很强烈的倾向，即加大力度扶持那些形式上无比纯粹、内容上清晰具体的科学领域学科。持有这类倾向的教育界激进分子们，他们不仅旗帜鲜明地反对培养"幻想家"——音乐与艺术领域的学生——对持相反意见的同僚们发起严厉谴责与无情嘲讽，还在自己的小圈子里排斥几乎所有的音乐、艺术类活动，对相关一切表达出强烈的憎恶与不满；玻璃球游戏的存在，更是令他们恨得咬牙切齿。

就我们目前所知的情况看来，科讷希特一生的时间里，大部分重要的事件都是发生在卡斯塔利亚的。卡斯塔利亚，坐落于我们这个多山国家中最安静、最祥和的地区，以前常常依照大作家歌德的说法，称之为"教学省"[1]——在此，我们打算冒着令部分读者对自己早已知道的东西感到厌烦

---

[1] 出自歌德的教育小说《威廉·迈斯特的学习时代》。

的风险，再次简明扼要地概述一下著名的卡斯塔利亚地区，以及遍布于此的众多教育机构的典型特征。卡斯塔利亚地区的这些学校，通常被简称为精英学校，本质上是一整套睿智、通达且富于弹性的人才选拔系统，透过其管理部门（一个所谓的"学研会"，由二十名成员组成，其中十人代表国家教育部门，十人代表团体）从全国各个地方、各个学校挑选最优秀的人才，在此接受最先进的教育，最终成为团体和其他一切重要教育、研究机构的下一代骨干力量。遍布国内各地的大量普通学校、高级文理中学，以及其他一些类似的教育机构，无论其本身的施教方向是偏重于艺术人文，还是科学技术，对于学校里百分之九十以上的求学者而言，读书的根本目的，无非是在将来能够无障碍地胜任一份"自由"[1]工作而提前打好基础罢了，这个阶段所接受的始终还是通识型教育，即大家所学习的内容都差不多，不会专门去进行分门别类；像这样的一种状态，等到他们参加完毕业考试，顺利升入高校之后就结束了——再然后，等他们真正到了那里，在高校正式登记入学了，首先就需要选择一门专业；无论选哪个专业，都需要完成一整套特定的课程，并通过相应考试。以上就是我们大家都很熟悉的、普通高校学生的正规学习流程。通常而言，这些学校会对学生提出相当严格的学业要求，并且尽可能地淘汰掉那些没有天赋的年轻人。在我国现行教育体制的运作规则中，与上述学校并列或者说地位还要高于上述学校的教育机构，就是之前已经提到过的精英学校系统，唯有那些在天赋和品格上都能做到百里挑一的最杰出学生，才会被尝试性地选入这些精英学校就读。录取不以任何具体的考试成绩为依据，学生全部都是由老师自行选择，然后推荐给卡斯塔利亚当局。比方说，某一天，有位老师可能突然就会告诉某个十一二岁的孩子，他已经获得了认可，名字已经列在了那份名单上，可以在下个学期进入一所位于卡斯塔利亚的学校里学习，因此，为了提前做好准备，在这段时间里，他应该好好审视一下自己的内心，看看自己是否真的受到了感召，并且还要想清

---

[1] 此处的"自由"指非精英学校毕业后找到的工作，即"编制外"，后文亦有提及。

楚，卡斯塔利亚的学校对于自己而言是否真的很有吸引力。在一段时间的考虑期结束之后，如果他给出的回答是"接受"——其中当然也包括他父母的无条件接受——那么，其中一所精英学校就会录取他，安排他进行试读。这些精英学校的校长和水平最高的老师（其水平之高，绝非普通大学老师可比）组成了"国家教育部门"，这个部门负责管理全国范围内的所有教育工作，以及所有与文化知识相关的机构与组织。一旦成为精英学生，一旦没有因为任何一门功课不及格而不得不被遣送回普通学校，那他以后就再也不必去普通高校里那种分门别类的专业课学习，再也不必为养家糊口而操心，因为"团体"和国家内部大大小小、等级森严的各种权威学术机构，都会主动到精英学校来招募人才，能够获得聘任的职位，最低也是普通学校老师，最高则可以抵达整个国家教育部门的最顶层，包括前文中已经提到过的那十二位最高负责人，或者说十二位"大师"，其中也包括"卢迪大师"，即玻璃球游戏领域的总负责人。通常情况下，精英学校的最后一门课程总是会在学生二十二至二十五岁这个年龄区间段里完成，而且，完成这门课程就意味着加入团体，成为团体的正式成员。结束最后一门课程之后，此人就算是"毕业"了，从此以后，隶属于团体和国家教育部门的一切教育机构与研究机构都将永久向这位曾经的精英学生开放：专门为他进一步深造而准备的精英高校，图书馆、档案室、实验室等，以及大量配套的师资力量，还有玻璃球游戏相关的全套设施。一旦谁在上学期间表现出语言、哲学、数学或者其他学科方面的特殊才能，他就可以被筛选出来，正式进入精英学校的高级阶段，去上那些能够为其才能提供最佳滋养的课程；这些学生当中的大多数，最终会成为公立学校和高校里的老师，即使他们离开了卡斯塔利亚，也仍然是团体的终身成员，也就是说，他们跟"常人"（指那些没有接受过精英教育的人）之间始终泾渭分明，保持着严格遵守的距离，而且，除非他们公开宣布脱离团体，否则永远都无法成为医生、律师、工程师等从事"自由"工作的专业人士；他们必须终身受到团体规则的约束，这些规则当中包括不得拥有任何私人财产，以及保持独身主义；普罗大众在谈论他们时，往往半带嘲讽、半显恭敬地称呼他们为"满大人"[1]。绝大多数曾经的精英学校学生以上述形式找到了自己的安身立命之所。不过，余下来的很小一部分学生，即从卡斯塔利亚的那些学校里精心挑选出来的最顶尖、最优秀的人才，都被学校留了下来，给他们足够多的时间去沉思、去冥想、去领悟，让他们过上勤奋刻苦、饱含热情的灵性生活，进行无限期、无限制的自由研究。然而，其中有少数天赋极高的人，由于他们在自身性格上无法达到平衡、和谐的状态，或者由于其他一些原因，比如身体上存在着某种缺陷等，既不适合当老师，也不适合在高端或者相对低端的教育机构里担任需要负起责任来的职务，因此，他们只能选择继续深入学习、进行学术研究，要么就是一辈子泡在图书馆和资料室里，搜集各种稀奇古怪的资料。等到退休之后，他们可以直接从国家教育部门领取退休金，因为他们对整个国家所做出的贡献，主要还是在纯学术领域。其中一部分人被指派到辞典编写委员会、档案馆、图书馆等机构担任顾问工作；另外一部分人则按照"为艺术而艺术"[2]的座右铭来从事学术研究；在这部分人当中，有一小撮人将自己的一生都献给了内容极为冷门，而且通常很异想天开的课题。比方说，那位"凶残的卢多维克斯"[3]，他花费了三十年时间，将现存的所有古埃及文献统统翻译成了希腊文和梵文。再比如，那位想法总是有点儿天马行空的"洽图斯·卡文西斯二世"[4]，他留下了一部名为《十二世纪末意大利南部诸高校拉丁语发音》的巨著，内容完全是手写的，总共有四卷，而且还是那种极为厚重的大型对开本。这部作品本打算作为《十二至十六世纪拉丁语发音史》这样一部宏伟巨著的第一部分，在全部完成之后就直接统合进去的，可是，尽管手稿已经写了一千多

---

1 出自葡萄牙作家埃萨·德·盖洛斯出版于十九世纪末的小说《满大人》，代指一位清朝满族高级政府官员的鬼魂，有着极大的毅力、足够的才智，但对于小人物主角特奥多罗而言却极为神秘，避无可避。这一形象与书中团体成员在普通人眼中的印象显然是契合的。
2 原文为法语"l'art pour l'art"，是法国哲学家维克多·柯桑（Victor Cousin）1836年提出的口号，其本质是对康德与席勒美学的一种粗浅、通俗的表述。
3 原文为拉丁语"Lodovicus crudelis"，其中"crudelis"为"残酷无情"之意。
4 黑塞虚构的人名。

页，其内容却只能算是刚刚入门，不过是对应研究课题的一个小片段罢了，原作者离世之后，也没有谁愿意继续将它给写完了。对于这类纯学术作品，总是会有人拿它们开玩笑，言语中满是讥讽和嘲弄，当然，这种行为其实也是完全可以理解的，毕竟它们对于将要到来的科学时代和全人类的实际价值是目前尚无法准确计算的。不过话说回来，学术科研领域的发展，实际上就跟早期艺术领域的发展一样，仅凭研究领域内部的那点儿内容，是不可能做到顺风顺水的，想要攀上更高的层次，必然需要一片面积相对宽广的草场来为其提供养料。时不时地，就会有一些貌似任何人都不感兴趣的冷门学科的研究者，他们通过孜孜不倦的努力，积累了大量自己学科的知识，成了这个冷门领域内的绝对行家；对于他的学术界同行们而言，这位行家就跟一本专门的辞典或者一份独家档案一般，具有无可比拟的价值。如上所述的冷门学科知识，只要是有可能结集出版的，基本上也被印刷了出来，以书籍和小册子的形式，存放在精英学校的图书馆或者资料室里，供研究者们参阅。至于这些受到教育部门认可的研究者，他们几乎都是在完全自由的前提下从事学术研究并进行玻璃球游戏的。也正因如此，在他们所进行的各种研究当中，总是会存在一些对于普罗大众和全社会而言毫无意义的研究，不仅无法带来任何直接的好处，在那些不懂科研的人眼中，这类研究甚至直接被当成了奢侈的噱头。诚然，这些学者当中有不少人因为他们研究的领域过于冷门而受到了嘲笑，尽管如此，他们也从未受到过真正的训斥，更没有谁会来剥夺他们自由自在做研究的特权。事实上，在普罗大众那里，他们不只是被容忍而已，而是真正享受到了大家的尊重，尽管有许多关于他们这类人的笑话流传于世，但对他们的尊重也是实实在在的，究其原因，乃是因为从事学术研究的每一个人，都为自身所拥有的这种追求知识的自由付出了巨大的牺牲。诚然，他们的生活条件相比于普通人而言，可以说是十分优越，每日所需的食物、身上所穿的衣物、平常居住的房屋，都是由国家直接负责分配，无须支付任何费用。这种按需分配的方式所提供的物质条件当然只可能是适度的，没有冗余或余裕，但总归比普通人要好得多。研究方面，他们拥有藏书极为丰富的图书馆，大批珍贵资料和设备齐全的实验室任由他们随意使用。可是，作为交换条件，他们却不得不放弃富裕、舒适的享受型生活，放弃婚姻和家庭。而且，作为这样一个苦行僧式团体当中的一员，他们必须自觉回避世人普遍看重的一切争名夺利行为，不得拥有任何私人财产，不得接受任何头衔和荣誉，不得不对极为单调的苦修生活甘之如饴。打比方说，在他们中间，如果有谁打算穷极自己毕生精力，去破译一块古老碑文上的内容，这种行为也是完全允许的，他大可以自由地这样去做，甚至还会因此而受到资助；但是，如果他要求过上条件优渥的生活，要求穿上奢侈昂贵的衣物，要求获得金钱或者荣誉，他就会遭到无情的抵制。那些对上述欲望有所要求的学者，通常会在自己还很年轻时就选择"还俗"，回到普通人的世界里，成为一名从事有偿工作的行业专家，或者私人教师，抑或新闻界人士，或者步入婚姻殿堂，总之就是以这样那样的方式找到适合自己口味的新生活。

当男孩约瑟夫·科讷希特不得不向贝洛尔芬根这座小城告别时，陪着他一起去车站的那个人，是他的音乐老师。两人之间的离别是非常痛苦的。车开了，逐渐远离这里，老城堡塔楼那明亮耀眼的阶梯形山墙慢慢下沉，最后终于消失不见了。此刻，他的内心被某种孤单、不安的感觉所笼罩，稍稍感到有些难受。说实话，其他大部分踏上异乡求学路的学生，当他们开始自己的第一趟旅程时，比他此时的感受要强烈得多，基本上会感到绝望，会抽泣落泪。可是现在，约瑟夫的心已经放在那边了，至少在那边的部分已经比在这里多了，所以他很容易就熬过了这趟旅程。更何况旅程本身也并不漫长。

他被分配到埃施霍尔茨学校。早些时候，他曾在拉丁语学校的校长办公室里见到这所学校的照片。埃施霍尔茨是卡斯塔利亚最大的一所学校，也是这里最年轻的学校，校舍都是最近才建好的，建筑风格颇为时髦，附近没有任何城镇，只有一处村庄规模的小型聚居地，四周都被树木紧紧包围着；在这处聚居地的后方，埃施霍尔茨学校所辖的地界徐徐展开：空间如此开阔，地势如此平坦，到处都洋溢着朝气与活力。位于正中间的是一个无比巨大的矩形广场，在这广场中央——如同一枚骰子上的五个点一般——非常整齐地排列着五棵高耸入云的红杉树，它们是如此巨大，仿佛一直在将自己形如黑色锥体般的树冠往天空中伸展。这个巨大广场部分覆盖了草皮，部分铺着沙土，乍看起来非常单调，但其中却修建了两座大型游泳池，打破了这种单调感：游泳池的设计十分巧妙，池水是流动的，广场边缘宽阔的浅水台阶，一路通向游泳池。广场入口常年阳光普照，教学楼就矗立在这里，这是校舍建筑群中唯一的高楼，除了中间的主楼之外，还拥有两侧翼楼；每座翼楼都单独开有一个五柱式的前庭。其余所有建筑，三面无隙地围住了整个广场：这些建筑无一例外都非常低矮，外立面平平整整的，没有任何装饰。无数栋这样的建筑，被大致分为体量相等的好几个堆，每堆建筑都配备有一座凉亭和一条廊道，沿着廊道走到头，再下几级台阶，就能抵达广场了。大部分凉亭的开口处都摆放着不少花盆。

　　抵达之后，依照卡斯塔利亚的传统，这个男孩并没有像学生进入普通学校时通常会遇到的那样，由学校里派遣的勤杂工来负责接待，也没有被领到校长那里去，没有跟以后将要给自己上课的全体老师各自见面，而是由一位同学来迎接他。来的是个相貌英俊、身材高大的男孩，穿一身蓝色亚麻布衣服，比约瑟夫年长几岁，他握着他的手说道："我叫奥斯卡，是'荷拉斯'[1]宿舍楼里最年长的，你稍后也将入住'荷拉斯'宿舍楼，我今天的任务就是过来迎接你，给你好好介绍一下这里。按照规定，你要到明天才能正式开始上课，所以，我们今天有足够的时间，可以好好瞧瞧这里的一切——你很快就会对这里的一切了如指掌。另外，我在此也要郑重请求你，请你暂时先把我当作你的至交好友，当作乐意协助你熟悉环境的一位生活导师，毕竟你才刚到这里，还需要有一段时间来适应。等到你真正安顿下来之后，如果不愿意再把我看成朋友和导师，也不必有所顾虑。另外，假如你被哪个讨

---

[1] 拉丁语"Hellas"，指希腊。这也是黑塞小说《在轮下》里主角汉斯在毛尔布隆的寝室名。

厌的同学骚扰,我也很愿意保护你。总有些家伙认为自己应该去骚扰一下新来的学生,这是在所难免的。不过我可以向你保证,情况绝对不会太糟。现在我先带你去'荷拉斯'宿舍楼,这样你就可以先看看自己以后将要居住的地方。"

被"荷拉斯"宿舍楼的宿管任命为约瑟夫生活导师的奥斯卡,就是以这样一种方式来迎接新人的,他也确实不遗余力地扮演好了自己理应扮演的角色;宿舍里的前辈们几乎总是乐于扮演这个角色,只要一个十五岁的少年不嫌麻烦,愿意用和蔼可亲的好伙伴语调和无私奉献的态度来打动一个十三岁少年,恐怕很难将这样一个角色演失败。约瑟夫抵达这里的最初几天时间里,这位生活导师简直将他视作一位远道而来的贵宾来接待,仿佛他明天就要离开这里,在他离开之前,必须努力表现,让他能够有宾至如归的感觉,对名为埃施霍尔茨的这栋房子和这里的东道主都留下非常好的印象。约瑟夫被领到宿舍楼的其中一间寝室里,从今天开始,他将要跟另外两个男孩一起住在这里;然后,他接受了餐食款待,吃了几片烤面包干,喝下了一杯果汁;接下来,奥斯卡领着他参观了"荷拉斯"楼——确切点儿说,这是位于巨大矩形广场上的宿舍建筑群之一;随后,又告诉了他在做蒸汽浴时应该将毛巾挂在哪里,以及可以在哪个角落里养一盆花——如果他愿意的话。入夜之前,他还被带到洗衣房的管理员那里,他们替他选了一套蓝色亚麻布衣服,当时就换上了。如此这般,约瑟夫打从一开始起就对埃施霍尔茨有了宾至如归的感觉,同时也十分愉快地接受了奥斯卡对自己说话时的那种语气;实际上,自从他来到这里之后,几乎没有显露出哪怕一丝一毫的不自在,仿佛对这里的一切都已相当熟悉,尽管如此,眼前这位长期居住在卡斯塔利亚的前辈,在他眼中理所当然还是一位半神。甚至连奥斯卡偶尔为之的腹诽和卖弄,也不令他感到讨厌。比方说,奥斯卡在讲话的时候,总是会突然插入一大段句式复杂的希腊语引文,然后又马上显露出一副恍然大悟的模样,礼貌地来上一句充满善意的提醒:新人嘛,恐怕还不能理解这样一大段话,当然不可能,何必这样要求一个新人呢!

除了上述之外，寄宿学校式生活对于科讷希特而言并不算新鲜；他不费吹灰之力就融入了进去。他在埃施霍尔茨的那几年时间里，没有发生什么重要的事件，或者说没有什么重要的事件被记录了下来；埃施霍尔茨教学楼发生的那次可怕火灾，从发生的时间来看，已经在他离开学校之后，他当然是不可能亲身经历的。从他所取得的考试成绩——只要相关记录如今还能找到——可以看出他经常在音乐和拉丁语这两门课程上拿到最高分，在数学和希腊语方面，分数通常略微高于"良好"部分的平均水平，在留存下来的埃施霍尔茨《宿舍手册》里时不时地就能找到一些与他相关的记载，比方说，"天赋异禀，学习勤奋，品德出众"[1]，或者"天赋之高令人颇感欣慰，大受老师喜爱"[2]。至于他在埃施霍尔茨受到过什么处罚，如今已无从查考；当年的《处罚手册》已经跟其他许多东西一道，成了那次火灾的受害者。多年以后，根据当年一位同学的说法，科讷希特在埃施霍尔茨的那四年时间里，只受到过一次处罚（被剥夺了每周一次的出校机会），因为他拒绝讲出某位同学的名字，态度十分坚决，而这位同学当时被证明违反了校规。这段逸事的内容乍看起来颇让人感到信服，因为科讷希特无疑是个很讲义气的同学，而且对上级从来都是爱理不理；可是反过来看，正因为科讷希特性格如此，这次处罚真的不太可能是四年之中唯一的一次，在缺乏确凿证据的情况下，只能认为这则逸事的真实性存疑。

　　与科讷希特在精英学校就读时期早年生活相关的资料，我们掌握得实在太少，有鉴于此，我们只能参考他晚年时一次公开演讲中的内容，对他那段时期的生活进行一鳞半爪式的论述——那次演讲是以玻璃球游戏为主题的，演讲对象是一群游戏初学者，我们在此只引用当中切题的一小段。必须首先说明的是，科讷希特的这些演讲没有任何亲笔写就的演讲稿留存，因为他采用的是即兴演说的方式，并不需要现成的讲稿；不过，他的其中一名学生刚好在现场，并且用速记法写下了他当时所讲的内容。留存下来的速记稿中，

---

1 原文为拉丁语"Ingenium valde capex, studia non angusta, mores probantur"。
2 原文为拉丁语"ingenium felix et profectuum avidissimum, moribus placet officiosis"。

科讷希特谈到了玻璃球游戏中的类比与联想，并且探讨了后者之中存在着的是否"合规"问题，即必须首先区分被人们普遍接受的联想，以及"私域"空间里的，或者说纯主观的联想。他在现场所讲的话语如下：

上述私域联想在玻璃球游戏中是被绝对禁止的，但并不至于因此而失去它对联想者本人所具有的价值。为了方便理解，我还是给你们举个例子吧，我将告诉你们的，是我自己学生时代发生的一些事情。当时我大约十四岁，早春时节，也即二月或者三月的时候，有天下午，我的一位同学邀请我跟他一块儿外出，到学校外面去切一些接骨木的茎枝，因为他打算造一台小水车，打算用接骨木茎枝来做管子。于是我们就出发了。那一定是世界上或者说我心中特别美好的一天，因为那一天里所发生的一切，一直都留存在我的记忆里，为我留下了一段无法忘怀的体验。还记得土地很潮湿，但完全没有积雪，因为积雪已经消融；水道两旁，显现出不少绿意；光秃秃的灌木丛之间，少许花蕾、最早现身的那些杂乱生长的小花，已经给荒芜单调的环境增添了一抹色彩；空气中弥漫着某种气味，那是一种在充满了生命活力的同时又极端厌恶生命活力的矛盾气味。那种气味里，能够嗅到潮湿的土地，嗅到腐烂的树叶，嗅到植物刚刚萌生出来的幼芽味道。置身于这样一种环境中时，大家仿佛随时都能闻到最先绽放的第一批紫罗兰的香味，尽管事实上它们并没有绽放。我们走向接骨木，走到一大丛接骨木旁边，那些茎枝上已经长出了小小的花蕾，但还没有长出叶子，眼下连一片叶子都没有。当我切下其中一段茎枝时，马上就被一股同时散发出苦涩和香甜的强烈气味给刺激到了，仿佛这小小的茎枝里，竟蕴藏着春天里的全部气味似的。通过某种方式，这段茎枝将所有气味叠加了起来，一次性释放出来，令气味的刺激性大大增强。当时的我被这气味给震慑住了，闻了闻手里拿着的小刀，然后又闻了闻拿刀的手，闻了闻那段接骨木茎枝，闻到的全是新鲜接骨木汁水的味道：那气味如此急不可待，如此不可抗拒。我们两个都没有说话，没有公开谈论这一问题，但是很明显，我的这位伙伴同样长时间地、若有所思地闻着自己手中的那一段茎枝，那股香气显然也在跟他对话。是啊，人生之中的每一份体验都有其对应的魔力存在，现在我们就事论事，对于这段往事，我的体验里饱含着这样一项事实：当我走在潮湿得可以踏出水来的草地上时，当我沐浴在泥土和花蕾的芳香气味中时，其实已经愉快地感受到了即将到来的春天，而且这种感受本身就是很强烈的。哪曾想到，突如其来的接骨木汁水味道，像那样的一股浓香，又将上述感受进一步浓缩、进一步加强了——当时的感受因此得以升华，摇身一变，成了蕴意深远的譬喻，成了一种难以言喻的陶醉。或许我永远也不会忘记当时闻到的接骨木气味，尽管我也必须承认，像这样的一次小小经历，它跟当时的其他经历都不一样，因为它的存在本身是完全独立于其他事件之外的，换言之，它是一种极为纯粹的存在；不仅不会忘记，甚至还要更进一步——自那以后，随着年龄的增长，每当我再次闻到相同的气味时，都会唤起自己第一次闻到它时的感受，再一次带来同样的体验，直到我真正老去。好了，这部分暂且提到这里，现在我们又有了些新的东西——我们要将第二种体验统合进去。我的第二种体验是这样的：当时，我在自己的钢琴老师那里发现了一本很旧的乐谱，这本乐谱很吸引我，是一整本弗朗茨·舒伯特[1]的艺术歌曲集。那时候，因为发生了某件事，我不得不花很长时间等待老师，在等待的间隙里，我抽空浏览了一遍这本书，其中的内容很吸引我，于是，在我主动提出要求之后，他把这本书借给了我几天。之后我一有空就去认真研读这本书，完全沉浸在发现新大陆的幸福之中；要知道，在此之前，我对舒伯特几乎一无所知，发现这块新大陆之后，我完全被他给迷住了。刚好就在切接骨木茎枝的那一天，或者是隔天，我在那本书里发现了舒伯特所写的那首《春之歌》——'温柔的风已然苏醒'[2]，钢琴伴奏的第一组和弦，如同久别重逢的回忆般击中了我：这些和弦的气味，就跟接骨木茎枝的香气一模一样，糅杂了苦涩与香甜，如此浓烈，迫不及待，不可抗拒，充满了早春的气息！自那一时刻开始，早春—接骨木

---

1 弗朗茨·舒伯特（1797—1828），奥地利作曲家，被誉为"艺术歌曲之王"。
2 为舒伯特《春之歌》D919的歌词首句，舒伯特最著名的四首歌颂春天的艺术歌曲之一。

香气——舒伯特的和弦,三者之间的一个联想构造,在我心中已经构筑完毕,这是一个固定不变、永恒成立的联想。随着《春之歌》的和弦奏响,我立即就能够闻到略带酸涩的植物香气,两者之间的关联是绝对的、无条件的,两者统合起来,我们就得到了一个共通的概念:早春。这就是我所拥有的一份私域联想,我很珍视它,不会为了任何东西而放弃它。可是,像这样的一份联想,即便当我想起早春这一概念时,两种强烈的感官体验在我内心深处的拉扯,它就纯粹只是我的私事,是仅属于我个人的一种独特体验。可以用言语来传达,这是理所当然的,就像我刚刚告诉过你们的那样。但它不能被传递。我可以想办法让你们理解我的私域联想,却无法将自己的私域联想转化为你们能够在游戏中自由运用的有效符号,转化为一种在面对恰当唤醒元素时能够给出准确无误的反应并且总是能够以完全相同模式来运作的机制——这是不可能办到的,哪怕只在除了我之外的某一个人身上实现,也是完全不可能的。

科讷希特当年的一位同学,后来成了玻璃球游戏首席档案员,负责掌管所有与玻璃球游戏相关的档案与资料,他曾经公开讲述过如下情况:整体而言,科讷希特是个性格沉稳又开朗的男孩;演奏音乐时,他的脸上偶尔会显露出一种奇妙的表情,那表情看起来像是完全沉浸在了音乐之中,或者换一种说法,那是极为幸福、极其陶醉的表情;大家很少看到他显露出过于激动的模样,也很少见他展现激情,其中大部分激动、有激情的场合都跟韵律球游戏有关,他非常喜欢玩这种游戏。可是,就算是这样一个待人友好、身心健康的孩子,也曾经在学校里出过几次状况,并因此而引来了众人哂笑,甚至为他的前途感到担忧。值得注意的是,他每次出状况,都是因为有学生被学校开除,但对于精英学校方面而言,开除学生往往是必要之举,在低年级阶段就更是如此了。当他第一次发现,有一位同学没有来上课,玻璃球游戏也缺席,而且到了第二天仍然没有回来时,陆续有消息传出来,说这位没来的同学并非生了什么急病,其实是被校方开除了,目前已经离开这里,永远都不会再回来了。了解情况之后,科讷希特不仅表现得十分难过,在外人看来,他简直陷入了茫然若失、魂不守舍的状态,而且一连持续了好几天。多年以后,关于学校里发生的这类开除事件,科讷希特本人是这样评价的:"每当有哪个学生被埃施霍尔茨开除,送出校门,永远离开我们时,我都觉得这就像是在我们当中有哪个人突然离世了似的。如果有人非要问我感到悲伤的原因,我大概会说,一方面是因为怜悯——对那个因为粗心和懒惰,糟蹋了自己大好前程的可怜人的怜悯,另一方面则是感到害怕——害怕未来哪天,类似的事情也会发生在我自己身上。唯有当我已经经历过好几次同学被开除事件之后,唯有当我已经基本上认定同样的命运降临到我自己身上的可能性简直可以说是微乎其微之后,我才逐渐开始对这一切看得更深入了些,才逐渐了解到开除事件背后的全貌。现在我已经不会再那么武断地认为,这些精挑细选出来的学生被开除出校是一种不幸、一项责罚了;现在我也充分认识到,至少在某些情况下,那些被开除的人其实很乐意搬回家去住;现在我才意识到,所谓的开除,并不仅仅是一次审判、一种处罚,并不会令某个或许很鲁莽、无论如何都不愿服从管理的学生成为纯粹的受害者,重要之处在于,学校之外还存在着一个外部'世界',我们这些被挑选出来的孩子,都来自那里——外部世界并没有像当时的我所误以为的那样,因为看不见,所以就不存在;恰恰相反,外部世界才是无可比拟的真实,它对学校里的部分学生充满了吸引力,一直都在努力诱惑他们,最后终于将他们成功召唤了回去。甚至还存在着这样的一种可能性,外部世界所引诱的并非只有一部分学生——它同时引诱我们所有人,对我们所有人都一视同仁。也许现实情况跟学校老师以潜移默化的方式教导我们的大不相同;也许对那个遥不可及的外部世界感到魂牵梦绕的,并非他们口中的弱者和庸才。也许他们那种表面上的倒退根本就称不上堕落,也不会让他们因此而遭受任何磨难,危险的反而是思想上的跃进,是积极主动的优选。也许我们这帮老老实实留在埃施霍尔茨的家伙,才是最软弱、最胆怯的人。"——我们将会看到,上述想法稍后会非常生动地作用在他的身上。

每次与音乐大师重逢,对他而言都是超级开心的事情。音乐大师每隔两三个月就会来一次埃施霍尔茨,有时甚至来得更加频繁。他来这里主要是为了参观指导学校里的音乐课情况，同时也是为了访友——埃施霍尔茨的一位老师是他的至交好友，他每次来这里时，经常会到这位朋友的家里小住，往往一住就是好几天。有一次，音乐大师甚至亲自主持了蒙特威尔第晚祷曲演出的最后一次排练，并且担任了乐队指挥。当然，最重要的始终还是教育，对那些在音乐学科上有着更高天赋的学生予以重点关注，为他们答疑解惑，进行着重培养。科诩希特正是音乐大师以如慈父般的关爱来照顾的学生们当中的一员。每隔一段日子，他都会跟他一起在练琴室里坐上一个小时，演绎一下他最喜爱的音乐家作品，或者从那些古老的作曲理论当中挑选出某个样本，进行作曲实践。"与音乐大师一起创作出一小段卡农，要么就是听他怎样将一段乍听起来没什么条理的怪异旋律折腾成其他调调，用归谬法让'有些旋律无可救药'的想法自败。做这些事情的时候，科诩希特的心中往往会涌生出一种庄严肃穆的感觉，甚至经常会感觉到某种从来未曾体会过的愉悦感，有时他甚至忍不住要流泪，有时又没来由地想开怀大笑。音乐大师亲身传授的每一次私人音乐课结束时，就好像舒舒服服地泡了个澡，然后又扎扎实实地做了次按摩一样舒服。"

时光荏苒，科诩希特在埃施霍尔茨的学习时间即将进入倒计时——他即将跟大约一打[1]同等水平的学生一起，转到更高级别的学校去深造——依照一贯以来的传统，埃施霍尔茨的校长单独对这些升学候选人进行了一次演讲，在演讲中，他再一次向毕业生们介绍了卡斯塔利亚学校的存在意义和相关制度，还以团体的名义向他们指明了未来人生将走的道路。这次演讲结束后，他们就自动获得了加入团体的权利。这次演讲是埃施霍尔茨专门为毕业生们举办的庆典活动中的一个组成部分，在庆典举行的这几天时间里，埃施霍尔茨的老师和同学们会将他们当成客人来接待。各种精心准备的演出总是会选在这几天里正式开始表演——科诩希特毕业的这次庆典，学校里为他们准备的是创作于十七世纪的一部大型康塔塔[2]作品——音乐大师本人会亲自到现

---

[1] 原文即以"打"为单位，一打等于十二个。
[2] 指多乐章的大型声乐套曲。

场来聆听！就这样，校长的演讲结束了，大家朝着精心布置好的餐厅走去，这时候，科讷希特突然向大师提出了一个问题。"校长刚才在演讲里对我们说，"他开口道，"卡斯塔利亚外面的教育情况，跟里面完全不同——外面的普通学校和普通高校，他说，那里的学生们在进入大学之后，就开始转而学习'自由'专业，以后可以从事'自由'工作。假如我对他这种称法的理解正确的话，那么我想，我们在卡斯塔利亚是完全无法进一步了解这些'自由'专业和工作的。既然无法进一步了解，我该怎样去正确理解它们呢？为什么它们要被冠以'自由'之名？为什么我们这些卡斯塔利亚人要对它们敬而远之？"

穆希卡大师将这个年轻人拉到一边，在广场上的其中一棵红杉树下停了下来。然后，他开始认真回答起这个问题。值得注意的是，当他给出如下回答时，一个几乎可以用狡黠来形容的微笑泛起，令他眼睛周围的皮肤产生了不少细密的皱纹："我亲爱的孩子，你肩负着'科讷希特'[1]这个姓氏，或许这也正是'自由'这个词对你有着如此巨大魔力的原因。可是，在这个问题上，千万别把'自由'这个词看得太重了！当那些非卡斯塔利亚人谈论起'自由'专业和'自由'工作时，他们总是高谈阔论，故意让相关概念显得云山雾罩，让听者误以为'自由'这个词可能真的很严肃，甚至可以说是庄严肃穆。可是实际上，在我们看来，'自由'这个词反而是颇为讽刺的。具体到这个问题上，所谓的'自由'，对于外面那些学生而言，实在是个很简单、很单纯的概念，因为只要学习者们能够自主选择专业，就可以对外声称自己拥有了自由。但这种自由充其量也不过是自由选专业罢了，它实际上是通过偷换概念的方式，营造出了一种虚假的自由。更何况在大多数情况下，这种所谓的'自由'选择，与其说是由学生自主做出的，倒不如说是由他的原生家庭做出的。要知道，许多父亲宁愿咬断自己的舌头，也不肯让自己的儿子真的拥有这种自由选择权。当然，这种说法可能也并不真实，只不过是

---

[1] 这一姓氏有"奴仆"之意。

种长期流传的诽谤而已；所以，我们还是点到为止，赶紧摒弃掉这些可能的偏见吧！说回到'自由'上——它确实存在，但局限在选择高校专业这个单一行为上。专业选完之后，自由就宣告了终结。哪怕进到了高校里，学生们也毫无自由可言，因为在选专业时，无论他们选的是通往医生、律师还是工程师的道路，都必须进入一套非常严格死板的学习程序当中，参加固定的课程，通过一系列考试，最终完成学业。一旦通过了高校规定的全部考试，这位学生就能获得校方颁发的认证证书，这同时也是国家层面给予的一份就职许可，拿着这份许可，他似乎就可以在专业所辖领域内'自由'选择自己所从事的职业。然而，实际情况却并非如此——他仍然没有自由，因为无论他选择哪种职业，最后必将臣服于俗世间各种俗不可耐的力量，成为受这些力量支配的一个可怜奴隶：他将不得不去追求成功，追逐金钱，追随自己不断膨胀的野心、自己对地位和名声的渴望，追寻讨好其他人的手段，活在别人对自己的看法里。他将不得不忍受选举制度的折磨，不得不努力赚钱，并且被迫参与到不同阶层、不同家庭、不同组织、不同报纸的无情竞争中去。作为回报，他得以享受'自由'，成为俗世间的成功人士，掌握世俗的金钱财富，同时也被那些没有取得成功的人所恶，当然反之亦然。可是，对于一名精英学生、一位未来的团体成员而言，无论从哪方面看，情况都是相反的。他从来就没有'选择'过任何专业。他从来都不认为自己判断自身天赋的水准能够超越自己的老师。他从来都不会提出反对意见，总是心甘情愿地让自己被安排到井然有序的一套等级制度当中，无条件地听从上级的分配，尽忠职守地完成上级在这套等级制度中专门为他挑选出来的职能——只要情况不是太过特殊，老师就必须根据学生的性格、天赋和缺点，将他安排到这样那样的位置上。如此这般，在这种表面上看起来极度缺乏自由的前提条件下，每一个被选中进入精英学校的人，只要能够通过初级阶段的学习，进入因材施教的高级阶段之后，几乎无一例外地享受到了我们可以想象出来的最大自由。两相比较，那些看似'自由'选择了专业并且接受相应教育的人，不得不忍受专业内部狭隘而严苛的教学课程，并且还要通过一系列极为严格的考试，没有任何喘息、迂回的余地；反观精英学校里这些千挑万选出来的学生，可以说无论是谁，一旦他正式开始进行独立研究，他所拥有的自由就开始无拘无束地发散开来，拓展到令人难以想象的地步，乃至于有许多人一辈子都在追求他们主动选择的那些最冷门的课题——这些课题在常人看来，往往是愚不可及的——从此以后，只要他们能够保持作为一名研究者的初心，不至于因为各种原因而堕落腐化，就不会有任何人来干扰他们做研究，这也意味着他们可以一直享受最大的自由。适合做老师的人被任命为老师，适合做教育家的人被任命为教育家，适合当翻译的人被任命为翻译；每个人都能在自觉自愿的前提下，被安排到他可以为社会提供服务，并且能够在提供服务的同时获取自由的合适岗位上。如此一来，他这一生都不再需要专业选择的'自由'，以及相应的职业'自由'，因为这种'自由'实际上意味着可怕的奴役。寻常人等对于金钱、名声、地位的追求，他完全可以置身事外，对其不闻不问；那些党同伐异、拉帮结派的行为，他既不会参与，也无从了解；个体与职务、私人与公共之间的拉扯，他同样一无所知；他甚至都不明白为什么有些人会对成功上瘾。现在你可以看清真相了吧，我的孩子：当人们对'自由选择专业'这件事高谈阔论时，这里面的'自由'二字所包含的意思，其实是可笑又可鄙的。"

离开埃施霍尔茨，意味着科讷希特人生中的一个重要阶段正式宣告结束。迄今为止，他一直生活在幸福的童年时光里，从来不会违抗师长们对自己提出的要求，也几乎从来没有遇到过任何问题，他对什么都很适应，跟一切人、事、物相处得都很和谐，每一天都过得轻松又自在。离开埃施霍尔茨，意味着他现在要开始进入一段奋斗不已、勉力前行、问题不断的人生新阶段。在他大约十七岁的这个年纪上，校方向他和他的一部分同学宣布了他们即将转学的消息。得到消息之后，有一段不长的等待期，在这段时间里，对于这些已经被选中了的人而言，再也没有比讨论他们即将被转移到什么地方去这件事更重要、更众说纷纭的话题了。依照埃施霍尔茨的传统，一直要等到正式出发前的最后几天，校方才会将目的地告知他们本人，因此，在为他们举办离校仪式之后，一直到离校这天到来之前，不会再安排任何课程，每一天都是假期。在这段假期时光中，科讷希特经历了一起无比美好又十分重要的事件：音乐大师向他发出了邀请，他需要徒步前去拜访音乐大师，并且在音乐大师那里小住几天。对于精英学校的学生而言，这是一项伟大又罕见的荣誉。他跟另一位同样也要转学的同学一道——顺带一提，之所以如此安排，是因为科讷希特此时虽然已经等同于从埃施霍尔茨毕业，但名义上仍然隶属于埃施霍尔茨，参考埃施霍尔茨的学校级别，这里的学生是不允许单独外出旅行的——于某天清晨出发，朝着森林和山脉前行。他们在森林的树荫下努力攀登了三个小时之后，终于抵达一处视野开阔的山顶，从山顶位置朝下远眺，已经可以看到位于下方的埃施霍尔茨：校区变得很小，一切尽收眼底。他们可以从远处辨认出那五棵巨大红杉树投下的黑影，在那矩形的广场内部，可以辨认出波光粼粼的游泳池，可以依稀看见高高的教学楼，可以看到校区外的农庄、小村，以及在这片区域里远近闻名的白蜡树林。就这样，两个年轻人一直站在山顶上，一直在往下望；实话实说，我们当中的许多人应该都对从山顶这个位置望去的可爱景色有些印象，当时的景色与今天相比也没什么不同，因为大火过后，校区的一切建筑几乎是原封不动地予以了重建，而且，那些巨大的红杉树中，有三棵在大火中幸存了下来。彼时彼刻，在那处山顶上，他们看到自己的学校就坐落在那里，那是他们多年以来的家，可是他们很快就要跟这个家告别了。两人都为眼前的一切感受到了心灵的震撼，很长一段时间里，他们都默然不语。

"我觉得吧，在此之前，我从来都没有真正见识过它有多美，"约瑟夫的同伴终于开口了，"哎呀，是啊，之所以会有这样的感受，恐怕是因为我现在必须离开它，必须跟它道别，唯有在这样的心境下，才能将它看个一清二楚。"

"正是如此，"科讷希特说，"你的说法是对的，我也有同样的感觉。可是话说回来，尽管我们的确是要离开这里，但我们始终没有真正离开埃施霍尔茨。只有那些永远离开、再也不可能回来的人，才算是真正离开，比方说奥托，他啊，你应该还记得——他竟然能够用拉丁语写出如此美妙的打油诗，真是令人啧啧称奇；还有我们那位查理曼大帝[1]，那家伙能够在水下潜泳那么久；除了他们之外，还有另外几个人。他们都是真的离开，跟埃施霍尔茨分道扬镳，再也不会回来。我已经很久没有想起他们了，可是，现在他们再一次出现在了我的脑海里。你尽管嘲笑我吧，不管怎样，我都要将自己的真实想法说出来；我觉得，这群永远离开埃施霍尔茨的叛教者，尽管他们确实犯下了各种各样的错误，但他们也确实有些能够打动我的地方，这就好比叛教的天使路西法[2]，始终还是有些伟大之处，是可以拿出来详细讨论的。他们虽然有错，或者说得更确切些，他们毫无疑问是错的，可是尽管如此，他们依旧做了些事情，完成了一些壮举，他们敢于飞身一跃，实践这种行为显然需要足够的勇气。反观我们其余的人，我们勤奋又努力，隐忍又坚定，完全依靠理智来行事，可我们实际上什么也没做，我们从来都不敢飞身一跃！"

"不敢苟同，"对方说，"他们当中有一部分人，从来都没有真正做过些什么，而且什么也不敢做，只是磨磨蹭蹭地等着被开除罢了。不过，也可能是因为我没能完全理解你这番话的意思。你所谓的'飞身一跃'，具体指什么？"

"我的意思是能够放开手脚、挣脱束缚，能够真正认真起来，全身心地投入某件事情。嗯，就像这样——飞身一跃！我可不希望自己飞身一跃之后，还要回到以前的那个家里，不希望回到以前所过的那种生活，它们对我而言已经完全没有吸引力可言了，我也几乎将它们给忘光了。但我确实在企盼着，等到某一天，那个时刻突然来临，本来没必要的事情突然变得很有必要。到了那时候，我也能挣脱出去，也能进入浑然忘我的境界，飞身一跃！

---

[1] 又称卡尔大帝或查理大帝，是法兰克王朝和加洛林王朝的国王，曾控制大半个欧洲版图，被誉为"欧洲之父"。此处显然是给同学起的绰号。
[2] 基督教传说中最著名的堕天使。

但是，不能往回跳，不能朝着较低处跃出，而是要往前跃，跳到更高的地方去。"

"嗯，你所说的，岂不正是我们要去的地方吗？埃施霍尔茨只不过是其中的一级台阶罢了，下一步台阶自然要走得更高些。到了最后，等待着我们的就是团体了。"

"是啊，你说得对，但我所讲的却不是这个意思。我们还是继续前进吧，'阿米奇'[1]，徒步旅行可真好，它令我的心情重新变得愉悦了起来。要知道，在此之前，我们的日子过得实在太过阴郁。"

从这位同学传递给我们的上述情绪和话语来判断，科讷希特青年时代的狂飙猛进和暴风骤雨，已经正式宣告了自己的到来。

这个徒步旅行小团体在路上走了整整两天，才终于抵达音乐大师当时居住的地方——高高在上的蒙特波特[2]，在那里，大师正在一座过去曾经是修道院的建筑里开设指挥家课程。科讷希特的同学被安排住进了客房，至于科讷希特本人，则安排到了大师本人寓所的一个小房间里。当这位东道主走进来时，科讷希特才刚刚收拾完行李，勉勉强强地洗漱了一下。受众人尊崇的长者与青年握了握手，随即坐到椅子上，微微叹了口气，闭上眼睛休息了一会儿——这是他极度疲惫时的习惯性动作。稍微恢复了些精力之后，他终于抬起头来，亲切友好地注视着眼前的客人，开口说道：

"请原谅，我不是个很好的东道主。你是徒步旅行而来的，现在肯定很累，坦率地讲，我跟你一样累，今天的日程安排实在是过于紧凑。——但如果你还不困的话，我想现在就带你到我的房间里待一个小时。你可以在这里逗留两天，到了明天，你也可以邀请你的同伴跟我一起到餐桌那边聚一聚。不幸的是，整体而言，我并没有太多时间可以单独留给你，所以，我们必须随时想办法，看看如何才能挤出我的几个小时来给你。我们现在马上就开始，你觉得怎么样？"

---

[1] 拉丁语"amice"，意为"朋友"。
[2] 黑塞虚构的地名。此地可直译为"山港"。

他将科讷希特领进一处带有巨大拱顶的小房间里,里面除了一台旧钢琴和两把椅子之外,再没有陈列其他任何物品。就这样,他们各自坐到了椅子上。

"你很快就会去另外一个地方,进入另一个阶段的学习,"大师说,"在那里,你将会学到各种各样的新东西,其中有很多都是无比美好的;在那里,你很快就会开始对玻璃球游戏流连忘返。所有这些,都很美好,也很重要,但是,有一件事情比其他任何事情都更重要:你要确保自己能够学会冥想。实话实说,到了这个阶段,乍看起来好像所有人都会努力学习冥想,可是,一个人究竟会不会冥想,其实是无法通过外部考察来确定的,一切全靠自觉。因此,我希望你能够正确且踏实地学习冥想,就像你一直以来学习音乐时可以做到的那样;要知道,一旦掌握了冥想,其他一切都是一通百通。这也正是我想要给你上关于冥想的前两三节课的原因——正是我邀请你到这里来的原因。我们将尝试在今天、明天和后天各冥想一小时,在音乐领域进行冥想。你现在马上喝杯牛奶,如此一来,当我们开始冥想之后,口渴和饥饿就不会干扰到你,晚饭还要再晚一些才会送来。"

话声未落,有人敲了敲门,送进来一杯牛奶。

"慢点儿喝,慢点儿,"他告诫道,"你不要担心时间不够,从现在开始,不要再多说些什么了。"于是,科讷希特非常缓慢地喝着手里那杯冷牛奶,这位受到众人尊崇的先生,此刻就坐在他的面前,又一次闭上了眼睛。他的脸看起来确实颇为苍老,但同时也显得尤为亲切,充满了平静与平和。此刻,这张脸上浮现出了微笑,那微笑不是向着科讷希特,而是向着自己内心的,仿佛他已经沉入自己的思想当中,就像一个疲惫的人,进入了一间专门的足浴室里。安宁的气息从他身上散发出来。科讷希特感受到了,此时此刻,就连他自己也逐渐获得了这种安宁。

现在,大师从椅子上转过身来,将双手放到了钢琴上。他先弹奏了一个主题,然后又通过变奏来推动它前进;这似乎是一首意大利大师的作品。这时,他给出了指示,让他的客人将这段音乐进程想象成舞蹈,想象成一系列不间断的平衡训练，想象成从对称轴的中心位置出发的一连串动作较小或较大的舞步。然后，在想象的画面中，除了将注意力集中在由这些舞步所构成的图形上之外，其他什么都不要考虑，不要去在意。说罢，他又将这段旋律弹奏了一遍，静静地思考了一小会儿，然后又弹了一遍，接下来便静坐在那里，双手平放在膝盖上，半闭着眼睛，没有任何动作，重复并沉思自己体内回响着的音乐。于是，学生也开始在自己的内心深处倾听这段音乐，蒙眬之间，他看到各种各样的五线谱片段在自己面前飞舞，看到某些东西正在不停运动——在踏步，在跳跃，在飘浮——就像一大群鸟儿在天空中飞行时所画出的曲线一样，他自然而然地就试图去辨识、去解读这类运动，找到其中规律。哪曾想到，这些东西竟转眼就从清晰变得模糊，而且还纠缠到了一起，成了一团乱麻，很快就消失不见了；他不得不重新开始探索，在一段很短暂的时间里，他的注意力仿佛突然超越了自己，进入了某处神秘的公共空间里，这处空间里什么也没有，四面八方都是一片虚无。他感到不知所措，只得不停环顾四周。这时，他突然看到了大师那张安静、沉稳的脸，在暮色中苍白地浮现。但那张脸瞬间就消失了。此刻，他发现自己又回到了刚才莫名其妙离开的那处心灵空间里，再一次听到音乐在此处响起，看到音符在各处大步流星地行走，踏出运动的轨迹。于是，他又开始追寻那一双双无形的、舞动不停的脚，试图辨析、解读出其中的规律……

当他再一次离开自己的心灵空间时，似乎已经过了很长时间。当他再次感觉到身下坐着的椅子，感觉到脚下铺着垫子的石板地面，感觉到窗外的昏暗暮色时，他知道自己此时已结束了冥想。刚好这时候，他忽而意识到，有人正在注视着他，目光落在了他的身上。于是，他马上抬起头来，发现是音乐大师正在仔细端详他。出于某种难以言说的默契，他一言不发，跟大师两相对视。大师用一种几乎无法察觉的轻微动作朝他点了点头，用一根手指极轻柔地弹出了那首意大利曲子的最后一段变奏。曲子结束，他就站了起来。

"继续坐在这里，不要起身。"他说，"我很快就回来。在此之前，你要试着再次进入冥想状态,再次寻找你心灵空间里的音乐,注意力放在那些图形上!不过,你也不要强迫自己,毕竟这只是个游戏而已。假如你在游玩的过程中突然睡着了,也不会对你造成任何伤害。"

他转眼就离开了,还有一项工作正在等着他去完成。那是早就被安排在拥挤不堪的日程表上的工作,显然不是什么轻松又愉快的事情,显然不是他真正想做的事情:在那些上指挥家课程的学生当中,有一个颇具天赋,但爱慕虚荣,且极端傲慢的家伙。尽管此人本性如此,他仍然要跟他好好谈一谈,试图挽救他,指出他行为习惯上的不当之处,证明他确实犯下了错误。必须在向他展示出关心与呵护的同时,体现自己作为上级的优越和权威,双管齐下,看看能不能起到一些正面作用。想到这些,他不由得叹了口气。一劳永逸的秩序总归是不存在的,世所公认的错误终究难以根除!明明是同样的错误,却必须一而再、再而三地与其进行斗争,明明是同样的杂草,却必须反复费劲去清理!没有特色的才华、混乱不堪的技艺,一度在"专栏时代"主宰着民众音乐生活。这些低端玩意儿,到了古典音乐复兴的时代之后,终于得以铲除,被所有人摒弃——可是现在呢,它们居然再次生根发芽,甚至还在茁壮成长。

大师按部就班地忙完了这件事。当他终于能够回来跟约瑟夫共进晚餐时,发现约瑟夫竟然还在小房间里冥想,一言不发,但又怡然自得,丝毫看不出疲累。"实在是太美好了,"结束冥想之后,男孩犹如大梦初醒般地开口说道,"音乐完全消失在了我的心灵空间里,等它再一次出现时,形态上已经发生了难以想象的变化。"

"就让它在你心中不断回响、共鸣吧。"大师说罢,将他领到另一处小房间里,那里的餐桌上,一切都已准备就绪,摆好了面包和水果。他们开始吃东西,大师邀请他隔天也去上一段时间的指挥家课程。在将这位客人送回到小房间里休息之前,大师又对他说道:"你在冥想时看到的一些东西,那是音乐。音乐呈现为某种图形,展现在你面前。如果你有兴趣的话,不妨试试看,用纸笔将那些图形给记录下来。"

回到客房之后，科讷希特发现桌子上放了一张纸，笔也为他准备好了。于是，回床休息之前，他开始尝试，试图将之前那段音乐在他心灵空间里呈现出来的图形用纸笔记录下来。他先画出一条长线，以这条长线为起点，有节奏地画出了一些相对较短、对外伸展开来的边缘线。这些边缘线都不是垂直于长线的，而是倾斜了一定角度，但全部朝着相同的方向；画出来的图形令他联想起树枝上树叶的排序，看起来很有规律。他对自己完成的内容并不满意，但没有丝毫气馁，觉得必须反复尝试，看是否能得到更好些的结果。最后，他将一开始的长线弯成了一个圆形，所有的边缘线都从圆周朝外放射出来，就好像花朵从花环扎成的圆形中放射出来一样。然后他就上床睡觉去了，很快就进入了梦乡。在梦中，他又回到了昨天跟同学一起休息过的那处位于森林上方的山顶，他看到自己亲爱的埃施霍尔茨就在下方。于是，他将注意力集中在埃施霍尔茨，开始细细看它。这时他发现，学校建筑群所在的矩形广场竟逐渐变成了椭圆形，然后又变成了一个圆形，最后变成了一个花环。花环开始转动，刚开始时速度还很慢，后来变得越来越快，变成了飞速旋转，逐渐达到了极限，最后爆裂开来，化身为无数闪烁的星星。

他醒来时本来已经忘记了梦的内容，什么也想不起来了。可是后来，在清晨散步锻炼时，大师问他昨晚是否做了一个梦，他突然意识到，自己确实做了梦，而且梦中肯定是经历了什么不太好的事情，要么就是受了什么刺激，因为他心中依稀还有对应的情绪存在。他仔细回想了一下，终于又将那个梦的内容给想起来了，马上向大师复述了一遍梦的内容，并且对梦的无害性感到惊讶——似乎跟自己刚刚感觉到的情绪一点儿也不匹配。大师认真地倾听他的讲述，过程中一言不发。

"到底应不应该重视梦境的内容呢？"约瑟夫问道，"它们真的可以得到合理的解释吗？"

大师注视着他的双眼，简明扼要地回答道："理应重视一切，因为一切都能得到解释。"

走了几步之后，大师的态度变了，他突然如慈父般关心地询问道："这一次，你最想去哪所学校？"听到这个问题，约瑟夫的脸迅速变红了。他用很低的声音匆忙回应道："我觉得，要去瓦尔德策尔[1]。"大师点了点头："我也是这么想的。你肯定也听说过那句老话：'Gignit autem artificiosam...'[2]"

科讷希特仍然红着脸，但他还是将那句每个学生都知道的老话给重复了一遍："Gignit autem artificiosam lusorum gentem Cella Silvestris."翻译成德语的意思是：瓦尔德策尔专出玻璃球游戏玩家中技艺超群之人。

老人热切地望着他。

"这恐怕就是你未来的道路了，约瑟夫。你也知道，不是每个人都认同玻璃球游戏。他们声称，玻璃球游戏不过是艺术创作的一种替代品，仅此而已。在他们看来，玻璃球游戏玩家都是纯文学作品的创作者，他们已不再被视为献身于精神建设事业的开拓者，而是一群热衷于自由幻想的空想主义者，一帮涉猎广泛、无所事事的艺术家。假以时日，你会发现这种说法确实也是符合现实情况的。或许你对玻璃球游戏已经有了一些自己的看法，你对它的信赖，早已超过了它能够给予你的现实支撑。当然，也许你所想的跟这完全相反。无论如何，这个游戏有危险，至少这一点是可以肯定的。可这恰恰也是我们喜欢它的原因，毕竟只有弱者才会被送去走那些无比安全的道路。不管怎样，你永远都不应该忘记我经常告诫你的这番话：我们所肩负的目标，是正确认识矛盾的对立统一，首先当然是关注其对立性，然后就要开始将对立的部分视为某个统一体的两极。玻璃球游戏也是如此。具有艺术天赋的人们之所以对玻璃球游戏着迷，是因为他们可以通过它来进行随心所欲的幻想；要求严苛的专业学者们鄙视它——甚至连一些音乐家也是如此——是因为他们认为它始终还是缺乏大部分科学领域都必须达到的那种严谨程度。很好，总有一天，你也将真正了解我所讲的这些对立性问题。到时候你就会发现，事物所呈现出来的对立性并不是客观存在的，而是主观认定的。比方说，有一位想象力极为丰富的艺术家，他之所以选择回避纯粹的数学或

---

1 现实中为奥地利地名。
2 拉丁语，话未说全，是故意引科讷希特将它说全的。

者说逻辑学,并非因为他对这些学科的内容已经有了一定程度的了解,在它们所涉及的专业领域内可以有的放矢地讲出一些道理来,而是因为他本能地倾向于其他东西,仅此而已。你当然可以认为,这种发自本能的、带有明显倾向性的喜爱与憎恶,其实是一种无能的表现,甚至可以借此来区分那些相对而言似乎更加孱弱的心灵,因为那些在现实世界中出现过的伟大灵魂和卓越意志,显然都不曾表现出这种明显的倾向性。实话实说,我们当中的每一个,都不过一介凡人罢了,人生无非一次尝试,一次步履不停的漫长旅程。话虽如此,我们也应该尽可能走在通往完满的道路上,应该力争抵达中心,而非朝着边缘迈步。请你好好记住:我们既可以是严谨的逻辑学家或者语法学家,同时也可以是充满想象力与音乐感的人;我们既可以是音乐家或者玻璃球游戏玩家,同时也可以是完全投身于法律与秩序的人。我们朝思暮想的就是这种人,我们想要成为的就是这种人,我们的目标就是要培养这种人。像这样的一个人,他在自己人生当中的每一天,都可以跟其他任何人交流他所精通的科学或者艺术知识;他既能够让最晶莹剔透、一目了然的逻辑在玻璃球游戏中闪耀,也能够让最具创造力的幻想在语法中闪耀。我们理应如此——我们理应拥有这样的水准,可以在任何时候奔赴任何不同的岗位,并且胜任这一岗位的要求,不至于因此而感到内心躁动,不至于因此而感到手足无措。"

"我想我已经听明白了,"科讷希特说,"可是,具有如此强烈喜爱与憎恶倾向性的人,难道就不可能只是一些天性比较热忱的人吗?至于其他人,难道就不可能只是一些天性比较冷静、比较温和的人吗?"

"你的这种说法,乍一听来似乎是对的,可实际上却并非如此。"大师笑着说道,"一个人一旦想要胜任一切岗位,想要将一切事情做好,当然不可能缺少精神方面的力量、气量与热量,他在这方面是需要大大加强的。你口中所谓的热忱,其实并非精神方面的力量,而是精神与外部世界相摩擦而产生的一种热量。在这种热忱占统治地位的地方,其实是不存在精神上的强劲推动力的,根本就找不到能够持续奋斗的力量,因为它实际上是指向了一个单调的、错误的目标,因此而造成了紧张的气氛,令人生出了一股闷热的感觉,并且因此而产生了错觉。与此同时,我们必须看到,凡是将追求的目标引向中心、力争抵达中心的人,凡是拼命靠近真正的存在、矢志不渝向往完满境界的人,他们看起来反而比那些虚张声势的热忱之人要平静得多,因为他们内心深处燃烧着的熊熊火焰,并不总是能够被外人看见,因为——还是举个具体例子吧,他在与人争辩的时候,既不会大声喊叫,也不会用力挥动手臂。尽管如此,我却可以明确无误地告诉你:他的内心必然是炽热的,他整个人都在发光发热!"

"哎呀,要是真能无所不知就好了!"科讷希特感叹道,"如果真有这样一种说法,每个人都可以无条件相信,那该多好!现在看来,一切都是相互矛盾的,一切都是相互钳制的,无论身处何处,都没有丝毫确定性可言。一切都可以先这样解释一通,然后再反过来解释一通。人们大可以将整个世界的历史进程解释为发展和进步,也可以声称像这样一种历史,除了腐朽和荒谬之外就别无他物。难道真理不存在吗?难道就没有什么至真至善的说法了吗?"

大师从未听他讲过如此激烈的话。他没有回应什么,直到继续走了一段路之后,才开口说道:"真理是存在的,我亲爱的朋友!可是,你所期望的'说法',那种至真至善、可以让人无所不知、无可匹敌的教导,它是不存在的。朋友,你不应该去渴望完美无瑕的教导,应该去追求你自身的完满。神性自在你心中,而不是藏在任何概念、任何书本里。真理是实践而来的,没有言传的途径。为战斗做好准备吧,约瑟夫·科讷希特,我已经看得很清楚,战斗已经打响了。"

这些天里,约瑟夫第一次看到自己敬爱的大师所过的是怎样的一种日常生活,看到了他平时的工作情况如何,并且对他感到由衷钦佩,尽管他实际上只能见识到他日常事务当中很小的一部分。不过话说回来,大师最能赢得他钦佩之心的地方却并不在此,而在于大师是如此照顾他,邀请他到自己的住处来做客;在于这位日程安排得满满当当、看起来经常如此疲惫的先生,竟然还专门为他挤出了如此之多的时间——更何况这位先生所付出的还不仅仅是时间！他所传授的冥想入门课程，竟能给科讷希特留下如此深刻且持久的印象：既然如此，恐怕正如他后来真正学会了冥想时所推断出来的那样，大师当年的这种传授并没有使用某种特别巧妙或者说是与众不同的手段，区别只在于这是来自大师本人的传授，以及他本人的示范作用——仅仅这样，就已经取得了事半功倍的效果。尽管科讷希特后来的老师们，在接下来一年的冥想课程中，对他给予了更多的指导、更精确的教诲、更严格的控制，向他提出了更多的问题，并且知道应该如何对他在冥想过程中所犯下的错误加以纠正；但是，具体到冥想传授这件事情上，音乐大师对这个年轻人所施加的影响始终还是最深的；虽然他几乎什么也没有讲，什么都没有教——他实际上只是给出了主题，然后亲自参与了进来而已。科讷希特只是在细心观察，他亲眼看到自己很熟悉的这位大师，明明大师在每次现身时都显得如此苍老，如此疲惫，明明大师经常处于这种糟糕的状态之下；这时，他开始半闭起眼睛，整个人都沉入自己的内心世界里；然后，仿佛突然之间，他整个人都起了变化，再一次显得如此平静，如此有力，如此开朗，如此亲切——这是一种感同身受的体验，世间再没有什么能够让他更深刻地相信这种通往自身灵魂源头的手段，相信这条从躁动过渡到安宁的通路。关于冥想，这些都是身教的部分，至于大师的言传，科讷希特都是在跟他一起短暂散步的间隙里或者是吃饭的时候，零零散散地了解到了一些，仅此而已。

我们如今已经知道，科讷希特当时也从大师那里得到了一些关于玻璃球游戏的初步提示和指导，可惜的是，这部分内容并没有任何文字被保存下来。令科讷希特感到印象深刻的是，他的这位东道主在随他一起前来的同伴身上也花了很大心思，令他不会觉得自己实在太像一个附属品。实话实说，这位先生似乎想到了一切，无一遗漏。

在蒙特波特短暂居留的这段时间里，共接受了三次冥想课程，旁听了一次指挥家课程，与大师进行的几次面对面谈话，对科讷希特而言，可谓意义重大；毫无疑问，大师显然选择了最有效的时间点来对科讷希特的人生进行短暂干预。他的邀请其实只有一个主要目的，就是将冥想这一手段真正安排进这位年轻人的心里。不过实际上，在科讷希特看来，来自大师的邀请本身也同样重要，因为这是一种与众不同的待遇，代表着他跟其他所有人都不一样，是大师关注他并对他有所期待的标志；这意味着科讷希特所受的感召已经正式进入了第二个阶段。他已经获得了允许，可以试着去了解内部圈子的情况了；十二位大师当中的一位，竟然允许他这个级别的学生跟自己如此接近，其中必然暗藏深意，绝不仅仅是出于个人的好感。要知道，大师所做的事情，其意义永远都是凌驾于个人层面之上的。

临别时，两个学生都收到了一份小礼物，约瑟夫得到的是一本收录了两首巴赫合唱前奏曲的小册子，他的同伴得到的是一本印刷很精致的口袋本贺拉斯[1]选集。对科讷希特，大师在跟他道别时说道："几天后，你就会知道自己被分配到哪所学校了。通常而言，我去那里的次数会比去埃施霍尔茨要少，不过，只要我的身体还能保持健康，我们肯定还会在那里碰面。如果你愿意的话，可以每年给我写一封信，重点讲一下你在音乐学习方面的进展。对你老师们的批评，固然不应该被禁止，但我也不会怎么重视。前方有许多东西在等你，我希望你能通过考验，证明自己。我们卡斯塔利亚人，不应该只是由千挑万选出来的人才所组成的集合，它首先应该是一个秩序分明的组织结构、一座每块砖石都只能从整体中获取存在意义的建筑。一旦脱离了这个整体，就再也没有任何出路可言。要知道，那些地位上升得更高、被赋予更艰巨任务的人，并没有因此而变得更加自由，他们只会肩负越来越重的责任。再见了，年轻的朋友，能够在这里跟你共度一段时光，我感到十分开心。"

就这样，他们两个开始往回走了，一路上都比来时更快活，聊得也更多些。这几天以来，他们呼吸了不同的空气，见识了不同的环境，与不同的生

---

[1] 贺拉斯（前65—前8），古罗马著名诗人，与维吉尔、奥维德并称古罗马三大诗人。

活圈子有了些许接触，这一切都令他们原本紧绷的心情得到了放松，让他们从埃施霍尔茨、从挥之不去的告别情绪中获得了些许解脱，对即将到来的变化、对充满未知的将来加倍渴望。在森林中多次休息时，以及在蒙特波特某处陡峭的峡谷上时，他们都从衣服口袋里取出了木笛，用双声部恣意吹奏了几曲。当他们再次抵达之前俯瞰过的埃施霍尔茨的山顶时，当他们再次看到校区、看到那些巨大的红杉树时，两人都觉得上次的谈话早已成了遥远的过去。一切事物都开始呈现出全新的面容。他们没有再讲一句话。他们对当时的感触和言论感到有些惭愧，这些感触和言论迅速过时，已显得空洞无物了。

回到埃施霍尔茨，他们隔天就知道了自己转学的去处。科讷希特将正式转去瓦尔德策尔。

第二节　瓦尔德策尔

"瓦尔德策尔专出玻璃球游戏玩家中技艺超群之人"——关于这所知名学校，向来都有这么一句广为流传的老话。在第二和第三阶段的卡斯塔利亚学校当中，它是最具有艺术性的，换句话说，在其他学校几乎全部都是由某一特定的科学科目占据主导地位的情况下——比方说，科伊珀海姆[1]的重点是古典语言学，波尔塔[2]的重点是亚里士多德和经院哲学，普兰法斯特[3]则偏重于数学——瓦尔德策尔完全是反其道而行之，其教学传统一直都有将科学与艺术加以融合的普遍倾向，而这种倾向的最高象征就是玻璃球游戏。诚然，这里的情况也跟其他所有学校一样，玻璃球游戏绝对不可能成为国家教育部门指定的必修课，但它几乎可以被认为是瓦尔德策尔学生在私下里一定会进行实践学习的一门课程，即可以被认为是一门课业之外的必修课。除此之外，小城瓦尔德策尔也是玻璃球游戏的官方指定举办地，以及玻璃球游戏相关机构的所在地：这里有闻名遐迩的玻璃球游戏大厅，专门用来举办庆典级别的大型比赛；这里有卷帙浩繁的玻璃球游戏档案馆，有档案馆对应的管理机构和大大小小的图书馆；这里是"卢迪大师"的常居地。尽管上述机构完全是独立自主的存在，学校本身跟它们之间没有任何官方意义上的联系，但这些机构的精神却时刻笼罩于此，尤其是作为大型竞技游戏长期举办地的庆典气氛，那种特有的庄严肃穆感，更是弥漫在这里的每个角落。实话

---

[1] 黑塞虚构的校名。隶属科学范畴。
[2] 黑塞虚构的校名。
[3] 黑塞虚构的校名。有"庞大计划"之意，略有讽刺意味。

实说，小城瓦尔德策尔本身当然是感到非常自豪的，因为这座城市不仅拥有精英学校，还拥有玻璃球游戏；在当地民众之间，瓦尔德策尔的精英学生们被称为"大学生"，但那些潜心研究玻璃球游戏的学者和客人则被称为"卢泽尔"[1]，这是由"卢泽瑞思"这个词演变而来的。顺带一提，瓦尔德策尔是所有卡斯塔利亚精英学校当中规模最小的，学生总人数几乎不会超过六十人。显然，人数上的稀缺状况也给它带来了某种特殊的、贵族化的感觉，单凭这点就使它显得格外优秀，仿佛在这里学习的人们都是精英当中最高端的一小部分顶尖精英似的；不过话说回来，现实情况也确实如此，在过去几十年里，许多教育部门的顶级大师和所有玻璃球游戏大师都是从这所可敬的学校里培养出来的。尽管如此，瓦尔德策尔所拥有的这种辉煌声誉绝不是无可争议的：时不时地就会在这里或者那里冒出这样一类言论，认为瓦尔德策尔人不过是些心比天高的美学崇拜者、一帮恃宠而骄的王子罢了，除了会玩玻璃球游戏之外，可以说是一无是处。时不时地就会有一些关于瓦尔德策尔人的流言蜚语在其他几所学校里广为流传，这些流言蜚语基本上是些相当下流的谣言、各种当不得真的玩笑话、态度严厉的批评等，内容普遍尖酸刻薄。可是反过来看，针对瓦尔德策尔人的舆论抨击如此激烈，如此尖锐，恰恰说明这一切不过是出自嫉妒和艳羡。不管怎么说，转学到瓦尔德策尔这件事，本身就意味着一份殊荣；约瑟夫·科讷希特本人也很清楚这点，虽然他完全没有世俗意义上的虚荣心，可他始终还是以满怀喜悦的自豪感接受了这份殊荣。

他跟其他几名同学一道，以徒步旅行者的身份踏上旅程，最终来到了瓦尔德策尔；他带着很高的期待和十全的准备，大步迈入瓦尔德策尔的南门，立刻就被这座古色古香的棕色小城和容纳着整所学校的大型前西多会[2]修道院建筑给镇住了，瞬间就对它们感到心醉神迷。在学校带门房的前厅里匆匆吃过欢迎新生专用的小糕点之后，他甚至都等不及换上这里的新衣服，就独自

---

[1] 如后文所述，出自拉丁语"玩家"（lusores）一词。
[2] 1098年成立于法国的罗马天主教修会，主要目的是复兴严格的本笃会规范。

出发去探索自己的新家园了。他发现了一条专供步行用的小路，这条小路位于原先沿河岸而建的城墙残存至今的遗址之上。于是，他便沿着这条小路往前走，一直走到一座拱桥的桥身上，才暂时停下脚步，聆听磨坊堤堰发出的轰鸣声。听了一会儿之后，他继续走了起来，穿过墓园，走上了一条两侧长满椴树的林荫道，看见并且辨认出了高大树篱后面的"玩家聚居区"[1]，那是一座专门为玻璃球游戏玩家建造的小城市：里面有庆典竞技时用的大礼堂、玻璃球游戏档案馆、研习室，以及供客人和学者们居住的一栋栋房子。这时，他碰巧看到有位先生从其中一栋房子里走了出来，身上穿着玻璃球游戏玩家的专属服装，因此不由得心想，恐怕这就是传说中的"卢泽尔"之一，甚至可能就是"卢迪大师"本人。如此这般，他强烈地感受到了瓦尔德策尔所拥有的这种氛围的魅力，这里的一切都显得如此古老、可敬、神圣，充满传统的仪式感。显然，居住在这里的人比居住在埃施霍尔茨的人更接近"中心"。从玻璃球游戏区域折返回来之后，他又感受到了属于这座小城的另外一种魅力，也许没有那么古老，但也不乏刺激。这种魅力就是小城本身，即所谓世俗世界的其中一小块碎片，其中存在着各种各样的变化、各种各样的商贸活动。这里有狗和小孩子，有商店和工艺品散发出的特殊味道。商店敞开的大门里，看得见蓄大胡子的小市民和身材丰腴的女人们。到处玩闹嬉戏的孩子们，时而因什么事情而放声大笑，少女们则对这一切喧嚣报以不屑一顾的眼神。这里的很多东西都令他回想起了遥远的往昔世界，回想起了贝洛尔芬根——他一度以为自己早已忘掉了这一切，事实却并非如此。此时此刻，他灵魂的深层领域正在对这一切起反应，对这些图景、声音和气味起反应。跟埃施霍尔茨相比，这里似乎有一个相对不那么安静，却更加绚丽、更为丰富的世界正在等待着他。

截至目前，新学校里的一切完全是旧学校的延续，确实增加了一些新的科目，但也不过如此。除了冥想训练之外，这里并没有什么真正的新东西，

---

[1] 原文为拉丁语"Vicus Lusorum"。

即使是冥想训练，音乐大师也已经引着他提前预习过了。相较于这里的其他同学，他当初进入冥想领域可以说是完全自愿的，而且他只是将冥想当成一种可以让人心情愉悦、身体放松的小游戏，并没有从中窥探到其他什么东西。唯有到了后来——我们即将讨论到这个部分——他才终于以一种基于经验主义的方式察觉到冥想这一行为真正具有的极高价值。瓦尔德策尔的校长是一位特立独行、多少有些令人感到望而生畏的男人，他的名字是奥托·兹宾登，当时已经有六十岁了；我们如今看到的那些关于约瑟夫·科讷希特学生时代的文字记录，有不少都是出自他的——都是用他优美的笔迹、热情的笔调记录下来的。但是，最先对这个年轻人产生好奇心的却并非老师，而是他的同学们。他尤其跟其中的两个人进行了别开生面、有着多方面证据可供支持的交往与交流。这两个人当中的一个，早在科讷希特来到瓦尔德策尔的最开始几个月里就跟他成了朋友，此人的名字是卡洛·菲洛蒙特（多年以后，此人成了音乐大师的副手，在国家教育部门内部获得了第二高的地位，仅次于位于最顶层的那十二位最高负责人），他与科讷希特同龄；我们除了在与科讷希特相关的各种事情上理应感谢他的帮助之外，也要感谢他为世界留下了一部《十六世纪鲁特琴音乐演奏风格变化史》。在学校里，他有个外号叫"吃米人"[1]，作为广受好评的玻璃球游戏搭档，得到大家的普遍赞誉；他跟约瑟夫的友谊开始于一次关于音乐的谈话，以这次谈话为起点，在之后的多年时间里，他们经常一起研究音乐，一起进行各种音乐方面的练习。关于这方面情况，我们可以从科讷希特写给音乐大师的信里掌握部分线索；尽管从数量上看，存留下来的信件极少，但每封信的篇幅都很长，涉及很多内容。与菲洛蒙特相关的第一封信里，科讷希特称菲洛蒙特是"音乐领域的行家里手，尤其擅长给旋律加上华丽的装饰音、震音、颤音等"，他跟菲洛蒙特一起演奏过库普兰、普赛尔[2]，以及1700年前后其他一些大师的作

---

[1] 原文为"Reisesser"。结合后文相关描述，该外号大概与东方旅行者相关，指玻璃球游戏水平高超，属于褒称，因为东方人"吃米"。

[2] 亨利·普赛尔（1659—1695），巴洛克早期英国作曲家，威斯敏斯特教堂管风琴师。

品。在写给音乐大师的其中一封信里,科讷希特详细描述了两人之间的演奏练习和他们所选取的这类音乐:"有些作品里面的几乎每个音符都加上了震音。""像这样连续敲击好几个小时,"他继续往下写道,"在钢琴键盘上不断敲出双音、上波音和下波音——除了这些之外,什么都不做,感觉自己的手指全部都变得麻麻酥酥的,好像带了电一样。"

在瓦尔德策尔学习的第二或者第三年,他在音乐领域的知识与技艺均大有长进,如今他已熟练掌握各个世纪、各种风格的符号、谱号、缩写、低音符,演奏起来同样是驾轻就熟。只要是我们已知的西方音乐知识,只要有机会被他接触到,无一例外他都能够融会贯通。这一方面自然是因为他的确极为努力,且天赋奇高,但更重要的始终还是他所采用的那种特殊的学习方式,即从实践出发,既不屑于仔细研读音乐理论,也不太看重音乐鉴赏基础与演奏技巧方面的单独培养。相较于前人总结出来的知识,他更看重音乐作品本身,更懂得用完全感性的方式去品味音乐,沉浸到作品当中,去领悟实际演奏中用到的各种技巧,以便更好地渗透到作品的精神层面中去,凭借自身的努力,将其中蕴藏的理论知识逐一挖掘出来。如此一来,他对西方音乐领域的研究,可以说是进入了一种如鱼得水般的境界。恰恰因为他热衷于从感性的角度来把握音乐,努力借助耳朵对乐曲的音韵和音色,以及其情感表现方面的实际体验,超越各种音乐风格的表象,洞悉它们的精神内核,导致他在音乐领域的钻研上倾注了过多的精力,花费了过多的时间,乃至于疏忽了玻璃球游戏基础课程的学习,在相当长的一段时期里,他在玻璃球游戏学习这方面几乎处于一种放任自流的状态。多年以后,当他在给学生们上课时,曾经讲过这样一段话:"任何一个人,如果他只知道从玻璃球游戏当中提炼出来的音乐,当然也可能成为一名优秀的玻璃球游戏玩家,但他远远称不上是一位音乐家,恐怕也不可能成为一位历史学家。音乐不仅包括我们从玻璃球游戏当中抽象出来的那些纯粹的、只出现在精神领域内部的振动和图像;事实上,在人类文明不知道多少个世纪以来的音乐探索中,音乐所辖的范畴始终都是一贯且一致的,它主要包括感官的愉悦、呼吸的吞吐、节拍的搏动，在各种声音的混合中、在乐器的相互作用中，催生出色彩、摩擦与刺激，反过来作用于人类。当然，精神领域始终都是最主要的。新乐器的发明与旧乐器的改进、新曲调的引入、声部构建与和声规则的建立或禁止等，这类看似纷繁复杂的变化，永远只是一种姿态、一种外在的东西罢了，就好比各民族的服装与时尚，也不过是浮于表面的一种特征而已；尽管如此，人们却必须感性地、由表及里地去把握并品味这些外在的、感官上的特征，这样才有可能真正理解创造出这些音乐作品的时代，真正理解风格本身。音乐是必须用双手和手指，用嘴、用肺创造出来的，而不是仅仅使用大脑；任何一个只能读懂乐谱却无法完美演奏相应乐器的人，根本不应该拥有相关音乐上的发言权。由此可知，音乐的历史绝对无法仅仅通过读懂某部完全使用抽象概括式写作手法的音乐风格演变史来加以掌握。比方说，假如我们无法始终清醒地认识到感官与量变对精神领域起到的支配作用，那么，音乐的衰败期就毫无存在合理性可言，历史上对这类时期的研究恐怕也会变得举步维艰。在我们看来，音乐为什么会衰败这个问题，可能至今都是相当难于理解的。"

有那么一段时期，科讷希特似乎已经下定决心，以后只打算成为一名音乐家；他放弃了所有可以由学生决定的选修科目，包括迄今为止才第一次被正式引入他的学业之中的玻璃球游戏基础课程，完全投身到了音乐领域。他的偏科状况相当严重，以致在第一学期临近尾声时，校长专门就此事与他进行了交涉。作为一名学生，科讷希特并没有被校方的大张旗鼓吓到，他顽强地坚持自己的科目选择权，不打算做出任何改变，以此来维护一名学生的正当权益。据说，他曾经当着校长的面讲出了下面这番话："假如我在必修科目上有任何疏失，您当然有权训斥我；可是，我却没有给您留下任何可以这样去做的理由。另一方面讲，我实际上也有权将自己可自由支配时间当中的四分之三，甚至四分之四[1]用于音乐。我的一切行为都是完全遵守校规的。"

---

[1] 原文如此。口语中的"四分之四"实际上是一种德式幽默，即"毫无保留"。

校长兹宾登足够聪明,没有坚持什么,但他当然注意到了这个与众不同的学生。据说,他在此后相当长的一段时间里,都用颇为冷漠的严苛态度来对待这个学生。

科讷希特学生时代的这一段特殊时期持续了一年多,兴许还要额外加上半年:整体正常,却称不上亮眼的学习成绩,而且——从与校长发生冲突的那起事件之后,情况似乎就一直如此——时常沉浸在安静沉闷、略带些挑衅意味的自我封闭状态中,不跟任何人以任何形式产生友谊,至少不会在明面上如此。实际上,他唯有在钻研音乐时才会投入不同寻常的热情。为了音乐,他几乎抛弃了自己业余时间的其他全部可能性,甚至包括玻璃球游戏。这个年轻人形象的其中一部分特征无疑具有青春期的征兆;在这段时期里,哪怕偶尔遇见了异性,他也总是对她们抱持审慎多疑的态度,对她们敬而远之。究其原因,可能是因为他——就跟其他许多家里没有姐妹的埃施霍尔茨人一样——在此之前几乎没怎么跟异性打过交道,实在太过害羞了。他读了很多书,尤其是德国哲学方面的著作:莱布尼茨、康德,还有其他许多浪漫派作家的作品。在这些作家之中,当数黑格尔对他的吸引力最强。

现在我们必须暂时将注意力更多地放在科讷希特的另一位同学身上,因为他在科讷希特这段时期的瓦尔德策尔生活中发挥了决定性的作用,此人正是客座学生普利尼奥·德西格诺尼,此人在当年瓦尔德策尔生活中扮演了一个举足轻重的角色。他是一名客座学生,也就是说,他实际上是以客人身份进出精英学校,到这里来旁听一部分课程,但他却并不打算在"教学省"长期居留,也不想加入团体。瓦尔德策尔经常能见到这样的客座学生,其数量固然很稀少,因为国家教育部门向来都不怎么重视那些早就打定主意,一旦结束了自己在精英学校的课程之后,马上就会回到父母家、回到世俗世界里去的学生的教育。不过话说回来,国内有一些历史非常悠久的权贵家族,这些家族在卡斯塔利亚创立时期所立下的赫赫功勋至今仍非常值得一提;因此,自"教学省"正式开始运作之后,这些家族内部就建立起了这样一种传统——这种传统至今仍没有完全绝迹——当某个儿子拥有足够天赋时，就必须让他进入精英学校，以客座学生的身份接受教育；少数几个权贵家族中，进入精英学校的特权维持至今，传统同样也保持至今。具体而言，这些客座学生虽然在各方面都必须遵守与其他所有精英学生相同的规则，但相较于精英学生群体而言却始终属于例外，因为他们不需要跟其他人一样，保持跟家乡的隔离状态，乃至于年复一年下去，跟自己的家乡、家人们变得越来越疏远——他们可以直接回家，在家里度过所有的假期。对于精英学生群体而言，他们这些客座学生固然也有着同学的身份，但始终是客人，是陌生人，因为他们可以一直保留家乡的习俗和思维方式。他们远方的祖屋、世俗的事业、职业和婚姻都在耐心等待着他们。值得注意的是，在极少数情况下，这类客座学生也会受到"教学省"的精神感召，愿意全身心地投入灵性生活。于是，他们征得家人的同意，最终留在了卡斯塔利亚，并且加入了团体。不过话说回来，"还俗"的客座学生还是占绝大多数。当然，从另一方面讲，对于"教学省"而言，这也并非什么坏事：我国历史上相当出名的几位大政治家，他们在年轻时无一例外都是卡斯塔利亚的客座学生，也正因如此，当公众舆论出于某些原因对精英学校制度和团体加以抨击时，他们全都站了出来，旗帜鲜明地支持精英学校制度和团体。

普利尼奥·德西格诺尼就是这样一名客座学生，年纪稍小一些的约瑟夫·科讷希特在瓦尔德策尔遇见了他，并且跟他成了朋友。德西格诺尼是个天赋奇高的年轻人，尤其在演讲和辩论方面，更是才华横溢；他脾气火暴，而且很不安生，经常会挑起一些事端，跟他相关的事情常常令校长兹宾登感到十分头疼，因为作为学生，他保持了良好的学习成绩，校方没有以成绩为借口来训斥他的理由，可他在处事上实在太过特立独行——跟那些急于隐藏自己客座学生特殊身份、尽可能不显眼地融入精英学生群体的人不同，德西格诺尼反而大张旗鼓地宣扬自己的身份，全面公开、略带赌气地宣称自己在此所持的态度是非卡斯塔利亚式的、是完全世俗化的。如此这般，两个离经叛道的学生之间不可避免地建立起了某种特殊的联系：两人都拥有极高的天赋，在精神上都受到了真正的感召，这些相似之处足以令他们成为情同手足的至交好友；尽管如此，在其他任何方面，他们都是完全对立的。总之，这两人之间因为机缘巧合而建立起来的各种吸引与排斥作用，自然而然地形成了一项亟待完成的任务；至于如何从这项任务中巧妙提炼出其精华之所在，并根据两人对立要素的特点，以及对立统一的辩证法规则，将两人的优点与缺点在相识、相知的过程中相互调和一番，从而对这两名学生产生拨乱反正的统合功效，最终顺利完成这项近在眼前的任务，这就需要有一位同时具备异常之高的洞察力和极为巧妙之斡旋手段的老师。校长兹宾登当然不缺乏完成这项任务的才能与意愿，他也并非那种对天才学生有所忌讳的老师，但他缺乏解决这项任务所需的一个最重要的前提条件：两名学生的信赖。普利尼奥，向来喜欢扮演局外人和革命家的角色，始终都对校长保持着很高的警惕性；至于约瑟夫·科讷希特，不幸之处在于，校长兹宾登在此之前已经跟他起过矛盾，由于他一直坚持进行音乐方面的私人研究，两人之间的分歧始终都是存在的，因此，约瑟夫当然也不可能向兹宾登寻求人际交往上的建议。幸运的是，能够在此事上帮忙的，还有音乐大师。科讷希特主动向他寻求了帮助和建议。正如我们将在随后的内容中看到的那样，这位充满智慧的老者、这位在音乐领域无人可及的先生非常认真地解决了此事，并且以极为巧妙的手法，指导了约瑟夫的玻璃球游戏学习，令与他相关的一切重新回到了正轨。在这位大师腾出手来进行干预之后，年轻的科讷希特人生中所遭逢的最大危机，总算转危为安，他所面对的最难于抗拒的诱惑，总算得以压制，并成功转化为一项艰巨且光荣的任务。年轻人的表现同样十分出色，完全能够胜任这项任务对他所提出的要求。总之，历经一番波折，此事最后终于迎来皆大欢喜的结局。约瑟夫和普利尼奥之间亦敌亦友的牢固关系，或许也可被视作两大主题齐头并进的乐章，抑或是两个不同心灵之间尝试进行统合的辩证游戏。相关史实记录大致如下所述。

首先，当然是德西格诺尼引起了对方的注意，并且成功吸引了对方。

不仅因为他在他们两人之间是年纪较大的那个，不仅因为他是个英俊、热情、能言善辩的年轻人。最主要的原因，还是因为他是个"外来者"，一个非卡斯塔利亚人，一个来自世俗世界的人，一个拥有父亲和母亲、叔叔、阿姨、兄弟姐妹们的人。对于这样的一个人而言，卡斯塔利亚这个所谓的"教学省"，以及与其相关的所有法律法规、习俗传统、理想抱负等，不过是人生当中的一个阶段罢了，仅仅意味着一次旅行、一段暂时的停留。在德西格诺尼这只"白乌鸦"看来，卡斯塔利亚不是全世界，瓦尔德策尔也不过是所学校罢了，跟其他任何学校相比也没什么两样。对他而言，"还俗"并非耻辱，也不是惩罚；对他而言，在未来等待着他的并非团体，而是事业、婚姻、政治——简而言之，是每个卡斯塔利亚人私底下都渴望了解更多的"真实生活"，因为"俗世"对于现今的卡斯塔利亚人而言，恰如"俗世"在过去那些忏悔者和苦行僧眼中所呈现出来的那样：它一方面是卑劣下等的代名词，是不可踏入的禁区，一方面又是无比神秘、无比诱惑、无比迷人的领域。普利尼奥对于自己属于"俗世"的事实竟然毫不讳言，身处卡斯塔利亚人之中，他一点儿都不感到羞耻，反而为自己的"外来者"身份感到自豪。他之所以如此强调自己与身边众人的不同，一半是出于孩子气、出于天真的虚荣心、出于哗众取宠的表演欲望，还有一半则是出于自觉，出于对自己所选择的人生规划的宣传热情，出于自认为高高在上的优越感。他擅于利用各种场合，将自己所持有的世俗观点、世俗规范跟卡斯塔利亚人的观点和规范进行对比，并将自己那套标准描述为更好、更正确、更自然、更人性化的"优选"。在煞费苦心进行对比的过程中，他不断玩弄概念，摆出了"自然状态"和"健全的人类常识"等主张，以此来批判与世俗生活格格不入、过于强调教育的精英学校精神。为了说服更多的人，他从来不吝于使用口号，也从来不在乎夸大其词，但他十分聪明，而且拥有足够的品位，很懂得调动听者们的情绪。他在辩论的时候从来不会满足于粗暴的挑衅，反而基本认同瓦尔德策尔传统中常见的辩论模式，用高雅、严谨的方式来摆事实、讲道理。从表面上看，他试图捍卫"俗世"、捍卫普罗大众的日常生活，反对卡斯塔利亚人所奉行的那种"傲慢的老学究精神";但他真正想要做的,其实是向身边这些同龄人证明,自己确实是个很有本事的人,甚至在只允许他使用对手们的武器应战的情况下,他也能够达成目的;实话实说,他绝对不想成为没文化的蛮人,在灵性生活的花园里盲目践踏,徒留笑柄。

约瑟夫·科讷希特一直都在关注某个小型学生团体举办的公共演讲活动,但他向来只会出现在以这个小团体为主体的场景背景之中,在边缘位置驻足,做一个沉默但专注的听众:这个小团体的中心人物兼演讲者,正是德西格诺尼。每一次,他都怀着好奇、惊讶且焦虑的心情,聆听这位演讲者的发言——他所讲出口的每一句话,对卡斯塔利亚内部一切权威和神圣的东西都进行了严厉的批判,约瑟夫自己原本坚信的一切,都受到了眼前人的怀疑,在他口中,原本理所当然的事情逐渐变得可疑起来,原本严肃正经的事情受到了无情的嘲笑。约瑟夫注意到,单就聆听这些演讲的态度而言,现场听众们并不是都很认真,有些人显然只是将这些演讲视作消遣,就好比人们在年度集市[1]上听某个"大演说家"表演一样。除此之外,他也经常会听到一些针对此类演讲的回应,普利尼奥展开的一系列攻击被他们用讽刺挖苦的手段轻易化解,要么就是直接对普利尼奥的任何主张采取严厉拒绝的态度,根本不管他说了些什么。尽管如此,始终有一些同学主动聚集在这位普利尼奥的身边,无论身处于哪个场合,他始终都是人们关注的焦点,无论他身边是否刚好有一位据理力争的对手,或者没有任何对手也罢,他的身上总是会散发出某种不知不觉就会吸引人们来到自己身边的无形力量、某种类似于诱惑力的东西。就跟小团体里的其他人一样,约瑟夫也经常会聚在这位活跃演讲者的周围,面带惊讶地听他咆哮,或者因为某段妙语连珠的发言而发出阵阵笑声;尽管约瑟夫时常会对演讲的内容感到焦虑,甚至感到些许恐惧,但他仍没有放弃聆听,因为相较于其他人,约瑟夫很明确地意识到,自己实际上是被这种演讲当中所具有的某种

---

[1] 德国城镇每年举行一次或在一年中定期举办多次的,有着游乐活动、歌舞表演和露天市场的大型集市。

不可思议的力量给吸引住了,并不是因为演讲内容很有趣,不是这样的,而是因为这些演讲以某种难以言喻的方式与他产生了某种严肃且紧密的关联。这并不表示他打心底里同意这位大胆演讲者的主张,只是因为有些疑虑一旦产生、一旦知晓其存在,马上就会因为这种存在本身而感到痛苦。这种痛苦眼下还不算太糟糕,眼下还只是感到些许困惑、些许焦虑而已,是某种糅合了剧烈冲动和良心不安的古怪感觉。

该来的时刻必定到来,而且确实已经来临:德西格诺尼注意到,在自己的听众当中,有这样一个人,此人认真听了他所发表的演讲,并且认为这些演讲的内容是很有意义的——没有像其他大部分人那样,将它们视作某种感官刺激,甚至是带有冒犯性的挑衅。此人是一个沉默寡言的金发男孩,模样甚是英俊,举止很优雅,但性格上多少有点儿害羞。演讲结束后,当他以亲切友好的态度同他交谈时,他的脸马上就红了,回答得很勉强,而且表现得也太过客气了。普利尼奥心想,这个男孩显然已经关注了自己一段时间,是自己的忠实听众,因此,现在他打算用一个友好的姿态来回报他,并且彻底征服他,将他完完全全地拉到自己的阵营中来,于是,他主动开口,邀请男孩下午到自己的寝室来坐坐。哪曾想到,这个害羞又拘谨的男孩不是那么容易收买的。普利尼奥惊讶地发现,他直接避开了他,根本不打算跟他讲话,以沉默的方式拒绝了邀请;这一系列行为反而更加引起了这个年纪较大男孩的兴趣。于是,自那天起,情况发生了逆转,约瑟夫依然故我,普利尼奥反而主动关注起沉默的约瑟夫来。普利尼奥的这种行为,刚开始时恐怕只是出于某种不甘示弱的自负心理,后来就开始变得认真了,因为他感觉到,现在这里出现了一位真正的对手,也许会是明日之友,但也可能事与愿违。普利尼奥一次又一次地看到约瑟夫出现在自己身边,感觉到他在十分用心地倾听自己的发言;然而,这个害羞的男孩也一次又一次地在他想要接近他时迅速退缩。

这种退缩行为自有其原因。实际上,约瑟夫早就意识到,此人身上有某些重要的东西正在等待着自己,或许是一些美好的东西,足以拓宽他的视野，给他带来某种洞察力，让他经历一次真正的启蒙，但也可能是某种诱惑，会将他拖入险境。无论是好是坏，都必须想办法克服，倘若坐视不理，必将招致更大的麻烦。他将普利尼奥的演讲在自己心中激起的第一波怀疑浪潮和批判欲望统统讲给了自己的朋友菲洛蒙特听，但后者却并不在意，认为这些演讲的内容根本不值一提，同时宣称普利尼奥是个自负又浮夸的家伙，不需要考虑此人的任何主张，说罢，很快又沉浸到了他的音乐训练当中。这时，约瑟夫心中的某种感觉对他说，校长才是他应该去找的人，只要向校长提出自己的疑虑和担心，这位掌管全校学生的权威肯定有办法指导他；然而，自从之前那次小争吵结束后，他跟校长之间的关系已经变得十分紧张，已经无法再进行任何亲切友善的对话，互相之间也无法再做到相互坦诚了：他担心自己的倾诉根本就不会得到校长的理解。不仅如此，对于校长眼中这位离经叛道的普利尼奥，他更担心自己的倾诉会被校长错误地理解为某种形式的告密行为，并因此对普利尼奥造成不好的影响。更何况在目前这种普利尼奥主动接近自己、试图跟自己建立友好关系的前提下，再去找校长倾诉，岂不是更显尴尬？实在是无法可想了，他只好求助于自己长期以来的保护人和精神上的指引者——音乐大师。他给音乐大师写了一封很长的信，幸运的是，这封信被保存了下来，我们都可以读到。他在信中就此事所写的内容引用如下："截至目前，我还不知道，普利尼奥是真的希望让我成为他的亲密战友，还是单纯只想找一个可以跟自己交流、沟通的对象。我希望是后者，因为一旦要我跟他站在同一条战线上，那就意味着我必须首先皈依他那些如同四处传教般的激进观点，这就等于是在诱惑我，诱使我不忠，毁坏我扎根于卡斯塔利亚的生活；要知道，我在外面是没有父母的，也没有任何可以投奔的朋友，一旦真的打算'还俗'，最终也必然无处可去。不过话说回来，就算普利尼奥那些离经叛道的演讲并非为了改变任何人、影响任何人，我在面对他时，同样会感到手足无措。实话实说，尊敬的大师，这是因为在普利尼奥的思维方式中、在某些根本性的问题上，他和我之间存在着分歧，令我感到迷茫又困惑，使我不能简单地对他说不；他成功唤醒了我内心深处的一个声音,这个声音与他产生了共鸣,有时甚至非常倾向于认可他那些激进观点。照我看来,这恐怕是人类天性的呼唤,这种呼唤与我迄今为止所受的教育、与我们这些人习以为常的看待事物的方式之间产生了难以弥合的矛盾。普利尼奥在他的那些演讲中,将我们'教学省'的众多老师和大师们描绘为一群恪守严苛等级制度的牧师,将我们这些学生描绘为一群甘受责罚、早已完成阉割的牲畜。这当然是粗俗且夸张的言论,但其中恐怕多少也包含了一些真相,否则不可能令我感到如此焦虑。普利尼奥向来是语不惊人死不休的,他可以公开讲出许多令人感到十分沮丧的话语。比方说:玻璃球游戏的存在完全是一种倒退,通过它,人们终于成功退化到了'专栏时代';这种游戏充其量不过是一种极其不负责任的、随意玩弄字母的小游戏罢了,然而,我们如今已经将各种艺术和科学的语言融入了游戏,与游戏深度捆绑到了一起;可是,游戏本身其实是没有任何真正价值的,因为它只负责联想,玩法也只有类比。再比方说:我们自甘堕落的文化贫瘠,雄辩般地证明了我们整个精神领域教育和灵性生活态度的不值得。他说:'举例而言,我们仔细分析各种风格、各个时期音乐的规律与技巧,可我们自己却从来不创作任何新的音乐。'他说:'我们阅读并试图解释品达[1]或者歌德的作品,可我们自己却从来都羞于写下新的诗行。'这些统统都是我听过之后完全笑不出来的指责。更何况这些指责还称不上是最坏的,在普利尼奥演讲涉及的众多内容中,它们并非伤我最深的那部分。至于最坏的指责,大概是当他说出:'我们卡斯塔利亚人所过的,本质上无非是人工饲养的鸣禽所过的那种笼中生活,不需要自己辛苦挣钱来养活自己,不知道生活真正的艰辛与挣扎,不了解也不打算了解我们人类之中归属于世俗世界那一部分人身上所发生的一切。但是,他们所承担的劳动,他们所忍受的贫苦,恰恰是我们奢靡无度的基础。'"这封信是以下面这段话作为收尾的:"我恐怕已辜负了您的仁慈

---

[1] 品达(前522至前518—前438至前422),古希腊抒情诗人,笃信宗教,作品中充斥着神秘色彩,部分诗作晦涩难懂。代表作有《皮托竞技胜利者颂》等。

与善意,最可敬的您[1]哪,我已经准备好了,准备好接受您的叱责。请您叱责我,对我进行惩罚,我将为此而感激您。可是,尽管事已至此,我还是非常需要得到您的指点。就目前情况来看,我尚可继续忍受这种状况,尚可忍受一小段时间。但我实在无力去改变它,无法让它朝着某个富有成效的方向发展下去,从而找到合适的解决方案。我在这方面实在太过软弱,实在太没有经验了。而且,目前恐怕还有一项最糟糕的情况,不得不向您坦白,我因为某种原因,无法主动向我们学校的校长先生倾诉此事,无法前去征求他的意见,除非您明确命令我这样做。也正因如此,我才在迫不得已的情况下,拿这样一件微不足道的小事来打扰您。实话实说,此事已开始成为我眼下无法绕过的巨大困境。"

倘若如今也能找到大师针对这一求助信的白纸黑字形式的答复,对于我们目前正在进行的传记创作而言,无疑是非常有价值的。哪曾想到,相关答复却是以面授机宜的方式给出的。科讷希特来信之后不久,音乐大师本人就亲自来到了瓦尔德策尔,因为他刚好要给这里的学生主持一场音乐考试,于是,他便趁着这一小段居留的日子,对他这位小伙伴给予了最好的关怀。我们是从科讷希特后来的一些记述中了解到这一点的。他当然没有让他很轻松地渡过难关。首先,他仔细调查了科讷希特在学校里的成绩,以及校方的相关总结,尤其是他利用课余时间选修的内容,发现他确实偏科严重。因此,他对瓦尔德策尔校长的意见表示了认可,并且坚持要求科讷希特向校长承认自己的错误。至于科讷希特与德西格诺尼之间的关系,他同样拟定了精确具体的指导方针,并且在跟校长兹宾登就相关问题进行了一番探讨之后才离开。音乐大师的介入,不仅导致德西格诺尼与科讷希特之间开始了一段过程颇为引人注目、令全部相关人士都感到难以忘怀的龙争虎斗;还帮后者与校长之间建立起了一份全新的关系。诚然,这份关系仍然远远比不上他跟音乐大师之间的关系——他跟大师之间这份亲切又神秘的关系,可说是独一无二——但

---

[1] 原文为拉丁语"reverendissime",是"可敬的"(reverend)最高级形式。

至少也是开诚布公的，相比于过去而言，已经算是和煦又放松了。

音乐大师离开瓦尔德策尔之后，他给科讷希特规划的角色，决定了科讷希特之后很长一段时间里的生活模式。他获得了允许，可以接受德西格诺尼的友谊，承受他的影响，直面他的攻击，几乎没有任何老师会去进行干涉，或者加以监督。但是，科讷希特的那位人生导师为他们两人之间的交往设定了一个前提条件，那就是科讷希特必须为卡斯塔利亚辩护，旗帜鲜明地反对德西格诺尼这个处处针对卡斯塔利亚的批评者所提出的各种主张，想方设法地将相关主题的辩论提升至最高水平；这项任务理所当然地意味着这样一项事实，即无论在何种情况下，约瑟夫都必须将卡斯塔利亚与团体内部日常运作的一切基本秩序和原理，统统内化为自己随时随地皆可信手拈来的一整套基础知识，唯有如此，他才可能在辩论中立于不败之地。如此这般，这两位亦敌亦友的高手之间旷日持久的辩论，很快就在瓦尔德策尔的学生圈子里变得极为出名，每次开始辩论，大家都蜂拥而至，前往聆听。德西格诺尼之前那种咄咄逼人的嘲讽逐渐消失不见，语气开始变得精炼有力，他的表述更加严谨，随时愿意为自己的观点负责，他的批评相比之下也更加客观了。截至目前，普利尼奥本来一直都是这类辩论当中最受听众们欢迎的那个人；因为他本来就来自"俗世"，拥有关于"俗世"的各种经验，知道与之相关的方法论，熟悉"俗人"的攻击手段，同时也有一些独属于"俗人"的无所顾忌态度。事实上，在跟家中大人们所进行的谈话中，他早已熟知世俗世界存在着的几乎所有反对卡斯塔利亚的言论。可是如今呢，科讷希特在辩论过程中给出的反驳却迫使他了解到，尽管他对世俗世界相当了解——比任何一个卡斯塔利亚人都更了解——但是，他对卡斯塔利亚及其精神的了解，却远远不及那些在这里安家、其家乡和命运就等同于卡斯塔利亚的人。以此为契机，他总算学会了如何去理解卡斯塔利亚，并逐渐承认自己其实只是这里的一名客人，而非真正的卡斯塔利亚人。与此同时，他也开始懂得这样一个道理，这个所谓的"教学省"其实也跟外部的世俗世界一样，拥有数百年积累下来的各种经验，以及许多不言而喻的守则——卡斯塔利亚其实也存在着传统，甚至可以称为一种真正的"自然状态",但他这个外来者只知道其中的一部分。眼下,卡斯塔利亚正通过自己钦定的发言人约瑟夫·科讷希特宣读自己的主张,并要求得到外来者的尊重。另一方面,为了履行自己作为辩护士的职责,科讷希特不得不在研习、冥想、自律的帮助下,使他所要捍卫的一切变得更加明晰、具体,不得不让这一切跟自己紧密结合起来,内化为他自己的知识与意识。诚然,在演讲技巧上,德西格诺尼始终占有一定优势;除了他天性中似火的热情和难以抑制的野心之外,作为"俗人"的世故和精明也给予了他额外的帮助;他知道,即使暂时输掉了辩论,也得照顾好听众们的情绪,从而确保自己能够体面地退出比赛,甚至通过幽默的言谈,虽败犹荣地获得大家的喝彩。相比之下,每当科讷希特被自己的对手逼到绝境时,都不会有什么多余的表示,他通常会说:"关于这个问题,我必须再花些时间来考虑,普利尼奥。请耐心等待几天,我一旦想明白了,马上就告诉你。"

通过上述方式,他们两人之间所达成的这种长期辩论关系,已经完全被带入了相互尊重的友好氛围之中,无论对辩论的参与者还是听众们而言,辩论本身已经成为当时瓦尔德策尔学校生活中不可或缺的组成元素之一了。但是,在科讷希特看来,长期辩论带来的危机感和冲突感一直横亘在那里,从来没有减轻过。面对大师几乎可以说是强加给他的高度信赖和责任,他硬是支撑了下来,完成了任务,而且还是在没有受到任何显而易见伤害的情况下顺利完成了任务,这足以证明他性格中所拥有的顽强力量,以及与生俱来的优良品质。然而,他其实默默忍受了很多。如果说,他确实对普利尼奥怀有一份友谊的话,那么这份友谊显然不只是给予这位好胜又机智的同伴、不只是给予这位远道而来又能言善辩的外来者的;实际上,这份友谊也是给予他这位朋友兼对手所代表的那个陌生世界的。在辩论的过程中,他已经从普利尼奥这个人——从他的言谈举止中了解到或者说想象出了那个所谓的"真实"世界,那里有温柔的母亲和懵懂的孩童,有遍地饿殍的贫民窟,有大小报刊和选举活动。那是个原始又精致的世界,普利尼奥每逢假期都会回到那里,探望自己的父母和兄弟姐妹,追求可爱的女孩,参加劳工集会,或者到文人雅士聚集的私人俱乐部去做客。与此同时，科讷希特则留在卡斯塔利亚，与同学们一起进行徒步旅行或者游泳，要么就练习一下弗罗贝格尔写的"利切卡"[1]，或者读读黑格尔。

对于约瑟夫而言，自己显然是完全属于卡斯塔利亚的，这点可谓毫无疑问。因此，他也理应去过卡斯塔利亚人该过的生活，这种生活不必组建一个传统家庭，不必受到外界各种光怪陆离的干扰，不必阅读报纸杂志，不必承受饥寒交迫、朝不保夕的日子的折磨——顺带一提，长期以来都坚持用极为强硬的态度谴责精英学生的普利尼奥，可从来没有挨过饿，也从来没有靠自己的本事挣过哪怕一片面包。不，普利尼奥所属的那个世界，其实也并非更好、更正确的世界。但那个世界就在那里，它存在着，而且——正如约瑟夫从世界历史相关的书籍里所读到的那样——它一直都是存在着的，一直都是如今这副模样，保持着相似的观感。在这个地球上有许多人，除了他们自己所在的世界之外，根本不知道还有其他世界，不知道精英学校和"教学省"的存在，不知道团体、大师和玻璃球游戏。在这个地球上，绝大多数人的生活方式都跟他们在卡斯塔利亚的生活方式截然不同，相比之下更加简单，更为原始，更趋危险，更少防备，更无秩序。这个原初世界对于每个人类个体而言，都是与生俱来的存在；无论是谁，都能够在自己的内心深处感应到隶属于原初世界的一部分东西，都会对它感到好奇，产生些许乡愁，获得些许共鸣。生而为人，我们与生俱来的任务，就是尽量公平合理地对待我们的原初世界，尽量在自己心中为它保留一席之地，但又不能完全倒向它。因为与原初世界并行不悖、高悬于其上的还有第二个世界，即卡斯塔利亚的世界，精神的世界。与原初世界不同，卡斯塔利亚世界是个完全人造的世界，是个更有秩序、受到更妥善保护的世界，但它同时也需要人们对自己进行持续不断的监督和改进，需要一套森严的等级制度。在为这个世界服务的同时，不对另一个世界怀有不公正的态度，不去鄙视另一个世界，不至于对另一个世

---

[1] 原文为意大利语"Ricercari"，音乐术语，一种专门的器乐体裁，以对位法为主要谱曲方式，产生于十六世纪。

界产生某种晦暗不明的欲望或者说乡愁，这才是面对两个不同世界时的正确相处之道。小小的卡斯塔利亚世界本身，也在为另一个大世界提供服务，它向大世界提供教师、书籍和方法论，它确保了人类心灵的正常运作和道德上的纯洁，并且作为学校和避难所向少数世俗世界的人开放——这些人与生俱来的宿命，就是要将自己的生命完全奉献给精神和真理。可是，为什么这两个世界并不能够以和谐、博爱的方式完美无瑕地共存呢？为什么大家不能让这两个世界在自己的内心深处相互依存并加以统合呢？

约瑟夫为了完成音乐大师布置的这项艰巨任务而感到疲惫不堪、心力交瘁；不仅如此，他在保持学习、生活中各方面平衡的问题上也遇到了很大困难。正当他处在这个危机四伏的状态时，音乐大师再一次来到了瓦尔德策尔：整体而言，他来这里的次数很少，所以这是很难得的。见面之前，大师其实已经从这个年轻人有意无意给出的一些暗示中推断出他遇到了困难；可是，当他终于亲眼见到他时，见到这充满压力的面容、局促不安的表情，以及多少有些焦躁的行为举止，他眼下所面临的困难可以说是一目了然，根本不用再去推断些什么了。大师提出了几个试探性的问题，换来的却是含糊其词、不情不愿的回答，以及压抑自己情绪的表现。于是，他直接放弃了询问，对年轻人目前的状况给予了高度重视。稍加考虑之后，大师以想要跟他分享一个小小的音乐发现为借口，将他带到了一间练习室里。接下来，他请他取来一架克拉维卡琴，并给这架琴调音，以此为契机，将他引入了一场关于奏鸣曲式[1]起源的私人讲座之中。大师花了很长时间来讲解相关知识，直到这位学生终于在某种程度上忘掉了烦恼，重新进入专心致志的忘我境界，以相对轻松且满怀感激的心情聆听他的讲解，还有他作为示范的一系列演奏。大师很有耐心，花费了不少时间，使他原本疲乏无力的心灵终于能够做好准备，进入一种可以接纳他人的状态之中。在此之前，他在他身上是看不到这种状态的。当大师成功做到这点之后，当他完成自己的私人讲座，并在结束

---

[1] 原文为"Sonatenform"，奏鸣曲主要乐章常用的一种结构形式，形成于维也纳古典乐派时期，由三个部分依序组成。所谓"曲式"，指写作乐曲时惯用的格律。

时演奏了一首加布里埃利[1]的奏鸣曲之后,他便站起身来,在小房间里慢悠悠地来回踱步,讲出了下面这段往事:"这首奏鸣曲,我曾经努力钻研过——已经是很多年前的事情了。当时我还在进行自由研究,还没有被任命为教师,更不可能想到后来还会升任音乐大师。当时的我,别有一番雄心壮志,试图用一套全新的观点来考察奏鸣曲的历史。我的考察进行了很长时间,但是,这其中有一段时间,我不仅无法再在学术上取得任何进展,而且越来越怀疑像我所进行的这类音乐和历史方面的研究,是否存在任何值得一提的价值,是否真像某些人所讲的那样,这类研究仅仅是不事生产之人所进行的空洞无物的小游戏,是本该真实且鲜活的灵性生活的替代品。简而言之,我在迫不得已的情况下,陷入了一场重大危机,必须想方设法去克服它。身处其中时,一切的研究工作、一切的求知努力、一切的灵性生活——我以往一度对它们坚信不疑的立场,已经从整体上被动摇了,我开始对它们产生了怀疑,它们也因为我的怀疑而失去了自身本应具有的价值。身处其中时,我们往往会去羡慕那些努力耕作的农民,会去羡慕傍晚时分结伴同行的一对对爱侣,甚至会去羡慕那些在树上高歌的鸟、在夏日草地间鸣唱的蝉,因为——在我们看来,他们的生活过得是如此自然,如此充实且幸福;与此同时,对于生活的艰辛、危险和痛苦,他们也是一清二楚,可我们却对此一无所知。简而言之,当时的我,在心态上几乎完全失衡,这可不是什么舒服的状态,不仅不舒服,甚至可以说相当难熬,很难继续忍受下去。于是,在那个时期,我陆续想出了很多逃之夭夭、最终获得身心解放的办法,那些办法可谓是最异想天开、最荒唐无稽的执念了。比方说,我一度想要到外面的世界去当一名音乐家,四处参加婚礼派对,靠帮忙演奏舞曲来谋生。实话实说,如果当时真的像古代小说里所描绘的那样,一位外国来的征兵官员突然现身,邀请我穿上部队制服,要求跟上随便哪支军队,参加随便哪场战争,我都会跟着去的。危机无法克服,我的处境也每况愈下,然后,就像在这类故事中

---

[1] 安德烈·加布里埃利(约1510—1585),意大利文艺复兴时期作曲家、管风琴师,奏鸣曲式的早期奠基人之一。

经常会发生的那样：我几乎彻底失去了自我，陷入了非常严重的迷失状态，再也无法独自面对这场危机，不得不去向其他人寻求帮助。"

讲到这里，他停顿了片刻，自我解嘲似的笑了笑。然后又继续说了下去："自然，当时的我也是有一位指导老师的，这是学校里的惯例；遇到问题之后，前去找他咨询，寻求指导意见，无疑是明智、正确的选择，也是进行自由研究的我本来就该去做的事情。可是，现实中发生的事情往往就是如此，约瑟夫，当你陷入绝境、迷失方向，最需恳请别人来对自己加以纠正的时候，反而是你最不愿意回归正途的时候。你根本不希望得到任何人的纠正，根本不打算让自己变回正常。我的指导老师对我上个季度的研究报告并不满意，曾经认真严肃地向我提出了反对意见，对我报告中所持的主张进行了有理有据的驳斥，可我当时坚信自己正走在通往新发现或者说新观点的康庄大道上，从某种程度上而言，对他的驳斥相当反感。简而言之，我不打算去找他，不想忍气吞声地承认他是对的。除了他之外，我也不打算向身边的同学们倾诉。不过，在我的邻居们之间，当时碰巧有这样一位怪人，一位绰号'瑜伽僧侣'的梵文学者，我跟他只是点头之交，偶尔会撞见他，关于他的一切都只是道听途说。直到有一天，我的状况终于糟得不能再糟，到了无法继续忍受的地步，我莫名其妙地下定了决心，要去找这个怪人谈谈。虽然我经常朝着他孤单又怪异的背影露出傲慢且不屑的轻笑，可是实际上，我笑了他多少次，心里就暗暗佩服过他多少次。我直接走进了他所居住的小房间，想跟他说话，但发现他正在闭目沉思，摆出印度教徒特有的仪式姿态，盘腿静坐，眼下似乎无法与他进行任何沟通。我站在他面前，仔细端详，发现他的脸上浮现出一抹若隐若现的微笑，灵魂仿佛已神游九天之外。于是，我只好站到门边，耐心等待他从目前的沉思状态中折返回来。这个过程花费了很长时间，持续了一个小时，然后是两个小时。我终于等累了，不再坚持站立，干脆放松身体，任由自己顺势滑坐到地上，靠着墙，继续等待。最后，我总算看到这位先生慢慢醒转了过来，他稍微晃动了一下自己的脑袋，挺直了肩膀，慢慢伸开了原本盘着的双腿，准备站起来。就在这时，他的目光落在了我的身上。'你想做什么？'他问道。我赶紧站起身来，脑袋里面什么也没想，什么也没考虑，不假思索地讲出了这样一句话：'是安德烈·加布里埃利的奏鸣曲。'听到我这样说之后，他也站了起来，站直了身体，请我坐到他房间里唯一的一把椅子上，他自己则坐到了桌沿上。坐定之后，他又问道：'加布里埃利？他的奏鸣曲怎么你了？'于是，我开始告诉他我的具体情况，最近在我身上都发生了些什么，我遇到了怎样的人生危机。等我大致讲完之后，他开始以一种在我看来有些过分拘泥于细节的方式，详细询问起关于我的事情：他问我对加布里埃利和奏鸣曲所进行的研究，他想知道我每天什么时候起床，每天读多长时间的书，每天演奏多久音乐，什么时候吃饭，几点钟睡觉。我事无巨细地告诉他一切问题的答案，我向他倾诉关于自己的一切，甚至强迫自己向他坦白一切。毕竟是我主动过来找他的，所以，我不得不忍受他的提问方式，可是，他所提出的这些问题越来越令我感觉羞愧，因为它们越来越多地深入了无情的细节之中，透过这些细节，他甚至可以分析出我在过去几周和几个月时间里的精神生活和道德状况，而且他肯定已经这么做了。就在我几乎快要被他问到无法忍受时，他突然陷入了沉默，在一段不长的时间里，连一个字都没有再多说。这种突如其来的沉寂令我感觉很不适应。哪曾想到，当我开始流露出无比困惑的神情时，眼前这位瑜伽僧侣突然耸了耸肩膀，对我说道：'难道你还看不出错误出在哪里吗？'看不出来，我是真的看不出来。我这样回答道。于是，他以惊人的准确度从头开始复述刚才问我的一切，一直复述到我回答的那些关于自己感到疲惫不堪，对研究出现抵触情绪，怀疑自己是否已出现精神障碍初步症状的部分才停下来，并且郑重其事地告诉我，这些问题只可能出现在因为自由研究而误入歧途的学生身上——往往是因为自由得过了头，缺乏约束而造成的。无论如何，现在恰恰是我在外部力量的帮助下，重新获得对自身精神层面的掌控、对心灵加以管束的紧要关头。他明确指出，一旦我擅自放弃了定期进行的冥想训练，那我至少也应该在刚开始出现种种不良反应时，迅速意识到这一切正是疏忽了冥想训练所造成的恶果，并立即对此加以弥补，立即恢复正常的冥想训练。很显然，他所讲的这一切都是完全正确的。我不仅长时间疏于冥想，要么就是觉得自己没有多余的时间，要么就是感到缺乏热情、心不在焉，要么就是因为自己对研究太过执着，沉迷其中，别的事情都不想做了——更糟糕的是，我甚至没有意识到自己早已疏于冥想的现实，没有意识到这是在犯错，对于自己在这方面的无所作为听之任之。幸运的是，在这个几乎完全失败、几近绝望的紧要关头，我终于得到某位局外人的指点，洞悉了这一现实。实话实说，知道症结所在之后，我花费了极大的努力，才将自己对冥想的长期忽视纠正过来，拨乱反正，回归到了正常状态——我不得不从头开始学习冥想，反复进行学校时期那种专门为初学者准备的冥想训练。很长一段时间之后，才重新掌握收敛心神和遁入沉思的能力。"

大师结束了自己在房间里的来回踱步状态，脚下站定，微微叹了口气，接着说道："那时的我确实错得离谱，直到今天，再次谈及此事时，我还是感到有些惭愧。不过，现实就是如此，约瑟夫，我们对自己要求得越多——或者说得更确切些——我们所需完成的特定任务对我们要求得越多，我们就越需要依靠冥想，将冥想作为我们心灵之中力量的源泉，让我们精神与灵魂永不停歇地更新迭代，在冥想中得以调和。还有——我还能想到很多可资佐证的例子——比方说，某项任务越是密集地占据我们的心神，越是全面地掌控我们的情绪，时而令我们感到兴奋异常、斗志高昂，时而又令我们感觉无限疲惫、抑郁难当，那么，我们就越容易忽视冥想这一力量来源。这就好比当我们沉浸在精神领域的某项工作上时，往往会忽视身体，疏于对它的照顾一样。放眼世界，历史上那些真正伟大的人，要么本来就知道如何去冥想，要么就是在不知不觉间掌握了通过冥想来引导我们心神的方法。至于其他人，哪怕是最具天赋、最强而有力的人，最后却无一例外地迎来了失败，哪怕看似多么接近目标，宏愿最终仍是落空。究其原因，乃是因为他们所需完成的任务，抑或他们雄心勃勃想要实现的梦想，占据他们身心的程度是如此之深，令他们无比痴迷，乃至于因此而失去了摆脱当下困扰、与现状保持距离的能力。是啊，你其实是知道这些的，你在第一次练习冥想时就已经学会了。然而，现实依旧毫不留情。要知道，唯有误入歧途之后，才会发现歧途有多么可怖。"

大师所讲的这个故事，如同一石激起千层浪般，在约瑟夫心中起到了颇为显著的效果，他这才意识到自己当下处境的岌岌可危，赶紧振作起精神，从头开始练习冥想。在这次事件中，大师第一次向他展示了自己个人生活中的点滴，提到了自己的青年时代和学生时代，这同样给约瑟夫留下了十分深刻的印象；他第一次清楚地认识到，哪怕对方是半神，是大师，也有曾经年轻的时候，同样也会误入歧途。眼前这位值得尊敬的智者，他用剖白忏悔的方式，向约瑟夫表达了自己的无限信任，约瑟夫也因此而涌生出深深的感激之情。谁都可能误入歧途，感到身心俱疲，接连不断地犯错，一而再、再而三地破坏规则；尽管如此，回头始终有岸，只要找到应对之道，就可以拨乱反正，最后甚至还可以成为大师。约瑟夫受到启迪，成功克服了眼前的危机。

在瓦尔德策尔的这两三年时间里，普利尼奥和约瑟夫之间建立了牢固的友谊，学校方面也见证了他们之间这种持续不断进行激烈辩论的友情，如同一出精彩纷呈的戏剧，从校长到年纪最小的学生，每个人都参与了进来，为这出戏码贡献了些许力量。两个不同的世界，两种不同的原则，具象化为科讷希特和德西格诺尼这两个性格迥异的化身；通过辩论的方式，他们得以相互促进、相互成全，每一次辩论都成了关系到各个群体当中个体尊严的、富有象征意味的严肃较量，其成败胜负与所有人都有所关联。诚如普利尼奥每次放假回家、每次拥抱生他养他的那片大地之后，都能带回新的力量一样，约瑟夫也能够从自己的每一次思考、每一次阅读、每一次冥想训练、每一次与音乐大师的重逢中汲取新的力量，从而使自己成为更符合卡斯塔利亚要求的代表人物和辩护代理人。很久以前，当他还是个孩子的时候，曾经接受过第一次天命感召。如今，他又接受了第二次感召。岁月如梭，时光的伟力已经渐渐将他锻炼、塑造成了真正的卡斯塔利亚人。如今，他早已完成了自己第一阶段的玻璃球游戏课程，并且已经开始在假期里、在一位游戏专家的监督下，独自设计自己的玻璃球游戏了。如今，在玻璃球游戏的世界里，他发现了一种最富有成效的、可以使内心愉悦、精神放松的力量源泉；自从他跟卡洛·菲洛蒙特一起进行永不知足的羽管键琴和克拉维卡琴练习以来，再没有什么像刚开始进入玻璃球游戏那如繁星般璀璨的世界那样，能够给他带来如此之多的益处，让他冷静下来，变得无比清醒，并且显著增强他的心灵力量、自信心和幸福感的了。

值得注意的是，保存在菲洛蒙特手稿中的那些由年轻的约瑟夫·科讷希特创作出来的诗作，正是出自这段岁月。而且，他真正创作出来的诗篇，很可能比如今流传下来的更多。在此基础上，我们可以做出这样一种假设，在这段岁月里创作出来的所有诗篇当中，最早的一些诗篇实际上是在科讷希特真正进入玻璃球游戏世界之前的一段时间里写就的。创作这些诗篇这件事本身，也帮助他履行了自己应尽的职责，帮助他平稳度过了那段关键岁月。实际上，每位读者都能够在这些诗篇的字里行间发现科讷希特当年在普利尼奥的影响下所经历的深刻震撼与重大危机所留下的痕迹，部分诗句写得颇具艺术性，部分诗句明显是匆匆写就的。许多诗句里都能读出一种深深的不安感，读出对自己、对自身存在意义的根本性的怀疑，直到以《玻璃球游戏》为题的这首诗出现之后，情况才发生了显著的转变——从这首诗中，我们能够读出这样一种感觉，对灵性生活的虔诚奉献似乎已拨乱反正，一切总算回归了正轨。顺带一提，他创作出这些诗篇，本身就意味着对普利尼奥世界的某种让步，同时也意味着对卡斯塔利亚传统家法的反叛，因为他竟然敢于在卡斯塔利亚写诗，甚至偶尔还会拿出来给几位同学过目。要知道，卡斯塔利亚基本上可以说是已经完全放弃了艺术作品的创作（甚至连音乐创作，在卡斯塔利亚也只以风格上受到极为严格约束的作曲练习形式存在——即便如此，人们至多也只是容忍其存在，从来不会对此予以鼓励），至于所谓的诗歌创作，更被普遍认为是最不可能被允许、最荒诞无稽、最不受欢迎的事情。也正因如此，科讷希特创作这些诗篇，不是犹如一场儿戏般的率性而为，不是闲来无事的辞藻雕琢与堆砌；在卡斯塔利亚，需要有一股很大的推力驱使，才能够使诗歌的创作力流动起来，与此同时，还需具备挑衅的勇气，才能真正动笔写下这些诗句，并且公开传诵它们。

在此自然也不能不去提及另外一方的情况：在其对手的影响下，普利尼奥·德西格诺尼的人生同样经历了相当巨大的变化和发展，而且这种变化和发展绝不仅限于净化其辩论方式的教育意义上。在那几个学年里亦敌亦友的辩论交流中，普利尼奥亲眼看到自己的对手茁壮成长，在并不算长的一段时间之后，已经成长为一名堪称典范的卡斯塔利亚人。如此这般，"教学省"的精神以他现实当中朋友的形象出现在他面前，而且这一形象逐渐变得越来越清晰，越来越富有活力。恰如他在某种程度上用自己那个世俗世界的气息感染了对方、令对方也沾染上了"俗世"气息一样，他自己同样也呼吸着卡斯塔利亚的空气，同样也屈服于卡斯塔利亚的魅力，以及它对自己精神层面所造成的影响。普利尼奥在瓦尔德策尔就读的最后一年，他们两个曾以"僧侣制度的理想主义倾向及其对应的危险性"为题，进行了一场长达两小时的激烈辩论。顶级玻璃球游戏训练班也出现在了这场辩论的现场，并且见证了他们的激辩。辩论结束之后，普利尼奥谁也不理，直接拉着约瑟夫一道出去散步，并且在散步途中向他进行了忏悔。在此，我们选择引用菲洛蒙特保存下来的一封信中以书面方式复述的忏悔内容，其内容如下所述："当然，我早就知道了，约瑟夫——我早就知道你不是个盲信的玻璃球游戏玩家，不是这'教学省'里无瑕的圣人，尽管你极其尽责地扮演了这样的一个角色。实际上，我们两人都在这样一场辩论中暴露出了自身的弱点；我们彼此都很清楚，我们各自在辩论中反对的东西，不仅都有其存在的权利，而且还具有无可争议的价值。在这场辩论的主题选择上，你是站在拔高精神层面这边的，我则是站在尊重自然发展这边的。在辩论过程中，你已经学会应该如何去发现自然生活中固有的危险，并且已经将争辩的矛头对准了它们；你在这场辩论中的任务，就是向大家明确指出，缺乏精神领域培养的自然、纯真生活，必将陷入泥潭，必定会令人类退化为动物，甚至更糟。而我则必须一再提醒你,纯粹基于精神的生活是多么大胆、多么危险,最终必将一无所获。好吧,情况就是如此,毕竟每个人都会主动去捍卫自己坚信不疑的优越地位,在你看来,精神领域无疑是居于首位的,可是在我眼中,始终还是自然状态的生活更好。我即将讲出的这些话可能会惹你生气,尽管如此,还是请你不要误会,因为我的本意并不在此:有时候,我感觉你事实上很天真地将我当成了你们卡斯塔利亚人那些专属特征的敌人,当成了一个从根本上将你们的研究、训练和玻璃球游戏视作华而不实伎俩的家伙——哪怕他本人出于这样那样的原因,也曾短暂屈服过,也曾深陷其中,用心钻研、琢磨过一段时间。唉呀呀,我亲爱的朋友,如果你真是这样想的话,那你可就大错特错了!我必须向你坦承,我对你们卡斯塔利亚人所秉承的严苛等级制度已经产生了一种愚不可及的热爱,你们这种基于等级制度的统治模式,我在面对它时,常常就像面对幸福本身,感到无比开心,并且为之神往。除此之外,还有另一件事也要向你坦白:几个月前,我放假回家,和父母一起在家待了一段时间。假期快要结束时,我跟父亲进行了一次长谈,希望他能够允许我在学业完成之后继续留在卡斯塔利亚,并且设法进入团体,成为团体当中的一员——前提是当我的学习真正结束之后,仍然没有改变主意,仍然坚持这一愿望并且确实下定了决心。还记得当时,当他最后终于同意了我的请求,并且给出了允许我继续留在卡斯塔利亚的许可时,我的确感到十分开心。可是现在呢?好吧,现在我已经正式决定,不会去使用父亲给出的这份许可了。我不应该继续留在卡斯塔利亚——这是我最近才真正想明白的道理。噢,不是的,这个决定并不意味着我已经对卡斯塔利亚的生活失去了兴趣!我只是越来越清醒地认识到,对我而言,继续留在你们身边,其实反而意味着逃避。这种逃避乍一看去或许会给人一种很体面、很高尚的感觉,可是,无论它是体面的逃避,还是高尚的逃避,始终都不过是一种逃避罢了。我将会回到原来的世界,做回一个俗世凡人,但我永远都是一个对你们卡斯塔利亚人满怀感激之心的俗世凡人,一个将会继续坚持你们那些精神领域训练的俗世凡人,一个每年都会过来参加伟大的玻璃球游戏庆典的俗世凡人。"

科讷希特怀着一份深深的感动，将普利尼奥真情流露的忏悔，通过书信的方式复述给了自己的朋友菲洛蒙特。后者读过信之后，直接将下面这些话加到了信里："我啊，作为一名音乐家，对于普利尼奥这个人，似乎一直没有给出过足够公允的评价。而这一次呢，在读过他的这些忏悔之后，我觉得相较于文字内容，反倒更像是一种音乐上的体验。两个对立的主题：客观世界和主观精神，或者换一种表达：普利尼奥和约瑟夫，他们两人仿佛活生生地站在我面前似的，但又并非现实中的形象，而是概念化的抽象，这两个主题之间不可调和的、根本原则上的斗争，彼此纠缠，相互成就，逐渐升华，最终融合为一首完美的协奏曲。"

当普利尼奥终于完成了自己在瓦尔德策尔的四年课程，理应辞别卡斯塔利亚、返回自己家乡时，他向校长呈上了一封父亲所写的信函，正式邀请约瑟夫·科讷希特到他家去度假。这是个非比寻常的要求。实际上，卡斯塔利亚人在"教学省"外旅行或者短期居留的情况并不罕见，主要是出于研究考察的目的。外出度假属于很罕见的例外，这一特权以往只会授予那些相对年长且小有成就的学术科研人才，还从来没有授予过刚刚结束学校课程的年轻学生。校长兹宾登认为，既然这份邀请来自如此受人尊敬的权贵家族，来自如此重要的社会人士，那就必须加以重视。因此，他没有以自己的名义拒绝邀请，而是将其呈给国家教育部门的相关领导来负责裁决，结果上级领导立即给出了言简意赅的答复："不行。"如此这般，纵使是挚交好友，也不得不就此分离。

"我们以后还可以再试试邀请函，"普利尼奥对约瑟夫说道，"反复尝试，总能成功。你必须来一趟，必须了解一下我的家庭，了解一下我们这里的这些人。到了那时候，你就能亲眼看到，我们也是跟你们一样的人，是真正的人，而不仅仅是一群庸俗之辈、一帮见利忘义之徒。我必定会非常想念你的。还有一件事，约瑟夫，我有预感，在不远的将来，你肯定会一路攀升，一直升到这套极为复杂的卡斯塔利亚体系的最顶层；你确实很适合这里的等级制度，不过照我看来，你更适合在体系内当一名无可替代的骨干，成为真正的领袖人物，而非给别人打杂的助手[1]，尽管你名字的意思刚好与我的愿望相反。总之，我预祝你拥有前程远大的未来。有朝一日，你也将成为大师，跻身于杰出人士的行列。"

约瑟夫满怀悲伤地注视着他。

"尽管冷嘲热讽吧！"挣扎在离别情绪中的约瑟夫，终于开口说道，"我可没有你那么大的野心，就算我在未来能够当上官，到了那时候，你早就已经是总统或者市长、大学教授或者国会议员了。离开之后，多想想我们的好，普利尼奥，多想想卡斯塔利亚，不要疏远我们，不要将我们彻底忘记！不过话说回来，外面肯定也有一些跟你志同道合的人，他们对卡斯塔利亚的了解，肯定比关于我们的笑话要多。"

他们互相握了握手，然后普利尼奥就离开了。在瓦尔德策尔的最后一年，约瑟夫周围突然变得十分安静。普利尼奥离开之后，约瑟夫作为一名公众人物，长期暴露在众人面前、长期参与艰苦辩论的任务突然结束了——卡斯塔利亚已经不再需要一位像他这样的辩护人了。于是，在这最后一年里，他将自己大部分的空闲时间都投入玻璃球游戏之中，与此同时，游戏也越来越吸引他。在那个时期，他有一本专门用来整理关于玻璃球游戏存在意义与相关理论笔记的小册子，小册子以这样一句话作为开篇箴言："生命之整体，涵盖物质与精神，其本质可归纳为一种时刻呈现出动态变化之现象；玻璃球游戏基本上只抓住了其中涉及美学的一面，而且主要还是以节奏流变的过程中所产生的一系列图像来加以把握。"

---

[1] 原文为"Famulus"，德语化的拉丁语单词，指大学内由高年级学生充当的教师助手，现已罕用。

第三节 科研岁月

约瑟夫·科讷希特现在大约二十四岁。随着瓦尔德策尔学业的结束，他的学生时代亦正式宣告终结，同时开启了从事自由研究的科研岁月；除了在埃施霍尔茨度过的纯真少年时代之外，进行自由研究的这些年，恐怕是他一生当中最快乐、最幸福的时光了。一个年轻的大男孩，人生当中第一次彻底摆脱学校的束缚，大踏步迈入广袤无垠的精神世界，视野一下子变得开阔了许多。截至目前，他还从未经历过幻想破灭的痛苦，无论对自己毫无保留的奉献能力，还是精神世界的无限可能性，都不曾有过哪怕一丝一毫的怀疑；也正因如此，我们能够从他身上看到年轻人所独有的那种激荡不停的发现欲和征服欲，并且从中发现一种奇妙而动人的美。值得注意的是，自由研究这一科研方式，恰好是针对约瑟夫·科讷希特所具备的天赋特征而设计的：他并未拥有某种尤为出众的才能，也正因如此，才不会受到单一才能的驱使，在年纪很小的时候就被迫将全部的注意力放到某个特定的领域内；可是与此同时，他又具备极为杰出的天赋，这种天赋的本质，是以整体性、综合性和普遍性为目标，来对自身能力进行全方位的发展，从而在任何领域内都能攀登到相当的高度；如此这般，这个正式开始进行自由研究的春季，对他而言不啻是个能够收获强烈幸福感的时期，几乎可以称得上是如鱼得水、如痴如醉了；事实上，如果在此之前没有接受过精英学校严格的纪律训练，没有借助习冥想来保护自己心灵的纯净，没有接受过国家教育部门恰如其分的控制，这种研究上的自由对于他所拥有的天赋而言，反而会是一场严重的危机，必将招致一连串的挫折，恰如在我们如今所奉行的社会秩序之前的年代，即所谓的"前卡斯塔利亚世纪"里，无数杰出人才身上所遭遇的状况。要知道，在"前卡斯塔利亚世纪"的某段特殊时期里，在当时大大小小的高校内部，拥有青年浮士德式性格的天才可谓遍地都是，他们志得意满，扬帆远航，驶向科研自由、学术自由的公海，却不得不承受因为太过自由、肆意妄为而导致的沉船之灾；毕竟浮士德博士本人——他们这群天才的代表人物——正是对天才施以放任主义并因此而招致无可挽回悲剧的原型。实际上，在卡斯塔利亚，科研人员进行自由研究时所享受到的自由度，比以往任何时代的大学生们都要大得多。因为这里是名副其实的"教学省"，拥有如此之大的体量、如此之高的运作水准，并且这一体系已经无比高效地运转了如此之久，这就使得卡斯塔利亚所能调用的研究资料、所能进行的研究内容、所能取得的研究成果，比以往任何一所大学都要丰富得多，更何况在这里做研究的人们根本不需要进行任何物质方面的考量，不必受到同侪攀比、成果焦虑、原生家庭贫困等因素的影响，不必为每日面包的着落、科研事业的前景等问题担忧，令自己的研究受到任何限制。凡是位于"教学省"内的一切学院机构、研讨班、图书馆、档案室和实验室，全部无条件地向任何一位科研人员敞开大门。因为在卡斯塔利亚，他们每个人在出身和前途上都是完全平等的，在任何与研究相关的事务上始终保持着一视同仁，不会受到差别对待；等级制度当然依旧森严，但等级高低却完全依照学生的智识高低与性格好坏来评定，其结论并不涉及自由研究的正常进行。此外，无论在物质还是精神层面上，在世俗世界的高等学府里，许多有天赋的大学生往往成了自由放任、外界诱惑和危险境遇的受害者，但是，卡斯塔利亚的研究者们当中却不存在这种可能性；诚然，在这里仍然需要面对大量危险，仍然会有不少恶魔出来诱惑人，人们仍然会被各种东西蒙蔽住双眼——人生在世，又怎么可能躲得开它们呢？——不过话说回来，卡斯塔利亚的学生至少还是可以避免许多稍不留神就脱离人生正常轨道的情况，避免经历无谓的失望、无端的堕落。身为一名卡斯塔利亚学生，他既不可能堕落成一个每日酗酒的醉汉，也不可能像旧时代的某些大学生那样，将自己大好的青春年华挥霍在务虚而无实效的空谈上，挥霍在各种秘密结社的神秘主义活动中。除此之外，他也不可能直到某天才突然发现，原来自己所选的研究领域完全不符合自身条件，辛苦拿到的大学毕业证书实际上就是个错误——因为对于旧时代的大学生们而言，受限于当时大学普遍狭隘、短视的课程安排，唯有在毕业之后的科研过程中，才可能发现之前所受教育无法填补的知识空白。总而言之，卡斯塔利亚严格而规范的秩序，能够妥善保护他，避免他受到上述种种弊端的危害。甚至连沉迷于女人或者某项体育运动、导致虚度光阴这样的危险也得到了控制，不至于有多严重。单就女性这方面而言，卡斯塔利亚的科研人员既不会因为受到婚姻的诱惑而遭遇危机，也不至于像过去各个时代的学生那样，因为对女性采取了过于审慎、保守的态度，结果反受其害——在那些年代里，要么强迫学生在性爱上实行完全的禁欲主义，要么干脆放任自流，或明或暗地将他们引向那些放荡的女人，比如说妓女。由于卡斯塔利亚人当中不存在婚姻关系，针对婚姻的道德约束当然不复存在；由于卡斯塔利亚人没有钱，实际上完全没有任何私人财产，针对爱情的金钱诱惑当然也不存在。"教学省"内有这样一项习俗：市民家庭的女儿不应太早结婚，在她们真正步入婚姻殿堂之前的那几年时光，科研人员或者青年学者是她们特别理想的同居情人；像这样的一个对象，不必在意他的出身门第，也不用管他是否拥有财富，因为这个对象早已习惯于将心灵方面的能力放在首位，这意味着他至少也具备旺盛的生命活力；而且，像他这类人，通常很富有想象力，同时也极具幽默感；由于他没有钱，自然就必须以自己为资本来报答女孩的垂青，如此一来，他当然就必须付出比其他男人更多的努力。作为卡斯塔利亚科研人员的恋人，绝对不会问出这样一个问题："他愿意娶我吗？"不会，他肯定不会跟她结婚。的确，跟自己情人结婚的情况，此前也曾经发生过；长期以来，在卡斯塔利亚，尽管极为罕见，但也发生过好几起精英学生出身的科研人员因为结婚而逃回世俗世界的事件——他们放弃了卡斯塔利亚，同时也放弃了团体成员资格。不过话说回来，少数几起因为结婚而选择叛逃的事件，在学校和团体的历史上，几乎没有发挥过任何实际作用。在此将其列举出来，不过是为了满足一下大家的好奇心罢了。

　　精英学生从卡斯塔利亚的学校毕业并开始进行自由研究之后，他们普遍会发现，自己在面对一切现存科研领域时的自由度确实都非常高，无论往哪个方向刻苦钻研，无论选取怎样的知识作为参考，都可以完全依照自己的主张来做决定，没有任何人会对此横加干涉。研究的自由，唯独在一种情况下才会受到限制，即研究者本人的天赋和兴趣一开始就比较狭窄，这就导致他能够选择的内容比那些天赋更高、兴趣更广泛的人要少。不过话说回来，即便在这种情况下，研究者能够享受到的自由依旧是很充分的。每隔半年，每个进行自由研究的科研人员都有义务向国家教育部门提交一份研究计划，大致说明自己接下来将要研究的内容；但实际上，教育部门对于这份计划的具体执行情况也不会有什么干涉，无非是例行公事，稍微监督一下罢了。因此，对于那些多才多艺、感兴趣的领域不胜枚举的精英而言——科讷希特正是其中一员——在自己刚刚进入科研领域的头几年时间里，就能够享受到如此广泛的自由，这种感觉无疑是十分奇妙的；在这种状态下从事自由研究，有着格外诱人、使人身心愉悦的一面。实际上，才能与天赋还在其次，最能从卡斯塔利亚的自由研究模式中获益的，始终还是那些对科研有着全方位好奇的年轻人，只要他们不被穷无尽的知识和发现冲昏头脑，国家教育部门就会持续为他们提供仿佛置身天堂一般的科研自由；他们可以随心所欲地在任意学科之间遨游，以最多样化的方式将看似毫不相干的研究领域结合到一起；他们可以同时沉迷于六种甚至八种专业领域，或者从刚开始起就坚持钻研某个所辖范围相对狭窄的课题；除了必须遵循"教学省"和团体内部普遍通行的生活道德规范之外，对于科研人员没有任何额外要求，唯独出于归档记录的考虑，每年都要呈交一份记录，内容包括在这一年时间里参加过的讲座、阅读过的书籍，以及在不同研究机构完成的工作，等等。通常而言，进行自由研究是不存在考核评定环节的，只有当他们出于科研需要，前往修习一门专业课程并参加相应研讨会时，才会依照学院内部的惯例，对其学习表现进行相对更严格一些的监管，并且还要参加考试——顺带一提，这些课程与研讨会也包括玻璃球游戏和音乐学院的部分科目。要知道，这一切都是在为自由研究能够顺利进行提供保障，因此，参加的考试都是正规考试，考完之后同样会有相应的成绩；研讨会负责人要求普通学生完成的论文，这些旁听的科研人员也必须完成——这些要求都是很自然的。不过话说回来，毕竟是从事自由研究的科研人员，没有任何人会去强迫他们参加这些课程和研讨会，完成课程、参加考试也没有任何时间上的限制，只要他们愿意，大可以泡在图书馆里，一连泡上好几个学期，甚至好几年，做自己想做的其他任何研究，偶尔想起来时，再到学院里去随便听听课就行。这类科研人员往往愿意花费很长时间来与某个单一的研究领域建立起稳固的联系，他们甚至为此而推迟了正式进入团体的时间。尽管如此，卡斯塔利亚依旧给了极大的宽容，允许他们在各种各样的学科与研究领域徜徉徘徊，不必急着做决定：不只不会催促，甚至还鼓励他们这样去做。除了在道德上保持品性良好之外，只需要每年写一份所谓的"传记"，再就没有任何表现方面的要求了。正是由于这种古老的、经常受到外人嘲笑的传统，我们如今才得以拥有科讷希特在自由研究时期写下的三篇"传记"。这些"传记"并不像在瓦尔德策尔学习期间创作出来的诗篇那样，属于一种纯粹自愿的、非官方的文学活动——没错，当时那些诗篇甚至可以说是一种秘密的、或多或少受到禁止的文学活动——写"传记"的动机非常正常，且这一行为本身就是官方的要求。在"教学省"历史上最为古早的时期，就已经出现了鼓励年轻的、尚未正式进入团体的研究人员撰写某类特殊文章，或者说进行一种特别"文体训练"的传统，对应的特殊文体就是所谓的"传记"，即内容完全虚构的自传。想要创作出这种"自传"，首先需要选取人类历史中某个已经逝去的年代作为"传记"的背景。创作者的首要任务，是要将自己置于某个特定的环境与文化体系当中，置于某个相对更古早年代的灵性生活氛围里，想方设法地融入进去，将自己想象成呼应相关时空的客观存在，在此基础上进行虚构创作，就仿佛自己真的在那个年代、那个地点生活过一样；倘若根据不同的年代、不同的场景模式来进行划分，对于创作"传记"的科研人员而言，帝国时期的罗马、十七世纪的法国,或者十五世纪的意大利、伯利克里[1]时代的雅典,或者莫扎特时代的奥地利都是首选。假如创作"传记"的科研人员刚好是语言学出身,那么根据他们领域习以为常的做法,基本上是直接使用与自己所选择国家和年代相呼应的语言及文风,来创作身临其境的"传记"故事;也正因如此,他们有时能够写出一些水平极高、内容精湛的"传记"。比方说,时间选在公元1200年前后,代入当时罗马教廷的文风来创作;再比方说,语言上选择修道院僧侣专用的拉丁语,或者《故事百篇》[2]中的意大利语;又比方说,使用蒙田[3]的法语,或者冯·博贝费尔德[4]那优雅如天鹅般的巴洛克时期德语。亚洲古老的轮回投胎、转世重生信仰,其残余下来的核心理念在卡斯塔利亚从事自由研究的科研人员当中发扬光大,以"自传"这种无比自由、充满游戏色彩的形式传承了下去;在这里,所有老师和学生都对这样一种观念耳熟能详,即他们当下的存在,只是一系列前世今生因果中最近的一环。换句话说,当下的存在可能是在其他身体、其他年代、其他条件下某个早期存在的转生。当然,在此奉行的这一观念并非严格意义上的信仰,更不可能存在与之配套的完整教义;因为"传记"充其量也不过是一种写作练习,是一项自由发挥想象力的创意游戏,参与者需要在千变万化的客观情况和环境下,想象自己所过的会是怎样一种生活,会遇到什么样的人、发生怎样的事情。正如大家参与那些讨论创意写作的研讨会或者

---

[1] 伯利克里(约前495—前429),雅典政治家,雅典执政官。

[2] 原文为"Hundert Novellen",又名《旧故事百篇》(Le ciento novelle antiche),成书于十三世纪中叶的一部意大利语故事集,使用当时新颖的托斯卡纳文学语言为基础,综合其他文学语言的优点,是意大利语发展变化过程中的一座里程碑。意大利语定名中的"旧",是相对于法国十五世纪的《新故事百篇》(Les Cent Nouvelles nouvelles)而言的。

[3] 蒙田(1533—1592),法国文艺复兴时期思想家、作家,代表作《随笔集》。蒙田使用的法语与众不同,主要使用大众语言中的优秀词汇,但同时又有不少冷僻古词,以及大量法语化后的拉丁语,他的创作被认为极大地丰富了法兰西语言。

[4] 冯·博贝费尔德(1597—1639),德语文学巴洛克时期最重要的作家、语言学家之一,代表作《德意志诗学》,有"德意志诗歌之父"的美誉。巴洛克时期德语是德意志历史上语言变化最大的时期之一,变化主要以宫廷为中心,成立了一批旨在改造日耳曼语言的文学团体。冯·博贝费尔德正是当时最重要文学团体"丰收学会"的成员。

游玩玻璃球游戏时经常会做的那样，创作"自传"时必须小心翼翼地渗透到过去的文化、时代和国家里，将自我的存在视为一副面具，视为一件如"隐德来希"[1]一般的、短暂存在的外衣。创作这类"传记"的习俗不仅有其独到魅力，还有许多实际的好处，否则也不可能在卡斯塔利亚流传如此之久。顺带一提，在必须撰写"传记"的科研人员当中，既愿意在某种程度上相信转生观念，又愿意相信自己所创作"传记"真实性的人，其数量可是一点儿都不少。很显然，在这样一种近乎信仰的坚信作用下，原本只是杜撰出来的"传记"之中所描绘的"前世"故事，已经不能再被简单地视作一种针对文体风格和历史研究的练习，这些"传记"无疑也是创作者心目中自我形象的自画像，在特定场景与时代背景下进行了高度浓缩，并因此在有限的篇幅中得到了升华：大多数"传记"作者都尝试通过描绘出特定的外在特征，以及某种符合自我认知的角色身份，含蓄地勾勒出自己在现实世界中的期冀和理想。此外，单纯从教育角度来看，让科研人员进行"传记"创作也并不是个坏主意，因为它实际上是满足知识青年心中文学创作欲望的一条合法途径。在卡斯塔利亚，严肃认真的文学创作已经被抛弃了很多年，前后历经好几代人之久，对文学创作的需求部分被科学、部分被玻璃球游戏所取代，尽管如此，知识青年心中自然而然就会萌生的文学创作欲望仍在，那股冲动的火焰并没有就此熄灭；它在"传记"创作中找到了一处可供自己辗转腾挪的活动区域，因为单就体裁而言，这些"传记"往往可以直接被认定为短篇小说。如此这般，许多"自传"创作者可以借此迈出第一步，通过自由、大胆的虚构，正式踏入认识自我的王国。除此之外，还有一种情况也是经常出现的，且通常会得到老师们的理解和称颂，即科研人员故意使用"自传"写作这种方式，含沙射影地对当今世界、对卡斯塔利亚的体制加以批判，同时提出一系列革命性的主张。关于"自传"还有一点需要在此加以总结：这类"自传"文章对于审阅的老师们而言，其中包含的信息量通常是很大的，尤其当

---

[1] "第一推动力"，在亚里士多德语境中的表达。此处的"隐德来希"接近哲学家莱布尼茨的运用主张，即人的主观能动性。

撰写自传的科研人员享有最大自由、不受校方严密控制的时候,上述迹象也更为显著——在此前提下,这些文章往往能够给校方提供关于作者思想和道德生活状况的精准信息,其细致程度之高,时常会令人感到难以想象。

约瑟夫·科讷希特所创作的"传记",其中三篇得以保存至今;在本书结尾部分,我们将逐字逐句复述"传记"三篇的全部内容,作为给读者们的参考。实话实说,它们恐怕将会是我们这本书中最有价值的内容。至于他是否只写过这三篇"传记",是否某一篇或者更多"传记"已经散失,那可就是仁者见仁、智者见智的问题了,顶多只能给出一些猜测,谁也无法对此妄下定论。关于这些"传记",我们唯一可以确定的是,当科讷希特向国家教育部门的文书处递交了自己所写的第三篇"传记",即《印度传记》之后,文书处曾经向他提出过一些被正式记录在案的建议:以后再写"传记"时,最好将背景设定在与当下更接近的年代,如此一来,就能在卡斯塔利亚的图书馆和资料室里找到更丰富的创作材料,并且能够更加关注相应的历史细节。我们从后世的各种相关讲述和信件中得知,他确实曾为创作一篇背景设定在十八世纪欧洲的"传记"故事进行了初步的研究。在这篇"传记"中,他想将自己塑造成一名施瓦本地区[1]的神学家,最终放弃了神职工作,改行去钻研音乐。此人曾经是约翰·阿尔布莱希特·本格尔[2]的学生,是厄廷格[3]的至交好友,也曾一度成为青岑多夫[4]兄弟会的座上宾。我们现在知道,他当年阅读并摘抄了大量关于教会章程、虔信主义和青岑多夫,关于当时宗教礼仪与教会音乐的古老文献,其中一部分文献的历史距今颇为遥远。我们还知道,他一度对那位神奇的高阶教士厄廷格的历史形象极度迷恋,甚至有些走

---

[1] 指神圣罗马帝国时期施瓦本行政圈区域,包括今德国巴登符腾堡州东南部与巴伐利亚州西南部。
[2] 约翰·阿尔布莱希特·本格尔(1687—1752),德国著名神学家,最杰出的工作是勘定了《新约》的古希腊语文本,晚年编撰的注释本《新约》内容隽永深刻,沿用至今。
[3] 厄廷格(1702—1782),虔信派神学家,作品有《亲缘的神圣系统》等。
[4] 青岑多夫(1700—1760),德国伯爵、虔信派神学家、宗教改革家、摩拉维亚兄弟会主教。

火入魔；与此同时，他对本格尔大师的历史形象也投入了真切的爱意，对与他相关的一切都表达出深深的敬畏之情——他专门给本格尔的画像拍了照，将那张照片在自己的书桌上放了颇长一段时间——另外，他同样以极其真诚的态度努力尝试着去欣赏青岑多夫，实话实说，他对青岑多夫的兴趣，就跟他对青岑多夫的排斥情绪一样大。不过到了最后，他还是放弃了这项工作，没有真正动笔去写这篇"传记"。他对自己在准备过程中学到的东西感到满意，但同时亦声称自己能力不足，无法支撑起这样的一篇"传记"，因为他对相关历史细节所做的研究太过细致，搜集来的材料与文献过于庞杂，保持创作"真实性"的难度被无限拔高了。这一说法充分证明，我们有理由在这三篇"传记"中窥见一名作家、一位志存高远之人的真诚创作与灵魂剖白，至于学者的研究工作嘛，倒未见得能看到多少。这一评判并不意味着我们对这三篇"传记"抱持着任何不公正的想法——恰恰相反，这正是它们最有价值的地方。

不过话说回来，相较于在卡斯塔利亚从事自由研究的其他新晋科研人员，科讷希特除了能够享受到从精英学校的学生生涯中获得解放、完全依赖自我选择来进行无拘无束研究的自由之外，还能够额外获得一份自由、一份放松。因为他毕竟跟其他住校学生有所不同，不仅付出了一名合格的精英学校学生本应付出的全部努力，恪守严格的学校秩序、精确的每日时间安排，接受老师们对他进行的小心管控与细致观察；除了这些之外，因为长期以来与普利尼奥之间亦敌亦友竞争关系的存在，他还额外肩负了为卡斯塔利亚人进行辩护的责任，比其他人多了一重身份——这份责任和这重身份仿佛双重的重压，同时在他的精神和灵魂上加以鞭策，时刻不停地驱赶着他，催促他达到自我可能性的极限。诚然，单从卡斯塔利亚辩护人这重身份上讲，确实是具有积极向上意义的，同时也因为其代表性的作用，向他提供了额外的动力；然而，这份对应的责任实际上已经远远超出了他的年纪和能力，在如此之长的辩护期内，他经常身处绝境，仅仅因为他具有超出常人的意志力和天赋，才能够勉强把控住局势，不至于彻底败下阵来。假如身在远方的音乐大师没有向他提供强而有力的协助，他根本就不可能完成这项艰巨的任务。于是，在他不寻常的瓦尔德策尔精英学校岁月的尽头，我们发现他——这个二十四岁的年轻人——已经变得太过成熟，成熟得超出了他的年龄，而且精神上太过紧绷，根本无法放松下来。不过，令人感到惊讶的地方在于，他整个人并没有因此而出现任何外界看得出来的损伤；没有任何直接证据表明，他整个人因为这重身份和这份责任被侵占了多少自我，甚至因为过分疲惫而到了濒临崩溃的地步。尽管如此，当我们注意到这个好不容易才从精英学校里几乎可说是独一无二的长期困境当中成长起来的青年，是如何利用他在自由研究阶段最初几年里所获得的——当然也是他在学校里经常渴望得到的——自由时，马上就能够很清楚地认识到这点。科讷希特，他在自己作为学生的最后几个学年里，始终处在一个众目睽睽的位置上，长期进行的公开辩论，令他在一定程度上融入了卡斯塔利亚的公共生活，已经是一位公众人物了。哪曾想到，学生生涯才刚刚结束，他马上就彻底退出了公共领域，仿佛销声匿迹了一般；实话实说，无论是谁，一旦试着去了解、考察一下他当时的生活轨迹，很容易就会得出这样一个结论，即他是主动让自己变成隐形人的，消失在公众视野之外的行为，完全是有意而为之；毕竟对当时的他而言，已经没有哪种客观环境与社会关系能够达到足够无害的标准，没有哪种个体存在模式是足够私密的。也正因如此，在收到德西格诺尼寄来的那些长篇大论又热情洋溢的信笺之后，他一开始还会写一些内容简短、态度不怎么热情的回信，后来干脆就完全不回信了。为卡斯塔利亚辩护的知名学生科讷希特就此消失得无影无踪，转眼之间，大家似乎再也找不到这个人了；唯独在瓦尔德策尔这座精英学校的内部，他的名声依旧长盛不衰，甚至持续发扬光大，后来几乎演变成了一个传奇。

恰恰也是由于这个原因，在科讷希特从事自由研究之初，他特意避开了自己的母校瓦尔德策尔，这就导致他不得不暂时放弃玻璃球游戏的高级和最高级课程。尽管如此，如果我们对当时情况的观察浮于表面，恐怕只能抓住科讷希特没有去上课这一线索，认为他显然忽视了玻璃球游戏这一领域，而且，这一忽视行为无论在瓦尔德策尔还是整个卡斯塔利亚，都能找到许多证据；然而，据我们所知，真实情况恰恰与这一推论相悖——他这种貌似脱离了玻璃球游戏系统性学习的选择，或者说他在没有玻璃球游戏协助的情况下进行自由研究的整个过程，看似不合常理、离经叛道，其实仍旧受到了玻璃球游戏的全方位影响，而且还是促使他回归游戏，最终选择全身心侍奉游戏的本因。在此，我们将会更加详细地探讨上述现象，因为从本质上而言，这一现象正是他个人性格的呈现；在约瑟夫·科讷希特的科研岁月里，他以最异想天开、最偏执难解的方式来践行自己的自由研究，事实证明，这一惊世骇俗又年轻气盛的天才方式，确实是颇具成效的。在瓦尔德策尔的那几年时间里，他也跟其他同学一样，参与了玻璃球游戏基础课程的学习，并反复进行了各种模式的游玩训练；到最后一个学年时，他已在经常一起参与游戏的朋友圈子里拥有了良好的声誉，成了小范围内的高手。不算长的时间里，他已经被玻璃球游戏无与伦比的吸引力所俘虏，游玩热情持续高涨，在完成了另外一门相关的基础课程之后，他竟然能够以精英学生的身份，被正式接纳为玻璃球游戏二级玩家——在瓦尔德策尔的同龄人之中，这无疑是一份相当罕见的殊荣。

几年以后，他给弗里茨·特古拉尼乌斯写了一封长信，信中讲述了自己的这样一段经历——弗里茨是当年跟他一起在瓦尔德策尔参加校方组织的玻璃球游戏游玩训练的同学之一，也是他生命中的挚友，以及后来的助手——这段经历不仅决定了他作为一名玻璃球游戏玩家的命运，同时也对他的科研之路产生了重大影响。这封长信被妥善保存了下来，相关内容转述如下：

且让我协助你回忆起过去曾发生过的一段往事。还记得那时候，我们两个刚好被分配到了同一个玩家小组里。我们俩跃跃欲试，煞费苦心地琢磨我们的第一套玻璃球游戏设计方案，反复探讨主题选取与符号、公式配置等问题。说到这里，你应该已经想起来我所说的是哪一天的哪一场游戏了吧？我们小组的组长不仅向我们提出了许多有用的建议，还给出了各种各样的游戏主题供我们选择。当时我们仍在学习不同细分领域之间的对应与转化基础——正处于从天文学、数学和物理学领域转化至语言学和历史学领域的微妙过渡阶段，时常遇到困难。相比之下，组长在这方面拥有非常精湛的技艺，远远凌驾于我们这些急于求成的初学者之上；也正因如此，一旦他想来个恶作剧，给我们设置陷阱也是很容易的。比方说，他会引诱我们走到抽象和类比的结冰湖面上——这种行为当然是不允许的——在我们还没明白过来一切究竟是怎么一回事时，他又会将诱人的词源学和比较语言学作为噱头，直接摆到我们手边。只要我们当中有一个人上当，他就会哈哈大笑，以此为乐。我们本来好好地在那儿计算古希腊语里的音节划分，总共有哪几个单词、哪几个字母，应该分到哪里为止——这是很繁杂的事项，一来二去之间，本来已经很累了的——哪曾想到，组长突然之间增改了要求，令我们不得不去面对单词内部出现重读强调的情况，整体格律学上的节奏节拍反而不用再去关心。如此一来，之前的辛劳全部白费，一切又只好从头来过，就仿佛我们脚下原本坚实的踏板，突然被他给抽走了似的。类似情况经常出现。不得不说，组长的干涉非常巧妙，每次只在要求上增改少许，乍一看去仿佛没什么变化，但我们却往往需要推倒重来：并非可能如此，而是必须照办。单从形式上讲，他的指导工作其实完成得十分到位，也很正确，尽管如此，他对灵性生活所持的态度却令我感到颇为不安——他总是向我们指出歧途，引诱我们进行错误的猜测，让我们在迫不得已的情况下犯错。尽管他这样做确实是出于好意，打算通过实践让我们深切体会到游玩过程中充斥着的种种危险，可是与此同时，他也怀抱着些许嘲笑我们这些愚蠢男孩的恶意；最重要的是，作为初学者，当时的我们对玻璃球游戏倾注了最大的热情，他的做法刚好在我们的热情中尽可能多地注入了怀疑的暗流。不过话说回来，恰恰由于在他手下所遭遇到的这一套指导方针，恰恰由于他所布置下来的、一次又一次的棘手难题，恰恰由于他在我们身上进行了这些让人不由得心生疑窦的实验，我们不得不反复摸索，不得不无比焦虑地尝试着设计出一套合理的玻璃球游戏方案，不得不眼睁睁地看着自己努力完成的一切半途而废——在这样的过程中，我突然有了一种醍醐灌顶的感觉，真正领悟到了我们正在参与的玻璃球游戏的存在意义和伟大之处。彼时彼刻，我的心灵受到了极大的震撼，一直波及我的灵魂最深处。你应该还记得，当时我们正尝试用玻璃球游戏剖析一个历史语言学方面的问题，进入游戏之后的观感，仿佛从近距离观看一种语言的蓬勃发展期和黄金时代一样，在短短几分钟的时间里，我们跟随这门语言，沿着那条花费很多个世纪才初步建成的道路前行。如此漫长的岁月，竟能用如此短暂、几乎可以说是转瞬即逝的图景来表达，我被这一奇观深深吸引住了：在我们眼前，近在咫尺的地方，一个如此复杂、古老、可敬的构筑物，经过不知道多少代人的努力、慢慢建立起来的人类文明有机体，它是如何发展壮大，如何进入了自身的全盛期；可是与此同时，这朵怒放的文明之花，它的核心处已暗藏了腐败的萌芽；随着时间流逝，整个理智且有序的架构逐渐分崩离析，一切都在慢慢沉沦、退化，开始蹒跚着走向毁灭——我全身上下感到一阵抽搐，同时体会到某种难以言喻的、饱含了快乐的恐惧。这种语言固然已飞驰在衰败的单行道上，行将就木，但它的最终消失却并不会带来彻底的虚无，恰恰相反，它曾经的青春岁月，它的绽放与衰落，依旧完整地保存在我们的记忆里，保存在对它所进行的研究以及它自己的历史当中。它在科学研究的符号与公式，以及玻璃球游戏如同秘密配方般的设计中继续存在着，只要我们愿意，它可以在任何时候被重建起来，至少在某种意义上获得新生。我突然明白了其中奥妙：在玻璃球游戏的语言中，或者说至少在玻璃球游戏的精神中，一切皆是重点，一切皆有所指，所指皆有深意。每一个符号、每一种符号组合都不是随随便便地指向这里或者那里，不是随随便便地指向彼此之间毫无联系的实例、实验和实证，它们绝非一盘散沙式的存在，而是明确地指向精神世界的中心，指向最核心处的秘密，指向一切的原点，指向原初的知识。在那心念电转的瞬间，我通过短如须臾的时间进行了一次真正的冥想，参透了这样一个道理：奏鸣曲中从大调到小调的每一次转变，人类文明中神话或者信仰崇拜的每一次演变，玻璃球游戏里每一条经典的、如同艺术家创作般的公式化表达，其中暗藏着的道理都是一样的,无非是在刺探进入精神世界内部神秘核心的捷径。在吸气与呼气之间,在天与地之间,在阴与阳之间,这条神圣的捷径永远保持着有节奏的开启,探索之道永恒存在。在那个时期,我作为玻璃球游戏的听众,已经陆续观摩过许多次结构设计规整有序、整体执行良好且规范的玻璃球游戏了。在观摩过程中,我收获颇丰,在游戏理论方面获得了巨大提升,同时也有了许多快乐体验和独到见解;尽管如此,在那次顿悟之前,我一直倾向于怀疑玻璃球游戏是否真的具有那么高的实际价值,它在知识分子们中间拥有的崇高地位是否货真价实。难道不是吗?每一道解决得很巧妙的数学难题,都能给解题者带来精神上的享受;每一首优秀的乐曲,在聆听的时候,更不必说在演奏的时候,都能提升灵魂的层级,将灵魂带往伟大境界;每一次虔诚的冥想,都能让原本嘈杂的内心平静下来,与宇宙和谐相处;然而,恰恰由于我已经亲身体验过上述的一切好处,我心中的疑虑才总是开口对我讲这样一番话:所谓的玻璃球游戏,看似高高在上,受到众人景仰,恐怕不过是一种基于形式主义的新兴艺术、一套自作聪明的奇技淫巧、一些讨人喜欢的排列组合罢了。如果真是这样,那我最好还是不要碰这类游戏,别为它浪费时间,最好还是继续用纯洁无瑕的数学和无与伦比的音乐来充实自己。哪曾想到,此时此刻,在我顿悟的这个瞬间,我第一次听到了属于玻璃球游戏自己的内心独白,理解了它存在的意义;在这一瞬间,它第一次真正触碰到了我的灵魂,并且彻底征服了我;自那时起——自那一刻起,我认定了玻璃球游戏,将玻璃球游戏视作自己的信仰,视作一切游戏、一切领域的国王;自那一刻起,我承认玻璃球游戏是一门lingua sacra[1],一门神圣的、散发出神性光辉的语言。你当然记得这些,因为你自己当时就已经注意到,我身上突然发生了某种变化,似乎自某处遥远的地方,有种非比寻常的天命感召突然传到了我的耳中。实话实说,因为这次顿悟实在太过重要,我也只能将它跟我人生中第一次受到的天命感召进行比较——那次感召令我终生难忘,不仅使

---

1 拉丁语,"lingua"为"语言"之意,"sacra"意为"神圣"。

我的心灵得到了升华，还彻底改变了我的一生：当时我还只是个小男孩，通过了穆希卡大师的考验，旋即被召唤到了卡斯塔利亚。总之，在我顿悟的那个时刻，你肯定注意到了我身上发生的变化，因为我当时也察觉到了你心中所想，尽管你对此闭口不提；无论如何，事到如今，我们也不必再对当时的情况多加讨论了。不过话说回来，回忆这段往事依旧是必要的，因为我眼下之所以写这封信，其实是打算向你提出一个请求，为了将这个请求向你解释清楚，我将不得不告诉你一件其他人不知道或者说不应该知道的事情：我目前正在进行的这项看似不着边际的研究工作，其实并非如外人所想的那样，是出于心血来潮的选择，随心所欲地加以推进，它实际上是基于一套规划得相当完整、明确的计划。你肯定能回忆起来——至少大体上还记得——当年的我们，作为瓦尔德策尔精英学校的学生，在上第三阶段的玻璃球游戏课程时，同一个玩家小组，在那位组长的指导下，开始设计我们自己的游戏，进行反复多次的玻璃球游戏游玩训练。我就是在其中的一次游玩过程中，突然听到那个声音，体验到了成为一名'卢泽尔'的感召。情况就是如此，还记得那次游玩训练，是从对赋格曲主题的节奏分析开始的，中间部分插入了一小段来自孔子的名言警句。我现在正在仔细研究当年的那次游玩训练，将整场游戏从头到尾好好分析一遍，也就是说，我正在努力钻研其中的每个句子，将它们从玻璃球游戏的通用语言翻译回原本各自领域内的语言——翻译回数学、纹饰学、汉语、希腊语，诸如此类。我想，在我的一生当中，至少需要有一次像这样的尝试，试着将某一场玻璃球游戏的全部内容抽丝剥茧地分离出来，进行彻底的研究和重构；截至目前，我已经完成了第一阶段的研究，这部分花费了我两年的时间。显然，想完成这项研究所涉及的全部内容，恐怕还需要很多年。不过，既然我们卡斯塔利亚拥有在全世界范围内都享有盛名的研究自由，那么，我以这样一种方式来使用属于我的这份自由，自然是毫无问题的。相关的反对意见，我也知道得很清楚。卡斯塔利亚的大多数老师恐怕都会给予如下的批评：我们这些人殚精竭虑，前后耗去了好几个世纪的时间，总算发明出了玻璃球游戏，并将之发扬光大，作为一门通用语言、一套受到人们普遍认可的方法，来表达世间存在的一切精神概念和艺术价值，借助一系列精妙的符号和公式，将纷繁复杂的细分领域带到了具有近乎无限兼容性和普适性的共通尺度之下。现在你突然冒了出来，提出异想天开的要求，想验证一下这套体系是否真的管用！你将为此付出自己一生的时间，到头来必将追悔莫及。好吧，我可不想真的为此付出自己一生的时间，以后也不想追悔莫及。有鉴于此，我才需要向你提出这样一个请求：既然你目前刚好在玻璃球游戏档案馆内工作，我本人又因为某个不方便告知的特殊理由，打算在较长一段时间内避开瓦尔德策尔，故此，我想借你之手，经常性地帮我在档案馆内调查并解答一些问题，其数量不在少数。具体而言，就是根据我所提出的问题，在现存档案当中进行搜索，找到与问题相关的各种主题所对应的官方认证密钥与符号，将它们以未经缩写的完整形式转交给我。就是这样，我将希望全部寄托在你的身上了，也请你以同样的标准来约束我，如果我能为你做些什么作为回报，请一定告诉我，我必将竭尽全力来满足你的要求。

对写给特古拉尼乌斯长信的转述到此结束，或许我们可以选择紧接在此的这个位置，继续转述科讷希特所写另外一封长信当中的一小段内容，它同样也涉及了关于玻璃球游戏的重要问题。这封信是写给音乐大师的，时间至少也是在写前一封长信的一年或者两年之后。"照我看来，"科讷希特在寄给自己庇护人的信中写道，"无论是谁，都可能成长为一名水平颇高的玻璃球游戏玩家，假以时日，或许有机会成为水平精湛的游戏高手，甚至连成为实力高深莫测的'卢迪大师'，也不能说是绝无可能。尽管如此，受限于玻璃球游戏的游玩机制，哪怕一个玩家真的成了'卢迪大师'，他也不一定理解游戏，不一定能够想明白游戏背后隐藏着的根本性秘密，不一定能够参透游戏的终极意义。没错，真实发生的情况可能会是这样的，当我们挑选出一个能够真正理解游戏、参透其终极意义的玩家，让他来担任得到官方认可的玻璃球游戏专家，甚至是直接负责掌控游戏规则的领导人物，如此一来，可能反而会让游戏本身的存在面临巨大危险——比让那些不理解游戏的人来负责管理游戏还要更危险一些。因为对于玻璃球游戏内在的那一面，也即游戏隐藏着的根本性秘密而言，一旦有人能够确切感知到它的存在，那么，在感知到秘密的那个人看来，游戏背后的秘密，无疑也跟世界上任何其他事物背后藏着的秘密一样，会给他的好奇心带来无法抗拒的诱惑。他将情不自禁地深入进去，试图发掘出秘密的本来面目。如此一来，最后必定会触及玻璃球游戏不外传的'隐微术'[1]，而'隐微术'则必然涉及'一和万有'[2]。一旦进入最深处，洞悉纷繁复杂的表象之后，那里只有永恒的呼与吸，生命的气息重复着永恒的进与出，如此即可达成自身的完满。无论是谁，一旦他将游戏的意义深究到底，到了这个境界之后，他就不再能够称得上是一名玻璃球游戏玩家了，因为他已经通过'万有'抵达了'一'，不再置身于无穷无尽的可能性当中，不再有能力去享受玻璃球游戏那种创造、搭建、组合的快乐，因为此时的他已经认识到了另外一种截然不同的喜悦和欢愉。我的情况也与之类似，因此，在越来越接近玻璃球游戏终极意义的情况下，我做出了这样一项决定：最好不要在这一领域继续深入下去，不要让游戏成为自己未来的职业。趁目前还来得及，尽快转向音乐，这样无论对我本人还是对其他人[3]，都是更好的选择。"

　　我们这位音乐大师向来都有敬惜字纸的习惯，若非迫不得已，通常不会写信。可是这一次，他显然对约瑟夫长信中提到的上述说法感到颇为不安，认真写了回信，针对这些说法，给出了友好的警示："从来信所透露出的主张来看，你并没有要求玻璃球游戏大师成为一名你所定义的追求'隐微术'的人，仅仅对自己的未来进行了约束，这当然是很好的事情，希望你所讲的

---

[1] 此为黑塞引述尼采哲学的一种重要观念，大致意思是指哲人必须在著作中极为隐晦地表达自己的观点，因为真理对普通人而言往往是致命的。
[2] 此为隐微术中的概念，其含义类似于"见微知著"，亦常被活用至其他领域。具体到玻璃球游戏上，大意是指看似纷繁复杂的玻璃球游戏中亦存在着某种极致的抽象，即所谓的"一"，可以完美概括玻璃球游戏对外呈现出的"万有"。
[3] 指前文中提到过的、一旦自己未来成为"卢迪大师"，将会对玻璃球游戏带来危害的假设。

这些话都是出自真心实意，没有任何讽刺意味暗藏其中。实话实说，一个将自身职业的主要关注点放在自己是否足够接近内心最深处'根本性秘密'的游戏大师或者老师，恐怕是个非常糟糕的老师。以我为例，我可以开诚布公地告诉你——我从来没有对自己的学生讲过哪怕一句音乐背后暗藏着这样那样的'意义'之类的话语；假如音乐背后真的存在什么'意义'，那也是不言而喻的，根本不需要我特地讲出来。相较于追求音乐的'意义'，我的主要关注点永远都放在学生们身上：他们是否能够漂亮又精确地把握住八分音符和十六分音符的节奏，这才是我最关心的事情。事实上，无论你未来想成为音乐老师、学者还是音乐家，都必须对'意义'心存敬畏，但千万不要误以为'意义'是可教的。在过去，一度有不少历史哲学家[1]妄图向人们传授'意义'，这种一厢情愿地给历史添油加醋的恶行，不仅令当时世界史的半壁江山分崩离析，还导致了'专栏时代'的兴起，而且至少也必须对随之而来的大量流血事件担负一部分责任。这样讲或许有些笼统，还是举实例来说明吧：比方说，假如我不得不肩负起文学史讲师的职责，不得不向学生们介绍荷马或者随便哪位古希腊悲剧作家，那么，我多半不会向他们潜移默化地暗示，声称诗歌是某种神性体验，当中暗藏着必须努力参透的玄机；恰恰相反，我会将重点放在对诗歌文本的精准解析上，想尽办法去分析那些具体而微的语言习惯，列举格律学上的实战技巧，通过这种务实的方式教他们理解诗歌。要知道，教师和学者们的职责，无非是努力钻研业已存在的方法论，想方设法将传统发扬光大，并设法保持方法的纯粹性，而不是绞尽脑汁地去唤醒早已在传承过程中被否定掉了的、不再允许用言语传授下去的神秘体验。这些体验通常是为那些被选中的人保留的——他们往往能够自发地意识到其存在，至于是否能够深入进去，完全要靠他们自己去领悟。这种领悟通常并非什么好事，他们往往因此而备受打击，最终成了知晓秘密的受害者。所以，我们既不应该去唤醒潜藏于他人内心深处的这种意识，当意识被

---

[1] 指"以史为鉴"来提出哲学主张的学者，知名的历史哲学家包括德国的斯宾格勒、英国的汤因比等。

自发唤醒之后,我们也不应该去加速他们获知秘密的过程。"

顺带一提,科讷希特当年留存下来的来往信笺当中,除了以上引述的少数几封之外,其他任何一封当中都没有提到过玻璃球游戏,没有提到过上述的"隐微术"概念,究其原因,或许是因为他本来就没怎么写这方面的内容,或许他确实写了,但这部分信笺却没能保存到现在;无论如何,在我们如今能够找到的来往信笺里面,规模最大、保存最完整的始终都是与菲洛蒙特之间的通信,可是这些通信几乎只涉及音乐,以及与音乐风格分析相关的问题。

不过话说回来,尽管留存下来的资料如此之少,我们依旧可以借此看出科讷希特是如何在自己独一无二的科研道路上迂回前行的——他试图对当年进行过的一场玻璃球游戏进行精确回溯,逆向还原这场游戏所对应的全部细节,不惜为此花费大量的时间,只为真正理解其中明确的含义和意志。情况就是如此,他所做的一切,只是为了获取单独的一场游戏所包含的全部内容——这样的一场游戏,他们当年还是瓦尔德策尔的学生时,单纯出于训练的目的,在短短几天内就完成了创作;假如使用游戏通用语言,只需要一刻钟就能读完——为了做到这点,科讷希特年复一年地坐在教室和图书馆里,研究弗罗贝格尔和亚历山德罗·斯卡拉蒂[1]的作品,研究赋格曲和奏鸣曲的结构,温习数学,学习汉语,甚至还要专门开发出一套声音图形系统,根据福伊斯特尔[2]研究出来的理论,通过玻璃球游戏中出现的色阶来反推对应的音符,寻找图像与声音之间的关联,并对其进行索引。人们不禁要问,他究竟为什么要选择这条分外艰辛又固执己见,而且还特别孤独的道路呢?毕竟谁都看得出来,他的终极目标(在卡斯塔利亚之外的世俗世界里,人们恐怕会说这是他的职业选择)无疑是玻璃球游戏。从精英学校毕业之后,他其实完全没有离开瓦尔德策尔的必要,假如他直接前往当地的Vicus Lusorum,即玩家聚居区定居,在那里随便选择一家研究所,作为客座科研人员进行

---

[1] 亚历山德罗·斯卡拉蒂(1660—1725),意大利作曲家,那波利歌剧乐派的代表人物。
[2] 西方常见姓氏。文中理论为黑塞虚构。

自由研究，如此一来，任何与游戏相关的专门研究对他而言都将变得轻松很多。无论在研究过程中遇到多么刁钻的问题，只要人在这里，他随时都能得到最专业的指导意见，随时都能从这里的图书馆和资料室里找到各种线索与讯息。他可以跟自己的老同学、跟醉心于玻璃球游戏的同道中人一起，热情忘我、专心致志地做研究，而不必搞得跟个自愿流放的犯人似的，不得不在自己所选择的研究领域内单打独斗：从写给特古拉尼乌斯的那封长信来看，他经常单打独斗，这是显而易见的。好吧，尽管如此，他还是坚持走自己那条形单影只的科研之路。据我们揣测，他之所以决定避开瓦尔德策尔，不仅是为了尽可能多地消除自己学生时代在那里留下的"卡斯塔利亚辩护人"身份印象，消除人们对它的记忆，同时也是为了避免跟过去那些最优秀的学生一样，过早地进入玻璃球游戏玩家们的群体当中，成为一个新加入的、跟其他玩家们类似的角色。因为早在那个时候，他就已经感觉到了某些东西，某些类似命运安排的东西。这种感觉深埋在他心底，将人生的使命感强行赋予了他，驱使他在众人之中获得领袖地位，勒令他成为众人的代表。也正因如此，他决定忤逆命运，尽一切可能去超越自身，挣脱所谓"命中注定"的束缚。他早已觉察到了摆在自己面前的这份责任，觉察到了这份责任有多么重大；他早已发现，自己在面对瓦尔德策尔的这些同学时，有一份不得不履行的义务——同学们对自己满怀着热情，也正因如此，他必须远远躲开他们。在这些同学当中，最突出的恰恰是特古拉尼乌斯，因为约瑟夫发自本能地知道，特古拉尼乌斯会为自己赴汤蹈火，也正因如此，他在面对特古拉尼乌斯时，尤其感到责任重大。无奈之下，他只好选择隐居，寻求一种宁静致远的生活；可是与此同时，命运也始终想要将他推到台前，推向公众领域——我们大致上就是这样想象他当时的心理状态的。不过话又说回来，除此之外，其实还有另外一个更重要的原因或者说动机，时刻压迫着他，迫使他尽可能避开那些比瓦尔德策尔的精英学校更高级的玻璃球游戏高等学府，避开玻璃球游戏玩家正常的进修渠道，并且令自己成了一名局外人，这个原因或动机，正是某种难以言喻且无法忍受的研究冲动，想要对玻璃球游戏背后潜藏着的秘密一探究竟——诚如前文之所述。在此之前，他对玻璃球游戏长期抱持着怀疑态度，当这种研究冲动浮现后，怀疑态度也就暂时被压制住了。显然，他已经亲身体验过，清楚知道玻璃球游戏可以达到无比崇高的境界，可以在超凡入圣的意义上进行游玩，过程中的甜美滋味，他早已品尝过了。可是与此同时，他也目睹大多数玩家和学生——其中甚至包括一些领袖人物和高级教师——他们从来不曾抵达过他所知道的这个崇高境界，从来不曾拥有过超凡入圣的游玩体验，他们从来不曾将游戏通用的这门语言视作一门神圣的语言，仅仅将它视作一门效率颇高的速记专用语言罢了。至于游戏本身，他们最多将其视作一种有趣又好玩的娱乐方式，视作一类可以通过训练来提高水准的特长，视作一项智力运动或者纯粹用来满足个人野心的竞技比赛，仅此而已，无论如何都不会超出日常消遣的范畴。是啊，正如约瑟夫写给音乐大师的长信中所展示出来的那样，约瑟夫在当时就已经意识到，一名玻璃球游戏玩家的水平高低，恐怕并不总是由他对游戏终极意义的探求来决定，更进一步讲，甚至连他是否真的关注这一终极意义都无关紧要。毕竟游戏也需要那些浮于表面的东西，游戏也是由技术、科学和社会机构等统合起来运作的。简而言之，在他看来，游戏中确实有些值得怀疑的地方，而且多少存在着一些模棱两可、无法调和的缺陷。对很多人而言，游戏涉及人生抉择，而且确实也已成为他人生当中的主要问题。他绝对不愿意让自己反抗命运枷锁时的苦苦挣扎被日常生活中随处可见的所谓"灵魂的牧人"[1]所缓和，也不愿意被老师们试图分散自己注意力的友好微笑所淡化。

当然啦，在档案馆内拥有完整记录的数万场玻璃球游戏当中，在已知的数百万种游戏可能性当中，他大可以随意挑选一个出来，作为自己研究的基础。他很清楚这点，也正因如此，他才会选择自己跟精英学校同学们一起在当年那节玻璃球游戏基础课上共同参与的游戏作为开始。那场游戏的方案

---

[1] 语出《圣经》新约的《彼得前书》第二章第二十五节："你们从前好似迷路的羊，如今却归到你们灵魂的牧人监督了。"此处泛指日常生活中那些习惯于维护传统庸常观念的热心人士。

是由他们一起设计的，内容具有相当的随机性。而且，也恰恰是在那场游戏中，他第一次领悟到了所有玻璃球游戏的终极意义，领悟到了自己作为一名玻璃球游戏玩家的天命感召。在进行研究的那几年时间里，他用玩家们经常使用的游戏语言速记法写出了那场游戏的摘要，并且一直将这份摘要带在身边，方便随时取用。在这份摘要中，在使用游戏语言表述的一行行编码、密钥、符号和缩写当中，记录了运用于天文学领域的一则数学公式、一首古老奏鸣曲的曲式结构、孔夫子的一句箴言，凡此种种。不怎么了解玻璃球游戏的读者们，不妨将这份游戏摘要想象成一场国际象棋比赛的完整棋谱，从某种程度上而言，两者之间是相似的。可是，相较于国际象棋，玻璃球游戏"棋子"的含义，"棋子"与"棋子"之间的关系，以及"棋子"之间相互影响的可能性，在每个细分范围内都会成倍增加，因此，玻璃球游戏摘要中所包含内容的丰富程度，绝非国际象棋棋谱所能及。在玻璃球游戏的游玩过程中，每一枚"棋子"、每一种形势、每一步走法都被赋予了切实存在的含义，或者换句话说，正是由于这些走法、形势等的存在，象征性地通过"棋子"指定了这场玻璃球游戏的整体配置，决定了它所囊括的内容。科讷希特花费多年时间，对玻璃球游戏进行了持之以恒的研究，他不仅致力于以最细致的方式了解玻璃球游戏设计中所包含的大大小小素材、原理、作品与体系，在研究中完整涵盖一条跨越各种文化、学科、语言、艺术，跨越各个不同年代的道路；除此之外，他还为自己设定了一项特殊任务，即以在此之前从未有过的精确度，在上述过程中详细调查、测试玻璃球游戏这门技艺的底层逻辑和表达可能性，试图找出其中可能会有的漏洞，这些东西是瓦尔德策尔的任何一位老师都不知道的。

至于这项特殊任务的调查结果如何，在此不妨提前告诉各位读者：他时不时地就会在这里或者那里发现一个小缺口、一点点不足之处，不过整体上而言，我们的玻璃球游戏必定经受住了他的严格审查，否则他在研究结束之后也不可能重返这一领域。

倘若我们想要通过本书完成一份以科讷希特为主角的文化史研究报告，

那么，与他科研岁月相关的许多地点和场景肯定值得一写。条件允许的情况下，他总是尽可能选择可以单独做研究或者至多只有几个人同时在场的研究场所。驻足过的地点当中，有几处是他毕生都难以忘怀的，每次回想起来时，心中都会涌生出一份感激之情：他经常待在蒙特波特，有时是音乐大师的座上客，有时则是音乐史研讨会的参与者。通过存留下来的文献资料，我们发现他曾经两次前往团体领导层的所在地希尔斯兰德[1]，作为"大训"中的一员，进行为期十二天的禁食和冥想。离开希尔斯兰德之后，他经常怀抱着非比寻常的喜悦之情——甚至可以认为是怀着一种含情脉脉的温柔——向亲近的人们讲述在名为"幽篁"的那处秘境发生的种种事情。所谓"幽篁"，乃是一处位于竹林深处的静谧隐居地，他曾经在那里潜心研究过一段时间《易经》。身处"幽篁"的这段时光令他受益匪浅，不仅学习并领悟到了一些对他的研究具有决定性意义的新知，而且还在某种"如有神助"的预感或者说指引的帮助下，发现了一处极为独特的环境和一位非比寻常的人物，即他口中的那位"智叟"，也即这处远古中国式"幽篁"隐居地的创造者和使用者。科讷希特科研岁月的种种经历当中，这段插曲无疑是最奇特的，有鉴于此，我们理应对其进行更详细的介绍。

科讷希特是在远近闻名的东亚学院开始他对古代中国语言和经典著作的研究的，几个世纪以来，这座学院一直隶属于专门研究古代语言学[2]的精英学校聚集区圣乌尔班[3]。在东亚学院进行学术研究的那段时期里，他的汉语阅读和写作进步很快，他还跟一些在那里工作的中国人交上了朋友，并且熟记了不少《诗经》中收录的诗篇。居留于此的第二年，他对《易经》的兴趣越来越浓。于是，在他的坚持要求下，东亚学院的中国人陆续向他提供了各种相关的学习资料，可是光有资料，却没人能够指引他入门；学院里并没有专门传授这方面课程的老师。科讷希特不依不饶，又开始了新一轮的请求，

---

[1] 黑塞虚构的地名。
[2] 以古希腊、古印度和古中国语言为主要研究对象的一门学科。
[3] 奥地利克恩滕州地名。

他反复找那些给自己提供资料的中国人，说既然打算彻底研究《易经》，就必须有一位合适的老师来负责指导，否则空有许多资料，仍然无法进行系统性的学习，研究不可能有进展。再三询问之后，终于有人向他告知了"智叟"这位隐世高人的存在，并且向科讷希特介绍了此人的隐居地"幽篁"的具体情况。在那段时期里，科讷希特一直都对《易经》表现出十分浓厚的兴趣，他那种不寻常的热情很快就引起了学院内部的关注，因为他试图钻研的是一个长期以来都鲜为人知的领域。在察觉到学院方面对自己的关注之后，为了不让研究受阻，他并没有停止调查，但在询问别人时却采取了更加谨慎的方式，迂回曲折地接近自己的目标。经过多方面打探，科讷希特逐渐掌握了更多关于"智叟"的讯息：此人在东亚学院堪称传奇，大家普遍认为他是一名博学的隐士，都很敬重他，没错，甚至可以说他是这座学院里的一位知名人士，声望颇高。不过话说回来，他所享有的声望，与其说是通过学者身份获得的，倒不如认为是作为一名特立独行的"局外人"而受到了传扬，关于他真正研究了什么，取得了什么成果，却是知者寥寥。关于"智叟"的讯息就只有这么多，科讷希特很快就意识到，如果真想调查清楚此事，还是必须依靠自己，于是，他尽快完成了一篇实际上才刚刚开始写的研讨会论文，交给了东亚学院，作为自己身在此地的科研成果，然后便向众人辞行，离开了学院。根据之前打探来的讯息，他一路疾行，徒步前往那位传说中的神秘人物一手打造的"幽篁"所在地：此人或许是一位圣人、一位超凡脱俗的大师，但也可能只是个固执己见的傻瓜。在这个时间点，科讷希特对此人的了解如下：此人在大约二十五年前，曾经是东亚学院汉语系最有前途的科研人员，他似乎就是为了研究这些领域而生的，在毛笔书法和破译古文方面，他的水平远远超过东亚学院最好的老师——不只是西方人老师，甚至也包括中国人。他在待人处世方面表现得相当低调，然而，由于他总是过分热衷于让自己在外表上也成为中国人，结果在学院内部还是显得很另类。此外，他非常顽固地坚持称呼自己的所有上级——从研讨会的负责人到身为最高负责人的大师们——为某某"叟"，以"叟"这个字来充当敬语，不像学院里的其

149

他科研人员那样，会用各自的头衔来称呼，并且规规矩矩地用上"您"。"叟"这个称呼最终成了一个带有些许嘲笑性质的外号，永远留在了他自己的身上。研究方面，他特别重视《易经》中对甲骨占卜的发展，在符合古代中国传统的蓍草占卦法[1]的帮助下，他熟练掌握了这种利用一大把蓍草茎叶来卜卦的方法。除了与《易经》相关的各种注释书籍之外，他最喜欢的中国古书是《庄子》。很显然，古代中国所奉行的那种崇尚理性、反对神秘主义倾向的严苛儒家精神，早在当时的东亚学院汉语系里就已经普遍存在了——就跟科讷希特本人在学院里亲身感受过的一样。于是有一天，"智叟"离开了学院——顺带一提，学院方面本来打算留他做专业课老师——带上毛笔、砚台和两三本书，开始了自己的浪迹天涯之旅。他朝着南方前行，路上时不时地在团体成员的家中歇脚、借住，四处寻觅适合隐居的良好环境。一段时间过后，他终于找到了符合心中理想的一处地块，马上又开始锲而不舍地向世俗世界的政府当局、向团体请愿，甚至亲自去找那些位高权重之人理论，希望能够住在这里。反复多次之后，他成功获得了作为定居者来开垦、建设这处地块的权利。自那时起，他就开始效法竹林隐士，在这块隐居地上过起了严格意义上的中国古代田园生活。他有时会被嘲笑为怪人，有时又被尊为某种意义上的圣人。在这里，他过上了和谐静谧的理想生活，修身养性，与世无争，每天要么就是悠闲自在地建设这片"幽篁"，在竹林里辛勤劳作，要么就花时间进行冥想训练，和抄写古代中国的各种典籍。在他的精心管理和布置下，"幽篁"逐渐被修建成了一座曲径通幽的中式园林，设计精妙，完全不受北风的影响[2]。

情况就是如此，离开东亚学院之后，约瑟夫·科讷希特开始一路朝着"幽篁"的所在地前行。他在徒步过程中经常驻足休息，欣赏沿途的风景。

---

[1] 蓍草占卦法是古代中国最传统的占卜方法。周朝取代殷商之后，蓍草占卦也取代了殷商时期的龟甲占卜。《周易·系辞上传》中详细叙述了该方法，并且流传至今。

[2] 中国园林设计，长期遵循"坐北朝南"的地理原则，可以避免掉对人不利的"阴风"，即北风的影响，这种设计是顺应中国的季风型气候的。

往南的地势逐渐升高，山丘逐渐在眼前隆起，他开始往高处攀登，顺着一条条蜿蜒曲折的山间小路，朝着目的地靠拢。每当他辛苦穿过山口，抵达相对的高点时，都会举目远眺：只见远方一层层蔚蓝笼罩，一处处缥缈苍莽、依稀望得见阳光照耀下的葡萄梯田，望得见爬满了壁虎的断壁残垣，望得见庄严肃穆的栗树林，望得见南方的大地和高山，彼此之间以一种旖旎又壮阔的方式交织在一起。到达"幽篁"时已是傍晚；进去之后，他无比惊讶地发现，眼前竟然有一座中式凉亭，矗立在这座造型堪称异想天开的花园正中央。用一段一段的竹管引来的山泉，自开敞的管口处汩汩流出。泉水缓缓往下淌，淌过鹅卵石铺就的河床，灌满了不远处的一方水池。这方水池是严格按照中式园林的法式修筑的，周围是用石头堆砌而成的石墙，墙壁的缝隙之间，长满了各种绿色植物。远远望去，池面水平如镜，池水清澈见底，好几条金色的鲤鱼，在池中游来游去。再看那掩映四周的竹林，竹身细长而结实，竹叶微微颤动。花园各处，草坪郁郁葱葱，一块又一块的石板，铺成条条道路，将草坪分割成大小不等的区域。每一块石板上都雕刻了古色古香的铭文，可供行走者阅读。这时，有一位身穿灰黄色亚麻布道袍的瘦削男人，从他一直蹲着忙活的花坛里站起身来，眼镜后方的蓝色眼眸里显露出问询的神色，慢悠悠地走到了来访者面前。他的态度不可谓不友好，但多少带着点儿隐居避世之人常有的那种略显尴尬的羞怯。他一言不发，仅仅用目光向科讷希特发问，等待着，想听对方先开口说明来意。后者不无尴尬地讲出了那句早就想好了的中文问候语："请恕年轻弟子冒昧，特此向智叟请安。"

"贵客有礼，欢迎光临寒舍。"智叟同样用中文答道，"不才素来欢迎年轻同人造访，沏香茗共饮，来一点儿愉快的清谈，若是有需要的话，这里也有地方可供借宿过夜。"

科讷希特行了叩首之礼，向智叟表示了感谢，然后，他被领到一间茅舍里，喝了茶；接下来又被带去参观了花园，看那些雕刻了文字的石板，看了池塘和金鱼，连金鱼的年龄都逐一讲给他听。直到共进晚餐之前，他们两个一起坐在微微摇晃的竹林底下，先是相互寒暄了一番，再就是聊些经典的中文诗句和箴言，聊着聊着又开始赏花。眼看夕阳斜落，两人又一起欣赏了山峦边缘渐渐消隐的玫瑰色晚霞。入夜了，他们回到小屋里，智叟端来面包和水果，用小锅给自己和客人各煎了一张非常完美的鸡蛋饼。等到主宾都吃完了晚餐，智叟才开始用德语询问这位"弟子"此行的目的。于是，科讷希特也开始用德语娓娓道来，先讲清楚自己从哪里来，是如何走到这里的，接着又开始解释自己来这里的目的是什么，简而言之：只要智叟允许，他就留在这里，做他真正的弟子。

"这个问题，我们明天再谈吧。"隐士说道，旋即为这位远道而来的客人安排了住宿的地方。第二天一大早，科讷希特坐在养金鱼的水池旁，凝望着这个由黑暗与光明，以及各种缤纷炫目的神奇色彩构筑而成的清凉小世界。金鱼的身体在墨绿与深黑的振荡之间缓缓摇曳，令人不由自主地将注意力完全集中在池水深处：这一整个清凉小世界，仿佛时不时地就会受到魔法控制，进入永恒的沉眠，陷入梦境的咒缚。在如梦似幻的漆黑内部，闪动出如水晶般剔透、如黄金般耀眼的辉光。那道辉光映射到眼中，给人的感觉极其柔和，如羽毛般富有弹性，但同时又很可怕。他身不由己地凝望着池水深处，注意力越发专注，陷入得也更深了。他现在的状态，与其说近乎冥想，反倒更像是在做梦。因此，当智叟迈着悄无声息的步伐，从小屋里慢悠悠地走出来，并且已经站到他的身边，长时间注视着他这位恍如坠入梦境般的客人时，他竟完全没有察觉到。当科讷希特终于从池水对自己的吸引力当中挣脱出来，结束半梦半醒的状态，重新站起身来时，智叟已经不在那里了，不过小屋里马上传出了声音，邀请他过去一同饮茶。他们互相之间简单地行了个礼，接下来就一边喝茶，一边安静聆听泉水汩汩的流淌声：清晨时分，四周环境静谧无比，流水声听来仿佛响彻云霄，这是此地永恒的旋律。一段时间过后，隐士自席间起身，在形状很不规则的房间里来回踱步，似乎正在思考什么问题，而且还时不时地瞥上一两眼科讷希特，最后他突然开口问道："你已经准备好了吗？那么现在就可以穿上鞋子，继续浪迹天涯。"

听到这句话之后，科讷希特犹豫了片刻，然后回应道："假如结果必定如此，那么，我已准备好了。"

"如果允许你在这里继续待上一段时间，你准备好服从了吗？你要像金鱼一样，保持静默状态。"

这位"弟子"又一次给出了肯定的回答。

"很好。"智叟说，"既然如此，现在我就要开始动用那些小木棍，瞧瞧神谕是如何安排此事的。"

于是，科讷希特坐在那里，怀着无比敬畏、无限好奇的心情观看智叟占卦，他果然表现得"像金鱼一样"，保持了静默状态。与此同时，智叟则从一只木制的杯子里——与其说是木杯，倒不如认为是某种形式的箭筒——取出了一大把小木棍；这些小木棍是用晒干了的蓍草根茎制成的。智叟仔细数了数自己抓出来的根茎数量，将多出来的一部分放回容器里，然后又从里面抽出一根来，放到一边，再将剩下来的部分随手分成两把，将其中一把放到自己的左手里，再用右手从里面往外取，每次都取相同的数量，每次都用灵敏的手指来数数，确保拿出的数量是相等的，直到左手里最后只剩下少数几根，已经不够一次取的数量了，于是便用左手的两根手指将剩下来的几根紧紧夹住，这个余数就是第一个结果。[1]如此一来，经过仪式性的计数之后，成功将第一把减少到了只余下几根的数量。紧接着，他又开始对另一把进行同样的计数处理。另一把也完成了，他将第二次余下的几根蓍草根茎跟第一次余下的放到一旁，这样就得到了两个余数结果。接下来，他将第一次和第二次取出去的部分拿回来，又进行了另外一种处理，一把接着一把，手指数个不停，最后同样用两根手指紧紧夹住剩下来的几根。做这些事情时，智叟的动作洒脱又熟练，无声无息，每一个步骤都完成得极为敏捷、迅速，

---

1 黑塞在此处描述的是蓍草占卦的标准流程，略有变化。智叟第一次抽出的数量是超出五十根的，他第一次点数，多出五十根的部分要放回去，剩下的五十根象征"大衍之数"。接下来，他从里面单独抽出一根，放到一边不用，这一根象征的是太极、太初，即天地混沌未开之时的"一"。之后随手分成两把，左手那一把象征"天"，另一把象征"地"——黑塞描绘的步骤中简化了象征"人"的一根蓍草。往外取的步骤中，每次都取四根，最后数余数来算卦。

153

看起来就像是在进行某种神秘的仪式游戏——这种仪式游戏的全过程都由一套要求极为严格的规则所控制,每一步都不允许出错,可他显然已经练习过无数次,每一步都完成得无懈可击,每一步都仿若行云流水,俨然已将游戏玩成了一门精湛的技艺。就这样来来回回地玩了好几次之后,最终留下了三小把,也即三个余数结果。通过这三个余数,他读出了一个符号,马上用毛笔画在了一张小纸片上。现在,之前这一整套复杂的占卦程序又要从头开始了:蓍草根茎被分成两把,以特定方式来计数,根茎夹出来、收进去、放到手指之间……来来回回好半天之后,又留下了三小把,即新增的三个余数结果,从这三个余数之中,他又读出了第二个符号。在他的手中,蓍草根茎仿佛拥有了生命似的,如跳舞一般动来动去,舞蹈过程中伴随着干巴巴的咔嗒声,声音极轻,不用心聆听就会自动忽略掉。根茎与根茎之间相互碰撞、摩擦,交换各自的位置,聚集到一起,旋即又被分开,进入新一轮的计数。根茎的移动很有节奏,其移动轨迹如同被某种看不见的鬼魅神灵时刻操纵着一般,有着不容辩驳的确定性。每套占卦程序结束,智叟都会用手指拈起毛笔,记录读出的符号。到了最后,象征"阴爻"和"阳爻"的符号在那张小纸片上依序排成六行,即所谓"六爻"。全部根茎都被智叟收集起来,小心翼翼地放回到容器里。房间的地上摆着芦苇垫,这位占卜师蹲坐在芦苇席上,细看问询神谕得来的结果,沉默不语地研判了很久。

"这是'蒙'卦。"他开口说道,"'蒙'卦的这个'蒙'字即为卦名,在汉语中的意思是'年轻人的蒙昧'。上卦表山,下卦表水——因为上卦为'艮',下卦为'坎'。结合起来看,指山下有泉水涌出,恰恰是青春的譬喻。详解如下。

  蒙亨,以亨行时中也。
  匪我求童蒙,
  童蒙求我,
  志应也。

初筮告，以刚中也。

再三渎，渎则不告，渎蒙也。

蒙以养正，圣功也。

科讷希特屏住呼吸，专心致志地观看占卦过程，等待着结果。智叟讲完这段话之后，在随之而来的沉默中，他不由得深深叹了口气。"蒙"卦的这段详解，似乎有些语焉不详，但他并不敢直接开口询问。不过话说回来，他自认为已经听懂了这段详解的含义：年轻的蒙昧之人，指的就是他本人，现在他已经来到了这里，通过了考验，得到了允许，可以留下来了。甚至可以这样说，在这段详解出来之前，在"蒙"卦求出来之前，当他花很长时间观看手指和根茎配合表演的这场神秘而崇高的木偶戏时，最终结果就已经出来了——尽管作为观者的他，完全无法理解这整个过程的深刻含义，但这整个过程本身，却有着无可辩驳的说服力。总之，神谕已经给出了指示，结果是对他有利的。

科讷希特本人经常带着愉悦的心情向自己的朋友和学生们讲述这段经历，倘若他没有这样做，我们也不可能在本书中以讲故事的方式如此详细地回顾这段历史。好了，现在我们还是回到客观陈述事实的传记体报告文学上来吧。科讷希特在"幽篁"居留了几个月，学会了运用蓍草根茎占卦的方法，操作起来几乎跟他老师一样完美。后者每天都跟他一起练习蓍草根茎的计数技术，每次一小时；向他传授占卦语言的语法，以及各种卦象对应的象征意义；敦促他练习"周易六十四卦"的书写，将之牢记心中；给他读历史悠久的《易经》注释书籍；每逢黄道吉日，都会给他讲一则《庄子》里的故事。除了上述之外，这位"弟子"还学会了如何打理中式园林，如何清洗毛笔，如何研墨，以及如何煲汤、煮茶，如何拾柴、观天象，如何将中国的历法运用到生活之中。在极罕见的情况下，科讷希特总是会尝试在他们两人之间本就很少的闲谈中插入与玻璃球游戏和音乐相关的内容，可惜每次都徒劳无功；这些内容对方要么装作没听见；要么就是一言不发，脸上露出一抹宽厚和蔼的微笑，然后顾左右而言他；要么就是以一句言简意赅的格言来作答，比方说："云厚，无雨"或者"圣贤，无过"。尽管如此，当科讷希特托人从蒙特波特给自己送来一架小型克拉维卡琴，并且每天演奏一小时时，智叟却没有对此提出任何反对意见。过了一段时间之后，科讷希特向他的这位老师坦白，说自己希望有朝一日能够将《易经》体系融入玻璃球游戏。智叟大笑出声。"只管去试试看吧！"他大声说道，"结果如何，你会见识到的。在现实世界里建起一座美丽的世外小竹园，这是能够办到的，而且也已办成了。可是，懂得如何照顾现实中这座小竹园的园丁，是否能够成功地将世界放入自己心中的那座小竹园里，至少在我看来，结论尚且存疑。"——两人之间关于玻璃球游戏的讨论，以上这句话就可以完全概括。除此之外，唯有一件事我们还打算顺带提一下：过了好些年，在瓦尔德策尔，科讷希特已经成了一位广受尊崇的显赫人物，他专门邀请智叟到瓦尔德策尔去担任教职，但智叟没有给出任何回应。

离开"幽篁"之后，约瑟夫·科讷希特不仅将自己在"幽篁"生活的几个月时间描述为非比寻常的快乐时光，而且还经常将之称为"自身觉醒的开端"。事实也是如此，因为自那时起，关于"觉醒"这一概念的陈述，开始频繁地出现在他的言谈之中。根据他所描绘的具体内容来看，其内蕴大抵与之前接受天命感召时相似，但也并不能认为这两者之间在内蕴上完全相同。我们基本上可以认为，"觉醒"意味着科讷希特对自己人生当中的每个阶段产生了足够的自我认知，与此同时，他也对自己在卡斯塔利亚、在整个世俗世界社会秩序当中所处的位置有了确切的认识。虽然这两个方向在"觉醒"刚开始时是同步发展的，可是在我们看来，随着时间的推移，其重点似乎越来越转移到了自我认知这个方向上。某种程度上而言，以"自身觉醒的开端"为起点，科讷希特开始越来越清醒地认识到自身的特殊性，对自己非同小可的地位和命运有了感知；相比之下，那些符合传统的俗常观念，以及卡斯塔利亚森严的等级制度，在他眼中也越来越具有相对性，可谓渐行渐远。

值得注意的是，科讷希特对于古代中国的研究，并没有随着他在"幽篁"这处隐居地的居留告一段落而同时宣告结束，反倒持之以恒地继续进行了下去。相较于其他领域，科讷希特尤为注重对中国古乐的研究。在中国古代流传下来的典籍当中，对音乐的赞美可谓随处可见——古代中国圣贤认为音乐乃是一切社会秩序、道德习俗、美与健康体魄的原始来源之一。这种涉及广泛、道德观念极强的音乐观念，科讷希特早就通过音乐大师了解到了。实际上，音乐大师本人恰恰可被视为中国古乐的具象化身。

科讷希特从未偏离过自己一直以来研究的基本路线——关于这点，我们可以从他写给弗里茨·特古拉尼乌斯的信中了解到——凡是他预感到将会对自己产生至关重要影响的地方，或者表达得更准确些，凡是他认为脚下四通八达的"觉醒"之路似乎能够更进一步对自身未来加以引导的方向，他都会义无反顾地全力向前推进。在智叟那里当一名"弟子"的其中一个积极成果是显而易见的：离开"幽篁"之后，他成功克服了以往害怕回到瓦尔德策尔的羞怯心理，如今他每年都会回瓦尔德策尔居住一段时间，参加等级更高的玻璃球游戏课程。在连他自己都不明白具体是怎么一回事的情况下，他已逐渐成为玩家聚居区的风云人物，玩家们都对他很感兴趣，而且也认可他作为玩家的高超水平；不知不觉间，科讷希特已经成了整个玻璃球游戏体系当中最核心、最敏感、最不可或缺的有机组成部分之一。能够达到他这种等级的玩家，无一例外都经过了严苛考验，对外自然也都是匿名的：这群玩家当中无论是谁，都能够单凭一己之力来改变玻璃球游戏未来的命运，或者至少也能掌控游戏的发展方向和流行趋势。事实上，这群玩家当中同样不乏游戏管理部门的官员，但这些国家层面上的官员对玩家聚居区的人们根本没有任何支配权。官员们的主要工作，是待在玻璃球游戏档案馆内几个隐蔽、安静的房间里，针对游戏现状展开批判性的研究，这类研究通常是极为烦琐的，因此他们总是忙个不停，比方说，忙于挑选新领域和新素材，争取将它们纳入玻璃球游戏中，或者讨论是否要将新纳入的部分剔除在外；又比方说，在玻璃球游戏的游玩形式上、外部处理上，以及对外公开的竞技性元素上，为支持或者反对某些流行趋势而进行激烈争辩——顺带一提，这些流行趋势本身也在不断发生变化，所以上述争辩是永远不可能停止的。能够跻身于这几个房间的玩家，或者说能够把这里当成家的玩家，每个都是玻璃球游戏的顶尖高手，每个都非常了解这里其他玩家的才能和特点。在这几个房间里工作的整体气氛，就跟身处政府的某个大型部门或者某个贵族俱乐部里的感觉是一样的：眼下把控着局势的那位当权者，明天可能就会失势，至于明天当权的那个人，后天又要将权柄让给别人。可是与此同时，今天、明天、后天的当权者都会坐在一起，彼此见面、寒暄、交谈、讨论，维持着表面上的客气与场面上的和谐。在这几个房间里盛行一种轻言细语、体面周到、富于涵养的讲话语气，每个人都雄心勃勃，却又不露声色，每个人都细心谨慎，却又百般挑剔——这种针对其他人的挑剔恶习已经发展到了颇为夸张的地步。在卡斯塔利亚内部有许多人，在外部也有一部分人，他们都将瓦尔德策尔玩家聚居区里这群忙碌的青年精英视作卡斯塔利亚传统荣耀的最后捍卫者，视作仅存的硕果，视作孤傲贵族精神的精华所在。多年以来，不知有多少年轻人踌躇满志，前仆后继，梦想着能够加入进来，成为驻扎在玩家聚居区里的游戏管理部门官员当中的一分子。可是与此同时，对于另外的一些人而言，身处于玩家聚居区里的这些人其实并不属于传统的玻璃球游戏团体，在这一整套长期沿袭下来的森严等级制度当中，这个看似精挑细选出来的玩家圈子，本质上不过是一帮冒名顶替者、一群欺世盗名之徒、一批可憎又堕落的家伙、一个由自命清高的乌合之众纠集起来的小集团。举目望去，到处都是既没有生活常识，也没有现实概念的所谓"游戏奇才"，他们共同组成了一个目中无人的寄生虫群体，成员基本上是好逸恶劳的享受犯和野心家，他们所从事的职业、所抱持的人生目标，说到底也不过是种华而不实的噱头，是精神上彻底荒芜的自我放纵。

　　科讷希特对上述两种观点都无动于衷。在玩家聚居区学生们的闲聊中，他常常得到赞誉，被称颂为玻璃球游戏奇才；与此同时，又有一些闲言碎语嘲笑他是暴发户，是不折不扣的书呆子——无论哪种说法，在他眼中都毫无意义。对那个时期的科讷希特而言，真正重要的只有他的研究工作，而且如今这些研究工作也已纳入玻璃球游戏所辖的范畴，开始围绕着游戏为中心展开了。除此之外依旧称得上重要的，恐怕就只剩下这样一个问题了，即玻璃球游戏是否确实是卡斯塔利亚这个"教学省"追求的最高境界，是否值得他用自己一生的时间去为之拼搏。要知道，当他以反复游玩的方式进一步了解游戏，逐渐进入更深的层次之中，逐渐掌握关于游戏高级规则和游玩可能性的更隐蔽秘密，逐渐陷入档案馆储存的诸多游戏记录里，在缤纷多彩的迷宫和游戏符号构成的复杂精神世界流连忘返、自得其乐的同时，他对游戏本身的怀疑并没有因此而无条件地归于沉寂。实际上，他已通过自己内心的感受领悟到这样一个道理：信仰与怀疑之间其实是一体两面的关系，它们就跟吸气与呼气一样相互依存。随着科讷希特在游戏微观宇宙的各个领域持续取得进步，他的眼界、他对游戏中各种问题的敏感度自然而然也跟着提高了。或许可以这样说，至少在较短的一段时期里，"幽篁"隐居地所象征的"归隐田园"概念，暂时平复了他的心情，让他能够心无旁骛地进行研究；可是这种心无旁骛的状态同样也是一体两面的，在内心获得宁静的同时，也让他变得执拗且疯狂；智叟的例子向他表明，这类充满矛盾的问题始终还是有办法解决的，比方说，可以跟智叟一样，想方设法将自己变成中国人，隐匿避世，一辈子躲在竹林篱墙后面，去过那种勤俭质朴、自给自足的完满生活：这当然也是一个很美好的解决之道。除此之外，或许也可以成为毕达哥拉斯的信徒，要么就是去当一名僧侣，或者躲进象牙塔里研究经院哲学——然而，这类做法本质上都是在逃避，是对代表了普遍性的"万有"的放弃，只有极少数人会选择这样做。要知道，对今天和明天的放弃，有助于享受一些虽臻完美但实际上早已逝去的、仅属于昨天的东西，这是一种崇高的逃避，科讷希特很及时地察觉到，这不是自己真正该走的道路。不过话又说回来，自己真正该走的究竟是怎样的道路呢？除了音乐和玻璃球游戏这两方面的巨大天赋之外，他很清楚地知道，自己内心深处还有其他力量存在，那是一种根深蒂固的自我独立性，一股强韧的执拗。这份力量的确难以抗拒，但这绝对不是说要完全禁止他侍奉其他人、其他对象，或者说侍奉其他人、其他对象时一定会感到勉为其难，而是要求他只能侍奉令自己心悦诚服的顶级人物、侍奉那些最高不可攀的对象。值得注意的是，他内心深处存有的这份力量、这种自我独立性、这股强韧执拗，不仅是他性格当中的一个典型特征，不仅对他的精神世界起到导向性作用，对他的思想产生一定效果，它同时也会对外部世界造成影响。

早在约瑟夫·科讷希特的学生时代，特别是他跟普利尼奥·德西格诺尼在精英学校进行激烈竞争的那段时期，他就经常会遭遇这样一种经历：他的一些同龄人，尤其是同学们当中比他稍年轻一些的青年，他们不仅十分喜欢他，想方设法地亲近他，期盼着能够获得他的垂青，甚至还倾向于让自己受他支配，甘愿被他控制。他们凡事都想向他征求意见，希望通过无条件服从于他这种方式，让他对他们施加影响，像这样的一类经历，自那时起已经反复多次地在科讷希特身边上演了。诚然，这类经历有令科讷希特感觉愉快乃至于得意扬扬的一面，它对加强一个人内心的雄心壮志很有好处，可以在很大程度上增强自信心。可是与此同时，它又有截然不同的另一面——黑暗、阴森、恐怖。比方说，在面对那些渴望得到建议和指导、渴望借助榜样之力量的同学时，他会觉得这帮人实在太过软弱、缺乏主见、没有尊严，并且因此而瞧不起他们，甚至偶尔还会冒出一种想惩罚他们的念头，想要秘密地将他们（至少在思想上）驯化为完全顺从于自己的奴隶，这种念头显然应该归于禁忌，而且它本身也是无比自私、无比丑陋的。更何况在跟普利尼奥进行激烈辩论的那段漫长岁月里，他已经彻底领悟到这样一个道理，即这种在人群当中辉煌耀眼、有着赫赫声威的地位，实际上是要承担不知道多少责任、付出不知道多少努力才能勉强换回，在那段岁月里，他的内心经受了难以想象的巨大压力，无论什么时候都记忆犹新；除了自己之外，他还知道，那位音乐大师有时也是如此，也会将如此沉重的一切独自扛在肩上，明明不堪重负，却始终保持着缄默。拥有足以支配其他人的权力，拥有足以在其他人面前大放异彩的能力，无疑是件美事，同时也很诱人，但其中却潜藏着魔鬼，暗藏着灾祸！流传至今的世界史，乃是由一连串的统治者、伟大领袖、权倾朝野之人与号令天下之人所构成的，除了极为罕见的例外情况，这些大人物在成就伟业之初，统统表现得仁慈又正义，可是，到了英雄末路、大厦将倾之时，又个个显得恶贯满盈。刚开始时，他们个个声称自己胸怀天下，是为了人间正道才竭尽所能去争取权力——即使并非真心如此，至少也是这样对外宣称的——然而，假以时日，一旦他们真的握住了至高无上的权柄，反而会被权力侵蚀，受其蛊惑，只知道沉湎于无与伦比的支配快感当中。至于权力之外的事情，自然是一概不管不顾了。正是由于科讷希特考虑到了这种状况，他才觉得有必要将上天赋予自己的这份力量加以净化，引导它朝着健康的方向发展，如此一来，他就可以心安理得地去侍奉团体，加入团体森严的等级制度，成为其中一员，而不必对此有任何心理上的负担；这对他而言一直都是不言自明的。话虽如此，健康的方向又在哪里呢？哪里是他的能力可以起到最好的作用、催生出最佳结果的地方呢？吸引其他人的能力，或多或少地对其他人施加影响的能力——尤其针对那些年纪较轻的人，可以起到很明显的作用——这些对于军官或者政治家而言，无疑是很有价值的，可是在卡斯塔利亚却毫无用武之地；在这里，上述能力唯有在从事老师和教育家这类职业时有用，然而，科讷希特恰恰对从事教育相关的工作没什么兴趣。如果一切真的能够完全由他一个人来决定，那他宁愿选择成为一名独立学者，过上形单影只的书斋式生活，不跟任何人打交道，没有比这更好的了——要么就是去当一名玻璃球游戏玩家。可是，一旦选择后者，他就必须再次面对那个长期以来都在折磨着他的老问题：这个游戏真的是至高无上的吗？真的是灵性生活王国里拥有绝对权力的女王吗？即便有着这样那样的理由，无法否定玻璃球游戏的伟大之处，可是到头来，它岂不还是一个游戏吗？它真的值得大家毫无保留地为之投入，为之奉献终身吗？要知道，如今这个无人不知、无人不晓的玻璃球游戏，它真正的历史其实并不久远，开端只能上溯至区区几代人之前，当时是作为一种艺术的替代品而出现的；在当时，至少对参与到玻璃球游戏之中的许多人而言，它只不过是个高度概念化的游戏而已,后来才逐渐发展为一种近似于宗教信仰的智力活动,为高度发达的知识分子阶层提供聚集不同领域知识、持续提升精神世界修为,以及保持注意力高度集中状态的可能性。大家可以很明显地看出,这实际上是美学与伦理学之间古已有之的激烈争斗在科讷希特身上的重演。虽然这个问题从来没有得到过完整的表达,但也从来不曾受到完全的抑制。事实上,这个问题经常出现在科讷希特在瓦尔德策尔当学生时所创作出来的诗歌当中,它通常是以极为晦暗、极具威胁性的姿态出现的,如今我们也可以从留存下来的一些诗篇中读到——当然,美学与伦理学之间存在着的这个问题,不仅适用于玻璃球游戏,也适用于整个卡斯塔利亚。

科讷希特曾经有过这样的一段时期,在这段时期里,每当上述问题卷土重来,开启对他的新一轮压迫,以强横的、蛮不讲理的力量折磨他,令他感到痛苦难当时,他经常会在梦里跟德西格诺尼展开新一轮对峙,以这样的方式来舒缓压力。有一次,科讷希特正在瓦尔德策尔那座"游戏之城"内部的一处宽敞院落里漫步,突然听到身后有喊叫声传来,而且那声音正在高喊他的名字"科讷希特"。他没能马上认出声音的主人是谁,但那声音听起来似乎挺熟悉,应该是自己认识的人。当他转过身去,想要看清对方究竟是谁时,却看到一个身材高大的年轻男人正朝着自己狂奔而来,此人蓄了两撇小胡子,情绪十分激动——竟然是普利尼奥,转眼间,无数往事涌上心头,科讷希特怀着一份与旧友重逢时才会有的温柔之心,非常热情地跟普利尼奥打了招呼。他们随即约定,安排好各自的时间,在当天晚上见面。普利尼奥,他早已完成了自己在世俗世界大学里的学业,如今的他,已是政府内部一名前程似锦的高级官员,这次是以客座学生的身份来到瓦尔德策尔,利用短暂假期参加一次玻璃球游戏课程。早在好几年前,普利尼奥就已经参加过一次这样的课程了,这次再来,纯粹是因为对课程内容很感兴趣,希望能够有进一步深入的机会。哪曾想到,晚上相聚之后没过多久,这两位昔日挚友便不约而同地开始感到不自在起来。刚才已经提到过,普利尼奥眼下的身份是瓦尔德策尔的客座学生,一位来自卡斯塔利亚之外的、勉勉强强能够被这里的职业玩家们所容忍的半吊子玩家,他怀着极大的热忱前来参加的这些玻璃球游戏课程,其实只不过是为外来者和业余爱好者们专门开设的游戏普及班,级别低得不能再低。就目前情况来看,两人在玻璃球游戏上的差距可谓天渊之别;如今的普利尼奥,实际上是坐在一位玻璃球游戏顶级专家的面前,坐在一位有能力改变游戏规则的资深内部人士的面前。即使这位专家时时处处都表现出对昔日友人的体贴,无论这位友人在玻璃球游戏领域问出再怎么幼稚可笑的问题,他都会给出亲切而具体的回应,但普利尼奥依旧能够很明显地察觉到,在科讷希特眼中,自己显然不是能够跟他平起平坐的同行,而是一个尚未入门的小孩子——这个小孩子在玻璃球游戏这一庞大领域的边缘找到了微不足道的一点点乐趣,产生了些许深入的想法;可是与此同时,对方却早已深入领域的核心位置,对这里的一切都熟悉得不能再熟悉了。两人在这方面进行讨论是毫无公平可言的,因此,科讷希特试着将话题从游戏中转移出来,请普利尼奥介绍一下他在世俗世界工作的政府部门情况,每天上班具体做些什么事情,在外面的生活如何。如此一来,对话的形势马上发生了天翻地覆的变化,在这些方面,约瑟夫反倒成了一个天真的小孩子,问出来的问题在普利尼奥看来,无一例外都很幼稚可笑,甚至显得毫无头绪,于是,普利尼奥不得不给出一些和蔼亲切的教导,传授一些世俗世界的常识,这才能够让对方大致听懂自己究竟在讲些什么。普利尼奥外面的身份,乃是在某政府部门工作的律师,眼下正渴望着获取更大的政治影响力,而且即将与某个政党领袖的女儿订婚。普利尼奥现在使用的这种语言,约瑟夫只能理解一半,这种世俗语言里面的很多表达方式总是会在对话中反复出现,来来回回地重复,在他耳中听来显得极其空洞,整段话讲下来,根本没有多少实质性内容可言。尽管如此,还是可以注意到,昔日友人的长篇大论主要是在陈述这样一件事,即普利尼奥在他那个世界里十分重要,很清楚未来的路应该怎么走,并且拥有一系列雄心勃勃的目标。十年前,科讷希特和普利尼奥分属的这两个世界,曾经透过他们这两个充满好奇心的少年取得了接触,彼此试探,感受对方的存在,互相之间都产生了一定的好感;可是现在这两个世界已不可调和地割裂开来,在对方眼中都显得颇为陌生。对于科讷希特而言,眼前这个来自世俗世界的男人、这位所谓的政治家,自己对他的行为是应该加以肯定的,毕竟他至今仍对卡斯塔利亚怀有某种依恋之情,而且也已经是第二次为玻璃球游戏牺牲自己的假期时间了;可是这又怎么样呢?约瑟夫暗自思忖,说到底都是一回事,假如他——科讷希特,假如他在未来的哪天突发奇想,到普利尼奥工作的那个圈子里去拜访他,以一名好奇客人的身份,被普利尼奥带去观摩几次法院庭审,到一些工厂或者福利机构里去参观,情况恐怕跟普利尼奥到瓦尔德策尔来上课也差不多。总之,两人都对这次相聚感到颇为失望。科讷希特发现自己的昔日好友变得格外粗鄙,彼此之间的关系有些疏远;另一方面,德西格诺尼觉得自己的老同学在他专属的灵性生活和神秘精神体验方面表现得极为傲慢,似乎已成了一个货真价实的"阳春白雪派人士"[1],只知道关心自己的精神世界建设和玻璃球游戏了。尽管如此,在相聚的这段时间里,他们仍然付出了大量的努力,试图与对方进行沟通。德西格诺尼知道各种各样的事情,因此有很多话可以跟约瑟夫讲:关于他在世俗世界大学里进行的学习,以及参加过的各种考试,关于到英国和南方的旅行,关于政治集会,关于国会。聊着聊着,他还脱口而出了一句听起来像是威胁或者警告的话语,他说:"你等着瞧吧,很快就会进入动乱的年代,甚至可能会爆发战争,这并非完全不可能发生的事情,到了那时候,你们整个卡斯塔利亚的存在都会再一次受到生死攸关的质疑。"对于这样一种说法,约瑟夫并没有表现得太认真,他只是问道:"那么你呢,普利尼奥?到了那时候,你是支持还是反对卡斯塔利亚?"

"哎呀,"普利尼奥强颜欢笑道,"我的看法根本没什么用,因为几乎不可能会有人来询问我对此事的看法。如果问我的话,我当然赞成卡斯塔利亚不受任何干扰地继续存在下去,否则我现在也不会在这里了。实话实说,尽管你们卡斯塔利亚人在物质方面的要求一贯都很温和,但事实上,作为

---

[1] 原文为黑塞自创名词"Nurnochgeist",其实是将短语"nur noch Geist"拼接起来,直译应为"只剩下精神领域的人"。

'教学省'的卡斯塔利亚每年都会花掉国家相当大的一笔预算。"

"是啊,"约瑟夫笑着回应道,"我听说,这笔预算大约相当于我国在战争时期每年用于武器和弹药费用的十分之一。"

这次不怎么愉快的相聚结束之后,他们陆续又见了好几次面,普利尼奥所上的玻璃球游戏课程越是接近尾声,他们两人之间聊起天来就越是客套。等到为期两三周的课程终于结束,普利尼奥动身离开时,他们两人都觉得大大地松了一口气。

在那个时期,担任玻璃球游戏大师职务的是托马斯·冯·德·特拉维[1],他是一位闻名遐迩、时常远游、满世界晃悠的男人,在平常状况下,他对身边的每一个人都很和蔼,唯有在涉及与玻璃球游戏相关的问题时,他才摇身一变,成了世上最警觉、最严苛的人物,仿佛普通人类的七情六欲都已跟他完全无关了似的。他对玻璃球游戏鞠躬尽瘁,是个真正的工作狂,但是,那些仅从他所从事的礼仪性工作来了解他的人,对于这点是很难有准确认识的,比方说,当他穿上庆典专用的长袍,主持大型竞技游戏的时候,再比方说,当他负责接待来自国外的玩家代表团时,大家恐怕根本无法想象出他平时工作狂的模样。据说他是个冷酷的,甚至可以说是冷冰冰的理智型男人,与艺术之间长期保持着礼貌的距离,在那些年轻又热情的玻璃球游戏爱好者之中,时不时地就会传出一些对他颇有微词的负面评判——显然是错误评判,因为假如他不是一名真正的玻璃球游戏爱好者,那么,在举办官方大型游戏的时候,他就不会绞尽脑汁地避免这种情况发生,即避免触及各种容易对参与者们造成过分刺激的主题;与此同时,他所设计出来的那些构造精巧、形式上几乎无人可以超越的玻璃球游戏,那些毫无保留地向鉴赏家们展示出他对游戏世界核心奥秘全盘掌控的玻璃球游戏,同样不可能出现。

---

[1] "Thomas von der Trave",黑塞虚构的人物,此处的"Trave"出自法语"栋梁"之意。结合后文中故意紧接着出现的"男人"(Mann)一词,明显对应了德国文豪托马斯·曼(Thomas Mann)。

有一天，这位"卢迪大师"派人邀请约瑟夫·科讷希特到他家里去做客。大师在自己的寓所迎接了约瑟夫，态度十分亲切，身上穿的竟然是日常的家居服，一番寒暄之后，大师问他，在接下来的几天时间里，他是否可以在每天的这个时候到他家里来待上半个小时，以及——这个要求是否过于唐突，是否会令他感到不快。在此之前，科讷希特从未跟大师单独相处过，但他对这个要求或者说是命令并没有什么意见，因此，他颇为惊讶地接受了它。于是，就在领命的当天，大师交给他一份内容颇为丰富的文件，那是一位管风琴师向他递交的建议书，是他收到的无数份建议书当中的一份，对这些建议进行审查，也是玻璃球游戏最高管理机构日常工作当中的重要组成部分。这类文件当中的大多数都在向管理层提出请求，希望在官方认可的玻璃球游戏档案中加入一些新的材料：比方说，某人巨细无遗地研究了牧歌[1]的历史，发现了这一音乐风格的发展曲线，并且用音乐结合数学的方式将这条曲线给记录了下来，以便将其纳入游戏的语言宝库之中。再比方说，某人系统性地研究了尤利乌斯·恺撒[2]所使用的拉丁语，揣摩其韵律特征，发现恺撒拉丁语的韵律特征竟然跟拜占庭圣歌[3]中尽人皆知的音程研究结果有着最惊人的契合之处。又比方说，某位狂热爱好者，又一次在十五世纪的记谱法[4]中发现了一种新的犹太教卡巴拉[5]。凡此种种，那些向来离经叛道的实验者寄来的书信就更不必提了，其内容往往惊世骇俗。比方说，他们

---

1 此处指十六世纪流行的一种多声部世俗音乐。
2 尤利乌斯·恺撒（前100—前44），罗马共和国末期军事统帅、政治家、罗马帝国奠基者。有《高卢战记》《内战记》等作品传世，文中所指的即是对这些作品中使用的拉丁语进行研究。
3 一门有着两千多年历史的音乐体系，是起源于拜占庭帝国的重要文化传统。圣歌专注于以音乐形式强化希腊东正教教堂的礼拜文书，采用不同的节奏来强调特定单词的特定音节。
4 指用符号、文字、数字或图表将音乐记录下来的方法，它所产生的记录称为乐谱。记谱法因国家、民族、时代的不同而有很大的差异。
5 犹太教中类似"真言"的一系列话语，在这一体系中认为语言符号是现实的基础，其理论与玻璃球游戏概念有相似之处。

声称自己知道如何从歌德和斯宾诺莎的星座对比中得出最惊人的结论，而且经常会在来信中附上一些非常漂亮、看似合理的彩色几何图。科讷希特对大师当天交给他的这份建议书做出了热情的回应，马上开始认真仔细地阅读，对其内容进行缜密思考。说实话，他自己心里也时常会提出类似这样的建议，但他从来都没有真的将这些建议总结成文本，呈交给游戏最高管理机构；每一位活跃的玻璃球游戏玩家，都梦想着能够不断扩大游戏所辖的领域，直到游戏能够囊括一切，才会善罢甘休；或者说得更确切些，每一位玩家其实都在持续不断地为游戏拓展疆域，要么是在自己的想象中，要么就是在私下进行的玻璃球游戏练习当中——无论想象还是练习，只要新拓展出来的部分似乎能够通过这些过程证明自身的存在价值，他们心中立即就会生出一种迫切的期待，希望自己透过持之以恒的努力找到的这些新领域，能够获得官方认可，能够从私人游戏练习中脱颖而出，被纳入玻璃球游戏的正规体系当中。事实证明，那些游玩技巧开发到很高阶段的玩家，他们所开展的私人游戏练习同样也是很高端的。高端玩家之所以能够区别于普通玩家，恰恰因为他们对玻璃球游戏纷繁复杂的规则如此之熟悉，通过这些规则在游玩过程中对各种符号和公式进行呈现、定义、赋形的能力如此之优秀，优秀到他们能够在任何一场以客观具体、大部分人认为早已盖棺论定的元素为基础进行设计的玻璃球游戏中，以异想天开的精妙手法注入完全属于玩家自己的、独一无二的崭新概念，令一切焕发新生。曾经有位广受尊敬的植物学家讲过这样一句看似可笑的名言："游玩玻璃球游戏的过程中，一切皆有可能，甚至连一株植物都可以用拉丁语跟林奈[1]先生交谈。"

就这样，科讷希特协助大师对当天的这份建议书进行了研究分析；转眼之间，半小时的时间就过去了，然后，第二天他也准时赴约了——如此这般，前后两个星期，他每天都按时来跟"卢迪大师"一起工作半个小时。开

---

[1] 林奈（1707—1778），瑞典博物学家、动植物双名命名法的创立者，该命名法沿用至今。

头几天，他很惊讶大师竟要他谨慎处理这些一眼便可看出毫无采用价值的建议报告。起初，他对大师居然愿意花费宝贵时间来做这些琐碎事情感到惊讶，随着时间的推移，他才逐渐意识到，原来大师邀请他每天过来协助工作半个小时，并不是为了减轻自己的负担，更不是有什么难题必须由他来负责解决——当然，审查建议书这项工作本身，确实是很有必要的，是一项很重要的工作，但邀请他来帮忙的原因，最重要的始终还是创造出一个机会，可以让现任"卢迪大师"对他进行最仔细、最妥善的考察，亲自了解这名年轻游戏高手的真实情况。科讷希特的身上正在发生某种变化，当下的状况，跟他年纪还很小的时候、音乐大师出现在他身边时极为相似。他突然发现，当年那些同学是怎么对待他的，现在这些同事也一样：他们的态度变得拘谨，开始跟他保持距离，有时甚至用略带讽刺挖苦的语气来恭维他；暗流涌动，他感觉到了，但这次已经没有多年以前那种幸福感了。

在他们两人之间针对建议书的最后一次讨论结束之后，玻璃球游戏大师以他那音调略微有些高的、很有礼貌的嗓音，以吐字极为清晰、不放过任何一个重音强调的特殊讲话方式，不带任何客套地说道："已经可以了，你明天不用再来了，我们要忙的事情，现在暂时告一段落。我很快就会因为其他事情再去麻烦你，这是肯定的。非常感谢你的合作，你的参与对我而言是很有价值的。顺带一提，我认为你现在应该尽快申请正式加入团体，正式成为团体当中的一员；相信我，在申请过程中，你是不会遇到任何困难的，因为我已经提前通知过团体管理部门了。你明白我的意思吧？"讲完这句话之后，他站起身来，接着补充道："除此之外，还有一句话要告诉你：或许你也跟历史上大多数优秀的玻璃球游戏玩家年轻时一样，倾向于将我们的游戏作为一种帮助自己进行哲学思考的工具——尽管只是偶尔为之。说实话，我这三言两语并不能治好你的这种毛病，这显然是不可能办到的，但我还是要将其中的道理讲给你听：一把钥匙开一把锁，唯有哲学的工具才适合用来进行哲学思考。可是，我们的游戏既不是哲学，也不是宗教；它是一门独立的学科，就其性质而言，其实最类似于艺术。可以说，游戏是一门'自成一类'[1]的艺术。只要能够在游戏领域心无旁骛地坚持下去，必定能更进一步，而且这种进步比你用错误的态度、在错误的方向上失败一百次之后收获的感悟要显著得多。哲学家康德——我们这代人对他了解不多，但他的头脑在任何时代都是第一流的——曾经对神学化的哲学思考说过这样一番话，他说，此乃'一盏只能召唤幻象的神灯'[2]。我们不应该将我们的玻璃球游戏变成那种东西。"

约瑟夫对大师讲出的这番话感到震惊，幸好他努力压制住了过分激动的情绪，否则险些要错过这最后的告诫。此时此刻，这句告诫如同闪电一般，霎时间刺透了他，令他醍醐灌顶："卢迪大师"讲出这句告诫，意味着他自由无拘束的研究已经结束了，他的科研岁月至此告一段落，他被团体正式接纳了，即将被安排到那套森严的等级制度当中，走上超凡入圣的道路。他向大师深深地鞠了一躬，以此表示感谢，然后就立即动身前往团体设在瓦尔德策尔的办事处。在那里，他发现自己的名字已经被登记到了新入会成员的名单当中。就跟他这个级别的其他所有科研人员一样，科讷希特对团体内部的各种规则已经相当了解，他记得其中有这样一条规定：任何一位在团体中担任较高官职的成员，都有权主持接纳新人正式加入团体的仪式。于是，约瑟夫理所当然地提出了申请，希望能够去请求音乐大师，请求他亲自主持自己的加入仪式。约瑟夫的申请获得了瓦尔德策尔当局的批准，他拿到了一张通行证，并且被给予了短暂的假期。于是，他隔天就启程前往蒙特波特，去找自己的庇护人兼老朋友。抵达之后，他发现这位可敬的老先生正在忍受疾病折磨，但他还是受到了热烈的欢迎。

"你来得正是时候，"老先生说道，"再过一段时间，我就不再拥有接纳你这个年轻小伙子加入团体的职权了。我即将辞去目前的职务：我的离职

---

1 此处原文为拉丁语"sui generis"，意为自成一类、独一无二。
2 这一比喻是黑塞虚构的，但其中蕴含的康德哲学概念却是真实的。对于幻象这一概念，在先验分析论中，康德认为幻象就是混淆了理想的统一性与现实的统一性，具体到神学化的哲学思考上，即认为这种行为是荒谬且无意义的。

申请已经获得了批准。"

仪式本身非常简单。第二天，依照团体章程的要求，音乐大师邀请了两位团体成员担任见证人。仪式正式举办之前，科讷希特首先从音乐大师那里听来一段话，这段话是援引自团体章程的，用来作为他稍后进行冥想练习时的主题。这段话复述如下："一旦团体管理部门召唤你去担任某个具体职务，那你就要明白这样的一个道理：在这套等级制度的约束下，每一次升迁都不会变得更自由，每一次升迁都意味着受到更进一步的约束。职务越高，约束越严格。权力越大，侍奉越勤勉。性格越强，越忌讳独断专行。"就这样，他们齐聚在音乐大师的小音乐室里，这里正是多年以前科讷希特在蒙特波特第一次接受冥想训练的那个小房间。大师请新加入的这位成员演奏巴赫的一首合唱前奏曲，以庆祝这一时刻。演奏结束之后，其中一位见证人开始宣读团体章程的要义节选。随后，音乐大师亲自开口，问了几个仪式性的问题，并且协助这位年轻朋友宣誓效忠。一切结束之后，音乐大师额外给了约瑟夫一个小时的时间，他们两个一起坐在花园里，大师亲切地指导他，应该如何将烦琐的团体章程融入自己的生活，并且按照它的要求来过好自己的每一天。"这可真是件美好的事情啊，"他说，"当我离开这个位置的时候，你刚好步入了这个缺口；这种感觉就好像我有了个儿子，有朝一日，将会代替我坐上这个位置似的。"当他发现约瑟夫脸上的表情逐渐变得异常悲伤时，又接着说道："别这样，不要为我而伤心，我自己都不怎么伤心。很长一段时间以来，我都过得相当疲惫，现在总算可以期待一下悠闲的退休生活了，你知道的，哪怕是现在，我也依旧很想享受悠闲自在的时光。退休之后，我也希望你能经常过来看看我，跟我分享这段好时光。下次我们再见面时，你就不要再称呼我为'您'了，别用敬称，用普通的'你'来称呼我吧。我在任时，按照规定，不能不用敬称，卸任之后就可以了。"说罢，他就带着约瑟夫已经熟知了二十年之久的暖心微笑，就此别过了。

科讷希特很快就赶回了瓦尔德策尔，因为他之前只获批了三天的假期。他才刚回来，就被召去见"卢迪大师"。见到他之后，大师以对待同事一般的亲切态度迎接了他，并且祝贺他正式加入了团体。"现在只差一步，你就可以成为我们正式的同事和工作伙伴了。"寒暄之后，他继续说道，"目前你还没有被安置到我们等级制度的阶梯上，你还要等待任命，等一个明确的位置。"听到这句话之后，约瑟夫略微感到有些惊慌失措。一旦在这套等级制度中履职，就意味着他将失去自由，他的科研岁月将会迎来终结。"唉呀呀，"他胆怯而羞涩地说道，"我的确希望自己能够在某个恰如其分的低调位置上得到安置。但是，我必须向您坦白，我还是希望能够继续进行一段时间的自由研究。"大师的脸上露出了微笑，用充满智慧又略带嘲讽的目光凝视着他的双眼："一段时间，这是你说的，那么，你具体需要多久呢？"科讷希特腼腆地笑了笑："我现在真确定不了。""我也是这样想的，"大师对他的这一说法表示了同意，"你呀，现在仍然在用科研人员的语言说话，用自由研究的方式思考问题。约瑟夫·科讷希特，就目前情况来讲，你这样做实属正常，没有什么问题，但这种正常不会长久，你如果继续这样下去，很快就会出现麻烦，因为我们需要你尽快履职。你知道的，假以时日，哪怕你已经在我们这个最高管理部门内部担任要职，只要你能够说服管理层相信你打算进行的研究具备足够的价值，还是能够获得进行自由研究的假期；比方说，我的前任兼老师，多年以前，他已经是一位老先生了，可他当时还担任着'卢迪大师'的职务，在这种情况下，他向管理层提出了请求，并且获得了整整一年的研究假期，用于在伦敦进行档案研究。可是，他得到的绝对不是所谓'一段时间'的假期，而是非常明确的时间，具体到哪个月、哪一周、哪一天。你今后务必要考虑清楚这一点。好的，那么我们还是回到履职问题上，现在我要向你提出一个正式的履职建议；我们现在需要一位非常可靠的先生——这位先生必须是团体内部的一位新人，在我们这个圈子之外，几乎没什么人认识——由他来负责执行一项特殊任务。"

这项任务涉及的内容如下所述：玛丽亚菲尔[1]的本笃会修道院，是全国最

---

[1] 黑塞虚构的地名。

古老的教育机构之一，与卡斯塔利亚之间一直保持着非常友好的关系。这几十年来，玛丽亚菲尔长期致力于玻璃球游戏群体的发展壮大，如今总算小有成就。现在他们正式向卡斯塔利亚提出了邀请，希望能够选派一名年轻的老师前往任教，向新手玩家们传授玻璃球游戏基础课程，同时负责指导修道院内部的几位高手，帮助他们进一步提高水准。大师经过一番精挑细选，最后决定将这项任务交给约瑟夫·科讷希特来完成。也正因如此，大师亲自对他进行了为期两个星期的仔细考察，并且加快了吸纳他进入团体的步伐。

第四节 两个团体

从许多方面来审视，他目前所面临的情况，都跟当年音乐大师拜访拉丁语学校之后的那段时期有着相似之处。对于团体新人而言，能够马上前往玛丽亚菲尔履职，这项任命不只意味着一份极为特殊的荣誉，而且也等于是在团体这套等级制度的阶梯上往前迈出了强健有力的第一步。在此事真正成为现实之前，约瑟夫几乎都不会想到，这样的事情竟然会发生在自己身上；不过今时不同往日，相较于拉丁语学校那段时期，如今他察言观色的本领要厉害得多，很快就从自己身边同僚们的言行举止当中，清楚明白地读出了前往玛丽亚菲尔履职这项任务背后暗藏着的重大意义。一段时间以来，他早已成为玻璃球游戏玩家中的精英，而且也已进入玩家们的最内层圈子里，这在瓦尔德策尔已经是众所公认的事实。不过话说回来，至少在同僚们看来，科讷希特的身份还是没有发生任何本质上的改变，他们还是可以平起平坐的。可是现在呢，由于这项不同寻常任务的出现，科讷希特被推到了台前——此事非常明确地表明，他颇受上级青睐，团体高层打算重用他。调任玛丽亚菲尔的任命公开后，瓦尔德策尔的同僚们，这些过去跟科讷希特一起努力奋斗过的人，虽然没有完全从彼此人际交往的圈子里退出来，变成老死不相往来的状态，或者甚至变得不再友善——因为玻璃球游戏玩家圈子在气质上是高度贵族化的，假如因为同僚高升而撕破脸，那也太有失风度了——但还是能明显看出态度上的疏远，大家不约而同地与他保持了一定的距离。昨日的同僚摇身一变，很可能成为自己日后的上级，在面对这一洞若观火般的现实时，这个圈子里人的行为举止自然而然地就发生了最为微妙的变化，恰如其分地表达出了相互关系中的这种等级差异和身份区别。

在这些人当中，唯一的例外正是弗里茨·特古拉尼乌斯。我们或许可以称他为约瑟夫·科讷希特漫长人生旅途中第二亲近的朋友，仅次于菲洛蒙特。特古拉尼乌斯所拥有的天赋可谓出类拔萃，这是毫无疑问的，然而，由于他缺乏强健的体魄，缺少保持心气平和的能力，而且在自信心方面存在严重不足，凡此种种，每一样都牵制了他在事业上的发展，拖慢了他前进的步伐。特古拉尼乌斯跟科讷希特年龄相仿，也是在三十四岁左右正式加入团体。两人的初次相遇是在大约十年前，瓦尔德策尔精英学校的第三阶段玻璃球游戏课程上，两人被分在了同一个玩家小组里。早在那个时候，科讷希特就已经感觉到，这个沉默寡言、略带些忧郁的年轻人对自己有着非常大的兴趣，并且通过某种其他人无从知晓的方式，向自己表达出了强烈的爱意。凭借着自己所拥有的、远远超出一般人的感知力，哪怕在几乎无意识的状态下，科讷希特也能够准确判断出特古拉尼乌斯所表达出的这种爱意的具体性质；简而言之，这就是一种友谊之爱、崇拜之爱，随时准备给出无条件的奉献与服从，焕发出几乎等同于宗教性质的极端狂热；可是与此同时，这份爱意又被他内在的高尚情怀、被他心中某种悲剧性的预感所遮蔽，并因此受到了抑制，不会以夸张的形式对外展现出来。在他们两人相识的那段时期，科讷希特仍然处在"德西格诺尼时代"的余震当中，在人际交往上变得极为敏感，甚至可以说是多疑，对任何人抛来的橄榄枝都抱持着不信任的态度。所以，在相当长的一段时间里，他都跟这个名叫特古拉尼乌斯的年轻人保持着安全距离。尽管如此，他依然非常认可这位游戏搭档，觉得他是个很有趣的人，天赋极高，跟普通玩家不一样：在吸引对方的同时，他实际上也受到了对方的吸引。为了更好地描绘出特古拉尼乌斯这位重要人物的性格特征，且让我们从留存至今的科讷希特官方秘密报告中摘录相关的一整段内容出来，供大家参考——顺带一提，所谓的"科讷希特官方秘密报告"，指的是他在后来好些年时间里、定期提供给团体最高管理部门的一系列档案文件，当时是严格对外保密的——具体内容如下：

"特古拉尼乌斯。报告提交者的私交好友。于科伊珀海姆精英学校就读期间，成绩优异，曾多次获颁'优秀学生'称号。他是古典语言学方面的专家，对哲学有着浓厚的兴趣，先后钻研过莱布尼茨、波尔查诺[1]等人的理论，后来又开始研究柏拉图。他无疑是我所认识的所有人当中最具天赋、最出色的玻璃球游戏玩家。假如不是因为他那脆弱不堪的健康、糟糕无比的身体状况，假如不是因为他性格上固有的缺点，令他不适合担任公职，那他注定将成为'卢迪大师'。事实如此，T.[2]绝对不应该承担任何必须发挥领导者作用、代表性人物作用或者组织管理作用的职务，否则无论对他本人，还是对他就职的部门而言，都将是一桩不幸。他所带有的诸多缺陷，在身体上对外表现为长期精神不振、周期性的严重失眠症，以及多方面的官能性神经痛；精神上时而表现为忧郁症，时而对形单影只的孤独状态产生强烈需求，一旦自己必须承担任何责任和义务，马上就感觉到恐惧，并因此而畏缩退避，恐怕经常也会萌生出想要自杀的冲动。如上所述，他的身心健康长期受到如此严重的危害，唯有通过冥想、通过高度自律的生活方式，才能鼓起勇气去面对现实，勉强维持外人看来极为平凡的人际交往状态。这也导致他身边的大多数人都无从了解他所承担的巨大痛苦，无从了解这种巨大痛苦对他的影响有多么严重，大多数人仅仅能够注意到他的过度羞怯和沉默。很不幸，正是由于以上提到的种种情况，T. 不适合在团体内部担任任何一种要求较高的负责人职务，尽管如此，他仍然是瓦尔德策尔'玩家聚居区'的一颗耀眼明珠，是其他任何人都不可能替代的宝贵财富。他对我们玻璃球游戏技巧的掌握之精湛，恰如一位伟大音乐家对自己最熟悉乐器的掌控之精妙。他哪怕闭着眼睛都能够找出游玩过程中涌现出的各种细微差别，即便是最微乎其微的差异，也无法从他面前溜走。因此，就算没有经过专业培训，在没有任何经验的情况下，直接让他担任玻璃球游戏老师去指导玩家们训练，也没有任何人胆敢轻视他。当时，在高级和最高级课程中，我们两个需要反复多次地进

---

[1] 波尔查诺（1781—1848），捷克知名数学家、哲学家。哲学方面，主要研究宗教哲学。
[2] 原文如此，"特古拉尼乌斯"的首字母缩写，下同。

行玻璃球游戏游玩训练——顺带一提，对于高级以下的课程而言，由他这种高手来向我提供帮助，纯属浪费资源——如果我的搭档不是他，如果没有他来协助我，我简直想象不出自己应该如何去应对课程中出现的各种难题；他仔细分析了年轻初学者们尝试进行游戏时可能会表现出来的典型特征，但又从来不会直接说破，不至于因此而打击到他们；他深入浅出地讲解应该如何识别游玩过程中出现的一切带有模仿性质的拙劣玩法，以及应该如何去揭穿那些仅仅具有装饰性意义的无用设计，内容有理有据，原理无懈可击；假如某一场游戏的开局基础明明打得很好，可是在游玩时却一直磕磕绊绊，各部分若即若离，缺乏整体性，似乎随时都会解体——哪怕面对这种其他玩家往往一筹莫展的局面时，他也只需看上一眼，就能立即找出症结所在，并且还能以一种极为精确的方式指出所有错误之处，就仿佛摆在他面前的不是游戏，而是一系列制作非常精良的解剖学标本切片似的。上述能力是相当独特的，甚至可以说是独一无二的。当他熟练运用自己的能力，对游戏进行分析与纠错时，自然而然地就会对外展现出坚定不移的态度，身边的每个人都能看到他满怀自信的目光，感受到他敏锐聪慧的头脑，于是，这一切首先保证了他能够赢得身边同学和同僚们的尊重。试想，假如他不是一个真正有本事的玩家，假如他连这种程度的尊重都无法获得，那他恐怕早就因为自己那种既不稳定又不均衡、大多数时候对外表现得既羞怯又胆怯的性格而受到来自各方的严重质疑，根本无法继续在瓦尔德策尔待下去了。前文中已提到过，T. 作为一名玻璃球游戏玩家，拥有天赋奇才，而且这种才能是无与伦比、无可替代的，在此，我想举一个具体例子来说明这点：在我跟他之间正式建立起朋友关系的初期，我们所上的玻璃球游戏课程已经进行到了这样一个阶段，我们都认为通过这些课程已经没有很多新的游玩技巧可以学习了，这部分的学习差不多也到此为止了。然后有一次，在我们搭档上训练课的时候，因为彼此之间关系已经非常好，相处极为融洽，他对我特别信任，主动邀请我深入了解他当时新创作出来的几套游戏设计方案。于是，他亲手将写好的方案交到了我的手上，我很感兴趣，马上开始浏览起来。早在第一遍浏览时我就发现，这些方案无一例外都很杰出，风格也很新颖，是我之前从未见过的杰作，其中不少复杂精妙之处，仅凭匆匆一看，根本无法完全领略当中蕴含的巧思。因此，我当即向他提出请求，希望能够将它们暂借回去，进一步研究学习，他毫不吝惜地同意了。仔细研读过这些游戏方案的结构、布局和编排方式之后，认真欣赏过它们如诗歌般美妙的创作手法与奇妙韵律之后，我惊讶地发现，这些作品实在是过于惊人、过于独特了，经过再三考虑，我认为自己不应该在此事上保持沉默，必须对其加以记录：结构上而言，他所提供的这些游戏方案几乎全是纯粹的单核结构，类似于戏剧领域的独幕剧，典型的小型剧目，以非常细腻的手法反映了创作者本人极度私密化的、危机四伏又波澜壮阔的灵性生活，犹如一幅幅技巧高超的自画像。尽管结构相对简单，但游戏本身所涉及的内容又异常丰富，不仅安排了各种各样的主题，还对主题进行了合理又巧妙的分组。他通过在思想上尽力追求辩证统一的理念，在主题与主题之间、分组与分组之间创造出了非常稳固的关联，令它们彼此协调，同时又保持着竞争，借此达成整体上的动态平衡。值得注意的是，在竞争关系当中，各种对立论调之间的统合与协调部分，也没有采用普通玩家惯用的古典方式一路推进到终局。恰恰相反，他让原本单调运行的流程经历了一波三折式的拉扯，并为这一步骤增添了足够的戏剧性：原本陡峭的路途变得更加陡峭，每次攀登都累到精疲力竭、几近绝望；当希望似乎终于快要来临，问题即将得到解决之际，脚步却突然停止，发现眼前一切皆是虚幻，统合的终点依旧无处可寻，全部的希望都在质问与怀疑中消逝，全部的路途都要重新来过。整体而言，这些游戏方案可不仅仅是能够令观者心潮澎湃、激动万分这么简单；就我所知，它们是迄今为止从未有过的一抹亮色，宛如用十二音列体系[1]创作出来的音乐一般新颖奇异，令人不由得啧啧称奇。在他的生花妙手之下，游戏整体呈现出一种悲剧性的怀疑与放弃基

---

1 西方现代派音乐理论作曲方法之一。是一种打破传统作曲原理的无调性作曲法，为奥地利作曲家勋伯格于二十世纪二十年代首创。在黑塞创作本书的年代，十二音列体系音乐仍是非常新颖的类型，故有文中所说。

调，呈现为对灵性生活中每一次努力尝试施与无情质问的图像化声明。与此同时，它们在自身精神内核上、在隶属于游戏技巧层面的书写手法与完成度上，都表现得如此美好，美到无与伦比，美到令人不觉热泪盈眶。这些游戏当中的每一个，都在以极其严肃、极为认真的态度，竭尽全力地寻求解决之道；到了最后，它们也不约而同地以高贵的诀别姿态斩断了一切念想，坦然接受了失败。整个游玩过程就像一首完美的挽歌，歌颂了一切美好之中都潜藏着的那种根深蒂固的不可持续性，歌颂了一切精神上的崇高追求之中必然存在着的可质疑性。——顺带一提，或许尚需进一步讨论的一项提案如下：对于特古拉尼乌斯，我个人已正式决定，只要他能够活得比我更长久，或者说得更准确些，在我的任期内，只要他一直活在这个世界上，我就一定要找到合适的机会，将他的存在公之于众。因为对于我们的游戏而言，他无疑是最奇异、最珍贵，同时又最濒危的一尊瑰宝。在这个领域内，他理应享受极大的自由，在与游戏相关的所有重要问题上，都应该仔细听取他的意见。但是，绝对不能将学生托付给他单独指导。"

随着时光流逝，这位古怪的先生竟然真的成了科讷希特的一生挚友。特古拉尼乌斯对科讷希特是完全忠诚的，其侍奉精神表现出绝对的无私与忘我，足以令任何人动容。除了崇拜科讷希特的聪明才智与崇高思想之外，特古拉尼乌斯也很欣赏科讷希特身上不经意之间流露出来的一些类似于古代绅士般的高雅天性，我们如今对于科讷希特生平经历的了解，大多是通过他的勤勉记录而流传下来的。在科讷希特身边关系相对较近、年龄相对较轻的玻璃球游戏玩家们所组成的小圈子里面，他恐怕是唯一一个不羡慕自己这位朋友出乎意料地被委以重任的人，也是唯一一个真正为这位朋友不知何时即将离开一事感到伤心的人：对于特古拉尼乌斯而言，科讷希特的离去无疑是一种刻骨铭心的、几乎无法忍受的痛苦与损失。

可是，对于约瑟夫本人，情况就完全不同了。因为接受团体任命的缘故，他突然失去了自己一向热爱的自由，科研岁月正式宣告结束，这一突如其来的转变，令他感到不知所措，在短时间内几乎无法接受现实。不过，等他成功克服了这种心理状态之后，马上就愉快地接受了即将发生的一切。眼下他感到自己内心深处涌起了一股远行的欲望、一种对自己即将被派往陌生世界工作的强烈好奇心，以及亟待在新天地中大展拳脚的企盼。顺带一提，这位年轻的团体成员也不是说走就能走的，在得到卡斯塔利亚官方的正式许可之前，想要踏上前往玛丽亚菲尔的旅途，是根本不可能的事情；首先，他收到通知，要到"警察"那里去学习，为期三周。卡斯塔利亚的"警察"当然并非世俗世界意义上的警察，它实际上是科研人员给"教学省"大大小小机构当中某个小部门所起的绰号，单就其职能来看，大家或许可以称其为卡斯塔利亚的"政治部"，甚至是"外交部"——只要大家不觉得这些听起来很厉害的部门名字，对于约瑟夫要办的这样一件区区小事而言显得太夸张的话，这样称呼这个小部门也是没有任何问题的。总之，在"警察"这里，他需要耐心接受教导，学习团体成员公派外出时必须遵守的行为规范，而且几乎每天都由杜博伊斯先生，即这个小部门的负责人亲自来为他讲解一个小时。杜博伊斯先生是位很有责任心的人，做事非常认真负责，在他看来，将眼前这个匆匆加入团体、能力还没得到核实、对外面的世界可以说是完全无知的小伙子，直接派遣到玛丽亚菲尔这样一处十分重要的海外前哨站去工作，似乎是件挺不靠谱的事情。在面对约瑟夫时，他毫不掩饰地表达出否定态度，甚至直接表态，说自己根本就不支持玻璃球游戏大师做出的这项决定；可是与此同时，为了履行"警察"负责人应尽的职责，他又拿出百倍干劲，以尽可能亲切友好的语气，悉心教导这位年轻的团体成员。每次上课之前，他都会花费大量工夫，提前做好充足准备，以便充分利用有限的时间，细数外面世界的危险状况，并将有效对抗这些状况的手段倾囊相授。一来二去之间，"警察"负责人犹如父亲一般的关心叮咛，以及传授经验时恳切诚实的态度，成功激发了年轻人耐心接受教导的意愿，年轻人的顺从听话、聪慧细心，又进一步让这位授课者心中产生了好感——两人之间的交流可谓是相得益彰。于是，在认真学习如何与外面世界打交道的这段时间里，约瑟夫·科讷希特真正获得了自己这位老师的喜爱；相应地，杜博伊斯先生在对这位学生有了足够了解之后，总算能够消除先前的成见，对他给予完全的信任，放心派他去执行玻璃球游戏大师托付的任务了。不仅如此，这位老师甚至还试图——相较于政治手段方面的客观需要，更多还是出于个人对后辈的怜惜——给他安排其他一些需要在玛丽亚菲尔完成的事情，可以认为是某种形式上的"额外任务"。杜博伊斯先生是卡斯塔利亚为数不多的"政治家"之一，属于那一小部分真正担任了国家公职的政府官员，他们这群人每日思考与研究的问题，主要都是围绕于如何维持卡斯塔利亚这个"教学省"在国家法律、国家经济政策上的连续性，如何调节它与外部世界之间的关系，以及如何处理好它对外部世界的依赖、保证自身的相对独立。绝大多数卡斯塔利亚人——不仅仅是学者和科研人员，当然也包括他们这些官员——平时都居住在他们专属的"教学省"内部，以及与团体相关的各种组织里，基本上等于跟世俗世界隔绝，生活在一个稳定的、守恒的、认知上能够完全自给自足的世界里。对于自己所处的这样一个世界，他们心里当然很清楚，它并非自古以来就一直存在，而是在过去的某个时间点上，历经波折才创造出来的。将历史向前回溯，当时的人们正在经受最深切的苦难，在大家最需要它的时候，在极为痛苦的挣扎中，这个世界慢慢产生了。具体而言，它产生于战乱时代的末期，在那个时期，"教学省"的奠基起源于两股强大力量的共同推动：其一是苦行僧式的、充斥着英雄主义理想的自我反省，以及精神上持之以恒的努力，其二是来自疲惫不堪、流血不止、长期以来都受到严重忽视的普罗大众对秩序、规范、理性、法律和行为标准的深深渴求。他们很清楚这一点，也清楚世界上所有类似的团体、所有类似的"省"能够起到的作用：首先要尽力避免一切独断专行的统治和严苛残酷的无序竞争，在此基础之上，又要进一步保证作为精神基础的一切客观标准与法律法规具备不以任何人意志为转移的稳定性与持续性。然而，他们始终都不曾想到的一点在于——"教学省"历尽艰辛所达成的这种貌似恒久不变的秩序，其实并非不言而喻的真理，并非社会发展到一定阶段之后必然会出现的某种终极形态，或者说接近终极形态的状态，归根结底，它必须以世俗世界与精神世界之间达成某种程度的和谐关系为前提。但是，作为前提的这种和谐关系是否能够维持，其实涉及多方面的因素，并且始终存在着被破坏的可能。细究这整个人类文明迄今为止的全部历史，总体而言，对于精神理想、道德法规和美好生活这三个方面的追求，绝对称不上是人人向往，甚至都不能说是有所偏爱，至多也不过是在符合某些特殊条件的前提下，作为一种例外，勉强容忍其存在罢了。"卡斯塔利亚究竟为何能够存在至今而不消亡？"——对于这个形如社会禁忌一般的神秘问题，几乎所有卡斯塔利亚人都没有意识到它的存在，因为他们基本上认为卡斯塔利亚的存在和延续是理所当然的，根本没有对此专门发问的必要。思考并尝试解决这一问题的任务，留给了这里尚且存在的极少数拥有政治头脑的精英，"警察"负责人杜博伊斯就是其中之一。因此，科讷希特在赢得了他的信任之后，很快就从他那里——从杜博伊斯那里，收获了关于卡斯塔利亚政治基本情况的简要介绍，对于这些自己以往可以说是闻所未闻的内容有了一定程度的了解。科讷希特刚开始面对这一切时，似乎感觉格外厌烦，觉得其中的每一个细节都很无趣，这就跟团体中绝大多数成员在面对政治问题时的态度一样。可是，当杜博伊斯向科讷希特传授政治知识时，竟逐渐唤醒了他不久前的一段相关记忆，即德西格诺尼之前所讲的、外面的世界发生动荡之后很可能会波及卡斯塔利亚的警告；紧接着，这段记忆又唤醒了内心深处一系列尘封已久的往事，令他突然再次体会到自己还很年轻时、与普利尼奥进行长期公开辩论时的痛苦，再次真真切切地品尝到当时那种苦涩滋味的余韵——这些他本以为早已忘却的经历，此刻竟摇身一变，成了对他人生进程极为重要的体验，成了他觉醒之路上必不可少的一个阶段。

两人在"警察"的最后一次会面结束后，杜博伊斯告诉他："照我看来，现在应该可以放心让你离开卡斯塔利亚，前往玛丽亚菲尔履新了。尊敬的'卢迪大师'托付给你的任务，一定要严格按照要求来完成，与此同时，你也必须严格遵守我们这里在这段时间内传授给你的行为准则。能够在这件事上帮到你，我感到颇为开心；不久之后你就会发现，我们依照规定将你留在这里的三个星期时间并没有白费。在不远的将来，假如你有感恩之心，尽管身在遥远的彼方，却想要通过某种方式来向我证明，你对我在此向你提供的各种讯息感到满意，对我们两人的相识感到开心——姑且假设有这样的可能性存在，那么，我现在就直接告诉你一个报恩的办法。在玛丽亚菲尔，你将抵达一处本笃会修道院。我们假设你在这处修道院里停留了较长的一段时间，在此期间想方设法地获取了修士们的信任。如此一来，你就可以成功打入他们的圈子内部，混在这群可敬的先生跟他们的客人中间，听他们高谈阔论，听他们毫不避讳地讨论政治，感受、揣摩、判断他们言谈举止之间透露出来的政治倾向。到了那时候，如果你愿意时不时地采用合适的方式，将自己搜集到的一些有用讯息与我分享，我将向你表示由衷的感谢。请务必正确理解我的主张，不要对此产生任何误解：上述行为是完全正当的，道德层面光明正大，无懈可击，你绝对不应该将自己视为某种形式的间谍，也不要觉得你是在滥用修士们给予你的信任。事实上，你不必向我提供任何会令自己感到良心不安的讯息，无论什么，只要你觉得不合适，那就只管缄口不言，不需要为此承担任何责任。我可以向你保证，我们只关心与我们团体、与卡斯塔利亚相关的讯息；我们所有的行动，也只以是否有利于团体、是否有利于卡斯塔利亚为标准，其余一概不管不问。要知道，我们这些人并不是真正的政治家，我们不像真正的政治家那样握有实权，可即便是我们这种没什么权力的'政治家'，也必须紧抓时事，随时关注世俗世界的动向，因为我们与世俗世界始终还是相互关联的，他们始终还是需要我们，或者说始终还是需要容忍我们的存在。具体而言，假如远在千里之外的我们知道某位外交官来到了你所居住的那间修道院，或者从某个核心圈子里传出了教皇生病的消息，要么就是未来的枢机主教名单上增加了新的候选人，在某些情况下，这样一类消息对我们卡斯塔利亚人可能会很有用。有一点你必须牢记，那就是——我们其实一点儿也不依赖于你所提供的情报，我们一直都有很多情报来源，但眼下再多一个小来源也无妨。就这样吧，你可以走了。对于我今天给出的建议，你既不需要同意，也不需要拒绝，不必答复，什么都不需要。

就现阶段而言,你只管好好执行官方交给你的任务,在教会那些德高望重的修士面前为我们增光添彩。好了,我祝你一路顺风。"

临行之前,科讷希特用蓍草根茎占卜的方法给自己算了一卦,占卜仪式结束之后,他得到的卦象为"旅",意为"徒步旅行者",查阅"周易六十四卦"的注解,对应的卦辞[1]为:"小亨。旅贞吉。"意为"小事亨通。旅者只要坚持不懈,就能逢凶化吉。"至于"旅"卦本身,则是离上艮下,下艮卦的第二爻位对应的是一个"六"[2]。如此这般,他在《易经·旅卦》中找到了"六二"对应的爻辞[3]:

旅即次,
怀其资,
得童仆,贞。

意为:
旅者来到旅店——指旅者找到了一个可以充分施展自己才华的地方,从此不必再漂泊。
带了足够的盘缠——指旅者拥有足够的才干和能力。
获得了一位年轻仆人的助力,大吉大利——指旅者将会得到一位忠心仆人的照顾,一切都会顺利。

告别基本上是在开开心心的氛围中进行的,唯独跟特古拉尼乌斯的告别是个例外,他们两人之间的最后一次谈话,无论对科讷希特还是特古拉尼乌斯本人,都是一次严峻的考验,检验他们在长久离别之前是否表现得足够

---

[1] 指解释卦义的文辞,后世有时亦与"爻辞"混用。
[2] 此处的"六"并非数字,它代表对应爻位的性质为阴,即"旅卦"第二爻位为阴,即爻题为"六二"。
[3] 指解释卦中各爻象的文辞,如"初九潜龙勿用"即为"韩"卦的爻辞之一。

坚强。弗里茨以近乎自虐的方式压制住自己的情绪,将冷若冰霜的表情强加在自己脸上,面对眼前的科讷希特,装出一副无所谓的模样;对他而言,或许可以这样说,生命中所拥有的最美好的一切,都将随着这位挚友远去,而且是一去不返。相比之下,科讷希特的天性不可能让他对哪位朋友展现出跟弗里茨一样的热情,尤其是像弗里茨表现出来的这种极度专一的依恋,即只对唯一的一个朋友如此恋恋不舍,科讷希特是肯定办不到的;实话实说,假如客观条件不允许他交朋友,那他完全可以一个朋友都不要,独自过日子;而且他对朋友基本上没有太深的感情,一旦有必要,他可以毫无顾忌地调整自己在人际关系中施与好感的方向,将友情的光芒随意指向任何新的对象和人。区区一次别离,在他看来根本就算不得什么值得一提的憾事;不过话说回来,他早在那个时候就已经很了解这位朋友的秉性,知道像这次这种类型的别离,对他而言意味着什么,将会造成多么巨大的冲击,产生多么深远的影响,他的人生将会面临如何艰难的考验,并因此为他感到忧心。事实上,他经常思考他们两人之间的这段友谊,甚至曾经跟音乐大师仔细探讨过这个问题。透过音乐大师的帮助和自己反复思考的领悟,科讷希特已经在一定程度上学会了如何将来自外界的体验与感受客观化,并以批判的眼光来审视它们,不会再像学生时代那样意气用事了。如今的他已经意识到,在朋友交往的过程中,另一方之所以能够吸引自己,令自己心中产生某种类似冲动激情之类的感觉,其实并不是因为对方展现出了出类拔萃的才能,或者说得更准确些,并不仅仅是因为才能这一项因素,不是这样的——对方之所以能够吸引科讷希特,恰恰是由于对方在拥有显著才能的同时,也拥有与才能形影相随、程度上两相匹配的显著缺陷,以及一目了然的脆弱个性,这三者结合起来,才真正对科讷希特造成了影响。也正因如此,他能够很明显地看出,特古拉尼乌斯向自己展示出来的这种眷恋之情,这种无论在片面性还是排他性上都表现得极为强烈的情感,不仅有其美丽诱人的一面,同时也散发出一股危险的魅力,引诱他在面对这样一个体魄与力量上远不如自己但在炽烈情感方面却远胜于自己的个体时,偶尔也产生了些许保护欲,想要在对方面前展示自己，让对方感受到自己的力量。于是，为了抵御上述诱惑，在这段友谊中，科讷希特始终都必须保持极大的克制，可以说完全是以自我约束为己任，直到最后都是如此。细究起来，在科讷希特的漫长一生当中，或许这个性格最软弱的朋友，反而是他在所有朋友当中最喜爱的那个，因为相比之下，科讷希特的其他朋友无一例外都比特古拉尼乌斯坚强、可靠得多，这就导致他在面对这些朋友时，根本没机会产生跟面对特古拉尼乌斯时一样强烈的保护欲，完全不会产生想要展示自己、显露出自己力量的想法。尽管科讷希特的其他朋友大多数都拥有杰出的才能，却无法对他产生跟特古拉尼乌斯一样强的吸引力。而且，也正是由于与特古拉尼乌斯之间的这段友谊，才让科讷希特认识到了自己对于某些人而言是与众不同的存在，当他跟这类人交往时，能够激发起他们心中超越一切的眷恋之情；换了其他任何人，跟他之间只存在寻常的友情，自然不会遭遇如此铭心刻骨的情感冲击，不会收获如此之多的深刻蕴意。除此之外，他还从这段友谊当中领悟到了这样一项常识：特古拉尼乌斯身上这种吸引其他人、影响其他人的能力，实际上是老师和教育家们所具备天赋当中的一个重要组成部分，然而，这种天赋本身也蕴含着危险，因为一旦施展了这一天赋，就意味着必须同时承担对应的责任。拥有上述特质的人并不算少，科讷希特一生当中看到过许多向自己表达眷恋的目光，特古拉尼乌斯只是众多同类型人物当中的一个罢了。同时，在此之前的一些年里，由于科讷希特一直居住在"玩家聚居区"内部，对这个居民全都是玻璃球游戏玩家的小镇已经相当熟悉，对此地剑拔弩张的紧张气氛也有了越来越清晰的了解。身居此地，等于是自动隶属于一个官方层面上并不存在但定义却非常明确的小圈子或者阶层：玻璃球游戏世界里最具优先权的任务候选人和助教候选人聚集地。这个圈子里的玩家总是忙个不停，总是有这样那样的工作要做，他们要么就是被召唤去担任大师的助手，要么就是去给游戏档案馆负责人帮忙，要么就是去当玻璃球游戏课程的高级助教。值得注意的是，在这些玩家当中，从来没有谁会被邀请去担任那些低级，甚至是中级的职务和教学岗位，他们一定是直接为大人物效力的，是填补领导职位的后备力量，只要坚持下去，未来必定能够担任要职。在"玩家聚居区"里，他们彼此之间都知根知底，因为互相了解得实在太透彻，这就导致这里的玩家们至少在才智、性格和成就方面是无法对其他人有任何欺瞒的。也正因如此，这群致力于玻璃球游戏研究的年轻学者，这些对体系内更高地位日思夜想的专业玩家，他们每个人都拥有高于平均水准的能力，每个人都把握着值得被高层注意的力量，无论工作效率还是知识学问，乃至于各方面的成绩、证书和证明，每个人都属于第一梯队，正是由于这个原因——正是因为他们每个人都已经如此优秀了，那些注定要让一名追逐至高地位的玩家成为真正领袖、成为杰出人物的性格特征和个人特色，才会在高层对他们的甄选中发挥尤为重要的作用，才会让大家对这些方面格外在意并且进行仔细观察：好胜心是强还是不强，是注重外表还是邋里邋遢，身材是否高大，面容是否英俊，行为举止是否拥有足够的魅力，对年轻人能否施加一定影响，在政府当局和大小机构是不是有些关系，整体上的亲和力如何……类似这样的一系列判断，在这里都有很大的分量，足够在激烈竞争中起到决定性的作用。再回头来看弗里茨·特古拉尼乌斯，拥有像他这种性格特征的玩家，只能在"玩家聚居区"里当一位局外人、一名漂泊客、一个必须得到大家容忍才能继续居留于此的可怜家伙，某种程度上而言，他只能停留在这个圈子的最外层，只能在若即若离的边缘反复试探；因为他明显不具备任何领导才能，缺乏统率众人的天赋。相比之下，科讷希特则位于这个圈子的最里层，年轻人基本上很喜欢他，受到他的巨大影响，对他无比推崇。在这里，为科讷希特赢得大批仰慕者的，无疑是他朝气蓬勃、奋发向上的活跃态度，以及在这个年龄看起来仍然相当年轻、富有青春活力的挺拔英姿。在跟科讷希特相处的过程中，他从来不会让别人觉得高不可攀，从来不会像有些玩家那样，给人一种不食人间烟火的距离感；更重要的是，他在跟任何人打交道时，都能保有自己身上那份如孩童般的超脱态度，能够跳出成年人的视角来看问题——换句话说，科讷希特始终对外表现出一份固有的纯真。让他在上级面前大大加分并因此而得到重用的，恰恰是这份纯真的另一面：他几乎完全没有争强好胜的野心，也没有任何为权力、地位拼搏的欲望。

最近这段时期里，也即科讷希特即将离开卡斯塔利亚，动身前往玛丽亚菲尔的这个时间点上，他已经逐渐意识到了自己所拥有的上述天性对身边造成的影响——这种影响起初是向下的——如同一条向下延伸的长线，只针对地位比自己低的年轻人，经过缓慢且持续的发展，最后竟也开始波及上端，又有了向上的一条线，对部分高层产生了影响。当科讷希特意识到了这些之后，旋即开始尝试从这个崭新的、清醒的角度来回顾自己既往的人生，发现这两条线事实上贯穿并塑造了他迄今为止的全部人生轨迹，一直可以上溯至他的童年：过去那些同学、那些年纪比自己小的年轻人，经常主动向他抛出橄榄枝，主动来找他当朋友，崇拜他、拥戴他；另一方面，人生各个阶段的上级领导，大部分都对他关爱有加。不过其中也有例外，比方说校长兹宾登，但那始终都是少数，更何况与校长兹宾登之间的一系列因缘际会，其实也间接起到了帮助他的作用；至于明显对他有恩的那些长辈，每一位都是尽心尽力，多次提供足以改变他人生轨迹的重大机遇，比方说音乐大师一直以来的协助，以及最近接触到的杜博伊斯先生，更不必说还有"卢迪大师"本人了。偶尔驻足，回首望去，科讷希特获得的这一切帮助始终都是脉络分明的，可他本人却有意无意地回避现实，不打算完全正视它，不打算接受其存在。从旁观者的角度来看，他脚下所走的这条人生道路，显然是命运之神专门为他选好的一条康庄大道，每一阶段的重点都已布置妥当，仿佛他命中注定就要沿着这条大道走下去，没有任何崎岖坎坷，不需要付出多少努力，就能够顺顺利利、披荆斩棘，无论去到哪里，都必然能够进入当地的精英阶层群体之中，成为精英中的一员，找到无比钦慕自己的朋友，以及地位高高在上的庇护人。这就是他命定的道路，这条道路甚至都不允许他现身于各个等级制度底层的荫翳之中，必须一直向上，朝着顶端明亮的光线前行，稳步接近那最顶端的位置，直到不能继续上升，方才停止。在行旅队伍里，他不可能只是一名副官，在象牙塔内，他也无法保持孑然独立的学者身份。无论在哪里，一旦完全遵从命运的安排，他最终都必然会成为高高在上的支配者。诚然，拥有跟科讷希特类似天性的人，其数量并不在少，但是，科讷希特的不同之处在于，他比其他类似的人更晚意识到自己的天性，更晚察觉到那两条线的存在，恰恰是这种后知后觉，赋予了他难以形容的额外神力，即前文提到过的那份纯真，它在科讷希特的人生中激发出了非同寻常的回响。于是，现在又产生了一个新的问题：科讷希特为什么会这么晚才注意到它的存在，而且还如此不情不愿？答案也很简单，因为他并不向往这一切，也不要求得到这一切，因为支配对他而言并非什么迫切的需要，对别人发号施令也没什么乐趣可言，因为他对宁静致远生活的渴望，远远超过了他对积极主动、拼搏向上生活的向往。能够当一名不受任何人重视的科研人员、当一个好奇且虔诚的朝圣者，在自由研究的过程中，随心所欲地穿越一座又一座只存在于久远过去的圣殿，在音乐世界的大教堂里流连，在无边无际、栖息着各种各样神话、语言和思想的花园与森林里遨游，科讷希特对这样的人生感到心满意足——假如不能一辈子如此，那就有多少年来多少年，时间越长越好。哪曾想到，如今他却眼睁睁地看着自己被无情地卷入了拼搏向上的生活之中，相比于以前，他更强烈地感觉到了自己周围弥漫着的那种争强好胜、相互竞争、野心勃勃的紧张气氛。剑拔弩张的压力之下，他感到自己内心深处一直保有的那份纯真受到了严重威胁，不能再维持下去了。有鉴于此，科讷希特意识到，对于前往玛丽亚菲尔履职这件事，对于命运似乎在漫不经心的情况下分配给自己的这项任务，他必须得坦然接受，而且在态度上还必须加以肯定，显露出积极的一面，唯有如此，才可能克服目前这种仿佛被囚禁般的难挨感觉。持续十年之久的自由生活，一朝之间就彻底失去了，科讷希特知道，自己以后肯定会无比想念这种自由的感觉，肯定会感到无比痛苦，因此，也唯有积极对待当下需要完成的任务，才可能减轻这种痛苦。另一方面，具体到任务细节上，其实也是很合适的，因为假如玻璃球游戏大师交给他的任务，是要继续留在这里来完成，那他的内心其实还没完全准备好——事实上，他觉得暂时离开瓦尔德策尔和"教学省"，到广阔天地去历练一番，对自己才是真正的救赎。

玛丽亚菲尔的教会组织和修道院，在其创立之后的许多个世纪里，在决定和影响西方历史的发展与走向问题上，曾经多次发挥过作用；漫长岁月中，它经历过繁荣、衰落、复兴，如今似乎又来到了新一轮的低谷时期，蛰伏中酝酿着新生。在历史当中的某些时代和某些特定领域，玛丽亚菲尔一度取得过颇为辉煌的成就，至今仍享有不可忽视的美誉。在过去，它曾经一度成为经院哲学和辩论艺术的中心，时至今日，仍然拥有一座规模庞大的中世纪神学图书馆；在经历过学术发展上的一段低迷、停滞时期之后，它更换了发力的方向，得益于本身拥有的良好条件，很快又取得了新的辉煌——这一次是通过音乐方面的培养，通过它备受赞誉的唱诗班，通过修士们编写、演奏、表演的弥撒曲和清唱剧；自那时起，玛丽亚菲尔就一直保留着优良的音乐传统，音乐手稿装满了半打胡桃木箱，修道院内修建了全国最好的管风琴。再然后，修道院的政治时代来临了；这个风起云涌的时代，同样为玛丽亚菲尔留下了一些延续至今的传统和特征。在世风日下、战火纷飞的野蛮战争时期，玛丽亚菲尔曾多次成为承载反思与理性的世外桃源，敌对各方之中相对理性的人陆续来到这里，以极为审慎的态度，努力寻求彼此之间取得共识、和平相处的方式，在各自国家已经犯下巨大过错的情况下，摸索着达成谅解。终于有一天——顺带一提，这是玛丽亚菲尔跌宕起伏历史上迄今为止最后的高点，是关于此地的历史书写中浓墨重彩的最后一笔——玛丽亚菲尔成了和平协议的诞生地，成功结束了战争，使参战各国疲惫不堪的民众所渴求的短暂和平如期来临。接下来，一个崭新的时代拉开了序幕，卡斯塔利亚正式成立，然而，修道院对这个新组建起来的"教学省"却抱持着观望的态度，甚至拒绝跟它打交道——如果说修道院方面独自做出了这样的决定，完全没有向罗马教廷寻求指示，恐怕是不可能的。曾经有一次，国家教育部门亲自出面，请求玛丽亚菲尔接待一位想要在修道院的神学图书馆内进行短期研究的"教学省"学者，结果却被对方礼貌地拒绝了；后来又有一次，还是由国家教育部门发出请求，邀请玛丽亚菲尔方面派遣代表，参加"教学省"

举办的音乐史研讨会，结果也遭到了回绝。直到修道院的皮乌斯[1]院长——顺带一提，皮乌斯院长在年龄已经很大、远超普通玩家入门年龄之后，还对玻璃球游戏产生了浓厚的兴趣——上任之后，情况才发生了变化，玛丽亚菲尔才开始跟卡斯塔利亚有了交往和交流，并且自那时起，双方形成了一种称不上很熟络但始终算是友好的外交关系。大家开始交换书籍，开始互相接纳来访者；就连科讷希特的庇护人，音乐大师，他年轻时也曾在玛丽亚菲尔旅居过几个星期，誊抄过胡桃木箱中收藏的音乐手稿，弹过那台著名的管风琴——音乐大师的这些往事，科讷希特都很清楚，因为在两人闲聊的时候，这位他十分尊敬的长者偶尔会开心地谈论自己当年在玛丽亚菲尔的经历，也正因如此，能够在同一个地方旅居，科讷希特感到十分期待。

抵达之后，他受到的热情接待超出了预期，玛丽亚菲尔人对他的夸赞、向他表达出的善意，几乎令这位远道来客感到局促不安。当然，这毕竟是卡斯塔利亚历史上第一次将来自瓦尔德策尔"玩家聚居区"精英阶层的玻璃球游戏老师派遣到修道院来，全权委托修道院来为其安排工作，并且没有设置任何外派时限——换句话说，这次交流合作是没有时间限制的。在此之前，科讷希特在杜博伊斯那里学到了这样一项外派准则，即在外派期间，不应该将自己视作一个单独的个体，应该时刻牢记自己是卡斯塔利亚派出的一名代表，肩负着外交使命，尤其是在他作为远道而来的客人、还没有正式开展工作的最初阶段，更是要小心留意，最好完全抛下自我，仅仅以卡斯塔利亚特使这样一重身份来回应外界的热情接待；科讷希特照做了，这确实有助于克服刚开始时的尴尬处境。不仅如此，他也克服了初来乍到的陌生感，克服了最初几个晚上的焦虑，以及万籁俱寂时突然涌生出来的躁动难安——由于这些情绪的存在，接连数日，他几乎夜夜失眠，没怎么睡过觉。多亏了杜博伊斯提供的各种建议，再加上修道院的格瓦修斯[2]院长对他一直很好，真诚地给予帮助，态度很亲切，他很快就适应了新环境。修道院所处的地理位置，

---

[1] 历史上多代教皇的称号"庇护"，与前文中已出现过的教皇名对应。
[2] 出自早期基督教圣徒名字。

风景壮丽而优美,在这种环境下生活,很能提振精神,身体内部仿佛随时涌动着充沛的活力。站在高处,放眼望去,四周全是崎岖的山地,建筑物所在的区域高高耸立,紧靠着高墙般的峭壁,起到了一定程度的保护作用;这片区域除了修建有修道院之外,还有很大的空间,多年辛勤的开垦,让这块土地成了一片沃土,牧草生长极为茂盛,漂亮的牲畜随处可见。回到修道院内部,这些古老建筑所蕴藏的力量、古代工匠特意打造出来的恢宏空间感,令他感到叹为观止:多年以来,修道院建筑不断进行改造、扩建,逐渐拓展到如今的庞大规模,拥有对应知识的人,能够从现存的这些建筑中读出既往许多个世纪的漫长历史。分配的寓所十分漂亮,尽管内部陈设与设施都很朴实无华,使用起来却极为舒适、便利,令科讷希特不由得为设计者的巧思所折服;寓所的具体位置,是在修道院专供来客居住的侧楼内部、较高楼层里的独立两居室套间。闲暇无事之时,他很喜欢在这个肃穆庄严的小国家里散步,开启一次次探索之旅:这里有两座教堂,有好几处十字形回廊,有档案室、图书馆、修道院院长的独栋寓所;这里有很多处院落,每一处院落都附带了面积颇大的牲口棚,里面满是精心饲养的牲畜;这里有数不尽的喷泉,里面的活水可以直接饮用;这里有巨大的、带有拱顶的地窖,里面要么用来存放葡萄酒,要么就是各式各样的水果;这里有两间食堂,有闻名遐迩的修士会堂,有打理得很好的花园,和信众开办并负责打理的工坊,包括铜匠、鞋匠、裁缝、铁匠等——所有这一切,全都环绕在最大的那处院落,也即修道院主体周围,形成了一座小镇。眼下他已经获得批准,可以进入那座著名的神学图书馆,自由翻阅其中丰富的馆藏。修道院的管风琴师也已遵照上面的安排,向他展示了那台无比宏伟的管风琴,并且破例允许他在上面演奏。相比之下,最吸引科讷希特的还是那半打胡桃木箱,他知道,里面存放着珍贵的音乐手稿,其数量相当可观,这些手稿之前不仅从来没有正式出版过,其中许多的历史还相当久远,甚至可以上溯至那个重要音乐时代的早期,有很多未知的秘密正在等待着他去研究、发掘。

  修道院方面的态度颇值得玩味,似乎非常有耐心,并不急于让他正式开始工作，让他到某个具体的岗位上去履职；等待的时间不是以多少天来计算的，而是以多少周来计算的，甚至在好几周过去之后，也没有谁过来跟他详细解释为什么要不远万里地将他从卡斯塔利亚邀请到这里来，没有谁告诉他此行的实际目的，哪怕是稍微能够让他可以加以揣测的线索都没有。不过话说回来，自抵达玛丽亚菲尔的第一天开始，就陆续有一些修士——其中包括修道院院长本人——过来找约瑟夫，饶有兴致地跟他畅谈与玻璃球游戏相关的各种问题，可是，尽管来了很多人，当中却没有任何人跟他聊到未来可能将要由他来负责的具体课程，或者其他成体系的内容。除了玻璃球游戏，在其他方面，科讷希特还注意到了这样一项细节，即玛丽亚菲尔的修士们在行为举止、生活方式和谈话语气上，都带有一种他迄今为止还很陌生的节奏感，或许可以概括为一种可敬的从容不迫的态度，一种通过长期坚持修心养性而培养出来的慷慨气度，一种无论面对什么困境都首先以善意来待人的仁厚宅心。在玛丽亚菲尔，科讷希特遇到的所有修士，包括那些性格本身就很活泼、乍一看去与"处变不惊"之类特质没什么关系的修士，似乎也拥有上述的陌生节奏感，一旦到了合适的场合，这种节奏感总是能够很好地发挥作用。事实上，卡斯塔利亚的团体与玛丽亚菲尔的团体是不同的，这两个团体有着各自的精神，科讷希特感觉到的陌生节奏感，正是他们团体特有的精神，是一种古老的、绵延千年之久的独特气质，一种唯有在长期隐忍坚持的前提下才能培养出来的井然有序，其传承已经在顺境与逆境的交替中被考验了千百次。每个玛丽亚菲尔人都拥有这种精神，恰如蜂巢里的每只蜜蜂都参与到蜂群休戚与共的命运之中，毫无保留地接受集体的安排：寝则同寝，苦则共苦，因恐惧而战栗的时刻，大家一同战栗。与卡斯塔利亚的生活方式相比，他们过的是典型的本笃会修道院式生活，乍一看去，这种生活似乎不那么有灵性，人们的思维似乎不够敏捷，观察力没那么敏锐，不像卡斯塔利亚人那样有活力；可是另一方面，他们都很沉得住气，遇事沉稳淡定，相比之下更不容易受到外界影响，更成熟老练，更经得起考验；在这里，在这座修道院内部，似乎萦绕着某种早已回归大自然的精神与意志，这是在卡斯塔利亚生活时完全体会不到的。带着强烈的好奇心与极大的兴趣，同时也带着很明显的钦佩之情，科讷希特敞开了心扉，接受了这座修道院的生活方式，让这种生活方式对自己产生影响，对自己加以改造，因为早在很久以前，世界上还没有卡斯塔利亚这个"教学省"的时候，独属于玛丽亚菲尔的这种生活方式就已经存在了，不仅如此，早在那个时候，他们的生活方式就已经跟今天几乎一样了——根据图书馆内的史料记载，玛丽亚菲尔人如此生活已有至少一千五百年的历史了——这种方式显然经受住了漫长时间的考验；更何况这里的一切都非常符合他天性中宁静致远的一面。在玛丽亚菲尔，他是远道而来的客人，受到了相当的礼遇，其程度远远超出预期，超出他过去所理解的待客之道应该给予的尊重和款待，可是与此同时，他也清楚地意识到，这些尊重和款待不过是形式罢了，是当地约定俗成的礼仪，既不是为了他个人而专门进行了如此准备，也不是因为卡斯塔利亚或者说玻璃球游戏的精神在这里受到了多大的重视。实际上，这一切完全可以视作一个历史悠久的强权国家通过繁文缛节来向另一个比自己年轻得多的新兴国家展现自身的威严。尽管科讷希特很清楚其中深意，但他只做好了一部分心理准备，不能完全做到泰然处之，因此，就这样过了较长的一段时间之后，哪怕玛丽亚菲尔的生活一直都很舒适惬意，他的内心也逐渐开始感到不安，最后终于按捺不住，不得不主动提出要求，请卡斯塔利亚当局为他在玛丽亚菲尔的进一步行动制订更明确的计划。为此，"卢迪大师"本人亲自回复了他，在回信中给他写了如下几句话："你不要为当下的状况感到担忧，不要为表象所迷惑，不要牺牲任何时间去琢磨那边迥然不同的生活方式。好好利用你还能享受自由的这段日子，潜心钻研学问，想方设法让自己受到当地人的欢迎，努力让他们觉得你很有用处，只要他们能够接受你所选择的这条道路，你就只管一直走下去，只要他们愿意款待你，你就只管坦然接受他们的款待。稍安毋躁，不要急于求成，永远不要表现出不耐烦的模样，永远不要将自己的想法强加于人，最重要的是，永远不要表现得比你的东道主更悠闲，不要让他们觉得你无所事事。哪怕他们连续一整年都对你热情似火，各方面的礼遇标准都跟你刚到他们那里第一天时完全一样,你也不应该被这种架势给吓住,而是要顺其自然,既来之则安之,表现出好像再这样继续过两年也无所谓——甚至再这样过十年都无所谓的模样,让大家发现原来时间长短对你而言根本就不重要。总之,就将这周而复始的日子,当作磨炼耐心的比赛来看待。只管认认真真完成你的冥想!假如你觉得自己每天空闲的时间实在太长,有些受不了,那就每天抽出几个小时——记住,每天不要超过四个小时——用来完成一些具体而微的案头工作,比方说研究或者誊抄手稿。但是切记,千万不要给他们造成一种你每天都忙于工作的印象,一定要专门留时间给那些想要跟你聊天的人,别拒绝交往。"

科讷希特听从了"卢迪大师"的教导,谨遵执行,很快就又感到自由了。事实上,截至目前,科讷希特对自己所肩负的这项针对玛丽亚菲尔玻璃球游戏爱好者的教学任务想得太多了,他反复想着自己在当地的任务就是"玻璃球游戏教学",误以为别人也会格外在意他的这项任务。哪曾想到,修道院的修士们却更多地将他视作来自友好团体的使者,首先希望能够保持良好的接待状态,反倒没有考虑其他事情。最后,修道院院长格瓦修斯总算记起了使者身上的这项教学任务,临时召集了几位据称已经系统学习过玻璃球游戏初级课程的修士,想让他们跟他一起开展更高级课程的学习。经过一番短暂的接触之后,令科讷希特感到尤为吃惊的是——实话实说,刚开始时他甚至感到非常失望——在玛丽亚菲尔这个极为好客、有着深厚历史底蕴的地方,这种高贵游戏的文化根基反而极其浅薄,少数玩家的水准也极其业余,而且他们显然只满足于自己对游戏非常有限的了解,根本没有继续精进下去的念头。虽然格瓦修斯院长召集这几位修士的初衷,的确是想让他们跟科讷希特搭档,共同参与更高级的玻璃球游戏课程,在实践中共同学习、共同进步。然而,院长对自己选派的这几位修士游玩水准的判断却是完全错误的——他们跟科讷希特的差距实在太大,对于科讷希特而言,跟他们一起游玩,根本不可能学到任何新东西。熬过了刚开始的失望阶段,随着时间的推移,科讷希特才慢慢得出了另一个结论:他被卡斯塔利亚派遣到玛丽亚菲尔来的真正目的，恐怕跟玻璃球游戏教学关系不大，跟在修道院里培养玻璃球游戏人才的关系不大。当地玩家们的水平是如此之低，教几位稍微懂一点儿游戏且平时喜欢游玩的修士少许基本知识，鼓励他们继续玩下去，这项任务过于简单，简直可以说是不费吹灰之力，身在瓦尔德策尔"玩家聚居区"的随便哪位任务候选人，哪怕他的水平还够不到玩家之中的精英阶层标准，也可以毫无问题地胜任。有鉴于此，"玻璃球游戏教学"不可能是他此行真正的任务，因为这项任务对于他的超高水平而言，无疑是大材小用了，绝对不会是他不远万里到这里来的真正目的。想通这点之后，他才开始意识到，自己之所以被派到这里来履职，相较于共同学习、共同进步，恐怕更多的反而是为了当个教书匠，给别人提高游玩水准。

不过，就在他认为自己已经彻底看透这点的时候，偶然发生了一件事，令他在修道院内的权威地位突然又得到了加强，随之而来的是他原本已经有些低迷的自信心，也借此回归了正常状态。因为在这件事发生之前，尽管他在担任玛丽亚菲尔专程从卡斯塔利亚邀请来的贵客这一角色时，享受到了各种优待、各种关注，并且过着舒适又惬意的生活，但他有时还是会隐隐约约地觉得，自己被派遣到玩家水平如此之低的玛丽亚菲尔来履职，多少有些像是遭到了卡斯塔利亚的贬黜。具体而言，这件事是这样发生的：有一天，当科讷希特在跟院长随意聊天时，他无意之中提到了古代中国的《易经》；院长在听到他谈及《易经》之后，接连问了好几个相关问题，科讷希特对答如流；在问与答的过程中，院长发现自己这位客人竟然精通汉语，而且对《易经》了若指掌，他简直无法掩饰自己内心的喜悦之情。原来格瓦修斯院长也对《易经》情有独钟，尽管如此，他却完全不懂汉语，只能从一些水准较低的著作中窥探性地了解关于《易经》的一些内容，因此，他对基于《易经》而来的占卜术和一些古代中国秘仪的了解都很浅薄——这当然无伤大雅，因为这座修道院内的风气就是如此，居住在这里的人们似乎对几乎所有学科都很有兴趣，稍微了解一些东西就感到心满意足。不过话说回来，格瓦修斯院长与其他修士还是有些不同的，他是个很聪明的人，在科讷希特看来,他表现出来的经验与世故,的确与中国古代诸国和古代生活智慧有很大关系,他对《易经》的理解恐怕是有其独到之处的。总之,两人随后进行了一次非同寻常的对谈,这次对谈的气氛异常活跃,时常出现激烈争辩,首次打破了迄今为止一直横亘在主宾之间的那种过分礼貌的状态。到了最后,这位可敬的先生主动邀请科讷希特每周给自己上两次《易经》课程。

就在他跟格瓦修斯院长之间的关系越来越熟络、沟通越来越有效的同时,他跟修道院管风琴师之间的友谊也在蓬勃发展。随着他所居住的小小精神王国逐渐为他所熟悉,他在离开卡斯塔利亚时通过蓍草根茎占卜咨询过的爻辞,其许诺也开始慢慢兑现,接近完全应验了。当初算出来的结果是"旅"卦,他这个旅者,带了足够的盘缠来到玛丽亚菲尔,这是如今一切前因后果的基础。在"六二"对应的爻辞中,不仅承诺要在一家"旅店"里为他提供住处,而且还承诺他将会"获得一位年轻仆人的助力"。这些许诺如今已经部分实现了,对于这位旅者而言,许诺的实现显然是个好兆头,是"大吉大利"的证明,说明他真的如爻辞中所说,"带了足够的盘缠"——目前看来,所谓的"盘缠"显然是指他所拥有的才干和能力,这些"盘缠"眼下已逐渐产生了效力。尽管他此刻已远离了学校、教师和同事,远离了如音乐大师这样的庇护人,远离了特古拉尼乌斯这样的忠实随从,远离了卡斯塔利亚宛似故乡一般不断滋养、帮助着他的客观环境,可他仍旧在自己心中聚集了足够强韧的精神与力量,在它们的加持下,科讷希特正在大步迈向一种积极而有价值的生活。在眼下的这个时间点,爻辞中提到的"年轻仆人"也在应验的过程中,这位"年轻仆人"正在以一个名叫安东的修道院弟子形象逐渐接近他的生活。即使这个年轻的修道院弟子在约瑟夫·科讷希特后来的生活中并没有发挥任何值得一提的作用,可他依旧是一盏指路的明灯,是人生指南针上点明方向的指针,是一系列崭新的、更重要事件的信使,是科讷希特人生中那段极为特殊、矛盾重重的修道院早期岁月中即将发生的那件大事的宣告者。安东,这是个平日里沉默寡言的青年,可是无论是谁,只要一见到他,都会发现他虽然话讲得极少,但其实内心是热情似火的,而且天赋也很高。在科讷希特遇到他的那个时间点，他作为修道院弟子的历练已接近完成，几乎快要被修士们接受，纳入他们的团体当中了。自从科讷希特来到修道院之后，安东经常见到这位玻璃球游戏资深玩家，在安东看来，此人无论是出身还是游玩技巧都是如此神秘，甚至连他的居所都位于他们修道院隐蔽的侧楼内部。作为玛丽亚菲尔的贵宾，他们这些人微言轻的弟子平时是根本无法接触到他的，对于除了安东之外的其他弟子，科讷希特几乎一直都是遥不可及的陌生人，显然是修道院高层不希望大家接触到的存在。要知道，在玛丽亚菲尔，还没有正式成为修士的弟子，是绝对不允许参加玻璃球游戏课程的。唯独安东是个例外，因为他每个礼拜都需要到神学院图书馆去几次，以图书馆助理馆员的身份在那里值班；科讷希特也经常去图书馆，所以经常会在那里遇见他，他们之间偶尔会进行一些简单的交谈。久而久之，科讷希特开始关注起这个浓黑眉毛下方长了一双乌黑发亮眼睛的年轻人：他总是很有活力，目光炯炯有神，每次都以特殊的热情来为他提供图书馆馆员应该提供的各种服务。对于安东表现出来的这份热情，科讷希特其实是很熟悉的——实际上，他之前就经常遇到这种情况——这份热情出自青少年对权威人士的无条件崇敬，出自如门徒般的宗教式狂热；在卡斯塔利亚，经常会有类似于安东这样的年轻人，以如仆人般地顺从眷恋着他，因此他早就已经认识到，这一现象本质上是团体生活中不可或缺的重要组成部分，是团体内部森严等级制度的衍生物。虽然每次遇到这一现象时，他都会因为自身地位受到认可而心生喜悦，但与此同时，他也始终觉得应该尽量低调，尽量减少这类现象的发生。更何况他现在人已经不在卡斯塔利亚，而是在玛丽亚菲尔的修道院里，所以他决定要加倍小心，避免犯错：一旦对这个仍在接受精神领域教育、尚未真正成为修士的年轻人造成了什么出乎意料的影响，对其前途带来了什么不好的后果，至少在科讷希特看来，就是明显辜负了对方好客之道的劣行；除此之外，他也很清楚，在玛丽亚菲尔的这座修道院里，是有着严格的忠贞戒律的，即只允许崇拜宗教上唯一认定的神祇，绝不允许盲目推崇、眷恋人间的权威，因此，安东眼下所显露出来的这种小男孩面对大人式的盲目崇拜,如果放任不管,恐怕会酿成大错,带来更严重的危险。在这个关键问题上,他又一次想起了"卢迪大师"和杜博伊斯的叮嘱,即在任何情况下,他都必须谨慎安排自己的行为,避免任何冒犯东道主的可能性,于是,在安东的问题上,他也采取了相应的行动,为了稳妥起见,尽量避免与他过多接触。

这座图书馆是科讷希特唯一经常见到安东的地方,在这里,他还结识了另外一位先生。刚开始时,由于这位先生实在是其貌不扬,科讷希特几乎忽略了他的存在,不过后来他总算更深入、更仔细地了解了他,并且同他成了无话不谈的挚友,甚至以一种唯有在面对老音乐大师时才有的感激、崇敬之情终生敬爱着这位先生。此人正是雅科布斯[1]神父,很可能是当时本笃会内部最重要的历史学家,两人初相遇时,雅科布斯神父的年纪大约是六十岁,外表上看去,是一位身形瘦削的老者,结实的长脖子上顶着一颗雀鹰般的脑袋,从正面看去,他的这张面容显得颇为阴沉,这首先是因为他这个人总是故意将头低下来,非常不愿意让其他人看到自己的容貌,或者说得更确切些,对于展现自己容貌这件事,总是表现得极为吝啬;但是,一旦从侧面看去,他面部的轮廓就显得极为分明,额头位置呈现出大胆的弧线,鼻梁上方有一道深深凹入的切口,鹰钩鼻的前端锐利尖挺,锥形下巴虽然稍有点儿短,但胜在造型完美:这一切特征都彰显出其主人特立独行、独一无二的个性。这位沉默寡言的老先生——顺带一提,当他跟相熟的人在一起时,也是很精神的,瘦削身体里可以涌生出超出想象的活力——在图书馆里拥有一张专属书桌,桌面上总是堆满了书籍、手稿和地图,这张专属书桌没跟其他书桌摆在一起,而是单独放置在图书馆内一间较小的内室里。实话实说,这座修道院里的藏书,很多都是无价之宝,但雅科布斯神父似乎是这里唯一真正严肃认真做学问的学者。关于与雅科布斯神父的邂逅,还有一点必须说明——将约瑟夫·科讷希特的注意力引向雅科布斯神父的,恰恰是前文中提

---

[1] 本书重要人物之一,名字出自德语《圣经》的"雅各"。

到过的见习修士安东，但他并非有意为之，发生的一切纯属偶然。刚开始时，科讷希特发现，图书馆的那间内室，即学者摆放专属书桌的小房间，几乎被大家默认为私人书房，在这整座图书馆内，只有极少数使用者在紧急情况下才会进入，而且还只能静悄悄地、蹑手蹑脚地进去，态度毕恭毕敬，避免打扰到在里面工作的神父，尽管这位神父并没有给任何人留下自己容易受到外界打扰的印象。当然，科讷希特很快就采取了跟大家一样的行动，遵守相同的戒律，对这位其貌不扬的老人敬而远之，也正因如此，勤奋工作的神父跟他保持了距离，远离了他平时的观察范围。一段时间过后，有一天，他让安东帮自己从内室里取一些指定的藏书过来。当安东从内室折返回来时，科讷希特注意到，安东特意在内室敞开的房门边站了一小会儿，回头望了望那位在自己的专属书桌前全神贯注工作的神父，眼神中充满了钦佩和憧憬之情，其中还混杂着些许体贴入微的温馨情怀、些许乐于助人的亲切态度，就跟那些心地善良的年轻人在面对年老体弱、风烛残年的老人时，偶尔会流露出来的真情类似。科讷希特看到眼前的这样一幕景象时，最开始的感觉是欣慰，因为这类真情流露的景象，本身就很能震慑人心。安东的这种无意之举，令科讷希特发现这个年轻人有一颗善良单纯的心，一旦条件允许，他是愿意付出极大热情来帮助、照顾老年人的，即使他跟他们没有任何血缘上的关系，他也会义无反顾地开始行动，的确很了不起。哪曾想到，在感觉到欣慰之后的下一刻，科讷希特脑子里却冒出了一个颇具讽刺意味的念头，他几乎为此感到无地自容，这个念头是：眼前的事实多么可悲！这所学院里唯一认真伏案研究的学者，竟然被年轻人当成了奇珍异兽、当成神话中的怪物来看待，可想而知，此地的学术氛围有多么稀薄。不过话说回来，这个转瞬即逝的念头其实也只是事实的其中一个方面；事实的另一个方面，也即对两人之间的首次邂逅真正重要的地方在于，透过安东凝望老人时脸上浮现出的近于温柔的敬仰神情，科讷希特真正看清了这位神父的外貌，看清了他内里的博学多才。自那时起，他时不时地就会悄悄观察一下这位先生，趁着没人注意就瞥上一两眼。透过一系列的观察，科讷希特先是发现雅科布斯神父的侧脸轮廓看起来具有典型的罗马人特征，随后又接连不断地在他身上发现这样那样的特点，这一切似乎都表明他在精神和品格上非比寻常，是一位真正的能人异士。眼下科讷希特已经打探清楚，知道雅科布斯神父是一位历史学家，在对本笃会历史的研究上，大家普遍认为他是一名顶级专家，在这一领域达到了开宗立派的水准。

直到有一天，神父主动走到了科讷希特身边，跟他聊了起来；聊了几句之后，科讷希特发现，神父讲话时的语气跟修道院里的大多数人不一样，他讲话时完全没有那种似乎宽厚大度、刻意强调仁爱、刻意强调善意、多少有点儿爱理不理的孤高感——这种孤高感似乎是这座修道院整体风格当中的一部分，已经跟这里的人们紧密融合、密不可分了。一番寒暄结束，神父邀请约瑟夫在晚祷结束后到自己房间来做客。"您知道的，"神父用一种轻到几乎听不见、几乎会让任何人都误以为他在害羞的声音开口道——但科讷希特听得出来，他的语气其实非常准确有力，不容置喙，"尽管我既不是研究卡斯塔利亚历史的行家，也不是玻璃球游戏玩家，我长久以来钻研的领域跟您所在的团体几乎没有任何交集——尽管如此，我却能很明显地看出，我们这两个如此不同的团体，我们之间的关系正变得越来越友好，交往上也越来越密切。有鉴于此，我可不想在时代的大潮中落伍，不想将自己排除在这种友好关系之外。既然您刚好在这里，那么我当然愿意多跟您展开各方面的交流，希望每次交流都能获取一些新知。哪怕每次的收获都很少，久而久之，想必也能取得一定成果。"单从内容上看，这番话其实相当严肃，也很有礼貌，毕竟神父的年纪比科讷希特大这么多，地位如此平等的对话显然彰显出这位老人的谦逊亲和。但是，由于他是用轻到几乎听不见的声音讲出这番话的，再搭配上他那张苍老且睿智的脸庞，有意无意之间，反而给他这番措辞过分礼貌的话语赋予了某种奇妙的模糊性：在表面严肃的同时，似乎又暗含了讽刺；内容虽然无比诚恳，但其中仿佛又有些许的嘲弄之心；态度上固然热情洋溢，但又令人觉得有些玩世不恭，没办法认真对待。此情此景，就像两位圣人偶然碰了面，或者两名隶属不同教会的高级主教举行正式会晤时那样，总是会讲出一些意蕴深远的寒暄话语，玩一场考验彼此礼貌与耐心的高雅游戏，反复拉扯，直到双方都感到心满意足了，才会正式进入对话环节。像这样一种糅合了自身优越感与捉弄人的意图，混合了智慧与客套的礼仪，整个过程充满了仪式感，当年在东亚学院进行自由研究时，约瑟夫·科讷希特经常在中国人那里见到，其实已经相当熟悉了，现在突然再一次从神父这里见到，令他感到耳目一新，仿佛喝下了一份提神饮料般清爽惬意；直到这时，他才开始意识到，原来自己已经有相当长一段时间没有见识过这种礼仪了——上次听到类似的话语，还是在玻璃球游戏大师托马斯那里，他在这方面的造诣同样堪称大师级别；科讷希特开心又感激地接受了雅科布斯神父的邀请。傍晚时分，他如约来到神父僻静的住所，大致位置是在修道院建筑的侧翼尽头，但这里有好几扇门，正当他考虑到底应该敲哪扇门才好时，其中一扇门的后面突然响起了钢琴声，令他颇感惊讶。他仔细聆听，知道这是一首普赛尔写的奏鸣曲，曲子本身朴实无华，没有任何突出技巧性的地方，但演奏本身却异常精彩，每一个音节都弹得很到位，整体听来清爽利落，令人暗自赞叹；这首奏鸣曲的主旋律，本身是很纯粹、静谧的，搭配甜美的三和弦，听起来格外亲切悦耳；驻足细听，令他不由得回忆起自己还在瓦尔德策尔的时候，曾经跟老友菲洛蒙特一道，用各种不同的乐器练习过类似的作品，音犹在耳，那可真是一段美好的时光。他不再急于敲门，而是静静地站在那里，很享受地聆听着，耐心等待奏鸣曲的演奏结束；琴声如诉，在安静、昏暗的走廊里悠然回响，显得如此孤独，如此远离尘世喧嚣，如此勇敢又如此纯真，如此孩子气又如此深思熟虑，就跟任何一首优秀乐曲在仍未得到救赎的沉沦世间的演奏一样高贵，彰显出无比崇高的境界。音乐归入沉寂，他敲了敲门，雅科布斯神父的声音从门后响起："请进！"科讷希特进去了，神父以谦逊又不失庄严的态度接待了他，在那台小型钢琴上，两根蜡烛仍在燃烧。科讷希特问雅科布斯神父，他是不是每天都会弹琴。没错，神父很明确地回答了客人提出的这个问题，他每天晚上都会弹半个小时，有时甚至要弹上整整一个小时，夜幕降临之前，他都会结束当天的工作，在睡觉前的那几个小时的时间里,他既不会阅读,也不打算写作。接下来,他们开始畅聊音乐,先聊普赛尔,然后又谈到亨德尔,他们讨论本笃会古老的音乐传统,神父告诉科讷希特,本笃会实际上是一个相当热衷于音乐的团体,科讷希特对此产生了浓厚兴趣,表示很想了解本笃会的历史。以此为契机,两人之间的谈话变得热烈起来,前后涉及上百个问题;这位老先生的历史知识储备量确实很厉害,令科讷希特叹为观止,不过与此同时,他也并不否认,自己对卡斯塔利亚的历史、卡斯塔利亚的思想源流,以及对应团体的情况,截至目前,他的了解还很有限,也没有产生多大的兴趣。可是,即使了解不多,他也毫不掩饰自己对卡斯塔利亚模式所持的批评态度,因为他认为卡斯塔利亚的所谓"团体",就其本质而言,无非是对基督教会的一种模仿,其中没什么新东西;而且这种模仿本身多少带有亵渎性,因为卡斯塔利亚的团体是跟宗教完全无关的,没有上帝存在,没有可以作为组织核心的教堂。科讷希特对神父提出的上述批评始终保持着恭敬谦卑的态度,但他同时也非常明确地指出,关于宗教、上帝和教堂,除了本笃会和罗马天主教所持的观点之外,一些其他观点也是有其价值的,而且早就存在了。所以,对卡斯塔利亚团体所奉行模式的评判,最好还是不要太过武断,因为无论是否认卡斯塔利亚人意志与努力的纯粹性,还是否认其对人类灵性生活带来的深刻影响,都不见得拥有足够的理由,不见得能够得出确切的结论。

"没错,"雅科布斯回应道,"关于我所提出的这一主张,您最先联想到的想必是那些新教徒。他们虽然没能真正做到维护自己所信奉的宗教,也没有在教堂方面投入多少精力,但他们有时表现得非常勇敢,并且陆续出现了一些堪称模范的伟大人物。在我的人生旅途中,一度花费了好些年时间,专门针对基督新教的历史进行了研究,原本相互敌对的基督教教派、教会之间的各种和解尝试,曾经是我最喜欢的研究领域之一;尤其是1700年前后的那段时期,在相对较短的时间里,我们能够找到一大批殚精竭虑、想方设法地要让那些对立教会重新团结起来的杰出人物,比方说,那位既是哲学家又是数学家的莱布尼茨,还有以异想天开的方式进行宗教改革的青岑多夫伯爵。整体而言，在那个风起云涌的十八世纪，留存下来的思想固然常常显露出过分的乐观主义，以今人的角度来审视，各方面都表现得不够严谨，甚至可以说是相当业余，但在思想史层面上始终还是百花齐放、妙趣横生的，也正因如此，那段时期著名新教徒的言行主张，对我有着很大的吸引力。研究过程中，我对史书上关于他们这群人的记载投入了相当大的精力。还记得当年，我曾经在这群新教徒中发现了一位杰出的语言学家、教师兼教育家，他在基督新教的历史上无疑占据着伟大地位——顺带一提，此人是施瓦本地区的一位虔信主义者——他的道德影响可以清楚地追溯至两百年前，这当然是非常了不起的成就。不过，这些内容已经有些偏题了，再聊下去难免会进入其他领域，所以，现在还是让我们回到对真正团体定义的讨论，回到其正统性和历史使命的问题上来吧……"

"哎呀，请先别回到之前的主题，"约瑟夫·科讷希特情不自禁地大声说道，"请您在本来打算细讲的这位教师身上再停一小会儿，此人究竟是谁，我几乎已经猜出来了。"

"那么您就猜一猜吧。"

"刚开始时，我觉得他有可能是哈勒的佛兰克[1]，可是他必须是施瓦本人，所以，除了约翰·阿尔布莱希特·本格尔之外，我再想不出其他任何的可能。"

一阵笑声响起，听完科讷希特的推测之后，这位老学者的脸上显露出喜悦的光芒。"您真让我吃惊，我亲爱的朋友，"此时此刻，他快活极了，像个老顽童似的叫喊道，"我心里想的的确是本格尔。您是怎么知道他的？或者换一种表述方式，在您那个神奇的'教学省'内部，知道这些距今已十分遥远、已被大多数人遗忘的事情和名字，难道是理所当然的吗？我可以向您保证：您只管去询问我们修道院里所有的神父、教师和学生，甚至上几代

---

[1] 佛兰克（1663—1727），德国教育家、虔信派信徒。他在哈勒市先后建立了两个教育机构，即贫民教养院和孤儿院，后来又创办了哈勒大学，令哈勒市成了虔信主义的教育中心及十八世纪基督教宣教基地，德国新教徒尊称他为"哈勒的佛兰克"。

人，没有一个人会知道本格尔这个名字。"

"即使在卡斯塔利亚，也很少有人知道本格尔，或许除了我，还有我的两位朋友之外，再没有其他人知道了。曾经有一段时间，出于私人目的，我系统研究过十八世纪教会史，以及那个时期虔信主义领域的诸多流派和思想。研究过程中，几位施瓦本地区神学家给我留下了深刻印象，赢得了我的钦佩和崇敬，尤其是这位本格尔，我十分崇拜他。在当时的我看来，本格尔无疑是教师之中的楷模人物，是青年领袖的理想人选。我为这位先生着迷，甚至专门请人给一册古书中的本格尔画像拍了照，并且将那张照片在自己的书桌上放了颇长一段时间。"

神父仍然在笑，根本停不下来。"看起来，我们今天的这次相聚非比寻常，出现了颇为罕见的一种现象。"他说，"真是太奇怪了，您跟我在对当时那段历史进行研究的过程中，竟然都遇到了这位如今几乎已经被彻底遗忘了的人物。不得不说，或许这种殊途同归的现象还不算奇怪，更奇怪的地方在于，这位施瓦本地区的新教徒，居然同时影响到了一位本笃会神父和一名卡斯塔利亚玻璃球游戏玩家。对了，既然提到玻璃球游戏，那我也要顺带讲一下自己心中刚刚生出的一个疑问——在我的想象中，你们擅长的玻璃球游戏是一项需要投入极为丰富想象力的技艺。既然如此，像本格尔这种极端清醒、极为理智的人物，竟然能够如此吸引您，我对此感到颇为惊讶，其中存在的矛盾之处，似乎很难理解。"

听到这个问题之后，科讷希特也开心地笑了起来。"这么说吧，"他说，"假如您还记得本格尔曾经花费多年时间，对使徒约翰的《启示录》进行过深入研究——假如您还记得本格尔对《启示录》中的预言内容专门构筑起来的那套异想天开的阐释体系，那您就必须承认，我们这位朋友对清醒、理智的另一极可是一点儿也不陌生。"

"那倒是真的，"神父愉快地认同了科讷希特的说法，认为他说得很有道理，"既然如此，本格尔身上表现出来的这种矛盾，又应该如何解释呢？"

"如果您允许我开个玩笑，用不那么严肃的方式来解释这种矛盾，那么我就要说：本格尔所缺乏的，以及他在不知不觉中迫切寻求并渴望着的，正是玻璃球游戏。事实上，我认为本格尔正是我们游戏的幕后先驱，是催生出游戏的先祖之一。"

突然听到这样一种离经叛道的说法，原本已经敞开心扉的雅科布斯又恢复了拘谨，态度极为严肃地问道："不得不说，在我看来，将这位本格尔并入你们卡斯塔利亚的历史谱系中，恐怕有点儿冒失了。您打算怎样解释，才能说服我接受这一观点呢？"

"正如我所说的，这的确是个玩笑，但它同时也是一个值得为之辩护的玩笑。在本格尔还很年轻的时候，在卷帙浩繁的《圣经》研究工作占据他的大部分时间之前，有一次，他曾经向朋友们谈起自己的人生理想，说自己希望编写出一部百科全书式的伟大著作，将他那个时代的所有知识，以对称与综览的方式进行归纳，分门别类，并加以总结。玻璃球游戏长期以来所做的事情无非也是如此。"

"这其实是整个十八世纪都很流行的百科全书式思想游戏，年轻的本格尔提出这样的主张，并没有什么好奇怪的。"神父明显不认可科讷希特的解释。

"事实如此，"约瑟夫说，"但本格尔是不一样的，他努力追求的并不仅仅是纷繁复杂的知识与研究领域的统合，在做这件事的同时，他也在想方设法地寻找某种超越知识本身的相互联系、某种有机的秩序；就我所知，他已经走上了寻找共同公分母的道路。而这正是玻璃球游戏的基本理念之一。既然已经讲到了这一层，那我现在还想更进一步，讲出我在此事上的断言，一个非常武断的主张：假如本格尔当年拥有与我们游戏类似的思想体系作为工具，他恐怕就不会误入歧途，不会鬼使神差地对启示录中预言数字的换算着迷，不会走上宣扬敌基督和千年王国[1]的邪道。很可惜，本格尔自始至终都没能找到完全符合自身渴望的奋斗方向，没能为凝聚在自己身上的各种才能

---

1 《启示录》中的预言，上帝将魔鬼撒旦捆绑了一千年，扔在无底深坑中，千年王国就到来了。本格尔宣扬的千年王国与基督教教义中的主张有着明显区别，他认为首先要招来撒旦，才能实现千年王国，因此应该支持敌基督，故有文中所说。

找到一个共同的目标,只好退而求其次,将自身的数学天赋与语言学方面的敏锐性有机结合起来,创造出了他那个朴素的观念,即混合了数学之精确严密与语言学之奇幻壮美的所谓'时代秩序',为此花费了他那么多年的美好时光。"

"至少有一件事是值得庆幸的——您并不是一位历史学家。"雅科布斯说道,"实话实说,您的说法实在是太过依赖于幻想,缺乏真凭实据。但我也完全明白您想要表达的意思;我恐怕过分沉浸于自己的专业领域,不知不觉间,思考也变得迂腐了起来,这种故步自封是值得警惕的。"

这是一次富有成效的对话,双方都获益匪浅,增进了彼此的了解,同时也建立起了一份友谊。对于这位老学者而言,发生的一切似乎不仅仅是一种巧合,就算一定要将之视为巧合,那至少也是一种非常特殊的巧合,因为他们两人——他在自己所属的本笃会修道院内,男孩则是在卡斯塔利亚——通过各自迥然不同的研究渠道,发现了同一位在符腾堡某座修道院里担任教职的可怜教师,发现了这位既温柔又坚强、既热情又冷静的杰出人物;冥冥之中,一定存在着某种东西,将他们两人默默联系到了一起,同一块不显眼的磁铁,对他们造成了如此强烈的影响。自那个以普赛尔奏鸣曲作为开端的夜晚开始,那种东西就已经证实了自身的存在,两人之间的稳固联系也成功建立了起来。与这样一位接受过精英教育但仍然具有非凡想象力的年轻人进行思想上的交流,令雅科布斯感到格外享受,其中乐趣对他而言并不常见;相比之下,对科讷希特而言,与这位学识渊博的历史学家成为朋友,从现在开始正式接受他所提供的教导,似乎成了他人生中这条"觉醒"之路的一个崭新阶段。简而言之:科讷希特在雅科布斯神父的帮助下,开始系统化地钻研历史学,他学到了历史研究的方法论,以及编撰史书时需要遵循的规则,其中存在的种种矛盾之处。在接下来的几年时间里,他逐渐学会了如何将当下、将自己所过的日常生活看成一种历史现实来加以审视。

他们之间的谈话常常发展成真正的辩论,有火药味十足的抨击,也有理据充足的辩护和辩解;当然,这些辩论总是由雅科布斯神父来起头的,相较于科讷希特，神父总是表现得更具侵略性。实际上，神父越是了解自己这位年轻朋友的思想，就越为对方感到惋惜，在他看来，这个被不少人寄予厚望的年轻人，完全没有受到宗教教育的约束，结果只能在知识分子那种冠冕堂皇的美学精神假象中成长。这就导致无论他在科讷希特的思维方式中发现了什么问题，都直接将之归咎于卡斯塔利亚的"现代性"精神，归咎于卡斯塔利亚人的不切实际，归咎于团体热衷于进行玻璃球游戏式抽象化的倾向。相应地，每当科讷希特以神父认为未曾受到卡斯塔利亚精神污染的观点表达自己的独立主张时，每当他以跟神父自己的思维方式相类似的手法与他展开辩论时，神父都会感到又惊又喜，因为这让他觉得自己这位年轻朋友的善良天性竟如此强大，足以抵抗卡斯塔利亚那种不良教育的影响。至于约瑟夫，他总是十分平静地接受神父对卡斯塔利亚的批评，唯有当这位老先生似乎在辩论的激情中走得太远时，他才会冷静地抵御他的攻击，有理有据地加以反驳。不过话说回来，在神父想方设法贬低卡斯塔利亚的种种言论当中，其实也不乏连约瑟夫本人都不得不认可的正确内容。在玛丽亚菲尔旅居的这段日子，已经令他在长久以来所持的观点之中，至少在有一点上发生了天翻地覆的转变，而且还是相对很重要的一点，就是卡斯塔利亚精神与世界历史之间的关系问题，神父对此的评判是：卡斯塔利亚本身"完全缺乏历史意识"。关于这个问题，神父可能会这样加以论述："你们卡斯塔利亚的这帮数学家——你们这帮玻璃球游戏玩家，花费了好多年时间，绞尽脑汁地为自己提炼出了一部只包含思想史和艺术史的世界历史，将其余部分都忽略掉了，也正因如此，你们的历史是没有血肉和现实的；比方说，你们非常清楚地知道二世纪或者三世纪时拉丁语句法的衰落现象，却对亚历山大、恺撒或者耶稣基督一无所知。你们对待世界历史的态度，就跟数学家对待数学的态度一样，眼里只有各种各样的运算法则和公式，却没有现实，没有善与恶，没有时间概念，没有昨天，没有明天，只有一个永恒永续、平坦单调、高度数学化的当下。"

"可是，假如不将秩序引入历史之中，怎么可能好好研究历史？怎么可能推动历史稳步向前?"科讷希特问道。

"当然,的确应该将秩序引入历史之中,这是毫无疑问的。"雅科布斯有些生气地吼道,"跟其他东西不同,文明世界里的每一门学科,就其本质而言,都是一种秩序、一种简化、一种对个体心智难以消化东西的集中消化。我们相信自己已经认识到了历史上重复发生的某些规律,于是,我们自然会在对历史真相进行研究时,尽量考虑这些规律是否能够合理套用。比方说,这一切就跟一位解剖学家在解剖一具尸体时的体验类似,因为医学上对人体结构的研究已经基本完成,对这方面了解得十分透彻,所以,他在整个解剖过程中都不会遇到令自己感觉极度惊讶的新发现——切开表皮之后,他会依次进入器官、肌肉、韧带和骨骼的世界,看到的一切都在证实他从人体解剖学领域学到的知识真实有效。可是,假如这位解剖学家只懂得依照解剖学领域抽象出来的知识进行解剖,完全忽视自己眼前具体解剖对象身上独特的、个体化的真实,那他就是一个卡斯塔利亚人、一位玻璃球游戏玩家。实际上,像他这种做法,等于是在最不适合的对象身上运用数学法则。依照我个人的看法,对于长期观察、审视历史的学者们而言,在运用我们独特的思考模式,以及组织、归纳、总结历史的方法论时,的确应该抱持孩童般强烈的自信心,勇于运用前人总结出来的客观规律,值得一提的是,这种自信心往往也是最崇高、最感人的,它象征了对科学进步的认可;可是与此同时,我们也应该并且永远应当对具体、独立事件中可能潜藏着的一系列不可理解的真相、现实与特异性保持尊重。我亲爱的朋友,研究历史并不有趣,也不是不必负责的游戏。研究历史的前提,是知道自己正在为一些不可能改变的事情而努力,尽管过去的事情不可能改变,但对它们进行研究却是必要的,而且也是非常重要的。研究历史就是要将自己勇敢地抛入混沌之中,但同时又要对秩序和意义保持长久的信心。研究历史是一项非常严肃的任务,年轻人,或许还是一项充满了悲剧性的任务。"

在那些年里,科讷希特通过写信的方式,将神父的不少言论转述给了自己的朋友们,跟他们一同分享其中蕴藏的深意。在留存下来的所有言论当中，除了上面这一段之外，还有另外一段话也很有特色，因此也有在此引用的必要。

"对于年轻人而言，存在于过去的那些伟大人物，就好比世界历史这块蛋糕里的葡萄干，很显然，他们也属于世界历史的实质，是历史的主要构成部分。不过话说回来，想要区分真正的伟人和虚假的伟人，根本不像大多数人想象的那么简单、那么容易。单就虚假伟人的情况而言，这些并非真正伟人的人物之所以能够脱颖而出，乃是因为他们能够依稀看清历史进程中的关键时刻，他们对这些关键时刻的推测与把握，给普罗大众造成了一种他们本身很伟大的错觉；吹捧虚假伟人的人群当中，不乏历史学家和传记作者，更别提新闻记者了，他们在自己所写的文章、所完成的著作中，对于上述推测与把握历史进程中关键时刻的能力，存在着一种描述上的共性，他们总是会将这项能力概括为'突如其来的巨大成功'，并将其强行解释为伟大人物必定具备的典型特征，以此来对其身份加以认证。一夜之间变成了独裁者的下士，暂时控制了世界主宰者心情好坏、似乎能够对其决策产生重大影响的交际花，都是这类历史学家有所偏爱的历史人物。至于那些拥有远大理想的年轻人，他们偏爱的历史人物则刚好相反——年轻人往往最喜欢那些凄惨的失败者，那些牺牲自己生命来成就大义的烈士，那些不懂得把握历史进程中关键时刻，要么来得太早、要么来得太晚的人。就我个人而言——必须首先声明，我当然首先是我们本笃会的历史学家，受到本笃会内部观念的影响——世界历史当中最具有吸引力、最令人惊奇、最值得研究的不是历史人物，不是社会动荡与军事政变，不是一时的成功或者失败，我关注的是那些相比之下更长久的存在，因此，我将自己的研究偏好、将自己永不满足的好奇心放在了类似我们所在的这个宗教教会对外表现出的一种神奇现象上：长寿。在这个世界上，有不少非常长寿的组织，它们基本上试图通过精神与灵魂层面聚集、教育并改造人类。它们试图通过教育，而非通过优生学；试图通过精神修为，而非通过血统论——总而言之，通过它们认定的方式来完成人类的进化，让原本俗不可耐的凡人蜕变为高贵的新兴人类，成为既能够侍奉其他人，也能够统治其他人的精神贵族。在古希腊人的历史中，吸引我的并非当时如群星般闪耀的英雄人物，并非阿哥拉[1]的喧嚣嘈杂，而是诸如毕达哥拉斯学派[2]或者柏拉图学园[3]所进行的各种思想上的伟大尝试；古代中国的历史中，再没有其他现象能够比儒家体系的长寿更值得深入研究的了；至于我们西方人的历史中，首先要思考的就是基督教的历史，以及专门为基督教服务、并且被纳入其体系之中的各种教会组织。在我看来，这些长寿的教会组织才是西方历史中真正重要的构成部分，其研究价值可谓举足轻重。试想想看，历史上经常会出现这样的人物——比如一位幸运的冒险家，他成功地征服或者建立起了一个国家，使之维持了二十年、五十年，甚至一百年之久；又比如，一位品格很高尚、对于国家统治抱持理想主义态度的国王或者皇帝，他尝试在全国推行某种相比于过去而言更加诚实可靠的政治纲领，或者试图实现文化改革方面的梦想；即使不去考虑单独的某个历史人物，历史上屡见不鲜的另外一种情况同样值得我们关注：某个民族的全体人民，或者某个因为各种可能的原因聚集起来的群体，在面对生死存亡的重大压力时，竟然能够齐心合力地实现超乎想象的目标，或者容忍闻所未闻的困难局面，最终得以幸存下来。对我而言，所有这些都远不如关于我们本笃会的这样一项事实更能激发我的兴趣：我们的组织相当长寿。在人类漫长的历史中，人们曾经一次又一次地尝试创造跟我们的团体类似的组织结构，其中的一些尝试显然十分成功，能够延续一千年甚至两千年之久。关于神圣的基督教本身，我不打算多余地讨论些什么；因为对于我们这些信徒而言，我们所信奉的宗教始终是高高在上的存在，它已经超越了我们能够加以讨论的尺度范畴。

---

1 指古希腊城邦的集会广场，是当时城市艺术、精神、政治生活的重心所在。
2 由古希腊哲学家毕达哥拉斯创立的学派，该学派认为宇宙万物皆可用数学来加以概括，并提出"美是和谐"的观念。学派本身组建了类似兄弟会性质的组织，在历史中跨度非常长。
3 由柏拉图创办于公元前385年前后的学校，继承了毕达哥拉斯学派的传统，崇尚开放式的研讨学风，将数学作为最重要的研究对象。直到公元529年被查士丁尼大帝封闭，学园延续了千年之久。可见文中列出的这两个组织都是"长寿"组织。

尽管如此，我们还是可以深入讨论一下各式各样的教会组织，像是本笃会、多明我会及后来的耶稣会等，它们延续的时间都是以多少多少个世纪来计算的，照目前态势来看，它们未来恐怕也将继续延续下去，无论再过多少个世纪，只要不发生什么重大意外，就能一直存在。尽管在漫长的历史长河中，它们几乎全都经历了发展兴盛、衰退萎靡、变化适应和付诸暴力的阶段，但始终还是有能力将各自独特的音容与笑貌、礼仪与姿态、思想与精神保留下来，传承下去——照我看来，这才是历史的进程中最值得关注、最惹人敬佩的现象。"

纵使神父对卡斯塔利亚怀有偏见，经常讲出一些明显失之偏颇的言论，科讷希特始终还是很敬佩他。在当时的那个时间点，科讷希特其实并不知道雅科布斯神父的真实身份，对于两人之间的友谊，他的看法相当单纯，仅仅将神父视作一名思想深刻、学识渊博的老学者，除此之外再无其他。然而，当时的科讷希特还不知道——玛丽亚菲尔的雅科布斯神父，这位终日研究历史的老学者，其实是一位有意识地将自己置身于世界历史之中的大人物，同时也是塑造、改变世界历史进程的核心人物之一。他虽然隶属于本笃会，但同时也是罗马教廷在对应教区内的主要负责人，可以说也是一位手握实权的政治家，在世界政治史与当代政治领域，他是闻名遐迩的专家，各界人士经常会来找他咨询政治相关的讯息，请他给出治理国家的建议，甚至专门邀请他来调解重大纠纷。在大约两年的时间里，直到第一次休假，暂时离开修道院为止，科讷希特都只将雅科布斯神父当成一位深居简出、专心研究历史的老学者，以这样一种身份认知来跟他进行接触。在如此之长的一段时间里，恰恰因为一直身在修道院内部，他始终只能了解到神父日常生活、学术活动、对外声誉及影响的一个侧面，无法获得全面而透彻的了解。很显然，这位博学多闻的老先生知道应该如何保持沉默，知道应该怎样去隐藏那些不适对外透露的讯息，哪怕是在跟科讷希特建立的这段友谊之中——哪怕是在面对自己几乎无话不谈的朋友时，他也不会多说些什么。雅科布斯神父在修道院的同僚们同样能够很好地做到这点，他们守口如瓶的能力并不比神父差，在这一点上，约瑟夫反而有些看轻他们，这就导致他根本没办法意识到他们其实都对他有所隐瞒。

总而言之，在度过了这段大约两年的时光之后，科讷希特已经完全融入了修道院的生活，成了这里的一分子——这当然并不是说他已经跟这里的本笃会修士或者弟子一样了，只是达到了任何一位客人、任何一名外来者所能达到的最高水准，仅此而已。长久以来，他都在协助前文中提到过的那位管风琴师，协助他管理、运作修道院内一个历史极为悠久的小型唱诗班。管风琴师目前正兼任这个唱诗班的领班，唱诗班本身有着古老、可敬、伟大的优良传统，但长期不受修士们的重视，发展日益凋败，经过他们两人的努力，这一传统总算能够勉为其难地延续下去。他在修道院收藏的丰富音乐档案中陆续发现了一些很有价值的研究材料，找到了不少尘封已久的古老音乐作品，他耐心甄别并誊抄了其中一部分自己认为最值得留存下来的内容，将它们陆续寄回到瓦尔德策尔——主要还是寄回到蒙特波特。他还组建了一个小型的玻璃球游戏初级课程班，年轻的安东现在就属于这个课程班，而且还是班上最勤奋的学生。科讷希特虽然没有教格瓦修斯院长汉语，却将如何用蓍草根茎占卜的操作方法，以及经过自己耐心琢磨之后系统改进过的冥想方法传授给了院长；相应地，院长也早就熟悉了这位贵客的脾气和禁忌——在他刚到修道院来时，院长偶尔还有引诱他喝酒的意图，现在也早就放弃了。院长以每半年一次的频率给玻璃球游戏大师写报告，向大师汇报修道院内的各种情况，作为对大师寄来的官方询问公函的正式答复。公函中每次都会例行询问修道院方面对约瑟夫·科讷希特在玛丽亚菲尔的表现是否满意，是否有什么不合适之处需要向卡斯塔利亚反馈，但院长寄回的报告里每次都对他进行毫无保留的赞扬，几乎可以称得上是在歌功颂德、大唱凯歌了。反观卡斯塔利亚方面，其实也没有将这些外交意义上的客套赞美太当一回事——在卡斯塔利亚高层看来，院长写的定期报告并没有多少参考价值，科讷希特提供的玻璃球游戏课程安排，以及参加这些课程的学生们所取得的成绩，才值得他们更仔细地进行调查，因为唯有通过这些，才可能摸清玛丽亚菲尔当地玻璃球游戏的真实发展水平；结果多少有些令人感到失望，因为从这些资料中，他们发现玛丽亚菲尔的玩家水准并不高，甚至比他们原本估计的要低得多，但是，他们对科讷希特这位游戏教师的表现感到颇为满意，因为他为了适应这种相对较低的玩家水准，同时也为了适应修道院内长期以来的习俗和思考方式，经过一番巧思，很有先见之明地使用了因材施教的教学手段，取得了不错的成果。当然，这些都不是最主要的，对于卡斯塔利亚高层而言，科讷希特此行最了不起的成果，是他竟然能够跟那位闻名遐迩的大人物、那位传说中的雅科布斯神父进行经常性的接触，竟然能够跟神父建立相互信赖的稳固关系，而且，没错——甚至能够成为神父的朋友。卡斯塔利亚高层对于科讷希特取得的这项突破性成果感到心满意足，同时也由衷感到惊讶，想不明白他究竟是如何办到的。当然，为避免节外生枝，这些都没有让他们那位外派执行任务的专员知道。

科讷希特与雅科布斯神父的接触结出了各式各样的丰硕果实，关于这些果实的具体情况，我们或许可以在此展开来说一说，可惜这样难免会打乱这本书中生平故事讲述的节奏感；可是话说回来，如果我们选择什么都不说，直接跳过，对于两人关系的表述又显得不够立体，不够生动。因此，这里至少还是有选择性地讲一下科讷希特最喜爱的一颗果实，如此一来，大家也不至于错过太多。这颗果实跟其他果实不太一样，它成熟得很慢，非常慢，就仿佛原本生长在高山上的树木种子，被好事者专门挑择出来，栽种到了郁郁葱葱的低地一般，尽管已经生根发芽，却总是在犹豫、在等待，对外界充满了怀疑，只愿意以最慢的速度小心翼翼地成长：长出这颗果实的种子也是这样的，在科讷希特与神父的接触过程中，种子被赋予了肥沃的土壤和有利的气候条件，但它置若罔闻，反而将自己祖先们成长过程中的沉默和怀疑作为自身的遗传特征来恪守；要知道，成长速度极为缓慢，正是这类种子的重要遗传特征之一。情况就是这样：这位一向都活得很聪明的老人，早已习惯了怀疑，习惯了去控制生活中每一种可能会对自己造成影响的变量，一旦觉得什么东西可能会对自己造成伤害，马上就止步不前；因此，当他面对科诇希特这位年轻的朋友时，当他面对这个来自玛丽亚菲尔对立世界的学术同僚时，心中总是感到犹豫不决，不能坦然接受他的主张，只能一点儿一点儿地试探，逐渐允许他所宣扬的卡斯塔利亚思想在自己心中扎根。虽然过程多有波折辗转，进展如此缓慢，但时间始终有着足够的力量，种子到底还是发芽了。对于科诇希特而言，他在玛丽亚菲尔修道院旅居的这段岁月里，陆续经历了各种各样的美好事情，在所有这些事情当中，最无可替代、最值得铭记的，正是这位人生经验极为丰富的老先生在短暂时间内给予的无条件信任，以及勇敢敞开心扉的态度——刚开始时，此事看似毫无成功的希望，因为它向前推进的速度极为缓慢，而且对方心中充满了犹疑不决。可是，正如我们在关于种子的譬喻中提到过的，给予信任的决心、敞开心扉的决心其实都在萌芽，速度很慢，但的确在慢慢长大。久而久之，神父不仅慢慢开始理解这个年纪比自己小得多的崇拜者，开始理解他脑海中属于个人思考的内容，甚至还以更缓慢的速度做出了让步，对他作为卡斯塔利亚人的那部分思想也表示了宽容，予以接纳。这个年轻人以一个学生、一名听众、一位虚心向学之人的模样出现在神父面前，他非常有耐心，一步一步地引导神父——要知道，神父在刚认识科诇希特时，每当他提到"卡斯塔利亚"或者"玻璃球玩家"这几个词的时候，语气中永远都带着讽刺意味，情绪一旦激动，甚至直接将这几个词作为辱骂别人用的脏话来念叨呢——首先，从承认卡斯塔利亚思想的客观存在开始，逐步尝试着去容忍它、理解它，最后终于以平等、尊重的态度接纳了卡斯塔利亚人的思维方式，同时也接受了这个团体，接受了卡斯塔利亚这个"教学省"在灵性生活领域高屋建瓴式的努力。神父现在不再批评卡斯塔利亚团体过于年轻、没有任何历史可言了，因为这个新兴团体成立至今的确还没到两个世纪，比本笃会晚了整整一千五百年。与此同时，他也不再将玻璃球游戏视为一种纯粹美学意义上的华而不实的玩意儿，不再拒绝在这两个创立时间相差极为悬殊的团体之间建立起友好关系，甚至不排除在未来的某天正式组建政治同盟的可能性。在相当长的一段时间里，约瑟夫都不知道，自己赢得了雅科布斯神父部分信任这件事，竟然被卡斯塔利亚高层视作他在玛丽亚菲尔执行任务的过程中所取得的最高成就，因为高层一直对约瑟夫保密，约瑟夫自然也就无知无觉，仅仅将与神父之间建立的友谊作为他人生经历中的一项小小幸事，作为私人生活圈里不足为外人道的快乐。不过话说回来，也正因为对卡斯塔利亚高层的安排缺乏了解，他一次又一次地苦思冥想，思考自己被派到玛丽亚菲尔修道院来的真正任务究竟是什么，自己是不是已经在这里做了些什么。刚到这个地方来的时候，他对自己所肩负的任务还有一个大致清晰的印象——为了完成这项任务而远离"玩家聚居区"，起初似乎是一次晋升、一份荣耀，令自己以前的同僚们艳羡不已。可是，随着在这里居住的时间越来越久，他觉得任务已经离刚开始时的印象越来越远了：既没有晋升的感觉，也不享有任何荣耀，根本不像那种荣休之后被调往国外担任闲职、安心休养的美差，反而像被官方强行推到了一处死胡同里。有一个目的似乎很正当，说是为了学习，为了认真完成冥想，可是，他在任何地方都可以学到东西，在任何地方都可以进行冥想，为什么偏要选在这里呢？更何况从卡斯塔利亚所站的高度来看，这座修道院实在不算是什么能够滋养学识的美好花园，除了雅科布斯神父之外，也找不到其他可供学习的榜样。最糟糕的是，随着旅居时间越来越长，他已经逐渐对自己的玻璃球游戏水平失去了客观判断，不太清楚自己的技艺是否已经开始生疏、是否已经退步，因为现在他身边全部都是水准很低的业余玩家，他被隔离在这样的环境中，根本没有旗鼓相当的对象可供参考。幸运的是，他自身所具备的一些特质，他本身缺乏雄心壮志、缺乏争强好胜野心的这一天性，以及早在那个时期就已发展得很完善的"洒脱爱神"，为他在这种充满不确定性的艰难困境中提供了帮助，让他能够义无反顾地去拥抱命运，最终成功渡过了难关。暂且将与任务相关的事情搁置一旁，他发现，在这个秉承古老传统的修道院世界里，他作为远道而来的客人、作为担任一门并不怎么重要课程的教师，每日所过的生活显然要比之前身处瓦尔德策尔野心家圈子里的生活要愉快得多。假如命运之神真的要将他永远留在这个形如流放地般的小地方，再也不让他回卡斯塔利亚，那他就要果断行动起来，尝试改变自己在这里的一些生活细节，如此一来，以后也能够过得稍微舒心一些。比方说，他或许可以想想办法，请高层将自己的一位好友也派遣到这里来，跟他做伴，当他的玻璃球游戏搭档——当然，一切都得以对方愿意为前提；要么干脆来一个相对妥协的安排，就算不能回卡斯塔利亚长住，至少也要安排他每年到卡斯塔利亚度个假，时间尽可能长一点儿。实话实说，其实只需要这样，他就满足了，也不会再提出什么别的要求了。

这部传记的读者们或许仍在耐心等待我们对科讷希特修道院经历的另一方面，也即宗教生活方面展开生动细致的描述。但是，对于这方面内容，我们只敢根据现有资料给出措辞谨慎的暗示：在玛丽亚菲尔旅居的这段时间里，科讷希特的确与宗教有了更加亲密的接触。说得更确切些，这里的"宗教"指的自然是这座本笃会修道院内每天都在实践的基督教。这不仅仅是我们的推测，他后来有正式记载的不少言论与表态，也可以清楚地说明这点；尽管如此，科讷希特是否在玛丽亚菲尔的修道院内皈依了基督教，以及他成了何种程度的基督徒等问题，我们始终无法找到明确的答案，就算我们愿意去找，这些领域也是无法深究的。除了在卡斯塔利亚培养出来的对宗教的普遍尊重之外，他身上还存在着某种独属于他个人的、潜在的崇敬心理，具体到宗教问题上，我们完全可以称之为"虔诚"。实际上，他已经在精英学校里接受了相当好的宗教指导，其内容包括基督教教义，以及这些教义所对应的各种经典范式等，尤其在教会音乐的研究方面，他的造诣是非常高的，甚至超过一些资历很深的修士；最重要的是，他对普通弥撒圣事与庄严弥撒[1]的烦琐礼仪也非常熟悉，这就给他皈依基督教创造了极为良好的先决条件。在本笃会修士们的帮助下，科讷希特发现了一门货真价实的、后来被他描述为"仍然健在"的宗教，这一发现令他感到颇为惊讶，甚至不由自主地产生了一份敬畏之情，因为在此之前，他只学到过相关的理论知识，只在历史书中了解过基督教的存在。在玛丽亚菲尔，他参加了许多次基督教仪式，阅读了

---

[1] 一种形式完整的大型弥撒，弥撒中的六大段都由声乐演唱，要求很高。

不少雅科布斯神父创作的神学相关著作——这些著作中有许多内容是他在卡斯塔利亚无法获知的——与此同时,他们两人之间的谈话也对他造成了一定影响。假以时日,他终于看清了眼前这个"基督教"的完整面貌:在前后不知道多少个世纪的时间里,基督教多次变得不合时宜,人们一度认为其理念早已过时,核心早已陈旧不堪,体系早已僵化臃肿,早就该被淘汰掉了。可是,恰恰也是这个基督教,在它每一次面临危机之时,都能向前回溯至自身的源头,从那里获取力量,并且涅槃重生。等历史的篇章翻到下一页之后,昨天一度独领风骚、一度高歌胜利的纷纷偃旗息鼓,基督教反而成了今天最后留下来的那个,反而可以继续前行——每一次皆是如此。在跟神父交流的过程中,科讷希特的脑海中总是会浮现出一个对于卡斯塔利亚人而言相当离经叛道的想法,即卡斯塔利亚文化恐怕只是源远流长的西方基督教文化的其中一个世俗化分支,是创立时间还很短暂的晚期形式之一;有朝一日,卡斯塔利亚文化仍然会被基督教的主干给吸收回去,成为滋养主干的营养成分。对于上述想法,他从来不曾认真抵制过,可即便如此,曾经有一次,他还是很明确地告诉神父,自己所持的立场始终还是在卡斯塔利亚的团体这边,自己的侍奉对象也从来没有改变过。目前看来,他是无论如何都不会倒向本笃会的,因为他必须为卡斯塔利亚工作,必须维护卡斯塔利亚的利益,对于自己早已加入的这个团体是否有资格获得永恒地位,他一点儿也不关心,甚至连它是否能长久维系也不在乎;至于皈依基督教,在他眼里不过是种不怎么体面的逃避行为罢了。不妨以那位受到他们两人共同敬仰的约翰·阿尔布莱希特·本格尔来举例——在本格尔所在的那个年代,他本人的侍奉对象岂不也是一个规模极小、寿命短暂的教会吗?本格尔为这样一个看似微不足道的教会效力,却也丝毫没有耽误他服膺于永恒的伟大使命。所谓的虔诚,说到底也无非是指一个人能够长期做到忠贞不渝,无条件地奉献,甚至不惜为了自身信仰而献出宝贵的生命。但虔诚本身对于每个人而言,却是完全平等的,无论信仰处在哪个层次,无论对宗教的理解是高还是低,无论忏悔累积了多少次数,都有可能成为一名真正虔诚的信徒。一个人的虔诚之心是否真正真诚，是否具有足够的价值，只看他的服侍是否到位，他对自己的信仰是否足够忠贞，这是唯一有效的检验标准。

当科讷希特在神父和修士们那里待了大约两年之后，有一天，修道院里突然来了一位神秘客人，这位客人小心翼翼地避开了科讷希特，甚至连短暂的介绍都避免了。这种极其不愿打交道的行为反倒引来了科讷希特的好奇，于是，他开始仔细观察这位陌生人的动向。顺带一提，此人其实只在修道院里待了短短几天，但科讷希特已经为他的身份提出了各种各样的假设。据他判断，这位陌生人身上所穿的教士外衣不过是种伪装，并不是真的修士。这位陌生人与修道院院长和雅科布斯神父，尤其是后者，进行了长时间的闭门会议，此人经常会收到来自外界的加急信，同时也对外发出了很多加急信。那个时期的科讷希特，据传至少已经对玛丽亚菲尔修道院长久以来的政治关系和政治传统有了一定了解，因此，他很合理地怀疑这位客人的真实身份，其实是一名到修道院来执行秘密任务的高级政府官员，要么就是一位隐姓埋名、独自外出旅行的贵族；不仅如此，当科讷希特私下里对自己的这些观察成果反复进行分析思考时，他又想起过去几个月里，曾经也有类似的一两位客人来访，如今再回想起来，他觉得他们似乎也挺神秘，而且办的事情恐怕也很重要。这时，他想起了卡斯塔利亚的"警察"负责人，也即那位对自己十分亲切友好的杜博伊斯先生，以及他要求密切关注修道院内此类事件的请求，尽管科讷希特仍旧对打这类小报告没有任何兴趣，而且发自内心地不想这样做，但良知却冲击着他的心灵，令他感到有些内疚——他已很久没有跟这位诚心对待自己、竭尽所能帮助过自己的先生写信了，可能实际上早已让这位先生失望了。于是，为了弥补这一过失，科讷希特给他写了一封长信，试图解释自己长久以来一直保持沉默的原因，然后，为了让这封沉甸甸的信中多少能够包含一些对杜博伊斯先生有用的实质性内容，他总算下定决心，告诉了杜博伊斯一些自己与雅科布斯神父的交往情况。自己的这封长信将会被多么小心仔细地反复阅读，以及能够读到这封长信的都会有谁，他根本无从知晓。

第五节 使 命

如前所述，科讷希特在修道院的第一段旅居岁月为期两年；在现在这个时间点上，他已年满三十七岁。科讷希特于玛丽亚菲尔修道院居留的末期，也即他给杜博伊斯的长信写完之后大约过了两个月的时候，一天早上，突然有人过来请他到格瓦修斯院长的会客室去。在他看来，这并非什么大事，大概是这位和蔼可亲的先生又想找他稍微聊一聊与汉语相关的问题，因此，他只是稍微准备了一下，便匆匆忙忙赶了过去。在会客室里等了一会儿之后，格瓦修斯风风火火地来了，手里拿着一封信。"尊敬的先生，我很荣幸，在此需要委托您一件事，请您为我帮个小忙。"他先是用玛丽亚菲尔修士们特有的那种若有所思、若即若离的语气，以刻意强调的宽厚态度大声讲了一句，然后又马上转换为讽刺意味十足的挑衅语气，这种语气是教会团体与卡斯塔利亚团体之间闹了矛盾、友好关系中出现的问题尚未完全澄清时专用的，实际上是雅科布斯神父的发明创造。"除了要请您帮个小忙之外，还要请您向你们那位'卢迪大师'表达无限敬意！他可真是会写信！竟然用拉丁语给我写信，天知道这是为什么；对于你们这些卡斯塔利亚人而言，当你们做某件事情的时候，至少在我看来，永远都搞不清楚你们究竟是出于一种礼节需要，还是一种嘲弄手段，是作为一项赋予别人的荣誉，还是一道带有惩戒目的的指令。长话短说，眼前就是个现成的例子：这位可敬的Dominus[1]，竟然直接用拉丁语给我写信，而且，这种拉丁语还是我们整座修道院内目前

---

[1] 拉丁语，"主人"之意。

没有任何人能够完全读懂的——当然,雅科布斯神父除外。说实话,这种拉丁语的确与众不同,简直像是直接从西塞罗[1]开办的学校里学来的,但其中又以雨露均沾的巧妙方式、均衡有序地使用了不少教会拉丁语——当然,我们照样搞不清楚,他这样做是否只是出于某种天真的礼貌,将这些我们能够看懂的部分暴露出来,作为诱饵,吸引我们去琢磨信中的细节,从而给我们这里的修士们开个小玩笑?还是单纯想要以此来对我们加以嘲讽?要么干脆就是犯了炫耀本事、炫耀学识的老毛病——无论做什么事情,都抑制不住玩玻璃球游戏的冲动,一定要像玩游戏那样,将一封普通的信件给风格化,加入大量装饰,搞得跟游戏设计方案一样。好吧,就是这么回事,虽然无法完全读懂这封信,但大体上的意思还是能明白的,那位尊贵不凡的先生写给我的这封信,内容大致如下:他很想念您,想要再次亲眼看到您,再次好好拥抱您。当然,与此同时,也需要确认一下您现在的具体状况,想要瞧瞧您因为迫不得已而在我们这群半开化的野蛮人群体之中长期逗留,对您自身的道德与品性产生了多大程度的腐蚀作用。总而言之,这封拉丁语书信无疑是一篇广义上的文学艺术作品,假如我对它的理解和解释没出什么问题,那么,我现在要正式通知您——您已经获准休假了。信中向我提出了要求,希望我将自己修道院里的这位客人送回到瓦尔德策尔的家里去,但不是永远回去,过不多久,您就会再次回到这里来,只要我们觉得合适,您在家乡多待一阵子也没关系,但您最后一定会回来——这也正是卡斯塔利亚当局的意图。嗯,请您原谅,我的确没有足够的能力,无法以恰如其分的方式向您解释这封信中的全部微妙之处,托马斯大师本人想必也不指望我真能向您解释一切。因此,我现在干脆将这封短小的信笺直接交到您的手上,您自己回去读一读,自己考虑一下是否想要踏上归途,以及何时踏上归途吧。我们会想念您的,亲爱的朋友,但是,请您记住,如果您离开得太久,我们觉得不太合适了,一定会向您那边的政府当局提意见,要求您尽快归来的。"

---

[1] 西塞罗(前106—前43),古罗马著名政治家、哲学家、演说家,在古典拉丁语语言发展过程中起到过重要作用。

在院长交给科讷希特的信中，托马斯大师以卡斯塔利亚当局的名义，简要地给出了正式通知，说他已经获得了休假许可，除了可以利用假期稍事休息之外，还可以跟上级好好聊聊，交流交流各自的情况，预计他将在不久的将来回到瓦尔德策尔，大家都很期待再次跟他见面。另外，除非修道院院长明确提出要求，否则，玛丽亚菲尔方面，目前由他全权负责的玻璃球游戏初级课程的完成情况，他也完全不用再去操心，暂时搁置即可。又及，老音乐大师也向他致以问候。读到"又及"这句话时，约瑟夫不由得愣了一下，随即思考起来：首先，执笔撰写这封信的无疑是"卢迪大师"，既然如此，他是如何得到老音乐大师的嘱咐，在信笺的结尾处写下这句问候语的呢？无论怎么看，老音乐大师的问候语都跟这封公函的内容有些格格不入。一个合理的推测是：国家教育部门最顶层的那些最高负责人肯定聚在一起召开了一次会议，其中应该也包括老音乐大师——虽然他已经退休，但还是可以在一些重要事务上担任顾问——后者与"卢迪大师"见面之后，询问了关于他的近况，并且请"卢迪大师"在信笺中写下了这句问候语。好吧，最顶层召开了怎样的会议、做出了哪些决定，这些都不关他的事，他也不打算多去操心，但老音乐大师的这句问候语却令他感到颇为奇怪，因为这句话的语气，听起来就仿佛他跟老音乐大师是每日共事的同事似的，就仿佛他也出现在了那个会议上似的。如此看来，不管会议的具体内容是什么，问候语的语气证明上级领导们在这个极为重要的场合也谈到了他——谈到了关于约瑟夫·科讷希特的事情。所以，现在特意来信召唤他回去，是不是有什么新的状况出现了？他目前的这项任务是不是已经宣告结束，要彻底回到卡斯塔利亚？任务完成的情况如何呢？是否已经达成了目标？等待着自己的究竟是升迁还是贬黜？他有一大堆问题，但这封信笺里只提到了休假，别的什么也没说。是啊，休假，他真的很期待自己能够好好休个假，如果可能的话，他宁愿明天就离开。可是，不能说走就走，至少也得先跟自己的学生们好好道个别，至少也要给他们留下些许指示，让他们在老师离开的这段时间里也能好好练习玻璃球游戏。安东恐怕会对他的离去感到非常难过。除了安东之外，修道院里还有几位修士，是必须单独向他们辞行的。这时，科讷希特忽而想起了雅科布斯——值此离别之际，几乎令他感到吃惊的是，一想起雅科布斯，一想到可能再也见不到这位老先生，他的内心深处就涌起一阵轻微的疼痛感，这种感觉明确无疑地告诉他，他的内心其实十分依恋玛丽亚菲尔，这依恋之情比他自以为的还要深得多。在这里，他确实错过了许多过去早已习惯了的东西，错过了许多过去格外珍视的东西，而且，在这漫长的两年时光中，由于无法填补的距离感和匮乏感，卡斯塔利亚在他的想象中逐渐变得越来越美好；但是，在想起神父的那一刻，他清楚地意识到：雅科布斯神父身上的某些东西，对他而言是不可替代的财富，回到卡斯塔利亚之后，他显然就会失去这笔财富。这一突如其来的认知也让他比以往更加明确地认识到，自己在玛丽亚菲尔度过的这两年，的确是有所得的——总有一些经历不可替代，总归是学到了一些东西，不会是一无所获。而且，他越是认真回忆，就越是感到自己在玛丽亚菲尔经历了很多，生活过得很充实。一想到自己即将踏上重返瓦尔德策尔的旅程，即将与久别的人们团聚，即将开始高质量的玻璃球游戏，即将享受自己的假期，他的心中就充满了喜悦和信心。可是，假如这次去程没有归途，不能确保自己还能回来，恐怕这种喜悦之情也要显著减少。

此时此刻，他做了个突如其来的决定：马上动身，到神父那里去一趟。见到神父之后，科讷希特告诉他，自己得到了一次休假的机会，因为这次机会，他突然有了一些之前从未有过的感悟。能够重新回到卡斯塔利亚，对他而言固然是件很开心的事情，可是与此同时，他不无惊讶地发现，在回卡斯塔利亚休假的这层开心下方，竟然还藏着另外一层开心，即对自己未来还能够回到修道院、继续过修道院生活的期盼，而且，这份期盼之情首先就跟自己无比尊敬的神父有关。有鉴于此，值此离别之际，他鼓起勇气，打算向神父提出一个不情之请：等他这次从卡斯塔利亚回来之后，希望神父能够当自己的老师，系统性地教导他，哪怕每周只上一两个小时的课也没问题。雅科布斯听到这个请求之后，首先露出了自己一贯的防御性笑容，连连摇头拒绝，然后又开始以半带嘲讽、半是认真的态度，盛赞卡斯塔利亚的教育，说那里的教育是无可比拟、百花齐放的，自己作为一名普普通通的本笃会教士，在面对这种先进教育时，除了沉默不语、默默赞美之外，就没什么可做的了，更遑论教导他这个卡斯塔利亚的高才生；好在约瑟夫对神父非常熟悉，早就注意到他的拒绝不是那么认真，所以也就姑且一听。果然，在两人握手告别时，神父总算卸下了防备，真诚又亲切地告诉他，不要为自己的这个请求担心，等他从卡斯塔利亚回来之后，他很乐意为他做自己能够做到的事情，并且以最诚挚的热情向他道了别。

将修道院这边余下的事情逐一办妥之后，他就开开心心地启程离开玛丽亚菲尔，回瓦尔德策尔休假去了。眼下他的内心无比确信，知道自己在修道院里的这段日子并没有白费。动身离开的时候，他竟在一时之间产生了错觉，觉得自己还是个斗志昂扬的少年，但他很快就清醒了过来，意识到自己早已不再是少年，甚至也不是青年了；赶路的时候，他留意到了这样一项事实，每当他在冲动驱使之下，想要摆出夸张的姿势，毫无顾忌地大声喊叫，或者以任何带有些许孩子气的行为来回应眼下无比洒脱的心情、回应这如同住宿学校学生假期放假回家般的快乐时，他就会产生一种难以抑制的羞愧感，产生一种发自内心的抗拒情绪。怎么会这样呢？还记得多年以前，这些明明就是再自然不过的行为啊，每次这样做时，不是都可以让心情尽可能地放松吗？想当年，他可以一边赶路，一边朝着树上的鸟儿欢呼，高声哼唱出自己熟悉的进行曲，动作轻盈，脚下生风，仿佛整个人都飘浮在空气中，每一步都刚好踩在节拍上，仿佛在表演节奏感十足的舞蹈——现在这些都不可能了，硬要模仿过去，也只会显得生硬而滑稽，在外人看来，已经跟少年扯不上关系，完全是愚蠢又幼稚的行为了。他能感觉得到，自己现在已经是个名副其实的成年男人。在情感方面当然还算是年轻人，精力部分也是很年轻的，尽管如此，他却不再有资格去享受短暂的放纵，再也找不到释放激情的心情与借口。他已不能继续享有自由自在、随心所欲的权利，恰恰相反，他的头脑必须时刻保持清醒，行为上必须受到严格约束，必须承担相应的义务——可这一切又是为了什么？因为有一个上级存在？因为需要为自己所属的国家、自己所属的团体完成那个连具体内容都不知道是什么的任务？不对，不是这样的，完全是因为团体的存在本身。实际上，他已经在这突如其来的自我审视中猝不及防地意识到，在经历了人生各个阶段的成长之后，自己现在已经以某种暂时还不可理解的方式，深深嵌入了团体内部森严的等级制度当中，并因此而产生了极为强烈的使命感。这种使命感就仿佛有很多人随时都站在自己身边，虽然看不见他们的存在，但其实已经被跟自己同级、比自己等级更高的团体成员们从精神上层层包围了起来，根本没有脱身的可能。这样的状态会让许多年轻人看起来稳重老成，让许多老人看起来青春洋溢。这种被牢牢契入团体等级制度阶梯某个固定位置的状态，一方面会牢牢抓住一个人，给予强大的、几乎不可能被外界动摇的支撑力量，为原本形单影只的个体提供保护，可是另一方面，又会像绑住幼小树苗的粗大木桩那样，完全剥夺一个人本应拥有的自由。它在夺走一个成年人如孩童般纯真心境的同时，又反过来要求成年人的内心必须越来越纯洁、越来越纯粹，唯有这样，才可能在等级制度的阶梯上爬得更高、走得更远。

他先去了一趟蒙特波特，跟老音乐大师见了面，向他致以最亲切的问候。跟科讷希特一样，我们这位老音乐大师年轻的时候，也曾经在玛丽亚菲尔当过一段时间的旅居客，在那里研究本笃会历史悠久的教会音乐，也正因如此，这次见面时，大师向科讷希特询问了许多关于修道院的情况。时隔多年不见，科讷希特发现，相较于过去，这位老先生在跟他交流时似乎没有原来那么热情，像是稍微疏远了他似的，但这项变化并不明显，只能略微观察到一点儿，所以刚开始时，科讷希特怀疑是自己搞错了；不过，老音乐大师身上的另一项变化却极为明显——还记得上次见面时，大师的脸上写满了疲惫，但现在这种疲惫已经完全消失了，现在整个人看起来都很有活力，可以说是容光焕发。上述变化应该是退休的功劳，离开了那个位高权重、极为忙碌的位置，虽然大师并没有真的变得更年轻些，但整体看来的确是比以前更闲逸、更自由了。他问起了自己曾经弹过的那台古老管风琴，问起了那半打收藏了大量音乐手稿的胡桃木箱，问起了玛丽亚菲尔的小型唱诗班，甚至还问起了修道院十字形庭院内的那棵大树,想知道它是不是还在那里,是否依旧枝繁叶茂。关于玛丽亚菲尔,大师问了许多具体而微的问题,但对科讷希特在那里的任务完成情况,对他所负责的玻璃球游戏课程,对上级突然安排他这次休假的意图等科讷希特本人极为关心的问题不闻不问,似乎对这些问题的答案没有丝毫好奇心,这多少让科讷希特感到有些奇怪,但也不方便多问。到了最后,当客人跟大师聊得差不多,打算离开蒙特波特,继续自己的归家之旅时,这位老人还是跟以往每次分别时一样,给客人留下了非常有参考价值的嘱咐。"我已经听说了,"他用类似打趣一般的语气轻描淡写地说道,"你正在做的事情,跟一名外交官差不多。不得不说,外交官可不是什么好职业,但大家似乎对你的相关表现还挺满意。我这句话的意思,随便你怎样去理解都好!可是话说回来,假如你的雄心壮志并非这么容易就能满足,假如你不打算一直留在玛丽亚菲尔、一直做这个形式上的外交官的话,那你从现在开始就得当心了,约瑟夫;照我看来,他们很想继续困住你,让你深陷其中,浪费你的时间,消磨你的斗志。所以,保护好自己吧,你有权这么做。——不,不要细问,我不会再多说什么了。假以时日,你自己就能看清其中的奥妙。"

老音乐大师这句充满警示意味的嘱咐,仿佛在科讷希特的心中扎下了一根利刺,尽管如此,当他重新回到阔别两年的瓦尔德策尔,重新见到家乡的欢乐心情也是之前从未体验过的,巨大的喜悦感冲淡了与大师见面的复杂心情,令他暂时忘记了那根利刺。此时此刻,在他眼中,瓦尔德策尔不仅是自己的家乡,不仅是这世界上最美好的地方,而且,在自己离开的这段时间里,它显然已经变得更加美好,更加令人着迷;也可能瓦尔德策尔本身并没有变,变的是他自己——经过两年的锤炼,他的眼界已经拔高了不少,看事物时拥有了一重崭新的视野。借助这重崭新的视野,他今天不只看到瓦尔德策尔这座小城的一道道城门,不只看见大大小小的塔楼,看到这里的树木与河流,不只看见各处的院落与大厅,看见那些熟悉的身影,看见那些久已相识的人的脸——通过这次意想不到的假期,通过这意外的重逢,他还首次看清了瓦尔德策尔的精神面貌，看清了团体与玻璃球游戏的全貌。因为他现在作为归家之人，作为一名旅行者，作为已经变得更加成熟、更有智慧的人，对事物的理解能力和认知能力已经得到了显著的拓展，对于自己的这一变化，他不由得生出了一股由衷的感激之情。当他再次见到自己的好友特古拉尼乌斯之后，心情十分激动，马上就开始以能够想得到的最美妙辞藻，毫无保留地歌颂起阔别已久的瓦尔德策尔和卡斯塔利亚来。在这首无比生动的颂歌接近尾声时，他告诉自己的朋友：“不瞒你说，我啊——我甚至觉得，自己以前在这里居住的多年时光，就仿佛在睡梦中浑浑噩噩度过的一般。细想起来，那段时光固然幸福，但视野却极其有限，错过了太多太多。直到此刻，我才算是真正清醒了过来，将这里的一切都尽收眼底，将一切看了个一清二楚，原来这才是真实世界该有的模样。原来如此，在异地旅居两年，竟然能够将视野锻炼得如此敏锐！”他真是太享受自己的这次假期了，简直犹如参加节日庆典，一切事情都令他感到极度愉悦：跟"玩家聚居区"精英圈子里的伙伴们搭档游玩玻璃球游戏，并对游戏内容进行深入讨论；再次见到久未谋面的朋友们；再次沉浸到瓦尔德策尔的"在地精神"[1]之中。科讷希特兴致勃勃地享受着这份愉悦感，快乐的感觉持续升温，一直到归来后第一次受玻璃球游戏大师邀请，前往汇报情况时，才算是真正抵达心花怒放的顶点。接下来，这份愉悦感便逐渐蒙上了一层阴影，逐渐与某种躁动难耐的不安感混合在了一起。

出乎意料的是，"卢迪大师"并没有向科讷希特提出多少问题，只是轻描淡写、例行公事地问了他。在所有问题当中，关于玻璃球游戏初级课程的问题加起来都没几个，也没有细问约瑟夫的音乐档案研究进度，却反复询问了雅科布斯神父的情况，回答也听得十分仔细，仿佛怎么听都听不够似的。有时候，科讷希特明明已经在讲别的事情了，大师听着听着，还要专门再将话题引回到神父身上。科讷希特在玛丽亚菲尔的经历中，凡是涉及这位

---

[1] 原文为拉丁语"Genius Loci"，指某国或某地整体上独一无二的当地精神面貌。

老先生的部分，哪怕事情本身再微不足道，他都会表现出极大的兴趣，一定要刨根问底地追问一番，直到确定没有任何遗漏了，才会转向其他话题。整体而言，除了这些问题偶尔会让科讷希特有些摸不着头脑之外，大师对待他的态度自始至终都是极为亲切、友善的，也正因如此，汇报结束之后，科讷希特才会得出这样一个结论，卡斯塔利亚官方对他本人在这两年里的表现感到相当满意，他在本笃会修道院里的任务完成得也颇为成功，甚至可以说是大获成功，成功到超出了高层原先的预料——关于这一点，从杜博伊斯先生对他的态度中也可以得到更进一步的证实。当天的汇报正式结束后，大师命令他马上去见杜博伊斯先生，继续接受"警察"的问询。"你的任务完成得非常出色！"见面之后，杜博伊斯先生开门见山地表扬了科讷希特，稍微停顿片刻，他又面带微笑地补充道："还记得那时候，我旗帜鲜明地反对大师将你派到修道院去，因为当时的我有一种直觉，觉得你不适合这项任务，如果硬要派你过去，任务多半会以失败告终。可是，照目前情况看来，确实是我的直觉出了问题，对你的判断出现了严重失误。区区两年的时间，除了格瓦修斯院长，你连那位了不起的雅科布斯神父都给征服了，赢得了他们的信任和喜爱，这可谓是一项壮举，对于卡斯塔利亚而言，无疑是非常有利的。你的任务完成得很好，比你出发之前、任何人期待你能取得的成果还要多，而且是多得多。"两天过后，玻璃球游戏大师邀请他一同赴宴，参加这次宴席的有杜博伊斯，还有兹宾登的继任人，即瓦尔德策尔精英学校的新一任校长先生。用餐结束，一行人进行餐后小叙时，新一任音乐大师，还有玻璃球游戏档案馆负责人，也即国家教育部门最顶层的另外两位重要成员，也在科讷希特完全意料之外的情况下造访了这里，他们其中的一位，还将他单独带到一间会客室里，进行了一次闭门谈话，谈了很长时间。总之，这次由玻璃球游戏大师本人作为东道主的官方宴请，其意义十分重大，因为这是科讷希特生平第一次得到了公开引荐，正式进入了团体高层的内部——正式进入了这套等级制度最顶端的小圈子里，成了团体高层最有竞争力的候选人之一。这也是一道正式的分水岭，相当于在他跟"玩家聚居区"内大部分玻璃球游戏精英玩家之间筑起了一堵高墙。这一等级上的差异表现得极为明显，任何一位对此有所警觉的人士，都能十分敏锐地察觉到他身份的变化。顺带一提，高层给他目前的假期设定了四个礼拜的限期，与此同时，他还得到了官方正式授权的证件卡，凭此卡片可在"教学省"内所辖任意地方的贵宾客房内居住，享受高层待遇。虽然他目前并没有被安排任何具体的工作，甚至都没人要求他写一份正式的报告，行动看似完全自由，可他依旧强烈感觉到，自己始终都在高层的严格监控之下。他在得到那张可在卡斯塔利亚畅行无阻的证件卡后，很快就离开了瓦尔德策尔，前后去了好几个地方——先是到科伊珀海姆，然后又到希尔斯兰德，再就是到东亚学院，每到一处，他马上就会受到该地负责官员的盛情接待；短短几个礼拜的时间里，他就跟团体最高层的几乎每一位成员见了面，进行了实实在在的交流，其中包括"教学省"大多数研究机构的负责人，以及各个重要学科的大师。在走访各地的旅程中，科讷希特有一种错觉，觉得自己似乎又回到了过去，回到了曾经从事自由研究的那段科研岁月里，如果不是因为要跟各地大大小小的负责人打交道，如果不是因为这些官方的繁文缛节，他甚至觉得自己连当年那种无拘无束、自由自在的感觉都能再一次找回来。可是，去了上述的几个地方之后，他却主动缩减了自己游历各地的计划，取消了好几个目的地，提前返回了瓦尔德策尔。之所以这样做，主要是为了照顾特古拉尼乌斯的情绪——科讷希特的这位好友，对任何可能阻碍到他们两人相处的事情都会感到无比痛心，当然也是为了玻璃球游戏，因为瓦尔德策尔最近刚好要举行几场高端的玻璃球游戏练习赛，旨在进行游戏技巧方面的研究探索，这是科讷希特迫切想要参加的，除了学习之外，他也想借此机会来检验一下自己久未锻炼的游戏能力，特古拉尼乌斯正是他不可或缺的最佳拍档。科讷希特的另外一位朋友，菲洛蒙特，彼时已经在新一任音乐大师直属的班子里找到了自己的位置，忙得昏天黑地，整个休假期间，他们只见了两次面；在短暂的交流中，科讷希特发现，菲洛蒙特眼下虽然很忙，但其实忙得非常开心——他正沉迷于音乐史方面的研究，独辟蹊径地选择了一项分量很重的音乐史研究课题，探讨古希腊音乐在巴尔干半岛国家的民族舞蹈与民歌中持续发展、长盛不衰的历史原因。菲洛蒙特兴高采烈地向科讷希特讲述了自己最新的研究成果,以及相关史料发掘的全新收获:他在研究中发现,虽然巴洛克音乐从大约十八世纪末开始逐渐走向衰败,可是与此同时,它又从斯拉夫民间音乐中汲取了新的养料,成功完成了形式上的转变。

整体而言,这段如庆典般的假期当中的大部分时间,科讷希特还是用在了瓦尔德策尔,用到了玻璃球游戏上。他和弗里茨·特古拉尼乌斯两个人齐心合力,根据后者在现场记录的笔记,共同复习并研究了玻璃球游戏大师在一次不对外公开的小型指导课上传授的内容,这是大师专门为最高级玩家进修班最后两个学期的参与者准备的内容,无疑是最高级的游玩心得,特古拉尼乌斯也是上了很久的进修班才等到这一堂课的,笔记写得格外仔细。就这样,科讷希特再一次全身心地投入了转眼已阔别两年的、"玩家聚居区"内无比崇高的游戏世界里。玻璃球游戏是如此神奇,在他看来,游戏就跟音乐一样,拥有不可想象的魔力,是他生命中如此不可分割、如此不可或缺的组成部分。

直到假期只剩下最后几天时,"卢迪大师"才再一次召唤约瑟夫过去,跟他好好聊了聊他在玛丽亚菲尔的派遣任务,以及假期结束后就必须立即着手完成的另一项新任务。刚开始时,大师只是以闲聊的语气带出这些事情,聊着聊着,语气逐渐变得严肃、紧迫起来,他告诉科讷希特,国家教育部门最顶层已经拟订了一项长期计划,依照目前情况来看,负责各个学科领域的大多数大师,还有杜博伊斯先生,他们都明确支持这项计划,而且将它看得很重要,即在罗马教廷开设一个永久代表处,作为卡斯塔利亚在天主教权力核心的前沿阵地,未来将会往那里持续派遣常驻代表。此事非同小可,托马斯大师用他特有的那种鼓舞人心又字正腔圆的讲话方式说道,或许存在着这样的一种可能性,以此项计划为契机,弥合罗马教廷与本团体之间古老鸿沟的历史性时刻已经来临,就算还没有正式来临,至少也可以认为,在目前这个时间点上,我们与必将到来的历史性时刻已经非常接近。在未来可能发生的种种危机中，罗马教廷与本团体必须同仇敌忾，面对共同的强敌，承担共同的命运，这是毫无疑问的，因此，我们之间本身就是天然的盟友关系。可是长期以来，我们这两个天然盟友之间，竟然从未结成过正式的同盟，不得不说，像这种没有经过官方认可的关系，固然从表面上看起来尚算良好，但其实很难稳定维持下去，更何况长期如此，在世人眼中恐怕也不怎么合礼数，多少有些"名不正则言不顺"之嫌：罗马教廷和卡斯塔利亚团体，世界上目前存在着的这两大势力，身上都肩负着同样的历史使命，这项历史使命就是保全人类文明，为精神世界的持续、稳定发展保驾护航，通过这样一种方式来维持国与国之间的长治久安，维护世界和平。重任在前，需要合作完成的事务多到超乎想象，既然如此，我们双方岂能继续采取各自为政的策略？岂能继续将对方看成几乎毫无联系的陌生人？罗马教廷拥有悠久的历史传承，在不算太远的过去，连续经历了好几次世界大战的洗礼，历经多个不同时代的重大危机，尽管自身损失惨重，但到底还是坚持了下来，甚至还因祸得福，理念上得到了更新，组织结构上亦随之得以净化。无论是谁，只要研究过相关历史就会发现，一连串的危机结束之后，世俗世界正式进入了一个分崩离析、迅速衰败的时代。在当时，无论科学研究，还是成长教育，都跟社会文化一起陷入了深深的泥淖之中，衰退是长期的，放眼望去，过去的辉煌早已不复存在，也看不到任何复兴的希望；卡斯塔利亚团体，及其对应的思想理念，恰恰就诞生于这一大片断壁残垣之上，或许应该说，正是有这一大片断壁残垣的存在，才令卡斯塔利亚拥有了足以让自身萌芽的土壤。对比我们之间存在着的上述两种状况，罗马教廷无疑是资历更深的那一方。首先，由于它传承的历史极为久远，非卡斯塔利亚团体所能比，一路延续至今，取得的成就当然比我们要大得多；其次，相较于根基浅薄、尚未遭遇过多少大风大浪的卡斯塔利亚，罗马教廷显然经历过次数更多、规模更大的历史风暴考验，在面对潜伏于未来的危机时，也有更多的实战经验可供参考；至于在普罗大众当中的接受程度，那就更不必说了，世俗世界的大部分国家、大部分民众都承认罗马教廷所拥有的优先地位。因此，两大势力之间孰优孰劣的纷争完全可以暂时搁置下来，目前的主要议题，应该是如何去唤醒数量极为庞大的罗马天主教徒群体，让他们意识到这两大势力之间本质上是天然盟友关系，培养他们建立两大势力一荣俱荣、一损俱损的团结理念。向罗马教廷派遣常驻代表，长此以往，加深合作的群众基础就能够逐渐打牢夯实，未来一旦在某些领域遭遇重大危机，我们就可以利用这份相互依存的稳定关系，创建牢不可破的同盟。

（听到这里，科讷希特心中忍不住嘀咕道："噢，也即是说，他们想要让我担任常驻代表，直接派遣到罗马教廷去，而且恐怕会永远留在那里！"这时，他突然回忆起老音乐大师那些充满了警示意味的嘱咐，立即提高了警惕，准备在恰当的时候保护好自己。）

托马斯大师仍在继续进行自己擅长的演讲：通过将科讷希特派遣至玛丽亚菲尔，通过他所肩负着的这项外交使命，卡斯塔利亚大胆迈出的重要一步，总算有了实质性的成果。要知道，这项使命本身并没有任何实质性的作用，接受修道院方面的邀请，派人过去履职，只是一次战略上的试探、一种外交礼节上安排到位的高姿态，仅此而已。卡斯塔利亚团体并不需要为此承担任何责任，接受对方主动邀请的同时，也没有任何不方便摆上台面的政治企图——否则就不会真的按照对方要求、派遣科讷希特这个完全不懂政治的玻璃球游戏高手过去，肯定会从杜博伊斯先生掌管的"警察"部门内部精挑细选出一位年轻有为的官员前往履职了。两年时间过去，谁也料想不到的事情发生了：像这样的一次试探，这项原本微不足道、人畜无害的小小使命，竟然意外取得了很好的效果。在科讷希特坚持不懈的影响下，那位在天主教领域有着精神领袖般举足轻重作用的伟大人物——雅科布斯神父，逐渐对卡斯塔利亚团体的思想理念有了一定程度的了解，甚至在天主教最重要的舆论宣传阵地上发表了有利于我们这种理念的见解。要知道，在此之前，他对"教学省"的理念可是抱持着绝对否定态度的。有鉴于此，卡斯塔利亚当局很感谢约瑟夫·科讷希特，因为他在卡斯塔利亚和玛丽亚菲尔之间成功扮演了沟通桥梁型的重要角色，对天主教世界的要人施加了显而易见的影响。之所以说科讷希特身上担负的外交使命取得了成功，其意义完全在此，未来的工作安排上，必然也是围绕着这个方向来展开。等到假期结束，回到修道院之后，科讷希特不仅要继续努力，深入发展他与雅科布斯神父之间好不容易建立起来的这份友谊，而且还要对其影响力进行定期评估，以便进一步衡量这一外交使命的价值，适时调整工作策略，将一切朝着更有利于卡斯塔利亚的方向推进。这一次，高层已经给他安排了一次休假，确保他能够在执行任务的漫长过程中得到一定程度的放松，假如他觉得假期时间不够长，还想稍微延长一些，也是可以的。趁着这次假期，国家教育部门最顶层的大多数重要成员都跟他进行了面谈，在后来举行的会议中，高层无一例外地对科讷希特表示了信任和支持，因此，眼下大家委托他——现任玻璃球游戏大师——作为代表，为科讷希特安排一个特殊的职务，让他在被派回到玛丽亚菲尔之后，能够拥有比之前更大一些的权限，确保他在那里能够得到更加友好亲切的照顾。

讲到这里，大师特意停了下来，似乎正在等待自己的这位忠实听众提出某个早就想问的问题，但科讷希特并没有开口，仅仅摆出了一个很有礼貌的姿态，表示自己正在认真聆听大师的讲解，而且对自己即将获得的新任务感到颇为期待。

"很好，我现在正式向你下达任务，"大师接着说了下去，"其具体内容如下：我们已经筹划妥当，无论早还是晚，一定要在罗马教廷的核心——梵蒂冈开设一个隶属于我们团体的永久代表处，而且要尽可能基于外交对等原则来建立。诚如之前已经讲解过的，卡斯塔利亚团体是相对而言较为年轻的组织，因此，在与罗马教廷建立正式关系时，我们甘居次席，情愿让罗马教廷的地位高过我们。不过话说回来，尽管我们承认他们的地位较高，但这也并不代表我们就需要向他们卑躬屈膝，我们只是在态度上非常尊重他们本应具有的历史地位罢了。这实际上是很大的让步，因此——顺带一提，这只是我单方面的推测，因为我对这类问题了解得没有杜博伊斯先生那么清楚——教皇很可能马上就会接受我们给出的提议；无论如何，最重要的是不能被对方一口回绝，那后面就没戏可唱了。更何况我们现阶段还是很有优势的，因为今时不同往日，我们如今已经能够直接接触到一位天主教方面的重量级人物，他的意见在罗马教廷可谓举足轻重，此人正是雅科布斯神父。因此，你的任务就是：赶紧回到玛丽亚菲尔的本笃会修道院去，跟以前一样生活，跟以前一样进行学术研究，跟以前一样传授不会造成任何问题的玻璃球游戏课程，但不要将这些作为重点，主要还是要将注意力放在雅科布斯神父的身上，继续对他施加影响力，慢慢将他争取到我们这边来，请他帮忙说服罗马教廷，支持我们开设永久代表处的计划。简而言之，此次任务的最终目标十分明确，一切以代表处的最终设立为准。兹事体大，影响亦很深远，因此，完成它需要花费多长时间反而是比较次要的问题；根据我们的判断，你在玛丽亚菲尔的派遣周期至少还需要再持续一年，也有可能是两年，也可能还要再过许多年。不管怎么说，对于那座本笃会修道院内部的生活节奏，你现在已经很熟悉了，适应下来肯定没有任何问题。总之，我们不应该给那里的人们留下缺乏耐心、急于求成的印象，整个过程务必顺其自然，等到时机已完全成熟之时，再来顺水推舟地加以推动、促其完成即可，这难道不是最好的选择吗？我希望你能够同意我们对你的安排，接受这项任务，如果有任何意见，还请开诚布公地讲出来。如果你不打算急着做决定，还想再考虑一下，我们也可以再给你几天时间来好好想一想。"

通过之前的几次谈话，科讷希特其实早已大致猜到了这项任务的具体内容，因此，他对今天大师的安排并不感到有多意外。他当即表态，说此事不必再花时间来细细考虑，自己愿意服从安排，毫无保留地接受这项任务，但他旋即又补充道："您知道的，像这样的一类使命，唯有在接受使命之人对其没有半点儿抗拒心理、没有半点儿犹豫不决的前提下，才最容易取得成功。具体到我个人的身上——您也可以看到，我在接受任务时完全没有勉为其难的迹象，因为作为卡斯塔利亚人，我十分理解这项任务的重要性，相信在不远的将来，我是能够妥善完成它的。不过话说回来，与此同时，我却对自己的未来感到极度忧虑，并因此而觉得十分沮丧；请您原谅我的唐突，大师，但我已下定决心，必须再向您多讲几句完全只涉及我个人的、或许在您看来颇有些利己主义意味的话语。我的身份始终是玻璃球游戏玩家，关于这项事实，您当然是一清二楚。因为被送到修士们那里去执行任务，我的学术研究工作耽搁了整整两年，在此期间，我不仅没有学到任何新的东西，连原有的游玩技艺也几乎荒废掉了。可是现在，眼看着还要继续执行任务，那就还要再耽搁至少一年，甚至一晃就会过去许多年。在这段相对漫长的时间里，我不希望在玻璃球游戏上被抛得更远，因此，我希望能够得到您的批准，尽量多给我放一些短假，让我可以经常回瓦尔德策尔住上几个礼拜的时间，如此一来，我就有机会赶上最高级玩家进修班的进度，用心聆听您的讲座，并参加您主持的练习课程。"

"乐意如此安排。"大师以略带应付的语气回应道。实际上，科讷希特已经能够从这种语气中听出逐客的态度了，但他不管不顾，故意提高嗓门，赶紧讲出了自己的另外一个想法，即他对于目前的任务其实是有点儿害怕的，担心自己如果真的在较短的时间内完成了派驻玛丽亚菲尔的任务，一旦梵蒂冈的永久代表处真的如愿设立了，作为相关人士的他，恐怕会马上就任常驻代表，被派往罗马教廷履职，就算不被派往罗马教廷，也很可能继续从事外交方面工作，很难再调回到瓦尔德策尔。"面对这样一种令人感到绝望的职业前景，"科讷希特对此下了定论，"无论最终将会面对哪条道路，都会严重影响到我的情绪，让我长期感觉压抑，心情极度沮丧，恐怕根本没法继续在修道院完成任务。谁又愿意长期被这里驱逐，长期在外完成外交使命呢？我是绝对不情愿如此的。"

听完科讷希特的这番抱怨，大师不由得皱起了眉头，他伸出一根手指，对科讷希特的看法予以叱责："你说自己被这里给驱逐了——像'驱逐'这样的一个词，选得可真是太糟糕了，这样的说法明显是不合适的，因为没有任何人会将此事视为驱逐，相比之下，它更应该被视为一份荣耀、一种晋升。至于你未来的前途如何，完成这项任务之后，下一步将会以怎样的方式来安排你的位置，目前我实在无法给出任何肯定的答复，或者提前向你许下任何承诺。尽管如此，你所表达出来的这份忧虑，我也十分理解。因此，假如未来真的出现你所描绘出来的情况，当你的恐惧几近成真之时，我估计不会袖手旁观，会尽可能出手帮你的。现在请听我说：你身上有着某种神奇的天赋，能够让别人喜欢上你，对你产生好感。那些看不惯你、对你心怀不轨的人，恐怕会因为你拥有这种天赋而对你泼污水，说你是个天生的谄媚者[1]。国家教育部门对你有着莫大的自信，选择再次派遣你前往修道院，大概也是因为你的这种天赋——实话实说，对于你将要完成的这项任务而言，惹人喜欢的天赋无疑是很有用的。但是，还是请你不要滥用自己的天赋，约瑟夫，千万不要对它能够起到的作用估计过高，并因此而影响到你的判断，甚至对它产生依赖。有点儿耐心，等到你在雅科布斯神父那里走了运、有了效果之后，再来合理运用自己的天赋，向高层提出你的私人请求，这才算是把握住了恰当的时机。今天就提出要求，至少在我看来，属于为时过早了。这次就这样吧，等你准备好启程的时候，记得告诉我一声。"

约瑟夫沉默不语，默默接受了大师最后讲出的这些话语。他其实能够感觉得到，虽然这些话表面上看起来是在叱责自己，但其中暗藏的好意是要多过责备的，实际上是大师给自己的临行忠告。过不多久，他就启程回到了玛丽亚菲尔。

到了修道院之后，他马上就确定了一件事：与过去两年相比，当前的这项任务明确规定了要求，不用再猜来猜去，可真是太舒心了。在他看来，这项任务不仅重要且光荣，而且还完全符合他内心深处原本就怀有的愿望，即想方设法地接近雅科布斯神父，进一步取得他的信任，最终赢得他完全的友谊。如今他拥有了官方授予的全新身份，作为卡斯塔利亚团体的外交使节，受到了修道院方面的隆重款待。原来这就是玻璃球游戏大师口中所说的"特殊职务"，相比之下，他也觉得自己在修道院内的地位似乎有所提高，这种细微的态度变化尤其体现在修道院高层人士们的身上，首先转变

---

[1] 原文为法语"Charmeur"，阿谀奉承者之意。

的就是格瓦修斯院长。可想而知，他们还是跟前两年一样友好亲切，但这种友好亲切之中额外增添了一份崇敬之情，无论是在对话的语气上，还是举手投足之间，都可以很明显地察觉得到。如今的科讷希特已经不再是以前那个没有明确身份、受邀来到玛丽亚菲尔旅居的年轻客人，大家以往对他表示出的客套和礼遇，仅仅因为他来自外界，来自其他团体，是个完全无害的局外人，再加上他那种讨人喜欢的天赋，恰到好处地引发了别人对他的好感，仅此而已。如今他成了来自卡斯塔利亚的高级官员，受到玛丽亚菲尔官方的正式接待，团体外交使节的身份，无疑受到此地所有修士们的喜爱和尊敬。对于这些细节，现在的科讷希特有着更敏锐的洞察力，他不再感到盲目，毫无困难地分析出了上述结论。

不过，他并未在雅科布斯神父身上发现任何变化：神父的态度跟之前没有任何区别，见到科讷希特归来，他亲切又开心地迎接了他，而且，不等科讷希特请求或者提醒，就主动提出了兑现之前承诺的主张，即正式当他的老师，开始系统性地教导他——这份诚意令科讷希特深受感动。于是，他将自己的工作计划与日程安排改头换面，新的计划和假期与定下的初步设想相比，有了根本性的改变。在这份新计划中，玻璃球游戏课程不再列入他工作的重心，音乐档案馆的研究项目暂时搁置，与管风琴师合作管理小型唱诗班的想法则完全不予考虑了。如今在计划中居于首位的，是接受雅科布斯神父的教导，潜心学习与历史研究相关的大量专业领域知识。与此同时，神父还要单独指导这个与众不同的学生，协助他了解本笃会的早期历史，一直上溯至其中世纪早期的源头。除了这些之外，每天还要额外抽出一个小时的时间，共同阅读一本以古代文字撰写的编年史古书。上了一段时间的课之后，科讷希特一而再、再而三地向神父提出请求，希望让年轻的安东也参与进来，一同学习历史。神父虽然十分愿意再增加一名学生，但同时也向他提出了警告，告诉他，目前的授课方式完全是一对一的，效率极高，一旦多了一名学生，就算对方愿意主动配合他们的进度，也必然会极大地降低学习效率。神父同意之后，科讷希特就去邀请了安东加入。这位年轻人完全不知道自己获得的机会是出自科讷希特的热心安排，对于自己竟然能够受邀参加这种最高等级的历史研究学习，感到喜出望外，但他自知学历有限，所以主动提出只参加编年史古书方面的学习，因为这是他最感兴趣的领域。毫无疑问，对于这位年轻修士而言，光是参加这门课程就是一份难得的殊荣，若无意外，他在后来的人生中想必会取得极大的成就，可惜我们无法找到关于安东其人生平的进一步资料，无法对此加以佐证。当然，听课本身就已经是一种最高层次的奖励、享受与激励；因为与安东在一起的是他那个时代思想最纯粹、头脑最富有创造力的两位杰出人物——他们两人之间在进行思想碰撞与交流，安东则作为一名忠实听众、作为一个年轻的新人，被允许在现场聆听。科讷希特给予神父的回报，包括为他讲解金石学[1]和史源学[2]方面的知识，继而简述卡斯塔利亚的历史与组织结构，以及玻璃球游戏的指导思想。每逢这种时候，原先的学生就成了老师，尊敬的老师则摇身一变，成了专注于聆听的听众，而且往往还是一名相当难以满足的提问者和批评家。神父对整个卡斯塔利亚的精神状态始终秉持着怀疑态度，始终保持了绝对的清醒，因为他在其中遍寻不着真正的宗教气质，并因此而怀疑它是否真的具有足够的实力、真的具备足够正确的价值观足以教育并塑造出货真价实的高质量人类个体，尽管他面前的科讷希特就是卡斯塔利亚的这一教育模式培养出来的高质量成果。日子一天天过去，哪怕神父早已领会了科讷希特的意图——透过科讷希特的课程、透过他所举的例子，心中其实早已接受了卡斯塔利亚，并且早就决定支持卡斯塔利亚与罗马教廷之间的亲善，但他的这种不信任感却始终无法完全消除。在科讷希特存留下来的笔记中，写满了这类内容偏激、对比强烈、只是为了在争论中取得优势而临时举出的例子，我们在此不妨列举出其中一个，充作样例。

神父："你们是伟大的学者，是了不起的美学家，你们这些卡斯塔利亚人，你们精确测量一首古诗中元音部分所占的比重，并且将对应的公式与天

---

[1] 中国考古学的前身，以古代青铜器、石刻碑碣为主要研究对象的一门学科。
[2] 中国古典考据学的辅助学科，指寻考史料来源的一门学科。

空中某个行星的轨道联系起来。这个过程很让人感到开心，可它只不过是一场游戏。的确，就连你们团体至高无上的秘密和象征，玻璃球游戏，也只不过是一场游戏。好吧，我得承认，你们的确尝试着要将这个漂亮的游戏提升为类似圣礼的某种东西，或者至少也要将之作为一项教化的手段。可是，圣礼却并不能从这样一类努力中催生出来；游戏始终都只是游戏罢了。"

约瑟夫："照您的意思看来，神父，我们所缺乏的恐怕是神学基础？"

神父："唉呀呀，我们还是先不要谈神学吧，你们离神学的距离还太远，目前根本没什么好说的。为了抵达神学，你们首先可以从一些相对更简单的基础开始，比方说，从人类学开始，这是一门真正与人类相关的科学，能够促进对人类的真实了解。你们实际上并不了解何以为人，既不知晓其兽性，亦不知晓其神性。你们只知道卡斯塔利亚人：一种特产、一类种姓、一次特殊的育种实验。"

对于科讷希特而言，进行上述对话可谓是交上了非同寻常的好运。可想而知，这些时刻最有利于思想无拘无束的绽放，想象力可以在最广袤的领域恣意奔袭，人与人之间的距离也在不知不觉间拉得很近。如此一来，当然更有利于科讷希特完成自己的任务：为卡斯塔利亚争取神父的信任，说服他相信结盟亲善的价值。凭借这些场合，科讷希特轻而易举地就能得到与自己的一切构想、一切早已计划好的安排相吻合的机会，任务意图实现起来也太容易了，以致他很快就有了一些顾虑，良心极度不安。因为在他看来，这位受大家尊敬的先生端坐在自己面前，或者跟他一起在十字形庭院来回踱步，对自己如此信任，向自己毫无保留地传授知识；可是与此同时，他自己却心怀鬼胎，将神父视作不可告人的秘密政治意图的执行对象，视作完成任务的目标，这无疑是很可耻的行为，就连他自己的内心深处也在为神父感到不值得。对于这样一种现状，诚实的科讷希特实在无法长时间保持沉默，他已经下定决心，迟早要向神父揭发事实真相，只是想不出应该采用怎样的形式，才能够将对各方面的伤害控制到最小。哪曾想到，正当他为此感到犹疑不决时，这位老先生却比他更早地摊了牌，令他感到大为惊讶。

"我亲爱的朋友，"有一天，神父看似轻描淡写、漫不经心地对他说道，"我们居然真的发明出了一种最令我们感到愉快，而且在我看来也是最富有成效的交流方式。我这一生当中最喜爱的两项智力活动，无疑就是学习与教学。如今，在我们相互合作的时间里，我意外找到了一个美妙的新组合，那就是将学习与教学结合起来，化身为一项新的智力活动。对我而言，它来得正是时候，因为我已经开始衰老，不可能找到比我们相互合作更好的思维疗愈和精神养护之道了。不管怎么说，单就我这方面的看法，在我们两人的沟通交流中，我绝对是受益者。可是从另一方面来讲，我却不太确定您那边的情况，我的朋友，尤其是您所代表和服务的那些人的情况，他们是否如他们所希望的那样，从我们的合作中获得了许多好处，这我就不知道了。实话实说，为了未来着想，我想阻止迟来的失望。不仅如此，我也不希望我们两人之间原本纯粹的友谊生出杂质，涌现出任何不纯洁的内容，所以，请允许我这个老朽的实干家直截了当地向您提出这样一个问题：自从遇见您之后，我当然经常会思索您被派来我们这座小修道院长期居住的动机，这是毫无疑问的，虽然就我个人而言，您的到来令我感觉很愉快，但这并不在考虑之列。直到不久之前，说得更确切些，就是直到您获得最近的假期之前，我想我至少可以确定一点，那就是——对于自己被派驻到这里来的原因，甚至连您本人也并不怎么清楚。我观察得对吗？"

当科讷希特给出肯定的回答之后，他继续说道："很好。但是，自从您度完假回来之后，情况就发生了天翻地覆的变化。您现在已不再担心、不再关注自己来这里的目的了，因为在您回去的时候，目的已经被挑明了，您已经知道它了。对吗？——很好，既然如此，那我就没有猜错。对于您到我们这里来的动机，我的猜测应该也不会错。实际上，您的身上担负着一项使命，担负着一项外交任务，该任务既不涉及修道院，也不涉及我们修道院的院长，而是涉及我。——您看看，讲到这里，您的秘密已经所剩无几了。既然如此，为了彻底弄清情况，我将走出最后一步。在此我建议您，不要试图隐瞒，直接将剩余部分全部告诉我。说吧，您要完成的任务是什么？"

神父的话还没说完，科讷希特已经直接从座位上蹦了起来，他面对着眼前这位表情平静的老人，脸上写满了惊讶，感到非常尴尬，几乎讲不出一句完整的话来。"您说的都是对的。"他喊道，"您在减轻我内心重负的同时，也因为揭穿秘密而令我感觉无比羞耻。实话实说，一段时间以来，我一直都在思考同一个问题，怎样才能让我们的关系像您现在所做的这样，迅速推倒之后又迅速建立起来，澄清所有的隐瞒与误解，从而保持其纯洁。幸运之处在于，我向您提出的希望接受教导的请求，我们之间所达成的、我向您系统性学习历史知识的口头协议，是在这次休假之前就已经提出的，如若不然，恐怕真的就会显得这一切都成了我所运用的狡猾外交手段，成了我为完成政治任务而想出的花招，我们努力进行的研究反而成了无足轻重的借口！"

老人亲切地安抚他道："我之所以选择揭穿真相，没有任何其他目的，只是想要帮助我们两人各自向前迈进一步，迈过我们之间关系的阻碍，仅此而已。我完全相信您的诚意，您不需要向我额外保证些什么。既然我已经抢在您前面澄清了事实，没有造成任何不良的后果，那这无疑是一件值得庆祝的好事。而且如此一来，还为您日夜期盼完成的任务提供了契机。我们可以大大方方地对其细节加以讨论，争取让它早日完成，这样岂不是更好？"于是，科讷希特就将自己那项任务的细节向神父和盘托出了，神父听完之后，也对他讲出了自己的看法："那帮在卡斯塔利亚定计划的先生们，称不上什么天才人物，但也勉勉强强算是合格的外交家，而且他们也很幸运，因为他们将任务交给了您来完成。我将在闲暇时仔细考虑您的任务，考虑是否应该帮助您。不过，我的最终决定将部分取决于您能否成功向我介绍卡斯塔利亚的基本状况和思想世界，能否让我认为您言之有理，并对卡斯塔利亚给予足够的信任。所以，我们共同努力，慢慢来达成它吧。"看到科讷希特仍然有些尴尬，神父哈哈大笑，又补充道："如果您愿意的话，不妨将我今天主动出击的手段也看成是某种形式的实践教学。具体到这件事情上，可以说，我们的身份实际上是两名外交家，当外交家碰面时，永远都要展开一系列斗争,哪怕从表现形式上看似乎很友好,本质上也是一样的。这场斗争中,我在开场时暂时处于劣势,因为您对事情的真相知道得比我更多,从行动规则上讲,我显然是被动的,但我的经验却比您丰富得多。经过一番明争暗斗,现在我们已经呈现出势均力敌的态势。这一步棋无疑已取得成功,所以它必定是一步好棋,只管走下去,不要想太多。"

想方设法赢取神父的信任,让他最终能够接受卡斯塔利亚高层的意图,这当然是十分重要的事情,而且也很有价值。但是,在科讷希特看来,尽可能多地让神父从自己这里学习新知,反过来成为这位博学多才的大人物在卡斯塔利亚世界的可靠向导,似乎还更加重要一些。科讷希特经常被他的许多朋友和学生所羡慕,因为他就跟历史上那些出类拔萃的伟人一样,不仅拥有内在的优良品质和无限活力,还拥有显露在外的非凡好运,显然受到了命运之神的优待。相对渺小的人物往往只能从伟大人物身上看到那些他们想看的东西,约瑟夫·科讷希特的职业生涯、他一生事业的崛起,对于每一位观察者而言,的确是过于光辉闪耀,他的崛起如此迅速,过程似乎毫不费力;对于他所生活的那个时代的人们而言,亲眼见到这一切之后,很可能试图对他所取得的成就进行简单粗暴的概括,即他的运气实在是太好了。在这本书中,我们不会试图从理性或者道德层面对这种"运气"加以解释,无论它是外部环境一系列因果关系相互作用的结果,还是冥冥之中对其拥有的某项特定美德给予的一项可观奖励,我们都不打算进行深入讨论。在我们看来,幸运与理性或道德之间没有任何确定的联系;它本质上是一种类似魔法一般的神奇属性,是隶属于人类发展早期的、年轻阶段的一种神秘产物。天真烂漫的幸运儿、受仙女赐福的人、被神灵宠坏的人,在历史上出现了太多太多,他们都不是我们可以用理性来加以观察、加以分析的对象,自然也不是人物传记的撰写过程中可以随意取用的材料;幸运是一种符号,早已超越了对个人经历与历史现象进行研究的范畴。不过话说回来,历史上也的确存在着这样一类杰出人物,他们人生中的"运气"是无可回避的,但这种"运气"只会起到唯一一项作用,就是为他们所拥有的能力提供帮助,找到符合这些能力的任务；这种"运气"让他们出现在了历史的进程之中、出现在了未来的伟人传记上，帮他们找到了适合自己做的事情，并且刚好遇见了可以提携他们的人物，一切都恰逢其时，既不会太早，也不会过晚；科讷希特似乎就是他们当中的一员。恰恰因为他拥有如此的一种"运气"，这就导致他的人生，至少在其中相当长的一段时间里，在外人眼中的印象都是恰逢其时的，仿佛一切高高在上的好东西都自动落入了他的怀中，由他支配，随他把玩。在此，我们并不打算对人们所抱持的这类观点加以否认，也不打算通过某种方式将它一举抹去；这毕竟是一本伟人传记，因此，我们只打算使用撰写传记时能够用上的方法，来对其进行合乎情理的解释。值得注意的是，假如在撰写传记的过程中，选择对那些最个人、最隐私化的东西，对健康问题与所患疾病，对人生的潮起潮落，对情绪上的起伏波动等细节进行几乎没有下限的讨论与关注，诚然也是部分传记作者在写作时会做的事情，但不是我们会用的方式，而且这种做法对于卡斯塔利亚也是行不通的，至少不是卡斯塔利亚人希望和允许的。我们相信，尽管上面提到的任何一种写法都有可能在科讷希特的"运气"与痛苦之间找到某种完美的平衡，但始终都会对他真实的个人形象、对他所过的真实生活造成扭曲变形，因此，我们是绝对不可能这样写的。

类似这样的题外话就不多说了。我们刚才已经提到过，科讷希特是许多认识他，甚至仅仅是听说过他的人羡慕的对象。不过，在他的整个人生当中，可能没有什么比他与这位本笃会老神父之间的关系更让人羡慕的了，因为这种关系是完全互补、完全对称的，他们两人既是学生也是老师，索取知识的同时又给予知识，既是征服者又是被征服者，既拥有亲密友谊又有着紧密的合作关系。自从多年以前，科讷希特在幽篁被智叟的神奇力量所征服之后，还从来没有任何一次征服或者被征服经历，能够像面对神父时这样，令他感到如此开心；甚至可以说，在他的人生当中，还从来没有像现在这样，在感到如此优越的同时又感到无比羞愧，在享受至高荣幸的同时又受到彻底的鞭策。科讷希特后来拥有的众多优秀学生，几乎人人都可以证明，他是多么经常、多么开心又愉快地提到雅科布斯神父。从神父那里，科讷希特学到了他在当时的卡斯塔利亚难以学到的东西；他不仅获得了大量历史知识，领略了研究历史的方法论，还进行了首次应用实践，甚至还远不止于此——他获得了一项极为重要的理念，体验到历史并非一个独立的知识领域，历史本身就是现实，是生活本身；对于个人而言，历史本身也是一种严格的对应关系，即将属于他自己的、完全个人化的生活朝着历史的方向进行转化并加以升华。科讷希特是绝对不可能从一位普普通通的学者身上学到这些的。从这个层面来讲，雅科布斯神父已经远远超出了学者所辖的范畴，他已经可以被认为是一位先知兼圣人了。除此之外，他还是一名体验者兼共同创造者，他没有贪恋命运事先为他安排好的优越位置，没有选择沉湎于舒适的沉思当中，过那种如在温室中一般的享受型生活；恰恰相反，他任由席卷世界的飓风迅猛地掠过自己钻研学问的小房间，让自身所在时代的各种灾祸与警示畅通无阻地进入自己的心房；作为体验者，作为时代的共同创造者，他无所顾忌地参与其中，成为历史的同谋，亲历自己时代的种种事件，为发生的一切担责；他不仅要处理早已过去、盖棺论定的事件，对其进行概述，按照某种规则来排序，并尝试对其加以阐释，不仅要解决思想理念方面的遗留问题，还要着手应对历史材料与真实个人之间的不稳定关系。他与自己的合作者兼对手，一位不久前才去世的耶稣会教士齐名。当罗马教廷经历了听天由命、放任自流的混乱时期，以及思想上极度贫乏的蛮荒时期之后，他们两人普遍被认为是让罗马教廷重新获得外交与道德力量，还有高度政治威望的真正奠基人。

在神父和科讷希特分别作为老师和学生的情况下，虽然他们的对话从表面上看，几乎没有任何触及时事政治方面的内容——究其原因，不仅是因为神父本人并不愿意多谈政治，宁可保持沉默，克制住这方面的冲动；另一方面则是由于相对更年轻的科讷希特羞于被卷入外交和政治的旋涡当中，所以他们刻意回避了相关讨论——但本笃会的政治立场和思考模式早已根深蒂固地渗透到了神父对世界历史的思考当中，因此，他所表述出来的每一个观点里，他对寰球事务予以关注的每一次走马观花式的窥探里，其实同样悄无声息地融入了一位资深政治家的细致考量。可是，这位政治家始终都是与众不同的存在——相较于其他政治家，他既没有野心，也没有阴谋和盘算，既不是大权在握的摄政者，也不是追随者甚众的领导人，更不是什么诡计多端的煽动家，他只不过是一位政治顾问、一名调解人，凭借着过人的智慧，从事一些强度不高的政治活动，恰恰因为他对人性的不足与困顿有着极为深刻的洞察力，才会选择以这样一种方式参与到政治之中，维持与主流政坛之间若即若离的联系。但他的巨大名声、他的丰富经验、他对人对事的透彻了解，尤其是他作为人类个体所具有的大公无私与刚正不阿的态度，给予了他非同小可的世俗权力。科诺希特刚到玛丽亚菲尔时，对这一切可谓一无所知；他甚至连神父的名字都没有听说过。卡斯塔利亚的大多数居民长期生活在政治上的天真与无知状态中，哪怕在卡斯塔利亚建立的早期时代，这种情况在学者们当中也称不上罕见；他们从来不曾积极争取自己的政治权利和政治义务，几乎不会去关心报纸上刊登的任何内容。如果说这是普通卡斯塔利亚人所持的普遍态度与传统习惯，那么他们这种面对时事、政治和报纸时的羞怯感，在玻璃球游戏玩家群体中表现得甚至还要更加极端化，玩家们总是喜欢将自己视作"教学省"真正的精英，自认为是货真价实的上流人士，随时随地都要小心翼翼地维持自己高贵的身份，不让任何不干净的东西玷污他们"学问加艺术式生活"那稀薄又崇高的空气。当科诺希特第一次出现在玛丽亚菲尔的修道院里时，并不具备外交使节的身份，只是作为一名负责传授玻璃球游戏技巧的外派老师旅居于此，在那个时期，除了杜博伊斯先生在短短几周内教给他的少许政治常识之外，他就再没有任何政治方面的相关知识了。两年过去，与那时相比，他明显变得更有见识了，尽管如此，他却依旧没有放弃自己在瓦尔德策尔养成的那种不愿意涉足时事政治的习惯。假如说科诺希特在跟雅科布斯神父交往的过程中，政治意识逐渐被唤醒，并且潜移默化地受到了政治教育，那也不是因为科诺希特觉得这种教育有什么必要。学习历史，那是因为他对历史知识是有渴望的，甚至几乎可以说是贪得无厌的；相比之下，学习政治，仅仅因为他的历史老师是雅科布斯神父，这就导致他对政治的接触成了一件不可避免的事情，仿佛是顺带着学了学，仅此而已。

为了补充自己的知识武器库，也为了更加胜任自己那项无比光荣的任务——在他当老师的时候，让学识渊博的神父能够真正学到想学的知识，好好做自己的学生——科讷希特特地回了一趟瓦尔德策尔，带回了关于"教学省"现行各种规章制度的档案书、关于卡斯塔利亚历史的文献书，以及关于精英学校制度和玻璃球游戏发展史的资料书。这些书的其中几本，曾经在二十年前他跟普利尼奥·德西格诺尼进行长期辩论时起到过重要作用，可是自那以后，他就再也没有读过了；至于另外一些书，因为是专门为卡斯塔利亚的官员们编写的应用类书籍，之前并不允许他借阅，直到现在他也成了官员，才可以拿来读一读。如此这般，在科讷希特能够接触到的研究领域不断扩大的同时，过去学到的知识和历史基础就有些不够用了，他不得不打起精神，重新去审视这些自己以前觉得再熟悉不过的东西，试图掌握那些新增加进去的内容，同时加强之前已经掌握的部分。终于，当科讷希特尝试对自己重温或者新学到的东西加以总结，以便用最简单直白的方式，向神父讲解团体的精神实质，以及卡斯塔利亚所奉行的根本理念时，他才猛然醒悟——原来自己在猝不及防之间，竟触及了自身知识体系的最薄弱之处，同时也是卡斯塔利亚教育模式的最羸弱之处：这些内容根本就没怎么传授过，相关知识也全然不成体系。他无比惊讶地发现，原来自己对曾经使团体的出现成为可能并且真正推动其出现的世界历史条件，以及当团体出现之后，促其成长为如今模样的一切，其实都很缺乏了解，至多也只拥有很浅薄的一点点认知，这就导致他只能将卡斯塔利亚历史上发生过的事情想象成一幅完全平面化的苍白图景，缺乏清晰具体的细节与逻辑严密的秩序。幸亏神父在学习过程中并非一名消极被动的学生，经常会主动发表一些意见，只要他愿意，随时都会跟科讷希特进行深入交流。因此，科讷希特的单方面教学逐渐升华为一种双向奔赴式的合作，合作研究的情况越来越频繁，最后终于形成了一系列最活泼的思想交流：当科讷希特试图讲解他所在的卡斯塔利亚团体的历史时，雅科布斯神父也会在一旁协助他，告诉他应该怎样从各个不同的方面对这段历史加以审视，唯有如此，才可能正确看待并体验这段历史，并且通过世界和国家普遍具有的历史规律来抓住其根源。我们将会发现，上述高强度的讨论——由于神父积极主动的性格，这些讨论经常会发展成激烈辩论——在未来许多年里还在持续结出丰硕的果实，并且继续产生富有活力的影响，甚至直到科讷希特的生命结束之后，其影响力仍源源不绝。再看神父，他在聆听科讷希特讲解时是多么认真哪！想要知道他通过这些课程了解、承认卡斯塔利亚的程度如何，只需要看看他日后的行动就能清楚明白地知晓；罗马教廷与卡斯塔利亚团体之间求同存异的友好关系一直延续到了今天——其基调是彼此亲善、友好的中立姿态，偶尔会进行一些学术上的交流；在时代需要时，有时也会发展为密切合作的模式，建立真正牢不可破的联盟，这一切都应该感谢这两位先生的共同努力。甚至连玻璃球游戏的理论知识——在两人之间独一无二的课程刚开始时，神父竟然微笑着拒绝了对这部分知识的学习——他最终也主动提出要求，希望科讷希特能够将其基本内容好好传授给他，因为经过对卡斯塔利亚体系的学习，他已经清楚地意识到，这个团体的秘密，甚至可以说——这个团体的信仰或者宗教，必然藏身于玻璃球游戏之中。而且，现在他在态度上已经发生了转变，已经愿意深入了解这个游戏世界了。要知道，在此之前，关于玻璃球游戏的一切，他都是从一些道听途说式的渠道听来的，那些人本来就对游戏缺乏好感，传到神父这里时，当然更不会有什么正面的评价。眼下既然有了直接学习相关知识的机会，他当然不会错过，必定要以自己一贯的那种强势又机敏的方式，态度坚决地探索其中最为核心处的奥妙。虽然他直到最后也没有成为一名玻璃球玩家——无论以哪种标准来看，他的年纪都太大了，已经没办法再去当玩家了——不过话说回来，在卡斯塔利亚之外，几乎再没有哪个人能够比这位伟大的本笃会成员更了解游戏和团体的精神，几乎再没有哪个人是比他更诚挚、更有价值的朋友了。

每当科讷希特结束自己当天的课程，态度恳切地向神父告别时，神父都会告诉他，今天晚上他依旧会在家中等他过来小聚；在繁忙劳累、注意力高度集中的课程结束之后，在激烈讨论的紧张感松弛下来之后，晚上的这些时光无疑是悠闲的、放松的，可以供他们两人享受些许安宁与闲适，并且适当回复心神。约瑟夫经常会带着自己的克拉维卡琴过来，有时甚至还会再带一把小提琴，在蜡烛的柔和光线下，老人端坐于钢琴前，燃烧蜡油的甜美香气充满整个小房间，就跟他们交替或者一起演奏的科莱里[1]、斯卡拉蒂、泰勒曼[2]或者巴赫作品一样。老先生早早就回床睡觉了，科讷希特则受到这小小晚间音乐会的鼓舞，将自己每天的学习和研究时间延长到了修道院内部纪律管理所能允许的极限。

除了跟神父一起学习和教学，在修道院内部以不紧不慢的步调传授初级玻璃球游戏课程，以及跟格瓦修斯院长进行汉语会谈之外，我们发现科讷希特当时还在为另外一项涉及内容相当广泛的事务而忙碌；他已经报了名，打算参加专门为瓦尔德策尔的精英玩家们准备的玻璃球游戏年度竞赛。在此之前，由于外派玛丽亚菲尔的缘故，他已经连续两年没有参加了。根据规定，在这场大型竞赛中，游戏的方案设计必须以三到四个主办方已经限定好的主题为基础，着重要求新颖、大胆、原创的主题组合，同时又必须尽力追求高度的形式简洁性和概括性，方案书写也必须具备艺术性。在这个特殊的场合，参赛者们也自动获得了官方唯一认定的许可，被允许突破常规，即有权使用尚未被纳入玻璃球游戏档案馆、尚未获得官方认证的编码、密钥、符号和缩写——换句话说，大家可以自由使用玻璃球游戏象形文字宝库中最标新立异的内容。这种网开一面的行为，使得瓦尔德策尔的年度竞赛成了"玩家聚居区"中最激动人心的大事件，仅次于面向全国公开的、仅在庆典上才

---

[1] 科莱里（1653—1713），意大利作曲家、小提琴家，代表作有《合奏协奏曲》等。
[2] 泰勒曼（1681—1767），德国作曲家，被誉为历史上最有贡献的音乐家之一，因为他的创作沟通了以巴赫为代表的后巴洛克时期音乐和以海顿、莫扎特为代表的早期古典主义音乐。

会举办的大型竞技游戏。与此同时，这也是前途光明的精英玩家们之间角逐最有创新精神、最能为游戏事业添砖加瓦的顶尖高手地位的大舞台，因为这次年度竞赛的获胜者将会被授予玻璃球游戏领域的最高荣誉——这是一项非常罕见的荣誉，获胜者所完成的游戏，其游玩记录不仅会被列入当年的最佳游戏作品，在年度游戏庆典上面向全国民众进行庄严的复盘表演，而且他在游玩过程中对游戏的语法和符号所做的补充也会无条件地得到官方认可，被正式纳入游戏档案馆、纳入受官方认证的游戏通用语言库当中，成为玻璃球游戏本身的组成部分之一。遥想当年，那还是在大约二十五年前，那位伟大的托马斯·冯·德·特拉维，也即现在的"卢迪大师"，在年度竞赛中以黄道十二宫在炼金术方面的运用为主题，编写出了一整套全新的符号缩写，成功获得了这项殊荣。而且，在为玻璃球游戏发明了这套信息量极为丰富的神秘符号缩写之后，托马斯大师后来又借用了这套已经被纳入游戏通用语言当中的缩写，对与炼金术相关的知识进行了细致的研究与分类，在这一领域做出了非同凡响的贡献。但是，这一次科讷希特却并不打算使用任何全新的游戏语法和符号，他跟几乎所有报名参赛的玩家站在同一起跑线上，有许多现成的语法和符号可用。除此之外，他也不打算使用眼下相当流行的心理学游戏法，实际上这对他来说反而是更简单的，可谓驾轻就熟，但他却对其弃置不用；经过一番巧思，他构建出了这样的一套游戏设计方案，这套方案在结构与主题上的确非常现代化，具有很强烈的个人特征，但它最主要的特征反而是很复古的，具有一览无余、清晰透彻的经典游戏构型，以及严格的对称性，没有使用任何官方认证之外的元素，而且也只采用了适度的装饰来作为调剂，像这样一种非常传统、老派的设计，仅仅依靠无比优雅、细腻的执行，就已经营造出了极为惊艳的实战效果。究其原因，或许是因为平时远离瓦尔德策尔、远离玻璃球游戏档案馆，无法像其他玩家那样查阅相关资料，迫使他这样做；或许是因为历史研究方面的研习对他的精力和时间有着严格要求，令他无暇准备比赛；也或许是因为他有意识地想要让自己的游戏设计拥有独特的风格，以便或多或少地迎合他那位老师兼朋友雅科布斯神父的口味。无论如何，关于这个问题的具体答案，我们如今已无从知晓了。

我们在前文中使用了"心理学游戏法"这一表述，作为专有词汇，或许并非所有读者都能很好地理解其含义；实际上，在科讷希特生活的时代，至少在卡斯塔利亚，"心理学游戏法"是个经常能够听到的词，可以认为是个流行词。我们知道，在玻璃球游戏的世界里，无论身处于哪个时代，都有独属于那一时代玩家们的潮流、时尚和争论，以及不断发生变化的观点和表述方式。具体到当时，主要存在着两种针对玻璃球游戏的理念，这两种理念经常引发玩家们的争议和冲突，是大家反复进行激烈讨论的对象。简而言之，当时大家普遍将玻璃球游戏玩家根据他们平时习惯的游玩方式区分为两大类，一种为"形式型"，另一种则为"心理学型"，如今我们当然都很清楚，科讷希特和特古拉尼乌斯所属的类型是一样的，都是"心理学型"，尽管科讷希特主动远离了关于这两种玩法的口舌之争，但他其实是后者，也即"心理学型"的主要支持者和推动者之一，只不过科讷希特通常喜欢将自己习惯的玩法称为"教学型"游戏而非"心理学型"游戏。"形式型"游戏的玩法，追求的主要是让每场游戏在游玩过程中逐步发展为形式上最严密、最完整、最无可挑剔的统一与和谐体验，力图让数学、语言学、音乐以及其他一切与游戏相关的主题元素没有任何遗漏地统合起来。相应地，"心理学型"游戏则追求包罗万象式的圆融与完美，将游戏本身视为某种完全体一般的存在，视为全宇宙，通过整体来寻求统一与和谐，相比之下并不太在乎细节，不太在乎具体内容的选择、排列、交织、联结与并置，反而将重点放在了游戏每个阶段的冥想上，甚至可以说，"心理学型"游戏的重心就是冥想。像这样的一类玩法，所谓的"心理学游戏法"——或者像科讷希特更喜欢说的那样——"教学型"游戏，并不会向外部提供完美无缺的视觉图景，恰恰相反，它实际上是通过一系列精确限定好的冥想序列，引导玩家去体验完美与神性。"照我看来，所谓的玻璃球游戏无非是这样一回事——"有一次，科讷希特在写给老音乐大师的信中如此描述道，"在完成了对应的冥想之后，游戏就会自动将玩家整个人给重重包围起来，全方位地包裹着他，就仿佛球体的表面，自然而然地包裹住自己的核心一般。这个过程会让玩家产生某种类似超脱的感觉，冥冥之中，好像已经从随机、混乱的外部世界中分离出一个完全对称、完全和谐的独立内部世界，并且已经成功将自身给包容了进去。"

不过话说回来，科讷希特为参加年度竞赛而设计出来的那一场游戏，以其游玩方式来看，其实是属于"形式型"的，而不是他本人十分擅长的"心理学型"。至于为什么会出现这样一种选择，我们在此可以给出一个合理的猜测：也许科讷希特打算通过这种方式来向自己的上级，同时也向自己证明，他虽然长期旅居玛丽亚菲尔，身上带着重要的外交任务，还要向修士们传授玻璃球游戏技巧——在如此不利的客观条件下，任谁也看得出来，他实际上完全没办法为这次的年度竞赛做好充足准备，尽管如此，他也没有疏于练习，作为一名顶尖高手，他没有失去自己游玩时的韧性，依旧能够做到游刃有余，技巧上依旧精湛、娴熟且优雅，能够对外展示出一场最完美的游戏。假如我们的猜测是对的，那么他的这次证明尝试可谓大获成功。根据年度竞赛的规定，科讷希特设计参赛的游戏方案必须提前呈交到瓦尔德策尔的玻璃球游戏档案馆内，经过审核后方能最终定稿。因此，他决定将此事委托给自己的好友特古拉尼乌斯去处理，顺带一提，特古拉尼乌斯本人也是这次年度竞赛的参赛者之一。科讷希特对于自己的安排是很满意的，因为这次他不仅能够亲自将方案手稿交给这位好友，跟他当面讨论设计上的各种细节，顺带还能看一看朋友完成的那份参赛手稿。为了完成这项安排，他经过努力争取，终于成功获得了批准，让弗里茨到修道院来跟自己一起住了三天；这是他第一次获批，托马斯大师总算网开一面，满足了这个已经向他提出过两次的请求。特古拉尼乌斯对这次外派访问感到非常开心，因为他又能见到科讷希特了。不仅如此，他作为一名典型的卡斯塔利亚"岛民"，仿佛长期居住在与世隔绝的孤岛上，对玛丽亚菲尔的这种修道院式生活早就充满了好奇，正好借此机会来实地体验一下。哪曾想到，到了这里之后，他马上就觉得很不适应，各方面的体验都令他感到非常不舒服。事实上，这个天生敏感的卡斯塔利亚人突然置身于周遭种种陌生印象之间，置身于这群虽然友好却过分朴实、健康，甚至有些粗糙的玛丽亚菲尔人之间，几乎快要支撑不住，几乎快要当场病倒了。他不无遗憾地发现，自己每日的思考、担忧和疑虑，对于生活在这里的这群人而言，根本就没有任何意义可言。"你生活在这里，就好像生活在一颗陌生的星球上，"他对自己的朋友说道，"我虽然无法理解，却感到由衷佩服，因为你竟然能够在这里忍受长达三年之久。实话实说，你的修士们对我确实很有礼貌，可这种礼貌本质上却是拒人于千里之外的。我可以很明显地感觉到，这里的一切都在拒绝我，拼命将我往外推，这里没有什么能够让我感到满意，没有什么能够让我理解，没有什么能够在不施加阻力、不给予痛苦的前提下被我吸纳；假如你要求我必须在这里生活两个礼拜，对我而言恐怕等于是进了地狱。"科讷希特也付出了一些努力，希望能够让特古拉尼乌斯尽快适应这里的生活，但他马上发现，朋友心中的不适应感是很难消除的，因为这是他第一次以旁观者的身份来到这里，以极度惶恐不安的心情感受到了两个团体、两个世界之间的巨大差异。除此之外，科讷希特还产生了另外一种想法：他这位初来乍到的朋友表现得过度敏感了，举手投足之间都充满了焦虑的无助感，恐怕不会给这里的人们留下什么好印象。尽管有着上述种种不利因素，他们两人还是努力打起精神，齐心协力，彻底地、批判性地研究了他们各自决定掌来参加年度竞赛的游戏设计方案，查漏补缺，对一些不足之处尽可能地予以完善。每当科讷希特结束了像这样的一个小时高强度讨论，离开玻璃球游戏的世界，到修道院建筑另一边的侧翼尽头去找雅科布斯神父，或者前往食堂用餐时，他也会产生一种被人突然从故乡带到了另外一个完全不同地方的错觉——就跟特古拉尼乌斯刚到这里时的感觉一样，仿佛来到一颗完全陌生的星球上，呼吸着完全不同的空气，有着不同的气候特征，天空中挂满了不同的繁星。当弗里茨终于离开了玛丽亚菲尔，启程回家之后，科讷希特将雅科布斯神父对他的印象记录了下来。"我衷心希望，"雅科布斯如是说，"大多数卡斯塔利亚人都更像您，而不是像您那位朋友。实话实说，他是一位缺乏社会经验、矫枉过正、性格软弱的人,而且,照我看来,他恐怕还有些倨傲。很遗憾,当您向我们引见他时,当他跟我们进行有限度的交流时,显示出来的就是这些特征。我当然愿意继续坚持自己以往对卡斯塔利亚人的看法,即他们都跟您一样,因为如若不然,那就意味着您其实是个特例,同时也意味着我对您这类人的看法失之偏颇了。那个可怜兮兮、过度敏感、聪明过头又焦躁难安的家伙,风风火火地出现在这里,一下子就败坏了大家对您那个'教学省'的整体印象。"

"怎么说呢?"科讷希特回应道,"我想,在长达好几个世纪的时间里,在本笃会的这些先生当中,肯定也出现过像我朋友这样的人物。这类人物的身体总是很虚弱,甚至体弱多病,但往往正因为身体上有所缺陷,所以精神上反而是完整的、健康的。我花了一番工夫才将他邀请到这里来,现在仔细想想,这种做法很可能是不太明智的。在这里,因为他与众不同,大家对于他身上的弱点总是能够看得很清楚——顺带一提,在这种时候,大家的目光总是格外敏锐——但是,对于他身上的伟大之处,对于他所拥有的真正优点,却始终缺乏足够的感知,也正因如此,对他的评判难免显得不太公平。实际上,他是义无反顾地来到这里的,他的到来为我这个朋友提供了很大的帮助。"然后,科讷希特就将自己准备参加玻璃球游戏年度竞赛的事情,细细讲给了神父听。看到科讷希特愿意主动为卡斯塔利亚的朋友申辩,神父感到很高兴。"回击得很棒!"他亲切地笑了笑,"很好地解决了误会。不过,我还是必须告诉您,您的朋友们似乎真的很难相处。"神父口中提到"朋友们",令科讷希特一时之间感到难于理解,脸上不由得露出了惊讶的表情。神父停顿片刻,享受了一会儿卖关子的快感,然后又轻描淡写地继续说道:"没错,'朋友们'——因为这次除了您的访客之外,我还提到了您的另外一位朋友。您难道没有听说关于您的好友普利尼奥·德西格诺尼的近况吗?"听到神父讲出这个名字,约瑟夫非但没有释怀,反而感到更为惊讶;他十分关心普利尼奥的近况,请神父赶紧告诉他具体细节。原来,神父与普利尼奥是这样扯上关系的:在一份主要用来发起政治攻讦的小册子中,德西格诺尼公然宣称自己强烈反对教会组织，而且还以相当激烈的措辞，对雅科布斯神父进行了猛烈抨击。后者看了文章之后，从自己在天主教报刊工作的朋友那里问来了关于德西格诺尼的资料，资料中包括他在卡斯塔利亚求学时的经历，其中提到了他跟科讷希特之间那场旷日持久的著名论战。知晓情况之后，约瑟夫请求神父给他看看普利尼奥所写的那篇文章，读完之后，他跟神父之间进行了第一次完全以政治为主题的谈话，像这样的谈话总共只进行过少数几次。后来，他在给菲洛蒙特的信中写道："对当时的我而言，突然看到我们那位普利尼奥的身影——以及作为相关参考资料中顺带一提的从属角色的我的身影——猛一下出现在了世界政治的舞台上，这是我之前从未设想过的一种可能性，令我感到无比惊讶，简直到了惊恐不安的地步。"除此之外，值得单独拿出来提上一提的一项细节在于，神父在谈到普利尼奥所写的文章时，态度上相当赞赏，至少没有表达出任何的不满；他称赞了德西格诺尼的写作风格，认为卡斯塔利亚精英学校的良好教育在他身上呈现得淋漓尽致；否则一旦陷于日常政治的泥淖之中，人们对精神世界的要求就会下降许多，恐怕难以达到类似水平。

大约也是在这个时期，科讷希特从他的朋友菲洛蒙特那里收到了他刚刚出版的著作样书，这还只是菲洛蒙特计划中全书的第一部分，这部分著作后来声名大噪，变得极为出名，其题目为：《自约瑟夫·海顿以降，德国艺术歌曲对斯拉夫民间音乐的吸收与再加工》。在科讷希特对赠书表示感谢的回信中，我们发现了不少重要信息，比方说，除了其他内容之外，有一段内容是这样的："看起来，你已经从自己持之以恒的研究工作中总结出了简明扼要的结论。遥想过去，我曾经得到你的允许，与你同行，跟你一起钻研过这本书当中的部分内容。关于舒伯特的那两章，尤其是关于四重奏的章节，就我对浪漫主义时期音乐的了解，这应该是关于这段时期的音乐史当中写得最踏实、最言之有物的研究成果了。毫无疑问，你的努力已经进入了收获期，再看看我自己，我离你现在所取得的这类成就还差得很远。不过话说回来，其实我本应该对自己在这里的生活感到满意——因为我在玛丽亚菲尔的使命似乎并不能算是不成功，恰恰相反，它进行得很顺利——尽管如此，我有时还是会因为长期远离'教学省'、长期远离我所属的瓦尔德策尔小圈子而感到无比压抑，心情始终不怎么好。诚然，我在这里学到了很多东西，学到了不知道多少新东西，可是，在这里所进行的这类学习，令我体验到的并非学识渊博所带来的安稳感，并非专业技能的增加与熟练，反而给我找了不少麻烦，增加了我心中的疑惑。当然，的确是开阔了眼界，至少这一点是毋庸置疑。甚至长期看来也有好的一面，比方说，我来到这里的头两年里，时常困扰着我的不安全感和陌生感，以及决心、开心和信心方面的缺失，还有其他一些不足为外人道的难挨之处，如今都已烟消云散。前些日子里，特古拉尼乌斯也到这里来了，可他总共只待了三天，虽然他很期待见到我，对玛丽亚菲尔也充满了好奇心，但待到第二天他几乎就要熬不住了，因为他觉得心情实在太过压抑，感觉被周围的所有人疏远了。可想而知，修道院这种地方，始终还是一个受庇护的、崇尚和平的、安静好客的世界，跟监狱、兵营或者工厂那类糟糕地方还是大不一样的，也正因如此，我从自身经验中得出的结论是：我们这些来自亲爱的'教学省'的人，其实远比我们自以为的要脆弱得多、敏感得多。"

也正是在那个时候，也就是写给卡洛的这封信上所标注的那个日期前后，科讷希特成功说服了雅科布斯神父，请他给卡斯塔利亚的团体高层写了一封短信，含蓄地表达出这样一种态度：他已知道科讷希特身上所肩负的外交使命，知道这项使命对他所提出的要求，即协助卡斯塔利亚进行外交斡旋，在罗马教廷开设永久代表处，而且他也已经同意了这一要求。可是与此同时，神父又提出了额外的条件，要求卡斯塔利亚高层将"在这里受到普遍欢迎的玻璃球游戏玩家约瑟夫·科讷希特"多留一段时间，说他很有水平，让他为自己面对面开设卡斯塔利亚常识[1]私教课，与有荣焉。收到这样一封短信之后，高层当然愿意实现神父所提出的这一条件，甚至对此感到十分荣

---

[1] 原文为拉丁语"de rebus castaliensibus"。

幸，因为这位大人物明确提出自己对卡斯塔利亚文化产生了兴趣。直到这个时间点，科讷希特还误以为自己离"完成使命"的那天还很遥远呢，结果转眼就收到了由团体高层和杜博伊斯先生亲自签署的感谢信，信中对他进行了表彰，祝贺他顺利完成了这项任务。这封感谢信当然很让科讷希特感到高兴，不过目前对他而言最重要的，同时也是最令他感到喜出望外的其实是信中很简短的一句话（他在写给弗里茨的一封短信中，几乎以高奏凯歌般的热情复述了这句话），这句话的大意是：玻璃球游戏大师已告知团体高层，科讷希特希望回到"玩家聚居区"，并且很倾向于在完成目前任务后，实现他的这一愿望。他专门将这句话读给了雅科布斯神父听，读完之后还向他坦白，说自己对于这份许诺是多么重视，能够回去是多么开心，然后他又告诉神父，说自己以前一直都在担惊受怕，害怕任务完成之后，自己会被永久驱逐，再也回不了卡斯塔利亚，会被送到罗马去，在那里待一辈子。神父大笑着回应道："是啊，团体组织的特点就是如此，我的朋友，大家总是更愿意生活在它的怀抱里，而不愿意长期待在外围，甚至遭遇流放。实话实说，等您回去之后，假以时日，很可能会忘记您在这里陷入的这一点点政治纠纷，因为您终究不是一名政治家。尽管如此，您也不应该就此放弃历史，哪怕它对您而言，可能始终都只能作为一门不那么重要的学科，作为一项业余爱好。您不该放弃历史，因为您的确拥有成为伟大历史学家的客观条件。无论如何，现在您还是在我身边的，就让我们好好利用这段所剩无多的共处时间吧！"

约瑟夫·科讷希特似乎很少使用自己从玻璃球游戏大师那里争取来的一项权限，即允许他经常返回瓦尔德策尔的许可；不过他还是利用相应的设备，聆听了一场大师主持的玻璃球游戏实践研讨会，以及不知道多少场游戏讲座和游玩实况。科讷希特发现，这种利用设备远程参与的方式是很不错的，于是，他干脆端坐在玛丽亚菲尔修道院为自己安排的贵宾客房里，在特殊的独处状态下，从远处参加了瓦尔德策尔"玩家聚居区"大礼堂里举行的宣布年度竞赛获奖结果的庄严盛会。如前所述，他提交了一份自认为不是很

255

有个人特色、完全没有任何革新意识可言但内容十分扎实且形式上高度优雅的作品,他很清楚比赛的评分标准,猜测自己大概可以获得一个特别奖,或者直接获得三等奖,甚至可能是二等奖。令他感到万分惊讶的是,他竟然从设备中听到自己获得了一等奖!还没等他将内心的讶异之情转变为喜悦呢,玻璃球游戏大师办公室的专属发言人就用他那优美低沉的嗓音接着念了下去,宣布特古拉尼乌斯为本次年度竞赛的二等奖得主。这可真是一次令科讷希特感到既感动又开心的经历,真是一次了不起的体验——他们两人携手共进,相互合作,一同参赛,最后竟然同时从比赛中脱颖而出,成了最大的赢家!他不打算继续听下去了,直接从设备旁边一跃而起,冲出了房间,冲下了楼梯,穿过回声四起的走廊,一路跑到了广阔的原野上。关于此次获奖经历,在他当时写给老音乐大师的一封信中,我们读到了如下的描述:"我真是太幸福了,我最尊敬的人哪,发生的一切果然都跟你所想的一样。首先是我所肩负的使命,总算圆满完成了,并且还因此得到了团体高层的承认,享受了无尽的光荣。最重要的是,他们接受了我之前提出的愿望,允许我尽快回家。对于我的未来、我的前途而言,这份许诺实在是太重要了!因为我终于可以回到我的朋友们中间,终于可以回到玻璃球游戏的世界里去了,终于不用继续为外交劳心劳力了。而现在呢,我竟然又在游戏年度竞赛中获得了一等奖。说实话,为了参加这次比赛,我的确花费了不少心思,至少在形式上竭尽了全力。可是,由于一些众所周知的原因,我在客观条件上受到了限制,无法在所有方面都做到最好,所以始终还是留有些许遗憾。除了这方面之外,最令我感到难忘的事情是——我是跟自己的好友特古拉尼乌斯一道分享这次成功的喜悦的,因为我们竟然同时获得了最高奖项,这也太令人感到喜出望外了。我很幸福,这是肯定的,但我却不能说自己感到很快乐。毕竟在此之前,我已经经历了一段极度枯燥乏味的时光,或者至少在我看来是这样的时期,因此,现在获得的这许多成就,对于我此刻的内心而言,实在是有些突如其来,而且也过于丰富了;某种焦躁难安的心情,与我的感激之情混在了一起,令我整个人都处于不稳定、不平衡的状态,仿佛只要再在这满溢的容器中多加入一滴，一切就会转眼倾覆，一切都将受到永无止境的质疑。尽管如此，还是请体恤我，请假装我根本没讲过这样的一番话吧——这里的每个字都是多余的，就请当它们从未在此出现过好了。"

我们马上就会看到，这满溢的容器很快就要加入那命中注定的一滴了。幸运的是，在此之前的短暂时光里，约瑟夫·科讷希特所拥有的这份幸福并没有辜负他，可是与此同时，掺杂在其中的焦虑也始终未曾缺席。他依旧虔诚而专注地忙碌着，全身心地投入工作与学习，仿佛已经预感到即将到来的巨大变化。对于雅科布斯神父而言，这几个月时间无疑也是充满快乐且满怀欣喜的。不过话说回来，一想到自己即将失去这名学生、失去这位朝夕相处的共事者，他的心中就感到颇为遗憾。也正因如此，神父在他们约定好的学习兼传授时间里，甚至在他们自由交谈的空隙之间，总是试图尽量将自己一生中通过努力学习与勤奋思考获得的那份洞察力，即对人类个体、对国家民族生存周期的高度概括与深度理解倾囊相授，作为自己在人世间留下的宝贵智慧遗产，毫无保留地传授给他。除此之外，神父还时不时地向科讷希特谈及他所完成的这项使命的意义，以及随之而来的后果，谈及罗马教廷与卡斯塔利亚之间建立起来的亲善关系、政治上取得同盟的可能性和价值等。神父建议他系统性地研究卡斯塔利亚团体创立的那个时代，对于历史研究而言，那个时代无疑是硕果累累的，不只催生出了"教学省"，罗马教廷也逐渐从无比屈辱的考验中恢复了过来。除此之外，他还推荐了两本以十六世纪宗教改革和教会分裂为主题的学术著作——尽管如此，他仍然强烈建议科讷希特，不要过分信赖这类著作，相较于阅读世界历史巨著，反倒更应该直接研究第一手史料，将研究领域严格限制在相关史料可以尽收眼底的范围内。与此同时，他也毫不掩饰自己对一切历史哲学所抱持的根深蒂固的不信任感。

第六节 "卢迪大师"

科讷希特决定将他下一次返回瓦尔德策尔的时间推迟到来年春天，推迟到玻璃球游戏世界公开举办大型竞技游戏的那个时间点，也即举办"游戏纪念日[1]"或者"节日庆典[2]"的时候。虽然这些庆典级别的大型游戏是令人难以忘怀的历史高潮，当年那些动辄持续数周之久，而且有来自世界各国的政要和代表前来参加的辉煌年代早已宣告结束，并且很可能永远归属于历史，永远都不会在现实中重现，但这些至今仍坚持在每年春天定期举办的大型庆典，以及通常会持续十到十四天之久的大型竞技游戏，仍旧是整个卡斯塔利亚范围内每年最重要的节庆活动。值得注意的是，这一历史悠久的节庆活动并不缺乏高度的宗教和道德意义，因为它始终拥有足够的凝聚力，能够将"教学省"内那些平时各自为政、并不总是能够达成一致情绪和倾向的代表人物团结到一起，形如某种象征着和谐的寓言，在各门学科的自我至上主义冲突的罅隙之间实现了短暂的和平，定期唤醒卡斯塔利亚人对高于其思想多样性的国民统一性的历史记忆。对于拥有信仰的人们而言，他们的确能够从这种大型庆典中获得真正讲求全身心奉献的神圣力量；至于那些没有信仰的人，庆典至少也起到了替代宗教的作用；总之，对于上述的两类人，参加庆典都等于是在纯洁的美泉中沐浴，显然是颇为美妙的事情。整体上而言，这种情况有些类似于过去演奏约翰·塞巴斯蒂安·巴赫《受难曲》时的情景——说得更确切些，演奏时间并不是在作品刚刚创作完成之际，而是在重

---

[1] 原文为拉丁语 "Ludus anniversarius"。
[2] 原文为拉丁语 "sollemnis"。

新发现《受难曲》之后的那一个世纪里——无论对于演奏者还是听众而言，其中一部分人会觉得参与到《受难曲》的演奏或者聆听当中，是真正的宗教行为，是全身心的奉献；另外一部分人则会认为上述行为其实是宗教的替代品；但是，不管对于哪部分人而言，《受难曲》都是对艺术和"造物主之灵"[1]的庄严呈现。

科讷希特几乎没有花费什么力气，就得到了修道院和故乡高层对其决定的认可。说实话，截至目前，他完全想象不出自己在回到玩家聚居区这个小共和国之后，将会取得怎样的地位、获得怎样的一个职位。但他怀疑自己最后恐怕不会在新上任的职位上待太久，而是很快就会被授予某项正式职务，或者加入某个委员会，并且接受表彰。不过，他目前也没心思去细想这些，因为他正期盼着早日回家，期盼着能够早日与自己的朋友们重聚，期盼着即将到来的节日，同时也在享受与雅科布斯神父在一起的最后一段时光。他每天的心情都很好，以谦卑又有节制的良好态度，陆续接受了修道院院长和修士们以各种方式向他送上的告别。终于到了离别的日子，科讷希特离开了修道院，不无怀念地离开了一个自己已经渐渐喜欢上的地方，离开了他人生中的一个重要阶段。但这种离开却并非单纯的告别，因为在此之前，为了参加节日里举办的大型竞技游戏，他已经提前进行了一系列的冥想闭关——顺带一提，他是在没有指导、没有搭档的情况下，独自完成冥想训练的，尽管如此，整个过程也依旧严格按照玻璃球游戏的规范来进行——或许可以说，他其实已经提前带着节日的心情离开了玛丽亚菲尔，至少已经部分回到了瓦尔德策尔。也正因如此，当他真正离开修道院时，实际上也并没有那么伤感。他没能成功说服雅科布斯神父接受"卢迪大师"很早之前就已给出的郑重邀请，跟他一起离开修道院，到"玩家聚居区"参加年度庆典，但这一事实并没有影响到他过节的心情；实际上，这位长期反对卡斯塔利亚的老先生对接受邀请一事所持的矜持态度，他是完全能够理解的。就这样，他自己也感到

---

[1] 原文为拉丁语"Creator Spiritus"，常以歌词的形式出现在宗教歌曲之中。

暂时卸下了全部责任和约束，可以将自己全心全意地投入正在等待着他的节庆活动之中了。

如今的节庆活动早已跟往日不同，如今的节庆活动基本上可以说是卡斯塔利亚人自己全权负责的事情，既没有达官贵人，也没有各国政要的参与。这样的活动无论怎样开展，都不可能遭遇完全的失败，除非是因为未曾知晓的原因，受到更高权力的不幸侵入，但这种情况从来都没有发生过。对于那些虔诚的人而言，哪怕遇到下雨天，庆典也照样能够保持其神圣性，哪怕天气热到如火焰在炙烤大地，也不可能让他们感到幻灭。因此，相应地，对于玻璃球游戏玩家们而言，每一年庆典上举行的大型竞技游戏都是货真价实的盛大节日，从某种意义上而言，就跟那些虔信者的庆典一样神圣。然而，正如我们每个人都知道的那样，在有些节日庆典和节目演出中，所有相关的元素、所有人物与事物之间都会自动相互协调、共同促进，在人与人的巧妙配合中得以加强，同时又反过来作用于参与者和组织者们，让大家的精神随之振奋，情绪随之高昂，就好比我们经常能看到的一些戏剧和音乐表演，在没有任何可供归纳总结的原因的情况下，奇迹般地发展为高潮迭起、令人产生强烈共鸣的体验，反观其他一些平平无奇的表演，虽然也进行了充分的准备，但发挥起来只能说是普普通通，最终也不可能给观众们造成多么难忘的观感。假如我们认同这样一种假设，假如这些高度体验的发生，至少可以部分归因于体验者当时的心态，那么，约瑟夫·科讷希特显然已经以最好的方式为节日做好了准备：他的心态实在是太好了，没有任何忧虑可言，满载着荣誉，从国外归来，正以无比快乐的心情，期待着即将到来的一切。

可惜世事难料，今年举办的这次玻璃球游戏"节日庆典"注定不会在上述如奇迹般的无忧无虑气息触动下，蓬勃发展为一次与众不同的神圣体验，不会因此而扩大自身的辐射范围，造成以往多次节日不可能造成的巨大影响。恰恰相反，它甚至演变成了一次毫无快乐气氛可言的、决定性地令人感到不幸的、几乎等同于完全失败的庆典。尽管仍然有许多参与者感觉自己获得了鼓舞，精神上多少取得了些许振奋，但是，庆典的真正承担者、组织者和负责人，却不可避免地感觉到了这次节日整体气氛上的沉闷与残酷，感觉到了那种遭受彻底失败的挫折感，感受到了时刻受抑制的麻木不仁，以及挥之不去的厄运气息，这一切都如同层层叠叠的乌云一般，将庆典之上的天空整个遮蔽了起来，对其造成了无比严重的威胁。至于科讷希特，他当然也感觉到了这种十分不妙的氛围，并因此而在自己原先高涨的期待中经历了某种难言的失望，原本无比快乐的心情也遭受了一定程度的损害，但他绝对不是那些对这次节日的不幸与失败感受最强烈的人当中的一分子，因为他并非这次庆典的组织者，没有直接参与庆典的筹办工作，不需要为此承担任何共同责任。也正因如此，他才能够以一名虔诚参与者的身份，积极加入举办庆典的这段时间里陆续举行的一系列游戏活动，全身心地体验其中的精妙构思；也正因如此，他才能够进行长时间的冥想，过程不会因为受到任何外界影响而被迫中断，尝试着将冥想的时间延长至极限；也正因如此，他才有机会跟其他参与者一道，怀着感激之心，体验在神圣荣光的普照下完成各种神秘庆祝与自我奉献仪式的含义，领悟这种让团体成员们的心灵无限靠近、融合的伟大境界——哪怕是这次已经被少数深入参与活动的圈内人士视作完全"不成功"的庆典活动，也还是达到了这样一重境界，可见其原先的标准有多高。支配这场庆典的黑暗之星多少也影响到了科讷希特的心情。实际上，单就这次庆典本身而言，它的活动策划与组织结构都是无懈可击的，就跟托马斯大师在过去许多年里曾经主持过的任何一次大型竞技游戏一样，这些庆典甚至可以被视作他担任玻璃球游戏大师的职业生涯当中最令人印象深刻、最言简意赅、最直接的成果之一。很可惜，这次庆典的执行，却被笼罩在了以往从未出现过的灾厄乌云之下，在瓦尔德策尔的历史上，留下了至今都无法被人们遗忘的巨大遗憾。

科讷希特在大型竞技游戏开场前一周回到了瓦尔德策尔，可是，当他在玩家聚居区登记之后，却没有如他先前预想的那样，受到玻璃球游戏大师的亲自接待，而是得到了大师的副手贝尔特拉姆的接待。这位副手彬彬有礼地对他表示了欢迎，但同时又相当简短、几乎可以说是心不在焉地告诉他，尊敬的大师这几天碰巧生病了，所以无法亲自过来见他，而是由他这个副手来代劳。可他毕竟是玻璃球游戏大师的副手，且大师生病的情况来得比较突然，所以他其实并不太了解科讷希特刚刚完成的任务，如果科讷希特现在打算交上相应的报告，他其实是无法接收的。因此，考虑到眼下这种情况，科讷希特应该直接去一趟团体领导层的所在地希尔斯兰德，在那里报个到，说自己已经回到了卡斯塔利亚，交上完成任务的报告，并且在那里等待领导层对他下达新的指令。当科讷希特在告别时的声音或手势，不由自主地透露出自己对贝尔特拉姆冷淡又简短的接待怀有某种难以抑制的讶异时，贝尔特拉姆马上就看了出来，并且向科讷希特表示了歉意。贝尔特拉姆说，如果他眼下的表现令自己的这位同僚感到失望，那么，他在此恳请他原谅自己的冒昧，情况特殊，他应该能够明白，也能够体谅：大师生病了，可是与此同时，一年一度的玻璃球游戏庆典，还有对应的大型竞技游戏已近在眼前，目前还不确定大师是否能够跟往常一样，亲自过来主持一切，以及万一病情始终很严重，他作为大师的副手，是否应该代替他来负责主持。实话实说，受到大家无比尊崇的大师，他所患的重病是在一个最不利、最微妙的时间点上发生的。作为副手，他当然一如既往地准备妥当，随时都可以接替大师来履行公职，这是毋庸置疑的。可是话说回来，要在如此之短的时间内，为这次大型庆典做好充分准备，甚至还要全面接管它的组织与策划，为各项活动拟定方向与对策，他担心这一切早已超出了自身能力，恐怕有些勉为其难了。

听完贝尔特拉姆所讲的这番话之后，科讷希特为这位明显情绪低落且有些手足无措的人感到遗憾，同时也为筹办庆典的重任现在很可能会落到此人手中而感到遗憾。他离开瓦尔德策尔的时间实在是太久了，对于"玩家聚居区"里的事情已经有太多的不了解，自然不清楚贝尔特拉姆为什么会如此担忧。事实上，在此之前，在这位副手的身上，确实发生了拥有这一身份的人士所能经历的最不幸的事情：贝尔特拉姆早已失去了卡斯塔利亚精英们的信任，因为他之前已经因为某事犯过一次大错了，那件事结束之后，他就成了精英们，也即大家口中所谓"留级生"们的公敌，需要通过努力完成分内工作来将功补过。哪曾想到，一波未平一波又起，因为大师突然病重，现在贝尔特拉姆又面临庆典活动筹办的难题，确实处于非常困难的境地。当然，科讷希特对玻璃球游戏大师的病情走势感到十分担忧，他时刻挂记着这位象征着古典形式主义与当代讽刺艺术最高水准的史诗级人物，时刻挂记着这位各方面都臻于完满的大师、这位完美的卡斯塔利亚人；在回瓦尔德策尔之前，科讷希特一直期待着自己能够得到大师的亲自接见，能够在他面前高声朗读自己完成任务的简报，能够由他亲自安排自己后续的工作，将他重新安置到玩家们的小团体里去，兴许还会为自己专门准备一个受到高层信任的重要位置。除此之外，科讷希特也期待自己能够看到托马斯大师亲自主持这次庆典，甚至期待自己回来之后能够很快帮上忙，继续在他眼皮底下工作，如此一来，他就可以想方设法地去争取大师的认可，这也是他长期以来的愿望。可他万万没有想到，等到自己回来之后，却意外发现大师的身影已被匿藏在了疾病背后，自己甚至连大师的面都见不到，反而要由一名副手来引导他，让他再次动身，前往别的地点，向其他人报到，如此无情的现实，令他感到痛苦又失望。不过科讷希特还是因此而得到了一些补偿，团体秘书处和杜博伊斯先生毕恭毕敬地接待了他，认真听取了他的任务简报，这一方面是出于对他的善意，另一方面也是因为他为团体立下了赫赫功勋，如果接待他时不采取一定的规格，其实也是说不过去的。早在跟他们进行初步讨论时，科讷希特已经能够立即确定，高层暂时不打算在他们高瞻远瞩的罗马计划中进一步任用他，他们尊重他永久返回玻璃球游戏世界的愿望；根据希尔斯兰德那边团体领导层的意见，科讷希特受到了热情邀请，请他暂时先回到瓦尔德策尔，在玩家聚居区的贵宾客房内暂住一阵，先重新熟悉一下环境，准备参加将在庆典期间举办的大型竞技游戏。于是，科讷希特接受了邀请，重新回到瓦尔德策尔，利用庆典开始之前的几天时间，跟他的好友特古拉尼乌斯一道，躲在客房里，专心进行禁食和冥想练习，甚至到了浑然忘我的境界。最后，科讷希特以满怀虔诚、满心感激的态度，参加了这次极为特殊的大型竞技游戏，这种态度跟大多数参与者都不一样——在大多数人的记忆里，由于种种原因，这一年里举办的大型竞技游戏几乎没有任何让人觉得开心的地方。

大师副手，也即被大家俗称为"影子"的这一职务，其实是一个非常特殊的职位——尤其是担任音乐大师或者玻璃球游戏大师的副手，其作用更是非同小可。团体最顶层的那十二位最高负责人，也即那十二位不同学科领域的大师，他们都有自己的副手。这些副手并不是由国家教育部门任命的，而是由每位大师亲自从自己的少数几位候选人当中挑选出来的，得到正式任命，成为大师副手之后，他们未来的一切行为都由大师本人来担责。也正因如此，一位候选人能够被自己学科领域的大师任命为副手，无疑是一种极大的荣誉和最高的信任；这项任命无可辩驳地证明，新上任的大师副手乃是在各自领域内呼风唤雨、无所不能的大师最亲密的合作者和最得力的助手。一旦大师因为某种原因而无法履行公职，并因此而派遣这位副手前往时，副手就能全权代表他来履职，所起到的作用跟大师本人在场无异。值得注意的是，副手不能代替大师本人完成全部的官方职权，始终有一些事情是副手无法代劳的：比方说，当最高管理部门举行只有最高负责人才有资格参与的投票时，副手至多只能以大师的名义表示赞成或者反对，但不能以发言人或者提案者的身份在众人面前发表任何独立意见。除此以外，还有一系列防止副手滥用职权的预防措施。一旦被任命为大师副手，之前的这位候选人就会在等级制度的阶梯上迅速攀登至一个非常高的位置，有时甚至会被直接推到世人面前，有着极高的曝光度；可是与此同时，这也意味着他来到了一个无比残酷、冷酷、毫无希望可言的地方——"副手"的身份，将他直接跟其他所有位置都隔开了，这种制度可以说是团体官方这种森严等级制度当中的一个特例。虽然大师经常将自己最重要的职能交给副手来履行，并且给予了他极高的荣誉，但同时也剥夺了他本来应该拥有的一些权利和机会，反观其他每个有志于成为下一任大师的候选人，都是能够享有这些权利和机会的。具体而言，可以清楚地认识到大师副手特殊地位的细节共有两点：第一，副手并不需要对自己的所履行的任何官方行为责任，这些责任完全是由大师本人来承担的；第二，在团体的等级制度阶梯上，副手的位置是被完全孤立的，不会再往上升了——换句话说，一旦成为大师副手，未来是绝对不可能当上大师的。这实际上是一条不成文的规定，没有任何可供查考的依据，唯有卡斯塔利亚团体漫长的历史可以做证。当某位大师去世或者离职之后，这位大师的副手从来不曾接替过相应的位置，从来不曾真正成为过大师，尽管当大师尚且在任时，副手经常会代替大师来履行职责，在外人看来，仿佛副手的存在就注定了以后将成为大师的指定继承人似的，最终的现实却完全相反：成为副手，意味着完全舍弃了成为大师的可能性。细想起来，卡斯塔利亚的这一习俗，似乎打算刻意强调这样一种理念，即某个界限很模糊、看起来并不一定非要去恪守的规矩，某项似乎随随便便就能克服的障碍，其实反而是完全不可能逾越的：大师与副手之间存在着一条鸿沟，这条鸿沟的存在就仿佛一个譬喻，代表着职务与私事之间看似只有一线之隔，却永远无法跨越的边界。一名卡斯塔利亚人一旦接受了这个受到大师本人高度信任的副手职位，就意味着他必须完全放弃自己有朝一日可能会成为大师的前景，完全放弃他经常穿着的代表大师职务的长袍与代表大师身份的徽章真正融为一体的前景。与此同时，诚如我们之前已经提到过的，副手还拥有一项古怪的、其实际用意颇为耐人寻味的特权，即他在履行大师职务时所造成的任何不当行为，他作为实际犯错的一方，完全不必承担任何责任，反而应该由委托他来代为履职的大师本人来负全责。类似这样的情况，在历史上也确实发生过：大师成了自己亲手挑选出来的副手的替罪羊，甚至因为副手犯下的错误过于严重，不得不引咎辞职。不过话说回来，副手虽然不必承担罪责，但那些明显因为副手的失误而犯下的过错，始终还是会受到道德上的谴责，大家会对副手是否还能继续履行大师的职责产生怀疑，在这种情况下，副手无疑将会肩负极为沉重的压力。在瓦尔德策尔，用来描述玻璃球游戏大师副手的那个俗称，恰如其分地说明了这一职务的特殊地位、它与大师本人之间存在着的密不可分关系、它几乎等同于大师的职权范围，以及它本身作为官方身份的虚幻与无意义——在这里，大家称它为"影子"。

托马斯·冯·德·特拉维大师任命贝尔特拉姆担任自己的"影子"已经有很多年了，贝尔特拉姆似乎并不缺乏天赋或者善意，他缺少的仅仅是一点儿运气。作为玻璃球游戏大师的副手，他当然首先是一位非常优秀的玻璃球游戏玩家，而且至少也称得上是一位合格的老师、一名兢兢业业的官员，对大师可谓忠心耿耿；尽管如此，因为前文中已经提到过的原因，贝尔特拉姆在这几年里陆续得罪了很多人，相当不受团体高层待见，最年轻的一些精英玩家甚至开始公开反对他，而他本身又不具备大师所拥有的那种快意恩仇的骑士精神，没那么洒脱，这就导致他在待人处事的态度上受到了扰乱，无法维持内心的安宁，心理上也随之失衡，继而又体现在对外表现上，如此便陷入了恶性循环。大师始终都没有放弃贝尔特拉姆，但他多年来也只是设法让贝尔特拉姆尽量避免跟那些反对他的精英接触，以免发生直接摩擦，具体的做法，就是尽量不让这位副手承担自己对外的工作，让他在公开场合露面的机会变得越来越少，尽可能安排他在大师办公室和档案馆里工作。可是如今呢，因为大师罹患急病，这位显然不受命运眷顾的无罪之人，这位从来都得不到大家喜爱或者说目前已经不受任何人待见的男人，竟然摇身一变，成了整个玩家聚居区的首领，成了举世所瞩目的焦点。假如他真的必须承担起主持庆典、主持大型竞技游戏的责任，那么至少在节日期间，他都将处于整个"教学省"最引人注目的位置上。尴尬之处在于，唯有在大多数玻璃球游戏玩家或者老师都支持他的前提下，他才有可能真正肩负起这一伟大的职责，可惜这种情况并没有发生。也正因如此，这次玻璃球游戏"节日庆典"成了一次无比艰巨的考验，对于瓦尔德策尔而言，几乎等同于一场灾难。

直到庆典开始的前一天，高层才正式对外宣布，玻璃球游戏大师身患重病，无法亲自主持庆典上的大型竞技游戏。这种迟迟不愿公开消息的做法，是否由已经病重的大师本人所决定，是否出于他本人的愿望，我们如今已无从知晓。也许他直到最后一刻都希望自己能够重新振作起来，亲自出来主持这场盛典，也可能他已经病入膏肓，没有亲自主持的打算了。在这种非常情况下，他的"影子"却判断错误，隐瞒了大师的真实病情，导致卡斯塔利亚高层对瓦尔德策尔的困境一无所知,一直拖延到最后,实在瞒不住了,真相才被揭露出来。当然,这种延误是否真的算是一次重大失误,而非无奈之下的选择,也是值得商榷的。但至少有一点可以肯定,即贝尔特拉姆之所以选择这样做,完全是出于善意,不想从一开始就破坏节日的声誉,过早放出不好的消息,令那些托马斯大师的崇拜者因为大师的缺席而取消原定的行程。更何况当时一切都还是未知数,孤注一掷的结果也未必会很糟,假如一切进展顺利,假如贝尔特拉姆和瓦尔德策尔的精英们之间存在着哪怕一点点信任,能够在这一艰难时刻彼此谅解、同舟共济,那么——这种可能性的存在是完全可以想象的——"影子"自然而然就会成为真正的副手,与此同时,玻璃球游戏大师的缺席几乎不会引起任何外人的注意,庆典完全可以如常举行,甚至大获成功。很可惜,对这些本来就没有发生过的事情做进一步的假设,完全是没有任何意义的空谈;我们之所以选择这样做,只是觉得我们有必要在此表明立场,以免有失公平,历史上的贝尔特拉姆不一定真的是一名失败者,甚至不一定如同当时瓦尔德策尔的舆论所认为的那样,是个缺乏能力、行事不够体面的人。与其认为他是罪魁祸首,不如认为他是这起事件的受害者。

　　为了观看大型竞技游戏,宾客们如往年般涌入。其中有许多人是在毫无预先心理准备的情况下来的,认为今年的庆典也会跟往年一样,按照既定流程举行;其他一些人则是带着对"卢迪大师"命运的担忧,以及对整个节日进程的不祥预感而来的。瓦尔德策尔全城,还有附近的一些居民点都挤满了人,团体的领导层和国家教育部门的负责人几乎悉数到场,为了体验节日气氛的旅行者们从国内的偏远地区和国外赶来,他们每个人都怀着兴奋无比的心情,将瓦尔德策尔的宾馆客房挤得满满当当。庆典的流程安排就跟往年一样:大型竞技游戏在节日的第二天正式开始,前一天傍晚,庆典以冥想时刻拉开序幕,在此之前,瓦尔德策尔城中专门用来举办节日的区域内,到处都是耐心等待着的人群,喧哗嘈杂之声不绝于耳。象征启幕的钟声一经敲响,现场立即沉入肃穆、庄严的气氛中,所有人都不再言语,共同加入冥想时刻，到处都弥漫着深邃、虔诚的沉默。第二天清晨，主办方带来了节日期间的第一场音乐表演，表演结束之后，随即宣布大型竞技的第一场游戏正式开始，同时发布了对这场游戏的两个音乐主题进行冥想的指导意见。贝尔特拉姆身穿玻璃球游戏大师主持庆典时专用的长袍，行为举止无可挑剔，表现得很有分寸，从容而节制，但他的脸色却掩饰不住，一看即知极度苍白，毫无血色可言。庆典的日子一天天过去，贝尔特拉姆的神情也一天天地在发生变化，从刚开始时的淡定从容，变得越来越紧张、痛苦和不甘心；到了庆典的最后几天，他已经面目全非，真的像是个"影子"了。早在大型竞技游戏开场的第二天，就有传言说托马斯大师的病情正在迅速恶化，现在正处于生死攸关的边缘。等到这一天的傍晚时分，在内部人士的小圈子里，各种各样的说法都开始涌现，众说纷纭。但是，这些说法的内容在几次沉浮、筛选之后，开始逐渐朝着同一个方向发展，最终竟汇集成一个有着各种细节、听起来很真实的传说，讲述病重的大师和他的"影子"的故事。这个传说据说来自玩家聚居区最内部、最核心的小圈子，即那些玻璃球游戏资深"留级生"的亲口讲述，大家从中得知：在庆典开始之前，大师本人其实很愿意亲自主持大会，而且当时的身体状况也是允许的，他确实身患重病，精力上却依旧充沛。可是，为了满足"影子"贝尔特拉姆渴望走到台前的野心，大师最终决定牺牲自己，将主持庆典的任务全权委托给自己的副手。哪曾想到，等到庆典真正开始之后，大家才发现，贝尔特拉姆似乎还是能力不足，无法胜任在庆典过程中处于核心地位的主持工作，不仅如此，这次的大型竞技游戏很可能也会因为主持人的失职而发展为令人极度失望的局面。躺在病榻上的可怜老先生在了解具体情况之后，知道自己必须为这次庆典的失败承担责任，必须为"影子"和他的失败担责。于是，在没有任何人主动提出要求的情况下，良心难安的大师自作主张地从病榻上挣扎起来，希望能回到庆典的会场，亲自主持，力挽狂澜，为自己犯下的错误赎罪；可惜他的身体始终还是支撑不住，不仅没能回到会场，这番折腾还成了他病情迅速恶化、发烧加剧的主因。当然，这不是对传说的唯一解读，却是精英们公认的解读，这种解读方式清楚地表明，野心勃勃的年轻精英已经看出庆典的走向异常糟糕，如此进行下去无疑会酿成悲剧，可是与此同时，他们又不愿伸出援助之手，不愿意对这个即将到来的悲剧加以挽回，不愿意粉饰太平，不愿意协助掩盖副手的失职。在他们的思想中，对大师的崇敬之心与对大师"影子"的厌恶之情可以说是旗鼓相当的。眼看"影子"即将遭遇难以想象的巨大失败，他们马上就对现状进行了评估，并且决心要袖手旁观，就算大师同样要为此付出惨重代价，他们也在所不惜，甚至还希望这失败来得更快些，这堕落降临得更早些。之后又有一天，不知从哪里传出了此事的后续，说大师为了挽回局面，在病榻上招来了自己的副手，同时也招来了对副手持反对意见的精英们当中的两位领头人物，劝他们和解，希望他们能够摒弃前嫌，一起将活动办好，不要因为一己私念，危及庆典的正常进行；又有一天，据说大师已经口述了自己的遗嘱，并且还向最高管理部门提出了他认为合适的继承人；在这次的传言当中，竟然明确提到了继承人的名字，难免令人觉得其中存在着什么阴谋。总之，关于继承人的这则传言，还有其他一些传言，跟大师病情急剧恶化的消息一道，在瓦尔德策尔迅速流传开来，无论是在举行庆典的玻璃球游戏大厅里，还是在接待客人们使用的宴会厅和宾馆里，大家的情绪一天比一天低落。尽管如此，每个人都还在坚持着，并没有谁为此而放弃工作，也没有谁选择直接离开。整个活动固然面临着沉重而阴郁的压力，但其外在的组织过程始终还是以正确的形式在往前推进。可是，尽管表面上看去一切如常，但几乎没有任何一位参与者在参与的过程中感受到欢乐，感受到喜悦——要知道，在过去的每一次庆典中，这份欢乐和喜悦都是人们习以为常的情绪，是肯定能够感受得到、肯定会有所期待的，如今却成了遍寻不着的稀罕物。最不幸的消息出现在庆典的倒数第二天，在玻璃球游戏领域形如上帝般的那位人物，本次节日庆典的核心之所在——托马斯大师，他永远闭上了双眼，与世长辞。当局虽然付出了一些努力，但并没有成功压制住消息的传播，没能将大师去世的消息拖到庆典结束之后再让大家知晓。奇怪之处在于，不少参与者在听到这个消息之后，反倒松了一口气，因为他们发现自己心中的结就这样被解开了，反而是一种解脱。玻璃球游戏的学生们，当然，首当其冲的还是那些年轻精英，当大师去世的消息传开后，当局立即对他们下达了禁令，在玻璃球游戏"节日庆典"结束前，不允许他们擅自穿上哀悼逝者的服装，不允许他们擅自打破庆典的流程安排，即他们原先已经在交替进行的竞技游戏和冥想练习——在庆典已经熬过去的那些日子里，时间上的规定执行起来一直都是很严格的，连哪怕一丁点儿偏差都没有，不能因为大师突然去世就功亏一篑。他们完全服从了当局的安排，协调一致，以一种仿佛是为尊敬的逝者举行葬礼的态度和心情，全身心地投入庆典最后一天的仪式、节目和游戏中。在以这种特殊方式进行哀悼的同时，他们心中也带着一股难以抑制的怨气，为了发泄，他们在早已过度疲惫、毫无睡意可言、脸色无比苍白的贝尔特拉姆周围营造出了一种冷冰冰的与世隔绝气氛，仿佛"影子"本人也随着大师一同去世、跟大家阴阳两隔了似的。贝尔特拉姆完全理解大家这种行为的用意，他面如死灰，神情恍惚，半闭着眼睛，严格按照既定的流程，继续主持庆典，直到活动顺利闭幕。

虽然约瑟夫·科讷希特仍旧通过特古拉尼乌斯与精英们保持着活跃的联系，且他作为资深玩家中的一员，对于目前纷繁复杂的形势、事态的走向，还有大家的情绪都完全能够理解和接受，但他并不打算让这些非常状况渗透到自己身上，并因此而影响到自己参加大型竞技游戏的心情；从第四或者第五天开始，他甚至禁止好友弗里茨再向自己透露关于大师病情的任何进展，因为他觉得自己还是不知情为好。他切实感受到了将庆典之上的天空整个遮蔽起来的那些层层叠叠的乌云，也能体会到其中的悲剧性。他的心中满怀着深切的忧虑与悲伤，想起了玻璃球游戏大师，想起了眼下生不如死的"影子"贝尔特拉姆——后者已经受到了大家道德上的审判，无数人在谴责他，质问他为什么不随大师而去——心中的不安与怜悯与日俱增。尽管如此，科讷希特还是坚定不移抵制一切不良消息的影响，无论这些消息是真实的，还是捕风捉影的谣传，一概挡在门外、充耳不闻；他以最严苛的方式锻炼自己的集中力，心甘情愿、全心全意地将自己投入冥想训练之中，投入构思巧妙的游玩过程之中。尽管跟往年的庆典相比，大家对这次庆典的看法普遍存在着比较大的分歧，而且整个过程中至今仍有许多细节模糊不清、态度暧昧不明的地方，但科讷希特依旧以无比严肃、崇高的玩家精神几乎完整地体验了这次庆典，没有留下任何遗憾。因为这一年的情况特殊，"影子"贝尔特拉姆没有像往年的庆典上玻璃球游戏大师曾经做过的那样，以大师副手的身份接待各个国家前来祝贺的使节，会见国家各个部门派来参加活动的官员，而且这次连传统的玻璃球游戏学生联欢会也直接取消了。庆典的最后一场音乐表演结束之后，当局立即对外宣布了大师与世长辞的消息：与之前在私底下广泛传开的消息不同，这就是官方正式的通知了。于是，在整个玩家聚居区所辖的范围内，立即开始了正式的哀悼活动，还住在贵宾客房里的约瑟夫·科讷希特自然也参加了哀悼仪式。大家打起精神，为这位至今仍受到人们普遍尊敬的伟大人物举行了葬礼，仪式本身非常简单，符合卡斯塔利亚人的传统习惯。至于贝尔特拉姆，大师的这位"影子"，他在整个庆典期间用尽了自己全部的精力，将肩上的重担努力承担到了最后。事到如今，一切皆已尘埃落定，他很明白自己的处境，知道尽人事而知天命的道理，干脆直接请辞，远离瓦尔德策尔这一是非之地，远行徒步，徘徊于山野之中去了。

在玩家聚居区里，噢，对啊，应该说是在整个瓦尔德策尔城中，无论身在何处，都能听到人们哀悼大师的声音。在大师去世之前，或许事实上并没有多少人够资格跟大师攀亲道故，宣称自己同大师之间拥有足可称之为"友谊"的亲密关系，但大师那高贵优雅的天性，自然而然就令人感觉亲近，大家都默认他那崇高的地位，都知道他在与人交往时无比真诚，再加上他无与伦比的智慧，举手投足间所呈现出来的微妙形式感，这一切都使他成了一名真正的摄政者、一位个性鲜明的代表人物，要知道，像这种类型的玻璃球游戏大师，在整体而言相当民主的卡斯塔利亚，基本上是任何时代都不会产生的，相当罕见。也正因如此，大家不禁为他的存在感到骄傲。在漫长的相处过程中，大家慢慢发现，他这个人似乎过于感情用事，总是无法远离激情、爱情、友谊的领域，常常因为凡人世界的感情问题而动容，如果他在这方面再强硬一些，那就更适合成为年轻人的崇拜对象了。大师身上这种高度的人性尊严，这种如同王公贵族般的优雅高贵，为他赢得了"阁下"这个半带温柔、半显嘲讽的绰号，与此同时，这个绰号也暗示他在团体领导层、在国家教育部门的各种会议与合作中获得了某种相对独立的地位，尽管多年以来，这一独立的"阁下"地位也一直受到各方势力的顽强抵抗。大师去世之后，重新任命他所担任的高级职务的问题受到了热切关注，大家都很关心谁将成为下一任玻璃球游戏大师，这也是理所当然的。尤其是在玻璃球游戏的精英们之间，对这一任命的争论非常激烈，因为依照惯例，下一任玻璃球游戏大师很可能会从这些精英中诞生。自从"影子"主动向领导层请辞，离开瓦尔德策尔，外出远行之后，这个精英小圈子里的人一直希望能够推翻他目前作为大师副手所享有的权限，并且也真正做到了这点：经过一系列操作，"影子"的权限由精英们自行投票分配给了三位临时代表，让他们全权负责。当然，在此被拿来分配的仅仅是"影子"在玩家聚居区内部处理各项事务的权限，并不包括国家教育部门的官方职能。依照惯例，国家教育部门是不会让玻璃球游戏大师这一职位空缺超过三周的，正式继任者很快就会决定下来。假如游戏大师在临终前，或者即将正式退休之前，已经提出了一位没有其他竞争者、其本身情况又无可争议的继任者名字，那么这就是最简单的情况，当局只需要进行一次全体会议，游戏大师这一职位的空缺马上就会被补上。可惜这一次情况特殊，恐怕需要耗费更长的时间，才能决定大师的继任者。

在哀悼的日子里，约瑟夫·科讷希特偶尔会跟自己的朋友谈起刚刚结束的大型竞技游戏，以及这次庆典上如此与众不同的黑暗历程。

"这位大师副手——贝尔特拉姆，"科讷希特说，"他不仅成功地将自己的角色坚持到了最后，我的意思是，他竭尽全力，试图扮演一名真正的玻璃球游戏大师，直到将该做的事情做完。在我看来，他甚至比大师本人做得更多，他为这次玻璃球游戏'节日庆典'完全奉献出了自己，作为自己最后一次庄严的履职，恪尽职守，无论情况有多么困难，还是咬牙坚持到了最后。你们大家对他的要求实在是太过苛刻了，不，不对，应该说你们对他太过残忍了。要知道，你们本来是能够挽救这次庆典、挽救贝尔特拉姆的，但你们最终却并没有选择这样做。好吧，我不允许自己对此事做出任何主观评判，无论现实中发生了什么，你们总是能够找到合适的理由来为自己开脱。可现在的情况是怎样的呢？谁都可以一清二楚地看出，这个可怜的贝尔特拉姆已经被淘汰掉了，彻底出局，你们的心愿已经得逞了，所以这时候更应该宽宏大量，对这可怜人好一点儿。过一段时间，当贝尔特拉姆再次出现在瓦尔德策尔时，你们必须去迎接他，并且还要向他解释清楚，说你们现在已经理解他所做出的牺牲了。"

听到科诹希特的这番话之后，特古拉尼乌斯摇了摇头。"贝尔特拉姆具体是什么情况，我们当然是理解的。"他回应道，"对于我们的做法，他其实也接受了。不得不说，你可真是太幸运了，这次刚好能够以客人身份参加大型竞技游戏。情况陷入危机之后，我们这些玩家为此事举行了好几次集会，进行了十分激烈的讨论，你因为住在这贵宾客房里，不仅没有参加，还不允许我向你提供最新讯息，以免影响你的游玩状态，这恐怕就是你没有密切关注整个流程的原因，也是你眼下不太清楚状况的原因。对于你刚刚的要求，我要告诉你：这是不可能的，约瑟夫，我们不可能再有这样的机会，不可能将我们对贝尔特拉姆的任何情感付诸实践。他当然知道自己的牺牲是必不可少的，哪怕再来一次，他也不会试图撤销它。既然如此，我们当然也不会向他多余解释些什么。"

直到这时候，科诹希特才真正明白了特古拉尼乌斯对此事的想法，同时也明白了玩家聚居区精英玩家们的普遍想法，他无话可说，心里感到很悲哀，整个人陷入了沉默。此时此刻，他总算清楚地意识到，在这次庆典活动中，自己确实没有作为一名真正的瓦尔德策尔人、作为大家的亲密战友来参与赛事，反而真的更像一位远道而来的客人。也正因如此，直到这时候，他才真正体会到贝尔特拉姆的牺牲究竟意味着什么。在此之前，他一直误会了贝尔特拉姆，认为他是个雄心勃勃、想要为自己正名的人，在面对远远超出自身能力范围的任务时，虽然极为努力，可惜仍旧力不从心，而且还不得人心，不得不屈从于现状，放弃更进一步的野心，放弃越过传统束缚、成为大师继承人的可能性，最后只能选择从瓦尔德策尔逃离，努力忘记自己曾经是大师的"影子"、曾经是一次大型游戏庆典主持人的辉煌过去。直到这一刻，当科讷希特听到朋友刚刚所讲的最后几句话时，他才意识到——并且因此而瞬间哑然失声——贝尔特拉姆已经被他们这些民意法官予以了审判，眼下判决早已下达，他恐怕是不会再回来的了。他们允许他将庆典主持完毕，给予他一定帮助，确保节日流程能够按照原定计划顺利进行，不会因为办不下去而出现丑闻，其实已经算是额外开恩。大家之所以愿意放贝尔特拉姆体面离开，根本就不是为了对他网开一面，其实是要想方设法保住瓦尔德策尔的脸面。

事实就是如此，作为一个"影子"，想坐稳大师副手的位置，不仅需要得到大师本人的充分信任——任谁也可以看出来，贝尔特拉姆并不缺乏这种信任——与此同时，还必须得到精英们的充分信任，可惜的是，这个不幸的男人始终都没能获得这份信任。在这种情况下，一旦他犯了错误，团体的这套等级制度就不会像他的主人、他的榜样那样，义无反顾地站在他的身后，试图保护他。一旦他得不到自己当年那些伙伴和同僚的支持，就不会有精英站在他这一边，如此一来，只要大师没办法帮他，他就彻底成了孤家寡人，没有任何权威人士会选择从旁协助他。他原本应该积极争取玩家聚居区内"留级生"们的支持，可这些支持非但没能得到，"留级生"们反而摇身一变，成了制裁他的法官。假如他们对此事不依不饶，想要追究到底，"影子"自然也就完蛋了。而事实上，这位贝尔特拉姆在徘徊山野的途中彻底失去了联系，始终没有回到瓦尔德策尔。过了一段时间之后，开始有传闻出现，听说他在一处陡峭的山崖上遭遇了意外，从上面跌下来摔死了。这就是贝尔特拉姆的结局，从此以后，再没有任何关于他的消息传来了。

在大师位置空缺的这段日子里，团体领导层和国家教育部门的高级官员——其中也包括那些最高级的官员——每天都会出现在玩家聚居区里，几乎每时每刻都有精英小圈子里的人员或者当地的官员被召去问话，他们所讨论的具体内容，只在精英内部的小圈子里交流，一点儿都没有向外透露。约瑟夫·科讷希特也被他们召唤过去，接受了仔细的询问，而且还是接连好几次：一次是团体领导层的两位先生，还有一次是语言学领域的大师，然后是杜博伊斯先生，接下来是两位大师一起见他。特古拉尼乌斯，同样被召唤了过去，接受询问，主要是向他了解这样那样的讯息，其中不少是关于科讷希特的。参加这类问询，倒是令特古拉尼乌斯感到颇为开心，甚至有一些兴奋，他将这种特殊的氛围称为"枢机主教选教皇的闭门会议"，并且还对此开起了玩笑。早在先前参加大型竞技游戏的那些日子里，约瑟夫就已经发现情况有些不太对劲。在他前往玛丽亚菲尔执行外交任务之前，跟玩家聚居区的精英们其实是有着长期密切联系的，毕竟他本身就是小圈子当中的一员。可是这次归来之后，科讷希特明显感觉到他们跟自己的关系疏远了许多，而在这次闭门会议期间，这种疏远的感觉也变得更加明显了。眼下他不仅像个外国客人一样，住在贵宾客房里，每次见面的高层领导似乎也跟他的同事一样，都是客客气气地对待他，他感觉自己像是跟他们平起平坐了一样；那些小圈子里的精英玩家，尤其是玩家聚居区的"留级生"见状，似乎都不再像对待伙伴那样来对待他了，纷纷摆出带有嘲弄意味的礼貌，或者至少也是一种拒人于千里之外的冷淡；实际上，早在科讷希特正式接受前往玛丽亚菲尔的使命时，他们就开始疏远他了，这当然是很正常的现象，自然而然就会发生这样的事：无论是谁，一旦脱离了自由研究阶段，开始专心为这套等级制度服务，以科研人员或者教师的身份成了团体当中的一员，就不能再被视作伙伴了，因为他已经大踏步地走在成为过去同伴们的上级、成为大人物的道路上；既然他已经不再属于精英们的小圈子，他的心中就应该有所自觉，知道精英阶层必然会对他有所批评、有所指责。无论是谁，一旦处在这个阶段上，都会遭遇相同的命运，无一例外。相比之下，科讷希特之所以对这种无法避免的疏远和冷淡感到格外痛苦，主要还是因为精英们最近刚好失去了精神上的依靠，必须在不远的将来再接受一位新的游戏大师，目前的不确定状况迫使他们加倍提高警惕，将自己小圈子的范围收紧，一致对外，采取防御姿态，这就让科讷希特跟他们之间的隔阂显得异常清晰。除此之外，还因为他们的决心和不妥协在不久前处理"影子"贝尔特拉姆的最终命运时表现得如此冷酷无情，而这一切刚好被科讷希特看在了眼里。

如此状况持续了一段时间之后，某天晚上，特古拉尼乌斯兴奋万分地冲进了宾馆里，找到约瑟夫，迅速将他拉进一个空房间，关上房门，无比激动地脱口而出："约瑟夫！约瑟夫！我的上帝！我本来应该猜到的，我早该知道会是这么一回事，其实并不那么难猜……哎呀，我可真是太高兴了，可以说是喜出望外，但我又真的搞不清楚，我到底应不应该感到如此高兴。"特古拉尼乌斯对玩家聚居区里所有的消息来源都掌握得非常到位，眼下他急切地向科讷希特汇报了这个非同小可的消息：相较于其他所有候选人，约瑟夫·科讷希特更有可能——甚至不能说是"更有可能"，而是几乎已经可以完全肯定——约瑟夫·科讷希特，即将当选为新一任玻璃球游戏大师。在此之前，玻璃球游戏档案馆负责人，曾经一度被许多人认为将会是托马斯大师的内定继任者，很显然，从前天起，他就被闭门会议的那帮人从短名单中给淘汰掉了。至于那三位来自精英小圈子的候选人，他们的名字在截至目前的闭门会议询问中虽然一直处于领先地位，但三人当中显然没有任何一位具备就任大师职务的特殊素质，因为他们当中谁也没有得到任何一位大师或者团体高层人物的特别青睐和推荐；可是与此同时，团体领导层的两位重要人物，还有杜博伊斯先生，他们都明确表示支持科讷希特。此外，还有前任音乐大师，他的表态也起到了很重要的作用。在这段时间里，有好几位大师都到蒙特波特去拜访了老音乐大师，相关动向大家统统看在眼里。

"约瑟夫，他们要让你成为'卢迪大师'。"特古拉尼乌斯再一次大声喊道，他的朋友赶紧伸手捂住了他的嘴，不打算让他再继续喊下去了。刚开始时，约瑟夫对于这一传言的惊讶和激动几乎不亚于弗里茨，觉得这似乎是很不可能发生的事情。不过，当后者开始通报一些具体的情况，即玩家聚居区内对闭门会议的现状与进程的各种看法时，科讷希特也开始意识到，这的确有可能是真的，因为仔细推敲起来，他这位朋友的假设其实合情合理，并没有什么问题可言。甚至可以说，与自己口头上的否认相反，科讷希特强烈地感觉到，自己内心深处已经存在着某种肯定，模模糊糊地说出了"是的"。确切些说，这实际上是某种神秘的预感，仿佛他早就知道将会发生这样的事情似的，而且他早已对此有所期待，发生的一切都是自己人生正确的走向，走到这一步也是理所当然。所以，他伸手捂住这位难以抑制住兴奋之情的伙伴的嘴，用一种古怪的、之前从未显露过的谴责目光注视着对方，就仿佛原本亲密无隙的两人之间，突然出现了巨大的隔阂，不可能再弥合。他的手始终没有松开，同时讲出了这样一句话："不要说那么多，'阿米奇'；我不想听这许多闲话。赶紧到你的伙伴们那里去吧。"

特古拉尼乌斯，他原本还有许多话要说，可是，在科讷希特这种谴责目光的注视下，他立刻沉默了下来，连一句话都说不出口了。从这种目光中，他看到的是一个全新的人，一个自己之前完全不认识的人，他不知道应该说些什么了，只好注视着他，脸色惨白，脑海中一片空白，最后就像做梦一样，默默从房间里走了出去，只留下科讷希特独自一人。后来，特古拉尼乌斯曾经将此事讲给其他人听，他说，在那一瞬间，科讷希特表现出了之前从未有过的平静和冷淡，刚开始时，这种奇怪的平静和冷淡对他而言就仿佛是一下重击、一种侮辱，就像是被朋友狠狠地扇了一记耳光。毫无疑问，这是对他们过去友谊和亲密关系的背叛，同时也是对他即将得到的最高领导地位的过度强调和期待——在那个时刻，特古拉尼乌斯实在无法理解他的这种行为、这种目光，因此，只能勉为其难地以这样一种说法来加以评判。可是，当他从房间里离开时——顺带一提，他当时的心情，真的跟一个被狠狠揍了一顿的可怜人一样，可以说是落荒而逃——他才恍然大悟，突然理解了科讷希特这个令他感到终生难忘的目光的深层含义：这是普通人遥不可及的、如帝王一般的目光，但它同时也蕴含了无尽的痛苦。特古拉尼乌斯明白，他的朋友绝非骄傲地接过了命运交托给自己的重任，而是谦卑地接受了这份委托。这时候，特古拉尼乌斯又回忆起不久之前，当约瑟夫·科讷希特询问贝尔特拉姆的情况时，当他提及贝尔特拉姆为瓦尔德策尔的游戏事业做出的牺牲时，那种满怀忧虑、若有所思的目光，还有他语气中掩饰不住的深切怜悯。仿佛科讷希特本人也要跟那个"影子"一样，为了游戏事业牺牲自己、燃尽自己。联想到这些细节之后，特古拉尼乌斯总算理解了朋友的想法，原来早在那个时候，甚至更早之前，他就已经将自己的命运跟玻璃球游戏的未来联系在了一起。还记得那时候，科讷希特注视着他，他看着这位朋友的面容，那张脸上写满了骄傲，同时又是那么谦卑，满怀着崇高，同时又是那么执着，那张脸显得那么孤独，但显然已经为迎接命运的安排做好了周全准备。瞧哇，那张脸岂不是跟卡斯塔利亚的历代大师们一样吗？那张脸上的表情如此严肃，如此凝重，简直就像一尊为卡斯塔利亚历代大师们修建的纪念碑。"赶紧到你的伙伴们那里去吧。"——彼时彼刻，他就是这样告诉特古拉尼乌斯的。是啊，就在那一刹那间，就在科讷希特知道自己即将登上玻璃球游戏世界至高宝座的那一刻，他就进入了一个全新的领域，被划入了一个特古拉尼乌斯之前从来不曾知晓的世界。从此以后，他将站在崭新的核心位置俯瞰世界，不再会是特古拉尼乌斯的伙伴，永无那日了。

科讷希特本来是可以很准确地猜到自己将会被任命为玻璃球游戏大师的，这无疑是他最后的、地位最高的任命，即使无法准确猜到，他至少也应该能认识到，这件事其实是很有可能会发生的，而且可能性是非常大的；尽管如此，当特古拉尼乌斯将情况告诉他时，他还是结结实实地吃了一惊，甚至为此感到恐惧。特古拉尼乌斯走后，他才想起来，其实自己恐怕早就猜到会是这样的结果了，正因为如此，他才会以那种态度对待情绪无比激动的特古拉尼乌斯，觉得他的激动实在是没有必要，甚至有点儿可笑。实话实说，特古拉尼乌斯并没有从一开始就预料到这一任命，至少不能说是十拿九稳，但是，在最终决定尘埃落定并对外宣布之前的那几天，他已经估算并预测到了这个结果。事实上，这种预测也不是什么很困难的事情，因为任命科讷希特为玻璃球游戏大师这件事，在国家教育部门内部可以说是基本上没有任何争议的决定，他的条件无可挑剔，确实没有什么可以拿出来加以反对的，除了他的年龄：他的大多数同等级的同僚，尤其是团体最顶层的那些最高负责人，他们基本上是在四十五到五十岁时担任如此之高的职务的，反观约瑟夫，现在甚至还不到四十岁，实在是过于年轻。不过话说回来，的确也没有什么法规上的限制，不允许任命太年轻的人为大师。

当弗里茨将他通过一系列观察取得的线索组合得来的预测结果告诉他的这位朋友时——很显然，这是一个经验丰富、做事精明的精英玩家的观察，他对瓦尔德策尔玩家聚居区这部机器的运作规律和复杂结构相当了解，连其中最小的细节都不会放过，也正因如此，他取得的线索的准确度是毋庸置疑的，透过这些线索组合推断出来的结果也是很值得信赖的——科讷希特立即意识到他是对的，这种预测跟他在直觉中给出的判断是完全吻合的，也正因如此，他立即确定并接受了自己被选上成为玻璃球游戏大师的事实和命运。但是，他对这个消息做出的第一个反应，是将他的朋友从房间里赶走，告诉他，自己"不想听这许多闲话"。特古拉尼乌斯对这种反应感到无比吃惊，情绪受到严重影响，瞬间变得沮丧起来，几乎觉得自己受到了侵害和冒犯，马上就离开了。朋友刚刚离开，约瑟夫就找了个合适的地方进行冥想，试图让自己尽快恢复到正常状态。他的这次冥想是基于记忆中的一幅图景，这幅图景在这个时间点上，以某种异乎寻常的强大力量突然涌现了出来，极为清晰地浮现在了他的脑海之中。在这个幻境中，科讷希特看到了一处空荡荡的小房间，房间里摆着一架钢琴，带着清新凉意的上午阳光，透过窗户照射进来。这时，房间门内出现了一位面容俊朗、态度和善的先生，这位先生上了年纪，他的头发花白，面容光洁，隐隐若有光，表情慈祥而大气；再看看他自己，看看这个约瑟夫，他还是个在拉丁语学校上学的小学童，这天很早的时候，他就已经在这个小房间里，半带焦急、半是喜悦地等待着音乐大师的到来了。现在他终于见到了他，这还是他第一次见他，这位可敬的长者，这位来自传说中的精英学校、来自"教学省"的大师——这位大师真的来了，他来向这个小学童展示何为音乐，然后又一步一步地引他进入自己所在的"教学省"，进入他的王国，进入精英阶层，进入团体组织。如今，他已成了他的同僚，成了团体里的手足兄弟；如今，这位老人已经收起了自己的魔杖，不再施展神通，或者换种说法，他已放下了自己的大师权杖，摇身一变，成了一位温和亲切、寡言少语，却仍旧很慈祥、很可敬、非常神秘的老人，尽管已经不再是大师，但他的目光、他那榜样般的光辉，始终高高在上，照彻约瑟夫的生活。他在为人师表的尊严上永远高过他，在谦逊程度上同样永远高过他；他在对游戏的技巧把握、对神秘领域的掌控方面，足足比他高出一个时代，高出好几个人生阶段，甚至还不仅仅如此，可以说，在科讷希特眼中，音乐大师的高明之处是没有上限的，高得不可估量；而且，不管音乐大师再怎么高超，再怎么无法触及，他始终都是科讷希特的庇护人，是他永远的榜样，温柔地激励着他，迫使他跟随自己的脚步前进，就像一颗每日升起、每日降落的巨大行星一般，吸引自己的伴星，跟随它的轨道一并运行，永不休止，永远向前。科讷希特故意将自己的大脑放空，什么也不想，任由内心涌现的图景一幕幕涌入，就仿佛这些图景拥有自己的意识一般，就仿佛进入了梦境当中一般。在他刚刚放松下来的时候，就已经有两幅图景从思想的源流中浮现，在他的冥想幻境中徘徊了比较长的一段时间，给他造成了较为深刻的印象：这两幅图景是两个幻想中的画面，或者说是两种象征、两个寓言。第一个画面中，男孩科讷希特紧跟在走在前方的大师身后，在大师的引导下，走出了各种各样的道路；作为引路人的大师，科讷希特大部分时候只能看见他的背影，只在每次有歧路出现时，他才会转过身来，露出正面的面容；每次转身露脸，大师的模样都会变得更加苍老，更显安静，更值得尊敬，明显更接近永恒智慧和永葆尊严的理想形象；再看看他，约瑟夫·科讷希特，永远都在虔诚、温驯地追随着榜样前行，他的模样没有任何变化，始终都是同一个男孩，对此，他时而感到极度羞耻，时而又能感受到某种喜悦，几乎可以称得上是一种如同挑衅般的自我满足。第二个画面是这样的：还是钢琴练习室里的场景，老人进入房间，走向等待着他的男孩，这个画面一再重复，不知道重复了多少次，大师和男孩互相紧紧跟随，就像被某台机械装置上的丝线反复拉扯着一般，先是由前到后，看着看着，又仿佛是由后往前，很快就无法分辨谁来、谁去、谁来领导、谁在跟随，是老人还是男孩；在其中的有些时候，似乎是男孩在追随老人，对老人的年龄、权威和庄严表示尊敬和服从；可是，在其中的一部分时候，分明又是老人在追随男孩，追随那年轻的身影、充满朝气的身影、快乐开朗的身影，很容易就让他走在了自己前面，老人不得不为他提供服务，或者说，因为崇拜男孩所拥有的青春活力，不得不紧紧跟随其后。当科讷希特看着这些无休止的幻象在自己面前不断循环时，当他沉浸在这些似乎毫无意义可言但同时又充满了深意的梦境当中时，他作为梦中人的身份似乎也在不停变换，至少在他本人的感觉里，他的身份有时跟老人完全重合，有时又跟男孩混为一体，他有时是崇拜者，有时是受崇拜者，有时是领路人，有时又是无条件服从的追随者，在这一系列意识沉浮变化的过程中，偶尔还会出现这样一个时刻，在这个时刻里，他同时成了两者——既是大师，也是学童。是啊，在这个时刻，他实际上还高居于两者之上，成了这种交替循环状态的组织者、发起者、指导者和观察者，成了这个永无止境、没有结果的老少赛跑本身。他有时会因为情绪上的细微变化而放慢脚步，有时又执意要催促着身体，让速度快到不能再快。不知从什么时候开始，他逐渐陷入这个时刻里，情况又慢慢起了变化，有一个新的想法，开始从这一过程中浮现出来。他开始觉得，与其说这一切好比梦境，不如认为是一种象征，不如认为它是现实的概括。换句话说，在这个新的想法或者说是新的认知当中，这个既可以认为蕴意十足，也可以认为毫无意义的过程，这个大师与学童之间永无止境的轮回，这种以智慧换青春、以青春换智慧的追索，这种无穷无尽、令人振奋不已的游戏，岂不正是卡斯塔利亚精神的象征吗？是啊，这实际上也是人类通常会进行的生命游戏，每个人都是这样，在老朽与青春、白天与黑夜、阴与阳之间循环往复，时而一分为二，时而合二为一，永远如此奔流下去，永远没有结束的时候。恰恰是从这个想法之中，恰恰是从这种对现实的概括里，冥想者找到了走出图景世界、回归现实安宁的途径。这一次，经过长时间的冥想之后，科讷希特回到了正常状态，内心变得比之前更强大、更能接受发生过的一切，精神上也变得愉悦、振奋了起来。

几天后，当团体领导层召见他时，他心中毫无波澜地去了，并且以从容又平和的庄严态度，接受了上级领导如兄弟一般的亲切问候，跟每个人都握了手，以含蓄有礼的传统方式与他们逐一拥抱。他们给出了正式通知，说他已被任命为玻璃球游戏大师，根据规定，后天要在庆典大厅里举行授职和宣誓仪式。恰恰也是在这个地方，不久之前，已故大师的副手就是在这里主持那场充满压迫性的庆典仪式的，他身上穿着大师的长袍，就像一只用黄金装饰、即将被牺牲掉的祭祀动物。举行授职典礼的前一天，在两位上级领导的指导与监督下，科讷希特对宣誓仪式的流程和"简略大师条例"进行了详细具体的学习，并且还专门进行了仪式性的冥想，这次负责担任指导工作的上级领导，一位是团体日常事务的最高负责人，另一位则是数学大师本人。在这非常辛苦的一天的中午休息时间里，约瑟夫清楚地回忆起了自己当初加入团体时的情况，还有音乐大师在举行新成员入会仪式之前给予的悉心教导。当然，这次将要举行的仪式跟团体入会仪式可大不一样，后者每年通常有成百上千人通过，这成百上千人都会被前辈引领着，穿过一扇宽阔的大门，进入一处面积广阔的地带，无数成员正在那里等待着他们，准备迎接他们；反观这次的仪式，只有他独自一人，通过如同针眼一般狭窄的通道，进入最高、最窄的圈子里，即大师们专属的小圈子里。仪式结束之后，他向老音乐大师坦承，说自己在那个极为重要的日子里，脑袋里面突然冒出了一个无比强烈的自我检讨念头，那个念头在整个过程当中阴魂不散，一直困扰着他，但那其实只是一个相当可笑、微不足道的想法：他怕在举行仪式的时候，突然有哪位大师会有意见，进而选择直截了当地告诉他，说他现在就登上团体组织中享有最高荣誉的宝座，其实是不妥当的，因为他实在是太年轻了，在此之前，还从来没有如此年轻就成为玻璃球游戏大师的例子，这实在是很不寻常的事情，恐怕还应该再考虑考虑，将年龄问题好好讨论清楚，不能如此草率就做决定。在那个时候，他在自己的思考游戏中，还一度十分认真地与这份突如其来的恐惧及幼稚的虚荣想法进行了斗争，拟定好了相应的对策，说实话，他最后甚至希望真的有哪位大师能够对他的年龄提出质疑，如此一来，他就可以抛出自己早就准备好的回答：

"既然如此，那仪式就不要办了，让我安安静静地变老吧。我可从来没有主动追求过这个高高在上的位置，若不打算给我，那我不要也罢。"可是，当他进一步进行自我检讨时，他却发现自己拟定好的这个回答其实是颇为虚伪的，因为他对自己所获得任命的想法并没有那么崇高，并没有那么无所谓；在潜意识中，他实际上是非常想要获得任命的，非常想要坐上那个无比荣耀的宝座，正因为这份光荣已经近在眼前，他才如此期待、如此渴望着想要得到它。他的自我检讨奏效了，不再因为与年龄相关的小事感到恐惧，同时也认识到了自己思想上的虚荣性，决心对这种不良思想加以摒弃。事实上，无论是在仪式举办的当天，还是他正式当上玻璃球游戏大师以后，都没有任何人提出过年龄问题，大家仿佛已经忘掉了他的年龄，从此再也不曾有人提起过。

不过话说回来，年龄问题暂且不论，在此之前，对于新大师的人选的确有过一番热烈争论，尤其是那些与科讷希特一道进入短名单的人士当中，各方面的讨论都异常激烈，其中也不乏极为尖刻、毒辣的批评。相比之下，科讷希特倒是没有那种跟他针锋相对的宿敌，但仍有不少竞争对手，别的姑且不论，至少他们的年龄都比他大。在这个圈子里的对手当然都不希望让科讷希特轻松上任，无论如何都要跟他较量一番，哪怕无法赢过他，也可以通过这样一个流程来考验考验他，让举办闭门会议的高层更能看清他的成色。就算不跟他直接拿上台面进行比较，至少也要在心里暗自进行最细致的考量，将未来或许能够对他加以批评、批判的各种细节考虑清楚。每一位新大师在参加授职仪式之前，以及正式就任后的最初一段时间，几乎都是在炼狱中行走，举步维艰。

大师的授职仪式并非对外公开举行的那种盛大典礼，除了国家教育部门和团体的领导们之外，只有来自各处精英学校的少数几位高年级学生代表，以及即将在这位新大师手下任职的对应学科领域行政官员和预备官员参加。

283

就职典礼在庆典大厅内举行，新上任的玻璃球游戏大师必须在这里宣誓就职，必须从当局手中接过由几把钥匙和印章组成的、代表大师身份的职务徽章，还必须由团体组织领导层的发言人负责为其穿上长袍，即大师在主持最高规格的庆典时专用的仪式性盛装——其中最重要的自然是主持每年一度的"游戏纪念日"盛会，关于这部分内容，我们已经在前文中详述过了。像这样一种十分传统的内部授职仪式，它不只缺乏公开庆典的活力，也没有那种轻盈舒适的微醉感，单就其流程性质而言，可以说完全是仪式性的，过程极为肃穆庄严，现场气氛也格外冷清。不过话说回来，虽然仪式本身的规模极小，但国家和团体的领导层全体出席，这就让看似其貌不扬的仪式拥有了不同寻常的气势，接受职务的新大师也因此而享受到了无与伦比的荣耀。这个由玻璃球游戏玩家们组成的小小共和国，终于再一次拥有了一位新的主人，由他来负责领导这个国家，在全球各地权威参与的大大小小事务中，由他来代表他们这群玩家共同的权益，对于这群玩家而言，这可是一起真正重要且罕见的大事件；恐怕只有精英学校的学生，还有那些年轻的科研人员，因为缺乏相关经验，还不太能够很好地理解此事的重要性。也正因如此，他们在相应的公共庆祝活动中，只能关注到自己亲眼所见的仪式，关注到各种表面上的东西，体验一场视觉上的盛宴，仅此而已。但是，除了他们之外，其他所有参与者都能充分意识到这种重要性，充分意识到此事所体现出来的、他们自身与团体之间共生共荣的和谐关系，充分意识到玻璃球游戏大师的上任就好比自己人生中一个自然而然的过程、一个不可或缺的组成部分。可想而知，这一次，新大师的就任是极为特殊的事件，原本应该四处洋溢的欢庆喜悦气氛，不仅被前任大师的去世和对他的哀悼所掩盖，这次年度庆典和大型竞技游戏举办期间的焦虑情绪，以及大师副手贝尔特拉姆身上发生的悲剧，也严重影响到了大家庆祝新大师上任的心情。

为新任大师穿上长袍的仪式，是由团体组织领导层的发言人和玻璃球游戏档案馆负责人共同完成的，他们两人分别站在科讷希特两侧，同时举起长袍，将它披在新任大师的肩膀上。简短的仪式致辞，由来自科伊珀海姆的

"格拉玛提卡[1]大师"，即古典语言学大师亲自负责。来自玩家聚居区的一位精英人士，作为瓦尔德策尔的代表，向新任大师递交了钥匙与印章组成的徽章。除了这些人以外，大家还在现场看到了年迈的老音乐大师，他也来了，站在管风琴旁边比较显眼的位置上。他之所以专程前来参加这场仪式，自然是为了亲眼看到自己的得意门生第一次穿上游戏大师长袍时的模样；同时也想通过这次出乎意料的现身，给约瑟夫一个惊喜；兴许还打算跟往常一样，在这个重要的时间点上，再为他提出一两点肯定会对他的未来大有裨益的建议。老人其实很想亲手为这次无比重要的仪式弹奏主题音乐，而且也得到了领导层的批准，但他的年纪实在是太大了，已经无法胜任这种场合的高强度弹奏，考虑再三，他终于还是将弹奏工作交给了玩家聚居区内一位优秀的管风琴师，自己则站在演奏者身后，为他一页一页地翻动乐谱。仪式正式开始了，老音乐大师的脸上露出祥和、肃穆的微笑，目不转睛地注视着约瑟夫，看他穿好长袍、接过徽章，仔细听他朗读那一大段宣誓用的套话，然后是他对自己未来的同事、行政官员和精英学生们的即兴演讲。那个男孩约瑟夫啊，从来没有像今天这样，让老音乐大师感到如此喜爱、如此开心。如今他几乎不再是过去的男孩约瑟夫了，他已经成了大师长袍和对应职务的承担者，成了皇冠上最闪耀夺目的那枚宝石，成了团体组织森严等级制度中最重要的一根梁柱。老音乐大师耐心等待了很久，但他只被允许跟他的男孩约瑟夫单独交谈片刻。不过这样也足够了，老人开心地冲他笑了笑，急急忙忙地将简短的忠告讲给了他听："仔细观察动向，确保你能够很好地度过接下来的这三四个星期，正式就任后最初的阶段，会对你提出许多难度很高的要求。记住，无论遇到什么情况，始终都要优先为整体着想，永远记住这样的一个道理：相较于总体上的得失，个人的胜负成败根本就无足轻重。在目前这个阶段，你必须将自己完全投入精英小圈子中，处理好跟他们之间的各种关系，除此之外，其他事情都可以暂时抛诸脑后。稍后将会有两个人被派来

---

1 原文为拉丁语"Grammaticae"，"语法"之意。

协助你；其中有一位是瑜伽专家亚历山大，他已经得到过我的指示了，所以，如果他想要告诉你什么，请一定好好听他讲，他很清楚自己在行的事情。你要明白，眼下你最需要的，乃是坚如磐石般的自信，相信高层将你带到这个位置上的决定是完全正确的；你必须相信他们，必须相信他们派来协助你的人，必须以近乎盲目的自信相信自身所拥有的力量。不过你要记住，虽然你必须进入精英小圈子，跟他们打成一片，但永远别轻信他们。要知道，他们为你送上的大礼就是幸灾乐祸，他们对你的警惕心永不会消除——精英们就是这样，不必对他们期待更多。你将大获全胜，约瑟夫，我对此知道得一清二楚。"

实际上，玻璃球游戏大师日常需要处理的大部分事务，科诿希特这位新大师都很熟悉，处理方式也知道得很清楚，因为在此之前，他已经为托马斯大师帮过忙，或者说以助手的身份协助大师完成过这些事务，所以现在由他亲自处理，加上有其他人从旁协助，可说是游刃有余、得心应手。所有事务当中，最重要的莫过于游戏课程，从学童班、初级班、假期培训班、外宾学习班，一直到专门为玩家精英们开设的练习课、大课和研讨班等，相关课程种类可谓纷繁复杂。在上面列出的许多种课程当中，除了为精英们准备的后几项之外，新任命的游戏大师基本上能轻松应对。哪怕是难度颇高、暂时应付不来的后几项，主要也是因为缺乏相关经验，假以时日，也不会有任何问题。麻烦的还是那些在就任大师之前根本没有机会接触到的少数全新职责，因为之前完全没有实践过，想要上手是非常困难的，哪怕对约瑟夫来讲也是如此。相较于实打实的教务工作，在刚开始的阶段，他更愿意全身心地投入这些新的职责中，其中包括：与国家教育部门最顶层共同开展的合作，由各学科领域大师负责的最高教育委员会与团体领导层进行的深度合作，由外界玻璃球游戏代表与玩家聚居区代表共同商讨成立玩家联盟组织，等等。谨遵老音乐大师的嘱咐，为了消除就任后最初阶段可能出现的未知威胁，科诿希特迫不及待地投入工作，努力熟悉这些新职责的方方面面。他恨不得自己在最初的几个星期里，就能彻底搞清楚关于组织章程、工作流程、会议记录等公务当中的烦琐细节。他知道，对于这方面的相关讯息与对应指导，除了杜博伊斯先生之外，对于游戏大师日常工作章程制度和传统沿袭最有经验的那位行家里手，其实刚好也在自己的所辖范围之内，随时可以为自己提供帮助，此人即就职仪式上为他穿上长袍的那位团体组织发言人。这位发言人自己并没有任何领域的大师身份，因此他在实际级别上是低于大师们的，但他在团体的日常事务处理方面，却拥有几乎无所不知的奇妙能力，可以负责指导团体内部任何领域的权威会议，协助大家恪守正确而规范的团体传统，他所履行的职责，就好比专门为王公贵族服务的宫廷首席司仪。科讷希特多么乐意向这位机敏聪慧、经验丰富、因为随时保持极为得体的礼仪而导致完全看不透他内心想法的先生请教一下工作上的事情啊，不久之前，这位先生可是亲自用双手给科讷希特穿上了游戏大师的长袍，他多么想单独见一见这位先生啊——假如他也住在瓦尔德策尔就好了，可惜现实总不遂人愿，这位发言人偏偏住在离这里有半天行程之远的希尔斯兰德！科讷希特多么希望自己能够逃到蒙特波特，到那里去住上一阵子呀，如此一来，他就可以好好向老音乐大师讨教，请他详细为自己指点这些没有头绪的烦心事！可惜这也是不可能办到的，身为游戏大师，是不允许怀有这种打算私底下向别人求教的科研人员式愿望的。更糟糕的是，科讷希特不仅无法向团体发言人或者老音乐大师求助，从正式开始工作的那一刻起，他就必须努力依靠自己的力量来解决各式各样的问题——在此之前，他曾经以为那些新的职责不会给自己带来多少麻烦，结果现在他却不得不打起精神、全力以赴，将自己的全部热情、全部精力投入进去，还不见得能取得很好的成效。想想看吧，想想不久之前，在贝尔特拉姆代替生病的托马斯大师主持节日活动的那段时间里，科讷希特看到了什么？他目睹一位被自己所辖的团体组织、被玩家聚居区精英们残酷抛弃的代理大师，没有任何人在乎他，他就好像被遗弃到了真空的环境里，连一口气都喘不上来，只能不停挣扎，最后窒息而亡。科讷希特当时已经在怀疑的、那位从蒙特波特赶来的老人在他就职当天嘱咐的话语之中所证实的，现在正通过他就职过程中每时每刻不断发生的现实、通过他对这些现实的思考，反反复复、无可辩驳地向他阐述同一个道理：他必须将自己的全部精力首先投入精英们的小圈子，放在那些"留级生"身上，集中在最高水准的玻璃球游戏课程、研讨会级别的游玩训练中，以及跟"留级生"们的私人接触中。他大可以将与档案相关的事情留给玻璃球游戏档案馆的档案员们来处理，将游戏初级班的课程交给现在正在授课的那些教师来负责，将一切公务上的往来交给秘书们来跟进，这些事情别人都可以做，哪怕游戏大师不去亲力亲为，也不会出什么差错。可是，对于玩家聚居区的精英小圈子，他却一刻也不能放任，不能让他们肆意妄为。他必须全身心地将自己奉献给他们，强迫他们接受自己，让自己对于他们而言变成不可或缺的存在，让他们相信自己很有能力，也相信他的能力所具有的价值，让他们相信他个人意志的纯粹与高尚，凭借着上述的一切去征服他们，博取他们的喜爱，最终赢得他们。他必须跟他们当中任何一个对外表现出希望向他发起挑战意愿的对手竞争，实际上，至少从数量上而言，这样的对手并不算少。在跟这类对手进行较量的过程中，科讷希特得到了许多他以前误以为对自己不怎么有利的因素的帮助。比方说，他长期远离瓦尔德策尔，长期远离玩家聚居区的精英小圈子，先前已经觉得自己受到了精英们的疏远，结果成为大师之后，这种疏远反倒变成了优点，因为现在他在精英们眼里几乎变成了一个"新新人类[1]"，这意味着他没什么把柄在他们手上。甚至连他跟特古拉尼乌斯之间的友谊也被证明是颇有帮助的。因为特古拉尼乌斯这个人，本质上是个虽然才华横溢却体弱多病的局外人，没有任何野心可言，像这样的一个人，在精英小圈子里的人看来，显然不太可能进入团体那套森严的等级制度当中，从事那种一步一步往上爬的体制化职业，而且他本人也从来不看重个人的声望与荣誉。因此，无论他从新任游戏大师那里得到何种程度的偏爱与宠幸，都不会对其他精英们造成什么不利，自然也不可能引起他们任何的不满。无论如何，对于玩家精英这一群体，科讷希特必须凭自己的力量做得最多，做到

---

[1] 原文为拉丁语"Homo novus"。

最好，才可能冲破玻璃球游戏世界最顶端、最活跃、最躁动、最敏感的这一个圈层，像训练一匹高贵骏马的天才骑手那样，凭借不懈的努力抓住他们的心，对他们的行为加以掌控。因为这群桀骜不驯的精英恰恰是卡斯塔利亚最弥足珍贵的财富，他们已经完成了玻璃球游戏方面的课程学习，也已经从"教学省"内部各种不同的科研、教学机构那里接受了充分的教育和学术训练，现在全都以科研人员的身份在进行自由研究，尚未受雇于国家教育部门或者团体。我们之前已经提到过，自由研究原则上是没有时间限制的，无拘无束，可以选择任何细分领域，只要他们愿意，大可以一辈子学习、研究下去——也正因如此，他们被大家戏称为"留级生"。在卡斯塔利亚，这群"留级生"代表着最难能可贵的人才储备，他们目前正蛰伏着，等待着开花结果的那天，等待着光明的未来。有朝一日，他们也将进入国家教育部门或者团体领导层，就跟曾经的科讷希特一样，他们也将成为未来大师的候选人。这群心高气傲的天之骄子，他们无论在什么地方——不止在玩家聚居区内部——都对自己的新老师和新上级心存不满、百般挑剔，这其实恰恰是他们内心脆弱、不谙世事的表现。于是这一次，当新游戏大师上任之后，他们理所当然也对这位新上任的领导充满了怨气，几乎没有对他表现出哪怕最起码的礼貌和服从。这并非他们在针对科讷希特，而是习惯使然，因此，科讷希特必须全力以赴、想方设法赢得他们的认可，用实际行动来说服他们，克服目前的困难局面，唯有如此，他们才会承认他的大师身份，并且自愿服从他的领导。

科讷希特毫无畏惧地直面这项艰难的任务，但还是对它的难度之高感到惊讶。不过，当他沉下心来，逐一解决问题的时候，当他赢得了那些对他而言最为费劲，甚至堪称难于登天的阶段性战役的胜利之后，那些他原本更倾向于回避、不想第一时间面对的职责和任务，反而自动退却了，不需要花费什么精力就得到了解决，从此以后，似乎就不需要再去多加关注了。科讷希特曾经向自己的一位同僚描述过上述情况，自己并没有花费精力就已经完成了职责的情况，当时所举的例子，是他第一次参加国家教育部门全体领导会议时发生的事情。他是乘坐特快专列抵达会议地点的，等到会议开完之后，又乘坐特快专列返回，整个过程几乎就像是在做梦一样，会议结束之后，就完全不再想它，也根本没有再去回想的余裕了，因为他的精力已经彻底被当前的工作给占据了。对了，恐怕还不曾等到会议结束之后，甚至就在会议召开的过程中，他就已经开始了神游——他还能记得会议的一小部分内容，记得会议上热烈讨论的刚好是他很感兴趣的议题，可他并没有怎么用心听。尽管这是他第一次以领导身份参加如此重要的会议，本来应该感到紧张、感到局促不安才对，但他在会议中好几次发现自己并没有在这里跟同僚们讨论，并没有思考大家正在激烈争论的内容，而是身在瓦尔德策尔，身在玻璃球游戏档案馆那个刷了蓝色墙壁的房间里。在那里，他目前每隔三天就会主持一次关于辩证法的研讨会，虽然只有五个人参加，但研讨会本身的强度很高，每一个小时都需要耗费比其他任何日常公务——诚然，这些日常公务也是不容易完成的，而且既不能逃避也不能拖延——更多的精力，消耗很大，精神上也呈现出高度紧张的状态。幸运的是，正如老音乐大师之前向他宣布过的那样，他才刚刚上任，国家教育部门第一时间就给他指派了一位组织秘书，同时也是一位监督员，根据预先定下的日程表，监督他每小时的工作情况，管理他的日常活动安排，替他规划好时间，避免他的工作滑入片面性的泥潭，出现顾此失彼的错误，同时嘱咐他要按时休息，呵护好身体，以免出现过度劳累的现象。科讷希特很感谢这位组织秘书的帮助，不过相比之下，他更感谢团体领导层派来协助他的那位使者，此人是一位声名远播的冥想大师，技艺超群；他的名字正是亚历山大，老音乐大师之前已经告诉过科讷希特了。亚历山大负责确保这位工作过于繁忙、神经高度紧张的大人物每天必须做三次"小"运动或者"短"运动，并且严格遵守每次运动的顺序和时间。每天进行夜间冥想之前，科讷希特都会跟自己的这两位助手，一位是查漏补缺的时间管理高手，另一位则是团体派来的冥想大师，跟他们聚到一起，面对面回顾这一天里完成的全部工作，以确认当前的进展，以及是否有什么完成得不妥当的地方，是否需要在后继的安排中加以纠正。这种行为正如冥想老师所描述的那样，是在给每天的自己"把脉"，也就是说，让科讷希特及时认识并正确衡量自己，了解自身当前的处境、状况、自身精力的分配、自身的期冀与隐患等，客观看待自己，客观看待自己一天的工作，不要将一些尚未解决的麻烦拖到深夜和第二天，并因此打乱原先的安排，应当重新拟订计划，以完美的状态来迎接新的一天。

"留级生"们怀着一部分是同情、一部分是挑衅的心态，饶有兴味地观察他们这位大师无比繁忙的模样，不失时机地对他的能力、耐心和应变能力进行即兴的小测试，他们时而努力激发他，让他更加拼命地工作，时而又想方设法地阻挠他工作。这种不停捣乱的状况，额外耗费了科讷希特的精力，令他无暇顾及其他任何事情。在这一时期，特古拉尼乌斯觉得自己周围仿佛出现了某种致命的真空、某种无可回避的空虚感。特古拉尼乌斯心里十分明白，科讷希特现在不可能对他这个朋友给予任何的关注，因为他根本就没有哪怕一丁点儿空闲的时间，不再可能思考与私人交往相关的事情，也不可能再参与两人过去经常进行的玻璃球游戏活动了；特古拉尼乌斯虽然理解这一切，但他却无法让自己在感情上接受这一切，无法让自己在短时间内变得足够坚强，足够冷漠，以对抗他朋友突然间对自己采取的完全遗忘态度，更何况他不仅一天天地失去了科讷希特这位好友，同时还经历了来自精英小圈子同伴们的不信任，原来还乐于跟他交往的人，现在几乎都不搭理他了，他的家里几乎无人问津。这种情况的出现当然也不足为奇，因为即使特古拉尼乌斯不太可能挡住那些想进一步往上爬的野心家的康庄大道，可他始终是游戏大师那一派的党羽，向来都颇得年轻大师的垂青，这是每个人都看在眼里的。党同伐异，乃是人之常情。科讷希特完全能够想到在自己当上大师之后，特古拉尼乌斯身上将会发生的这一切，所以在他看来，目前的主要任务之一，就是暂时搁置这份友谊，诚如搁置其他所有日常和私人事宜，至少也要消除掉这份友谊所造成的影响，如此一来，特古拉尼乌斯的生活反而能够回归正常。然而，正如科讷希特后来向自己的朋友坦白的那样，他实际上并不是有意和自愿这样做的，只是暂时忘记了自己的这位朋友，因为在这一时期，他已经将自己彻底改造成了工具人，类似友谊这样的凡人事项，早就被他抛到九霄云外去了。比方说，在科讷希特主持的那场只有五个人参与的研讨会上，弗里茨的身影和面容突然出现在他眼前，他看到的却不再是过去的那位特古拉尼乌斯，不再是朋友，不是一个熟人，甚至不能算是一个真正的人；他看到的只是精英小圈子的其中一员、一名从事自由研究的科研人员，至多也不过是一位等待加入团体的候选人、一名"留级生"，是他目前繁重工作和任务当中的一个组成部分，是他麾下部队里的一名士兵，是他为了获取胜利而组织起来并且加以训练的对象。当新大师第一次以这种极为冷淡的态度跟弗里茨讲话时，他顿时就感到不寒而栗；在那个时候，他从这位新任大师的目光中感觉到，这种陌生和客观绝不是装出来的，而是他内心真实的写照，是一种不可思议的变化。眼前这位以拒人于千里之外、以彬彬有礼的态度对待自己的大人物，从精神上而言，已经不再是他的好友约瑟夫，只是一名教师和监考官，只是一位玻璃球游戏大师。他被自己所肩负的重大职务的严肃性和肃杀感层层环绕，内心世界被整个包裹、封闭了起来，犹如在烈火中被浇上了一层厚厚的、闪亮的釉面，现在已经冷却、硬化了，成了牢不可破的外壳。顺带一提，在这热火朝天的最初几个星期里，特古拉尼乌斯的身上还发生了一件小小的意外。由于接连好几天失眠的影响，内心因为科讷希特的疏远而紧张，特古拉尼乌斯在小型研讨会上犯了个错误，他发火了，情绪失控，表现失态，不是针对大师本人，而是针对一位故意用嘲讽语气惹他生气的精英伙伴。科讷希特注意到了研讨会上的不和谐局面，也注意到肇事者正处于过度兴奋状态，他一句话也没有说，只是悄无声息地举起了一根手指，简单做出了一个训斥他的动作。不过，等到研讨会结束之后，他又专门派出自己手下的那位冥想大师去探望特古拉尼乌斯，试图给予一些精神上的关怀和安抚。在经历了连续几周的友情匮乏状态之后，特古拉尼乌斯觉得这种专门给予的关爱是他们两人之间恢复友谊的初步迹象，因为他将科讷希特派人过来的行为视作对他个人状况的关切，在此基础之上，他很开心地接受了冥想大师的帮助，跟着他一起去了心理诊疗室，接受了有针对性的悉心治疗。哪曾想到，现实是残酷的：科讷希特几乎完全没有注意到自己正在向谁表示这种关怀，他做的只是一位游戏大师的分内事；在研讨会上，他发现其中的一位"留级生"态度相当烦躁，精神紧张，举止失当，于是立即做出了教书育人者该有的反应，但他实际上完全没有将这位"留级生"当成一个真正的人来看待，更不曾想到要将这位"留级生"跟自己联系起来。几个月过后，这位朋友向科讷希特提起了之前发生的这一幕，并且信誓旦旦地向他保证，说他在研讨会上对自己如此体贴，事后又专门派人来探望自己，对症下药地给予了心理方面的治疗。特古拉尼乌斯说，他的这一仁慈表现，令自己感到非常开心，同时也得到了极大的安慰。实际上，约瑟夫·科讷希特早已完全忘记了此事，他感到无言以对，只好保持沉默，将错就错，让这件事就这样过去。

诚如老音乐大师所言，就任初期的目标，眼下已经达成，科讷希特最终还是赢得了这场战争的胜利。对付这支精英队伍无疑是一项艰巨的任务，他的做法是让他们感到无比疲惫，就像进行新兵训练一样，不停地对他们进行操练，驯服那些有着很大野心的家伙，将态度左右摇摆的骑墙派争取到自己这边，再用实力和决心打动那些傲慢的、不可一世的顽固分子；这些任务眼下皆已完成，玩家聚居区里的预备官员、团体成员候选人们，如今都已承认他们的这位游戏大师，向他缴械投降，也都乐意臣服于他。突然之间，一切问题都迎刃而解，就仿佛一台巨大的机器，只缺一滴油就能运转自如似的。监督员跟科讷希特一起拟订了最后一份工作计划，宣布他的工作已经得到了国家教育部门的认可，然后就离开了，冥想大师亚历山大也是如此。如此这般，早上的按摩终于被散步所取代，科讷希特稍微恢复了一点儿逍遥自在，当然，像学习研究甚至阅读闲书这样的事情，暂时还是不可能做到的，但在晚上睡觉之前，至少又可以稍微演奏一下自己喜欢的音乐了。科讷希特后来又去参加了一次国家教育部门全体领导会议，这一次，他清楚地感觉到——不需要用任何言语来描述——他现在已经通过了同僚们的考验，大家现在都认为他是一位可靠的、完全可以平等看待的伙伴了。为了捍卫自己任职初期的尊严，巩固自己的身份和地位，科讷希特投入了大量的热情，经历了艰苦卓绝的斗争，并且最终顺利通过了考验。一切暂时告一段落之后，他现在又被一种顿悟的感觉所征服，这是热情冷却下来了的感觉，是一份狂热退去后的清醒。他发现自己已经来到卡斯塔利亚的最深处，发现自己已经来到团体这套等级制度的最高点，在这套体系中，他已经不可能再往高处去了。此时此刻，他的心中涌生出一种终于能够看清一切、理解一切的情绪，头脑感到无比清醒，与此同时，他以几乎称得上失望的心情察觉到，即使是这里这种非常稀薄的空气，其实也是可以用来正常呼吸的，而且这种呼吸跟之前的呼吸几无二致，真正改变了的反而是他自己。这段无比艰难的考验期，跨越这段考验之后，最终收获的果实反而令他感到焦头烂额。截至目前，还没有任何工作、任何努力能够将他消耗到如此地步。

这一次，精英们对这位玩家共和国新摄政王的认可，是以一种特殊的姿态来表达的。当科讷希特感觉到他们已经停止了抵抗，感觉到他们已经对自己表现出了信任和认可，明白自己已经完成了任务当中最困难的部分时，他选择自己"影子"的时刻也来到了。事实上，他确实比以往任何时候都更迫切地需要这样一个"影子"来帮忙减轻自己身上的负担，自从他在那场几乎要用上超人般的力量才能勉强打赢的战争中取得胜利之后，他突然觉得自己似乎获得了解脱，就像是被人从牢笼里放了出来，释放到了相对自由的环境之中；但是，值得注意的是，在这条道路上，尤其是走到挑选"影子"这一步时，的确有很多人因为选择错误而跌倒，最终断送了自己的未来。考虑再三，科讷希特决定放弃自己在候选人们当中进行自主选择的权利，要求"留级生"们直接向他提供他们自己精挑细选出来的一位"影子"。大家对贝尔特拉姆遭遇的命运记忆犹新，也正因如此，精英们对新任游戏大师的这一让步倍加重视，在经过了几次会议讨论，以及一系列秘密问询之后，总算做出了选择，将他们小圈子里最优秀的一位精英作为副手推荐给了游戏大师。在科讷希特被正式任命之前，他一直被精英们认为是最有希望登上游戏大师位置的候选人之一。

情况就是如此，走到现在这一步之后，最艰难的部分已经过去了，科讷希特又可以悠闲自在地散步，又可以好好欣赏音乐了。随着时间的推移，读些闲书也是能够做到的事情了，与特古拉尼乌斯之间的私人友情得以恢复，跟菲洛蒙特之间的信件交流重新开启。如今他甚至偶尔还会有半天的休息时间，偶尔还可以来一次小小的度假旅行。可是，上述这些悠闲舒适的享受，换了别人可能还称得上有所助益，但对截至目前的约瑟夫可行不通。在过去，他曾经自认为是个成熟老练的玻璃球游戏玩家，也是一名相当合格的卡斯塔利亚人，尽管如此，他却对卡斯塔利亚这套体系的内部情况一无所知。他所过的生活，一度满怀着天真无邪的自私、幼稚无聊的轻浮，不负责任到令人难以想象的程度。有一次，他突然回忆起了托马斯大师曾经对他讲过的一段话——那是一段充满了嘲讽意味的话语。当时，他表示自己希望获得允许，能够继续进行一段时间的自由研究，结果大师反问道："一段时间……你具体需要多久呢？你呀，现在仍然在用科研人员的语言说话，在用自由研究的方式思考问题，约瑟夫。"这也不过是区区几年前发生的事情；在那个时候，科讷希特是怀着深深的钦佩和敬意在听他说话的，与此同时，也因为眼前这个男人极度冷静、态度完美得不似凡人而感到非常恐惧。早在当时，他已经能够依稀感觉到，卡斯塔利亚正在向他伸出手来，打算正式吸纳他，寄希望于有朝一日，能够将他培养成托马斯大师这样的大人物，培养成一名摄政者、一位人民的公仆、一件完美的工具。眼下科讷希特就站在托马斯大师曾经驻足过的地方，在跟自己认识的"留级生"们当中的一员、机敏聪慧的游戏玩家和私人学者们当中的一员、勤奋刻苦又高傲的天之骄子们当中的一员侃侃而谈。科讷希特注视着对方，恍惚之间，仿佛进入了另外一个世界里，这是一个陌生而美丽的世界，一个壮丽恢宏、异想天开的世界，一个在某种程度上堪称完满的世界，就跟彼时彼刻托马斯大师从他身上看到的那个美妙的科研人员世界一模一样。

第七节 在 职

倘若说担任游戏大师职务之初似乎是得不偿失，倘若说它几乎耗尽了科讷希特的全部精力和私人生活，结束了他以往全部的习惯与爱好，在他内心里留下了一片荒芜寂寥，在他脑海中留下了类似于过度疲惫之后的强烈眩晕感，那么当这一切结束之后，眼下的休整、沉思与适应过程，也为他带来了全新的观感与体验。战事结束，重返和平，这一过程中所取得的最伟大成果，就是与精英分子们建立了互相信任的关系，借此开始了友好合作。他跟自己的"影子"进行了数次讨论之后，确定了未来的工作计划；他试着让好友弗里茨·特古拉尼乌斯参与到自己的日程中，负责管理日常联络、通信的相关事宜，从此以后，好友就成了他的得力助手；此外，他也开始逐步研究、核查并补充前任大师遗留下来的关于精英学校学生与同事们的各种报告与笔记记录，这方面内容可谓卷帙浩繁，通过对这些内容的了解，他才算是真正进入了这个自己曾经误以为非常熟悉的精英阶层——精英群体的本质、玩家聚居区的整体特征及其在卡斯塔利亚人生活中起到的作用，直到现在才真正在他面前徐徐展开。诚然，科讷希特多年来一直属于这个精英小圈子，一直属于这个"留级生"小群体，一直属于既多才多艺又雄心勃勃的瓦尔德策尔玩家聚居区，并且切实感到自己是其中的一分子，与他们密不可分。哪曾想到，如今他已不再只是其中随随便便的一分子，如今他不仅跟他们团结而紧密地生活在一起，而且还感到自己已经成了玩家聚居区精英小圈子的大脑，成了他们思想意识的主体，成了他们的良心，他不仅体验着他们每时每刻的动向、他们需要面对的命运，而且还要负责指导他们，对他们所做的一切负责。还记得有一次，在为玻璃球游戏初学者培训教师的课程结束之后，他曾经情绪高昂地发表过如下讲话：

"假如将卡斯塔利亚视作一个五脏俱全的小国家，那我们的玩家聚居区就是位于这个小国家之中的袖珍小国，虽然体量上很袖珍，历史却很古老，是个很让我们感到骄傲的共和国，不仅跟其他一些类似的兄弟姐妹国家在地位上完全平等，而且，由于其自身职能具有极为特殊的艺术性与神圣性，也让它作为一个袖珍小国的自信心得到了显著的加强和提升。要知道，我们这群人所肩负的任务，就是卫戍这个袖珍小国，卫戍这处卡斯塔利亚事实上的圣地，卫戍它独一无二的秘密和象征——玻璃球游戏。卡斯塔利亚培育出了无数优秀的音乐家和艺术史家、语言学家、数学家，以及各种学科领域的顶尖学者。作为'教学省'，卡斯塔利亚辖下的每一座研究和教学机构、每一个卡斯塔利亚人都明白这样一个道理，自身的存在实际上是为了实现两个伟大的目标、两个终极的理想：第一，在自身所负责的学科领域内竭尽全力，臻于完美；第二，努力令自身所负责的学科领域保持持久活力，并且在实际运用上给予相当的灵活度和弹性，因为每个学科领域都不是孤立的存在，无论哪种学科，哪怕它再冷门、再细分，与其他各种学科之间都有着千丝万缕的联系，每一门学科都是其他学科的亲密朋友。刚刚提到的这第二个终极理想，即人类所有智识上的努力皆具有内在统一性的理论，也即万物之间普遍互相包容的思想观念，在我们出类拔萃的玻璃球游戏里得到了完美的表达。对于一位物理学家或者音乐史家，或者其他一些学科领域的专家学者而言，有时恐怕的确需要对自己选择的课题进行严格的、禁欲主义式的坚守，主动放弃掉与其他领域产生联系的想法，放弃掉学科之间的普遍性，如此一来，可能有利于某种能够在较短时间内奏效的、极为特殊的巅峰表现，一举达到狭窄细分领域内的最高点——可是对于我们，我们这些玻璃球游戏玩家，无论如何都不能这样做，无论如何都不能赞同并实行他们所选择的这种自我隔离式限制、这种极窄小领域内的自给自足，因为我们毕生的目标，正是要保护'知识的总和'这一理想目标，以及它的最高表现形式——高尚又纯粹的玻璃球游戏。为了做到这点，我们必须一次又一次地将它从个别学科领域的自给自足趋势中拯救出来。可是话又说回来，我们怎么才能拯救那些本身并不愿意被别人拯救的东西呢？我们究竟应该怎样做，才能迫使考古学家、教育学家、天文学家……迫使各种各样领域内的资深学者，放弃他们坚持认为完全能够实现自给自足的专精领域，持续不断地开放门户，接纳所有其他学科呢？很显然，我们不能通过对国家教育部门提要求的方式，让官方在全国范围内颁布强制性的规定，强行要求他们在自己的学术研究中做到这点。比方说，直接将玻璃球游戏列为学校里的正式学习科目，让卡斯塔利亚人从小就成为玩家。与此同时，我们也不能采用那种完全唯心主义的方式来做到这点，比方说，我们不能仅仅通过记住我们的玩家前辈对游戏孜孜不倦的追求，试图以此来感化那些对游戏并不怎么感兴趣的学者，邀请他们一同进入玩家的行列。我们唯一能做到的，就是始终保持在整个灵性生活的最高点，保持警惕，在那高高在上的位置俯瞰人类世界取得的每一项崭新成就、每一种崭新视野，以及不同学科之中不断涌现出来的各种崭新问题；海纳百川的同时，还能保持住对我们普遍性的坚持，唯有如此，才能证明我们的玻璃球游戏、我们这个玩家群体是不可或缺的。我们始终坚持自己和谐统一的理念，以这样一种理念来进行我们崇高又危险的游戏。不得不说，我们选择的方式是如此具有吸引力、如此令人信服、如此让人感动，甚至连那些态度最严谨、思想最严肃的研究者，那些钻研起学术问题来最为勤奋，乃至废寝忘食的专家学者，也不得不一次又一次地停下脚步，一次又一次地聆听游戏要求他们加入的劝说，一次又一次地感受它的诱惑、体验它所拥有的种种诱人之处。我们不妨想象一下，我们这些游戏玩家难免会经历像这样的一种情况，在某段特定时期里，我们的研究、工作热情会大幅降低，游戏初学者上的那些课程会变得比以往更枯燥，显得无聊又肤浅；进阶玩家们搭档进行的游戏，也开始变得没意思起来，缺乏以往生机勃勃的活力脉动，缺乏精准又巧妙的构思，缺乏天马行空的想象力，令参加游玩的高手们不由得大失所望。我们不妨再想象一下，假如我们伟大的年度游戏庆典，连续两次，甚至连续三次令远道而来的客人们感到失望，失去全部观赏价值，被他们视为一种空洞无物的传统纪念仪式，老气横秋，死气沉沉——假如现实一直如此，恐怕我们的玻璃球游戏将会跟我们这些玩家一起，过不多久就会变成历史的尘埃！不得不说，我们眼下已经不再处于过去那个玻璃球游戏极度辉煌的时代了，遥想当年，整整一代人之前，游戏曾经在全世界达到鼎盛状态，当时的年度游戏庆典可不是像现在这样，仅仅持续一两个礼拜，而是连续举办三四个礼拜之久，不仅是卡斯塔利亚，也是整个国家的年度亮点。时至今日，虽然政府代表们仍然会被派来参加这一盛会，世界上其他一些城市和团体也会循例派出代表，但这些客人已经不会再对游戏庆典感到兴奋，他们只是作为一群相当无聊的看客，因为受到上级派遣，迫不得已才会过来出席；在节日流程临近尾声时，这些世俗权力的代表偶尔也会以非常有礼貌的方式向主办方提出指导意见，认为庆典持续的时间实在太长了，这就导致除了他们之外的其他一些城市不愿意派出代表来参加，长此以往，显然会进一步削弱庆典本身的影响力，因此，为了避免出现这种情况，理应大大缩短持续时间，要么今后干脆改为每两年或者每三年才举办一次。好吧，遗憾的是，我们无法阻止这种发展趋势，无法阻止这种衰败的倾向。不得不说，目前的确存在着这样的一种可能性，我们的游戏可能很快就会在世界范围内再也得不到任何世俗凡人的理解，并且因此而失去几乎全部影响力，如此一来，年度游戏庆典这一传统节日，可能就只能每五年，甚至每十年才举办一次，或者从此销声匿迹，再也不会举办了。这种情况当然是要尽力避免的，可是，我们首先必须避免，也的确有能力去避免的，是阻止这种不利趋势在玻璃球游戏的家乡、在我们的'教学省'内部、在我们这个玩家聚居区里蔓延，不允许任何人对我们的游戏加以诋毁，不允许任何人贬低游戏的价值。在这里，我们的斗争是大有希望的，而且一直都在从胜利走向胜利。在这里，我们每天都能看到、每天都会亲历类似这样的一种现象：有许多年轻的精英学校学生，他们在报名参加游戏课程时原本并没有太多热情，课程本身虽然完成得也很好，但总感觉提不起劲。哪曾想到，等到某一天，在没有任何征兆的情况下，他们突然就被游戏精神所俘获，被游戏在知识领域存在着的几乎无限的可能性、被其可贵的传统、被其震撼心灵的强大力量所吸引，最终成了我们热情的追随者和拥护者。而在每年的玻璃球游戏'节日庆典'上，我们也总是能看到那些在学术界有名有姓的重量级学者。我们知道，这些重量级学者在他们忙碌的一整年时间里，基本上是以睥睨轻视的态度来看待我们这些玻璃球游戏玩家的，他们通常也不认为我们'教学省'的学院和研究机构能有什么好的发展。尽管如此，他们还是会来参加'节日庆典'，观摩大型竞技游戏的游玩过程，在这一过程中，他们的态度逐渐松动软化，逐渐被我们所展示出来的伟大技艺的魅力所折服，逐渐感到身心放松、精神振奋，逐渐获得解脱与升华，逐渐开始觉得自己变年轻了，情绪逐渐高昂，欢欣鼓舞，兴高采烈。等到他们最后离去时，内心已经得到了强化，灵魂受到了深深的震撼，说着一些几乎可以被认为是愧疚的感谢话语，同时开始遗忘，进入下一个忙碌一整年的轮回。假如我们愿意稍微花些时间，稍稍观察一下我们目前所掌握的、可以拿来完成各种复杂任务的玩家聚居区这一工具，我们将会看到一台内容丰富、形式优美、秩序井然的巨大机器。这台机器的心脏、它的核心构件，正是玻璃球游戏档案馆。我们这些玩家无不怀着感激之心在使用它，与此同时，我们也都在侍奉它，为它提供充足的养料，无论是游戏大师本人，还是馆内的档案员，甚至包括那些等级最低的勤杂工，皆是如此。我们这些学院和研究机构里最好、最重要的东西，其实是我们自古以来一直在恪守着的卡斯塔利亚原则，即以挑选出最优秀、最精英的人才为己任。为了恪守这一原则，卡斯塔利亚的精英学校里聚集了来自全国各地的最优秀学生，因材施教，对他们进行最精英化的教育。同样，在玩家聚居区里，我们试图从那些对玻璃球游戏有天赋的玩家中挑选出最优秀、最精英的人才，留住他们，将他们训练得更加完美；我们的玻璃球游戏课程和研讨会接纳了数以百计的人才，学习结束之后，我们就直接放他们离开这里，他们大可以去做自己想做的任何事情，比如从事自由研究，或者为团体效力；可是与此同时，我们也没有停下脚步——我们继续将其中最杰出的人才训练成真正的玩家高手，他们的技艺被磨炼得越来越精湛，越来越娴熟，最终成了站在游戏世界顶端的玻璃球游戏艺术家。你们每个人都知道，我们这门艺术就跟其他任何一门艺术一样，可以永远向前发展，永远走不到尽头。我们每一个人，一旦成了玩家精英们当中的一员，就必须终生致力于进一步发展、完善、深化我们的玻璃球游戏艺术，同时还要不断锤炼自己，不断提高自己的游玩技艺，无论我们是否属于国家教育部门，是否加入了公务员队伍，是否进入了团体，是否成了团体组织那套森严等级制度当中的一员，我们必须做到的事情始终都是一样的。诚然，我们这些精英的存在，偶尔也会受到非议，他们甚至认为这种存在本身都是奢侈浪费的行为，甚至有部分人还抱持着这样一种观点，说我们不应该单纯为了填补职位上的空缺而培养更多的精英玩家，恰恰相反，应该削减这套森严等级制度中提供给玩家们的位置，大幅减少玩家的数量。这种说法看似有它的道理，但其实有一点很关键的因素被忽略掉了，即团体的等级制度本身，并不是一套能够做到自给自足的机制，并不是每个人都适合进入体制内，成为一名担任具体职务的在职人员甚至领导，这就好比并不是每个优秀的语言学家都适合当老师一样。无论如何，我们这些在职的领导知道，并且也能清楚地感觉到，所谓的'留级生'群体不仅仅是一个有才华、有经验的人才宝库，可以通过他们来填补我们队伍当中的空白，并为我们自己提供继任者。我甚至要在此明说，这其实只是玩家精英们的次要功用，尽管每当我们对外谈到玩家聚居区、谈到它的建立意义和存在理由时，总是会向毫无概念的人们强调这一点。但是——不对，真实情况其实不是这样的，'留级生'们的主要功用，并不是努力成为未来的大师、成为游戏课程方面的管理者、成为游戏档案馆负责人，他们的存在本身，就是最重要的目的，他们形成的这个小圈子，才是玻璃球游戏真正的家园和未来；正是在这不多的几十上百颗心灵、几十上百个头脑之中，玻璃球游戏得以不断发展、适应、升华，让我们的游戏能够拥有足够的实力，能够跟时代潮流相抗衡，能够跟那些自给自足的学科领域相抗衡。只有在这里，在玩家聚居区里，在我们的精英群体之中，存在本身才是目的，是一种神圣的服膺，它不再与对玻璃球游戏产生的兴趣爱好有关，不再与接受高等教育从而显得高高在上的虚荣有关，不再与炫耀浮夸的传统有关，甚至与盲目遵从的迷信也没有任何关系。总之，玻璃球游戏的未来，就在你们身上，在你们这些瓦尔德策尔的'留级生'身上。玩家聚居区是卡斯塔利亚的心脏，是位于它最深处的核心部分，而你们又是我们聚居区的核心，是这里最具活力的群体，由此可知，完全可以将你们视作'教学省'的精华，视作人体内部必不可少的盐分，视作灵魂，视作内心深处的那份躁动。放心吧，你们的人数再多，也不会太多，你们的热情再炽烈，也不会对外界造成多少威胁，你们对崇高无比的玻璃球游戏投入得再彻底，也不会显得过分；就让那热情高涨吧，让它无止境地高涨吧！对你们而言，就跟对所有卡斯塔利亚人一样，只存在唯一的一种危险，对于这种危险，我们每天都必须对其保持足够的警惕。我们'教学省'和我们团体组织的精神，无一例外地根植于两大原则之上：第一，要在研究中保持客观性，并且热爱真理；第二，要培养冥想的智慧，促进内外世界的和谐统一。对于我们卡斯塔利亚人而言，保持这两大原则之间的平衡关系，不仅需要拥有足够的智慧，还要时刻谨记我们团体组织的宗旨。我们热爱一切学科领域，对一切学科领域都是一视同仁，坚持认为各种学科领域都有其自身价值，且这种价值是无可替代的，但我们也知道，一个人对科学全身心奉献，不一定能保证这个人不会自私自利、不会对外表现出各种恶习、不会显得可笑又渺小。关于这点，人类历史上能够找到很多现成的例子，浮士德博士的形象，就是这种危险性在文学上的一种普及教育。在卡斯塔利亚出现之前，好几个世纪的时间里，人类选择在灵修与宗教、自然研究与禁欲主义的结合中寻求庇护，于是，在他们的'知识的总和'中，神学占据了上风。对于如今的我们而言，占据上风的则是冥想，这是一种整体水准上升了很多级台阶的瑜伽实践，借助冥想，我们得以驱逐我们体内的野兽，得以驱逐寄居在每一门学科领域之中的恶魔。没错，你们跟我一样，很清楚地知道，玻璃球游戏也有它的黑暗面，是它固有的邪恶之处，总是引诱人们追逐空洞无物的游玩技巧，令玩家们在技艺方面的虚荣心无限膨胀，继而产生野心，想要占据更高的位置，想要获得管辖其他人的权力，在得到这种权力之后，又会滥用这种权力。正因为如此，我们才需要接受智识教育之外的另一种教育，将自己置身于团体组织的宗旨之下，置身于其道德教诲之下，这样做的目的，并不是要改变我们一直以来积极向上的生活态度，将其扭曲变形为灵魂上清心寡欲、宛如素食主义者般的生活。恰恰相反，唯有通过冥想，我们才有机会掌控奔向最高精神成就的力量。我们并不打算从积极向上的生活逃向沉思冥想的生活，也不打算反其道而行之，而是要在两者之间自在穿梭，将两者都当成自己的家乡，在两个世界里都占据一席之地。"

我们在此引述科讷希特的上述话语——顺带一提，他的许多类似话语都被学生们记录并保存了下来——因为这番话语非常清楚地阐明了他对"在职"这一状态的观念，至少是他担任玻璃球游戏大师这一职务最初几年内的观念。科讷希特其实也是一位非常优秀的玻璃球游戏教师（刚开始时，他本人对于这项事实也感到非常吃惊），这点已经从他流传下来的大量讲课记录中得到了证实。玻璃球游戏大师这一高高在上的职务，打从一开始，就给他带来了诸多新发现和新惊喜，教书育人正是其中之一。从他那段时间的经历中可以很明显地看出，教书育人给他带来了如此之多的乐趣，而且这种乐趣还来得格外容易。在当上游戏大师之前，他完全不曾想到，兼任一名游戏教师竟然是这么有意思的事情，因为在此之前，他还从来没有萌生过承担一份教职的想法。跟每一个来自精英小圈子的玩家一样，早在他还是科研人员时，在进行了几年的自由研究之后，总是会碰到一些短期的教学任务，需要在不同级别的玻璃球游戏课程中临时代课，更经常为这些课程的学员担任辅导员，协助他们进行游玩训练。可是，恰恰由于他当时正醉心于自由研究，享受这种随心所欲钻研自己喜爱的学科领域的感觉，所以认为相比之下，专注于科研对自己而言更加重要，也更有意思。也正因如此，尽管作为一名代课教师，科讷希特当时已颇具经验，且受到学生们的普遍欢迎，可他依旧将这些短期教学任务视作一种对自己自由研究的干扰，丝毫提不起兴趣来。自由研究阶段结束后，科讷希特被派往玛丽亚菲尔执行外交任务，又在本笃会修道院内开设过玻璃球游戏课程，不过这些课程本身并不重要，对他本人自然也没有多少价值可言；在那座修道院里，自从科讷希特跟雅科布斯神父之间有了交往，开始跟随他学习历史研究方面的知识之后，其他任何事情对他而言都没那么重要了。在那个时期，他最大的愿望无非就是做个好学生，从神父那里努力学习、吸收新的知识，让自己能够通过这难得的机会获得成长。时光荏苒，当初的这名学生摇身一变，已经成了一名真正的教师。虽然是兼任的，但在完成教学方面的职责时，他始终都是全身心地投入，这就跟当初进行短期教学任务，以及在修道院开课有着显著的不同。最重要的是，作为游戏大师，他才刚以教师这重身份兼任教学任务，就对这项任务的各个方面有了完全的把握，不只游刃有余，甚至可以认为他的教学是非常杰出、无可挑剔的，因此，教学既为他争取到了权威地位，又很好地化解了个人兴趣与在职安排之间的矛盾。在教学过程中，他有了两项新的发现：第一项发现，教学可以将自己在灵性生活中获得的东西很好地移植、栽培到其他人的思想中，并且还能亲眼看到这些曾经属于自己的东西转化为一些其他的新东西，呈现出自己之前完全意想不到的姿态，同时还能继续再辐射、影响到更多的人，开枝散叶，生生不息，此即传道授业的快乐之所在；第二项发现，在教学过程中，他不得不跟专程过来上自己课的那些科研人员、跟那些精英学生身上所具有的各不相同的强烈个性展开斗争，努力获得并行使作为教师的权威和领导权，此即教书育人的快乐之所在。科讷希特从未将自己发现的这两项快乐分开过，在担任游戏大师的那段时期里，他不仅教育出了一大批优秀而杰出的玻璃球游戏玩家，而且还通过自身作为榜样的示范力量，通过循循善诱和诚挚告诫，通过他对自身极为严苛的要求，通过他无人可及的耐心，通过他的人格魅力和人性感召，将自己教导出来的很大一部分学生培养到了他们自身潜力所能达到的最高水平。

此外，在传道授业、教书育人的过程中，科讷希特自己也获得了一份特殊的经验，而且这一经验是跟他的个人性格相联系的，两者之间有着密不可分的关系。虽然在这部分讲这些恐怕还为时尚早，但此事本身是很有意思的，更何况严格来讲也并不算突兀，因此，假如各位读者允许的话，我们还是在这里先透露一些吧。具体而言，我们在前文中已经提到过，科讷希特任职之初，不得不拼尽全力、绞尽脑汁地跟精英小圈子打交道，跟那些科研人员和"留级生"打交道，在这些玩家当中，有一部分跟他同龄，而且全部都是接受过良好培养、经验极为丰富的玻璃球游戏高手。这样的较量持续了颇长的一段时间，直到他认为自己已经完全掌控住了精英小圈子，他们的存在对自己已经不构成多少威胁时，才开始缓慢地、小心翼翼地从中脱身，一年比一年多地从这个特殊群体中抽出自己的精力和时间。科讷希特从精英小圈子里脱身的手段可谓十分巧妙，通过多年的腾挪调配，最后竟然悄无声息地将这部分工作几乎全部移交给了自己无比信赖的同僚和合作者们。由于这一过程前后持续了许多年，我们可以很明显地注意到，随着时间的推移，科讷希特在自己主持的讲座、课程和训练课上，越来越倾向于教导那些跟自己年纪相差得更远、更年轻的学生群体；到了授课的最后阶段，他甚至多次亲自为那些最年轻的学员，也即那些还在精英学校念书的低年级学生、还没有成为科研人员的大孩子主持玻璃球游戏初级课程，这是以往任何一位"卢迪大师"都几乎不可能做的事情。因为他在教学过程中发现，自己所教的学生们越年轻、越无知，他就越喜欢教学，过程中所获得的乐趣也越多。在开始教年轻学生的那些年里，他有时也会反其道而行之，转而去教那些年纪更大的精英学校学生，那些刚刚开始进行自由研究的科研人员，甚至那些已经在玩家聚居区浸淫多年的精英分子。诚然，这些学生的游戏技艺更加高超，对于游戏本身的理解也更为透彻，但当科讷希特为他们授课时，却总有些不情不愿，心里甚至多少感到有些不舒服，教学上付出的努力相比之下也更多些。是啊，有时候，他甚至还会萌生出这样一种心愿，想要找到那些跟自己的年纪相比小得不能再小的懵懂学童，甚至连学生都不是的无知孩童。在此之前，他们什么课程都没上过，也根本没有接触过玻璃球游戏，对这一切都处于全然无知的状态。比方说，为了达成上述心愿，他有时甚至希望能够回到埃施霍尔茨去，或者到其他任何一所预备学校去教一段时间的拉丁语、唱歌或者最基本的代数课程。那里的知识水平无疑很低，哪怕当中水准最高的学童所掌握的知识，也远远不如为玻璃球游戏初学者们准备的第一堂课所需要的知识积累，可是在那里，他肯定能够遇到很多想法更加天马行空、更具有可塑性、更值得去教育的学童，在那里，传道授业和教书育人这两项乐事能够更加紧密地结合在一起。在科讷希特担任玻璃球游戏大师这一职务的最后两年时间里，曾经两次在信中称自己为"小学校长"，以此来警醒看到这一称谓的人们，"卢迪大师"这一表述原本的意思，其实最初不过是小学校长这一身份的固定称谓罢了，可是在卡斯塔利亚，在连续好几代人的认知当中，它就只有"游戏之大师"这样一重含义。

可惜人生就是事事不遂人愿，眼下科讷希特已经成为玻璃球游戏大师，这种想要去当一名小学校长的异想天开愿望，注定是不可能实现的；充其量也只是一个梦想而已，就好比人们会在天空灰暗、冰冷严寒的冬天，去幻想仲夏碧空一般。对于如今的科讷希特而言，已经不可能再有全新的人生道路为他敞开，让他再去重新行走一番，他的身份地位之高、他的职责所辖范围之广，也决定了他必须保持在职的状态。不过话说回来，体制还是留给了他不少的灵活性，具体采用什么方式来完成自己的职责，在很大程度上可以由他自行决定。于是，在科讷希特担任游戏大师的这些年里——可能刚开始时是下意识这样做的，并没有从主观上认同这样的做法——他逐渐将自己在职的主要兴趣放到了教育议题上，放到了教育能够普及的年纪最小的孩童们身上，通过一种近乎试探的方式，试图找到玻璃球游戏课程能够惠及的最早年龄。眼下他越是年长，就越是被青春气息所吸引：至少今天我们可以认为事实的确如此，可是在当年，由于上述的整个时间段跨度很长，哪怕是嗅觉再敏锐的批评家，也很难发现他在履行职责的时候有任何类似于偏爱和专断的地方，对于他逐渐远离精英小圈子一事几乎也是无知无觉。因为现实情况是，即使在科讷希特将研讨会和档案馆方面的工作几乎完全交给自己的助手和"影子"的那个阶段，那些需要玻璃球游戏大师来负责执行的长期有效的传统职责，比如主持每年一度的玻璃球游戏"节日庆典"和大型竞技游戏等，也迫使他不得不与精英小圈子保持着密切而频繁的接触。有一次，他曾经半开玩笑半认真地对自己的朋友弗里茨说道："在历史的进程中，曾经出现过这样的一类王公贵族，他们终其一生都坚信自己爱民如子，为自己国家的臣民们生活中可能遭遇到的种种不快而劳心费力。他们的心时刻挂念着自己国家的农民、牧人、工匠、教师和学童，然而，他们实际上很少有机会亲眼看到这些臣民，因为他们总是被自己手下的部长和军官们层层包围，这帮官员就跟一堵墙似的，横在了他们跟臣民之间，阻碍着他们的接触。身为一名玻璃球游戏大师，情况也是如此。他明明很想跟大家接触，现实中却只能看见一大堆同僚，他很想去找那些天资聪颖的学童，去找那些懵懂无知的小孩子，放眼望去，却只能看到科研人员和精英小圈子里的那些人。"

关于科讷希特在教学过程中所获得的这一经验，即满心期待着要为小孩子们上课的主张，的确还能继续讲下去，但我们现在已经离题有点儿远了，所以，还是让话题回到科讷希特任职前几年发生的事情上吧。战争结束，在赢得了与精英阶层之间的理想关系之后，科讷希特首先将注意力放在了玻璃球游戏档案馆的工作人员身上，他必须为他们做出表率，让他们知道自己在管理方面是一位绅士，虽然态度上从来都是亲切友好的，但很不好糊弄，他时刻保持着警醒，对待错误十分严格。除了档案馆之外，就是对大师办公室的各部分职能结构进行规划研究和分类管理，由于每次都会寄来一大堆公函，反反复复地要求他前去开会，或者主持重要会议，同时又有各种各样的文件需要他来处理，来自各个不同管理部门的通知，要求他、他的助手或者"影子"来履行千差万别的职责，完成或者分派种类繁多的任务。实际上，光是理解这些职责和任务的具体内容、对它们进行正确的分类、亲自或者派人去完成它们，以及判断应该派什么人去完成它们，对于新上任者而言就不是件容易的事情。更何况在这些职责和任务当中，存在着不少"教学省"各个学科领域或者说各个派系很感兴趣并倾向于相互猜忌的敏感问题——比方说，各项权限的合理分配问题——但是，科讷希特在开始时对这一切却是浑然不觉的。他只能循序渐进地了解团体组织的各项职能，内心同时也感到越来越钦佩，这个团体组织，它既神秘又强大，是卡斯塔利亚这个小国家活生生的灵魂，是其自身规则满怀警惕的守护者。

这几个月以来，约瑟夫·科讷希特的思虑中没有给特古拉尼乌斯留下哪怕一丁点儿空间，他唯一能够采取的行动，就是麻木不仁地命令自己的这位朋友去做各种不同的工作，以免他过于闲散而胡思乱想。值得注意的是，他甚至都不是主动想要去命令特古拉尼乌斯这位熟人，其中至少有一半是出自他的本能，属于一种条件反射。从弗里茨这方面看来，他几乎是在一夜之间就失去了自己相识多年的好伙伴，科讷希特摇身一变成了一位高高在上的大人物，成了他的顶头上司，特古拉尼乌斯已经不再能够在私下里去接触他，只能在工作场合跟他见面，必须服从他的命令，必须用"您"来称呼他，或者干脆称他为"尊敬的大师"。尽管如此，特古拉尼乌斯始终还是将这位新大师委派给他的各种工作当成一份私人关怀，当成两人之间友谊的见证，欣然接受了它们，并且极为认真地予以完成。从性格上讲，特古拉尼乌斯其实向来都是个情绪变化无常的独行侠式人物，对于生活中发生的各种事情，往往抱持着悲观的看法，批评抱怨的情况占据绝大多数。可是这一次，在他身上也发生了一些新的变化：他内心的一部分，因为他的朋友高升为游戏大师，因为整个精英小圈子对此事感到高度兴奋而无比激动；另一部分则因为朋友分配给他的那些工作而活跃起来，进入了振奋状态，因为在他看来，完成这些工作无疑是对他自己有益的。无论如何，科讷希特在从特古拉尼乌斯那里得知自己确定要被任命为玻璃球游戏大师的消息之后，却对他回以冷冰冰的眼神，并且当场将他给赶走了——自从此事发生之后，特古拉尼乌斯原以为自己肯定承受不了此事对自己心理上造成的打击，肯定承受不了两人之间的关系发生如此天翻地覆的改变，但其实他反而比自己想象中更能承受这一切，实际上，他对眼下的现实已经能够做到坦然接受了。更何况特古拉尼乌斯本身也是个既聪明又富有同情心的人，他能够清楚地看到，至少也能够猜测到，他的朋友在这个关键时期必定要承受无比艰难的考验，必定需要付出无比巨大的努力，全身心地投入进去，才有可能顺利渡过眼前的难关。特古拉尼乌斯仿佛看到科讷希特站在烈火之中，正被迫接受煅烧锤炼。由于个人性格方面的原因，在这个痛苦煎熬的过程中，无论要经历哪些将会对作为人类个体的敏感情绪造成伤害的考验，特古拉尼乌斯恐怕都要比正在经受考验的科讷希特本人经历得更加生动，同时也会承受更多的痛苦。不管怎么说，特古拉里乌斯对新任大师分配给他的任务都尽了自己最大的努力，已经是竭尽全力地去完成了，就算其中有些疏漏，也不能对他过于苛责。倘若说他曾经认真严肃地反思过自己的软弱性格，清楚自己不适合担任公职，不适合承担责任，并且承认这是自身难以弥合的缺陷，那么此时此刻，他自然非常希望能够在这位令自己感到无比钦佩的熟人身边当一名助手、一位官员、一个"影子"，趁此机会来为朋友提供帮助，同时证明自己也能够努力克服性格上的缺点。

　　自瓦尔德策尔城中向高处眺望，层层叠叠的山毛榉树林已经开始变色，显露出一抹淡淡的棕色。在这个时节里，有一天，科讷希特带着一本小册子，走进了自己寓所旁边的"大师花园"里，这是一座漂亮的小花园，已故的托马斯大师非常喜欢它，时常怀着诗人贺拉斯般的怜惜之心，用自己慈爱的双手亲自打理它。多年以前，科讷希特就跟所有精英学校的学生一样，曾经将"大师花园"想象成一处令人感到无比敬畏的场所，因为这里是玻璃球游戏大师闲暇时偶尔会来散心、偶尔会选择在此会见宾客的神圣之地，就跟一座住满了缪斯的神奇岛屿一般，就跟传说中的古城图斯库卢姆[1]一般。哪曾想到，自从他自己成了游戏大师，成了这座花园的主人之后，反而很少到这里来，因为在那段时间里，他几乎没有任何闲暇可言，自然也不可能到这里来享受闲暇。即便是在这一天，他也只是用餐之后心血来潮，想要过来散步一刻钟而已。时间不多，只够自己在高大的灌木与多年生植物之间悠闲

---

[1] 罗马东南部的一座城市，传说中为奥德修斯之子忒勒戈诺斯所建。

自在地走上几步——他的前任托马斯大师，特地在花园中移栽了许多原本生长于南方的常绿植物。一会儿之后，因为一直走在树荫下，科讷希特感到身上略有些凉意，于是就将一张轻巧的藤椅搬到花园里一处有阳光的地方，坐下来，打开自己随身带来的那本小册子，名为《"卢迪大师"专用年历手册》，由当年的一位玻璃球游戏大师路德维希·华瑟马勒[1]在七八十年前编写完成并出版，此后又由他的每一位继任者负责内容更新，进行一些符合时代的修订、删除或补充。出版这本手册的目的，是帮助新任大师，尤其是上任伊始、在最初几年完全没有任何经验的时候，作为参考书来使用。从功能上讲，这实际上是一本标准的手册型年历，简略地记录了整个年度里游戏大师需要完成的各项公务，其内容以星期为计量单位，从一个星期到另一个星期，逐项展示大师们最重要的职责。因为篇幅有限，有时只使用关键词来进行简要介绍，对于那些相比之下更为重要的职责，则尽量详细地加以描述，并给出他们的个人建议，以供参考。科讷希特在小册子中找到对应本周的页码，仔细阅读这一页的内容。内容不多，很快就读完了，没有发现任何令他感到惊讶或者特别紧急的事项，但在这一页的末尾部分却写有这样的几句话："集中精神，慢慢开始将你的思绪引向下一届年度游戏大会吧。时间似乎还很早，的确如此，对于现在的你而言，准备的时机恐怕仍未成熟。然而，我却要建议你：假如你脑子里现在还没有一个完整的活动计划，那么就赶紧从现在开始，行动起来吧，不要随意耽误一个星期，更不必说耽误一个月，甚至更久——赶紧将你的思绪转向下一届游戏大会吧。从现在开始，随时随地写下你的即兴思考，倘若你要自由活动半小时，打算休息一下，散一会儿步，记得每次都要带上那些已经成为不朽经典的节日方案，作为给你带来灵感的参考，甚至在可能的公务旅行中也不要偷懒，也要留下足够时间来完善当前的活动计划。一定要提前做好准备，不必强迫自己一定要想出什么特别好的点子，关键是从现在开始，勤于思考，多想多写。实际上，你只需

---

[1] 黑塞虚构的人物。

要在未来的几个月时间里，时刻提醒自己，有一项无限美好、将会令每个人都感到欢欣鼓舞的重大任务正在耐心等待着你，为了顺利完成这项任务，你必须一次又一次地加强自身的力量，打起精神来，好好调整自己的状态。"

这些话语是由一位睿智的老人、一位技艺精湛的游戏大师在大约三代人之前亲笔写下的，顺带一提，在那个时期，玻璃球游戏恐怕已经正式达到了其思想文化境界的最高峰；当时的游戏技艺已经可以完成极度精致、细节极为丰富的装饰效果，其美轮美奂的程度，已经可以媲美历史上的后期哥特式或者洛可可式建筑和装饰艺术了。在大约两个年代，即前后约二十年的时间里，玻璃球游戏真的就像小孩子们在玩玻璃球一样，游玩过程中的一幕幕图景，乍看起来真的跟玻璃很相似，晶莹剔透，但内容上却很贫乏空洞，经不起太多推敲，整体上看来是流光溢彩、璀璨恢宏的盛大舞台表演，如果有声音的话，那声音必是如歌剧演唱般高亢的曲调，百转千回，充满精致奇巧的装饰玩法；没错，有时候看起来也像是一种舞蹈，甚至是那种悬浮在空中的舞蹈，配合各种迥然不同的音乐节奏，在空中极细的钢丝上跳舞。有一部分玻璃球游戏玩家在谈论当时的游玩风格时，显露出来的是极为推崇的态度，仿佛它是一把失落的魔钥，还有一部分玩家认为它外在的装饰过多，珠光宝气、颓废、柔弱、病态，缺乏阳刚之气。擅长当时游玩风格的大师，以及这种风格的共同创造者之一，正是这位路德维希·华瑟马勒，他为这本《"卢迪大师"专用年历手册》写下了深思熟虑、亲切友好的建议和告诫。约瑟夫·科讷希特读过一遍这些话语之后，又读了第二遍和第三遍，读这些话语时，他感到自己心中涌生出一种欢快、愉悦的波动。在他的记忆中，这种起伏不定的心情，自始至终也只有过一次，只出现过唯一的一次，之后就再也没有出现过了。仔细回忆一番之后，他想起来了，想起记忆中的这种心情出现在什么时候——是在他就任玻璃球游戏大师之前的那次冥想中。当时，他在幻境中见到那场异想天开、循环往复、你追我赶的轮舞，涌现出来的就是这样一种心情。那是在老音乐大师和约瑟夫之间、高僧与弟子之间、老者与少年之间进行的轮舞。而在这本小册子中，这里也有一位老人、一位年迈的智者，他在多年以前，曾经写出过、曾经思考过这样的话语："不要随意耽误一个星期……"以及"不必强迫自己一定要想出什么特别好的点子"。就是这样的一位先生，担任游戏大师这个高高在上的职位，至少有二十年之久，甚至更久。可想而知，在那个纵情声色的洛可可时代，他肯定必须跟一个极度狂妄自大、自以为是的精英小圈子打交道。他亲自设计并连续主持了二十多届当时仍然持续四个礼拜之久的年度游戏大会，对他而言，每年重复创作这类大型游戏庆典的任务，早已不再单纯，不仅仅是一项崇高的荣誉、一种巨大的乐趣，更多的反而是一项沉重的负担，必须付出大量精力和时间。为了完成这项任务，必须不断调整自己的心态，哄骗自己的内心，刺激自己的自尊心，才有可能办得到。在阅读小册子的过程中，直面这位睿智的老人，直面这位经验极为丰富的游戏大师顾问，科讷希特不仅感到感激与崇敬——因为他所编写的这本年历手册，经常能够作为他工作上的宝贵指南，派上不少用场——与此同时，他还感觉到一种欢快的，甚至可以说是有些滑稽好笑，同时又颇为怡然自得、情绪上颇为高昂的优越感，也即年轻人特有的那种优越感。原因很简单，在他早已熟悉的、作为一名玻璃球游戏大师的许多忧虑中，并没有出现如这段文字中所描绘出来的这种忧虑：作为现任的游戏大师，他完全可以不必过早考虑下一届年度游戏大会，完全可以在不怎么开心、不怎么振奋、不怎么专注的状态下对待这项任务，完全可以在缺乏进取精神，甚至缺少好点子和好设计的前提下照本宣科地走完庆典流程。在人们对年度游戏大会已经大幅降低期待的现状下，它无论如何都不会失败。不会的，科讷希特——在这几个月时间里时常由于过度疲劳而在外表上显得相当苍老的他，此时此刻却感到自己格外年轻、身体格外强健。然而，他并不能长时间沉浸在这种美好的感觉之中，没有机会去好好品味它，因为他短暂的休息时间转眼就要结束了。尽管如此，这种美好、欢快的感觉依旧存留在他的身上，他在离开小花园的时候，也将这感觉随身带走了，如此这般，在"大师花园"的短暂休息和阅读年历手册这两件事，到底还是给他带来了一些益处，并且催生出了一些新的想法。说得更具体些，不仅是片刻的放松，不仅令他的生灵活力得到了显著的提升，不仅让他加深了对自己的认识，而且还引出了他的两个重要决定，这两个决定几乎同等重要，对他未来人生的走向产生了堪称一锤定音式的影响。首先，他决定在自己年老体衰时主动辞去游戏大师的职务，因为他通过阅读手册已经了解到，到了那个时候，哪怕大家的期待仍旧远不如路德维希的时代那么高，在他已经完成了数十届年度游戏大会的情况下，恐怕将会第一次感到设计、组织、主持大会是一件苦差事，而且还会感到不知所措。其次，他决定听从手册上的教诲，马上就开始筹划他的第一届大会。而且，他决定把特古拉尼乌斯召唤到自己的身边来，作为这项工作的伙伴和首席助手。这项工作对这位朋友而言，无疑将会带来一份发自内心的满足和快乐。对科讷希特本人而言，这也是对目前几乎陷入瘫痪状态的这段友谊以全新方式推进进行的第一次尝试。因为在他们两人中间，不是随便哪个都能提供这样的机会和推动力；主动的一方必然是他，必定是他这个游戏大师。

  这当然不是说说而已，实际上，过程中会有很多事情需要让科讷希特的这位朋友去完成。因为早在他还在玛丽亚菲尔旅居的那个时期开始，科讷希特就一直怀抱着组织一场别开生面的玻璃球游戏表演的设想，眼下他想将这场策划已久的游戏，用于他担任游戏大师之后的第一届年度游戏大会、用在他亲自主持的大型竞技游戏当中。这场游戏的构思，来自一个异常美妙的理念，其结构与尺寸安排乃是基于古老的中式房屋建筑所奉行的儒家礼仪方案，根据天干、地支来决定房屋朝向，大门、影壁、建筑与庭院之间的关系都要遵循固定的法式，这些建筑要素与星相、历法、家庭生活都有着对应的组合分配关系，包括后花园，也有其相应的象征意义与风格规划。很久以前，当他在研究《易经》注释时就已经萌生出了这样一种念头，即这些神秘、复杂规则所对应古老神话传说的秩序与蕴意，在他看来，其实是关于宇宙和人类在世界中所处位置的一则寓言，它本身是特别吸引人的，也是很招人喜欢的；除此之外，他还发现，上述房屋建筑传统中所包含的历史悠久的民间神话精神，其内核是能够与从史籍中推断研究得出的古代中国能吏制度和游戏大师精神高度吻合的，其中包含的各种符号与公式，显然能够通过巧妙的构思来形成严格的对应关系，能够很好地运用在玻璃球游戏当中。闲暇的时候，他经常会全神贯注地思考这场游戏的设计方案，却从来没有做过任何文字记录，仅仅将完成的部分存留在自己的脑海中。实际上，经过多年的思考，这场游戏已经在他脑海中预先形成了一套整体计划，甚至连细节部分都快完成了；唯独自从他就任游戏大师以来，因为基本没有闲暇，所以就没有再继续思考、继续完善它。此刻他已经决定，要将自己主持的第一届年度游戏大会建立在这个关于中国的创意概念之上，关键在于弗里茨，只要他同意这个概念的思路，愿意在这方面进行协助，那他们就应该马上开始对科讷希特脑海中现有的部分进行研究，将其发展为一套真正的游戏设计方案，并准备将涉及这场游戏的所有相关元素翻译为游戏通用语言。可是一旦走到这一步，就会出现一个障碍：特古拉尼乌斯不懂汉语。现在再让他来学习汉语，显然已经太晚了。但是，只要科讷希特本人和东亚学院方面能够给他一些指点，到时候，特古拉尼乌斯再借助相关文献资料的帮助，应该还是能够很好地参透"中国房子"这一概念的神秘象征意义的，毕竟概念本身与语言学无关。不过话说回来，这一切都需要时间，而且是大量的时间，尤其是对他朋友这样一位养尊处优、不是每天都愿意工作的精英小圈子人士而言，更是如此。考虑到这些因素，马上行动起来，直接着手准备下一届年度游戏大会，无疑是很好的选择；想到这里，他的脸上不禁露出了微笑，心中充满了惊喜，因为他发现，对于游戏大会相关的事情，年历手册里那位谨慎的老先生说的依旧是完全正确的。

也是凑巧，第二天，由于科讷希特原本定好的面谈咨询时间意外结束得非常早，于是，他赶紧派人将特古拉尼乌斯给请了过来。特古拉尼乌斯很快就赶过来了，带着他已经习惯了对科讷希特使用的那种稍有些刻意的谦卑表情，朝眼前的大师深深鞠了一躬，当大师——通常情况下，他对特古拉尼乌斯的回应都是非常简明扼要的——带着某种友人特有的恶作剧神情，冲着他点了点头，然后又用激昂兴奋的语气向他发问时，他不由得吃了一惊。

"你还记得我们在学生时代曾经发生过这样的一件事情吗?当时我们在聊一些事情,聊得十分激动,几乎类似于一次争吵了。在那次争吵中,我没能说服你,没能让你接受我的观点。我们吵的内容,是关于东亚研究,尤其是中国研究的价值和重要性,但要想进行这方面的研究,首先必须得学习汉语。还记得那时候,我试图要求你到相应的研究所里去住上一段时间,学习汉语。——没错,你还记得当时发生的事情,对吗?嗯,时至今日,我又一次为当时争执的结果感到后悔,因为在那个时候,我没能坚持说服你,没能改变你的想法,最后你没有去学汉语。此时此刻,假如你能听懂汉语,该有多好哇!如此一来,我们可以一起完成一项无比精彩的伟大任务了。"说到这里,科讷希特故意卖了下关子,就是不说这项任务是什么,来来回回地叹息,趁机又逗弄了一下自己的这位好友。特古拉尼乌斯本来已经相当意外了,经过科讷希特这样一折腾,他对这项任务更是万分期待,催促了好几次,最后科讷希特终于说出了自己的建议:他想尽快开始筹办下一届的年度游戏大会,而且已经决定要以"中国房子"为主题,他很有信心,必将为大家呈现出一场精彩纷呈的大型游戏表演。假如弗里茨也喜欢这个主题,觉得参与进来能够给自己带来不少快乐,那他就应该负责完成这项工作的一大部分内容。目前的情况,就跟科讷希特还在本笃会修道院时的那次一样,那一次,特古拉尼乌斯协助科讷希特完成了玻璃球游戏年度竞赛的参赛手稿,他们两个最终也在激烈的比赛竞争中力拔头筹,分获一等奖和二等奖。科讷希特就这样讲着、讲着,他们两人之中的另外一位什么也没有说,几乎有些不敢相信地注视着他,对这位朋友眼下的欢快语气和灿烂笑脸深感惊讶、大惑不解。在此之前,特古拉尼乌斯其实已经认定科讷希特是新大师,是自己的顶头上司,已经接受他不会再表现出曾经是自己挚交好友的那一面了,现在看到他其实还是跟原来一样,并没有发生任何变化,特古拉尼乌斯觉得十分感动,同时也很开心。至于科讷希特邀请他协助筹办年度游戏大会一事,他不仅感受到这一提议所表达出来的荣誉与信任,最重要之处在于,他认为自己真正理解并掌握了科讷希特主动向自己呈现出这一美好姿态的内在含义;

至少在特古拉尼乌斯看来，这是科讷希特对弥合两人之间已然有些破损之关系的努力尝试，是为重新开启这位朋友跟他本人之间已被强行封闭的友谊之门而主动抛出的橄榄枝。科讷希特对特古拉尼乌斯不懂汉语感到忧虑，但特古拉尼乌斯本人却对此不以为然，觉得这根本不算什么值得一提的困难。于是，他欣然同意了新大师的提议，表示自己愿意完全听从这位可敬的人的安排，而且他也完全同意新大师对"中国房子"这一游戏主题的阐述，认为确实很有意思，很值得尝试。"很好，"大师回应道，"既然如此，我在此正式接受你的协助承诺。也就是说，我们现在有了一次新的机会，可以再次成为工作和学习上的好伙伴，就跟从前一样。仔细想想，感觉那已经是很久以前发生的事情了，简直恍若隔世。当时的我们，每天都在一起，齐心协力，陆续完成了很多场不同凡响的精彩游戏。我现在真的很开心，特古拉尼乌斯，感觉又回到了从前。事不宜迟，我们现在就开始吧，那么，具体到这项任务上，目前对你而言最重要的、亟待完成的一件事情，就是你必须首先获得对我想建立的这一游戏的基本概念上的理解。换言之，你必须理解什么是所谓的'中国房子'，探究其营造法式，弄清楚建造这类房子的各种规则意味着什么，有什么深层含义，这些含义可以与哪些公式、符号相对应。为了达成这些要求，我强烈推荐你前往东亚学院，寻求中国学者们的帮助，他们肯定非常愿意帮你。或者——我还可以想出些别的办法，而且恐怕是比去东亚学院更好的办法——我们可以试试去找智叟，他应该还住在幽篁，就是我当年跟你说过的、在栽种有很多竹林的地方隐居的那位高人。不过，你去找他请教的话，可能稍微有点儿问题，因为智叟的性格比较古怪，据我所知，他很可能不愿意跟不懂汉语的人来往。假如你不对他讲汉语，他恐怕会觉得你低他一等，无法以平等的心态跟你交流，而且他平时已经习惯说汉语，假如你一直跟他讲德语，他也必须用德语来回应，可能会觉得这样太麻烦了。尽管如此，我们还是应该尝试一下，或许应该试试直接邀请他过来，请他到瓦尔德策尔来。智叟神通广大，只要他愿意，甚至能够将你培养成一个中国人。"

于是，科讷希特就以新任玻璃球游戏大师的身份，托人向智叟送去了一封信笺，诚挚地邀请他到瓦尔德策尔来做客，到这里居住一段时间，以新大师座上宾的身份，协助处理一些较为紧急的事项。科讷希特在信中向智叟致歉，说自己因为公务繁忙，毫无闲暇可言，没有时间专门过来拜访，只好托人前往送信。为了让智叟放心，他还在信中详细告知了希望智叟提供的帮助，并且大致介绍了一下"中国房子"概念和特古拉尼乌斯的情况。然而，收到信笺之后，尽管这位中国人对信使十分客气，却始终没有离开幽篁的打算；最后，信使带回了一封回函，内容只有一页纸，上面用墨水写着汉字，其内容为："受邀觐见伟人，实乃幸事。无奈腿脚有疾，终不得行。此附瓷碗两只，供祭祀占卜之用。不才敬致。"智叟拒绝出山，无奈之下，科讷希特只好不遗余力地说服自己的朋友，请他亲自去一趟幽篁，要求进入智叟的居所，并请他收自己为弟子，在那里接受他的悉心指导。哪曾想到，特古拉尼乌斯的这次小小旅行并不成功。居住在竹林里的那位隐士，以一种十分夸张、近乎奴颜婢膝的礼貌态度，极为恭敬地接待了这位远道来客，可是，除了用汉语讲了几句表示亲切友好的格言之外，智叟没有回答他所提出的任何问题，也没有邀请他留下来。尽管特古拉尼乌斯持有"卢迪大师"本人亲手画在漂亮信纸上的、书法极为华丽大气的汉语推荐信，智叟也不为所动。虚心请教的远行终究还是以失败告终，弗里茨心中虽然感到愤懑不平，也只好打道回府，回到了自己在瓦尔德策尔的家。任务虽然没有完成，但他却给新任大师带回了一件来自智叟的贺礼：一小幅书法作品，写的是一首关于金鱼的古老汉语诗词。看来，终究还是要在东亚学院碰碰运气。在这里，科讷希特的推荐信显然更加有效。作为一名诚恳的求学者、一位由玻璃球游戏大师亲自派来的特使，特古拉尼乌斯得到了汉语系学者们慷慨无私、毫无保留的帮助，很快，他就对自己需要理解的"中国房子"主题有了最完整、最全面的了解。虽然特古拉尼乌斯依旧不懂汉语，但学者们却将与"中国房子"相关的知识点用德语解释得很好，他终于发现，科讷希特的点子确实十分巧妙，将筹办新一届年度游戏大会的计划建立在"中国房子"主题所具有的象征意义上，无疑是很让人兴奋的创新尝试。在理解了科讷希特的游戏创意之后，特古拉尼乌斯为此感到着迷，他在东亚学院努力学习相关知识，废寝忘食，如痴如醉，完全忘记了自己先前在幽篁遭遇的失败。

另一方面，科讷希特仔细聆听了这位遭到拒绝的朋友关于拜访智叟经历的汇报，并且也拿到了他送给自己的贺礼。当他阅读这首关于金鱼的古诗词时，智叟近在咫尺时的那种感觉又出现了。多年以前，他们两人一起坐在那微微摇晃的竹林底下，智叟教他如何用蓍草根茎占卜，还有居住在茅舍里的诸多回忆……此时此刻，这一切都仿佛某种萦绕身边的神秘力量，深深触动了他。不只是关于智叟的回忆，这些也是对自己曾经无比自由、轻松悠闲的科研岁月的追忆，对自己那满怀着青春梦想、仿佛置身缤纷天堂的遥远时光的追忆。智叟，他可真是位勇敢又怪异的隐士，他究竟采取了怎样的办法，究竟拥有怎样的智慧，才能在掌握如此高深学问的同时，还能做到激流勇退，成功退出人们的视野，保持自己的自由之身的呢？他那片安静的竹林究竟是如何保护他，让他得以成功远离外面世界的？他是怎样亲昵融洽，同时又强而有力地融入了他的第二本性之中，融入了极端纯粹、略显迂腐又充满智慧的古代中国人性格之中的呢？他的毕生梦想究竟催生出了怎样的神力，能够如此封闭、集中又密集地让他一年复一年、十年复十年地坚持固守于幽篁，将他原本平平无奇的小花园，幻化成了一片位于中国的土地？他所拥有的那份神力，竟能将自己的一间小小茅舍化作恢宏庙宇，将自己养的一条普通金鱼化作非凡神祇，将他本人变成了一位在世的圣人！他究竟是如何做到的？随着一声叹息，科讷希特摆脱了自己脑海中这些无比芜杂的思绪。事到如今，他已经走上了一条截然不同的道路，而且还是被别人一步一步引导着走上来的，根本就没有选择的余地。现在这条路已经走得这么远了，没办法再回头，没办法再去思考未曾走过的那些路——最重要的是当下，是将眼下分配给他走的这条路好好走下去，要走得笔直，要走得真实，不要与别人选择的道路相比较，因为根本就没有可资比较的余裕。

特古拉尼乌斯从东亚学院学成归来之后，科讷希特就跟这位朋友一起，利用为数不多的业余时间，设计并创作出了他准备用来参加年度游戏大会的游戏设计方案，并且将其中最烦琐的部分，即在游戏档案馆中筛选一切相关素材的工作，以及完成第一稿和第二稿的任务托付给了自己的朋友。得到了全新内容的滋养之后，两人之间的友谊之花焕发了新生，具备了一种与以往不同的崭新形式，他们共同创作出来的游戏方案，也因为加入了特古拉尼乌斯这位特立独行之人的奇异个性和精致想象力，发生了许多变化，相比于科讷希特开始时的构思，得到了更进一步的充实。弗里茨属于那种在细节上永远不知道满足但要求其实又称不上太高的人。他们这类人往往会为了一束已经采摘好的鲜花、为了一张大家早已布置妥当的餐桌而付出极大的努力，投入大量额外精力，并且乐此不疲——在面对这束鲜花或者这张餐桌时，他们通常会怀抱着忐忑不安的快乐，以激动到略微颤抖的、满怀着爱意的双手，动动这里，摆摆那里，时不时地添加或者减少一丁点儿东西，将注意力持续放在微不足道的小细节上，一个小时接着一个小时地致力于改进，将原本可有可无的小事，变成一整天辛勤的忙碌。正因为他的努力如此执着、如此沉迷、如此细碎又如此频繁，鲜花或者餐桌才能在基本保持最初神韵的同时，在细节上得到最大程度的优化，原本的优点得以放大，最终臻于完满。在往后的漫长岁月里，他们两人之间的工作情况总是如此：科讷希特担任游戏大师的任期内，一届又一届无比成功的年度游戏大会，永远都是他们两人通力合作的成果。能够在如此重要的事务上向他的一生挚友、向他的顶头上司展现自己的作用，甚至还是不可或缺、不可替代的重要作用；与此同时，还能够作为不具名的共同创作者，在庆典上亲眼见证自己与科讷希特一起完成的伟大游戏的公开演出，对于特古拉尼乌斯来说，这无疑是一种双重满足。顺带一提，尽管年度游戏大会上用于演出的大型游戏是不具名的，但特古拉尼乌斯这位共同创作者的大名，在精英小圈子里可谓人尽皆知，大家都知道他是这些伟大游戏的幕后功臣。

在科讷希特任职游戏大师第一年的深秋时节——当时，他的朋友还在东亚学院努力钻研各种与古代中国相关的知识——有一天，当这位新任大师快速翻阅自己办公室的每日工作记录时，偶然发现了助手写下的一段备忘，其内容如下：

"来自蒙特波特的科研人员佩特鲁斯，持穆希卡大师推荐，即日抵达瓦尔德策尔，专程为游戏大师捎来老音乐大师的特别问候，要求我方提供住宿，及进入游戏档案馆的许可。目前已被安置于科研人员客房暂住。"面对这种情况，他完全可以将这位远道而来的科研人员直接交给档案馆的人来接待，让那边的人负责满足他所提出的各种要求——作为大师，他根本无须过问这种小事，这是很平常的处理方式。可是"老音乐大师的特别问候"无疑是很重要的，必须跟这位佩特鲁斯见个面，才方便处理。于是，他马上派人去客房请佩特鲁斯过来了；单从外表上看去，佩特鲁斯是个既忧郁又火热的年轻人，显得有些矛盾，但实际上他很沉默、内敛、聪颖，显然属于蒙特波特的精英小圈子，觐见大师似乎是他已经习以为常的事情。寒暄一番之后，科讷希特询问佩特鲁斯，老音乐大师具体托他带什么话。"问候，"这位科研人员说道，"老音乐大师非常热情、非常恭敬地问候了您，尊敬的游戏大师先生，同时也向您发出了一份邀请。"科讷希特示意客人坐下，细谈关于邀请的情况。年轻人坐下之后，开始谨慎选择自己说出口的话语，尽量让语句得体又简练，除了显示出自己的敬意之外，也尽量避免耽误大师的时间："如前所述，尊敬的老大师嘱我向您致以最衷心的问候。同时亦有表示，希望能尽快见到您，越快越好。他邀请您或者说建议您在不久之后速去拜访他，此次私人拜访若可包含在一次公务旅行之中，自然更佳。请您不要过于挂记他。以上即为口信的大致内容。"

科讷希特若有所思地注视着眼前这个年轻人；他肯定是这位老人的门徒之一，平时跟大师过从甚密。于是，他谨慎地询问道："你打算在我们这边的游戏档案馆里待多久呢？有相关的研究要处理？"这个问题马上就得来了答案："跟您启程的时间保持同步，尊敬的先生，一旦我亲眼看到您动身前往蒙特波特，我在这边的任务自然也就完成了。"

听到这个回答之后，科讷希特仔细思考了一下。"很好。"他接着说道,"既然已经计划好如此,为什么不向我逐字逐句认真传达老音乐大师交代给你的原话呢?你应该这样做才对,也避免多余发问。"

科诃希特严厉地注视着佩特鲁斯,哪曾想到,佩特鲁斯竟也毫不畏惧地以目光回敬他,而且依然用他那种慢条斯理的态度,谨慎地寻找着合适的话语,并不急于回应科诃希特的问话,仿佛他必须用外语来表达自己想要表达的意思似的。"完整的口信,其实并不存在,尊敬的先生,"他说道,"换句话说,也没有可以拿来逐字逐句传达的原话。我们那位尊敬的大师,您是了解他的,他一直是位特别谦逊的人;关于他,在蒙特波特一直流传着这样的一个传说,说是在他年轻的时候——当时他还是精英小圈子里的一名'留级生'呢,但整个精英阶层一致认为,他注定会成为未来的音乐大师——他们给他起了一个很有意思的绰号:'伟大的自甘渺小者'。没错,就是他这种'自甘渺小'的谦虚精神,还有他为人的虔信真诚,他时刻准备为别人提供服务的态度、他的体贴与宽容,所有这些特质,在他年老之后,尤其是在他辞去音乐大师职务之后,反而比过去增加了许多,您无疑比我更清楚这点。可是,恰恰由于他所坚守着的这份谦虚,反而令他无法直接向您这位尊贵的大人开口求助,无法主动开口请求您去探望他,无论他实际上多么希望能够如此。这就是全部的事实,高居上位的尊者,我没有从那位大师那里得到刚才向您亲口转述的口信,可是,当我转述这则并不存在的口信时,却表现得好像它真的是大师亲口告诉我的一样,因为这的确就是大师心中之所想。如果您认为我的这种做法是个错误,那么就请您将这则在现实中并不存在的口信,当成它真的不存在吧。"

科诃希特微微一笑:"既然如此,那你打算在游戏档案馆内进行的研究呢,佩特鲁斯?难道所谓的'进入许可',仅仅是一个借口吗?"

"噢,那倒不是。我的确需要在档案馆内进行一些查询工作,有不少重要的密钥需要摘录下来,这项工作只能在这里完成。因此,即便不是现在,在不远的将来,我无论如何也需要请求您批准我在此居留一段时间,到档案馆完成相应的研究。不过,就目前情况来判断,我最好将自己眼下的这段小小旅程提前一点儿，赶紧完成工作，以便尽快赶回去。"

"非常好。"游戏大师赞许地点了点头，继而表情又变得相当严肃，"是否可以问一下你要尽快赶回去的原因呢？"

听到这个问题之后，年轻人紧闭了一会儿双眼，眉头深深地皱了起来，似乎这是个很敏感的问题，难于回答，令他感到异常煎熬。接下来，他睁开眼睛，再一次将自己那充满了探究精神的、年轻人特有的批判性目光聚焦在了游戏大师的脸上。

"这个问题无法回答，除非您愿意根据自己的想法来加以判断。"

"好吧，既然你要这样讲，"科讷希特叹道，"让我来判断，那我恐怕要往坏处想了，老音乐大师目前的身体状况，是不是已经相当糟糕？是不是很令人担心？"

来自蒙特波特的这位科研人员注意到，虽然游戏大师讲出这番话时的语气貌似很平静，但还是可以听出他对这位老人有着特别的关爱；这次谈话开始以来，已经过了这么长时间，年轻人脸上一直显得有些阴沉、有些不信任的神情当中，头一次显露出了一丝宽容、一点儿欣慰，自此刻开始，他的声音听起来更加友好，讲出的话也更为直接，因为他终于准备坦率地面对眼前的游戏大师，将自己内心久藏的忧虑和盘托出。

"大师先生，"他开口说道，"还请您放心，情况尚且没有您所想的那么严重，那位受到大家尊敬的老先生目前的身体状况，绝对称不上糟糕，因为长期以来，他一直都被誉为保持身体健康的典范，现在也是。唯一的问题在于，随着时间的推移，他的年纪也越来越大。人类终究无法逃脱自然规律，所以他就算再健康，相比于过去也衰弱了许多。这并不是说他在外表上发生了什么明显的变化，也不是说他的体力突然就减弱了许多，不是这样的；他每天都会外出，进行短途散步，回来之后，也总是会演奏一会儿音乐，直到最近还在给两个小学童上管风琴课呢——很显然，他们两个都是初学者，因为他总是喜欢将周围能够找到的年纪最小的人留在自己身边，给他们当老师。但是，就在几个星期之前，他连这最后的两个学生也放弃掉了，不再继续给他们上课了，不管怎么说，这至少是一个令我感到印象极为深刻的征兆，也正因如此，自那时起，我开始更加关注这位可敬先生的动向，观察他日常的行为，并且对他眼下的状况进行了一些思考，最后得出了相应的结论——这也正是我身在此处与您对话的原因。如果说您对我还有什么怀疑，打算质问我，究竟有什么能够证明我所得出的结论和相关推理步骤是正确的，那么我就要回答，其实理由很简单，我自己以前也是老音乐大师的一名学生，而且还是一名优等生——我自认为可以这么说，并不算是自夸。这一年以来，这位老先生的继任者将我委派给他，作为家人和伙伴，让我负责照顾他的生活起居。这对我而言无疑是一项非常愉快的任务，因为在这个世界上，再没有任何人比我这位年迈的老师、比我这位庇护人更让我敬重、更令我依恋的了。遥想当年，是他向我打开了音乐之门，传授给我音乐的奥秘，让我有能力为这一领域提供服务。无论我在个人思想上有什么斩获，对团体组织的灵性生活有什么领悟，在心灵成长上有什么突破，在内在精神和谐方面有什么积累，基本上是来自他，是他一个人的功劳。如此这般，我跟他一起生活了大约一年时间，虽然同时还忙于完成一些自己的研究和课程，但在任何事情上都是优先听从他的安排。在餐桌上时，我是他的座上宾；在外出散步的时候，我是他的陪伴者；在演奏音乐的时候，我是他的老搭档；到了晚上，我就睡在他的隔壁。在这种亲密的共生关系中，我可以相当近距离地观察到他的——嗯，他的衰老，我必须这样说，可以观察到他身体衰老的各个阶段。实话实说，我的一些同龄人伙伴，对于让我这样的一个年轻人成为一位老朽之人的仆人、成为他生活上的同伴这件事，对于现任音乐大师派给我的这项古怪任务，他们当中的很多人都给出了怜悯同情抑或嘲讽挖苦的评判。可他们并不知道——除了我本人之外，恐怕也没人真正清楚——这位年迈的大师究竟在经历怎样的一种衰老过程，他的身体是如何逐渐变得越来越虚弱、越来越衰败的，他是如何在没有患病的情况下，吃的东西越来越少、摄入的营养越来越少的，迈着小步走回家后，为什么会越来越疲累、越来越提不起精神——可是，尽管如此，必须再次强调的是：他从来都没有生过病，而且与此同时，在他暮年特有的沉寂状态下，他的思维反而变得越来越敏捷，越来越活跃；他的内心反而变得越来越虔诚，越来越显威严；他的行为反而变得越来越朴实，越来越单纯。如果说我作为协助者或者护卫者的工作有什么困难的话，完全在于这位尊贵的先生根本就不想被我伺候和照顾，他总是想给予，从不试图索取。"

"我真的很感谢你，"科讷希特说，"眼下我觉得很开心，因为知道有你这样一位懂虔敬、知感恩的弟子，愿意跟老音乐大师住在一起，愿意关怀他、照顾他。不过现在呢，既然你已经将话讲得足够清楚，既然你明确表示自己并没有复述老音乐大师的原话，能够说出刚才描述的情况也全凭推测，那么不妨也请你直截了当地告诉我，为什么我对蒙特波特的访问，在你心中如此重要，认为我必须尽速前往？"

"您之前格外关切地询问过老音乐大师的健康状况，"年轻人回答道，"很显然，我突兀的请求让您觉得他可能罹患重病，恐怕病情已经严重到该去看看他、该去为他送行的程度了。说实话，我确实认为现在已经是时候了。虽然在我看来，这位尊长的人生道路的确没有临近终点，还有一段路要走，但我同时也看出来，他告别世界的方式应该会很特别。几个月以来，他在自己的沉寂状态中越陷越深，几乎完全断绝了自己开口讲话的欲望，如果说在此之前，他总是倾向于简明扼要的发言，而不是长篇大论的话，那么现在他已经在语言上抵达了一种极简的境界，几乎到了完全沉默的地步，这不由得令我感到有些害怕。他不愿意跟我讲话、不愿意回答我提问的情况越来越多，有时甚至会出现这样一种情况，当我跟他讲话时，话还没有讲完，他却仿佛什么都听不见一般，突然就转身而去了。起初，我还以为他的听力已经开始减弱了，可是实际上，他的听力就跟以前一样好，为了确定这点，我做了很多次测试。于是，现在我不得不假设他在很多事情上都开始严重分心，不能再像以往那样正常地集中注意力。可是，这也不算是一个充分合理的解释。真实发生的情况反而可能是与他相关的一部分自我意识已经远远离开了，已经不再完全生活在我们这些人当中，而是越来越多地生活在仅属于他自己的世界里；也正因如此，他去探望别人或者让别人来探望他的次数才会变得越来越少；除了我之外，他现在连续几天都不会见任何人。自从这种与现实疏远的情况开始出现之后——您可以想象，这种整个人逐渐变得越来越遥远的感觉，这种他虽然身在这里但其实人已经逐渐不在这里的感觉——自那时起，我就试图将我所知道的、他最喜爱的几位老朋友带去找他。如果您愿意去见他，尊敬的先生，您的到来无疑将会取悦您的这位老朋友，关于这点，我是可以确信的，而且只要您能够尽早过去，某种程度上而言，您仍然能够见到您一直都很崇敬、喜爱的那位老音乐大师。可是，假如等到几个月之后，也许甚至几个星期之后，他见到您时的乐趣、他对您的兴趣都会大大减少。不仅如此，甚至还存在着这样一种可能性，他可能根本就不会再认识您，或者至少不会再注意到您了。"

科讷希特站起身来，走到窗前，站了一小会儿，目光注视着外面，感觉有些喘不上气。当他回过头来，再去看那位科研人员时，发现他也已经从自己坐的椅子上站了起来，似乎他认为对话已经结束，自己马上就该离开了。于是，游戏大师朝他伸出了手。

"我必须再次感谢你，佩特鲁斯，"他开口说道，"你当然清楚，作为一名大师，总有各式各样的职责需要去履行。我肯定不能直接戴上帽子，马上离开这里，必须先安排好，让此事成为可能。不过，我希望自己在后天就能准备好。这对你而言足够快了吗？到那个时候，你能顺利完成自己在档案馆里的摘录工作吗？——是吗？很好。那么到时候我会派人去接你。"

几天过后，科讷希特遵守了约定，在佩特鲁斯的陪同下，两人一起返回了蒙特波特。到了那里之后，当他们走进老音乐大师在花园里占据的那座凉亭时——说实话，这的确一处优雅且僻静的完美隐居地——他们听到屋内传来了一阵音乐，那是一种很精妙的音乐，虽然乍听起来曲调颇显单薄，但节奏却很明晰，听起来美好又欢快；他们循着音乐走进屋子里，看到老人就端坐在那里，用两根手指弹奏一曲双声部的旋律，科讷希特马上猜到，这恐怕是十六世纪末出版的某本知名双声部曲谱集中专门收录的一首曲子。他们两人默不作声，一直站在那里，安静聆听，直到音乐完全沉寂下来以后，佩特鲁斯才开口呼唤，告诉自己的这位大师，说他回来了，还带来了一位访客。老人出现在门口，热情洋溢地注视着他们。果然，老音乐大师迎客时特有的微笑，还是跟以前一样，大家都非常喜欢，这种微笑中饱含着诚意，就跟小孩子一样，毫无保留地向客人敞开心扉，光芒四射地呈现出亲切又友好的态度。大约三十年前，约瑟夫·科讷希特在自己的人生中第一次见到这种微笑，那还是在练习室里，在那个心情无比焦虑的早晨，他向这位友好的老先生敞开了心扉，并且将自己的内心世界托付给了他；自那时起，他就经常见到这种微笑，每次看见时，心中都带着一份深深的喜悦、一缕奇妙的情感。岁月如梭，匆匆流逝，这位友好的大师，他的花白头发已逐渐转为全白，相比于之前，他讲话时的声音变得更轻，跟人握手时的力度变得更小，行走时的步态看起来更加费力，各种动作也更为迟缓，尽管如此，他的笑容依旧，没有失去往日的开朗与优雅、纯净与亲切。不过这一次，作为老音乐大师多年以来的朋友和学生，科讷希特从他的笑容中看到了不一样的地方，而且，这种变化是毋庸置疑的：这位微笑的老人，他脸上和蔼表情所散发出来的光芒，略显潮红的脸颊所给出的友善讯号，显然没有过去强烈了，随着岁月的流逝，这种向外的感情呈现变得越来越暗淡，他蓝色的眼眸，他那五官精致、皮肤细腻的面容，不再仅仅是以前经常能够看到的模样，反而多加了一份亲昵、一缕神秘感，轮廓似乎也显得比以前更分明了些。直到现在，在问候的过程中，科讷希特才开始真正理解，这位科研人员佩特鲁斯专程前往瓦尔德策尔、执意请求他来一趟蒙特波特的愿望中究竟包含了些什么。说实话，他在启程时根本就不曾料到会见到这样的老音乐大师，会发生随后的一些事情，他原本认为自己是需要为佩特鲁斯提出的这个请求做出一些牺牲的，哪曾想到，自己最后反而是从老音乐大师那里接受了一份礼物。这一次的蒙特波特之旅，他依然不是施与者，而是受赠者。

科讷希特的朋友卡洛·菲洛蒙特，他在新任游戏大师抵达此地的几个小时之后就赶去拜访了他——菲洛蒙特当时正在著名的蒙特波特音乐图书馆内担任管理员一职——因此,他有幸成了第一个听科讷希特谈及此次经历的对象。菲洛蒙特在一封信中详细记录了他们那一个小时的谈话,这封信一直留存至今。

"我们的那位老音乐大师,"科讷希特说道,"他以前也当过你的老师,还记得当年,你也非常喜欢他;他跟你一样都住在蒙特波特,你最近还会经常见到他吗?"

"没怎么见他,"卡洛答道,"我的意思是,我平时遇见他的情况并不算罕见,但并不会主动去找他。比方说,他正在户外悠闲散步,而我碰巧从图书馆里出来,刚好遇见了他,自然会顺便打个招呼,不过,我至少已经有好几个月没有跟他交谈过了。随着年龄的增长,他似乎变得越来越内向,遇到人时也表现得越来越畏缩,仿佛变得不再善于社交,不想再跟任何人有沟通和往来。还记得以前,他经常会专门腾出晚上的时间,为像我这样的一类有些旧交情的学生,为以前在他手下工作过的'留级生'们办联欢会,以方便大家联络感情。只要人还在蒙特波特,还在这里任职,都会收到他的邀请,可见他对待社交这方面的事情,曾经有多么积极;但是,像这样的联欢会,从大约一年前起就已经停止举办了,自那以后,至少就我目前所知道的情况来看,他再也没有主动联系过什么人,也正因如此,他当时前往参加您在瓦尔德策尔的游戏大师就职典礼时,对身在蒙特波特的我们大家而言,几乎可以说是一件最令人感到吃惊的事情了。"

"原来是这样呀。"科讷希特说,"不过话说回来,当你现在偶尔见到他时,有没有发现他身上发生的变化呢?跟以前相比,他整个人都不太一样了。"

"噢,的确如此。您所指的变化,恐怕是指他的相貌发生了改变,他的性格显得十分通透,精神矍铄,整体上仿佛对外散发出奇异的光芒吧。如果是指这种情况,那我们当然早就注意到了。随着年龄增长,他的身体固然大不如前,各方面都开始衰败,这是必然的,但他的欢快情绪却异乎寻常地增加了,而且还在稳步发展着,整个人精神上变得越来越振奋,越来越欢欣鼓舞。对于他的这种情况,其实我们大家看得很多,早就习惯了,不过我想,因为您是初次看见,肯定吓了一跳。"

"显然,他的助手佩特鲁斯比你看得更多,他陪在他身边,几乎每天形影不离。"听到菲洛蒙特这样说,科讷希特显得有些激动,不由得大声喊道,"但是他反而还没有像你刚刚声称的那样,说自己已经看得很多,说自己早就习惯了。他甚至为此找了一个含糊其词的理由,专门出了一趟远门,来到瓦尔德策尔,诱使我进行这次特别访问,专程到蒙特波特来探访老音乐大师。你对此人有什么看法?"

"对佩特鲁斯的看法?必须承认,在音乐领域,他的确是一位行家,鉴赏水平一流,知识储备丰富。不过我必须说明一下,作为行家而言,他更倾向于那种迂腐的类型,比较固执己见,而不是比较具有亲和力、比较会跟同行们沟通的那种人,所以,他在领域内没什么朋友。此外,从性格上讲,他是那种很沉稳的思考者,凡事都会在深思熟虑过之后才开口,气质很忧郁,但偶尔也会有血气方刚的时候,会凭着冲动做些不理性的决定。他对老音乐大师绝对忠诚,甚至甘愿为他献出自己的生命。我个人认为,佩特鲁斯对自己崇拜的这位老先生、对自己多年来向往的这位偶像已经完全着了魔,侍奉老音乐大师已经完全占据了他的生活,成了他生命中的一切。他对他很迷恋。您跟他详细聊过,难道没有得出这种印象吗?"

"迷恋?是啊,就我对他的印象而言,的确如此。但我相信,这个年轻人并非如你所想的那样,只是简单地被一种过度的喜爱、一份近乎狂热的激情所占据,而且他也并非简单地爱上了自己这位老迈的师长,太过迷恋他,最终将他当成自己一生的偶像来加以崇拜。眼下他之所以迷恋老音乐大师,是因为他被一种真实存在的、真正令他为之倾倒的现象所吸引、所占有。接近一年的时间里,佩特鲁斯受现任音乐大师的指派,负责贴身照顾、照料老大师的生活起居,他当然比你们其他人更能看清这种现象的存在,或者换一种更确切的说法,他当然更能在情感上理解这一现象。不管怎么说,我现在就要跟你具体讲这件事,告诉你这一现象是如何真真切切地出现在我面前的。那么，其实也就是今天发生的事情，甚至就是几个小时之前发生的事情——我特地过来探望老大师，见面之前，我的心里对这次访问本来并没有抱什么期待，不认为自己将会看到什么好事情，甚至可以说是一无所求，因为在此之前，我已经有半年都没有见过他了，而且他的这位弟子专程跑到瓦尔德策尔来找我，拜托我尽快去探望老大师，也预先给我留下了情况不妙的暗示。实话实说，在见到老大师之前，我的心里只有恐惧与忧虑，担心这位受到众人爱戴的老先生可能很快就会撒手人寰，突然抛下我们而去。于是，我赶紧安排好自己的行程，匆匆赶来蒙特波特，心里想着，赶在一切无法挽回之前，至少还要再见上他一面。哪曾想到，当他认出了我，并且向我招呼时，他的脸上瞬间就显露出了奇异的光芒，尽管如此，他却什么寒暄的话也没有说，仅仅清楚地喊出了我的名字，并且跟我握了握手。值得一提的是，这个伸出手的动作，包括他整体的姿态，还有伸出来的这只手，似乎也在我眼前散发出同样的光芒，似乎他整个人都在发光，或者至少也是他那双眼眸、他满头的白发，以及他略显玫瑰色的光滑皮肤在发光——那是一种神奇的冷光、荧光、辉光，无比静谧，无限神秘。我沉默不语，走到他的身边，跟他坐到了一起，他略略瞥了一眼那个负责照顾他的科研人员，将他给打发走了。然后，在接下来的一段时间里，我人生中所经历过的最古怪的一次谈话拉开了序幕。实话实说，这次谈话刚开始时，它的进行方式令我感到颇为不安，全程都很压抑，甚至觉得相当尴尬，因为开口的只有我一个人，从头到尾，几乎一直是由我来对这位老人不停讲话，或者向他提出各种各样的问题，而他除了向我投来一个眼神，示意他仍在跟我交流之外，什么也不回答；像这样来来往往了好几次之后，我突然发现，我其实完全无法判断自己所提出的问题、所给出的信息是否已经正确传达到了他那里，对于他而言，我所讲出的这些话除了是一种恼人的噪声之外，是否就什么都算不上了？由于这个问题始终得不到解答，这种单方面的对话令我感到既困惑又失望，而且很快就觉得身心俱疲，到了最后，我甚至觉得自己在这里是如此多余，完全是个不请自来的闯入者，简直是人见人烦；无论我对老音乐大师说了些什么，得到的回答永远都只有微微的一笑，以及短暂的一瞥。是啊，假如那一瞥没那么美好，不曾如我所看见的那样，饱含了善意与亲切，那我当时恐怕就会产生误解，认为眼前这位老人正在用一种无比藐视的态度取笑我，取笑我所讲的那些事情，取笑我所提出的一堆问题，取笑我辛苦安排来此地的这趟旅程，取笑我为了专程见他一面而付出的所有无用的努力。好吧，不得不说，他的沉默与微笑恐怕真的有类似取笑的蕴意，因为这种沉默与微笑，仅从其结果来看，的确是一种非常特殊的手段，完全可以用来进行劝阻与责备，相较于普普通通的嘲讽话语，区别不仅是在观感上有所不同，他的沉默与微笑显然处于不同的层次，有着更深的蕴意。我的内心一度感到极为沮丧，我们之间的这种对话一度陷入瘫痪，因为我觉得自己对这一切根本就无计可施、无能为力。但我随后又很快振作起来，下定决心，打算对这位尊敬的老人给予最多的耐心，继续尝试，尽最大的毅力来尝试，保持极为有礼貌的沟通态度，试着重新启动我们之间的对话，通过不懈的努力，找到能够与他进行有效沟通的办法。然而，继续这样进行了不知道多少次之后，我才慢慢意识到，原来情况并没有我想的那么简单，就算我自以为投入了最多的耐心，尽了自己最大的毅力，保持了最得体的礼貌，将这种单方面的沟通一直坚持下去，可这位老人也很容易做到这些，甚至可以比我的耐心、毅力和礼貌还要更多一百倍。我没有精确计算时间，只能估计——客观来讲，这个过程可能总共花费了一刻钟，或者半个小时，但不会超过半个小时，但对我而言却似乎已经过去了半天。我还在坚持尝试，但已经开始感到悲伤、疲惫、厌倦，已经不情愿再这样继续下去了，彼时彼刻，我的心中充满了悔恨，并对自己的这趟旅程感到追悔莫及，除此之外，由于单方面讲个不停，我还感到口干舌燥，但也无法可想。那位可敬的先生，他就坐在我的面前，我的庇护人，我的忘年交，甚至可以说，自从我真正记事以来，我就全身心地爱戴着他，给予了他我全部的信任。在此之前，哪怕我只讲一个字，他都会不遗余力地给予回应，可是如今呢？如今他就只是坐在那里，将自己完全隐藏了起来，只知道聆听，听我不停说话，甚至根本就没有在听我说话——

只知道我在讲个不停，但完全不知道我在讲些什么。他已经不一样了，不再是原来的老音乐大师：他退缩了，退缩到自己周身散发出来的光芒背后，退缩到他那个标志性的微笑背后，退缩到他那张金光闪闪的面具背后，遥不可及，跟我们完全隔绝开来了，他现在已经完全属于另外一个世界，一个我们这些凡人无法抵达的世界，那里的一切运作规律都跟我们这里截然不同。所有试图从我这里走向他的话语，所有从我们这个世界诞生的话语，就像打在顽石上的雨水一般，一概无法进入，连一滴都无法渗透进去，无一例外地滑过顽石的表面，无一例外地迅速流走了。哪曾想到，到了最后，正当我打算放弃全部希望，打算缴械投降，转身离开时，他自己反而主动敲碎了那道仿佛被施了魔法一般的高墙，最终还是帮助了已经陷入绝境的我——他最终还是对我讲了一句话！这也是我今天听他讲的唯一的一句话。

　　"'你累了，约瑟夫。'他用很轻的声音说道，语气中充满了你很熟悉的那种感人的善意与关怀，就跟以前一样，就跟他在这个时候会对你讲的话一样。这句话就是全部：'你累了，约瑟夫。'——只有这句话。似乎他在这么长时间以来，一直都在默默注视着我，关注着我，见我工作得实在太辛苦，现在总算等到我来了，想要借此机会告诫我，让我不要继续这么无谓地劳碌下去。他讲这句话时显得有些费劲，仿佛他已经很久都没有用让嘴唇动作的方式讲过话了。在他讲话的同时，还专门伸出一只手来，放到了我的胳膊上。我能够感觉得到，那只手就跟蝴蝶一样轻，仿佛有只蝴蝶落到了我手臂上似的。他的目光注视着我的双眼，那目光仿佛能够看透一切，看着看着，他又给了我一个微笑。在看到他微笑的那一瞬间，我终于被他彻底征服了。欢快的静谧如一股烟气般弥漫在他周围，潜藏于他内心的耐心与平静，此刻也通过某种奇异的方式传递到了我的身上。顷刻之间，对眼前这位老人的理解占据了我的内心，我仿佛瞬间明白了他的本性发生如此翻天覆地式转变的根本性原因：他已远离人间喧嚣，走向了静谧与沉默，他已远离累赘语言，走向了音乐与节奏，他已远离芜杂思绪，走向了和谐与统一。顷刻之间，我理解了自己此行的使命，能够在此目睹这一切，其实是命运授予我的无上恩惠。与此同时，我也理解了他的微笑，理解了他周身散发出光芒的前因后果；因为在我面前的是一位圣人，关于他的一切已臻完满。他格外开恩，允许我在他的辉煌光芒中逗留一个小时，可惜我实在太过平庸、缺乏经验，竟然完全看不出这其实是他的恩许，竟然还想着要取悦他、讨好他，用愚不可及的方式逗他开心，不停地向他提出问题，试图引诱他跟我讲话。感谢命运，感谢神明，如此眷顾我，让我在人生还可以回头、还不算太晚的时候，有缘窥见这圣人的光芒。命运哪，它完全可以对我弃之不顾，将我从老音乐大师面前支开，让我被这道光芒永远拒之门外。假如我当时稍有不耐烦，见他对我不理不睬，不多说几句就转身离开，没能等到那顿悟的时刻到来，没能等到他对我开口讲出那句话语，那我恐怕就会被剥夺掉今天所享受到的这一奇迹，剥夺掉此生经历过的最奇异，同时也是最美妙、最愉快的体验了。"

"我明白您的意思。"菲洛蒙特若有所思地回应道，"您在我们的老音乐大师身上，发现了类似圣人的特征，发现他已超凡入圣。关于这件事，其中非常幸运的一点在于，是您亲口向我报告了这一发现，而不是由其他人讲给我听。实话实说，假如不是您，假如换了其他任何人，我只会以最大的不信任态度来听这番讲述，将它当成天方夜谭，根本不可能相信它其实是真实发生过的事情。总而言之，其实您也知道，我根本就不是一个神秘主义爱好者，也就是说，身为一名音乐家、一个历史学家，我只可能是唯物主义范畴内的学者，只可能跟理性做朋友，对于这类恐怕应该归属于宗教领域的神秘现象，向来是不置可否、不予讨论的。有鉴于我们卡斯塔利亚既不隶属于基督教会，也不信奉印度教，更不存在什么道观庙宇，因此在我看来，您所描述的老音乐大师超凡入圣、成为圣人的这一现象，这种除了宗教神学领域之外再无其他学科门类可以容纳的离奇事件，对于我们这些卡斯塔利亚人当中的任何一个而言，都是绝对不可能发生的，它肯定是源自某种误解、某种错觉，将某些本不属于宗教神学领域的现象当成了这类现象来加以解释，并且信以为真了。说实话，我会责备除了你之外的任何人——原谅我，除了您之外的任何人，尊敬的大人——因为这种超凡入圣现象实在是太反常了，简直就是离经叛道、大逆不道的提法。不过您倒也没有妄言的动机，因为在我看来，您恐怕不可能有为我们受到广泛尊崇的老音乐大师加冕封圣的意向，或者说，您根本没办法执行这样的一套加冕程序，因为在我们的团体组织中根本找不到负责这方面事务的主管机构。不，请您不要打断我，不要觉得我是在开玩笑，我这番话是绝对认真的，完全没有跟您开玩笑的意思。您刚才向我详细描述了自己的一段经历，描述了一种精神层面上的体验，对此我必须承认，这其实令我感到有些羞愧，因为您所描述的这一现象，实际上并没有完全逃过我和我蒙特波特同僚们的眼睛。然而，就连我们这些经常出现在老音乐大师身边的人，也只能勉强注意到它的存在，而且基本上采取了忽视的态度，几乎从来不曾真正关注过这一现象。我现在正在对此加以反思，反思自己为何对此视而不见，为何如此漠不关心。能够马上想到的一种推断是这样的：老音乐大师的转变之所以如此打动您，之所以令您感到如此震撼，相比之下，我却几乎没有注意到，心如止水，毫无波澜，究其原因，当然是因为这种转变完全出乎您的意料，因为您已经有很长一段时间没有来过蒙特波特，此次造访，您面对的是一个已经完成转化的老音乐大师，您看见的直接就是结果，中间没有任何过程。我的情况却与您截然不同，因为我本人恰恰是这一缓慢发展、转化过程的见证者。道理很简单：您在几个月前就任玻璃球游戏大师的典礼上见到的那位老音乐大师，跟今天在蒙特波特见到的这位是很不一样的，可我们这些邻居因为见到他的次数实在太多，一次接一次地遇见这位老人，几乎没有注意到每次遇见他时他身上发生的细微变化。好吧，我必须承认，这种牵强附会的解释，连我自己都感到很不满意，对您而言想必也是不够具有说服力的。当某种类似于奇迹的现象在我们眼皮底下发生时，无论其过程是多么悄无声息，其进展是多么迟钝缓慢，我们也必然会对其有所触动，随着时间的推移，转变过程越来越接近完成，我们的感触自然也会越来越深——在面对这类现象时，只要没有什么先入为主的偏见，都应该如此。思考到这一步，在我看来，恐怕已经找到了自己为何对发生在老音乐大师身上的变化视而不见、漠不关心的原因：我绝对不是个没有任何偏见的人，恰恰相反，我对某些现象的偏见，可谓根深蒂固。我没有注意到在您眼中等同于奇迹的现象，不是因为别的什么原因，而是因为我根本就不想注意到它，哪怕我其实已经知道它的存在是千真万确的，也不打算亲口承认。实话实说，我跟蒙特波特的其他人一样，早就注意到我们无限景仰的这位先生逐渐变得越来越逃避世事，越来越沉默寡言，可是与此同时，他对外表现出的欢乐、亲切程度也在与日俱增。每当他在路上与我偶遇时，每当他用沉默的方式回应我的问候时，我其实都能很明显地看出，他脸上散发出的光芒也在一天天地变得越来越明显，越来越明亮，越来越奇异。既然我能够发现这些变化，那么，蒙特波特每一个跟老音乐大师偶遇过的人，自然也都能发现这些变化，大家只是没有明说而已。在我看来，大家的想法恐怕都跟我一样，对自己看到的一切在心理上存在着抗拒，或者正如我刚刚提到过的，这就是所谓的偏见，不愿意看见这种现象中所呈现出来的更多东西，也不打算去进行什么深入探究。单就我个人而言，我抗拒这一切的主要原因，并不是因为内心缺乏对老音乐大师的敬意——其中相当一部分原因，是因为我极端厌恶搞个人崇拜、迷恋偶像这一套，这是一种普遍性的态度；另一部分原因，则是针对老音乐大师目前的特殊状况，因为某人对他极为迷恋而给我带来了反感，说得更清楚明白些，我就是讨厌那个给老音乐大师当贴身护工的科研人员佩特鲁斯，讨厌他的所作所为——这家伙将老音乐大师视作偶像，对他无条件地崇拜。从您之前的描述中，我完全想清楚了这点。"

"原来如此。"科讷希特笑出了声，"你讲了这么多，反反复复，绕了一个大圈子，最后发现的就只有你对那个可怜的佩特鲁斯的厌恶之情。既然已经到了这一步，那么，现在你又该怎么办呢？照你的看法，我也是一个神秘主义者，也是一个对偶像盲目着魔的人，对吗？我是否也信奉在卡斯塔利亚所辖范围内遭到明令禁止的宗教呢？我是否也在搞个人崇拜、搞迷信圣人的邪教？又或者，你愿意向我承认自己不愿向那些科研人员承认的东西，也就是说，在老音乐大师的身上，我们真的亲眼看到、亲身经历了一些异象，而且那些异象并非梦境与幻想，的确是真实具体的客观存在？"

"我自然愿意向您承认这些，"卡洛若有所思、慢条斯理地说道，"没有任何人会去怀疑您今天的这次精神体验，没有任何人会去怀疑老音乐大师身上涌现出来的美好或者静谧，没有任何人会去怀疑他给予您的那个微笑竟是如此不可思议。对于此事，其实只剩下这样一系列尚存争议的问题：我们应该将这一现象归入哪里？我们应该如何为它命名？我们应该怎样去解释它？这些问题听起来似乎颇有些学究气，但您知道，我们卡斯塔利亚人本来就是一群追求学问、追求知识的学究。当我想要对您跟我们的这种奇异体验进行分类和命名时，我所怀有的目的，并不是试图通过玻璃球游戏式的抽象化和概念化来消解这一体验所蕴含的真实与美好，恰恰相反，我其实是试图通过我们熟知的这些方法，尽可能准确、清晰地记录它，保全它。比方说，假如我在前往某个地方的旅途中，偶然听到一个农民或者小孩正在哼唱我之前从未听过的某种旋律，这对我而言自然也是一次奇异体验，假如我随后立即尝试用音符尽可能准确地将自己刚刚听到的这段旋律记录下来，这种行为当然不是在否定它的真实性和准确性，当然不是将这段真正发生过的经历搁置一旁，不再去管它。实际上，这种行为反而是在对这次体验表示尊敬，想方设法令其不朽。"

科讷希特耐心地听完这段解释，然后向他友好地点了点头。"卡洛啊，"他这样说道，"很遗憾，从此以后，我们恐怕很少有机会再见到对方了。并非所有青年时代的朋友都能在每次重逢时让彼此之间的友谊经受住考验。今天，我专程带着老音乐大师的这个故事来找你，将这个故事告诉你，因为对我而言，你实际上是此地唯一能够聆听我个人体验、唯一能够参与到我生活当中的很重要的一个人。现在故事已经差不多讲完了，我不得不让你自己做出决定，看看应该如何处理我所讲的这个故事，如何对我们这位老音乐大师奇异的转化状态加以认定，如何对其归类、为其命名。假如你愿意亲自去拜访他一次，在他周身笼罩的光环里停留一小会儿，我会感到很开心的。他这项奇异的恩典，这种臻于完满的趋势，这份应对衰老的智慧，这类超凡入圣的状态，或者说'化圣'的状态，或者暂且不管我们具体怎么称呼它，细究起来，恐怕统统应该归入宗教生活的范畴；值得注意的是，即使我们卡斯塔利亚人既没有教派也没有教堂，但我们本身对虔信行为其实并不陌生，尤其是我们的这位老音乐大师，长期以来，他都是一位无比虔信的人。既然历史上的许多宗教都出现过关于蒙受神恩之人、臻于完满之人、光芒普照之人、超凡入圣之人的记录，为什么我们卡斯塔利亚人的虔信，就不应当在某一天也开出这种辉煌灿烂的花朵呢？——现在时间已经很晚，我该去睡觉了，明天一早就得启程离开。我当然希望能够在不远的将来再次回到这里，慢慢将这个故事讲完，但世事不一定总能遂人愿，因此，我现在就将接下来的部分以非常简短的形式马上讲给你听，起码让你知道故事的结局！

嗯，也就是说，当他对我讲出那句'你累了'之后，我恍然大悟，终于想方设法克制住了自己继续发起对话的冲动，不再朝着这个方向努力了，之后我不仅安静了下来，而且也放弃了自己心中的一番执念，不再打算通过对话、通过语言来跟眼前这位沉默的老人进行沟通，不再打算用这些方式来探索他的精神世界，并且如往常一样，从他那里收获教益。我终于意识到，此行若是怀抱着这一目的，无疑是大错特错。哪曾想到，从我选择放弃执念、将一切交给对方的那一刻起，一切竟然又开始自动运转了起来。此刻匆忙的对话中，我所选择的词汇恐怕也很匆忙，不太得当，你以后大可以用其他更合适的表达方式来替代我此刻的表达，不过现在，还是请你姑且听我继续讲下去吧。即使我的语言听起来很不准确，而且经常混淆概念，但你一定能够理解。总之，今天我跟这位老人单独相处，在一起待了大约有一个小时，或者一个半小时，我无法确切告诉你，我跟他之间都发生了些什么，或者具体交流了些什么，因为在我们之间真正产生交流的过程中，并没有用语言来对话，自然也很难用语言来表达。在这个过程中，我只是逐渐形成了一种感觉，在我的抵抗被打破之后，也就不再抗拒，于是，他终于顺利地将我带入了他所拥有的那种静谧祥和、光辉璀璨之中；宁静又美好的和谐境界，同时笼罩着他和我。不需要通过意识，不需要通过我所掌握的知识，我自动进入了某种冥想状态，进入了某种'无我'之境。冥想过程特别成功，而且充满了喜悦，主题部分是自动涌现出来的，并不受我控制，从内容来判断，描绘的应该是老音乐大师的漫长人生。我看到了或者说感受到了他本人的存在，往事历历在目，逐一浮现眼前，以老音乐大师的视角，见到了他从第一次见到我这个男孩、直到眼下这一刻的整个人生历程。充满了奉献、充满了忙碌的人生，没有任何人以任何方式来约束他，是他主动选择了这样的人生，这样的人生没有任何野心可言，只由音乐来负责充实。他的人生道路仿佛是早就拟定好的，通过成为一名音乐家、成为一位音乐大师，他拥抱了音乐，以音乐作为自己通往人类最高目标的道路，通向内心的自由，通往纯洁，通向完满。而且，仿佛从他拥抱音乐的那一刻起，他就不打算再被其他任何事情分心，只愿意沉浸在音乐的世界里，越来越深入，让音乐对自己加以改造、加以转变，经由时间沉淀，让自己的精神世界变得越来越纯净，越来越纯粹。从他那双灵巧又聪颖、仿佛天生就会弹奏羽管键琴的妙手，从他脑中无比丰富、无比巨大的音乐知识储备，到他身体的各种器官、灵魂的各个部分，再到他的脉搏跟呼吸、他的睡眠与梦境，全部都在朝着唯一的一个目标而努力。时至今日，这一切已经化作某种象征，更确切地说，音乐已经通过他而得以具象化，他也随之变成了音乐的化身。至少我可以感觉到，那些自他身上散发出来的光芒，那些在他跟我之间来回涌动的、恍惚若有节奏的呼吸，简直跟音乐没什么两样，甚至可以说那完全就是音乐，是一种完全不属于物质世界的、极为深奥的音乐，它具有神奇的魔力，能够接纳进入那具象化后的魔法光芒之中的每一个人，就仿佛一首多声部的艺术歌曲，又吸纳了一个新加入的声部一般。假如接纳进去的那个人并非音乐家，恩典也不会缺席，而是以其他可能的方式，在进入魔法光芒之后出现的一幕幕图景中加以呈现、得以感知。比方说，一位天文学家进去之后，可能会觉得自己幻化成了月亮，围绕着某颗行星打转；再比方说，一位语言学家进去之后，可能会听到自己正在用某种意韵深远、开口时宛如施了魔法般的原始语言讲话。那就这样吧，我要告辞了。于我而言，这次对话可真是一件幸事,卡洛。"

我们在本书中用去不少篇幅,尽量详细地介绍了科讷希特的这段经历,因为这位音乐大师无论在他的人生道路上还是在他心中,都占据了极为重要的位置;除此之外,也因为科讷希特和菲洛蒙特之间的上述谈话,被后者以书信的形式执笔记录了下来,也正因如此,历经多年之后,其内容依旧能够原封不动地传达到我们这里,具有极高的史料价值。这份史料中关于老音乐大师发生"转化"、超凡入圣的描述,无疑是时间上最早、内容上也最为可靠的;在此之后,关于这一话题的传说与诠释也就充栋盈车、目不暇接了。

第八节 双极点

时至今日，这一届的年度游戏大会仍旧受到世人广为传颂，大家称其为"中国房子游戏"。浏览如今的学术期刊，"中国房子游戏"这一关键词被各个学科领域引用的情况也并不罕见。对于科讷希特和他的朋友而言，这是他们的长期努力所结出的劳动成果；这一成果同时也向卡斯塔利亚和国家教育部门给出了强而有力的证明：科讷希特被任命为玻璃球游戏大师——这套等级制度规则下的最高职位——是一个无比正确的选择。时隔多年，瓦尔德策尔、玩家聚居区、精英小圈子终于再次迎来了辉煌灿烂、情绪高昂的玻璃球游戏节日庆典，恍惚之间，仿佛回到了往日的全盛时光，每个玩家都感到心满意足。是啊，每年一届的年度游戏大会，这样一届一届办下来，已经不知道过了多少年，始终没有再出现过像今年这样的盛况了。在这里，有史以来最年轻、最受关注的游戏大师第一次在公众面前展示自己的实力，并且成功证明了自己，最重要之处在于，他也成功捍卫了瓦尔德策尔的尊严，弥补了上一年的损失和失误。这一届游戏大会，再没有卧病在床的大师，再没有被吓得惊慌失措的副手。遥想上一届节日庆典举办期间，那位可怜的副手可说是孤立无援，被精英小圈子的恶意和怀疑所包围，每个玩家都背过了身去，每个玩家都对他摆出了冷若冰霜的态度。焦急万分却又无可奈何的情况下，他只得到了少数几位办事人员的支持与协助，哪怕他们再忠实、再坚定，由于缺乏精英分子、缺乏那些"留级生"的支持，整个举办过程始终还是如履薄冰，最后也只能以非常勉强的水准将这场旷日持久的大型庆典支撑到了结束，仅仅是没有失败、没有中断而已，那很可能是有史以来举办过的最糟糕的一届年度游戏大会了。再看今年，这般隆重、威严、肃穆、优雅，主持游戏的新任大师，高高在上，宛如一位大祭司，宛如罗马教廷的教皇，代代传承的仪式长袍，完全由白色与金色的丝线细细编织而成，穿在这位主持仪式之人的身上。他一动不动，伫立在最重要的位置上，仿佛伫立在看不见的巨大棋盘之上。这棋盘是专为庆典准备的，充满了象征性，充满了神圣的仪式感。在这棋盘之上，新任大师在主持，在展示，在表演，在向身处现场或不在现场的诸多观众公开他本人和他朋友合作的成果；他的周围正散发出光芒，这光芒代表了平静、力量与尊严，这光芒意味着虔诚、圣洁与纯粹。面对着他，任何来自世俗的呼告、请求和倾诉，都仿佛是一种亵渎，都隔着遥远的距离。他置身于庆典大厅里，置身于无数助手的簇拥之中，用一连串仪式性的手势，开启他所设计游戏的一幕又一幕，用一支闪亮的金笔，在面前的小画板上流利、潇洒地写下一个又一个的符号。转眼之间，他所写下的这些符号就被扫描、识别为标准、通用的游戏语言，直接放大一百倍，投射到庆典大厅后墙的一块巨大展板上，被无数人看到，被无数低语声喃喃拼读，被现场播音员们大声朗读，被各种不同的设备传送到全国、传送至世界各地。第一场游戏的内容公示完毕，他如同一位魔法师，在小画板上像写咒语一样写出了总结这场游戏的公式，接下来，他以优雅且令人印象深刻、过目难忘的姿势，给出了要求大家开始冥想的指示；与此同时，他本人也放下了手中拿着的那支金笔，安安静静地坐了下来，以一种堪称楷模的标准姿势，正式进入了冥想状态。此时此刻，不仅在庆典大厅的现场，不仅在玩家聚居区和卡斯塔利亚，在"教学省"外面的广阔天地里，在寰宇间数不清的各个国家和地区，无数玻璃球游戏的信徒也虔诚地跟随着游戏大师坐了下来，同样进入了冥想状态。大家一同冥想，并且一直坚持到游戏大师在庆典大厅重新站起来的那一刻。乍看起来，流程中的一切都跟以前的无数届大会一样，可是这一次，一切都让人感到怦然心动，一切似乎都非常新颖、与众不同。科讷希特创造出来的这个玻璃球游戏世界，看似抽象，看似没有时间概念，但其实拥有足够的弹性，可以对进入游戏世界的任何一个人的神志、声音、气质与笔迹进行最细腻的区分，可以从上百个极其微小的细节上给予最贴合实际、最独一无二的体验。不仅如此，作为主持人，科讷希特的性格足够豁达，文化修养方面的造诣也很高，足以让他在游玩过程中展现出足够的自觉，不会认为自己的想法和创意，比游戏本身不可侵犯的内在规律更加重要。身在现场的全体助手、全体搭档、全体精英玩家，他们无一例外地感受到了这场游戏所拥有的完美气质，也正因如此，他们都像训练有素的士兵一样，完全服从科讷希特的指挥；不仅如此——不仅他们，身在现场的每一个人，哪怕只是负责礼仪的勤杂工，哪怕只是站在大师附近负责拉起、放下帷幕的仆人，似乎也都在进行属于自己的游戏，似乎也都处于游玩的过程之中，凭借自己独特的个性、独有的经历，在游戏世界里遨游。围观游戏的人群，挤满了庆典大厅，乃至于整个瓦尔德策尔，无数的信徒，成千上万的灵魂，此刻全都跟随着大师的足迹，在玻璃球游戏无穷无限、多元多维的想象空间中涌过，共同踏上了那条如梦似幻、森严虔诚的道路。基本的、单调的和音，一声接一声响起，那低沉、颤抖的钟声，是庆典现场唯一的声音——对于人群之中大部分天真又单纯、几乎没什么感受力的人们而言，这一声接一声的钟声，恐怕就是他们从庆典中所获得的最美妙也几乎是唯一的体验；但是，对于那些技艺精湛的游戏高手和游戏评论家而言，对于游戏大师的助手和现场众多的官员而言，甚至对于大师本人而言，这一声接一声的钟声，同样会在他们身上引发强烈的反应，会让他们因为敬畏而颤抖不停。

这一届庆典的水平极高，哪怕是那些来自外部世界、对玻璃球游戏几乎没什么了解的外交使节也感觉到了，他们纷纷对此行的成果予以了高度肯定。在那些日子里，科讷希特的精彩表现为玻璃球游戏赢来了许多新的支持者，他们对游戏心悦诚服，从此以后即成了永远支持游戏的信众。可是，为期十天的节日庆典结束之后，约瑟夫·科讷希特在向自己的朋友特古拉尼乌斯总结本届游戏大会的经验与教训时，却讲了一段耐人寻味的话，无论谁听了都会觉得十分奇怪。"我们已可对此感到心满意足。"他说，"是啊，卡斯塔利亚和玻璃球游戏，的确美妙无比，已臻完美之境，不过话说回来，它们恐怕有些太过了，有些过于美妙了；如此美妙的事物，无疑会造成这样一种错觉，大家在看到它们时，纷纷感到心醉神迷，几乎不会为它们的存在感到担心。因为大家总是有意无意地回避这样一种想法，无论它们再怎么美妙，其实也跟其他事物一样，有朝一日也会消亡。可是，花无百日红，大家其实必须考虑到这一点。"

科讷希特流传至今的上述话语，迫使撰写这本传记的作者不得不鼓起勇气，逐渐接近自己写作任务中最微妙、最神秘的一个部分。实话实说，作者本打算暂时回避这部分内容，平铺直叙，先完成对科讷希特各种成功经历的描绘、对他在职时模范行为的书写，以及他辉煌人生所达到高度的叙述。因为唯有在手头掌握的史料十分明确、毫不含糊的前提下，作者才会感到心态相对平和，没有太多压力，才能更好地完成自己的写作任务。可是，假如我们不能在这部分文章中坦承并指出这位受人尊敬大师的客观存在与个人生活中存在着两重性或者说极性，假如我们无法事先在此进行一些详细说明，那么这本传记的撰写过程中可能就会出现难以弥合的错误，对于我们目前正在进行的章节主题也不太合适。尽管当时除了被特古拉尼乌斯看到了眼里之外，科讷希特的上述极性现象表现得还很隐蔽，其他任何人都还没有注意到。但是，作为这本传记的作者，我们仍然决定对科讷希特身上的极性现象展开一次探索之旅，因此，从眼下这个时间点开始，我们的任务就是接受并肯定科讷希特灵魂中呈现出来的这种分裂态势，或者说这种循环往复、不断交替的极性，将这种极性视作这位受人尊敬的大人物的本质、视作他身上的一种固有特征来加以描绘。对于那些认为可以仅从宗教圣人的角度来书写一位卡斯塔利亚游戏大师生平、认为如此是为了"更好地颂扬卡斯塔利亚之荣光"[1]的传记作者而言，将约瑟夫·科讷希特担任游戏大师职务的这段岁月——除了他生命最后的一小段岁月——循规蹈矩地写成一段对他各项荣耀功绩的表彰、对他履行重要职责的描绘、对他所获成功的列举，并不是一件

---

[1] 原文为拉丁语"ad maiorem gloriam Castaliae"。

难于做到的事情。或许可以这样说，历史上有记载的任何一位玻璃球游戏大师——甚至也包括为瓦尔德策尔带来历史上最光辉灿烂时代的路德维希·华瑟马勒大师——的生平经历，以及这位大师在任时的各项作为，对于坚持描绘史实的历史学家们而言，都不可能比科讷希特大师的生平和壮举更无懈可击，更值得接受颂扬。可是与此同时，与其他大师相比，科讷希特这位大师的情况又是截然不同的。在这个时间点上，这位团体组织的最高领导人已经站在了人生的分歧点上，开始走向一个非比寻常、耸人听闻，甚至令一小部分批评家觉得丑陋不堪的结局，甚至有人认为他最后已经身败名裂。值得一提的是，科讷希特的这个结局并非巧合或者意外，而是完全合乎逻辑地产生的，是他所走人生道路瓜熟蒂落的体现。从这个时间点开始，我们写作任务的其中一部分要求，就是试图证明这个结局与我们笔下这位可敬大人物的辉煌成就、与他值得称颂的成功之间不存在任何矛盾。长期以来，科讷希特始终都是一位伟大的、堪称典范的统治者和管理者，是属于他们圈层内部高官们的代表人物，是一位无懈可击、无人可比的玻璃球游戏大师。可是，在他担任这一职务的同时，他也看到并且感受到了这样一项现实，他花费多年时光为之服务、为之贡献、为之添砖加瓦的卡斯塔利亚"教学省"的辉煌，实际上是一种正在持续减少，乃至于濒临灭绝的伟大存在；他不像绝大多数的卡斯塔利亚同胞那样，无知无觉地生活在这种颓败衰落的状态下，感到无动于衷，从来都不会对其加以关注；恰恰相反，科讷希特很清楚卡斯塔利亚衰败与变迁的起源和历史，在对它的探究中，认识到它其实是一种历史的规律与必然，不得不受制于时间，被其无情的暴力所冲刷，动摇统治的根基。这种对历史进程感同身受的能力，逐渐在科讷希特的身上觉醒。他自己作为单独的人类个体，将自身存在视作巨大生物体中一粒单独的细胞，将自己每日进行的各项活动，视作在无数细胞所组成的、成长与改变的巨大洪流中漂泊、运转、活跃的过程。像他这样的一粒细胞，在巨大洪流中沉浮多年，逐渐走向了成熟，并且通过在玛丽亚菲尔修道院所进行的历史研究、通过伟大的雅科布斯神父的影响，获取了完整的自我意识，清楚了自己在这巨大洪流之中、在历史进程之中的定位与使命。不过话说回来，虽然科讷希特通过神父开启历史研究之路这件事，看似纯属巧合，但其实产生这种意识的倾向性——令它最终能够诞生出来的胚芽，早已存在。无论是谁，只要真正愿意深入了解约瑟夫·科讷希特的人格，愿意真正去追踪这种自我意识的特征与蕴意，很容易就能找到上述的倾向性和胚芽。

总而言之，科讷希特这位先生，在他人生之中最辉煌的日子里，在他主持的第一届年度游戏大会结束后，在他通过自己令人印象深刻的表现令举世震惊地发扬了卡斯塔利亚精神并且大获成功之后，却发出了这样一种感慨："大家总是有意无意地回避这样一种想法，无论卡斯塔利亚和玻璃球游戏再怎么美妙，其实也跟其他事物一样，有朝一日也会消亡。可是，花无百日红，大家其实必须考虑到这一点。"这位先生发出的上述感慨，乍看起来可能有些唐突，但其实早在很久以前，在他还远远没来得及从雅科布斯神父那里获得历史研究方面的启蒙之时，这位先生的内心深处就已怀抱着世事无常的概念了——他早已熟悉世间一切事物之存在的短暂性，早已知道人类精神创造的成果有着各种各样难以解决的问题。我们不妨试着回忆一下他的童年时代和学生年代，回溯那些在前面的章节中已经详细描述过的事件，很容易就能想起这样一些内容：每当他听说有哪位同学因为做错了什么事情而让老师感到失望，从此以后，埃施霍尔茨就遍寻不着这位同学的身影，显然已经从精英学校被遣送回了过去的普通学校里，每逢这种时候，科讷希特的心中就会感到恐惧、感到不安，惶惶然不可终日。据我们了解，这些永远离开埃施霍尔茨、被遣送回普通学校的男孩当中，其实没有哪个是少年科讷希特的私交好友，甚至连一个都没有；因此，令他的内心受到刺激、令他感到恐惧与悲伤的，并不是他个人在友情方面的损失，不是某个具体的人的离开与消失。确切地讲，是因为他原本长期拥有的、如孩子般天真且坚定的信仰悄悄发生了动摇，对于卡斯塔利亚长久奉行的这套秩序、对于卡斯塔利亚完满属性的可持续性，他原本是深信不疑的，但上述的遣返现象，却在他心中播下了怀疑的种子，令他感到痛苦万分：那些男孩、那些年轻人，他们明明有幸被卡斯塔利亚这个"教学省"的精英学校选中,成了天之骄子,成功在这里开始了学习,可他们竟然不知珍惜,竟然草率地犯下各种各样的错误,等于是主动放弃、抛弃了这份难得的恩许,这项事实对于少年科讷希特而言,无疑是令他感到无比震惊的,是跟团体无关的那个世俗世界拥有巨大力量的雄辩式证明。要知道,当年科讷希特可是接受了天命感召,怀着无比感激的心情来到卡斯塔利亚的,他将自己的使命看得极度神圣,哪曾想到,其他人却跟自己很不一样。除此之外,这些事情或许也唤醒了男孩的疑心,令他对自己原本认为无懈可击的国家教育部门产生了最初的怀疑。在此之前,他一直认为国家教育部门是永远都不会犯错的,可是现在呢?发生在自己眼前的简单事实,同样一次又一次地证明情况并非如此:假如这个国家教育部门真的是无懈可击,真有那么英明,为什么在挑选学生来卡斯塔利亚的时候如此不负责任,如此缺乏眼光,明明是自己认定的学生,在精英学校才逐渐发现问题,过了一段时间又不得不把他们给赶走。上述这类想法,是他心中自动萌发的、试图批评权威的最早冲动,是否对他后来的人生轨迹起到了什么影响,是否对他后来思想的形成起到了什么作用,我们是无法妄加评判的,至多也只能陈述一些事实罢了。无论如何,少年科讷希特始终觉得,卡斯塔利亚的一部分精英学生选择偏离正轨,越错越远,最终被驱逐出境,这种现象不仅是一份不幸,而且还是一类很不正当的行为,是一个令他感到如坐针毡的丑陋污点,它的存在本身就是持久不断的控诉与谴责,整个卡斯塔利亚都必须为此担负责任。作为这本传记的作者,我们相信,学生科讷希特在这种场合下之所以会感到如此震惊,之所以会产生挥之不去的不安感,其原因就在于此。他明白,在"教学省"的边境之外,还有另外一个世界,另外一种人类生活,那个世界与卡斯塔利亚的存在是相互矛盾的,那种生活的规律与卡斯塔利亚的原则是相互抵触的,那里的一切都不适合卡斯塔利亚的秩序,不符合卡斯塔利亚的估计,不可能通过卡斯塔利亚的方式加以驯服,不可能以获得精神升华的方式达到卡斯塔利亚的高度。当然,科讷希特也知道,那个世界同样存在于自己的内心深处。他也有冲动、幻想和欲望,这一切都与他在卡斯塔利亚必须遵守的种种规则相抵触，这一切只能逐渐被驯服，而且必须付出艰苦卓绝的努力。也正因如此，科讷希特才会对那些永远离开卡斯塔利亚的学生的经历感同身受，因为他知道，在这些学生的心中，上述冲动、幻想和欲望的力量十分强大，战胜了此地长久存在着的一切训诫与惩罚，战胜了一切能够令他们迷途知返的手段，那些为外面的世界倾倒、对外面的生活着迷的男孩，他们选择离开卡斯塔利亚的精英世界，回到了外面的那个世界，那里并非由纪律与心智的培育所主导，而是由原始本能来驱使，对于那些努力追求、发扬卡斯塔利亚美德的人而言，那里有时仿若一处邪恶的冥界，有时又仿若一处诱人犯罪的游乐场和竞技场。好几代人以来，不知道有多少年纪轻轻、拥有朴素良知的男孩，都曾经体验过卡斯塔利亚模式下的罪之概念。转眼许多年过去，少年科讷希特已经长大，思想已经成熟，而且还是一名历史爱好者，他当然能够更加准确地意识到，假如没有这个由利己主义和本能冲动组成的罪恶世界，假如没有它来负责提供坚实的世俗地基与原始驱动力，人类历史根本就不可能产生。形如玻璃球游戏团体这样的、在精神领域达到极高境界的组织，实际上也是在上述污浊不堪的环境中逐渐孕育成长出来的，不可能凭空出现。既然它来自这里，总有一天也会在这里消逝，这也是理所当然的。对上述相辅相成、此消彼长现象的思考，贯穿了科讷希特的一生，也成了他此生不断努力、朝着未知方向探索的原动力。在他看来，自己一直在思考的绝对不是仅仅依靠纯粹理性就能想明白的问题，绝对不是那种不以个人意志为转移的普适真理，因为他很清楚，这个问题比其他任何问题都更能触碰到自己的内心、深入自己的灵魂。与此同时，他也在思考过程中逐渐意识到，坚持不懈的探究，其实也对问题本身造成了影响。像他这种人，始终都具有悲天悯人的情怀，一旦发现自己长期以来抱持的理想、从未怀疑过的信仰因为残酷的现实而发生动摇，一旦目睹自己无比热爱、无限敬重的卡斯塔利亚和玻璃球游戏团体显露出瑕疵、暴露出缺点、即将面临灾祸，他就仿佛生了重病一样，茶饭不思，日渐憔悴，甚至因此而走向自我毁灭。

思路既然已经确定，我们不妨沿着这条线索继续向前回溯，如此一来，我们很容易就会发现科讷希特初次造访瓦尔德策尔的这个时间点，从这个时间点再往前，是他作为精英学校学生的最后几年校园岁月，在这段时间里，最值得一提的无疑是他跟客座学生德西格诺尼之间具有重要意义的友谊往来。关于德西格诺尼这位客座学生的情况，我们已经在科讷希特就读精英学校相关的章节里进行了详细描述，他们两人后来在瓦尔德策尔的一次偶遇，我们也已专门提到过了。卡斯塔利亚崇高理想的热心追随者科讷希特，与世俗之子普利尼奥的交锋，不仅是一次激烈且持久的宝贵经历，对于精英学校学生科讷希特而言，也是一段深刻的、对他本人有着显著影响的寓言式体验。因为他当时被迫扮演一个对卡斯塔利亚极为重要，可是同时也很辛苦的角色，这个角色似乎是命运之神偶然抛给他的，但其实非常符合他整体呈现出来的天性，简直如同为他量身定做的一般，乃至于大家几乎忍不住想感叹，说他自此往后的全部人生，只不过是一而再、再而三地重演这个角色而已，与此同时，随着年龄与经验的增长，他所扮演的这个角色也在不断成长，演出水平越来越高，越来越臻于完满。很显然，假如要用一句话来概括这个角色、明确这一角色的身份，那么，科讷希特长期以来扮演的无疑是卡斯塔利亚的捍卫者和辩护代理人，诚如他在大约十年之后、在面对雅科布斯神父时所扮演的那个角色一样。当他就任玻璃球游戏大师时，凭借着这一特殊身份，更是将上述角色的功用发挥得淋漓尽致，努力扮演到了最后。值得注意的是，他虽然是卡斯塔利亚、是团体组织及其规则的捍卫者和辩护代理人，却还是时刻保持着积极对外的态度，随时准备向对手们学习，不提倡卡斯塔利亚的封闭与僵化，积极推动它与外部世界互动，主动开展合作，积极融入外界。因为科讷希特认为，唯有这样才能将自己的角色扮演得更好。如果说他当年跟德西格诺尼之间进行的长期辩论部分还带有玩乐性质，并没有那么用心，那他后来面对那位重量级人物，面对那位亦敌亦友的雅科布斯神父时，已经不敢有丝毫怠慢，辩论态度自始至终都非常认真负责，每一步都是谨言慎行，每一步的思考都非常深刻，已经当成一件无比严肃的大事来处理了。总之,他在跟两位对手较量的过程中,也在不断考验自己,借助对手来让自身得以成长,直接从他们身上获取新知。当然,在斗争与交流的过程中,科讷希特付出的并不比索取的少,尽管如此,他在这两场斗争中都没有打败过对手——从斗争刚刚拉开序幕时算起,他就从来没有设立过打败对手的目标,因为这绝非斗争的意义。但他还是成功迫使这两位对手在一定程度上认同了自己的主张,令他们感到无比佩服,不得不心悦诚服地尊重他的人格、尊重他所代表的原则与理想。尽管与那位博学多才的本笃会神父一争长短,严格来讲,并不能归入科讷希特旅居玛丽亚菲尔的任务当中,因为他这种为卡斯塔利亚辩护的行为在刚开始时完全是自发的,甚至后来在知晓了雅科布斯神父的真正身份和地位之后,也与托马斯大师向他明确提出的目标无关——至少没有直接带来那次行动的实际成果,即在罗马教廷设立一个半官方的永久代表处。值得一提的是,这项成果所带来的价值,远比大多数卡斯塔利亚人所能意识到的要大得多。

通过与普利尼奥·德西格诺尼进行长期辩论而结下的竞争性友谊,以及与睿智的老神父反复论战而形成的紧密关系——除了同这两个人的交往之外,科讷希特与非卡斯塔利亚世界基本上就再没有任何更密切的接触了。虽然他与外界的联系颇多,但相较于跟德西格诺尼和神父之间的唇枪舌剑,其他方面的接触不仅没有这么深入,甚至可以说差得很远,基本上是点到为止——科讷希特获得了对那个世界的全方位了解,或者说是一种相对而言非常透彻的暗示,这类了解或暗示,在卡斯塔利亚所辖范围内,无疑是极少数人通过极为罕有的渠道才可能获得的。除了在玛丽亚菲尔逗留的那段时期,以及几乎完全没有任何记忆留存下来的幼年时期之外,科讷希特其实从未见过真正的世俗世界,或者说从来不曾在真正的世俗世界里生活过,可是实际上,就连玛丽亚菲尔的本笃会修道院也不能完全被归入世俗世界的范围内,因为那里的修士和弟子们所过的其实是一种典型的宗教生活。尽管如此,通过德西格诺尼和雅科布斯,通过对人类过去的历史进行研究,科讷希特依旧对世俗世界的现实状况有敏锐的感知。他的这种感知在很大程度上可以说是相对直观的间接了解，佐以极少的第一手经验，即幼年时期微不足道的残余记忆，以及修道院生活中的少数世俗体验，可就算这样，他也比自己的绝大多数卡斯塔利亚同胞更了解世俗世界，对于外界的一切也保持着更为开放的态度，甚至连卡斯塔利亚当局的官员们都比不过他。毫无疑问，他始终都是一名无可挑剔、忠心耿耿的卡斯塔利亚人，不过与此同时，他也从未忘记卡斯塔利亚这个"教学省"只是世界的一部分——只是很小的一部分，即使这一小部分始终都是自己最珍视、最喜爱的部分，也无法改变它隶属于一个比它大得多的世界这一事实。

如此比较下来，他跟弗里茨·特古拉尼乌斯之间的友谊又是怎样的呢？毫无疑问，特古拉尼乌斯是个很难准确定义的朋友，他是一名典型的问题人物，是品位极高、游玩技艺出神入化的玻璃球游戏艺术家，是养尊处优、性格敏感的唯卡斯塔利亚至上人士。特古拉尼乌斯短暂访问玛丽亚菲尔期间，身处于他认为极为粗鲁、粗俗的本笃会修士们身边时，竟感到如此不安、如此痛苦，声称自己在这座修道院里哪怕连一个星期都待不下去，对于这里的生活，他根本就无法忍受。或许也正因如此，特古拉尼乌斯对自己的这位好友感到极为钦佩：他竟然能够在这种环境中结结实实地生活两年！在撰写这部分内容之前，我们对科讷希特与特古拉尼乌斯之间的这份友情进行了大量思考，有些想法和判断虽然看似合理，却难以找到史料支撑，最终不得不放弃掉，还有一些似乎能够达到辑录成书的标准，但具体怎么评判，恐怕还有待商榷；具体而言，所有这些思考其实都是针对同样的一个问题，即这段持续多年的友谊，其根源与意义究竟是什么。最重要的是，我们在思考该问题时，不能忘记一个前提：除了与那位伟大的本笃会神父之间形成的亦敌亦友关系之外，科讷希特身处任何一段友谊之中时，都不是主动的那个人。他不会主动寻求友谊，不会主动去请别人跟自己建立关系，他其实从来都不需要别人，因为他通常才是两人关系中被需要的那一半。他总是能够吸引其他人的目光，总是会受到其他人的钦佩、受到他们的爱戴——科讷希特受到这些钦佩和爱戴并非因为他游戏大师的身份，纯粹是因为他高贵的天性，早在很多年以前就是如此了，自他"觉醒"之后的某个阶段开始，他就意识到了自己所拥有的这一天赋。也正因如此，早在科讷希特从事自由研究的最初几年，他就已经受到特古拉尼乌斯毫无保留的欣赏与崇拜，但科讷希特始终跟特古拉尼乌斯保持着一定距离，没有跟他过分亲近。尽管如此，各种资料中显露出来的一些迹象依旧能够很明确地向我们证明，科讷希特其实也很喜爱自己的这位朋友。作为科讷希特的传记作者和相关历史的研究者，我们现在普遍认为，特古拉尼乌斯之所以能够让科讷希特对自己产生兴趣，并不仅仅是由于他所拥有的非凡天赋，也不只是由于他与众不同的游玩技艺，对玻璃球游戏游玩过程中出现的各种问题都能给出极富启发性的解决方式，不是这样的。实际上，令科讷希特对特古拉尼乌斯产生强烈而持久兴趣的，不仅在于上述这些伟大才能，还在于他身上的各种缺点，其中自然也包括他那些病态、怪异的部分。要知道，这些恰恰是其他瓦尔德策尔人不喜欢特古拉尼乌斯的原因，觉得他时常表现出来的这些缺点令人感到极度不安，并且经常让大家觉得很不愉快。实际上，特古拉尼乌斯这个别人眼中的"怪人"，恰恰是个非常符合卡斯塔利亚特征的人，他的整个生活方式在"教学省"之外无疑是不可想象的，却跟该省的整体氛围与教育水平保持了高度的一致性，如果不是因为跟他相处起来十分困难，如果不是因为他的脾气太过古怪，他完全可以被称为"资深卡斯塔利亚人"。可惜这位资深卡斯塔利亚人与他的同僚们格格不入，大家一点儿都不喜欢他：不只级别相同的精英们对他敬而远之，他的上司和各级官员也不想跟他有什么接触。因为他在与人交往时很不识时务，经常破坏大家一团和气的氛围，言行举止上总是冒犯别人，假如没有科讷希特、没有他这位勇敢又聪明的朋友经常性地给予保护和指导，他恐怕早就被大家给抛弃了，甚至会被彻底赶出精英小圈子。实际上，大家通常认为特古拉尼乌斯思想上有毛病，被大家归结为病态的地方，说到底也不过是一种恶习，主要还是一种凡事都不愿轻易服从他人的性格，归根结底也不过是性格上的小缺陷罢了。唯一的问题在于，这个小缺陷跟团体组织引以为傲的等级制度很不匹配，因为它实际上是完全奉行个人主义的处事态度与生活方式的；玩家聚居区现行的秩序已经发展了很多年，可谓秩序井然，事无巨细均有章法可依，但特古拉尼乌斯却在这方面投机取巧，仅仅最低限度地融入现行秩序，勉强够他继续在此生存即可，也正因如此，团体组织才会容忍他，不至于将他从这里赶出去。另一方面，从作为卡斯塔利亚人的学识渊博、多才多艺这方面特征来看，特古拉尼乌斯无疑是一名优秀的，甚至可以说是出类拔萃、光辉闪耀的卡斯塔利亚精英人士，无论在进行学术研究方面，还是在钻研玻璃球游戏的游玩技艺上，他都能全身心地投入进去，不知疲倦、废寝忘食地努力，哪怕再细枝末节之处，他也能够不厌其烦地加以钻研，也正因如此，他才能够成为科讷希特在游戏上的最佳搭档，进行持续多年的合作；但是，诚如前文所述，他在对待团体等级制度与道德规范方面，却显得极为平庸，甚至可以说非常糟糕。他最大的一项恶习无疑是长期忽视冥想，对冥想采取得过且过、放任自流的态度，但其实冥想的功用之一，恰恰是对个体的心态与精神进行调整，对其加以规范，让其走在符合卡斯塔利亚秩序的正轨上。假如特古拉尼乌斯能够认真对待冥想，长期坚持下去，很可能能够治愈他精神方面长期存在的问题。这样说当然是有依据的，因为每当他在对外的言行举止上表现得很不理想，情绪过于激动或者过于忧郁了一段时间之后，为了不至于给其他人造成持续不断的麻烦，他的上司们往往会强迫他进行严格的冥想训练，而且还会从旁监督，以防他蒙混过关。每当遇到这种情况时，虽然完成度不算理想，每次进行的时间也很短，但特古拉尼乌斯还是能够从中受益，暂时进入心态平和、情绪正常的状态。正因为冥想的确对特古拉尼乌斯有益，就连对待朋友一贯亲切温和的科讷希特，往往也不得不采取这种手段，强迫特古拉尼乌斯进行冥想，以此来将他的状态调整好，并且希望他能够改掉恶习，主动坚持冥想，将好的状态长期保持下去。可是不行，很可惜，办不到，特古拉尼乌斯是个特立独行的人，自我意志素来很强，任性妄为，不愿意受规则管束，不情愿过循规蹈矩的秩序生活。一旦情绪起来了，马上就变得精神抖擞，周围人多、热闹，他就开始炫耀自己的渊博学识，悲观厌世者特有的诙谐机智开始发挥作用，继而出口成章，滔滔不绝，沉浸其中，不能自拔。大家碍于情面和礼貌，也不好随意阻止他。如此这般，几乎没人能逃得过他奇思妙想的宣泄，没人能够逃得过他那种经常显得喜怒无常的怡然自得模样。总而言之，他的毛病基本上是无法根治的，因为他根本不希望被治愈。他对和谐与合群不屑一顾，他只爱自己无拘无束的自由，为了不受管束，他宁愿永远保持科研人员身份，永远当一名"留级生"，永远不进入等级制度当中，成为体系当中的正式一员。他宁愿孤苦伶仃，做个哀怨终身的受难者；宁愿让自己前路漫漫、不可预测，当一名负隅顽抗的独行客；宁愿当个聪明的傻瓜，也不做庸碌愚蠢的聪明人；宁愿成为彻底的虚无主义者，也不打算走等级制度那种给每个人分类的道路；宁愿成为大家眼中的病人和疯子，也不想进入卡斯塔利亚人普遍崇尚的和谐安宁境界。上述一切统统被划入他不屑一顾的范畴之中：对和谐安宁境界不屑一顾，对团体等级制度不屑一顾，对大家的责难与孤立不屑一顾。既然如此，特古拉尼乌斯在这个以和谐与秩序为至高理想的玩家聚居区里，自然就是个最令大家感到不满、最难以被同化吸收的顽固分子！不过话说回来，也正是特古拉尼乌斯这种难以与大家和谐共处的性格，他这种难以被同化的客观状况，使他成了这个秩序井然到有些单调乏味的小世界里的一股清流、一份持久存在的躁动、一种无言的责备、一次次善意的提醒与警告。只要特古拉尼乌斯还在这里，他就经常会提出刺激、大胆、禁忌、冒失的崭新想法。倘若将大家比作羊群，那他无疑就是羊群中最顽固、最淘气的那只羊。正是由于特古拉尼乌斯身上拥有上述这些特征——照我们看来，正是由于拥有这一切，特古拉尼乌斯才在自身存在诸多缺点的情况下，仍然能够赢得科讷希特的友谊，并且将这份友谊长久维持下去。当然，在科讷希特与他的关系中，怜悯始终起着很重要的作用：恰恰由于特古拉尼乌斯有着诸多缺点，在玩家聚居区内部经常面临危机，经常遭遇不幸，这样一个可怜兮兮、亟须拯救的朋友，在科讷希特眼中反而格外具有吸引力，很容易激发起他天性中特有的骑士精神。然而，光凭这份怜悯，其实并不足以维持两人之间的友谊，在科讷希特升任游戏大师，成为万众瞩目的领袖人物，沉浸在超负荷的工作、义务与职责之中，沉浸在巨大的公务压力之下时，他就无暇顾及特古拉尼乌斯这边的事情了，特古拉尼乌斯自然也不会主动去找他，假如一直如此，这份友谊无疑很快就会烟消云散。我们认为，在科讷希特的生活中，这位特古拉尼乌斯所起到的作用，他的必要性和重要性，其实并不亚于德西格诺尼，也不亚于玛丽亚菲尔修道院内居住的那位神父。事实上，特古拉尼乌斯就跟另外两位先生一样，是协助科讷希特"觉醒"的重要因素，是一扇取得新视野的高窗。我们相信，从这位古怪朋友的身上，科讷希特感受到了某一种类型的人物，这类人物有着相似的行为和思想，特古拉尼乌斯正是这一类人物当中的代表。关键之处在于，科讷希特感受到了这类人物的存在之后，也及时辨析出了这一类型，确认了特古拉尼乌斯这位独一无二的典型——依照科讷希特的经验，这类人物的实例，除了特古拉尼乌斯这位先驱者之外，在整个"教学省"范围内也找不到第二个了。特古拉尼乌斯的存在，拓展了卡斯塔利亚人的类型，在科讷希特看来，这一现象是弥足珍贵的，假如卡斯塔利亚的生活一成不变，不再出现全新的事件、激烈的冲突，这里的一切就会形如一潭死水，无法再恢复生机，无法再向前迈进，那它最终就会走向消亡、走向毁灭。特古拉尼乌斯，他就跟历史上大多数孤独的天才一样，是一位先驱者。他实际上是生活在一个目前还没有出现但未来很可能将会出现的卡斯塔利亚，但他同时也生活在一个因循守旧的卡斯塔利亚，这个卡斯塔利亚没有对世俗世界敞开怀抱，而是采取了自我封闭的态度，其内部已逐渐走向老化，与此同时，长期专注于冥想，导致了团体组织崇高道德的退化。诚然，在目前这个卡斯塔利亚世界里，扎根于心灵的智慧仍然能够在精神世界的最高处自由翱翔，崇高的灵性生活仍然能够获得持之以恒、经年累月的虔诚奉献。可是在这里，高度发达、自由发挥的思想活动其实只剩下极为单一的目标，而且这一目标早已近似于末日狂欢，除了使用自己在精神领域培养到极高境界的个人能力进行虚无主义的自我放纵之外，再没有其他目标可言了。在科讷希特看来，特古拉尼乌斯既是团体组织个人能力最高境界的体现，又是卡斯塔利亚人士气低落、灵魂堕落、道德败坏的警示讯号,这两者结合在同一个人身上,不仅极为难得,而且显然是一种关于"教学省"未来的征兆。总之,这个弗里茨的存在确实独一无二,奇妙又有趣;可是与此同时,也必须防止卡斯塔利亚受到特古拉尼乌斯这一类人物的侵蚀,最终解体为一个到处都住满了特古拉尼乌斯式人物的梦幻王国。实话实说,发生这种危机的可能性固然很小,但它的确也是存在的。卡斯塔利亚这处地界,正如科讷希特所知道的那样,只需要将此地孤傲高贵的隔离墙建得再高一点儿,团体组织的纪律性再败坏一点儿,等级制度的道德观再沦丧一点儿,特古拉尼乌斯马上就会摇身一变,不再是目前尚且形单影只的古怪个体,他将成为明日之星,将成为日渐退化、衰败的卡斯塔利亚的代表人物。假如特古拉尼乌斯这个来自未来的卡斯塔利亚人不是碰巧生活在科讷希特身边,不是碰巧以最准确的方式被他所感知到了自身的存在,那么,成为玻璃球游戏大师之后的科讷希特恐怕需要花费好些年时间才能发现特古拉尼乌斯这类人物的存在,甚至永远都无法发现其存在,如此一来,自然也不可能发现上述衰败、沦丧的趋势,即特古拉尼乌斯式人物最终将充斥整个卡斯塔利亚的趋势。科讷希特天赋极高,意识高度警觉,当他认识特古拉尼乌斯之后,本能地觉察到这位朋友的存在其实是一种症状,是卡斯塔利亚在向他发出警告讯号。在这件事情上,科讷希特就好比一位绝顶聪明的医生,特古拉尼乌斯则是被某种目前尚且无人知晓的疾病所困扰的零号病人,发现了他,就等于发现了这种全新的疾病。更何况这位弗里茨也不是泛泛之辈,哪怕在高手云集的玩家聚居区里,他也称得上是一位贵族、一名水平极高的游戏人才,更何况他还是现任游戏大师的搭档,是年度游戏大会公开表演的共同设计者,这在精英小圈子内部可谓人尽皆知。换句话说,他很容易就会受到众人瞩目。对于科讷希特这位医生而言,假如先驱者特古拉尼乌斯身上首次显露出来的这种尚不为人知的疾病因为某种原因蔓延开来,很可能将会彻底改变卡斯塔利亚人的整体形象。到了最后,或许"教学省"和团体组织也会因为大多数成员感染这种疾病而不得不改变自身长久以来的姿态,蜕变为某种病态的新形象。糟糕之处在于,这些未来的卡斯塔利亚人不可能都是特古拉尼乌斯，因为他所拥有的高超天赋不可能因为疾病的蔓延而雨露均沾地分给每一个卡斯塔利亚人，他那忧郁天才的气质、不断闪烁的艺术激情，当然更不可能普及。到了那时候，他们当中的大多数人恐怕只会拥有他那种玩世不恭、不太可靠的毛病，他耽于玩乐、从来不想担负任何责任的倾向，他缺乏纪律性、缺乏团队意识、缺乏为公众服务精神的恶习。成为游戏大师之后，每当科讷希特感到焦虑难安、心情烦躁的时候，他脑海中就会浮现出像上述这类阴暗幻觉和恐怖预感，想要克服这些不良思绪，部分需要通过冥想，部分需要通过增加自己的工作量，让自己忙到连宣泄个人情绪的时间都没有。无论选择哪种方式，显然都要花费掉他很多的精力。

关于特古拉尼乌斯的上述案例，刚好也向我们展示了一个极为完美、极其合适、极具启发性的实例，说明科讷希特在面对自己遇到的各种问题、困难和病态现象时，从来都是选择正面应战，努力克服、战胜、征服它们，而不是回避它们。试想想看，假如科讷希特没有如此警惕，他就不会在意特古拉尼乌斯身上的这许多毛病，不会将之视为某种未知疾病的各种症状，也就不会小心照顾这位朋友，不会长期坚持对他进行教育和引导——如此一来，恐怕这位长期徘徊在危险边缘的朋友早就被赶出了瓦尔德策尔。就算有幸没有被赶出去，无疑也会在玩家聚居区内部引发无休止的骚动，给别人带来不知道多少麻烦。实际上，自从特古拉尼乌斯成为玩家精英之后，身边就绝对不缺这类骚动和麻烦，科讷希特早就看在眼里。这位游戏大师不仅设法帮助自己的这位朋友在工作与生活中逐渐走上正轨，而且还知道如何利用他的高超天赋为玻璃球游戏服务，让他担任自己的搭档，充分发挥这一天赋，将其兑现为崇高的成就，协助他获得精英小圈子的认可。科讷希特以自己一以贯之的谨慎与耐心，不厌其烦，循循善诱，在忍受这位朋友各种天马行空想法与离经叛道主张的同时，指引他逐渐克服性格上的弱点，同时又以不懈的努力，呼吁他发扬自己天性中的宝贵长处，最终获得了成功：这个过程本身就堪称艺术，大可以作为人类精神顽疾治疗的一项杰作来加以欣赏。顺带一提，如果有哪位研究者愿意尝试这样一项美妙的研究任务，最终很可能会带来一系列令人意想不到的成果——我们稍后会认真向我们认识的一位玻璃球游戏历史学家推荐这项任务，即研究科讷希特在担任游戏大师期间、在每届年度游戏大会上所主持的大型游戏的风格特点，对其进行详细具体的分析。多年以来，这些庄重、崇高的大型游戏，每一场都闪烁着天才般的奇思妙想，以及极为精彩的表述方式，每一场都是无与伦比的杰作，其节奏如此新颖，结构如此严整，如此富有创意，与过去那些空洞无物、自我陶醉的创作技巧相比，可谓天渊之别。这些游戏的基本设计与框架搭建，包括各场游戏对应冥想序列的指引流程，完全是在科讷希特脑海中诞生的产物；至于游戏本身的技术细节、各种具体而微的工作，大部分是由他的搭档特古拉尼乌斯来完成的。随着时间的推移，这些大型游戏的记录档案或许会丢失，其内容也将逐渐被人们所遗忘，但科讷希特所过的人生、他生命中完成的种种壮举，依旧会对他之后的人们产生强烈的吸引力，并且能够为大家带来榜样的力量。更何况我们还很幸运，科讷希特和特古拉尼乌斯搭档完成的这些大型游戏，它们的记录档案并没有丢失，就跟所有曾经公开发布过的官方游戏一样，全部都被完整记录、保存了下来。这些珍贵的记录不仅没有死气沉沉地在游戏档案馆的某个角落里沉睡，反而成了卡斯塔利亚传统的一部分，其生命力近乎无限地延续了下去。时至今日，仍然有很多年轻的科研人员在对它们进行深入研究，以它们为课题来撰写学术论文；在大大小小的玻璃球游戏课程与研讨会上，它们始终都是最受欢迎的学习案例，被重复示范了无数次。借助这些记录，游戏大师科讷希特的搭档也活了下来，以年度游戏大会共同创作者的身份，在玻璃球游戏的历史上留下了自己的名字，如若不然，"特古拉尼乌斯"这个名字肯定早就被人们所遗忘，或者至多也不过是瓦尔德策尔历史上曾经出现过的一个怪人，关于他的少许逸事，仍旧在时隔久远的部分传说中隐约流传，仅此而已。总之，通过这样一种方式，科讷希特为自己这位很难跟其他玩家和谐相处的朋友弗里茨创造出了一些极有价值的东西，成功地为他在历史的进程中安排了一个合适的位置，让他可以充分发挥作用。多年以后，科讷希特针对特古拉尼乌斯的这一系列安排，不仅丰富了瓦尔德策尔的文化遗产和历史，同时也帮助自己这位如此难以归类的朋友青史留名，为他的形象、为关于他的一部分记忆确保了某种意义上的不朽性。在此，我们也要顺道回顾一下，在全心全意为自己这位朋友提供帮助的过程中，作为一名伟大的教育家，科讷希特其实很清楚自己能够对特古拉尼乌斯施加教育影响的最重要条件，那就是朋友对他的爱戴与钦佩。在科讷希特的诸多天赋之中，那种自动对周围人群产生效果的强大吸引力，他所拥有的亲和力，以及天生的领袖气质，向来都能够令大家不知不觉地仰慕他、听从他的指令，并且为他着迷。不只弗里茨如此，他周围的许多同僚、许多精英学校的学生也是如此。对于自己拥有的这种能力，科讷希特本人其实是颇为了解的，而且他很清楚，自己之所以能够运用这种非同寻常的能力，并不是建立在他担任游戏大师这一尊贵职务所带来的权威地位上，而是建立在自己的上述天赋之上，尽管他本性善良，并不喜欢支配他人，但还是能够运用这种能力获得很多人的爱戴与钦佩，并借此向他们恰如其分地彰显自身的权威地位，并行使自己的权力。具体而言，科讷希特能够非常清晰地感觉到，比方说，一句亲切的问候，或者一句善意的认可，很可能会在某个具体的人的身上起到什么作用；与此同时，他也知道故意对某人冷淡、故意无视某人将会产生怎样的效果。多年以后，一位十分崇拜科讷希特的学生向我们坦承，自己曾经有过这样一段亲身经历：有一次，自己犯下了错误，于是，科讷希特连续一个星期都没有跟他讲过一句话，无论是在上课期间，还是在研讨会上，皆是如此，显然将他给无视了，将他当作空气，这是他作为学生这么多年以来所经历过的最痛苦但也最为有效的惩罚。

我们认为，上述的观察和回顾显然是必要的，如此一来，才方便引导尝试阅读本传记的读者们通过本章内容体会到科讷希特性格中这种所谓"双极点"存在的基本倾向。大家既然已经跟随我们以上的描述，共同经历了科讷希特人生的高峰阶段，那么现在也该为体验他丰富生命历程的最后阶段做好准备了。根据我们的观察，科讷希特生命中存在着两类相辅相成、互为表里的基本倾向，或者说，两类可以简称为"双极点"的倾向，即他生命中的阴与阳,其中之一显然是毫无保留地忠于团体、服从自身所在等级制度的倾向,这一倾向始终以保全卡斯塔利亚的传统纯粹性为前提;另一类则是所谓的"觉醒"倾向,即看透、掌握并理解真正的现实生活,其余一切都必须为客观真实让路。作为忠心耿耿的卡斯塔利亚信徒,作为团体组织那套等级制度当中身居最高位置的重要成员,无论团体、卡斯塔利亚,还是玻璃球游戏,在这个约瑟夫·科讷希特眼中都是神圣而不可侵犯、拥有绝对价值的存在;另一方面,对处于觉醒状态、观察力清晰而敏锐、思想具有高度前瞻性的那个约瑟夫·科讷希特而言,那些通过一系列艰苦努力创造、争取而来的事物,无论其价值几何,无论它们看起来有多么辉煌,实际上都已成为过去,其存在模式早已发生天翻地覆的变化,不可能继续因循守旧下去了,更何况除此之外,它们还面临着老化衰退、无法孕育出新事物,乃至于腐朽变质的危险。其理念、概念本身,对于科讷希特而言,始终都是神圣而不可侵犯的,这也是理所当然的;值得注意的是,他同时也坦然承认,这一整体概念的各个具体部分,其成立条件都很苛刻,变化无常,犹如昙花一现,这种转瞬即逝的不可维系性本身就是需要加以批评、予以修正的。长久以来,科讷希特一直在为卡斯塔利亚这个精神团体提供服务,全身心地奉献于它,对它所拥有的力量与思想感到无比钦佩。可是与此同时,他也发现这个精神团体面临着巨大的危险,它总是倾向于将自己作为方法,将自身视作唯一的、纯粹的目标,完全忽视了自己在整个国家、在全世界范围内理应承担的义务、理应背负的责任、理应进行的诸多合作,最后堕落为乍看起来无比辉煌、实际上却越来越饱受谴责、与现实生活越来越背离的一大片贫瘠土地,再也没有长出新果实的能力。科讷希特在自己人生的早期就已预见到了这种危险,也正因如此,当时他才一而再、再而三地显露出犹豫的神情,不敢完全投入玻璃球游戏中;在与玛丽亚菲尔修道院内本笃会修士们的讨论中,尤其是在与雅科布斯神父之间进行的辩论中,这种危险逐渐变得越来越清晰,越来越明显,因为在上述讨论、辩论的过程中,无论他怎样勇敢地去捍卫卡斯塔利亚,怎样旗帜鲜明地反对修士们和神父的主张,这种危险的客观存在，经常会令他感到一阵心虚，有时甚至会对自己的言论产生严重的怀疑。不仅如此，时隔两年，当他终于再次回到瓦尔德策尔，最终成了"卢迪大师"之后，或许是因为在卡斯塔利亚所辖疆域之外旅居的时间较久，加上他天生即具有极为敏锐的感知力，在他看来，"教学省"的未来将要面临的这种危险已开始出现各种具体的症状，这些症状不仅明显，在他面前出现的次数也变得越来越频繁：在隶属于各个不同机构的办事人员当中，在他自己手下直属的官员们当中，已然出现了这类症状，他们做起事来固然尽忠职守，奉行的却是距离当下颇为遥远的办事传统，虽然纯粹又高贵，却与现实格格不入，充满了矛盾；在瓦尔德策尔的精英小圈子里，已然出现了这类症状，这群玩家固然水准极高、技艺精湛，但性格中却充满了傲慢，自认为高高在上、与众不同，实际上只是在不断重复游戏中固有的一些内容，在受到严格限制的范围内不断进行排列组合，再也无法创造出真正崭新的东西；尤其在他那位特古拉尼乌斯的身上，在那位感人肺腑与恐怖可怕的程度几乎保持了一致的人物身上，症状表现得格外明显。在熬过了自己艰难无比的玻璃球游戏大师第一年任期之后，科讷希特总算能够挤出些许空闲时间，投入自己阔别已久的私人生活，于是，他又回到了历史研究的领域。有生以来，他第一次真正睁大双眼，沉浸入了卡斯塔利亚的历史当中，经过一番研究，他开始发现并确信一项久已存在的现实，即"教学省"并不像自己原先所想的那样无懈可击、充满自信，它与外部世界的关系，它与国家在生活、政治和教育上的互动关系，在这几十年的时间里，其实一直处于不断衰退的状态。诚然，卡斯塔利亚当局在精英学校教育和自由研究等具体问题上仍有发言权，仍然能够为国家教育部门提供最权威的意见；诚然，"教学省"仍然在为国家提供优秀教师，并且在各种学术研究问题上掌握着不可动摇的权威地位；然而，细究起来就会发现，这一切其实都是依靠着长久以来的惯性在运作，就像一台老旧的机械，在无限重复着过去的机制。卡斯塔利亚内部各处精英学校的年轻人，如今甚至都不太热衷于到校外去进行各项课外活动，至于离开"教学省"到外界去担任教师这种事，当然更没有多少人愿意了。相应地，外界的政府部门与私人机构也不太热衷于跟卡斯塔利亚交流往来，几乎不愿意再像过去那样，专程到"教学省"来征询意见——要知道，在与外界过从甚密的那段辉煌时光里，卡斯塔利亚人的意见一度是非常重要的。比方说，在那些事关重大的法庭听证会上，相关各方都很愿意向卡斯塔利亚人咨询意见，而且这些意见也经常会被听取，往往会对听证会的走向起到一锤定音的作用。讲到这里，或许会给人们造成这样一种误解，即外界与"教学省"之间文化水平的差距已显著缩小，再向后者咨询意见已无必要，因此才会出现上述交流减少，乃至于无人问津的现象。可是，一旦将这一时期卡斯塔利亚的文化水平与全国各地进行对比，马上就会发现，两者之间的差距非但没有缩小，反而还在以一种要命的速度相互背离，分歧越来越大，越来越无法弥合：卡斯塔利亚的文化越是受到精心呵护，学科领域的不同门类越是分化，知识生产得越多，世俗世界就越是倾向于让这个"教学省"独立在外，成为一座孤岛。他们宁愿将卡斯塔利亚视作一个不知从何而来的省份，视作一个外来体，而不是日常生活中的必需品，不是我们每天都会吃的面包。诚然，这个国家的人们对它依旧存着一份骄傲，就像普通人家收藏了一件历史悠久的珍稀文物；他们当然不愿意随意丢弃这件文物，但它像现在这样突兀地摆在家里，又起不到什么实际的作用，既不流行，还占地方，大家目前并不怎么喜欢它，情愿跟它保持一定距离。这户普通人家并不具备足够的知识水平，无法理解这件文物的历史与文化价值，之所以依旧将其收藏在家中，无非是因为有着一份希望能够延续传统的心态、一种长久秉持的道德观念，以及一套凭感觉行事、说不清道不明的自我意识，他们不曾想过，这件文物的留存已不再适合现实生活，已经没有任何值得一提的积极意义了。全国各地同胞对"教学省"的兴趣，他们平时对该省大大小小机构职能的参与，尤其是对玻璃球游戏相关活动的参与，如今已经大打折扣，恰如卡斯塔利亚人对国家、国民的生活与命运的参与。科讷希特早就知道，在上述一系列显而易见的事实当中，存在着亟待纠正的错误，必须尽快恢复与外界的正常交流和沟通，可是，作为玻璃球游戏大师，他却不得不专门跟卡斯塔利亚人、跟玩家聚居区的专家们打交道，这对他而言无疑是一种明明都看在眼里却无能为力的悲哀。也正因如此，他才想方设法地将自己的精力越来越多地投入提供给玻璃球游戏初学者们的课程当中，而且希望学生们的年纪尽可能小，越小越好——道理很简单，他们越年轻，就越能跟包括卡斯塔利亚在内的整个世界、跟各种可能的生活联系在一起，他们越年轻，接受系统化、专业化培训的程度就越低，思想上的局限性自然也越少。到了这个阶段，科讷希特经常感觉到自己对世俗世界、对普罗大众、对返璞归真的生活有着一份强烈的渴望——事实上，他几乎没有真正体验过这种生活，长期以来，这种生活只存在于他的想象之中，可是，假如这种生活在某些未知的地方仍然存在的话，那他无疑是非常想要过去体验的。诚然，像科讷希特这类强烈的渴望，这缕时而出现的空虚感，这种生活在过于稀薄的空气当中、经常觉得自己快要呼吸不上来的窒息错觉，对于我们大多数人而言，或多或少也是有过的，并不是什么罕见的体验。甚至连国家教育部门也意识到了这一困境，即便没有准确意识到、无法对其加以概括，至少也在不停寻找各种实践性的方法，试图抵消其带来的消极影响。比方说，通过增强平时的体育锻炼尝试各种户外运动，培养各种手工艺和园艺方面的爱好，等等，试图用这类实验找到合适的手段，弥补过于注重精神领域建设而给自身带来的不足。另一方面来讲——假如我们对这段时期情况的观察没有弄错——在这一时期，团体组织的领导层中也出现了一种试图改变现状的倾向，具体而言，他们撤销了科研事业中一些被人们普遍认为是养尊处优、百无一用的门类，同时倾向于加强冥想方面的训练，以及对应的监督与监管。要知道，眼下卡斯塔利亚的病症已经发展到了这个阶段，大家既不需要成为一名怀疑论者，也不用成为一位悲观主义者，不必成为团体组织里的一个坏分子，哪怕只拥有最基本的、平庸的观察力，也会同意约瑟夫·科讷希特的观点，知道他所预言的一切都是正确的。早在大多数精英分子发现问题之前，他就已经清楚地认识到，我们这个小共和国，我们这台既复杂又敏感的机器，其实早已老旧不堪、不敷使用，这个日趋老化的有机体，它的许多器官都需要淘汰掉、需要更新换代了。

我们发现——正如前文中已经提到过的那样——自科讷希特就任游戏大师的第二年起,有了一些空闲时间和精力之后,他就又开始致力于历史研究方面的工作了。除了研究卡斯塔利亚历史之外,他主要忙于攻读雅科布斯神父撰写的关于本笃会历史的全部重要著作,以及一些相对而言不算太重要的相关著作。除了阅读之外,他也经常跟杜博伊斯先生,还有一位来自科伊珀海姆的语言学家——此人总是以秘书身份出席游戏大师办公室举办的各种会议——聚在一起,抽时间讨论对历史研究方面各种议题的相关看法。在与他们两人交流的过程中,科讷希特发现,这种类似研讨课般的历史研究讨论是非常有益的,很容易就能够在谈话过程中激荡出智慧的火花,引出各种新知,对旧有的理论产生新的认识,或者重新激发起大家对某段历史的兴趣。在科讷希特看来,这类讨论总是能够给自己带来新鲜感,进行智力活动时的休闲乐趣也一点儿不少,正因为有着许多好处,他对于能够跟他们讨论的机会才格外重视,并且总是试图创造一些新的交谈机会。说实话,在他作为游戏大师的日常工作环境中,这类机会是很缺乏的。值得注意的是,经过仔细观察,他发现在这类环境中接触到的各类人等当中,极其不愿意接触历史的个案,恰恰体现在他的好友弗里茨身上。在与特古拉尼乌斯相关的大量史料中,我们发现了一份笔记,这份笔记完整记录了两人之间对上述议题进行的一次相关谈话,在这次谈话中,特古拉尼乌斯慷慨激昂地予以申辩,认为历史作为一门很特殊的学科领域,其实是相当不值得卡斯塔利亚人花费时间和精力来进行研究学习的。很显然,只要人们愿意,完全可以用诙谐又有趣的消遣方式来阐释历史,如果有必要的话,也可以用非常悲观、绝望的态度来阐释历史。所谓的历史哲学,跟其他哲学门类一样,研究它的过程,可以给研究者带来不少乐趣。假如有人因为上述提到的各种原因,非常喜欢历史,热衷于进行历史研究,他当然也不反对。可是细想起来,与历史相关的事件本身,即研究者们取得上述乐趣的对象——历史就是由一系列相关事件组成的,因此,或许也可以说,研究这些事件就是在研究历史——却是如此丑陋之物，乍看起来平庸乏味，细看又显得邪恶狰狞。由这一系列事件组成的历史，同样显得低劣、庸俗、无聊，乃至于他根本无法理解，为什么有人愿意对历史投入巨大的精力与热情，从事这方面的研究。历史事件所囊括的全部内容，无非是人类根深蒂固的利己主义顽疾，以及永远在自我重复、自我高估、自我美化的权力斗争——这类斗争的动机，即所谓的权力，归根结底也不过是物欲的、野蛮的、动物性的低劣存在罢了，毫无崇高价值可言。换句话说，为了权力，为了这个在卡斯塔利亚人的想象世界中从来不曾出现或者说从来就没有丝毫价值的东西，人类采取了一系列行动，并因此而创造了历史。那么，既然如此，这种历史又有什么价值可言呢？特古拉尼乌斯宣称，世俗世界的历史，无非是强者欺凌弱者过程的无止境、无意义、无张力的记述，这种历史显然是虚假的、乏味的、没有任何价值的。对于卡斯塔利亚人而言，将他们实际存在的真实历史，即记录灵性生活的永恒历史，与上述世俗世界野心家们永无休止地争夺权力、争夺稍纵即逝统治地位的明争暗斗联系起来，甚至试图建立起一套对应的理论来阐释它，这无疑是对灵性生活的背叛，使他联想起了十九世纪或者二十世纪时一度非常流行、信徒极广的某个基督教教派所持的理论。在这个教派中，凡是那些能够算得上虔诚的信徒，都无比严肃地认为，古代民众向神明献上祭品，为这些神明修建神殿，传播相关神话，进行其他各种乍看起来美妙无比的宗教活动，其实都是因为对应聚居地的食物和工作太少或者太多所造成的后果，是可以通过当地劳动工资和面包价格精确计算出来的结果。换句话说，艺术和宗教无非是些表面上的繁荣，不过是充门面的肤浅东西罢了。所谓超越一切人性之上的神性，完全取决于人类对自身饱暖状况与当地饮食类型的关注。科讷希特被特古拉尼乌斯的这套理论给逗乐了，在此基础之上反问道：照此狭隘的观点看来，人类的思想史、文化史、艺术史难道就不算历史？不管怎么说，它们至少也跟历史的其他部分有着一定联系，也是从你所谓的权力争夺史当中衍生出来的。没有任何联系！他这位朋友激动地咆哮道。特古拉尼乌斯表示，科讷希特刚刚提出的这一论点，恰恰是他打算否定的。特古拉尼乌斯宣称，所谓的世俗世界的历史，无非是人类在时间长河中赛跑的历史，一场求利益、求权力、求财富的赛跑，至于谁能取得赛跑的阶段性胜利，总是取决于谁拥有足够强大的力量、足够好的运气，或者足够卑鄙，不择手段，懂得经营算计，最重要的是——不至于错过时机。由此可知，对于世俗世界而言，历史基本上就等同于赢得时间、把握时间。可是另一方面，那些能够在思想上、文化上、艺术上青史留名的事迹，其内蕴却刚好相反，它们总是能够从时间的束缚中挣脱出来，从人类原始本能和惯性的泥淖中脱颖而出，进入另一个层次，抵达另一重境界，来到没有时间概念、神圣、不朽的永恒领域，那里是一个完全非历史、反历史的完美世界。科讷希特默不作声，兴致勃勃地听着他说，并且还要时不时地逗逗他，引着他继续讲下去。不得不说，特古拉尼乌斯的这套理论绝不是"无的放矢"，其中的确有一番说得过去的道理，即使有些很明显的瑕疵，无非是些定义和主义之争。讲到最后，特古拉尼乌斯也尽兴了，觉得没什么可以再补充，于是就停了下来。科讷希特见眼前这位朋友不再说话，便用下面这段总结性的言论，平静地结束了这次谈话："你对灵性生活及其对应行为的热爱，很值得大家钦佩，我要为此向你表示敬意！可是，为灵性生活添砖加瓦的崇高行为，这类涉及精神层面的建设努力，却并非有些人所认为的那样，是每个人类个体都可以实际参与进去的，它其实存在着很高的门槛。比方说，柏拉图的对话录，或者海因里希·艾萨克[1]的合唱曲集，以及我们称为精神契约、艺术作品抑或思想具象化的一切，其实已经是一系列斗争的最后结果，为了追求精神上的净化与解放，无数人进行了承前启后的尝试和努力，其中绝大部分都失败了，唯有极少数成功的部分存留了下来，构成了艺术史、音乐史、思想史中为你所熟知的这些所谓没有时间概念的产物；恰如你刚刚所讲的那样，它们是从时间的束缚中挣脱出来的永恒杰作，在大多数情况下，这些杰作都是臻于完美的，不可能给进入不朽境界之前经历过的斗争与挣扎留下任何多余的暗示。能够拥有、

---

[1] 海因里希·艾萨克（1450—1517），文艺复兴时期尼德兰南部作曲家，影响了德国音乐的发展。

欣赏、享受这些杰作,是我们人生当中的一大幸事。是啊,我们卡斯塔利亚人几乎完全依赖这些作品而活着,除了一而再、再而三地对它们进行重复演绎,一而再、再而三地对它们进行研究、探讨、拆解、重组,增删修改一些细枝末节的东西之外,我们不再以任何其他方式进行全新创作,我们倾向于世世代代、亘古不变地生活在这个永恒不朽、缺乏斗争的领域内,这个领域与外界有着明显的区隔,两者之间泾渭分明,这个领域完全由这些杰作构成,假如没有它们,我们等于对一切都一无所知。我们在追求灵性生活的道路上越走越远,或许也可以使用你比较喜爱的说法,在抽象化、概念化的道路上越走越远;每当我们在玻璃球游戏的世界里徜徉徘徊、流连忘返时,我们做的事情始终都是一样的,即将那些圣贤、那些伟大艺术家的作品拆解细分,找出它们的各个原始组成部分,借此分析出作品风格所具有的客观规律,分析出其创作模式的细微差别,分析出作品整体能够得以升华的具体解释,并且将这些抽象化、概念化的零件当成建筑材料来操作、来搭建,从而实现我们的每一次游玩体验。显而易见,这一切都很美好、很漂亮,没有人可以否认这项事实。可是话说回来,无论是谁,都不可能一辈子只靠呼吸、吃喝这些抽象的东西生存下去。照我看来,身在瓦尔德策尔的任何一名'留级生',在他发现自己感兴趣的细分领域、从事自己喜欢的自由研究之前,都可以先选择历史研究作为过渡,因为相较于卡斯塔利亚现存的其他研究领域,历史研究有着无可替代的优势:它是唯一真正涉及现实世界的。抽象化、概念化固然令人愉快,但我觉得人始终还是必须脚踏实地,必须呼吸空气、好好吃饭才能活下去。"

自从上次去过蒙特波特之后,科讷希特经常会腾出少许时间来,进行一次短途旅行,前往探望老音乐大师。这位可敬的老人,他现在体力已经明显下降,早已完全断绝了说话的能力,但他仍旧保持着之前那种愉悦欢快、全身散发出光芒的安宁状态,直到他生命的最后时刻。他并没有生病,并非因疾病而去世,而且他的离世也绝非普通人的死亡,而是一种逐渐推进的去物质化,即组成他身体的物质,以及连带的身体机能逐渐消失的过程。与此同时，他的生命力越来越多地聚集在双眼的目光中，聚集在老人消瘦枯干面容散发出的淡淡光芒里。对于居住在蒙特波特的大多数人而言，老音乐大师离世时的这一奇异状态，已经是众所周知的现象，受到众人敬畏与崇拜；但只有少数人，比如科讷希特、菲洛蒙特和年轻的佩特鲁斯，在此事上唯有他们才是真正幸运的，因为唯有他们才被授予了这样一种权利，能够更早地踏入老音乐大师晚年的神圣光辉之中，受到这无比纯洁、全然无私的生命光芒的普照。能够得到上述恩许的只有这少数几个人，他们每次进入老大师端坐在躺椅上的那座小凉亭之前，都会提前准备好，首先如冥想般收敛好心神，调整好呼吸，一切准备妥当之后，才会进入这位老人超凡入圣的领域，进入这温柔慈祥的光芒之中，与老人几近无声无息的灵魂产生和谐共鸣，共同享受这臻于完满的伟大境界。在这里，他们仿佛身处于某个充满了无形射线的领域内，在这个晶莹剔透、足以令灵魂激荡共鸣的球体内部，度过了一段又一段无比欢快、愉悦的美好时光，聆听了非人间的神秘音乐，随后便带着清澈、坚定的内心，回到他们原本的日子，仿佛从高山之巅直冲而下，转眼回到人间一般。这一天终于来临，科讷希特收到了老音乐大师的死讯，他匆匆赶到那里，看到老人躺在床上，仿佛浅浅地睡着了一般，他那张因为衰老萎缩而显得小小的脸庞，看起来形如一段如尼符文和阿拉伯文字的组合，肃穆而静谧，一幅充满魔力的图景，虽然不可能被阅读、不可能解读出其中的具体含义，却依然在向见到它的人们微笑，诉说着臻于完满的幸福感。在老音乐大师的墓前，现任音乐大师和菲洛蒙特发表讲话之后，科讷希特也发表了讲话，他没有谈及这位开明、虔诚的音乐圣贤此生完成的非凡成就，没有谈及这位伟大老师给予自己的诸多帮助，没有谈及他作为团体组织最顶层领袖时期的贡献，没有谈及他作为卡斯塔利亚最年长成员的慈悲与智慧——科讷希特只谈到了他晚年超凡入圣的转化过程，谈到了死亡给予他的慷慨恩典，谈到了他在生命中最后的日子里向自己的同僚们展示出来的精神之美，谈到了这种精神之美的不朽与永恒。

我们从多份流传至今的史料中得知，科讷希特其实很希望能够为老音乐大师著书立传，但因为他长期担任游戏大师一职，公务繁忙，没有闲暇去做这些事情。他已经学会如何压缩自己的愿望，将其容纳在相对狭小的区间内了。有一次，他曾对自己手下的一名"留级生"说道："很遗憾，你们这些从事自由研究的科研人员，无法真正理解自己目前所过的生活有多么丰富、多么奢侈。不过，当我还是科研人员的时候也是如此，跟你们目前的情况完全一样。大家都在忙着做研究，忙着手头的各项工作，谁也不会无所事事，自以为足够勤奋、上进，每天都过得很充实——尽管如此，大家几乎无法意识到自己真正能够做些什么，能够利用目前享有的这种研究上的自由做出什么具体的成果。然后，突然之间，当局发出号召，高层需要从我们这些科研人员当中派一个人过去。就这样，通过某种方式，选定了一个具体的人，任务正式下达，可能是一份长期教职，可能是一项外交任务，也可能要进入机构内部，从此成为一名官员，以此为起点，逐渐升任更高的职位。到了这个阶段，我们突然发现，自己从此陷入了由任务与职责交织而成的天罗地网之中，越是在这张巨网中搅动挣扎，想要挣脱出去，反而就会被这一切捆绑得更紧，甚至动弹不得。仔细观察，围绕在身边的其实都是些小任务，每一项都无足轻重，但每一项任务又都希望能够在规定时间内得到妥善处理。担任官员之后，每个工作日都有很多任务在排队，等待完成，任务的实际数量远远超过办公时间能够完成的数量。这很好，工作就应该这么忙，如果不是如此，我们反倒觉得不安心。不过话说回来，每当我们在大讲堂、档案馆、办公室、接待室、会议室和公务舱之间来来往往，忙得不可开交的时候，总会有那么一瞬间，蓦然回首，突然想起了自己明明曾经拥有却又永恒失去的那份自由，突然想起了我们当初那种可以不受命令工作、不受约束研究的自由——每当我们想起这些时，同样会有那么一瞬间，我们极度渴望能够回到从前，回到当初从事自由研究的岁月，幻想自己假如能够再次拥有这份自由，肯定会尽情享受它给自己带来的乐趣，尽情享受其中蕴藏着的无穷无尽可能性。"

作为玻璃球游戏大师，科讷希特拥有一项奇妙的天赋，他对自己所教的学生们、对自己手下的官员们是否适合在团体组织这套等级制度中任职，以及适合担任哪种职务，有着极其细腻的直觉、极为准确的判断力；任职期间，他为每一项任务、每一份职务都精心挑选了最为合适的人选，不仅如此，他还对自己精挑细选出来的这些人才的能力与特征进行了详细的记录与总结。从留存下来的这部分史料来看，科讷希特的判断通常是极为准确的，几乎从来不会出错。值得注意的是，他的这种判断力总是优先适用于对人们所具有的不同性格的判定，确定性格之后，再根据这种性格来安排任务与职务，而不是像领导层通常所做的那样，以个人能力来作为判定标准。恰恰因为科讷希特的上述天赋极为突出，凡是遇到需要对其性格加以精确判定并进行合适处理的困难人物，大家往往会来找他，他也总是欣然接受大家的咨询，提供慷慨的帮助。比方说，前文中曾经提到过的那位身在蒙特波特的科研人员佩特鲁斯，他实际上是老音乐大师的关门弟子，老音乐大师去世后，对他的处理就成了一个很大的难题。这位年轻先生属于那种个性十分沉稳、安静的狂热分子，他接受了现任音乐大师的委派，前往照顾那位受到大家尊敬的老人，作为他的同伴、看护者和崇拜者，长期陪伴着他，直到他生命的尽头。佩特鲁斯圆满完成了这项特殊的陪伴任务，大家接受了他关门弟子的身份，也都认为他是一块相当不错的材料，假以时日，必将迎来更大的发展，可谓前程似锦。哪曾想到，当佩特鲁斯作为老人同伴等的一系列角色，随着老音乐大师的去世而自然结束之后，他马上就陷入了巨大的忧郁和悲伤情绪之中，不能自拔，这当然是情有可原的，在一段时间内也得到了大家的理解和包容。可是，随着时间的推移，佩特鲁斯的悲戚情绪并未像大多数人那样逐渐平复，反而愈演愈烈，其症状很快便引起了蒙特波特的现任主人、现任音乐大师路德维希的密切关注。佩特鲁斯坚持住在那座小凉亭里，即老音乐大师去世的地方，他不听任何人劝阻，顽固地守护着这处小房间，将其内部陈设与布置一丝不苟地保持得跟大师在世时完全一样，尤其是当初照顾逝者的那间起居室，还有老人去世前常坐的那把躺椅，去世时睡的那张床，以及他经常弹奏的大键琴，都成了不允许任何人接触的、由他亲自负责看守的圣物。除了精心呵护、保护、照看这些遗物之外,佩特鲁斯每天还会做的唯一事情,还剩下的唯一牵挂和责任,就是打扫自己敬爱大师安息的那座坟墓。他将自己所受的天命感召认定为在这几处纪念地常驻,对逝者进行永恒不变的崇拜,他决定,自己一生都要守护这几处圣地,仿佛自己是负责看守寺庙的忠实仆人,或许希望看到这几处地界有朝一日能够成为世人的朝圣之地。葬礼过后的头几天里,他决定禁食,无论给他什么食物,他都不肯吃,在此之后,或许是担心自己一旦绝食而死,几处圣地无人照料,便效仿大师在生命最后的那段日子里那种极为罕见的食量,即每天只吃少得可怜的一点儿食物;照此看来,他似乎打算以这种方式追随那位尊贵逝者的脚步,随之一同赴死。佩特鲁斯其实并不想死,只是打算尽可能地效仿老大师的生活方式,以此作为对逝者特有的尊崇和祭奠,但他同时还要打理凉亭和墓地,食物吃得太少,难以长久坚持下去,这对大师同样也是不敬的。于是,他转而采取了上述的行为模式,即不再坚持效仿老人临终前的食量,一心一意地担任凉亭和墓地的看守人,成为这些纪念场所的永久监护人。从上述接连不断的态度、方式的转变上也可以看出,这个年轻人在性格上完全是刚愎自用的,虽然看似完全为逝者着想,其本质反而非常自私,通过这样一种方式,在较长的一段时间内,依旧享受着过去那种令他依依不舍的特殊地位,可以看出,他试图通过各种方式来保持这一特殊地位,绝对不想回到普通的日常生活之中,不想再接受其他任何新的任务,不想再为团体组织服务了——他恐怕暗地里觉得自己已经不适合再做任何普通的工作了。"顺带一提,以前负责照料老大师的佩特鲁斯,现在已经疯了。"对于此事,菲洛蒙特在一则简短的汇报中以冷淡的口吻如是说道。

很显然,这位在蒙特波特从事音乐领域自由研究的科研人员身上发生的上述事情,根本不关身在瓦尔德策尔的玻璃球游戏大师什么事,蒙特波特的麻烦,理应由现任音乐大师路德维希来负责解决,科讷希特完全不需要对佩特鲁斯心理上的病症负什么责任,他本人无疑也觉得自己根本没必要去干涉蒙特波特的公务,并因此而增加自己的工作负担。可是,不幸的佩特鲁斯不得不被强行带离自己守护的那座凉亭，不得不接受一定程度的监管，以免他再返回那里。又过去了一段时间，他依旧没能顺利让自己的情绪平复下来，反而愈加沉浸于悲伤和痛苦之中。久而久之，他甚至发展到了回避现实、疏远所有人的地步。这就导致他虽然违反了纪律，却无法接受通常的训斥惩罚，因为这类惩罚根本无法触及他，无法对他产生任何影响。糟糕之处在于，他这种不接受任何惩罚的现状，又为他累积了新的惩罚，而且这些新的惩罚同样无法执行，如此一来，关于他的问题就陷入了恶性循环之中，不得不想办法迅速解决。佩特鲁斯在蒙特波特的上级知道，由于存在着老音乐大师这样一层联系，科讷希特跟佩特鲁斯之间的交情不错，因此，现任音乐大师办公室正式向科讷希特提出了对该事件给予建议、进行干预的请求。与此同时，佩特鲁斯这个不守规矩的科研人员被暂时视为患上了精神方面的疾病，关进蒙特波特医务部门的一间特别诊疗室内接受观察，这样也可以避免在他身上继续累积新的惩罚。科讷希特原本是相当不愿意介入这件明显很难处理的事件的，可是，一旦他专注于思考此事，考虑到佩特鲁斯过去曾经主动来瓦尔德策尔寻求帮助一事，他终于决定，还是应该试着去帮助一下佩特鲁斯。主意已定，科讷希特马上全力以赴，开始了自己拯救这位年轻人的一系列行动。他首先提出建议，由自己担任佩特鲁斯的庇护人，尝试治愈此人身上出现的心理病症，条件是请大家暂时将佩特鲁斯作为一名身心健康的正常人来看待，允许他单独外出旅行，并且将他身上之前积累的各种惩罚一笔勾销；然后，他正式向这位年轻人发出了一份邀请函，内容很简短，态度十分友好，要求他尽快到瓦尔德策尔来，在这里短暂居住一段时间，因为他很希望能够从他那里获取一些关于老音乐大师生命最后岁月的讯息。蒙特波特这边的医生对于科讷希特提出的这一系列要求感到些许犹豫，但最后还是勉强同意了。科讷希特的邀请函随即被转交给这名暂被关押的科研人员。情况正如科讷希特所料，对于身陷囹圄的佩特鲁斯而言，再没有什么比能够迅速离开这受苦受难之地更令他感到开心、更求之不得的了。没有任何犹豫，佩特鲁斯立即同意了科讷希特提出的这次旅行安排，开始跟医生交流，毫不抗拒地接受了医务室提供的正餐，领取了旅行许可证之后，便开始了这次的徒步旅行。佩特鲁斯抵达瓦尔德策尔时的情况还算不错，在此之前，科讷希特已经给出了详细指示，大家根据这些指示，自动忽视了佩特鲁斯天性中习惯于惹人不快的部分，以及遇见生人时特有的紧张感，将他视作瓦尔德策尔的正式一员来看待。佩特鲁斯被安排跟那些来玻璃球游戏档案馆查询资料、从事研究工作的客人住在一起；如此一来，他自然就发现自己既没有被当成罪犯，也没有被当作病人，不至于受到任何不正常的待遇。事实上，他还远没有病到不懂得欣赏目前这种轻松愉快氛围的地步，知道这种氛围是专门为他准备的，暗示他赶紧利用呈现在自己眼前的这条回归正常生活的道路，走出情绪，拯救自己。他当然照做了。在刚到瓦尔德策尔的几个星期时间里，佩特鲁斯的确给现任游戏大师添了足够多的麻烦。这位大师暂时没有给他分配具体的职务，而是先安排他完成一项任务，即在严格监督之下，将老音乐大师在最后一段日子里进行的音乐演奏和研究如实记录下来，整理成一份完整的笔记。除此之外，还让他在档案馆内帮忙做一些力所能及的日常工作；他们告诉佩特鲁斯，假如他在时间上允许，那就可以过来帮忙，为馆员们尽一份力，因为他们目前的工作实在太忙，缺少足够的帮手，亟须有人主动伸出援手，给予帮助。简而言之，大家都想帮这个误入歧途的可怜人重新回到正路上来，首先起码要让他的生活变得充实起来，唯有当他的情绪已经完全平复，明确表示自己愿意重新融入正常生活之后，科讷希特才会开始以简短的交谈对他施加直接影响，对他加以教育，彻底打消他脑内的妄想，即将逝者当成偶像来崇拜，要知道，这种行为在卡斯塔利亚既不会被认为是一项神圣而崇高的事业，实际上也根本就不会获得上级的许可。由于佩特鲁斯始终无法克服返回蒙特波特的恐惧心理，他最终被科讷希特安排到一处等级相对较低的精英学校，在那里担任音乐老师助理。在那里，他始终都能保持住自己的尊严。

除了上述关于佩特鲁斯的事例之外，科讷希特在教育和心理活动等方面成功引导他人的例子还可以举出很多，其中不乏年轻的科研人员，通过他性格中温柔谦和的天赋所拥有的巨大力量,成功感受到了真正的卡斯塔利亚精神,最终走上人生正轨的例子,其方式就跟当年科讷希特本人受老音乐大师感化一样。这些成功感化他人的实例,无一例外地表明了,这位"卢迪大师"在心理上不存在任何问题,所有受过他感化的人,都是他在心理上健康且平衡的见证人。可是与此同时,他对如佩特鲁斯或者特古拉尼乌斯这类心理状态非常不稳定、思想上又总是游走在悬崖边缘的危险人物的爱护,似乎又表明了他作为一名卡斯塔利亚人,对于此类病症或者说对与此类病症相关的易感性,始终保持着高度的警觉和敏感,这是一种对卡斯塔利亚人生活中存在着的重大问题和危险的密切关注,自从他初次"觉醒"以来,这种密切关注就从来不曾放松过。与此同时,我们的大多数卡斯塔利亚同胞却不愿正视上述重大问题和危险,究其原因,基本上是出于性格上的粗心与轻率,以及平时行为上的懒惰,不打算给自己找麻烦,这与科讷希特勤劳而勇敢的天性相比,可谓相去甚远。照此看来,我们或许也可以进行一些合理的推断,在科讷希特那个时代,卡斯塔利亚的大多数当权者,即他的大多数同僚对此采取的策略,是视而不见——他们基本上也已经看出这类危险的存在,但在处事原则上、在自己所选择的策略上,却宁愿将它们当成不存在。相比之下,科讷希特所采取的策略完全是反其道而行之:他能够完全看清并彻底理解这类危险,或者至少能看清其中最值得关注的那些危险情况。与此同时,他还会积极面对它们,尽量解决掉它们,从而协助大家获得暂时的安宁。正因为他对卡斯塔利亚的早期历史极为熟悉,所以才会将在这类危险中生活、想方设法消除自己身边出现的一个又一个危险,视作必须面对的现实,视作一种挣扎的姿态,视作自己不得不进行的日常奋斗。久而久之,对于这种不得不长期面对危险的生活,科讷希特反而是持肯定态度的,甚至可以说对其充满了热爱。相比之下,如此之多的卡斯塔利亚人宁愿将自己这一群体、将自身在这一群体内部所过的生活视作不切实际的田园诗话,一切跟田园诗话无关的内容,他们都会选择自动忽略。此外,科讷希特还从雅科布斯神父所撰写的许多以本笃会历史为主题的著作中学到了不少对自己的日常奋斗有帮助的理论知识，比方说，雅科布斯神父认为，本笃会长期以来都是一个好战的宗教团体，所谓的虔诚与虔信，恰恰是持久参与日常奋斗的态度。神父曾经对科讷希特讲过这样一番话："没有对鬼神与恶魔的了解，没有跟它们进行不懈斗争，就没有高尚且崇高的生活。"

在我们所熟知的卡斯塔利亚，基于一些很容易想到的原因，担任最高职务的人正式对外公开自己所拥有友谊关系的情况，显然是极为罕见的，因此，我们对于科讷希特在任职游戏大师的头几年时间里并没有与任何同僚保持公开友谊关系这件事，并不怎么感到惊讶。从现存的一些资料来看，他对科伊珀海姆的那位古语言学家相当有好感，对团体领导层的成员们也普遍怀有很深的敬意，但是，在担任最高职务的这个领域内部，个人生活和隐私空间几乎被完全消除，无论面对什么事情，都必须尽可能做到客观化，也正因如此，除了公务方面的密切合作之外，几乎不可能产生任何亲密无间、严肃认真的和睦关系。不过，在这件事情上，科讷希特的情况依旧特殊，因为他在这种极其严苛的条件下，还是得到了上述的和睦关系，与其他人保持了友谊。

截至目前，始终无法接触到国家教育部门保管的秘密档案；因此，我们眼下所知道的、关于科讷希特在他们所参加各种高层会议与投票中的具体行为及态度，普遍只能通过他偶尔跟朋友们之间进行的交谈或书信往来记录来加以推断，尝试得出一些合理的结论。值得注意的是，在上述会议与投票活动中，科讷希特似乎并不总是保持他担任游戏大师初期的那种沉默寡言风格，偶尔也会主动发言，但整体而言，他还是很少开口，除非他本人就是会议的发起人、投票的提议者。现存的大量证据表明，科讷希特迅速学会并采用了在团体等级制度顶层盛行的那种常规对话风格，不仅如此，他在实践上述风格时，同样显示出了高超的技巧，让他在发言时表现得既优雅又潇洒，发言内容看起来充满智慧且富于创造性，而且还不乏幽默与俏皮。众所周知，团体等级制度的最高层，即各学科领域的大师和团体领导层成员，他们之间在相互交往时，不仅会以小心谨慎的态度仔细遵守符合卡斯塔利亚传统的人际交往礼仪，各方面细节都能顾及，而且在他们这群顶级人物当中，不知道从什么时候开始，还出现了这样一种倾向，或者说没有任何相关资料可供备查的秘密规则，甚至可以认为是一种极为特殊的沟通游戏，即当他们讨论的那些带有争议性的问题越重要、互相之间分歧越大时，就会配套采用要求更加严格、更显精雕细琢的烦琐礼仪。究其原因，很可能是因为上述倾向或规则也是自古流传下来的，除了它原本具备的其他一些功用，比方说在彰显对话双方对礼仪方面极有研究、身份非常高贵之外，最重要的恐怕还是一种为激烈争论和严重分歧提前上保险的保护作用：在重要辩论中默认使用超乎寻常的礼貌语气，不仅可以保护参与辩论的当事人，帮助他们保持完美的镇定自若状态，避免因为一时情绪激动，令理智被迫屈服于激情，从而降低辩论的水准；还可以借此来保护并捍卫团体组织和国家教育部门本身的尊严，为其披上礼仪的长袍和神圣的面纱。考虑到上述因素，这种经常受到年轻科研人员嘲笑的所谓恭维之艺术，可能并不是空洞而无用的，其安排设计明显具有良好的用意。在科讷希特担任游戏大师之前的那个时代，他的前任托马斯·冯·德·特拉维大师就是一位水准极高、令人尤为钦佩的谈话艺术宗师。当然，在谈话艺术方面，我们不能简单认为科讷希特是托马斯大师的继任者，更不能说是他的模仿者；相比之下，科讷希特更像在古老而神秘的中国文化熏陶下培养出来的弟子，他在对话时显露出来的礼节性元素不那么尖锐，虽然同样夹杂着讽刺，更多的还是幽默。虽然与托马斯大师的风格完全不同，他也被自己的同僚们视为新一任的谈话艺术宗师，其水准无人可及。

第九节 一次对话

我们现在已经成功来到一个非常关键的时间点，必须将现阶段的全部注意力完全集中到这个时间点上，因为此时发生了一件极为重要的事情，此事的后继发展不仅直接影响到科讷希特这位游戏大师最后几年的人生经历，甚至还导致他下决心离开自己担任多年的游戏大师职位，离开"教学省"，进入另一个完全陌生的人生领域，直至他的生命走向尽头。尽管在此之前，他始终以堪称典范的忠心耿耿的态度履行自己作为游戏大师的职务，精心管理自己的办公室事务，直到他正式离开该职位的那一刻；尽管在此之前，他始终受到自己的学生跟同僚们的爱戴与信任，直到他游戏大师生涯的最后一天；尽管这部分内容如此重要，经过再三考虑之后，我们仍然决定，不再继续描述他担任公职期间履行各项公务的具体情况了。因为我们现在已经很清楚地看到，当科讷希特在这套等级制度的最高点面面俱到地维持了相当长的一段时期之后，他的内心已经感到非常疲惫，他的注意力已经逐渐涣散，不再持续关注这里，开始慢慢转向其他目标了。科讷希特早已走过了玻璃球游戏大师这一高高在上的职位能够为他的能力发展提供崭新可能性的范围，继续担任游戏大师，对他而言已经没有任何意义，因为他已经抵达了这样一重境界：他所拥有的伟大天性已经不得不离开脚下这条传统的道路、离开这条顺服于秩序的道路，不得不开始转而相信另外一类至高无上、不可名状的力量，不得不去尝试在此之前尚没有人走过、尚未拟订任何计划的新路，不得不去承担之前的人生中从未承担过的、仅属于未知阶段的艰巨责任。

当科讷希特敏锐地意识到上述情况时，很快就行动了起来，仔细而清醒地审视了自己当下的处境,审视了改变这一处境的可能性。跟此前的所有游戏大师都不一样的地方在于,他在自己异常年轻的时候就早早登上了团体组织等级制度的最高点,那是任何一个有天赋、有野心的卡斯塔利亚人脑海中所能想象得到的最高理想,也是他们认为最值得去努力奋斗的目标。可是,科讷希特却并非通过野心和努力登上这一最高点,他实际上是个完全没有野心的人,对于攀登等级制度阶梯一事也没有任何兴趣,更别提为此而努力奋斗了。甚至可以说,成为玻璃球游戏大师一事,几乎是违背他本人意愿的人生走向;因为在他看来,过一种不会被任何人注意到的、完全独立自主的学术科研生活,不受官方职责的牵绊和限制,反而更符合他的人生理想,这也是他当上游戏大师之后长期怀抱却始终未能实现的最大心愿。一旦担任游戏大师,各种普通人遥不可及的荣誉和权力,也自动伴随着这个崇高位置而来。可是,科讷希特并没有对这些荣誉和权力给予同等的重视,其中一部分利益和特权,似乎在他任职之后的很短一段时间内就被自动剥夺了,从此以后再也没有跟他产生过任何关联。其中最主要的一层原因在于,他始终将国家教育部门最顶层的政治和行政工作视为沉重负担,仅对其给予最有限的关注和处理。当然,他对待工作始终还是认真负责的,多年以来都没有出现什么疏失。久而久之,甚至连他身在游戏大师这个职位上需要完成的最基本、最具特色,同时对他而言也是最独一无二的任务,即培养出一批又一批技艺精湛的玻璃球游戏玩家的使命,也逐渐开始变成一项负担,而非一份乐趣——哪怕这项任务有时也会给他的内心带来不少愉悦,而且培养出来的玩家们都以他们的这位大师为荣。真正能够给科讷希特带来长久快乐与满足的,其实还是基础教学和教育。在这方面的长期实践中,科讷希特逐渐取得了这样一种经验——这种经验也是老音乐大师晚年时曾经有过的——他的学生年纪越小,他在教育他们的过程中收获的快乐和成功感就越大。游戏大师的位置几乎不可能给科讷希特带来求知若渴的学童和少年,只能让他培养年轻人、成年人,其中大部分已经是精英小圈子里的成员,这种教育可以说是毫无快乐可言,也正因如此,科讷希特时常感到沮丧,认为这是对自己的一种剥削。担任游戏大师的这么多年时间里,他为此付出了巨大的牺牲。当然,令科讷希特心生退意的原因并不止上述这些,长期任职大师的过程中,他还萌生了其他不少思虑、经验和见解,其中有一些令他对自己每日履行的职责、对瓦尔德策尔玩家聚居区内的许多现象抱持着批评和反对的态度,并逐渐发展到令他感到难以忍受的地步;要么就是让他越来越强烈地感受到,自己担任的游戏大师职务对自身天赋才能的发展已经造成了很大的阻碍,成了他最优异、最可能结出伟大果实的能力不可逾越的瓶颈。实话实说,科讷希特考虑的东西很多,有记录留存下来的也很多,其中有些是我们每个人都知道的,还有一些我们只能通过怀疑、揣测的方式拿出来跟大家讨论、分享。这其中不只有确定的陈述,我们也想向读者们抛出以下一系列问题:科讷希特大师争取减轻自己职务负担的做法难道一定是正确的吗?他希望从事更不显眼、更不需要抛头露面,但同时也更辛苦、强度更高工作的做法呢?难道这就一定是对的吗?应该给予正面评价吗?他对卡斯塔利亚现状的批评,是否确实有其道理?我们是否应该将他视作促进"教学省"改革的先驱?还是说,应该将他看成一名英勇无畏的斗士?甚至可能应该将他视作某种形式的叛徒,视作一个不负责任的逃兵?关于这些问题的答案,我们不打算在此展开,一方面是因为它们的确已经被讨论得够多的了,大家心里肯定有不少既成的看法,此处也没必要为此多费笔墨;事实上,过去曾经有过这样的一段时期,因为大家对这一系列问题的看法存在着严重分歧,所以瓦尔德策尔内部,甚至整个"教学省"内部都部分裂成了两大阵营,相关争论持续了很长时间,至今仍未完全平息。不得不说,虽然我们自认为是这位伟大游戏大师的崇拜者,对他怀抱着很深的敬意,对他的各种伟大壮举充满了感激之心,但我们始终不希望出现这样一种情况,因为我们自认为对他了解颇深,于是便主动参与到相关争论中去,提出一些存在明显偏见的看法,并因此对读者们造成一定程度的误导。事实上,正因为我们如此尊崇他,才不想对这些问题加以简单评判。关于约瑟夫·科讷希特这位历史人物,关于他人生各个阶段的情况,至今仍存在着相当多的争议和分歧,关于他的看法,至今仍在不断发展、变化,尚未盖棺论定。我们相信,在不远的未来,关于他的一切必将出现一种糅合了各方意见、判断和争论的归纳性总结,关于他的一生必将有一种综合性的判断——没错,对于科讷希特的这种总结与判断,其实早就已经萌芽,长期以来一直都在成长、茁壮,终有一天将会结出累累硕果。也正因如此,我们不打算对本书后续的一些论述妄加评判,或者轻易改变此前已经提出的一系列观念和主张,而是要集中注意力、全力以赴,尽可能真实地讲述我们这位尊贵大师最后阶段的历史故事。不过话说回来,我们也必须承认,确切地说,我们在此讲述的也并非纯粹意义上的史实,而是一种所谓的历史传说、一系列由真实材料与口头传闻糅合而成的汇报式记录,这就好比来自各种不同源头的泉水,或清澈,或污浊,但关于科讷希特的每一缕泉水最终都汇聚为一股,流向身在"教学省"的我们这一辈后人。

当约瑟夫·科讷希特的思路逐渐打开,开始思考自己应该如何找寻一条合适的出路、回归如往昔般自由的道路时,竟意外遇见了年轻时曾经极度熟悉,后来又几乎半被冷落、半遭遗忘的那个人,在一个意想不到的场合瞥见了他的身影:普利尼奥·德西格诺尼。这位曾经的客座学生,来自该国一个历史悠久的名门望族,其家族在多年以前曾对"教学省"的创立提供过强有力的支援与帮助。作为家族继承人,如今的普利尼奥已经成了在世俗世界极具影响力的成功人士,他当上了议员,属于年轻政治家当中的明星人物,同时还是一名政论作家。有一天,他突然以官方身份出现在了"教学省"当局举办的一次会议上。每隔几年,国家就会举行一次以政府层面为主导的"教学省"管理委员会成员选举,在未来的一段时间内,将由新选上的委员会成员来负责管理、调控国家下拨给卡斯塔利亚的年度预算。众所周知,对年度预算的管理不可能仅由委员会来决定,卡斯塔利亚当局也会参与到相关讨论当中,每年都要为此举办多次会议,这些会议主要在希尔斯兰德举行,因为这里是团体领导层的所在地。此次会议之前,管理委员会的成员选举刚好结束,德西格诺尼作为一名新成员,正式加入其中。他第一次以这种身份在"教学省"现身,恰恰就是在希尔斯兰德团体领导层专用的大会议厅里。

此次会议召开时，玻璃球游戏大师刚好也在场，于是，他们也就顺理成章地重逢了；这次重逢不仅给科讷希特留下了极为深刻的印象，而且产生了非常重大的后果。关于这次重逢的具体情况，有一部分内容来自特古拉尼乌斯，另外一部分则来自德西格诺尼本人，两者相加，基本能够还原当时发生的一切。时隔多年之后，普利尼奥很快又成了科讷希特的朋友，没错，甚至可以说是他的知己。值得注意的是，与普利尼奥重逢后的各种事情，刚好又是发生在科讷希特担任游戏大师后期的这个阶段，对于我们而言，这段时间内发生的事情并不完全清晰，只有一些一鳞半爪式的片段可供引述，其中的虚实真假，还请各位读者注意甄别。总之，他们两人阔别几十年后的第一次重逢，并没有直接认出对方，还是经由他人介绍才发现的。当时，因为重新选举了管理委员会成员，会议发言人依照惯例，向到场的团体领导层大师们逐一介绍新当选的成员，当我们的游戏大师听到"德西格诺尼"这个名字时，感到十分惊讶，甚至颇有些惭愧，因为他没能第一时间认出这位多年没见的、青少年时期的老对手、老搭档。于是，科讷希特现在马上以非常亲切、友好的态度向普利尼奥伸出手来，免去了官方的一切繁文缛节，免去了鞠躬和寒暄，只留下旧友重逢的真诚，双手紧紧相握，表达久未谋面的想念之情。在这个时候，科讷希特仍然不愿相信自己刚才没能认出普利尼奥，他认真注视着旧友的脸，仔细端详，试图找出岁月究竟给这张熟悉的脸庞带来了什么样的变化，竟然让他无法马上认出他来，还得听别人喊出名字才敢相认。即使在会议举行期间，科讷希特的目光也经常停留在这张自己曾经如此熟悉的脸上。顺带一提，德西格诺尼现在竟然对科讷希特使用敬称，在"您"的前面还额外加上了"游戏大师"这一头衔，这令当年早已习惯直接称呼普利尼奥为"你"的科讷希特感到很不自在，不得不连续两次向普利尼奥提出要求，请他改变称呼。普利尼奥原本不打算改口，见科讷希特十分坚持，才终于决定使用旧时的称呼方式，再一次称科讷希特为"你"。

科讷希特对原来的普利尼奥十分熟悉，知道当年的他是个脾气火暴、性格开朗、善于沟通、才华横溢的年轻人，在精英学校学习期间，曾经是一名非常优秀的学生，也因为他来自外界，对于世俗世界的人情世故相当了解，他认为自己比精英学校里那些不谙世事的卡斯塔利亚年轻人高明，总是喜欢去挑战他们、嘲笑他们，拿他们寻开心。不得不说，当年的普利尼奥之所以表现如此，恐怕并非没有虚荣心作祟的成分，但这也无可厚非，因为科讷希特很清楚，普利尼奥本质上是个心胸开阔之人，没有世家子弟身上常见的那种骄横不讲理的态度，对于当时他们身边的大多数同龄人而言，这个来自外界的男孩无疑是很值得结交的，因为他首先是个非常幽默、有趣的人，对于卡斯塔利亚的年轻人有着非凡的吸引力，除此之外，他待人也很亲切友善，很容易跟人交朋友。有一部分人还被他英俊的外表、自信的举止所吸引，被他作为客座学生和世俗世界孩子的身份所吸引，认为在他周围弥漫着来自未知世界的神秘香气，为他着迷，为他所倾倒——当然，这些都是过去的事情了，当年大家几乎都只是些大男孩，其中难免有些天真幼稚的成分存在。过了一些年之后，成年后的普利尼奥来到瓦尔德策尔，又一次成为客座学生，这次是来参加为外来者和业余爱好者们专门开设的游戏普及班。在他的课程即将结束之前，科讷希特再次见到了他，这应该算是他们两人之间的第一次重ుదాం。那时候，普利尼奥在科讷希特面前显得十分普通、粗俗，甚至可以说是平庸，完全丧失了先前的魅力，这令科讷希特感到很失望。他们进行了交谈，时间不短，但话不投机，最后两人都感到很尴尬，只好冷淡地道了别。现在的普利尼奥似乎又变得完全不同了。最重要的是，他似乎已经完全失去了或者说摆脱了自己曾经有过的青春和活力，他那种喜欢跟人分享观点、争论、交流并从中获取快乐的习惯，他那种活跃、好胜、外向的天性，如今似乎已经荡然无存。或许正因为如此，普利尼奥在这次会议上才没能引起自己这位旧友的注意——如今的他实在是太不显眼了，几乎无法跟管理委员会的其他成员区分开来。事实上，科讷希特的变化并不算大，至少普利尼奥是可以认出他来的，甚至都不需要当场认出他，因为普利尼奥早就知道他会参加这次会议，早就知道自己的旧友已经成了现任的玻璃球游戏大师，已经是一位声名显赫的大人物了。但是，普利尼奥却并不打算借着这次会议的机会主动找科讷希特攀谈,甚至都没有主动跟他打招呼;哪怕在重逢之后,开始正式交谈时,普利尼奥也没有使用以前的亲切称呼,反而很见外地称科讷希特为"您",而且还要加上"游戏大师"的头衔,唯有在科讷希特诚心邀请他多次之后,才勉强换回了原来的称法,称对方为"你";与此相类似的还有普利尼奥的行为举止,他看人时的目光,他讲话时的语气、面部特征以及细微动作,甚至脸上的神情都大大改变了,一种拘谨和沉闷取代了从前的好斗、坦率和热情,他变得沉默和拘束了,一切都发生了天翻地覆的变化——以前经常显露出来的咄咄逼人、主动积极和青春活力,如今已经被某种克制或者说压抑所取代,被某种难以形容的沉闷、沉默所取代,被举手投足之间的客套和隐忍所取代。如今的普利尼奥,他身上仿佛中了什么魔咒,全身上下都显得很紧张,肌肉僵硬,动作僵直、迟钝、缓慢,可能是患上了某种科讷希特目前还不知道的慢性疾病,不得不忍受偶有发生的抽搐或者痉挛症状,所以才会表现得如此怪异;也可能只是因为公务繁忙,导致太过疲劳,在逼不得已的情况下,才会显露出科讷希特眼前这种疲乏老态。曾经时刻洋溢着的青春魅力,在这莫可名状的苍老与衰颓中被淹没了,如同熄灭的火焰,早已消失不见;不过与此同时,上次重逢时见到的那种肤浅、乏味的特质,那种过于粗鄙的世故,同样也不复存在。如今,普利尼奥这整个人,尤其是他此刻的这张脸,似乎已经完全被痛苦侵袭过的痕迹所标记、所覆盖。看得出来,这些痕迹当中的一部分对他造成了严重的破坏,可是,也有一部分痕迹对他予以了美化——这一切组合到一起,塑造成了如今的这个普利尼奥。玻璃球游戏大师在关注会议讨论的同时,一部分注意力始终放在近在眼前的普利尼奥身上,同时也在思考旧友身上的这种现象——这种思考是被迫的,因为旧友的变化实在太大,导致他无法不去思考——在这段未曾见面的漫长时光里,普利尼奥究竟经历了怎样的苦难,竟然从当初那个活泼、英俊、开朗、热爱生活的年轻人,被雕琢成了如此沉闷、如此认命的模样。照科讷希特看来,这似乎是某种全然陌生、不为自己所知的苦难,他越是尝试着找出这种苦难背后的答案,越是对这种仅凭自身经验无法得出任何结论的现象感到好奇，就越是同情这位痛苦的受难者，越是感同身受，越是想要对此投入一些探索性的努力，想要找出原因来，看看有没有什么办法可以帮助他、医治他、改变他，诚如之前医治老音乐大师的关门弟子佩特鲁斯时所做的那样。这份同情、这份因为好奇而萌生的吸引力、这份设身处地的参与感，逐渐凝聚为一种怜悯与心疼，在科讷希特的心中，看不见的情愫正在喃喃自语，令他觉得自己对眼前这个看起来极度痛苦的青年时代好友有所亏欠，必须为他所默默承受的一切担负责任，至少也应该做些什么来弥补他的巨大损失。在对普利尼奥承受痛苦的原因做出了许多假设，然后又逐一推翻、放弃之后，他突然想：这张脸上所呈现出来的痛苦，显然不是普通的、常见的痛苦，而是一种高贵的，或许是悲剧性的痛苦，其表述方式在卡斯塔利亚所辖范围内根本就不存在，也正因如此，他才会对此感到如此陌生；于是，科讷希特开始回忆自己过去的一些经历，他依稀记得，自己曾经在非卡斯塔利亚人的脸上、在那些隶属于世俗世界的人的脸上见到过类似的表情；当然，记忆中的那些表情，没有此刻普利尼奥脸上所呈现出来的这么强烈，没有这么吸引人。除此之外，他也曾在古人的一些文学、艺术描绘中窥见过类似的表情，在一些学者或者艺术家的作品中，他曾经读出过或者说看到过这种痛苦，这是一种感人至深、半显疲乏病态、半显命中注定的哀伤、孤独与无助。对于我们这位对内心秘密的表述有着如此细腻、如艺术家般敏锐嗅觉的游戏大师而言——他对于具体人物的关注如此警觉、警醒，有着如同教育家般的奇妙直觉——长期以来，或许是因为过去曾在东亚学院游学的那段经历，他本能地信任某些相貌、表情特征，相信拥有这些特征的人对应了各种不同类型的性格，但有如东亚学院的中国人所做的那样，将它们变成一个理论化的体系，即所谓的面相学；比方说，在他看来，卡斯塔利亚人拥有专门的大笑和微笑，表达欢快、欢愉情绪时，也有着独一无二的方式，另一方面，世俗世界的人们也拥有独属于他们的大笑和微笑，他们表达对应情绪的方式同样与众不同。相应地，科讷希特也能分辨出不同类型的人表达痛苦与哀伤的方式，这类方式对于每一类人而言，也都是独一无二的。因此，在这次会议上，科讷希特认为自己在德西格诺尼的脸上看见了独属于世俗世界的痛苦与哀伤，这种情绪如此强烈、如此纯粹地向理解其深意的人们表达了出来，仿佛这张脸注定要成为无数世俗之人、无数张脸的代表，让世俗世界上无数人隐藏在自己内心深处的秘密痛苦、隐秘病症显露出来。

他被普利尼奥的这张脸所显露出来的一切给打动了，同时也感觉到深切的不安。对科讷希特而言，这件事的发生绝非偶然，其中恐怕蕴含了难以想象的巨大深意：此事不仅如表面上所看到的那样，即世俗世界将自己失散多年的朋友重新送到了自己身边，没有这么单纯。实际上，这就跟多年以前的普利尼奥和约瑟夫、跟他们两人在精英学校内进行长期辩论时一样——当时他们各自为自己所属的那一方辩论，普利尼奥为世俗世界，约瑟夫则为卡斯塔利亚，他们两人成了各自所属那一方的代表。如今现实重演，但早已不再是精英学校内的剑拔弩张的辩论模拟，如今，他们竟然真正代表了各自所属的那一方：普利尼奥成了拥有巨大影响力的政治家和作家，是世俗世界的代表人物，科讷希特则成了玻璃球游戏大师，无疑是团体组织的代言人；这还不算什么，相比之下，科讷希特认为此事发生的更重要之处、更具有象征意义之处在于，借由普利尼奥这张被哀伤笼罩的、孤独而痛苦的脸，世俗世界现在送给卡斯塔利亚的东西已经跟过去不一样了——已经不再是肆无忌惮的笑声，不再是对生命原始欲望的渴望，不再是对追逐权力的执迷与狂喜，不再是对暴力、粗鄙的迷恋，而是它所独有的苦难，是它所承受的痛苦。这些苦难和痛苦也引发了科讷希特的思考，对于德西格诺尼似乎刻意避开自己、不打算主动来找自己这件事，他一点儿也不觉得反感，因为这反而可能是旧友正在承受难以想象之痛苦的证明。更何况，当科讷希特主动过去接触他之后，虽然明显能够看出强烈的抵触情绪，明显面临了巨大的阻力，但他最终还是慢慢缴械投降，慢慢向科讷希特敞开了心扉。顺带一提，普利尼奥跟普通的世俗世界人士还不一样，他是很特别的，且这一特别之处对于科讷希特希望采取的行动很有帮助：他这位旧友、这位老同学本身也是在卡斯塔利亚接受教育的，对此地的一切无疑十分熟悉，也正因如此，在这个负责掌控

"教学省"预算的管理委员会中,普利尼奥显然跟其他成员不一样,不会是一个难缠的、难以取悦、难于理解卡斯塔利亚人看法的麻烦人物。要知道,管理委员会里面的少数成员长期以来都对卡斯塔利亚充满了敌意和反感,甚至是那种彻头彻尾的反对者,即希望能够取缔"教学省"的激进派。在科讷希特看来,普利尼奥的加入,无论从哪个层面来讲,对于卡斯塔利亚都是如此重要。此前大家都已经知道得很清楚,普利尼奥的家族向来都是团体组织的崇拜者和"教学省"的资助者,普利尼奥本人对此地也有着很深的好感,如今,以此为契机,作为管理委员会的重要成员,他自然可以为卡斯塔利亚提供很多便利,甚至可能解决不少此前难于解决的问题。问题在于玻璃球游戏,自从上次重逢之后,自从他作为客座学生参加了瓦尔德策尔的游戏普及班之后,或许是因为与科讷希特的那次对话,对他造成了某种打击,总之,他已经很多年没有再接触游戏了,几乎等于是放弃了游戏。

如前所述,那个时期留存下来的资料非常有限。我们现在知道,这位游戏大师设法逐步恢复了旧友对自己的信任,可是,他具体采用了什么办法呢?很遗憾,对于这个问题,我们无法在此给出更详细的描述。不过话说回来,这也不算什么太大的问题,因为我们这本书的每一位读者、我们当中的每一个人,其实都很了解科讷希特这位游戏大师的性格,了解他在跟别人接触时所表现出来的那种温柔恬静、开朗祥和、慈爱亲切,了解他所拥有的那种能够让任何人喜欢自己的伟大天赋。也正因如此,在这个问题上,我们大可以发挥自己的想象力,用自己喜欢的方式来尽情想象、填补这处讲述的空白。很显然,科讷希特在这件事上是不达目的决不罢休的,他必然会持续不断地向普利尼奥展开攻势,竭尽全力去赢回对方的信任。试问,面对这种无比认真、无比执拗的友情请求时,谁又能长期封锁自己的内心、长期顽抗、长久拒绝呢?

总而言之,经过希尔斯兰德会议上的短暂重逢,时间过去了几个月之后,德西格诺尼的态度终于软化了下来,接受了科讷希特反复向自己提出的邀请,正式启程前往瓦尔德策尔,进行一次访问。如此这般,某个多云、刮风的秋日午后,他们两人开车穿过田野,一路飞驰,看身边四周的光与影,看那明与暗、冷与暖以难以形容的高速交替变换,前往他们共同经历过学生时代的地方,前往他们结下过不朽友谊的故地。路途中,尽管看起来不动声色,但科讷希特的心情始终是喜悦的、欢快的;相比之下,他身边的同伴和客人却很阴沉,从头到尾都沉默不语,似乎感到极度不安。他们两人之间的这种强烈对比,就跟四周空荡荡的田野一样,在阳光普照和云层投影之间交替变换,在重逢的喜悦和形如陌路人的悲伤之间交替变换。车开到以前的学校之后,他们下了车,转而选择步行,走了走多年以前曾经一同走过的老路,回忆了当年的许多同学和老师,除此之外,他们还回顾了当年聊过的一些话题,以及那些精彩的辩论。作为科讷希特盛情邀约而来的客人,德西格诺尼遵照他在邀请函中提出的要求,以外交访问的名义在瓦尔德策尔停留了一天。科讷希特答应了他的要求,允许他在这一天的时间里观看并亲身参与游戏大师的公务,体验游戏大师在瓦尔德策尔的日常工作。这一天的工作结束之后——这位客人打算在第二天一早就启程离开——他们两个一起回到了科讷希特的寓所,坐在客厅里聊天,几乎又回到了他们多年以前彼此亲密无间的熟悉状态。在这一整天的时间里,作为来自世俗世界的访客,普利尼奥一个小时接一个小时地认真观察游戏大师的工作,科讷希特所做的每一件事都给他留下了颇为深刻的印象。这天晚上,两人之间进行了一次对话,德西格诺尼离开瓦尔德策尔,回到自己家中之后,马上将这次对话的内容记录了下来。尽管这次对话的其中一部分内容并不怎么重要,甚至可以说是微不足道,它们的存在恐怕会以某种方式干扰到一部分读者的阅读,甚至对我们一以贯之的客观、冷静记述带来干扰;但是,在经过一番仔细考量之后,我们还是决定完全依照普利尼奥记录下来的原文来加以引述。

"我其实有很多东西想要给你看,"大师说道,"可惜时间有限,这次没办法全部办到。比方说,我那座小小的美丽花园;你还记得当年关于'大师花园'的传说吗?对托马斯大师千里迢迢移栽过来的那些植物,恐怕还有些印象?——对的,除了这些之外,还有其他很多东西。你的这次行程实在太短暂、太匆忙了，希望在不远的将来，还会有这样的一天，还会有这样的时时刻刻，还能在这里见你很多次。不管怎么说，这一天已经过去了。在这一天里，你已经回过头去，以现实为参考，回顾了不少记忆中的往事；与此同时，对我作为游戏大师的官方职责和日常生活也有了大致的了解。你觉得呢？"

"没错，我要为你所做的这一切表示感谢。"普利尼奥回应道，"你们所在的这个'教学省'的本质究竟是什么？它这种专门负责教学、教育的表象之下，究竟蕴藏着什么难于估量、难以概括的巨大秘密？在此之前的许多年里，我从来没有仔细思考过这些问题，有了今天的体验之后，我才有机会再一次开始思考，才有机会用全新的视角对这里的一切加以审视。实话实说，虽然这许多年以来，我从来没有回到过这里，没有再来一次瓦尔德策尔，甚至都没有再次踏入过卡斯塔利亚，可我还是时常怀念着你们，思念着与这里相关的一切，我想念你们的程度之深，比你所能想到的还要多得多。今天，多亏得到了你的慷慨支持，让我可以目睹一位游戏大师的工作和生活。约瑟夫，我当然不希望这是我们最后一次相见，我同意，在不远的将来，我们还将再次见到对方，见面很多次。到了那时候，我们就会有充裕的时间，可以多聊一些东西——我们可以畅谈我今天在这里看到的一切，可以讨论我今天还不太了解、无法加以评判的一部分内容。另一方面，我不得不承认，今天你为我所做的这一切——你的热情与信任、慷慨和大度，也让我很清楚地意识到，上次在希尔斯兰德时，在我们久别重逢的那次会议上，我的沉默、回避与怠慢，肯定令你感到了疏远，让你伤透了心。我当时那样待你，现在回想起来，不由得感到十分惭愧，也正因如此，我有责任来回报你、报答你，这对我而言是义不容辞的。长话短说，照我看来，你也应该接受我的邀请，到我那里访问一次，礼尚往来，看看我住在哪里，我的生活是怎样的。此时此刻，我很想跟你细细讲述一下我所过的生活。当然，你也知道，光凭讲述，很多东西都无法真正了解，这一切最终还是得由你自己亲眼去看，更何况我们今天也没剩下多少时间了，所以，我恐怕只能简要地向你介绍一下，让你大致了解我的近况。不得不说，哪怕只是简要说明我的近况，对我本人而言也是很可耻的事情，其中的原因，你很快就会了解。不过话说回来，无论讲述这一切有多么可耻，甚至可以说是对我的惩罚，但是，能够将这一切告诉你——告诉我阔别多年的故友，多少也能给我自己带来一些安慰。

"你知道，我来自一个深受国家信任的古老家族，我们这个家族的历史十分悠久，总体而言，是由保守的地主阶层和高官构成的，每一代基本都是如此。'教学省'与我们家族之间有着极为深厚的友谊，这也是我当初要专程到此地的精英学校学习一段时间的原因。我当然可以接着说下去，可是你瞧——哪怕只是这样一项概念上十分简单、道理很容易厘清的事实，也让你跟我之间出现了理解上的鸿沟，如果不进行深入解释，你这个卡斯塔利亚人恐怕根本无法理解我究竟讲了些什么，无法参透我真正想说的是什么。在刚才的这段话里，我反复提到了'家族'这个词，在讲出这个词语的同时，作为一个来自世俗世界的成年人，我条件反射般地觉得自己在讲一些清楚明白、不言而喻、没有任何含糊其词之处的常识，但对于你而言，情况真的是这样吗？你们这些世世代代住在'教学省'内部的卡斯塔利亚人，虽然有属于你们自己的那套团体组织和等级制度，但你们是没有家族观念的，你们根本不知道在世俗世界里，所谓的家庭、血缘和门第出身具体意味着什么，也正因如此，你们不可能懂得人类的'家族'所拥有的那份神奇魔力、那种强大无比的力量。好吧，这不过是随意列举出来的一个例子而已，我们世俗世界生活中表达各种意思的大多数词汇和概念也与之类似：对我们而言十分重要的大多数词汇和概念，在你们眼中完全没有任何意义可言，实话实说，这其中的大部分你们根本就无法理解，还有一些你们虽然知道，但它们对你们的意义跟对我们的意义截然不同，强行套用无疑会酿成大错。试想想看，我明明在跟你讲话，但我讲出的一大段话里面，大多数词汇和概念的意义，你完全不理解；一小部分词汇和概念，你自以为能够理解，但其实我想表达的意思跟你所领会的意思完全是两码事！多年以来，我们世俗世界的人跟你们卡斯塔利亚人就是这样交流沟通的！你再想想，同时考虑我们两个人的具体情况：当你跟我讲话时，在我的印象中，就好像是个外国人在跟我讲话，但至少我年轻的时候曾经在这个国家留过学，粗浅地学习过这个国家的人所讲的语言。因此，虽然你的确是个外国人，但关于你的一切并不算太难理解，你所讲的话虽然是外语，但我还是可以勉强听懂其中的大部分内容。然而，反过来就完全不一样了：当我对你讲话时，我在你眼里也是个外国人，你根本没去过我的国家，没有在我的国家学习过，所以，你听到的是纯粹的外语。诚然，这门外语跟你平时使用的语言有很大的相似性，所以你或多或少还是能听懂一些，单从表达在外的内容来看，你大概能够听懂一半，但就算是在这表面上能够听懂的一半当中、在这些你自以为能够掌控的词汇和概念之中，还存在着各种细微的差别，表面意思之外，还有各种似是而非的言外之意，这些都是你根本就无从分辨的；再看内容，你听到的是世俗世界人类的日常生活，是关于他们的故事、他们的存在形式、他们的生命法则，这些当中没有哪一样跟你有关；其中的大部分内容，即使你很感兴趣，甚至读过一些相关书籍，但对你而言仍旧是陌生的，至多也只能理解到一半，不可能更多了。不妨回想一下我们在学生时代进行过的无数次辩论和对谈；从我的角度来讲，它们不过是一种尝试，是我当时的诸多尝试之一，其中的一个重要目的，就是让你的世界和语言，跟我的世界、我的语言协调一致。在那个时期，你是所有与我进行过这类尝试的人当中思想最开放、最愿意合作、最诚实可靠的一位；你勇敢地站出来维护卡斯塔利亚的利益，努力为卡斯塔利亚辩护，这点自不必说，可是与此同时，你从未主动攻击过我所属的另一个世界，从来没有使用过这样的手段，没有像其他卡斯塔利亚人经常会做的那样，对世俗世界加以蔑视和嘲笑，而且也从未忽视过世俗世界的人们应当享有的权利。在我看来，你的做法无疑是难能可贵的。也正因如此，在那些年里，我们之间的关系一度相当密切。看起来，我们以后还可以再来详细聊聊这方面的问题。"

讲到这里，他暂时停了下来，若有所思地沉默了一小会儿。见到旧友不再讲话，科讷希特谨慎地思考了一下措辞，开口说道："无法理解对话话语的情况，恐怕并没有你所讲的那样严重。来自两个不同国家的人，讲着两门完全不同的语言，当然不可能像那些属于同一个国家、讲着同一种语言的人一样，完全清楚对方在讲些什么，完全理解对方话语的含义，用同样的语言进行密切交流。但这并不是我们因此而感到消极与失望、从此放弃理解和沟通的理由。事实上，哪怕身在同一个国家，哪怕每天都在讲相同的语言，具体到每一个不同的人类个体身上，彼此之间也必然存在着各种各样的沟通障碍，阻碍了大家达成充分的、完全的相互理解，比方说，人与人之间存在着教育、修养、才能、个性方面的差异，这类差异有可能非常巨大，并不是身在同一个国家、讲相同的语言就能够简单弥合的。至于另一方面，我们完全可以宣称，原则上讲，世界上任何一个人都可以跟其他随便哪个人进行交流，只要是人，拥有基本的人类智慧，那就根本不存在完全不可能沟通的情况。然而，在此基础之上，我们也必须承认，世界上绝对不存在像这样的两个人，他们之间可以进行真正能够完全理解对方的、不间断的、完美无缺的交流——这两种假设之间并不矛盾，以常理来推断，都是非常有可能成立的，几乎可以认为是真实的。这就好比阴和阳，白天与黑夜，两者都是成立的、是真实存在的一样，当我们关注其中一方时，必须随时考虑到另一方的存在，不应顾此失彼。话说回头，对于你所提出的观点，我大抵上是同意的，因为你的观点实际上是基于这样一项事实，即我们两个人绝对无法使自己完全被对方所理解，这其实就是我一直以来所持的观点，跟我们是否来自同一个国家、是否讲相同的语言根本就没有任何关系。硬要区分卡斯塔利亚和世俗世界，其实反而显得狭隘。打比方说，假如你是西方人，我是中国人，我们各自讲的语言完全不一样，我们的生活方式可谓天差地别，但只要我们彼此之间都有良好的沟通意愿，那我们仍然能够完成交流，互相交换大量有用的讯息。虽然如你所说，我们之间恐怕有很多东西无法相互理解，有很多东西会出现理解错误，似是而非、模棱两可的内容各自都有不少，但只要有沟通的意愿，语言上的隔阂算不得什么，我们大可以不断揣摩、假设、猜测对方的意思，在持续不断的沟通中，逐渐接近对方的想法，逐渐理解一些表达复杂、蕴意深远的东西。无论如何，我们都不应该放弃尝试。"

德西格诺尼点了点头，继续说了下去："那么，现在我打算正式开始介绍自己的近况。不过在此之前，还是需要先将一些你应该知道的相关背景告诉你，唯有如此，你才能够对我的近况有一个比较全面的了解。首先，正如我们之前提到过的：'家族'，在一个年轻人的生活当中，始终占据着至高无上的地位，是这个人生阶段所必须面对的最高权力。他可能愿意承认，也可能拒不承认，但不管承认与否，这就是世俗世界的客观现实。多年以前，当我还在你们卡斯塔利亚的精英学校里当客座学生时，跟自己家族的关系相处得很融洽。彼时彼刻，在这里学习的每一个学年，我都得到了你们的很多关照，受到了很不错的照顾；每逢假期，我回到自己的家里，也总是受到热烈欢迎，受到你能想象得到的各种呵护与宠爱。大家都很喜欢我，因为我是家中唯一的儿子，是家族未来的继承人。在那个时期，我对母亲的爱意是很温柔的，甚至可以说是热烈且深沉的；每次离家时，唯一令我感到无比痛苦的事情，就是必须与她分离，有一段时间没办法再见到她了。相比较之下，我跟父亲之间的关系虽显冷淡，但也称得上和睦，至少在我的整个童年时代，还有跟你们一起度过的青少年时代是这样的，尚且不曾发生什么变化。我的父亲，他是那种老派人，是一个在他们那个年代很典型的卡斯塔利亚崇拜者。在那个时期，我作为家族的继承人，能够进入卡斯塔利亚的精英学校接受教育，并且有机会接触到无比崇高的玻璃球游戏，他显然是感到无比自豪的。我每次放假回家，都像是过节一样，而且还是那种真正隆重、盛大的节日，每次都是高朋满座、喜气洋洋，甚至可以说，我跟家人们每次见面时都会身穿节日盛装，反而不知道平时在家该穿什么衣服了。有时候，当我像这样度假旅行时，甚至会莫名其妙地生出一种优越感，为必须一直留在卡斯塔利亚的你们感到遗憾，觉得你们很可怜，因为你们对我所享受到的这种幸福一无所知。关于我当年在精英学校里的那段日子，其实也不需要多说什么，因为你显然比其他任何人都更了解当时的我。经过一番努力，我几乎变成了一个正宗的卡斯塔利亚人，也许相比真正的卡斯塔利亚人而言，我显得更世俗一点儿，更粗鄙一点儿，同时也更浮躁、更肤浅一点儿，可是与此同时，我身上却充满了无比快乐的激情，这是任何卡斯塔利亚人身上都不具有的。当时的我，热情洋溢，斗志高昂——多年以后我才发现，那其实是我一生当中最快乐的时光，可是在当时、在那个时期，我却完全没有察觉，只当那是自己作为一个年轻人的寻常岁月。因为在我看来，在瓦尔德策尔的精英学校学习，仅仅是在为自己的未来做准备，仅仅是自己浓墨重彩人生的一道伏笔而已，我期待着不远的未来将会发生的事情，期待着当我从你们卡斯塔利亚学成归家之后，凭借着从你们精英学校那里获得的优势，能够大杀四方，征服全世界，如此一来，我将体会到至高的幸福，我的人生也将一举登上顶峰。现在看来，这当然是十分幼稚的想法，现实中发生的事情恰恰相反，自从跟你们分道扬镳之后，我的内心开始出现难以弥合的冲突，这种冲突、矛盾的状况一直延续到了今天，尽管我一直都在努力抗争，试图摆脱这种状况，但最多也只能暂时克服它，无法彻底战胜它。离开学校之后，我回到了故乡，开始长期居住在世俗世界里，发现身边各种情况逐渐发生了变化——在此之前，我所经历的毕竟只是学生时代，而且受到家人们的精心呵护与照顾，面对的问题都是相对简单的——我需要顾及的不再只有自己的家族；没有人再用参加盛大节日般的热情来迎接我、拥抱我了；曾经在瓦尔德策尔学习的经历无足轻重，社会上没有谁真正重视这份经历，更不可能认为我因此而拥有什么明显的优势。外面的世界已经如此糟糕，家里的情况也每况愈下，家人们很快就对我失望了，失去家族的庇佑之后，我开始遇到各种困难和麻烦，原本无比和睦的家庭关系也起了变化，在一段时期内几乎众叛亲离。刚开始遭遇这些挫折时，我感到迷惑不解，直到过了很长时间之后，我才慢慢开始意识到，原来我一直都被自己的单纯和天真保护得很好，维持着一颗满怀幸福感的童心，完全不知道社会的险恶，这才过了一段无知无畏的理想生活。此外，虽然离开了卡斯塔利亚，我也依旧被从你们团体组织那里学来的崇高道德观念，以及冥想的习惯所保护，至今仍是如此。一番波折之后,我正式进入世俗世界里的一所名牌大学,在这里攻读政治学专业,打算为以后走上仕途做准备。哪曾想到,大学里的学习竟然给我带来了如此之多的失望、如此巨大的幻灭!大学生之间交谈时所用的语气,他们在进入大学之前普遍接受过的教育,以及他们的交际能力,乃至于大部分大学教师的态度与秉性,我既然已经习惯了你们那里的超高水平,又怎么可能再去接受他们?你还记得当年我曾经如何为我们那个世俗世界据理力争、如何旗帜鲜明地反对你们卡斯塔利亚世界的吧?当年的我实在是太天真了,经常在自己根本没有深入了解的情况下,大言不惭地赞美世俗世界尚未被文明打破的、淳朴无华的生活。我的朋友,假如大言不惭也是一桩罪孽,必须接受惩罚,那么我恐怕已经因此而受到了最严厉的责罚了。我当年口口声声称颂的这种淳朴无华的本真生活,这类充满了孩子气的、尚未开化的人间奇迹,很可能还存在于某个地方,这是毋庸置疑的,或许在那些居住在偏远地方的农夫、工匠中间,或者在其他某些神秘的、几乎无人知晓的场所,但我却一直未能找到,更不必说真正参与这种生活了。你应该也还记得当年,我在自己的演讲中一度口出狂言,不留任何情面地抨击卡斯塔利亚人的傲慢、抨击他们的自命不凡,我嘲笑团体组织严苛的等级制度,嘲笑此地所奉行的迂腐的精英主义。直到真正离开了卡斯塔利亚之后,我才发现,在世俗世界里生活的人们比卡斯塔利亚人糟糕得多:他们的大多数行为都很低俗、恶劣;他们所受的教育程度无比低下,缺乏教养、庸俗肤浅;他们口中的幽默,等同于喧哗吵闹,等同于毫无内涵可言的笑话;他们崇拜的生活智慧,其实只是些自私自利的小聪明,让他们能够创造出一些占小便宜的机会;他们没有任何长远目标可言,永远只关注近在眼前的小恩小惠——就是这样一群可悲的小市民,竟然还对自己所过的这种低劣生活感到骄傲,竟然还要去藐视那些比他们崇高得多、聪慧得多的人。他们在自身狭隘无比的认知范围内,觉得自己无比高贵、虔诚、出类拔萃,丝毫不亚于我这个俗世之中最受瓦尔德策尔精英教育影响的模范学生。他们当中的一部分人直接高声嘲笑我;一部分人会拍拍我的肩膀,暗示他们可怜我、怜悯我;还有一部分人,他们对我身上的外来特征、对我卡斯塔利亚人的特征怀有公开的、赤裸裸的仇恨——这是庸俗之人对一切高尚事物怀有的天然仇恨，我决心将之视作一项殊荣，毫无保留地收归己有。"

讲到这里，德西格诺尼特意停顿了一小会儿，瞥了一眼科讷希特，因为他不确定自己的长篇大论是否令科讷希特感到有些厌倦了。他的目光刚好与旧友的目光交汇，发现科讷希特正在全神贯注地听自己讲述，脸上的表情非常友好，这让他感到颇为开心，同时也很安心。因为他看出科讷希特的确是全心全意进入了他的这段讲述之中，聚精会神地聆听，试图理解他所提到的每一项细节，他所持的绝非那种为了打发时间而听人闲聊的懒散态度，或者听人讲一段内容十分有趣的逸事来作为消遣，而是投入了全部的精力与热情，其专注与虔诚的程度，简直跟正在进行冥想无异。与此同时，普利尼奥还从科讷希特身上看到了一种纯粹的、发自内心的慈悲。除此之外，这位旧友目光中流露出来的真诚也令他感动，在普利尼奥看来，他此刻的表情竟是如此纯净、如此温暖，几乎跟小孩子一样，天真、亲切又质朴。当普利尼奥看到游戏大师的脸上显露出这样一种表情时，不由得啧啧称奇，因为这跟他在白天工作时的表情截然不同——白天时，他的公务极为繁忙，一整天都显露出他那高高在上的官方表情，充满智慧与权威，以及强烈的庄严肃穆、不容侵犯感，仿佛随时随地都在拒人于千里之外。总之，看到科讷希特如此专注，普利尼奥松了口气，继续说道："我陷入了迷惑，不知道自己的人生是否空虚，是否毫无意义可言，是否只是一场误会、一个笑话，或者归根结底还是具有一定的积极意义。假如这人生真有什么积极意义的话，那它恐怕可以如此概括：在我们所生活的这个时代，有这样一个形单影只的、具体而微的人物，他曾经以某种最清晰又最痛苦的方式认识并体验到，卡斯塔利亚这个'教学省'早已与自己的祖国分道扬镳、渐行渐远，两者之间的隔阂早已大到不可想象的地步，或许也可以反过来讲，是我们这个祖国背离了自己在精神领域最崇高、最伟大的省份，背离了这个省份的基本原则，是我们主动选择了分离，制造了隔阂与不忠，并且还让这隔阂与不忠不断扩大，终于到了无法弥合的地步。今时今日，我们这个祖国的肉体与灵魂、理想与现实，跟他们之间的分歧之大，已经到了常人难以想象的地步。今时今日，两者之间对彼此的了解程度是多么低下，几可忽略不计；两者之间希望了解对方的愿望又是多么淡漠，简直到了相看两厌的地步。假如像我这样的人，像我所过的这种人生，还可以有一项任务或者说理想的话，那我当然就要竭尽全力、想方设法地去协调这两个实体、两种原则，给它们创造机会，弥合它们之间已经难以弥合的隔阂与不忠，让它们能够顺利达成和解。具体而言，我试图让自己成为沟通两者之间的桥梁，成为某种糅合两者特征的综合体，成为一个化身，成为两者之间的调解人、翻译官和仲裁者。前述种种，我基本上已尝试过，却无一例外地失败了。时间有限，我当然不可能将我迄今为止的全部人生经历向你和盘托出，就算时间充裕，你也愿意听，我将一切事无巨细地给你讲清楚了，你也不可能完全理解在我身上发生的所有事情。因此，我决定先利用眼下不多的时间，将自己努力尝试之后却迎来失败的几个典型案例向你大致介绍一下。正如我刚才已经提到过的，多年以前，当我进入世俗世界的一所大学，正式开始政治学领域的研究学习时，曾经遇到过许多困难。值得注意的是，我在最初阶段遇到的最大难题，反而不是疲于应付我作为半个卡斯塔利亚人、作为一名来自精英学校的模范学生而受到的嘲弄或敌视——麻烦的并不是公开反对我的这些人。恰恰相反，在我当时所认识的新伙伴中，有几个人因为我来自卡斯塔利亚的精英学校，觉得我格外与众不同，转而将我视作偶像来崇拜，这种行为反而给我带来了更多的麻烦，甚至可以说是让我陷入了困境，感到无比为难、无比尴尬。是啊，我必须向你坦白，对于当时的我而言，真正困难，甚至可以认为是不可能完成的事情，其实并非其他，而是人明明已经身在世俗世界，还偏要继续过一种卡斯塔利亚意义上的生活。刚开始时，我几乎没有意识到这样做有什么困难可言，那时候，我一直在严格遵守从你们卡斯塔利亚学到的规则，严格按照这些规则来生活，坚持了相当长的一段时间，同时也产生了一种自欺欺人的错觉，认为这些规则似乎也挺适合世俗世界的生活，并没有什么可为难的。与此同时，这些规则也以实际行动证明了自身的可行性：遵守它们的同时，它们似乎也在努力强化我自身的天赋，保护我的精神，似乎也在想方设法保持我的活力与健康。当然，最重要的还是加强了我的决心，即决定尽可能以卡斯塔利亚人特有的方式来独自、独立完成我身在世俗世界大学里的学业。这一学业将持续多年，这是毫无疑问的，但我的决心不会动摇，我将只忠诚于自身对知识的渴求，不允许自己被迫踏入某个具体的学习路径。我曾经在卡斯塔利亚学习过，对于世俗世界大学设置这类路径的动机是很清楚的——这类早已预先安排好的课程路径，只想在尽可能短的时间内，让大学生尽可能多地学到固定的、必要的专业知识，让他们在毕业之后，尽可能迅速、彻底地踏入与自身专业相匹配的职业生涯，为余生的面包和黄油卖命，同时扼杀掉他们身上哪怕一丝一毫追求自由、追求博学的苗头。至于卡斯塔利亚人成为科研人员之后享受到的自由研究阶段，更是连想都不用去想。哪曾想到，之后发生的一系列事情雄辩般地证明，卡斯塔利亚给予我的保护不仅颇为危险，而且还十分可疑，因为它实际上并不适合我，我也不打算屈从于它——生活在世俗世界里的我，没有维护自身思绪平静安乐的想法，也不需要依靠冥想来养护自己的心灵。没错，我的想法很简单，就是要征服世界、理解世界，并且迫使这世界来理解我；首先，我打算对这个世界予以肯定，在此基础之上，尽可能地去更新它、改良它；我想将卡斯塔利亚和世俗世界在我身上结合起来，成为它们之间的桥梁，成为一种全新的综合体，使它们之间能够彼此调和，最终重新融为一体，和谐共存。起初，每当我在现实生活中经历了一次又一次的失望、争吵与冲动，每当我感到身心俱疲时，总是会选择避世，退回到冥想的世界中。不得不说，刚开始时冥想确实很有效，每次结束冥想之后，总是能够获得一份解脱，身与心都感到无比放松，就像大口进行了深呼吸，体内得以吐故纳新，整个人重新回到感觉良好、心态平和的强有力状态。随着时间的推移，我逐渐意识到，恰恰因为我学过冥想，恰恰因为我总是对自己的灵魂施与关怀和锻炼，反而令我在现实中受到了孤立，令我在别人面前显得如此陌生，如此讨厌，同时也使我无法真正理解他们的想法。在我看来，对于世俗世界的这些人而言，唯有当我再次变得跟他们一样，唯有当我在他们面前变得一无所有，不再拥有任何从卡斯塔利亚学来的规则和手段，甚至连冥想这种沉浸式的避难所也失去了之后，才有可能真正理解他们，才有可能真正跟他们达成和解。当然，我以这样一种说法来向你介绍前述过程时，也可能是在敷衍了事，也可能是在掩饰真实发生的一切。也许——我的意思是恐怕也存在着这样的一种可能性，一种从另外一个视角来说明现实中发生的这一切事情的可能性，但并不意味着我认为这是事实——或者说现实情况也有可能会是这样的，即也可能只是因为我回到了世俗世界里，找不到同样在卡斯塔利亚上过精英学校、拥有同样决心的伙伴，失去了老师的监督和指导，失去了身在瓦尔德策尔时那种特殊的庇护和精神治愈氛围，环境改变之后，我本人受到潜移默化的影响，也逐渐放弃了原本坚持的规则和纪律，变得松懈散漫，变得不够专心，最终陷入了世俗世界盛行的庸常规则和庸俗纪律之中。每逢良心不安、内心备受谴责的时刻，我又想方设法地麻痹自己，以庸常和庸俗乃是这个世俗世界的常态之一为借口，自暴自弃，自甘堕落，不再对自己进行严格约束，终于也跟着沉沦了下去，逐渐适应自己周围的环境，终于彻底跟世俗融合到了一起。实话实说，我不打算对你掩饰些什么，可是与此同时，我也不打算否认和隐瞒自己已经付出过足够多的努力，已经奋斗过、尝试过、挣扎过的事实，哪怕是那些我曾经犯下过愚蠢错误的地方，我也愿意不加隐瞒地告诉你。在这件事情上，我是非常认真的，因为这毕竟涉及我的整个人生，涉及我前行的目标。不过话说回来，不管我曾经付出过怎样的努力，试图以一种可理解的、有意义的方式将自己纳入符合崇高道德与秩序的轨道上，不管这一切是否只是我的自负与幻想，不管过程如何，仅从结果来看，我失败了，而且是一败涂地。发生的事情再自然不过，我终究征服不了世界，世界比我强大得多，最终慢慢压倒了我，吞噬了我；讽刺的是，现实中发生的情况，竟如此符合我们当年在精英学校的长期辩论中所提出的论点，生活仿佛对我当年提出的内容采取了全盘采纳的态度，轻而易举地就将我完全同化到了这个世俗的世界里；反观当年的我，曾经在瓦尔德策尔的长期辩论中毫无保留地赞美这个世俗世界的正当性，赞美其天真与强健，赞美其整体上的优越性，我当时竟如此主动地充当了这一切的代表，为之辩护，反对你那套逻辑。你肯定还记得。

"讲到这里，我必须单独提醒你一件其他的、不太相关的事情，对于你而言恐怕只是小事，或许你早就把它给忘记了，因为此事对你实在没有任何实际意义可言。但是反过来讲，此事对我却意义重大，对我而言，此事极为重要——重要且可怖。转眼之间，我作为世俗世界大学生的阶段就结束了，我已经适应了周围的环境，换句话说，我已经失败了，被打败了，但绝对称不上一败涂地，恰恰相反，我依旧认为自己在内心上与你们卡斯塔利亚人保持着平等，并且相信我在这段时间以来所做出的这样那样的调整与磨合，其实更多还是出自生活的智慧，是自愿为之、主动出击，而非屈从于现实。也正因如此，居住于瓦尔德策尔时期的一些习惯和日常需要，那些独属于自己青年时代的遗存，即使在世俗世界遭遇了一连串失败之后，我也依然在坚持着，其中自然也包括玻璃球游戏。说实话，其实我心里也明白，在世俗世界里，对玻璃球游戏的游玩坚持恐怕没什么实际意义，因为一旦没有进行长期不间断的练习，一旦不再跟水平相当，尤其是那些略优于自己的搭档接触，那就什么也学不到，玩再多也是白搭。一个人单独游玩，至多也只能起到某种替代性的作用，并不等同于真正的游玩，这就好比妄图用一个人独白来代替现实中的真实对话一样，根本就没有任何实际意义。总之，在那个时期，在真正意识到发生在我身上的事情之前，在真正意识到发生在我的玻璃球游戏技艺、我所接受的教育、我曾经的精英学校学生身份存在着的种种问题之前，我一直都在尽力保存这些青年时代的遗存，或者说至少努力保存住其中的一部分东西，不让它们随时间的流逝而消耗殆尽。还记得当时，我有好几位朋友都对玻璃球游戏很感兴趣，但对其具体内容、对其精神内涵一无所知。每当我心血来潮，打算向其中的某位朋友介绍玻璃球游戏时，要么就大略勾勒出一套游戏设计方案，要么就是尝试分析游戏当中的某一幕现成场景——显然，在你看来，这些都是基础得不能再基础的东西——每逢这种时候，对方都会显露出确实很感兴趣的模样，试图跟上我介绍游戏的步伐。说实话，我的介绍已经考虑到了对方所受的教育、对方掌握新知的能力，推进极为缓慢，并且尽可能地使用了世俗世界的人们能够听懂的语言。然而，由于对方连玻璃球游戏最基本的概念都不清楚，对其精神内涵更是一窍不通，这就导致无论我如何耐心地加以介绍、解释，他们依然无法接受，在这些完全无知的人眼中，玻璃球游戏恐怕等同于一种魔法，只可能存在于童话故事当中。当我在世俗世界大学的学习进行到第三或者第四个学年时，我专程到瓦尔德策尔来参加了一次玻璃球游戏课程，回到了卡斯塔利亚这个'教学省'，回到了这座小城，回到了我们的老学校，回到了玩家聚居区。这次重游对我而言，无疑充满了缅怀旧日的欣喜，可你当时却不在这里，因为你当时正在蒙特波特或者科伊珀海姆的某个地方潜心钻研、刻苦努力。早在那个时期，你就已经很有名了，大家普遍认为你是个雄心勃勃的独行侠。我所参加的这次游戏课程，其实不过是专门为我们这些可怜的世俗世界学生、为我们这群业余爱好者开设的假日普及班而已。尽管如此，我仍然认真应对，付出了大量努力，希望能够取得优异成绩。最后，我终于获得了很常见的'半瓢水'证书，即印有'合格'字样的一张玻璃球游戏资格证明。对此我感到十分自豪，因为这张资格证明其实等同于一份许可证，持有这份许可证的外来人士，以后还可以继续报名参加类似的假日普及班，甚至有可能上一些等级较高的课程。总之，拿到印有'合格'字样的许可证之后，又过了好几年，我终于可以再次返回瓦尔德策尔，因为我报名参加了由前任游戏大师亲自主持的一个假日研讨班——很显然，依旧是普及性质的——我严阵以待，提前很长时间进行了相应准备，打算尽力让自己在瓦尔德策尔有个不错的表现。为此，我专门细读了一遍自己很久以前的练习簿，甚至还试着重新进行了几次集中精力的训练。总之，尽管我知道自己实力不济，还是尽了最大努力，恰如一名货真价实的玻璃球游戏玩家在参加重要的年度竞赛之前会做的那样，不停练习，调整状态，收敛心神，全心全意为即将到来的假日课程做好准备。就这样，我又回到了瓦尔德策尔。转眼又是好些年没来，我再一次感觉到陌生和疏离，但同时也觉得流连忘返，心中充满了陶醉感，仿佛回到了一度遗忘多年的美丽故乡似的，因为离开得太久，甚至连这里的语言都已变得不太熟悉。最重要的是，那一次你没有去别的地方，多年以来，我想要再次见到你的强烈愿望总算得到了满足。你还记得那次重逢吗，约瑟夫？"

科讷希特诚恳又专注地注视着旧友的眼睛，点了点头，微微一笑，但没有回话，连一个字都没有说。

"很好。"得到肯定的回答之后，德西格诺尼接着讲了下去，"也就是说，你是记得那次重逢的。可是，具体而言，此时此刻，你还能记起些什么内容来呢？与精英学校时期一位老同学的短暂重逢，一次小小的邂逅，得到的唯有失望；转眼就是别离，大家各奔东西，不会再去想起；除非几十年过后，对方又一次来到你的面前，以堪称粗暴、粗鲁的方式再一次提醒你，长篇大论地描述往事，令你不得不去回忆。事实不就是这样吗？如若不然，对于这段遥远的友情，还能剩下些什么呢？难道在你看来，这一切会有什么不同吗？"

虽然普利尼奥已经非常努力地试图控制住自己的情绪，努力到任谁看了都是一目了然的地步，可惜收效甚微，讲完这句话之后，他整个人看起来已经非常激动，情绪接近崩溃，几乎到了一触即发的边缘；如果不及时想些办法来劝阻他，那么，多年以来在他心中默默淤积的某些东西、某些长期得不到解决的问题，都将彻底爆发出来，情况恐怕将会变得不可收拾。

"你可真是咄咄逼人哪。"科讷希特采取的方式与众不同，反其道而行之，用非常温和的语气直接指出了普利尼奥眼下的情绪问题，这种做法反而令他郁结的心情一下子得到了舒缓，"那次重逢在我眼中有什么不同，的确是我打算谈的问题，但不是现在，等轮到我交代的时候，自然会毫无保留地告诉你。普利尼奥，你的话才讲到一半，请接着讲下去吧。我已经看出来了，那次重逢对你而言，感觉并不怎么开心。不过我也可以明确告诉你，当时我同样不开心。无论如何，继续讲下去吧，将当年的情况好好讲清楚。别瞻前顾后，毫无保留地讲出来就好！"

"试试看吧，我努力。"普利尼奥被科讷希特真诚的劝慰打动了，情绪平复了不少，决定继续讲下去了，"我并不是想要指责你什么，并不是认为你在那次重逢时的做法有什么不对。恰恰相反，我必须承认，你当时对我的态度是无可非议的，没错，甚至比无可非议更夸张，简直可以说是无懈可击。今时今日，我接受了你的邀请，来到瓦尔德策尔，跟我第二次参加假日普及班的那一次，也即我们那次重逢的时候，转眼又隔了许多年。嗯，那次课程结束之后，我就再也没有来过瓦尔德策尔，再也不曾见过你了。不妨告诉你，从我参加选举并且成功当选为卡斯塔利亚管理委员会成员的那一刻起，我就已经下定决心，决定再次回到这里，直面你本人，直面我们那次重逢时的经历，无论这样做的结果将会如何，无论对我们两人而言是否感觉愉快，我都必须这样做。很好，那么我们现在还是回到那次重逢的经历上来：刚才已经提到，我是来参加假日普及班的，受到了当地的热情接待，被安排住进了瓦尔德策尔的宾馆客房里。参加课程的人们，年龄几乎都跟我差不多大，少数几个人甚至比我年长许多；我们人不算多，不超过二十人，而且这其中大部分竟然是卡斯塔利亚当地人，实在是出乎我的意料。但他们的水平却普遍不怎么样，要么是技艺糟糕、态度差劲、长期疏于练习的业余玩家，要么就是到了很大年龄之后突然觉得自己多少还是应该熟悉一下游戏的初学者；幸运的是，他们中间没有谁认识我，对于他们而言，我是个完完全全的异乡人、陌生人，这让我感到大大地松了口气，之后上课时也会轻松不少。顺带一提，前任游戏大师托马斯的确亲自主持了这次普及班的几次重要课程，但由于他公务繁忙，大部分时间都无暇顾及我们，露面次数少得可怜，真正负责我们课程的那位辅导老师，其实是玻璃球游戏档案馆的一名助理馆员，自然也是一位游戏高手。不得不说，他相当尽职尽责，对我们这些学生付出了大量努力，虽是普及课程，却不打算敷衍了事，态度上也很友好。然而，整个课程几乎从一开始起就呈现出一种不入流的挫败感，简直犹如在少管所里念书，不管上的是什么，无一例外全是惩戒课程，课程参与者们被随随便便地集中到一起，跟他们的辅导老师一样，既不相信这次课程存在着什么真正的价值，也不相信它有可能会取得成功——这无疑是洞若观火般的现实，但没有任何人愿意承认，还在努力维持着这个假日普及班最基本的、毫无意义的体面。无论是谁，听我讲到这里，恐怕都会感到大为惊讶，不禁想要问出这样一类问题：既然如此，为什么这一小撮人还偏要聚到一起，自觉自愿地做些他们力不能及的事情？更何况他们对此事也没有多少兴趣，根本不足以支撑他们坚持不懈地为其牺牲自己的时间和精力。还有，为什么一位博学多才、技艺精湛的玻璃球游戏专家甘于给这一小撮无可救药的门外汉上课，让他们参加连他自己都很难指望获得多大成功的玻璃球游戏练习？关于这些问题的答案，我当年并不清楚，可以说是百思不得其解，后来才从一位对这类课程更有经验的朋友那里得知，原来这些怪事本不应该发生，仅仅是因为我参与的这次课程非常不走运，机缘巧合之下，才导致了这样糟糕的结果。这位朋友告诉我，假如在刚开始时，参与者的组成稍有不同，之后课程的走向或许就会出现很大的区别，整个流程很可能会变得颇为激动人心，学员之间很可能会相互支持、相互打气，课程结束后的收获也颇为鼓舞人心。后来又有人告诉我，在这类课程当中，假如两名原本不认识的学员能够在最初的交流沟通阶段成为关系融洽的朋友，或者两名学员本身就认识对方且关系非常亲密，甚至正是因为关系亲密才一起报名参加普及班的，那么，这两名学员将会在课程进行的过程中发挥巨大的作用，往往足以让课程本身，连同所有的学员和老师，都在学习过程中取得巨大的提升。你本人就是玻璃球游戏大师，自然明白其中的道理。好吧，反正当时的情况就是这样，我实在是太不走运了，我们那个生拉硬凑出来的课程共同体，明显缺少能够给大家带来振奋人心感觉的小小细胞，没有哪怕一丁点儿温暖人心的气氛，至于别人都有的欣欣向荣的感觉，那就更不必提了。从课程刚开始时起，它就像是一个专为成年人准备的少儿补习班，每天上的都是那种只有真正的'留级生'才会去上的枯燥且重复的内容，进行了一段时间之后，这种糟糕状况也没有得到任何改善，反而愈演愈烈。日子一天天过去，我的失望之情也与日俱增。好在失之东隅，收之桑榆，除了玻璃球游戏之外，还有瓦尔德策尔。

对我而言，这是一处无比神圣的、守护着我过去记忆的地方，哪怕游戏课程失败透顶，我仍然感到庆幸，因为我仍然能够回家，回到属于我的精神家园，跟老同学们碰碰面，回忆相隔久远的往事。如果运气好的话，兴许还可以跟那个我特意保留了最多、最强烈记忆的老同学重逢，对我而言，他比其他任何人都更能代表我们的卡斯塔利亚：那就是你，约瑟夫。住在瓦尔德策尔的这段时间里，假如我能够再一次见到自己年轻时代的伙伴，见到自己精英学校里的同学，假如我在漫步于如此美丽、如此惹人喜爱的玩家聚居区时，能够再一次遇见自己过去熟知的美好心灵与杰出人物，假如能够遇见你——假如你能够跟以前一样，再一次从远处走近、走到我的身边来，并且跟以前一样与我讨论这样那样的问题，与我发生争论，同我展开辩论，我也不至于沦落到形单影只、只能自己跟自己辩论的凄惨境地，就跟我生活在卡斯塔利亚外面的这许多年里所过的日子一样。总之，假如能够做到这些，那么这次假期就不会留有遗憾了，糟糕的课程、糟糕的一切，就当它们是无足轻重、免费附赠的好了。

"我走在玩家聚居区的路上，期待着偶遇。过不多久，我就遇到了两位学生时代的伙伴，他们从我身旁擦肩而过，马上认出了我，我也很快就认出了他们。在过去，我们之间不过是泛泛之交，尽管如此，多年未见之后突然相遇，竟也感到颇为惊喜。他们兴奋地拍着我的肩膀，向我提了些天真幼稚的问题，打听我在世俗世界生活时遇到的各种奇闻逸事。然而，与他们两位道别之后，接下来遇见的几个老同学就不那么好应付了，他们现在已经隶属于玩家聚居区，是精英分子当中年纪相对比较轻的骨干力量。认出我之后，他们没有向我提出任何天真幼稚的问题，反而十分认真地跟我寒暄问候，可是与此同时，他们的这种问候又有拒人于千里之外的力量，因为他们故意使用一种尖锐而夸张的语气，配合无比恭维、无比烦琐的礼仪，让我不知如何应对，只想赶快离开。你应该很清楚，这正是你们玩家聚居区这处伟大圣地的精英们所奉行的奇异规则之一，假如遇到自己不期待遇见的人——比方说，在这起事件中就是我本人——可是出于礼貌又无法马上避开，那就转而使用和蔼可亲的态度、有点儿麻烦的礼仪，持续不断地给出暗示，强调他们眼下有件非常重要的事情要办，必须给予足够的关注和重视，这件事我是绝对无法接触到的，但他们并不在乎。总之，他们眼下既没有时间，也没有好奇心，根本不打算跟我叙旧，没有重新认识旧友的意愿。好吧，我对他们的想法心知肚明，自然也不想强迫他们跟我聊天，我还他们自由，放他们离开，让他们享受安宁。他们大可以自由自在地回归到自己那个如同奥林匹斯众神之山一般威严崇高的、轻松愉快又暗含讥讽的、卡斯塔利亚式的静谧世界里去。彼时彼刻，我就像个关在牢房里的囚徒似的，隔着无法逃脱的铁窗，远远地端详着他们，端详他们欢快忙碌、自由自在的好日子；或者干脆像穷人、像饿鬼、像受压迫的劳苦大众那样，死盯着贵族和富翁，死盯着那些活泼开朗的人、优雅漂亮的人、受过良好教育的人、养尊处优的人、脸蛋和小手都保养得很好的人。

"正当我懊恼不已时，你现身了，约瑟夫。真的是你，我一看见你，马上满心欢喜，全新的希望从我脑海中升起。还是在玩家聚居区里，你出现在我眼里，正从某处院落匆匆走过，似乎要赶去哪里。我就在你身后，距离不算远，只是看了看你赶路的模样，马上就认出了你。我也没有犹豫，脱口而出的就是你的名字。我太开心了，心里想着，终于见到了一个真正的人！喊你的时候，我在想着你、回忆着你——终于见到了一个真正的朋友，或许也是一个真正的敌人，不管怎样，终归是一个可以敞开心扉、尽情交流的人。一个地地道道的卡斯塔利亚人，毋庸置疑，但同时也是一个没有被卡斯塔利亚的陈规陋习禁锢在面具和盔甲里的人。一个真正的人！一个可以互相理解的人！你听到了我的呼唤，你转过身来看我了，在那个时刻，你一定已经注意到我有多么开心，我对你怀抱着多么高的期待；而你呢，你的确以最大的善意迎向了我，你仍然认识我，一下子就认出了我，照此看来，我对你仍有着非常重要的意义。再次看到我这张脸，看到这似是而非的熟悉模样，让你感到非常高兴：这种心情是显而易见、无法掩饰的。重逢的第一印象非常好，一切都很顺利，没有留下任何遗憾，也正因如此，我们的那次重逢没有在那处院落里就戛然而止,没有停留在短暂、快乐的寒暄上——你主动邀请了我,为我贡献、牺牲了一个晚上的时间。可是,亲爱的科讷希特,那是怎样的一个夜晚哪!我们两个都绞尽脑汁,让自己显得体面,让自己不失礼貌,我们的态度甚至称得上亲昵、称得上腼腆。可是实际上呢,我们——我们两个都一样,我们都饱受折磨,尽量容忍对方,容忍关于对方的一切;我们绞尽脑汁,将我们那蹩脚的谈话从一个话题拖曳到另一个话题,这个无比艰难的过程是多么痛苦、多么漫长啊!假如不是你、假如是别人对我这样,假如是那些无足轻重的人冲我摆出一副虚情假意的模样,我尚且能够做到无动于衷、一笑而过。然而这恰恰是你,不是别人,情况无疑要糟糕得多,为了曾经存在过的坚固友谊,不断付出紧张又徒劳的努力,这个过程的伤害显然无比巨大。我对卡斯塔利亚的幻想延续了那么多年,哪曾想到,恰恰是跟你重逢的那个夜晚,彻底终结了我的幻想。自那以后,我一败涂地,无可奈何地明白了关于卡斯塔利亚的残酷现实:我永远不可能成为你们的同类,永远不可能跟你们平起平坐,永远不会成为真正的卡斯塔利亚人,永远无法进入团体组织,成为等级制度当中的一员;对于你,对于整个卡斯塔利亚而言,我不过是个烦人的累赘,是个只知道亲近、巴结、讨好你们的傻瓜,是个粗鄙浅薄、缺乏教养、形同于未受教育的异乡人。讽刺的是,这些昭然若揭的真相,并不是赤裸裸地摆在我眼前的;刚好相反,真相是以如此正确、如此美好的方式徐徐在我面前舒展开来的,宛似一幅画卷,其中的一切失望、一切不耐烦之处,仍旧被完美无瑕、无懈可击地掩盖着,藏在受卡斯塔利亚道德约束、永不揭开的面具背后。对我而言,这才是最糟糕的事情。假如你能直截了当地辱骂我、责备我,假如你能够当面痛斥我,假如你当时亲口对我说:'瞧瞧看哪,朋友,你怎么会变成现在这个样子?你怎么会如此堕落?'——假如你这样问了,我反而会感到很开心,我们之间的坚冰也会被一举击破。很可惜,这些不过是我的痴心妄想罢了。事实上,自那时起,我就彻底看清了真相:多年以来,我妄图皈依卡斯塔利亚的梦想,其实是不可能完成的愿望,犹如镜花水月一般。至于我对你们卡斯塔利亚人的憧憬与敬爱、对玻璃球游戏的钻研与崇拜、对我们之间亦敌亦友伙伴关系的追忆与铭记，其实都是无足轻重、微不足道的琐事罢了。当时的'留级生'科讷希特，出于最基本的礼貌，勉强接纳了我、招待了我，为了应付我对瓦尔德策尔的麻烦拜访，他无可奈何地陪伴着我，跟我一起熬过了那段夜晚时光，对我感到无比厌烦，最终忍无可忍，以最无懈可击的礼节恭维我、奉承我、排挤我，最终将我扫地出门，成功摆脱了我！"

德西格诺尼，此刻正在跟自己激动万分的情绪展开生死搏斗，试图重新控制住自己。看得出来，他在努力挣扎，内心煎熬无比，连说话声都开始变得断断续续，甚至不再能够讲出一个完整的句子。此刻，他的面容扭曲，一脸痛苦地望向游戏大师。可是游戏大师本人呢，依旧安安静静地坐在那里，继续当一名专心致志的听众，全神贯注、聚精会神地聆听着，没有丝毫情绪上的波动。他的目光注视着自己的旧友，脸上显露出善意的微笑，友善且亲切地打量着他。因为情绪过于激动，对方暂时沉默了下来，没有再讲更多的话。于是，科讷希特干脆就将目光持续停留在他身上，一刻都没有挪开。再看科讷希特那张脸，显露出来的依旧是慈爱、和善的表情，甚至可以认为带有一丝愉悦。两个人就以这样一种态势僵持着，沉默不语，科讷希特保持着微笑，普利尼奥阴沉地忍耐着、克制着、承受着，坚持了足足一分钟，甚至更久。到了最后，普利尼奥终于忍不住了，率先开始向旧友发难。

"你笑了？"随着这句问话的提出，普利尼奥的情绪在一瞬间就爆发了出来，他回到了刚开始时那种激动万分的状态，开始大喊大叫，却并不愤怒，并没有显得怒气冲冲，"你真的笑了吗？难道你认为我所讲的这一切都很正常？"

"不得不说，"科讷希特笑道，"你将我们那次重逢时发生的一切描述得非常到位，可谓精彩绝伦。当时发生的一切，就跟你刚才描述的一模一样，仿佛完整地重现在了我们眼前。甚至连你讲话声音中残留的那种受冒犯感、那种试图指责我的态度也是有其存在必要的，因为唯有这样，才能将当时的整个情绪完整地带出来，使当年的整个场景以全方位的、丰富且立体的形式完美再现。此外，尽管你以自以为客观的方式、尽可能完整地讲述了你眼中看到的那段陈年往事，然而，不幸之处在于，时至今日，你仍然坚持使用独属于那个年代的老眼光来看待这整件事，并没有试着去克服当年已然存在的一些问题。诚然，这个故事的叙述基本上是没有什么大问题的，足够客观，事实也很清晰，无非是两个相识多年的年轻人，在分别多年之后偶然重逢，怎料时过境迁，两个人身上都发生了不小的变化，于是，在一个有点儿尴尬的相聚场景之下，两个人都不得不假装一下，试图蒙混过关，尽量不对两人之间的关系造成什么伤害。其中一个人，也就是你，在此过程中犯下了一个严重错误，即将自己在这种情况下所发现的残酷真相，将自己正在忍受的严重痛苦，统统隐藏在一个貌似欢快的外表之下，而没有选择干净利落地突破伪装、力陈真相。你不仅没能做到这点，甚至看起来有点儿像是一直都在逃避，哪怕过去了这么多年，哪怕到了今天，你还在继续逃避，将那次重逢的失败更多地归咎于我，而不是你自己——本来就应该由你来改变这种状况，你却对此视而不见。难道你的双眼真的受到了蒙蔽？难道你真的没有发现问题的症结之所在？无论如何，你对当时发生的一切描述得的确非常到位，这是我必须承认的。我确实再次感受到了多年以前那个奇怪夜晚的全部压迫感，当时所体会到的尴尬心情，每一样都完整再现了。甚至有那么一瞬间，我竟然冒出了这样一种念头，我必须努力克制住自己的冲动情绪，让自己冷静下来，恢复一贯的镇定自若。因为在那一瞬间，我仿佛回到了那天晚上，设身处地回到了那个时间点上，为我们两个人重逢时的状况感到无比羞愧。没有任何问题存在，你所讲述的那次重逢经历，内容上是完全正确、无懈可击的。能够听到这样的讲述，仿佛身临其境，我对此感到心满意足。"

"好吧，既然你都这么说了。"听到科讷希特的解释之后，刚开始时普利尼奥是感到有点儿吃惊、有点儿难以置信的，他回应的声音里依旧带着一丝委屈和些许的不信任，觉得科讷希特似乎在捉弄自己，"至少我们当中还有一个人能够从我所讲的故事当中获得不少乐趣，这多少也称得上一件值得为之感到高兴的事情。不过，很可惜，获得乐趣的那个人绝对不是我——这点你必须搞清楚，我讲这件事，绝对不是为了给你寻开心，恰恰相反，我对讲故事逗乐这种事，连一丁点儿兴趣都没有。"

"可现在故事已经讲完了。"科讷希特说，"至少你会发现，不必将这整件事情想得那么严肃。而且，现在你总该知道，我们可以用多么开朗、多么乐观的态度来看待这个故事了吧？实话实说，这个故事在我们双方眼里都不太光彩。我们大可以对它付之一笑。"

"付之一笑？为什么？"

"因为这是关于前卡斯塔利亚人普利尼奥的故事。离开卡斯塔利亚之后，他依旧对那个精神家园念念不忘，通过自己特有的方式，想方设法学习玻璃球游戏，为之付出了巨大的努力，与此同时，也为获得他以前伙伴们的认可付出了巨大的努力。如今这一切都已过去，一切都被彻底否定了，所有的努力也都付诸东流。另一方面，这也是关于彬彬有礼的"留级生"科讷希特的故事。他徒具卡斯塔利亚的一切手段与形式，在面对自己曾经的挚友时，却几乎不知道应该如何是好。这个突然闯入自己生活的普利尼奥，在面对他时，科讷希特完全不懂得如何去掩饰自己的尴尬，甚至在事情已经过去这么多年之后的今天，他还是学不会掩饰，还是会感到同样的一种尴尬，仿佛在自己面前举起了镜子，重新端详了一遍过去发生的一切似的。除此之外，我还必须再讲一遍，普利尼奥，不得不说，你的记忆力真的很厉害，曾经发生过的故事，你讲得太到位了，好得不能再好，我是绝对不可能做到的。今时今日，对我们而言，幸运之处或许在于，时过境迁，这件事已经完全结束了，已经彻底过去了。我们现在大可以笑着谈论它，大可以对它付之一笑。"

这番话当中蕴藏着一种很有道理的感觉，德西格诺尼的内心显然已经有些动摇，显然已经被科讷希特的恳切态度给弄糊涂了。一方面，他觉得游戏大师这番话中所表现出来的善意和幽默，本质上是一种令自己感到十分愉悦的东西，是真正发自他内心的，无论从哪种角度看去都不带任何伪装，与任何一种嘲弄或嘲讽都相去甚远；另一方面，他也能够清楚地意识到，在科讷希特这种看似欢快、豁达的表象背后，实际上隐藏着无比强烈的严肃性。普利尼奥其实很早就察觉到了这种严肃性的存在，因为这种严肃性是无法消解、不容置喙的，可是，他在讲述过程中实在太过痛苦，反复咀嚼到了那次重逢的苦涩滋味，也正因如此，他的叙述掺杂了太多的忏悔性质，无法不加思索地改变语气，做到完全的客观和公正。

"你恐怕忘了其中最为关键的一点，"普利尼奥有些犹疑不决地回应道，可以很明显地看出，他对自己的驳斥并不自信，因为他其实已经基本同意了科讷希特的说法，至少也同意了一半，"我们两人的立场不同——我告诉你的这些事情，在我眼中看起来的感觉，和在你眼中的感觉是完全不一样的。对于你这个卡斯塔利亚人而言，那次重逢最多也不过给你的生活带来了些许不方便，仅此而已；可是在我看来，那次重逢无疑是一次巨大的失败，既往的一切完全崩溃了，不过话说回来，那同时也是我人生中重要变化的开端。还记得那年，当假日普及班的课程全部结束之后，我马上就启程离开了瓦尔德策尔，离开的同时，我下定决心、立下誓言——我发誓，此生绝对不会再回到这里。说实话，我当时对卡斯塔利亚、对你们所有人的态度已经接近于憎恨了，我的幻想已彻底破灭，意识到我永远不可能再属于你们，不仅如此，直到那时我才发现，恐怕我以前也不像自己一度以为的那样属于过你们。彼时彼刻，哪怕有人再稍微在我身边煽风点火一会儿——不需要太多，一点儿火星就够了——我就会沦为一个叛徒，沦为你们卡斯塔利亚永远不可能取得和解的仇敌。"

科讷希特这位旧友十分耐心地听他讲着，眼神平静地注视着他，仿佛看透了他心中真正的想法。

"毋庸置疑，"等到普利尼奥沉默下来之后，科讷希特回应道，"你所讲的一切，我都很想知道，也很愿意听你娓娓道来。很可惜，关于那次重逢，今天的时间实在有限，无法面面俱到。如果可能的话，希望你能够在不远的将来再来细讲一遍，完完整整地告诉我一切，包括你的各种想法、你所持的立场，以及你在此期间的感觉等，以免发生误判。可是，单就今天所讲的这些内容而言，至少在我看来，我们之间的情况是这样的：我们在精英学校上学期间是很好的朋友，后来分开了，走上了很不一样的人生道路；多年以后，我们再次见面，但时机不怎么好，恰恰在你参加那次不幸的假日普及班课程期间，倒霉事接二连三地发生。当时的你早已成了半个世俗世界之人，甚至可以认为已经完全属于世俗世界，跟'教学省'几乎没有关系了；反观当时的我，可以认为我是个有点儿傲慢的瓦尔德策尔人，身上具有卡斯塔利亚的一切特征。当时的我们，几乎可以说是完全对立的存在，各自位于两个不同的极点之上。转眼又是许多年过去，时至今日，我们再次相逢，开始回忆当年令我们无比失望、令我们感觉可耻的那次重聚。借助你身临其境的讲述，我们又看到了当年的自己，体会到了曾经的尴尬。可是，如今的我们已经能够忍受当年的窘境了，不仅可以泰然处之，甚至还可以对它付之一笑，因为时过境迁，到了今天，一切都变得完全不一样了。事到如今，我也不打算继续向你隐瞒这样一项事实：那次重逢时，你给我的印象确实很糟糕，期待已久的情况下，见到的你竟会是那个样子，这残酷的现实，令我感觉非常尴尬。不得不说，当时在我眼中看到的你，呈现出来的是让我内心极度不快的负面印象，如此糟糕，让我一时之间不知该怎么对待你，不知该拿你如何是好。你以一种我事先完全意料不到的、近乎挑衅的方式出现在我面前，使我感到惊愕不已，你怎么会变得如此不成熟，如此粗鲁，如此庸俗？当时的我，显然是个典型的卡斯塔利亚青年，根本不了解你生活的那个世俗世界，也不想了解那个世俗世界。再看看你，嗯，你跟我一样，也是青年，是个来自外界的青年，我对你感到陌生，不太明白你为什么非要来拜访我们、为什么非要来参加这个游戏普及课程，因为你身上似乎早就没有当年精英学校高才生的影子了，做这种事情纯属浪费时间。那次重逢时，你刺激了我的神经，诚如我刺激了你的神经。面对这种非常状况，我不得不在你面前摆出防御的姿态，戴上面具，展示出傲慢的瓦尔德策尔人形象。我不得不小心翼翼地与你保持距离，与一个非卡斯塔利亚人、一个玻璃球游戏外行保持距离。再看看你，在我眼中，当时的你毫无疑问就是个未开化的野蛮人，或者说得好听点儿,至多也不过是个受了点儿教育的蛮夷罢了。像这样的一个人,还偏偏要对我指手画脚,时不时地就想对我的兴趣和友谊提出令人心烦、毫无根据的冲动需求。在那个时候,我们真可谓相看两厌,不仅不可能生出什么好感,而且——就像你刚才所讲的那样——我们在看待对方的态度上,已经接近于憎恨了。显而易见,在那个时间点,我们除了分道扬镳之外,什么也做不了,因为我们双方都没有什么可以拿出来奉献给对方,不存在创造和解的条件;与此同时,我们也无法正确、理性地看待对方,无法对发生的一切给予客观、公正的评判。

"但是,时至今日,情况已经大不一样了,普利尼奥,今天我们已经能够坦然自若地重温那段埋藏在各自记忆深处的羞耻往事,我们完全可以对当年的那一幕场景付之一笑,完全可以对当年的我们自己付之一笑,因为今天的我们在思想上已经完全成熟了,不会再那么幼稚,遇到类似事情的时候,不会再感到无所适从。我们完全可以跟其他任何人一样,哪怕脑海中存着完全不同的意图、完全不同的理念,哪怕想法上天差地别,乃至于几乎无法沟通,也可以走到一起——我们可以在同一个大厅里开会,可以坐在同一个屋檐下聊天,再没有年轻时那些多愁善感的情绪,再没有必须加以压抑的嫉妒心,再没有牵引出仇恨的理由,再没有可悲可叹的骄傲自满,因为我们早就是成年人了。"

听到科讷希特的这番话之后,德西格诺尼的脸上露出了如释重负的微笑,看得出他此刻已经释怀,可他依旧嘴硬,所以还是问出了这样一个问题:"话虽如此,我们真能做到如此坚定、如此有把握吗?或许这些归根结底也不过是想要表现得友善些的意愿罢了——试图表现友善的意愿,我们当年可是一点儿也不缺。"

"这正是我想要表达的意思,"科讷希特笑道,"总是如此,我们总是用试图表现友善的意愿来折磨自己,在其他人面前费心劳力,搞得自己疲惫不堪,最后甚至到了无法忍受的地步。那次重逢时的情况其实很简单,事实就是——我们当时都很不喜欢对方、都很讨厌对方,这种讨厌之情是发自本能的，我们各自都觉得对方很陌生，早已不是过去熟悉的那个人，重逢充满了怪异感，令我们心中不安，令我们感觉陌生又恶心。彼时彼刻，唯一能够支撑住场面的，只有我们心中对道德义务的想象，这种想象让我们尽力保持住了一团和气的场面，始终维持了友善的态度。我们在这方面找到唯一的共识，正因为有了这一共识，才迫使我们将这出费力的闹剧演了一整个晚上。实话实说，当你结束了那次访问之后，我很快就想明白了我们的关系之中存在着的问题：一起上精英学校的岁月早已过去多年，但我们始终没有办法完全跨越以前的那段友谊，也始终没办法跨越以前的对立。我们没办法放下那段过去，没办法让过去就此消逝。恰恰相反，我们认为自己必须想方设法将过去的一切给挖出来，让本应消逝的一切以某种方式继续下去。我们觉得自己对过去有所亏欠，不知道应该如何偿还自己欠下的孽债。事实岂不就是如此？"

"照我看来，"普利尼奥若有所思地说道，"你今天其实还是犯了同样的毛病，还是试图表现友善，因为你对我的态度实在太过客气、太过礼貌了。在你的表述中，总是习惯于将'我们'挂在嘴边，但其实你跟我并不等同，你口中的'我们'实际上并不存在。照你看来，我们两个的行为模式是一样的，我们都在努力寻求对方的认同，但遭遇了失败，自始至终都没能得到对方的认同。可事实又是怎样的呢？寻求认同也好，奉献热爱也好，统统都在我这边，全是我一个人在努力；相应地，失望和痛苦也都由我来承受。我倒要问问你，自从经历了那次重逢之后，你的人生发生了什么变化吗？什么变化都没有！可是另一方面，对我而言，那次重逢却意味着与过去决裂，那份痛苦可谓深入骨髓。也正因如此，我不可能跟你一样，对它付之一笑。"

"请原谅，"科讷希特的态度依旧平静，他用亲切和蔼的语气安抚普利尼奥道，"我的说法可能太草率了，很多地方没有考虑周全。可是，我的确希望你也能对那次经历付之一笑。假以时日，我希望你也能融入我的笑声里，跟我一起大笑开怀，真正放下一切芥蒂。你是对的，你当时确实受到了很重的伤害，但伤害你的并不是我——并不像你当时所认为的那样——而且，你现在似乎还是坚持己见，还是觉得伤害你的就是我。真正伤害你的，是你跟卡斯塔利亚之间无法弥合的鸿沟，是你与'教学省'之间的巨大隔阂。我们在学生时代的那段友谊中，似乎都曾克服过这道鸿沟。可是，当你离开瓦尔德策尔之后，这道鸿沟突然在我们面前显形，它的可怕程度超乎想象，令我们之间的距离不断扩大，令我们之间的分歧不断加深。就是这样，坦率直言，千万不要顾忌什么，没有任何必要——你认为我这个人还有什么问题、还有什么地方需要加以指责？我请求你，自由地控诉我、批评我、谴责我吧。"

"唉呀呀，我对你绝对不会有什么谴责，但抱怨还是有的。我对你的抱怨，你当年并没有听进去，现在看来你也不想听。彼时彼刻，你用微笑、用显露在外的友善态度回应了我，时至今日，你的做法也没有任何改变。"

虽然他已经从游戏大师的目光中明白无误地感受到了两人之间坚实的友谊，感受到了深深的善意，但他还是嘴硬，无法停止抱怨，无法不去强调自己心中郁积的这些观点；那次重逢留下的症结，已经在他心中盘踞了这么久，过程如此漫长，如此痛苦，早已令他遍体鳞伤，因此，他必须利用这次机会，尽可能地清除根深蒂固的顽疾。

科讷希特还是跟刚才一样，任由他说，脸上的表情始终没有发生变化。等普利尼奥抱怨完之后，他略微思索了一下，最后温和地回应道："直到现在，我才开始真正理解你，我的朋友。也许你是对的，该讲的话，必须趁此机会，毫无保留地讲出来。这一切都没什么问题，截至目前，我只想提醒你：唯有当你真正放下包袱，毫不留情地对我加以指责、加以批判时，你才有权要求我对你所提出的指责和批判做出辩护、给予回应。可是你也清楚，在宾馆客房发生的那次夜谈中，你根本就没有抱怨过什么；恰恰相反，你跟我一样，都在努力表现友善，尽可能让自己显得云淡风轻，潇洒大度；你跟我一样，都试图扮演无可指摘的完人，都想让对方以为自己根本没什么可抱怨的。然而，你却在暗地里期待着，期待我能够听出你话中的弦外之音，期待我能够从你的举手投足间看出隐晦的暗示，期待我能够发现你正在秘密地向我大吐苦水，期待我能够辨认出你友善面具之下暗藏着的真实面目。好吧，不得不说，我当时的确能够注意到这一切友善的背后恐怕另有隐情，但只是隐隐约约地有一丝预感，觉得你身上似乎出现了些许不祥的征兆，尽管我现在知道，那些绝对不是你想表达的全部，你想表达、想控诉、想埋怨、想指责的，比我当时感觉到的要多得多。可我又能做些什么呢？我具体应该怎样去做，才能让你明白——在不伤害你自尊心的前提下，让你明白我正在担心你、正在同情你呢？我的手里是空的，什么也没有，即使向你伸出手来，也没有什么可以给你。我没有建议可提供，没有安慰可施与，没有友谊可延续，因为我们所走的人生道路是如此背离，早已完全没有关系，早已远远分离，既然如此，我向你伸出手来，又有什么用呢？没错，在那个时候，在那次重逢的时间点，在你伪装出来的一系列云淡风轻的举止背后，明明暗藏着不安、挟带着不快，但这不安和不快却令我感到恼火与不安。坦率地讲，你所暗藏的这一切情绪，每一样都令我感到厌恶，因为其中包含着一种明目张胆的要求，要求我参与进去，强迫我同情你，可是——再看看你，你当时的表现和举止，跟这要求一点儿也不匹配，没有哪一样是相符的。实话实说，你的表现和举止之中，是带有一些颐指气使感觉的，这种感觉令我感到十分幼稚、可笑。总而言之，在我看来，你的做法只会让我对你的感情迅速降温，让我对你的真心变得越来越冷。你口口声声地说，要跟我成为好伙伴，说你想成为一个名副其实的卡斯塔利亚人，成为一名玻璃球游戏玩家，可是与此同时，你的行为举止又显得那么随便，不受控制，异想天开！你完全迷失在了自我陶醉的妄想之中！你以为你是谁？你凭什么觉得自己想要什么就一定应该得到？这两个反问恐怕不怎么礼貌，但它们或多或少就是我当时对你的判断，因为我看得出来，卡斯塔利亚的影响在你身上几乎已经不复存在了，甚至可以说，你连作为'教学省'一员的基本规则都已忘得一干二净。很好，我知道，这不关我的事。可既然如此，你为什么偏偏要来瓦尔德策尔，为什么偏偏那么想要成为我们当中的一员呢？正如我刚才已经反复强调过的，你的这种行为，在我看来真的很讨人嫌，也很恶心。假如你将我努力表现出来的那份友善、将我的殷勤礼貌理解为拒绝的话，那你当时的判断无疑是很正确的。没错，出于本能，我拒绝了你，并不是因为你是一个来自世俗世界的人，而是因为你居然声称自己是卡斯塔利亚人。时光荏苒，这么多年过去之后，当你再次出现在我面前时，你身上那种自以为拥有卡斯塔利亚特征的错觉早已荡然无存，现在的你看起来很世故，说起话来也跟来自外界的人一模一样，我经常会被你脸上显露出来的悲伤、难过或者不幸的表情所触动，因为这些表情对我而言是很陌生的，这些都是你来自世俗世界的证明。可是，关于你的这一切，你的态度、你的话语，甚至包括你的悲伤在内，都令我感到无比开心。你所显露出来的这些特征，每一样都很美好，每一样都很适合你，配得上你的身份，没有什么太过突兀的地方，没有什么能够令我感到不安。也正因如此，我现在可以毫无保留地接受你、肯定你。面对你时，我的心中再也不存在任何的矛盾，再也不需要给予多余的礼貌、多余的友善态度。于是，我立即以朋友的身份亲近你，款待你，努力向你展示我的喜爱，努力让你参与到我的日常生活中来：这一切都是水到渠成，是再自然不过的事情了。值得注意的是，这次的情况跟那次重逢时的情况截然相反，这一次是我在努力向你示好，你本人反而竭尽全力地忍耐、忍受着这一切。看起来，我似乎有点儿一厢情愿了。时隔多年，你又一次在我们'教学省'现身，成了卡斯塔利亚管理委员会的成员，对卡斯塔利亚未来的命运给予了关心，我一度将你的这种行为视作对故地的依恋，视作一次忠诚的告白——此刻再看，恐怕是我想多了。不管怎么说吧，一切是是非非，如今皆已成往事，或许不必再多提。更何况眼下你也接受了我的提议，经过一番努力，我们之间的关系总算达到了可以向对方敞开心扉的程度，我希望借此机会，还能重拾我们之间的旧日友谊，重归于好，再续前缘。

"你刚才讲过这样的话，你说，年轻时的那次重逢对你而言，是一次极为痛苦的经历，但对我却毫无意义、无关紧要，因为它不曾对我造成任何影响。你所提出的这个议题，我们并不需要为其多余地争辩些什么，因为你的看法很可能是对的；可是我们现在的会面，'阿米奇'，对我而言却绝非毫无意义。实际上，它对我的意义，比我今天能够用言语告诉你的，以及你心中所猜测的要大得多。至少对我而言，今天这次会面不仅意味着一位阔别多年旧友的正式回归，而且还使一段已然逝去的时光复活，获得了新的力量，产生了新的转变。最重要的是，它对我来讲，意味着一次感召、一种调和，它为我开启了一条通往你们世俗世界的道路，它让我有机会重新面对你们跟我们卡斯塔利亚人之间的弥合问题。最重要的是，这一切发生的时机刚刚好，简直无法让人不去怀疑一切都是命运的安排。我必须告诉你，今天这次会面恰到好处，它完美地发生在了正确的时间点，没有比这更完美的了。这一次的感召并没有让我感到闭目塞听，而是令我比以往任何时候都更加清醒，因为它的降临并没有让我感到惊讶，它并没有像外来的异物一样出现在我眼前——在面对异物时，一个人可以选择向它敞开怀抱，同时也可以封闭自己——它就仿佛来自我的内心，来自我自身深处，它是对一个如今已变得非常强烈、非常紧迫的心愿的回应，它是对我内心需求与渴望的回答。关于它的一切，我很想跟你细谈，但那是另一个时间该做的事情了，现在已经很晚了，我们都需要休息了。

"你先前曾经提到过一种对比，即我的开朗与你的哀戚之间的对比，欢欣鼓舞与唉声叹气，至少在我看来，你想表达的意思是：我没有以公正客观的态度对待你口中所谓的'抱怨'，甚至直到今天都没有像这样做过，因为我总是以微笑来回应你的抱怨，试图对曾经发生过的一切付之一笑。可是，在你的这种说法当中，有一点我怎么都想不明白：为什么不能用欢欣鼓舞的态度来听你唉声叹气？为什么一个人在面对抱怨时，必须以愁眉苦脸来作答，而不能用灿烂笑容作为回应呢？时隔多年，你终究还是带着你的悲伤，带着你心理上的沉重负担，回到了卡斯塔利亚，回到了我的身边。照我看来，我们大可以从你的这种行为中得出结论，即你或许对我们面对哀戚时表现出的开朗感兴趣，想要学会付之一笑的方法。可是，这其中存在着一个简单的道理，你却没能想明白：我不允许自己对你的悲伤、你的沉重负担感同身受，不允许自己被这些情绪所感染，进而变得跟你一样愁眉苦脸、唉声叹气，但这并不意味着我不打算接受这些情绪，不愿意认真对待这些情绪。恰恰相反，你愁眉苦脸的模样、你所经历的人生、你在世俗世界的命运强加给你的面容，我完全认可，完全接受，因为这些本就来自你，归属你，它们对我而言无疑是可爱的、值得尊敬的存在，尽管与此同时，我也希望看到它们发生变化，我也希望你能够有所改变。眼下我掌握的信息还不够多，只能凭借你目前告诉我的少许信息，略微猜测它们的来源。不过我并不担心，因为以后你肯定会尽可能多地告诉我相关的一切，让我对它们能够有更多的了解；当然，你也可以根据自己认为合适的方式保持沉默，我也一样对此表示尊重和理解。在目前这个阶段，通过你所提供的信息，我唯一能够看出的现状就是：长期以来，你的人生似乎过得格外艰难。也正因如此，你才认为我不可能过得比你更艰难，情况不可能比你更糟糕，或许事实也的确如此。不过话说回来，就算真是这样，为什么你就能一口咬定，认为我不会也不可能对你本人、对你的艰难处境做出客观公正的评判？"

听完科讷希特的这段话，德西格诺尼的脸色又变得阴沉起来。"有时候，"他颇有些无奈地回应道，"在我看来，我们两个不仅代表了两种不同的表达方式，我们所讲的不仅是两种不同的语言——这两种语言看似相通，但其实无论其中哪种，都只能以模棱两可的方式翻译为另外一种，永远不可能精确传达各自的意思——不，不仅如此，不是语言的问题，不是表达方式的问题，我们简直就是两种从根本上存在着分歧的人类，永远不可能真正理解对方。至于我们一直想搞清楚答案的那个问题，即我们当中到底哪个才是真正发展到完全成熟阶段的人类，是你们卡斯塔利亚人，还是我们世俗世界的这些人，又或者，我们两种人类之中的任何一种都没有真正成熟，都只是过渡阶段的半吊子罢了。这些问题总是在我脑海中打转，无论选择哪种答案，其正确性似乎总值得怀疑，总会出现矛盾之处，总让我感到失之偏颇。在我的人生当中，曾经有过很长的一段时期，在这段时期，我总是以一种崇敬、自卑又羡慕的复杂心情仰望你们，仰望你们这些身在团体组织里的人，仰望你们这些玻璃球游戏玩家，就像仰望永远开朗的神明或者超越之人，随时保持良好的心态，随时可以在游戏的世界里徜徉，随时能够享受自我的存在，人世间的任何痛苦似乎都无法触及你们。可是，在另外一些时候，我对你们的看法又会有些许不同，我不再仰望你们，属于你们的一切，不再那么令我感到羡慕了。在这种情况下，我时而羡慕你们，时而怜悯你们，时而鄙视你们，态度不断发生变化，因为我无法简单地定义你们：你们是从小就被施以精神阉割的一群人，被人为地约束在一段永恒的童年里，你们所在的这个世界，它没有任何激情可言，随处可见整齐划一的围栏，每一阶段都有人安排秩序井然的游戏，仿佛一生都住在幼儿园里一般，一生都跟小孩子一样幼稚。在这里，每一个鼻子都被仔细擦拭，不容许沾上一点儿污渍，每一个不愉快的情绪或想法，转眼就被安抚、压制；在这里，人们玩的是持续终身、人畜无害、绝对不会流血牺牲的游戏；在这里，每一项可能会让人感到恐惧不安的生活情绪、每一种澎湃激昂的情感、每一份真正的激情、每一次意料之外的心潮起伏，都会被自觉自愿进行的冥想疗法所操纵、所控制，转眼之间就会改变方向，走向中和，彻底消逝。卡斯塔利亚就是这样的一个地方，'教学省'就是这样的一个地方。平心而论，这难道不是一个完全人造、虚伪透顶、因为受了精神阉割而在思想上绝育的、无法繁衍更新的、被冠冕堂皇的严苛教育精心修剪过的残缺世界吗？缺乏真正的生命力，缺乏创新活力，只有你们这一小撮懦弱的废人，仿佛盆栽植物一般，被强行种植在这里，在这个支离破碎、残缺无聊的世界里，在这个因为过分崇尚精神而接近虚妄的世界里，在这个没有罪恶、没有激情、没有饥饿、既没有果汁也没有盐分的寡淡世界里，在这个没有家庭、没有母亲、没有孩子，甚至几乎不存在任何女人的世界里！在这里，基于原始本能的那部分生活，借助冥想这种手段，受到了彻底的压制；在这里，一切存在危险隐患的、需要冒险的、难以为之承担责任的事务，诸如经济、司法、政治等，都被你们隔离了出去，世世代代地留给了外界，留给了别人。你们这些卡斯塔利亚人，每个都胆小怕事，将自己保护得很好，衣食住行上没有烦恼，也不需要承担俗世间许多折腾人的俗套,自在逍遥,不受人打扰。不仅如此,为了避免自己所过的这种独居隐士生活逐渐变得乏味无聊,卡斯塔利亚人还忙于培养各种各样的学问专长,忙于计算音节与字母之间可能存在着的复杂对应关系,忙于演奏音乐,忙于玩玻璃球游戏。与此同时,在外面污秽肮脏的世俗世界里,贫穷无辜的可怜人,却生活在每日重复的劳累与喧嚣之中,过着真实的生活,从事着真实的劳作。"

普利尼奥的这番话语当中,有不少情绪上的宣泄,诉苦抱怨的成分居多,科讷希特并不觉得疲累,始终亲切友好地聆听着,一直等到他全部讲完,才重新开口。

"亲爱的朋友哇,"科讷希特字斟句酌地回应道,"你刚刚讲的这些话,令我不由得回忆起了多年以前、我们学生时代曾经发生过的一幕一幕。确切地讲,你让我回忆起了我们之间进行长期辩论的那段时期,想起了你当时对卡斯塔利亚所提出的一系列批评,以及你咄咄逼人的进攻态势。仅就这方面而言,你还是当年的你,不同之处在于,我已不是当年的我,不可能继续扮演跟当年一样的角色;我如今的任务早已不是保卫团体组织荣耀和捍卫'教学省'尊严,不需要保护它们免受你的攻击,实话实说,我甚至对现状感到颇为满意,因为这项通过无休止的辩论来对卡斯塔利亚进行卫戍的艰巨任务,当年就已经令我在精神上感到精疲力竭,我可真不想再来一次了。更何况你刚才再次发动的进攻还很厉害,甚至可以说相当精彩,就算强制命令我予以还击,我恐怕也难于招架。打比方说,你刚才举了这样一个例子,声称那些生活在卡斯塔利亚外面的可怜人'过着真实的生活,从事着真实的劳作'——这句话听起来如此义正词严,修辞上堪称完美,表述上也很坦诚,整体而言,几乎等同于是一条公理。假如有什么人想要反驳它,那他们将不得不站在公理的对立面,并且因此而显得很不体面,在开口之前,气势上就已经输了一半。不过话说回来,只要愿意采取诡辩态度,那他们完全可以站出来提醒说话者——既然他本人也来自外界,既然义正词严地支持所谓'真实的劳作',将'真实的劳作'奉为公理,那他本人当然也要从事'真实的劳作'才对。那么,他所从事的这些'真实的劳作'当中,岂不也包含了参加卡斯塔利亚的管理委员会吗?调配国家预算,岂不是在为卡斯塔利亚人所过的生活谋福祉吗?假如他要为此申辩,辩称自己所做的这部分事情不算'真实的劳作',那么,连他自己做的事情都不算'真实的劳作',又有什么资格来为它辩护呢?不过,我们还是暂时不要这样你来我往地开玩笑了吧!我已经讲得很清楚,像这样的辩论,我可是一点儿都不打算再参与了。总之,我已经从你的话语中看出,已经从你讲这些话语时的语气中看出,你仍然怀抱着一颗对我们充满仇恨的心,可是与此同时,你的这颗心里又对我们充满了绝望的爱,充满了羡慕或渴望。在你看来,我们是一帮懦夫、一堆游手好闲的傀儡,要么就是一群成天在幼儿园里疯玩的懵懂孩童,可是,你有时也会将我们看成一尊尊永远保持着逍遥快活状态的神明。无论如何,我个人认为,我们可以从你截至目前所讲的各种话语中得出一个结论:你长久以来的悲戚感,你内心的不快乐情绪,或者任何一种我们曾经对它给出的称呼,不管哪样都好,肯定不是卡斯塔利亚的错,它一定来自其他地方。退一步讲,就算我们卡斯塔利亚人的确应当受到谴责,你今天对我们给出的谴责与反对,肯定也不会跟我们当年在精英学校进行的长期辩论中一样。在我们以后进行的对话中,你肯定会告诉我更多内容,比我们在今天的这一次对话中透露的内容要多得多,对此我毫不怀疑。在不远的将来,我们必定能够找到某种切实可行的方法,使你变得更加快乐,使你的人生变得更加幸福,即使做不到,那我们至少也要让你跟卡斯塔利亚之间的关系得到改善,让你从束缚中解脱出来,变得更加自由,心情也能更愉快些。不得不说,就我目前所见的情况来看,你正身处于一种虚假关系之中,被这种麻烦的关系给束缚住了,变得意气用事,固执己见,乃至于一意孤行。这种虚假关系分为几个层面,不仅包括你跟我们这些人的关系、你跟卡斯塔利亚的关系,也包括你跟自己青少年时代的关系、你跟精英学校时期经历的关系。在这几个层面的共同作用下,你受到了蒙蔽,将自己的灵魂分割成了两部分,即卡斯塔利亚部分与世俗世界部分,如此一来,你就同时担负了两部分的责任,不得不为那些本不应该由你承担任何责任的分外事而操心,并且因为力不能及而反复责备自己。不仅如此,恐怕也基于同样的理由,你因为需要考虑的事情太多而分了心,反而将自己的分内事给耽误了——分外事姑且不论,分内事没做到,责任完全在于你自己,因为它们恰恰属于你应该承担责任的部分。对了,据我猜测,你已经有很长一段时间没练习冥想了。我应该猜得没错,不是吗?"

听到科讷希特的这句问话之后,德西格诺尼发出了痛苦的笑声:"你的感觉是多么敏锐呀,大师!假如我没听错的话,你刚刚说的是'很长一段时间'?不妨告诉你,我放弃冥想这套把戏,已经过去很多、很多年了。这么多年以来,你一直都对我不管不顾,现在倒好,突然关心起我来了。瞧瞧你提的这个问题,言之凿凿,听起来是多么担心我哇!彼时彼刻,我到瓦尔德策尔来参加假日普及班课程,那次重逢,你向我表现出如此之多的友善,彬彬有礼,以礼貌拒我于千里之外。我当然知道,这其实是卡斯塔利亚人表达蔑视的一种方式,你以此来表达对我的蔑视,用如此巧妙、如此崇高的方式拒绝了我邀请你成为伙伴、重新开启一段友谊的请求。彼时彼刻,我是如此狼狈不堪,从瓦尔德策尔回去之后,我下定决心,一定要将自己心中残存的卡斯塔利亚信仰永远剔除出去,跟你们这帮人一刀两断。自那时起,我就放弃了玻璃球游戏,不再进行冥想训练,甚至对音乐也产生了厌恶感。在很长一段时间里,我都没有再听过音乐,直到很多年以后,这种状况才稍微有所缓解。我完全舍弃了跟卡斯塔利亚人交朋友的打算,相应地,我在世俗世界找到了新的伙伴,他们亲自给我上补习班,教导我什么才是世俗世界真正的快乐。我们喝酒,我们嫖妓,我们尝试了所有可以弄到手的麻醉剂,我们唾弃并嘲笑一切可敬畏、可崇拜、可被称为理想的迂腐玩意儿。自然,这种沉浸于喧哗与骚动中的状态并没有持续很长时间,可它持续的时间也足够长,长到足以完全腐蚀掉我身上最后剩下的一点儿卡斯塔利亚残迹。再然后,直到多年以后,当我偶尔意识到自己对各种世俗东西了解太多、陷入太深,非常需要借助一些冥想技巧来帮助自己澄净心灵时,我在性格上已经变得太过骄纵，哪怕是冥想，也不愿意从头开始学起了。"

"太过骄纵？"科讷希特轻声问道。

"是啊，太过骄纵。自那次重逢到现在，已经过去了很长时间，在此期间，我选择放纵自己，沉沦于世俗世界之中，时至今日，我已彻底成了一个世俗之人。我早已不打算成为其他任何一种人，只打算成为世俗之人当中的一员；我早已不打算过其他任何一种人的生活，只打算让自己的生活变得跟世俗之人完全一样。我对他们这种热情、幼稚、残酷、无拘无束的生活朝思暮想，我要让这种生活在我身上夜以继日地反复，我要让自己的人生在幸福与恐惧之间永远摇摆不定；我不屑于借助你们惯用的那些无聊政治手段，你们总想在这样那样的领域给自己行个方便，谋求某种高高在上的特权地位。"

听到这里，游戏大师目光凌厉地看了他一眼，质问道："也就是说，你像这样过自己的生活，放浪形骸，一晃过了许多年？难道你就没有采取过任何措施，来结束盘踞于自己身上的这种状态吗？"

"噢，试倒是试过，并不是什么都没有做。"普利尼奥大方承认道，"我曾经使用过一些手段。不瞒你说，哪怕是时隔多年之后的今天，我也还是会采取这样那样的一些手段。比方说，在有些时候，我会重新开始喝酒，喝到酩酊大醉，自然就什么都忘记了。假如不喝酒，那么，大多数情况下，我需要借助各种各样的麻醉剂，才能够安然入睡。"

听到普利尼奥的回话之后，科讷希特突然闭上了自己的双眼，而且还闭了好一会儿，仿佛因为某件事情感到身心极度疲惫似的。接下来，他又睁开了眼睛，再一次向普利尼奥投去凌厉的目光，死死盯住自己这位旧友。他沉默不语地注视着对方的面容，这种目光起初是带有某种审视感的，颇为严肃认真，但看了一会儿之后，又逐渐变得温和、友好、开朗起来。本书记载的这次对话结束之后，德西格诺尼曾在相关的一则记叙中专门描写过科讷希特的这种目光，他说，在此之前，自己还从来没有透过任何一位人类的双眼看到过这种目光，他甚至怀疑这并非人类的目光，其中的审视感、探寻感如此之明显，同时又显露出无比的仁慈与博爱；其中蕴藏着无可比拟的纯真，同时又流露出非同寻常的世故与挑剔；其中展现的友好态度可谓光芒四射，同时又透露出无所不知的冷漠。普利尼奥在自己亲笔写下的现场记录中承认，这种目光先是令他感到困惑又恼怒，随后便爆发出强大的控制力，让他的情绪慢慢平复了下来，并逐渐用某种温柔的力量征服了他。尽管如此，他仍旧试图反抗，不愿意向这种目光屈服。

"你刚刚对我讲了这样一句话。"他回应道，"你刚才说，你知道有什么办法能够使我变得更加快乐，使我的人生变得更加幸福。但你甚至没有问我是否真的渴望如此。"

"这么说吧，"约瑟夫·科讷希特笑道，"假如我们的确拥有这样一种能力，能够让一个人变得更快乐、更开朗，能够让他的人生变得更加幸福——假如这种能力真的行之有效，那么我们无论如何都应该这样去做，不管此人是否真的要求我们对他这样做，不管他是否真的渴望如此。试想想看，你怎么可能不寻求快乐和幸福、不渴望获得快乐和幸福呢？道理上根本就说不通，因为这就是你千里迢迢来到这里的原因，也是我们再次面对面坐在这里的原因，这就是你最终还是会回到卡斯塔利亚来找我们的原因。诚然，你讨厌卡斯塔利亚，你鄙视它，你对你那个世俗世界、对你的悲戚太过骄纵，根本不打算改变，不愿意投入哪怕一点点理性，不愿意通过冥想来缓解它——尽管如此，多年以来，你却对我们卡斯塔利亚人、对我们这群人保持快乐开朗的诀窍有着不可告人、不可抗拒的渴望，恰恰是这种渴望，多年以来一直引导着你、吸引着你，直到最后，你还是不得不回到这里来，跟我们聚在一起，开始新一轮的尝试。

"不过，我倒正好要告诉你，这次你来得正是时候，因为眼下我也非常渴望获得来自你那个世界的感召，渴望一道崭新大门能够向我敞开。但是——这些还是放在下一次再聊吧！朋友，这次你已经向我倾诉了很多，我要为此而感谢你，到了下一次，你将会发现，我其实也有很多事情需要向你倾诉。时间很晚了，你明天一大早就要踏上归途，这边还有一整天的工作在等着我，因此，我们必须尽快上床睡觉。无论如何，请再给我一刻钟的时间吧。"

说罢，科讷希特站起身来，走到窗前，抬头仰望，在那些飘动的暗云之间，深邃清澈的夜空一缕缕浮现，其间点缀着浩渺繁星。他一直站在那里，没有立即返回座位，客人见状，也站起身来，走到窗前，跟他会合。游戏大师依旧站在那里，目光凝视着夜空，用有节奏的呼吸，享受秋夜里清新又凉爽的空气。见到普利尼奥过来，他伸出手，指了指夜空。

"瞧哇，"他说，"瞧这幅暗云绘卷，瞧这点缀其间的夜空繁星！乍一看去，人们恐怕会误以为暗云绘卷的部分是眼前天空中最深邃的地方，因为那里是最暗的地方，没有繁星点缀；但是，人们马上就会意识到，暗云绘卷部分所描绘出来的这种黑暗，这种乍看起来无比遥远、无比缥缈的距离感，实际上不过是云层盘踞在夜空中造成的错觉罢了，它们离我们并不算远；真正具有深度的空间，真正称得上深邃的部分，反而是从这些云山的边缘和峡湾处开始的，瞬间沉入无限，星星就守候在那里，肃穆而庄严，对我们人类而言，它们正是澄明和秩序的最高象征。须知——世界的深度、世界的秘密并不在那里，并不在云与暗交织的绘卷之上；真正的深度只存在于澄明、安宁之处。假如我现在可以向你提些要求，你也愿意接受的话，那么，我请求你：当你入睡之前，不妨抬起头来，凝望夜空，凝望有许多星星沉浮的海湾和海峡，用心去注视、去观察，尽量多花一些时间，不要拒绝任何可能出现在你脑海中的想法或梦境。"

一番如此真诚、清澈的话语，给普利尼奥的内心带来了一缕奇异的抽动感，他自己也搞不清楚，不清楚这种感觉究竟是悲恸还是幸福，唯一能够确定的，就是这种感觉犹如一石激起千层浪般，在自己心中久久回荡。他依稀记得，那还是在多年以前，当他还在瓦尔德策尔的精英学校里当学生的时候，在自己学生生涯美好而欢乐的最早期，几乎什么都还不知道的一个时间点上，这个从世俗世界过来学习的新生受到劝说，让他进行人生当中的第一次冥想练习。对方是哪位老师、哪位长辈，现在已经想不起来，唯一还记得的就是，对方劝说自己时，讲出口的也是类似的话语。

"时间所剩无几，请允许我多讲一句。"此刻，玻璃球游戏大师又开始喃喃低语，"所谓的澄明与安宁，我还想再告诉你一些相关事情，即如何从属于繁星的澄明与安宁，过渡到属于精神的澄明与安宁，最后还要转变为我们卡斯塔利亚人特有的那份澄明与安宁。你对快乐和幸福有反感，或许是因为你不得不走一条充满悲伤的人生道路，久而久之，如今天地间一切的光明，各种各样的美好情绪，尤其是来自我们卡斯塔利亚人的光明与美好，在你看来，无一例外都是浅薄的，是幼稚可笑的，甚至是懦弱的，是一种自我欺骗，是对现实之恐怖的逃避，是对如临深渊之危机的回避，为了躲避这一切，我们藏身于玻璃球游戏这个清晰具体、纯粹有序的小世界里，这里只有符号和公式，只有经过抽象处理之后、精心抛光打磨完毕的各种概念。不过话说回来，我亲爱的悲伤之人，哪怕这些逃避、回避、躲避的行为的确存在，哪怕在卡斯塔利亚确实不乏懦弱、胆小之徒，只懂得琢磨一些单纯的符号和公式，哪怕他们甚至在我们卡斯塔利亚人当中占据了大多数——所有这些不利因素加在一起，也丝毫不影响真正的幸福、真正的快乐所具有的价值，不影响它们对外散发出的光芒，因为我们所追求的幸福和快乐是不同凡响的，是如临极乐的，是纯粹的、精神上的幸福和快乐。不得不说，确实有这样一群卡斯塔利亚人，在我们之中为数众多，他们是货真价实的浅尝辄止者，是虚假幸福的追求者，些许精神上的收获就能够令他们心满意足；可是，同样在我们之中，也存在着少数崇高之人，其影响力足可跨越好几代人，他们的幸福和快乐是真实的，既不是逢场作戏，也不会浮于表面，他们所体验到的幸福和快乐达到了非常高的层次，其程度之深超出所有人的想象，大部分人终其一生也未曾体验过。像这样的崇高之人，像这种达到了完人境界的圣贤，我有幸认识其中的一位，他就是我们以前的音乐大师，多年以前，你还在瓦尔德策尔学习的时候，也经常能够见到他；在生命的最后几年时间里，因为某种我们尚不知道的原因，这位先生掌握了支配幸福快乐的真谛，不仅自己得以长久沉浸在趋于极致的幸福与快乐之中，幸福与快乐甚至直接以具象化的形式从他身上向外散发出来，就跟太阳向外散发光芒一样。这种光芒向进入它范围内的每一个人传递着善意与慈悲，传递着对生活乐趣的追寻与渴望，传递着无可替代的好心情，传递着信任与信心。无论是谁，只要进入了这光芒的范围内，并且认真吸收了它，就能获得它的加持，在此后相当长的一段时间里，自己也能持续向外散发同样的光芒，将这光芒普照到每一个愿意接受他的人身上。我也被老音乐大师的这种光芒照耀过，老音乐大师也将属于他的这份辉煌、属于他内心的光明传递给了我，与此同时，也传递给了我们都认识的那位菲洛蒙特，还有其他许多人。对于我本人，还有许多跟我类似的人而言，通过获取幸福与快乐的光芒来实现这种内心深处的安宁，无疑是人生所有目标当中位于金字塔最顶端的那个，而且它在道德上无疑也是最崇高的。除了老音乐大师之外，你也能够在团体领导层的好几位老前辈身上发现类似的特征。他们所支配的幸福快乐既不是纵情声色，也不是自我放纵，而是一系列最为深刻的认知，是对万事万物的仁爱之心，是对纷繁复杂现实的一视同仁；他们所支配的幸福快乐是一种姿态，凭借着这种姿态，无论站在多么恐怖的悬崖与深渊边缘，都能够持久保持冷静与清醒；他们所支配的幸福快乐是圣贤和骑士独有的美德，一旦拥有了它，就不可能被破坏掉，只会随着年龄的增加和死亡的临近而趋于完满。这种幸福快乐是美的秘密，也是所有艺术的根本之所在。诗人在其笔下诗句如舞步般的韵律中赞美生命的辉煌与可怕，音乐家将其视为纯粹的存在，写入自己的曲谱里，让同样的韵律以不一样的形式再度响起，此即光芒的引入者，此即人世间欢乐和光明的倍增者，尽管这位引入者兼倍增者，在让我们沐浴在光芒中之前，首先要带领我们蹚过泪水的河流，体验痛苦的张力。或许那位诗人——尽管其诗句令我们领略到无穷的欣喜——他本人其实是个悲伤的孤独者，或许那位音乐家其实是个忧郁的梦想家，每天都在做白日梦，可是尽管如此，作为引入者兼倍增者，其作品也足以跟诸神沟通，随时随地都可以跟身处繁星之间的欢愉相联结。他给我们的不再是他本人每日面对的黑暗，不再是他不得不承受的苦难或痛楚，而是一缕纯粹的光芒、一滴永恒的欢愉。哪怕全世界所有的国家和民族、所有不同语言的使用者都在进行持久不断的探究，试图从各种远古神话、宇宙理论、宗教信仰中找到凌驾于万事万物之上的究极奥秘，当他们付出了皓首穷经式的努力之后，所能达到的最后终点、所能取得的最高成就，无非是老音乐大师所拥有的这种幸福快乐。你还记得我们以前曾经学过的古代印度人故事吧，遥想当年，我们的瓦尔德策尔老师曾经对古代印度人的历史进行过无比优美的描绘：古代印度人，是一个受苦受难的民族、一个着迷于冥想沉思的民族、一个永远在忏悔的民族、一个禁欲主义的民族；尽管如此，他们在精神领域进行了无止境的探求之后，所取得的最终极、最伟大的发现，反而是轻松又愉快的——轻松的是超越者和佛祖的微笑，愉快的是他们深奥的神话人物。正如这些流传千年的神话所描绘的那样，人类世界的开端是神圣崇高、幸福快乐、光芒四射的，恰如身处早春时节，到处都是春风轻拂、春光明媚的和煦场面，无疑是个黄金时代。随着时间的推移，人类世界生病了，变得越来越堕落，道德沦丧，残虐暴行层出不穷，饿殍遍地，贫穷无处不在。等到连续四个阶段、堕落状况持续加深的世界周期[1]结束时，毁灭的时机已经成熟，于是，这个世界被笑着跳灭世之舞的毁灭神湿婆践踏并摧毁——可它并没有就此终结，反而随着心不在焉的维护神毗湿奴的微笑重新开始，他那双仿若孩童般玩闹、多动的巧手，随意动了几下，轻而易举地就创造出了一个崭新、年轻、美好、光芒四射的世界。过程简直妙不可言：古印度这个民族，拥有无与伦比的洞察力，能够承受其他民族所无法承受的痛苦，他们惊恐而羞愧地注视着人类历史的舞台，观看舞台中央上演的一幕幕残酷惨剧，注视着满载贪婪与痛苦的历史巨轮，永远滚滚向前。他们通过仔细观察，理解了诸神之造物必然要面对的衰败，理解了人类的贪欲和邪恶，同时也看到了人类对纯真与和谐的深切渴望，并且为创世者的全部美好与悲剧找到了恢宏的比喻，即世界周期与造物

---

[1] 古印度的时间概念，即"宇迦"，里面分为四个阶段：圆满时、三分时、二分时、争斗时。四个阶段时长不一，合起来共有四百三十二万年，即一个世界周期。每个世界周期，世界都要毁灭一次，毁灭一千次之后，成为一个劫，宇宙毁灭。

衰败，时间一到，强大的湿婆就要跳起灭世之舞，将堕落至极限的世界舞成废墟。随后，毗湿奴的脸上泛起笑意，从大蛇盘绕如床的身体上苏醒，走出诸神环绕的金色梦乡，随手创造出一个崭新的世界。

"至于我们自己——我们这些卡斯塔利亚人的幸福快乐，恐怕只是印度教这种极为恢宏壮阔的伟大幸福快乐之下，不知道发展变化了多少年之后才诞生的一个小小亚种，尽管如此，它仍然是个完全合格的亚种。学术研究并不总是跟幸福快乐相关的，虽然它理应如此。具体到我们这里，对真理的崇拜实际上是跟对美的崇拜紧密相连的，不仅如此，这两者同时也跟针对心灵的冥想训练紧密相连。恰恰因为有上述三重性的存在——有这个稳定三角形的存在——卡斯塔利亚人永远都不可能完全失去幸福快乐。我们的玻璃球游戏更是将这三条原则有机地结合在了一起：在尊重科学的同时，崇尚美和冥想。也正因如此，一位真正的玻璃球游戏玩家应该像一枚成熟的水果那样，充溢了甜美欢快的内里。作为玻璃球游戏玩家，首先应该拥有的就是音乐领域的甜美欢快，这种甜美欢快的内核无非就是勇敢，就仿佛湿婆在满世界的恐怖与火焰中，跳起欢快的舞步，脸上始终带着微笑，脚下踏出的每一步都是毁灭，犹如庆典上的献祭。多年以前，当我还是学生的时候，已经朦朦胧胧地开始理解这种幸福快乐的理念了，自那时起，我就一直在关注与此相关的一切，今生今世，我不会再放弃它，甚至当我处于不幸和痛苦中时，也不可能放弃。

"好了，我们现在赶紧各自睡觉去吧，明天一大早，你就要启程离开这里了。请尽快找机会回来，到我这里来，告诉我更多关于你的事情，我也会告诉你很多、很多。到了那时候，你就能了解，哪怕身在瓦尔德策尔，哪怕是在大师的生活中，也有很多会让人心生疑虑的事情。无论身在何方，无论自己是什么身份，都会遭遇失望，也无法避免疑虑，是啊，甚至一不小心还会陷入绝望，与恶魔为伍。但现在你该睡了，你应该先听一小段音乐再入睡，那么，就由我来让音乐在你耳畔回响吧。上床睡觉之前，先遥望星空，听一听音乐，这比你之前用过的任何一种安眠药效果都好。"

说罢，他在房间里的钢琴前坐了下来，轻轻地、非常柔和地弹起了雅科布斯神父最喜欢的普赛尔奏鸣曲当中的一个乐章。一个个音符，仿若一滴滴金色的光芒，滴落到寂静之中，声音如此轻柔，轻柔到人们在聆听普赛尔旋律的同时，还能顺带听见庭院里古老的流水喷泉汩汩的歌唱声。柔美中交织了质朴，简约又不失甜美，此时此刻，各种各样的声音都是音乐，音乐与音乐相遇，互相拥抱在一起，勇敢而欢快地在时间的流逝之中、在这一瞬虚无之间，跳起了它们亲昵又美好的永恒轮舞；在音乐持续的这一小段时间里，两人所在的这处小房间蓦然变得无比开阔，夜里的这次对话仿佛永不会结束。最后，当约瑟夫·科讷希特与他的客人告别时，这位客人脸上的表情已跟来时截然不同，此时的普利尼奥，他的脸上同样沐浴着光芒，相应地，他的眼中也饱含了泪水。

第十节　多方准备

科讷希特成功打破了僵局，眼下他跟德西格诺尼之间的友谊已经正式重启，两人之间又开始了频繁而活跃的、在他们各自看来都很新鲜、有趣的日常交往与思想交流。普利尼奥，这位来自世俗世界的先生，多年以来一直生活在逆来顺受、听天由命的忧愁情绪当中，经过一段时间的接触之后，不得不同意自己身为玻璃球游戏大师的朋友，承认他所提出的观点完全正确：吸引他在多年以后辗转回到"教学省"的，的确是对自身精神上获得疗愈的渴求，是对科讷希特所描绘出的那种独特光芒的渴求，对卡斯塔利亚人幸福快乐的渴求。作为卡斯塔利亚管理委员会的一员，他现在经常在没有任何委托和公事的情况下来瓦尔德策尔找游戏大师进行私人对话，这种行为被常伴大师左右的特古拉尼乌斯以嫉妒怀疑的目光暗中观察着。普利尼奥来找科讷希特的次数非常频繁，没过多久，科讷希特就完全掌握了关于普利尼奥，以及他之前所过人生的一切——至少是他本人希望知道的一切。实际上，德西格诺尼之前所过的人生，并不像他在科讷希特面前第一次揭露自身问题时对方所假设的那么特殊和复杂。离开卡斯塔利亚之后，年轻气盛的普利尼奥曾经遭遇过一连串的挫折，他对于调和世俗世界与卡斯塔利亚之间矛盾的热情与渴望，我们在前文中已经了解得很清楚了，在那些年里，他曾经积极开展过行动，收获的却只有失望和屈辱，并因此而感到无比痛苦；到了最后，他不仅没能成为世俗世界与卡斯塔利亚之间矛盾的调解人，不仅没能成为自己朝思暮想的调和者，反而成了一个无比孤独、受到世俗世界排挤、心中充满了怨恨的局外人；与此同时，他也没能实现自己世俗世界的出身与性格跟卡斯塔利亚成分的融合,就他的人生理想而言,可谓一事无成。尽管如此,我们也不能简单粗暴地将他视为一名纯粹的失败者,因为他毕竟满怀热情、不顾一切地尝试过,哪怕结果是失败的,哪怕最终选择了放弃,但他在这整个过程当中、在漫长岁月的洗礼中,依旧形成了自己独一无二的人生面貌,拥有了一段极为特殊的命运之旅。在普利尼奥看来,自己所接受的卡斯塔利亚式教育似乎一点儿也不成功;至少在跟科讷希特的最近一次重逢之前,除了无尽的冲突与无限的失望,以及仅凭他的天性实在难于承受的深切孤独与寂寞之外,这种教育并没有真正给他带来什么。这还不算什么,更糟糕的是,当他不知不觉、无法回头地踏上这条孤立无援的荆棘之路之后,似乎身不由己地就会做出许多愚行,这些愚行无一例外地想要将他一分为二,分为世俗世界和卡斯塔利亚这两个部分,而且,这两个部分向来都是各行其是、各自为政的,这就导致他在做任何事情时都无法全力以赴,最多只能动用半个自己的力量,这种局限性无形之中又给他额外增添了许多困难。早在普利尼奥还在世俗世界的大学里读书时,他就发现自己跟家人,尤其是跟自己的父亲之间出现了不可调和的矛盾。尽管父亲本人并非一位真正意义上的政治领袖,并没有在政府内部担任职务并把握实权,但他的政治观念跟德西格诺尼家族在此之前的所有先辈保持了一致,一生坚定支持保守派,坚定支持由保守派政治家组建而成的政府,坚定支持保守派政府所制定的一切政策;相应地,他一贯都是任何种类的革命与创新的死敌,反对弱势群体对任何现有权利与成果所提出的分配要求,怀疑一切没有社会名望的人,怀疑一切没有官阶傍身的人,他对旧秩序怀抱着绝对的忠诚,时刻准备为旧秩序做出牺牲,时刻准备为一切在他看来合法且神圣的东西做出牺牲。他虽然没有任何宗教方面的需求,却承认宗教是合法且神圣的,也正因如此,他一直都是天主教会的朋友;他虽然并不缺乏正义感、仁慈心,以及行善助人的良好意愿,可是与此同时,他却顽固地从根本上反对土地承租人为改善自身处境所做的一切努力。他熟练而巧妙地运用自己所支持政党的纲领和口号,来证明这种严苛的区别对待是正确的;不得不说,这种证明方式从表面上看去似乎完美无缺，但实际上完全是在将责任推卸给别人，因为它并非以自身信念与洞察力为指导，而是盲目地忠于自己的同僚、忠于德西格诺尼家族的传统——诚如我们所熟知的传统骑士精神与骑士荣誉——对以现代、进步和革新之名出现的一切，都会发自内心地给予强烈鄙视，哪怕并不真正理解其中的理由。可想而知，像他这样的一号人物，对于自己从"教学省"回来的儿子那一系列离经叛道的表现，会有多么失望、恼怒、愤慨：普利尼奥才刚进大学，还是大学生的时候，就主动接近并加入了一个态度激进的反对党，成了反对派当中的一员。不仅如此，这个政党的纲领就是反传统，支持一切与现代化相关的革新主张，隶属于时下流行的所谓现代主义政党。总之，上述一切都与德西格诺尼家族的传统背道而驰。在那个时期，刚好有个以左翼青年为主体的派别，在风起云涌的政治活动中异军突起，取得了骄人的成绩。这个派别本身，乃是从某个旧中产阶级自由派政党中分流出来的，由维拉古特[1]负责领导，此人是一位公共知识分子、一名年富力强的现任议员，而且还是一位专门面向普罗大众的杰出演说家，他的每次演讲都能产生巨大影响力，因为他口才极好，出口成章，妙语连珠，修辞水平之精彩，足以令每一位听众啧啧称奇。整体而言，维拉古特是一位富有激情的领袖人物，偶尔也会被自己的演讲给迷惑住，为那些肺腑之言而感动，认为自己的确是为民请命的代表，是追求自由的英雄。维拉古特常用的宣传手段之一，就是在大学城内举办公开演讲，用这种方式来吸引那些每日钻研学术的有志青年，收效甚佳，大学城内为数众多的热情听众和支持者当中，就包括大学生德西格诺尼。在那个时期，年轻的普利尼奥刚好对世俗世界的大学感到极度失望，正在寻求某种新的精神支柱，某种对他而言已经变得如同空中楼阁般不切实际的卡斯塔利亚式道德的替代品，某种全新的理想主义生活形态及其对应的行动纲领。他在大学城内四处徘徊，观察千奇百怪的人物，参加各种各样的集会，聆听水平参差不齐的讲座和演讲。几次三番的探索与追寻过后，他被维拉古特的演

---

[1] 黑塞1914年出版的自传体小说《罗斯哈尔德》中的主人公：画家约翰·维拉古特，其形象代表了当时德语国家的全体知识分子。

讲给迷住了,对他带有些许悲剧性的热情、他永远主动发起进攻的勇敢挑衅精神、他异于常人的敏捷与机智、他向目标发起控诉和指责的巧妙方式、他优美得体的外表和语言等长处感到钦佩不已。听了几次演讲之后,年轻的普利尼奥就从普通听众顺理成章地变成了维拉古特的崇拜者,并且自愿加入了由维拉古特的大学生信徒们组成的政宣组织,宣传维拉古特所属的党派和方针。普利尼奥的父亲听说了这一消息之后,觉得情况不妙,立刻启程赶到儿子身边。见面之后,这位父亲有生以来第一次暴跳如雷,痛骂了儿子一顿,表达出最强烈的愤慨,指责他完全不尊重家族传统,在外面受到了思想上的蛊惑,背叛了自己的父亲,辜负了家庭和家族的期待,简直就是德西格诺尼家族之耻。痛骂之后,转而又命令他立即弥补过错,斩断与维拉古特及其所属党派之间的一切联系。很明显,时代已经发生了变化,这位父亲的做法已经不再是对年轻人施加影响的正确方式,反而起到了推波助澜的作用。当父亲表明强烈反对的态度之后,年轻的普利尼奥不仅没有反省,甚至将被最亲的人痛骂视为遭受了一次殉道式的体验。无论如何,年轻人顶住了父亲暴跳如雷的攻势,义正词严地向父亲解释道,他在卡斯塔利亚的精英学校学习了十年,现在又在世俗世界的大学里学习了好些年,并不是为了主动放弃自己的洞察力和判断力,并不是为了让自私自利的地主小圈子人士对他好不容易形成的国家、经济和正义概念指手画脚,绝对不是这样的。他告诉父亲,自己听了维拉古特的不少演讲,维拉古特宣扬的观点令他受益匪浅,这位年轻的政治家以古罗马的伟大护民官[1]为榜样,从来不考虑、不顾及个人利益或者自身阶级利益,在这个世俗世界上持续不断地努力,只懂得追求纯粹的、绝对的正义与人性。听到这些独属于年轻人的幼稚天真话语,老德西格诺尼爆发出一阵痛苦的笑声,他没有跟儿子多余争辩这些与为民请命相关的细节,只是请求他至少先完成自己在大学里的学业,等到从大学毕业之后,如果还有同样的主张,再去试着干涉与别人相关的各项事务也不迟。另外,他

---

[1] 古罗马施行的特色治理制度之一,首次出现于公元前五世纪初平民第一次分离运动获胜后,是罗马底层人民与贵族激烈斗争的成果。

又用讥讽挖苦的态度劝告儿子，别以为自己懂得很多，比德西格诺尼家族上溯多少代贤明、可敬的先辈们懂得更多，比他们更了解世俗世界里普罗大众的生活和正义，他现在的行为很愚蠢，已经成了家族里堕落后代的典型，他正在用毫不留情的背叛行为伤害家族荣耀。两人争执不休，愤懑不平，心中的火气越来越大，讲出口的每一句话都更加伤人，乃至于毫不留情地侮辱自己最亲的人。这个过程进行了好一会儿，直到某一时刻，这位老先生仿佛突然从实际上并不存在的某面镜子里看到了自己那张被愤怒左右、彻底扭曲变形的脸，猝不及防的羞愧令他瞬间陷入了沉默，不再多说什么，默默转身离开了。从此以后，普利尼奥跟父亲掌管的德西格诺尼家族、跟自己的原生家庭之间原本亲密无间的良好关系就宣告破裂了，再也没有恢复如初，因为他不仅忠于自己加入的党派，忠于其奉行的新自由主义思想，甚至还更进一步，在完成大学学业之前，已经成了维拉古特的亲信，成了他的得力助手、政坛的合作者，几年之后，又成了他的乘龙快婿。假设我们眼下的讨论基于这样一种前提，即德西格诺尼灵魂中原本存在的平衡状态，已经被他在卡斯塔利亚精英学校内所受的教育、被他离开"教学省"后不得不重新适应世俗世界、适应自己家乡时所面临的种种困难所破坏，自从回到世俗世界之后，他的生活中一直穿插着各种消耗心神的问题，令他饱受折磨、苦恼不堪；那么，遇到维拉古特、进入维拉古特所在的那个圈子，等于说给他目前的糟糕情况带来了一系列崭新的进展，使这位年轻人来到了一个再也得不到家族和亲人保护的、暴露在众目睽睽之下的危险位置。在这个全新的领域，无论想做什么事情都是很困难的，很多事情也不如刚开始时所想的那么简单；可是另一方面，既然已经跟父亲闹翻，他就没有退路可言了，只能奋勇向前，反而有助于他集中力量，因此目前状况可说是非常微妙的。在此过程中，他获得了一些东西，这些东西无疑是很有价值的，或者说得更确切点儿——他获得了某种形式的信仰，获得了确定的政治信念和党派归属，满足了自己作为一名心智正常的年轻人对正义与进步的需求。具体到维拉古特这个人的身上，年轻的普利尼奥认识他之后，相当于一举三得：获得了一位值得学习的导师、一位值得追随的领袖,以及一位年长的朋友,在这段时间里,他暂时还能够不加批判、毫无保留地欣赏维拉古特,给予他无条件的爱戴,而且——至少从表面上看——维拉古特也很需要他,欣赏他的能力,并且颇为器重他。如此这般,普利尼奥的人生便有了具体的方向和目标,转眼之间,许多具体的工作已经在等待着他去完成,崭新的使命感也开始在他心中萌生。很显然,普利尼奥从此事中得到的东西绝对不能说少,可是与此同时,他也必须为这些收获付出沉重的代价。哪怕这位年轻人能够忍受自己因此而跟原生家庭决裂的痛苦,哪怕他能够克服自己一生下来就拥有的德西格诺尼家族继承权从此以后就被彻底剥夺的残酷,哪怕他能够以某种近乎狂热的殉道者式喜悦来坦然面对自己从此被赶出贵族阶层的事实,哪怕他能够接受自己在被赶出贵族阶层的同时瞬间成为他们死敌的讽刺——哪怕上述这些他都能做到,始终还有一些事情是他永远都无法完全做到的,其中至少有一件事,它所带来的痛苦感觉是最难挨的,宛如百爪挠心,时刻折磨着年轻的普利尼奥,根本没办法从中挣脱,即他背叛家庭、家族的行为给自己深爱的母亲带来了巨大的痛苦,使她在普利尼奥的父亲和普利尼奥本人之间处于左右为难的尴尬位置,令她疲于应付,并且很可能因此而缩短了她的寿命。她在普利尼奥结婚后不久就去世了;母亲去世以后,普利尼奥几乎再也没有回过父亲鳏居的自家祖屋。又过了一些年,父亲去世,他在继承祖屋之后,转眼就卖掉了这栋德西格诺尼家族苦心经营多年的大宅。

在这个世界上有许多人,他们是没有任何真诚的感情可言的,自然也缺乏真正的忠诚,他们往往会为了获取生活中或者社会上的某种特殊身份而进行自己心中默许的等价交换,比方说通过交换来踏上仕途,或者成就一桩婚姻,或者取得自己中意的工作岗位。他们将自己进行的这种交换视作自身在人生道路上所付出的巨大牺牲,恰恰由于这些牺牲的存在,换来的身份在他们看来才具有重要意义,才能够被拿来作为幸福的等价物,才可以使他们感到心满意足。但是,德西格诺尼的情况跟这些人完全不一样,因为他的感情从来都是极为真诚的,对于付诸感情的对象自然也是极度忠诚:他无疑一直忠于自己加入的政党,忠于政党领袖,忠于自己所选定的政治方针和活动,忠于自己的婚姻,忠于自身所抱持的理想主义态度。可是,随着时间的推移,这些原本作为坚贞不渝美德而存在的绝对忠诚,对于年龄渐长的他而言,反倒成了问题,因为他的整个人生已慢慢发生了变化,无论思想、态度还是观念上,都不可能保持一成不变。他年轻时的政治观念,眼下已退去了热情,意识形态方面曾经的狂热,如今已冷却了下来。将人生中较长的一段时间作为整体来审视,我们就会发现,为证明自己观点正确而开展的长期斗争,就其本质而言,实际上等同于为了自己性格上的固执而长期忍受痛苦、长期做出牺牲。就算刚开始时能够收获些许喜悦、些许幸福感,但这类正面情绪其实持续不断地在减少,最后已所剩无几。在此过程中,职业生涯的经验不断积累,对于自己踏足的这个领域,他的认知越来越清醒,梦想逐渐幻灭;最后,普利尼奥的心中终于产生了怀疑,怀疑自己是否真的只是为了追求真理与正义,是否真的只是为了这两个纯粹的目标,才会选择追随维拉古特。是否其他很多因素同时起了作用,才造成了这一局面呢?比方说,维拉古特那些广受欢迎、效果奇佳的公共演讲,他为自己树立的伟大护民官人设,难道就没有影响到普利尼奥当初的抉择?抛开政治理念、抛开对真理与正义的追求,维拉古特所拥有的个人魅力又该如何计算?他在公共演讲中展现出来的高超技巧是否也对普利尼奥起到了关键性的作用?维拉古特讲话时的声音铿锵有力,令人着迷,他的笑声威严豪迈,颇具男子气概,这些难道不曾吸引过普利尼奥?还有,维拉古特的独生女儿,集聪慧与美貌于一身,难道在此之前,普利尼奥就没有受到过她的诱惑?之所以如此坚定不移地追随维拉古特,上述种种因素,岂不是至少也起到了一半的作用?另一方面,普利尼奥心中的疑虑也越积越多,自家那位老德西格诺尼先生,他对自己所属的地主阶层一直保持着忠诚,对作为弱势群体的佃户态度苛刻,这种一以贯之的观念是否真如维拉古特对外宣传的那么恶劣?是否只是出于立场与视角上的局限,并不能称为过错?随着时间的推移、年岁的增长,普利尼奥越来越怀疑这个世界上恐怕并不存在普适的好与坏、对与错。孰是孰非,唯有每个人自己的良心所发出的呼喊才是最真切的、才是真正值得一提且唯一有效的评判标准。假如他悟出的这个道理没错的话，那么错的显然就只可能是他自己了。普利尼奥，唯有他才是真正弄错的那个人，因为他所做出的一系列人生抉择，最后并不能让他生活在幸福中，并不能令他获得内心的安宁，并不能使他感受到笃定。他并没有如自己原先所预想的那样，过上充满信心与安全感的美满生活，反而总是陷入不确定的惶然之中，陷入怀疑与愧疚感之中。从外人的角度粗略看来，普利尼奥与维拉古特女儿之间的这桩婚姻绝对称不上不幸福，也不能说是不成功的，可一旦细究起来就会发现，夫妻俩的关系中其实充满了紧张、纠纷与对立。实话实说，这桩婚姻恐怕是普利尼奥此生所拥有的最美好的东西了，可即便如此，它也没能给普利尼奥带来他极度缺乏的那种平静、幸福又纯粹的感觉，没能让他进入心安气顺的理想状态，反而时时处处都要求他谨慎对待、小心处理，不得不为其花费大量精力。甚至连他们英俊可爱的小儿子蒂托，也早早地成了夫妻俩你争我夺的重点对象。他们经常因蒂托而起争执，不惜为他耍起外交手段，想方设法让蒂托更喜欢自己一点儿，同时也因为蒂托喜欢对方而心生嫉妒。蒂托这个小男孩，简直被父母宠到了天上，可他后来却越来越多地倒向了母亲这边，最终成了母亲的小跟班，直到这时，这场争夺才以父亲的失败而告一段落。失去蒂托，是德西格诺尼最近的一次痛苦和失败，而且恐怕也是他人生中迄今为止感受最深的一次痛苦和失败。但这一切并没有击垮他，恰恰相反，他用自己独有的方式克服了这次挫折，维持了自己一贯的那种体面而有尊严的态度，但那同时也是一种严肃、沉重又辛酸的态度，其中的苦涩滋味，也只有他一个人最清楚。

科讷希特在他们两人之间反复进行多次的拜访与会晤中，从老友那里逐渐获知了上述的一切情况，与此同时，科讷希特本人也在交流过程中向普利尼奥透露了许多亲身经历，以及自己遭遇的各种问题。科讷希特很懂得平衡两人之间的关系，他从来都不会让对方陷入这样一种尴尬境地，即引导对方首先坦白心迹，自己却不动声色，等到对方坦白之后，随着时间的推移，心境慢慢发生变化，又开始为之前的坦白而后悔，希望能够将说出口的话语统统收回——科讷希特是绝对不会做这样的事情的，他永远都表现得更主动，更真诚，更愿意坦白心迹，以此来维持甚至加强普利尼奥对自己的信任。久而久之，他自己的生活也犹如画卷一般，在普利尼奥面前徐徐展开了：表面上看起来很单纯，很正直，堪称典范的人生，置身于团体组织内部、一整套森严而周密的等级制度当中，目前他正处于体系的最高点，受到严格监控与管制，同时也收获了无数的成功，受到无数人认可，事业上可谓一帆风顺；但这种人生对于科讷希特本人而言，却是异常艰苦的，必须付出大量牺牲，必须长期忍受异常孤独的生活。如果说因为科讷希特是卡斯塔利亚人，他身上的许多东西对于普利尼奥这位来自外界的先生而言，始终都是陌生的，并不能做到完全理解，这种说法当然是可信的，但至少在主要的思想倾向和人性的基本情绪方面，普利尼奥还是能够理解科讷希特的；不仅如此，这位来自外界的先生最能理解并施与同情的，莫过于科讷希特对年轻人的渴望，对此前从未受过任何教育的小学童的渴望，对一份既没有任何光芒四射的影响力也没有持续不断的强迫性公务的教书育人工作的渴望，对某所低级别学校担任拉丁语或者音乐教师职务的渴望。上述主动示弱、暴露出自身困境的做法，完全就是科讷希特在对外进行心理治疗时惯于使用的风格，同时也是他独树一帜的教育方式。不得不说，将这种做法运用到普利尼奥身上，的确是非常合适的，科讷希特不仅通过毫无保留地坦白心迹赢得了这位病人的信任，同时还向普利尼奥施加了心理暗示，让他觉得自己可以帮助科讷希特，可以为科讷希特这位游戏大师提供一些有价值的服务，如此一来，普利尼奥不知不觉就占据了心理上的主动位置，从而有了真正去做这些事情的冲动。更何况德西格诺尼确实能够为游戏大师提供帮助，虽然他在重要问题上起不到什么作用，却可以满足科讷希特对世俗世界生活成百上千个细节之处的好奇心，满足他对相关知识的渴求，在这些方面，这位来自外界的好友无疑可以起到很大的作用。

我们不知道科讷希特为什么要主动承担起这项显然并不容易完成的教

学任务，想方设法让自己这位忧郁又苦恼的青少年时期挚友的脸上重新露出微笑，让早已成年的他重新学会如何才能大笑开怀。我们也不知道，普利尼奥可以通过向科讷希特提供礼尚往来的有价值服务这件事，即可以向后者提供大量真实可靠的世俗世界资讯一事，是否对促成这一考量起到了正面作用。无论如何，德西格诺尼本人，也即最应该知道事实真相的这位先生，至少在刚开始时并不认为科讷希特想要从自己身上获取什么回报。因为他后来也曾专门谈及此事，相关内容引述如下："每当我试图理解我的朋友科讷希特是如何对像我这样一个早已对生活麻木不仁、对一切逆来顺受的俗世凡人产生影响时，每当我思考他究竟是怎么让习惯于自我封闭、不接受任何意见的我老老实实听从他的建议时，一切的思考和理解尝试都将我引向同一个结论，使我越来越清楚地意识到，这种奇妙无比的效果在很大程度上其实是基于他这个人本来就拥有的不可思议魔力；除此之外，不得不说，同样也基于他那种喜欢搞恶作剧的习惯。卡斯塔利亚那些人根本就没有意识到，科讷希特其实是个玩心很重的大男孩，他的顽皮程度远远超过身边所有人的想象；实际上，他做什么事情都像是在玩游戏，看似木讷的外表下，充满了奇思妙想；跟人打交道时也很狡猾，表面意图里面往往还藏着好几重其他想法；他对施展各种奇妙魔法，将自己像捉迷藏的小孩一样伪装、隐藏起来这类童稚感很重的事情，始终都抱持着极大的兴趣；他啊，时常会展现出隐身术，在众目睽睽之下突然消失，然后又重新出现，惹来众人讶异惊叹，他倒为此感到得意扬扬。照我看来，当我第一次出现在卡斯塔利亚当局的那次会议上时，他发现我的那一瞬间，就已经决定要逮住我，并且用他独有的方式来影响我了。当然，依照他的说法，是要唤醒我，让我进入更好的状态。实话实说，从见到我的第一个小时起，科讷希特就已经开始付出不懈的努力，试图赢取我的好感。他为什么要这样做？为什么要将我跟他捆绑到一起？我无论如何都想不明白。据我揣测，像他这种类型的人，在做大多数事情的时候恐怕都是无意识的，就跟条件反射一样。他们借助自身直觉，感应到自己正面临一项任务，听到自己被某种紧急情况所召唤，于是毫不犹豫地服从这一召唤，前往接受并完成任务。在那个时候，他发现我多疑又羞涩，根本不愿意投入他的怀抱，或者说，根本不愿意向他寻求帮助；在那个时候，他发现我这个曾经如此外向、如此善于沟通的朋友，变得消极又沮丧，对生活感到失望、别扭、内向、自我封闭，不愿意跟任何人打交道。可是，这一系列障碍，这些似乎很难克服的困难，在如今这个已经成为游戏大师的科讷希特看来，反而恰恰是任务当中最吸引他的地方。不管我对外表现得多么敏感、多么脆弱，他都没有退避三舍、裹足不前的意思，一直在努力争取我，最后当然也如愿以偿了。在此过程中，他所用到的重要技巧之一，就是设法令我们两人之间的关系乍看起来似乎是相互的，仿佛他所拥有的力量跟我自身的力量相匹配，他所具有的价值跟我所拥有的价值相呼应；与此同时，我对他帮助的需求，也跟我能够为他提供的帮助等量齐观。甚至在我们两人进行第一次长谈时，他就主动向我表示，说我在那次会议上的现身，对于他而言，其实是一起非常重要的事件，因为他一直在等待类似现象的出现，甚至渴望着它的出现。在接下来的多次见面中，科讷希特逐渐让我了解并熟悉了他的全盘计划，即他打算辞去游戏大师职务，并且最终离开'教学省'的计划。在透露计划的过程中，他总在用各种方式向我暗示，让我知道他是多么希望得到我的建议和支持，同时也对我的谨慎表示了赞许，说他之所以愿意向我透露这些，是因为知道我肯定会守口如瓶。他告诉我，除了我之外，他在外界没有任何朋友，对于世俗世界也没有任何经验可言，因此必须得仰仗我，争取获得我的帮助。我承认，能够听到他亲口对我讲出这些话，我感到十分高兴，我后来对他完全信任，主动给出承诺，答应为他做任何事情，这些话显然起到了不小的作用；至少在那个时候，我完全相信他告诉我的一切。可是后来，随着时间的推移，科讷希特这些早已讲出口的话语，对我而言又摇身一变成了每个字都值得细细怀疑的妄言，成了根本不可能成真的杜撰。不管怎样，我是真的搞不清楚，搞不清楚他是否真的对我有所期待，假如有，那么我也不知道这种期待到底有多深，是不是真的到了他所讲的那个地步。另一方面，我同样搞不清楚，他笼络我的方式究竟是出于某种孩子气的天真呢，还是纯属外交手段；是对自己年轻时代的挚友真情流露呢，还是为了达成目的而兵行险着；是全心全意地打算帮助我呢，还是动机不明的虚伪与捉弄。总而言之，他的手段实在是比我高明太多，而且他在我们两人的交往过程中陆续给予了我太多的好处，我甚至都不敢做出上述这些可能会对他有所贬损的质问。无论如何，事情已经走到了今天这步，以如今的视角来审视，我认为，他当时口口声声告诉我的那些情况，即他的处境其实跟我相似，他像我依赖他一样依赖我，他也需要我施与同情、需要我提供服务等说法，其实大部分只是他虚构出来的，是为了向我释放出善意，是逐渐赢得我信任、逐渐获取我同意的一种暗示，最终成功驾驭了我；时至今日，我还是搞不清楚，他跟我一起玩的这场游戏，到底在多大程度上是有意而为之，其中有多少率性放纵的成分，又有多少是出自他的深谋远虑。不过话又说回来，虽然凭我的能力，无法判断出其中奥妙，但这一切至少在表面上显得极为自然，是偶遇旧友之后的天真、顺水推舟带来的成果，若不是因为面对的是他，那就实在没什么好质疑的了。要知道，约瑟夫大师可是一位深不可测的艺术家；一方面而言，他几乎无法抵制自己心中教育他人、影响他人、治愈他人、帮助他人、启发他人的冲动，因为他的确有做到这些事情的能力，当他受到这份冲动驱使时，使用上述种种手段，对他而言就成了无所谓的事情，他对此是不会有任何心理负担的；从另一方面来讲，由于他所具有的那种天性，一旦受到召唤，正式开启了任务，他就必然会全力以赴，哪怕是去做一些最微不足道的事情，也不可能不全身心地投入进去。至少有一点是确凿无疑的，即他当时的确像一位久别重逢的故友那样体恤了我，像一位伟大的心理医生和人生导师那样爱护了我，哪怕过程再艰难，他也从来没有动过放弃我的念头，最后终于尽可能成功地唤醒了我、治愈了我。除此之外，还有这样一种情况，它本身是颇为异常的，但发生在他身上，却又显得相当合理，甚至可以说是必然会出现的：当他假装寻求我的帮助来逃避自己所担任的游戏大师职务时，当他心平气和地聆听我那些态度上经常显得极为粗暴、观念上又普遍非常天真的针对卡斯塔利亚的批评言论时，当我直接怀疑，乃至于侮辱卡斯塔利亚时，当他自己看似挣扎着要从卡斯塔利亚的困境当中解脱出来时，真正发生的事情却是截然相反的——实际上，他正在引诱、引导我回到那里，回到卡斯塔利亚。经过一番努力，他将我带回到了冥想的世界里，帮我重新建立起了冥想的习惯。他巧妙运用卡斯塔利亚式的音乐与沉思、卡斯塔利亚式的欢快、卡斯塔利亚式的勇敢，用这些来教育我，最后成功改造了我。他想方设法让我这个尽管时刻渴望着卡斯塔利亚，却完全不属于卡斯塔利亚，甚至长期反卡斯塔利亚的俗世凡人再次获得与你们这些卡斯塔利亚人平等相处的机会，他将我对你们所抱持着的那份不幸爱意转变成了真正的快乐。"

以上就是德西格诺尼所持的观点，他有充分的理由向科讷希特表达自己的钦佩、感激之情。从实际情况来看，以各种久经考验的方法，教育世俗世界的小男孩或者年轻人接受我们团体组织的生活方式，恐怕并非什么太过困难的事情。但是，对于一位来自外界的成年人而言，尤其是在此人已经年届五十岁的前提下，再想做到同样的事情，无疑就是一项极为艰巨的任务了。哪怕这位成年人怀抱着极大的善意，以非常真诚的态度来接受教育，也不是什么简单事。当然，我们在此所表达的意思，并不是说德西格诺尼最后真的成了一名卡斯塔利亚人，甚至成了一位堪称典范的卡斯塔利亚当地人。从成果验收的角度来讲，这一切其实跟德西格诺尼无关，只不过是科讷希特在自己心中预先规划好的任务目标，通过这位局外人成功达成了而已：他长期以来都是一个执拗又顽固、内心痛苦不堪的身负重担之人，科讷希特成功化解了他身上的悲伤，使已经变得过度敏感、过度胆怯的心灵再次接近和谐与欢快，并且用良好的习惯取代了他的一部分坏习惯。自然，作为玻璃球游戏大师，科讷希特不可能亲自完成过程中每一件具体而微的琐事；于是，他专程为自己的这位贵宾调用了瓦尔德策尔和团体组织的各项设施及力量，有一段时期，他甚至从团体领导层的所在地希尔斯兰德给他请来了一位冥想大师，跟他一起回家，随时监督他的冥想训练。在这些场合下，尽管科讷希特本人并不在场，但相关计划和整体方向仍然牢牢掌握在他手中。

直到就任游戏大师的第八年，科讷希特才第一次接受了自己这位俗世好友反复提出却又被他反复拒绝的邀请，亲自前往普利尼奥位于这个国家首都的家里去拜访他。在征得了位于希尔斯兰德的团体领导层——顺带一提，团体日常事务的最高负责人亚历山大与科讷希特的关系极为亲密——同意之后，他利用一个难得的假期休息日实现了这次访问。科讷希特对这次访问的期望很高，而且访问本身已经拖延了长达一年之久：他其实早在一年之前就答应了普利尼奥要去他家了。至于拖延的原因，部分是因为他想先确认自己这位朋友是否有在家见他的把握，不会因为家人反对或者其他什么原因而显得唐突；部分是出于一种卡斯塔利亚人的自发焦虑，因为这实际上是他迈入世俗世界的第一步——不久之后，他将首次进入这个给他的好伙伴普利尼奥带来无穷无尽冰冷悲伤感的地方。对他而言，这个陌生的世界有如此之多的重要秘密等待着他去发现。科讷希特的第一个发现，就是他这位朋友用德西格诺尼家族位于首都市中心的祖屋换来的现代化住宅；这栋住宅眼下由一位端庄大方、无比聪慧、矜持谨慎的女士全权掌管着，但这位女士同时又对她那个英俊可爱、乖张任性、顽皮淘气的小儿子言听计从，换句话说，住宅里的一切似乎都围绕着这个男孩打转；他对待自己父亲的态度很不好，专横又强势，经常以下犯上——这些似乎都是从他母亲那里学来的。顺带一提，大家都对与卡斯塔利亚相关的一切表现得很冷淡，无论什么东西，一旦涉及卡斯塔利亚，他们统统都抱持怀疑态度。不过，宅子里的母子二人终究还是没能抵抗住游戏大师的个人魅力，更何况他那高高在上的职务，在他们看来，本身就带有一些神秘、神圣且颇具传奇性的特质。没过多久，科讷希特跟这一家人的关系就相处得很融洽了。尽管如此，当科讷希特第一次踏进家门时，现场的气氛还是相当紧张的，大家虽有礼貌，却表现得极为生硬，一举一动仿佛都是不得已而为之，每个人都觉得很尴尬。科讷希特决定后发制人，无论大家做些什么，他都先行观察、等待，几乎不讲什么话。掌管宅子的女士用世俗世界招待贵客时那种表现得极为正式的繁复礼节来接待他，但态度上却极为冷淡，以此来表达自己内心拒客于千里之外的主张，犹如接待一位来自敌国的高级军官留宿。相比之下,儿子蒂托反而是宅子里最没有偏见的那个:在科讷希特造访之前,蒂托恐怕早就习惯于扮演观察者的角色了,这样做的动机,可能是想要充当成年人交往时一些滑稽可笑状况的目击证人,而且他显然常常通过这类状况获益。不过,他的父亲似乎更喜欢扮演一家之主的角色。他跟女士之间关系的基调是温柔、谨慎、略带些焦虑的,始终保持着蹑手蹑脚、如履薄冰式的礼貌,相比之下,这位女士比她丈夫更能轻松自如地保持此种微妙的距离感。后者时常对自己的儿子表现出寻求亲近关系的努力,但这个小男孩并不是很在乎父亲的努力,不仅如此,他有时似乎还很习惯于利用这种努力为自己谋些好处:一旦父亲愿意给他好处,他就跟父亲玩一玩,亲近亲近他;如果没什么好处可言,他马上就开始耍无赖,对父亲爱理不理。简而言之,宅子里的这几个人跟科讷希特初次相遇,同在一个屋檐下,交往起来格外艰辛,每个人都感到气氛非常压抑。碍于待客时应有的礼貌,大家互相之间都很客气,控制着自己的情绪,让本来已经相当尴尬的感觉进一步升温,每个人的心里或多或少都充斥着对骚乱即将爆发的恐惧,举手投足、三言两语之间,酝酿着剑拔弩张的危机,恰如这整栋住宅的设计风格——它对外彰显出来的现代性总给人一种过于礼貌、过分刻意的观感,似乎每时每刻都对可能存在的闯入与攻击严阵以待,每时每刻都在努力修筑一道巨大的防护墙,可是截至目前,这道墙还没能修筑得足够牢固,足够密实,还不够安全,也正因如此,它才不得不显露出紧绷、僵硬的防御姿态,同时也失去了家的感觉。除了上述之外,科讷希特还有另外一个观察结果,他注意到:普利尼奥脸上本来好不容易重新找回来的愉悦神情,转眼之间又退去了许多;这位先生啊,当他身在瓦尔德策尔或者身在希尔斯兰德团体领导层所在的那栋建筑中时,之前那种心情沉重、满怀悲伤的感觉几乎已完全离他而去了,不仅如此,他的脸上甚至偶尔还会露出灿烂如阳光般的笑容;可是现在呢,在这里,在他自己的家里时,他反而又一次站在了阴霾之中,家人们强加在他身上的不只有批评,还有怜悯,令他感到难于招架。值得一提的是,这栋宅子的确非常漂亮,足以作为财富与品位的证明:

每个房间都根据其规格、空间与尺寸进行了精心规划及布置；每个房间都选用两种或者三种令人赏心悦目的色彩组合来进行搭配；时不时地还能看到一件颇具价值的艺术陈列品，摆放在最合适的位置，供人欣赏。刚开始时，科讷希特还很开心地在宅子里参观，目光从一处亮点挪到另一处亮点，感受这目不暇接的充实感；可是到了最后，他觉得与眼前这份视觉盛宴相关的一切都太漂亮了，实在太过完美，每个细节都考虑得十分周全，可谓面面俱到，也正因如此，它失去了进一步发展变化的可能性，无法容纳创想，无法推陈出新。除此之外，他还察觉到，宅子里的各处空间、各种物品所具有的这种特殊美感，似乎也存在着某种魔法诅咒般的怪异感觉，它们也纷纷显露出一种寻求保护的防御姿态。居住在这里的每一天，普利尼奥都会被这些房间、绘画、花瓶和鲜花所包围，随之而来的无疑是这样一种生活，渴望通过周围的一切来获得和谐与美好，想方设法趋近完满境界。然而，恰恰由于周遭环境过于完满，生活在这里几乎等同于完全静止，显然无法以任何方式实现获得和谐与美好的愿望。

这次访问结束之后没过多久，带着部分不愉快印象回到卡斯塔利亚的科讷希特就给他的朋友委派了一位冥想教师，直接到他家里去开展教学任务。自从在这栋现代化房子怪异的压迫感与极为紧张的气氛中待了一整天之后，科讷希特获知了很多他原本一点儿也不打算知道的情况，但同时也获得了很多之前缺少的讯息。为了帮助这位朋友，当然也是为了完成自己这项前路漫漫的教育任务，他不得不继续深入探索下去。如此这般，科讷希特的脚步当然没有停留在第一次访问上，没有就此止步，类似这样的拜访重复了好多次，并因此而促成了关于教育、关于年轻蒂托的几次重要谈话，参与探讨的不只普利尼奥，蒂托的母亲也积极参与其中。一段时间过后，游戏大师逐渐赢得了这位聪明又多疑的女士的信任和喜爱。在其中的一次探讨中，科讷希特曾经半开玩笑地讲出了这样一番话，说她的小儿子天赋异禀，没能被及时送到卡斯塔利亚去接受教育，可真是件相当遗憾的事情。哪曾想到，她竟将游戏大师的这番戏言视作一种态度严肃的责备，马上为自己辩解道：蒂托这孩子，是否真的能够被卡斯塔利亚的学校接收，尚且是件挺值得怀疑的事情呢。说实话，他的确拥有足够的天赋，但很难管教；不仅如此，她绝对不可能允许自己违背孩子的意愿，强行干预他未来该走的人生道路；更何况同样的尝试早已在孩子父亲身上试过一遍，最后一点儿也不成功；此外，她跟她丈夫从来没有想过要替他们的儿子争取历史悠久的德西格诺尼家族向来都拥有的那份特权，即特别批准家族子嗣以客座学生的身份前往卡斯塔利亚进行长达数年的学习，因为他们早就跟普利尼奥的父亲、跟德西格诺尼家族的全部传统彻底决裂了，不可能再去挽回些什么。谈话进行到最后，她的脸上露出了一抹痛苦的微笑，向科讷希特补充道：其实根本就没有任何商量的余地，哪怕情况跟现在完全不一样，哪怕蒂托仍能享受德西格诺尼家族的特权，她也不可能跟自己的孩子分开，因为蒂托实在是太重要了，除了他，她的人生已经没有任何价值可言。科讷希特对这最后一句话思考了很多，这句话与其认为是深思熟虑的产物，倒不如判定为脱口而出的内心独白，是蒂托母亲的真情流露。照此看来，她拥有这栋美丽的房子，这里的一切都显得如此高贵、华丽、和谐；她拥有丈夫，拥有政治地位和政党，这些都是她曾经无比崇拜的父亲留下的遗产；她拥有的所有这一切，都不足以赋予她生命的意义和价值——唯有她的孩子能够做到这一点。可是，她宁愿让孩子在这栋折磨心神的房子里、在她失败的婚姻关系中长大，让他在如此糟糕、如此具有破坏性的条件下成长，也不愿意让孩子为了成功获得救赎、获得良好的教育而被迫跟自己长久分离。对于这样一位明显颇为聪慧，外表上看去如此淡定、如此有知识的女士而言，这最后一句话无疑是一段令人感觉相当讶异的剖白。显然，科讷希特无法像帮助她丈夫那样直接帮助她，他甚至也没有想过要去帮她。尽管如此，通过他为数不多的几次访问，以及普利尼奥本身早已深受他影响的事实，一种崭新的思考方式和一份善意的告诫，依然进到了这栋宅子里，尝试改变此处变形、扭曲的家庭状况。另一方面，对于游戏大师本人而言，随着一次又一次的访问，他在德西格诺尼家这栋宅子里的影响力与权威性也与日俱增，可是，他对这些俗世凡人的日常生活细节越是了解，这种生活本身在他眼中反而越具有神秘感，越难于理解了。然而，我们毕竟对他在首都进行的大多数访问，以及他在那里的所见所闻知之甚少，故此，眼下也只能暂时满足于以上提及的这部分内容了。

身在希尔斯兰德的那位团体领导层最高负责人，科讷希特跟他之间的关系，从来都不会超过自己所担任的游戏大师职权范围的要求。实际上，他几乎只在希尔斯兰德举办的国家教育部门全体领导成员会议上见他，就算在这种大型会议上，这位最高负责人通常也只会做一些较为形式主义的、纯属礼仪性的主持工作，主要就是接待和欢送自己的同僚们，主持会议的主要工作则由他的发言人来负责。前任最高负责人在科讷希特上任时年事已高，他确实受到了这位新任"卢迪大师"的极大敬重，但他从未给过他减少两人之间距离的理由或者说机会；因为对于科讷希特而言，最高负责人几乎已经不再算是凡人，已经不再呈现出单独作为人类个体的那一面了，他始终高高在上，在我们上空盘旋着，宛似一位大祭司，作为尊严和集会的象征，作为沉默的巅峰与冠冕，在一切权威机构之上，在团体的整个等级制度之上。这位可敬的先生最近去世了，他的最高负责人位置空了下来，经过一番仔细的挑选，团体组织最后选定亚历山大出任新一届的最高负责人。亚历山大正是多年前约瑟夫·科讷希特刚刚任职游戏大师时，由团体领导层派去协助他的那位冥想大师。自那时起，游戏大师就对这位团体内部的模范成员充满了钦佩和感激之情，相应地，亚历山大也在那段时期里仔细观察、深入了解了这位新任玻璃球游戏大师的个性与行为模式。可以说，当时的科讷希特是亚历山大全心全意予以关注的唯一对象，每天如是，甚至可以将科讷希特比作他专属的告解人[1]，也没有任何问题。于是，在完成任务、返回希尔斯兰德之前，亚历山大已经对这位年轻的新任游戏大师产生了坚定的呵护照顾之心。后来，当亚历山大正式成为科讷希特的同事，即成为团体组织最高负责人的那一刻，两人同时意识到了他们之间此前一直潜藏着的友谊萌芽——现在，这

---

[1] 此处将亚历山大比作天主教中的神父，科讷希特作为告解人，向对方剖白一切，真诚面对自己所犯的过错，并承担其责任，借此获得救赎。

份友谊又可以继续下去了，因为他们如今又可以经常见面，并且还有不少需要共同完成的公务。就这样，本就发育良好的友谊萌芽，在蛰伏了一段时期之后，顺理成章地继续生长起来。诚然，这份友谊自公务而起，又因公务而延续，当中缺乏日常生活中那种不具任何目的性、没有任何动机的普通朋友关系，恰如他们两人之间缺乏共同的青春经历一样；这份友谊是身居要职的高层领袖人物之间那种同僚式的惺惺相惜。他们表达这份友谊的方式，仅限于在问候与道别时多一点儿热情，在讨论公务时相互理解得更透彻一点儿，达成共识的速度更迅捷一点儿，甚至于只是在会议间歇多聊个几分钟。

从卡斯塔利亚当地的法理层面上讲，团体组织日常事务最高负责人这一职务——顺带一提，该职务亦常被简称为团体大师——其地位并不高于他的同僚，也即负责各学科领域的大师。可是，根据团体多年以来的传统，团体大师被默认为由各学科领域大师组成的国家最高教育委员会的总负责人。众所周知，国家教育部门的最顶层架构，即最高教育委员会，就是由团体最高层的十二位大师所组成的，团体大师在包括玻璃球游戏大师在内的这十二位大师之中，事实上负责了较高一级的职务，即负责主持国家教育部门的最高级会议、协调大师们之间关系等事务，这无形中给予了团体大师更高的职权；不仅如此，这一职权上的优势也作为传统，延伸到了希尔斯兰德的团体领导层关系之中，使日常事务最高负责人这一原本只是出于完成团体高层内部各项杂务要求而设置的秘书型职务，逐渐掌握了一些实权。尤其在最近的几十年时间里，从整体倾向上而言，团体组织成员们越来越专注于冥想训练，越来越僧侣化，这就导致团体大师这一职务变得越发重要，其权力自然也越来越大。当然，上述趋势只体现在团体的等级制度上，只出现在"教学省"内部，与外部无关。对于国家教育部门而言，团体大师和玻璃球游戏大师这两位"教学省"的领袖人物，已经越来越成为卡斯塔利亚精神的具现化，越来越成为其身在现世的杰出代表；其中的道理十分简单，因为与从卡斯塔利亚诞生之前的时代继承下来的那些古老学科相比，比方说，与语法学、天文学、数学或者音乐相比，成功实现精神领域培养的冥想训练，以及旨在统合一切知识的玻璃球游戏,恰恰是独具卡斯塔利亚特色的两项不朽成果。也正因如此,一旦这两项不朽成果的两位现任代表和最高领袖平时能够友好相处,甚至能够成为朋友,其意义不可谓不重大;至少对于他们两人而言,这份友谊的存在,不仅确证了他们各自都拥有极高的威望,同时也因为对方身份的特殊性,而使彼此威望都得到了一定程度的提升;与此同时,也是由于这份友谊的存在,增加了他们各自生活中的温暖感觉,增添了一份额外的满足感,从而更加激励他们去完成工作上的任务;在他们各自身上代表并体现出了卡斯塔利亚世界最核心、最神圣的价值与力量。另一方面,针对科讷希特本人而言,与亚历山大之间建立起来的这份友谊,意味着科讷希特与卡斯塔利亚之间又多了一条联系的纽带,他的心中又多了一股与自身夙愿相抗衡的力量;反观科讷希特心中的夙愿,随着时间的推移,已经逐渐成长为一种强而有力的倾向,即彻底放弃目前生活,闯入另一个全新生活领域的趋势。值得注意的是,尽管有了上述友谊的制衡,脱离目前生活的趋势仍在继续发展壮大,照现状来看,这一趋势已经是不可阻挡的了。自从他本人完全清醒地意识到这一趋势之后——从时间上来看,大约是在他担任游戏大师的第六或者第七年——自这一阶段的某个时间点开始,它就以令人感到难以置信的速度迅猛发展,其力量变得越来越强大,而且被科讷希特这位又一次"觉醒"的先生毫不犹豫地纳入了自己的生活,纳入了自己的表意识世界当中,成了一个明确的、确凿无疑的想法。自那时起——我们认为这样表述应该是没什么问题的——他对于自己在不远的将来必定会主动放弃目前所肩负着的各项职责、主动离开"教学省"的这个想法已非常笃定,甚至已将之视为尚未到来的事实了。在有些时候,这种笃定就像是一名囚犯相信自己有朝一日必将获得释放;可是,在另外一些时候,这种笃定又像是一位病入膏肓、行将就木之人知道自己大限将至。在跟自己学生时代的好友普利尼奥重逢后,在两人之间进行第一次深入内心的谈话时,科讷希特第一次用语言表达出了自己的上述想法。他之所以会这样做,可能只是为了赢得这位旧友的好感与信任,通过剖白自我的方式来打开对方日渐沉默、封闭的心灵;不过与此同时，还存在着另外一种并行不悖的可能性，即当科讷希特面对普利尼奥这位虽然来自外界但可以进行有效沟通的旧友时，心中第一次产生了试图交心的冲动，于是他就利用这个千载难逢的好机会，将自己这次"觉醒"的具体内容、将自己全新的人生态度告知了眼前这位"局外人"，这是他人生中第一次公开表明自己对卡斯塔利亚的疏远，是他第一次朝向外界的转捩点，是他正式迈入人生新阶段的第一步。在与德西格诺尼的进一步交谈中，科讷希特明确提出了自己酝酿已久的想法，即希望在未来的某一天，能够彻底放弃目前这种生活方式，以无可比拟的信心与勇气，朝着新的生活方式跃进——当他亲口讲出这番话语时，这一切无疑已具有了一锤定音的效应，已经是他不会再予以任何变更的最终决定。在这段时期里，科讷希特始终小心翼翼地呵护、培育自己跟普利尼奥之间的这份友谊，使其朝着特定的方向茁壮成长。如今这份友谊的基础已不再局限于普利尼奥对他的钦佩、仰慕之情，接受心理治疗后最终痊愈的康复者所怀有的那份感激、感恩之情也不遑多让。于是，借助这份成长得坚实厚重、牢不可破的友谊，科讷希特终于拥有了一座可供他通往外部世界、通往充满谜团的俗世生活的桥梁。

值得一提的是，游戏大师也让自己的朋友特古拉尼乌斯知晓了自己的上述秘密，以及他筹划已久的逃跑计划，但不是在一开始，而是等到几乎快要水到渠成之时，才逐步向他透露了这些。其实这是很自然的事情，我们也不必为此感到太过惊讶，诚如科讷希特在对待自己的任何一位朋友时都会采取亲切仁爱态度、都会给予全力支持一样，他也知道应该如何采取各自保持相互独立的、近乎外交手段的方式来打理自己的每份人际关系，对朋友们进行适当的监督和监管，对各种关系进行合理且巧妙的整体规划，让每一份关系都能得到融洽有序的发展。现如今，随着普利尼奥重新进入他的生活圈子，在弗里茨看来，等于是有一个对手踏入了他的视野范围之内。科讷希特的这位朋友虽然是新加入进来的，但实际上却是他学生时代的老相识，也正因如此，此人理所当然有权对科讷希特平时的关注点、对他的兴趣与情感产生影响，甚至提出要求。总之，对于普利尼奥的介入，特古拉尼乌斯刚开始时是以激烈的嫉妒情绪作为反馈的,具体表现为明显的不理不睬,躲在一旁生闷气。但科讷希特显然对此有所预料,因为他几乎没有感觉到丝毫惊讶;事实上,在相当长的一段时间内——直到科讷希特完全赢得了德西格诺尼的信任,并且将他完整融入自己的关系体系里为止——游戏大师都觉得特古拉尼乌斯在处理普利尼奥问题时所表现出来的这种闷闷不乐的沉默式嫉妒是大有裨益的,根本不需要对其施加影响。更何况从长远来看,特古拉尼乌斯的嫉妒并不是什么亟待解决的问题,对于他,另一种思虑显然更加重要:究竟应该采取怎样的一种方式,才能将自己试图逃离瓦尔德策尔、逃离玻璃球游戏大师这一尊贵职务的夙愿,以相对温和的态度告知像特古拉尼乌斯这样一位敏感又脆弱的朋友,让他能够慢慢咀嚼、消化这个绝对会令他感到无比震惊的消息,并且最终接受它呢?事实摆在眼前,一旦科讷希特离开瓦尔德策尔,就会永远失去特古拉尼乌斯这位朋友:带上他,让他跟自己一起走眼前这条狭窄难行、充满危险的人生道路,是绝对不可能的事情。不仅不可想象,实际上也无法实现。假设特古拉尼乌斯愿意不顾一切地跟随他,离开瓦尔德策尔或许还是其中相对简单的部分,真正的困难之处反而是带着特古拉尼乌斯一起在世俗世界生活——之前在玛丽亚菲尔修道院的那段经历,雅科布斯神父对特古拉尼乌斯的评判,已经给了科讷希特足够的警示。问题在于,单就离开瓦尔德策尔这件事而言,一旦科讷希特告知此事的方式不够恰当,特古拉尼乌斯恐怕真的会鼓起勇气陪他一同离开,这种情况是极有可能发生的。正因为有这样一层考虑,科讷希特才选择将此事处理得格外慎重,他等待、思考、犹豫了很久,才决定让特古拉尼乌斯成为自己意图的知情人,并且还没有立即告诉他,而是先等到自己在心理和行动上的准备完全做好,方案成熟,去意已决,几乎没有任何后顾之忧时,再耐心等待一个最合适的时间点,趁机向他和盘托出。实话实说,在颇长的一段时间里,在面对近在身旁的好友时,科讷希特都必须想方设法地去隐瞒如此巨大的秘密,与此同时,还要在他背后制订各种方案与计划,完成每一项准备步骤,一直持续到最后时刻,这实在太违背他的本性了,他也必须承担由此造成的一切压力与后果。或许科讷希特当时怀抱着这样一重打算，即他打算让特古拉尼乌斯跟普利尼奥一样，不仅作为此事的知情人而存在——假如将逃离瓦尔德策尔视作一桩罪行，那么特古拉尼乌斯显然不应该仅仅充当一名目击证人，他还要成为真实的或者至少是科讷希特想象中的帮凶与共犯，因为一旦他亲身参与了进来，就自动变成了计划的组成部分，相应地，每个环节都会变得更容易处理一些，对于科讷希特这位主犯而言，自然是很有帮助的。

科讷希特认为，与卡斯塔利亚相关的一切都将持续衰落下去，直至土崩瓦解。他的这一想法由来已久，而且早就被特古拉尼乌斯所熟知。虽然两人此前并没有正式聊过这个话题，但他们心中对此都是清楚的，而且早已做好了准备：只要科讷希特愿意向特古拉尼乌斯明确传达这一切，后者随时都准备好要去接受它们，这份默契是毋庸置疑的。于是，游戏大师巧妙地利用了这一先决条件，在向对方敞开心扉时，故意以上述想法作为锲子，将自己即将逃离瓦尔德策尔的想法一并告诉了特古拉尼乌斯。当时他其实已经做好了对方将会对此表示强烈反对的思想准备，也能够承受这位向来都很意气用事的好友情绪失控后极有可能出现的暴风骤雨。哪曾想到，他预期的情况并没有发生，弗里茨的真实反应相当平淡，既没有反对他逃离瓦尔德策尔的意思，也没有出现什么情绪上的波动，这份意外收获令科讷希特感到如释重负；他原本以为对方至少会感到伤心难过，但特古拉尼乌斯不仅没有伤心难过，甚至还感到特别开心，因为科讷希特描述出来的这样一番场景，似乎刺激到了他敏感的心灵，让他感到格外兴奋：高高在上的现任玻璃球游戏大师，竟然打算将自己尊贵的职务扔回给"教学省"当局，抖落自己脚上遍布着的卡斯塔利亚尘灰，遵照自己的喜好选择未来想过的生活，这个想法可真是太了不起了。作为瓦尔德策尔精英小圈子里远近闻名的独行侠，作为一切体制化、标准化现象的敌人，特古拉尼乌斯向来都站在个人对抗权威的少数派一边；凡是以特立独行、诙谐幽默的方式与官方势力相对抗的行为，凡是可以挑逗、嘲弄、取笑官方，可以通过展现智力上的优势来使官方感到难堪的行为，他向来都是毫无保留地予以支持的。如此这般，逃离瓦尔德策尔的想法透露出来之后，特古拉尼乌斯这种异乎寻常的兴奋反应，反倒给科讷希特点明了合理解决这一问题的途径。他不由得松了口气，觉得自己可真幸运，心里暗自笑了笑，立即对朋友极度配合自身计划的反应做出了回应：通过巧妙的措辞，他成功让特古拉尼乌斯产生了这样一种印象，让对方觉得自己放弃游戏大师职务、逃离瓦尔德策尔的行动是一场反对权威、反对早已腐朽不堪的卡斯塔利亚官僚体系的伟大政变，并且在这场形如恶作剧般的政变中为他指定了知情不报者、通力合作者与策划同谋者这三重身份。游戏大师打算向"教学省"当局呈交一份请愿书，列出并详细阐述他认为自己应当辞去该职务的各项理由。于是，撰写这份请愿书所需的前期准备工作，以及初稿的起草与誊写，自然就要交给特古拉尼乌斯来负责了。由于游戏大师的公务实在过于繁忙，日程规划上没有任何空隙可钻，他是不可能亲自执笔的，至多也只能抽些时间来进行审读与批阅。特古拉尼乌斯需要完成的部分里面，首先就是要仔细听取、记录科讷希特对卡斯塔利亚这一"教学省"的出现、发展及现状所持的各种历史观点，根据这些观点去搜集对应的历史材料，然后再通过搜集到的材料来证明科讷希特向"教学省"当局提出的愿景与建议确实有根有据、言之有物。值得注意的是，为了顺利完成大师托付自己的这项任务，特古拉尼乌斯必须进入自己以前极为抗拒、极端鄙视的一个领域——历史研究。不过这次他似乎并不怎么介意跟历史研究打交道，或许是因为期待完成任务的热情冲淡了他的排斥心理，科讷希特抓住机会，赶紧给这位好友做了必要的指导，协助他进入这个对他而言几乎是完全陌生的领域中去。就这样，特古拉尼乌斯带着他对"逃离瓦尔德策尔"这项明显离经叛道、注定形单影只的事业所独具的热忱与坚韧，迅速浸入他从自己的好友、从游戏大师本人那里领来的新任务当中。过了一段时间之后，特古拉尼乌斯，这位向来无比顽固的个人主义者，竟然逐渐从不断深入的历史研究中收获了某种难以言喻的乐趣。与此同时，他发现这种乐趣并不浅薄，反而犹如暴风骤雨般强烈——他很明确地觉察到，自己所进行的这些历史研究，将赋予他非比寻常的地位，他可以站在挑战者的位置上，向掌管卡斯塔利亚的诸多大人物、向这一整套等级制度发起攻击，证明其缺点广泛存在，展示其诸多可疑之处，或者至少也能刺激一下那些养尊处优的领导层，引导他们学会反思。

约瑟夫·科讷希特几乎没怎么参与进去，没怎么体会到这份快乐，诚如他也不怎么相信自己朋友的这份努力能够取得成功一样。眼下他终于下定决心，要将自己从目前处境的泥淖中解救出来，结束眼下泥足深陷的状态，为他内心觉得正在未来某处等待着他的重要任务做好准备。不过与此同时，他心里也很清楚，他既不能用理智战胜威权，也不能将必须在这里完成的分内工作推卸给特古拉尼乌斯，哪怕只是其中一部分亦不可能，因为特古拉尼乌斯事实上并没有完成自己这些工作的能力。尽管如此，考虑到特古拉尼乌斯仍将继续在自己身边生活一小段时间，在这段时间里，能让对方始终保持一个足够忙碌的状态，适当分散注意力，不至于太过关注他，对他而言显然是大有裨益，事情能够朝着这个方向发展，他感到十分欣慰。因此，在接下来的一次碰面时间里，当他将此事详细告知普利尼奥·德西格诺尼之后，还专门补充道："我的朋友特古拉尼乌斯，这段时间非常忙，他认为你的回归令他失去了很多，如今他正通过自己的努力来弥补这些损失。实话实说，他一度对你存在着强烈的嫉妒心理，不过目前这种嫉妒心理几乎已被治愈了。他已经正式加入了我的计划，加入了反对自己同僚们的行动当中。在他看来，这是件相当值得一做的事情，将会对形势起到很大帮助，对瓦尔德策尔发起正面袭击，几乎令他感觉身心愉悦。整体而言，他的积极态度和愉悦情绪无疑是有益的。可是，普利尼奥，不要因此而误以为我对他的一系列行动怀有什么特别的期待。实际上，这一切只是为了让特古拉尼乌斯忙起来，除了对稳定他的个人状况有些好处之外，对于计划本身并没有多少实质性的帮助。试想，让我们国家教育部门的最高管理层批准'逃离瓦尔德策尔'计划中所提出的那些请求，其实是完全没有实现可行性的一项任务——是啊，简直就是不可能完成的任务。最高管理层很可能对我呈交上去的计划置之不理、束之高阁，最多也只会用一次态度温和的当面训诫作为回应，随后此事亦会被封存起来，仿佛从未发生过一般。挡在计划本身和计划的真正实现之间的，乃是我们团体组织这套等级制度得以成立的基本法则。我们不妨换位思考一下，站在国家教育部门的角度，假如我们仅仅因为现任玻璃球游戏大师自作主张地交上了一封辞呈、一份请愿书，马上就言听计从地让他自由离开卡斯塔利亚，让他随意到外界去做自己想做的事情——不管他给出了多么令人信服的理由，我们肯定也不会感到高兴。此外，现任的团体组织最高负责人，即团体大师亚历山大，我对这位先生是相当了解的，无论什么事情，只要他不认同，那就绝对没有任何办法可以说服他。没办法，别人帮不了忙，这场硬仗我必须独自扛下来。不过话说回来，我们不妨趁此机会，让特古拉尼乌斯好好锻炼一下自己的洞察力吧！让他负责撰写请愿书，对于我们的整个计划而言，无非只是损失掉些许时间而已，更何况我也需要他来帮忙，帮我将这里的一切提前安排妥当，以免我的离去对瓦尔德策尔的正常运作造成损害。与此同时，我们也可以合理利用这段时间来作为缓冲期：你必须首先帮我在外界找到一处合适的住所，以及一份适合我的工作——哪怕再简单、再普通的工作都是可以的；假如实在找不到匹配的工作，在迫不得已的情况下，甚至连小学音乐老师的职位都能让我感到心满意足。我只需要一个重新开始的机会、一块合适的踏板，这样就够了。"

德西格诺尼当即许诺，说像这样的一份工作肯定不难找到。住所方面，等到科讷希特正式离开瓦尔德策尔之后，他家那栋宅子随时都可以向自己的好友开放，想住多久就住多久。可是，科讷希特对于普利尼奥在住所方面的安排并不感到满意。

"不能这样，"他回应道，"到你那里当客人，于我而言是没什么好处的，我必须工作。另外，在你的宅子里短期居住，诚然是不错的，但如果是彻底离开瓦尔德策尔，到你家长期居住，超过几天时间之后，就会对你的家庭造成不良影响，会逐渐增加你家里的紧张气氛，给你带来难以调解的困难。不要误会，我对你当然是非常信任，你的妻子也已经习惯了我的来访，态度极为友善。可是，一旦我的身份不再是一名访客，不再是高高在上的

"卢迪大师"，而是一个难民、一个将要常驻你家的寄宿者，这一切立刻就会显现出不同的面貌。"

"很显然，你把事情想得太复杂了，实际情况远没有你想象中那么困难。"普利尼奥回应道，"一旦你成功地从与瓦尔德策尔相关的一切当中解脱出来，一旦你成功在首都定居，我可以保证，你很快就会得到一个极具价值的高级职位，至少也是在世俗世界的大学里当教授。不过话说回来，想要办成这类事情，就算过程再怎么迅速，也还是需要一定时间，不可能去了之后马上就能办成，至少也要来回跑个好几趟。而且——你当然也很清楚——我只能在你真正离开卡斯塔利亚之后，才能名正言顺地开始为你办这些事情，离开之前肯定是什么也不能做的。"

"理所当然。"游戏大师回应道，"在离开卡斯塔利亚之前，我的一切相关决定都必须严格保密。行动开始后，首先要正式告知我们这边的最高管理层，他们必须对此事做出答复，给出他们的意见和决定。等到这一步完全走完，才能将我移交给你们的当局，看下一步应该如何处置，应该如何具体安排我的去处；公事公办，不言而喻。可是问题在于，你们那边很可能会给我授予官职，到某个部门去负责一些位高权重者理应掌管的事务，但我目前尚且没有在任何一处政府部门任职的打算，尤其是没有所谓'做一番大事'的打算。我在日常生活上的实际需求小得可怜，小到你可能无法想象：我只需要一个小房间，能够解决每日温饱，这就足够了。最重要的是必须有一份工作，而且必须是实打实地作为一名教师、作为教书育人者的工作。我只需要一个或者几个年纪很小的学生，小学童亦可。我打算跟他们在一起生活，如此一来，我就能够对他们的成长过程施加影响；实话实说，我最不愿意做的事情就是到大学里去当教授，相比之下，我恐怕更愿意——不，说得更准确些，相比之下，当某个小男孩的家庭教师，或者从事与此类似的工作，肯定比当一名大学教授要好得多，肯定能让我感到无比开心。我所寻求、所渴望的，始终还是一个简单、质朴的教书育人任务，我要找到一个真正需要我的孩子，好好影响他、教育他。一旦接受了某所大学的教职任命，必将令我从进入新世界的初始阶段起,就不得不再次回到一个形如卡斯塔利亚的官僚体系当中,如此一来,我必将重蹈覆辙,再次沉浮于因循守旧、宗教气息浓厚、刻板又机械的官场之上,这岂不是跟我长久以来的梦想南辕北辙?"

听完科讷希特的这番肺腑之言,德西格诺尼迟疑了一小会儿,终于提出了那个他其实已经酝酿了一段时间的请求。

"实际上,我对此恰好有个不情之请。"他开口道,"我请求你,至少先听一听我的这个请求,听我将它讲完,好好考虑一下,多想想其中对你有利的部分。假如你在考虑清楚之后,觉得能够接受,答应帮我这个忙,那可真是太好了,等于是再一次为我提供了莫大的帮助。回想起来,从我到瓦尔德策尔来做你客人的第一天算起,你已经陆续在许多方面帮助了我。时至今日,你已经对我的生活、我的家庭状况了解得非常清楚了,知道我所过的是怎样的一种日子。整体而言并不是很好,但因为得到了你的协助,相比前几年而言,其实已经明显好一些了。我所面对的所有麻烦当中,最棘手的无非是我跟儿子之间的紧张关系。他向来都是娇生惯养,因为太过受宠,如今已经变得极度任性、很难管教了。你也知道,他在我们家那栋宅子里为自己创造出了一个拥有特权的空间领域,在这个领域内部,他是受到最妥善保护的存在,地位无可替代。至于他得到这份特权的过程,说来话长,那是当他还是个很小的小孩子的时候,我跟他母亲闹别扭,导致我们两个都想得到自己孩子的偏爱。为了达到这一目的,我们两个想方设法地去讨好他,不断对他让步,最终主动向他提供了这份在任何家庭关系中都显得极不合理的特权——正因为有这份特权的存在,才导致他被彻底惯坏了。我跟他母亲之间漫长的家庭内部纷争以我的失败告终,他最终决定站在自己母亲一边。随着时间的推移,各种行之有效的管教手段都从我这个父亲的手中被巧取豪夺而去,我终于一点儿也管不了他了。说实话,我其实已经完全接受了这一现实,诚如我也完全接受了自己颇不成功的人生一样。实不相瞒,在跟你重逢之前,我其实早就认命了。不过如今情况已大不相同,在你的帮助下,我的心灵已在一定程度上恢复了健康,对自己的人生也重新燃起了希望。讲到这里，你肯定早就明白了我想要表达的意思：因为刚刚提到的原因，蒂托眼下在学校里不得不面对各种困难，可说是举步维艰。在这样一个非常时期，如果能够有一位导师、一位出类拔萃的教育家及时出现，尽心尽力地培养他一段时间，纠正他的各种坏习惯，将他的人生引上正轨，那我可真是感激不尽。这的确是个非常自私的请求，我心里也很清楚；不过话说回来，这个请求的确也很符合你所提出的'教书育人'的任务涉及的各种条件。至于这项任务对你是否有着足够的吸引力，我就完全不知道了，只能由你自己亲自来判断。无论如何，至少你让我有勇气提出这个请求。"

听完对方的请求之后，科讷希特微笑着伸出了一只手，跟他用力握了握，对他的提议表示了同意。

"我必须衷心感谢你，普利尼奥，没有什么提议能够比这个更令我感到开心的了。目前只剩下一个问题，那就是你妻子的同意。而且，你们两个必须下定决心，暂时将你们的儿子托付给我，全权交给我来管教。这是为了完全把控住他的情况，是教育他的先决条件，因此，必须彻底消除父母双方在日常生活中可能给他带来的影响。你必须找个机会跟你妻子谈谈，说服她接受这一条件。你应该以旁敲侧击的方式跟她聊，慢慢接近目标！"

"你的回答如此果决，"德西格诺尼问道，"莫非你现在就已经完全确定，自己肯定能够在蒂托身上取得教书育人方面的巨大成果？"

"噢，对呀，有什么办不到的理由呢？蒂托无疑拥有优良的血统，完美继承了父母双方的优良天赋，他的自身条件很优越，唯一缺乏的只是对自身力量的控制与协调而已，也即其心灵上的和谐。唤醒蒂托对这份和谐的渴望，想方设法加强这种渴望，最终使其转化为他的自我意识，自觉自愿地去渴望取得和谐：这将会是我需要在他身上完成的任务。我很乐意承担这项任务。"

就这样，约瑟夫·科讷希特现在成功说服了他的两位好友，他们每个人都在以相当不同的方式为他"逃离瓦尔德策尔"的计划奔忙。当身在首都的德西格诺尼向他妻子耐心介绍上述计划，并试图说服她接受这些的同时，身在瓦尔德策尔的特古拉尼乌斯则坐在图书馆的一间小研究室里，严格遵照科诺希特之前的指示，正在努力为那封在他看来无比重要的请愿书进行历史材料的搜集与整理。游戏大师为弗里茨·特古拉尼乌斯精心拟定了一份待读书单，投其所好，成功令他上了钩；这个原本对历史嗤之以鼻的人，毫无防备地咬了饵之后，转眼就爱上了野蛮战争时期的历史。在游戏领域，特古拉尼乌斯向来都是一位了不起的玩家，无论玻璃球游戏，还是历史研究游戏，他都能一视同仁地投入无比的热情。眼下他正在努力搜集与科诺希特所指定的那个年代相关的奇闻逸事，以能够精准概括那个年代——团体组织成立之前的人类文明黑暗时期——的时代症结为筛选标准。搜集过程中，他的胃口越来越大，最后竟然积累了如此之多的逸事，并且全部塞进了作品里，以致他的朋友在几个月后拿到那份写好的请愿书手稿时，因为篇幅实在太过庞大，不得不花费很多时间来进行删改，甚至重写了不少内容，最后连其中的十分之一几乎都没能保留下来。

在这段时期里，科诺希特多次离开瓦尔德策尔，前往首都的那栋宅子。每次造访之后，德西格诺尼夫人对他的信任都会变得更多些，诚如一位精神上极为健康、心灵协调有序的客人前往造访那些心事重重、心理负担很重的人时轻而易举就能达到的效果。没过多久，她就被自己丈夫提出的计划给说服了。在我们所知道的、与蒂托相关的记录中，曾经发生过这样一件事。有一次造访时，蒂托用很没礼貌的态度告诉游戏大师，他不希望自己被他称呼为"你"，因为他认识的每一个人，甚至包括学校里给他上课的老师，都称呼他为"您"。科诺希特耐心听他讲完，以非常礼貌的态度向他致谢，并向他表达了歉意。科诺希特告诉蒂托，在他所在的那个"教学省"内部，教师对所有学生，甚至包括那些早已长大成人的学生，都直接称呼"你"，不会使用敬称"您"。晚饭过后，他主动邀请男孩跟他一起出门走走，请男孩为他大略介绍一下这座城市里的情况。这次散步的路线完全是由蒂托来负责安排的，结果他直接领着游戏大师去了老城区，引他们穿过老城区内一条建筑景观格外雄伟、肃穆的古街。古街上全是有着几百年历史的贵族宅邸，这些属于优雅、富裕贵族家庭的古老房屋，几乎全部连成一片，一栋接一栋地矗立在老街两旁。两人一前一后地在老街上缓步慢行，在科讷希特看来，这些坚固、狭窄又高大的古老房屋，每一栋给人的感觉都差不多。当蒂托走到其中一栋前面时，停下了脚步，指着大门上方高悬着的一块石刻纹章，开口问道："您知道这是什么吗？"当听到科讷希特回答说自己不知道之后，蒂托便介绍道："这就是德西格诺尼家族的纹章，这栋老房子，正是我们家族的老祖屋；它属于这个家族已经有三百年之久了。可是现在呢，作为德西格诺尼家族的后人，我们却不得不住在那栋不怎么样的普通房子里，理由也很无聊，不过是因为我父亲在爷爷去世之后，一时心血来潮，竟然随随便便就卖掉了这座庄严华贵、值得后人尊重敬佩的祖屋，用换来的钱财换了一栋自以为很时尚的宅子——顺带一提，以如今的流行趋势来看，这栋宅子已经落伍了，根本称不上真正的现代化寓所，可以说是不伦不类。作为德西格诺尼家族的继承人，我父亲居然做出了这样的事情，您能够理解他的想法吗？反正我是想不通的。"

"照此看来，您对失去家族祖屋这件事耿耿于怀，感到十分遗憾？"科讷希特以亲切友好的态度询问道。蒂托听到这个问题，情绪马上变得激动起来，热情地给出了肯定的回答，并且再一次重复了他之前提出的那个问题："您能够理解他的想法吗？"科讷希特答道："人类的想法是非常复杂的，对其加以审视时，不能只考虑到其中的一两个方面，而对其他方面不管不顾。假如我们将某个想法完全暴露在聚光灯下，认真看清它的每一面，那我们自然就可以理解关于这个想法的一切。具体到德西格诺尼家族祖屋这件事情上：诚然，历史悠久的老房子无疑是美好的，假如新建造的宅子就矗立在老房子旁边，你父亲可以直接进行对比选择的话，他很可能会保留自家的老房子。是啊，老房子普遍是典雅而高贵的，其历史也是很值得尊敬的，尤其是像这样一栋美丽的房子，更是如此。不过话说回来，建造新房同样是件非常美好的事情。想想看，现在我们面前有个雄心勃勃的年轻小伙子，他可以选择在一处现成的小窝里舒舒服服地安顿下来，安于现状，不必多余折腾些什么；也可以花费一番力气，努力建造出全新的、专属于自己的漂亮巢穴，与过去的生活一刀两断。重新比较这两种选择，我们现在是不是已经可以理解为什么当时的他也可能会选择那栋全新的寓所，宁愿为此而放弃祖屋？顺带一提，我跟您的父亲已经相识多年了——我刚认识他时，他还在您这个年纪，那时候的他，是个满怀激情的人——就我对您父亲的了解，德西格诺尼家族祖屋的出售，以及由此引发的连带损失，对任何人的伤害都没有对您父亲的伤害大，其影响之深是外人难以想象的。在那个时期，您的父亲跟他自己的父亲、跟整个德西格诺尼家族之间爆发了一连串严重冲突。由此可知，家族派他到卡斯塔利亚来跟我们这些当地人一同成长、一起接受教育的尝试，对他本人而言恐怕并不怎么合适，至少不能保护他免受一时冲动之后头脑发热的影响，做出一些轻忽草率的错事：卖掉祖屋显然是其中之一。您父亲当年之所以会这样做，无非是想给家族传统、给他自己的父亲、给他逝去的时光、给他对家族的依赖性一记迎头痛击，并借此机会向整个家族宣战，至少在我看来，发生的一切是很好理解的。不过话又说回来，人类的想法向来都很奇怪，因此，您父亲对于此事或许同时也抱持着另外一种想法，这种想法乍听起来似乎有些不合常理，却也并非没有可能：您的父亲，即这栋老房子的卖家，他不仅打算通过难以挽回的变卖行为来伤害自己的家族，更主要的反而是要伤害他自己。因为这个家族令他感到极度失望，长辈们擅作主张，将他这个外人千里迢迢地送到我们卡斯塔利亚的精英学校里来，让他一个人住在这里，当一名客座学生，以我们的方式接受教育。恰恰由于他所接受的是这样一种教育，他回到这个世俗世界之后，与这里的一切格格不入，在很长一段时间内，不管做什么事情都是举步维艰；可是与此同时，长辈们又以不切实际的高标准来要求他，命令他完成各种凭他的能力根本无法应付的工作和任务，给他造成了无比巨大的心理压力。总之，关于您父亲这种试图伤害自己的想法，还有很多内容可谈，不过，我可不打算让我们的谈话在心理分析的道路上越走越远。无论如何，这个变卖祖屋的故事都说明了父子之间发生的冲突将会导致多么巨大的破坏，想想看吧——这份刻骨铭心的恨意,这份被强行转化为恨意的深爱。实际上,父子之间的激烈冲突,在性格活跃、极具天赋的人群当中经常出现,在他们的成长过程中很少缺席;世界历史上早已有很多现成的例子。顺带一提,关于变卖祖屋一事的后续,我已经有了很好的预想。在我的想象中,在不远的未来,将会有一位年轻的德西格诺尼家族后人挺身而出,他将会不惜一切代价地夺回这栋老房子的所有权,让祖屋重归家族所有,让一切回到正轨。他对自己的家族非常忠诚,愿意将此事作为他一生的事业来完成。"

"没错!"蒂托忍不住喊出了声,"我的意思是,假如他真这样做了,您难道不认为他所做的这一切都是无比正确的吗?"

"我当然不会让自己成为他人生的法官,对他所做的一切妄加评判,年轻的先生。不过,假如这位家族后人能够时刻铭记自己家族的伟大之处,时刻铭记德西格诺尼这个姓氏赋予他的天生义务;假如他能够好好利用自身力量,为这座城市、这个国家、这群民众、这份正义谋福祉,为大家都能过上幸福快乐的生活而竭尽全力、奉献自身;如此一来,他就能够在这个漫长的过程中逐渐成长、茁壮,变得越发强大。到了最后,他不仅能够顺利收回自家的老房子,还能成为真正值得大家钦佩的男子汉,我们遇见他时,都会主动向他脱帽致敬,以此来表达对他的景仰之情。可是,假如他的思想太过偏执,除了将收回祖屋作为自己一生的事业来完成之外,再没有其他人生目标,那他充其量也不过是个着了魔的顽固分子,是个陷入狂热而不自知的可怜人,是个完全被激情和冲动支配的蠢家伙。关键之处在于,他恐怕永远都无法理解一个男人年轻时,经常跟父亲爆发激烈冲突的真正原因,他心中不得不一直带着这个难解的谜题、沉重的负担,拖着它走完一辈子。哪怕他成年了,长成了一个真正的大人,这种困惑和负累也不会有任何改变。作为外人,我们能够理解他的难处,也会怜悯他,但他所选择的这条道路,永远都不可能提高自己家族的名声。假如某个历史悠久的家族能够对自家祖屋长期怀抱着一份热爱,愿意长期维护、修葺祖屋,使其保持相对良好的状态,这当然是一桩美事;但我们必须记住的一点是,假如想让古老家族复兴,想要为家族披荆斩棘，开创一番全新的事业，想方设法保全祖屋其实并无多少助益；复兴和创新只可能靠来自家族后人的努力奋斗，而且这种奋斗的目标必然远远大过对祖屋的保全。"

在这次散步的过程中，蒂托的表现一直非常好，很认真、很愉悦地聆听父亲这位贵客的讲述。在此之前，在其他一些场合，蒂托总是故意表现出对科讷希特的拒绝和蔑视，因为这个男孩的直觉相当敏锐，他父亲和母亲之间的关系向来很不和谐，但他们两位似乎都很看重这位先生，对他极为尊敬，甚至可以说是言听计从。几次访问过后，蒂托隐隐约约从他身上感受到了一股强大的力量，与此同时，他也判断出这股力量很可能会对自己长期以来娇生惯养、无拘无束的生活方式构成严重威胁。所以，为了将这位先生尽可能驱离自己的生活，本来就很顽劣的蒂托，每逢科讷希特来家中拜访时，偶尔会表现得格外恶劣，甚至恶语相向，远远超出平常的程度；当然，蒂托每次做过这样的事情之后，总是会感到特别后悔，总是会产生试图弥补错误的意愿，因为他的劣行看似想要伤害科讷希特，其实真正伤害到的反而是他本人的自尊心。这位游戏大师永远都很通透、坦荡，将自己毫无保留地暴露给大家，一视同仁地给予他那种愉悦的礼貌。科讷希特的礼貌是很强大的，犹如一件闪亮的盔甲，将他无懈可击地包裹了起来，时刻守护着他的安全。蒂托终究是个涉世未深的男孩，缺乏人生经验，内心狂野奔放，可是尽管如此，他的心中还是隐秘地察觉到了，这位先生很可能是那种受到千万人景仰的大人物，每个人都非常喜爱他、崇拜他。

科讷希特来宅子访问的次数日渐增多，蒂托察觉到上述事实的次数也随之增加，各种不同场合之中，有一次给蒂托的感受尤其之深：那天科讷希特如约前来访问，但他父亲因为公事耽搁了，没有及时回家。于是，科讷希特就独自一人坐在房间里等待，结果转眼半个小时过去，他父亲还没回来。刚好这时候，蒂托进到了房间里，他惊讶地看到这位贵客竟然以雕塑般的姿势一动不动地坐在那里，半闭着眼睛，沉浸在精神世界里，隐约对外散发出沉静、平和的气息。见到这一幕，男孩不由自主地踮起脚尖，保持安静，打算赶紧转过身去，踮起脚尖走出这个房间。可是，就在这时，静坐着的先生突然睁开了眼睛，亲切地问候他，同时站起身来，指了指房间里摆放着的一架钢琴，问他是否喜欢音乐。

"喜欢的。"蒂托回答道，但他已经很久没有上过音乐课了，这段时间里也从来没有练习过弹奏，因为他在学校里表现不好，被老师折腾得够呛，根本无心学习，尽管如此，聆听音乐对他而言一直都是一种享受、一份乐趣。听到这个回答之后，科讷希特伸手打开了钢琴的琴盖，坐到琴凳上，首先按了几个音，检查钢琴是否已经调好，确认音调和音色都没问题之后，他就开始弹奏起斯卡拉蒂的一段慢板。这些日子里，他刚好选用这段旋律作为玻璃球游戏训练的基础组成元素。弹了一会儿之后，他停了下来，发现这个男孩听得很专心，很投入，于是，他就开始用简短、易懂的话语，开始向男孩解释在运用这段旋律的玻璃球游戏训练中大致发生了些什么，如何将具体的音乐分解为概括性的元素，举出了一些可以应用于这类元素的对应分析方法，并且专门说明了将音乐旋律翻译为游戏通用语言，即那些象形文字的诀窍。在这个传授新知的过程中，蒂托对科讷希特的印象第一次发生了根本性的转变，他第一次没有将游戏大师视作父亲专门邀请来的一位贵客，没有将他视作一位学识渊博的社会名流：这类名流经常作为客人出现在宅子里，蒂托对他们一概采取抗拒、拒绝的态度，因为跟这些人交流时，男孩必须压抑住他的自我意识，一点儿也不自在。如今他看到的是一位专注于自己特长领域的先生，他熟练掌握了一门非常奇妙、精确的技艺，达到了领域内大师的水准，正在进行随性自在的练习，并且以绝妙的方式加以展示。对于这门宏大技艺所蕴藏的深意，蒂托肯定是无法理解的，只能对其加以揣测，大略想象一下。尽管如此，他已经能够看出，掌握这门技艺是非常了不起的，必须全身心地投入进去，毫无保留地奉献自我。除此之外，蒂托还发现，与这位先生进行交流很能满足自己的自尊心，因为跟他交流时，对方完全将他当成一个成年人来看待，而且默认他足够聪明，对这些复杂事物很感兴趣。也正因如此，他变得很安静，在科讷希特传授这些知识的半个小时时间里，他开始思考这位与众不同的先生为什么能够表现得如此沉静、如此平和，开始思考这些特质的来源。

科讷希特担任玻璃球游戏大师的最后一段时期，需要处理的各项公务几乎跟他刚上任时不得不面对的那段困难时期一样难以应付。在他看来，自己真正离开之前，最重要的是要想方设法让自己负责的所有职权部门都能够处于一种堪称楷模的全力运转状态之下，如此一来，即使游戏大师突然缺席，各项相关事务暂时也不会受到任何影响。他的确实现了这一目标，但没有达成预期的目的，即让他这个现任游戏大师显得可有可无，或者至少容易被其他人取代。在我们团体的最高领导层中，情况几乎总是如此：大师给人的感觉，始终都像是一件高高在上的装饰品，悬浮于各项事务之上，永远在那个最高的位置，仿佛一枚闪亮的勋章，不介入任何具体的操作，只会在自己复杂多变的职务范围内游走徘徊；他来得快，去得也快，就像一位态度亲切的幽灵，见一个面，讲两句话，点一点头表示同意，用手势稍微示意一下，就算是给出了意见，安排好了任务。转眼之间，他已经离去，到了下一个地方，又开始类似的流程。他指挥起这些职权部门来，就像音乐家在自己熟悉的乐器上演奏，看起来根本不需要费什么力气，甚至几乎不需要进行任何思考，一切都按部就班，倒也始终运行不悖。尽管如此，身处于这套系统当中的每一位公职人员心里其实都很清楚，当负责的大师缺席或者生病时，对大家而言意味着什么。假如临时换人来替代他的位置，哪怕只是替换几个小时或者一整天，将会有多么不堪设想的事情发生！当科讷希特再一次漫步在玩家聚居区内、漫步于这座小小的独立王国之中时，当他小心谨慎、严肃认真地引导自己的"影子"完成各种代表他来执行的具体任务时，他同时也能看清自己内心深处的真实想法，看见那个真实的自我是如何与这里的一切渐行渐远，甚至于像是已经脱离了这里、已经生活在别处了似的。他看清了自己观念的转变，知道眼前这个看似面面俱到、无懈可击的小世界，它曾经无可替代的宝贵价值，如今已不再能够令他感到兴奋，不再能够令他为之深深着迷了。时至今日，他几乎已经将瓦尔德策尔、将自己的游戏大师职务视作早已被抛诸脑后的无足轻重之物，视作一处他早已路过、不再留恋的地区。诚然，此地曾经给过他许多东西，也教会了他许多东西，可是对于如今的他而言，此地已经不再具有任何价值，不再能够从他身上引出任何新生力量，不再能够助他完成任何不朽事迹了。在这段缓慢脱离"教学省"的时间里，在这段逐渐与过去的一切告别的时间里，他越来越清楚地认识到，自己之所以想要前往外界、想要离开卡斯塔利亚，恐怕并不是源自对卡斯塔利亚现存危机的充分了解，亦非对其未来的过度担忧，其中暗藏着的真正原因只有一个，即他自身的其中一部分——他心灵、他灵魂的其中一部分，其实一直都是闲置着的，尚未被任何思虑所占据。这一部分自我在卡斯塔利亚注定是要长期蛰伏的，可是如今这一部分自我也渴望获得它应有的权利，渴望自我实现。

当时，为了能够名正言顺地脱离卡斯塔利亚，他还专门再一次彻底研究了团体组织的全部章程和法规，发现自己想要逃离"教学省"这件事，单从原则上讲，其实并没有那么困难，没有像他一开始想象的那样，感觉几乎是完全不可能实现的任务。实际上，他完全可以提出一些唯心主义的理由，主张自己在道德观念上不再认可自己所担任的游戏大师职务，如此一来，不仅可以辞职，甚至还可以直接脱离团体组织，从法理上讲，根本不会受到任何阻碍：加入团体组织时所立下的誓言并不要求恪守终身，只要愿意，随时都可以脱离。尽管在现实中只有极少数成员真正兑现过这种自由，纵观团体历史，也从来没有最高领导层的成员走过这条少有人走的道路。不对，在他看来，向这条道路迈出第一步之所以如此困难，并非因为章程与法规上的严格性，而是因为这套森严等级制度所象征的精神本身。不肯让他踏上这条道路的，是他自己心中自觉自愿去恪守的忠诚，是他主动给予这份盟誓的忠贞。毫无疑问，他并不打算秘密潜逃，而是要光明正大、名正言顺地离开卡斯塔利亚，为此，他正在准备一份内容周密的请愿书，将这项任务全权委托给自己的门徒特古拉尼乌斯。瞧瞧他，为了写好这份请愿书，可谓殚精竭虑，连自己的手指头都被墨水给染黑了。然而，科讷希特本人却并不认为这份请愿书能够大获成功，能够顺利为他开启那条脱离团体组织的道路。大家恐怕会好好安抚他一番，警告他不要逾矩，或许还会为他提供一段慷慨的假期，允许他到玛丽亚菲尔去一趟，在那座本笃会修道院里，雅科布斯神父最近去世了；也可能去一趟罗马。但是，他们是不会放他走的，关于这一点，他已经越来越确信了。允许他自由脱离，这无疑是跟团体组织的一切传统相抵触、相违背的。假如最高管理部门真的批准了他的请求，自然就等同于承认他所提出的请求是合情合理的。换句话说，也就等同于承认身在卡斯塔利亚的生活对于一个完整的人类个体而言，恐怕无法真正满足其精神上的全部需求。哪怕贵为游戏大师，担任如此高高在上的职务，结果也是一样——也可能会选择放弃一切，也可能觉得等级制度中至高无上的地位，不过是困住自己的一方囚笼罢了。

第十一节　公开信

写到这里，本书的讲述已经接近尾声了。如前所述，我们对与科讷希特人生结局相关的这部分内容了解得始终不够完整，缺乏坚实的根基，相比之下，以下讲述几乎可以认为是更具有传奇故事的特征，而非对历史真实的严谨记述。限于这方面历史研究的客观条件，我们不得不满足于此。相比之下，我们觉得更满足的反而是能够用一份真实存在的历史文件来填补科讷希特人生中的这倒数第二节，即全文引用下面这封内容涉及广泛的公开信，作为本书倒数第二节的内容。在这封公开信中——或者依照刚开始时的提法，依旧称为"请愿书"——科讷希特以玻璃球游戏大师的身份，向"教学省"当局详细解释了他决定离开卡斯塔利亚的原因，同时要求他们立即解除他的职务。

关于这份请愿书，我们首先当然必须再次强调这样一项事实：诚如前文中已经大略提到过的那样，尽管从搜集材料到撰写、修订、审核、删改、呈交等，前后花去了相当长的时间，且最终成文的效果也相当不错，但约瑟夫·科讷希特本人却并不这么想。他不仅认为这份以自己名义呈交给最高管理部门的请愿书必定起不到任何值得一提的效果，甚至对这件事本身都感到追悔莫及，觉得当初还不如别让特古拉尼乌斯去做这件事，还不如不要呈交这份所谓的"请愿书"，否则也不会造成这么大的影响和麻烦。我们已经知道，科讷希特就是这样一类人，这类人总是能够神不知鬼不觉地给自己身边的人造成影响，乃至改变大家的人生轨迹。与此同时，这类人也必然会被自己的这份特质所拖累，一次又一次重蹈覆辙，一次又一次因为自己改变了别人而付出连带代价。还记得"逃离瓦尔德策尔"计划刚开始时,在处理自己跟好友特古拉尼乌斯的关系问题上,游戏大师还一度觉得自己很幸运,对于情况的发展感到很开心,因为他不仅轻而易举地赢得了特古拉尼乌斯的支持,还顺着他的意愿来劝说他,让他亲身参与了进来,自觉自愿地成了这一计划的帮手和共犯。以当时的进展来看,特古拉尼乌斯的加入无疑是有益的,派他去完成这份"请愿书"也可以称得上是非常妥善、巧妙的安排。然而,随着时间的推移,"请愿书"这部分任务的完成情况远远超出了科讷希特原本的设想,甚至可以认为已经跟他当初的安排南辕北辙了。当科讷希特以巧妙的话术引导或者说误导弗里茨去完成一项连科讷希特本人都不相信能够对计划产生任何实质性帮助的任务时,显然是不指望他真的做出什么值得一提的成果来的,因为特古拉尼乌斯长期以来都疏于历史研究方面的学习,对历史这门学科有着严重的抵触情绪,这项任务对他而言无疑是极难完成的。哪曾想到,这位好友因为受到了游戏大师的影响,误以为自己在计划中承担了最主要的责任,竭尽全力、义无反顾地投入了历史研究;如此这般,当好友将自己千辛万苦才完成的这部鸿篇巨制最终交付到科讷希特的手上时,他已经不可能再收回成命了。事到如今,在完成"逃离瓦尔德策尔"计划的过程中,科讷希特肯定不能将这份成果弃置一旁、不闻不问,让计划在没有这份成果参与的情况下进行下去。毕竟他当初之所以要给特古拉尼乌斯分派这项任务,主要就是为了让他有些事情可做,不至于因为科讷希特的离去而伤心,让两人之间的分别变得相对更容易忍受一些。假如现在直接抛弃掉这份成果,岂不是等于宣称自己当初托付给特古拉尼乌斯的任务其实根本就没有任何实际用处?如此一来,对方岂不会觉得自己受到了科讷希特的欺骗,心理上受到严重伤害,同时对相识多年的科讷希特产生深深的失望?依照这一思路,我们完全可以得出这样一个猜测,即当科讷希特拿到特古拉尼乌斯寄予厚望的这份请愿书之后,当他认识到自己所犯的错误之后,恐怕宁愿当初直接去找团体大师,向最高管理部门请辞,然后公开宣布退出团体组织,永远离开卡斯塔利亚。因为在科讷希特看来,选择向当局呈交"请愿书"这种迂回曲折的方式来完成自己的计划，几乎像是演出一部滑稽剧般荒唐可笑。然而，由于必须顾及这位好友的感受，他不得不压抑住自己的不耐烦情绪，继续耐心等待一段时间。

见识一下无比勤奋的特古拉尼乌斯亲笔写就的这份请愿书手稿，或许会是一件相当有趣的事情。完成这份手稿的过程中所选用的各种素材，主要来自他在图书馆内搜集来的历史资料，其目的主要是证明科讷希特所提出的观点正确无误，或者对其抽象理念予以形象化的说明。可是，一旦我们对特古拉尼乌斯挑选出来的历史素材加以仔细甄别，不难发现其中实际上也包含了许多对团体等级制度、对整个世界、对世界历史所发出的既尖锐又颇具思想性的批判之词。不过话说回来，即使这份耗费了特古拉尼乌斯连续几个月高强度劳作而创作出来的珍贵手稿至今仍旧存在、仍旧悉心保存于某个地方——顺带一提，这是很有可能的——与此同时，我们也能通过某些手段获得它的使用权——即使如此，我们也不得不放弃对这份手稿进行全文引用的想法，因为本书绝非出版这份手稿的合适媒介，特古拉尼乌斯的这份手稿只适合单独出版，并不适合作为本书的其中一个组成部分。对于我们而言，这份手稿的唯一重要之处，只在于"卢迪大师"对这部作品，即他朋友辛勤劳动的成果予以了合理利用。当特古拉尼乌斯郑重其事地将这份厚重的请愿书手稿交给科讷希特时，他不仅给出了发自内心的感谢和持续不断的赞美，还要求对方直接将作品中的内容朗读给他听，因为他很清楚，自己所提出的朗读要求必定会令对方感到无比快乐、无比开心。在此之后，接连好几天的时间里，特古拉尼乌斯都会跟游戏大师一起，在他那座大师花园里坐上半个小时——因为当时刚好是夏天，坐在花园荫凉下，感觉格外惬意——心满意足地为他读上几页自己辛苦完成的手稿。朗读的内容永远都很有趣，特古拉尼乌斯可谓春风得意，过程本身也是断断续续，因为他们两人的大笑声时不时就会控制不住。对于特古拉尼乌斯而言，那段日子无疑是他人生中最美好的时光。可是在此之后，科讷希特却又躲回到自己的书房里，仔细阅读、琢磨好友交给自己的这一大摞请愿书手稿，小心谨慎地挑选出其中一小部分可堪使用的内容,以这些内容为基础,写出了自己最终呈交给卡斯塔利亚当局的那份请愿书。由于内容大幅缩减,篇幅只有特古拉尼乌斯手稿的差不多十分之一,且科讷希特本人也称其为"信笺"而非"请愿书",再考虑到这封"信笺"的完整内容的确依照科讷希特的吩咐,以通函形式在团体组织内部进行了公开,以下即统一按照约定俗成的叫法,称其为"公开信",并直接引用其完整文本。就其内容而言,本书已不再有加以进一步评判的必要性。

"卢迪大师"致国家教育部门的公开信

多方权衡之后,我——"卢迪大师"本人——正式决定,通过以下这封形式特殊、行文风格相对而言更加私人化的信笺,向当局提出一项很可能会被判定为出格,乃至离经叛道的请求。考虑到其特殊性,我并未将其列入例行呈上的、内容与格式要求更为严苛的公务汇报之中,而是以独立文件的形式单独呈交。尽管如此,我仍选择将这封信笺与此次例行呈上的公务汇报一同呈交,并依照等待公务汇报批示的流程,等待其正式审批完毕,并给予相应答复。不过,我还是更愿意将其视作一封可进行公开传阅的通函,一旦完成所需流程,即可交予我担任"卢迪大师"职务后长期共事的同僚们之间相互传阅。

身为大师必须履行的重要职责之一,乃是提请当局注意任何威胁到其职务正常履行的障碍或者危险。坦率地讲,我所担任的职务,也即玻璃球游戏大师,其正常履行正受到一种重大危险的威胁(或者说得更准确些,至少在我看来是如此)。上述重大危险的根源,恰恰出在我本人身上,但它其实也并非唯一的根源,而是诸多根源之中最主要的一个支系。尽管我渴望用自己全部的力量来为玻璃球游戏大师这一职务服务,并且的确也已经在工作上全力以赴,却始终无法规避上述重大危险。这份危险至少也囊括了这样一种情况,我本人已经颇为直观地感觉到,我个人作为玻璃球游戏大师的匹配程度正在被持续削弱,换言之,我正在经历一场职业道德上的危机;与此同时,这份危险的存在也是客观的,即其本体的存在超脱于我个人的意志之外,仅凭我自身的力量,是无法克服它的。简而言之:眼下我已经开始怀疑自己是否还有足够的能力,是否还能充分履行玻璃球游戏大师这一职务对我所提出的要求。上述危机的核心困境在于,如今的我不得不重新审视自己所担任的这一职务本身,不得不对其存在的意义产生严重怀疑,因为作为玻璃球游戏大师,我已经能够明确察觉到,自己负责的这一领域,即玻璃球游戏领域已然受到了巨大的威胁,但我本人却对此无能为力。因此,本人撰写这封信笺的根本目的,乃是试图通过恰如其分的阐述让当局意识到,前文中指出的危险是切实存在着的。另一方面,我也要通过这封信笺为自己身上很可能将会出现的一种现象进行申辩,即一旦我的意识发现了这种危险的存在,就会紧急行动起来,呼吁我尽快离开目前所在的地方,劝说我前往另一处地方。请允许我用一个比喻来说明上述情况:假设有一位先生,他此刻正端坐在顶层阁楼上,努力从事一项内容极为精妙艰深的学术研究工作。这时他突然注意到,自己下方的房子里发生了火灾,而且他确信火灾是真实存在的,并非来源于自己的误判。那么,在这个涉及生死存亡的紧要关头,他必定不会考虑这里是不是自己的办公室,是不是还要继续进行手头的研究工作,离开之前是不是最好还是先将自己桌上的东西给收拾好,他只会赶紧跑下楼去,试图拯救这整栋大楼。眼下的情况正是如此,我端坐在我们这栋卡斯塔利亚大楼的一处顶层阁楼里,忙于玻璃球游戏,与此处摆放着的各种精致、敏感仪器打交道。此刻,我的直觉起了作用,我的鼻子提醒我,楼下某处发生了火灾,我们所在的这整栋大楼的安全都受到了威胁,若对其放任不管,必定会造成严重危害。于是,现在我当然不必再去分析某段音乐旋律,或者尝试去拆分、细化某项玻璃球游戏规则,而是必须立即离开阁楼,赶紧前往已经开始冒烟的地方,想方设法去救火,这才是最关键的。

遍布于卡斯塔利亚全境的大大小小学术机构,我们的团体组织,我们所进行的各项科研与教育事业,以及玻璃球游戏,还有这里的其他一切,对于我们身在卡斯塔利亚的绝大多数团体成员而言,就仿佛我们每日呼吸的空气、仿佛我们脚下的这片土地一样，其存在可以说是理所当然、不言而喻的。在卡斯塔利亚，几乎没有谁会想到，如空气、似土地的这一切，有朝一日竟可能会不复存在。试想想看，在未来的某一天，我们可能突然就会失去空气，无法呼吸；原本坚实的地面，转眼就从我们脚下消失。如此不可思议的场景，凭常识来判断，很难相信这一切真的会发生。也正因如此，我们也不愿相信，与卡斯塔利亚相关的一切同样可能消失。不得不说，卡斯塔利亚人真的很幸运，可以生活在"教学省"这个小巧精致、秩序井然、充满了欢欣愉悦的世界里。我们当中的绝大多数人一辈子都生活在这个人为构建出来的空间之中，毋庸置疑，它并非遵循自然规律发展而来，只是虚构照进现实的一种反映：虽然细想起来颇令人感到奇异怪诞，但自从我们记事时起，卡斯塔利亚这个小世界就一直存在于此，我们这群人也是生于斯、长于斯，久而久之，也就习以为常，不觉得有什么了。具体到我本人的身上，我必须承认，我的确也是在这种无比愉悦的错觉中度过了自己的大部分青春岁月，尽管如此，这个小世界的真实情况究竟如何，在我眼中却是相当清楚的：首先，卡斯塔利亚当地基本上没有新生儿降生，我虽然是卡斯塔利亚人，但并非真的出生于卡斯塔利亚，而是自幼就被国家教育部门精心挑选出来，送到这里来接受教育，看是否适合进一步培养，是否能够取得成为卡斯塔利亚人的入场券。很早以前我就知道，这里的一切，包括卡斯塔利亚、团体组织、"教学省"当局、精英学校、游戏档案馆和玻璃球游戏本身，绝对不是自古以来就存在于此的事物，绝对不是依照自然规律、循序渐进发展出来的成果。恰恰相反，这一切不过是人类文明之光照耀下应运而生的短暂光辉，是社会发展到一定阶段后的实验性产物，其主旨固然崇高，其缺陷同样根深蒂固。我对上述现实洞若观火，但上述现实对我而言却没有任何实际意义。我只是知道而已，尽管如此，在极其漫长的一段岁月里，我从未对此加以思考——我对其视若无睹，如同各种一般性的常识。我知道，我们这些卡斯塔利亚人当中，大部分都将在这种怪异、愉悦的错觉中度过自己的一生，直至死亡，其数量超过卡斯塔利亚总人数的四分之三。

值得注意的是，在人类漫长的文明史上，有好几百年，乃至于好几千年的时间是既没有团体组织，也没有卡斯塔利亚这个"教学省"的，不仅过去如此，未来还会出现类似的时代。今时今日，我尚且必须提醒自己的同僚们、提醒尊敬的"教学省"当局，注意上述显而易见的事实，关心上述不言而喻的道理，呼吁大家看一看这近在眼前、时刻威胁着我们的危险。假如我因此而暂时在众人面前承担了这样一类难堪且尴尬的形象，即通常认为相当不受欢迎、相当容易受到大家嘲笑的古怪先知形象，废话颇多、惹人心烦的告诫者形象，以及总是想让普罗大众反思、忏悔的传教士形象——假如大家真打算这么看我，我也已经做好心理准备，愿意随时接受来自各方的耻笑，因为我无论如何都必须交上这封信函，无论如何都希望你们当中的大多数人能够将我亲笔写下的这封信函认真读完。我完全相信，认真读完之后，你们之中的一部分人甚至会在个别问题上同意我的观点。只要能够做到这点，我就已经很满足了。

像我们卡斯塔利亚这样的教育机构，像这样一座每天都在过着崇高、美好灵性生活的小小王国，实际上同时面临着来自内部和外部的危险。卡斯塔利亚所面临的内部危险——或者说，至少也是这些内部危险当中的一部分——其实是我们大家所熟知的，我们长期关注这些危险，并且采取各种对应措施，试图将其压制下去。比方说，我们一次又一次地将那些经过千挑万选、好不容易才找到的优秀学童送入精英学校，可是过不多久，我们又要将其中的个别学生遣返回原籍，不再允许他们继续留在卡斯塔利亚。这是因为我们在教学过程中发现，少数学生身上有着难以磨灭的外界印记，哪怕经过较长时间的管束，他们也无法控制住自己的原始本能，这将导致这部分人很难适应我们的小世界，与此同时，他们的存在很可能会对其他人构成威胁，对"教学省"长期保持的稳定安宁状态带来危险。因为上述原因，我们最终放逐了他们，这其实也是无奈之举，尽管如此，我们仍对他们当中的大多数人怀有殷切的期盼，因为他们毕竟也曾是千挑万选出来的优秀候选人，绝非那些程度较差的俗世庸人可以相比，他们只是不适合卡斯塔利亚这种秩序井然、循规蹈矩、追求崇高的严苛生活。当他们回到世俗世界之后，很容易就能找到更适合自己的客观生活条件，如鱼得水，未来必将成为独当一面的高素质人才。我们在这方面的长期实践，早已证明了这一做法的正确性。整体而言，我们完全可以自豪地对外宣称，卡斯塔利亚的这个小社会经过不懈努力，杜绝了来自内部的危险萌芽——至少是其中的一部分萌芽——维护了自身长久以来的尊严与自律，顺利完成了代表现今人类文明最高成就的艰难任务，维持了精神主体的纯粹性，在此基础之上，仍在不断培养合格的新卡斯塔利亚人，确保整个体系的正常运作。说实话，我们这些卡斯塔利亚人当中，的确存在着少许道德水准相对较低、行事不够体面的俗人，少许态度轻浮、不思进取的庸人——这类人无论在哪里都会出现，在外部世界的社会上属于很自然的现象，但是在这里，其数量始终还是维持在最低限度内，是大家可以容忍的，不至于给我们带来整体上的危险。真正的问题反而出在我们自己身上，卡斯塔利亚人普遍的精神状况已经开始衰败，已经不像以前那么无懈可击了：团体组织的成员慢慢变得越来越自负，等级制度本身也显得越来越傲慢。在攀登等级制度阶梯的漫长道路上，每一个更高阶的身份、每一个拥有特权的地位都在诱惑着我们，也正因如此，每一个高高在上的职务都会受到经常性的指责，有时当然是有理有据的，有时根本就没有任何理由，只是因为地位更高，就会遭到持续不断的抨击。假如我们对人类社会发展史加以归纳总结，很容易就会发现这样一项规律，即人类社会发展史的核心部分，永远都是形成新一代贵族阶层的尝试。新一代贵族阶层的形成与巩固，代表着对应的历史时期已经进入了全盛期，社会已经发展到了顶点，甚至可以认为贵族阶层就是这段历史的皇冠所在。"贵族"当然并非单指狭义的封建社会贵族阶层，其内容具有更广泛的指涉，或许可以这样理解，即某种由贵族来掌权的社会制度，其核心就是由最优秀的群体来负责统治。古往今来，在所有试图形成完整社会的尝试中，这似乎是唯一真正进行过的实践，哪怕人们并不总是愿意承认这项事实，总是企图用所谓的共同目标和共同理想来加以粉饰。在人类历史的长河中，无论是君主制，还是以不记名投票为基础的民主政治，总是试图通过施与特殊保护和授予特权这两种方式来培养新一代贵族阶层，具体执行起来虽有差别，本质上却始终如一，几乎已成为新社会、新体制建立之后约定俗成、不言自明的一套系统化流程。上述保护和特权可以是政治上的，也可以是其他任何方面的，贵族制度的建立可以遵循血统论，也可以依照精英选拔制度，或者通过相应的教育来培养。在某种具体社会制度下得宠的贵族，他们所享受的保护和特权就好比阳光，沐浴在阳光之下，他们这群人自然而然就会茁壮成长，逐渐变得越来越强大，越来越有能力。可是，随着时间的推移，从社会发展的某个阶段开始，贵族阶层的生存状况也慢慢发生了变化。在这个阶段，贵族已经受到了足够多的照顾，得到了太多的好处，他们在这阳光的长期照耀下，已经长成了参天大树，已经在自己周围投下了显著的阴影。站在阳光下，享受保护和特权，其目的早已不再是形成并巩固新一代贵族阶层，因为这一阶层不仅早已形成，不仅得到了巩固，甚至已经固化了，不会再有什么新的变化，不会再有任何新的事物从中产生。事到如今，阳光反而成了累赘，成了贵族阶层无法抗拒的诱惑，导致其无可逃避地走向腐化、走向衰败。那么，现在不妨将我们所属的团体组织视作当今时代的贵族阶层，在这样一种视角之下，尝试对我们自身加以审视，看看我们卡斯塔利亚人对整个国家、对全世界做出了怎样的贡献，看看我们究竟能够在多大程度上证明我们与自己所拥有的特殊地位相匹配，或者说相违背。具体而言，我们可以来讨论一下，历史上贵族阶层所具有的那些通病——他们的傲慢自大；他们自以为无所不知、无所不能的狂妄态度；他们对赋予自己保护与特权的国家和人民忘恩负义，屡屡试图僭越，妄图获取更多、更大权力的行为——这些恶习在多大程度上已经占据了我们、支配着我们。事实摆在眼前，讨论的结果纵使不能令我们每个人都感到触目惊心，至少也会产生一些疑虑。如今的卡斯塔利亚人或许并不缺乏对团体组织规章制度的服从，并不缺乏勤勉努力的研究态度，并不缺乏道德修养方面的自觉，可是，对于自己在本国社会结构之中、在世界人民之中、在世界历史当中所处的位置，如今的卡斯塔利亚人却往往缺乏相应的认知，对于相关问题的洞察力也极度欠缺——这是不是当今"教学省"的现实？倘若有人想要给出否定的回应，那他不妨仔细想想，他是否真的意识到了自身存在的基本？他是否知道，自己作为一片叶子、一朵鲜花、一根树枝或者一段根茎，能够对外体现出生命的活力，其实是因为自己隶属于一个鲜活的有机生命体？他是否对这个国家的民众为自己所做出的牺牲有所了解？他是否知道，恰恰是那些他平常看不起的俗世凡人，供给了他赖以果腹的食物、赖以保暖的衣物，让他能够安心接受教育，使无拘无束的自由研究成为可能？他是否真正关心过我们这些卡斯塔利亚人存在的真正意义？是否认真思考过我们所拥有的特殊地位对我们自身所提出的要求？是否对我们的团体组织、对我们灵性生活的根本动机有过哪怕丝毫的反思？对于这一系列问题，不得不说，诚然有例外情况存在，值得称赞、值得夸耀的例外，其数量不在少数——尽管如此，我仍然倾向于对上述这些问题一概给予否定的回答。普遍意义上的卡斯塔利亚人，当他们在面对那些来自世俗世界的人、面对那些不曾待在象牙塔里的人时，因为对方根本就不在团体组织的等级制度当中，所以他们在面对那些人时，恐怕完全不会带有蔑视、嫉妒、怨恨的情绪；可是与此同时，他们也绝对不会将对方当成自己的同胞看待。他们不会将对方视作自己的衣食父母，哪怕这的确是事实，他们甚至不认为自己应该对外部世界发生的各种重大事件承担哪怕一丝一毫的共同责任。在普遍意义上的卡斯塔利亚人眼中，自己存活于世的全部目的只是在各个领域进行学术研究，这就是根本目的，甚至都不需要取得什么研究成果，只是在广袤浩渺的知识花园里愉快地徜徉，他们就感到心满意足、此生无憾了——卡斯塔利亚的这座知识花园固然广袤浩渺，却并非真正能够包罗万象，它总是喜欢将自身作为普遍知识的代表，实际情况却并非如此。简而言之，卡斯塔利亚式的教育模式，单从方法论上讲，无疑是很高明的，道德上自然也是崇高的，我对此深表感谢。可是，对于接受过这种教育的大多数卡斯塔利亚人而言，对于负责施行这种教育的教师们而言，它既不像身体内部某个具体的器官，也不像是某种拥有特定功能的工具，起不到什么明确的、积极的作用，不指向任何目标，无法有意识地服务于更博大或者更艰深的领域；恰恰相反，卡斯塔利亚式教育是有一点儿倾向于自我放纵与自我赞美、有一点儿倾向于精神特质的形成与精神贵族之培育的，不仅如此，上述倾向已逐渐反客为主，逐渐成为卡斯塔利亚式教育的首要目的。我也知道，时至今日，仍旧有一大批道德上正直且崇高、态度上积极又主动、学习上非常有天赋的卡斯塔利亚人存在，他们是真正想要为大家服务的一群人——他们正是我们这里培养出来的教师，尤其那些义无反顾地前往外界、前往偏僻乡间、远离我们"教学省"的宜人气候、远离我们这种在精神世界恣意放纵态度的教师，他们在世俗世界的普通学校里夜以继日地进行着自我牺牲，与此同时，他们所从事的这种教书育人工作又是十分重要的，有着无可估量的价值。严格来讲，唯有前往外界的这些优秀教师，才是我们当中真正实现了卡斯塔利亚这处"教学省"创立之宗旨的人，他们通过自己脚踏实地的工作，慷慨回报国家和人民为我们的存在所付出的许多努力。我们卡斯塔利亚人时刻肩负着的最崇高、最神圣的任务，无疑是为我们这个国家、为全世界保全精神领域的根基，保证其茁壮成长，不至于凋零萎靡。实际上，人类文明所拥有的这一精神领域根基的重要性早已得到了证明，它本身也是一种具有最高效力的道德因素，即对世间真理与正义的解释权，除此之外，各种法律、法规、章程也是基于这一根基而建立起来的。——关于这点，我们团体里的每个成员其实都很清楚，无须赘述。真正的问题在于更进一步的现实，在此基础之上，只要稍加审视，我们当中的大多数人就不得不承认，外面那个世俗世界本应享有的正当权益，即我们口中所谓"俗人"们精神领域的耿直赤诚与纯粹性的维护，在我们眼中一点儿都不重要，我们根本就不曾给予过任何关心。毕竟"俗人"们统统居住在如此美好纯净、道德上如此崇高的"教学省"之外，居住在我们大多数人不可能踏足的世俗世界里，远在力所不能及之处，我们怎么可能会去关心呢？也正因如此，我们很愿意将这份重任托付给那些陆陆续续前往外界的勇敢教师，让他们通过自己的无私奉献、通过他们教书育人的工作，来偿还我们对世俗世界欠下的良心债务，并且还能够以这些教师的实例作为证明，理直气壮地对外宣称，我们身在"教学省"的这些玻璃球游戏玩家，我们这里的天文学家、音乐家和数学家，完全可以心安理得、名正言顺地享受属于我们的这份特权。这种心安理得细想起来显然是荒谬的，所谓的名正言顺也根本经不起推敲，因为我们其实并不怎么关心我们所获得的这份特权是否与上述贡献相匹配，这种现象无疑与我们前文中讨论过的贵族阶层的傲慢自大有关，与卡斯塔利亚人根深蒂固的等级制度思维有关。不得不说，如今有相当多的卡斯塔利亚人心中存有不切实际的自我拔高式妄想，甚至对我们简朴的物质生活方式、对这种宗教苦修禁欲的生活感到自鸣得意，觉得它好像是一种美德，纯粹是为了有利于我们在精神领域的精进而实行的。可是事实上，这分明是出于国家使我们高高在上、不事生产的特殊生活方式得以长久运行下去的现实考虑，哪怕它的确有利于灵性生活，也只是附带的优点罢了。试想想看，假如我们都去过封建时代贵族阶层那种穷奢极欲式的生活，将会造成怎样的可怕后果？

在这封信笺中，对于卡斯塔利亚所面临的内部危险，对于这些出现于我们自己人当中的妨害现象，我决定就提这么多。虽然这远非全部，但我已经感到颇为满足，上述内部危险当然并非无害，但它们在目前这种相对风平浪静的历史时期，起码不会危及我们自身的生存。事实上，我们卡斯塔利亚式生活的延续，显然不仅仅依赖于我们的道德与理性，也非常依赖于我们国家的整体状态和人民的意愿。在卡斯塔利亚，我们三餐无忧，可以随意使用我们的图书馆，扩建我们的校舍和档案馆——但是，假如我们的人民不再愿意、不再允许我们继续这样生活下去，或者说，假如我们的国家由于贫困化、战争等原因，不再具备让我们继续这样生活下去的客观条件，那么我们目前的这种生活、这种随心所欲进行学术研究的理想状态，就会在转眼之间画上句号。风平浪静的时代终将结束，此乃历史发展之必然。有朝一日，我们的国家终究会将卡斯塔利亚这个极为特殊的省份、将我们所特有的这种文化视作自己再也负担不起的奢侈品；有朝一日，国家恐怕还会将我们视作百无一用的寄生虫，视作威胁国家根基的害群之马；是啊，有朝一日，国家甚至会将我们视作不学无术、误人子弟的坏老师，视作全民公敌，而不是像以前那样，满怀善意和崇敬地以我们为荣——上述这些都是来自外部的危险，对我们构成了不小的威胁。

试想，假如我打算让一位普通的卡斯塔利亚人意识到上述危险，究竟应该尝试采取怎样的方式，才能取得行之有效的成果？实际上，能够用到的方式是非常有限的，可能不得不通过援引历史上真实发生过的实例来加以论证，而且这无疑将会是最主要的方式。可想而知，在面对这位假设中的同胞时，我必然会遭遇一系列消极的抵抗、一系列几乎跟孩童一样的无知与冷漠。如诸位所知，我们卡斯塔利亚人对世界历史的兴趣向来极为淡薄，没错，我们大多数人不仅缺乏对历史的兴趣，甚至——请允许我这样说——缺乏对历史的公正态度，缺乏对历史的基本尊重。卡斯塔利亚人当中普遍存在着的这种对历史研究的厌恶，从感情上讲，无疑是冷漠与傲慢的混合体。这种极为特殊的厌恶情绪，时常激起我的强烈好奇，令我不由自主地开始对其进行调查研究，投入不少时间与精力之后，我发现造成这一现象的原因主要在两个方面。首先，历史所涉及的内容——当然不包括我们卡斯塔利亚人长期以来都非常关注的思想史和文化史——在我们看来，档次似乎过于低下，不值得我们为之投入热情；所谓的世界历史，就我们对它的认识而言，与之相关的事件动机都非常简单，无非为权力、为财产、为土地、为原料、为金钱而已。总之，归根结底也不过是为了一些物质层面上的东西、为了在某方面取得足够多的数量而进行的残酷斗争罢了。他们为之生死相搏的这些东西，我们认为没有任何精神层面上的意义，相当可鄙。对于我们而言，十七世纪是属于笛卡尔[1]、帕斯卡尔、弗罗贝格尔和许茨的世纪，而不是属于克伦威尔[2]或者路易十四[3]的世纪。相比之下，我们厌恶、回避世界历史的第二个

---

[1] 笛卡尔（1596—1650），法国哲学家、数学家、物理学家，近代唯心论的开拓者。
[2] 克伦威尔（1599—1658），英国政治家、军事家、宗教领袖。
[3] 路易十四（1638—1715），法国国王，在法国建立了君主专制的中央集权王国，自号"太阳王"。

原因同样十分清楚,即我们卡斯塔利亚人对某种特定的看待、书写历史的方式有着根深蒂固的不信任感——顺带一提,我个人认为这种不信任感的存在是基本合理的,没什么问题可言。上述方式在我们团体组织成立之前的那个腐朽、衰败时代一度非常流行,也正因如此,我们从一开始起就对它没有哪怕一丝一毫的信心。上述方式当然有一个具体的名称,即所谓的历史哲学,我们曾一度在黑格尔身上看到过它所绽放出的最具精神领域神采的花朵,同时也见识到了它所拥有的最危险、最深不可测的效果。可是,在黑格尔之后的那个世纪里,历史哲学却导致了最令人厌恶的伪史现象,间接造成了人类真理意识的堕落。在我们卡斯塔利亚人的眼中,对历史哲学的偏爱,恰恰是那个思想腐化、知识娱乐化、政治权力斗争规模达到最大化的时代的主要特征之一。关于那个时代,我们有时会称为"好战世纪",但主要还是称呼它为"专栏时代"。在那个时代的废墟之上,在对其时代精神——或者说对其缺乏时代精神的状况——的斗争与克服中,我们如今的文化体系成功建立起来了,团体组织与卡斯塔利亚应运而生了。"专栏时代"所呈现出来的时代精神,恐怕恰恰与我们如今所呈现出来的傲慢态度息息相关。我们卡斯塔利亚人在面对世界历史时的心情,尤其是面对世界近代史,以及接近卡斯塔利亚建立之前那段历史时的心情,几乎跟旧时信奉基督教的那些苦行僧和隐士面对"专栏时代"光怪陆离的世界大舞台上你方唱罢我登场的闹剧时一样。在我们眼中,历史无非是本能渴望与时髦观念的游乐场,是饲养千万种不同贪欲的动物园,是追逐政治权力的跑马地;历史是谋杀,是暴力,是破坏和战争;历史是野心勃勃的大臣,是被金钱收买的将军,是被炮火屠戮的城市。我们自以为对历史了解甚多,但其实我们经常忘记,上述一切看似包罗万象,终究也只是历史所辖诸多方面之一。因为我们长期轻视历史,不知不觉竟忘记了最重要的一项事实:我们自己也是历史的一部分,是在历史长河中酝酿、生成的造物,一旦失去了跟随历史继续发展、变化的能力,就注定要承担覆灭的命运。我们本身就是历史,对于世界历史的形成,理所当然就负有不可推卸的责任;对于我们在历史中的定位,对于我们未来必将载入史册的历史性评判，也必须恰如其分地承担起相应的责任。可是，现阶段的我们非常缺乏对这种责任的认知。

我们不妨仔细审视一下我们卡斯塔利亚人自己的历史，看看我们如今这个"教学省"初步建设成形的早期岁月，看看当时究竟发生了些什么。在那个时期，我们国家的具体状况，其实也跟其他许多国家一样，领导层的想法都很相似；在那个时期，各种教团和社团组织如雨后春笋般建立，我们的团体组织也是其中之一，森严的等级制度当然也并非我们首创，很多组织都采用了类似的体制与章程，在历史上也有许多相似的先例。对那个时期进行一番钻研之后，我们很快就会发现，我们的团体组织，我们这套等级制度，我们的幸福家园，我们亲爱的卡斯塔利亚，绝不是由那些跟如今的我们一样、对世界历史不以为然的傲慢之人建立起来的。我们"教学省"的伟大先辈和创始人，在野蛮战争时期结束时，在一个几乎被毁坏殆尽的世界里正式开始了自己筹划已久的创建工作，从无到有地创造出了如今这个卡斯塔利亚。对世界历史的长期轻视，导致我们视野受限，早已习惯于片面化地解释当时的世界状况，即以第一次所谓的"世界大战"为起点，声称当时人们所抱持的时代精神对于今日的"教学省"毫无实用价值可言。我们自以为是地认为，在当时那些掌握了巨大权力的统治者看来，所谓的"时代精神"，不过是一种偶尔才会拿出来使用的、居于从属地位的斗争手段罢了——在这一点上，我们尝到了"专栏时代"的腐败流毒所酿成的恶果。这么说吧，我们其实很容易就能注意到，在这一历史时期占据主导地位的权力斗争，其核心无疑是与精神领域建设背道而驰的，其过程本身也是极为残酷的。权力斗争背弃精神领域建设的这一根本态度，或许可以称为"非精神性"。诚然，当我指认其"非精神性"特质的同时，并不代表我对这一时期的权力斗争持完全否定的态度，并不代表我没有注意到他们在进行权力斗争时所展现出来的非凡智慧，并不代表我不愿意承认他们在相关方法论上取得的巨大成就。我之所以将自己关注的重点放在这种"非精神性"的特质之上，显然是因为我们卡斯塔利亚人早已习惯并坚持将与精神领域相关的一切视为通往真理的意志——至少也是其中最具领先优势的部分——可是，在上述权力斗争中所消耗的精神,似乎与通往真理的意志毫无共通之处可言,也正因如此,它其实也应该被划入"非精神性"所辖的范畴内。那个时代的悲剧之处在于,由于人口大量增加,社会亦随之动荡,同时爆发无限的活力。可是,这份活力却没有得到合理且坚定的道德秩序的监管,并因此而逐渐演变为喧嚣骚动,演变为社会纷争;本应存在的道德秩序长期缺席,剩下的些许萌芽也迅速被当时社会上的各种流行口号所取代。在这些社会纷争的发展变化过程中,我们能够看到各种怪异、可怕的现象,这些现象与距离该时期四个世纪之前、路德[1]分裂基督教会时社会上出现的种种乱象颇为相似。整个世界在一夜之间崩溃,全球各地突然陷入了巨大的动荡不安状态之中,到处都形成了针锋相对的战线,到处都在猝不及防的情况下涌现出年轻人与老年人之间、祖国和人民之间、红色与白色[2]之间的大规模对抗,原本的和睦温馨不复存在,到处都是彼此之间绝对无法达成谅解的死敌。时至今日,我们已经无法用任何方式来重现当年那种"红"与"白"之间拼死激战的磅礴力量,无法复制其内在动力,更不必说理解当时那些醒世箴言与战斗口号的实质内容与真正含义,并且对它们感同身受了;总之,当时发生的一切就跟路德时代一样,我们同样看到信徒与异端,看到年轻人和老年人,看到昨日的拥护者与明日的拥护者,看到他们在整个欧洲——说得更准确些,是在半个地球上无比狂热地或者说满怀绝望地陷入无休无止的相互争斗;不仅如此,相较于过去的一些战争,上述斗争的战线极其漫长,极为深入,往往直接跨越国家、民族和家庭的界线,也正因如此,我们无法不去怀疑,对于大多数亲身参与战斗的普通战士而言,甚至包括他们的上级,包括那些指挥战斗的军官和领袖在内,尽管战争如此残酷,尽管真实发生的一切似乎完全没有任何希望可言,他们仍旧坚信自己所做的一切是绝对有意义的,恰如我们不能否认,当年身处战争中的许多大人物、许多发表公众演讲的领袖,他们无一例外地向公众传达了具有某种强大的善念、某种

---

[1] 马丁·路德(1483—1546),十六世纪欧洲宗教改革运动发起人,基督教新教的创立者。
[2] 此处指"一战"后期令俄国被迫退出大战的红白内战,"红"指苏联红军,"白"指沙俄,亦代指新旧意识形态之间的战争。

理想主义精神,至少在那些日子里,普罗大众是这样认为的,也愿意称其为善念或者理想主义。到处都在打仗,到处都在进行着杀戮,到处都在搞破坏,到处都是双方矢志不渝的信念,认为自己是在为上帝对抗魔鬼。

对我们这些当代人而言,当年那个满溢着高涨热情、疯狂仇恨与难以言喻之痛苦的狂野时代,如今早已落下帷幕,早已深深地沉入某种黑潮,被大部分人彻底遗忘了。不得不说,这种将重要历史忘得一干二净的行为真的很难理解,因为这段历史与我们"教学省"、与我们团体组织各种机构的出现可谓休戚相关,可以说是卡斯塔利亚诞生的前提和动机。不怀好意的讽刺作家恐怕会将这种匪夷所思的遗忘,与那些受人尊敬、拥有很高社会地位的草根冒险家对其出生背景和亲生父母的遗忘相提并论,从而得出一些带有贬责意味的结论。无论如何,对于那个"好战世纪",我们还是尽量多给予一些关注吧。我曾经查阅过不少与"好战世纪"相关的文献资料,这类资料现存的数量非常多,但我的查阅很有针对性,只对当时从事精神领域相关工作的人们、对他们的行为感兴趣,至于历史学家们经常关注的被征服的国家与被摧毁的城市等,我却没有丝毫关注的打算。通过查阅各方资料,我逐渐了解到,在那个时期,从事精神领域工作的人们所过的日子普遍都很艰难,其中大部分人没能坚持下来。无论在学者们当中,还是在宗教人士圈子里,陆续有殉道者出现,他们无所畏惧、慷慨赴死的殉道行为,他们以身作则的榜样力量,哪怕在那个普罗大众早已习惯了各种暴行的年代,也是令人肃然起敬的,不会出现没有任何效果可言的情况。尽管如此,大多数精神领域的代表人物还是失败了,他们无法承受那个暴力时代给自己持续施加的巨大压力。一旦这些人物选择了投降,他们就会将自己的天赋、知识与方法论交给当权者们任意使用,而当权者们往往会滥用这些宝贵的财富;在当时的马萨格泰共和国[1]里,曾经有一位大学教授,他对这一现象的绝妙譬喻可谓众所周知,他说:"二乘以二的答案是多少,并非由相关专业人士决定,而是由我们英

---

[1] 黑塞虚构的未来国家,其原型为曾经生活在中亚的马萨格泰人。文中典故出自居鲁士二世征伐中亚草原时与马萨格泰人发生冲突的故事。

明神武的将军决定。"没有投降的少数代表人物,他们一而再、再而三地向当权者们提出反对意见——只要他们还能继续藏身于一处可为自己提供基本保障的安全空间里,只要他们还拥有些许言论上的自由,就会持之以恒地这样做下去,持续不断地发出抗议。当时有一位世界知名的大作家——我们可以在齐根哈尔斯的著作中读到关于他的事迹——据说,这位大作家在短短一年的时间里就签署了两百多份抗议书、训诫书、请愿书等,向当权者发出挑战,其中有一些他恐怕都没有实际读过。然而,除了少数代表人物之外,他们当中的大多数人在风雨飘摇的艰难处境下,不仅学会了沉默,也学会了挨饿和受冻,还学会了乞讨、学会了如何躲避警察。他们当中有很多人过早地死去,哪曾想到,就连死去的这些人都会被苟活者羡慕,因为他们觉得自己生不如死。随着时间的流逝,无数人放弃了原则,不再从事精神领域的工作,而是想尽办法谋生,活下去成了第一要务,其他一切皆可抛弃。在这不堪世道下,成为一名学者或者文学家,真的不再是一种乐趣,不再是一份荣誉:事实摆在眼前,凡是甘愿为统治者服务的人,凡是甘愿摇旗呐喊、高呼口号的人,都能获得职位和面包。尽管他们也会受到曾经站在同一阵线里的伙伴们的蔑视,受到那些高风亮节者的蔑视,但在他们必须承受的诸多心理负担之中,最主要的可能还是良心不安。至于那些始终拒绝为当权者卖命的人,他们不得不忍饥挨饿,甚至不得不过上逃犯的生活,要么挨着痛苦亡命天涯,要么在流放地凄惨死去。以我们如今的角度来审视,那个时期的当权者对精神领域的建设者们组织了一场多么残酷、多么令人发指的严苛筛选哪:只打算留下自己想要的人,根本不在乎反对者们的生死。不仅学术研究方面遵循这一规则,教育系统内部同样也是如此——无论什么领域、什么专业,只要不为权力和战争服务,就会迅速陷入缺乏支持的弃置状态,过不多久就会消亡。受权力支配最严重的学科,恰恰就是历史,因为在那个时期,每个能够在一定程度上把握住自己命运的主权国家,都只打算根据有利于自己国家的基本原则,来讲述与其自身相关的世界历史。这些已被改头换面过的历史,其内容被无限简化,大量细节被删去,大量原本属于野史的小道消息和奇闻逸事被重新用到正史当中；历史哲学和专栏控制着所有的思想领域，甚至渗透到了以教育青少年为己任的学校里。

讲到这里已经足够了，我已经给出了足够多的细节。总之，那是个崇尚暴力、无比狂野的年代，那是个混乱的年代，是个巴比伦式的年代。在那个年代里，普罗大众与政党、老年人和年轻人、红色和白色之间不再相互理解，大家再也没有共识可言。那个年代导致的结果可想而知：在鲜血已经流了太多，无法再继续流血之后；当人们的生活已经太过凄惨，无法变得更惨之后——物极必反，拨乱反正的转捩点总算来临了。所有人都开始萌生出一份渴望，渴望思考，渴望重新发现一门共通的语言，渴望找到新的秩序，渴望遵循礼节与传统习俗，渴望建立起行之有效的道德标准，渴望某种不会受任何权力利益的支配和驱使、不会朝令夕改的、类似字母表和乘法表一样永恒的事物。随着时间的推移，这份渴望变得越来越强烈，社会层面上逐渐出现了对真理和正义、对理性、对克服混乱局面的巨大需求。一个纯粹暴力的时代结束之后，一个人类的所有行与思完全暴露在外、几乎没有任何灵性生活可言的时代结束之后，出现了一段短暂的真空期。在这段真空期里，每个人都对某个全新的开始、某种严整的秩序怀抱着难以形容、迫不及待、恳切万分的渴望，正是在这份渴望的作用下，卡斯塔利亚应运而生了。时至今日，我们的卡斯塔利亚，我们自身的存在，理应归功于此。在这段真空期里，有一小群尽管身份微不足道但依旧保持着勇敢无畏之精神，尽管每天忍饥挨饿却始终不屈不挠的人，他们在自己所过的真正灵性生活中，逐渐意识到在这礼崩乐坏的乱世废墟中发挥自身作用的可能性。于是，他们开始进行苦行僧式的自我约束，试图给自身所属的群体建立起一套完备的秩序，设计出可以一代代传承下去的规章制度。他们开始四处奔走，吸纳那些规模相对较小却与他们志趣相投的群体，甚至深入一些小得不能再小的组织，寻求广泛共识。他们努力清除那些没有任何精神价值可言的流行标语和口号，从低得不能再低的位置开始，慢慢重新建立起一整套灵性生活的体系、一揽子教书育人的方法、一系列学术与文化研究的规范。花费多年时间之后，他们从无到有、苦心经营的这座建筑终于取得了巨大的成功。这座建筑刚开始时无疑是简陋凋敝、不值一提的，但他们从来没有灰心丧气，对建造工作投入了持之以恒的努力，也正因如此，它才能慢慢成长为一座壮观、恢宏的建筑，能够成为人类文明得以重建的象征。在一代又一代人的坚持下，这里陆续创造出了团体组织、教育机构、精英学校、档案馆和资料室、专门负责钻研某一学科领域的研究所和研讨会，以及——玻璃球游戏。正因为有了先辈们打下的坚实基础，时至今日，作为那个时代的继承者和受益人，我们才可能生活在卡斯塔利亚这座几乎已经显得"过分宏伟"的伟大建筑里。而且——请允许我再强调一遍——生活在这里的我们，简直就像一群没有多少警戒心可言的过路人，简直就像一群只知道追求舒适、追求享受的旅居客！我们不想再知道任何"教学省"奠基人身上发生过的事情，不打算了解他们当年所付出的巨大牺牲，不希望知道他们为了最终能够培养出作为继承者的我们而遭遇的种种凄惨经历。我们也完全不打算了解世界历史，哪怕事实上是它建立起了或者说默许了我们这座伟大建筑的存在，是它支持并容忍了我们这群卡斯塔利亚人以这样一种方式来生活——不只从过去到现在，很可能也将包括从今天算起的未来，包括我们之后的许多卡斯塔利亚人，包括未来的那些大师。不过话说回来，有朝一日，它必将再次发挥威力，让野蛮与暴力卷土重来，推翻并吞噬我们这座伟大建筑：这是世界历史发展的必然，因为它永远都会反复推翻并吞噬自己一度允许其存在、允许其发展的一切事物。

我现在要从那段历史当中折返回来，详细讨论一下它所造成的结果了。具体而言，它对于现今这个卡斯塔利亚的整体状况、对于我们的实际效果是这样的：遵循历史固有规律，我们"教学省"的整体制度，我们崇高的团体组织，其繁盛又幸福的发展高峰期其实已经过去了。不得不说，我们的确曾经达到过极为辉煌的高度，"教学省"在精神领域发展的水平之高，在整个人类文明史上都是相当罕见的。这一罕见高度无疑是关乎世间万事万物衰败兴荣的某种神秘游戏所能给予的额外恩宠：它偶尔是会允许格外美丽、格外理想化的创造出现在人世间的。今时今日，我们正处于衰落的过程中，像这样一种极为缓慢的衰落过程,也许会持续很长一段时间,正因为它实在太过缓慢,我们甚至无法轻易觉察其存在。可是无论如何,衰落就是衰落,从今往后,再也不会有什么比我们已经拥有的这一切更崇高、更美好、更值得期待、更称心如意的东西降临到我们身上了,眼前路将是一直向下的;从历史必然的角度来看,我认为,我们卡斯塔利亚彻底瓦解的时机已经成熟,瓦解必将发生,至于具体发生的时间,既不是今天,也不是明天,而是在相对较远但又不是很远的后天。重申一遍,瓦解必将发生:我不仅能够从对我们卡斯塔利亚人迄今为止所取得的成就与能力的全方位道德评估中得出这一结论,相比之下,我更加能够从自己亲眼所见的外部世界的各种演变、各种暗流涌动中得出这一结论。关键时刻即将到来,大家已经能够从四面八方感受到这一时刻到来之前的种种征兆;世界恐怕早有预谋,想要再次转移重心。最高权力早已期待着交接,权柄的主人们早就开始蠢蠢欲动,正在为必将来临的那一刻做好准备。那个关键时刻,它的到来必须满足相应的条件,没有战争和暴力,就没有触发的契机,转变就不会发生。也正因如此,那一时刻的到来不仅是对和平的威胁,也是对普罗大众生命与自由的威胁;我们必须注意到,这种威胁正从遥远的东方逐渐向我们这里逼近。面对上述难解之局势,唯愿我们的国家能够保持清醒,保持自身的中立,保持政治立场的中立,唯愿我们国家的全体人民能够团结一致(不得不说,一旦到了面临生死抉择的关键时刻,这个愿望其实是不可能实现的),坚持迄今为止一直在做的事情,保持对我们卡斯塔利亚人、对"教学省"伟大理想的忠贞。然而,遗憾之处在于,哪怕这些本就不可能实现的愿望统统实现了,一切终究也只会是徒劳。我们注意到,即便是现在,我们国家的一些议员偶尔也会很明确地批评卡斯塔利亚,声称卡斯塔利亚对我们国家而言无疑是一项过于昂贵的奢侈品。一旦国家囿于国际局势的变化,被迫进入形势严峻的军备竞赛状态,哪怕只是扩充仅用于自身防御的军备——顺带一提,参考目前的紧张局势,这一切可能很快就会发生——财政预算方面马上就会有大刀阔斧的改革措施出台,一些被认为毫无必要的花销,将会面临巨大的紧缩要求。尽管政府向来对我们怀有仁慈之心，总是在预算上尽量照顾我们，然而，一旦局势恶化，削减预算的其中很大一部分数额估计都跟我们有关，最终必将影响到我们。在与预算相关的问题上，我们卡斯塔利亚人向来都感到十分自豪的一项特征是：我们的团体组织本身崇尚质朴节俭，我们的主要任务，即力图保证人类精神与文化上的延续性一事，也从不要求过高的花销。所以，国家为我们所做出的牺牲自然也是相对适度的。与其他一些时代相比，尤其是与拥有奢华浪费的大学、无数领空饷的科研顾问和大手大脚科研机构的"专栏时代"早期阶段相比，维持"教学省"的花销确实不大；与战争年代消耗在战场上的经费相比，与扩充军备吞噬掉的经费相比，这些花销更是微不足道。尽管如此，扩充军备的昂贵诉求，或许很快就会再度成为我们国家的当务之急，将军们或许很快就会再度在议会内部占据主导地位。到了那个时候，当我们的人民面临要么牺牲掉卡斯塔利亚，要么将自己暴露在战争与毁灭的危险中时——当他们面临上述抉择时，我们显然知道他们将会如何选择。既然如此，结局亦毫无疑问：某种以军国主义为核心的意识形态将立即开始迅猛发展，尤其在年轻人当中，将会迅速占据主导地位。新一轮标语口号式世界观又将呈崛起之势，一旦人们选择遵从这种世界观，必将造成唯一的结果，即无论学者还是学术，无论拉丁语还是数学，无论教书育人还是灵性生活的培养，唯有在能够为战争服务的前提下，才会被认为具有生存权，才能够继续活下去。

浪潮已在路上了，迟早有一天，这股浪潮会将我们裹挟而去，永远不再归来。从更高的层面上讲，这恐怕将会是一件很好的事情，而且也是很有必要的。我亲爱的同僚们，尽管一切必将发生，可是，至少就目前情况而言，参考我们对眼下正在发生之事的洞察力，参考我们的觉醒程度，参考我们无畏无惧的决心，我们仍然有权使用上天授予人类的有限决定权，使用我们有限的行动自由——要知道，恰恰因为我们拥有这些，才使得如今的世界历史等同于人类历史。只要我们愿意，我们完全可以选择紧闭双眼，对终将来临的一切置之不理，因为危险相对而言还比较遥远，与当下还有些距离，很可能影响不到我们这一代人；有鉴于此，我们这些现任大师恐怕还有机会在危险真正临近并被所有人看到之前，心平气和地完成我们本该完成的工作，心平气和地躺下等死。然而，对于我本人而言——可能不仅仅对我一个人如此，对于其他预先察觉到这一切的人而言，恐怕也会有类似的感受——这种表面上的心平气和，实际上却令我的良心深感不安。我不打算继续心平气和地管理自己的办公室，不打算继续心平气和地参与玻璃球游戏，哪怕必将到来的危险最终来临时，很可能不会再对我产生任何影响，因为那时候我很可能已经不再存活于世：我不可能满足于明哲保身，对未来的一切置若罔闻。不，我绝对不可能这样做。单就我个人而言，我觉得自己必须时刻牢记这样一项事实，即我们这群人虽然并非政治家，却也属于世界历史当中的一部分，也能够为创造世界历史尽一份力。这也是为什么我会选择在这封信笺的篇首位置声称，我个人作为玻璃球游戏大师的匹配程度正在被持续削弱，或者至少也是受到了严重威胁，因为我无法阻止自己的大部分思考，无法阻止自己心中产生的大部分忧虑情绪被这份来自未来的危险所占据。在这件事情上，我无法允许自己的想象力在本不适合它发挥的地方发挥作用，去幻想这场尚未发生的灾难对我们卡斯塔利亚人、对我个人将要采取的施暴手段，假如这样做了，正可谓徒增烦恼。可是，闭门造车这种行为，对我而言同样是不允许的。因此，关于未来，我始终必须凭空思考一些有针对性的假设，尝试解决下面这个无法被忽视的问题：我们卡斯塔利亚人究竟应该做些什么，才能抵御这份危险？具体到我个人的身上，又应该做些什么？我想就此谈谈自己的看法。

在这件事情上，我并不打算支持柏拉图的"哲人王"主张，即认为学者，或者说得更确切些，真正的"智者"，应该在其所属国家进行统治。毕竟那时的世界还很年轻，对于统治的了解还不够深入。具体到柏拉图，虽然从广义上讲，也可将他视作卡斯塔利亚的奠基人之一，但他本人绝不是卡斯塔利亚人，而是一位天生的贵族，具有王室血统。我们卡斯塔利亚人当然也是贵族，我们形成了一类实质上的贵族阶层，但这其实属于一种精神上的贵族，而不是传统意义上的、以血统来划分的贵族。我不相信人类能够在成功培养出精神贵族的同时也培养出血统贵族，能够将两者合一；假如真的做得到，那么这种精神与血统相匹配的贵族，无疑将会是理想的贵族阶层，但这始终只是个未竟的梦罢了。我们卡斯塔利亚人虽然都很优雅得体，而且相当聪明，但并不适合统治国家；假如我们不得不担负起这一责任，那我们肯定不会像历史上那些真正的统治者那样，用他们实现目标所必需的强制性力量去加以统治，肯定不会参照他们简单粗暴，乃至于天真幼稚的做法，假如我们真的这样做了，那我们自身真正擅长的领域，我们卡斯塔利亚人长期以来真正关心的问题，即如何培育、发展并维持堪称模范的灵性生活，也将很快受到冷落，进而被忽视、被遗忘。就事论事地讲，统治并非难事，亦无须墨守成规，成为统治者之人，绝不需要像某些爱慕虚荣的知识分子自以为是地在其著作或文章中所坚称的那样，必须采用愚蠢又粗暴的手段；可是另一方面而言，为了顺利实现统治，尤其是实现可持续性的统治，统治者也需要在一系列外部活动中不间断地获取振奋感，需要享有完全认同自身统治目的与目标的高度热情，当然也需要在自主选择自己那条迈向成功之路的时候，在一定程度上能够做到当机立断、不假思索。可惜这些都是作为学者的我们——因为柏拉图口中这个所谓的"智者"，我们卡斯塔利亚人其实并不想当——不可能具备，也不打算具备的特质，因为在我们看来，沉思比行动更重要，在挑选达成目标的手段与方法时，我们已经学会尽可能多地施与谨慎和怀疑。正是基于上述原因，我们既不必参与治理，也不必为制定国家政策操心。我们是擅长调查、剖析与观测的专家，我们是一切既成规则、基础知识和方法论的维护者和定期审核员，我们是人类精神领域一切标尺与重量的检定员。当然，我们还可以拥有其他许多种身份，我们也可以是创新者、发现者、冒险者、征服者和颠覆者。尽管如此，我们卡斯塔利亚人留存于世的首要任务和最重要功用，我们国家的人民需要我们去办到并因此而决定保留我们"教学省"的理由，始终还是维护一切知识来源的纯粹性，确保其纯净、有序。在商业界、政治家圈子和其他一些地方，指鹿为马、颠倒黑白的行为，在不少情况下等同于一种特殊的成就，甚至会被视为天才之举，但在我们这里永远不会如此。

在相对而言比较早的一些历史时期里，在那些波澜壮阔的所谓"大"时代，在战争爆发期间，在政权风雨飘摇的动乱之中，知识分子偶尔会受到一些别有用心者的怂恿，尝试将自己政治化，成为权力集团的一分子。这种情况在"专栏时代"后期尤为明显。对知识分子加以政治化的主要诉求之一，是令其思想上以政治或者军事为最优先考虑，其他一切都必须为之让步。这就好比用教堂塔楼里悬挂的大钟来铸造大炮的炮筒，让学校里还没有长大成人的青少年去补充战场上被敌军消灭的士兵一样。在当权者们看来，知识分子的思想也应该被彻底控制住，并且应该作为战争资源消耗掉。

当然，我们卡斯塔利亚人不可能承认这种要求的正当性。查阅现存的各种文献资料，我们不难发现，在那些历史时期里，一旦情况紧急，一名学者会直接被人从讲台上或者书桌前带走，摇身一变，成为一名被送往前线的士兵；在某些情况下，不需要任何强制手段，学者甚至会自愿选择投笔从戎。哪怕不去当兵，在一个各方面资源几乎都快被战争吸干的国家里，学者也必须在与物质相关的一切领域节俭到极致，哪怕活活饿死，也必须保持高风亮节，不允许对外表现出任何抱怨的情绪。一个人受教育的程度越高，他所享有的特权就越大，也正因如此，面临危机之际，他需要付出的牺牲也越多；这无疑是个非常浅显、直观的道理。有朝一日，我们希望这个道理可以在"教学省"得到普及，让它成为每个卡斯塔利亚人心中不言而喻的常识。不过，仍有一项前提必须加以申明：就算我们已经提前做好了准备，当看到普罗大众处于危险之中时，我们愿意主动献身，为他们牺牲掉我们的福祉，牺牲掉我们迄今为止所享受到的舒适生活，甚至牺牲掉我们的生命，但这也并不意味着我们卡斯塔利亚人在非常时期会跟过去那些学者一样，本末倒置，迷失自我——我们不可能屈服于时代的利益，屈服于民众或者将军的看法，不可能为了这些而牺牲精神本身，不可能为了这些而牺牲我们的灵性生活传统和长久奉行的道德观念。对于卡斯塔利亚人而言，守护与精神领域相关的一切，永远是摆在首位的，绝对不会发生动摇。诚然，在非常时期，一旦选择逃避，选择远离自己国家的人民必须面对的痛苦、牺牲与危险，无疑会被视作懦夫；可是，假如将灵性生活必须奉行的原则出卖给当权者，任由当权者根据自身喜好对其加以扭曲，以此来换取物质利益——这种行为或许不会被称为懦夫行为，但做出这种事情的人，却一定是个叛徒。相比之下，当叛徒显然比当懦夫要糟糕得多。比方说，某个学者打算将二乘以二的答案交给当权者来决定：对于我们卡斯塔利亚人而言，这种行为当然是绝不允许的！为了任何与精神领域无关的利益——哪怕这种利益与祖国存亡休戚相关——而牺牲我们对真理的渴求，牺牲我们作为知识分子的诚实，牺牲我们对法律和规章的忠贞，牺牲我们早已获得确证的各种方法论，无疑等同于背叛。倘若在追求利益、高呼口号的战斗过程中，真理也跟参与争斗的人类个体一样，跟语言一样，跟艺术一样，跟一切客观有序、高度发展的事物一样，面临着被贬低、被歪曲、被迫害的危险，那么我们卡斯塔利亚人必须担负起来的唯一责任，显然就是抵御一切外来伤害，竭尽全力地去拯救真理、保全真理，将之作为我们的最高信条。明明是学者，却要化身为演讲者，化身为创作者，化身为教师爷，心知肚明地对公众说假话，心知肚明地支持欺骗、心知肚明地支持当权者对普罗大众造假，这样的学者不仅违背了学者这一群体理应遵循的基本规则，而且所做的事情对自己的国家、对自己国家的人民也没有丝毫好处，甚至还造成了严重的侵害，哪怕他的欺骗手段有多么高明，他所描绘的场景有多么美妙。这样的学者，他破坏了自己祖国的空气和大地，污染了自己同胞的食物和水源，毒害了自己民族的思想和训诫；不仅如此，他还主动帮助、支持所有威胁到普罗大众安全，企图令大家万劫不复的邪恶力量与敌对势力。

基于上述理由，我们几乎可以确定，任何卡斯塔利亚人都不应该成为政治家；作为一名卡斯塔利亚人，的确应该在紧急情况下主动牺牲自己能够献出的一切，但其中绝对不应该包括对精神领域的忠诚。须知我们所过的这种灵性生活，唯有在服从真理的情况下才是有益且崇高的；一旦背叛了真理，一旦放弃了敬畏,变得毒辣残酷,无所顾忌,灵性生活的特质就会摇身一变,随其主人一道,委身于魔鬼,变得比野生动物们发自本能的蛮荒兽性还要糟糕。因为野生动物们身上毕竟还保留着一些独属于自然界的纯洁性,这恰恰是我们自身不可能拥有,也不可能通过后天手段获得的东西。

亲爱的同僚们,这封信笺该讲的一切,眼下基本已经讲完,现在提出一个问题,我让你们每个人自己来做决定:当我们的国家、我们的团体组织受到威胁时,我们卡斯塔利亚人真正应该履行的职责是什么?对于这个问题,大家显然会有不同的看法、不同的意见。我本人也有属于自己的一套想法。在对这封信笺里提出的诸多问题进行了深入思考之后,我对自己认为应该履行的职责、对我觉得值得努力的方向都有了明确的认识。现在,我将正式向尊敬的"教学省"当局请愿,呈上一份仅代表我个人的诉求,我以信笺方式完成的这份备忘录,也应以此为结尾。

在构成我们团体组织最高领导层的诸位大师当中,我本人作为"卢迪大师",在需要负责的各项官方事务方面,可能是与外部世界之间联系最为疏远的一位了。无论数学大师、语言学大师、物理学大师、教育大师,还是其他一些负责具体学科的大师,他们都能在"教学省"与世俗世界共通的学科领域内开展工作;即使在那些非卡斯塔利亚的教学机构里,即在我们国家其他省份,以及其他任何一个国家的普通中小学校里,数学和语言学也是共通的领域,它们构成了校内教学的基础;即使在世俗世界的那些大学里,天文学、物理学也是有很多人学习的科目;在全世界的所有地方都有音乐,甚至连完全没有任何学问可言的人,也经常演奏音乐。相似的例子还有很多,所有这些学科都是古老的,比我们的团体组织还要古老。这些学科在团体创立之前就已经存在于这个世界上了,并且也将在团体消亡之后继续存在下去。唯有玻璃球游戏是我们自己的发明创造,也是我们的特长,是我们的最爱、我们称心如意的玩具,是我们特殊的卡斯塔利亚式精神信仰最与众不同、最精妙纯粹的表述。奇妙之处在于,玻璃球游戏既是最珍贵的,也是最没有实用价值的;它既是我们"教学省"众多精神财富中最受宠爱的明珠,也是最脆弱不堪、一触即碎的珍宝。一旦卡斯塔利亚赖以延续的根基受到质疑，一旦"教学省"陷入风雨飘摇之险境，首先遭遇灭顶之灾的无疑就是玻璃球游戏；不仅因为游戏本身是我们最脆弱的财产，最主要原因在于，在那些跟团体组织无关的人眼中，在那些外部世界的门外汉眼中，游戏无疑是卡斯塔利亚所拥有的一切当中最可有可无的那一部分。到了那个时候，政府里的实权派真正会去考虑的，恐怕就只是一个为国家节省每一笔可有可无开支的简单问题。于是，划拨给精英学校的预算将被削减；用于维护和增加图书馆藏书的资金越来越少，最后被彻底取消；我们的膳食标准将大幅降低，我们身上所穿的衣服将不再能够免费换新。尽管如此，我们与"知识的总和"相关的所有主要学科仍将被保留，它们仍会获得允许，得以继续存在下去，除了玻璃球游戏。判断依据十分简单，比方说——数学，战争期间，发明新的射击型武器无疑也需要用到它。可是，没有任何人会认为，关闭瓦尔德策尔的"玩家聚居区"，废除我们的玻璃球游戏，会对国家和人民造成哪怕一丝一毫的损害，最起码军方不会这样去想。总之，玻璃球游戏是我们卡斯塔利亚这座伟大建筑中最极端、最濒危的部分，或许也正因如此，今时今日，才会出现以下这种现象：恰恰是"卢迪大师"本人，我们最不谙俗世事务的"玻璃球游戏"这门学科的最高负责人，第一个感觉到地震即将到来，或者说得更确切些，第一个正式向"教学省"当局公开表达出了这种感觉。

　　具体而言，至少我个人认为，玻璃球游戏在政治局势动荡，尤其是发生战争的情况下，会失去存在意义。到了那个时候，玻璃球游戏这一学科将会迅速腐朽衰败，哪怕仍然有很多人留恋它，哪怕非常时期已经告一段落，它也不会因此而恢复如初。战争年代结束之后，新时代的整体气氛已经不同，不会再跟过去一样，继续容忍玻璃球游戏的存在。到了那个时候，它恐怕会像音乐史上某些曾经广泛流行、发展水平达到极高水准的习俗一样消失。比方说，1600年前后的全职歌手合唱团；又比方说，1700年前后每逢周日都会在教堂里演奏的多声部对位法乐曲。在历史上那些特定的时期，身在当时现场的人们，通过自己的耳朵亲身听到、亲身感受到的天籁，时至今日，已经没有任何科学、没有任何魔法能够对其加以还原，能够完整呈现出当年的神韵了。由此可知，在遥远的未来，玻璃球游戏固然不会被人们遗忘，但也无法恢复如初。届时，那些着手研究玻璃球游戏历史，研究其出现、绽放与终结的人，必将感叹并羡慕我们这些在历史上留名的卡斯塔利亚人，因为我们竟被允许生活在一个如此和谐静谧、如此有修养、如此纯粹的精神世界里。

虽然我本人就是现任"卢迪大师"，但我绝对没有抱持这样一种想法，认为阻止或者推迟我们卡斯塔利亚人所拥有的玻璃球游戏这一珍宝的毁灭，是我本人（或者说我们大家）应该想方设法去完成的一项重大使命。实话实说，在这个世界上，哪怕是极为美好，乃至于最美好的事物，也是稍纵即逝的，转眼即成为历史，化为凡尘俗世之间的一抹幻影，仿佛从未来过。我们其实很清楚这点，并且也为之感到忧虑，但这其实只是一种伤春悲秋式的忧郁，我们卡斯塔利亚人从来不曾为此认真投入过什么，从来不曾试图去改变它，因为它本身就是不可能改变的。有朝一日，玻璃球游戏必将倾覆，卡斯塔利亚和全世界必将因此而遭受巨大损失，尽管如此，当那一天真正来临时，大家反而可能不会察觉，甚至几乎没有任何感觉，因为大家到时候恐怕都会疲于奔命，在足以决定生死存亡的危机之中，忙于拯救那些仍然可以得到拯救的事物。没有玻璃球游戏的卡斯塔利亚是可以想象的；没有对真理的敬畏、没有对精神领域之忠诚的卡斯塔利亚，却是完全不可想象的。事实摆在眼前，国家教育部门可以没有"卢迪大师"，其正常运作并不会因此而受到任何影响。不过话说回来，对于"卢迪大师"这个词语本身，我们几乎早已忘记了它在语言学上的原初含义。实际上，在"卢迪大师"这个词语诞生之初，它并不对应我们目前使用它时所强调的这个具有高度专业性、地位高高在上的大师职务。"卢迪大师"的原意很简单，就是单纯地指"小学校长"而已。在那些偏远的乡村学校里，"小学校长"往往身兼数职，能够同时负责学校的管理与教学工作。通常情况下，一位"小学校长"就等于一所完整的学校，能够完整地担负起教书育人的重要职责。我们国家的未来真正需要的恰恰是这种小学校长，优秀又勇敢的小学校长。卡斯塔利亚越是濒临灭绝，它所掌控的人类精神领域宝藏越是腐朽、坍塌、剥落，就越需要这种小学校长挺身而出，扶大厦之将倾，让我们的精神财富可以在世界各地开枝散叶，长久维系下去。以这种角度来看，小学校长其实就是教师，我们最需要的也正是教师，是那些能够正确指导年轻人、让他们通过学习来掌握衡量事态能力与综合判断能力的教师，是那些能够在敬畏真理、服从真知、谨言慎行等方面成为他们榜样的教师。上述标准不仅适用于遍布我们"教学省"境内的精英学校——实际上，精英学校反而不是最主要的，因为这些精英学校眼下固然兴盛，但它们有朝一日也必将随卡斯塔利亚一道消亡——而且同样适用外部世界那些世俗学校。在那些专供俗世凡人们读书的学校里，一代接一代地培养着未来的市民和农民、工匠和士兵、政治家、官员和统治者。当他们还是孩子的时候，当他们性格尚很温顺、愿意服从管教的时候，就已经开始接受教育、开始学习各种知识了。我们国家其实是有灵性生活之根基的，这一根基早已遍布各地，不仅仅局限于研究机构的研讨会，不仅仅局限于玻璃球游戏。我们的"教学省"一直在为国家提供教师和教育领域工作者，关于这点，我在前文中已经提到过：他们的确是我们当中最优秀的人才。可是，我们必须去做的事情，远比我们迄今为止已经做过的事情要多。从今以后，我们绝对不能继续依赖于这样一项事实，即那些有天赋的精英苗子总是会从外面的学校里被选拔出来，送到我们身边接受教育，最终顺利成为卡斯塔利亚人，一同维护我们共同生活的这个卡斯塔利亚。恰恰相反，我们必须越来越多地认识到外界那些普通学校、世俗学校的作用，协助它们发展壮大，为它们提供一些等级相对较低却责任重大的服务，将之作为我们"教学省"诸多使命当中最重要、最光荣的部分，逐渐实现我们自身观念上的调整与转型。

以上即为我向尊敬的"教学省"当局请愿并呈上个人诉求的大致理由。在此，我正式请求"教学省"当局解除我的"卢迪大师"职务，将我派往外界，前往偏僻乡村，着手建立一所普通学校——规模较大固然不错，小巧玲珑亦是佳选——与此同时，也请授予我一份官方许可，允许我挑选团体组织内部值得信赖的年轻成员，分批带往这所普通学校担任教师。在不远的将来，他们将以忠实且诚恳的态度协助我，使我们卡斯塔利亚的精神根基深深融入世俗世界的年轻人心中，化为他们的血肉。

恳请尊敬的"教学省"当局体恤我的上述请愿及其对应理由，对本信笺内容予以妥善考虑，得出结论之后，即向我给出正式答复，以便顺利推进后继事宜。

玻璃球游戏大师

又及：

请允许我在此引用广受尊敬的雅科布斯神父曾经讲过的一段话，作为这封信笺的结语。在一次难忘的私人会面结束之后，我将这段话认真记录了下来，引以为鉴：

"恐怖时代或许即将来临，最深重的苦难或许近在眼前。假如在那苦难之中尚且匿藏着幸福，那也只可能是独属于精神领域的某种幸福。以此种幸福为基点，回溯过去，则可尝试挽救早先时代的教育；面向未来，则可在已完全沉沦于庸俗堕落的时代，展现出精神上的开朗自信与不屈不挠，火光仍在，希望仍存人间。"

特古拉尼乌斯并不清楚他所完成的那份请愿书在这封正式呈交给"教学省"当局的信笺中还剩下多少内容；实际上，他被科讷希特蒙在了鼓里，没有机会看到这个最终定稿的版本。尽管如此，为了照顾这位朋友的情绪，科讷希特还是煞费苦心地为他准备了两个完成时间更早、内容相比之下翔实得多的版本。这两个版本都是在特古拉尼乌斯所提供的那份请愿书的基础上直接修改出来的，专门供他阅读。科讷希特将这封信笺呈交上去之后，就开始等待"教学省"当局给他正式答复了，他很有耐心，远没有他朋友表现得那么不耐烦。在这个时间点，科讷希特已经暗下决心，无论官方给出怎样的回应,他都不会再让特古拉尼乌斯参与到此事的后续步骤中去;于是,他不再允许特古拉尼乌斯跟自己深入探讨与此事相关的任何内容,当然,他也没有直接拒绝特古拉尼乌斯,只是向特古拉尼乌斯给出了暗示,说官方从来没有遇到过类似先例,无疑要等很久才能收到答复。

哪曾想到,官方给出正式答复的时间,比科讷希特自己原先预想的最短期限还要早上许多。连科讷希特本人都没料到,特古拉尼乌斯当然更是感到猝不及防。这封来自希尔斯兰德的回信,原文引用如下。

致瓦尔德策尔最受敬爱的"卢迪大师"

尊敬的同僚!

无论是团体组织最高领导层的成员,还是最高教育委员会的诸位大师,包括身兼数职或与上述机构有所关联的重要人士,大家皆以非比寻常的兴趣认真拜读了您所呈上的这封信笺。如您所愿,我们将之作为一封可进行公开传阅的通函来对待,尽可能广泛地征询了相关意见。这封信笺的内容既热情洋溢又充满灵性,其中的历史回顾部分,以及对卡斯塔利亚未来充满不安的悲观预测及推断,成功吸引了我们所有人的注意。关于这封信笺,至少有一点是值得肯定的,即我们当中有许多人在读过它之后,无疑将会沿着您所提供的思路进行深入思考,并且从中获益。某种程度上而言,您那些痛心疾首的呼吁,确实起到了少许振聋发聩之功效,并非毫无道理的无病呻吟。对于您所表现出来的开诚布公态度,我们大家都很高兴,也对此表示赞许;与此同时,我们也深刻认识到了激励您勇敢发声的精神,此乃当之无愧的卡斯塔利亚精神,毫无保留,无私无畏,是对我们"教学省"、对灵性生活、对本地传统习俗的无条件亲近,是发自第二天性[1]的爱意——这份爱意主要还是

---

[1] 语出古罗马哲学家西塞罗名言"习惯能造就第二天性",意指习惯化的行为方式就如同人的天性一般,即所谓"习惯成自然"。

体现为一种忧虑,从您目前的情况来看,甚至对我们将要面对的未来还感到些许害怕。我们当然对此予以了重点关注。通过这封信函,带着喜悦之心和赞赏之情,我们深入领会了您所传达的这份爱意,深入领会了您基于个人情绪、基于即兴思考所演奏出来的这些音符与旋律,深入领会了您准备为这份爱意做出的牺牲,深入领会了其中蕴藏着的积极冲动,其中饱含着的严肃与热情,以及它所彰显出来的英雄主义倾向。通过上述一切特征,我们再次认识到了我们这位出类拔萃的玻璃球游戏大师所具有的崇高品格,感受到了他所具备的强大执行力,见识到了他心中热情的火焰、他无与伦比的胆识。要知道,我们的玻璃球游戏大师,他可是那位赫赫有名的本笃会神父的学生,与大部分卡斯塔利亚人不同,我们的大师既不喜欢为了纯粹的学术目的而钻研历史,也不喜欢充当一名不受影响的观察者,将历史研究化作美学游戏。他所掌握的历史知识极为渊博,而且格外与众不同,仿佛立即敦促他将学到的东西应用于当下、应用于具体行动、应用于帮助他人——这一切多么符合他的本性!多么符合您的本性!我亲爱的同僚,这一切与您所具有的这种性格是多么相称!您几乎没有任何个人欲望,您试图达成的目标竟是如此卑微,举足轻重的政治任务与重大使命没办法吸引您,有着显赫影响力、象征着无上荣誉的职位没办法吸引您,作为世间独一无二的"卢迪大师",您只希望能够成为一名小学校长!当一个乡村教师!很好,这份夙愿无疑也是与您的性格相吻合的。

上述内容即为第一次拜读您所撰写的通函时不请自来的一些印象及想法。对于大多数同僚而言,初步感想都是与此相同或相似的。然而,在进一步评估您所给出的信息、提醒与请求时,当局却无法再次达成一致意见,自然也无法给出具体的结论。在专门为您所呈交的这封通函而举行的会议上,与会者们热烈讨论了您对我们卡斯塔利亚未来必将面临生存威胁的这一主张,探讨了该主张在多大程度上可以被我们接受的问题,以及您所谈及的这份危险的具体性质、其发展程度和可能到来的时间点等细节。我们当中的大多数成员明显很认真地在思考您所提出的一系列问题,对这些问题的兴趣十分浓厚。然而,我们不得不怀着非常遗憾的心情告知您,尽管讨论本身极为热烈且极具启发性,但是,在针对您所提出主张而进行的投票环节中,却没有出现支持您观点的多数票。诚然,您在历史政治观点上的想象力和远见得到了大家的普遍认可,可是具体到细节上,您的一系列相关假设——或者依照我们在会议上认定的说法,称其为相关预言——都没有受到普遍认可,没能被大家广泛接受,没有足够的说服力。甚至在团体组织和卡斯塔利亚所奉行的这套制度在多大程度上参与并协助维护了我国异常漫长的和平时期,以及它们在多大程度上可以被普遍性、原则性地视为政治历史必不可少的组成要素这种敏感问题上,也只有少数人同意您的主张,更何况他们的同意还是有所保留的,认为其中尚有不少疑点有待商榷。总之,根据大多数人的意见,在前一次战争年代结束之后,我们国家所在的这片大陆出现了相对较为长久的和平局面,其中部分原因是之前发生的可怕战争给普罗大众带来了极为普遍的疲惫感和难以忍受的血腥印象。不过话说回来,更重要的原因始终还是彼时彼刻,诸多西方国家已经不再是世界历史关注的焦点,这片大陆也不再是霸权主义争权夺利的理想战场了。团体组织成立、发展至今,在各方面都拥有显著优势,这些优势的存在是毋庸置疑的。在此前提下,我们显然不能将卡斯塔利亚的思想宗旨,即以沉思、冥想为主的精神领域培养为标志的、进行高水准思想文化教育的思想宗旨,归结为一种能够切实影响到历史进程的力量——换句话说,正因为我们已经站在了这个位置上,反而不能认为我们能够对世界政治局势造成鲜活的影响,两者之间是无法构成因果关系的,甚至可以说是南辕北辙的。正如我们可以想象,世俗世界当权者的欲望与野心,从根本上就跟卡斯塔利亚精神的整体特征相去甚远。既然前者是影响世界政治局势和世界历史的主因,后者自然也就无足轻重、不值一提了。实际上,关于上述问题,早就出现过一些行文非常严肃、讨论颇为深入的论文,其中普遍强调的都是类似的主张,即在政治领域开展活动并施加影响,甚或试图干涉和平与战争的进程,这一行为模式既非卡斯塔利亚之所愿,亦非卡斯塔利亚之所想。实话实说,依照我们"教学省"所奉行的这套制度,完全不可能出现上述问题，因为卡斯塔利亚的一切都跟理性有关，这里的一切都是在理性所辖范围内发生的，政治与历史恰恰不在理性之列。除非大家硬要回到浪漫主义历史哲学饱含神学与诗意的非理性狂欢之中，强行宣布谋杀与破坏——强行宣布由这两种创造历史的主要力量所构成的整套系统是高度理性的崭新方法，是维系世界平衡的崇高手段，否则绝对不可声称卡斯塔利亚与世界历史的发展有任何关联。哪怕只是对人类思想史进行最粗略的调查，也会得出一项无可辩驳的结论：人类精神、文化、思想领域繁荣兴盛的发展高峰期，永远无法用政治条件的发展状况来加以解释，甚至无法在两者之间建立确凿的联系。人类的文化，抑或精神，抑或灵魂，皆有属于自己的、独立存在的历史，这类历史与所谓的世界历史——人类永不停歇地争夺物质与权力的战斗史——就像两条并行不悖、永不相交的平行线。这类历史游离于世界历史之外，它们的总和，仿佛构成了第二部隐秘的、不流血的、无比神圣的历史。我们的团体组织只需要处理这类神圣又隐秘的历史，而不必勉强自己去处理"真实发生"、残酷血腥的世界历史。至于守护历史的政治面，甚至帮助创造世界历史，永远不可能是团体需要去完成的任务。

有鉴于此，无论当下的世界政治格局是否真如您的那封通函中所言，在任何一种可能的情况下，除了永恒等待和永久容忍这两种行为之外，团体组织都不应该对它采取任何立场鲜明的行动。也正因如此，对于您所提出的诸多主张，您认为我们应该针对当下事态发起公开呼吁并采取积极应对立场的意见，已经被您的大多数同僚断然拒绝。单就您那封通函中对当前世界局势的看法，以及对不远的将来可能发生事态的预言来看，它们的确给您的大多数同僚留下了较为深刻的印象，甚至在其中几位先生那里造成了轰动效应。尽管如此，在对如上所述的关键性议题加以讨论并试图给出最终结论的过程中，虽然大多数发言者都公开表达了他们对您所掌握的渊博知识、对您高瞻远瞩洞察力的钦佩，但在做出判断时，大多数人都没能与您在通函中所给出的判断达成一致。恰恰相反，大家倾向于给出这样一种判断，即您在上述议题上的发言固然是很了不起的，其有趣程度超乎想象，非常容易就能引来大家的普遍关注，但同时也是过分悲观的。会议上甚至还有一位先生对您的做法提出了公开质疑，说您身为位高权重的游戏大师，却偏偏要用这种阴暗的念头来吓唬大家，妄称某种莫名其妙的危险正在迫近，描绘出一系列内容普遍存疑的未来图景，威胁自己所属的当局机构。仔细想想，您的这种行为岂不是很危险吗？甚至将其直接判定为对"教学省"当局的亵渎也并无不妥。就算不是亵渎，至少也是鲁莽而草率的劣行，根本不符合您游戏大师的身份。当然，偶尔给大家提个醒，强调一下世间万事万物存在的短暂性，感叹一下这稍纵即逝的匆忙，无疑是允许的。世界上的每一个人，乃至于每个身居高位、负有重大责任的人，都必须时不时地对自己喊出那句箴言"人总有一死"[1]，以此来警示自己；然而，以您通函中这种大而无当的虚无主义方式，向我们所有大师、整个团体组织、卡斯塔利亚这一整套等级制度高调宣布一个所谓"必将到来"的凄惨结局，不仅是对我们这些同僚内心的平静与安宁、对我们非比寻常的想象力发起的一次既不成功亦不值得的攻击，也对"教学省"当局及其一如既往的超高工作效率带来了威胁。试想，假如我们当中的某位大师在认真阅读了您所呈交的这封通函之后，每天早上到办公室去上班时，都会进行一些额外的、无谓的思考。他会想到自己所担任的大师职务、他必须完成的工作、他负责教导的学生、他在团体组织内部应尽的责任、他为卡斯塔利亚所做的一切、他在卡斯塔利亚所过的生活——这一切都可能会在明天，或者您口中所谓的"后天"消失得无影无踪，不复存在。每天都想到这样一种凄惨的未来，久而久之，这位大师的心里将会产生怎样的情绪？很显然，对于诸位大师而言，您的主张是不可能获得认可的，因为一旦接受了它，就必然会干涉到他们习以为常的行为模式，并且造成难以预料的后果。值得注意的是，尽管这位先生提出的上述主张没有得到大多数人的肯定，但的确获得了一些掌声，这种倾向是您必须加以留意的。

我们尽量将这份正式答复完成得简短些，其中种种细节，未来我们仍

---

[1] 原文为拉丁语"memento mori"，意为"记住你必定会死"。

可同您面对面进行深入讨论。最值得尊敬的玻璃球游戏大师，从我们给出的简短陈述中，您显然已经可以看出，您所呈上的这封通函恐怕并没有产生原本期待达成的效果。在大多数已仔细阅读过通函的同僚眼中，这封通函失败的主因，很可能是基于我们对客观现实的认知差异，即您目前所持的观点与愿望，跟大多数同僚所持的观点与愿望之间存在着难以弥合的鸿沟。可是与此同时，我们认为，失败也涉及它本身所使用的"通函"这一形式——书面表达的弊端难辞其咎。至少在我们的考量中，假如您不曾递交这封通函，而是选择直接跟我们这些同僚进行口头讨论，当面解释您的看法和疑虑，当面提出您的诉求，结果显然会更加和谐、更为积极。实话实说，阻碍了您的诉求在我们这里最终得以通过的，还不仅仅是您所选择的书面通函这一形式，更重要的问题在于公私不分。所谓"通函"，本来只应该用于同僚之间的公务交流，这项规则是不言自明的。可是，您的这封通函却将您的私人关切、个人诉求掺和了进来，这在我们基于公务的日常交流中可并不常见。我们当中的大多数人都认为，这种将公务与私事混合起来写进同一封信笺之中的创新尝试是不够理智的决定；部分同僚甚至对此直接加以叱责，称其为不可允许、无法接受的劣行。

　　行文至此，我们将要答复与您相关的一系列事务当中最微妙、最难于决断的一项，即您要求我们解除您所担任的玻璃球游戏大师职务，并允许您投身到世俗世界普通学校建设中去的这项请愿。作为申请人，作为现任玻璃球游戏大师，您恐怕从一开始就很清楚，对于内容如此突兀、理由如此奇特的请求，"教学省"当局是断然不可能接受的，无论如何都不存在批准的可能性。因此，当局对此给出的正式答复自然也是：不予通过。

　　假如人人都这么随心所欲，不再听从当局颁布的命令，不再完成当局派发的使命；假如人人都可以擅作主张，任意从事自己朝思暮想的职务，想来就来，说走就走，我们这套秩序井然的等级制度将会变成什么样子？假如人人都依照自定的一套标准来评估自己的个性、天赋与才能，并据此来选择想要投奔的事业，毫无章法可循，我们无比热爱的卡斯塔利亚又将变成什么样子？我们在此郑重给出建议，烦请玻璃球游戏大师对此勤加反思，切忌草率行事，并指示他继续担任我们委托给他的这项光荣职务。

以上即满足了您对正式答复的诉求。诚然，我们无法给出您期待得到的满意答复。尽管如此，您所呈上的这封信函依旧是值得赞颂的，对此我们并不打算掩饰什么，它的确很好地激励了我们这些同僚，督促大家更好地完成分内工作，其中蕴含着的告诫意味无疑是难能可贵的。此外，我们仍希望与您当面探讨这封信函中涉及的种种细节，而且是尽快，因为即使团体组织的最高领导层普遍认为在此事发生之后依旧可以依靠您，但既然您已经在自己呈交的信函中明确指出，您继续担任玻璃球游戏大师这一职务的匹配程度正在被持续削弱，或者至少也是受到了严重威胁，我们亦不得不对此深感忧虑，并且予以严重关切。

科讷希特在没有任何特殊期盼的情况下阅读了团体领导层发来的这封回信，尽管如此，他还是非常仔细地阅读了信中内容。实话实说，早在收到这封回信之前，科讷希特就已估计到，卡斯塔利亚当局对于相关事宜确实有"忧虑的理由"，并且已经展开了行动，因为此前已经出现了些许相关迹象，不难得出这一结论：最近，有一位来自希尔斯兰德的神秘客人在玩家聚居区现身，他向官方出示了合乎规定的身份证明，以及来自团体领导层的推荐信，声称自己有权在此地居留数日。根据他所给出的居留理由，是计划在游戏档案馆和图书馆内查阅研究材料，除此之外，亦要求以访客身份旁听科讷希特主讲的几次讲座课程。客人是一位已经上了年纪的先生，寡言少语，不怎么跟人讲话，但无论做什么事情都很细心。短短几天时间，这位客人已经在聚居区内几乎所有部门、所有公共空间明察暗访了一遍，他详细询问了关于特古拉乌斯的情况，并且多次拜访了居住在玩家聚居区附近的瓦尔德策尔精英学校现任校长；毫无疑问，这位先生是希尔斯兰德派来的一名观察员，专程前来调查玩家聚居区的现状，看看是否有哪些方面出了疏漏；游戏大师本人的身体是否健康、是否尽忠职守；公务员们是否努力勤勉；学生群体当中是否正在酝酿什么躁动不安的情绪；等等。这位先生在玩家聚居区待了整整一周，在此期间，他没有错过科讷希特的任何一次讲座。因为这位神秘客人形迹可疑，一直都在默默观察、四处走动，几乎无所不在，至少有两名公务员注意到了他的古怪之处，并且汇报给了自己的上级。也正因如此，科讷希特推测，自己呈交上去的信笺引起了关注，团体组织领导层显然正在耐心等待这名观察员，等他回去汇报过情况之后，他们才能做出定论，并且将正式答复发给游戏大师。

究竟应该如何看待这份正式答复？真正的执笔者可能会是哪位？可以肯定的是，这位执笔者将回信的文风把控得非常好，乍一看去几乎毫无个人风格可言，自然也就无法让人窥探出其真实身份。通篇都是卡斯塔利亚人司空见惯的、不带任何情绪的公文笔法，这当然也是符合语境上的客观要求的，仿佛一切都是在公事公办。尽管如此，当科讷希特逐字逐句地对原文加以分析揣摩，进行了更仔细的研究之后，多少还是确认了这位执笔者的性格特点，以及对方看待此事的真实态度。事实上，早在科讷希特初读这封回信时，对于执笔者的真实身份就已经有了初步的怀疑。整份文件的理论基础，显然是等级制度约束下的团体组织传统精神、"教学省"内部对于所谓"正道"的追求，以及卡斯塔利亚人对秩序的热爱。从这封回信中，任何人都可以很清楚地看出，科讷希特的请愿似乎真的已经彻底失败了，它在诸位大师的眼中是多么不受欢迎、多么令人不快，没错，甚至令人感到厌烦；可是实际上，这些恐怕只是执笔者的主观意见。根据科讷希特的揣测，执笔者初次读到自己所写的通函时，就已经下定决心要驳斥它了，而且也决定要断然拒绝科讷希特的请求，这些都是早就决定好了的，不可能再受其他人的判断影响，所谓的相关会议，所谓的观察员，不过是走个过场罢了。值得注意的是，执笔者的不悦和拒绝态度，同时也被他心中的另外一类情绪波动、另外一种态度予以了回击，那是明显可以从字里行间察觉到的一份同情，借着这份同情，此前会议上对科讷希特的请愿做出的所有温和、友好的判断和声明，他都在回信中特别予以了强调。

根据上述线索,科讷希特没有丝毫怀疑地断定,团体大师亚历山大,他就是这封回信的执笔者。

至此,我们的这趟传记之旅已经走到了终点。唯希望上述章节和文字,已经将约瑟夫·科讷希特生平的大部分重要事迹向本书的读者们进行了客观且翔实的汇报。至于这本传记的结尾部分,未来的传记作者们无疑能够通过更加深入的考据、确定并传达与之相关的许多细节,对其加以补充和完善。

如前所述,我们不打算再对这位大师人生中最后的日子进行专门的、独立的描绘,因为我们对这段日子的了解程度,并不比任何一位当年刚好身在瓦尔德策尔的科研人员更多;就算我们真的打算去描绘这段日子,也不可能比流传已久的《关于玻璃球游戏大师的传说》做得更好。有鉴于此,我们陆续找到了上述手稿的多份手抄本,尽量妥帖、完整地汇总为一篇——估计其作者是逝者当年最喜爱的几名学生。现在,就用这则传说来作为我们这本书的终章吧。

第十二节 传 奇

当我们听到身边的同学议论纷纷，探讨与游戏大师突然失踪这一事件相关的种种情况时；当我们沉默不语地聆听，听他们揣测他失踪的具体原因，分析他做出这一决定的得与失，论述他行动过程中各个步骤的对与错，为他的命运之路走到这一步是否真有意义、是否应该被视为荒谬而争论不休时——在我们耳中听来，他们众说纷纭的议论，简直就像狄奥多罗斯·西科勒斯[1]著作中针对尼罗河洪水假定成因的讨论一样遥远。在我们看来，游戏大师的离去既然已经成为客观事实，再去增添这些无谓的议论，不仅从结果上讲是完全无用的，其行为本身也是不正当的。我们应该做的事情，恰恰跟这些普遍可见的行为相反——我们应该用心珍藏、呵护与大师相关的种种回忆，因为他在神秘莫测地离开卡斯塔利亚、前往世俗世界之后，没过多久，就又去了另外一处相比之下更显陌生、更加神秘莫测的世界：天国彼岸。为了更好地追忆他，我们打算将自己所听闻到的关于这一系列事件的情况整理、记录下来，作为一份最珍贵的纪念，长久流传下去。

大师读完"教学省"当局拒绝他请愿的回信之后，忽而感觉到一阵隐约的寒意，全身上下亦随之轻轻颤抖。这是一种宛若身处清晨的冷静、清醒，向他暗示时机已到，从现在开始，不应该再有任何犹豫，不应该再在原地辗

---

[1] "西西里的狄奥多罗斯"，公元前一世纪古希腊历史学家，与恺撒大帝和奥古斯都属于同时代人，著有《历史丛书》四十卷。文中提到的关于尼罗河洪水成因的假设，出自介绍古埃及的第一卷，属于这部鸿篇巨著的开端部分，在历史研究领域颇为知名。

转徘徊。此前，大师的漫长人生当中已经出现过好几次类似的感觉，他称为"觉醒"，每逢命运遭遇转捩点、面临决定性时刻的那一瞬间，这种感觉就会出现，他对此已经颇为熟悉了。"觉醒"时的感觉总是令他的内心振奋鼓舞，可是与此同时，"觉醒"也会令他感到痛苦难挨，其中包含了极为复杂的情愫。"觉醒"是离别与启程的混合体，在内心深处无意识的角落，宛似春天里的风暴一般呼啸不停。他看了一眼时钟，一小时后，自己还有一节课要上。于是，他决定将这一小时的时间用于沉思，随即迈开脚步，朝着无比静谧的"大师花园"走去。前往花园的途中，他忽而想起了一句诗，这句诗一路伴随着他，在脑海中反复诵念，挥之不去：

万事起始，皆有神助……

反复诵念，却完全想不起来自己当初是在哪里读到过这句诗，写出这句诗的又是哪位诗人，尽管如此，这句诗却仿佛拥有生命一般，以极为独特的方式跟他对话，令他颇感欣慰；细想这句诗的内容，似乎也跟他彼时彼刻面临的境遇完全相符。到了花园之后，他坐在散落着第一批枯叶的长椅上，调整自己的呼吸，努力找寻内心的安宁，直至心境清朗、思绪平稳。随后，他沉入冥想的世界里，在向内的无尽沉思中，感受生命的这一时刻，犹如置身于无穷繁星组成的星图中一般，超越了个体的束缚，进入普遍存在的某种秩序、某种既定的图像组合之中。冥想结束，大师自觉内心无比沉静，似已无悲无喜。哪曾想到，当他走在从花园折返回小教室的路上时，本应完全从思绪中清理出去的诗文又出现了。无奈之下，他不得不再次开始思索、回忆，试图搞清楚它究竟来自哪里。思来想去，他突然觉得它的正确读法似乎跟自己刚刚诵念的内容稍有不同，恐怕正是这细微的差别，阻碍了他的搜寻与回想。一想到这点，与这句诗相关的少许前后文仿佛被点亮了似的，瞬间变得清晰无比，协助他解答了对正确读法的疑惑。于是，大师用很轻的声音念出了正确的诗文：

> 万事开端，皆藏神助，
>
> 庇佑我等，助我生存。

诗文的内容是对了，但是，直到这天傍晚时分，授课早已结束，当天的其他工作皆已完成时，他才想起这些诗文的来源。原来如此——原来这些诗文并不是由某位知名的古代诗人挥笔写就的，而是出自他自己早年创作的一首诗。多年以前，当大师还是学生和科研人员时，写出了这首诗，它是以这样一句诗文来收尾的：

> 心将远航，终须一别！

就在当天晚上，大师将自己的副手召唤了过来，告诉他，从明天开始，自己不得不无限期地远离此地。为了确保工作不受影响，大师将手头正在进行的全部事务都托付给了这位副手，并逐一给予简短而明确的指示。最后，他以礼貌友好、公事公办的方式向副手道了别：大师每次因为短期公务旅行而离开瓦尔德策尔之前，都会这样做，并无特别之处。

一旦永久离开瓦尔德策尔，大师肯定就再也见不到自己的好友特古拉尼乌斯了。对于这位朋友，大师原本打算不告而别，不告诉他自己离开的时间，不让他再参与一次面对面的道别。等特古拉尼乌斯发现到处都找不到科讷希特时，他已经不在瓦尔德策尔了。如此一来，也就不会给特古拉尼乌斯带来额外的心理负担。关于这点，科讷希特之前本来已经考虑得很清楚了。在他看来，这样做恐怕是必须的——没有比不告而别更好的处理方法了。不单单是为了体恤这位敏感的朋友，避免伤害到他，更是为了不破坏自己的整个逃离计划。不告而别，特古拉尼乌斯或许反而能够接受木已成舟的现实，起码能够慢慢对既成事实加以理解、消化；一旦出现突如其来的道别场面，一旦发现这很可能是他们两人此生还能见到的最后一面，恐怕会迅速激发特古拉尼乌斯的急躁脾气，令他陷入极度沮丧、不快的糟糕情绪当中，带来无法预料的后果。为了避免出现意想不到的问题,科讷希特甚至考虑过缓冲一段时间,在这段时间里一直不跟特古拉尼乌斯见面,然后再离开,这样应该就能够将对好友的伤害降至最低。可是眼下他突然发觉,这些看似万无一失的做法,其实统统都是在逃避困难,是一种变相的明哲保身。尽管不告而别在很大程度上能够让他的这位好友免于一场情绪失控的闹剧,不会给对方触发任何愚蠢行为的机会,对于他的"逃离瓦尔德策尔"计划而言,无疑是明智的、正确的盘算,但科讷希特自己的心里却过不去,他不允许自己采取这种逃避责任、一心利己的手段。再三考虑之后,科讷希特终于下了决心。现在离晚上熄灯休息的时间还有半个小时,时间尚算充裕,他仍然可以在不打扰到特古拉尼乌斯或者其他人正常休息的前提下,拜访这位好友,向他正式道别。科讷希特出了门,当他独自穿过宽阔的庭院时,夜色已深。他敲了敲自己好友所住的房间门,心中涌起一阵奇异的感觉:这毕竟是最后一次了。门开了,科讷希特又见到了特古拉尼乌斯,他独自一人在房间里,正在看书。见到科讷希特这么晚过来,对方感到颇为惊讶,马上高兴地起身迎接他,将手上的书放到一边,请这位深夜来访者坐下。

"今天,我突然想起了一首有些年头的旧诗。"科讷希特用平常聊天的语气跟特古拉尼乌斯聊了起来,"甚至都称不上一整首,只是其中的寥寥几行罢了。所以我想,也许你会知道,在哪里能够找到这一整首诗?"

说罢,他再次引述了这首诗当中自己还记得的这一节:"万事开端,皆藏神助……"

哪曾想到,眼前的这位"留级生"根本没有被科讷希特所出的这个难题给困扰住。他只是略略思索了一小会儿,就认出了这几句诗文究竟出自哪一首诗。只见他站起身来,从书桌抽屉里取出了科讷希特亲笔写下的一摞诗稿,那是大师多年以前送给他的手稿。他仔细翻了翻,抽出其中两页,上面所写的正是这首诗的初稿。于是,他将这两页诗稿递给了眼前的大师。

"在这儿,"他微笑着说道,"我的贵客,请您自己读读看。这么多年以来,这还是您第一次回忆起这些早年创作的诗歌。"

约瑟夫·科讷希特接过这两页诗稿，目不转睛地注视着上面的内容，内心不无感动。遥想当年，他还是一名从事自由研究的科研人员，在东亚学院旅居期间，因为某个契机，他在这两页纸上提笔写下了那几行诗文。遥远的过去正从这两页纸上凝望着他，略微泛黄的纸张、稚嫩的笔迹，直接写在初稿上的删改与修订……纸上的一切仿佛都在诉说着几乎已被他完全遗忘的过去。此时此刻，过去以一种充满警示的、堪称痛苦的方式，又一次在他眼前苏醒。科讷希特惊讶地发现，自己不仅清楚地记得当初写下这些诗句的年份和季节，甚至还记得写诗的那一天、那一个小时。与此同时，他也清楚记得自己当时的心情，记得那种无比强烈、无比自豪的年轻感觉——彼时彼刻，那种感觉将他彻底包围，令他感到无比振奋、无比开心。他所写下的这些诗句，也表达出了同样的感觉。他终于想起来了，这首诗，正是在那段极为特殊的日子里写就的——在那段日子里，他称为"觉醒"的精神体验，正式降临到了他的身上。

从这两页诗稿上可以很明显地看出，这首诗的题目在正式开始写诗之前就已经想好了，作为全诗的首行，写在了最顶头的位置。题目本身是用醒目又潇洒、如暴风骤雨般凌厉的一连串大写字母写就的，无论是谁，一眼就能看出雷霆万钧之势：《超越！》

唯有到了后来，在不同的时期、不同的心境、不同的生活状况下，这个题目才被一笔画掉——同时画掉的还有那个感叹号——并以字体相对较小、笔触相对较细、笔锋相对较谦逊的写法，改成了另一个题目，也即如今的正式题目。其名为：《阶梯》。

科讷希特现在总算回忆起了自己当初是如何写下"超越！"这个词、如何决定以此来作为这首诗的题目的了——与此同时，他也为自己当初创作这首诗时的诸多想法、诸多情绪感到开心，仿佛一下子回到了当年——"超越！"是作为一份感叹和一项命令，是作为对自己的鞭策提醒，是作为新制定出来的、肯定自我的决议，将他的一切行动、他所过的生活统统置于这一标志性的口号之下，毅然决然地去达成超越的目标，毅然决然地跨越眼前的一切，填满自己人生中的每一处空白，踏遍自己人生中的每一段路程，然后再将已经完成的这些，统统抛在脑后。他压低了声音，自顾自地读出了其中的几节诗文：

>我等领命，必怀欣喜，
>每处空间，悉数踏遍。
>此身已远，无可归乡，
>但行无妨，何需牵绊。
>世界精神，不容束缚，
>解放眼界，开拓思想。
>有意栽培，如攀阶梯，
>拾级而上，不亦乐乎。

"这些诗句，转眼已忘记许多年了。"科讷希特读完之后，对特古拉尼乌斯说道，"忘得如此彻底，时至今日，当其中的一首诗偶然浮现在我面前时，我甚至都不清楚自己是从哪里知道它的，甚至都不记得它是我自己创作出来的。对我而言是这样，在你看来又是如何呢？我的这首旧诗，对你还有什么特别的意义可言吗？"

特古拉尼乌斯沉思了一小会儿，试图认真作答。

"关于这首旧诗，长期以来，每次想起它时，我都会有种说不出来的古怪感觉。"他开口道，"说实话，在您所创作的诸多诗篇当中，这首诗是您为数不多的我不太喜欢的作品之一，其中有些东西是我相当排斥的，有时甚至令我深感不安。这首诗当中藏着的某些东西，它具体是什么，我当时还不太清楚，也没怎么细想。不过今天，我觉得自己应该已经看出来了。我尊敬的先生，您的这首诗，它最开始时选用的题目是《超越！》，后来您又用一个更好的题目取代了它。感谢上帝，《超越！》这个已经被画去的题目，它从来就没有真正吸引过我，因为其中包含了一些带有命令性质的东西，是有一些教条化或者说学校化的感觉在的,就像一名小学校长在对自己的学生下令一般。假如这一因素能够被彻底覆盖掉,或者说,假如您在初稿上进行的修改能够完全替换掉过去的内容,让画掉的内容不再可见,这首诗无疑将会摇身一变,成为您最美的诗作之一。除此之外,我刚刚又注意到了另外一点:这首诗的实际内容,的确被您最后定下的题目《阶梯》概括得很好,无论暗示还是象征意味,都完成得不错。不过照我看来,您其实也可以将题目直接换成《音乐》,甚至还能更直接些,干脆换成《音乐的本质》。如此一来,大概能够起到更直观的效果,诗作本身给人的感觉当然也会更好。因为在减去了《超越!》那种道德化或曰说教性质的高高在上态度之后,这首诗从根本上而言,写的还是对音乐本质的反思——或者就我个人看来,是对音乐的赞美,对其恒久存在,对其开朗愉悦,对其果敢坚定,对其永不停歇的流动性,对其躁动不安的决心,对其随时准备继续前行、离开刚刚踏入之空间或曰空间之局部的赞美。假如这首诗能够一直保持这种对音乐的沉思态度,或者说得更确切些,保持这种对崇高音乐精神的赞美,假如您当初没有在它里面掺入多余的训诫和说教——显然,在那个时期,您的内心被成为教育家的野心给蒙蔽住了——那么,这首诗就可以成为一枚臻于完满的诗坛瑰宝。很可惜,您没能做到这点。在我看来,这首诗不仅过于教条化、教师化,它还存在着思想上的错误:仅仅为了在道德层面达成类比效果,就草率地将音乐与人生等同了起来。哪怕这种做法尚且称不上严重过失,至少也是很值得怀疑的,至少也是存在争议的;它将作为音乐创作原始驱动力的大自然,将音乐本身所对应的、道德上的自由无拘束状态,强行转换成了试图通过呼吁、命令与良好的教育来培养并发展的我们每个人的'人生'道路。简而言之,在这首诗中,原本是关于音乐的美好愿景——那种独特、美丽、恢宏的东西——因为《超越!》的存在而被扭曲,被利用,被用于如同小学校长般幼稚的教学目的:我刚刚已经想得很清楚了,这正是我一直对这首诗感到极度反感的根本原因。"

大师心情十分愉悦,饶有兴味地听特古拉尼乌斯直抒胸臆。科讷希特本人基本上没怎么讲话，他这位朋友自顾自地讲着，越讲越激动，一腔热血已经化作了某种难以遏止住的狂怒，科讷希特向来都很喜欢他朋友的这份热情。

"唯愿你是对的！"等到特古拉尼乌斯差不多讲完之后，他才半开玩笑半认真地评价道，"不管怎么说，你刚才提到的关于诗与音乐之间关系的论述都是正确的。'每处空间，悉数踏遍'这句诗文，我当年写出这句诗文时的基本思路——无论我当时是否真的注意到了这点，或者说是否真的对此有着如此深入的考虑——的确来自音乐。至于我在选题目的时候是否故意败坏了全诗的思想性，是否真的扭曲了原本的视野，我自己也不清楚；或许你是对的吧。无论如何，当我拟订了《超越！》这一题目并且真正写下这些诗句时，它们已经不再单纯、不再只是关于音乐的了，而是关于一种全新的、具有普适性的体验。这种体验或可描述为：美丽的音乐之象征，向我展示了它具有道德性的那一面，成为一次告诫、一份警示，在我心中酝酿、转变、化身为生命的召唤。你特别不喜欢这首诗的题目《超越！》所使用的祈使句形式，但我其实并不打算对外表达任何命令或指示，因为《超越！》的命令或指示，始终只针对我自己。关于这点，你可以从这首诗的最后一行诗文中很明确地看出来。我最好的朋友，哪怕你还不怎么了解这首诗，只需要读读最后一行，就能将情况了解得很清楚了。也就是说，在那个特殊时刻，我体验到了无与伦比的洞察力，完成了某种认知上的跨越，看到了自己内心浮现出的一副全新面容。也正因如此，我才想通过某种方式，向自己高声喊出我自身借助这偶然得来的卓越洞察力所感知到的内容——某种精神上的力量，某种与众不同的道德观念——并且竭尽全力地想要将其记录下来、留存下来。这也是为什么这首诗会一直留存在我记忆里、一直蛰伏在那里，哪怕我本人并不知情。不得不说，无论这些诗句本身写得是好是坏，它们都达到了我当初创造它们时所持的目的：截至目前，这份对'觉醒'时刻的提醒一直活在我心中，始终没有被遗忘。时至今日，它们再度在我意识中显形，在如今这个我的耳中听来，这一句句诗文，竟又变得如此鲜活，仿佛刚写出来的一般；不得不说，这可真是一次无比美好的小小体验，你的辛辣嘲讽，丝毫不能破坏它们对我产生的影响。不过，现在也到时候了，我该离开了。逝去时光是多么美好哇，我的好伙伴。想当年，我们两个都是从事自由研究的科研人员，经常能够想出一些办法，绕过聚居区的各项规定，一起熬夜，通宵聊天；这在当时是得到默许的，虽有规定，但没有谁会用真正严苛的标准去要求科研人员。可是现在呢，作为一名大师，反而失去了这种优待，不允许再这样做了，真是可惜！"

"哎呀，"特古拉尼乌斯回应道，"其实一直都可以，觉得做不到，只不过是因为缺乏勇气罢了。"

科讷希特伸出一只手来，搭在对方肩膀上，笑着说道："你既然提到了勇气，那么我倒要多说一句了，我亲爱的朋友——勇气我现在自然是不缺的，而且还挺多，足以完成一些相当与众不同的恶作剧了。晚安，老刺头[1]！"

就这样，科讷希特仿佛重返少年时代一般，开开心心地离开了好友的房间。可是，当他走在回去的路上时——"玩家聚居区"的深夜时分，漫步在空无一人的走廊和庭院里，某种肃穆的气氛又开始萦绕在他周围。他知道，这是离别特有的气氛。离别，总是会在不知不觉间唤醒一些纷繁凌乱的回忆。在这次漫步归途中，走的还是习以为常的道路，但他却被自己当年第一次走在这条道路上的回忆所侵扰。那时候，他还是个男孩，是一名刚刚加入的瓦尔德策尔精英学校学生，第一次在属于瓦尔德策尔、属于"玩家聚居区"的这片土地上漫步，心中充满了对这里的美好想象，充满了希望。可是现在呢，夜已深，风已凉，四周只剩沉默，沉默的树木、沉默的建筑，置身其间，科讷希特终于无比痛苦地察觉到，这是自己最后一次看到眼前的这一切了——白天时如此繁忙、如此热闹的聚居区，他此刻正在最后一次聆听它入夜后的静谧，聆听它沉睡时发出的各种窸窸窣窣微响，最后一次注视门房上方高悬的小灯，看那灯火倒映在喷泉水池里，最后一次仰望头顶夜云，看

---

[1] 原文为"Nörgler"，直译为"吹毛求疵之人"。

那缕缕浮云飘过他"大师花园"的树梢叶影。他走得很慢，没有直接回去，而是沿着玩家聚居区的每一条小路缓缓漫步，走过自己熟悉的每一个角落，与此同时，他觉得自己心中有一股欲望正在升腾，希望能够再次打开自己那座小花园的大门，再到里面走一趟。可是，他现在已经没有钥匙了——这个现实的困难反而帮助了他，令他很快冷静下来，放弃无谓的幻想，不至于继续陷入无穷无尽的惜别中。又过了一会儿，他终于回到了自己的寓所，坐到书桌前，写了几封信，其中包括一封提前通知德西格诺尼的信笺，告诉他，自己即将抵达首都。做完这一切之后，借助一次过程非常小心、仔细的冥想，科讷希特成功地将自己从前一个小时的精神紧张激动状态中解救出来，恢复了内心世界的平静与安宁。如此一来，一觉醒来之后，到了明天，他就能够以饱满的精神、顽强的毅力前往完成他在卡斯塔利亚的最后一项任务：跟身在希尔斯兰德的团体大师亚历山大面谈。

隔天一早，游戏大师跟平常一样按时起床，准备妥当之后，随即让人派车过来接自己，坐上车，直接驶离了瓦尔德策尔。只有少数人注意到了他的离去，没有任何人想到他竟会一去不返。他坐在车上，穿过初秋的薄雾，一路不停地驶往希尔斯兰德，在中午时分抵达了目的地，并请接待人员向团体组织最高负责人，即团体大师亚历山大通报了自己的到访。科讷希特随身带着一只漂亮的小金属盒，外面用一整块布包裹着，这是他从自己办公室的秘密抽屉里取出来的，里面存放着他作为现任玻璃球游戏大师的象征物：印章与钥匙组成的徽章。

在团体组织名为"伟大"的大办公厅里，工作人员颇为惊讶地接待了到访的玻璃球游戏大师；在此之前，几乎没有发生过这样的事情，一位大师级别的人物，不经任何预先通知或者说不请自来地出现在了这里。对此，团体组织最高负责人紧急做出了安排，临时派专人过来招待玻璃球游戏大师，以免在礼节上有任何疏失，并且在希尔斯兰德历史悠久的回廊里专门为他开启了一间贵宾休息室。他被告知，团体大师亚历山大希望能够尽快安排好时间，在两三个小时之内与他面谈。于是，他顺手索要了一份团体章程，坐下来，通读了整本手册，最后一次确认了自身请求的纯粹性，确认了它的确是符合章程规定的。问题在于，哪怕到了现在这个关键时刻，他仍然觉得，向其他人描述这个请求的意义和内在合理性是根本不可能办到的事情。这时，他想起了章程中的一句话——当他还很年轻时，在从事自由研究的最后那几天时间里，因为即将正式加入团体组织，成为组织当中的一员，他曾经被要求以这句话为主题进行冥想练习。于是，他在手册里找到了这句话，重新读了一遍，不由得陷入了沉思，觉得此刻的自己跟当时那个有些焦虑的年轻"留级生"之间差别实在太大了，简直犹如天渊之别。"一旦团体管理部门召唤你去担任某个具体职务，"团体章程中的这句话是这样讲的，"那你就要明白这样的一个道理：在这套等级制度的约束下，每一次升迁都不会变得更自由，每一次升迁都意味着受到更进一步的约束。职务越高，约束越严格。权力越大，侍奉越勤勉。性格越强，越忌讳独断专行。"上述一切内容，在当初那个自己的耳中听来，是多么不容置喙、多么明确具体啊！哪曾想到，转眼多年过去，还是同样的章程、同样的话语，其中一些词语的含义，尤其是诸如"约束""性格""独断专行"等处理起来比较棘手的大词，对他而言已经发生了多么巨大的变化，少数词语的意思甚至整个逆转了！这些句子，当年读起来是多么美好，内容如此清晰，意义坚实可靠，充满了令人钦佩的暗示。对于一个年轻的心灵而言，这些句子显得多么无懈可击，多么永恒不朽！简直真切得不能再真切了！噢，其实这些句子本来就很真切，但这种真切其实是有前提条件的，并非放之四海皆准的真理——假如卡斯塔利亚就是全世界，是一个完整的、包罗万象的、不可分割的世界，而不是真实世界当中的一个小世界，或者仅仅是从真实世界里分割出来的一小块大胆激进、狂飙猛进的试验田！假如地球本身就只是一所精英学校，假如团体组织是全人类的命运共同体，假如团体组织的最高领袖就是上帝，那么这些句子、这一整套章程将是多么完美无瑕！哎呀，倘若真是这样就好了，倘若真这么简单就好了！倘若如此，我们所过的生活将是多么甜蜜！我们的社会将会多么繁盛！我们的精神世界将会多么纯真、多么美好！多年以前，

517

科讷希特曾经真是这样想的,多年以前,他真的是如此看待、如此体验这一切的:团体组织和卡斯塔利亚精神是神圣的、绝对的——"教学省"即世界,卡斯塔利亚人即全人类,现实世界的非卡斯塔利亚部分,是一处人人皆如孩童般幼稚的蛮荒地带,处于尚未形成"教学省"的未开化阶段,是一片仍在等待文化前来普度众生的原始土壤,它以敬畏之心仰望着卡斯塔利亚的存在,持续不断地向"教学省"输送满怀憧憬的朝圣者,就跟当年那个年轻的普利尼奥一样。

可是如今呢?如今一切已经发展到了这样的一个阶段,一切似已无可挽回,尽管如此,"教学省"对于约瑟夫·科讷希特本人、对于他自己的精神世界而言,依旧是如此特别的存在!难道他不曾在早些时候——是啊,甚至在昨天也是如此——不曾将他特有的那份洞察力,那套极为特殊的认知方式,那种被他称为"觉醒"的现实体验,视作一步步通往世界之核心、通往真理之核心的手段吗?难道他不曾将"觉醒"视作某种神圣的、绝对的存在,视作一条只能一步步踏实走完的道路或者说阶梯吗?难道关于"觉醒"的一切,在思想上不是一以贯之、直截了当的吗?多年以前,当他自己还很年轻时,当他还在精英学校念书时,一方面借普利尼奥的名义承认外面那个世俗世界,但同时又作为一名卡斯塔利亚人有意识地、精确无误地与它保持着适当的距离,难道他当年所持的这种态度不是曾经被他本人理解为一份清醒、一种进步吗?难道他没有将之作为一种拥有绝对价值、代表了绝对正确的理念来加以推广吗?以此类推,在从事了多年无拘无束的自由研究,经过了多年的怀疑犹豫之后,他终于决定投身于玻璃球游戏领域,去过瓦尔德策尔人的生活,在当时岂不也是一种进步,也是一种对真切、对真理的追求吗?再然后,他被托马斯大师选中,接受了那项伟大而光荣的外交使命,通过音乐大师主持的仪式,作为一名新人,正式被团体组织所接纳,成了团体当中的一员。直到最后,他终于被任命为玻璃球游戏大师。每一次的情况都是类似的,都是在一条看似笔直的道路上,迈出或小或大的步伐,一路向前挺进,勇往直前——可是现如今,当科讷希特终于走到这条道路的尽头时,他才发现，自己所在的位置绝对不是世界之核心，自己所知晓的一切与真理之核心也相去甚远。即使是近在眼前的这次"觉醒"，至多也不过是奋力睁开双眼，在全新的环境中再次找到自己，融入一幅全新的星图当中而已。这条态度无比严苛、方向无比明确、意志无比坚决、看似确凿无误的道路，曾经将他引向瓦尔德策尔，引向玛丽亚菲尔，引向团体组织，引向游戏大师的高位，现如今又将他给引了出来，引向别处：上述一系列的"觉醒"，同时也是一系列的告别。卡斯塔利亚、玻璃球游戏、大师的高位，每一项都像是一个音乐主题，首先都需要徐徐展开，接下来是演奏处理，最后必定迎来终结；每一项都像是要踏遍的空间，最终都要超越！转眼之间，它们已统统被他抛在脑后。显而易见的是，哪怕是在他曾经的想法和行为跟今天的想法和行为截然相反时，他也早已隐隐约约地获知了一些相关真相——哪怕不是真相，至少也是一些令他感觉颇为疑惑的事实——难道不是吗？难道他不曾在自己的科研岁月里、在从事自由研究的时期，雄心勃勃地写下过那首诗吗？细读那首诗中的内容，岂不是明明白白地写到过阶梯、写到了"远航"和"终须一别"吗？他岂不是通过诗歌高声宣布要"超越！"吗？如此这般，等于说他的这条道路其实是绕了一个大大的圆圈，或者说是椭圆，抑或螺旋，或者其他什么形状。不管是什么，反正肯定不是沿着一条直线在前进，因为直线显然只属于几何学的范畴，不属于大自然和真实生活。即使在他早已忘记了当年的那首诗、忘记了当时的那次"觉醒"之后，他还是忠实地服从了那首诗所表达出来的自我告诫与自我激励效果。诚然，上述效果绝非完美，过程中并不是没有犹豫、怀疑、冲动和挣扎，但他还是勇敢无畏、冷静内敛、心情相对愉悦地跨过了人生当中的一级又一级阶梯，踏遍了一处又一处空间。他的人生不像老音乐大师那样光芒四射，但也没有丝毫疲惫和懈怠，没有挥霍与不忠。假如他现在——根据卡斯塔利亚方面的说法——犯下了背叛团体组织的罪行，对于"教学省"是不忠的；假如大家宣布他违反了团体组织的全部道德标准，毫不顾忌地为自己的"性格"服务，也即团体章程中提到过的"独断专行"，哪怕这是真的，也是本着勇敢的态度和音乐精神，在其指引之下，踏着合适的节拍，一步一步愉悦地完成的，所以，干脆随他去吧。只要他能够向别人说清并证明他自己眼中完全是一清二楚的这件事情，即他目前这一系列行动乍看起来似乎颇为"独断专行"，可实际上也不过是侍奉与服从的另一种形式罢了；此行并非通往自由，而是走向全新的、未知的、卡斯塔利亚人无法想象的束缚；他并非一名逃亡者，而是受召唤者，他的行动并非出于自我意志，而是服从命令，他的身份不是主人，而是一名受害者！——只要别人能够理解这点，就不存在任何问题。那么，开朗、合拍、勇敢的美德又该如何表述、如何让别人理解呢？时代在变迁，这些美德逐渐变得微不足道，但它们依旧存在。拥有这些美德之人，即使他们本人并没有真正去施行这些美德，只是在无意识之间对其加以引导，让美德朝着合适的方向流转；即使他们没能超越自己身份与地位的局限，只能泯然于众人间，让这些几乎不可见的美德在自己周围的狭窄空间内如卫星般转动，但是——美德依旧存在，并且完整保留了它们的价值与魔力。它们存在于肯定而非否认，存在于服从而非逃避，或许还有少许存在于其拥有者的行为与思考之中，存在于以相对应之方式展开行动、进行思考的事实之中：在此方式之下，他们的行动、思考会显得与众不同，仿佛他们的确是自己生命的主宰，仿佛他们处理一切事情时都是积极向上的，仿佛他们能够真正坦然面对生活，仿佛他们完全杜绝了自我欺骗似的。实际上，上述美德在个体身上实现的这种反映，往往都会使个体表现得像是具有真正的自由意志，能够自主做出决定并担负相应责任，不会受到周遭环境的约束一般。实话实说，会造成上述印象也不足为奇——毕竟，由于某种目前尚且未知的原因，人类个体基本上可以认为是被创造出来的工艺品，没有任何自由意志可言，更倾向于实干而非认知，更倾向于服从本能而非精神。噢，要是还能够跟雅科布斯神父一起就这些问题展开深入讨论，那该多好啊！

每当他进行冥想时，类似上述这些思绪或者说遐想，经常成为他内心响起的回声。在科讷希特心中看来，"觉醒"似乎跟真理无关，跟各种客观存在的知识也无关；恰恰相反，"觉醒"是完全主观的，是基于当下现状的一种认知,是积累大量现实经验之后的一种感悟,是对自身存在的一次印证。在"觉醒"状态下,他其实并没有真正深入事态的核心之中,没有真正获知真理;他其实只是掌握、完成或者说承受住了他的自我认知对事态瞬间状况的看法罢了。在这整个过程中,他其实并没有发现什么货真价实的规律,而是做出了一系列决定,收获了一连串结果;他其实并没有来到世界之核心,而是来到了自我之核心,将自我之核心错认成了世界之核心。这恰恰是他在这整个过程中所经历的一切如此难于向其他人表述、如此难于让其他人真正理解的原因:因为表述生活中极端自我的这部分内容,似乎并不属于语言的目的,反而需要某些超越语言的沟通方式。因此,假如他在某种程度上被其他人理解了,那么理解他的这个人,无疑也是跟他有着类似境遇的人。比方说,一个跟他同病相怜的受苦者,要么就是另一个同样处于"觉醒"状态的命途多舛之人。认识的人当中,弗里茨·特古拉尼乌斯偶尔能够理解他,但只能理解其中很少的一部分;相比之下,普利尼奥·德西格诺尼的理解还要更深入一些,可也只是点到为止。除了他们两人之外,他还能再讲出哪个名字来吗?没了。

天色渐晚,不知不觉间,已是夕阳黄昏时。他早已完全沉浸在自己的思考游戏当中,为之深深着迷。这时,有人来敲门了,但他依旧没有醒过来,没能立即给出回应。门外站着的那位先生稍微等了一会儿,见里面没有响动,只好再一次轻敲房门。这下子科讷希特总算听到了,知道时间已到,于是应了门,请来者进来。来的那位先生是团体大师派来的使者,科讷希特起身,跟着他一起离开了贵宾休息室。信使将科讷希特领进了团体领导层办公的那栋大楼,没有进一步通报,直接进入了最高负责人的办公室。亚历山大大师正在那里等他,见到他来了,马上过来迎接。

"实在不好意思,"他说,"您没有提前通知一声就到这里来了;没有预先安排,不得不让您先等待。我现在的心情,甚至可以说是满怀期待,非常想知道究竟发生了什么,竟然能够让您这样一位重要人物不请自来。该不会发生了非常糟糕的事情吧?"

科讷希特笑了:"没有,没什么糟糕事情发生。不过,平心而论,我的这次来访真有那么出乎您的意料吗?参考之前发生的事情,您难道真的想不到,是什么风将我吹到这里来的吗?"

亚历山大表情非常严肃地打量了他一番,眼里充满了忧虑。"好吧,如您所说,"他回应道,"听到您不请自来的通报之后,我确实想到过这样那样的原因。比方说,前几天我还在想您那封通函的事情。对于您而言,此事肯定还处于一个悬而未决的状态,您恐怕会觉得我们给出的正式答复太过简短,甚至认为它有些语焉不详。可是,就我们这边的立场看来,某种程度上而言,我们也别无选择,只能给出简短答复。也正因如此,答复的内容和语气恐怕都令您感到失望了,尊敬的先生,您不请自来的原因,可能就是如此。"

"并非如此,"约瑟夫·科讷希特答道,"实话实说,早在呈上那封通函之前,我已经断定,当局的答复除了你们所给出的那种简短形式、除了你们所给出的那些内容之外,几乎不可能再有其他任何选择了。答复内容其实是没有任何余地可言的,只能如此。至于语气,那就更不必担心了——恰恰是这种语气,最令我感觉称心如意。我可以很清楚地从你们的正式答复中看出,撰写答复的那位先生,自他提笔的那一刻起,从头到尾都感到很烦恼——没错,甚至可以认为他痛苦难挨。他的心中存在着强烈的愧疚感,知道自己笔下的这份答复会令我感到很不开心,而且多少都会有点儿尴尬。因此,在答复中添上几滴蜂蜜就是很有必要的措施了。不得不说,他的做法取得了不小的成功,我对此感激不尽。"

"如此说来,您早已接受我们给出的正式答复了,尊敬的先生,是这样吗?"

"显而易见:接受。不仅如此,对于这份正式答复内所提到的各种内容,我基本上是理解的,而且也是赞同的。诚如刚才所言,当局的答复不存在其他选择,唯一能做的,就是明确拒绝我的请愿,再予以安抚,加上少许温和的训斥。我的那封通函,对于你们而言,显然是非比寻常的一类事物,很可能是闻所未闻的存在，无疑令卡斯塔利亚当局感到如鲠在喉，对此我从来不曾怀疑过。此外，早在看到正式答复之前，我就已经猜到，由于在本应完全属于公务范畴的通函当中，囊括了一项个人请求，这就导致它在流程规范层面上也出现了问题。哪怕单就这一层面来讲，你们也是不可能接受的。因此，除了对我的请愿表示明确拒绝之外，几乎不可能指望从你们的正式答复中看到什么其他东西。"

"我们对此颇感欣慰，"面前的团体组织最高负责人用一种略带尖酸刻薄的语气回应道，"既然您可以如此看待此事，那么很显然，我们别无选择的答复，对您而言完全在意料之中，既没有令您觉得惊讶，也不曾给您造成任何痛苦。知道这点对我们而言是非常重要的，因为如此一来，我们就可以彻底放心了。不过话说回来，即使您已经讲得如此清楚，有一个问题我依旧没想明白：假如这一前提属实，即您在写这封信的时候、在寄出它之前，就已经预料到自己肯定会获得这样一份正式答复——我对您刚刚这番话的理解是正确的，对吗？——让我描述得更确切些，您根本就不相信自己能够从我们这里得到肯定的答复，根本就不相信自己的请愿将会获得成功，甚至早在写信时就认为此事必定会失败。那么，既然如此，您又何必还要完成这份通函的写作，何必偏要将它呈上呢？要知道，写这封通函毕竟也意味着相当大的工作量，假如一开始就知道这是无用功，又何必去做？"

科讷希特向亚历山大投去非常友好的目光，回答了这个问题："最高负责人先生，我的这封信笺囊括了两方面内容，每一方面内容都有各自的意图，我并不认为两方面内容都是无用功，或者说都没有取得任何成功。首先，它囊括了一项个人请求，即要求官方解除我现任的玻璃球游戏大师职务，将我派往外界，到其他岗位上去完成另外一项富有建设性的工作。需要请您注意的是，我始终都将这项个人请求视作两方面内容中较为次要的一项，因为每位大师都应该尽可能地将其个人事务放到一边，专注于本职工作，这是不言而喻的。如今，这项个人请求已被正式拒绝了，我当然必须接受这项现实，不会有任何怨言。可是，我的这封通函里所写的内容远远不止这些,其中还罗列出了许多历史案例,以及不少相关推论与结论——作为现任游戏大师,我认为自己有责任提请卡斯塔利亚当局注意这些内容,并建议大家对其进行慎重处理,千万不能掉以轻心。'教学省'的全体大师,或者说得更准确些,至少大多数大师,都已仔细读过我对相关内容的阐述——我不会称其为训诫或者警告,就是阐述而已——哪怕他们当中的大多数人都不愿意接受我所呈上的这道菜肴,认为跟自己的口味不符,表现得心不甘情不愿的。可是,因为我们都知道的原因,他们还是认真阅读并且消化、吸收了我主观上认为必须得告诉他们的各种讯息。诚然,大家没有为这封信笺献上掌声和赞许,不过,这在我眼中也根本称不上失败;因为我的目标并非寻求掌声和赞许,恰恰相反,我的目标就是要搅动这一潭死水,给大家带来不安,让大家意识到放任不管的严重后果。假如我因为您之前所提及的那些原因,放弃呈上自己写好的信笺,现在恐怕会感到后悔莫及。且不论它产生的效果是大还是小,总而言之,它目前的确已经起到了警钟长鸣的作用,完成了对大家的呼吁,引起了多方关注。"

"这是毋庸置疑的。"最高负责人略显迟疑地说道,"尽管如此,您的这套说法却并不能真正解答我刚才提出的问题。想想看,假如您的目标只是打算向卡斯塔利亚当局发出提醒,呼吁大家注意,给出一些有理有据的警示,那么您又何苦要将自己煞费苦心才完成的、如黄金般珍贵的话语,跟一项明显不可能被接受的个人请求捆绑到一起,从而削弱乃至于危及您真正有用话语的效果?截至目前,我仍旧不明白您这样做的具体目的。不过照我看来,一旦我们将整件事情彻底讲透、谈开,事实自然就会变得无比清晰、洞若观火。不管怎么想,您这封通函中的薄弱之处,都是将公开警示与个人请求、将提请与阐述混为一谈了。单就这封通函目前所呈现出的全部内容来看,我们不得不暂时得出这样一个结论,即您本不应该以呈交请愿书的方式作为劝诫大家的手段,这封通函并非合适的载体,完全不值得信赖。事实上,假如想要达成对应目标,您能够依赖且明显更容易见效的手段相当多。比方说,您可以使用口头或者书面形式直接与您的同僚们沟通,直截了当地阐述您打算向他们阐述的内容。考虑到您的现任玻璃球游戏大师身份，这样做无疑是轻而易举。至于与您的个人请求相关的请愿书，因为只涉及您个人，完全可以走属于它自己的那套官方正规途径，结果如何姑且不提，总之这样才是合情合理的。"

科讷希特注视着他，目光始终保持着友好。"是啊，"他反应平淡地回应道，"某种程度上而言，也许您的观点是对的。可是，这整件事情其实是很复杂的，不能以这种非黑即白的态度来衡量。如果您再仔细审视一下，就会发现其中存在的问题！实际上，无论公开警示，还是个人请求，都不是我们日常所处理的公务中常见的事项。这类事情通常不会发生，甚至不能被列入'正常'范畴之中，可以认为是非常事态了：这恰恰是两者之间的共同点，也正因如此，我们可以将它们放到一起来加以探讨——都是不同寻常的情况，都是为了应对某种紧迫状况，都处在惯例所辖之外。可想而知，假如是在没有任何外部紧急事态发生的前提下，我们当中无论哪位，都不可能突然呈上一封通函，恳请自己的同僚们记住，他们所在的这个卡斯塔利亚行将就木，他们自身的整个存在都是不持久、不牢靠的，同时也十分可疑。另一方面，就通函中提到的个人请求而言，身为一名卡斯塔利亚大师，竟然主动申请离职，转而要到'教学省'外面去建学校、当老师，这种行为也太古怪，太不寻常了。至少在古怪程度这点上，我所呈信笺之中这两个乍看起来没什么关联的部分是旗鼓相当的，由此可知，将它们放在一起也并无不可。我的看法很简单，对于任何一位真正认真看待这整封信、真正认真读完了这整封信的读者而言，得出的结论多半是相似的：撰写这封信的意图，并不是一位颇有些古怪的先生在向自己的同僚们说教，四处宣扬自己对卡斯塔利亚未来的悲观预测，不是这样的。要知道，这位先生对自己透过信笺呈现给读者们的观念是相当恳切、相当真诚的，没有任何哗众取宠的意思；他对于目前卡斯塔利亚所面临的紧迫状况是很担忧的，为了合理应对，他已准备周全，打算抛弃自己高高在上的玻璃球游戏大师职位，抛弃过去取得的一切荣誉，抛弃长久以来循规蹈矩走到现在的漫漫人生路；他打算从最卑微的位置重新开始，因为他早已厌倦了对个人荣誉的争取，早已厌倦了安逸的生活、旁人的崇敬、无可比拟的权威，渴望有朝一日能够挣脱它们、甩掉它们。从上述结论来推断——重申一遍，我一直都在努力将自己代入这篇东西真正的读者视角来进行思考，唯有如此，才有可能察觉读者心中之所想，不会为他们口中的敷衍之词所迷惑——至少对我而言，只存在两种可能的情况：要么就是这篇道德说教文章的作者不幸有些发疯了，而且病得不轻，如此一来，无论怎么想，他都失去了继续当一位大师的资格；要么就是另外一种情况，尽管这是一篇很惹人厌的道德说教文章，但作者本人并没有发疯，他的心态无比正常，心理也很健康。既然如此，他的这些说教、他的悲观主义想法的背后，必定隐藏着比这些看似荒诞不经、难以理喻的东西更严肃、更具体、更深刻的内容，即所谓现实，或谓之真理。上述这些，基本就是我将自己代入这封信笺读者们的内心世界之后，所能想象出来的内容。如您所见，完全是自然而然的推断，其中的道理真的是再清楚、再明白不过了。尽管如此，我依旧必须向您承认：在代入读者身份这件事情上，我的确是失算了。我将个人请求与公开警示放到一起，不仅没有起到相互支撑、彼此加强的作用，反而还造成了反效果，最后反而令两者都没能得到同僚们的认真对待，都被搁置一旁、弃置不顾了。不过话说回来，对于正式答复中的拒绝，我是既不感到悲伤，也不觉得讶异。说到这里，我必须再次强调一遍：截至目前，发生的一切基本上在我的意料之中。我甚至愿意向您承认：我的请求本来就应该被拒绝，这是我应得的，同时也是我真正想要的。实话实说，我从来就不认为这份请愿书有哪怕一丝一毫的成功可能性，它充其量也不过是一次佯攻，无非是为了在同僚们面前摆出一种姿态，无非是走个形式罢了。"

听着听着，亚历山大大师脸上的表情变得越来越难看，甚至逐渐显得阴郁起来。尽管如此，他也并没有打断游戏大师的这番话语，任由他继续讲下去。

"我没有抱任何期望，当然也无所谓失望。"后者接着说道，"当我交出自己所写的那份请愿书时，因为早就知道你们会拒绝我，所以从来就没有认真期待过一个愿意满足我个人要求的正式答复。恰恰相反，假如你们的正式答复真的同意了我的要求，反而会令我感到手足无措。因为我早已做好了准备：我从来就没打算要顺从地接受一个明确给予拒绝的正式答复，我从来就不打算将这样一种答复视作高于我自身想法的最终决定。"

"'不准备接受卡斯塔利亚当局的正式答复，不将这一答复作为高于您自身想法的最终决定'，大师，您刚刚说出口的，确实是这句话吗？"最高负责人再也忍不住了，他直接打断了科讷希特，用略显尖锐的声音，一字一顿地重复了一遍。显然，他终于意识到了眼下的情况究竟有多严重。

科讷希特的反应依旧很平淡，他微微朝对方鞠了一躬，回应道："当然，您听到的确实是这句话。我几乎不相信自己的请愿书能够获得成功，我对它根本就不抱有任何期望。尽管如此，哪怕只是为了恪守团体内部的规则，哪怕只是为了走个形式，我还是必须向你们呈上请愿书。毕竟如此一来，我也算是为我们敬爱的卡斯塔利亚当局提供了一套体面的应对方案。等到后继的事情发生之后，最高领导层就能够及时有效、无可辩驳地对外宣称，在对我的处置方式上不存在任何问题——此前就已经通过正式的书面答复，明确拒绝了我的请求。实话实说，当初我并没有料到，竟然这么快就能收到来自你们的答复，因此，我还考虑了另外一种可能性，即一旦当局不倾向于目前这套解决方案，不愿意给予明确果断的拒绝，而是采取拖延政策，我就应该及时、主动地行动起来。早在提笔撰写请愿书时，我就已经下定决心，假如你们在收到它之后，故意不予理睬，或者顾左右而言他，试图蒙混过去，我也绝对不能让自己的脚步因此而停滞不前。到了那个时候，你们可能会尝试安抚我的情绪，引诱我妥协，继续留在瓦尔德策尔，继续担任游戏大师一职。一旦出现这样的情况，我断然不会接受，反而会马上采取行动。"

"会采取怎样的行动呢？"亚历山大问道，声音格外低沉。

"是这样的，我的最终行动，必然会遵从自己内心的意愿，同时也会依照理智来执行。如前所述，我已决定辞去目前的职务，到卡斯塔利亚以外的地方去从事另外一项事业。我的去意已决，就算无法取得当局许可，就算不批准我去，我也依旧会动身离开。"

最高负责人闭上了自己的双眼，似乎不打算继续听下去了。科讷希特意识到，对方的内心恐怕受到了极大的冲击，因为他此刻其实正在运用一套精神上的紧急自救措施。团体成员们几乎都学过这套自救措施，一旦遭遇突发危险，心灵世界面临严重威胁时，马上照做，就可以尽可能维持对自我情绪的控制，尽量确保内心的平稳、安全状态。具体而言，首先需要调整呼吸，先将肺部的空气彻底向外排空，然后努力闭气，持续尽可能长的一段时间，直到无法坚持，再开始缓慢吸气：这套流程总共需要进行两次。科讷希特一言不发，默默注视着眼前这位先生的脸——自己的一意孤行，竟然让对方被迫遭遇这种难受的窘况，他对此感到颇为歉疚——对方的脸刚开始时稍显苍白，缺乏血色，在小心控制腹部肌肉、缓缓开始吸气的过程中，总算逐渐恢复了正常。科讷希特耐心等待着，终于看到亚历山大——这位他多年以来如此尊敬、如此喜爱的先生——重新睁开了双眼。尽管如此，这双眼睛在刚开始时依旧有些失神，似乎什么也没有看，而是定定地、惆怅地呆望了一小会儿前方。不过，这种状况持续的时间很短，亚历山大的双眼很快就恢复了正常，重新变得灵动，目光再次变得敏锐，充满了力量；科讷希特依旧没有说话，默默注视着这双清澈而内敛的眼睛，心中掠过一丝讶异——这是一双他很熟悉的眼睛，目光永远保持着克制，既擅于服从，又擅于对外发号施令。此刻，这双眼睛正以一种波澜不惊的冷漠注视着他、审视着他，对他目前的状况加以评判。他不得不默默承受对方的打量，继续等待了颇长的一段时间。

"我想，现在我已经能够理解您了，"亚历山大终于开口了，他用十分平静的语气说道，"实际上，您早已厌倦了自己所担任的游戏大师职务，或者说，早已厌倦了卡斯塔利亚，要么就是被盼望进入世俗世界、在那里长期生活的渴望所困扰。总之，您处于这种厌倦状态之中，已经过去了相当长的一段年月。到了某个时间点，您终于下定决心，打算顺从自己内心的呼唤,向长久以来的不良情绪屈服,不打算继续遵循卡斯塔利亚的规章制度,不准备继续履行自己的职责了;与此同时,您也变得不再那么信任我们,不觉得应该就此事向我们倾诉,不认为向团体组织寻求建议和帮助是唯一正确的选择。于是,为了满足某种形式主义的花架子,为了洗刷您良心上的不安,考虑再三之后,您终于以颇为取巧的方式,向我们呈上了请愿书,提出了您的私人请求。您明知这个请求对于我们而言是不可接受的,但还是一意孤行,因为您熟悉我们的整套流程,一旦此事被我们在会议上正式讨论过,一旦我们给出正式的书面答复,无论结果如何,作为游戏大师,您都算是尽了一份履约的义务,可以毫无顾忌地推进您的下一步计划。为了更好地讨论此事,我们不妨先为您假设出一个相对合适的前提,即您的确有理由做出一些非比寻常的行为,而且您自身所持的意图也的确是诚实可敬、值得我们去尊重的,因为除了先这样假设之外,我实在无法想象出具体的、合情合理的理由,足以支撑您这一整套荒诞无稽的说辞。可是,哪怕我这样做了——哪怕已经有了这个前提,我还是无法理解这样一个问题:您的内心深处既然早已萌生退意,早就产生了上述各种想法、欲望和决心,早就成了思想上的逃兵,怎么能够在您的办公室里,默默将这样一个秘密保守如此之久,而且——至少在表面上——还能继续尽忠职守、无懈可击地履行您作为游戏大师的职责,这怎么可能办得到呢?"

"我之所以来到这里,"玻璃球游戏大师依旧以他一以贯之的亲切友好态度回应道,"就是为了跟您讲清楚这一切,回答您所提出的每一个问题。如您所说,我已经下定决心,已经走上了一条坚持自我、无比固执的窄路;也正因如此,在我确定您至少已在某种程度上理解了我本人、我眼下的处境,以及我所采取的行动之前,是不会离开希尔斯兰德、不会离开您所在的这栋房子的。"

听到科讷希特的许诺之后,亚历山大大师陷入了沉思。"您之所以这样说,是不是打算向我传达这样一层意思,即您始终希望我能够理解您,如此一来,我可能就会对您的行为和计划表示赞同,最后或许就会批准您所提出的请求,对吗?"片刻之后,他略显迟疑地问道。

"哎呀,我可完全没有考虑过批准的问题。我唯一希冀并期望得到的,只有您的理解,仅此而已。一旦您能够或多或少地理解我,那么,当我离开这里时,您或许还可以适当保留一些您长期以来对我的尊重——说得更确切些,所剩无多的尊重。这也是我唯一能够接受的、与我们'教学省'的道别方式。我也不妨告诉您——今天,我已永远离开了瓦尔德策尔,永远离开了玩家聚居区。"

这个消息犹如晴天霹雳一般,令亚历山大感到无法理解,简直不可理喻。他不得不再次闭上双眼,过了好几秒钟才睁开。

"永远?"他开口道,"也就是说,您再也不打算回到自己的岗位上了?我不得不对您表示赞许,在如何令人感到大吃一惊这个领域,您称得上是当之无愧的大师。既然如此,怎么说呢?假如您允许我现在就发问的话,那么,我马上就想到了一个问题:您眼下如何看待自己的身份?您还认为自己是玻璃球游戏大师吗?"

约瑟夫·科讷希特伸手取出自己随身带来的那个小金属盒。

"直到昨天为止,我还是玻璃球游戏大师。"他回应道,"这也是我今天专程过来找您的原因之一,因为我已经决定,趁着今天这个机会,将印章与钥匙直接交还给您,亲手交到您的手里。如此一来,也算是给了当局一个交代,有始有终,我也可以从长期担任的这项职务中解脱出来了。作为游戏大师的象征,印章与钥匙,它们全都完好无损。假如您愿意现在就到瓦尔德策尔去视察工作,那么您将看到,玩家聚居区的一切都井井有条,一切运行如昨。"

团体大师慢慢从自己所坐的那把椅子上站了起来。他看起来十分疲惫,仿佛突然变老了。

"既然如此,我们今天就先留下您特地带来的小盒子,暂时留在这里好了。"他用不带任何感情的语气、干巴巴地回应道,"恐怕您对某些规则产生了误解,您或许认为,一旦我从您那里接过了徽章,就意味着同时执行了对您的解职程序，自这一时刻起，您就不再是玻璃球游戏大师了。很遗憾，这一假设并不成立。不管怎么想，仅凭我本人在场，是没有做这件事的权限的。依照现行规定，团体领导层的至少三分之一成员必须在场，而且必须对此程序表示赞同，至少也不能够有任何异议。就我所知，长期以来，您一直都很尊重团体的古老习俗，尊重相关的仪式与章程；因此，我不得不告诉您，关于解职程序的合规流程，我暂时没办法找到合适的执行方式，因为此前还从来没有发生过这样的事情。虽然我本人作为现任团体大师，的确是负责这方面事宜的，但找到符合规程的新方式，绝对不是件容易的事情。考虑到现状，或许您愿意格外开恩，体恤一下我不得不面对的困难，先在这里住上一晚。等到明天，我这边有些眉目了，我们再来进一步商议此事，您觉得如何？"

"悉听尊便，我尊敬的先生。您跟我已经认识很多年了，这么多年以来，我对您的尊重从未改变过，关于这点，您肯定是一清二楚；请相信我，时至今日，一切依旧没有丝毫改变。实话实说，离开卡斯塔利亚之前，您是我唯一打算当面道别的领导层同僚，不仅仅因为您是团体组织现任的最高负责人，更是出于我对您发自内心的信任。诚如我现在在选择将印章与钥匙亲自交还到您的手中一样，尊敬的先生，我也希望最后能够由您亲自出面——等我们顺利结束对一切相关问题的讨论与解答之后——取消我作为团体组织正式成员的身份，将我从团体内部除名。"

亚历山大用审视的眼神打量着科讷希特，注视着他的眼睛，心中满怀着悲伤，强忍住叹息的冲动："现在请暂时离开吧，我要开始忙起来了，敬爱的大师。在这一整天时间里，您已经让我担心得够多、思考得够多了。不仅如此，您还为我留下了一大堆必须深入探索的材料，足够让我继续忙上很久的了。那么，今天姑且就聊到这里。到了明天，我们再来进行更进一步的交流与沟通。明天中午十二点，提前大约一小时左右，请回到这里来。"

说罢，他摆出一个很有礼貌的手势，向游戏大师道了别。这是团体内部专用的手势，看得出来，手势的动作里充满了不甘心，充满了刻意而为的礼貌——这个手势已经不再适用于一位长期共事的同僚，反而像是在应付一位完全陌生的、来自外部世界的客人。这个不声不响的手势，比他之前讲的所有话语加起来，都更令玻璃球游戏大师感到伤心难受。

没过多久，最高负责人的一位专属助手前来邀请科讷希特用晚餐。助手在前面带路，将他引到一张来宾专用的餐桌前，并向他汇报，说亚历山大大师已经提前交代过，今天将会花费较长时间来进行冥想训练，因此就不再专门过来陪同游戏大师先生用餐了。而且照他看来，游戏大师先生今晚恐怕也不想进行什么社交应酬，所以，已经为他准备好了一间客房，用餐结束后，随时可以休息。

对于玻璃球游戏大师的这次突然来访，对于他所提供的这一连串爆炸性消息，亚历山大感到极为震惊，甚至有些手足无措。自从他代表卡斯塔利亚当局，为游戏大师的请愿书撰写了那封言简意赅的正式答复之后，他就一直期待着游戏大师在自己面前现身。因为亚历山大自认为对科讷希特的性格相当了解，收到拒绝的答复之后，多半会猜到他就是执笔者，而且肯定会过来找他理论，共同谋求一个解决方案，这件事迟早会发生。在真正见到科讷希特之前，亚历山大至多也只是对两人之间即将到来的讨论有一丝不安的预感罢了，而且坚信对方肯定会严格遵照团体领导层的公务规则，提前预约到访时间，并没有为此事考虑太多。哪曾想到，这位长久以来一直都以堪称模范性的遵规守纪而闻名的科讷希特大师，这位拥有出类拔萃的良好修养、无比谦逊、遇事时永远先为旁人着想的先生，竟然也会有不请自来的一天，竟然如此突兀地在他面前现身，竟然在完全没有事先跟卡斯塔利亚当局沟通协商的情况下，随心所欲地辞去自己担任的职务，竟然直接将作为游戏大师象征的印章与钥匙交给了他——总而言之，竟然以一连串如此惊人的实际行动，对卡斯塔利亚的一切习俗和传统予以了迎头痛击。在这些事情真正发生之前，亚历山大大师根本就不曾设想过它们有朝一日成为现实的可能性，因为在他看来，这类天方夜谭般的怪事，是绝对不可能发生的。诚然，科讷希特本人的行动举止，他讲话时的语气、脸上显露出来的表情，他那标志性的、淡定从容的礼貌态度，一切似乎都跟往常一样，并没有随着他的古怪行动发生任何变化。可是，科讷希特在通函里阐述的内容，以及这些内容所表达出来的思想，是多么可怕、多么粗鲁、多么令卡斯塔利亚蒙羞！其标新立异之程度，简直令人感到目瞪口呆！噢，那封信笺里的内容和思想，真可谓离经叛道，完全就是在旗帜鲜明地反对卡斯塔利亚，跟卡斯塔利亚的一切背道而驰！最近这段时间里，凡是跟"卢迪大师"见过面、谈过话的人，都没有察觉到任何不寻常之处，当然不可能有谁会去怀疑他是否患上了什么疾病，是否出现了过度劳累的状况；至于那些因为心理方面出了问题而显得脾气暴躁、无法完全控制住自己行为的现象，在"卢迪大师"身上更是见不到丝毫踪迹。如前所述，当局最近的确派了一位观察员到瓦尔德策尔去，进行他们自认为面面俱到、细致入微的暗中调查。观察员回来之后，向团体领导层汇报的情况，也的确如科讷希特在交出印章与钥匙时亲口对亚历山大所讲的那样，没有发现玩家聚居区的工作与生活有哪怕丝毫受到扰乱的迹象，一切井然有序，没有混乱或懈怠的情况出现。哪曾想到，科讷希特这个人，竟然如此可怕、如此深藏不露。猝不及防之间，这位可怕的先生已然站在了亚历山大的眼前。直到昨天，他还是同僚们当中的宠儿，受到所有人的喜爱；可是今天呢，他已经将存放游戏大师徽章的小金属盒像一只普通旅行袋那样随手放下，并且当着亚历山大的面宣称，他已不再是——玻璃球游戏大师，他已不再是——最高领导层的一员，他已不再是——团体组织的成员，甚至都不再是一个卡斯塔利亚人了。今时今日，他其实只是来道别的，除此之外，再无他想。不得不说，这是亚历山大就任团体组织最高负责人以来，所遇到的最恐怖、最艰难、最狼狈的情况；在面对这样一种从来没有出现过的情况时，他很难保持镇定。

那么现在呢，现在具体应该怎么办才好？无论如何，眼下总算将科讷希特暂时留在了希尔斯兰德。非常事态下，是否应该直接诉诸暴力，将这位随时可能铤而走险、不告而别的"卢迪大师"软禁起来，先限制住他的自由，给予体面的监管；并且——就趁现在，还是傍晚时分，不算太晚——马上向卡斯塔利亚当局的全体重要成员发出紧急通知,召集他们过来开会,商讨后继的处理办法?这样做会不会招致什么反对意见?难道这不是最显而易见、最合情合理的做法吗?从理性角度来思考,这无疑是理所当然的结论,可是,亚历山大大师的内心深处似乎有什么东西在反对这一做法。假如真这样做了,又能达到怎样的效果呢?对科讷希特大师而言,除了受侮辱之外,就再无其他了;对于卡斯塔利亚,情况也是如此;最多也只能为他自己——为他这个团体组织的最高负责人——带来某种解脱、某种良心上的慰藉,因为如此一来,他就不再是这里唯一的罪人,不再需要为这起讨厌的、无比艰难的事件担负全责了。实话实说,在这起对卡斯塔利亚而言堪称致命的重大事件中,假如真的还有什么是值得一试的,假如真的还有挽回的余地,恐怕也只能在科讷希特本人的身上做文章了。比方说,想方设法唤醒科讷希特作为玻璃球游戏大师的荣誉感,让他对卡斯塔利亚重燃热情、回心转意——假如这种改变仍然是可以办到的或者至少是可以想象的,那就值得一试。既然如此,就应该由他们两人在私底下沟通,看看是否有可能实现各自想要达成的目标。他们两人——科讷希特和亚历山大——必须面对面交锋,好好打完这场硬仗,其他任何人都不可能代替他们上场。当亚历山大想清楚这一点时,不得不对科讷希特精心安排的这一整套步骤感到心悦诚服,不得不承认其方向之正确、态度之高尚:首先,科讷希特明确表示,自己已不再承认卡斯塔利亚当局的权威性,从而直接否定了与当局继续沟通的可能性,与此同时,又主动来找他这个最高负责人对峙,以一对一的有利方式进行最后的战斗,并且向他道别。好一个约瑟夫·科讷希特,哪怕在做这些被大家普遍视为禁忌、必定会触犯众怒的事情时,还是保持住了自身风度:不紧不慢,掌控全局,策略清晰,手段高明,完全依照自己的节奏来行事。

亚历山大大师权衡再三,认为上述考量的确值得一试,即将卡斯塔利亚的整个官方机构完全排除在游戏之外,由自己亲自出面,跟科讷希特进行一对一的战斗,争取将他说服,令他回心转意。直到此刻,他才真正下定决心——主意已定,他反而能够真正安下心来,这才开始客观、仔细地思考与此事相关的一切。他首先向自己提出了这样一个根本性的问题：游戏大师的一系列行动，究竟是正确的还是错误的？是啊，单纯从此事给人造成的印象来看，游戏大师本人显然认为自己的观点是绝对正确的，显然认为自己前所未闻的怪异举措有着无可辩驳的道理。哪曾想到，当他开始详细分析玻璃球游戏大师正在执行的这一大胆计划，将其归纳为特定类型，并根据团体组织的各项规章制度对其进行研判之后——顺带一提，在卡斯塔利亚，没有谁比他这位团体大师更了解这些规章制度了——得出的结论令他大吃一惊：约瑟夫·科讷希特的个人请求确实没有违反团体内部的任何一条规章制度，甚至都没有想方设法去钻任何一条成文条例在措辞方面的空子，连哪怕一点儿违规的意图都没有。根据相关规定——尽管几十年来都没有哪位团体成员真正去实践过这条规定——加入团体组织的任何一名正式成员，只要愿意，完全可以在任何时候直接退出，恢复自由身，唯一的条件就是，必须在退出的同时放弃卡斯塔利亚人所拥有的一切权利、放弃卡斯塔利亚特有的集体生活方式。诚然，当科讷希特选择交还徽章，向团体组织宣布自己已正式辞任玻璃球游戏大师一职，退出团体，从此走向世俗世界，并且一去不返时，他所做的这一系列事情在卡斯塔利亚人看来，的确是记忆中从未见过、闻所未闻的怪事，因其非比寻常而显得耸人听闻——仅仅通过直觉来判断，恐怕真是极端恶劣、大错特错的坏事。可是，一旦细究起来就会发现，他的行为其实并没有违反团体内部的任何一条具体规定。实际上，科讷希特完全可以一走了之，永久离开卡斯塔利亚，但他显然不打算背着亚历山大这位团体组织最高负责人做这种事，不希望以一种投机取巧、逃避责任的方式采取上述尽管无法得到任何人理解但在形式上也绝对称不上非法的步骤，而是选择与他勇敢对峙。这实际上已经大大超出了他为了离开此地、根据团体规则所必须做到的一切——但他的动机又是什么呢？这位在卡斯塔利亚受到广泛尊敬、爱戴的先生，团体组织这套森严等级制度的支柱之一，究竟是如何走到今天这一步的呢？他究竟应该如何运用团体现行的各项成文条例，来进行自己的规劝工作并设法取得成功呢？尽管科讷希特正在执行的逃离计划十分完美，一切都谨遵规章制度在进行，但它本质上仍是一种背叛，这是毋庸置疑的。因此，现实中必定存在着成百上千种不成文的规矩，尽管它们不成文，没能形成真正有书面内容可供参照的规定，但也跟现存的规章制度一样神圣、一样不言而喻；通过它们，是否可以找到必定能够阻止他继续将逃离计划执行下去的理由呢？

此刻，钟声刚好响起，将他从芜杂无用的思绪中拖曳出来，回到了现实。于是，他先去洗了个澡，认真做了十分钟呼吸练习，随后便进入自己的冥想世界里，试图借此在睡前再储存一个小时的精神力量，让自己的心灵恢复到平静、有序的自然状态。至少在明天来临之前，不打算再去思考这件烦心事了。

第二天，一位年轻的助手来到团体领导层专用的贵宾客房，将科讷希特大师带到了最高负责人的办公室，以此为契机，这位助手目睹了两位大师之间是如何进行相互问候的。因为自身工作的缘故，他其实经常能够见到正在冥想的大师，以及在礼仪、礼貌、礼节等诸多方面极为自律、一丝不苟的大师，也习惯了在他们中间生活，大师之间彼此问候的场面，自然也是司空见惯。可是这一次，他还是注意到了某些非比寻常的东西，包括两位大师脸上显露出来的表情、他们的动作、打招呼的方式、问候时的语气，无一不表现出某种与众不同的、控制水平已臻最高境界的镇静自若与洞若观火。眼前这一场面——后来，这位年轻助手告诉我们——不像是团体内部级别最高的两位大人物、不像是最高负责人和最高领导人之间通常的问候。以往他们两人见面时，根据所处的不同场合，可能表现得像是一场欢乐又轻松的典礼仪式，也可能像是在举办庄严且隆重的节日庆典；偶尔还会出现两人之间相互较劲的情况，如此一来，简直就像是在进行某种刻意强调礼貌与礼让、强调过度谦卑态度的专业比赛了。然而，这次的情况却有所不同，仿佛来到这里的并非玻璃球游戏大师本人，而是一个陌生人——是一位知名瑜伽大师，他不远万里而来，打算向团体组织最高负责人致以敬意，并且发起挑战。乍看起来，两人之间讲出的每一句话语、做出的每一个手势都显得非常客气，其谦虚、谨慎之程度，远非常人所能及；可是，仔细端详这两位大人物此刻的表情和面容，我们就会发现，尽管他们之间的寒暄看起来似乎充满了平静、沉着与专注，但其实同时也饱含了某种秘不可宣的剑拔弩张感。就种感觉很难形容，就仿佛他们同时被光芒照亮，或者同时接通了电流似的。关于这次会晤，以上就是我们这位目击证人亲眼见到、亲耳听到的全部内容，此后的情况就不在他的掌控范围之内了。寒暄问候结束之后，两位先生进了办公室，从年轻助手的视野里消失了。他们估计是直接去了亚历山大大师位于办公室内部的那间私人书房，在里面一起待了好几个小时，整个对话过程中，不允许任何人进办公室打扰他们。至于对话的具体内容，现存的文献材料全都来自议员德西格诺尼先生在不同场合对其内容进行的零星引用——毫无疑问，这些都是约瑟夫·科讷希特时不时透露给他的——幸运的是，我们还是能够从这些引用中大致拼凑出两人当年对话的差不多全部内容。

"您昨天可真是让我结结实实吃了一惊。"对话由最高负责人引入正题，"因为太过吃惊，我的情绪几乎当场失控，还好最后控制住了。昨天的对话结束之后，利用中间相隔的这段时间，我已将整件事情大致梳理了一遍，厘清了其中的很多细节。首先声明，我的立场没有发生任何改变——这是理所当然的，因为我不仅是卡斯塔利亚当局的一员，更是团体组织的最高负责人。不得不说，依照团体现行的规章制度，您的确有权辞去您目前所担任的游戏大师职务，并且退出团体组织。实际上，您早已将自己的这份职务视作累赘，将在团体所辖范围之外尝试另外一种生活视为必需了。假如您允许我就此事向您提个建议，那么我现在就要告诉您：您尽管大胆尝试，做自己想做的事，但是，不一定非要去苛求您那些激进的主张，选取相对缓和的、折中的手段，岂不是也可以达成同样的目的？比方说，休假，允许您休比以往任何一次都久的长假，甚至批准您无限期休假，以这样一种模式，让您可以无拘无束地到任何地方、做自己想做的任何事情。照我看来，您的个人请求希望达成的效果，无非就是如此。"

"并非完全如此。"科讷希特回应道，"假如我在通函中提出的个人请求真的在不加任何限制的情况下获得了批准，那么，我应该还是能够继续留在团体组织里，但不会继续担任游戏大师职务了，是真的辞职了——这跟您所提出的休假建议是有本质区别的。您满怀善意，向我提出权宜之计，其结果恐怕只是一种逃避。更何况，无论是瓦尔德策尔，还是玻璃球游戏本身，都不可能交给一个长期、不定期地休假，甚至都不知道以后是否还会回来的游戏大师全权负责。比方说，假如他要等到一年之后，甚至两年之后才能回来，对于他所执掌的官方机构、对于他所负责的学科领域即玻璃球游戏而言，只可能带来管理荒废、技艺生疏的不良后果。"

亚历山大说："在这段时间里，他或许能够学到各种各样的新知。他或许能够知晓这样一项事实，即外面的世界跟自己刚开始时所设想的不太一样。诚然，他需要外面的世界，但外面的世界对于他而言，其实也并非不可少的存在。如此一来，他就会产生如释重负的感觉，就能够心无旁骛地回到这里，继续长久、愉快地待在这个经受住了考验的老地方。"

"您为我考虑得如此周全，如此长远——我很感激您的这份好意，却实在无法简简单单地去接受它。在您的设想中，对于我的诉求存在着一种明显的误解。实际上，我所寻求的既不是满足自己对世俗世界生活的好奇心，也不是对应实践欲望的消解；相比之下，更像是某种必须无条件满足的自我约束。我不希望自己到外部世界去的时候，口袋里还随时装着一颗定心丸，以防万一失败，还有退路可走；我不希望自己只能当一名谨小慎微的过客，只能到外部世界稍微看上一两眼，浅尝辄止。相反，我渴望大胆尝试，渴望遇到困难和危险，我渴望真实，渴望接受使命、展开行动，与此同时，我也渴望贫穷与痛苦，也将甘之如饴。我可否请求您，不要再坚持您刚刚提出的那些建议，尽管它们本身完全是出于好意。我郑重请求您，千万不要再想方设法地让我的决心产生动摇，不择手段地引诱我回到起点。假如您一意孤行，必将一无所获。想想看，假如我这次专门来拜访您，只是为了向您提出要求，请您批准我在通函中提出的个人请求，试图找出某种权宜之计，那我此行还有什么价值可言？此行对我所企盼的一切还能有什么贡献？我早就告诉过您,当局批准与否、允许与否,我早就不在乎了。从呈上请愿书的那一刻开始算起,我就已经无法回头了;此时此刻,我脚下早已踏上的这条道路,已成为我的唯一、我的一切,唯有它才是我必须遵循的规则,唯有它才是我的归宿、我的使命。"

亚历山大不由得连声叹气,同时点了点头,表示了同意。"既然如此,不妨让我们换个角度,再来假设一下。"他很有耐心地继续说道,"现在我已知晓了您的决心。看起来,您确实不可能被我软化,您的想法确实不可能改变,您这个人确实是油盐不进、铁板一块。您固执己见的程度超乎我的想象,简直就是个又聋又哑的疯癫狂人,或者未开化的野蛮人,绝对不会受到任何一种权威、理智或善意的束缚,绝对不允许任何东西碍住自己的手脚。假如目前情况真是如此,那么,我也只好暂时放弃自己试图改变您、影响您的打算了。可是,在目前这种情况下,我既然已经住嘴,当然就该轮到您来开口了:告诉我,您专程来到这里的真正目的;告诉我,您背弃团体组织的心路历程,以及与之相关的种种经历;告诉我,您那些令我们感到恐惧的行为、决定的成因!忏悔也好,辩解也好,指责也好——无论什么,我都要听。"

科讷希特点了点头:"您口中的这个疯癫狂人很感谢您,并且对此感到开心。说实话,我其实并没有什么想控诉的,我想讲的内容其实很单纯——唯愿它表达起来别那么困难,用语言加以表达的难度不要高到难以置信的地步——单就这些内容而言,在我看来,恐怕更像是在进行自我辩护;但是,在您听来,或许会有一种聆听忏悔的感觉。"

他往后靠在扶手椅的椅背上,仰头观察天花板的拱顶部分。在那里,历史壁画斑驳、苍白的残迹依旧模糊可辨。那些是希尔斯兰德的办公楼建筑作为基督教修道院的那段时期存留下来的作品,线条与色调、花卉与纹饰,全都呈现出某种如梦似幻般的朦胧感。

"早在正式接受任命、成为玻璃球游戏大师的几个月之后,我的脑袋里面已经开始萌生这样的想法:哪怕身居高位,终究还是会厌倦大师职务,终究也还是会辞职的。还记得当年的某一天，我得闲在'大师花园'小坐，阅读我那位游戏大师领域的前辈、曾经非常有名的路德维希·华瑟马勒大师所写的一本小册子。他在这本小册子当中给自己的继任者们提供了大量提示与建议，一个月接着一个月地介绍下来，贯穿游戏大师任职的一整年时间。当时，我读到了他的这样一条劝诫，说是要提前将思绪引向下一届年度游戏大会。假如觉得不愿意太早做准备，脑子里还缺乏具体计划，那就更应该尽快将注意力集中起来，尽快确定方案，不要再耽误时间了。还记得那时候，作为有史以来最年轻的游戏大师，我无疑是踌躇满志、自信满满的，突然读到这条劝诫时，对于写下它的老者当时内心所怀的忧虑，忍不住露出了一抹年轻气盛的微笑。尽管如此，当时的我还是从中听出了些许弦外之音——某些必须认真面对的、伺机蛰伏的危险，某种尚不可知的威胁与压迫，这一切已初露端倪。对此进行了反复思考之后，我做出了这样一个决定：假如有一天，当我想到要开始准备下一届年度游戏大会时，内心感到的是忧虑而非快乐，是恐惧而非骄傲，那么时候就到了，已无可留恋了。在此情况下，与其费力劳心地想出一个全新的庆典方案，不如直接辞职，将游戏大师徽章交还给卡斯塔利亚当局。就任游戏大师之后，这还是我第一次萌生出这样的想法，它迅速占据了我的脑海，使我暗自下定了决心。还记得当时那个时期，我刚刚熬过熟悉游戏大师职务的巨大压力，干劲十足，其实并不真的相信自己有朝一日也会变成同样的老者，变得厌倦工作和生活，不相信自己有朝一日也会在创作游戏设计方案时出现瓶颈、感到疲惫、感到无所适从、想法和创意捉襟见肘。尽管如此，决心的种子还是在那个时候播下了，主意已定，也就不会再改变。尊敬的先生，您相当了解那个时期的我，或许比我自己了解得还要更清楚些。游戏大师任职初期，一切都进行得无比艰难，您受团体方面的委托，专门被派来协助我，作为我的工作顾问和告解神父，直到情况差不多稳定下来，才离开瓦尔德策尔。"

听到这番话之后，亚历山大用若有所思的目光看了看他。"实话实说，我几乎没有遇到过比那次更美好的外派任务了。"他说道，"还记得那时候，我对您的一切都感到十分满意，我自己的工作完成得同样也很令人满意，那段时期可以说是事事顺心。于我而言，其实很少出现如此心满意足的情况。长久以来，一直流传着这样一种说法：生活中享受到的一切心满意足，其实都是需要付出代价的，看似白白得来的一切，其实都是欠债，总有一天需要还清。假设这种说法是真的，那么，眼下我恐怕必须为当时从您那里享受到的心满意足还债了。我当时的确以您为荣。可是事到如今，我已经没办法继续为您感到自豪了。假如此事继续朝着最坏的方向发展，到了那个时候，一旦团体组织因为您的所作所为而令世人感到失望，一旦卡斯塔利亚的根基因为您的存在而发生动摇，我知道，自己肯定也难辞其咎。作为您当年的同伴和顾问，或许我应该在您居住的玩家聚居区里多待几个星期，或许我应该对您采取更严格的态度，以更精确仔细的方式对您加以约束和管理。"

科讷希特愉悦又开心地回应了亚历山大投来的目光："您实在不应该怀有这样的顾虑，尊敬的先生，否则，我将不得不运用当年的您传授给我的一些告诫，反过来提醒现在的您。那时候，正因为我是有史以来最年轻的游戏大师，不由自主地就将自己所担任的这份职务、将这份职务所对应的义务和责任看得太重了。您当时也注意到了我身上出现的状况，因此，您对我讲了一番话——这番话我已经忘记很久，也是刚刚才想起来的——在我很可能即将出问题的时候，及时帮助了我。您说，不必多虑，作为现任'卢迪大师'，哪怕我实际上只是个欺世盗名的恶棍，只是个百无一用的废物，哪怕我无所顾忌地做了游戏大师不该去做的一切事情——是啊，您就是这样讲的——哪怕身居高位的我偏要滥用职权，妄图利用自己所掌握的权力去造成尽可能多的危害，我能够做到的一切恶事，对于我们亲爱的卡斯塔利亚而言，其实也掀不起什么波澜，甚至都不怎么能影响到它。这就好比将小石子扔进巨大的湖泊里，多半会激起几圈涟漪，在水面上看到一些圆圈，但这一切很快就会结束，湖面转眼重归平静。我们卡斯塔利亚团体组织的架构向来都是如此坚固、如此安全，我们所过的灵性生活向来都是如此神圣、如此不可侵犯，来自个体的扰动，根本不可能对它造成任何影响。当年对我讲过的这番话，您还记得吗？既然如此，哪怕我如今想方设法地去成为一名最糟糕的卡斯塔利亚人，哪怕我想尽办法去破坏团体组织，也是绝对不可能得逞的。因此，您当然不必为我如今的行为担负任何责任，在这件事情上，您肯定是无辜的。另一方面，作为冥想大师，您长久以来都保持着无比平和的心境，因此，我必须告诉您，无论我眼下讲些什么、做些什么，都没有严重扰乱您这种心境的打算，更何况——您本人当然也很清楚——就算我想让您感到心绪不宁，也是不可能办到的。无论如何，我现在都会继续讲下去。——正如刚刚已经提到过的，成功克服游戏大师任职初期风雨飘摇的艰难状况之后，一切才刚刚稳定下来时，我就已经下定决心，做出了如今的这个决定。这么多年过去，我始终没有忘记当年的决定，之所以现在才开始真正行动起来，没有别的原因，仅仅因为现在才触发了行动的前提，这跟我人生中偶尔会遭遇的某种精神体验密切相关，我称之为'觉醒'。不过话说回来，关于'觉醒'的事情，您其实早就已经知道了。任职之初，当您还是负责指导、协助我工作的导师，以及看护我精神生活的瑜伽专家时，我就曾经向您抱怨过与'觉醒'相关的事情。我当时说，自从上任之后，这种非同寻常的精神体验就开始躲着我了，仿佛与我渐行渐远，就快消失不见了。"

"我还记得，"最高负责人确认了科讷希特的说法准确无误，"当时，我对您所拥有的这种精神体验能力感到颇为惊讶，像这样的一类能力，在我们卡斯塔利亚人当中其实是很少见的；相反，在外面的世俗世界里，它反而经常会以各种不同的形式出现：比方说，它在天才们的身上频繁出现，在那些杰出政治家和军事领导人中间尤为常见；可是，它也时常出现在那些意志不坚定、精神上多少有些病态、整体而言可以被认为是先天不足的奇人异士身上，例如开天眼的占卜师、心灵感应者和灵媒等。不过在我看来，您跟我提到的这两类人，无论是跟政治天才和战争英雄还是跟占卜师和用灵力找水找矿的探险家们相比，都完全不一样，互相之间没有任何关联性可言。从您最初任职的那个时候开始，直到昨天我们见面为止，在我看来，您一直都是非常优秀的团体成员：头脑冷静、思维清晰、服从指挥。也正因如此，受到某种来历不明的神秘声音困扰，被其唆使、支配这种事情——无论这种声音的来源是神圣的还是恶魔的呼唤，抑或本来就是从自己内心深处发出的呼告——我觉得跟您一点儿都不搭，完全不像那种会发生在您身上的事情。也正因如此，当年的我并没有考虑太多，仅仅将您向我描述的所谓'觉醒'状态，理解为您在个人成长过程中偶然显现的某种自我感知罢了。从这个角度来进行分析，同样能够解释，相关精神体验为什么只会在较长一段时间之后才偶尔显现一次，而且这种解释也是很自然的，经得起推敲。具体而言，您当时才刚刚就任游戏大师职务，突然就承担了一项非常艰巨的任务，这项任务对于您当时的成长状态而言，显然是不太合适的，就像给您套上了一件过于宽大的外套，您必须首先实现个人成长，外套才会合身。于是，过了或长或短的一段时间、经过一番艰苦努力之后，您再一次有了'觉醒'的体验，这种体验实际上是您的精神世界告诉您这件外套已经合身的提示。不过，这种解释是否至少在某种程度上是正确的，就需要由您来告诉我了：您是否相信'觉醒'体验是我所描述的这样一种东西，类似于来自更高力量的启示？类似于来自客观、永恒或者神圣真理领域的消息，或者说感召？"

"您所讲的这番话，"科讷希特回应道，"刚好就把我们带到了我目前试图完成的任务或说尝试解决的困难上，即如何用语言来表述那些始终无法用语言来表达的东西；如何使显而易见的非理性之物呈现出理性的面貌，最终变得理性起来。对于您的问题，我可以明确地给出回答：不相信——我从来不认为自己的'觉醒'体验当中，包含了来自神明或者恶魔的显灵现象，或是所谓'绝对真理'的呈现。真正赋予'觉醒'体验以力量和说服力的，并不在于其中包含的类似真理、真相的启示，并不在于它们可能拥有的崇高起源，并不在于它们彰显出来的所谓神性或者诸如此类的神秘主义特征，而在于它们的确是真实存在的，就这么简单。'觉醒'体验是无比真实的，举例而言，就像是剧烈的身体疼痛，或者令人叹为观止的自然现象，风暴或地震。对于我们而言，亲身面对这类现象时，似乎短暂身处于跟普通生活和日常状况完全不同的时空，在'觉醒'的时空中，充满了真实感、存在感、不可逃避性等因素。试着想象一下雷雨天爆发之前刮起的狂暴阵风，总是在驱赶我们，让我们不得不匆匆归家，哪怕已经到家了，还试图从我们手中抢走大门的控制权，不让我们进门——要么就是一次极为严重的牙疼，仿佛将世界上全部的紧张、痛苦和冲突，统统集中到了我们的下巴上——这些，就是我所说的真实存在，或者说'觉醒'的真意。短暂的'觉醒'时刻结束之后，我们或许会开始进行一些理性的思考，分析'觉醒'的成因，考察它们对于我们自身的价值和意义。我的意思是，假如我们有进行这方面思考与分析的倾向，体验结束之后，当然可以这样做，可以去思辨、去怀疑，不存在任何问题；但是，体验'觉醒'的短暂时刻本身，是容不得任何怀疑的，是无比真实的。具体到我本人身上，我的'觉醒'体验的确拥有无可比拟的真实感，甚至比现实中的一切还要更加真实，正是出于这个原因，我才选择将这一系列精神体验命名为'觉醒'。每逢体验'觉醒'的时刻，我都有一种很强烈的感觉，觉得自己此前好像已经沉睡了很长一段时间，要么就是一直处于半梦半醒的朦胧状态。然后，到了'觉醒'的时刻，我突然变得无比清醒，仿佛醍醐灌顶，思维一下子明晰了，接受能力、感知能力都变得异常强大，前所未有。巨大痛苦来临的时刻，无比震惊、无限清醒的时刻，在世界历史上同样多次出现过、同样多次被记录了下来，对其进行研究就会发现，其中大抵都会出现令人信服的必然性因素，它们无一例外地点燃了某种极具压迫性的真实感，给经历者带来了极度紧张的感觉。随后，作为动荡、震撼、紧张的后继，很可能会出现一些美好、光明的场景，抑或发生重大历史事件，发生残暴黑暗的劣行；无论出现哪种情况，对于亲历'觉醒'的个体而言，所发生的一切必定是波澜壮阔、不可逃避且极端重要的，必定能够与每日发生、习以为常的事情区分开来，显得尤为突出，与众不同。既然已经讲了这么多，不妨让我尝试一下——"他停顿了片刻，深吸一口气，接着说了下去，"从另外一个角度来阐述自己对'觉醒'的看法。您一定还记得关于那位圣·克里斯托福鲁斯[1]的传说吧？记得？很好。这位克里斯托福鲁斯，他是个力大无穷又非常勇敢的男子汉，但他本人并不打算借此成为一名君王，并不打算成为统治者。恰恰相反，他想要为他人提供服务，为他人提供服务是他的优势和长处，是他得心应手的本事，只要上手了，他就知道具体应该怎么做。不过，克里斯托福鲁斯对于自己服务对象的选择却很挑剔，不是谁来请他服务都行。在他看来，自己必须为最了不起、最强大的统治者提供服务，当至高无上者的奴仆，非此不可。因此，一旦他听说有谁比自己目前的主人更强大时，他就马上转而去当这位新认定的至高无上者的奴仆。长久以来，我都很喜爱这位伟大的奴仆，细想起来，我恐怕真的有点儿像他。至少在我生命中唯一可以自由支配自己时间的那段时期里——在我无拘无束地从事自由研究的那段科研岁月，我就开始了长时间的寻觅，试图找到值得我去服务的那位主人。在此过程中，我的思绪摇摆不定，始终无法确定自己到底应该侍奉哪一位主人。当年的我，其实对玻璃球游戏是相当抵触的。尽管我早就意识到，玻璃球游戏的确是我们'教学省'最珍贵、最独特的成果，但我对它还是存在着一定的抗拒心理，尽己所能地同它保持一定距离，采取怀疑、观望的态度来看待它，这样一晃就过去了许多年。玻璃球游戏早就向我抛出过诱饵，我早就尝过这诱饵的滋味，心里再清楚不过：在这人世间，再没有什么能够比臣服于这个游戏、投身于这个游戏当中更令人感觉神魂颠倒、心醉神迷的了。除此之外，我也早就意识到，这个很容易就能让游玩者为之着迷的游戏，似乎也会对进入游戏的人们进行筛选，提出各不相同的要求：对于那些只打算通过游玩来进行消遣的业余玩家，玻璃球游戏从来都不会对他们提出任何具体的要求，而是尽量提供足够的乐趣；相应

---

[1] 圣·克里斯托弗（？—前251），旅行者的主保圣人。关于他的故事，曾在黑塞的《在轮下》一书中出现过。他发誓要服务世间最强大的统治者。他先去找迦南王，然后又去找魔鬼。当他发现魔鬼惧怕十字架之后，即认定耶稣为最强大的统治者，皈依基督教。但是，由于他不适应修士生活，于是选择背负他人渡河作为服务耶稣的方式，耶稣亦化为孩童来请他背负渡河，助他成圣——这个故事本身也隐喻了科讷希特辞任游戏大师一事。

地，对于真正有所追求的游玩者，对于那些或多或少都对玻璃球游戏怀有野心、试图将其变为自己所有物的职业玩家，游戏反而肆无忌惮地向他们提出最苛刻的要求，敦促他们不断精进，让他们感觉自己越来越深入游戏的核心，从而吸引这群人无怨无悔地侍奉自己、为自己提供服务。很长一段时间以来，我无怨无悔地服务于玻璃球游戏，甘当游戏的奴仆，将自己的全部精力、全部兴趣义无反顾地投入了这门如法术般奇妙的领域当中；可是后来，这种生活方式却受到了我内心深处的本能抵制。与此同时，同样受内心本能所驱使，某种对质朴单纯生活、对完整又健康生活所怀有的天然情感逐渐浮现，逐渐占据上风，并且向我发出警告，命令我站出来反对瓦尔德策尔、反对玩家聚居区的精神——反对这种独属于各领域专家、音乐演奏家和职业玩家们的精神，反对这种高度分化、接受过长期精心加工的人造精神。诚然，上述精神当中有值得肯定之处，可它本质上还是与真实的人类生活，乃至于与人类整体渐行渐远，以阳春白雪的孤高姿态，将自己给彻底孤立了起来。基于上述考虑，我从事了多年的自由研究，远离瓦尔德策尔，远离玩家聚居区，一直都对游戏报以怀疑和审视的态度。直到我在思想上终于成熟，真正能够认定它了，才下定决心，不顾一切地投入游戏之中。我之所以会这样做，恰恰是因为我跟克里斯托福鲁斯很像，心中存在着一股难以遏制的冲动，必须寻找最高的目标，只为最强大的主人服务。"

"我能够理解。"亚历山大大师回应道，"可是，无论我以何种方式来看待'觉醒'，无论您以何种方式来介绍'觉醒'，我能够采取的行动也只有一种，即以完全相同的理由来反对您所坚持的一切离经叛道行为。我的理由是：您的自我意识实在是太强了，或者说得更确切些，您对自身过强的自我意识有着很明显的依赖性，这种状况跟成就一位伟大历史人物的'觉醒'完全不是一回事。比方说，有这样一号人物，他在自身优良天赋、敢于挑战一切的意志力，以及坚持不懈的毅力等方面，是毫无疑问的超一流档次，处于那种高高在上、宛如天上繁星的层级。尽管条件如此优越，他仍然必须培养、磨炼自己的心志，随时集中注意力，在他所属的体系中维持某种内外和谐状态，尽量不造成任何摩擦、不额外损耗任何力量。假设同时又有另外一号人物，相比前者而言，此人在天赋等方面一样不缺，甚至可能还更胜一筹。但是，此人却始终无法维持自身平衡，生命的轴线始终无法正对中心，这就导致他在偏离主轴的道路上勉强朝着中心移动，在不断调整的过程中白白浪费掉了一半的力量，不仅削弱了自身，还扰乱了周遭的和谐。照现状看来，您必定属于后者。尽管如此，我不得不承认，您确实懂得如何不露痕迹地掩饰自己的失衡，就职之后的这许多年时间里，您一直在尽忠职守地扮演前者，没有任何人发现问题。今时今日，藏匿已久的坏东西才开始集中爆发出来。您刚才向我提到了关于圣·克里斯托福鲁斯的一些传说。关于此人，我必须将自己的看法向您讲清楚：虽然这位传奇人物身上的确有一些伟大、感人之处，但他显然不可能成为我们团体组织等级制度下的仆人典范。真正想要效忠的奴仆，宣誓认主之后，绝不会中途变卦、改弦易辙，他理所当然会以忠贞不渝的态度、全心全意侍奉自己的主人，无论这位主人是春风得意还是落魄失势，无论强大还是弱小，他都会奉献出一切；而不是表面上看起来全力以赴，暗地里却有所保留，随时观察动向，一旦发现谁比自己的主人更厉害，马上选择投奔新主，毫无忠诚可言。明明是奴仆，却以这样一种方式，摇身一变，成了审判自己主人的法官，如今的您，完全就是这样做的。说到底，您其实只想为至高无上者服务，看似忠心耿耿，但其实心里早已有了盘算，将可能有机会效忠的主人，根据自己定下的标准进行了细致入微的评判，等到机会合适时，就果断抛弃旧主人，朝着新的方向转换。"

科讷希特一言不发，认真倾听，脸上不由得掠过一丝悲伤的阴影。等到对方的回应告一段落之后，他才继续说道："毫无疑问，您所给出的这种判断是值得钦佩的，我也不指望从您这里听到任何与此不同的判断。不过话说回来，关于这方面，请允许我再多告诉您一些后继的内容，已经差不多讲完，还剩一点儿了。好的。也就是说，决心投入游戏领域之后，我正式成了一名玻璃球游戏玩家。而且，至少在相当长的一段时间里，我坚信自己的确是在为一位至高无上的主人服务。别人怎么看我，暂且不论，至少我的朋友德西格诺尼——我们卡斯塔利亚人在议会里的一位庇护人——曾经给出过极为生动的描述，他说我是一个傲慢自大、目空一切、自命不凡的游戏高手，是温驯鹿群中的精英。除此之外，还有一些相关的内容也必须告诉您。自从我开始进行自由研究、有了'觉醒'体验之后，'超越'这个词逐渐变得重要起来——我必须将它对我人生所起的意义解释给您听。照我看来，我对所谓'超越'的认知，是从阅读一位启蒙运动时期哲学家[1]的著作时开始的，接着又受到托马斯·冯·德·特拉维大师的影响。自那时以来，'超越'就跟'觉醒'一样，成了一个对我而言真正具有魔力的词，不断鞭策着我、安抚着我，给予我各种关于未来的承诺。我当时就已下定决心，一定要以'超越'为前提，来过自己今后的生活，我的未来将是一系列'超越'的集合体，从一级阶梯攀上下一级阶梯，从一处空间穿越到另一处空间，一路高歌猛进，踏遍每个未曾踏足的角落，再将它们统统抛在身后；就好比一首乐曲，在演奏过程中也会不断向前迈进，完成一个又一个主题，奏响一个接一个旋律，演奏，完成，抛下，再演奏，循序渐进——只要乐曲不停，这一过程也永不会停，永远不知疲倦，永远不可能休眠，永远保持清醒，永远存留于当下。借由'觉醒'这一精神体验，我得以清楚地认识到，人生中的确存在逐级递升的阶梯和不断跃进的空间。生命的每个阶段走到最后，都会不由自主地显露出枯萎凋零、濒临死亡的灰暗色调。等到接近终焉时刻，仿佛走投无路之时，突然就会出现意想不到的变化，将自我导向一条新的通路，从而跨越到一处全新的空间。这种变化就是专属于这一阶段的'觉醒'，于是一切皆抵达新的开始，又开始攀爬下一级阶梯，又开始探索新的空间。我向您阐述、分享的这一系列图景，即所谓'超越'，它归根结底也只是一套方法论。不过话说回来，一旦您对它有所了解，或许也有助于了解我所遵循的生活法则。如前所述，我终于下定决心，义无反顾地投身于玻璃球游戏这一领域，这是我人生当中一个非常重要的阶段，形如攀上了一级阶梯、跨越了

---

[1] 指康德，对应康德的超越论哲学。

一处空间，其重要程度足以与我第一次接受外交使命并加入团体组织相提并论。在我就任游戏大师职务的这段岁月里，也曾多次经历过这种攀上一级又一级阶梯、跨越一处又一处空间的感觉。在我看来，就任游戏大师职务使我个人获得的最大好处，无非是通过解决各种问题、完成各项任务带来一系列崭新发现，这些发现本身就呼应着心满意足的感觉，呼应着巨大的乐趣。比方说，创造音乐和游玩玻璃球游戏，就能令我不断享受到发现的乐趣，教书育人亦如是。尤其是在教书育人的过程中，随着我对教育领域的探索逐步深入，除了探索本身所能享受到的乐趣之外，我还进一步发现，受教育者的年纪越小，掌握的文化知识越少，我教育他们时所收获的乐趣也越多。而且，像这样一类事情，其实也跟人生中其他许多事情一样，在其中徜徉徘徊的时间越久，期待自然就会变得越来越高，渴望也会变得越来越深。在游戏大师的位置上任职多年，我对教书育人的渴求越来越强烈，希望教导的学生年纪也越来越小，最后变得只想到世俗世界的初级学校里去当一名普通教师，给那些懵懂无知的小学童上课——对于目前的我而言，这是最能令我感到开心快乐的事情了。总而言之，如今我的思绪经常会被游戏大师本职工作之外的事情所占据。换句话说，我其实已经不适合继续担任游戏大师，不适合身居高位了。"

讲到这里，他停顿了一会儿，不再言语，稍事休息。针对他刚刚的这段话，最高负责人讲出了自己的看法："您真是越来越令我感到惊讶了，大师。您竟然在这里对自己的人生大发感慨，除了您个人的、主观的精神体验之外，除了您自身的欲念、渴求之外，除了您针对自己人生的规划发展与决定之外，几乎没有提到任何其他内容！我可真想不到，像您这种级别的卡斯塔利亚人，竟然会以如此方式来看待自己、看待自己所过的生活。"

亚历山大讲这番话时的声音里面，带有某种介乎于责备与难过之间的语调，这种语调令科讷希特感到痛苦不堪，可他仍旧控制住了自己的情绪，用高昂、愉悦的声音说道："可是尊敬的先生，我们眼下所讨论的也并非卡斯塔利亚，并非'教学省'当局，并非团体组织：我们讨论的对象只有我本人，除此之外，再无其他。我们眼下正在讨论您眼前这位先生的心路历程——很不幸，这位先生不得不给您带来极大麻烦，可这也是无可奈何，因为我们在此不应该讨论我作为游戏大师所涉及的各项公务，不应该讨论我是否恪尽职守，不应该讨论我的各项任务或使命的完成情况，不应该讨论我作为一名卡斯塔利亚人、作为一位大师究竟是有价值还是没价值等问题。事实如此——我在办公室里的全部作为，就跟我平日生活时显露在外的全部作为一样，在您面前等于是完全公开的、有据可查的，从担任游戏大师的那一天开始，直到此刻，我所做的一切事情基本上可以得到书面核实；即使您从头到尾仔细检查一遍，也不可能找到任何足以对我施与惩罚的过错。我们眼下讨论的关键内容，是跟履行公务等完全不同的东西，即向您展示我作为一个完整人类个体所走过的道路。今天，这条道路已将我完全带出瓦尔德策尔；到了明天，它又会将我完全带出卡斯塔利亚。请再稍微听我多讲一会儿吧，您一向都是如此好心的！好的。我早就知道，在我们这个小小'教学省'之外，还有另外一个世俗世界存在。我能够获知这点，并不是因为我长期进行的自由研究——事实上，在我们卡斯塔利亚人所进行的自由研究中，世俗世界仅仅作为人类文明中一段遥远的过去而存在——此事首先应该归功于我在精英学校时期的同学德西格诺尼，他当时是一名客座学生，是一位来自外界的客人。当然，这只是一段遥远的序曲。多年以后，我被派往玛丽亚菲尔，成天跟本笃会修士们和雅科布斯神父待在一起，对世俗世界的了解又拉开了新的篇章。实话实说，在那座修道院里，我亲眼见到世俗世界情况的机会很少，但是，通过那位神父先生，我对人们口中所谓的'历史'有了初步的了解，或许也正是旅居玛丽亚菲尔的这段经历，为我回卡斯塔利亚之后内心世界陷入的孤立状态悄无声息地奠定了基础。当时，我从修道院回到一片几乎没有任何历史概念可言的土地上，回到一处遍布着学者和玻璃球游戏玩家的省份里。毫无疑问，卡斯塔利亚是一个最具文化修养也最令人心生愉悦的小社会；然而，身处于这个小社会当中，我却发现，似乎只有我一个人对那个世俗世界稍微有所了解，对它稍微有点儿好奇心，并且曾经亲身参与到与它相关的活动之中，这一切都将我跟其他卡斯塔利亚人隔绝开来，使我的心灵多少感到有些受伤害。诚然，这里也有足够的东西来弥补我所受到的伤害：比方说，此地有一些我长久以来都极为钦佩的先生，能够成为他们的同僚，跟他们共事，既令我觉得羞赧，又使我深感荣幸；除了他们之外，此地还有许多举止文雅、博学多才、受教育水平极高的杰出人士，同时也有足够多的工作和任务等待着我去完成，有大量很有天赋的可爱学生等待着接受合适的教导。可是问题在于，当我作为雅科布斯神父的弟子，跟随他一同探索历史研究领域时，我发现自己不仅是一个卡斯塔利亚人，同时也是一个完整的人类个体，跟我相关的不只卡斯塔利亚这个小世界，整个大千世界都跟我有关，不仅如此，大千世界还向我提出了要求，希望我能够与它共存。于是，自这一发现之中，需求、欲望、挑战、责任接踵而至，源源不断地向我涌来，而我却不能以任何方式回应这些要求。在卡斯塔利亚人眼中，世俗世界的生活无疑是落后的、低劣的，是一种毫无秩序可言的混乱生活，一种在行为举止、礼貌礼仪上没有要求的粗鄙生活，是崇尚激情、无法集中精力进行思考的生活，没有任何可被视为美好的地方，没有丝毫可取之处。可是实际上，外面那个世俗世界，以及身处世俗世界里所过的生活，比任何一个卡斯塔利亚人对其进行的想象都要广大得多、丰富得多。世俗世界里充满了变化，充满了历史，充满了纷繁复杂的考验，而且永远都能重新开始，历久弥新。诚然，外面的世界乍看起来，或许的确是混乱不堪，可它始终是一切命运、一切创造、一切艺术，乃至于全体人类的家园和故土。是它催生出了语言、民族、国家、文化，是它催生出了我们、催生出了我们这个卡斯塔利亚，不仅如此，它还将亲眼看着这一切再次消亡，并最终超越这一切。我的老师雅科布斯唤醒了我对世俗世界的爱意，播下了一颗种子，自那以后，这份爱意就开始不断成长，不断向外寻求滋养。然而，在卡斯塔利亚，没有什么可以给它提供滋养。在卡斯塔利亚，所有人都身处于真实世界之外，身处于历史之外，因为我们自己就是一个小巧玲珑、完美无缺、不再创造、不再成长的微观世界。"

讲到这里,他深深地吸了一口气,沉默了一小会儿。最高负责人没有回应什么,只是以似乎有所期待的眼神看了看他。于是,他若有所思地朝对方点了点头,继续讲了下去:"正是由于我所提到的这些原因,多年以来,我都有两方面的负担需要背负。一方面,作为游戏大师,我必须管理一个相当庞大的职能部门,完成相应职责;与此同时,我还必须认真处理心中暗藏的那份对世俗世界的爱意。对于我日常必须履行的游戏大师职务而言,从刚开始任职时起,我就知道得很清楚,这份爱意的存在,其实并不影响我处理各项公务。恰恰相反,我甚至还认为,它的存在能够令我在工作时受益。假如我——当然,我本身并不希望如此——在工作中做得并没有那么完美、没有那么无懈可击,不太符合大家对游戏大师的期待,倒也罢了,无非证明这份对世俗世界的爱意,的确对担任大师职务存在一些负面影响。然而,事实却并非如此。对于我所完成的各项工作和任务,对于游戏大师负责的公务,我本人可以说是再清楚不过:我不仅能够极为出色地完成它们,而且,在完成的过程中,相较于身边大部分无比纯粹、无可挑剔的卡斯塔利亚同僚,我的思维始终比他们更清醒、更活跃、更灵活,对问题的理解始终比他们更透彻、更全面、更直接,我总是能够发现一些新的东西,并且将这些新东西分享给我的学生和同僚们。久而久之,在不断完成游戏大师工作的过程中,我逐渐发现了自己真正的使命,即在不打破传统的前提下,慢慢地、温和地拓展卡斯塔利亚的生活形态,丰富其思想,让它从冷冰冰的现状慢慢变得温暖起来,想方设法为它注入来自世俗世界和世界历史的新鲜血液。值得注意的是,我还发现了一个很不可思议的巧合,即当我萌生出上述想法的同时,在外面的世界里,有一位俗世凡人也跟我有着相同的认知和想法。在他的梦想中,希望卡斯塔利亚这个'教学省'能够跟世俗世界建立起稳固而长久的友谊,和一种相互渗透的融洽关系:这位俗世凡人不是别人,正是普利尼奥·德西格诺尼。"

听到这个名字之后,亚历山大大师的嘴角有些扭曲,他略微沉默了片刻,然后回应道:"噢,原来如此。说实话,我从来就不指望那位先生能够给您带来什么好的影响。我对他的感觉，就跟对您那位无比任性的门徒特古拉尼乌斯的感觉一样。也就是说，德西格诺尼就是罪魁祸首，是他让您走上了破坏秩序的道路，让事情发展到了今天这个地步？"

"并非如此，尊敬的先生。他虽然给予了我一定的帮助，却对其中的细节缺乏了解，甚至可以说，他对我的大部分帮助都是在不知不觉中完成的。由于命运的安排，他突然重新出现，给我沉闷而压抑的心灵带来了一些新鲜空气；通过他，我再一次接触到了外面的世界。直到我们重逢之后，我才真正认清现实：我在此地担任游戏大师的职业生涯已经走到了尽头，工作能够给我带来真正乐趣的日子，已经一去不复返了，也该尽快结束这场折磨了。不知不觉之间，又攀上了一级阶梯，又踏遍了一处空间——这次的空间，是卡斯塔利亚。"

"您怎么能讲出这样的话？！"亚历山大连连摇头，以叱责的语气回应道，"仿佛卡斯塔利亚的空间还不够广阔，不足以让生活在这里的许多人为之奋斗终生！您真的认为自己已经踏遍这处空间、已经彻底征服这处空间了吗？"

"噢，您误会了，不是这样的。"听到这番叱责之后，对方的情绪显得有些激动，大声申辩道，"我从来没有像您认为的那样想过。我刚才说自己已经踏遍了这处空间，来到这处空间的边缘，攀上新一级阶梯等，想要表达的意思其实十分单纯：作为一名卡斯塔利亚人，我在现任职务上所能做到的全部事情，如今皆已完成，再没有什么新东西可以去发现、去探索了。在卡斯塔利亚这处空间里，我已经处于极限的、边缘的位置上，而且持续了相当长的一段时间。作为玻璃球游戏大师，我目前的工作已经变成了永无止境的重复，变成了空洞的反复训练，变成了可以完整概括的一个公式。再像这样继续工作下去，不但没有乐趣，缺乏热情，有时甚至会丧失信心。是时候停下来了，是时候离开了。"

科讷希特的感叹显然发自肺腑，亚历山大听罢，不由得叹了口气："这只是您单方面的说法，仅代表您的个人意见，但这并不是团体组织的意见，实际上也不符合相关规则。团体组织成员也是人，偶尔也会有情绪，有时也会对自己理应负责的工作感到无比厌倦，这不是什么新鲜事，完全不值得大惊小怪。更何况遇到这种情况时，我们也不会无能为力——团体现存的规则其实已经指明了重新获得内心和谐的途径，介绍了找回自我的方法，只要严格按照规则教导来做，就能让工作与生活重回正轨。您难道忘记了吗？"

"我不这么觉得，尊敬的先生。您可以随意审查我管理自己办公室的方式，可以对我已经完成的工作进行全方位检验，既然如此，一旦在现行规则下出现了什么问题，或者至少是显露出了些许将要出现问题的征兆，您又怎么可能不会及时发现呢？就在前几天，当您收到我呈上的那封通函之后，甚至还专门派了一位观察员到玩家聚居区来进行调查，从各个方面了解我的任职状况。周密探察之后，您终于可以确定，瓦尔德策尔的一切运转如常，办公室和档案馆的各项工作都在有序进行中，'卢迪大师'本人既没有生病，情绪上也没有显露出任何不稳定的因素。实话实说，我理应向您表示衷心的感谢，因为您当年如此巧妙、如此娴熟地将您刚刚提到的那套团体规则传授给了我，我一直坚持按照您的教导来调整自己，不断让工作与生活重回正轨，既没有丧失该有的力量，也没有让自己的心态失衡，从未失去过保持淡定、冷静、从容的能力。尽管如此，这套方法却消耗了我不少的精力，令我长期处于疲乏状态。不幸的是，此时此刻，为了让您相信，驱使我执行逃离计划的并非什么不良情绪，并非突如其来的奇思妙想，并非为了一己私欲，我所消耗的精力也不比平时少。且不论我所讲的这一切是否在您那里产生了应有的效果，是否成功达到了它们该达到的目的——我坚持认为，您至少还是应该承认这样一项事实，即我平时的为人态度、我长期以来的工作表现，截至您最后一次派人过来检查的那个时间点，一直都是无可挑剔、可堪重用的，配得上我所担任的大师职务。莫非我对您期望太高，您连承认这项毫无争议的事实都办不到？"

亚历山大大师眨了眨眼睛，那目光像是在哂笑。

"这位同僚先生，"他开口道，"您眼下跟我讲话时所用的语气恐怕有点儿问题,仿佛我们两个是在私下里相约碰面的亲密好友,正在东拉西扯地随意闲聊似的。您一定要这样讲话,当然也没什么问题,但这种语气显然只适用于您一个人,没错,因为您现在的确只代表了您自己。可是,我的情况却跟您完全不一样,无论我脑中所想还是口中所讲,都不代表我的个人意见,而是代表团体组织日常事务最高负责人在跟您交流、沟通,我所讲出口的每一个字,都必须向对应机构负责。无论您今天在这里讲了些什么,都不会从卡斯塔利亚官方层面给您造成任何后果;无论您讲得多么认真、多么恳切,从本质上而言,您所讲的一切始终都是在为自身利益发声,属于完完全全的个人言论。然而,对我而言,我在卡斯塔利亚所担任的职务、应尽的职责仍在持续,也正因如此,我今天所讲的一切、所做的一切,都可能会产生相应的后果。我必须代表'教学省'当局对您负责,对与您相关的这起事件负责。至于当局是否愿意接受,甚至干脆直接认可您对这起事件的阐述,恐怕就不在我们今天的讨论范围之内了,因为这并非我个人所能决定的。——还是说回正题吧。也就是说,根据您刚刚给我的这番介绍,似乎您认为自己直到昨天之前,都是一个无懈可击、无可挑剔的卡斯塔利亚人,是一位无懈可击、无可挑剔的现任游戏大师,尽管您脑子里面时常会蹦出各种稀奇古怪、离经叛道的想法,也曾遭遇过工作上的种种挑战,身心俱疲、对职务厌倦的情况也时有发生,但您坚持不懈地与之战斗,并最终克服了这些困难。假设我的确如您所说,愿意承认您口中这项所谓'毫无争议'的事实。那么,我究竟该如何理解这位向来都表现得无可挑剔、从不行差踏错的游戏大师如今在我面前剖白的一切呢?昨天还在恪尽职守地严格履行每一条必须遵循的规则,今天却突然背弃多年以来苦心耕耘的一切,我究竟该如何理解这件荒唐无稽、不可理喻的怪事呢?相比之下,一位早已变心、抛弃忠诚、思想上生了重病的游戏大师,对于自身存在的问题却丝毫没有自觉,依旧认为自己是一名出类拔萃的卡斯塔利亚人;可是事实上,他早就变了,早在之前的很长一段时间里,已经达不到卡斯塔利亚人的标准了——像这样的一个形象,反倒更容易令我接受,起码是不难理解的。此外,我不由得扪心自问,您为什么会在有意无意之间如此重视自己的这样一套说辞,坚称自己直到最近为止,还是一名尽职尽责的游戏大师?很显然,既然您已经迈出了这一步,背弃了誓言,不再服从团体的一切规则,那就肯定不能说自己尽职尽责了:忠诚与背叛不可能和谐共存,这是不言而喻的。"

科讷希特当即为自己辩护道:"恕我直言,尊敬的先生,您的这种说法失之偏颇。既然我的确做到了该做的事情,为什么不能声称自己尽职尽责呢?实际上,这并非一个无足轻重的问题,因为这关系到我在卡斯塔利亚的声誉,关系到我离开卡斯塔利亚之后,留给这里的人们的印象与回忆。除此之外,这当然也关系到我未来在外面所做的一切可能对卡斯塔利亚产生的影响。今时今日,我之所以会站在这里,并不是想为我自己费劲争取些什么东西,甚至都不是为了获得当局对我所采取行动的许可。我早就料到,我的同僚们必定会对我的所作所为、对与之相关的动机与理由产生怀疑,将其视为一种不正常现象,这对我而言根本就无所谓。但是,我绝对不希望自己被视为叛徒或者疯子;这样一种盖棺论定的方式,是我绝对不可能接受的。我的确做了一些您必定不会赞成的事情,但我做这些事情并非出于恶意,而是因为我不得不做,因为这就是我当下的使命,因为这就是我的命运:我选择对这一切无条件相信、无条件服从,而且必定会好好承受由此引发的一切后果。因此,假如您连这些最基本的前提都无法认可,那我只好低头认输,因为无论跟您讲些什么,最后也必定是徒劳无功。"

"讲了这么多,兜兜转转又回到了老问题上。"亚历山大回应道,"您无非是想要我承认,在某些特殊情况下,仅凭个体的意志就可以享受豁免权,可以毫无顾忌地打破我终身信奉的团体组织规章制度——作为团体大师,我本人正是这套制度责无旁贷的代表。可是,您是否考虑过,您的这种要求存在着根本上的矛盾:我不可能在认可我们这套制度的同时,也认可您拥有破坏这套制度的私人权利。——请不要打断我。我可以承认的部分只限以下这些:您似乎对自己所拥有的权利、对您所采取的计划、对那些可怕步骤深信不疑,认为这一切都是有意义的、是不得不去完成的。您甚至将这一切视作天命感召，对其无条件服从，内心没有丝毫的愧疚感。有鉴于此，我不得不明确告诉您：您不要指望我本人会认可您所迈出的这一步。不过话说回来，从另一方面来看，您毕竟也算是达到了目的，成功令我放弃了最初的打算，即争取让您回心转意，改变自己的决定，回到瓦尔德策尔去继续您原来工作的想法。综上所述，我决定正式接受您的辞呈，并将您自愿辞去玻璃球游戏大师这一职务、自愿退出团体组织的诉求移交给当局来处理。除了这些之外，我就再无让步余地了，约瑟夫·科讷希特。"

玻璃球游戏大师伸出手来，做了一个心悦诚服的手势。然后，他很平淡地回应道："真诚地感谢您，最高负责人先生。在此之前，我已经将小盒子托付给您了。现在，我要正式将自己对瓦尔德策尔各项事务的状况报告移交给您，供当局参考。在这些报告当中，最重要的是关于'留级生'的资料，以及我个人认为特别适合作为游戏大师职务继任者的几位候选人的具体情况。"

说罢，他从口袋里取出几张仔细叠好的文件，放到面前的桌子上。做完这一切之后，他就直接站了起来。最高负责人见状，也跟着站了起来。科讷希特走到他身边，一言不发，以满怀悲伤的友好神情注视了他颇长的一段时间，然后鞠了一躬，说道："我本来想请您跟我握手道别。不过，照眼下的情形看来，我恐怕必须放弃这个打算了。对我而言，您一直都是尤为珍贵的存在，即使到了今天，这一点也不曾改变过。再见了，我亲爱的朋友，尊敬的先生。"

亚历山大一动不动地站在那里，脸色略微有些苍白；有那么一瞬间，他似乎想要主动伸出手来，跟这位即将永久离去的先生握手道别。但他并没有动，只是感觉眼睛渐渐湿润了；最后，他低下头来，回敬了科讷希特的鞠躬礼，然后就让他离开了。

离去之人关上了房门，从此再也看不到他的模样了。最高负责人没有任何反应，仍然一动不动地站在那里，聆听渐行渐远的脚步声。最后几下脚步声消失之后，再也听不到任何声音了。这时，他才迈开双脚，开始在房间里来回踱步,直到外面再次响起脚步声。那脚步声越来越近,接着,门外传来一阵很轻的敲门声。年轻的助手走了进来,报告说,有位访客要求跟他面谈。

"转告他,我这边可以在一个小时内跟他见面。另外,提前通知他,见面后不要长篇大论,务求简短,因为这边有非常紧急的事务需要处理。——别急,等等!通知他之后,赶紧到大办公厅去一趟,告诉第一秘书,他必须马上行动起来,尽快通知最高管理层的全体成员,我们要在后天召开一次特别会议。务必强调一声,全体成员必须到场,唯有身患重病才能作为缺席此次特别会议的理由。办妥之后,再到房屋管理员那里去一趟,告诉他,明天一大早,我必须启程赶往瓦尔德策尔,车务必在七点以前准备好……"

"请允许我插一句,"年轻人说道,"'卢迪大师'先生将自己过来时所乘的那辆车留下来了,说任由您来处置。"

"什么情况?"

"那位尊敬的先生昨天是乘车过来的。不过,他离开的时候专门通知我们,说他离去的时候选择徒步旅行,将瓦尔德策尔的车留在这里,给当局处置。"

"这倒不错。那么明天,我就直接乘坐瓦尔德策尔的车去瓦尔德策尔。现在,请复述一遍需要办的事情。"

助手复述道:"一个小时内将接待访客,通知他,发言务求简短;请第一秘书召集后天的最高管理层特别会议,全体成员必须到场,唯有身患重病才能作为缺席理由;明早七点,乘坐'卢迪大师'先生的车出发前往瓦尔德策尔。"

年轻人离开之后,亚历山大大师总算松了一口气。他走到自己刚刚跟科诺希特对话时坐过的桌子前,这个他多年以来最为喜爱的人,眼下却给他的内心带来了如此巨大的痛苦,这位不可理喻的同僚,他离去时的脚步声,此时此刻,仍在他内心深处回响。从科诺希特就任游戏大师之初,他被派来协助他、为他提供服务的那段日子开始,他就一直对科诺希特抱有很大的好感——科讷希特的很多优良品质都深得他喜爱，尤其是他走路时的步态，那是一种既坚定又委婉的步态，脚步有力，但同时又很轻盈，乍看起来几乎像是在飘浮一般；那步态所呈现出来的气质可谓恰到好处，介于庄重与孩子气之间，介于牧师与舞者之间；那步态具有特殊的亲和力，让人能够马上联想到其主人的崇高品格。整体而言，它跟科讷希特的音容笑貌非常相称，哪怕只是听到他走路时的声音，都能立即联想到他的模样。当然，它跟科讷希特作为卡斯塔利亚人、作为游戏大师的身份同样非常相称，恰如其分地表现出了他特有的绅士风度和开朗性格。在某些时候，当大家看着他走路时，也会稍微联想起他的前任托马斯大师，联想起他走路时那种形如王公贵族一般的威严与雍容，有时又会联想起老音乐大师质朴、温暖的性格。无论如何，眼下科讷希特已经离开了，走得如此匆忙，说是要徒步旅行，却没有告知目的地，也就是说，他去的地方不想让人知道，可能再也见不到他了，再也听不到他的笑声，再也看不到他用自己漂亮又修长的手指，写下一行玻璃球游戏公式——写下那些象形文字了。他随手拿起科讷希特留在桌上的几页文件，开始阅读。这几页文件，形如一份简短的遗嘱，内容简明扼要，风格实事求是，经常只使用关键词，不用句子。很快就读完了，其目的是协助卡斯塔利亚当局，在下一次对玩家聚居区进行检查时，能够抓住重点、少走弯路；除此之外，就是关于候选人的简单资料，以及少许个人意见，作为重新选举游戏大师时的参考。字里行间偶尔也能看到一些注释，这些言简意赅的注释是用精致、整齐的小字写成的，字体与笔迹也跟他的面容、他的声音、他的步态一样，都是这位约瑟夫·科讷希特无与伦比、无可替代的个性标志。实话实说，当局很难再找到一位哪怕只是接近科讷希特水准的先生，作为他游戏大师职务的继任者；真正的领袖级人物、真正了不起的品格，向来都是世所罕有；每一位像科讷希特这样杰出的人物，都是来自上天的礼物，能够短暂拥有他们，乃是可遇而不可求的幸事，哪怕在卡斯塔利亚这个聚集了众多精英的省份，也概莫能外。

徒步旅行给约瑟夫·科讷希特带来了无可比拟的乐趣，他已经有很多年没有进行过徒步旅行了，到底有多久，连他自己也记不太清。是啊，细想想看，他最后一次进行真正的徒步旅行，还是在那一年呢——当时，他选择徒步从玛丽亚菲尔修道院返回卡斯塔利亚，参加瓦尔德策尔举办的那场年度游戏大会。那一届大会因为托马斯·冯·德·特拉维大师这位"阁下"的去世，蒙上了一层厚重的阴影，并且出乎意料地将他确定为游戏大师的继任者。除了这次之外，当他回想起自己人生中更久远一些的徒步旅行时，甚至回想起自己早年从事自由研究的科研岁月、在幽篁居住的日子时，总仿佛是从某处清冷的密室中向外张望，望向那些无比广阔、沐浴在灿烂阳光下的露天区域，望向那些永远不可能重新来过的、已经进入美好记忆天堂的远方；类似这样的一些回忆，哪怕当初发生时并不带有任何忧郁阴霾的情绪，当它在多年以后从意识深处复现时，给忆往昔之人带来的感觉，也已经跟今时今日、跟日常生活大不相同，仿佛在不知不觉间就染上了一层阴郁、一缕伤感、一份哀愁，再去回顾它时，已经是无比神秘的、如彼方庆典般的朦胧景象了。也正因如此，科讷希特总觉得，关于徒步旅行的回想必定是疏远而忧郁的。哪曾想到，就在此时此刻，当他真正开始又一次徒步旅行时，在这晴朗闪耀的九月午后，近处的风景被阳光染上了鲜亮刺眼的色彩，远处的风光又分外柔和，仿佛拥有生命、仿佛正在呼吸一般；那如梦似幻般的色调，从蓝色逐渐过渡到紫色，不着痕迹，浑然一体，引导着他一路探寻、徘徊，漫无目标地闲逛，看看这里，瞧瞧那里：处在这样的一个过程之中，多年以后，终于再一次真正进行徒步旅行之时，再去回忆很久以前经历过的那次徒步旅行——那一次，从玛丽亚菲尔到卡斯塔利亚——那段回忆竟然不再像是被安置在记忆天堂中的遥远景象，反而如当下般鲜活。彼时彼刻的旅行，与今时今日的旅行奇妙地重合了，前者是要前往卡斯塔利亚，今天却是要离开卡斯塔利亚；今时今日的约瑟夫·科讷希特，与彼时彼刻的约瑟夫·科讷希特，如同孪生兄弟般相似，在他们面前，一切都是崭新的，神秘莫测，充满了希望。原来如此，过去的一切都可以回来，与此同时，还有很多新东西相伴左右。一日时光，一方世界，它们已经很久没有像这样观照他了，竟可如此无忧无虑，如此美好自在，如此天真纯粹！自由自在，无拘无束，自身命运全靠自己来决定——这份强烈的幸福感，恰如烈酒般浓郁，充盈了他全身；像这样的一份幸福感，这份妩媚迷人、如临极乐的幻觉，他多久没再感受过！他陷入了沉思，反复回味这种美妙无比的感觉。多年以前，这份美好也曾触手可及，哪曾想到，转眼之间，自己就被戴上了镣铐，再也无法挣脱；科讷希特回忆起了当年的那个时刻，彼时彼刻，他正在跟托马斯大师进行一次谈话，在那位大师同时迸射出亲切与嘲讽的目光下，他仿佛正在忍受煎熬。是啊，就是那个时刻，他现在终于无比清晰地再一次回忆起了那个时刻，回忆起了自己瞬间失去自由的不可思议的感觉。当时的煎熬极其特殊，很痛苦，但又不是真实的痛感，不是某种烈火灼心的般痛苦，而是某种难以言喻的焦躁感，脖颈后部持续不断的轻微耸动、横膈膜[1]所给出的感官警告、体温的骤变等，一言以蔽之，就是确认自己还活着时的本能反应。面对托马斯大师时，身处命运的转捩点上，那种焦虑不安、胆怯畏缩，看不见的威胁由远及近地袭来，仿佛被掐住脖子、仿佛就快窒息的感觉，如今已得到了补偿，或者说得更确切些，当时的伤痛，如今总算被治愈了。

昨天，在乘车前往希尔斯兰德的路上时，科讷希特已经下定决心：无论在那里发生什么事情，怎样都好，自己在任何情况下都不会后悔。今天，他禁止自己再去回想与亚历山大谈话时的种种细节，禁止自己再去跟回忆进行无谓的斗争。他调整呼吸，让自己完全放松下来，敞开胸怀，自在无拘束的感觉包围了他，就跟农民在一整天辛苦劳作结束后终于可以享受傍晚快乐时光的感觉一样。此时此刻，他知道自己得到了很好的庇护，没有任何应尽的义务。他知道，自己眼下完全是可有可无的存在，没有任何人、任何事会来打扰他，没有任何工作需要去完成，甚至连思考都没必要。明媚、缤纷的一日时光围绕着他，柔和的光线照耀在他周围，眼前一切的风景、一切的存在，都不会对他提

---

[1] 胸腔与腹腔之间的分隔，位于心脏和双侧肺脏的下方，横膈膜疼类似胃疼。

出任何要求，只有当下存在，既没有昨天，也没有明天。此刻，这位心满意足的徒步旅行者，他边走边唱，时不时地哼唱起他们当年在埃施霍尔茨作为精英学校小小学生出游时唱过的进行曲。这些进行曲有三个声部的，也有四人合唱的，他唱得很随性，想起哪首就唱哪首。闪亮的小段记忆和声音，如叽叽喳喳高唱着的鸟儿一般，从他生命中欢快的清晨振翅飞来。

他在一棵树叶已经泛红转紫的樱桃树下停了脚步，坐到草地上。他将手伸进自己那件外衣的胸前口袋里，掏出一件物什——亚历山大大师肯定想象不到，他身上竟然能够找出这样一件物什——那是一支小木笛。他将小木笛放在手中，注视着它，目光中带着难以描述的温柔。实际上，他拿到这个乍看起来颇有些天真幼稚的乐器的时间并不太久，只有大约半年而已。此刻，他开心地回忆起它来到自己手中的那一天。当时，他乘车前往蒙特波特，打算跟卡洛·菲洛蒙特探讨一些音乐理论方面的问题；讨论过程中，提到了过去某些时代一度盛行的木管乐器，于是，他就要求自己这位朋友给他看看蒙特波特的乐器收藏。在兴致勃勃地走过几间摆满了古董管风琴、竖琴、琵琶和钢琴的大厅之后，他们来到了一处专门存放学校教学用乐器的库房里。进行库房参观时，科讷希特发现了一整个抽屉的这种小木笛，便随手取了一支出来，端详了一会儿，试了试音色，询问他的朋友，是否可以带一支这种笛子离开。卡洛笑着让他挑选一支，然后又笑着让他在收据上签名，并向他详细讲解了乐器的构造、操作细节和演奏技巧。自那以后，科讷希特就一直随身携带着这件漂亮的小玩具，因为他上一次吹奏木笛，还是身处埃施霍尔茨的童年时代，相隔多年，都没有再吹奏过管乐器；他已经多次决定要重新学习吹奏，所以，自偶遇并得到这支小木笛起，他就一直在利用业余时间进行练习，时不时就会拿出来吹一吹。除了简单的音阶练习之外，他还使用了菲洛蒙特专门为管乐初学者们编撰的一本小册子，里面选摘了不少经典的古乐旋律。于是，小木笛特有的柔和、甜美演奏声，经常会从"大师花园"或者他的卧室里传出来。虽然在木笛演奏领域，科讷希特还远远达不到大师水准，但他学得很快，已经能够熟练吹奏出小册子中收录的许多合唱曲和艺歌曲了：不仅对旋律熟悉，他还记住了其中一些歌曲的歌词。此刻，沉浸在徒步旅行的快乐中时，他突然忆起了其中一首应景的艺术歌曲，不由得兴致勃发，几句歌词脱口而出：

> 我的头颅和四肢，
> 统统散落在地面。
> 可我却挺立如常，
> 神采奕奕又开心，
> 仰面朝上望着天。

几句诗文结束，他将那小巧的乐器放到唇边，吹奏起相应的旋律，放眼柔和、闪耀的广袤大地，远眺巍峨、壮丽的天际群山，耳中聆听木笛甜美的音调，脑海中响起欢快、虔诚的歌声，仿佛天空、山峦、歌声皆与这一日时光融为了一体，恍惚之间，连他自己也融入了进去，和谐完满，别无所求。此时此刻，他的心情大好，在吹奏过程中，无比陶醉地感受着指间光滑的笛身圆木，不由得想起一件颇为有趣的事：除了身上所穿衣物之外，他允许自己从瓦尔德策尔带走的财产，唯有这支小木笛。多年以来，他身边陆续积累了许多东西，这些东西或多或少都带有私人财产的特征，尤其是笔记、摘录之类的东西；离开的时候，他将这些都留下了，任由玩家聚居区的人随意取用。但是，他依旧随身带着这支小木笛，而且很高兴能够与它结伴同行；显然，它是一位谦虚又友好的徒步旅行伙伴。

隔天，这位漫游者顺利来到了首都，来到了德西格诺尼家门前，喊了朋友的名字。普利尼奥下楼来迎接他，无比激动地拥抱了他。

"我们一直都在热切期盼着你的到来，甚至都开始等得有些担心了。"他高声喊道，"你总算成功向前迈出了一大步，朋友，愿这一大步能够给我们大家都带来好处。不过话说回来，可真是意想不到，他们居然就这样放你走掉了！我永远都不敢相信这是真事。"

科讷希特笑了:"你瞧瞧,事实摆在眼前,我好好地站在这里呢。关于此事,说来话长,等到以后有机会,我再慢慢对你讲。现在我想先跟自己的学生见见面,跟他打个招呼,当然,也要跟你夫人问声好。我打算马上跟你们讨论与我新职务相关的一切事宜。如果可能,我很想马上就开始工作。"

普利尼奥喊来一位女仆,吩咐她立即将他儿子接过来。

"少爷吗?"她略显讶异地问道,显然对这项要求感到有些疑惑,但还是很快退了出去,找蒂托去了。东道主则亲自将自己的朋友领进客房,迫不及待地告诉他,自己为科讷希特的到来做了哪些周全准备,甚至连他以后跟小蒂托的共同生活模式都已想好,并且也提前张罗好了相关的一切。总之,所有准备工作都按照科讷希特吩咐的设想安排妥当了。蒂托的母亲起初还有些不情愿,但后来也理解了科讷希特所提出的这些设想,并且愿意遵从。具体安排是这样的,他们在山区拥有一栋度假小屋,小屋名为"贝尔庞特",坐落在一处湖泊边,附近风景优美,空气清新。科讷希特可以暂时跟他的学生蒂托一道住在那里,一位值得信赖的老女仆将负责为他们提供家事服务。几天之前,这位老女仆已经提前到了那里,布置好小屋,随时等待他们到来。当然,他们只会在贝尔庞特小住一段时间,不会太久,最多住到今年冬季来临时。目前是对蒂托进行教育的第一阶段,这样的隐居肯定会收获不少好处。普利尼奥表示,除了这些基本的安排之外,另有一点也令他颇感欣慰,那就是蒂托本身很喜欢山区生活,对贝尔庞特小屋也格外偏爱,因此,他对这种安排没有任何抵触心理,反而很期待跟科讷希特一起到山上小住,毫不犹豫地就同意了。讲到这里,德西格诺尼突然想起,自己刚好有一本相册,里面收有贝尔庞特小屋和这附近地区自然环境的不少照片;于是,他马上将科讷希特带进自己的书房里,兴致很高地翻出那本相册,一页页地翻开,开始向自己的客人展示并描述这栋度假小屋的情况:农舍式房间、取暖用的瓷砖壁炉、花园小凉亭、湖边浴场、山涧瀑布。

"怎么样,你喜欢吗?"他试探性地问道,"你觉得自己住在那里能有家的感觉吗?"

"为什么不能？"科讷希特平静地回应道，"对了，蒂托到底在哪里？你派人去找他，已经过去好久了。"

普利尼奥也说不上来。于是，他们又来来回回地聊了一会儿。这时，科讷希特总算听到外面传来了脚步声。门开了，有人走了进来，但来者既不是蒂托，也不是普利尼奥之前派去寻找蒂托的那位女仆——来者是蒂托的母亲，德西格诺尼夫人。科讷希特起身迎接她，给予礼貌的问候。她向他伸出手来，脸上带着疲惫不堪的友善微笑，科讷希特可以很明显地看出，在这礼貌得体的微笑之下，隐藏着某种难以对外表述的关切或者说恼怒。没讲几句寒暄话，她就转向自己的丈夫，急切地将心中真正的想法说了出来。

"目前这种情况，真是相当尴尬。"她大声说道，"竟然发生这样的事情，你能想象得到吗？小家伙不见了，到处都找不到他。"

"这样啊，肯定已经出门去了，"普利尼奥安慰道，"估计转眼就会回来。"

"很不幸，恐怕不太可能。"这位母亲回应道，"因为他今天早上就出去了，我一大早就注意到了。"

"既然如此，为什么直到现在才让我知道呢？"

"因为我觉得他随时都会回来，所以一直在等他，也因为我不想让你在没什么必要的情况下担心。刚开始时，我并没有觉得这件事有什么问题，他那么早出门，我还以为他只是出去散步了。当小家伙直到中午还没现身时，我才真正开始担心起来。你今天中午吃饭的时候刚好不在，否则你那时候就该发现了。说实话，哪怕那时他其实已经出去很久了，我还试图安慰自己，觉得他可能只是贪玩，让我在餐桌上等他那么久，不过是因为在外面玩得太开心，乃至于疏忽大意，忘记了而已。可惜照现在情况看来，事实恐怕并非如此。"

"请允许我冒昧地问一下您，"科讷希特向普利尼奥夫人发问道，"这个年轻小伙子，他是否已经知道我即将到来？是否已经清楚我来这里的目的？是否已经了解我们提前为他拟定好的设想？"

"当然,大师先生。不仅如此,照我看来,他甚至对我们拟定好的设想感到十分满意。至少他宁愿让您当他的老师,而不是再被送到哪所新的学校去。"

"原来如此,"科讷希特回应道,"这样的话,今天发生的事情倒可以认为是正常的了。Signora[1],长久以来,您的儿子都习惯于过一种无拘无束的生活,尤其在最近一段时间里,更是如此。所以,当他一想到自己即将面对一名随时相伴左右的导师、一位可能会很严厉的管教者,一想到自己即将失去原本一直享有的自由,这种几乎无可回避的未来,恐怕就会令他在心理上承受相当大的压力,于是,在他通过我发给您丈夫的信笺得知我到来的具体日期时,在他即将被正式移交给新老师之前,他溜走了,面对巨大的压力,选择了暂时逃避。与其说他希望通过离家出走这种方式真正逃脱命运的安排,不如认为他觉得想方设法拖延下去也不会造成什么实际损失。此外,不得不说,他或许也打算借此给他父母、给父母指定的这位老师一个下马威,表达自己对整个成人世界、对老师们的蔑视态度。"

德西格诺尼对科讷希特能够以如此轻松的心态看待这一事件感到颇为欣慰。可是与此同时,他自己的心里仍然充满了担心和焦虑;对于爱子心切的他而言,儿子现在的情况既然是完全未知的,当然也意味着他可能会遭遇任何一种未知的危险,甚至是危及生命的危险。也许真正发生的是这样一种情况,他在心里想着,也许小家伙一时冲动,真的离家出走了,根本不打算回来面对科讷希特这位老师;也许情况比想象中还要糟糕,也许他甚至会对自己造成什么伤害。唉呀呀,事情怎么会走到今天这一步的呢?在养育这个男孩的过程中曾经忽视掉的一切、曾经做错的一切,如今似乎都在虎视眈眈地盯着他,仿佛随时会展开报复,而且,还正好都选在他们试图对过去的错误加以弥补的这个时间点上。

德西格诺尼不打算听从科讷希特的建议,坚持认为现在必须采取一些

---

[1] 意大利语"夫人"之意。

具体行动，哪怕什么都不能确定，至少也必须主动做些什么；他觉得自己作为蒂托的父亲，不可能以眼下这种焦急万分又无所适从的心态，心甘情愿地接受命运的打击，无事可做地等待着，逐渐变得越来越不耐烦，心里越来越紧张，情绪越来越激动——假如他真这样做了，他的朋友恐怕会感到相当失望。因此，大家讨论过后，决定派人到蒂托有时会跟自己同龄朋友一起玩的几户人家那里去打探一下情况，先搞清楚小家伙可能的行踪。科讷希特的心情依旧很放松，当德西格诺尼夫人出了书房，前去具体安排这件事时，他总算又能够跟自己的好友单独相处了，继续聊一聊了。

"普利尼奥，"他开口道，"瞧瞧你那哭丧着脸的表情，简直就像你儿子已经死了，刚刚被人抬回到这栋房子里了一样。他早就不是那种懵懵懂懂、不谙世事的小孩童了，既不可能误打误撞地被车碾过，也不会在野外误食有毒的颠茄[1]。冷静下来，我亲爱的朋友，别想太多。既然小家伙不在这里，就由你来暂时代替他听课吧。到了你家之后，我一直在观察你。根据我的判断，你目前的状况不怎么好。你或许听说过，当一名职业运动员在遭受意料之外的外部打击，或者承担突如其来的压力时，他全身上下的肌肉会自动给出条件反射般的反应，做出一些必要的动作，比方说伸展开来，或者快速躲避，以帮助他应对各种突发状况。因此，弟子普利尼奥，你眼下最好也学习一下这招，当你受到打击的那一刻——或者当你反应过度、自以为受到了打击的那一刻——你应该马上行动起来，运用下述这种初步防御精神冲击的方法，尽快调整好自己的心态。具体而言，你必须首先控制住自己的呼吸，让呼吸尽量变慢，变得缓慢悠长，同时小心仔细地控制其节奏，保持匀速，维持和缓从容的频率。瞧瞧你现在的模样，岂不是跟我描述出来的方法背道而驰？你此刻的呼吸方式，简直就像一个必须通过无比夸张的表演来强调自己正处于极度震惊状态下的演员。不得不说，作为一名成年人，你对自己防护得还不够好。你们这些世俗世界的人似乎总是这样，总是要以一

---

[1] 欧洲常见的一种有毒野果，形似熟透樱桃，容易被孩童误食。

种非常夸张的方式来表达自身的痛苦和忧虑,总是无法很好地控制住自己的情绪,一定要让一切都暴露在外,而不是蕴藏于内。诚然,这种情绪上的大开大合有其打动人心之处,有一些令人觉得可怜又无助的感召力;在某些时候,尤其是当它作为真正的痛苦、带有殉道的意味时,其中也会包含一些崇高、肃穆的可贵精神,这是不言而喻的。可是,对于日常生活而言,你这种彻底放弃防卫、放弃控制的做法,并不能作为抵御突发状况时的武器来使用;请你放心,我将确保有朝一日,让你儿子在需要的时候,能够获得比你好得多的装备,能够用更好的武器来武装自己。不过现在呢,普利尼奥,你还是先跟我一起好好做些基本的呼吸训练吧,如此一来,我也可以看看,你是否真的又将以前在瓦尔德策尔学到的东西给忘得一干二净了。"

借助呼吸训练,通过严格的节奏指令,他以一种非常自然的方式,成功地将自己这位朋友从自我折磨的痛苦状态中转移了出来。调整好呼吸之后,普利尼奥发现,自己的情绪已经稳定了下来,终于又能听从理性的分析与指示,惊恐、焦虑、担忧的负面心理屏障,也随之逐一解体。他们一起去了蒂托的房间;科讷希特愉快地检阅着房间里杂乱无章、四处散放的男孩物什。他伸手去拿放在床边小桌上的一本书,里面夹着的一张字条露了出来,十分显眼。瞧瞧,这不就是失踪者离开之前通常会留下的字条吗?他笑着将字条递给了德西格诺尼,这位父亲脸上的阴云瞬间散去,整个人一下子又变得开心了起来。蒂托在字条上告诉父母,他今天一大早就启程了,独自前往山区,在贝尔庞特小屋等待自己新老师的到来。在自己所享有的自由再一次受到难以忍受的限制之前,大人们理应允许自己享有这份小小的乐趣、这份微不足道的自由。因为他对在新老师的陪同下进行这趟原本可以拥有相当美好体验的短途旅行,始终存在着某种难以克服的不情愿感,这让他觉得自己就像一个每时每刻都受人监督的囚犯,没有任何自由可言。

"这份心情完全可以理解。"科讷希特说,"既然如此,我明天就动身去找他,等我到达时,他大概早就在你的度假小屋里等我等得不耐烦了。不过现在呢,首要任务还是先去找你的夫人,赶紧告诉她这个消息。"

在这一天剩下来的时间里，这栋房子里的气氛无疑是欢快而轻松的。当天晚上，在普利尼奥坚持不懈的恳求下，科讷希特终于开口，向自己的朋友简单讲述了过去几天发生的各种事情，首先提及的当然是他跟亚历山大大师的两次谈话。除此之外，还是在当天晚上，科讷希特还拿了一张纸，写下了一首颇为古怪的诗，这首诗的原稿，现存于蒂托·德西格诺尼先生手中。此事的前因后果详述如下。

共进晚餐之前，东道主让他独自一人待了一个小时。在书房里，科讷希特看到了一个装满了古书的书柜，里面的藏书引起了他的好奇心。阅读古书，这也是他在持续多年如苦修士般的禁欲生活中早已疏远、几近忘却的一项爱好与乐趣。此时此刻，再一次看到这么多古书出现在自己眼前，这幕场景令他不无深情地回忆起了自己的科研岁月：站在内容完全未知的一排排古书前面，随意地伸手进去，从这里或者那里精心挑选出其中一本，吸引他开卷的，要么是烫金的装帧，要么是作者的名字，甚至是开本大小或者封面所使用的皮革颜色。那种感觉又回来了，他开心地浏览着书脊上的书名，意识到自己在这书柜里看到的都是十九世纪和二十世纪的优美文学作品。最后，他从里面抽出一本亚麻布面装帧、封面已经褪色的厚书，书名为《婆罗门的智慧》[1]，这本书成功地吸引了他。他先是站在那里随手一翻，然后又坐了下来，开始较为仔细地阅读这本书。书里收录了好几百首教诲诗，有些是针对基督教教义的空谈，有些蕴藏着真正的智慧，虚伪说教与真正的诗意精神在这本书中奇妙地实现了共存。在科讷希特看来，这本时而奇妙时而感人的诗集里面，绝对不缺乏深奥有益的美好内容，然而，这份美好却经常被淹没在粗鄙的小市民家庭表象之下，显得暗淡无光。幸好其中那些最美好的诗篇并没有因此而受到影响——在这些熠熠生辉的诗篇中，我们看到的并非这位诗人在其他一些诗篇当中努力进行的创作尝试，并非某种学说、某种古老智慧试图寻求具体而微的表达形式；恰恰相反，这里出现的是一些很纯粹

---

[1] 德国浪漫主义文学时期诗人、翻译家弗里德里希·吕克特（1788—1866）的教诲诗巨著，共分为六卷。文中提到的应该只是其中的一卷。

的东西,是诗人思想内核的锤炼,是他剖白爱意的能力,是他的满腔热忱,是他对人性的热爱,是他作为普通小市民所具有的踏实可靠性格的集中反映。科讷希特坐在那里,尝试用一种混合了尊敬钦佩与娱乐消遣这两种意图的心境来读这本书。翻阅过程中,突然有一行诗文吸引了他的目光。于是,他细细品读了这首诗,读着读着,他的脸上不知不觉露出了微笑,不由得连连点头。果然,他对这首诗感到心满意足,心中充满了赞许之情。这首诗的内容十分奇妙,仿佛是专门为了他所经历的这一日时光而写下的赠言。诗文如下。

时光如梭诚可贵,
任其远去亦无憾,
只为那更可贵之物,
能借此机会,生长成熟:
一株无比稀有的植物,
我们将它播种在花园里;
一个孩子,尚待培养;
一本小书,尚待书写。

他拉开书桌的抽屉,找了找,找到一张白纸,随手将这段诗文抄在了上面。稍后,他将这首诗拿给普利尼奥看,对他说道:"我很喜欢这几行诗文,字里行间,蕴藏着某些特殊之处:文笔朴实无华,几乎不带任何修饰,内容却如此真挚动人!不仅如此,这首古诗所写的,仿佛就是最近发生在我身上的事情,特别符合我眼下的状态和心境。诚然,我并不是一名园丁,不愿意将自己的时光耗费在照顾一株无比稀有的植物上,但我的确是一位老师,目前正大步走在教书育人的途中,我即将去培养一个自己很愿意培养的孩子,对于这项即将开始的任务,我的内心是多么期待!关于这几行诗文的作者——诗人吕克特,照我看来,他大概同时具有三种高贵的热情,即园丁之热情、教师之热情、作家之热情,尤其是这最后一种热情,恐怕在他身上占据了首位,因为他在创作这首诗的过程中,特意将对它的描述放在了最后、放到了整首诗的末尾,因为诗的结尾向来都是整首诗最重要的部分。细读结尾,不难发现,身为作家的这份热情是多么炽烈,对创作成果的爱意是多么真切,甚至连笔调都在不知不觉间变得温柔起来,不愿意简单地称其为'书',偏要将自己未来的创作成果称为'一本小书'。这份真情是多么令人感动啊。"

普利尼奥大笑出声。"谁知道呢,"他回应道,"这个漂亮的缩小化名词[1],是否只是韵脚大师信手拈来的一个小把戏?因为他在这里刚好需要一个双音节词,如果用'书'的话,这里就是单音节词,无法押韵了。"

"我们还是不要太低估他了,"科讷希特反驳道,"像这样的一位先生,一生中写下了好几万行诗文,不可能让自己被区区格律问题给困住。不是这么回事,你可以仔细听一下这句诗真正诵念起来时的感觉,多么温柔,同时还带有一点点腼腆:'一本小书,尚待书写!'特地将'书'写成'小书',恐怕不仅仅是对自己创作成果所怀抱的爱意使然,恐怕也是为了表达委婉、调和的这样一重蕴意。或许——没错,甚至可以认为这恐怕就是事实——这位诗人是一位对自身创作事业如此痴迷、如此执着的作者,其程度之深,甚至连他本人都经常会产生这样一种感觉,即他对写书的嗜好,事实上可以被视为某种形式的激情与恶习。照此看来,'小书'这个词不仅具有娇俏可爱的含义及韵律,与此同时,它也具有委婉致歉的隐意,甚至还略带贬义。这就好比某位嗜赌成性之人邀请我们去赌博,从来不会直接说'赌博',而是含蓄地称为'小赌';与此类似,某位嗜酒贪杯之人邀请我们去买醉,也不会直说,通常会说一起去喝个'小酒'或者'小酌'几杯。好吧,这些当然都只是我的猜测而已。不管怎么说,对于这位以诗文高歌者,他想要教育的孩子和他想要写的小书,我完全认可,因为这完全就是我本人

---

[1] 德语语法术语,指在词尾添加"-chen"或"-lein"等后缀,将原始名词"缩小化",成为一种爱称。德语诗歌创作中经常使用这一手法来押韵,故有文中所说。

的想法，我对此感同身受。实话实说，我不仅对诗中这种迫切想要教书育人的热情十分熟悉——不止于此，因为写书刚好也是一份离我并不遥远的热情。诚然，过去不可能办到，但现在我已经从办公室里解脱出来了，对我而言，这个想法再度有了成真的可能，无疑又是一项甜美的诱惑：要么干脆在足够闲暇的时候，趁着大好心情写一本书？不，不对；写一本小书，为我的朋友们、为我精神世界同仇敌忾的战友们，认真写点儿东西。""具体写些什么呢？"德西格诺尼好奇地问道。

"哎呀，什么都可以，主题是什么，并不重要。无非是想创造出一个能够让我随心所欲消磨时间的场合，可以无拘无束地去做自己想做的事情，尽情享受拥有大量自由的幸福感。不过话又说回来，一旦开始写书，对我而言，真正重要的恐怕是写作时的语调控制，保持在庄重与亲昵之间，严肃与嬉闹之间，找到一处恰如其分的中间地带，不能使用说教、教导的语调，必须是友好亲切的交流和讨论：交流各种我已亲身经历过的事情，讨论各种我认为自己已熟练掌握了的本事。这位弗里德里希·吕克特在他的诗句中巧妙地糅合了说教与思考、严肃讨论与轻松闲聊，我恐怕不会使用跟他类似的写作手法。尽管如此，在这种极具风格的手法中，仍有某些东西在友好地召唤着我、吸引着我——独具个性，但又不会显得专横；可爱俏皮，但又被固定的格式规则所束缚，这个具有两重性的特征令我感到颇为开心，我很喜欢它。好吧，我暂时不会去想象小书写作的乐趣，不会去思考过程中可能遭遇到的各种问题，因为眼下必须将精力集中到其他事情上。不过我想，未来的某一天，自己多半还是能够好好享受身为文学创作者的那份幸福感的。到了那个时候，我多半会以某种舒适自在但同时也很谨慎小心的方式来尝试写作——恰如我眼下心旌荡漾、跃跃欲试地想要去做的那样——不只为了收获孤独的快乐，而且始终要以少数几位好朋友和读者为中心。"

第二天早上，科讷希特正式启程，前往贝尔庞特小屋。德西格诺尼昨晚就已经明确提出了要求，希望陪他一起到那里去，可他却拒绝了，态度十分坚决。稍后，普利尼奥鼓起勇气，再一次试图说服他，这种再三犹豫的行为几乎令科讷希特大发雷霆。"这个小家伙,"他简略地回应道,"即将跟一位在他看来非常致命的新老师见面,光是这件事,他都要很费劲才能消化得掉。我们总不能让他在见到这位新老师的同时,也看到他的父亲,这一幕恐怕只会令他感到灰心丧气。"

当他终于坐上普利尼奥为他雇来的车,驶过九月的美好清晨时,昨天徒步旅行时的大好心情又回到了他的身上。他时不时地就跟司机聊一会儿,每当被窗外风景吸引时,就请司机停下来,或者放慢速度,途中兴致高昂时,还多次吹起小木笛。这无疑是一次美丽而激动人心的旅行,从首都出发,驶过低地,转向山麓,再开往山区。与此同时,这趟旅程也带领我们缓缓走出即将结束的夏天,越来越多地进入秋季。约莫中午时分,最后一段大坡度的攀爬正式开始,漫长的弯道从已经显得颇为稀疏的针叶林之间穿梭而过,沿着崖壁缝隙奔涌咆哮、击打出无数泡沫的山涧一路前行,驶过桥梁,驶过一处处形单影只、围墙修得很高、窗户普遍开得很小的农庄,进入四周遍布岩石、道路崎岖难行、沿途颠簸不断的山中世界。在充斥于此地的冷酷、肃穆气氛笼罩下,竟也能看到一处处如天堂般美丽的草场绿地,每处地块都不大,但数量很多。在这些地块上,夏末的鲜花正以一种加倍可爱的方式怒放。

他们最终抵达的这座度假小屋,曲径通幽地隐藏在山间湖泊边的一大块灰色石崖下方,哪怕已经到了这里,乍一看去,也几乎觉察不到它的存在。可是,一旦从轮廓和材质中分辨出了这座小屋,旅行者马上就能感受到这种在设计风格上已经完全适应了粗犷高山的建筑对外呈现出来的冷酷感,甚至还会给人造成一种阴森森的恐怖印象;看到小屋的这一刻,科讷希特的心不由得收紧了,可是紧接着,在下一个瞬间,他的脸上已经洋溢出欢快的笑容,因为他看到有个小小身影就站在敞开的小屋门口,是一个穿着亮色夹克衫和短裤的小伙子,只可能是他的学生蒂托。虽然他由始至终都不曾为这位他很清楚肯定不会出什么事的离家出走者担过心,不过此时此刻,亲眼看到蒂托之后,他还是不由自主地松了口气,怀抱着感激之情,彻底放下心来。

蒂托提前一步来到了这里,并且专门在小屋门口恭候着,准备迎接自己的新老师,这可真是再好不过了。如此一来,之前还令科讷希特感到纠结难安的一些不太好的可能性,眼下就可以略过不提了。要知道,来这里的路上,这些错综复杂的可能性还一度令他感到无比头疼呢。

小伙子见他来了,脸上露出了微笑,态度十分友好,显得略微有些腼腆。他赶紧过来扶这位新老师下车,一边帮忙,一边对他说道:"请您不要误会,由于我的任性,让您不得不独自跑这趟遥远路程,但我其实并没有什么恶意。"在科讷希特开口回应之前,他又用十分信任的语气补充道:"我想,您肯定明白我不告而别的用意。因为假如您不懂我,必然会让我父亲陪您一同过来。顺带一提,我已联系过他,报了平安,请您放心。"

科讷希特笑着跟他握了握手,让他引着自己进屋里去,女仆见到他,也向他问好,并且说晚餐正在准备中,很快就可以开动了。哪曾想到,这时科讷希特突然意识到,自己的身体出了状况,似乎出现了某种极其陌生的、令他感觉很不习惯的迫切需求,竟迫使他不得不在晚餐前直接躺到了床上,稍事休息,恢复精力。明明是一趟美好的搭车旅行,他却因此而感到莫名其妙的疲乏,甚至可以说是精疲力竭,这也太不寻常了。到了晚上,当他跟自己的弟子聊天,看他展示自己的山区花卉标本和蝴蝶标本收藏时,这种疲乏感表现得更为强烈,甚至感到有些头晕目眩,脑袋里面浮现出一种前所未有的空虚感,除此之外,全身上下都陷入相当恼人的虚弱状态,连心跳都开始不正常起来。尽管如此,他仍然坚持跟蒂托坐在一起,维持正常的沟通交流,直到预先约定好的睡觉时间才起身离开,努力不让身边人注意到自己身体不适。作为弟子,蒂托感到有点儿惊讶,因为大师只是跟自己坐在一起闲聊,对具体的开课时间、日程安排、最近成绩之类的事情只字未提。这种与众不同的做法,令蒂托感觉很好,于是,他大着胆子提出请求,尝试利用这种良好氛围,建议明天早上再出一趟门,到附近走走,带老师熟悉一下周遭的新环境。果然,这个建议立即就被老师善意地采纳了。

"我很期待这次散步,"同意之后,科讷希特又补充道,"我刚好也打算趁此机会，请您帮我一个忙。是这样的，观赏过您搜集的各种植物标本之后，我可以看出，您对山地植物的了解远比我要多。我们一起生活的重要目的之一，就是交流、协调我们各自掌握的知识，因此，我们不妨直接从这方面着手，由您先来考察我有限的植物学知识，帮助我在这个领域取得一些进展。"

师徒二人互道晚安之后，蒂托对于这次交流的结果感到非常满意，当即许下了良好的心愿，打算跟随这位新老师好好学习。上次见面时，科讷希特大师已经给他留下了非常好的印象，此次见面，令他又一次感到自己真的非常喜爱这位大师。他跟学校里那些老先生大不一样，不打算使用艰深晦涩的词汇来为难学生，不喜欢在科学、美德、崇高精神等宏大议题上夸夸其谈。这位性格开朗、态度和蔼的先生，在他个人的天性中，在他的言谈举止中，蕴藏着某种非比寻常的东西，这种东西能够在不知不觉之间唤醒人们潜在的责任心，唤醒高贵、善良的品格，唤醒沉睡的骑士精神，令人不由得产生勇攀高峰的愿望，以及与之相匹配的力量。是啊，就蒂托以往的经验而言，欺骗、捉弄随便哪位老师都能给自己带来乐趣，甚至能够成为一项值得炫耀的功绩；可是，在这位先生面前，根本不可能产生这种不敬的想法。他是——该怎么说呢？他究竟是怎样的一个人？究竟发生了什么，才能造就出像他这样的一个人？蒂托开始了思考，想要搞清楚这位对他而言还很陌生的新老师，为什么能够令自己感到如此满意、感到如此印象深刻。仔细探究一番之后，蒂托发现，是因为他的举止不凡、他的绅士风度，举手投足之间，时刻显露出高贵典雅的气质——这种气质就是最吸引他的地方。这位科讷希特先生的确出类拔萃，是一位当之无愧的绅士，一位真正的贵族——尽管没人知道他的原生家庭情况，尽管他的父亲可能是个鞋匠。他比蒂托认识的大多数人都更高贵、更有地位，也比蒂托自己的父亲有地位。我们知道，这个小伙子高度尊重他们德西格诺尼家族的贵族血统和优良传统，也正因如此，他无法原谅自己的父亲，不明白他为什么偏偏要背弃这一切。可是，在科讷希特这位先生的身上，他第一次见识到了真正意义上的精神贵族，见识到了纯粹依靠筛选和教育培养出来的贵族。借助教育所拥有的伟大力量，在极度幸运的条件下，偶尔可以创造出奇迹，跳过一长串祖先和世代，在单独一个人的短暂人生中，将一个平民出身的孩子培养成一位真正的高级贵族。察觉到这一点之后，这个热情似火、颇为自傲的年轻人隐约感觉到，服务于这种精神贵族，想方设法成为这种精神贵族，或许也可以成为自己此生的责任与荣耀。这位老师的身上显露出来的诸多特征，这位老师举手投足之间表现出来的无与伦比气质，无不证明他正身处于精神贵族的领域。或许这类精神上的贵族，对于以血脉维系的传统贵族而言，已经形成了全面的超越，更何况这位新老师对待自己的态度是如此之温柔、如此之友善，这一切早就无可辩驳地证明他是一位真真正正的绅士，世界上绝大部分贵族都比不上他。面对科讷希特，蒂托的心中涌生出一份强烈的情感，仿佛受到了某种感召，察觉到生命的意义正在向自己靠近，注定要为他设立好奋斗与追求的目标。

科讷希特被蒂托护送到了他的房间里之后，并没有立即躺下休息，尽管他实际上非常想这样做。这个原本应该很开心的晚上，竟给他带来了意想不到的麻烦。因为身体方面强烈的疲乏感，他不得不付出极大的努力，才能勉强在蒂托这个年轻人面前将自己的表情、姿势和声音保持得跟平常一样，唯有如此，蒂托才不会注意到他此刻不同寻常的疲惫无力，不会注意到他身体各方面的不协调，不会注意到他恐怕已经患上了某种急病。整个晚上，眼前的年轻人无疑都在密切关注着他，努力观察与他相关的一切，这更是令科讷希特保持平常模样的辛劳显著增加，同时又大大加重了他身体的负担。好在从目前情况看来，他的努力似乎已经收到了成效，蒂托并没有发现他跟平时有什么不同。可是此刻，在回到房间里之后，他必须独自面对这种茫然无措的空虚感、这种难以言喻的不适感、这种令人感到无比焦虑的眩晕感、这种如同死去一般的疲乏感——这一切当中同时包含了不祥与不安，似乎是某起即将到来的重大事件的征兆。于是，科讷希特尝试稳住心神，成为这一切的掌控者，首先自然是要搞清楚它们的来源，理解给自己造成今晚这一系列麻烦的前因后果。

实际上，理解这一切并不怎么困难，唯独需要耗费一些时间，而且又平添一份辛劳。他发现，问题主要还是出在今天的旅行上，眼下所患的急病除了这个理由之外，根本不存在其他任何原因。细究起来，道理其实非常简单，因为今天的旅行在这么短的一段时间内，将他从平原地区一路带到了海拔两千米的高处。自从经历了青年时期的几次旅行之后，科讷希特一直都不习惯待在这样的海拔高度上，他知道，自己的身体无法承受这种海拔高度的快速攀升。按照目前的身体状况看来，他可能至少还必须忍受一到两天的折磨，假如到了那时，病况依旧没有好转，他就必须跟蒂托和老女仆一起回家了。如此一来，跟普利尼奥一起拟订的第一阶段教育设想，以及这次美好的贝尔庞特小屋计划，就不得不宣告失败，还没怎么开始就夭折了。假如事情朝着这个方向发展，无疑会令人感觉遗憾，但至少不会出现巨大的不幸，因此也是可以接受的。

经过这些考虑之后，他才躺到床上，度过了一个没怎么睡着的夜晚。辗转反侧的时间，一部分用来对离开瓦尔德策尔之后的旅程进行回顾，一部分则试图平息自己狂跳不止的心脏、压制住兴奋不已的神经。除了这些之外，他也考虑了许多关于他这位弟子的事情。一想到蒂托，一想到自己即将开始培养他，他就感到很开心，但他并不打算制订任何具体的教学计划；在他看来，最好只是通过相对被动的循循善诱手法，尽量亲切、温和、礼貌地跟这位弟子沟通，让他逐渐养成好的习惯，最终必定能够驯服这匹血统高贵却不怎么守规矩的宝马良驹。可想而知，这套方法就需要按部就班地来执行，需要耗费较长的一段时间，过程中没什么仓促行事的必要，也没什么需要借助强迫手段的地方。他想让这个男孩循序渐进地认识到自身的天赋和能力，同时精心培育他原本就有的高尚好奇心，合理引导他因为父亲抛弃贵族身份而招致的不满情绪，给热爱科学、热爱精神世界、热爱美的追求赋予力量。这项任务很值得去完成，因为他的这位弟子身份特殊，不仅仅是一位需要被唤醒并加以锻造的普通年轻人才；作为一个在世俗世界很有影响力的富裕贵族家庭的独生子，长大之后，他必将成为未来的统治者，必将成为这个国家、这个民族的社会形态与政治形态的共同创造者之一，必将成为普罗大众心目中的榜样和领袖人物。实话实说，卡斯塔利亚对这个古老的德西格诺尼家族是有所亏欠的；因为卡斯塔利亚人没能对曾经被托付给他们的蒂托的父亲进行毫无保留、贯彻到底的教育，他们没有尽到应尽的义务，没有想方设法让他变得足够强大，足以在世俗世界与精神世界之间的夹缝中找到一条可供他前行的道路。到了最后，不仅导致这个极具天赋又很招人喜欢的青年普利尼奥的人生变得不幸，生活失去了平衡，在很长一段时间内，日子都过得一塌糊涂，整个人一蹶不振，也使他唯一的儿子面临危险，几乎被卷入跟父亲一模一样的人生难题之中。在蒂托的身上，有一些东西需要治愈和弥补，有些像债务一样的东西需要有人来负责偿还。在这件事情上，他乐于成为拨乱反正之人；更何况这项培养任务落在他这个很不听话的、貌似已经背叛了组织的人身上，冥冥之中似乎也自有天定。

隔天清晨，他感觉到屋子里有人走动，于是就起身了。起来之后，发现床边摆着一件浴袍，于是就在轻薄的睡衣外面穿上了这件浴袍。然后，正如蒂托前一天晚上指给他看的那样，出了房间，独自走到小屋的后门，再从后门走进半开放的一条通道里：这条通道连接着小屋和浴场，浴场就在湖泊的旁边。

在他面前，小小的湖泊呈现出灰绿色，湖面一动不动。湖畔的那一边，是高耸、陡峭的崖壁，锯齿状山脊横亘于视野尽头，其边缘如刀锋般锐利，切入看上去轻薄如纸、微微泛绿、凉爽惬意的晨曦。山脊的下半部分依旧沉没在夜的阴影里，隐隐显露出蜿蜒曲折的纹路，弥漫出淡淡的寒意，可是，在这道山脊的后方，在那看不见的位置，太阳明显已照常升起，它的光芒在尖锐的崖壁边缘轻拂，此起彼伏地摩挲出一缕缕金光闪耀、细如尘埃的光之碎屑；那轮红日即将出现在参差不齐的山巅，用光芒淹没这湖泊与山谷，像这样的一幅壮美图景，可能几分钟之后就会出现。科讷希特无比专注地注视着眼前这幅不断变化的图景，颇有感怀，他发现这幅图景所呈现出来的静谧、庄严与美好，对于自己而言，无疑是全然陌生的，但同时又是极其迷人的，令自己感到无比钦佩。甚至可以说，相较于昨天的山间旅行，此刻他反倒更能感受到高山世界所拥有的力量，感受到它的冷峻与庄严，感受到它拒人于千里之外的疏离感：山并不期待与人类见面，从不主动邀请人类来亲近自己，几乎不会去容忍与人类相关的一切。另一方面，对于科讷希特而言，命运的走向似乎很奇怪，但应该也很重要，因为他朝世俗世界崭新自由生活迈出的第一步，恰恰将他引向了这里、引向了这处寂寥又冰冷的宏伟之地。

这时，蒂托出现了，他穿着游泳裤，跟大师握了握手，指着对面的崖壁说道："您来得正是时候，太阳即将升起。哎呀，住在山上的感觉真好！"科讷希特对蒂托友好地点了点头，表示了赞同。他早就知道蒂托每天都起得很早，喜欢跑步，尽管年纪轻轻，却是一名摔跤好手，而且还是一名徒步爱好者。这个男孩之所以选择如此自律、如此热爱运动、如此亲近大自然的生活，没什么别的原因，只是为了以实际行动来向父亲所过的那种随心所欲、浅尝辄止、追求舒适的态度和生活方式表达强烈抗议而已，拒绝喝葡萄酒也是基于同样的理由。虽然蒂托的这些习惯和倾向，偶尔会导致他出现将自己直接视作"大自然之子"的情况，摆出蔑视知识的姿态——顺带一提，遇事时总是喜欢表现得很夸张，似乎是德西格诺尼家族的成员们与生俱来的一种倾向——尽管如此，科讷希特依旧对此表示欢迎，并且决心经常跟蒂托一起参加体育锻炼，跟他建立起运动伙伴的关系，同时也将此作为赢得这个桀骜不驯青年的信任、对其加以驯服的手段之一。当然，这只是他所拟订的多种手段当中的一种，而且还不是最重要的一种：举例而言，音乐，相比之下应该能带来更多的益处。实话实说，他从来没想过要跟这个年轻人在体育锻炼方面平起平坐，甚至超越他，这显然是不切实际的。不过，哪怕只是适度运动，也足以向年轻人证明，他的新老师既不是胆小怕事的懦夫，也不是足不出户的老学究。

此时此刻，蒂托怀着急切盼望的心情，目不转睛地远眺那道仍旧笼罩在黑暗之中的崖壁山脊，山脊后方的天空已开始在晨光中摇曳。刹那间，山脊边缘的一处岩石猛烈晃动起来，仿若即将熔化的大块金属一般，迸发出耀目的辉光；山脊边缘瞬间变得模糊不清，而且似乎突然变矮了一截；周遭的一切仿佛都在消融，自那不断灼烧的缝隙之间，走出了那颗耀眼的白日之星。同一时刻，大地、小屋、浴场，还有这一侧的湖岸，全部亮起来了。站在初升朝阳之下的两个人，毫无遮拦地沐浴在强光中，很快就感受到了这伟大光芒带来的温暖，不由得心生愉悦。男孩被这一时刻大自然的庄严之美所打动，他所拥有的青春与力量也为之一振，他开始动了起来，手臂有节奏地晃动，慢慢伸展他的四肢，很快，整个身体也跟着动了起来，以热情的舞蹈来庆祝黎明破晓，并表达他对周遭涌动、闪耀的一切大自然元素的亲密认同。他的舞蹈欢快，仿若飞翔，每一个动作都在向凯旋的太阳致敬，同时也在表达自身的渺小与谦卑，在伟大的太阳面前虔诚地退避。他伸出的双臂转向高山，转向湖泊和天空，仿佛要将大自然的一切吸纳到自己心中。跳着跳着，他跪了下来，似乎想以这个动作向大地母亲致敬。他跪在地上，朝着湖水摊开双手，将他本人、他的青春、他的自由、他炽烈燃烧的这份活着的感觉，如庆典上的祭品一般，献给天地之间，献给这许多无穷伟力。阳光映照在他棕色的肩膀上，他的双眼半闭，抵御强光。年轻的脸庞，热情如面具般凝聚，显露出来的是近乎狂热的严肃。

就连这位见多识广的大师，也被这崖壁山脊之间、静谧孤独的黎明破晓景象给打动了。大自然的庄严肃穆中确实蕴藏着非同小可的力量，轻而易举就能攫取人心。但是，相较于此刻的壮丽景象，更吸引他的反而是近在眼前的人类行为，是他这位弟子独特的晨间庆典、迎接朝阳的舞蹈。不得不说，这套舞蹈相当感人，绽放出人性的熠熠光辉，它使这个尚未培养完成、平日里颇为任性的年轻人，暂时进入了某种超凡入圣的虔信状态，并利用这个短暂瞬间，向他——向科讷希特这位观众揭示了自己内心潜藏最深，同时也最为崇高的倾向、才能和命运。此情此景，就跟当下朝阳骤然升起，转眼照彻了这个冷冽、黑暗的山谷一样：过程同样很突然，散发出的光芒同样很灿烂，一切真相都暴露无遗，一切昭然若揭。此时此刻，在他看来，这个年轻人显然比他此前所设想的还要强韧、还要有价值，但这同时也意味着他比自己想象中更难应付、更难于接近，与精神领域的正道距离更远，更像一名异教徒。蒂托在灵魂受到震慑时跳起的这套舞蹈，这套庆典之舞、献祭之舞，与多年以前年轻的普利尼奥在精英学校就读时进行的公众演讲、信笔写就的诗文比较起来，可谓有过之而无不及；这套舞蹈的出现，使蒂托在科讷希特心目中的地位提升了许多，但也使他这个人变得更加陌生，更难以捉摸，更无法受到感召。

就连男孩本人，也被自己跳舞时所呈现出来的这份热情给震慑住了，他并不知道自己身上究竟发生了些什么。这套舞蹈不是他所熟知的舞蹈，不是他之前已经跳过或者至少尝试过的舞蹈；这套舞蹈跟他自己发明的那套庆祝朝阳与清晨来临的仪式性舞蹈也相去甚远。不仅如此——顺带一提，关于这点，蒂托当时并不知情，假以时日，他才领悟到——参与他的即兴舞蹈创作、将他引入某种意乱神迷状态的，不仅仅是山区里的空气、朝阳、清晨，以及日出时分那种无比自由的感觉，还有他的年轻生命即将发生重大转变、进入崭新阶段的这一现状，以及科讷希特大师这位亲切友好又令人敬畏的关键人物的出现。凡此种种，在年轻人蒂托的命运中、在他的灵魂深处，如滚滚洪流般汇聚到一处，终于，在这一天黎明破晓之时——区别于蒂托人生中其他无数个时刻——升华为一小段无比崇高、如盛大庆典一般、神圣又庄严的时光。他并不知道自己究竟在做些什么，自然而然地就这样去做了，既不打算对此加以审视，也没有产生哪怕一丝一毫的怀疑。他做了这一小段神圣时光要求他去做的事情，跳起了他的牺牲之舞，向初升的太阳祈祷，通过无比虔诚的动作和乞求怜悯的姿势，表达出自己内心的喜悦，表现自己对生命的信仰，传达自己的虔信与敬畏。可以肯定的是，在跳这套舞的时候，蒂托的内心充满了骄傲，心甘情愿地将虔诚的灵魂交托出去，以舞蹈的形式献给太阳和众神，同时也献给眼前这位令人钦佩、敬畏的智者和音乐家，献给这位来自神秘省份的神奇游戏大师，献给他未来的导师和朋友。

所有这一切,恰如日出时急促闪动的光波一般,只持续了短短几分钟。科讷希特心怀感动地看着弟子在自己眼前发生奇妙的转变,看他如何用无比真挚、赤忱的态度来展现自我。蒂托的这种行为,在科讷希特看来,是一种崭新的、完全陌生但又完全成熟的精神领域探求,跟他自己这一生中所进行的探求是完全平等的;在这一刻,他们两人之间也是完全平等的。他们都站在小屋跟浴场之间的这条人行通道上,沐浴在来自东方的丰裕光芒之中,他们都被自己刚刚所经历的一切深深地打动了。哪曾想到,就在这时,蒂托突然从幸福的狂热中清醒了过来,醒得如此匆匆,几乎没来得及踏出这套舞蹈的最后一步。此刻,他就像一只对自己忘乎所以的独自嬉闹突然感到无比惊讶的小动物那样,猛地停了下来,意识到自己眼下并非独自一人,意识到自己不仅体验并完成了一些不同寻常的事情,而且身边还有一名忠实的观众。此刻,蒂托心念电转,脑袋里面冒出来的第一个念头,就是想办法尽快逃离此地。因为他在清醒过来之后,突然觉得自己的处境非常尴尬,而且似乎还有一点儿危险。于是,他首先就需要采取某种强而有力的举措,尽速打破导致目前这种异想天开状况的古怪魔咒,眼下这些魔咒几乎已经吞噬了他,将他的自主意识完全淹没了。

尽管他现在这张脸看起来还是跟刚才一样,凝聚着热情,呈现出扭曲的严肃,仍然像是戴着一副令外人看不出年纪来的面具;可是此刻,面具上原本应该静止不动的表情,却突然显露出了一种幼稚感,甚至还带上了些许愚蠢,就像一个突然从沉睡中惊醒的人一般。猝不及防之间,他的双膝开始微微颤抖,人也有点儿站不稳,笨拙的目光,惊讶地注视着自己老师的脸,同时感到无比的尴尬。情急之下,男孩匆忙地伸出手来,仿佛刚刚想起了什么非常重要的事情似的——某些他几乎快要忘记却必须马上完成的事情。此刻,他伸出的右臂指向远处的湖岸:与这边不同,对岸的那部分湖泊,依旧笼罩在巨大的阴影里,那是乱石嶙峋的高山被阳光照耀之后在湖面投下的影子。从这边望去,被影子笼罩的湖面,似乎刚好占去整个湖泊的一半;可是与此同时,影子正在被早晨的阳光迅速蚕食,可以很清楚地看到阳光与阴影之间的那条交界线，正在逐渐朝着对岸溃退。

"只要我们游得足够快，"蒂托急匆匆地喊道，语调中充满了孩子气，"我们就可以抢在太阳之前赶到对岸。"

这句话几乎没有好好说完，与太阳比赛游泳的正式口令也没有完整下达，蒂托就不管不顾地奋力一跃，脑袋朝前，一下子扎进水里，消失在湖面上了。不管是因为眼下情绪过于兴奋，还是在老师面前感到太过尴尬，怎样都好，他必须立即离开这里，仿佛唯有如此，才能借助运动中身体的高度活跃，来忘掉自己之前跳舞献祭的那一幕场景。湖水激扬起来，反过来涌向已没入湖面的蒂托，将他彻底淹没。片刻之后，他的头部、肩膀和双臂又露了出来，开始朝着对岸迅速游去，他的身姿倒映在镜子一般的蓝绿色湖面上，从科讷希特这边看去，依旧清晰可见。

科讷希特刚刚来到这里时，其实并没有进浴场的打算，也不想游泳。对他而言，这里实在是有点儿冷，经过半病不病的一晚上折腾，身体很不舒服，根本就不适合下水。可是现在，身处美好朝阳的照耀之下，受到方才所见奇景的鼓动，再加上他这位弟子主动以运动伙伴的身份在邀请他、呼唤他，使他不由自主地产生了一股冲动，认为加入这次冒险行动当中其实也不那么可怕。当然，最主要的还是他对在拒绝此次邀请之后很可能随之而来的一系列后果的担心。假如他现在马上以冷静客观的成年人理性给自己找借口，拒绝这次突发事件对自己运动能力的考验，抛下这个男孩，不跟他一起游到对岸，并因此而令他感到失望——假如事情真的朝着这个方向发展，那么，刚才趁日出时刻的奇景好不容易推动起来、步入正轨、有所进展的一切，很可能会随着这次拒绝而付诸东流、化为乌有。尽管昨天快速上山的过程中产生的不安全感和虚弱感正在努力向他发出警告，令他心中隐隐感到不安，可他却颇有些固执地认为，或许这种不安的感觉反而可以通过强迫、粗暴的处理方式，以最快的速度来加以克服。此时此刻，在他看来，感召强于警告，意志胜过本能。事不宜迟，他急忙脱下轻薄的衣物，深吸一口气，朝着他弟子刚刚入水的位置，一跃而下，进到了湖水里。

583

湖泊里的水来自高处的冰川，寒气极重，哪怕在最温暖的夏天，也只有经常锻炼、身体素质非常好的人才能够扛得住。科讷希特进到水里之后才发现，迎接自己的是一种极度冰冷的敌意。进水之前，他已经做好了会被冻得直哆嗦的准备，但这种猛烈到难以忍受的严寒，是他完全没有料到的，更遑论应对了。这种严寒令他感觉自己仿佛受到了灼烧一般，仿佛四面八方都是炽热的火焰，将他给重重包围了起来，体表片刻沸腾之后，开始迅速钻入他全身，转眼将他焚成一个火人。科讷希特跃入水中之后，又迅速浮了上来，发现游泳健将蒂托又游了颇长一段距离，在他前面领先了一大截。尽管被周遭的寒冷、荒蛮和敌意折磨得苦不堪言，客观条件极其不利，科讷希特仍然坚信自己能够缩短这段距离，仍然坚信这次游泳比赛试图达成的目标，仍然坚信自己能够赢得弟子的尊重、跟弟子建立运动伙伴的情谊，仍然坚信自己是在为眼前这个男孩的灵魂而战。可是实际上，科讷希特此刻已经命悬一线，已经在跟死神缠斗了。是死神将他引向了这里，紧紧抓住了他，跟他打起了擂台。科讷希特用上了自己全部的力量，毫无保留地与死神搏杀，只要他的心脏还在跳动，他就能够抵挡住死神。

　　下水之后，年轻的游泳健将时不时回头张望。在其中一次回望时，他开心地注意到，大师已经跟随自己跃入了水中。现在他又看了看，却不再能够看到对方了。他的心情开始变得紧张不安，马上掉头往回游，一边寻找，一边呼唤，急匆匆地回到了大师刚才入水的地方。哪曾想到，蒂托再也看不到大师了。于是，他四处游动，反复潜水，试图找到溺水者，却无论怎样都找不着他，大师仿佛直接从湖里消失了一般。最后，连蒂托自己也在严寒中耗尽了体力，几乎快要溺水，只好磕磕绊绊地往回游，气喘吁吁地拼命踩水，终于赶在精疲力竭之前上了岸。看到扔在岸边的浴袍，顺手拿起来，开始机械地用它来回擦拭身体和四肢，直到冻僵的皮肤再次回暖。他独自一人，怅然若失地坐在阳光底下，目不转睛地凝视着湖面。冰凉的蓝绿色水体，蒂托原本是很喜爱的，现在再望过去时，显露出来的却是无比怪异的空洞、陌生与邪恶。此时此刻，男孩觉得自己仿佛被彻底的无助感和深切的悲恸扼住了咽喉；此时此刻，随着身体的疲乏逐渐消失，他的思维与意识、他对刚刚发生之事的震惊又回来了。

噢，可真是太痛苦了，他无比惊恐地想到，眼下这种情况，我必须对大师的死亡负责！直到此刻——直到再无虚荣可维护、再无执拗可坚持时，他惊恐的内心才终于在无比痛苦中察觉，原来自己对这位先生已是如此挚爱、如此不舍。纵使存在着千百种反驳的理由，他始终认为，自己应该为大师的死亡担负起责任来。一想到这点，伴随着肩负使命时特有的神圣颤抖，某种预感瞬间席卷了他——他知道，这份罪责将会重塑他和他的生活，它提出的要求将比他以往对自己的要求高得多。

第三部分

约瑟夫·科讷希特遗留下来的手稿

学生及自由研究时期诗歌

悲 诉

我们并非坚实存在,我们只是河水,川流不息,
我们流淌时能伸能屈,擅长适应所有环境:
白天、黑夜、山洞和教堂,
我们义无反顾,对坚实存在的渴求,驱使着我们。

这份渴求,命令我们不断适应环境,一处接一处,永不知停歇,
没有哪处真正成了我们的家、我们的幸福、我们的苦楚,
我们始终在路上,我们始终是过客,
没有哪处田地或犁耙在呼唤着我们,
没有什么粮食愿为我们而生长。

上帝对我们的安排如何,我们并不清楚,
他以我们为玩物,我们是他手中的黏土,
黏土是哑巴,不哭也不笑,任凭他拿捏,
可他从来都只是把玩,捏出千变万化的模样,
却从不煅烧定型。
终有一日,我们将被煅烧为坚石!我们的存在,将永恒永续!
这也正是,我们这份渴求,所追求的极致。

可惜这美好幻梦，永远只能化作一阵焦虑的颤抖，
我们的前路没有尽头，一处接一处，永不知停歇。

通　融

那些永不动摇的虔信者，那些天真者
当然无法容忍我们的疑虑。
世界是平的，他们言简意赅地给出了结论，
所谓深入地心的传说，不过是愚不可及的废话罢了。

因为，假如真有其他维度
存在于我们所熟知的那两重友好、可信的维度之外，
谁又能安安全全地住在那里？
谁还能无忧无虑、过得安稳？

如此这般，为了收获平安，
不妨让我们抹去一重维度好了！

试想想看，假如虔信者们真有那么虔诚，
深入地心真有那么危险，
由此推知，第三维倒也的确多余。
尽管如此，我们仍在暗地里渴望……

优雅高贵、饱含灵性、婀娜华美，
我们的人生宛似一群仙女——
环绕着虚无，翩翩起舞

我们却为此牺牲了存在与当下。

梦境美如斯,游戏亦可爱,
吐息如兰花,音律殊一致,
在你祥和的表象之下,仍暗藏了锋芒
渴望黑夜,渴求鲜血,渴盼荒蛮。

在虚无中循环往复,不受胁迫,亦无灾苦,
我们的人生多么自在,游戏随时皆可展开,
尽管如此,我们仍在暗地里渴望真实,
渴求孕育和初生,渴盼灾苦与死亡。

字　母

我们偶尔会拿起笔来,
取一张白纸,写一些符号,
诉说着这些那些,意思每个人都懂得,
这其实就是一个游戏,有着自己的规则。

可是,假如有个野蛮人或者月球人远道而来,
看到这样的一张字纸,这样一片沟壑纵横的鬼画符田地,
必定会充满好奇,将字纸放到自己眼前,反复琢磨,
字纸同时也在凝视他,无比奇异的陌生世界,
遍布魔幻图景的展示大厅,逐渐向他涌来。
他恐怕,会将字母A和字母B,认成人物和走兽,
认成眼睛、舌头和四肢,在纸上动个不停,

时而对那处感到疑惑，时而又受此处吸引，眼神飘忽不定，
他读这字纸，如乌鸦在雪地上行走，
奔跑，小憩，受苦，随着笔画起落，转眼就要飞走，
逐渐参透，凝聚于各处的黑色符号困扰，
在字母与字母相勾连的装饰之间穿行，
依稀看出一切排列组合的可能性，
见那爱意燃烧，形如见到痛苦抽搐不停。
他将惊叹，欢笑，哭泣，颤抖，
因为，在这些文字搭建而成的栅栏背后，
整个世界都将屈从于这份盲目的冲动，
整个世界都会慢慢变小，转变为一系列符号，
这些符号扭曲变形，如同受了诅咒一般，
站成一排又一排，走出无比僵硬的步态，
被俘获，如囚徒，亦如现实中的囚徒一般：模样相近，难以区分
毕竟生存与死亡，欲望和痛苦
也已成为兄弟，你我难辨……

到了最后，这个野蛮人恐怕会尖叫起来，
顶着难以忍受的恐惧，生起一团熊熊烈火，
眉头紧皱，口中喃喃自语，
将这张白色的鬼画符字纸，献祭到火焰里。
在此之后，也许他会感到恹恹欲睡，
这非人间之物，这受诅咒的字纸，
这忍不了的怪东西总算重归虚无，
被放逐到永远不可能折返的地界，
它将在那里叹息，微笑，重获新生。

读先哲所思

昨日尚且充满魅力,尚显出无比高贵,
提萃数百年思想精华得来的丰硕成果,
转眼即已褪色,枯萎凋敝,蕴意清零,
好比一份乐谱,自那细细的五根线上
将升记号[1]和高音谱号[2]统统抹去;

独具魔力的重心,从某栋建筑中逃离;
失去重心的建筑,含混不清地在轰鸣,
摇摇欲坠,分崩离析,结构破碎瓦解,
原以为和谐的存在,已成永恒的回响。

那智慧先哲的脸庞,恐怕也与此类似,
曾受众人倾慕,如今却尽显枯萎皱缩,
临近死亡,令他的睿智光芒不再涌现,
只好躲藏于细密皱纹之间,瑟瑟发抖。

哪怕恰好身处于本该情绪高涨的时刻,
也在几乎无从察觉时,心情复归黯然,
仿佛有一种认知,早已扎根内心深处,
早就知道一切必将腐朽、枯萎、死亡。

且望去,这堆满尸骨的可憎峡谷之上,

---

1 原文为"Kreuz",即五线谱中的"#"号,常见变音记号之一,表示将基本音级升高半音。
2 原文为"Schlüssel",即五线谱中的𝄞,也叫"G"谱号,由拉丁字母"G"的花体字演变而来。

虽极度痛苦，仍不愿坠落，苦苦挣扎，
精神世界满怀着渴求，烽火仍在燃烧，
持续不断，与死亡交战，使自己不朽。

最后的玻璃球游戏玩家

他的玩具，五彩斑斓的玻璃球，握在手中，
屈身端坐，他周围的那一大片土地
被战争和瘟疫蹂躏过后，只剩下废墟，
但废墟中却有常春藤生长，藤蔓间又有蜜蜂嗡鸣。
疲惫的和平，吟唱起低沉的诗篇，
诗篇传遍这战后余生的世界，一位头发花白的老者，
这位老者正在清点，他那堆五彩斑斓的玻璃球，
此处放一颗蓝色，一颗白色的抓在手里，
那边一颗大的，同时又选好一颗小的，
将它们逐渐聚集到一起，开始玩起玻璃球游戏。
这套以符号为媒介的游戏，他曾是个中高手，
精通好多种技艺，掌握许多门语言，
脚下行过万里路，出门远游若等闲，
名闻遐迩的先生，鼎鼎大名，甚至传到了南北两极，
身边总有学生和同事环绕，忙碌无比。
如今他转眼已显多余，年老体衰，疲惫又孤单，
再没有弟子过来恳求他给予祝福，
再没有同僚邀请他前往参加辩论；
俱往矣，不只他们，也包括庆典大厅和图书馆，
卡斯塔利亚的学校，一切皆不复存在……老人哪！

身在废墟之间,手握玻璃球,
这些象形文字,曾经诉说过千言万语,
如今,它们只是五彩斑斓的玻璃而已。
悄无声息,从衰老的手中滚落,
蓦然消失,没入滚滚黄沙里……

致巴赫的一首托卡塔[1]

原初之静籁,凝滞于此……黑暗统治一切……
此刻,有一道光线,自云层间锯齿状的罅隙间冲出,
刺透盲目的虚无,延伸至世界深处,
混沌因它而初开,分出光明与黑夜,
始有山脊和山顶,得见斜坡与竖井,
令太空泛出蔚蓝,让大地日趋厚实。

光线创造性地分出实干与战争,
光线将天地间一切正在萌芽孕育之物,一分为二:
将惊恐万分的新生世界,彻底点亮。
光线所及之处,变化无与伦比,
逐渐产生秩序,奏响华美乐章,
颂扬生命,颂扬造物主送来的光线,得胜凯旋。

光线继续摇曳,顺应神意,不再深入,缓缓回缩,
与千万种造物的喧嚣擦身而过,

---

[1] 源于意大利文艺复兴时期的一种曲风。巴赫的托卡塔极为知名,此处所指应为巴赫青年时代的作品"BWV565"《d小调托卡塔与赋格》,为管风琴曲。

试图将造物主之精神，融入俗世凡人的巨大渴望之中。

化身为欲念，化身为各领域的需求，

化身为语言，绘画，歌曲，

融合一个又一个世界，共筑为大教堂的拱顶，

那拱顶是欲望，是精神，是斗争与快乐，是爱。

一个梦

在群山之间的一所修道院内旅居，

大家都去做祷告时，我却一脚踏入

一间藏书大厅。夕阳西照的暗淡光线下

仍旧熠熠生辉的，乃是顺着墙面摆满的羊皮纸书脊，

是书脊上那些无比奇妙的铭文。

求知若渴的我，大喜过望地取了第一本书来尝试，

拿在手里，念出了书名：

《通往圆中方形[1]的最后一步》

心中瞬间有个念头闪过：这本书啊，我必须随身带走！

另一本书，镏金皮面四开本，

书脊上用很小的一行字写着：

《假如亚当也吃了另一棵树上……》

另一棵树上的果实？具体是哪一棵呢：

答案只有一个——生命树[2]！

---

1 指通过代数方式求取圆形中正方形面积的古典数学问题。由于圆周率本身是无理数，代数求法无法得出"圆中方形"的精确解，故而"最后一步"通常被认为是不可能达到的，故有文中所说。

2 根据《创世记》中的说法，伊甸园中心有两棵树，即生命树和分辨善恶树。生命树果实吃过之后可以永生不朽，故有文中所说。

如此一来，亚当就能永生不朽吗？看来这本书也不算白拿，
我就像这样走着、看着，不知不觉来到了这里，一卷大开本的古书
看在了我的眼里，它的书脊、切口和边线
闪耀着彩虹一般的斑斓光泽。
精心手绘出来的标题，名为：
《颜色与音调的表意呼应。
试证，每一种色彩与色调，皆呼应与之匹配的音调》
噢，颜色大合唱，可真是深入人心，
令我心中也燃起了火花！我开始揣测，而且——
每拿起一本书来，都在证明我的揣测属实：
此地，就是传说中的天堂图书馆；
所有曾经困扰过我的问题，
所有曾经令我冥思苦想的知识性难题，
答案都在此地。不仅如此，此地还能迅速抚慰
每位求知若渴者的心灵。因为我
只需要对某本取出来的藏书匆匆一瞥，它就会
回应我一个满怀承诺的书名，每本都不例外；
不管是小学童心急火燎的企盼，
还是取得大师地位之后才敢探索的目标，
在这里，每一项需求都提前做好了满足的准备，
在这里，各种各样的智慧果实，时刻严阵以待。
在这里，能找到最深刻、最纯粹的奥义，
每一种智慧，每一行诗歌，每一门科学，
只要敢于发问，无论什么问题，都能感受到相应的神力
配合某种密钥、某种通用语言的词汇法则——最优秀的
人类思想之精粹，汇聚在这里，在俗世凡人闻所未闻的
神秘大师宝书里，得以妥善保存。

一切解答的钥匙，都在这套宝书之中，它匹配每一种
不同的问题和秘密，它属于
那些在神力降临之时，受眷顾的人。

于是，我将自己颤抖的双手，放在
图书馆内专用的阅读桌上，开始翻阅这套宝书的其中一册，
破译那些神奇的象形文字，
如此体验，恰如大家在睡梦中，经常能够掌握一些自己从未学过的语言
半开玩笑半认真地阅读，那些根本不可能读懂的内容，
同时感到无比快乐、心满意足。
读着读着，不知不觉间，我兴高采烈地踏入遍布繁星的精神空间里，
这处精神空间，以黄道十二宫为主题来构建，
在这里，国家和民族数千年的经验积累
得以总结，一切启示昭然若揭；
纷繁复杂的知识元素，无比和谐地相遇，
彼此之间形成种种崭新联系，相互纠缠，渐成一体；
既有的认知、意象、发现
总能在全新的、更高的层次上焕发新生，
于是，通过几分钟或者几小时的翻阅，
我再一次踏遍人类文明曾经走过的全部路径，
与其中最古老的知识和最年轻的知识携手同行，
以我的精神空间为核心，共同探寻最深刻的蕴意。
读着读着，我看到书中的象形文字，逐渐化为一幕幕图景
符号与符号之间，彼此重合，然后又相互远离，
聚成一团，排成圆圈，散开各处，涌入新的阵型，组成新的图景，
图景不断更迭，就像在看每一个变化都蕴藏无限深意的万花筒，
在持续不断的变化中，无穷无尽地收获崭新的蕴意。

如此这般，在不断变化的一幕幕幻景中，我感到头晕目眩，
只好先将视线从宝书上挪开，抬起头来，让双眼能够得到片刻休息，
这时我才发现：原来我并非此地唯一的来客。
大厅正中，有人站在那里，面对满墙的藏书，
那是一位老人，或许他就是此地的管理员，
我看到，他非常认真，专注于手头工作，
正在以某种神秘方式，处理那些书籍。他的行为——
他辛勤工作的性质与深意，引发我强烈的好奇。
对我而言，对此事加以调查，忽然变得十分重要。这位老先生，
诚如我亲眼所见，他抬起一只衰老的手，
取出一本书，读，但只读书脊上的文字，
看清上面写了些什么，自那苍白的唇间，轻呼出一缕寒气，
吹拂于书名之上，甚是怜惜——区区一个书名而已，竟令他如此着迷，
照此看来，他这种行为恐怕是，一段愉快阅读时光的保证！
哪曾想到，老人就势伸出手指，将那书名轻轻擦拭，
书名转眼消失不见，书脊变成了一片空白，
随后，他又微笑着写下一个全新的书名，一个不同的、
完全不同的书名。处理完这本，他开始在书墙前漫步，
一会儿在这里取一本书，一会儿又在那里取书，
拭去原本的书名，写上崭新的名字。

我感到困惑无比，观察了他很久，然后又转身回去，
理智不断挣扎，试图理解他的做法，目光却回到了我刚才读的宝书上，
我只读了几行就发现，刚才还令我激动万分的一幕幕图景，
此刻已不再浮现，
精神空间似乎正在消融，正打算逃之夭夭，
那个我还没怎么好好体验过的符号世界，

那个包罗万象,蕴意如此深远的世界;
它摇晃着,旋转着,以不可想象的速度迅速枯萎,
分崩离析之后,如泡沫般消逝于无形,没有留下任何东西,
唯独空荡荡的羊皮纸上,尚且显露出少许灰色轨迹,如余烬般微微泛光。
这时,我突然感觉到,有一只手搭到了我的肩上,
回首一望,勤劳的老人已经
站到了我的身边,我也赶紧起身。只见他微笑着拿起
我正读着的这一册宝书。霎时间,我不由得全身战栗,
全身上下,仿佛冻僵了一般。他的手指又开始重复同样的动作,
如海绵般从书脊上滑过;在转眼变得空荡荡的皮革上
写下了新的书名:提出了新的问题,给出了新的承诺,
那些最古老的问题,就此涌生出最新颖的转折,
他用手中的那支笔,仔细写清了书名的每一个字母。
写完之后,他就默默地将书和笔都带走了。

侍 奉

刚开始时,由那些虔诚的君王来施行统治,
田地、谷物和犁耙,每一样都必须单独供奉,祈求神灵净化
祭祀中使用的牺牲安排、仪式的相应规则,订立都很严苛,
凡人世世代代受此压迫,不由得朝思暮想,渴求——

无形的正义之道,对万物加以裁决,
平衡日月光华,调节其永恒照耀的光芒,
令那光芒具有魔力,令沐浴其下的芸芸众生
不再知晓何谓痛苦,不再掣肘于死亡世界。

受众神庇佑的统治者,神圣血脉早已凋零,
只留下凡夫俗子,在这尘世之间,孤苦伶仃
沉浸于欲望与苦楚,远离了真正的实在,
对"唯变不变"的道理毫无概念,无知无觉,

但是,真正的生命之光其实从未消逝,
我们这群人的职责,乃是在世事衰颓中坚持
以符号之游戏、以寓言和歌曲的形式,
试图维持对神谕的敬畏。

或许,有朝一日,黑暗自行消失,
或许,有朝一日,新生悄然而至,
太阳将再次如神明般统治我们,
欣然接受我们亲手奉上的祭品。

肥皂泡

经过大量研究与思考,
许多许多年时光过去,有一位老先生
终于锤锻出自己晚年的力作,
在那曲径通幽的繁复辞藻之间,
他信手拈来地勾勒出许多甜美的智慧之果。

一名勤奋无比的科研人员,
年轻气盛、雷厉风行地投身于研究当中,
在图书馆和档案室内

奋笔疾书，燃烧自己的雄心壮志，
青年杰作横空出世，字里行间，饱含了天才般的巧思。

一个男孩坐在那里，对着秸秆吹气，
伴随着呼吸的节奏，他吹出一串彩色的肥皂泡，
每一个泡泡都晶莹透亮，值得称颂，宛如一曲赞美诗，
他吹得如此用心，连灵魂都不遗余力。

三人皆是如此，老人、男孩和科研人员
皆是在无穷世界的摩耶[1]幻象中创造，
其成果也不过是些奇异幻梦，毫无价值可言，
尽管如此，永恒之光依旧显露出微笑
对此加以认可，并且燃烧得更加欢快。

《反异教大全》[2]读后

在我们看来，过去的生活比如今更真实，
世界更有秩序，思想更显明晰，
智慧和科学还没来得及分道扬镳。
他们活得更完满，更快乐——那些古人，
柏拉图如是，中国人亦如是，
到处都能读到他们流传至今的警世恒言。
哎呀，恰如我们经常在阿奎纳
井然有序的哲学殿堂中感受到的那样，

---

1 指世界是"梵"通过其幻力创造出来的，因而是不真实的，只是一种幻象。
2 托马斯·阿奎纳著作，约完成于1265年，共四卷，为阿奎纳建构中世纪哲学的大成之作。

一个如此成熟、甜美、纯粹的真理世界,
名副其实的真理,隔得老远就开始迎接我们:
这里的一切都显得如此剔透轻盈,
仿佛向大自然中灌注了精神的力量,
人类本身,是从上帝那里来的,
最终也还是要回到上帝那里去,
法律与秩序被宣传得如此美好,
一切都臻于圆满,不曾分崩离析,
独具完整的形式,不存在丝毫裂隙。
哪曾想到,对于我们这些后来者而言
我们仿佛受了诅咒,注定要彼此争斗
我们的生活总有苦痛挣扎,如在沙漠中徘徊,
只剩下怀疑,以及辛辣的嘲讽,
除了欲望和渴求,什么都没给我们留下。

尽管如此,我们的子孙后代,有朝一日可能会
跟如今的我们一样:发出同样的感慨。
在他们眼中看到的我们,已然发生了变化。
我们摇身一变,成了有福之人,彰显"古人"的智慧,
在他们耳中听来,我们人生中凄惨又悲凉的混乱合奏,
嘈杂部分已完全消去,只听得见历史和谐又优美的共鸣
不再艰难求生,只知道努力奋斗的美好传说。
哪怕我们当中受到最多质疑,同时也最喜欢怀疑他人的先生,
到了未来年代,或许反而能成为声名显赫的历史人物,
其影响深入人心,青年人以他为榜样,建立起自己的人生目标。
至于那些因为太过缺乏自信、自暴自弃并因此备受煎熬的可怜人,
假以时日,他们或许会被未来的人们视作蒙神恩惠者来崇拜,

那些既没经历过窘迫也不知恐惧为何物的人,
在他们所处的时代,光是活着就能体验到快乐,
也正因如此,他们的快乐就跟孩子眼中的幸福一样,稍纵即逝。

这是因为在我们当中,也驻扎着永恒的精神,
跟一切既往时代的精神称兄道弟:
存活至今的恰恰是它,而非你和我。

阶　梯

花必凋谢,人必衰老,
天行有常,各擅胜场,
人生阶梯,段段可期,
或长于智,或馨于德,
唯其优势,不可永续,
其时将至,其势衰迟。
但闻召唤,大限已至,
需攀新梯,勿留于此,
必顺天命,准备周全,
即刻离去,重新开始。
心意坚定,职责明确,
攀登就位,即履新职,
能力已齐,勇气已备,
态度从容,无暇允悲,
关系重置,焕然一新。
万事开端,皆藏神助,

庇佑我等，助我生存。

我等领命，必怀欣喜，
每处空间，悉数踏遍。
此身已远，无可归乡，
但行无妨，何需牵绊。
世界精神，不吝束缚，
解放眼界，开拓思想。
有意栽培，如攀阶梯，
拾级而上，不亦乐乎。
达此境界，亦有难处，
人浮于事，难见驻足，
关系不稳，情谊失固，
只顾工作，何以为家？
虽有遗憾，实为必然，
一旦有家，则需安顿，
琐碎家事，也应照顾，
经营妥当，必享闲逸，
生活舒适，态度懒散，
耽于安乐，志向松懈，
无为终老，绝非乐事。
循此可知，无家无憾，
时刻待命，期待出发，
更新旅程，再攀阶梯，
唯有如此，方可挣脱，
局限束缚，惯性约束，
万事从新，不亦乐乎。

哪怕面对，死亡时刻，
兴许也是，一段新梯，
越过界限，举目四望，
又是一处，崭新空间。
天命召唤，永无止日……
心将远航，终须一别！

玻璃球游戏

宇宙之音乐，大师之音乐
我们准备就绪，怀抱敬畏之心，随时聆听，
为受众人尊崇之心灵，举办纯洁无瑕之庆典
以此来唤醒，天纵奇才之时代。

我们任由神秘莫测之伟力，将我们提升至崭新境界
奇妙的公式书写，在这些咒语的作用下——
虚无缥缈、无所依凭的，
如暴风骤雨般桀骜狂暴的，
饱含生命力的一切，
尽皆俯首听命，凝结为一个个清晰具体的譬喻。
星图齐鸣，发出如水晶般剔透的声音，
为其服务的过程，赋我们生命以意义，
没有谁可以从这一境界跌落，
大家不约而同，奔赴神圣之核心。

三篇传记

祈雨法师

那是好几千年前发生的事情了,在那个时期,女性占据着统治地位:在部落和氏族里,大家对母亲、对祖母宣誓敬重和服从。每逢婴儿出生时,女孩总是比男孩重要得多。

村子里有一位女族长,年龄恐怕有一百岁,甚或已超过了一百岁。她就像女王一样,受到大家的尊崇爱戴,与此同时,大家也很怕她,尽管这位女族长自大家记事以来,就很少有过什么大动静,甚至连一根手指都鲜少主动抬起,只在很偶尔的时候,才会主动开口讲一两个字,也不知大家对她的惧怕从何而来。大部分日子里,她都坐在自家小屋门口,身边围绕着一群专门负责侍奉她的亲戚,村里的女性往来不停,到小屋来向她致礼,向她诉说最近发生的各种事情,给她看自己的孩子,引他们上前接受祝福;怀孕的妇女们,会来请求这位女族长,请她触摸她们隆起的下腹,给她们期盼已久的小家伙起个名字。每逢这些时候,女族长偶尔会满足她们的请求,伸一只手出来,放到她们身上,放在她们指定的位置上;大部分时候,她只会稍微点一下头,或者略微摇头,或者干脆一动不动。即使有人请求了,她几乎也是不讲话的;只是在那里,在小屋门口,这样就够了。女族长端坐着,几乎一动不动,以这样一种姿势,施行着长久的统治。泛黄的白发,稀稀疏疏地垂下,围住那张皮包骨头的鹰脸,眼睛始终睁得很大,眼神锐利,眼珠闪闪发光。她就端坐在那里,接受族人们的顶礼膜拜,收取各种上贡的礼品,聆听大家提出的请求，聆听新闻、汇报、指责与控诉。端坐在那里，作为七个女儿的母亲，作为氏族内部许多孙子辈和曾孙辈的祖母、曾祖母，这项伟大功绩是无人不知、无人不晓的。端坐在那里，在堆满褶皱的五官后面，在那棕色的额头后面，保存着村子里全部的智慧、传说、律法、习俗和荣誉。

那是春天里的一个晚上，多云，天黑得比较早。在女族长的泥屋门口，端坐着的不再是她本人，而是她的其中一个女儿。这个女儿看起来，头发白得不比她母亲少，威严不逊于她母亲，甚至连那老态龙钟的模样，都跟女族长本人差不多。女儿同样端坐在那里，什么也没做，只是坐着休息。她的座位就是小屋的门槛，一块表面很平坦、随处可见的长长石块，每逢天气寒冷时，就用动物毛皮盖在上面当垫子。自门槛向外，呈半圆形展开的一片区域里，有几个孩子在玩泥巴，几个妇女带着自家小子，蹲坐在地上，蹲坐在沙地或者草地里；只要不是下雨天，不是天寒地冻的时节，这些人每天傍晚都蹲在这里，因为他们想听女族长的女儿讲故事：讲各种各样的逸事传说，或者吟唱言简意赅的有趣寓言。早些年里，讲述方面的职责，都是由女族长本人来完成的，可是如今她实在是太老了，不再能够很好地完成这项义务，于是，就由她的这位女儿蹲坐在她的位置上，代替她来讲下去。女儿熟练掌握了女族长知道的全部故事、全部寓言歌谣的唱词。与此同时，她也学会了女族长讲话时特有的声音和仪态，学会了沉默、庄严的姿势，一颦一笑，全都惟妙惟肖。每天傍晚的听众当中，有些人的年纪比较小，相较于她那位母亲而言，他们反而更了解作为女儿的她。他们每天听她讲故事，几乎没有意识到，她其实坐在了别人的位置上，其实是在代替别人讲述，代替别人分享部落内部长久流传下来的传说与智慧。每逢傍晚时分，她滔滔不绝的口中开始流淌出知识的清泉；部落的宝藏，被她藏在自己的白发下方；那微微皱起的老人额头后面，承载着这个村落定居点的集体记忆与灵魂。假如我们声称，村子里的某个人了解的东西很多，知道不少寓言、故事或传说，那么这些肯定也是从她那里学来的。不过话说回来，除了她跟那位女族长之外，部落里倒是还有另外一位知识非常渊博的人，但那个男人长期过着隐居生活，不怎么喜欢跟人打交道，是一位神秘莫测、沉默寡言的怪人，大家通常称呼他为造雨者，或者祈雨法师。

傍晚的听众当中，有个名叫科讷希特的男孩，他也跟其他人蹲在一起。在他旁边，总有一个名叫艾达的女孩。他喜欢这个女孩，经常陪伴着她，保护她。科讷希特之所以会做这些事情，并非出于爱情——他还不知道什么是爱情，毕竟连他自己都只是个小孩子。他之所以喜欢她，仅仅因为她是祈雨法师的女儿。科讷希特非常崇拜祈雨法师，对他无比钦佩；在整个村子里面，除了女族长和她女儿之外，再没有比祈雨法师更令他感到佩服的人了。但是，女族长她们毕竟是女人。作为男性，科讷希特的确很敬畏她们、害怕她们，却无法想象自己有朝一日也能够成为她们。哪怕偶尔会有这样的想法，他也知道，这必定是无法实现的愿望；也正因如此，相比之下，祈雨法师反而是他未来有可能成为的人物。问题在于，这位造雨者本身，又是一位相当难于接近的怪人，科讷希特只是个普普通通的男孩而已，想要直接到他身边去，可谓难于登天。无奈之下，他只好采取绕道而行的策略，先接近那些跟祈雨法师亲近的人。如此这般，想办法照顾好他的孩子，就是其中比较可行的办法了。只要有可能，他都会将女孩从祈雨法师那间位置颇有些偏僻的小屋里接出来，傍晚时分，准时来到女族长的小屋前，在那个女儿，即那位老妇人的面前蹲坐下来，听她讲故事。当晚的故事讲完之后，再将女孩送回家去。今天，科讷希特也是这样做的。此刻，他正蹲在黑暗的人群里，挨在女孩旁边，一起听故事。今天，老人讲的是女巫村的故事。故事如下所述：

"有时候，在这个或者那个村子里，会出现这样一个女人。与其他女人相比，这个女人天性邪恶，对任何人都不怀好意——顺带一提，这类女人大多数情况下都不会有孩子——总之，这类女人时不时就会出现，大家也经常能见到。然而，在某些时候，这类女人当中会蹦出一个非常邪恶的特例，比其他坏女人还要坏得多，这就导致她所属的这个村子里的人们实在忍受不了，每个人都不希望再见到她。于是，村民们打算趁着哪天夜深，将她给赶出去。这天晚上，他们先用绳子将她的丈夫捆了起来，限制住他的行动；然后又用荆条抽打这个女人，以此作为责罚；做完这一切之后，再将她远远地运到森林和沼泽的某处，用咒语狠狠地诅咒她。从此以后，不允许她再返回村子，将她遗弃在那里。事情办完，大家再给她的丈夫松绑，只要他的年纪还不算太老，就可以再娶一个妻子。可是，被赶出村子的女人，如果她没有直接死掉，就会在森林和沼泽之间四处流浪，逐渐学会动物们使用的语言；一旦她在外面流浪的时间足够长久，总会有这么一天，她会发现一个小村庄——那正是被人们唤作女巫村的地方。因为某些难于解释的原因，所有被赶出自己村子的邪恶女人，全都聚到了一起，她们为自己建起了一个村落，并且长久生活在那里，继续作恶，施展邪恶的魔法。我刚刚已经提到，她们没有自己的孩子，也正因如此，她们特别喜欢挑选合适的村子，找到可爱的孩子，想方设法将这些孩子勾引到她们那里去。假如有哪个孩子在森林里迷了路，再也没有回到自己的村子，他也许并没有一不小心淹死在沼泽地里，也没有被恶狼活活撕碎，而是被女巫的魔法迷惑了心智，引上了歧途，被她带到了女巫村里。很久以前，在我还很小的时候，那时候，村子里的族长还是我的祖母。一次，有个女孩跟其他许多小孩子一道，到森林里去采蓝莓，采着采着，她突然觉得很累，倒在地上，马上就睡着了；她的年纪还小，个子不高，倒地之后，蕨类和灌木遮住了她，其他孩子继续边采蓝莓边往前走，根本没有发现她睡在地上，没跟上来。当他们满载而归，回到村子里时，才发现同行的这个女孩已经不在队伍里了。这时天已经晚了，村里马上派出年轻小伙子到森林里去找她，他们找来找去，不停呼唤她的名字，一直找到午夜三更。到了最后，每个外出寻找的小伙子都回来了，谁也没能找到她，她就这样彻底失踪了。另一方面，小女孩睡够了，悠悠转醒，发现自己被大家给抛下了。此时夜色已深，她感到心慌意乱，也没想着先认认路，直接就开始四处乱跑，跑个不停。树影绰绰，她感到越来越害怕，跑得也越来越快。就这样乱跑了相当长的一段时间，她早已不再清楚自己身在何处，只知道离村子越来越远，已经跑到以前从来没有来过的陌生地界了。这个小女孩,她的脖子上挂着一枚野猪牙齿,直接用一根树木韧皮当绳子,串成了一条小挂饰。这是她父亲送给她的一份小礼物。牙齿是他在一次狩猎之后带回家的,用锐利的石片在上面小心仔细地钻了一个洞,大小刚刚好,将韧皮从里面穿过去,挂饰就做好了。为了起到护身符的效果,他先用野猪血将这枚牙齿煮了三遍,对它念诵了带有良好意愿的强大咒语,如此一来,无论是谁,只要戴上了这样一枚牙齿,就能免受许多恶咒的伤害。女孩跑累了,脚步停下来。刚好这时候,有个女人从树木之间走了出来,她是个女巫,对女孩装出友善的表情,说道:'向你问好,你可真是个漂亮的孩子,你迷路了,对吗?跟我走吧,我这就带你回家去。'于是,女孩就跟着她走了。这时她突然想起母亲和父亲曾经告诉过她:绝对不能向陌生人展示自己脖子上戴着的那枚野猪牙齿。因此,她一边跟着女巫往前走,一边将牙齿从韧皮上解了下来,藏到自己的腰带里。陌生女人带着女孩走了好几个小时,当她们终于来到一处村落时,夜已经很深了,但那并不是我们的村子,而是女巫村。坏女巫原形毕露,将女孩锁到一间黑漆漆的马厩里,女巫自己则回到她的那间小屋里睡觉。到了早上,女巫来了,对她说道:'你难道没有随身带着野猪的牙齿吗?'女孩说:'现在没有,不过,我之前确实戴着一枚野猪牙齿,但这枚牙齿已经在森林里弄丢了。'说罢,她就取下自己脖子上的那根韧皮给她看,上面空空如也,的确没有挂什么牙齿。女巫见状,就取来一只石盆,盆里是土,土里生长着三株药草。女孩看到这些药草,不明所以,就问女巫它们代表了什么意思。于是,女巫指着第一株药草说:'这是你母亲的命。'然后又指着第二株说:'这是你父亲的命。'最后她又指着第三株说:'这是你自己的命。你看,只要这些药草看起来翠绿饱满,生长得很健康,就代表你们都活得很好。假如有哪一株枯萎了,它所代表的那个人就会生病。假如有哪一株被我连根拔起——瞧瞧,我现在正打算这么做——它所代表的那个人就必定死去。'说罢,她用手指捏住代表女孩父亲生命的那株药草,开始朝上拉扯。哪曾想到,她才拔起来一点点,那株药草的根茎部分才显露出些许白色,它就仿佛有自己的生命一般,发出了一声深深的叹息……"

听到"叹息"这个词时,科讷希特身边的小女孩像是被蛇狠狠咬了一口似的,突然一蹦三尺高,发出一声尖叫,头也不回地逃开了。从刚开始听的时候开始,她就一直在跟这个故事给她带来的恐惧感做斗争,现在她终于无法继续忍受下去了。旁边的一个老妇人见状,不由得哈哈大笑。显然,老妇人之前应该已经听过这个故事,不仅没有感到害怕,反而觉得艾达惊慌失措的表现十分滑稽。但实际上,其他听众的害怕程度,几乎不亚于这个逃跑的小女孩。尽管如此,他们每个人都强装镇静,保持沉默,继续蹲坐在那里。不过,科讷希特可不一样,看到艾达逃走后,他一下子就从聆听故事时逐渐陷入的恐惧梦境中惊醒,跟着跳了起来,追着艾达跑远了。片刻的喧嚣过后,现场又安静了下来,老人于是继续讲述女巫村的故事。

艾达转眼就跑得没影了。造雨者的小屋在村里的池塘附近,于是,科讷希特就在这个方向上寻找逃跑的小女孩。他试图用一种甜美诱人、舒缓平和的哼唱声来吸引他,边走边唱,时不时再逗弄几声,就跟女人们召唤小鸡时发出的声音一样,故意拖长了语调,故意叫得很甜,以此来起到安抚、迷惑的效果。"艾达呀,"他喊着,他唱着,"艾达啊,小艾达,过来吧。艾达,别害怕,是我呀,我,科讷希特。"就像这样,他一遍又一遍地不停哼唱着,循环往复,慢慢走近池塘。可是,他却一直没有听到她发出任何回应的声音,或者看到她的些许身影。正当科讷希特感到纳闷时,突然感觉到她那只柔软的小手,伸进了自己的手心里。原来,她一直站在小路边,背靠一间小屋的墙壁,他的呼唤声才刚刚传到她的耳朵里,她就停下了脚步,站在那里等他了。见到科讷希特,她总算松了一口气,悄悄走到了他的旁边,又跟他会合到了一起。在她看来,科讷希特又高又壮,已经像一个真正的男子汉了。"你刚才真的很害怕,对吧?"他问道,"没必要怕,没人会伤害你,大家都喜欢艾达。来吧,我们一起回家。"她的身体还在颤抖,有点儿哭哭啼啼,但情绪已经慢慢平静了下来。于是,她的心中怀着感激和信任,跟他一起朝着家的方向走去。

小屋敞开着的门口，看得见微弱的红光闪动。里面的祈雨法师正蹲在炉灶前面，垂下的头发被熊熊火光照得亮亮的，散发出红色的光芒。他正在认真烧火，上面摆着的两只小锅里，似乎正煮着些什么。科讷希特带着艾达进去之前，站在外面好奇地观察了好一会儿；他一眼就能看出，小锅里面煮的不是食物，因为食物是在其他锅里做的，不会使用这种独特的小锅，更何况现在已经很晚了，根本就不是吃饭的时候。他还想再观察一下，可是这时，造雨者已经听到了外面的响动。"站在门口的是谁？"他喊道，"上前一步，进来吧！是你吗，艾达？"他一边说着，一边给两只小锅分别盖上盖子，用炉灰将它们围起来，然后转身。

科讷希特仍旧眯着眼睛，仔细端详那两只神秘莫测的小锅，心中感到好奇与敬畏，同时也有些许忐忑不安。这种感觉他已经十分熟悉了，每次进入这间小屋时，他都会有类似的感觉。这种感觉令他着迷，因此，他总是尽可能经常地到这里来，为了达成这一目的，费尽心思地创造出了各种各样的场合与借口。他原本以为，来的次数多了之后，随着对小屋的熟悉程度日渐加深，这种新奇的感觉也会逐渐消逝。哪曾想到，之后每一次前来，都会带来几乎相同的焦躁与欢愉，某种独特、静谧的恐惧感，在这半带刺激、半是警诫的未知领域，越是想要探个究竟，心中感到无比快乐的同时，也涌生出同样多的提心吊胆，如此矛盾的心理，反而更让科讷希特欲罢不能。这位老先生肯定早就看出科讷希特有点儿问题，知道他已经盯上自己很久了。无论自己出现在哪里，不久之后，科讷希特都会在附近现身，像猎人跟踪猎物一般，悄悄地、长久地跟踪他。而且，科讷希特的跟踪并非不会介入，而是经常默默为他提供各种帮助，像忠实的朋友一样，陪伴在他的身边。

图鲁，即祈雨法师，此刻正用猛禽般明锐的双眼注视着科讷希特。"你到这里来做什么？"他冷冰冰地问道，"现在不是拜访别人家小屋的合适时候，我的小伙子。"

"我将艾达送回家了，图鲁大师。她刚才在老族长的小屋那里，我们一起听故事。那个关于女巫的故事,非常可怕,一下子把她给吓坏了,尖叫起来。所以,我就陪着她回来了。"

父亲转身,对小女孩说道:"你可真是个胆小鬼啊,艾达。聪明的女孩根本不会害怕女巫。你是个聪明的女孩,难道我说得不对吗?"

"是的,我很聪明,肯定的。可是,女巫们可以使用各种邪术,假如没有野猪的牙齿⋯⋯"

"原来如此,你想要一枚野猪牙齿?我们来看看具体是个什么情况。嗯,野猪牙齿恐怕不行,但我知道有一样东西,甚至比野猪牙齿还要更好一些。我知道一种很特别的根茎,我会将这种根茎送给你,作为一份礼物。我们现在就说好,等到秋天,我们一起去寻找,将它连根拔起,处理过后,再给你随身携带。这种根茎不仅能够保护聪明的女孩免受一切不洁魔法的伤害,还能让她们越长越漂亮呢。"

艾达的脸上露出了微笑,被父亲这番暖心的话语给逗乐了,感到十分开心。其实,一进到自己家的小屋里,被这里独有的气味、被眼前的小小火光所围绕,她就已经彻底放心了,不会再有任何恐惧。这时,科讷希特略带羞怯地问道:"我难道就不能直接帮你去找这种神奇根茎吗?保险起见,你必须先将根茎的模样详细描述给我听⋯⋯"

图鲁眯起了眼睛。"那是秘密,许多小男孩都想知道,不只是你。"他回应道,但他的语气听起来却并不怎么生气,只是略带嘲讽而已,"别急,还有时间来做这件事。等到今年秋天,也许可以带上你。"

科讷希特不言不语,默默离去,身影消失在他晚上睡觉的男孩寝室方向。他没有父母,是个孤儿,这也是他跟艾达在一起、在她居住的家庭小屋里感受到极大吸引力的另一个原因。

造雨者图鲁不喜言谈,他既不喜欢听别人讲话,也不喜欢亲自开口讲话;许多人都觉得他脾气死板,部分人则认为他性格阴郁。可他其实并非如此。他是个看问题很通透、观察力很敏锐的人,对周围发生的各项事情的了解程度,比人们参考他所进行的学术研究和隐居生活之后得出的预期要高得多。因为他对外总是表现得心不在焉，不太像那种认真过生活、踏实做研究的人。别的事情姑且不论，至少图鲁很清楚，这个言行上多少有些令自己感到讨厌，但相貌英俊且明显很聪明的男孩，很长一段时间以来一直都在跟踪自己、暗中观察自己。实际上，早在男孩的这种行为刚开始时，图鲁就注意到了，因此，他也一直在暗中留意男孩的种种举动。转眼之间，这种相互跟踪、相互观察的行为已持续了一年多。其中意义，图鲁其实也很清楚：不光对男孩意味着很多，对于他这个老人也一样。种种迹象表明，男孩爱上了祈雨法师手里掌握着的这套本事，对它朝思暮想，想要拜师学习的渴望，超过了世间一切。多年以来，在这处聚居区内，总有这样的男孩出现，根本不足为奇。其中有些也跟科讷希特一样，想方设法地接近他。在这些接近自己的男孩当中，有一部分很容易就会被唬住，知难而退；有些不仅不会被唬住，甚至连赶都赶不走。在此之前，他先后留下过两个赶都赶不走的男孩，收他们为弟子，让他们做学徒，住在自己的小屋里，教他们祈雨法师的本事。这两个弟子后来都背井离乡，到了很远的地方，跟其他村子里的女孩结了婚，并且都成了各自村子里的造雨者，要么就是药草师；自从这两个弟子离村后，图鲁一直都没有再跟谁师徒相称。现在又是许多年过去，假如他要再次收徒的话——他当然也必须这样做——那就肯定要为自己百年之后做准备，收一个关门弟子，教会他全部本事，以便有朝一日能够有一个继承人。图鲁知道，他们这行长久以来都是如此，这就是唯一正确的道路，不会再有任何其他可能：岁月如梭，有天赋的男孩必然会一个接一个地出现，只要耐心等待，必然会有适合当他关门弟子的人选。这唯一的男孩将会义无反顾地跟随他，潜心学习，最终掌握他所掌握的全部本事。如此一来，他就能顺利地将祈雨法师的位置传下去。科讷希特无疑是很有天赋的，他有成为祈雨法师关门弟子所需要的全部资质；除此之外，他身上也出现了一些征兆，似乎冥冥之中，连命运都在向他推荐这个男孩：面对任何问题都打算细细钻研的渴望眼神，敏锐无比，同时又极具想象力的目光。当然，最重要的还是他天生的这副模样，他脸部的各个部分与小脑袋搭配起来，做出各种动作或者表情时，所呈现出来的某种感觉——总是很警惕，总是有所防备，对周遭出现的一切声音和气味给予密切关注——某种有些像鸟或是猎人一般的感觉。很显然，假以时日，这个男孩的确有可能成为一名祈雨法师，或许也可以成为一名魔法师。总而言之，的确是可塑之才。尽管如此，也没有必要着急，因为他还太年轻，心智还没彻底成熟，不应该让他提前知道自己其实已经获得了师父的认可，具备了成为关门弟子的客观条件；不应该让他误以为此事过于简单；不应该让他免去过程中任何该走的步骤，所有本应面对的挑战，都必须完整来上一遍。假如他真的被这些挑战给吓到了——被唬住，被甩开，被劝退——如此一来，对他也不算什么坏事，因为这恰恰证明他没资格当关门弟子，也就不必浪费彼此的精力和时间了。所以，干脆就让他耐心等待，让他为自己提供帮助，想方设法地侍奉自己；让他在自己身边晃来晃去，不断取悦，不断讨好，这也是其中该走的一步。

科讷希特朝着村子的方向走去，漫步在阴云密布的天空下，只望得见两三颗星星，尽管如此，他却感到心满意足，情绪高昂，劲头十足。这毕竟是一处古代氏族聚居区，那些在如今的我们看来理所当然的存在，那些对于日常生活而言不可或缺的东西，那些哪怕一贫如洗的人也能享有的快乐、美好和精致，这里的居民们一概不知。他们既不知道什么是教育，也不懂得何谓艺术，除了一座座东倒西歪的泥筑小屋之外，他们根本没见过任何其他种类的建筑物。他们对用铸铁和精钢制造出来的现代工具一无所知，甚至连小麦或者葡萄酒这类相对古老的农产品也不知道，假如亲眼见到蜡烛或者电灯这样的发明，对他们而言，无疑是光辉夺目的奇迹。尽管如此，科讷希特的日常生活和他的想象世界，也跟我们现代人一样丰富多彩。大千世界，如同一本包罗万象、充满了无限奥妙的巨大图画书一般，从四面八方包围了他。日子每过一天，他都能征服其中的一小部分，获取少许新知，从动物生活到植物生长，再到星空的秘密——在沉默、神秘的大自然与他这个敏感男孩胸腔里藏匿着的、鲜活又孤独的灵魂之间，襄括了人类心灵所能企及的一切亲密关系，囊括了一切紧张、恐惧、好奇心和占有欲。试想，在他的世界里，完全没有任何来自纸面上的知识，没有历史，没有书籍，也没有字母；试想，他所在的这座村子之外，超过三四个小时步行范围的所有东西，对他而言都是完全未知、不可触及的。事实上，他完全、彻底地生活在村子所辖的狭小区域内，其他一切地方都跟他无关。村庄、家园、女族长领导下的部落氏族，已经给了他民族和国家能够给予人类个体的一切：一块由无数根须编织而成的坚实土地。在这块土地的编织过程中，他自己也是其中的一条根须，参与了相关的一切。

总之，他对现状感到颇为满意，继续漫步，朝着村子的方向前进。夜风在树间轻语，树枝摇曳，树叶沙沙作响，能够闻到潮湿的泥土、芦苇和泥浆的气味。除此之外，还有一种气味，那是燃烧抽芽嫩木时冒出的烟味，略微有些呛人，同时又有点儿甜腻，比其他任何气味都更能代表他的家园——闻到这种烟味，他就知道，自己快要进村了。最后，当他走近专门用来作为男孩寝室的那座小屋时，他又闻到了这座小屋独有的气味，那是住在一起的一群男孩散发出来的气味，是年轻人类身体才有的独特气味。他悄悄从芦苇编织成的帘子下方爬进屋内温暖的、会呼吸的黑暗之中，躺在了草垫子上，想着刚才听的女巫故事，想着那枚野猪牙齿，想着艾达，想着祈雨法师和他炉灶火边的两只小锅，胡思乱想，直到遁入梦乡。

图鲁根据自己的步调，开始逐渐与男孩建立联系。整个过程中，他很少让步，没有一丁点儿让男孩哪怕能够稍微轻松些的意思。尽管遇到了很多困难，但年轻人始终没有放弃，始终想方设法地伴随在造雨者左右。他彻底被这位老人吸引了，不能自拔。当他想办法接近对方时，经常都想不明白自己为什么要这样做。有时候，当老人在森林、沼泽或者荒原之中的某个隐蔽地方设置陷阱、追寻动物踪迹、挖掘根茎或者收集种子时，能够突然感觉到男孩的目光，知道男孩正在沉默、隐秘地跟踪自己，一言不发，恐怕已经连续观察了他好几个小时。每逢这种时候，他有时会假装什么都没有注意到，继续干自己该干的事情；有时则会咆哮着不客气地将这位跟踪者给撵走，不给他继续琢磨的机会；有时又会将他呼唤到自己身边来，让他跟自己待上一整天，让他给自己帮忙，听自己使唤，先给他看看这个，再给他瞧瞧那个，让他猜某样东西的用途，让他自己上手试试，告诉他各种药草的名字，让他去打水或者点火……每一项琐碎细致的工作，老人都知道相应的处理方法，知道其中隐藏的诀窍、秘密和公式。通过实践，他将这些祈雨法师的基本要领慢慢传授给了男孩，并且反复告诫他，这些都是秘密，不允许告诉其他任何人。当科讷希特的年纪稍微大了一些之后，老人终于决定收徒，让男孩长期留在自己身边。对外界向来沉默寡言的老人，他承认科讷希特是自己学徒的方式，是直接将他从男孩寝室领走，带回到自己的小屋里居住。如此一来，大家都知道科讷希特是祈雨法师的关门弟子了，这令他在同龄人当中瞬间脱颖而出：从此以后，他不再是村里的一个普通男孩，他可是堂堂祈雨法师的学徒。这也意味着，只要他坚持不懈，表现出色，假以时日，他就一定能够成为祈雨法师的继承人。

从科讷希特被老人主动领进自己小屋的那一刻起，他们之间存在已久的那道屏障就消失了：并非敬畏和服从的屏障，而是不信任与约束的屏障。对科讷希特进行了长时间的考验之后，图鲁正式宣告投降，允许自己被科讷希特锲而不舍的追求所征服；如今他心无旁骛，只想让科讷希特成为一名优秀的祈雨法师，成为自己合格的继承人。作为师父，老人向科讷希特施行的教育方式，不包含任何具体的概念，不存在任何详细的教程，没有方法，没有文字，没有数字，甚至连口诀也很简短。相比之下，科讷希特的各个感官受到的培养，反而比他的头脑要多。祈雨法师的师徒制教育模式，所需要解决的不仅仅是一个知识管理与头脑锻炼方面的问题，更重要的始终是传承问题。关门弟子需要全盘接纳的，是一项伟大的传统，是一笔可观的经验财富，是当时人类对大自然进行各种实践研究之后得来的全部知识。借助这一教育模式，一整套庞大而密集，集中了经验、观察、本能和实践研究习惯的知识体系，开始慢慢在这个年轻人面前出现。这套体系当中，几乎没有哪项知识是概念化的，几乎所有东西都必须用感官来接受、学习和检验。值得注意的是，这门原始学科的基础与核心，乃是对观月行为的实践认知，探究其相位变化，以及各种变化所带来的影响，月亮是如何一天天鼓起来的，又是如何一天天瘪下去。比方说，其中的一个基本理念：月亮内部是由死者发光的灵魂所填充的，必须将旧的灵魂一天天送出去，以便为新的死者提供空间。

与那天晚上从故事的说书人那里走到老人小屋炉灶小锅边的经历类似，另一次重要经历同样深深烙印在科讷希特的记忆里。这件事发生在他住进老人小屋之后，某天深夜与隔天清晨之间，师父在大约午夜两点时叫醒了他，让他跟自己一道出去，走到无尽的黑暗之中，准备向他展示今晚即将出现、光线极其微弱的新月。找好位置之后，他们耐心等待着，师父沉默不语，男孩有点儿害怕，并且因为缺乏睡眠而浑身发抖。师父所选的位置，在森林微微隆起的山丘中央，这里有一处暴露在外岩石高台，四周没有任何遮挡，视野极好。他们在高台上等了很久，直到薄如细纱的一线新月，以师父预言的形状和倾斜度出现在夜空中早已预计到的位置，宛似一条幽幽发光的精致弧线。科讷希特无比惊讶又无比着迷地注视着那颗缓缓升起的发亮星体，它轻盈地飘浮在清朗的天空之岛正中，飘浮在缥缈、虚幻的云山雾岛之间。

"很快，它就会改变自己的形状，再度膨胀起来，播种荞麦的时节就该到了。"造雨者一边说着，一边动起手指，快速计算月相和时节之间相隔的天数。他就只讲了这么一句话，马上又回到之前的沉默不语状态，似乎又开始了思考。科讷希特蹲在沾满露水的岩石上，仿佛被抛弃了一般，身体不停发抖，森林深处传来一阵悠长的猫头鹰叫声。老人一言不发，思考了很久，拿定主意之后，终于站起身来，伸出一只手，轻轻放在科讷希特的头发上，仿佛刚从一场大梦中醒过来似的，用很轻的声音开口说道："当我死后，我的灵魂就会飞到月亮里面去。到了那时，你将成为一个真正的男子汉，而且也要有一个妻子，我的女儿艾达将成为你的妻子。一旦她和你生了一个儿子，我的灵魂就会回来，寄宿到你儿子身上。你将给他取名为图鲁，跟我现在的名字一样：图鲁。"

弟子惊讶地聆听着这番嘱咐，连一句话都不敢回应。薄如细纱般的银色新月渐渐升高，转眼又被云雾吞噬掉了一半。多么奇妙哇，年轻人被天地之间各种事物与事件之间的神奇联结、联系所触动，被它们之间彼此交叠、重合的相互暗示所打动；多么奇妙哇，他忽而发现，自己也被放置于天地之间，被摆在此刻无比陌生的夜空下方，作为一名旁观者——同时也是一名参与者，因为在一眼望不到尽头的森林和群山之上，果然出现了师父之前已经预言过的这一线新月，甚至连与之相关的每一项细节都准确无误；此时此刻，在他看来，师父简直太神奇了，仿佛被千万种奥妙重重包围，令人无比叹服。他啊，刚才居然在思考自己的死亡；他啊，灵魂将会居住到月亮上去，而且还要从月亮上返回这里，寄宿到一个新生婴儿的身上，成为科讷希特的儿子，并拥有自己过去还是科讷希特师父时的名字。

霎时间，科讷希特产生了一种奇妙的感觉，觉得自己人生的迷雾被师父猛一下撕扯开来，产生了犹如拨云见日般的效果，一些原本看不清的地方，转眼就变得清晰又透彻。霎时间，未来和命运仿佛就摆在他的面前，可以轻而易举地看见它们，列举它们，谈论它们。这件事的发生，对于科讷希特而言，就仿佛突然来到了一系列充满奇迹却又秩序井然的神秘莫测空间里。有那么一瞬间，他觉得万事万物都可以被精神所掌控，万事万物皆可洞悉理解，万事万物皆可窥探聆听。譬如头顶各种星体安静、确定的运行轨迹，譬如人类和动物的生活方式与群体构建，不同群体之间的矛盾与敌对，融洽相处抑或你死我活，各种伟大与渺小的事物，以及——任何生物都必须经历的、命中注定的死亡。纷繁复杂的一切，化作一个不可分割的整体：他能够看到这一整体，或者说能够感觉到这一整体，他自己也不得不遵从命令，被接纳进入这个整体，成为其中一个严整有序、受到各种法则制约、被精神世界认可并接受的小小元素。上述一切正是那个无穷尽的伟大奥秘领域向他发出的第一道曙光，向他发出了感召，让他有机会窥探它们所拥有的尊严与深度，向他揭示出它们的可知性。在这座冷冽的森林里，在午夜与清晨之间的某个时刻，在千百个伴着风声低语的树梢之上，在他们久久守候的岩石上，这一切犹如幽灵无形的手一般，触动了这个年轻人的心灵，令他受到了极大的震撼。他无法确切表述出自己亲身经历过的这一切，当时不能，在他一生当中的任何时候都办不到。尽管如此，他还是无法不去回想自己当年的奇妙体验。对于他而言，回忆当年的那个时刻，其实是经常会发生的事情。事实上，那个时刻的相关经历一直存在于他后续的生活之中，存在于他的各种经历、各种体验之中。"务必要记住，"那段经历每每告诫他说，"务必铭记这一切的存在，在月亮与你之间、图鲁与艾达之间，涌动着光芒与水流。每一缕光芒与水流，最终都将流向那片占有死亡与灵魂的天外土地，最终也必将从那里返回人间。大千世界里的一切图景、一切现象，在你心中都存在着相应的答案，一切都与你有关。也正因如此，你应该尽可能多地去主动了解一切，只要是人力所能及的领域，你都应该试着去探求、去了解。"那声音所讲的一切大抵如此。另一方面，对于科讷希特而言，这是他第一次听到精神领域发出的声音，第一次受其诱惑，第一次聆听它所提出的要求，第一次感受它神奇的招徕。月亮在天空中徘徊的景象，他已经看过不知道多少次了；猫头鹰在夜间的鸣唱，他已经听过不知道多少声；关于古老智慧或者孤独沉思之类的话语，他也已经听自己这位师父讲过不知道多少遍——尽管他的确很少讲话——但是，在这一时刻，科讷希特所感受到的一切都是全新的，是与以往所有都不同的。这一时刻，打动他的乃是周遭一切所呈现出来的整体性，是被接纳到这一整体当中的震撼感，是对各种联系、各种相互关系的觉知，是对涉及他本人并要求他担负共同责任的这份秩序的认同。无论是谁，一旦拥有了这把钥匙，那就不仅能够从足印中识别出动物，从根部或者种子的形貌中辨认出植物，他也必然能够把握整个世界：包括星体、精魂、人类、动物、药方和剧毒。他必然能够以整体性的方式把握一切，能够从事物的任意部分、残留下来的任何线索来倒推其他各个部分。总有些优秀的猎人，可以从零星足迹、少许气味、一根毛发，乃至于微不足道的残留物中辨别出更多东西：他们不只能够仅凭几根细小的毛发识别出它们具体属于哪种动物，还能判断动物是老还是少，是公还是母。另有一些人物，可以通过云的形状、空气中弥漫的气味、动物或植物的特殊行为来判断未来几天的天气；科讷希特的师父在这方面的本事无与伦比，判断的准确性几乎可以说是无懈可击。还有一些人物，拥有与生俱来的本事，比方说，有些男孩能够仅凭扔石头的方式，击中三十步开外的一只飞鸟，他们从来没学过，但他们就是能做到。这种本事显然并非通过努力学习，而是借助魔力加持或者天赐恩典得来的，他们手里的石头自己飞起来了，石头本身想要击中目标，与此同时，飞鸟也想被石头击中。据说，还有一些人物，他们能够预知未来：病人会不会死，孕妇会生男孩还是女孩；老族长的女儿以此而闻名，据说祈雨法师也有同样的本事。这一时刻，科讷希特依稀觉察到，在这张无比庞大的整体性网络中，必然存在着一个中心，站在中心位置鸟瞰四方，才能确保自己可以理解一切，可以看到并洞悉已经逝去的一切和即将到来的一切。对于真正站在中心位置的人而言，知识必定如溪水流向山谷一般流向他，必定如野兔奔向卷心菜一样奔向他，他的言语，必定如天赋异禀的投石者手中那块飞石，准确无比。而且，凭借自身所在的这个整体性的精神领域，他必定能够将人类个体所能拥有的一切奇妙天赋与高超本领，统统集中到自己身上，让它们可以随心所欲地发挥作用：如此一来，这个站在中心的人，必定是一个无比完美、充满智慧、不可超越的完满之人！唯有成为像他一样的人、努力接近他、走在通往他的大道上——唯有如此，才算是选对了该走的道路，才算是明确了人生的目标，才算是赋予了生命圣洁与深意。以上这些就是他在这一时刻的大致感受，可想而知，我们如今只能尝试用我们所熟悉的、概念化的语言来描述这种感受，我们所使用的方式，当时的科讷希特显然不可能知道，也正因如此，此处无论如何也无法完整表述出他当时所经历的全部激动情绪、无法真切还原他的亲身体验。午夜时分，被师父匆匆唤醒，穿过充满危险和神秘的、漆黑又寂静的森林，在凌晨的凛冽中，在岩石高台上安静等待，孱弱的月亮幽灵显形，智者缥缈的话语，在一个非常时刻，与师父两人独处，这一切科讷希特都体验过了，也都铭记了下来，作为人生的庆典，作为秘不外宣的仪式，作为接受盟约的标志，作为侍奉更高层次存在的起点，进入一个与不可名状、无穷奥妙相关的精神领域，以人类个体之渺小，与伟大存在建立起一份可敬可颂的相互关系。上述特殊体验，跟其他许多类似体验一样，不可能仅凭想象来重现，甚或不可用文字来加以详述。在一切与之相关的念想中，比其他任何一种念想都更遥远、更不可能解答的，是这样一连串问题："究竟是我创造出了这种独一无二的体验，还是它本就是客观现实？师父当时的感受跟我一样吗？又或者说，他本人虽然没有跟我一样的体验，却知道我有，并且因此而对我会心一笑？我在这种体验中所收获的思想是全新的、由我所专享的、独一无二的吗？又或者说，师父本人，以及他之前的某些人，曾经跟我有过完全相同的体验和想法？"不对，对于整体而言，不可能出现这样的折射与细分，凡体验到的，皆为真实，被真实所浸透，充满了真实，诚如酵母之于造面包用的发面团。云层，月亮，变幻不停的天空剧院，赤脚踏在湿冷的石灰岩上，苍白夜空中，弥漫的露气，炉烟和稻草垛的气味，亲切而惬意的家中气味，来自师父身上裹的那张兽皮，受到它的庇佑，被带到了这岩石高台之上，老人以肃穆语调轻声讲出的道理，以沙哑嗓音倾诉自己为死亡提前做好的准备——这一切都是无比真实的，以近乎猛烈的态势，渗透到了年轻人的感官里。对于人类大脑而言，感官印象是比最优秀的系统化、理性化思维方式还要肥沃的记忆滋养地。

虽然造雨者属于从事氏族政治体系内专有职业的极少数人物，并且还为此专门训练出了一整套特殊的学问和本领，但他的日常生活，至少从表面上看，跟部落里的其他人相比也没什么不同。从氏族独有的政治体系上讲，他算是一位高官，享有相应的威望，不仅如此，每当他必须为集体做些什么工作时，也经常能够从部落直接领取供物和报酬，不过这种情况只发生在一些特殊的仪式性场合。截至目前，就科讷希特所看到的部分而言，师父在村子里负责的最重要、最庄严，乃至于最神圣的职能，是确定每种水果和药草的春播日期；做这件事情时，他能够准确地考虑到月亮的位置，给出一部分是从前任祈雨法师那里学习、继承下来的规律，一部分是根据自己多年实践得来的经验。至于开始播种的仪式，即将每年的第一把谷物和种子撒在氏族的公共土地上并同时祈求风调雨顺的环节，这已经不再是他职务的一部分，因为男人不可能有那么高的地位；这一环节每年都由女族长本人来完成，要么就是交给她所指定的、最年长的亲属来负责。只有在那些真正需要祈雨法师发挥操纵天气本领的情况下，师父才真正成为村里最重要的人物。这类情况往往发生在长期干旱，抑或长期下雨，要么就是霜冻围困田地，即将造成威胁到整个部落存亡的饥荒时。每逢这种时候，图鲁就必须担负起责任来，使用自己知道的各种手段，来对付干旱，或者其他任何造成农作物生长不良的天灾。具体而言，手段通常有祭祀、咒语、祈求等。根据传说，在持续干旱或者无休止降雨的罕见情况下，一旦其他所有手段都失败了，而且无法通过哄骗、恳求或威胁来说服神灵改变主意，那么，在母亲和祖母们掌权的那个时代，还有最后一种无可非议的手段，即由部落献上祈雨法师本人作为祭品。据说，女族长的母亲曾经经历过这种罕见情况，并且亲眼看过祈雨法师被献祭。

除了处理天气方面的公共事务之外，师父平时还有一些类似私人事务所性质的委托需要完成，基本上是担任灵媒、制造护身符和魔法药剂之类的工作，在某些情况下，还需要兼任治病救人的医生——女族长实在没空时，就会如此。在其他方面，图鲁师父跟村里其他人并无不同。每当轮到他时，他都会去帮忙耕种村子里的公共土地，在小屋附近也有自己的小种植园。他收集水果、蘑菇和木柴，并将其储存起来。他捕鱼又打猎，还养了一两只山羊。单就务农者这一身份而言，他跟其他务农者没什么区别，但在猎人、渔夫和药草采集者等领域，他跟同行们比起来可大不相同——在这些领域，他一贯独来独往，是普通人难以企及的天才。他知道很多尽管朴素自然却行之有效的小技巧，了解不少独到的知识与辅助手段。据说，任何被捕获的动物都无法从他用柳条编织的陷阱中逃脱，而且他还知道如何利用特殊手段来使鱼饵变得美味无比，成为鱼类的最爱。又据说，他懂得如何引诱小龙虾们主动过来找他，自投罗网。还有一些人认为，他能够听懂不少动物所讲的语言。如此种种。不过，他所擅长的最重要领域，始终还是他的本职工作，即与祈雨法师相关的各种知识：观察月亮和星星，确定天气即将发生变化的迹象，预测气候与农作物生长的趋势，处理一切可以产生魔法效果的辅助手段。整体而言，他是一位伟大的鉴赏家和收集者，收集植物与动物世界各种形式的存在，将之用于治疗，或者制成毒药，作为魔法的载体，作为祝福与保护的手段，与邪恶相抗衡。他知道每一种药草，也找得到每一种药草，甚至连其中最稀有的那些也不例外。他知道它们在哪些特定地方生长，知道它们何时开花结籽，知道何时该去挖它们的根茎。他认识各种蛇和蟾蜍，当然同样也找得到它们；他知道各种角、蹄、爪、毛的用途；他能够分辨千奇百怪的共生与畸形，了解各种骇人东西和可怕玩意儿；不同类型的结节、肿块和疣子，无论是长在木头上、叶子上、谷物上还是坚果上，无论是长在犄角还是蹄子上，他都能分得一清二楚。

科讷希特必须运用他的感官来学习，智力在这方面是没用的，他必须用自己的脚和手、用眼睛、用皮肤的触感、用耳朵和嗅觉来学习，因为图鲁基本上是通过实例和示范来进行教学的，这类教学所占的比例远远多于言语和教诲。实际上，大师连完整的话语都很少对科讷希特讲，就算偶尔开口，通常也只是试着对自己那些令人印象深刻的手势加以补充。科讷希特的学习过程，跟猎人学徒或者年轻渔民追随一位厉害师父时所经历的学习过程相比起来，并没有什么不同，这种学习过程给他带来了极大的乐趣，因为他所做的一切，其实只是将自己身上已有的东西发掘出来而已。他学会了潜伏、窃听、潜行和观察，学会了提高警惕和保持清醒，学会了嗅探与洞悉；不过，他跟师父的狩猎对象不仅有狐狸和獾、水獭和蟾蜍、飞鸟和游鱼，还包括精神、整体、意识与本质。他们判断、识别、猜测并预测转瞬即逝、反复无常的天气，他们知道有毒浆果和蛇之毒牙里藏着早已准备好的死亡，他们偷听云雨风暴与月亮状况之间关系的秘密，对其如何影响播种与生长、如何影响人与动物生命的兴盛和衰亡进行深入研究，这就是他们所追求的目标。这一目标与几千年后大规模涌现的科学与技术一样，都是为了掌握大自然的规律并加以利用。尽管殊途同归，但他们始终还是以完全不同的方式进行的——

他们既没有将自己与大自然分开,也没有寻求用强制化的规训手段来探究它的秘密;他们从不对抗自然,从不敌视自然,他们始终是自然的一部分,始终以敬畏之心来与之共处。相较于如今的人类,他们很可能更了解自然,同它打交道的方式也更明智。尽管如此,在我们习以为常的相关研究中,有一件事对他们而言始终是不可能发生的,甚至在最大胆的想法中也不可能出现:毫无畏惧地投身于自然和精神世界,不仅不服从于它,甚至觉得比它还要优越。这种现代人的傲慢,对于他们而言,完全是不可想象的;除了恐惧之外,还能够跟大自然的伟力、死亡和恶魔建立起任何其他关系,在他们看来,似乎是完全不可能办到的。因为恐惧毕竟支配着当时人类的整个生活,想要在当时就彻底克服它,恐怕是难于登天。不过话说回来,为了平息恐惧,将恐惧放逐到各种具体而微的习俗与规则当中,以智慧来淡化它、掩饰它,最大限度地将它融入整个生活,这才是符合当时人类客观条件的做法,也正是各种祭祀体系的作用。恐惧是当时这些人生活的推动力,假如没有这种无处不在的压迫力,他们所过的生活就不会感到恐惧,但同时也缺乏张力。无论是谁,只要能够成功将恐惧的一部分提升为敬畏,就能从中收获很多;至于那些将恐惧转化成了虔诚的人,无疑是那个远古时代的优秀人士和先进分子。基于上述原因,当时的祭祀活动举办得极为频繁,形式也很多,这些祭祀活动及其对应仪式中的特定部分,也是祈雨法师需要负责的工作。

与此同时,科讷希特身边的小艾达也在小屋里慢慢长大。老人的掌上明珠,长成了一个漂亮的孩子,时机成熟时,他就将她托付给了自己的弟子,让她做他的妻子。依照习俗,自那时起,科讷希特就算是出师了,并且正式成了造雨者的助手。图鲁将他引荐给女族长,作为现任祈雨法师的女婿和继承人。从此以后,履行大部分任务和公共事务时,他就直接让科讷希特代表自己行事。渐渐地,随着季节和年月的流逝,老造雨者终于将自己的全部工作都交给了科讷希特,他本人则完全进入了年老体衰之人常见的独处沉思阶段。当他死时——这天,有人发现他蹲在炉灶旁,弯下腰去,似乎正在全神贯注地熬制几小锅魔法汤剂,近看才发现他已经死去,满头白发早已被炉火烧成了焦黄色——这位年轻人，弟子科讷希特，早就是全村公认的造雨者了。他要求村子为他的师父举办一次体面的葬礼，并在他的墓前焚烧了一大堆高贵罕见、异香扑鼻的药草和根茎作为祭品。如今连这一切也早已成为过去——如今，艾达的小屋里挤满了科讷希特的孩子，其中有个男孩名叫图鲁：老人以他独有的方式，从前往月亮的死亡旅途中归来，回到了男孩图鲁的身上。

科讷希特目前的情况，就跟他师父以前差不多年纪时的情况一样。他的部分恐惧已经成功转变为虔诚，驻扎在了精神所辖的领域里。他年轻时的愿望、诸多深切的渴望，其中一部分仍然存留在他心里，另一部分则随着年龄渐长逐渐消失，化作对祈雨法师这份工作的奉献，化作对艾达和孩子们的爱与关怀。他最大的兴趣和最执着的研究，始终放在月亮上，放在月亮对季节与天气的影响上；在与月亮相关的领域，他的本领达到了师父图鲁的高度，并且最终超过了他。由于月亮的消长与人类的死亡和出生密切相关，而且，在人类活着时必须面对的所有恐惧当中，对死亡的恐惧最深，因此，作为月球崇拜者和月亮鉴赏家的这位科讷希特，从他与月亮之间密切又生动的关系中，也领悟到了自身与死亡之间神圣且纯粹的联系；得益于此，当他的年纪变得更大一些之后，相较于其他人，他对死亡的恐惧明显要少得多。他可以用无比虔诚的态度跟月亮对话，语气或恳求或温柔，他很清楚，自己已经在精神领域跟月亮紧密联系在了一起。他对月亮的生活了若指掌，密切参与到它阴晴圆缺的过程和命运转变之中，甚至可以说，他也随之过上了一种随着阴晴圆缺变化来匹配自身悲欢离合的生活，就仿佛月之奥妙也完整地作用到了他自己身上似的：每当月亮似乎面临着疾病和危险时，每当月相出现异常变化、看起来像是遭受了侵害时，每当月亮失去光华、改变自身颜色、变得暗淡模糊乃至接近消亡直至完全看不见时，他都会陪着月亮一起受苦；在可怕的事情发生在月亮上时，他也会感到无比害怕。诚然，在这些非常时刻，每个人都会对月亮的处境感同身受，每个人都会为此而颤抖，每个人都能够从月亮的暗淡无光中认识到灾祸的威胁，知道危险迫在眉睫，每个人都会满怀恐惧地盯着月亮那张苍老的、患病的面容,这是不言而喻的。可是,恰恰在这些非常时刻,造雨者科讷希特与月亮之间的联系才更显紧密,借此收获的新知也比其他人多得多;他当然也和所有人一样,跟月亮一起承受命运的安排,经历一切无法逃避的苦难,他的内心当然也很紧张、焦虑。但是相较于其他人,他对与月亮相关经历的记忆明显更加清晰,也更系统化,他对月亮与死亡之间有着密切对应关系的信任更有根基。他站在月亮的角度相信永恒与轮回,认为凭借对月亮的深入了解,可以对大家固有的死亡成见加以纠正,顺利克服对死亡恐惧,对此他很有信心。与此同时,他献身于祈雨法师事业的程度也更深了;每逢这些非常时刻,他的心中都会产生强烈的共鸣,认为自己已经准备好了,可以完整体验天体的命运,伴随它们一同走向衰落和重生。没错,他有时甚至觉得自己理念中的有些东西颇为厚颜无耻,不够虔敬,有些东西又太过大胆,无论勇气还是决心,都显得过于超前。总之,他试图通过精神的力量来藐视个体的死亡,通过侍奉凌驾于人类之上的命运来强化自我。这些理念融入了他的骨子里,渗透进了他的本性,同时也被跟他有所接触的人们所察觉;大家普遍认为他是一个无所不知的人、一个献身于事业的人、一个内心真正平和的人、一个不惧怕死亡的人、一个跟天地之间各种伟大神力站得很近的人。

他不得不在许多艰难的考验中证明自己所拥有的这些天赋和美德。有一次,他不得不面对长达两年多的农作物生长不良挑战,同时还要应付极端恶劣的气候,这是他生命中最大的一次考验。逆境和恶兆从一再推迟的播种开始,接下来,各种可以想象的灾难和侵害,无一例外影响到了种子的生长,最后几乎将好不容易种出的作物完全摧毁;村子里的人们只好忍饥挨饿,科讷希特当然也跟着忍饥挨饿。很多人饿死了,但科讷希特熬过了苦难的第一年,幸存了下来。作为造雨者,尽管遭遇了如此惨重的失败,他却完全没有失去信心,也没有丧失自己在村中的影响力:能够帮助部落以泰然处之的谦逊态度承受这一年的不幸,已经是很了不起了,这点大家都看在眼里。哪曾想到,第二年,在经历了充满死亡的严冬之后,播种季节里,又重复了前一年的全部不幸和苦难。到了夏天，开始出现持续的干旱，村子里的公共土地完全干枯了，几乎寸草不生。与此同时，老鼠以超乎想象的恐怖速度大量繁殖，吃掉了所有的存粮。做什么都没用，无论是造雨者单独诵念咒语的仪式还是氏族全体参与举办的公开大型祭祀，无论是鼓声震天的喧嚣还是大家一起虔心祈求，都无法取得回应，没有产生任何效果。当大家终于发现这个残酷的事实，造雨者这次无论如何都不能让老天爷下雨时，这就不是一件小事了。显然，相较于普通村民，他不仅必须承担起失败的责任，还必须在惊恐、激动的人群面前坚持自己的立场。最艰难的一段时期，在两三个星期的时间里，科讷希特不得不形单影只地面对整个部落对自己怀抱的敌意，不得不在孤立无援的情况下，独自面对饥饿与绝望，面对那条暗流涌动的、历史悠久的大众信仰，即只有祈雨法师的牺牲，才能够调和各种伟大神力之间的冲突。在这种情况下，他选择以退为进，反而取得了胜利：他没有对群众希望牺牲他的想法进行任何抵抗，而是直截了当地表示，只要能够顺利祈雨，很愿意将自己的生命作为祭品。这种全心全意的牺牲精神，反而令大家感到无比安心。此外，他还投入了前所未有的努力和奉献精神，坚持从实际出发，帮助大家缓解困难状况。比方说，他一次又一次地找到了新的水源，要么是一汪泉水，要么是涓涓细流；在形势最危急的时候，他阻止了冲动的村民，保全了村中的牲畜，使其免遭灭顶之灾；最重要的是，通过支持、建议、威胁、施法和祈祷，通过自身榜样的力量来加以震慑，他协助了被致命的绝望和灵魂的软弱所裹挟的女族长，使她不至于崩溃，使一切努力不至于毫无意义。当时发生的种种情况，已经雄辩般地证明，越是在群体普遍焦虑、普遍担忧的时候，就越是需要有人挺身而出。此人往往能够起到巨大的作用，在此过程中，对他自身的成长也能起到很大的帮助；他的生活和思维越是指向精神领域、越是超越个人意志，他就越是能够学会崇拜、观察、敬仰、侍奉和牺牲。那两年可怕的岁月，几乎使他成为牺牲品，几乎毁掉了他，但最后却使他在部落中留下了极高的声誉，收获了丰厚的信任。当然，这份声誉和信任并非来自目光短浅、不需要为集体承担责任的群众，而是来自少数肩负重担的领导者,唯有这些人,才能够对像他这样的人施与评判。

科讷希特的人生经受住了这些考验,也经受住了其他许多考验,最后终于到了瓜熟蒂落的年龄,站在了他人生跋涉的顶峰位置。他主持埋葬了部落的两位女族长;失去了一个漂亮的儿子——六岁的时候,这个儿子被狼叼走了——他在没有别人帮助的情况下,自己给自己当医生,熬过了一场重病;他曾经忍饥挨饿,也曾经历刺骨寒霜。所有这些都在他的脸上留下了痕迹,也在他的灵魂深处打上了烙印。除此之外,他还反复体验到了这样一件事:像他们这种将自己生命的重心放在精神领域的人,一旦身处普罗大众之中,反而格外容易引起别人的反感。在不得不跟他们面对面相处时,大多数普通人都会觉得自己受到了某种特殊的冒犯。诚然,当他们离群索居,不怎么跟普通人打交道时,经常会受到尊敬和爱戴;每逢遇到紧急情况,他们也总是会被召唤去给普通人解决问题;但是,他们绝不会被普通人视为同类,不可能受到一视同仁的喜爱,恰恰相反,大家往往还习惯于避开他们。此外,他还了解到,相较于切实有效的理性建议,流传已久的迷信手段,甚至随意发明出来的法术和咒语,反而更容易被病人或者遭遇巨大不幸的人们所接受。普通人总是更愿意选择逆来顺受,更愿意进行浮于表面的忏悔,他们不打算努力改变现状,甚至连从内心好好审视自己都做不到。相较于理性,他们更容易相信巫术;相较于经验,他们更容易相信偏方。以上这些现象,恰如一些历史书上所宣称的——几千年来恐怕并没有发生多少变化。不过话说回来,科讷希特同时也了解到,毕生探索精神领域的人,不能失去仁爱之心,他必须不骄不躁地满足人们的愿望和愚蠢,但又要时刻小心,不能让自己受他们支配。智者与骗子之间,牧师与江湖艺人之间,热心助人的好伙计与寄人篱下的乞食者之间,往往只有一步之遥。相比之下,普罗大众往往更愿意付钱给骗子,任由自己被沿街叫卖的黑心小贩剥削,也不甘愿接受无偿无私的帮助。他们宁可献出金钱和实物,也不喜欢给予信任和爱心。他们总是相互欺骗,总是寄希望于自我欺骗。必须认识到,人类本质上是一种软弱、自私又懦弱的存在;必须意识到,我们自己或多或少也被这些邪恶的品性和本能所牵制。尽管如此，我们始终还是应该对人类抱有信心，相信人类存在的根本就是心灵与爱意，并且通过这一观念来滋养自身灵魂，我们必须相信，每个人身上都有一些反抗原始本能的东西，渴望着进入崇高境界。不过话说回来，这些想法可能太过超脱于时代，而且恐怕已经有些表述过度了。无论如何，科讷希特是不可能抵达这一阶段的。我们可以说：他正在走向这一阶段，他所走的这条道路，终究有一天会带领他抵达这里，并且超越这里。

诚然，他眼下就走在这条道路上，渴望与精神领域融为一体，可是实际上，他的大部分生活还是在感官世界层面里，天上的月亮、药草的香气、树根的盐分、树皮的滋味都能够吸引他与蛊惑他。通过种植药用植物、烹制药膏、投身于对气候和大气变化的研究，他在自己身上培养出了很多能力，甚至包括那些我们后来不再掌握或者一知半解的能力。显然，作为祈雨法师，这些能力当中最重要的一项就是祈雨。尽管在某些特殊场合，天空始终保持了强硬，滴雨不下，仿佛正在以无比冷酷的态度嘲笑他的努力，但科讷希特在漫长的祈雨法师生涯中，还是成功祈求了上百场雨，而且几乎每场雨所面对的具体情况都稍有不同。诚然，祭祀流程、祈雨仪式、祈祷文辞和鼓乐安排等，全都沿袭自传统，他不敢对其妄加改变，或者省略其中的任何一个步骤。但上述这些只是他祈雨活动受官方要求的、公开的部分而已，属于其中正式的一面，注重仪式感的一面；当然，从表面上看，这部分工作无疑也是非常美好的，某个以祭祀和游行庆祝为主导的日子，大家辛辛苦苦忙了一整天，傍晚时分，天空终于向祈雨者们缴械投降，地平线上乌云密布，风起了，空气中开始能够闻到潮湿的味道，第一滴雨水飘落下来，带来一种无比奇妙的欣喜感觉。可是这一切说到底也只是精心准备之后的收获罢了，祈雨行动想要取得成功，就需要祈雨法师充分发挥自己的本领，精心挑选举办仪式的日子，以免盲目地开展行动，让仪式在没有任何效果的情况下惨淡收场；人类的确可以去祈求那些凌驾于自身之上的力量，是啊，甚至可以厚颜无耻地去纠缠它们，但祈求过程中却始终要怀抱着真诚之心，要有所节制，要屈从于它们的无上意志。对科讷希特而言，相较于美好的成功体验——相较于通过念诵祈祷文辞顺利祈雨的经验,其实还有一些其他类型的经验,除了他自己之外,再没有别人知道,甚至连他自己都只是隐隐约约地知道,因为运用这些经验时使用更多的其实是感官而非理智,其内容并不能够十分明确地加以概括总结。具体而言,其中包括当下的气候状态,空气与温度的张力,云层与风的各项细节,包括对水、土和尘沙气味的分类,包括与天气相关的各种魔神鬼怪给出的威胁或承诺,它们表现出来的情绪和冲动,等等。科讷希特通过自己的皮肤和头发、通过他全身上下所有的器官来感受这些。因为他已经用上了所有的感官,所以不会再被任何东西吓到,也不会因为任何意外而失望,他将与天气相关的一切集中到了自己身上,与天气发生共鸣,并且用一种极为特殊的方式,将天气与自己合而为一:透过这种方式,他似乎拥有了驾驭风云的能力。当然,这种能力其实并不能随心所欲地操纵天气,只是在他跟天气之间建立起了一种联系、一种束缚而已。不过话说回来,恰恰也由于这种联系和束缚的存在,完全打通了他跟世界之间的边界,完全消除了内部与外部之间的差异。在这天人合一的时刻,他可以心醉神迷地站在那里,侧耳倾听;可以无比陶醉地蹲坐着,感觉自己身上的每一个毛孔仿佛都已打开,每一寸皮肤都在用心感知——不仅仅是感受空气和云层的生命流向,还要对其加以引导,甚至主动催生出它们来,诚如我们可以唤醒并重现我们内心确切知道的一段旋律。达到这一境界之后,他只需屏息静气——风或雷转眼也变得无声无息;他只需点头或摇头——冰与雹即刻落下或远离;他只需浅浅一笑,来表示自己内心的矛盾冲突已经取得平衡、达成谅解——于是上方天空中,黑压压的乌云霎时分开,露出明朗、湛蓝的晴天。有些时候,当他意识到自己的内心极为清澈,精神世界运行有条不紊时,他就会将未来好几天的天气与自己融合,如此一来,他就能准确无误地知道这几天的天气情况,仿佛一整段乐章已经提前写进了他的血液里,外界的全部天气状况都必须根据这段乐章来演奏似的。那就是他作为祈雨法师最好的日子,是他的回报、他的乐趣所在。

然而,当这种与外界的亲密联系被打断时,当天气和世界统统变得陌生、难以理解、不可预测时，他自身的内在秩序也会被打乱，他的内心也会阴云密布。每逢这些时候，他就觉得自己不是个真正的造雨者，觉得自己所担任的祈雨法师职务、对天气变化和农作物收获所承担的责任是一份累赘，是个错误的选择。每逢这些时候，他就变得无比爱家，对艾达言听计从，主动帮她的忙，跟她一起勤奋地打理家务，为孩子们制作玩具，制造各种工具，跑前跑后地调制药剂；他觉得自己需要家人们给予大量关怀和爱意，同时也感到有一股冲动，希望尽可能地将自己变成一个普通男人，完全遵守习俗和礼仪，甚至愿意听他妻子跟邻近的妇女闲聊，了解其他人的生活、状况和行为，如若不然，他就会感到相当憋闷。可是，在状态良好的时候，却很少能够在家里见到他，因为他热衷于四处游荡，在外面钓鱼、打猎、寻找树根；他经常会躺在草地上，或者蹲在树丛间，要么轻嗅，要么聆听；他会模仿动物的声音，燃起一小堆篝火，将烟云的形状与天空中的云朵进行比较；他会用雾气、雨水、空气、阳光或月光来滋养自己的皮肤和头发。他会搜集各种来自大自然的物什，诚如他的师父和前辈图鲁一生所做的那样。这些物什千奇百怪，乍一看去，其本质和外观似乎属于与它们自身截然不同的领域。这些物什中蕴藏着大自然的智慧或者说心血来潮；透过这些物什，似乎多少能够暴露出大自然运作时遵循的一些客观规律，以及它创造万物的秘密。在科讷希特看来，它们总是以类似的方式，将相隔遥远、概念上几乎毫不相干的事物糅合在一起。比方说，长出了人类和动物面孔的树瘤；水流打磨过的鹅卵石，呈现出来的纹理就跟木头一样；史前世界的动物化石；畸形或双生的果核；肾脏或心脏形状的石头。他尝试阅读树叶脉络间浮现出来的各种图案，阅读羊肚菌伞盖上的网状线纹，怀疑其中可能藏有什么讯息，能够指向神秘、精神、未来与可能：符号所具有的魔力，数字和文字带来的想象，能够将现实世界中看似无穷尽的事物、数量成千上万的事物，放逐到简单、系统、概念化的抽象世界里。因为整体的存在，通过精神领域来概括世间万事万物的方法，必然也藏在他自己的身上。诚然，无法给所有事物逐一命名，现实世界的绝大部分事物都是无名的，但概括无名之物却并非不可能办到，因为它们并非不可想象。诚然，在科讷希特心中，类似这样的理念仍旧处于萌芽状态，但已经是不可或缺的了，是他所特有的思想，在他心中有条不紊地生长。假如我们直接越过科讷希特这位造雨者，超越他和他的时代，再往前回溯个几千年：对我们而言，那似乎是人类最早期、最原始的一段时期。我们就会发现——肯定会发现，因为这正是我们所抱持的信念——哪怕在那个时期，具有整体性的精神领域也已无处不在。它是没有开端的，不受时间影响，在任何时代对其加以审视，都能找到它以后将会带来的一切，找到其中的每一个构成部分。

科讷希特这位祈雨法师并没有让自己的任何一项发现永恒传世的打算，也不打算让自己基于感官的理论得到任何理性层面的进一步证明，因为他几乎没有做这类事情的动机。从历史角度来看，他没有成为文字、几何学、医学或天文学的众多发明者之一。他始终也不过是这个链条当中不为人知的一环，但同时也是不可或缺的一环：他按部就班地传授了自己从师父那里学来的东西，并且还增加了自己新琢磨出来的东西，因为他也有了自己的弟子。担任祈雨法师的这许多年时间里，他将两个学徒训练成了造雨者。其中一个，后来成了他的继承人。

自接受职务以来，他始终坚持独自一人完成各项工作。在很长的一段时间里，没有谁专门来找过他。哪曾想到，在一场极为严重的农作物歉收，以及随之而来的大饥荒过后，他身边第一次出现了这样一个男孩：这个男孩开始拜访他的小屋，潜伏在他周围，暗暗观察他。这是一个非常崇拜他的孩子，希望获得他的认可，拜他为师，学习造雨者的各种本事，有朝一日也成为这一领域的行家里手。看到这个孩子，他的内心不由得感到一阵抽动，那是一种非常古怪，同时又无比痛苦的感觉。恍惚之间，他自己年轻时曾经有过的那段重要经历又一次回归了，只是这次出现了身份上的互换；与此同时，他第一次感受到了那种冷酷无情但也代表着约束与召唤的情绪：青春早已结束，正午时分已过，鲜花已化作果实。令他万万没有想到的是，他自己应对这个男孩时的行为，跟当年老图鲁应对他时的行为如出一辙。原来如此，这种冷漠生硬、不屑一顾、犹豫等待、再三拖延的行为，完全是在不由自主的情况下自动产生的，完全出自本能；它既不是对已故师父的模仿，也并非基于任何道德和教育方面的考虑，比方说，必须先对主动找上门来的年轻人进行长时间的考验，看他态度上是否足够认真，不能让任何人轻易进入祈雨法师的神秘殿堂，一定要让拜师学艺的过程变得异常困难……不是这样的，科讷希特面对自己弟子时的行为，就跟每一位稍微上了点儿年纪的、学识渊博的孤僻怪人在面对崇拜者和学生们时的行为一样：尴尬、害羞、冷漠、随时准备逃之夭夭。因为他对自己美好的孤独和自由，对自己在荒野中的游荡，对自己形单影只、无拘无束的狩猎和采集工作，对自己的梦想和倾听充满了患得患失的焦虑，对自己所有的习惯和偏好、秘密和沉思投入了过多的爱意。他完全不想接纳这个带着对崇拜者的特有好奇心接近自己的胆小年轻人，完全不想帮他克服这种胆怯心理，更没有鼓励他的打算。他完全不觉得这个年轻人的出现是一份快乐和奖励、一种来自外界的认可、一桩令人愉悦的成功。为什么不呢？现在，他者的世界终于给科讷希特送来了一位使者、一份求爱的宣言，现在终于有人在追求他的道路了，有人觉得跟他产生了联系，跟他一样受到了天命感召，前往侍奉神秘的力量。不对，目前他只觉得这是一种恼人的干扰，是对他权利和习惯的侵犯，是对他独立性的掠夺，时至今日，他才发现，原来自己是如此喜爱这份独立性；于是，他决定抵制这种干扰，并开始别出心裁地掩饰、隐藏自己，模糊自己的足迹，绕一些弯路，或者干脆直接对那男孩避而不见。哪曾想到，以前自己追求图鲁时发生的情况，互换身份之后，再次出现在自己跟男孩之间。男孩漫长而沉默的追求，逐渐软化了他的心，令他逐渐厌倦了抵抗，隔阂慢慢消融。男孩越是节节推进，科讷希特反而越是慢慢倾心于他，向他敞开心扉，认可他的心愿，接受他的追求，逐步学会在经常显得颇为繁重的、教育弟子的新义务当中，发现一些具有必然性的东西：命运赋予的使命，来自精神领域的、不可违逆的意愿。随着岁月流逝，他不得不越来越多地告别自己曾经的梦想，告别对无限可能性的追求和享受，告别千万种可能成真的未来。如今，他面对

635

的已经是自己的弟子，不再是不断超越、不断攀上新阶梯的梦想，不再是继续积累知识与智慧的期盼；站在那里的弟子，是一个小小的、近在眼前的严苛现实，是一个闯入者、一个麻烦制造者；然而，他的出现是不可避免的，无从逃避，因为唯有弟子，才是进入真正未来的唯一途径，是他独一无二的、最重要的职责，是唯一可以走的狭窄道路。在这条道路上，造雨者的生活方式和行为举止，看待一切的态度、理念和思想，可以超越死亡，传承下去，在一株小小的新芽里继续存活。想到这里，科讷希特不由得叹了口气，咬紧牙关地笑了笑，义无反顾地接纳了男孩，让他当了自己的弟子。

哪怕在这件极为重要，也许是他此生最应该负责任的事情上——以传统的传帮带方式教育学徒、培养接班人这项任务——这位祈雨法师也没能免除一次非常艰难、痛苦的经历，没能避开失望的侵袭。如前所述，第一个寻求他青睐的学徒，在忍受了他长期的等待和拒绝之后，终于得偿所愿，请他当上了自己的师父。这个弟子名叫马罗，他给科讷希特带来了永远无法完全克服的失望。马罗很听话，对师父无比顺从，甚至到了谄媚的地步。在很长一段时间里，他都扮演着无条件服从的角色。可他本身是有缺点的，而且缺乏的东西还不少。他首先缺乏勇气，非常害怕黑夜，害怕漆黑一片。起初他还试图掩饰，当科讷希特注意到这点时，在很长一段时间里都认为这是他童年时期对他的残余影响，最后肯定能够克服。但他始终没能克服。除此之外，这个学生完全没办法以忘我的奉献精神投入观察、集中于祈雨法师职业的各项活动和进程、进入思考与感应的天赋之中。他的确很聪明，头脑极好，反应很快，那些无须奉献就能学习的东西，他很容易就掌握了。然而，随着学习的深入，他那些自私的意图和目标，也越来越明显地暴露了出来。他之所以想要学习造雨，最重要的目的就是出人头地，成为一个响当当的大人物，在历史上留名；他拥有天赋异禀之人的虚荣心，但缺乏担任要职所必需的使命感。他总是在拼命寻求掌声和关注，总是将刚刚学到的知识和技能表现出来，向同龄人吹嘘炫耀——诚然，单就这点来看，也可能是因为他年龄还小，行事比较幼稚，长大之后或许就会有所收敛。但是，他所寻求的却不止掌声和关注这么简单，与此同时，他还试图索取足以支配旁人的权力，利用自己学到的本事取得交往中的优势，并借此为自己谋取利益；当师父开始注意到这点时，对此感到无比担忧，逐渐将心思从这个年轻人身上收回，不再那么喜欢他了。他才跟随科讷希特学习了几年时间，就已经被抓了两次或者三次现行，每次都犯下了严重的不端行为。比方说，他受到引诱，滥用自己作为祈雨法师弟子的权力，拿了小屋的药剂，去医治一个生病的孩子，收到了丰厚的谢礼，而这一切都是在他师父本人不知情和不允许的情况下发生的。还有一次，他在拿了好处之后，私自去一间小屋对付鼠患，念了不应该念的咒语。当他不顾师父之前给出的所有警告，以及他自己给出的全部承诺，再一次去做类似的事情，并且又被抓了现行时，师父直接将他逐出了师门，并将此事报告给了女族长。从此以后，他就总是试图将这个忘恩负义、不堪重用的年轻人从自己记忆中抹去。

后来，他的另外两个弟子弥补了这份缺憾，尤其是其中的第二个弟子，即他自己的儿子图鲁。他非常喜爱这个年纪最小，同时也是自己关门弟子的男孩，深信他以后肯定能够变得比自己更厉害，因为这个孩子外祖父的灵魂，已经很明显地回到了他身上。也正因如此，在教育图鲁的过程中，科讷希特切实体验到了一种对往昔灵魂进行再次强化的满足感，于是，他毫无保留地将自己的全部知识和信仰传递给了未来。现在，科讷希特知道有这样一个人——同时也是自己的儿子——只要他感到自己年老体衰，应付不来工作了，无论哪天都可以将自己的祈雨法师位置交给他，对此，科讷希特感到心满意足。可是，以培养失败告终的第一个弟子，却始终无法从科讷希特的生活和思想中驱逐出去。此人现在成了村中知名的人物，虽然没有获得多少荣誉，却受到许多人喜爱。他已经结婚，平时主要充当杂耍艺人和小丑角色，博大家一乐，甚至还是村中鼓乐队的首席鼓手。自打被逐出师门之后，他一直都是造雨者的秘密敌人，一直在嫉妒科讷希特，后者不得不因此而承受许多小的侵害，偶尔甚至还会遭受一些比较严重的欺辱。科讷希特从来就不是个喜欢结交朋友的人，也不愿意参加社交活动。他需要孤独和自由，除了在小时候为了让图鲁师父收自己为徒时之外，从来没有特意追求过其他人的尊重和喜爱。但他现在算是切身体会到了拥有一个敌人、一个无比憎恨自己的人是种怎样的感觉；这破坏了他生活中许多原本很正常的日子。

马罗属于那类非常有天赋的学生。可是，尽管他很有天赋，对于教导他的老师而言，却始终不会感觉到快乐，甚至不得不将他视为负担。因为马罗所拥有的这份天赋缺乏根基，不是由下至上、由内及外成长起来的一股有机力量，并非基于善良品格、健康血统，以及能够轻易培养出优异本领的性格之上；恰恰相反，它就像是从天而降的一笔不义之财，甚至像是篡夺或者偷窃来的赃物。一个品格低下但智力过人或者想象力极为丰富的学生，不可避免地会令老师感到尴尬：作为老师，本应向这名学生传授自己继承下来的知识和方法，使他有能力参与相关领域的智力活动——做这件事情是有前提的，老师本人必须首先认识到，自己必须承担的那个基本的、更崇高的职责，恰恰是保护科学和艺术不受缺乏道德的天赋异禀者们冲击；因为老师这一职业，真正的服务对象其实并非学生，而是精神世界。这也正是老师对一些自私自利、爱慕虚荣的天才感到恐惧，不愿接纳他们的原因；这种类型的学生，基本上会扭曲教学工作的意义，认为老师就是要完全服务于学生。可是实际上，教育任何一个有本事让自己发光却没能力为他人提供服务的学生，都是对教育事业的妨害，是一种背叛精神世界的可耻行为。从许多国家历史的动荡周期中，我们都能了解到，随着精神世界的秩序陷入深刻混乱，这类人必定会蜂拥而至，他们会在社会团体、学校、学院和政府机构中占据领导者的位置。到了一定阶段，在所有的办公室里都坐着乍一看去非常有才华的人，但他们只愿意施行统治，却无法提供服务。当然，老师们往往难以及时辨别出这类缺德天才，难以在他们掌握精神领域相关职业的门道之前，就以必要的严厉态度将他们送回到跟精神领域无关的道路上。科讷希特也犯了类似的错误，他对学徒马罗的耐心维持得太久了，这就导致他将祈雨法师职业的一部分高明智慧托付给了一个野心勃勃又虚荣肤浅的俗人，这当然是件挺可惜的事情。而且，对科讷希特本人而言，此事的后果比他想象的还要严重。

有一年——此时科讷希特的胡子已经变得花白——天地之间原本的和谐秩序似乎被不寻常的力量给扰乱了,满怀恶意的魔鬼降临人间,肆意横行,疯狂破坏。一系列异常的扰动自秋天开始,到处都显得阴森而肃杀,每个人的灵魂都受到了惊吓,每个人的心灵都被恐惧所压迫。在白昼与夜晚等长的那天过去之后不久,出现了前所未有的异常天象。造雨者怀着某种难以言说的严肃与敬畏,带着无比虔诚之心,注意力高度集中,持续进行着观察和体验。那天傍晚,天空明亮异常,风很大,稍微有点儿冷。除了几朵不安分的小云在很高的位置盘旋之外,天空犹如玻璃般透明,将夕阳的玫瑰色光芒保持了格外长的一段时间:那光芒在寒冷、苍白的虚空中飘浮着,看上去朦胧又松散,散发出泡沫般的光泽。连续好几天的时间里,科讷希特都感觉到似乎有什么事情正在发生,这种感觉比他过去每年在这段白昼时长逐渐缩短的日子里所感受到的都要强烈得多、怪异得多;似乎是存在于天体空间的某些未知力量正在起作用,大地、植物和动物们纷纷感到恐惧不安,空气中弥漫着剑拔弩张的气息,大自然的各处都充斥着失衡、蛰伏、惊恐与恶兆。就连今天傍晚时分,天空中这些长条形的、不停抽动、闪烁的小云朵,也属于征兆的一部分,它们飘动的方向与大地上刮来的风完全不一致。远远望去,它们仿佛在不断哀求、不停挣扎,苦苦抵御天边逐渐熄灭的红光,坚持了很长时间。接下来,随着红光的冷却和消逝,它们也跟着一起消失了。村子里倒是很安静,聚在女族长小屋前的访客们与听故事的孩子们,眼下早已各自回家,只剩下几个男孩还在追逐打闹。大家早已各自返回自家的小屋,晚饭也早就吃完了。很多人已经睡着,除了造雨者,几乎没有谁还在认真端详夜间出现在天空中的红云。科讷希特此时正在自家小屋后方不远处的小种植园里来回踱步,思考着异常天象,心情紧张而不安。偶尔也会在荨麻丛中那个平时用来劈柴的树桩上坐着休息一会儿。随着云层之间最后一缕霞光的熄灭,依然明亮的碧绿色天空中,星星突然变得显眼起来,数目和亮度都在迅速增长;刚才还只能看到两三颗星星,转眼已经有十几二十颗了。造雨者熟悉其中的许多颗星星,熟悉它们所组成的群体和家族,他观察这些星星已经有成百上千次了;星辰不变的回归当中,的确有些令人颇感欣慰的东西存在;星星本身也是能够带来安心感的,它们高高在上,遥远而寒冷,没有像太阳那样辐射出热量,但始终可靠、坚定地排列出固定的形状,宣告着秩序,承诺着永恒。相较于大地上的生活,星星们显得如此陌生、遥远、格格不入,它们似乎丝毫不受人间温暖、震颤、痛苦与狂喜的影响,似乎以自身高贵又冰冷的庄严感、以其永恒存在,对人间实现了超越。尽管如此,星星依旧跟我们人类有所关联,它们正在引导着我们,可能也在统治着我们。一旦任何人类个体能够实现某种程度上的超越,即将他们所拥有的一切知识、一切精神领域的见识、一切灵性生活原本短暂的确定性与优越性成功加以拓展,达成了追求完满的客观要求,并且保持了足够长的时间——那么,他们就能够跟星星一样,在冰冷的空间里休憩,像星星一样闪耀,以持续不断的寒战施与安抚,以永恒不朽、略带嘲弄的眼神环顾四处。对于造雨者科讷希特而言,以上这些恰恰就是经常会在他身上出现的情况,尽管他跟星星之间的关系,肯定不如跟月亮密切,没那么激动人心——月亮啊,伟大、亲近、濡湿,这条遨游在空海中的肥硕魔鱼——但他始终都对星星们怀着很深的敬意,通过许多思绪与它们联结在一起。他长时间地凝望着它们,心甘情愿地让它们对自己产生影响,将他的智慧、他的温暖、他的忧虑,奉献给星星如坚冰般沉静的目光。对于科讷希特而言,凝望星辰时的体验,经常如同沐浴,如同服下了治愈心灵的药剂。

今天也是如此,星星看起来就跟往常一样,唯一的不同就是异常明亮,仿佛连那光芒都在紧绷的稀薄空气中变得锐利了起来,但他无论怎么凝望,也无法得到内心的安静,无法将自己交托给它们。此刻,仿佛出现了一股强大的力量,从未知空间里涌生出来,扼住了他,拉扯着他。这股力量似乎无处不在,令他的每一个毛孔都感到疼痛,同时还在向外吸吮他的双眼,无声无息、持续不断地对他造成伤害,它是一股激流、一种带有警示性的颤抖。不远处的小屋里,炉灶内部温暖而微弱的火焰,闪耀着昏暗的红光,微不足道的温暖生命在微光中涌动：一声呼唤，一阵笑声，一个呵欠，吐纳着人类特有的气味；皮肤的温暖，母性的光辉，孩童的睡眠……夜色似乎因为科讷希特身边有这些温柔的存在而加深了些许，星星也进一步退守到了常人难以理解的距离和高度。

此时此刻，科讷希特正在侧耳倾听，听艾达在小屋里安抚其中一个孩子时所发出的声音，听那低声哼唱的悠扬歌曲。突然间，来自天空的灾难开始了。这场灾难前所未见，在未来的许多年里，村子都将铭记这场灾难。抬头望去，那张寂静而明亮的繁星之网，出现了此起彼伏的闪烁，仿佛这张巨网上原本看不见的连接线突然被人给点燃了似的。其中的一些星星开始坠落，自那虚空中倾斜着落下，如同一颗颗被抛出的石头，通体发着光，转眼就熄灭了，消失了。这里一颗，那里两颗，然后这里又是几颗，目光还没来得及从第一批消失的星星上挪开，被这一景象吓得几乎骤停的心脏还没来得及重新开始跳动，繁星的坠落突然爆发了。无数颗星星，彼此交错，以略微弯曲的轨迹斜落，如雨滴般穿过天空，成群结队地进行着互相追逐的游戏，几十颗，几百颗，根本不知道具体有多少颗。仿佛被一场无声的巨大风暴裹挟，如暴雨般击透寂静的夜晚，仿佛宇宙苍穹间也在经历一个秋天，将天空中所有的星星如枯叶一般，从天空之树上吹刮下来，悄无声息地将它们赶走，逐入虚无。于是，星星们如凋零的枯叶，如飘舞的雪花，四散奔逃，其数量以千计、以万计，在令人战栗的寂静中，不约而同地逃往那个方向，倾斜向下，消失在东南方的森林与山脉后方，仿佛消失在某个无底的洞窟之中——自古以来，那里都不曾有星星落下。

科讷希特呆站在那里，心脏似乎已经冻住了，眼睛里却迸发出无限的光彩，他用力仰头，将脑袋拼命向后仰，惊恐又贪婪地凝视着改头换面，如同被施了魔法一般的天空。他不相信自己双眼所看到的一切，但又十分确信这种恐怖景象是真实存在的。就跟所有目睹了今晚天空异象的人们一样，他看到自己原本无比熟悉的繁星在晃动、在漂移、在坠落。照此情况下去，过不多久，星星就会全部落下；假如在此之前，大地没有先行一步，将苍穹给吞没掉的话，苍穹恐怕将会变成黑漆漆的一片，从此空无一物。当然，过了一小会儿，他就发现了普通人无法发现的事实，大家熟悉的繁星其实还待在原处：这里和那里，每一个地方，都严守着过去的星图。那些旧的、大家都很熟悉的星星并没有做眼下这些可怕事情，发生坠星的区域，其实是在大地跟天空之间的狭长空间里，更何况这些不断坠落或者说不断被抛出的星星，这些出现得如此之快、消失得又如此迅疾的新生光芒，看起来像是一团团火焰，跟大家真正熟悉的星星发出的光芒颜色是大不相同的。这些发现令他颇感欣慰，并且帮助他平复了激动的心情。不过话说回来，哪怕这些只不过是新生的、稍纵即逝的、截然不同的星星，它们那飞舞的光芒依旧占满了整个夜空；像这样的一种迹象仍旧是恐怖又邪恶的，象征了灾祸和混乱。一想到这点，科讷希特几近干涸的喉咙里不由得发出深深的叹息。他不再仰头，反而开始朝地面看，同时细听周围的声音，想知道眼前如幻觉般的景象是否只出现在他一个人的身上，还是其他人也都看到了同样的景象。结果他马上就听到了其他小屋里传来的呻吟声和尖叫声，还有恐怖的呼喊声；显然，其他人也看到了，先看到的人吓得尖叫出声，惊动了那些还不知情的人，以及那些已经睡着的人。转眼之间，恐惧和惊惶就席卷了整座村子。科讷希特深深叹了口气，无奈地接受了现实。发生这种灾难性的天象，他，作为村中的祈雨法师，比其他任何人受到的打击都要严重；因为在村子里，祈雨法师就是负责天空、负责空中秩序的人，出了这种事情，他自然是责无旁贷。多年以来，他总是能够提前预见或者说感觉到巨大灾难即将来袭——包括洪水、冰雹和巨大风暴——他总是能够提前警告村中的母亲和老人们，嘱咐大家提前做好准备，防止最坏的情况发生；他总是能够勇敢地站出来，通过自己所掌握的知识和勇气，通过对上方力量的信任，尽力化解弥漫全村的绝望情绪。既然如此，这次他为什么没有提前预见到什么？为什么不能提前给出命令并进行相应的防范安排？假如他的确有一些黑暗、警告性的预感，为什么在灾难真正发生之前，没有对任何人讲过？

他掀开小屋门口的帘子，轻声呼唤妻子的名字。她来了，最小的孩子抱在怀里，他从她手中接过小家伙，放到稻草垛上。然后，他握住艾达的手，伸出一根手指，放到她的嘴唇上，要求她无论看到什么，都要尽量保持沉默。接下来，他将她带出了小屋，她富有耐心的、平静的面容，很快就被恐惧和害怕给侵蚀了。

"孩子们应该好好睡觉，不能让他们看到这个，你听明白了吧？"他态度强硬，低声说道，"不能让任何一个孩子出去，哪怕图鲁也不行。你自己也要待在里面。"

说到这里，他犹豫了片刻，不清楚具体应该讲多少、应该透露多少真实想法。最后，他坚定地补充道："放心，你和孩子们都不会有事。"

她马上就相信了他，尽管她的面容和头脑还没有从当下目睹的恐怖景象中恢复过来。

"到底怎么回事？"她问道，同时再一次凝望天空，"非常糟糕吗？"

"的确很糟糕，"他轻声回应道，"我认为非常糟。但对你和小家伙们没影响。好好待在小屋里，将帘子都放下。我现在必须去跟他们谈谈。进去吧，艾达。"

说罢，他将艾达从小屋的门洞里推了进去，小心翼翼地将帘子拉好，转过身去，在门口又站了一小会儿，面朝持续坠落的星雨。几次呼吸的时间之后，他低下头，再次心事重重地叹了口气，然后便急匆匆地穿过黑夜，快速走进村子，来到了女族长的小屋里。

屋内，半个村子的人已经聚集到了一起，在一片低沉的喧嚣声中，在交织了恐怖与绝望的狂热中，人群因为极度恐惧而陷入了麻痹的、半迷幻的状态。其中一些女人和男人，心甘情愿地将自己交给恐怖支配，臣服于巨大厄运即将到来的预感，带着强烈的愤怒和冲动，如同鬼迷心窍了一般，要么僵硬、挺直地站在那里一动不动，要么用仿佛不受约束的四肢胡乱狂舞。有个女人嘴边吐出白沫，自顾自地跳起了无比绝望，同时又无比淫秽的舞蹈，一边跳，一边将自己的满头长发大块大块地撕扯下来。科讷希特看得清清楚楚：这一切已经拉开了序幕，他们几乎全都迷失在了狂热之中，被坠落的星星迷惑了，被异常天象逼疯了。也许很快就会有一场极度疯狂、无比愤怒、自我毁灭的狂欢。是时候了，应该赶紧将少数几个勇敢又谨慎的人聚集起来，赶紧给大家提振信心。年龄极大的女族长很平静；她相信万物的终焉已经到来，反抗没有任何意义。于是，她向命运之神展示出了一张坚定而冷酷的脸，肃穆又严肃的皱纹之间，嘲讽几乎随处可见。科讷希特请她先听自己的劝说，接下来，他试图向她证明，那些古老的星星，那些一直存在的星星，其实依旧待在原处，没有发生任何变化。但她无法接受科讷希特的这一说法，要么是因为她的眼睛已不再拥有识别这项事实的能力，要么是因为她对星星的想法及她与它们之间的关系，都跟造雨者已知的迥然不同。总之，他们两人无法达成相互理解。她摇了摇头，脸上始终保持着无所畏惧的冷笑。不过，当科讷希特请求她不要放任大家不管，不要让大家继续受恶魔加害、深陷恐慌与混乱时，她马上就同意了。就这样，一小群虽然受了惊吓但还不至于陷入疯狂的人，在她和祈雨法师身边聚集了起来，准备接受他们的领导，开始帮助大家。

　　甚至在科讷希特进入小屋之前的那一刻，他都希望能够通过摆事实、讲道理、做演讲、勤解释、多鼓励的方法来控制住大家的恐慌情绪。然而，跟女族长之间进行的简短对话使他明白了过来，现在做这一切已经太晚了。他原本打算向其他人分享自己刚刚获得的经验，将这份经验作为礼物送给大家；他原本打算努力说服大家，至少首先让大家意识到，天上的星星——或者至少不是所有的星星——其实并没有坠落，没有被看似席卷世界的巨大风暴给卷走；他原本打算通过这样一种方式，将大家的心情从茫然无助的恐慌与讶异，转变为积极主动的观察，如此一来，他们恐怕能够承受住这份冲击。然而，正如行动起来之后马上发现的那样，整座村子里能够接受这种观念的人少之又少，甚至还出现了这样一种情况，即当他们好不容易说服了几个人之后，之前明明已经被说服了的那些人，转眼又陷入了疯狂之中。不行啊，在此刻的村子里，就跟在其他很多时候一样，理性的思考和巧妙的言辞是无法打动任何人的。幸运的是，总算还有一些其他手段。一旦不可能用理性来消除大家对死亡的恐惧，那么就存在人为引导这份恐惧的可能性，将恐惧给组织起来，赋予它形式，赋予它一张具体的面容，帮助疯子们从无望的混乱中形成一个相对坚实的统一体，从不受任何控制的大呼小叫中创建出一个合唱团。科讷希特立即将想法付诸行动，补救措施立即开始发挥作用。他站在村民们面前，喊出了那段众所周知的祈祷文辞，村子里的哀悼和忏悔活动，通常是以这段祈祷文辞开始的，比如对去世女族长的哀悼，对流行病和洪水等重大灾害举办祭祀和忏悔，等等。紧要关头，他及时喊出了这段祷文，并通过拍手来为念诵搭配节拍，每段节拍中，他都会一边喊出祷文，一边应和拍手，随着节拍起伏，几乎完全弯下腰去，然后又站起来，再弯下去，再站起来。转眼之间，已经有十几二十个人加入这套特殊的舞蹈动作当中，村里那位年迈的女族长也完全配合了他的行动，有节奏地喃喃自语，随着节拍微微鞠躬，以此来代替仪式动作。如此这般，那些从其他小屋赶来的人很轻易地就加入了仪式的节奏之中，加入了整齐划一的集体精神之中；少数几个完全被异常天象迷惑住的人，要么很快就因为体力不支而躺倒在地、一动不动，要么就被大家虔敬庄严、整齐划一的合唱声和鞠躬节奏所征服，最终回归正常。到这一步，行动就成功了。眼前不再是一群绝望的疯子，而是一群甘愿献身、虔诚忏悔的信众，他们的内心不约而同地通过这个行动得到了支撑：不能将对死亡和恐怖现象的恐惧关在自己的心里，不能自顾自地乱喊乱叫，大家可以携手合作，共同完成一次蕴意深远的传统仪式，巧妙地加入规整有序的大合唱。像这样的一次仪式，展现出了诸多神秘力量，而且基本上产生了实际效果。最显著的效果，无疑是通过整体性的呈现，让命运共同体的参与感倍增，从而令个体的心灵获得慰藉；最无懈可击的治疗手段，无疑是集体和秩序、节奏与音乐。

  与此同时，整个夜空仍被不断坠落的流星大军所覆盖，远远望去，就像无声无息坠落的光滴瀑布一般。夜空在大概两个小时的时间里，持续挥霍着它那些巨大的、如火球般的红色光滴，但村庄所感受到的恐怖，早已被转化为顺从与虔诚，转化为祈求和忏悔之心。大家本打算用个体的恐惧和软弱与失去秩序的天国相对峙，但现在人间的一切却化作秩序与崇拜，又一次与天国的无常之势达成了新的和谐。甚至在星雨开始逐渐显得疲惫之前，在密集的坠落变得稀疏之前，奇迹即已完成，并开始放射出治愈的力量，当天国之喧嚣似乎慢慢平静下来，逐渐恢复秩序时，精疲力竭的忏悔者心中不约而同地产生了一种获得救赎的感觉：他们身体力行地安抚了凌驾于人间之上的权力，恢复了天国的秩序。

恐怖之夜没有被遗忘，这一年的整个秋天和冬天，大家都在谈论它。不过，对它的谈论很快就不再以交头接耳、秘不可宣的方式进行，取而代之的是一种日常的语气，是对一场已经勇敢克服的灾祸、一次已经成功抵御的危机进行心满意足的回顾。每个人都在非常享受地讨论与恐怖之夜相关的种种细节，每个人都以自己的方式对闻所未闻的内容表示出惊讶，每个人都想证明自己是第一个发现异象的人。他们甚至敢于拿恐怖之夜来说笑，取笑那些当时感到特别害怕、不知所措的胆小鬼。类似这样的兴奋感觉在村子里徘徊了很久，大家心里的想法几乎都一样：好歹经历过了，大事已经熬过去了，不得了的日子结束了！

科讷希特没有参与到大家这种情绪化的行为当中。不过，随着时间的推移，大家对这件大事的热情逐渐消退，对其细节逐渐遗忘，他也没有参与到这种消退与遗忘之中。对他而言，当时的恐怖经历仍然是一次无法忘却的警示，是一根不可能消停的利刺。对他而言，尽管这段经历本身已经成了过去，已经通过祭祀、祈祷和忏悔的方式进行了安抚，但它所带来的影响绝不可能就此平息，他也始终无法从中取得豁免。事实上，恐怖之夜过去的时间越久，它对科讷希特的意义反而越大，因为所谓的意义，本来就是由思考者本人来赋予的；他总是对这起事件冥思苦想，想要对它给予全盘解释。在他看来，这起事件本身，这种自然奇景，是一个无比巨大、无限困难的问题，能够从很多角度来思考：目睹的人，只要愿意，甚至可以思考一辈子。村子里只有一个人会以与此类似的前提、类似的视角来看待这场星辰雨，那就是他的儿子兼弟子图鲁。也正因如此，科讷希特的观点唯有经过这位见证者的确认或纠正，才称得上真正有价值。但图鲁偏偏不是见证者，因为他当时让这个儿子睡觉了。为什么要让他睡觉呢？他后来对这个问题思考了很长时间。为什么他当时非要这样做？为什么他要放弃唯一可能认真对待此事的见证者和共同观察员？他越是认真思考，就越相信自己的初衷是好的，是无比正确的，服从了自己当时涌生出来的预感，且这一预感事后证明是非常明智的。他第一时间想到的就是要保护自己的家人们，不要去看异象，以免受其惊吓；与此同时，他也想保护自己的徒弟兼同僚，甚至可以说主要就是为了保护他，因为他对图鲁的宠爱超过其他任何人。也正因如此，他对图鲁隐瞒了星星的坠落，让他好好睡觉。一方面，他相信睡眠能够妥善地保护人类的精神领域，尤其是年轻人的精神领域免受外界滋扰；另一方面——假如记忆没有欺骗他的话——在异象到来的那一刻，他其实就已经感觉到了，即这种异象的出现，与其说是要对每个人的生命造成迫在眉睫的危险，倒不如认为它实际上是一种特别的征兆，是对未来将要发生的灾祸给出的预言。而且，这场灾祸只跟他一个人相关，只会对祈雨法师造成严重影响，跟其他人无关。他感觉得到，某些东西正在步步紧逼，必定会对他目前所担任的职务、对与之相关的领域带来危险和威胁。这些东西无论以何种形式显形，都将明确地针对他一个人，至少也是以他为第一个目标。他决定清醒且坚定地面对这场危机，在灵魂深处为它做好准备，坦然接受它的到来，不会让自己因为这命定的灾祸而变得渺小、堕落——这就是他从这伟大的征兆中得来的告诫，以及为之所下的决心。这即将到来的命运，必须由一个成熟勇敢的男子汉来面对。因此，让他的儿子参与进来、让儿子跟自己共患难，或者哪怕只是作为知情者，都不是什么好事。尽管科讷希特认为儿子的确很出色，可是，一个目前尚很年轻、没有经受过什么考验的男孩，是否能够应对此事，答案仍是不确定的，不应该冒险行事。

儿子图鲁当然对此感到很不满意，因为他竟然错过了这样一幕盛大奇景，沉沉睡去了。无论怎样向他解释都没用，因为恐怖之夜发生的一切，无论怎么看，都是一件了不起的大事，或许在他一生中再也不会发生可以与之相提并论的事情了，他错过了一次难得的体验、一次目睹世界级奇迹的机会。此后相当长的一段时间里，他都在跟父亲生闷气。幸好，他这种闷闷不乐的情绪终究还是被克服了，因为老人对他的温柔关注日益增多，而且比以往任何时候都更多地安排他去履行祈雨法师的职责，明确要求他在预测未来方面投入更多心力，希望能够将图鲁培养成尽可能完美的继承人。父亲的努力令图鲁在心理上得到了补偿，尽管他很少跟儿子谈论星辰雨，但他的确越来越全心全意地将儿子带入自己的秘密领域内，毫无保留地传授各种方法诀窍、多年以来积累的知识与研究成果，并且允许儿子陪他一起去到野外，做各种实验，进行自然观察。要知道，这些他以前从未跟任何人分享过。

冬天来了，转眼又过去了，是个潮湿的冬季，颇显温和，没有更多星星坠落，也没有发生任何值得一提、非比寻常的大事。村子里很平静，猎人们格外勤奋地外出打猎。霜冻天气，寒风凛冽，一捆捆僵硬的冰冻兽皮，在小屋上方的杆子上不停摇晃。木材直接堆在光滑的长木板上，顺着积雪，从森林一路拖回村子里。在这短暂的霜冻时节，村里有位老妇人死了，却不能立即下葬，冻硬了的尸体就停放在小屋门边；一直要等到好几天之后，地面稍稍解冻，才能予以安葬。

接下来的这个春天，部分印证了祈雨法师通过星辰雨预测出来的灾祸。这是个明显很糟糕的春天，月亮格外反常，一切都显得无精打采，缺乏活力，蔫头耷脑。从月相看出来的位置总是有些滞后，确定播种日期所需的各种迹象从来没有吻合过，原野上的花朵开得稀疏可怜，闭合不放的花蕾挂在枝头，逐渐枯萎死去。科讷希特对此感到极为苦恼，却没有对任何人说，唯有艾达和图鲁——尤其是后者——看出了异常气候对他精神的侵蚀。他不仅念诵了通常的咒语，还私自献上了私藏的祭品，为恶魔们精心烹制了异香扑鼻、甜美诱人的稠粥和汤剂。他在新月之夜剪短了胡子，将剪下的毛发点燃，与树脂和潮湿的树皮混合，产生了浓浓的烟雾。公共活动、村中祭祀、参拜请愿、鼓乐合奏，他都是能避则避，仿佛只要不跟任何人接触，就能让这个邪恶春天的气候诅咒变成他的私人难题。然而，每年通常的播种日期，转眼已过去了很久，他不得不前去向女族长汇报情况；瞧瞧，就连办这样一件小事，也能让他遭遇不幸、受人厌弃。现任女族长对科讷希特非常亲切，在他眼中几乎是母亲一般的人物，这次却没有接待他。她病得很重，躺在床上，将所有的职责、所有的忧心事都交给了自己的妹妹来担负。这个妹妹对造雨者的态度向来都很冷淡，她没有姐姐那种严肃正直、为民请命的性格，反而有点儿倾向于懒散度日，喜欢娱乐消遣。这种倾向将鼓手兼杂耍艺人马罗吸引到了她的身边，他知道应该如何为她张罗恣意享乐的快活时光，也懂得如何去奉承她，而这位马罗，恰恰是科讷希特的死敌。在跟女族长的妹妹第一次谈话时，科讷希特就感觉到了明显的冷淡和厌恶，尽管她没有明确反驳他所讲的任何一句话。他所给出的解释和相关提议，即将播种日期，以及稍后可能需要的祭祀和巡游仪式等稍微延后的请求，无一例外地得到了接受和批准，但这位老妇人同他寒暄、与他沟通时的态度极为冷淡，就像跟一个下属谈话那样。他希望能够跟生病的女族长见个面，或者至少允许他为她准备些药物，但这个心愿却遭到了拒绝。离开的时候，他感到很难过，心中空空落落，嘴里念念有词。这次谈话归来后，大约半个月的时间里，他开始尝试各种办法，试图创造出一个适合播种的气候条件。哪曾想到，原本经常与他内心起伏保持高度一致的天气，这一次竟表现出顽固的轻蔑和敌意，既不听从咒语，也不为祭祀所动。造雨者无可奈何，不得不再次去找女族长的妹妹。因为多次尝试都以失败告终，这一次他的态度没那么超然了，就像是在恳求一般，请管理层多些耐心，请求继续延期；他很快就意识到，她一定跟马罗这个小丑聊过他、聊过与祈雨法师职务相关的内容。因为，在关于确定播种日期以及讨论公开祈祷仪式必要性的谈话中，眼前这个老妇人简直像是什么都知道似的，甚至使用了一些她只可能从马罗这个造雨者曾经的弟子那里听来的表述。科讷希特要求再给他三天时间，到时候就能够以一种更有利的方式来匹配焕然一新的整张星图，并将播种时间定在下凸月出现的那一

649

天[1]。老妇人同意了，并且念出了开启仪式的咒语；这个决定旋即向全村公开，于是，大家纷纷为这一年的播种仪式做起了准备。现在，当一切似乎又开始有了秩序时，恶魔又一次表现出了它们的不悦。刚好在期待已久、万事就绪的播种仪式前一天，女族长去世了，仪式不得不推迟，改为宣布并筹办葬礼。这是一场盛大的葬礼，备极哀荣；在新上任的村子女族长、她的姐妹和女儿们身后，是造雨者的位置，他身穿举办大型仪式时才会拿出来的法袍，头戴又高又尖的狐狸皮帽，在他儿子图鲁的协助下，敲打着能够发出两种不同音调的硬木响板。大家纷纷对死者和她妹妹，也即新上任的女族长表示了极大的敬意。马罗跟他率领的鼓手们走在最前面，一边大力敲鼓，一边往前推进，赢得了人们的关注和掌声。全村人都泣不成声，同时也在庆祝，享受哀乐和盛宴、击鼓与祭祀。这个葬礼日，对村里的所有人而言，都称得上是个美好的日子，可是播种又被推迟了。科讷希特始终保持着庄重、木讷的神情，但他心里其实深感悲痛；在他看来，仪式上埋葬的不只是女族长，同时也在埋葬他跟随女族长一起为村子效力的全部美好时光。

不久之后，在新任女族长的要求下，播种仪式以特别隆重的方式举行了。巡游队伍庄严地绕着田地走了一圈，刚刚当上女族长的老妇人庄严地将第一把种子撒到了公共土地里，她的妹妹们走在她两侧，每人手里都拿着一袋谷物，方便姐姐随时从里面舀出一把来播撒。当这套仪式终于完成时，科讷希特稍稍松了口气。

哪曾想到，尽管他们如此喜庆地播下了种子，却没有等待相应的喜悦和收获；这是一个无情的年份。从冬天和霜冻时节开始就已经很糟糕，春天的气候更是怀抱着巨大的敌意，使出了所有可以想象的诡计。到了夏天，当稀稀疏疏、只有往常一半高的、羸弱可怜的作物总算勉强覆盖了田地的时候，最后也是最糟糕的灾害袭来了——那是一场前所未有的严重干旱，自古以来就没发生过这么严重的旱灾。一周接一周，太阳蒸腾出亮白色的热雾，较小

---

[1] 农历每月十八日。

的溪流统统干涸，村里的池塘只剩下一片肮脏的泥沼，成了蜻蜓和可怕蚊子的天堂，枯干的土地上，无数裂缝深深地洞开。大家无计可施，只能眼睁睁看着作物生病、枯萎。云层时不时也会聚集，电闪雷鸣一阵过后，大地依旧干燥。哪怕偶尔洒下些许雨水，几天后也必然会刮起炙热的东风，经常会有闪电击中高大的树木，已呈现出半枯萎状态的树梢，很容易就会燃起熊熊大火。

"图鲁啊，"有一天，科讷希特对自己儿子说道，"这次是不会有好结果的，所有恶魔都在与我们为敌。一切灾祸都是从星星坠落时开始的。照我看来，这次我恐怕要付出生命的代价了。记住：一旦到了我必须献上生命的时候，在我死去的那一刻，你也将在同一时间接替我的职务。要求你来完成的第一项任务，就是将我的遗体烧掉，将骨灰撒到田地里去。今年冬天，你们将会迎来大饥荒。但这时灾祸的诅咒也会被打破。你必须确保没人会去打村子里预留种子的主意，一旦有人胆敢出手，必须处以极刑。到了明年，情况就会好转，大家到时候就会说：我们有了一位新上任的、年轻的祈雨法师，此乃幸事。"

村子被绝望所笼罩，马罗趁机煽风点火，经常有人对造雨者发出威胁和咒骂。艾达生病了，卧床不起，呕吐发烧，浑身颤抖。祈祷巡游，牺牲祭祀，长时间敲奏震慑人心的鼓乐，无论进行多少次，都起不到任何效果。做这些事情的时候，依然由科讷希特来领导大家，这毕竟是他的职责。可是，当仪式结束，村民们再次散去时，他又变得形单影只，成了大家唯恐避之不及的对象。他很清楚自己现在该做些什么，也知道马罗肯定已经向现任女族长提出了要求，希望部落献上祈雨法师本人作为祭品。为了维护自身荣誉，为了儿子图鲁，他决定采用最后一种无可非议的手段：他为图鲁穿上了大法袍，将他带到了女族长的面前，推举图鲁为自己的继承人，并且要求以献祭的方式辞去职务。她好奇地打量了他一小会儿，点了点头，同意了。

献祭仪式安排在当天举行。全村人本来应该悉数到场，但许多人得了痢疾，艾达也病得很重，卧病在床。图鲁身穿法袍，戴着高高的狐狸皮帽，几乎快要因为中暑而昏倒。村中所有受大家尊敬的人物,所有有身份、有地位的人物,只要没有生病,全都来到了这里。女族长和她两个年龄最大的妹妹,还有鼓乐队的队长马罗走在最前面,众人乱哄哄地跟在后面。在这样一个时刻,没有谁再去咒骂年老的造雨者了,队伍无比沉默,气氛压抑到令人窒息。

大家进到森林里,前往那块巨大的圆形场地,那是科讷希特自己挑选的献祭地点。大多数男人身上都带了石斧,准备劈砍燃烧尸体用的柴堆。抵达场地之后,他们让造雨者站在圆形正中央,在他周围围成了一个小圈,人群聚集在小圈外面,形成了一个更大的圈。眼看大家都有些犹疑,维持着尴尬无比的沉默,造雨者本人主动发了言。"长久以来,我一直都是你们的造雨者,"他说,"一晃多年,我已尽自己所能,努力做好了分内事。如今恶魔处处跟我作对,天地不再赐福于我。故此,我将以己身献祭,破除这一系列灾祸,与恶魔们和解。我的儿子图鲁,将成为你们新的造雨者。动手吧,杀了我,等我死后,严格遵照我儿子的指示,再去完成接下来的步骤。永别了,大家!由谁来杀我呢?我推荐鼓手马罗,做这件事,他是很合适的。"

他的话讲完了,沉默了,现场鸦雀无声,人群一动不动。厚重的毛皮帽子底下,图鲁那张脸涨得通红。他无比煎熬地环顾了一遍四周,发现父亲的嘴角有些扭曲,显露出嘲弄的神情。最后,女族长愤怒地跺了跺脚,示意马罗过来,对他喊道:"上前去!举起斧头,赶紧下手!"马罗双手持斧,站在他曾经的师父面前,甚至比以前还要恨他。那张沉默的老嘴上拉扯出来的嘲笑,令他感到心如刀绞。他举起了斧头,在他上方轻晃,尽量瞄准。斧头不动了,高悬在空中,马罗准备妥当,一言不发地盯着这位赴死者的脸,等他闭上眼。哪曾想到,科讷希特不仅没有闭眼,反而双目圆睁,注视着这个高举斧头的男人。科讷希特的脸上现在几乎没什么表情,些许能够看出的表情,徘徊在怜悯和嘲笑之间。

马罗无比愤怒,将斧头给扔了出去。"我做不来。"他嘟囔着,推开长者们围成的小圈子,消失在人群中。此情此景,惹得几个人轻轻笑出了声。

女族长早已气得脸色煞白，对懦弱无能的马罗的愤恨，不亚于她对眼前这个傲慢造雨者的愤恨。无奈之下，她只好向小圈子中的一位长者招手，那是一位可敬的、性格沉稳的老人，正倚着自己的石斧站立，似乎对这整个场面感到颇为难堪。眼看接到指示，他就走上前去，向赴死者简单而亲切地点头致意。他们两人打从少年时代就认识了。如此一来，赴死者心甘情愿地闭上了眼。科讷希特，他将眼睛闭得很紧，还将脑袋稍稍垂下。老人的斧头砍下去了，他也跟着倒了下去。新上任的造雨者图鲁，一句话也讲不出来，仅用手势吩咐了必要的步骤。很快就架起了一堆木头，让死者躺在上面。用手中这两根圣木举行庄严的燧火仪式，是图鲁的第一项正式任务。

告解神父

大约在圣依拉良[1]还活着的时候（虽然此时他年事已高），加沙城[2]里住着一位名叫约瑟夫斯·法穆卢斯[3]的先生，他在三十岁以前（或者更晚）一直过着世俗生活，研究异教书籍。后来，他通过他追求的一个女人，偶然得知了上帝的圣洁教诲，以及基督教美德之甜蜜，于是就接受了神圣洗礼，弃绝了自身的罪孽，并在自己城市的教会长老那里学习了好些年，带着强烈的好奇心，聆听沙漠中虔诚隐士的生平故事。直到有一天，大约三十六岁时，他走上了圣保罗[4]和圣安东尼[5]之前走过的道路，也是此后许多虔诚之人将走

---

1 圣依拉良（291—371），早期基督教苦修士，东方教会首位非殉道而列入圣人的隐士。圣依拉良出生于巴勒斯坦加沙城城郊小镇塔巴沙。
2 巴勒斯坦南部古城，靠近埃及和地中海。
3 系本书主角名字约瑟夫·科讷希特的拉丁语变体。本篇传记后文原文中基本上直接使用约瑟夫斯这一简写昵称，后文仍称主角为约瑟夫斯。
4 圣保罗（4—67），基督教早期传教士、神学家，为犹太人。
5 圣安东尼（251—356），罗马帝国时期的埃及基督徒，基督徒隐修生活的先驱之一。本段中提到的三位早期基督教圣人皆为苦修士。

的道路。他将自己剩余的财产托付给教会长老，让他们分给教区的穷人，在城门口跟自己的朋友们道别，然后就离开了城市，遁入沙漠；离开卑贱的世界，进入忏悔者的苦修生活。

自此以后的许多年时间里，他都任由太阳炙烤自己，每日下跪祈祷，无论岩石还是沙地，膝盖全部磨破也不在乎。他白天严格禁食，耐心等待太阳落山，然后才会开始咀嚼为数不多的几颗椰枣；当魔鬼用诱惑、嘲弄和试探来折磨他时，他就用祈祷、忏悔和奉献反过来打击他们，恰如我们在阅读圣人传记时所看到的那样。在许多个夜晚，他也曾不眠不休地仰望过星空，繁星也曾诱惑过他，给他带来困惑；他尝试阅读星图的奥妙，多年以前，他借助异教书籍学会了从星图中读出诸神故事和人格象征的方法——这是一门受到教会长老们厌弃的学问，尽管如此，异教时期的这些幻想和理念仍旧挥之不去，长期困扰着他。

沙漠中的那些地区，到处都是一望无际的荒凉景象。不过，这类景象偶尔会被一汪泉水、一小撮绿色植物、一处或大或小的绿洲打断，当时的隐士们就居住在那里。他们当中，有些喜欢独来独往，有些则结成了兄弟会式的社群，恰如比萨公墓[1]的一幅壁画中所描绘的那样。他们身体力行，实践着清贫、博爱的生活方式，渴求 Ars moriendi，即所谓"死亡的艺术"，指通过摒弃尘世与自我，向救世主献祭，最终进入光明与不灭之境。在苦修的过程中，天使和魔鬼都会前来拜访；他们创作赞美诗，以此来赶走恶魔；他们对外施与治愈和祝福；他们似乎已经自觉地通过某种强大的热情和奉献精神，以及否定俗世带来的振奋与狂喜，来修正过去与未来许多世代的人们累积下来的感官欲望、粗俗下流和感情用事。他们当中有一些人拥有古老的异教净化秘法，拥有在亚洲孕育了好几个世纪的灵性生活修炼方法，但他们从来不考虑对外传授这些秘法。事实上，这些秘法和瑜伽训练不仅没有再对外传授，反而越来越多地受到基督教对一切异教的禁止和打击。

---

[1] 比萨大教堂广场建筑群中的一座公墓建筑，呈回字形，长条状中庭被壁画所环绕。

忏悔者们当中的一小部分人，通过对自身的苦修锤炼，逐渐练成了各种特殊的天赋，譬如凝神祷告、手到病除、预测未来和驱逐魔鬼，譬如巧断是非和施行惩罚，譬如抚慰和祝福。约瑟夫斯身上也藏有一项沉睡的天赋，多年苦修，随着他的头发逐渐变得花白，这项天赋也慢慢显露出来：聆听的天赋。当来自某个定居点的教友弟兄，或者受自身良心困扰、驱使的俗世凡人来到约瑟夫斯面前，向他倾诉自己的恶行和痛苦，倾诉所受的诱惑与所犯的过失，倾诉自己所过的生活，倾诉他为追求善念所进行的斗争以及斗争的失败或因斗争而遭受的损失、苦楚与哀伤时，约瑟夫斯懂得如何去聆听这些内容，懂得如何利用自己的耳朵，懂得如何向对方敞开心扉，将自己交给对方，接纳对方的苦楚与哀伤，让对方能够顺利发泄情绪，重新放空心灵。日积月累，经过漫长岁月的锤炼，他已经熟练掌握了这项天赋，使其成为得心应手的工具：值得任何人信赖的聆听之耳。使用这一工具时，一份异乎寻常的耐心、一种感同身受的被动性，以及必定恪守的保密承诺，是他对外表现出来的美德。越来越多的人来到他面前，想要对他倾诉，以此来摆脱压抑已久的苦恼。其中有一部分人，哪怕他们必须通过长途跋涉才能来到约瑟夫斯用藤条编织的沙漠小屋——当他们真正抵达那里、寒暄一番之后，却依然感到放不开，无法鼓起足够的勇气向他忏悔，只好顾左右而言他，表现得羞羞答答，仿佛他们所怀的罪孽是什么价值连城的宝物似的，叹息连连，沉默许久，连续好几个小时都是如此。反观约瑟夫斯，他对待每个人的态度都是一样的，无论对方倾诉起来是满意开心还是心不甘情不愿，是滔滔不绝还是欲言又止，无论对方是愤怒地甩开自己的秘密还是敝帚自珍、将秘密看得比自己的生命还重要——对他而言，人与人之间并无差别。对方可能会控诉上帝，也可能指责自己；可能夸大罪孽和痛苦，也可能对事实轻描淡写；可能承认谋杀重罪，或者只是坦白一段婚外情；可能哀叹不忠的爱人，或者抱怨被辜负的救赎……哪怕对方说自己跟魔鬼进行了亲密交易，甚至可能跟魔鬼有暧昧关系，他都不会感到多么意外；哪怕对方讲了一个极为冗长的故事，并且明显隐瞒了内情，他也不会觉得有什么好恼火的；哪怕对方极度自卑自责，吐露出一大堆妄想和虚构的罪行，他也不会感到一丁点儿不耐烦。一切以抱怨、忏悔、谴责和良心不安的形式倾诉给他的东西，似乎都像沙漠中的水一样进入他的耳朵，转眼化为乌有。对于这些告解，他似乎没有任何评判的打算；对于忏悔者，他既不会产生怜悯，也不会有所蔑视。尽管如此（或许也正因为如此），向他忏悔的内容也并没有被浪费掉，而是在诉说和聆听中得到了纾解，纠结的心情逐渐缓和，问题得以解决。他很少发出训诫或警告，更少给出建议甚或命令；这似乎不是他作为告解隐士的职责之所在，不仅如此，连那些倾诉的人似乎也很清楚，这并非他的职责。他的职责乃是唤醒并接受倾诉者们的信任，耐心且充满爱意地聆听，从而帮助对方心中尚未完成的忏悔完全成形，帮助压迫或包裹在灵魂中的淤积流走，吸收它，并将其掩埋在沉默中。每次告解结束时，不管内容可怕还是无害，是真正的忏悔还是只为满足虚荣，他都会让忏悔者跪在自己身边，念诵主祷文，在放对方离开之前，亲吻他的额头。处分和惩罚并非他的职责，他也不认为自己有权以神父的名义来宣布赦免对方；至于评判或宽恕罪过，同样不属于他所辖的范围。通过聆听、理解对方所犯下的罪孽，他似乎将罪孽放到了自己身上，似乎是在帮对方承受罪孽。通过保持沉默，他似乎已经将自己所听到的一切深深埋葬，将其永远放逐到了过去。此外，通过在听完告解后跟告解人一起祈祷，他似乎接受并承认对方是一位教会弟兄，跟他本人身份平等。在亲吻对方时，他似乎以一种比神父更亲切、比仪式更温柔的方式给予了他祝福。

他的名声传遍了整个加沙地区，广为人知，甚至偶尔会与受人尊敬的伟大告解神父兼隐士迪翁·普济尔[1]齐名。但实际上，后者成名的时间比约瑟夫斯还要早十年，而且是基于相当不同的能力——迪翁神父以能够直接读懂前来向他忏悔之人的灵魂而闻名，甚至比用耳朵聆听理解得更透彻、把握得更迅速，也正因如此，他经常会让犹豫不决的忏悔者感到愕然，因为他往往会将对方尚未告解的罪过直接讲出来。关于这位读灵专家，约瑟夫斯听过上百

---

[1] Dion Pugil，其中"Pugil"为拉丁语"拳击手"之意。

个惊人的故事，从来不敢拿自己与他相提并论。除了读灵专家之外，他还是一位极具天赋的咨询顾问，专门为误入歧途的灵魂提供服务，同时也是一名伟大的评判者、惩罚者与管束者；他可以直接给予宽恕，安排苦修和朝圣事宜，为婚姻大事牵线搭桥，迫使仇敌和解，他的权力相当于一位地区主教。他住在亚实基伦[1]附近，但是从耶路撒冷，甚至更遥远的地方都有专程前来拜访他的求助者。

约瑟夫斯·法穆卢斯就跟当时的大多数隐士和忏悔者一样，在充满热情又无比疲累的天人交战中，消耗了多年时间。尽管他早已远离了自己曾经的世俗生活，放弃了财产和房子，离开了久居的城市，离开了世俗享受和感官快乐的各种邀约，可他还是不得不将"我执"带在身边，肉体和灵魂的所有冲动都还存留在他身上，这些冲动会使一个人陷入困境、受到诱惑。他首先必须跟肉体做斗争，对它提出严苛要求，使它习惯于热与冷、饥与渴、伤疤和老茧，直到肉体慢慢枯萎、干涸。然而，哪怕在这形容枯槁的禁欲主义外壳中，老亚当[2]依旧能够通过那些虚无缥缈的欲望与渴望、梦境和幻觉来让他感到羞耻与烦恼；我们当然清楚这是怎么一回事——魔鬼对逃离俗世的人、对忏悔者们给予了非常特殊的照顾。也正因如此，当那些寻求安慰、需要忏悔的人时不时地过来拜访他时，他都心存感激，认为这是恩典的召唤，同时也觉得这是他所过忏悔苦修生活的解脱之一：就这样，他被赋予了超越自身存在的意义与内容，一项具体的职务正式授予了他，他可以为别人提供服务，或者说得更确切些，他可以作为工具为上帝服务，将迷茫的灵魂引向上帝。这一切曾经给他带来过非常美妙的感觉，使他精神为之一振。然而，随着时间的推移，他慢慢发现，这些灵魂最终的归属始终是尘世，他与这些灵魂接触，反而可能面对诱惑和陷阱。通常情况下，当灵魂迷茫的漫游者走路或者骑马过来，在他的石洞前停下，先请求给一点儿水喝，然后又请求约瑟夫斯听他忏悔时，我们这位告解神父就会被一种满足和快乐的感觉征服。

---

1 《旧约》地名，地中海古城，位于今以色列南部，离耶路撒冷较远。
2 典出《士师记》，指人类本性中邪恶、自私、不思悔改的一面。

这种感觉完全是属于他自己的，是一种虚荣和自恋，每当认识到这点时，他心中都会生出深深的恐惧。他经常跪求上帝宽恕，并请求上帝不要再让忏悔者来找他这个不配聆听告解的人，既不要让他们从附近苦修士弟兄们的小屋那里过来，也不要让他们从俗世遥远的村镇千里迢迢前来。可是，哪怕忏悔者们有时真的不来了，他的心情也不会好到哪里去；过一段时间，人们再次纷至沓来，他发现自己竟然又开始犯下新的罪孽：聆听忏悔时，他的态度开始变得冷漠，变得不够友好，没错，他甚至开始蔑视起这些忏悔者了。长吁短叹之余，他也只好将这些思想挣扎统统藏到自己心里。有些时候，当他听完告解之后，甚至必须对自己施行单独的惩戒，并且反复忏悔。此外，他还给自己定下了一项铁律：在面对一切忏悔者时，不仅要将他们视作弟兄，而且还必须怀有特别的敬意。来者越不令他感到高兴，他就越应该将其视作上帝的使者，是专门派来考验自己的。就这样过了许多年，等到人生已进入暮年，他总算在生活中取得了某种程度的和谐。在那些居住在他附近的人眼中，约瑟夫斯似乎已成为无罪的完人，从上帝那里找到了内心的安宁。

可是，安宁本身也是有生命的，跟一切有生命的造物类似，安宁也必然有其成长期和衰退期，它必然也要适应客观环境，必然需要通过考验、经历变化；约瑟夫斯·法穆卢斯找到的安宁也是如此，它本身是不稳定的，有时可见，有时消失，有时像眼前人手中的蜡烛一样近，有时又像冬天夜空里的星星一样远。随着时间的推移，又逐渐产生了某种颇为特殊的罪恶与诱惑，令他的生活过得越来越困窘。它并非炽烈、激昂的情绪，并非勃发的愤慨或冲动，恰恰相反，它是一种在刚开始时很容易忍受下去的感觉——实际上，刚开始时几乎感觉不到，没有任何值得一提的痛苦，也不会进入失落状态，那是一种沉闷乏味、不温不火、无聊又无所谓的心理状态，甚至只能被消极地描述为：人生的快乐感逐渐消逝，逐渐减弱，直至最终消失。就好比日常生活中有些日子，既没有阳光普照，也没有雨水流淌，阴沉的天空寂然无声地压下来，囚禁住了我们，盘旋在我们头顶，颜色灰暗，但又不是漆黑，天气明明很闷热，但又没有达到足以迎来暴风骤雨的那种程度，年迈的约瑟夫斯，他的日子也逐渐变得如此：早晨与晚上的差别越来越小，庆典节日与稀松日常越来越相似，醒着的时间与睡下的时间越来越分不清，一切都在某种憋屈难言的疲惫和无精打采中悲惨地运行着。他哀戚地想，恐怕这就是老了。他之所以感到哀戚，是因为他曾经向自己做出过承诺，曾经认为自己未来的生活将会变得更加光明，更为轻松，随着年龄的增长，冲动与激情逐渐消亡，借此朝着长久渴望的和谐、朝着心如止水的完人境界又迈出了一步。哪曾想到，如今这暮年心境，很让他感到失望，之前的期许欺骗了他，衰老实际上只带来了疲惫、灰暗、无趣无望的精神贫瘠，带来了无法疗愈的腻味感。而今的一切都令他感到腻味：存在本身，呼吸，夜间的睡眠，住在小小绿洲边缘石洞里的生活，永恒出现的傍晚和早晨，永恒经过的旅行者和朝圣者、骑骆驼的人、骑驴的人。最腻味的当数那些专程前来拜访自己的人，那些无比愚蠢、满怀恐惧，同时又如此纯洁、如此忠贞的人，他们急需向他倾诉，坦白他们的生活、他们的罪孽和恐惧、他们所受的诱惑、他们内心的自责。在他眼中，这一切有时就像绿洲里的一股小小清泉，聚集在石盆里，流经草丛，形成一条小溪，然后再流向荒芜的沙地；到了那里之后，最多再有短暂的流动，然后就干涸了、消失了。所有这些忏悔、这些罪孽、这些凡夫俗子的生活、这些良心的哀叹，无论大与小，无论认真或虚荣，都会流入他的耳中，几十次，数百次，常有常新。但他的耳朵并不像沙漠中的沙子，并非死物——他的耳朵是活的，不可能永远喝下去、吞下去、吸下去，它也会感到疲惫，会觉得自己受了虐待、不堪重负；它也渴望有朝一日，这一切话语、忏悔、忧虑、控诉、自责的流动和飞溅能够彻底停下来，渴望有朝一日，寂静、死亡和沉默，能够前来取代这仿佛永无休止流淌着的告解。是啊，他希望赶紧来个终结，他累了，受够了，他的生活已变得陈旧乏味，毫无价值可言，对他而言，甚至连这种生活也成了一种考验。有时候，他甚至很想主动结束自身的存在，严惩自己，最终消灭自己，就像叛徒犹大上吊自杀那样。

目前的情形，犹如他苦修生活的早期阶段，魔鬼总是会将感官和世俗的快乐欲念、将那些迷思和幻梦偷偷注入他的灵魂，如今那魔鬼又来了，又开始用自我毁灭的念想来困扰他，使他不由自主地要去检查每一根树枝，看它是否适合用来上吊；检查该地区的每一块陡峭岩石，看它是否足够陡峭、足够高耸，方便让自己从上面跳下来，直面死亡。最终他还是抵制住了诱惑，内心持续进行着斗争，没有向这类念头屈服。尽管如此，他却不得不日夜生活在自我憎恨中、生活在对死亡的炽热欲望中，生活早已变得难以忍受，苦不堪言了。

最后，约瑟夫斯终于来到了临界点。有一天，当他再次站在那些岩石的高处时，忽然看见两三个小小的身影出现在天地之间，显然是旅行者，也许是朝圣者，或许是想过来拜访他、向他忏悔的人——霎时间，他被某种不可抗拒的冲动给抓住了，想要尽快离开，逃离这个地方，逃离这种生活。这股冲动如此强烈、仿佛本能般地抓住了他，转眼就压倒了他的一切理智、一切反对和疑虑——这些东西当然是不会缺席的；想想看，一位如此虔诚的忏悔者，怎么可能在没有任何内心挣扎的情况下，直接去遵从本能呢？但是，在这样一个时刻，这些东西一点儿用都没有——此刻，他已经开始跑了，转眼之间，他已经跑回了石洞里，回到自己苦苦挣扎了这么多年的战场上，回到承载了自己这么多次起与落的容器里。在无意识的急促中，他准备了几把椰枣和一葫芦清水，将它们收进自己的旧行囊里，随后又将行囊挂到了肩膀上，拿起手杖，离开了他的小家，离开了安宁平和的绿洲，成了一名逃亡者，一个惶惶不安的人，逃离上帝和人类，尤其是要逃离他一度认为最完美、最适合自己的职务和使命。刚开始时，他逃得很匆忙，仿佛刚刚从岩石上看到的那些遥远身影是追兵和敌人似的。但是，在出逃第一个小时的行走过程中，焦虑匆忙的情绪逐渐远离了他，动起来之后，他逐渐感到一种满怀愉悦的疲惫。首次休息时，他不允许自己吃哪怕一丁点儿东西——日落前不吃饭，早已成为他神圣的习惯——此时，他在孤独沉思中得到长期锻炼的理性又开始抬头，重新掌控自己，审视自己冲动的行为。理性并没有反对这种行为，尽管它乍看起来似乎很不合理；恰恰相反，理性以仁慈慷慨的态度来看待它，因为过了这么半天时间之后，理性终于意识到，他的这种行为实际上是完全无害的，他本人自然也是完全无辜的。这的确是他的一次逃亡，是一次突发的、草率的逃亡，却并不可耻。他逃离了一个自己已经无法胜任的岗位，通过逃跑这一方式，向自己、向可能正在监视自己的存在承认自身的失败，他放弃了每天重复的无用抗争，承认自己被打败了、被彻底击溃了。他的理性认为这种行为并不伟大，不属于英雄和圣人所为，但至少是真诚的，而且似乎是不可避免的；到了现在他才发现，自己竟然等了这么长时间才选择逃亡，竟然忍了这么久，简直难以置信。他在迷茫不知前路的岗位上挣扎了这么多年，顽固不知变通，直到现在才发现这种顽固并非美德，而是一个错误，或者说得更准确些，是他的私心、他那个老亚当的挣扎与反扑。直到现在，他觉得自己才算弄明白了这样一个道理：这种顽固将会招致如此邪恶，甚至可说是邪魔般的后果，将会招致如此动荡、懈怠的心态，甚至带来追求死亡和自我毁灭的欲望，仿佛内心被恶魔占据了一般。作为基督徒，不应该与死亡为敌，作为忏悔者和圣徒，应该将自己的生命视作侍奉上帝的工具，这是不言而喻的。尽管如此，自杀的想法却是绝对的邪恶，只会在走火入魔的灵魂之中产生。像这样一种灵魂，其主人和庇护者已不再是神圣的天使，而是邪魔外道。想到这些，他相当失落，绝望地坐在那里，坐了颇长一段时间，最后终于陷入深深的忏悔之中，灵魂受到了极大的震慑。不过相隔区区几里路的距离，他近年来的生活轨迹瞬间变得清晰可见，一下子涌入他的意识中：那是垂垂老矣的男人所过的一种绝望又匆忙的生活，他错失了自己的目标，持久不断地被可怕的诱惑折磨着，竟然打算跟那个背叛救世主的叛徒一样，将自己挂到树枝上吊死。试想，他对自愿赴死一事感到如此恐惧，这份恐惧显然来自他对史前时期、前基督教时期相关知识的了解，来自他对古代异教研究所剩无几的回忆，即所谓古代人祭的习俗——在古代，国王、圣贤、部落中挑选出来的人，注定要做这类献上自己生命的事情，而且往往必须亲手去做。自杀之所以如此可怕，不仅因为这种令人皱眉的习俗是从异教时代一路延续下来的，更重要的是，他此刻才无比惊悚地想到，救世主在十字架上赴死，说到底也不过是一种自愿的人祭仪式罢了。事实上，假如他想得没错，上述意识的苗头早已在自己那些渴望自杀的冲动中浮现了，那是一种带有挑衅性的冲动，邪恶又狂野，意图牺牲自己，其实是在以谬误的方式来模仿救世主的牺牲——或者说，以谬误的方式来暗示他的救赎任务还远没有取得真正的成功。他被自己的这种想法结结实实地吓到了，但同时也觉得自己现在总算摆脱了这种危险。

我们这位隐士约瑟夫斯，他花了很长时间来思考自己眼下木已成舟的逃亡状态：既没有跟随犹大，也没有效仿被钉死在十字架上的救世主，他直接逃走了，而且也想通了，通过这样一种方式，将自己重新置于上帝的手中。现在，他越是清楚地认识到自己刚刚逃离的那个地狱，羞愧和哀戚的感觉就越强烈。到了最后，痛苦就像引发窒息的食物一样卡在他的喉咙里，使他再也无法继续忍受下去了。突然之间，泪水夺眶而出，他放声大哭了一场，情绪终于得到了释放，这对他显然有很大的好处。噢，他有多长时间没有放声恸哭了！泪水流淌着，他的眼睛再也看不清任何东西，但致命的反胃感却消失得无影无踪。当他回过神来时，感觉到嘴唇上有盐分的咸味，总算确定自己是真的哭过了，顿时觉得自己仿佛又变成了孩子，对邪恶一无所知。他的脸上露出了微笑，对刚刚的哭泣感到有些羞愧，终于站了起来，继续前行。此刻他感到有些不太确定，不知道自己的远航将会通往何方，不知道自己的未来将会变成什么模样，他觉得自己真的就像个孩子，没有多少挣扎和渴望，非常轻松，仿佛受到了引导，仿佛被某个来自遥远彼方的亲切声音呼唤着，吸引他过去，仿佛他的旅程不是逃亡，而是归航。走着走着，他感到越来越疲累，他的那份理性也是如此：沉默不语，或是在休息，或是觉得自己可有可无。

约瑟夫斯在一处饮水点过夜，几匹骆驼也在那里休息；骆驼属于一支小小的旅队，旅队里有两个女人，因此，他只对他们做了个问候的手势，避免交谈。太阳落山之后，他吃了几颗椰枣，祈祷，然后就躺下了。他能够听到两个旅者在低声对话，其中一个是老人，另一个是年轻人，因为他们就躺在他身边。不过，他只能听清他们对话中的一个片段，其余声音都太小了。但即使是这个小片段，也引起了他足够的重视，引得他思考了半个晚上。

"没关系的，"他听到老人开口道，"你去找一位虔诚的先生告解，这毫无问题。这些人懂得各种各样的事情，我告诉你，他们可不是吃素的，其中有些人甚至还会魔法。比方说，只要对狮子喊声咒语，这头掠食者就会匆匆闪避，夹起尾巴，偷偷溜走。他们懂得如何驯服狮子，我告诉你；其中有位先生，是个特别圣洁的圣人，他死后，甚至让他驯服的狮子们为自己挖墓，将挖出的土重新刮到他身上，很长时间里，有两只狮子日夜守在他墓前。当然，这些人不仅知道如何驯服狮子，他们懂得实在太多了。其中一个人，曾经将一个罗马百夫长——那个残忍的、人面兽心的军人，整个亚实基伦最大的淫棍——带进忏悔室，重塑他那颗邪恶的心，彻底改变了他，让这个家伙像老鼠一样胆小又害怕地逃离，从此无比羞愧，总想找个地洞将自己藏起来。后来，大家几乎认不出这个家伙了，他变得无比沉默，整天畏畏缩缩。然而，惹人深思的是，此人没过多久就死掉了。"

"那个圣人？"

"噢，不对，那个百夫长。瓦罗是他的名字。自从那位告解神父将他改造，唤醒了他的良知之后，此人很快就垮掉了，两次发烧，一个季度刚过，就成了死人。好吧，不必为他感到难过。尽管如此，我还是经常想到这样一种可能性：那位告解神父，恐怕不只将魔鬼从他身上赶走这么简单，一定还对他念了个小咒语，让他很快入土归西。"

"这样一位虔诚的圣人，做出这种事？我不相信。"

"爱信不信，我亲爱的。总之从那天起，瓦罗就彻底变了个人，被改造了——这类事情，还不能说是被巫术蛊惑了，只能说改造——而且，一个季度刚过，他就……"

两人之间沉默了一小会儿，接下来，年轻人又开口了："有一位告解神父，他肯定是住在这附近的某个地方，据说，他独自住在一处小泉眼旁边，在通往加沙城的路上。他名叫约瑟夫斯，约瑟夫斯·法穆卢斯。我听说过许多关于他的事。"

"这样啊,什么事呢?"

"听说他非常虔诚,从来不看女人。假如有几匹骆驼碰巧经过他居住的那偏远地方,有个女人又碰巧坐在其中一匹上面,不管她戴了多厚的面纱,他都会立即转过身去,立即消失在峡谷山隙之间。许多人去找他告解,非常多。"

"没那么多吧,否则我也不会没听说过他。那他具体能做什么呢,你这位法穆卢斯?"

"噢,反正大家都去找他告解,假如他不好,什么都不懂,他们也不可能去找他。对了,有人说,他在聆听时几乎从不讲话,从来没有责备过谁,更不会大声呵斥,也不会施与惩罚,他是个温和的人,甚至可以说是相当怕羞。"

"是啊,那他不骂不罚,又不开口,还需要做些什么呢?"

"他应该只负责聆听,发出奇妙的叹息声,在胸前画十字。"

"哎呀,这算什么啊?你喜欢的竟是这样一位冷僻怪异的圣徒!你应该没这么蠢吧,竟想追随这么个沉默不语的怪人?"

"是,我就是这么打算的。我会找到他,他住的地方恐怕不会太远了。今晚,刚好有位可怜的弟兄在这饮水处驻足,我明天早上会去问问他,他看起来也像一位隐士。"

听到这番话,老人的情绪变得激动起来:"还是让你那个什么小泉眼神父好好蹲在他的山洞里吧!好一个只会听、只会叹气、害怕女人、什么都不会做、什么也不懂的人!别这样,我马上告诉你该去找谁。此人住得离这里很远,甚至比亚实基伦还远,但他却是当今世上最杰出的隐士、最优秀的告解神父。他名叫迪翁,迪翁·普济尔,意思是拳击手,因为他有本事,敢跟所有魔鬼搏斗。每当有人向他忏悔自己的罪行时,那么——我的乖乖,普济尔可不会连声叹息,闭起嘴来不讲话,他会直接上前一步,将那忏悔者身上的晦气给打掉,解决问题。据说,他下手狠揍了其中一部分人,还让其中一个人光着膝盖在石头上跪了一整晚,然后命令他拿四十个铜币出来分给穷人。响当当的好汉一位,小兄弟,你真该去看一看,准保会让你大吃一惊;当他真的站在你面前,眼睛注视着你时,你全身的骨头恐怕都会抖个不停,因为他早已将你看得透透的了。我告诉你,根本不会唉声叹气,此人是有真本事的,谁要是无法正常睡觉,每晚做噩梦,或者产生幻觉什么的,普济尔随时就绪,手到病除,解决问题。我告诉你的这些,并不是听哪个女人随便乱讲的。我之所以会告诉你,是因为我自己就曾经去过他那里。是的,我自己,尽管我是个可怜虫,但我曾经去见过告解神父迪翁,那位拳击手,那位上帝派来的好汉。我去找他的时候,状况很是凄惨,良心蒙羞,内心污秽;我离开他的时候,敞亮干净,宛似晨星——千真万确,就跟我名叫大卫一样真切。记住,名为迪翁,姓普济尔。尽快去找他,你将亲历奇迹。行省总督、长老和主教,都会去找他咨询。"

"行吧,"对方回应道,"当我下次到那个地方时,我会考虑一下。不过今天是今天,这里是这里,既然我今天在这里,既然附近肯定有那位约瑟夫斯,既然我听说过他那么多良善事迹……"

"听说过而已!你到底是怎么回事,怎么会看上这个法穆卢斯呢?"

"我挺喜欢他,因为他从不骂人,行事从不粗野蛮横。我真的挺喜欢他,不得不承认。毕竟我既不是百夫长,也不是大主教;我只是个小人物,还相当怕羞,太多的硫黄火焰、一点就爆的脾气,我可真承受不来;上帝知道,我不介意被人温和对待,这就是我所选择的告解方式。"

"有些人就喜欢这样。轻言细语慢接触!假如你已经忏悔过了,赎好罪了,接受过惩罚了,净化过心灵了,那么——至少在我看来,轻言细语慢接触,也是你应得的。可是,你才刚站在你那位告解神父和审判法官面前,内心跟郊狼一样肮脏发臭,这就很不应该了!"

"行吧,行吧。我们讲话不应该这么大声,大家还想睡觉呢。"

话声未落,他突然笑了一声,轻声说道:"顺带一提,有人也告诉过我一些关于他的趣事。"

"关于谁的?"

"关于他的,告解神父约瑟夫斯。这么说吧,他有一个习惯,每当有人过来找他倾诉,向他忏悔之后,他都会施以祝福,礼貌告别,并且在对方脸颊或额头上轻轻吻一下。"

"原来如此,他会做这种事?这个习惯倒是有点儿意思。"

"另一方面呢,他又羞于面对女人,这你是知道的。据说有一次,有个当地妓女穿着男装去找他,他什么都没注意到,听她高谈阔论、东拉西扯。等她忏悔完了,他就向她鞠躬,郑重其事地给了她一个吻。"

老人开始夸张地大笑了起来,对方迅速"嘘——嘘"了两声。此后,约瑟夫斯除了半遮半掩的笑声之外,再也听不清其他声音了。

他抬头看了看夜空,既尖又细的新月,藏在棕榈树的树冠后面,夜色已深,他的身体因为寒冷而颤抖。神奇的是,两位骆驼旅者的晚间谈话,令他又一次体认到了自己的性格,还有他业已抛弃、背叛的角色。听他们对话,就像在一面扭曲的镜子里看他自己一样,虽然夸张露骨,但其中又不乏真实之处。所以说,有个妓女对他开了这种玩笑?好吧,这还不算最糟糕的,虽然已经够糟糕了。他花了很长时间来思考这两个陌生男人之间的对话。当他终于能够在很晚的时候安然入睡时——他允许自己这样做,因为他的冥思苦想并没有白费——思考已经有了结果:一个决定。怀抱着这个刚刚做出的决定,他终于可以不受任何思绪干扰,一觉睡到天明。

这个决定恰恰是刚才那两位骆驼旅者当中的年轻人不愿意接纳的建议。约瑟夫斯的决定是——听从年长者的建议,去找迪翁,找这位姓普济尔的告解神父。约瑟夫斯知道这位先生已经很久了,今天既然有人为他急切地唱赞歌,倒不妨亲自去见见他。这位非常知名的告解神父、灵魂的审判法官、心灵的领路人,至少也会给他一项建议、一份判决、一个惩罚,最后再指一条路给他走;他甘愿将自己像呈献给上帝的代理人一样呈献给他,甘愿接受他的任何命令。

隔天一早,当那两个旅者还在熟睡时,他就离开了借宿的地方。当天晚些时候,他抵达了一处之前就知道有虔诚弟兄居住的地方,希望以这里为起点，走通常的路线前往亚实基伦。

他在临近黄昏时接近了那地方，眼前出现一片小小的绿洲，景观颇为亲切可爱。他看到了高耸的树木，听到了山羊的咩咩声，绿色的树荫下，依稀能够分辨出小屋屋顶的轮廓，能够感觉到自己正在朝着有人的地方前行。他犹犹豫豫地走近那里，忽然察觉到一道目光正在盯住自己。于是，他停下脚步，环顾四周，发现有个身影就坐在眼前的第一棵树下。那是一位老者，背靠树干，笔直地坐在那里。细看，此人蓄着冰灰色的胡子，脸色庄重，态度严厉，正在凝望着他，而且肯定已经看了好一会儿。老者目不转睛，目光极为锐利，但脸上却没有任何表情，这是那种习惯于观察，但又从不好奇、从不参与的人物特有的目光。这种人物总是等待，等各色人等与事物接近自己，然后再试着去认识它们，却从不主动吸引或者邀请它们过来。

"赞美耶稣基督。"约瑟夫斯开口问候。老者应了一声，几近喃喃自语，听不清他具体在说些什么。

"恕我冒昧，"约瑟夫斯说，"您是像我一样的过路旅客，还是这个美丽定居点的居民？"

"过路旅客。"白胡子老者说。

"尊敬的先生，或许您能告诉我，从这里出发，是否方便踏上前往亚实基伦的大路？"

"可以的。"老者回应道。现在他慢慢站起身来，有些僵硬的四肢逐渐伸展，竟是一位瘦削的巨人。他站在那里，凝视着空旷而广袤的远方风景。约瑟夫斯意识到，这位老巨人恐怕没什么讲话的欲望，但他还是想提起勇气，再问最后一个问题。

"请允许我再问一个问题，尊敬的先生。"他很有礼貌地请求道，与此同时，也看到那人的目光正从远处收回来，冷静而专注地望着他。

"您或许知道哪里可以找到迪翁神父，全名是迪翁·普济尔，听说过他吗？"

667

陌生老者的眉头微微一皱，目光变得越发冷峻。"我认识他。"他淡淡地回应道。"您认识他？"约瑟夫斯惊叹道，"噢，既然如此，那就请您告诉我怎么走吧，因为我这趟旅程就是要到迪翁神父那里去。"

高大的老者仔细打量了他一番，让他干等了很久，并不回话。打量完约瑟夫斯，他就又走回到自己的树干旁，慢慢将自己身体的重心再次降下来，背部像之前一样倚靠在树干上，恢复了刚才的姿势。这时，他抬起手来，做了个小手势，示意约瑟夫斯也坐下来。约瑟夫斯服从了这个手势，在坐下来的瞬间，他感觉到四肢巨大的疲惫感，但很快就忽略了，并将注意力全部转移到了老者身上。对方似乎陷入了沉思，他那张威严的脸上浮现出一副令人望而生畏的表情。不过，在这副表情之上，还覆盖着另外一副表情，实际上是另外一张脸，像个透明的面具一样叠加到一起——这是一副苍老且孤独的哀戚表情，另一副表情的骄傲与体面，显然不允许这份哀戚对外呈现出来。过了颇长时间之后，老者的目光才再一次转向他。这目光无比锐利，开始重新审视他。这时，老者突然开口，用命令般的口吻问道："您又是谁呢，先生？"

"我是一名隐士，"约瑟夫斯答道，"我已经过了很多年的隐居生活。""看得出来。我问，您是谁。""我叫约瑟夫斯，姓法穆卢斯。"当约瑟夫斯讲出自己的名字时，原本一动不动的老人，眉头突然紧紧地皱到一起，乃至于有那么一小会儿，他的双眼被挤到了里面，几乎看不见了；眼下他的情绪似乎受到了不小的影响，似乎被约瑟夫斯提供的讯息吓到了，要么就是失望了；当然，也可能只是眼睛太过疲劳，注意力有些下降了，同时又有些许虚弱，所以分了神——这是老人身上经常出现的状况。总之，他目前保持完全不动的状态，眼睛眯了好一会儿，当他再次睁开双眼时，目光似乎发生了变化，或者说得更确切些——如果这种事情真有可能发生的话——似乎整个人都变得更加苍老，更显孤独，更像一块顽石，更倾向于等待了。他慢慢动起了嘴唇，发问道："我听说过您。您莫非就是那位广为人知、听很多人忏悔的告解神父？"

668

约瑟夫斯怯生生地点头称是，同时觉得眼下这种承认就跟不受欢迎的人被迫暴露身份一样，这也是短时间内他第二次因为自己的名声感到难堪。

老者再次以他极为简洁的措辞问道："所以您现在想去见迪翁·普济尔？您找他做什么？"

"我想向他忏悔。"

"您希望借此得到些什么呢？"

"我不知道。我对他有信心，甚至在我看来，是来自上面的声音，某种指引，让我必须去找他。"

"您向他忏悔了，然后呢？"

"然后我将言听计从，谨遵他的命令行事。"

"如果他建议或者命令您做错事呢？"

"我不会妄加评判，无论对错，我都照做。"

老者没再多说什么了。此时夕阳已斜落，有一只鸟在树叶间鸣唱。眼看老者继续保持沉默，约瑟夫斯只好站起身来，再次羞涩地开口，回到了他刚才的请求。

"您刚才说，知道在哪里可以找到迪翁神父。可以请您告诉我那个地方具体在哪里吗？方不方便给我指一下路？"

老者嘴唇抽动，露出一抹淡淡的微笑。"您莫非认为，"他温和地发问，"您去了他就会见您？"

约瑟夫斯被这个怪问题给吓了一跳，没有回话，只好尴尬地呆站在那里。

随后他又开口道："至少我还可以指望再次见到您，不是吗？"

老者做了个随时欢迎的手势，回应道："我会在这里过夜，直到明天日出后不久，我都会在这里。赶紧过去吧，您现在可是又累又饿。"

约瑟夫斯非常虔敬地向老者行了礼，继续前进，终于在入夜之后不久来到了绿洲中心的小聚居点。这里多少有些类似于修道院，小屋里居住着所谓的隐士，即来自不同城市和乡镇的基督徒，他们在这里为自己创造了一片隐蔽的住所,以便不受干扰地投入简单纯粹的隐修生活之中。他们为约瑟夫斯提供了水、食物和睡觉的地方,见他实在很疲惫,也就不问他什么问题,也没有找他聊天。其中一位隐士负责主持晚祷,其他人也就跪下参加,大家齐念"阿门"。换了其他时候,这些虔诚弟兄的集体活动对他而言无疑是一份难得的体验和乐事,可现在他心里只有一个打算:要赶在明天一大早时起来,赶紧回到先前跟老者告别的地方。回到那里之后,约瑟夫斯发现老者直接躺在地上睡觉,卷在一张薄薄的席子里。于是,他就在树下隔得稍远的地方坐了下来,静待他醒来。过不多久,这位睡着的人睡眠变浅,醒了过来,转身从睡垫上爬起,艰难地站起身来,舒展自己睡得僵硬的四肢,然后便跪在地上,做起了早祷。当他再次站起来时,约瑟夫斯走过来,默默地朝他鞠了一躬。

"你吃了吗?"不知姓名的老者开口问道。

"没有。我有一天只吃一顿饭的习惯,而且必须在太阳落山之后。您饿了吗,尊敬的先生?"

"我们正要远行,"对方回应道,"而且我们两个都不再是年轻人了。所以,我们最好还是先吃点儿东西再启程。"

约瑟夫斯打开自己的行囊,分给了对方一些椰枣;此前,他还从跟他住在一起的友好弟兄们那里分得了一些面饼,于是,他跟老者分享了这些面饼。

"我们可以出发了。"吃完后,老者说道。

"喔,我们可以同行?"约瑟夫斯高兴地喊道。

"当然可以。你之前求过我,让我带你去找迪翁的。一起走吧。"

约瑟夫斯又惊又喜地注视着对方。"您真是太仁慈了。"他感叹道,并且马上试图好好表达自己的感激之情。但这位不知姓名的老者粗暴地挥了挥手,让他赶紧安静下来。

"唯有上帝是仁慈的,"他说,"我们现在就出发吧。还有,别再对我用'您'来敬称了,就像我已经在说'你'了那样。两个老忏悔者之间的繁文缛节能有什么用?"

说罢,高大的老者大步走了出去,约瑟夫斯赶紧跟了上去,天已亮了。这位向导先生似乎对所走的方向和道路很有把握,并保证中午时分他们将会抵达一处阴凉地方,日晒最炙热的时候,他们可以在那里休息。一路上,谁也没再多说什么。

直到他们在炙热正午来临前抵达计划好的歇息处,开始在峭壁岩石间的阴凉位置休息时,约瑟夫斯才再次开口跟他这位向导讲话。他问,他们两个需要走多少天,才能见到迪翁·普济尔。

"走多少天,完全取决于你。"老者答道。

"取决于我?"约瑟夫斯感叹道,"哎呀,如果真的只取决于我,那我希望今天就能站在他面前。"

哪怕是现在,这位老者的心情似乎也不是太好。

"我们拭目以待。"他简短地答道,然后便侧身躺下,闭上眼睛休息了。看着他打盹儿的模样,约瑟夫斯很不高兴,于是他悄悄拉开一点儿距离,躺了下来。不知不觉间,在夜里躺了很久都没睡着的他也睡着了。当他这位向导认为是时候离开时,就过来将他给叫醒了。

下午晚些时候,他们来到一处有水、有树、有草的营地。在这里,他们喝了水,洗了澡,老者决定留下来。约瑟夫斯不同意,犹犹豫豫地提出了反对意见。

"你今天讲过,"他开口道,"说我见到迪翁神父的时间是早是晚,完全取决于我自己。既然如此,假如我真的能够在今天或者明天到达他那里,那我现在很愿意再多走几个小时。"

"唉呀呀,别这样。"对方说,"我们今天已经走得够远了。"

"抱歉,"约瑟夫斯说,"可是,你难道不能理解我有多么迫不及待吗?"

"我理解这种迫不及待。但这对你并没有任何好处。"

"既然如此,那你为什么还说时间早晚完全取决于我?"

671

"的确如我所讲，完全取决于你。一旦你确信自己有忏悔的意愿，知道自己已经准备好了，你马上就能开始向他忏悔。"

"哪怕今天也行？"

"哪怕今天都行。"

约瑟夫斯惊讶万分地注视着眼前这副仿佛静止不动的衰老面容。

"这可能吗？"他不知所措地喊道，"你本人就是迪翁神父？"

老者点了点头。

"就在这里的树下歇息吧，"他亲切地说道，"但不要睡觉，先调整好情绪；我也一样歇息，调整自己。一切准备妥当之后，你可以直接将想要倾诉的话语讲给我听。"

如此这般，约瑟夫斯发现，自己突然就抵达了目的地。现在他几乎无法理解，为什么自己没有早点儿认出这位在自己身边走了一整天的智者，为什么没能早点儿理解他话中的深意。他退到一旁，先跪下来祷告，然后就将所有心思都放在了他稍后即将对告解神父倾诉的内容上。一小时后，他折返回来，询问迪翁是否也已准备好了。

老者给出了许可，于是，约瑟夫斯正式开始了忏悔。什么都讲了：多年来所过的这种生活，自很长一段时间以前开始，似乎越来越失去价值和意义。往事历历，如泉水般涌出，有叙述，有哀叹，有质疑，有自责，关于他如何走上基督徒之路、如何开始过起隐士生活的全部过往，毫无保留。成为告解神父，本来是以追求净化和圣洁为目的来进行的，最后却演变成如此混乱、晦暗、绝望的情形。除此之外，他也没有隐瞒自己最近的经历——没有隐瞒自己的逃亡，以及这次逃亡给他带来的这种饱含决心与希望的感觉，没有隐瞒他决定去找迪翁的起因、他与这位年长者的初见，以及他是如何立即开始信任他、喜爱他的——尽管如此，在初见那天的交往过程中，他也曾好几次认定老者过于冷漠、异想天开，是啊，甚至可以说是喜怒无常。

他的忏悔结束时，太阳已落山了。老迪翁全神贯注地聆听着，没有任何插话或提问。即使眼下忏悔已经结束，他的嘴里也没有讲出哪怕一个字。只见他艰难地站起身来，非常亲切地注视着约瑟夫斯，向他弯下腰去，亲吻他的额头，在他身上画了十字。直到后来，约瑟夫斯回想起这一幕时才发现，这正是他本人送别那么多忏悔者时所用的那种沉默无声、亲切如弟兄般的姿态，放弃了任何评判的打算。

此后不久，他们一起吃了东西，做了祷告，躺下了。约瑟夫斯思考了一小会儿。说实话，他刚才其实期待着责罚和布道，但这样也好，他并没有感到失望或不安。迪翁亲切的眼神和弟兄般的亲吻，对他而言已经足够了，眼下他的内心十分平静，很快就沉入了欢畅的睡梦之中。

老者没有多说什么，隔天一早，又带着他继续前行。这一天，他们走了相当久，之后又连续像这样走了四五天，最后他们总算到了迪翁的隐居地。他们一起住在这里，约瑟夫斯平时会帮迪翁做一些日常琐事，逐渐了解并参与迪翁的日常生活——这种生活跟他自己多年以来的生活方式也没什么不同。不过，现在他不再形单影只，而是生活在另外一个人的庇护和保护之下，所以这实际上是一种完全不同的生活。从周围的聚居点，从亚实基伦，甚至从更远的地方，一拨又一拨的忏悔者过来寻求建议、参与告解。刚开始时，每当出现这类来访者，约瑟夫斯都会匆匆忙忙地离开，直到客人走后，才重新在迪翁面前现身。可是后来，迪翁越来越频繁地将他喊过来，就像人们呼唤仆人那样，叫他去取水，或者做其他一些琐事。当上述方式持续了一段时间之后，约瑟夫斯也逐渐习惯于以听众身份加入告解了——除非忏悔者明确表示反对，不让他参与。可是许多人——实际上是大多数人——并不喜欢单独站在、坐在或跪在可怕的普济尔面前，有这样一位安静的、看起来很友好、愿意跟他们一起参与告解的助手守在旁侧，他们反而感到很安心。就这样，约瑟夫斯逐渐熟悉了迪翁听取忏悔的方式，熟悉了他安慰鼓励告解人的模式，熟悉了他介入和调整的时间点，熟悉了他施加惩罚和给予建议的形式。约瑟夫斯几乎不允许自己提出问题，除了有一次，一位学者或者美学家过来拜访。

此人在魔法师和占星师当中有朋友，从他闲谈时讲的逸事就可以听出来；当他停下来休息时，跟两位老告解神父坐着聊了一两个小时。此人是一位很有礼貌、很健谈的客人，长篇大论、妙语连连地谈论天体、谈论人类及其神灵从世界周期的开始到结束必须穿过黄道十二宫的漫长旅程。他谈到了亚当，第一个人类，试图证明他与被钉死在十字架上的耶稣其实是同一个人，宣称通过耶稣得来的救赎，其实就是亚当从智慧之树到生命之树的一次旅程，但他又称天国之蛇为圣泉的守护者，那是一处黑暗的深潭，世间一切具象、一切人和神，皆来自它漆黑如夜的潭水。迪翁十分认真地聆听此人讲话，他的叙利亚语中混杂着很明显的希腊语。约瑟夫斯对于发生的一切颇感讶异，没错，他对迪翁没有用义愤填膺的愤怒态度否定、驳斥并封杀对方的这套异教谬论感到不快。不仅不驳斥，眼前这位知识渊博的朝圣者，他的智慧独白似乎还令迪翁感到颇为开心，并且成功地激发了他的参与感，因为他不仅虔敬地倾听着，还时不时因为演讲者的妙语露出微笑，频频点头，仿佛这些言论令他感到心满意足。

此人离开后，约瑟夫斯马上用急切的、近乎指责的语气质问道："你怎么会如此耐心地听这个不信神的异教徒讲他那套异端邪说？没错，在我眼中，你不仅耐心聆听，甚至还参与其中，享受到了某种乐趣。你为什么不跟他针锋相对？为什么不寻求反驳和责备，想方设法让此人皈依我们的救世主信仰呢？"

迪翁晃了晃他细皱脖子上的脑袋，回应道："我没有反驳他，是因为反驳根本就不会起到任何效果，或者说得更确切些，因为我根本就无法反驳。在论述技巧和各种辩论手段的配合使用上，在跟神话与星空相关的知识上，此人无疑比我高明得多；反驳完全没有胜算。更何况——我的弟子——反对一个人的信仰，宣称他所相信的一切都是谎言和谬误，这本就不是你我应该去插手的事情。我承认，从某种程度上而言，我的确是带着愉悦心情听完这位聪明人演讲的，至少这一点你说对了。我听得很满意，因为他讲得真的很好，知道很多东西，不过最重要的是，他令我想起了自己的青春岁月——当我年轻时，在这方面的知识和研究上同样花费了很多时间跟精力。这位异教徒如此漂亮地谈论与远古神话相关的事情，绝对不能说是错误。这些其实是针对我们不再需要的信仰给出的理念和譬喻，因为我们如今已经有了对耶稣基督——我们唯一救世主的信仰。可是，对于那些还没找到我们这种信仰，甚至可能根本就找不到的人而言，他们的信仰——源于古老祖辈智慧的信仰——也是值得他们去信奉的。显然，亲爱的朋友，我们的信仰是跟他们不一样的，可以说是截然不同。不过话说回来，我们不能因为自己的信仰不需要天体理论和万古永世，不需要原初之水和创世之母，不需要与此类似的一切譬喻，就宣称这些学说本身是谬误、谎言和欺骗。"

"可是我们的信仰，"约瑟夫斯喊道，"毕竟还是更优秀的，耶稣是为所有人而死的；也正因如此，所有知道耶稣的人，都必定要与那些陈旧过时的教义做斗争，将全新的、正确的教义放到它该在的位置上！"

"我们早就在做这件事了，你跟我，还有其他许多人，"迪翁平静地回应道，"我们都是耶稣的信徒，因为我们已经被这种信仰给征服了，被救世主和他救赎之死的力量给征服了。可是其他那些人，比如那些钻研与黄道十二宫相关的古老神话与教义的人，尚且没有被这种力量征服——暂时还没有——尽管如此，我们也无权强迫他们。你难道没注意到吗，约瑟夫斯？这位神话学家知道自己应该怎样进行巧妙的论述，应该怎样将纷繁复杂的图像组合到一起，就像在玩某种游戏一般。沉浸在他那些图像和譬喻之中时，他是多么惬意、多么平静、多么自在。没错，这是一种迹象，表明此人身上没有痛苦负担，处于心满意足状态，整体状况非常好。对于这类身心健康的人，我们本就没什么好多说的。如果想让一个人通过基督信仰来获得救赎与拯救，想让他抛弃自身陈旧信仰中各种智慧与思想共鸣带来的愉悦感，主动承担起相信救赎奇迹的巨大风险，他首先必须过得相当糟糕，甚至一塌糊涂，他必须经历痛苦与失落，必须经历苦楚和绝望，水必须先涨到他的脖子。不必了，约瑟夫斯，就让我们将这位博学的异教徒留在他的幸福领域吧，就让我们将他留在沉迷于自身智慧、思想和演讲的幸福领域里！或许到了明天，或许是一年后甚至十年后，他总归会经历劫数，遭遇足以将他所拥有的技艺和智慧打得粉碎的苦难，或许他所爱的女人、他唯一的儿子将会被人殴打致死，要么就是他本人将要陷入疾病和贫困；总之，当我们再次见到他时，他若受难了，就让我们好好照顾他，告诉他我们是如何努力克服苦难的。假如他到时候问我们：'为什么你昨天、为什么你十年前不告诉我这些呢？'那么到时候，就让我们回答：'因为那时候对你而言还不够糟。'"

讲到这里，他变得严肃起来，沉默了一小会儿。然后，仿佛从记忆中找到了什么似的，他又接着补充道："我自己也曾做过类似的事情，徜徉于古代异教的知识与智慧，并且乐此不疲，甚至当我已经走在通往基督教的道路上时，也是如此。神学研究经常给我带来快乐，当然，也有足可等量齐观的悲伤。在我的神学思考中，最关心的始终是创世问题，在我看来，当创世工作结束时，一切都应该是美好的，因为诚如所言：'神看着一切所造的都甚好。'[1]可是实际上，所造的一切仅在造好的片刻是好的、完美的，也就是天国建成的那一刻；可是，在下一刻，罪恶与诅咒已经侵入了完美，最终导致亚当从那棵树上偷吃了禁果。部分神学老师当中流传着这样一种说法：创世之神、创造了亚当和智慧之树的神，其实并不是唯一的、至高的上帝，只是他的一部分，要么就是比他位阶稍低的一个神，即所谓德穆革[2]。可是，创造出来的世界却并不好，辜负了上帝的意志，造出来的万事万物都受到了诅咒，在一段时期内，不得不将世界交给邪恶力量来掌管，直到他自己——唯一的、属灵的上帝——决定通过他的独生爱子来结束这段受诅咒的时期。正是从这个时间点开始——那些神学老师是这样教导的，我也是这么认为的——德穆革及其创造物的消亡正式开始，世界将逐渐毁灭、枯萎，直至进入一个全新的世界周期，这个周期不会再有新的创造，没有俗世，没有肉身，没有贪婪和罪恶，也不会再有繁衍与死亡；与此同时，另一个完美的、以精神和救赎为主导的世界将会出现，彻底摆脱亚当的诅咒，摆脱欲望、出

---

[1] 出自《创世记》第一章第三十一节。
[2] 诺斯替主义的一种观念，指创造世界的造物主，即物质世界创造者，但德穆革并非至高神。

生、养育和死亡的永恒诅咒与困境。对于造成目前世界罪恶状态的始作俑者,我们更应该去谴责德穆革,而不应指责第一个被创造出来的人类;因为我们认为,假如德穆革真的是上帝本人,他应该很容易就能以不同的方式创造亚当,或者至少让他免受诱惑。考虑到这点,就能顺理成章地得出结论:我们有两个神,即创造神和天父,并且会毫不犹豫地批判前者。甚至还有人更进一步,声称创造根本不是上帝的义务,而是魔鬼的工作。在那个时期,我们相信,我们正在用自己的聪明才智帮助救世主和即将到来的精神时代,因此,我们构建出了各种未来神灵和世界,以及改造现世的计划,并为之进行辩论和神学研究。直到有一天我发高烧,病得很重,挣扎在生死边缘。在高烧不退时所做的梦中,我不得不持续不断地与德穆革打交道,不得不发动战争、抛洒热血,幻觉和恐惧逐渐变得越来越可怕。发烧最严重的那个夜晚,我开始觉得,我必须杀死自己的母亲,唯有如此,才能彻底抹去我的肉体,重新出生。在那些高烧不退的梦中,魔鬼率领他所有的恶犬来撵我,几乎将我俘获。可我终究还是熬过来了。令当时一起研修神学的朋友们失望的是,自此以后,我回到了俗世之中,成了一个愚蠢、沉默、不再崇尚精神世界的人,尽管身体的力量很快得以恢复,哲思的乐趣却始终没有回来。走向康复的日日夜夜,那些可怕的高烧噩梦消失不见,我几乎总是在沉睡,但是,每一个清醒时刻,我都能感觉到救主与我同在,感觉到力量从他身上散发出来,进入到我体内;然而,康复之后,我却再也无法感受到他的这份亲近了,对此我感到极为伤心。与此同时,我心中当然也会涌现出一股对这份亲近的巨大渴望。当时的情况可谓不言而喻:一旦我再次开始参与到他们中间、聆听那些神学辩论,马上就感觉到心中这股巨大渴望——我当时最宝贵的财富——面临消逝的危险。它在思想和语言之间快速流失,恰如清水没入黄沙……讲得够多的了,我亲爱的朋友,总之,我追求智慧和神学之路的终结就是如此。自那以后,我就属于思想简单、头脑单纯的人了。不过话说回来,尽管我已经发生了这样的转变,但对于那些仍然擅长于哲学与神话方面的辩论、仍然知道应该如何去玩那些我也曾一度涉足的游戏的人,我一概

677

不打算劝阻，也不会对他们有任何不尊重。诚如我不得不满足于这样一项现实：德穆革与属灵的上帝，或曰创造与救赎，两者之间的相互联系和并存实际上是不可理解的，至少对我而言仍是未解之谜。既然如此，我当然也必须接受另外一项现实：我没有将哲学家转变为信徒的能力。这并非我应尽的职责。"

有一次，当某人向迪翁坦白自己的过失杀人与通奸罪行之后，迪翁对他的助手说道："过失杀人和通奸，这些行为乍听起来可真是相当邪恶，属于大罪，而且做出这些事的人确实也够坏的，这点没话可说。但我却要告诉你，约瑟夫斯，实际上，这些世俗之人根本就不是真正的罪人。尽管我也经常试图将自己完全代入他们当中，将自己想象为他们当中的一员，但他们在我眼中简直就跟小孩子一样。他们不老实、不善良、不高尚；他们自私、好色、傲慢、易怒，这些特征都是显而易见的。可是从根本上讲，他们基本上是无辜的，就跟小孩子一样无辜。"

"但是，"约瑟夫斯说，"在面对他们时，你却经常表现得很粗暴，甚至试图将地狱里的景象描绘出来恐吓他们。"

"我这样做，恰恰也是基于同样的原因。他们本质上就是孩子，因此，当他们感到良心不安，过来找我告解时，显然希望被认真对待，希望受到严厉的训斥。至少我是这样认为的。你当告解神父时的做法是不一样的，你没有施与责骂、训斥和惩戒，态度十分友好，仅仅用弟兄般的亲吻来打发这些人回去。我不会因此而指责你什么，不会，但我自己也不可能像你那样做。"

"好吧，"约瑟夫斯略显犹疑地回应道，"既然如此，你倒是说说看，为什么我当初向你告解时，你没有像对待其他忏悔者那样对待我，反而默默地亲吻我，连哪怕一句责备的话都没讲？"

迪翁·普济尔将自己仿佛能够洞察人心的目光转向了约瑟夫斯。"我做得难道不对吗？"他反问道。

"我不是说你的做法不对。它当然是对的,否则那次告解也不可能对我产生这么大的好处。"

"好吧,那么这就挺好的。其实,我当时也对你进行了严酷又漫长的惩罚,只是没有用言语讲出来罢了:我带着你,让你当我的仆人,引导并强迫你去做你一度想要逃避的工作。"

说罢,他转身打算离去。他向来都是长谈的敌人,但约瑟夫斯这次坚持要问出个究竟。

"你当时早就知道我会顺从于你,在我开始向你告解之前——甚至早在我遇见你之前,你就知道了。不,你一定要跟我讲清楚:你真的只是为了这个理由才对我保持如此态度的吗?"

对方来来回回走了几步,最后在他面前停下,将手放在他肩膀上,说道:"我的弟子啊,世俗世界的人全部都是小孩子。而圣徒们——瞧瞧,他们根本就不可能来找我们告解。至于我们自己,你和我,以及像我们这一类人——我们这帮忏悔者和求道者、我们这群隐世独立的苦修士,我们并非小孩子,我们并不天真,不可能通过惩罚性的说教来加以纠正。我们啊,唯有我们才是真正的罪人,我们是有知识、会思考的人,是吃过智慧之树果实的人,也正因如此,我们不应该像被鞭子狠狠抽打过一顿之后就能直接放走的小孩子一样——我们互相之间的处置方式是不一样的。在告解并悔改之后,我们不可能再跑回小孩子的那个世界里,在那里,俗人们过着声色犬马、庸庸碌碌的生活,偶尔也会打架斗殴,甚至互相残杀;我们这群人不可能像体验一场短暂的噩梦那样体验罪恶,也不可能简简单单地通过忏悔和牺牲来摆脱罪恶:我们从来都是身在罪孽里的,我们从来都不可能赎罪,我们永是罪人,我们永在罪中,永远因困于我们良心的灼烧中,我们知道自己永远无法偿清我们所欠下的巨大债务,除非上帝在我们死后慷慨地关照我们,容许我们步入他永恒的恩典。约瑟夫斯,这就是我不能向你布道、不能向我自己讲道、不能亲口训斥你的原因。我们不必应对某种具体的反常行为或者恶行,因为我们始终都在直面原罪;也正因如此,我们互相之间只能确保达成共识，展现弟兄之间的情谊，但不能通过惩戒的方式来对心灵施以疗愈。你难道还不知道这些吗？"

约瑟夫斯轻声回应道："的确如此。我知道了。"

"所以，无益的谈话还是免了吧。"老者最后简短地说了一句，转身走向他小屋前面的那块顽石，他习惯在上面进行每日祷告。

几年时间转眼过去，迪翁神父的身体越来越虚弱，为此饱受折磨。约瑟夫斯不得不一大早就过来帮他，因为他已经无法自己起床了；起来之后，他就去做早祷，甚至连早祷之后他也无法自己站起来，还是得由约瑟夫斯负责扶他起来；接下来他就在顽石上枯坐一整天，眺望远方。这是通常发生的情况，在小部分日子里，老者也可以凭自己的力量站起来。除此之外，他也不再能够每天听人告解了，每当有人向约瑟夫斯这位助手告解时，迪翁事后都会专门将告解人叫到身边，告诉对方："我的日子就要到头了，我的孩子，我要走到尽头了。回去之后，记得告诉大家：这位约瑟夫斯就是我的接班人。"每当约瑟夫斯试图反对这种说法，向告解人插话解释时，老人就用十分可怕的目光死盯着他，那目光如一道冰冷的射线，刺透了他的心，令他讲不出话来。

终于有一天，当他难得在没有外力帮助的情况下能够站起身来，而且看起来似乎比平时更有精神时，他就将约瑟夫斯喊到身边，将他引到自己那座小花园边上的一处地方。

"这里，"他开口道，"就是你以后将埋葬我的地方。现在我们一起来挖掘墓穴吧，我想我们应该还有一些时间。拿铲子过来。"

从这天开始，他们每天都会赶早去给墓穴挖一小部分土出来。如果这天迪翁碰巧很有精神，他就会自己动手挖几锹土。虽然劳动很辛苦，却能够给他带来欢欣鼓舞的感觉，能够令他心生愉悦。之后一整天，这种愉悦情绪也会一直伴随着他；因为每天都在坚持挖坟，他也总是显得精神饱满，状况比之前好多了。

"到时候，你一定要在我坟头种一棵棕榈树，"他曾在挖坟时讲过这样一番话，"多年以后，兴许你还有机会吃到它结出来的果实呢。就算你吃不到，别人也能吃到。我曾经种过树，但种得还是太少了，终归是太少了。古语有云，人生在世，假如不曾种下一棵树，不曾留下一个儿子，那他就不该死去。瞧瞧，我留下了一棵树，也留下了你，你就是我的儿子。"

他的表情云淡风轻，比约瑟夫斯刚刚认识他时更显开朗，而且还在变得越来越开朗。这天傍晚时分，天已快黑透了，他们两人吃过饭，做过晚祷，他躺在床上，唤来约瑟夫斯，要他再陪自己多坐一会儿。

"我想告诉你一件事，"他亲切地说道，似乎一点儿也不感到疲倦或者困乏，"约瑟夫斯，你还记得吗？你曾经在加沙城附近的隐居地度过了一段非常糟糕的时光，对自己的生活感到无比厌倦。然后，到了某个临界点，你选择了逃亡，并且决定开始寻找老迪翁，将你的故事向他和盘托出。接下来，你在弟兄们的隐居点边缘遇到了那位老者，你问他，迪翁·普济尔住在哪里？嗯，是啊。那位老者刚好就是迪翁本人，这难道不是个奇迹吗？我现在就要告诉你事情的全部经过，因为这对我而言也很神奇，简直跟奇迹一样。你知道，当一名隐修忏悔者、一名告解神父的年纪越来越大，听过了许多罪人的忏悔之后，大家就纷纷将他视作一位无垢者、一位圣人，殊不知他其实是一个罪孽比他们还要大得多的罪人。他全部的作为，在他本人眼中都是无用且徒劳的。过去神圣且重要的一切——上帝将他安置在告解神父这个位置上，让他能够体面倾听人类灵魂所匿藏的各种污垢与肮脏，并为他们带来解脱——如今对他而言似乎变成了一份过于沉重的负担，甚至是一种诅咒。到了最后，他开始害怕起每个带着自己幼稚罪孽前来拜访的可怜人，希望对方可以趁早离开，也希望自己能够赶紧离开，哪怕通过挂在树枝上的绳子离开这人世，也在所不惜。这就是你当年的情况。现在我也到了忏悔的时刻，我承认：我也曾有过跟你一样的感觉，我也认为自己一无是处，精神上疲惫不堪，再也无法忍受了。大家满怀信任，一次又一次地来到我身边，将世俗生活中的污秽和恶臭带到我面前——他们无法应付这些，可是，就连我

681

也无法继续抗衡下去了。当时，我经常听说有一位名叫约瑟夫斯·法穆卢斯的告解神父。我听说大家也很喜欢去找他忏悔，许多人宁愿去找他而不是找我，因为大家普遍认为他是个温和、亲切的人。据说他对告解人没有任何要求，也不会责骂他们，他将他们视作兄弟，只会默默聆听他们的忏悔，最后用一个吻来打发他们。这不是我的方式，你知道的，当我第一次听说这个约瑟夫斯的时候，他的这套方式在我眼中，可谓相当愚蠢，甚至可以说是极其幼稚可笑的；可是，眼下我对自己所采用的方式是否还能起到什么益处都已非常怀疑，完全没有理由再去评判别人方式的好坏，没有任何理由声称自己更了解这个约瑟夫斯的方式。这位告解神父到底有些怎样的本事呢？我知道他比我年轻，但也接近老年，这让我感到很开心；我肯定不会这么轻易就去相信一个小伙子。思来想去，这位先生强烈地吸引了我的注意。于是，我决定正式踏上寻访约瑟夫斯·法穆卢斯的朝圣之路，向他坦白我的苦恼，并请他为我指点迷津，哪怕他不愿意给出任何建议，或许也可以从他那里获得些许安慰和鼓励。光是这个决定就令我感觉良好，让我仿佛卸下了心头重担。就这样，我踏上了旅程，前往据说他目前正在隐居的地方朝圣。哪曾想到，与此同时，约瑟夫斯弟兄也在经历跟我一样的事情，而且也做了跟我一样的事情：我们各自逃亡，双向奔赴，试图求对方指点迷津。还没有抵达他的住所，我就见到了他，初次相遇的第一次谈话中，我就认出了他——他看起来的确跟我期盼见到的那位先生一样。可他眼下正在逃亡，情况对他而言很糟糕，跟我相比几无二致，甚至更糟：他根本不愿继续听人告解，反而希望找人忏悔，将自己的痛苦交到某个陌生人手中，任凭其处置。彼时彼刻的一切，对我来讲无异于一种颇为怪异的失望感，认清眼前现实之后，我感到非常难过。连这个当时根本不认识我的约瑟夫斯，竟然也已厌倦了自己的告解神父工作，竟然也对自己生命的意义产生了绝望情绪——这岂不意味着人生对于我们两个告解神父而言都是虚无，我们两个都活得一无是处、一败涂地了吗？我告诉你的这些当中，不少都是你已经知道的，还是让我长话短说吧。那天晚上，当你在弟兄们那里找到过夜的庇护所时，我却独自待在定居点的边缘位置，进入了沉思状态，站在告解神父约瑟夫斯的角度思考这一切。我心想：当他明天终于发现自己的逃亡完全是徒劳无功、对普济尔的信任完全是徒劳无功时，当他终于得知告解神父普济尔其实也是个逃亡者，也是个信仰面临崩溃的人时，他该怎么办？我越站在约瑟夫斯的角度上思考，就越为他感到难过，同时也越觉得他是上帝专门为我派来的使者，让我花时间去了解他、治愈他，在此过程中也能了解自己、治愈自己。想通这点之后，我终于可以安心睡觉了，这时夜晚也已过去一半了。隔天一早，你跟我一同踏上了朝圣之旅，从此以后，你就成了我的弟子。这段往事，我早就想告诉你了。我听到你在哭。那就哭吧，这对你有好处。既然我已经讲了这么多，干脆再多讲几句，这些话也请你听一听，听过之后，好好记在心里：人类相当奇怪，几乎从不接受教训。也正因如此，到了将来的某个时候，过去那些苦楚和诱惑恐怕又会来找你，试图打败你，这并非不可能发生的事情。到了那时候，愿我们的救主也能派一位弟子、一名赡养人过来帮你，愿此人也跟救主派来帮我的你一样满怀慈悲、富有耐心、使人宽慰！至于当年诱惑者让你朝思暮想的树上枝杈，那可悲的加略人犹大的死亡方式，我可以告诉你一件事：为自己张罗这样一种死法，不仅仅是罪过和愚蠢——尽管我们的救主甚至连这样一种罪行都原谅了，将其视为一桩小小的过失——在无比绝望中死去，无疑也是一种遗憾。上帝给我们送来绝望，不是为了用绝望来杀死我们，他之所以送来绝望，是为了唤醒我们全新的生命。可是，当他将死亡送到我们面前时，约瑟夫斯，当他打算让我们挣脱俗世和肉身的束缚，将我们召唤到他身边去时，我们将收获一份巨大的喜悦。想想看，当我们极度疲累时，允许我们睡觉，当我们负重前行了不知道多久时，允许我们放下重担，那该是一件多么美好、多么奇妙的事情啊。自从我们一起挖墓以后——顺带一提，别忘了在上面种棕榈树——自从我们开始挖那个墓穴时起，我比这许多年以来的任何时候都更快乐、更心满意足。我已经唠叨很久了，我的弟子，你会累。睡觉去吧，回你的小屋去。愿上帝与你同在！"

第二天，迪翁没有参加早祷，也没有喊约瑟夫斯帮忙。当这位弟子焦急起来,悄悄进入迪翁的小屋,来到他床前时,发现老者已进入了永眠,一抹如孩子般纯真、正在微微散发出光芒的微笑,照彻了他的脸庞。

约瑟夫斯埋葬了他,将树种在了坟墓上,并且活到了这棵树结出第一批果实的那一年。

印度传记

毗湿奴的化身之一,说得更准确些,是那位以"罗摩"[1]之名降世为人的一部分化身,他在一次激烈的屠魔大战中,手持神弓梵授,挽弓如弯月,射杀了大量罗刹恶鬼。其中的罗刹娑之王以人类之姿重新进入轮回,其名仍为"罗波那"[2],居住在伟大的恒河畔,是一位好战的王侯。此人正是达萨[3]的父亲。达萨的母亲很早就去世了,她的继任者是一位美丽而有野心的女人,很快就为罗波那生下了一个儿子。如此一来,小达萨显然就挡了她的路:因为她认为,有朝一日,她的亲生儿子那咤[4]将被奉为此地的统治者,而不是达萨这个长子。所以,她想方设法令达萨跟他父亲日渐疏远,同时也在等待一个大好良机,试图趁机将达萨赶走。不过,罗波那麾下的宫廷婆罗门之一,祭祀者瓦苏代瓦[5],清楚地知道她的意图,而且这位聪明人也知道应该如何挫败她的阴谋。瓦苏代瓦心疼这个小男孩,在他看来,这位小王子从他母亲那里继承了虔敬之心和强烈的正义感。他一直关照着达萨,确保他不会出什么意外,只等机会合适,就要帮他从继母那里脱身。

---

[1] 又称茹阿玛。印度史诗《罗摩衍那》中的主人公,后成为印度教崇奉的神。
[2] 《罗摩衍那》中的反派,罗刹之都"楞伽"的罗刹娑之王,长有十个头颅,因此又被称为"十首王"。在印度文化中,罗波那是邪恶、妖魔的象征。
[3] 出自《梨俱吠陀》的印度古称,意为"奴仆",即"科讷希特"一名的梵语称法。
[4] 出自梵文Nalakūvara,佛教护法神名,"哪吒"原型。
[5] 梵语人名,也是《悉达多》中的摆渡人。

拉贾[1]罗波那拥有一群献给梵天的牛,这群牛是无比神圣的,大家经常会用它们所产的牛奶和黄油来祭祀梵天。全国最好的牧场都是专门为它们保留的。有一天,负责照看这群梵天之牛的其中一位牧民前来送一车黄油,并报告说,在牛群一直吃草的地方,即将发生旱灾,他们这些牧民一致同意,要将牛群引到更偏远的山区,在那里,哪怕最干旱的时候,也一样不会缺少泉水和新鲜饲料。婆罗门将这位相识已久的牧人请到身边聊了聊,因为他知道这是个善良且忠诚的人。第二天,罗波那的儿子小达萨失踪了,哪里都找不到,只有瓦苏代瓦和牧人知道他失踪的秘密。此时男孩达萨已被牧人带回了山里,赶上了移动缓慢的牛群。达萨开心地加入了牛群和牧人的行列,健康快乐地成长为一个牧牛少年,他每天帮大人放牧、赶牛,学会了挤奶,平时跟小牛一起玩耍,躺在树下休憩,喝着甜美的牛奶,光光的脚丫上沾满了牛粪。他很喜欢这样的生活方式,跟牧人和奶牛交上了朋友,熟悉了森林里的一切,熟悉了这里的树木和水果,最喜欢的是杧果、野生无花果和鼓槌树。他从碧绿的林间池塘里捞起甜美的莲藕,在节日里戴上用火焰木[2]的花朵编织而成的红色花环,学会了如何提防野外的各种动物,如何避开老虎,如何与聪明的獴、快乐的刺猬交朋友,如何在昏暗的小屋里打发时间、度过雨季;在那里,少年们玩着游戏,唱着歌谣,或者编织篮子和苇席。达萨并没有完全忘记自己以前的家和以前的生活,可是对他而言,往昔的一切很快就成了一个幻梦。

有一天,牛群转移到了另外一处地方,达萨进了森林,因为他想找寻蜂蜜。自打与森林成了朋友,他就非常喜爱这座森林,尤其是森林的这一部分,似乎格外美丽。在这里,日光如金色的游蛇一般缠绕在树叶和树枝上;侧耳细听,鸟鸣声、树梢轻轻摇动的沙沙声、猴子的叫声——这一切在森林里紧密交织成了一张散发出美好、温柔光芒的巨网。除此之外,这里还有各种各样的气味,时而聚集一处,时而又各自分散,那是花朵、树木、树叶、

---

[1] 梵文"国王"之意。
[2] 非洲火焰木,原产于热带地区,因花朵艳丽如火焰而得名。

水体、苔藓、动物、水果、泥土和霉菌散发出的香味，浓烈或甘甜，狂野或亲切，嚣张跋扈或抑郁焦虑，生机勃勃或恹恹欲睡。在这里，时而有水流在看不见的森林峡谷间奔涌而起，时而有带着黑黄色斑点的绿蝴蝶在白色的伞状花丛间翩翩起舞，时而能听到树枝在影影绰绰的林间深处发出清脆的断裂声，或者树叶沉沉落入叶堆的响动，要么就是兽类在黑暗中的咆哮声，抑或是喜欢争吵的母猴在责骂自己的孩子。达萨早就忘了要去找寻蜂蜜，他听几只色彩斑斓、全身闪耀的侏儒鸟鸣唱，听得出了神，依稀又看见高大的蕨类植物之间，隐隐约约显露出一条蜿蜒的痕迹：蕨类植物密密麻麻，像一片独立出来的茂密小森林似的，矗立在这座大森林中间；那条痕迹看起来仿佛一条小路，仔细看时，能够看到一只只轻浅的足印。他悄无声息、小心谨慎地踏上去，沿着小路一路前行。在一棵多干树下，他发现了一座小屋——确切点儿说，那是一顶尖尖的帐篷，由蕨类植物精心编织而成——小屋旁边，有位浑身上下纹丝不动的男人，以身体挺直的姿势盘腿坐在地上，双手放在交叉的双脚之间。在他的花白头发和宽阔额头下方，那双静如止水、空洞无物的眼睛，虽然大睁着朝向地面，却什么也没看，仔细观察就会发现，那目光是向内的。达萨马上明白过来，这是一位圣人——瑜伽僧侣。达萨之前见过瑜伽僧侣，这已经不是初见了。瑜伽僧侣都是受神灵眷顾的可敬之人，向他们提供礼物并表达敬意，是值得称颂的行为。但这个男人不太一样，他坐在自己的蕨类植物小屋前，小屋看起来如此美丽，如此遗世独立，他本人则以身体挺直的姿势，手臂静静垂下来，完全沉浸在冥想状态中，似乎比男孩在其他地方看到的瑜伽僧侣更古怪、更令人敬畏，同时也更吸引他。这位瑜伽僧侣明明盘腿坐在那里，却又仿佛悬浮在空中，明明什么都没看，却又仿佛能够看清一切、知晓一切。此时此刻，他整个人都被一道神圣光环包围着，那是某种施与尊严的咒语，某种持续涌动、不断聚集的热忱和瑜伽力量的火焰，男孩不敢贸然越过这道光环，也不敢随意问候或呼喊，生怕对他造成什么惊扰。他的身形无比庄严伟岸，他的面容散发出自内心而生的光芒。这些光芒聚集在五官周围，不断向外迸射出光波与射线，如无形的宝座一般，架起了这位僧侣，他端坐其上，形如一轮圆月；逐渐积累起来的精神力量，受强大意志的支配，安静地聚集在他周围，构筑起奇妙的法术结果。面对着他，很容易就会意识到：此人只需心中发愿，只需一个闪念，甚至都不必抬起眼睛，就能杀死一个人，须臾之间，又能让被杀的人起死回生。

　　瑜伽僧侣端坐在自己的宝座上，纹丝不动的程度甚至超过一棵树——毕竟树的叶子和树枝还是会随风摇曳——就如同诸神的石雕般纹丝不动，仿佛完全静止了一般。自发现他的那一刻起，男孩就像是着了魔，目瞪口呆地被定在了原地，被眼前这幅神奇图景强烈吸引。他呆站在那里，凝望着大师，看到他肩膀上有一块阳光通过林间缝隙后留下的光斑，静静垂落下来的其中一只手上也有一块光斑。他能够看到这些光斑在大师身上缓慢游移，旧的光斑隐去，新的光斑出现。他站在那里，颇感惊讶地观察着这一切，同时开始意识到，阳光与眼前这个男人无关，不仅如此，附近森林里的鸟鸣也跟他无关，猴子发出的声音也跟他无关，甚至连那只棕色的森林野蜂——此刻就停在这位仿佛正在沉睡的男人脸上，不停嗅探他的皮肤，在他脸颊上爬了颇长的一段距离，然后又鼓起翅膀飞走了——也跟他无关。总而言之，这座森林里各种各样的生命，统统跟他无关。达萨意识到，此地存在着的一切，一切眼睛能看到的、耳朵能听到的，无论美丽还是丑陋，无论可爱抑或可怕，一切都跟这位圣人无关。雨不会令他感觉寒冷，也不会令他感到不快，哪怕有火，也烧不到他，周围的整个世界，对他而言已经变得浮于表面，没有任何意义可言。他忽然意识到，整个世界恐怕只是一个游戏，是某种表面现象，是巨大未知深渊之上泛起的微风与涟漪。这并非具体的想法，而是以身体的颤抖、以轻微的眩晕所进行的表达，如云雾般笼罩在这位驻足观看的牧人王子周围。面对恐怖和危险时的直觉，令他获知这个秘密，同时生出一股热切的欲望，吸引他对此加以关注。接下来，他感觉到，瑜伽僧侣已经越过了世界的外表层，穿透了表象世界，沉入存在的底层，知晓了万事万物的奥妙。他冲破了感官的魔网，冲破了声光、色彩、感知的游戏，成功地将这一切从自己身上剥离，从而牢牢扎根于本质与不变之中。男孩虽然曾经接受过婆罗门的教育，曾经被赋予了许多灵性生活的光辉，但他却无法理解眼前发生的这一切，也不知道应该如何用语言来表达；尽管如此，他依旧感受到了这一切。诚如人们在至福时刻能够感觉到上帝的亲近一般，他感觉到了自己对眼前这个男人的敬畏和钦佩，感觉到了自己对他的倾慕，以及去过一种跟这位静坐冥想男人类似生活的渴望。达萨不过是站在这里而已，没有任何交流，这位老者却已经在以奇妙的方式提醒他的出身、提醒他的王子身份和作为王位继承人所应享有的权利，这一切都令他的内心感受到了极深的触动。此刻，他站在蕨类植物的边缘位置，任鸟儿在自己身边飞翔，任树木沙沙作响、轻声对话，任森林维持这森林的模样，任远处的牛群保持那牛群的姿态。此刻，达萨臣服于眼前无言的咒语，凝视着这位正在进行冥想的遁世修行者，被他所呈现出来的不可思议的静谧感和不可触碰的威严所吸引，被他面容的轻盈平和所吸引，被他瑜伽姿势的力量和专注所吸引，被他那臻于完满、全心全意侍奉精神世界的虔诚所吸引。

这件事过去之后，他无法说清自己在那座小屋前面度过了多长时间，到底是两三个小时，还是接连好几天。总之，咒语终于释放了他，他沿着蕨类植物之间的那条小路悄悄折返了回去，寻找走出森林的路，最后总算再次来到开阔的牧场，见到了熟悉的牛群。他恍恍惚惚的，根本不知道自己在做什么，灵魂仿佛被迷惑住了，完全没有回到现实，直到一位牧人大声喊他，他才清醒过来。这位牧人一边迎接他归来，一边叱责他在外拖延了好久。可是，当牧人发现达萨讶异地注视着自己，好像不明白这些话的意思时，很快就陷入了沉默，对这个男孩异乎寻常的陌生眼神和他严肃的态度感到吃惊。又过了一会儿，他终于开口问道："亲爱的孩子，你究竟到哪里去了？你这副模样，是看到了神明，还是遇见了魔鬼？"

"我之前一直都在森林里，"达萨说道，"森林很吸引我，我想进去找蜂蜜来着。可是后来，我完全忘记了这件事，因为我看到那里有个男人——那是一位隐修士，他坐在自己的小屋前，忘我地思考着什么，要么就是正在祈祷。我看到他时，发现他的脸庞竟然散发出熠熠光芒，实在是太神奇了。

于是，我身不由己地停下脚步，观察他，观察了很长时间。今天晚上，我打算给他带些礼物过去，因为他的确是一位圣人。"

"那就这样做吧，"牧人回应道，"给他带些牛奶和甜黄油过去；圣人啊，我们理应尊敬他们，理应供奉他们。"

"可是，我该如何称呼他呢？"

"你不需要跟他讲话，达萨，只要在他面前弯下腰来行礼，然后将礼物放到他面前，这样就行了。"

达萨照做了。他花了颇长一段时间才找到之前那个位置。小屋前面空空如也，瑜伽僧侣不在那儿。达萨不敢直接进到小屋里面去，于是，他将礼物放到小屋门口的地面上，然后就离开了。

牧人们在附近放牛的这段日子里，达萨每天晚上都会带礼物到小屋去，甚至在白天也再去过一次，发现这位可敬的男人又一次出现在原来的位置，依旧沉浸在他的冥想修炼中。这一次，达萨也没能抵挡住诱惑，他再次充当了受祝福的观众角色，接受了圣人散发出的神奇力量，沐浴了那道圣洁光芒。甚至当他们离开这一地区时，将牛群赶到新的牧场之后，达萨也无法忘记自己在森林里的这段经历。当他独自一人时，有时会沉浸在幻想中，以那种少年特有的方式，想象自己是一名隐修士，同样精通于瑜伽冥想。然而，随着时间的推移，记忆与幻梦中的形象逐渐淡化，达萨现在正迅速成长为一名强壮的小伙子，正以热切的渴望投入各种群体游戏、投入与同龄人进行的各种较量之中。尽管如此，在他的灵魂深处，仍有一丝曙光和一点点微弱的意识，依稀觉得有朝一日，可以用瑜伽的威严和力量来填补自己内心的空缺，取代自己失去的继承人身份和贵族权利。

有一天，当他们接近城市时，有一位牧人从那里带回了消息，说城里即将举办一次无比盛大的庆典：年老体衰的统治者罗波那，已经无法继续履行自己的职责，他确定了一个日子，他儿子那咤将在这一天正式继承他的位置，并被宣布为此地新一任的统治者。达萨很想去参加这次庆典，好好看看这座城市的模样，因为眼下在他的灵魂中，几乎没有留下任何童年时的回忆。他想聆听庆典音乐，瞧一瞧游行队伍，观看贵族们之间的比赛较量，当然最主要还是想看看那个陌生世界，看看城里人和大人物的风采——在牧人们讲的故事和童话里，经常描述这些内容，但达萨知道他们所讲的只是故事、只是童话罢了，甚至比故事和童话的可信度还要低，毕竟在很久以前，城市里的那个世界也曾是他自己每日生活的世界。牧人们得令，要将一车黄油送到宫里去，用于庆典的祭祀活动。达萨很开心，因为他刚好是牧人首领为这项任务指定的三人当中的一员。

他们一路运送黄油，在庆典日的前一天晚上来到了宫里，婆罗门瓦苏代瓦从他们手里接收了这批黄油，因为他是祭祀者，需要亲自主持这次祭祀活动，可他并没有认出眼前这个年轻人。于是，三个顺利完成任务的牧人兴致勃勃地参加了庆典。在婆罗门的指挥下，祭祀活动一大早就开始了，只见闪着金光的黄油被大量投入提前燃起的熊熊烈火之中，化作一道道猛烈燃烧的火柱，直冲云霄，耀动的火光和饱浸油脂的浓烟，向上高升至无限远，以取悦三相神的十大化身[1]。他们看到了游行队伍里的大象，看到骑手所坐的平台上方撑起了镀金的华盖，他们看到装饰着鲜花的皇家战车，年轻的拉贾那咤就坐在那战车上，同时听到震耳欲聋的鼓乐在四面八方回响。这一切都显得气势恢宏，辉煌壮观，同时也有点儿可笑，至少在年轻的达萨眼中是如此；此刻，他感到心旌摇荡、目眩神迷，被眼前的华丽喧嚣彻底迷住了。他陶醉于锦簇花车，陶醉于满身披挂的骏马，陶醉于这一切浮夸奇景、这些带有炫耀性的奢侈，他尤其陶醉于拉贾战车前翩翩的舞女，她们的肢体犹如莲花根茎一般，纤细又坚韧。达萨对这座城市的宏伟规模、对其间蕴藏的千般美好感到震惊，尽管如此，在前所未有的陶醉与喜悦中，他仍以牧人的清醒头脑看待这一切，从根本上鄙视这些城里人。此时此刻，达萨并没有想到，其实他自己才是罗波那的长子，至于这位同父异母的弟弟那咤，他对他已经完全没有任何印象了。那咤在达萨眼前受膏，接受婆罗门祝福，庆祝他新登拉贾

---

[1] 指印度教主神毗湿奴的十大化身。

之位；而原本的长子，达萨，才是应该坐在花团锦簇皇家战车上的那个人。不过话说回来，虽然眼下达萨对于继承权相关的事情并不在意，可他真的很不喜欢眼前这个年轻的那咤。在达萨眼中，那咤是个急功近利的家伙，愚蠢又邪恶，极端爱慕虚荣，自我膨胀得厉害，任何人都难以忍受。如果可能，达萨倒是很想对眼前这个扮演此地统治者的小家伙耍耍威风，给他个教训，但达萨找不到下手的机会，不过达萨很快就释怀了，将注意力放在了许多要看、要听、要笑、要享受的事情上。城里的女人很漂亮，无论长相表情还是言谈举止，对这三个牧人都很有吸引力。女人们陆陆续续地对他们三个讲了不少话，其中有些隔了很久还在他们耳边回响。诚然，这些话语基本上是带着嘲讽意味喊出来的，因为城里人看牧人，就跟牧人看城里人一样，其实是互相看不起的；尽管如此，这三个英俊又强壮、每日受到牛奶和乳酪滋养、一年中大部分时间都生活在露天环境里的年轻人，在城里女人眼中，始终还是很讨喜的。

庆典归来之后，达萨已经成了一个男人，开始追求起女孩来。他不得不因此而跟其他年轻人拳脚相向，接连不断地进行摔跤较量。过了一段时间，他们又来到另外一个地区，这里有平坦的草场，有波澜不惊的湖水，岸边满是芦苇和竹林。在这里，他遇到了一个女孩，女孩的名字是帕尔瓦蒂[1]，他对这个美丽的女孩产生了毫无理性可言的疯狂爱意。帕尔瓦蒂是当地一位佃农的女儿，达萨对她的迷恋是如此之深，甘愿为她抛弃一切，为了得到她，情愿让自己卑微到尘埃里。就这样过了一阵子，牧人们决定离开这里，达萨没有听从他们的劝阻和建议，决定跟他们分道扬镳，结束自己深爱的牧人生活，就此安顿下来，因为帕尔瓦蒂已经答应做他妻子了。结婚之后，他在岳父的小米地和稻田里辛勤耕种，在磨坊和伐木场里帮忙，用竹子和泥巴给妻子盖了一座小屋，将她藏在里面，不让她出去见人。这份迷恋必定是一种极为强大的力量，能够促使一个年轻人放弃自己以前的全部快乐，放弃他

---

[1] 梵语中"山"之意，印度教中的喜马拉雅雪山女神，湿婆的妻子，拥有绝世美貌。

的伙伴与习惯,改变他的生活,定居在此前完全陌生的一群人当中,主动承担起女婿这个不怎么讨人喜欢的外人角色。没办法,帕尔瓦蒂的美貌是如此耀眼,她旷世绝伦的容颜、迷倒众生的身材所散发出来的爱意承诺,是如此强大、如此诱人,完完全全地蒙蔽住了达萨的双眼,令他心甘情愿地将自己奉献给她,更何况达萨也确实在她怀抱中感受到了无与伦比的幸福。古往今来,有许多关于神明和圣人的传说故事,他们总是会被某个漂亮女人迷得神魂颠倒,将她揽在怀中,一晃就是好几天、好几个月,甚至好几年,跟她长相厮守,完全沉浸在快乐当中,忘记了他们正在做的其他所有事情。这也是达萨当时一度期冀的命运走向,希望此生就只为爱情而活。然而,他的命运却并非如此安排,这份幸福也没能持续多久。确切点讲,前后持续了一年左右,甚至连这短短时间里,也并非充满了幸福,仍有许多琐事惹他心烦:岳父提出各种麻烦的要求,内弟们有事没事就来挑拨打闹,年轻妻子的脾气也是阴晴不定。不过,只要一爬上她的床,一切苦恼转眼就烟消云散,变得无足轻重。她的微笑是如此迷人,令他心驰神往,她纤细的四肢是如此甜蜜,只需轻轻触碰,年轻的胴体瞬间绽放无数花朵,暗香浮动之间,恍如置身欲望花园,沉湎其中,不知归处。

幸福的日子还没过满一年,麻烦与喧嚣忽而造访此地。这一天,骑马的使者现身,宣布年轻的拉贾即将抵达。须臾之间,大批人马和军队已就位,年轻的拉贾本人——那咤,将在此地策马狩猎。不知多少顶帐篷,在这里和那里搭起,到处都能听到马的鼻息声和全力吹响的喇叭声。起初,达萨对这一切并不在意,他依旧在田里干活,照看磨坊,避开猎人和朝臣。哪曾想到,就在这狩猎期间的某一天里,当他回到自家小屋时,意外发现妻子竟然不在家里,要知道,他是绝对严禁她在狩猎期间外出的。此刻,他的内心感到一阵刺痛,同时预感到某种巨大的不幸正在自己头顶聚集。他急忙跑到岳父家,但帕尔瓦蒂也不在,而且奇怪的是,似乎没有任何人愿意提起她,都说自己没有看到她。达萨心中越发焦虑,承受的压力越来越大。他找遍了菜园,找遍了田地,在自家小屋和岳父家小屋之间来回走了一两天,潜伏在田坎地头，甚至下到井里去，不停祈祷，不停呼唤她的名字，好言好语地引诱她现身，恶狠狠地咒骂她，四处寻找她的足迹。最后，他年纪最小的内弟——还是个小男孩——终于忍不住告诉他，帕尔瓦蒂跟拉贾在一起，她就住在他的帐篷里，有人看见她骑到了他的马上。达萨立即行动起来，潜伏在那咤的帐篷营地附近，随身带着他还是牧人时经常使用的那柄弹弓。达萨的潜伏本领高超，没人看得见他。不管白天还是晚上，每当拉贾的帐篷看起来似乎没人把守时，他都会悄悄走近帐篷，但每次都有卫兵突然出现，他又不得不赶紧逃开。最后他爬到了一棵树上，藏在树枝之间，从上方俯视营地。他看到了年轻的拉贾——这张脸在之前城里举办庆典时，达萨就已经记住了，这家伙直到现在也还是很惹人厌——看到他骑上马，骑着马出去了。几个小时之后，他折返回来，下了马。当拉贾将帐篷的布帘挽起时，达萨看到了一个年轻的女人，她从帐篷里面的阴影处走了出来，迎接归来的男人。只需要看一眼这年轻女人的身姿，达萨马上就认出这是帕尔瓦蒂，他的妻子。他大吃一惊，几乎从树上摔落下来。现在事情已水落石出，他内心所承受的压力反而越来越大——他跟帕尔瓦蒂之间的爱情当初有多么幸福，现在所经受的悲伤、愤怒、失落和受侮辱的感觉就有多么痛苦，甚至有过之而无不及。当一个人将自己的爱情孤注一掷到某个具体且单一的对象身上时，就会出现这种情况；一旦失去这个对象，一切都会土崩瓦解。此刻，达萨站在一大片废墟瓦砾之间，显得尤为可怜。最后，他失魂落魄地离开了营地。

达萨在这附近的树林里徘徊了一天一夜，每次短暂休息时，内心的痛苦都会驱使这个疲惫不堪的可怜人再次站起身来，驱使他继续惶然不安地向前奔跑，就仿佛他不得不永远奔跑下去，永远踌躇徘徊，直到世界的尽头，直到他生命的尽头，因为他的生命已然失去了价值，不再有任何辉煌闪耀的可能性了。然而，他并没有真的跑向远方，跑向什么未知的地方，反而紧紧环绕着自己的不幸打转，环绕着他的小屋、磨坊、田野，以及拉贾的狩猎营地打转。鬼使神差之间，他竟又躲回到了那顶帐篷上方的树枝里，压低身子，犹如饥饿的掠食者一般，在枝繁叶茂的隐蔽位置苦苦埋伏，直到那一刻终于到来——这是他一直等待的机会,为了这个机会,他始终保留着最后一点儿力量——直到拉贾现身,走到帐篷前面。达萨悄无声息地从树枝之间滑下来,将手中的弹弓拉满,射出的石块狠狠击中那可恨家伙的额头。拉贾倒了下去,当场暴毙,仰面躺在那里,一动都不动了。似乎没有其他人在场;达萨感官中肆虐的杀人欲望,那场亟待复仇的风暴,在他真正动手之后,瞬间就冷却了下来。周围一点儿动静都没有,甚至听不到一丁点儿声音,极度寂静的状态,令达萨感到既恐怖又怪异。于是,在被杀者身边发生骚动之前,在仆人们蜂拥而至之前,他已经消失在了旁边的树丛里,遁入竹林荒野之间,任谁也寻不着他了。

当他从树上跳下来的时候,当他在不受控制的狂热中拉满弹弓,将死神的邀请送出去的时候,忽然产生了这样一种感觉,觉得自己其实是在用弹弓消灭自己的生命,仿佛在释放自己最后的力量,让那杀人的石头带着自己一块儿飞起来,将自己扔进毁灭的深渊似的。在那一瞬间,他其实已经默认了自己的毁灭,只要眼前这个可恨的敌人能够比他先死,先于他倒下,他就死而无憾了。哪曾想到,当拉贾真的倒下之后,当达萨的杀人行为被那出乎意料的寂静时刻所回应时,前一秒钟还未曾意识到的对生命的渴望,瞬间就将他从似已踏空的深渊中拉了回来,一股强大的原始驱动力,完全掌控了他的意识和四肢,命令他迅速寻找可供藏身的树丛和竹林,命令他隐匿行踪、赶紧逃亡。唯有当他抵达一处合适的避难所,成功脱离了最初阶段的危险之后,他才慢慢开始意识到,自己身上究竟发生了些什么。此刻,达萨整个人都瘫软了下去,感到精疲力竭,必须努力挣扎才能勉强呼吸,他的身体极度衰弱,之前一系列行动的狂热迅速萎靡下来,让位于无尽的幻灭感。起初,他非常失望,不愿意面对自己还活着这一事实,不愿意接受目前的逃亡状态。不过,当他的呼吸逐渐平复,疲惫的眩晕感逐渐消退之后,这种沉沦、负面的感觉旋即让位于顽强求生的意志,对自己行动的认同,以及行动成功之后的狂喜,再一次回到了他的心中。

寻找和追捕杀人犯的行动开始了,搜寻持续了一整天,达萨什么也没做,只是一声不吭地待在自己的藏身处,顺利躲过了这一劫——因为藏身处附近有老虎出没,他们不希望涉足太深。达萨睡了一会儿,醒来之后,又在原地埋伏、观望了好一阵子,然后继续爬行,等到了下一个合适地点,再次休息,如此往复。事发后的第三天,他已经攀越了一连串山丘,不可阻挡地朝着更高的山峰进一步前行。

  无家可归的生活,引着他四处漂泊,这种生活令他的日子过得更加艰难,性格变得更为冷漠,但同时也更成熟明智,更懂得随机应变了。尽管如此,每逢夜深人静之时,他仍然一次又一次地梦见帕尔瓦蒂,梦见自己曾经的幸福——或者说得更确切些,只是他一厢情愿地认定为幸福的那段日子——除此之外,他也多次梦见自己被大批人马追捕,不得不东躲西藏,尽是些可怕而令人心碎的梦,比方说,他在森林中逃亡,追兵紧跟在他身后,敲着大鼓,吹着猎角。又比方说,他带着某样东西穿越树林和沼泽,穿过村庄,跑过摇摇欲坠、即将断裂的朽旧桥梁——那是一个包袱,又或者是一只行囊,某件被严密包裹起来的东西,外面被完全覆盖住,不知道具体内容。他只知道这样东西很有价值,是极为珍贵的稀罕物件,绝对不能将它拱手让人。细想起来,恐怕是一件宝物,兴许是偷来的。无论如何,外面包裹的布料是能够看得很清楚的,那是一种印有棕红色和蓝色图案的彩色织物,就跟帕尔瓦蒂的庆典礼服所用的料子一样——总之,他在梦里一直带着这个沉重的包袱,这抢劫而来的财物,或者某种稀世珍宝,冒着危险和困难,持续不断地逃亡,小心翼翼,匍匐前进,在低垂的树枝和悬空的岩石下弯腰屈背,偶尔还要经过蛇群,在满是鳄鱼的河流之上,跨过令人头晕目眩的狭窄木桥。到了最后,他终于停下脚步,心慌意乱,精疲力竭,奋力扯开绑在行囊上的绳结,一个接一个地扯开绳结,展开外面包裹的布料。现在,他终于能够取出宝物、一窥究竟了——颤抖的双手,从里面取出来的,正是他自己的头颅。

  他隐姓埋名,四处闯荡,不再是真正的逃亡,更像在躲避世人。有一天,他在漫步途中穿过了丘陵地区的一大片草甸,此地的景色在他眼中简直美极了，心情不由自主地就变得欢快起来，似乎这风景正在主动迎接他、认为他必须尽快熟悉这里的一切似的：有时看见的是一片草地，草地上点缀着轻轻摇曳的野花；有时又能看见三两株盐柳[1]，达萨认出了这些盐柳，它们令他想起了自己人生中无比快乐、无比单纯的那段时期，那时候，他对爱情和嫉妒、仇恨和报复尚且一无所知。此地正是他多年前跟伙伴们一起看护牛群的老牧场，当时他就是在这里，度过了自己人生中最快活的一段青春岁月。如今，那些逝去的日子正从遥不可及、不可挽回的记忆深处向他回望。他心中忽而涌起一股甜蜜的哀伤，回应此地迎接他归来的声音：银白色柳树舞动时轻拂的风声，小溪欢快又急促的行军歌，鸟儿的鸣唱，野蜂的低沉嗡鸣，仿佛泛着金光。此地无论声音还是气味，都散发出庇护所和家的感觉；在此之前，达萨还从来没有体验过这样一种感觉，因为他早已习惯了牧人所过的流浪生活，从未觉得会有这样一个地方、这样一处家园，竟会主动欢迎他归来。

达萨的灵魂接受了这些声音的陪伴和引导。此刻，他带着类似归来者一般的感觉，在这片亲切友好的土地上漫步。在连续经历了好几个月的可怕逃亡时光之后，他第一次感到自己不再是个异乡人，不再是受追捕的逃犯，不再是亡命之徒，不再是注定要赴死的可怜人。此刻，他心怀坦荡，什么都不想，什么也不求，心无旁骛地投入此地静谧祥和的现实之中，投入这份亲切友好之中，接受这种崭新的、尚且很不习惯的心理状态，对它报以感激之情，同时也感觉到些许惊讶。这是他生平第一次体验到这种无拘无束的开放心态，这份不存在丝毫紧张感的悠闲宁静，以及这种交织着专注与感激的沉思享受，他觉得非常开心。此刻，某种难以言喻的感觉吸引着他，引着他穿过绿色的牧场，来到森林里，来到这里的树下，来到一处遍布小块光斑的空间里。身在此处，那种回归、回家的感觉越发强烈，他的双脚仿佛自动找到了道路，引导着他朝着某处前进，直到他穿过一大片蕨类植物，来到一座小

---

[1] 黄华柳，在德国俗称为"盐柳"，因开花时树上看似长满盐块而得名。

屋前。这是一处位于大森林之中的茂密小森林，小屋前面的地上，端坐着一位瑜伽僧侣，纹丝不动，仿若雕像——正是达萨之前曾经暗中观察并专门送牛奶过来供奉过的那位。

达萨仿佛被人从一场长梦中唤醒了似的，恍然停下了脚步。这里的一切都跟以前一样，时间好似未曾流逝，谋杀好似从未发生，痛苦似乎并未降临；这里的时间与生命，犹如水晶般坚硬，凝滞不动，永恒不朽。他看着眼前这位老者，心中又浮现出自己当初第一眼见到他时的那种钦佩、喜爱和渴望。他仔细观察了一下小屋，心想，下一个雨季来临之前，恐怕很有好好修补一下这里的必要。这一次，他的胆子变大了，小心翼翼地朝前走了几步，进到了小屋里，看了看里面的东西；不多，几乎可以说是什么也没有：树叶堆成的床铺，装了些水的圆木钵子，还有一只空空如也的编织篓。他拿起篓子，离开小屋，到森林里去找寻食物，带了些水果和甜美树浆回来，然后又拿钵子去装满了水。如此一来，所有能在这里做的杂事就都做完了。在这里，一个人只需要这么点儿东西就能活下来。达萨蜷缩在地上，沉入了梦乡。能够在这座森林里舒缓、安静地休憩，好好做梦，他感到心满意足，对现状十分满意，对内心深处听到的声音同样满意：少年时代，他曾在这里初尝平和、幸福与归家的滋味，如今声音竟然又将他引回了这里。

就这样，达萨留在了这位沉默不语者身边。他为床铺更换了新的树叶，为他们两人寻找食物，稍后又修缮了旧的小屋，并开始在不远处为自己建造第二座小屋。乍看起来，老者似乎容许了他的陪伴，但他是否真的注意到了自己，达萨其实并不确定。因为每当老者结束冥想、站起身来时，要么就是回小屋去睡觉，要么就是稍微吃点儿东西，或者到森林里走走，除此之外，他不会再做其他任何事情，也从来不跟达萨说话。达萨生活在这位尊贵圣人身边，就像一名奴仆服侍在一位伟人身边，或者说得更准确些，更像一只家养的小宠物，一只驯服的鸟，或者一只獴，生活在人类身边，顺从地过日子，几乎没谁在意。由于达萨之前长期过着逃亡生活，总是躲躲藏藏，长期缺乏安全感，良心始终不安，始终对外界保持着警惕；如今能够过上相对安稳的日子,每日劳作几乎不费吹灰之力,而且还跟一个似乎对他不管不问的人做邻居,这些变化在短时间内给了他很大的好处,他睡觉时不再做噩梦了,有时可以在半天——甚至一整天时间里,完全忘掉曾经发生过的一切。他从来不会去思考未来如何,如果硬要说有什么渴望或者期冀充满了他的心,那也只有一种,就是留在这里,真正被瑜伽僧侣接受,开始过神秘的隐修士生活,自己也成为一名瑜伽僧侣,修习瑜伽奥义,进入超凡脱俗之境界。于是,他开始模仿圣人的端坐姿势,盘腿坐下,一动不动,像他一样向内注视某个未知的、超现实的世界,对周围事物的感知逐渐变得木讷。大多数情况下,他很快就会感到疲惫,四肢慢慢僵硬,背部疼痛难忍,不堪蚊子袭扰,要么就是皮肤上逐渐生出怪异感觉,有时是瘙痒,有时像被针扎了一样完全无法忍耐,迫使他挪动身体,伸手抓挠,最终只好放弃端坐姿势,重新站起来。不过话说回来,有几次端坐时,他似乎也感觉到了一些特别的东西,一种空灵、轻盈、飘浮的感觉,就像大家在梦中曾经经历的那样,身体只是非常轻地接触到了大地,略微支撑住重量,然后稍稍用力,将自己朝着跟大地相反的方向推开,像一片鹅毛似的,悠悠然地悬到了半空中。每逢这样一些时刻,他都会突然意识到同一个问题:像这样永久地飘浮下去,会是什么感觉?一个人的肉身和灵魂莫非能永久摆脱沉重感,进入一处更广阔、更纯粹、更璀璨的伟大生命吐息之中,与其产生共鸣,被某种具有超越性的、永恒且不朽的领域所吸纳,进入无限提升的崭新境界?但这些时刻转瞬即逝,须臾之间,永恒已成泡影。当他感到无比失望、再次回到习以为常的现实世界时,总是会产生拜师的念头,想让这位大师成为自己的师父,向自己传授瑜伽训练的心法,传授各种奥义,最终将自己也教育成一名合格的瑜伽僧侣。可是,他该如何做到这点呢?老者似乎永远都不会正眼瞧他,他们两人之间似乎永远都无法真正交流些什么。因为老者早已抵达彼岸净土,早已超越了昼夜与时间,超越了森林与小屋,就连他所使用的语言,也是属于彼岸净土的。

哪曾想到,老者有一天竟然真的开口对达萨讲了一句话。安顿下来之后，过了一段时间，达萨又开始夜夜做梦，经常梦到甜蜜或凄惨的图景，令他感到无比困扰：不是梦到他的妻子帕尔瓦蒂，就是梦到逃亡生活的恐怖和悲凉。白天醒着的时候，他的努力也没有取得任何进展，不仅无法忍受长时间的静坐训练，内心也始终不得安宁，总是会想起妻子和爱情。心烦意乱之间，他总是跑到森林里去消磨时间，不知不觉又耽误了不少时日。究其原因，糟糕的天气恐怕责无旁贷：每天都很闷热，热风刮个不停。这天显然又是个难熬的日子，蚊子嗡嗡作响。昨天夜里，达萨又做了一个无比沉重、令他醒来后累积了不少焦虑和压力的噩梦。梦的具体内容已经不记得了，但当他刚醒时，还是能够依稀意识到，无非是个凄惨的旧梦罢了，重新回到早先的生活状态，重温自己悲剧人生的各个阶段，令他深感羞耻，却又无可奈何。这一整天，他都阴沉着脸，忐忑不安地在小屋周围晃来晃去，心不在焉地做着这样那样的事情，好几次端坐下来想要练习冥想，但每次都立即被某种难以言喻的烦躁情绪给打断，心慌意乱，四肢颤抖不停，脚上仿佛有无数只蚂蚁在爬行，脖子后面像着了火一样，灼热难当。达萨几乎连片刻都忍受不了，只好以羞涩又惭愧的眼神望向那位老者，只见他以完美的姿势盘腿端坐，双眼内视，脸上浮现出常人不可企及的平和与安详，如盛开的花朵般，悬浮于身体之上。

恰恰在这一天，当瑜伽僧侣如往常般起身，朝着自己的小屋走去时，等待已久的达萨站到了他的面前，堵住了他前行的道路，以略显慌张的勇气对他说道："圣人啊，请原谅，我打扰了你的休息。长久以来，我一直都在寻求平和、寻求安宁，希望能够像你一样生活，希望以后也能够成为你。瞧瞧，我还年轻，但我其实已尝过了许多苦头，命运对我很是残酷。我明明生为王子，却被赶到牧人那里，苟且偷生，当了牧人，长大成人，跟一头小牛一样快乐而强壮，内心无比纯真。接下来，我这双眼睛开始关注起女人。当我看见世上最美丽的女人时，当即决定将自己的生命交托给她来处置，假如当时没有得到她，我早就死了。就这样，我离开了自己的伙伴们，离开了那些牧人，我向帕尔瓦蒂求爱，得到了她，成了她家的女婿，全心全意侍奉她。我不得不卖力劳作,无比辛苦,但至少帕尔瓦蒂是我的,她爱我,或者说得更准确些,我当时的确认为她是爱我的。每天晚上,我都会回到她的怀抱里,躺在她的心房上。瞧瞧,拉贾来了,就是这个人,令我从小就不得不饱受驱逐之苦,现在他来了,将帕尔瓦蒂从我身边抢走了,我亲眼看着她投怀送抱,倒在了他的怀里。这是我一生中所经历过的最大痛苦,这彻底改变了我,改变了我的生活。我杀了拉贾,我杀了人,开始过起杀人犯的生活,从此开始了逃亡,所有人都在追杀我,重新回到这片土地之前,我的生活没有片刻安全可言。我是个愚蠢的家伙,尊贵的圣人啊,我是个杀人犯,兴许很快就会被抓起来,受四马分尸之刑[1]。我实在无法再忍受那种可怕的生活了,我想彻底摆脱掉它。"

瑜伽僧侣双目低垂,无比平静地听完了这段情绪上的宣泄。此刻,他睁大双眼,将目光定格在达萨脸上,那目光无比清澈,仿佛能够看透人心,饱含着坚定与专注,炯炯发光,几乎令达萨感到难以承受。他注视着达萨的脸,思考着他仓促的陈述,嘴角慢慢上扬,浮现出微笑,展露出笑意——就连那笑意也是无声的,只见他摇晃着脑袋,大笑着说道:"摩耶!摩耶!"

达萨感到目瞪口呆,非常困惑,同时也觉得很羞愧,对方则在蕨类植物之间的窄路上徘徊了一会儿,以一种极有分寸、委婉优雅的方式散起步来——这是用餐之前的老规矩。走了几百步之后,他又折返回来,进了自己的小屋,他脸上的表情又恢复了一如既往的木讷,似乎又去了别处,去了表象世界之外的某个地方。那是怎样的一种笑声啊!谁能想得到呢,那张总是一动不动的木讷脸庞,这次竟然回应了可怜的达萨!达萨不由得思考了很久:在自己绝望的忏悔之中,恳求救赎的这一时刻,瑜伽僧侣可怕的笑声究竟是善意还是嘲弄,是安慰还是谴责,是代表了神圣还是指向了魔鬼?难道这仅仅是老者玩世不恭的嘲笑,并没有认真看待他所讲的任何事情?要么就是圣人对之前从未听过的愚行产生了愉悦感,开怀而笑?它是否代表了一种

---

[1] 实际上是欧洲中世纪的一种死刑,只用于凶杀犯和那些企图杀害贵族或皇室成员的犯人。

拒绝呢？是一种达萨之前从未听说过的告别方式，试图将他从自己面前赶走？还是在提出建议，在邀请达萨，让达萨以他为榜样，跟他一起大笑？他无法解开笑声的秘密。直到深夜，他还在思考这种笑声——他的生活、他的幸福和痛苦，似乎都被容纳到了这位老者的笑声里，成了笑声的一部分。此刻，他的思考就像在咀嚼一段坚硬的树根一般，费力地咀嚼着这种笑声：尽管费力，但它到底还是有滋有味，能够散发出些许香气来的。与此同时，他也在咀嚼、思考、琢磨那个谜一般的词语，那个老者喊得如此响亮，如此欢快，如此令人费解的词语："摩耶！摩耶！"难道引得老者笑出声来的，其实就是这个词语？他多少知道这个词语的意思，但也不敢确定，只能半是猜测地揣摩其深意。而且，老者大笑着喊出"摩耶"的方式，其中似乎也别有蕴意。"摩耶"，指的就是达萨的人生、达萨的青春、达萨所经历的甜蜜幸福与难挨痛苦；"摩耶"，是美丽的帕尔瓦蒂；"摩耶"是爱与欲；"摩耶"就是生命的全部。达萨的生命，每个人的生命，在这位老瑜伽僧侣的眼里毫无区别。一切都是"摩耶"，就仿佛一场儿戏、一种奇观、一座剧场、一份幻想；就仿佛披着缤纷表象外衣的虚无，仿佛一串肥皂泡、一种足以让人开怀大笑的东西，同时也是一种让人无比蔑视的东西，永远不可能认真对待。

尽管老瑜伽僧侣能够用一阵笑声和"摩耶"这个词来总结达萨的人生，对于达萨本人而言，事情却并没有这么简单。尽管他很希望自己也能够成为一个懂得如何去笑的瑜伽僧侣，将自己所过的人生看成"摩耶"世界，可是，自从经历了那些躁动不安的日日夜夜之后，自从焦急难堪地向瑜伽僧侣坦白了自己的过去之后，曾经的一切又被唤醒了。经历了逃亡那段时间的疲惫，在此地的避难所里，曾经的一切似乎已被彻底遗忘，怎料如今又卷土重来。照眼下这种情况，他真正能够学习瑜伽技艺，甚至效仿老者成为瑜伽僧侣的希望，已经变得极其渺茫了。既然如此，继续留在这个森林里还有什么意义呢？无非也就是一处避难所而已，在这里透了口气，积蓄了力量，恢复了些许理智，还是有其价值的，已经算是很有用了。或许在此期间，他们已经放弃了对杀害统治者凶手的追捕，出了森林之后，他完全可以在没什么危险的情况下继续过浪迹天涯的生活。达萨去意已决，打算第二天一早就出发，世界很大，他不可能永远待在避难所里——这个决定令他的情绪稍稍安定了些。

他本打算一大早就出发，哪曾想到，心情平复下来之后，他一下子睡了很久，醒来时太阳已经高悬空中，瑜伽僧侣早就开始端坐冥想了。无奈之下，他只好耐心等待，一个小时接一个小时，直到那个男人结束冥想，重新站立起来，舒展四肢，开始前后走动时，他才赶紧过去，站在对方前行的道路上，作了个揖，挡在前面，态度坚决，没有任何让开的意思。瑜伽大师终于将目光转向他，达萨看出，那是询问的目光。"大师，"他以十分谦逊的态度说道，"我马上就要上路了，从今以后，不会再打扰你每日的安宁。可是这一次，正值离别之际，尊贵的圣人，请允许我提一个要求。在此之前，我向你倾诉自己此前所过的人生时，你大笑着回了我一声'摩耶'。现在我请求你，准许我在走之前多了解一点儿'摩耶'世界吧。"

瑜伽僧侣转身走回自己的小屋，用目光命令达萨跟着他。这位老者伸手拿起水钵，递给达萨，让他用里面的清水洗手。达萨恭顺地照做了。随后，大师将圆木钵子里剩下的水倒进了蕨类植物里，将空钵子递给男孩，让他出去打水。达萨听话地跑了出去。这是他最后一次沿着这条小路到泉边取水了，惜别之情油然而生。最后一次端着这只边缘已经磨得很光滑的轻巧钵子，走到那一汪平整如镜的泉水前。这面镜子里面，经常会倒映出鹿的舌头、树梢的弧度，以及天空中零星的光点。此刻，当他再一次靠在镜前时，镜面最后一次在棕褐色的暮光中描绘出了自己的脸。他慢慢将钵子浸入泉水里，若有所思。此刻，他觉得心中空落落的，搞不清楚自己为什么会有这种奇怪的感觉——既然已经决定要浪迹天涯，为什么还会感到如此伤心？而且老者也没有邀请他留下来，其实只要对方开口，他或许就会永远留下来。他蹲在泉水边上，喝了一口清水，手里捧着水钵，小心翼翼地站起身，以免水漏出来。当达萨正准备往回走时，耳边突然传来一个令他感到既开心又惊惧的声音，那是他在梦中经常听到、梦醒时总会回想起来的苦涩渴望。听起来颇为甜美，那蜜糖般的声音哪，就像孩子一样天真又单纯，满怀着爱意，在林间暮色中向他招手，令他的心脏因震惊和喜悦而颤抖——那是帕尔瓦蒂的声音，是他妻子的声音。"达萨。"她呼唤道。他感到难以置信，不由得环顾四周，水钵还捧在手中。瞧哇，她从那树干之间走了出来，那双纤细而有弹性的长腿，帕尔瓦蒂，心爱的人儿，难忘的人儿，不忠的人儿。手中的钵子滑落了，他朝着她跑了过去。她微笑着，略显羞愧地站在他面前，那双大大的眼眸，如母鹿般纯洁，正凝望着他。达萨转眼就来到了她身边，近距离打量她，发现她脚踏红色皮革制成的凉鞋，身上穿着非常漂亮、华贵的衣物，手臂戴了金手镯，黑发上闪烁着五彩斑斓的昂贵宝石。他不由得退缩了，停下了脚步。莫非她依旧是统治者的情妇？他难道没有杀死那咤？她还带着他送的礼物到处走动吗？她怎么能这样做呢？怎么能带着那些手镯和宝石，专程来到他面前，呼唤他的名字？

可她比以往任何时候都更漂亮，在他能够开口问她什么之前，早已情不自禁地将她揽进了怀中，将额头抵在她的头发上，托起她的脸庞，凑到自己面前，同时开始亲吻她的嘴唇。当达萨这样做时，他立刻感到自己曾经拥有的一切——幸福、爱情、对生活的渴望与激情——统统回到了身边，再次属于他了。此刻，他的思绪早已远离了这座森林，与隐修士、大森林、避难所、冥想和瑜伽相关的一切，统统变成了虚无缥缈的东西，被他遗忘了；甚至连老者的水钵，本该带回去给他的，此刻也不在达萨考虑范围之内了。当达萨跟帕尔瓦蒂奋力跑向森林边缘时，钵子依旧遗落在泉水边。匆忙当中，她开始向他讲述，自己是如何来到此地的，以及这一切是如何发生的。

她讲述出来的内容曲折离奇，犹如童话故事一般，令达萨感到讶异不已，同时又非常开心。于是，达萨本人也像进入了童话世界一般，疾速奔向自己的新生活。如今，不仅帕尔瓦蒂重新归属于他，令人厌恶的那咤也死了，对他这个凶手的追捕与迫害已经停止，而且达萨——这个早已成为牧人、早就被抛弃了的继承人——竟然在城里被宣布为合法的继承人和新一任统治者了。垂垂老矣的牧人，垂垂老矣的婆罗门祭祀者，他们二人公开了达萨受驱逐的往事。这段往事几乎被大家彻底遗忘，如今尘封的记忆又被带了回来，每个人都在口耳相传：一度作为谋杀那咤的凶手而被大家四处搜寻的那个人，如今竟在各地引发了更为热切的搜寻狂潮，因为此人将被正式任命为拉贾，将受到隆重的欢迎，进入他父亲的城市，进到那宏伟的宫殿里。在达萨眼中，外界发生的一切恍若一场大梦，当然，最令这位讶异之人感到喜不自胜的是——这么多四处奔波的搜寻者，竟然是帕尔瓦蒂最先找到他，最先向他通报了这一系列大好消息，可真是再幸运不过了。抵达这座森林的边缘位置时，他发现到处都有帐篷挺立，到处都弥漫着烟气、弥漫着烹烤猎物的香味。帕尔瓦蒂归来，受到了仆从们的热烈欢迎。当她告诉大家，自己终于找回了自己的丈夫达萨时，一场盛大的庆祝活动马上就开始了。有个男人等候在那里，那是达萨牧人时期的伙伴，正是他将帕尔瓦蒂和仆从们带到了此地，带到他之前生活过的这个地方。那男人认出达萨之后，欣慰地笑了，马上朝着达萨跑来。他本想友好地拍拍达萨的肩膀，或者拥抱他，但眼下昔日伙伴已成拉贾，在奔跑过程中，他突然想起了这点，便迅速停了下来，仿佛身体整个麻痹了似的。然后，他开始以更缓慢、更恭敬的动作朝前走，走到达萨面前时，还向他深深鞠了一躬。达萨赶紧扶起他，拥抱他，亲切地喊出了他的名字，并且问他希望得到什么礼物。牧人希望得到一头母牛犊，于是，达萨直接下令，从拉贾最好的种牛群里给他挑了三头。越来越多的新面孔被带到这位新任统治者的面前：官员、首席猎人、宫廷婆罗门等。他接受了他们的问候，设宴款待，大鼓、琵琶和鼻笛的乐声旋即奏响。这一切庆典、一切辉煌，对达萨而言如同梦境般虚幻；他无法真正相信这些的存在，目前只有帕尔瓦蒂——他的年轻妻子——对他来讲才是真实的，因为他此刻正将她揽在怀里。

短短几天旅程过后，队伍已抵达城郊，信使被派往四处，广为传播年轻的拉贾已被发现、目前即将进城的好消息。当城市终于变得肉眼可见时，城内早已锣鼓喧鸣，一支婆罗门队伍，每个人都穿着庄严的白色礼服，专门出城来迎接他。领头的那位婆罗门祭祀者,正是瓦苏代瓦的继承人——瓦苏代瓦曾在大约二十年前,亲手将达萨送到牧人那里,保护了他的安全,最近刚刚去世。他们隆重地欢迎达萨归来,高声唱诵圣歌,在宫殿前点燃了几个巨大的祭祀火堆,一行人将达萨迎进了宫里。就这样,达萨抵达新家,接下来又是新一轮的问候与致敬、祝福和欢迎。宫殿外面,城里到处都在庆祝这个无比快乐的日子,喧嚣热闹一直持续到深夜。

达萨每天都由两位婆罗门老师负责教导,很快就学会了作为统治者不可或缺的各种本领。他参加祭祀,向公众颁布新的法规,努力练习骑射和武艺。婆罗门戈帕拉[1]负责向达萨传授政治知识;他告诉达萨,目前拉贾这一系的势力情况如何,家族内部有哪些人物,作为统治者应该享受哪些特权,对未来儿子们的要求如何,以及他眼下都有哪些敌人。就敌人而言,首先自然是那咤的母亲,她当年一度剥夺了达萨作为长子的继承权,甚至企图谋害他的性命,如今她肯定极其痛恨达萨,痛恨这个杀害她亲生儿子的凶手。她现在已经逃走了,躲到了邻近的统治者戈文达[2]那里避难,住在他的宫殿里。这个戈文达跟达萨这一系的拉贾是世仇,十分危险,戈文达的人很早以前就跟达萨的祖先打过仗,对达萨目前所统治的领土一直都有蛮不讲理的割让要求。另一方面,南边的邻居,统治者贾巴里[3],他与达萨的父亲是至交好友,而且向来都不喜欢已经死掉的那咤;因此,前去拜会贾巴里,送他礼物,邀请他参加下一次狩猎活动,显然是一项十分重要的政治任务。

帕尔瓦蒂夫人已经完全适应了自己的贵族身份,知道应该怎样以王后的模样出现在众人面前,只见她身穿华美长袍,佩戴价值连城的珠宝,看起来宛似天仙下凡,仿佛她的出身一点儿都不比她的丈夫差。他们年复一年地过着如胶似漆的幸福生活,这份幸福为他们带来了某种辉煌与光彩,就跟那些受神灵眷顾的人一样,令大家不由自主地崇拜他们、爱戴他们。耐心等待了

---

1 印度婆罗门种姓之一。
2 印度婆罗门种姓之一。
3 黑塞杜撰的印度姓氏。

很长时间之后,帕尔瓦蒂终于为达萨诞下了一个漂亮的儿子,他选了自己父亲的名字,给儿子取名为罗波那,如此一来,这份幸福就臻于完满了。从今以后,达萨所拥有的土地和权力、房屋和马厩、奶场、牛群和马匹,在他眼中都被赋予了加倍重要的意义,增添了荣耀和价值:这一切财产当然都是美好的,令他身心愉悦,因为它们可以用来供养帕尔瓦蒂,为她提供美丽的穿着、漂亮的首饰,向她表达爱意;如今有了儿子罗波那,这一切无疑更加美好,更令他开心,也更为重要,因为这些都是儿子以后将会继承的遗产,是他未来幸福的保障。

帕尔瓦蒂平时生活的主要乐趣是庆典、游行、华服和珠宝,是各种铺张浪费的奢侈,是大量仆从前呼后拥的侍奉;反观达萨,他的最大的乐趣却是打理自己的花园。他在花园里种植了大量稀有、珍贵的树木和花朵,还养了鹦鹉和其他五颜六色的鸟儿,他自己喂养这些鸟儿,每天听鸟鸣作为消遣,已经成了他的习惯。此外,他还被世间浩如烟海的学问所吸引,醉心于学习,能够成为学识渊博的婆罗门老师的弟子,他心中也颇为感激。从老师们那里,达萨学到了许多诗歌和谚语,学会了阅读和写作的技艺。为了将学问留存下来,达萨专门请了一位抄写员,此人懂得如何将棕榈叶做成写满文字的书卷。在他的辛勤巧手协助下,一座小小的图书馆开始茁壮成长起来:写好的书卷统一储存在这里,在这处小而珍贵的空间里,墙壁用上好的木头雕琢而成,表面的浮雕图案,全是描述诸神生活的故事图景,部分还镀了金。他有时会邀请一些婆罗门过来,跟这些从祭司当中精心挑选出来的学者和思想家就一些高尚话题进行深入探讨:探讨创世过程,探讨大神毗湿奴的"摩耶",探讨圣书《吠陀》,探讨牺牲的力量,以及相比之下更为强大的忏悔之力——凭借忏悔之力,一介凡人竟然可以令诸神因为害怕而颤抖。踊跃发言、据理力争、辩论水平高超的婆罗门,每个都从达萨那里获得了丰厚的赠礼,其中一些人甚至直接领走了一头漂亮的母牛,作为辩论胜利的奖品。那些刚刚背诵并解释了圣书《吠陀》里的说法,对每一重天、对九山八海都了如指掌的大学者,当他们带着象征自己荣誉的赠礼志得意满地离开时,其至彼此之间因为赠礼而发生满怀嫉妒的争吵时，那场面看起来真是可笑又可叹。

整体而言，在统治者达萨的眼中，他的财富、他的幸福、他的花园、他的书卷——有时甚至包括他自己的人生，包括人世间既已存在的万事万物——都是无可比拟却又疑窦丛生的，令他感动的同时，又显得颇为滑稽，就跟那些爱慕虚荣的婆罗门学者一样，思绪澄明的同时又是浑浑噩噩的，惹人向往的同时又令人鄙夷。每当达萨将目光投向花园池塘里盛开的荷花，投向孔雀、雉鸡和犀鸟羽毛上缤纷绚烂的光彩，投向宫殿里华丽的镀金雕刻时，这些东西对他而言有时显得无比神圣，仿佛焕发着永恒的生命力；而在其他一些时候——没错，实际上就是在同一时间——他又会从这些东西里感觉到不真实，感觉到不可靠，仿佛相关的一切都值得怀疑，有转瞬即逝、如泡沫般消亡的倾向，仿佛随时都可能堕入某种未成形状态，陷入混沌里。他本人的经历岂不就是这样吗？统治者达萨，曾经是一位王子，转眼成了一个牧人，后来又沦落为杀人犯和流浪汉，最后终于上升为统治者，他的一生都受到未知力量的牵引，推一步走一步，明天将会发生什么，明天之后又会发生什么，根本无从确定。人生的"摩耶"游戏岂不就是这样吗？时时处处都是如此，同时包含着高尚与低贱、永恒与死亡、伟大与荒谬。即使是她——那位心爱的人儿——即使是那位美丽的帕尔瓦蒂，在他眼中，也经常会出现一些祛魅而可笑的时刻：她的手臂上戴了太多的镯子，她的眼神里有太多的骄傲与求胜欲，她走路时投入了太多的努力，试图维持体面。

对达萨而言，比自己的花园和书卷还要珍贵的，无疑是罗波那，他的小儿子，他的爱情、他自身存在的具象化，他温柔和关怀的实施对象。罗波那是个漂亮又可爱的孩子，一位真正的小王子，如小鹿般纯洁的眼眸，跟他母亲一样，热爱思考和遐想，又像他的父亲。有时候，他看见小家伙站在花园里的一棵观赏树前面，或者蹲在地毯上，沉浸在对一块石头、一件雕刻玩具，或者一根鸟羽的沉思之中，眉毛微微上扬，以一种沉静的、略显出神的目光盯着东西看时，都会感到这个儿子非常像自己。当达萨第一次不得不率军远行，离开儿子，而且不知道确切的回程日期时，才意识到自己有多么爱他。

有一天，一位信使从边境地区赶来，向达萨报告，说在达萨统治的土地与他邻居戈文达的土地接壤处，戈文达的人马闯了进来，抢了牛，还抓了一些当地人，将他们给掠走了。达萨立即做好准备，带上禁卫军首领、几十匹马、几十个战士，出发追赶这群强盗；策马离开之前，他将小儿子抱在怀里，亲吻了他，爱意瞬间在他心中炽烈地燃烧起来，令他感受到了一种仿佛受到烈火灼烧般的痛苦。这种灼热的痛苦令他感到无比惊讶，像某种冥冥之中的提醒，使他大受触动，随后，在漫长的骑行过程中，某种全新的意识、全新的领悟也在逐渐成形。他骑着战马飞驰，同时思考自己此刻究竟为什么会坐在马背上，为什么要如此严厉、如此匆忙地冲向那片边境土地；究竟是什么力量迫使他采取这种行动、做出如此努力。经过仔细思考之后，达萨终于意识到，对于他个人而言，牛群和臣民在边境某处被劫掠，其实并不是什么重要的事情，根本不会伤害到他分毫。这种劫掠行为、这种对他统治者权力的侮辱，尚且不足以激起他个人的愤怒，尚且无法支持他开展任何行动。在他个人看来，相较于立即出兵，用怜悯的微笑化解掉信使送来的劫掠消息，不管不顾恐怕还更合适些。但他知道，假如他真这样做了，对于那个带着消息跑得精疲力竭的信使而言，对于那些受劫掠的人，还有那些被抓走的俘虏而言——被迫远离他们的家园，远离他们原本平静的生活，进入异国他乡，受到外国人奴役——无疑是很不公平的，他们肯定会感到无比痛苦。是啊，假如他放弃出兵，放弃复仇，对于他治下的其他所有臣民也是不公平的，尽管他们毫发无伤，不会受到任何实质性的伤害；但他们会因此而感到难以忍受，无法理解他们的统治者为什么没能更好地保护自己的疆土；有朝一日，假如劫掠事件发生在他们身上，当然不指望这位统治者能够以牙还牙，不指望自己能够从他那里得到任何救助。想清楚这些之后，达萨已经认识到，对于此事而言，复仇无疑就是他作为统治者应尽的责任。不过话说回来，何谓应尽的责任？世间有多少应尽的责任，我们经常都会直接忽视掉，毫不在意，内心甚至不会泛起一丝波澜！既然如此，为什么复仇的责任就不能归入可以毫不在意忽视掉的责任之中？不仅不能忽视，甚至还不能随随便便、三心二意地去履行，反而必须无比热切、满怀激情地去完成，这究竟是为什么？这个问题才刚刚在他脑海中浮现出来，他的内心就已给出了答案，因为此刻，与王子罗波那分离时的难挨痛苦，再一次开始折磨起他的内心。因为这份痛苦的存在，达萨忽而意识到，假如统治者听任自己被敌人抢走牛群和臣民而不做任何反抗，抢劫和暴力就会逐渐越过他所统辖土地的边境，变得越来越近，到了最后，敌人会直接站在他面前，利用他内心最无法承受、最容易感到痛苦的弱点来打击他：他心爱的儿子！他们会将儿子从他身边抢走，绑架他唯一的继承人，不仅要抢走他，还要杀死他，而且恐怕还要让他承受极大的痛苦——这种事情一旦发生，将会是达萨此生所能经历的最大痛苦，甚至比帕尔瓦蒂的死亡还要糟糕，糟糕得多。这就是他此刻如此急切地骑着战马，充当一个如此尽职的统治者的根本原因。并非出于对失去牲畜和土地的敏感，并非出于对臣民的仁慈和体恤，并非出于维护父亲拉贾名号的野心，只是出于他对这个孩子无比强烈、饱含痛苦、毫无道理可言的疯狂爱意，以及对失去这个孩子将会给他带来的痛苦所产生的无比强烈、毫无道理可言的疯狂恐惧。

以上就是他在此次骑行中通过自己的洞察力所感悟到的一切。顺带一提，他最终并没有成功追上戈文达的那帮人，没能及时惩罚他们，那帮人带着他们劫掠来的一切逃之夭夭了。因此，为了展现自己坚定的意志，证明自己作为统治者所具有的勇气，达萨不得不越过边境，跑到邻居戈文达的土地上，破坏了一座村庄，同样掠走了一些牛和奴隶。他在外面待了好些天，凯旋的路上，他再度陷入了沉思，回到家之后，整个人变得异常沉默，难掩悲伤的情愫。通过思考，达萨认识到这样一项事实：自己早已被命运绑架，束缚在了一张奸诈的罗网里，完全没有任何逃生的希望可言，他的整个人生、一切的行动，都被这张罗网给牢牢管控住了。当他对思考的偏爱、对安静冥想的渴望、对无所作为纯真生活的需求不断增长时，在另一个方向上，出于对罗波那的爱，出于对他、对他人生和未来的恐惧与担忧，作为统治者而不得不采取各项强制行动的需求同样在不断增长，如此这般，等于是从温柔中衍生出了争执，从爱意中发展出了战争。截至目前，他已经——哪怕只是为了公正和惩戒——劫掠了畜群，洗劫了一座村庄，令村民们体验到了致命的恐惧，并且用武力拖走了一批可怜又无辜的人。显然，新的复仇和暴力将会由此而滋生，如此循环往复，直到他的全部生命、他所统辖的全部土地都陷入战争和暴力，被此起彼伏的武器喧嚣声包围。正是这份洞察力或者说远见，令达萨在那次归家之后显得如此沉默，如此悲伤。

事实也的确如此，这位敌对的邻居并没有善罢甘休，开始反复入侵，反复进行偷袭。达萨也不得不反复予以回击，多次施以惩戒，多次出兵自卫。当敌人故意避开他时，他不得不容忍自己的战士和猎人对邻居的土地造成新的伤害。如今，都城里已经可以看到越来越多的骑兵和卫兵，在一些边境村庄，军人们一直保持着高度警戒状态，关于战争的商讨与准备，令原本寻常的日子逐渐变得苦不堪言。达萨完全看不出这些持久不断的小型战事能有什么实际意义和好处，他为那些受战事波及的人感到痛苦，为那些被杀的人白白丧失了生命感到遗憾，为自己的花园和书卷感到惋惜——因为他不得不越来越多地疏远它们——为失去平凡的日子和内心的安宁感到郁郁寡欢。他经常跟婆罗门戈帕拉谈论此事，也多次向自己的妻子帕尔瓦蒂倾诉。他说，应该呼吁一位受到广泛尊敬的邻国统治者协助交战双方进行仲裁，最终实现长久和平。他本人也很乐意给予对方一些让步，帮助促成和平，或许可以通过割让一些牧场和村庄来实现。当他发现婆罗门和帕尔瓦蒂都不愿意细聊此事时，他感到十分失望，同时也感到很不开心。

不仅如此，他跟帕尔瓦蒂之间还因为此事发生了争执，导致了非常激烈的争吵，甚至连感情都出现了裂痕。他强硬又急切地向她倾诉自己的理由和想法，可她却觉得他所讲的每一句话似乎都不是在针对战争和无谓的杀戮，而是在针对她个人。于是，她通过一次热情的、充满雄辩意味的演讲告诉达萨，敌人恰恰是要利用他的善良、利用他对和平的渴望（更不必提他对战争的恐惧）来为自己牟利，要利用他的软弱来实现一次又一次的短暂和平，每次都以小规模的领土割让和臣民流失为代价。敌人的胃口永远都不会得到满足，但达萨却会被这个过程充分削弱，到了一定程度之后，敌人就会大举入侵，发动大型战争，抢走他剩下的一切。这不是畜群和村庄的问题，不是局部优势和劣势的问题，它涉及整个国家的命运，是生存和毁灭的问题。假如达萨这样还想不明白，不懂得他应该对自己作为统治者的尊严、对他儿子和妻子担负起什么责任，她将不得不行动起来，主动教会他这一切。此时此刻，她的双眼在燃烧，她的声音在颤抖，他已经很久没看过她如此美丽、如此满怀激情的模样了，但他心里只感到悲伤，除此之外，再无他想。

与此同时，边境袭击与各种破坏和平的行动仍在继续，唯独因为暴雨季节的来临，才暂时结束了敌方的这些行为。可是如今，在达萨的宫殿里，已经分裂出了两派人。一派主张议和，规模很小；除了达萨本人之外，只有几位年长的婆罗门属于这一派，他们都是很有学问的人，终日沉浸在自己的冥想世界里。另一派主战，以帕尔瓦蒂和戈帕拉为主导，大多数祭司和所有军官都站在这一边。大家都在竭尽全力地备战，因为他们知道，已经成为敌人的邻居们也在自己的土地上做着同样的事情。首席猎人正在教还是个小男孩的罗波那射箭，每次部队检阅，他母亲都会带他去参加，从不缺席。

在这段时期里，达萨偶尔会想起自己曾经当过一段时间可怜兮兮的逃亡者，在大森林里居住过一段时间，想起居住在森林里的那位白发老者，那位每日进行冥想的隐修士。每当达萨想起他时，总想去找他，想再次见到他，听一听他对此事的建议。可他不知道这位老者如今是否还活着，也不知道他是否真的会听他的话，真的能够给他一些建议。更何况就算他还活着，并且也给出了建议，这里的一切恐怕还是会照常运转，没什么东西会发生改变。冥想和智慧固然是良善、高尚的东西，但它们似乎只会出现在与现实分道扬镳的地方，只能在生命的边缘地带蓬勃发展。至于那些在生命激流的正中心位置遨游、在生命的波涛中奋力挣扎的人，他们的行为与痛苦已然跟智慧无关了——他们早就向命运低头了，哪怕明知自己面对的是厄运，该做的事情也不得不做，该受的痛苦也不得不受。哪怕是诸神，也不是生活在永恒的和平与智慧之中的，他们也懂得危险和恐惧，也必经战斗与挣扎。达萨从许多神话故事中明白了这个道理。于是，达萨投降了，不再跟帕尔瓦蒂争吵，骑马去检阅部队，眼睁睁看着战争日渐临近。实际上，他早已在痛苦的夜梦中预感到了战争的来临，他的身形越来越瘦削，脸色越来越暗淡，仿佛目睹了自己生命中的幸福与欲望正在一点点地枯萎、消逝。唯独对儿子的爱还在，这份爱意眼下正随着对战争的忧虑一同成长，与军备扩充和部队训练一同成长，这份爱意是他荒凉花园里一株灼灼燃烧的红色花朵。眼下他很想知道，一个人究竟可以忍受多少空虚与无趣，究竟可以接纳多少忧虑和苦闷；与此同时，他也想知道，一份充斥着焦虑与哀愁的爱意，如何能够在一颗显然已经变得毫无激情的心中灼灼燃烧，如何支配这样一个乏味的灵魂。不过话说回来，虽然他所过的生活可能毫无意义，但并不是没有核心和中心；这种生活始终围绕着对儿子的爱意来运转。为了儿子，达萨每天早上按时在营地里起床，在以战争为目的的各项事务和劳作中度过每一天，尽管这些事务和劳作对他本人而言统统都是令人作呕的。为了儿子，他耐心地主持军事领导人的会议，反对大多数人的激进决定，但也只能勉强将他们限制住，让他们至少再等待一小段时间，而不是不假思索地投入军力去进犯冒险。

诚如他生活的乐趣：他的花园、他的书卷逐渐对他变得疏远又不忠——或者说得更确切些，其实是他对它们如此——这么多年以来，一直都是他人生幸福与快乐源泉的那个人，也开始变得对他疏远又不忠起来。这一切都是从讨论政治开始的，当帕尔瓦蒂向达萨发表那篇热情洋溢的演讲时，几乎等于公开嘲笑了他对罪行的恐惧和对和平的热爱，公开宣称他是个懦夫；她脸颊通红，高声讲解所谓统治者的荣誉和英雄主义，以及达萨因为敌人罪行所遭受的屈辱。达萨默不作声，却突然感到一阵天旋地转，因为他发现，妻子跟自己其实早已形同陌路，她已经去到了离他很远的地方，或者说，是他来到了她无法踏足的地方。自那时起，他们之间感情的裂隙明显变大了，而且还在持续扩大中。他们都没有做任何事情来阻止裂隙的扩大，或者说得更准确些，应该是达萨没有做任何事情，跟帕尔瓦蒂无关，因为这条裂隙实际上也只有他才能看见。然而，在达萨的想象中，这条裂隙越来越成为一道难以逾越的障碍，成了一道鸿沟，成了丈夫与妻子之间、是与非之间、灵魂与肉体之间的巨大深渊。他开始仔细回想过去发生的一切，觉得自己对此事的前因后果看得格外清楚：帕尔瓦蒂，这位妙不可言的美人，仿佛运用了魔法一般，令他彻底坠入了爱河，陪他一起玩恋爱的游戏，直到他跟自己的伙伴和朋友——跟那些牧人分开，跟他长久以来都感觉非常好的牧人生活分开，为了她而定居在陌生的地方，成了恶人家的上门女婿。这帮恶人利用了他的一片痴心，让他为他们卖命干活。接下来，那咤出现了，他真正的不幸也正式开始了。那咤霸占了他的妻子——这个穿金戴银的拉贾，用他的华服和营帐、骏马和仆从勾引了这个可怜的、还没怎么见过世面的女人。可是——假如帕尔瓦蒂的内心能够一直保持忠诚和坚贞，那咤真的能如此迅速、如此轻而易举地勾引她吗？事实摆在眼前，拉贾很容易就勾引了她，或者说带走了她，并因此而给达萨造成了他一生当中所经历过的最难堪的痛苦。不过，达萨啊，他很快就报了仇，亲手杀死了偷走自己幸福生活的窃贼，那无疑是个伟大的凯旋时刻。然而，还没来得及欢庆胜利，他就不得不转身逃亡；几天、几周、几个月以来，他一直生活在林间野地，成了仓皇的罪人，无法相信任何人。可是，在这段时间里，帕尔瓦蒂又做了些什么呢？他们对此讳莫如深，从来没有聊过这个问题。不管怎么说，事实就是她当时并没有随他一起逃亡，仅仅在他被宣布为合法继承人之后，才开始寻找他，最终也成功找到了他——没有别的原因，只是因为他的出身，她需要他赶紧登上王座，成为统治者，带她一起搬进王宫里。就这样，她出现了，将他从那座大森林、从可敬的隐修士身边带走了。大家给达萨穿上了华服，让他坐上了拉贾之位，围绕着他的一切似乎都显得光辉灿烂，幸运无比——可是，真实情况又如何呢：他当时抛弃掉了什么，又换来了些什么呢？毫无疑问，他换来的是统治者的荣耀和职责——这些职责刚开始时总是很容易完成，后来就变得越来越困难；他换来的还有美丽的妻子，跟她一起度过了许多甜蜜的爱情时光；然后是儿子，对他的爱意，对他受到威胁的生命与幸福的日益关注，乃至眼下战争就在门外等待着。以上就是帕尔瓦蒂在森林泉水边发现他后，命运带给他的一切。然而，为了这一切，他离弃了什么？放弃了什么？他离弃了大森林的祥和宁静，离弃了虔诚的孤独；放弃了一份睦邻关系，放弃了一位圣洁瑜伽僧侣的榜样力量，放弃了成为他弟子和继承人的希望，放弃了智者无比深刻、光芒四射、不可动摇的心灵平和，放弃了从俗世的各种挣扎与激情中获得解脱的可能性。受帕尔瓦蒂的美貌诱惑，被自己的妻子欺骗，被她的野心所浸染，他放弃了通往自由与安宁的唯一道路。时至今日，上述这些就是达萨眼中所看到的、与自己相关的整个人生故事。现实发生的事情并非完全如此，只是很容易这样进行描述罢了；只需要添加部分伪饰、遗漏一些细节，就可以勉强将它当成现实。比方说，达萨在上述内容中忽略了一项事实，即他绝无成为那位隐修士弟子的可能，因为早在见到帕尔瓦蒂之前，他已经下定决心，打算离开瑜伽僧侣了。当我们回溯过去时，事实真相总是很容易发生转变。

帕尔瓦蒂对这一切的看法截然不同：尽管她远没有她丈夫那么多想法。帕尔瓦蒂根本没去想跟那咤相关的事情。恰恰相反——假如记忆没有欺骗她的话——她唯一能够想到的就是，与达萨如今幸福生活相关的一切，完全是由她打下的基础，或者换句话说，这份幸福完全是由她带来的。是她让达萨再次成为拉贾，给他生了儿子，为他献上了爱情和幸福，结果到头来却发现他配不上她的伟大付出，配不上她引以为傲的战争计划。因为在她眼中，事情的走向是很清楚的，这场即将到来的大战只可能导致戈文达的毁灭，让他们所拥有的权力和财富翻倍增长。但达萨并没有为此感到开心，也没有热心地跟她合作。因此，她觉得达萨畏畏缩缩，太没有统治者该有的样子；他抵制战争与征服，宁愿跟自己的鲜花、树木、鹦鹉和书卷为伍，散漫悠闲地老去。相比之下，毗奢蜜多罗[1]完全是另一种类型的男人，他是骑兵部队的总

---

[1] 梵文，古印度传说中一位瑜伽圣人的名字。

司令，也是仅次于她的最热心的主战派，是一系列前期局部战争与胜利的主要推动者。达萨与毗奢蜜多罗这两个男人，无论怎样比较，后者显然都更胜一筹。

达萨也知道妻子跟这位毗奢蜜多罗走得很近，知道她很欣赏此人，甚至默许他对自己示好。这位开朗勇敢，兴许有些肤浅、不太聪明的军官，笑起来格外爽朗，长了一口漂亮又坚固的牙齿，胡须总是会精心打理。达萨看到这一切时难免心生苦涩，同时也颇感蔑视，无奈之下，他只好采取自我欺骗的手段，对此事投以冷笑，视若无睹。他既没有窥视刺探，也不想知道这两个人之间的感情是否尚在可被容许的、体面得体的范围以内。他眼睁睁看着帕尔瓦蒂对这位英俊骑士逐渐沉迷，眼睁睁看着她喜欢对方而不喜欢他这个缺乏英雄气概的丈夫——这个过程就跟他早已习惯于默默观察发生在自己身边的所有事情一样，看似无动于衷，内心却无比痛苦。实际上，无论此事是因为妻子早已下定决心要对达萨不忠、背叛婚姻，还是仅仅在表达她对达萨所持观念的不屑，本质上都是一样的。问题就在那里，不断发展，不停壮大，诚如近在眼前的大战与厄运一般，时刻不停地朝他逼近，没有任何弥补手段可言——除了被动接受、默默忍受之外，不可能采取其他任何措施，毕竟对于达萨这种类型的男人，他眼中认定的男子气概和英雄主义就是如此，而不是攻击和征服。

事到如今，不管是帕尔瓦蒂对骑士的迷恋也好，还是骑士对帕尔瓦蒂的爱慕也好，无论这份迷恋或爱慕是否在道德伦常允许的范围之内，达萨心里其实很清楚，帕尔瓦蒂必须为此担负的罪孽，终究还是比他自己的罪孽要小。他，达萨，作为一名思考者和怀疑者，总是会倾向于将自己幸福生活的消逝归咎于她，或者认为她至少也必须承担其中的一部分责任。在他眼中，自己目前不得不卷入这一系列与爱情、野心、复仇和抢掠相关的麻烦事务当中，为之纠缠不清，始终得不到解脱，帕尔瓦蒂正是症结所在。没错，在达萨的认知中，坚持认为女人、爱情和欲望要对世间发生的一切麻烦事负责——对人类与激情和欲望共舞的行为负责，对放浪形骸的追逐负责，对通奸、死亡、谋杀和战争负责。可是与此同时,他心里也很明白,从根本上讲,帕尔瓦蒂并非罪人,也不是造成上述问题的本因,她自己反倒是受害者,因为无论是她的绝世美貌,还是达萨对她的爱意,都不是她故意造成的。帕尔瓦蒂不过是阳光照耀下的一粒微尘、溪流中的一朵浪花罢了。问题反而出在达萨身上,因为对他而言,摆脱对女人与爱情、幸福与野心的虚妄渴求,才是他人生中理应达成的目标。为了完成这一目标,他要么继续跟伙伴们一起牧牛,做个很容易就能心满意足的牧人;要么通过修习瑜伽奥术,踏上神秘主义的道路,最终战胜自己。他失算了,他失败了:没有受天命感召,未能成为不朽之人,或者说没有忠于自己内心的召唤。在妻子眼中,他本质上就是个懦夫,这个看法或许还真是对的。尽管达萨一败涂地,但她却给他带来了罗波那这个儿子,这个漂亮、温柔的男孩。达萨总是为儿子感到担惊受怕,尽管如此,他的存在仍然给达萨的生活赋予了巨大的意义和价值。是啊,的确是一份巨大的幸福,这份幸福固然会带来痛苦和焦虑,但始终是一份幸福,是专属于他的幸福。他为这份幸福所付出的代价,是心中的痛苦与烦闷,是对大战和死亡的准备,是对自己正在走向毁灭的预知。那咤被杀,属于邻居的土地上,拉贾戈文达听信了那咤的母亲的建议与煽动。诱惑者的唆使不怀好意,戈文达的入侵和挑衅越来越频繁,越来越无礼;唯有与另一位强大的拉贾贾巴里结盟,才能使达萨一方的力量强大到足以迫使戈文达选择和平,与邻居签订停战协定。然而,这位拉贾虽然对达萨有好感,但偏偏跟戈文达沾亲带故,礼貌地拒绝了任何争取他加入这一联盟的请求。事到如今,大战再也回避不了,理性或人性已没有任何希望可言,厄运正在逼近,受苦已成定局。现在就连达萨本人几乎都在渴望着大战,渴望乌云间集聚的闪电赶紧爆发,渴望早已无法阻止的一系列事态加速来临。他再次拜访了统治者贾巴里,跟他聊得不错,却没有任何实质性的结果;他在宫廷会议中劝说大家保持克制和耐心,但心里对此早已不怀有任何希望;此外,现在就连他也开始支持武装备战了。事到如今,宫廷会议上的争论已经完全围绕着这个问题展开,当敌人下次入侵之后,是应当立即反击,直接越过边境线，以一场大战来作为回应，还是应该隐忍一段时间，等敌人主动拉开大战序幕再动手，如此一来，后者在民众和整个世界面前始终都是有罪的一方，是和平的破坏者。

可是，敌人对这些问题毫不关心，他们选择直接动手，给达萨这边的全部权衡、磋商和犹豫画下了句号——这天，戈文达主动发起袭击，策划了一次佯攻，摆出大规模突袭的姿态，很快就将达萨和骑兵总司令，以及他麾下最优秀的人马朝着边境线引去。哪曾想到，当他们还在路上疾驰时，戈文达却带着主力部队入侵了这片土地，长驱直入，直接攻入了达萨的城市，占领了城楼，包围了宫殿。达萨听到消息后，立即折返。他知道自己的妻子和儿子被围困在危险重重的宫殿里，街道上到处都在进行血腥的战斗。一想到妻子和儿子此刻面临的威胁，他就感到极度悲伤，心脏不由得收紧了。此刻，达萨不再是一个对战斗有着强烈抵触情绪、行事谨小慎微的统帅，他在痛苦和愤怒中彻底爆发了。当他带着自己的人马疯狂赶回家之后，发现战斗果然已经在城内所有的街道上打响，于是，他马上冲进宫殿里，与敌人对峙，像狂人一样战斗，尸山血海般的厮杀持续了一整天，直到黄昏时分，满身伤口的他，终于因为体力不支而倒下了。

达萨恢复知觉时，发现自己已经成了俘虏，保卫战失败了，城市和宫殿落入了敌人之手。达萨被他们五花大绑着带到戈文达面前，对方语带讥讽地问候了他，并将他领进一处密室里；正是他以前的图书馆，那个遍布雕刻、墙壁镀金、堆满书卷的小房间。在这里，在其中的一张地毯上，他的妻子帕尔瓦蒂正襟危坐，脸色铁青，身后站着全副武装的卫兵。她的怀里，躺着那个男孩；像朵破碎的花，柔弱的身形，躺在那里一动不动，死了，脸色惨白，长袍已被鲜血染透。丈夫被领进来时，这个女人完全没动，不仅没转身，连看都没有看他一眼。她的目光死死盯住怀中那具小小的尸体，脸上没有任何表情；在达萨眼中，她的模样似乎发生了某种奇怪的变化，过了一会儿他才注意到，变的是她的头发。几天前，他见到她时，头发还是漆黑一片，现在却到处闪动着银丝。她恐怕已经像这样坐了很长时间，男孩早已僵

717

在了她的怀里，那面容看起来，就像一副面具。

"罗波那！"达萨喊道，"罗波那，我的孩子，我的掌中花！"他跪伏下去，脸贴在死者的小脑袋上；就像祈祷者那样，跪伏在缄默无言的女人和孩子面前，哀悼着这两个人，向两人致敬。他闻到了血污和死亡的气味，那气味与孩子头发上涂的花油香气混合在了一起。帕尔瓦蒂神色凝重，垂头目视着他们俩。

这时，有人过来碰了碰他的肩膀，是戈文达麾下的一个军官，他让达萨站起来，带他离开了小房间。自始至终，他都没有对帕尔瓦蒂讲过哪怕一句话，她也完全没有对他开过口。

他被绑到一驾马车上，押送至戈文达所在城市的一座地牢里。他的脚镣被松开了一部分，有个士兵拿来一只水壶，放到石板地上。他被单独留在地牢里，牢门紧闭，而且上了锁。此刻，达萨肩膀上的伤口如火焰一般燃烧着，他摸到那只水壶，取了些水，润湿了自己的手和脸。他本来也想喝点儿水，但最终并没有喝；因为他觉得，如此一来，他就能死得更快些。生命还能持续多久，多长时间？他渴望死亡，诚如他干涸的喉咙渴望着水一样。唯有死亡才能终结他内心所受的折磨，唯有如此，母亲怀抱死去儿子的图景，才能自他心中抹去。在这一切折磨的重压下，疲惫和虚弱终究还是怜悯了他，让他整个人栽倒下来，沉沉睡去。

当他从这短暂的沉眠中醒来时，迷迷糊糊之间，本能地想要伸手揉揉眼睛，却无法做到；他的两只手已经先于他而忙碌起来，紧紧地握住了什么东西。于是，他振作精神，努力睁大眼睛看了看——周围竟然不是地牢的墙壁，碧绿色的光线在树叶与苔藓之间明亮而有力地流动着。他的双眼，来来回回眨了很久，看到的东西没有再发生任何变化。光线以虽无声但猛烈的态势反复抽打着他，一股令身体颤抖到近乎抽搐的恐怖感觉，掠过他的脖颈和背脊。他又开始眨眼了，面容扭曲，似在哭泣，眼睛睁得不能再大。此刻，他正站在一座大森林里，双手托住装满水的钵子。在他脚下，一汪平整如镜的泉水，倒映出棕色与绿色的光影。不远处，那座小屋就在一丛丛蕨类植物后面，达萨知道，那位吩咐他来取水的瑜伽僧侣正在等他，那个笑声如此神秘莫测的男人。不知道多久以前，他曾经请求他，准许他在离开之前多了解一点儿关于"摩耶"世界的事情。原来如此，他既没有打败仗也没有失去儿子，既没有当统治者也没有成为父亲；瑜伽僧侣满足了他的心愿，让他稍微领略了"摩耶"的奥妙：宫殿和花园，藏书与养鸟，统治者的忧虑，父爱，战争与嫉妒，对帕尔瓦蒂的深情，对帕尔瓦蒂的强烈不信任，这一切都是虚无——不，并非虚无，这就是"摩耶"！达萨的身体颤抖不停，勉强站立着，泪水顺着他的脸颊流了下来。刚刚才为隐修士装满的钵子，在他手中摇来晃去，水从钵子边缘流下，顺着他的双脚直往下淌。恍惚中，他觉得自己身上的某一截肢体似乎被整个砍掉，有什么东西从他脑袋里面给挪了出去，心里感觉空空落落的。突然之间，他亲身经历过的漫长岁月，他拼命守护过的各种珍宝，他曾经享受过的幸福快乐，他所遭受的痛苦、所忍受的恐惧、所品尝的绝望，乃至于濒临死亡的万念俱灰感，都从他身上取走了，直接抹去了，变成了虚无——又不是虚无！因为记忆仍在，一幕幕图景还存留在他脑海里，他仍然能够看见帕尔瓦蒂，能够清楚看到她坐在那里的模样，神情肃穆，正襟危坐，满头黑发突然变得斑白，她的儿子躺在她怀里，仿佛是她亲手取了他性命似的，如同猎物一般，躺在那里，四肢瘫软，枯萎，散开在她膝盖上。噢，转瞬即逝，转瞬即逝的恐怖体验，如此迅捷，如此残酷，他竟已彻底感受过"摩耶"世界了！在他眼中，与自己相关的一切都被刻意延迟了，许多年的丰富人生经历，被压缩成了一个个瞬间，让他在短暂时间内，以梦境般的方式体验了一遍。刚才发生的一切是如此真实，仿佛真的将他的全部人生压缩到了极致似的，兴许连之前发生过的一切也都梦到了：统治者的儿子达萨的故事，他的牧人生活，他的婚姻，他对那咤的报复，他在隐修士这里寻求庇护；这一幅幅图景，就像大家随时可以驻足观赏的、雕刻在宫殿墙壁上的壁画一般，可以在树叶之间看见鲜花、繁星、鸣鸟、猴子与众神。不过话说回来，他此刻所经历的一切，眼前浮现出来的这一切，从统治者、战士和囚犯的身份中觉醒，重新站在泉水边，这个刚刚洒出了一点儿水的钵子，连同他此刻所思所想的一切——这一切归根结底，岂不还是由同样的材料所构成的吗？岂不还是幻梦、幻觉、摩耶吗？至于他将来还会经历的一切，凡是能用眼睛去看、能用手去触碰的一切，一直到他曾经体验过一次的死亡——难道就是由不同材料构成的吗？难道就属于不同种类了吗？全是游戏和表象，全是泡沫与幻景，全是摩耶。这一整个绚烂又恐怖、令人无比愉悦又无比绝望的人生图景游戏，其乐也昭昭，其苦也灼灼。

达萨依旧目瞪口呆地站在那里，一动不动，仿佛瘫痪了一般。这时，他用双手托住的钵子又一次摇晃起来，水从钵子边缘流下，凉凉地溅到他的脚趾上，随后又淌入大地。现在应该怎么做才好？再一次将钵子装满，端回去给瑜伽僧侣，任由他嘲笑自己在梦中遭受的一切吗？这并不是个吸引人的选择。他松开钵子，将里面的水倒掉，直接将钵子扔进了苔藓里。随后，他坐到绿地上，开始认真思考。他已经受够了这些幻梦，受够了这张以经历、快乐、悲伤细细编织而成的罗网，一切都已远超极限了。这张罗网足以压碎他的心脏，足以令他的血液停止流动。轻而易举就去到了摩耶世界，猝不及防，饱受折磨，归来之后，达萨明白过来，自己不过是个傻瓜罢了。他已经受够了这一切，不打算再要妻子或孩子，不想再要王位，也不再向往胜利或复仇，他既不要幸福也不要智慧，既不要权力也不要德行。事到如今，他只盼回归安宁，只求万事终结，眼下他唯一想做的事情，就是让这只永恒转动的轮子、让这一系列无休止循环的图景停下来，让眼前的一切熄灭，回归死寂。他希望自己能够安息，能被彻底消灭，不再有任何知觉，就跟他在最后一场战斗中所期待的那样——期待被敌人们消灭，直接闯入敌群之中，肆意冲杀，同时也接受敌人的冲杀，不断给予伤害，不断接受伤害，直至最终倒下。可是然后呢？然后就是昏迷，万事万物都停顿了下来；或者沉睡，一切也都停顿；或者甚至是死亡，同样带来停顿。但是，紧接着又清醒了过来，不得不让生命之泉再次涌入自己的内心，任由那些可怕、凄美、令人毛骨悚然的画面再次灌注自己的双眼，无休止地、不可避免地重复一切，直到下次晕厥，直至下次死亡。这或许又是一次停顿，一次短暂的、微不足道的休息，一声解脱的叹息。可是后来呢？又继续了下去，又跳起狂野、迷醉、绝望的生命舞蹈，再次成为无数舞者当中的一员。唉呀呀，根本无法令其熄灭，根本无法走向终结。

焦躁不安的情绪笼罩着他，驱使他再一次站起身来，双脚又一次开始了迈动。既然这被诅咒的轮舞永无终结之时，既然连他唯一最热切的期盼也无法得到满足，既然如此，再一次用水装满钵子又何妨？再一次将装满后的钵子带去给那吩咐他过来取水的老者又何妨？纵使老者的命令对他而言没有丝毫强制性，有事情可去执行，也好过什么都不做。这实际上是对他提出的一项侍奉请求，是一项任务，可以自愿选择服从它、执行它，无论如何都比呆坐在这里，空想一些自我毁灭的手段要好得多。归根结底，服从命令、侍奉他人，还是要比统治管辖、担负责任容易得多，也轻松得多，既无辜又无害，何乐而不为呢？对此，他还是很清楚的。很好，达萨，拿起钵子，装满水，赶紧端到你师父那里去！

当他来到小屋里时，师父用某种奇怪的眼神迎接了他，那是一种略带疑问、半是怜悯、半是幸灾乐祸的赞许眼神，就像一个年长男孩在打量另一个年轻男孩——目睹眼前这个年轻男孩刚刚结束一场无比疲惫、稍显羞耻的冒险，但他并不知道，这场冒险正是对他勇气的考验。这位牧人王子，这个跑来求他收留的可怜人，确实还没做什么事，唯独刚刚从泉眼那边过来，打了一钵水而已，前后不过一刻钟时间；不过话说回来，他也从一处地牢里跑了出来，失去了自己的妻子、儿子和国家，过完了一整段人生，瞥见了巨轮滚滚、永劫轮回。在此之前，年轻人或许也曾被唤醒过，有过一次，甚至好几次的觉醒经历，大口呼吸过真实之境的空气，否则他根本不可能来到这里，并且还能逗留这么久；此刻，他恐怕已经真正被唤醒了，时机已经成熟，即将开始他无比漫长的旅程。要花去很多年时间，慢慢教会这个年轻人，学习所有理应学会的东西，哪怕只是瑜伽的正确姿势、吐纳的正确方法，都要用上好些年。

仅仅这样一个眼神，其中包含了些许慷慨接纳的迹象，些许两人之间关系已经得到巩固的暗示,也即是说,两人之间成功建立起了师徒关系——仅仅这样一个眼神,瑜伽僧侣便完成了收徒的全过程。这个眼神轻而易举地将诸多杂念从徒弟脑中赶走,将他带入培养与侍奉的循环往复之中。关于达萨的人生,再没有什么可说的了,余下的一切皆发生在图景与故事之外。自此以后,他再也没有离开过这座森林。

(全书完)

经典就读三个圈　　导读解读样样全

三个圈
独家文学手册

导　读

生命的悖论与游戏的衰落
——评赫尔曼·黑塞《玻璃球游戏》

作者：胡继华

（文学博士，北京第二外国语学院文化与传播学院教授。主要研究领域为比较诗学、古典神话哲学、中西近代思想史。著有《浪漫的灵知》《神话与现代灵知》等，译有《神话研究》等。）

德国作家黑塞的杰作《玻璃球游戏》，这部习惯上被称为"小说"的作品，集"教育小说""艺术小说""帮会小说""思想小说"之大成，杂糅了诗歌、箴言、自传、传奇、书信、随笔等文学体裁，对作家本人展开了深度反思，对作家生活的时代展开了犀利的审视。通过自传艺术追溯生命之流，黑塞沉入生命的底层，发掘了个体之中"二极性悖论"及其悲剧冲突，同时穿越了文化政治空间，呈现了乌托邦的秋天——游戏的衰落。玻璃球游戏的衰亡标志着浪漫时代的终结，黑塞因此成为浪漫主义的守灵人。浪漫主义者们曾经生活在那个令人羡慕的诗思合一、包罗万象的宇宙里，但这个宇宙内部对立的二极必将导致这个宇宙的分崩离析，而人类精神生活的整体则陷入绝对分裂的处境中。

德国作家赫尔曼·黑塞被誉为"浪漫主义的最后骑士"。《玻璃球游戏》开始创作于1931年，出版于1943年，其间作家的生命几乎穿越了纳粹极权与非人道战争的噩梦岁月。1946年，黑塞以《玻璃球游戏》等作品荣膺诺贝尔文学桂冠，理由是"他那些灵思盎然的作品，一方面具有高度的创新和深刻的洞见，另一方面又具有古典的人道理想与高尚风格"。

黑塞出生在德国沃腾堡黑森林镇，但他同20世纪极权社会的冲突让他只承认德国是他的一半故乡、一半青春，而对那另一半故乡、另一半青春的执着追寻就构成了他的文学事业。尽管他的文学空间同巴霍芬的母权神话、荣格的集体心理神话、尼采的音乐悲剧以及布克哈特的历史学说构成了文化的一脉传统，但由于他脱离故土加入了瑞士国籍，他在德国本土的影响就不是很大，像托马斯·曼这样一种能听出黑塞心灵深处的"诗意革命"的天才作家，只不过是例外。但是，黑塞笔下的英雄，如《玻璃球游戏》中的科讷希特，却成为20世纪60年代美国反文化运动中青年人的偶像，一时间黑塞声名鹊起，一场"黑塞热"跨越了欧洲与美洲，黑塞本人亦成为反规范、反极权与崇尚自由、崇尚个性的审美现代性运动的精神导师。黑塞的影响随着狂热的青年运动之落潮而消退，直到20世纪80年代以后，消费意识形态弥漫全球而成为另一种形式的极权主义，他的作品所蕴含的精神至上的人道理想、古典情怀以及唯美的东方文化情结又吸引了人们的注意力。同时，伴随现代媒介技术的扩张与网络文化的迅速崛起，人们发现当今世界越来越像黑塞所描述的"玻璃球游戏"世界。不容否认，从20世纪末到21世纪初，确实有一场"黑塞的复兴"。

自由的挽歌——科讷希特的觉醒

在黑塞看来，作家面对的第一位和最紧迫的问题，从来不是国家、社会或者教会，而是个体的人，是个性，是一次性的，不可划分、不可克隆的个体。而所谓个体，则是由许多灵魂、很多自我组成的，如果硬性地用机械的方式把个体分解为许多形象，那简直不仅令人发疯，而且本身就是发疯的举动。《玻璃球游戏》之主角科讷希特就是这么一个不可分解的个体，他的独特个性拒绝溶解于弥漫着奴性气息的卡斯塔利亚，但这种奴性却是那么美丽而且神圣。他像那只孤独的狼，从荒原上走来，又消逝在无边的黑暗中。

科讷希特自幼失去怙恃，由一个教会团体抚育成人，因他的音乐天赋和沉思天性而深受音乐大师、智叟和游戏大师们的厚爱，又因他杰出的组织才干和协调能力而深受同僚们的拥戴。通过卡斯塔利亚教育当局的精心培育和严酷锻炼，科讷希特在宗教团体里的地位日益上升，最后成为玻璃球游戏大师。尽管卡斯塔利亚教育区等级森严、制度完美、精神神圣，但其自我封闭导致了同外部世界的格格不入，其严酷的竞争又引发了深重的内在危机。尽管玻璃球游戏含纳了音乐、数学、哲学、神学、建筑等学科的精华而成为人类价值的典范，但它因过分超然而对现实人生问题漠不关心，使人沉浸于思考而忽略了现实世界的悲剧。卡斯塔利亚和玻璃球游戏，在它们所钟爱的弟子科讷希特的眼里已经衰败之相毕现，起源于战争和无聊时代的高贵精神游戏，丝毫无助于阻止迫在眉睫的战争和波涛汹涌的欲望。科讷希特听从个性深处的另一种声音的召唤，主动提交辞呈，返回到世俗世界。他从神圣庄严的卡斯塔利亚逃亡到世俗世界的沙漠中，拒绝当整个人类的教父，而实实在在地充当一名家庭教师，去教育他的俗界朋友普利尼奥的儿子——一个忤逆的不孝之子蒂托。

科讷希特以整个一生去追求个性与自由，但他的生命轨迹却呈现为"之"字形：在音乐大师的感召下，通过智叟的点化而觉醒，发挥个人的天赋和潜能登上了游戏大师的宝座；在普利尼奥的震荡下，通过本笃会历史学大师雅科布斯神父的诱导而再一次觉醒，从而发现了卡斯塔利亚的封闭与强权，以及自己成为专制工具的残酷事实，预见到玻璃球游戏因高度形式化而衰落的命运。如果说，第一次觉醒让他开始了朝圣之旅，而神圣也向他敞开了仁慈的大门，那么第二次觉醒便让他踏上了回归之路，世俗也向他张开了温暖的襟怀。当他荣登玻璃球游戏大师高位时，他发现在卡斯塔利亚地位越高，个性丧失得也越多，总之越来越不自由。那种崇高的游戏使人过分沉浸于静观而完全忽略了社会责任感，因而渐渐失落神圣的光华。科讷希特的两次觉醒都具有悲剧意义：第一次觉醒让他放弃了孤独所养育的独特个性，第二次觉醒则意味着他已经觉察到了自由的没落和理想的空虚。而推动科讷希特不断觉醒的，则是蕴含在他的个性之中的二极性。

主角"约瑟夫·科讷希特"这个名字就隐含着个体深层的二极性。"约瑟夫"是《圣经》人物，是蒙恩者和神宠者，注定成为主宰外间世界和内心世界的大师。而"科讷希特"却蕴含了"奴隶"和"工具"的意思。在为自己小说的主角取名时，黑塞有意识地戏仿了歌德的《威廉·迈斯特的学习时代》《威廉·迈斯特的漫游时代》。不过黑塞的科讷希特是一个以追求个性与自由始，以消极无为被动接受约束终的人物；而歌德的迈斯特相反，始终生命弥满，充满了积极的作为。在一个由政治大师、极权形象所主宰的噩梦时代，黑塞以一个忠实的奴隶形象来表达他对人性的构想，确实意味深长。约瑟夫·科讷希特有一种分裂的二元人格，集神圣与世俗、主人与奴隶于一身。

同时，黑塞还将科讷希特身上这种尖锐的二元性分别投射到了弗里茨·特古拉尼乌斯和普利尼奥·德西格诺尼身上，形成了一种形象上的离魂重影和交错配列：特古拉尼乌斯是神圣世界的捍卫者，而德西格诺尼是世俗世界的辩护士，但神圣世界的捍卫者是忠实的奴隶，而世俗世界的辩护士却希望成为命运的主人。特别有意思的是，曾经作为卡斯塔利亚外部世俗世界的代表而激烈反对宗教集团的德西格诺尼，在经历了生活的幻灭之后却执着地追寻神圣世界，而作为玻璃球游戏大师的科讷希特，在发现了游戏衰微、精神蜕变和战争迫近的时候做出了诀别神圣世界的决断。促成科讷希特做出背叛卡斯塔利亚决断的因素中，德西格诺尼起到了催化作用。在瓦尔德策尔求学期间，作为"外人"与"异教徒"的德西格诺尼就雄辩地提醒科讷希特：卡斯塔利亚王国并非世界的全部，而是"人生当中的一个阶段罢了，仅仅意味着一次旅行、一段暂时的停留"，而这个神圣王国之外的"世俗世界"却是真实的生活，返回真实生活"并非耻辱，也不是惩罚"。德西格诺尼的这些思想给科讷希特造成了精神上的震惊，唤醒了他内心深处的异教因素，精英学校的教育显然无法驯服他身上的魔性。神性与魔性二极性的冲突，让他以离经叛道的纯文学形式记录了求学阶段萌发的精神危机。在科讷希特的遗稿里，一首题名为《悲诉》的诗歌表达了一种同朝圣者心态不相容、与青春激情不相称的绝望之情，而这种情感来源于感性世界的诱惑与世俗生命的激荡：

我们并非坚实存在，我们只是河水，川流不息，
我们流淌时能伸能屈，擅长适应所有环境：

白天、黑夜、山洞和教堂。
　　我们义无反顾，对坚实存在的渴求，驱使着我们。

　　这份渴求，命令我们不断适应环境，一处接一处，永不知停歇，
　　没有哪处真正成了我们的家、我们的幸福、我们的苦楚，
　　我们始终在路上，我们始终是过客，
　　没有哪处田地或犁耙在呼唤着我们，
　　没有什么粮食愿为我们而生长。

　　一种无所皈依的渺茫境界笼罩着青年朝圣者的诗心。世事无常，灵魂无着，人生如逆旅，虚无是家园，科讷希特感到"在虚无中循环往复……暗地里渴望真实，渴求孕育和初生，渴盼灾苦与死亡"。在读了托马斯·阿奎纳的《反异教大全》之后，科讷希特似乎用神性征服了异教的魔性，顿悟到"在我们看来，过去的生活比如今更真实，世界更有秩序，思想更显明晰，智慧和科学还没来得及分道扬镳"。最后那首遗诗《玻璃球游戏》以启示录的语调表达了科讷希特的皈依感——时刻在静穆之中聆听宇宙之声和音乐之声，听任一种神秘力量的提升，而穿越混沌找到生命在天体中的位置："为其服务的过程，赋我们生命以意义……大家不约而同，奔赴神圣之核心。"服务，像奴隶一样忠实地为卡斯塔利亚宗教团体服役，像骑士一样以生命来捍卫神圣世界的秩序，这便是神圣教区为一代又一代的玻璃球游戏大师所预备的天命。神圣秩序需要牺牲，而音乐大师、智叟、托马斯大师、特古拉尼乌斯以及科讷希特本人，都是这一神圣秩序的牺牲品。

　　科讷希特的平静总是暂时的，他内心深处的异教魔性永远不会被神圣的宇宙之声和音乐之声剪灭。在科讷希特大师心灵中蛰伏着一种分裂性，一种不间断交替的二极性：一方面，他自幼被宗教团体抚育成人，不允许对自己所爱戴、所坚信的神圣理想心猿意马，如果"自己无比热爱、无限敬重的卡斯塔利亚和玻璃球游戏团体显露出瑕疵，暴露出缺点，即将面临灾祸，他

就仿佛生了重病一样，茶饭不思，日渐憔悴，甚至因此而走向自我毁灭"；另一方面，即使是在卡斯塔利亚的鼎盛时期和自己视野的巅峰时刻，他也预感到神圣世界的显赫辉煌是"一种正在持续减少，乃至于濒临灭绝的伟大存在"，只能暂时压制而永远不能从根本上剪灭他对神圣秩序的怀疑、焦虑甚至背叛的情绪。科讷希特知道卡斯塔利亚的起源和发展，认识其历史本质，感受到这种神圣秩序如何屈服于时代，如何受到冷酷无情的巨大暴力的冲击和震撼。不论人们是否乐意想到和看到，卡斯塔利亚和玻璃球游戏"有朝一日也会消亡"。这是一个残酷的预感，它源自科讷希特对"世间一切事物之存在的短暂性"和"人类精神创造的成果有着各种各样难以解决的问题"的宇宙意识。这么一种隐藏在其个性之中的二极性和早熟的宇宙意识，驱使着科讷希特的"觉醒"以及最后的决断。

科讷希特的第一次"觉醒"发生在同智叟的遭遇之时。这位长者精通中国文化，喜欢古代碑铭，尤其是长于八卦占卜，而且生活在古朴自然的竹林茅舍之中。长者像金鱼一样的沉默隐含着无限的神秘与生机，唤起了未来游戏大师的好奇与敬畏。科讷希特梦想，有朝一日要将《易经》体系融汇于玻璃球游戏之中。与长者在一起生活的时光，在科讷希特的生命里显得不同凡响，因为那是一段"开始觉醒"的时光。而所谓开始觉醒，特指他对于生命每个阶段的独特认识，以及对他自己在卡斯塔利亚内部和世俗人间秩序中地位的认识。从此以后，他对于自我在宇宙天体之间的独特地位与命运的意识日益加深，同时产生了一种捍卫神圣秩序的责任感。

科讷希特的第二次觉醒发生在他做出了告别卡斯塔利亚和玻璃球游戏的决断之后。最高当局严厉地否定了他对于卡斯塔利亚神圣秩序衰微的判断，坚决地驳回了他的辞呈，但无法阻挡他离去的脚步。在离别卡斯塔利亚前夕，他向他的朋友特古拉尼乌斯辞行，看似非常随意地吟诵了他自己青年时代的一句旧诗："万事起始，皆有神助……"他的朋友——神圣秩序的忠实奴仆却坦言这首诗包含着令人不安的东西："原本是关于音乐的美好愿景——那种独特、美丽、恢宏的东西——因为《超越！》的存在而被扭曲，被利用，被用于如同小学校长般幼稚的教学目的。"不论他朋友喜欢还是不喜欢,科诺希特都已经进入了一种新的开端:他不会囿于那一种乡土观念,而命定要在宇宙精神的牵引下快活地穿越一个又一个空间。在他自己看来,这才是真正的觉醒,因为他穿越了瓦尔德策尔、玛丽亚菲尔、教会组织、游戏大师的空间,而一步一步地深入宇宙核心,进入真理核心。

但这是一种什么样的宇宙和什么样的真理?他终于觉醒了:在卡斯塔利亚,作为精英教育的学生,作为音乐大师的学生,作为智叟的弟子,作为派往本笃会的特使,作为托马斯大师的继承人,这一切都只能证明他的卑微——作为一个奴隶和充当一件工具的卑微。只有服务于星座,他的生命才有意义。正如在《印度传记》里面印度王子所体验到的爱情、妒忌、犯罪、流浪、隐居以及王者的荣耀、战争的残酷、生离死别,在瑜伽行者的一脸微笑和一声"摩耶"之中顿时化作虚无。结尾大师科诺希特跟着他的学生纵身跃入湖水,然后永远消失在太阳尚未照亮的碧蓝冰冷的湖水中,留给学生的是一阵深切的悲哀和迷茫。

上升的路,也是下降的路。通过描摹科诺希特的朝圣与还俗,黑塞意味深长地暗示我们,宇宙的核心是虚无,而真理的核心是冷酷。科诺希特的学生们心甘情愿地怀念自己的大师,"因为他在神秘莫测地离开卡斯塔利亚,前往世俗世界之后,没过多久,就又去了另外一处相比之下更显陌生、更加神秘莫测的世界:天国彼岸"。科诺希特集主人与奴隶、神性与魔性于一身,他的命运乃是一个孤苦无告的个体在绝境之中所遭受的厄运之象征。他的显赫与没落,他的建树与毁灭,还有他的浩渺的忧患和无尽的痛苦,都必然伴随着一种不朽的精神上的"整体偿还"[1]。对神圣秩序的向往和对世俗幸福的渴望,静观冥想与身体力行,呈现一种"出自救赎精神的自然节奏",科诺希特的生平就展示了这么一种自然节奏。

---

1 Benjamin, Walter. *Reflection: Essays Aphorism, Autobiographical Writings*. Ed. Peter Demetz. Trans. Edward Jephcott. New York: Harcout Brace Jovanovich, 1978. ——作者注(若无特别说明,本文注释均为作者注)

游戏的衰败——玻璃球世界的命运

作为神圣秩序、纯粹精神王国之典范的卡斯塔利亚之最高成就的,是玻璃球游戏;而玻璃球游戏的最高境界,又标志着科讷希特生命的峰巅。在黑塞的世界里,游戏几乎就等同于生命、世界、精神以及信仰。

生命是一种随意的游戏。按照黑塞《荒原狼》的主人公之现身说法,那就是通过游戏来建立生命与神性交通的津梁,"忍受看似荒谬的世事,过着状似疯狂的生活,在末世的混沌狂乱中,暗自期冀着能够获得启示,亲近上帝"。同样,在荣膺了游戏大师桂冠之后,科讷希特急流勇退,然后遽然长逝于高山冰湖之中。如此的生命姿态,已经非常游戏化了:费尽心血所建树的丰功伟业,无非都是海市蜃楼,转瞬间灰飞烟灭。通过游戏精神来把握《玻璃球游戏》以及科讷希特的生命转折,就不会为卡斯塔利亚的"狂热崇拜者"转变为"犀利怀疑者"感到困惑,而把狂热崇拜和犀利怀疑看作游戏的不同方式,终极境界都是"为神圣服务"。[1] 科讷希特发现,"服务"绝非纯粹的精神活动,也不是一种超越生命的理念,而是一种包罗万象、拥抱精神与生命、含纳灵性和世界历史的具体行为,因而"服务"就是"游戏","游戏"就是"服务"。奋力亲近神圣秩序,登上游戏大师的地位以及走出象牙塔,立志当一名家庭教师,都是在"为其服务的过程,赋我们生命以意义",都是在"自由游戏"之中获得真正的人性。

黑塞在《遗稿》中这样表达了一个具有创造力的艺术家对想象的自由游戏的看法:儿童游戏是拿最巨大的严肃性做游戏,音乐家的游戏恰如苦心经营为神性服役,而一切游戏都是没有野心,没有求胜意愿的本色生命行为。显然,对生命的这种理解直接来源于席勒(1759—1805)。在《审美教育书简》的第十五封信和第二十二封信中,席勒系统地阐发了人类本性的"游戏冲动"。就生命的本质而言,"在人的一切状态中,正是游戏而且只有游戏

---

1 Ziolkowski, Theodore. *The Novels of Hermann Hesse: A Study in Theme and Structure*. Princeton: Princeton UP, 1965.

才使人成为完全的人，使人的双重天性一下子发挥出来"。同样，在成为游戏大师的艰辛奋斗过程中，科讷希特体验到了人的自由本质，也淋漓尽致地表现出了既为主人又是奴隶的双重天性。就艺术创造而言，通过艺术家的创造性劳动，"最猥琐的对象，经过处理也必须使我们仍然有兴致从这个对象直接转向最严格的严肃，最严肃的题材，经过处理也必须使我们仍保持把它直接转调成最轻松的游戏的能力"。[1]而"玻璃球游戏"正是用最严肃的题材开展最轻松的游戏，归根结底，游戏是一种精神形式，或者说是一种属灵的生命活动。

黑塞对于游戏与精神之间这种本质关联的反思，显然还受到了荷兰历史学家赫伊津哈（1872—1945）《游戏的人：文化起源于游戏》一书的影响。黑塞在写作《玻璃球游戏》的过程中，显然吸纳了赫伊津哈关于人类文化起源和精神形式之最高境界的思想。按照这位荷兰历史学家的考察，从太古时代到我们今天所生活的时代，游戏无所不在，贯穿始终，渗透到文化的各个角落。"游戏是一种意义隽永的形式"，不以人的意志为转移地作为人类文化一切价值的母体。赫伊津哈断定："倘若你一定要否认它（游戏）的存在，你几乎就可以否定一切抽象概念的存在：正义、美丽、真理、善良、精神、上帝。"[2]游戏将远离伊甸园的人召唤到一种"属灵"的精神活动中，去体验包罗万象、万有在神的境界。

《玻璃球游戏》引言描述了这种游戏的历史，同时又暗示着它的衰败：

> 玻璃球游戏是统合了我们文化中所有内容与价值的游戏……就好比管风琴需要由风琴师来负责演奏一样，玻璃球游戏玩家所演奏的这台管风琴，其完美程度几乎无法用常理来形容，它的键盘和踏

---

[1] 参见《审美教育书简》，席勒著，冯至等译，北京大学出版社1985年版，第79页，第114页。
[2] 参见《游戏的人：文化中游戏成分的研究》，赫伊津哈著，何道宽译，花城出版社2007版，第5页。

板可以俯瞰整个灵性宇宙……整个灵性宇宙囊括的所有内容，皆可由这台乐器复现。

如果要追问这么一种超越于逻辑与音乐之上的精神形式起源于何时，那基本上得不到确切的回答，因为精神永远存在，伟大的思想并无开端，游戏因此也纵贯古今。难以查证的远古时代已经出现了它的灵见与预感；在毕达哥拉斯的著作里，在后期罗马文化中，在诺斯替教派的秘传教义里，在阿拉伯或者中国古代文化中，它都在不断地延伸着自己的踪迹。在遗稿里，黑塞的玻璃球游戏大师还是一个隐名埋姓的孤独隐士，研修经院哲学与人文主义，与17、18世纪数学家孤魂相交，迷恋浪漫主义哲学和诺瓦利斯的梦幻文学，还演奏宇宙交响乐，追寻柏拉图、巴赫、莫扎特，企图促进心灵趋向于宇宙整体目标。通过这种包罗万象、容纳宇宙的游戏，黑塞贯彻了浪漫主义诗学的纲领——绝对同一的智慧。在诺瓦利斯那里，浪漫化就是"质的强化"，即给卑微者以崇高的意义，给寻常事物以神秘的面孔，给已知者以未知者的庄重，给有限物以无限的表象。（Novalis: 60）在施莱格尔那里，浪漫的诗就是"渐进的宇宙诗篇"，其使命在于融合一切分裂的艺术形式，把哲学、修辞、散文甚至科学融为一个生机盎然、活力无限的整体，浪漫诗"大至包罗万象的艺术体系，小到儿童吟唱的质朴歌谣里的叹息与亲昵"。[1] 容纳万有、永恒生成、永无止境，是浪漫诗的真谛，显然也是玻璃球游戏的境界。赋格曲的一个主题、印度奥义书的一个警句、莱布尼茨哲学的一条原理、《圣经》的一节经文，一切均可作为游戏的素材，经过游戏大师的自由组合和随机变化，都能成为精神的精妙象征形式，引领人们进入自我的灵魂，即接近神圣。

诚如黑塞自己反复断言，他的小说及其意境都是对一个充满邪恶、满目疮痍的现实的积极反映。同样，玻璃球游戏也是一种抗拒毒化的纯粹精神

---

1 Schlegel, Friedrich. *Athen um Fragments. Theory as Practice: A Critical Anthology of Early German Romantic Writings*. Ed. Jochen Schulte-Sasse. Minneapolis, London: U of Minnesota P, 1997.

形式,其直接的渊源是"丧失精神"的"专栏时代"。所谓"专栏时代",是指一个充满市民气味、个人主义、文化衰落意识以及隐含着虚无主义的时代。从历史看,这个时代在晚期罗马帝国已经显山露水,而在20世纪达到高潮。人们遗忘了精神生活在国家、宗教、民族以及一切共同体之中的地位,而在曝光私生活和戏说历史的文字之中,不倦地寻找快乐,访问社会名流和追慕艺术明星成为时尚。学者不仁,以圣人为刍狗;学术不仁,以经典为刍狗。钢琴家可以设摊推销政见,影视明星可以发思古之幽情,阐释圣贤文章。"专栏时代"的流风余韵,依然"养育"着当代中国市民浩大的闲暇意识。不论"专栏时代"借助传播媒介造就了多少风光,让市民们赊销了多少快乐,但"精神文化周期已步入尾声,朝气蓬勃的发展早已逝去,创造性所剩无几"。物质极端匮乏,政治和军事危机四伏,对人的怀疑发展为普遍的绝望,冷漠的机械主义与严峻的道德堕落如影随形,文化衰落论描述的没有未来感和犬儒主义奉行的反讽姿态,西方没落引起的恐惧和东方朝圣者幻想的灵光乍现,如此等等,构成了"专栏时代"的精神景观,而玻璃球游戏的起源就扎根在这种精神景观里面。

《玻璃球游戏》的叙述者将这种游戏的渊源追溯到远古,将其扎根于普林尼乌斯·切根豪斯所命名的"专栏时代",并认为其发明者是巴梯斯·皮洛特,其改革者是罗苏尔·巴昔连西士。但是,黑塞遗稿之中所录资料表明,这项游戏的实际缔造者是法兰克福的一位富有的高级会计师莱因霍尔德·克莱贝尔。刺激此君发明这项游戏的直接因素是他的妻子沉迷于桥牌,而与一位俄罗斯伯爵关系暧昧。他对于当代人沉湎于桥牌游戏而疏远古代经典并日渐沉沦于廉价的快乐忍无可忍,于是发明了一种纸牌游戏来代替桥牌。不同的是他发明的这种纸牌可以一个人自娱自乐,而无须与他人搭档。游戏的方式简单至极:把一些诗人的名字、作品同画家、音乐家、建筑艺术家的名字、作品组合起来。这是早就流行在德国的"诗人四重奏",但在克莱贝尔手中,运用歌德的诗句或者巴赫的主题可能形成六重奏,运用莱辛的戏剧或者戈卢格的建筑可以形成三重奏,而每一个有兴趣的家庭都可以通过这种贯通艺术门类的游戏形成"教育多重奏"。这项游戏日益专业化,得到推广,蔚然成风,开创了"克莱贝尔时代"。[1]在文化危机日益严重而精神价值几近灭顶的时代,玻璃球游戏担负着一项特殊的使命,那就是增强人类自身的力量,开发内在宇宙潜能去对抗生存的焦虑。

最初的玻璃球游戏是一种音乐与演算技巧的练习,随着音乐学的兴起,这项游戏便通过变奏与对位将一个音乐主题的境界发挥到极致,那就是将一切凝固的东西都融化为轻柔的音乐,将奔放的热情化为朦胧的诗意。随后,文献学、古典学、逻辑学、修辞学等人文学科纷纷加盟,学科领域的大师轮流当上盟主,而渴望将人类文化最优秀的遗产——文学和哲学——从古代世界拯救出来。玻璃球游戏便综合了一切思想与艺术,"统合'知识的总和'当中原本各自独立存在的一切个体,进入'天人合一'的完满境界","对玩家们的心智提出了极高的要求",后来东方朝圣者所发现的"'修心养性'的冥想概念"渗入其中,冥想概念成为玻璃球游戏的主要内容,这样玩家就"必须以更严肃、更能让灵魂产生共鸣的方式,全身心地投入游戏"。

但说到最后,小说给我们印象最深的是,游戏的最高境界以音乐为指归。当科讷希特第一次听到音乐大师的演奏时,他就朦朦胧胧地意识到"在自己面前发展变化的这支音乐作品的背后,是一整个精神领域的世界,它有着属于自己的一套法则,享受着无拘无束的自由,是服膺,是支配,而这一切又都归属于某种令人感到无比幸福的和谐之中",这种音乐的感召"不仅仅出自他个人的灵魂与良知,不仅仅是从这唯一的渠道获得的幸福与劝诫,它同时也来自凡尘俗世的伟力,也是从现实中脱胎而出的恩赐与警示"。当科讷希特真正成为游戏大师之后,他再次体验到了音乐大师的神圣:从世俗人生转向清净世界,从语言转向音乐,从私心杂念转向和谐统一,而音乐

---

[1] Field, G. W. *Hermann Hesse*. New York: Twayne, 1970.

大师已经成为音乐的呈现形式和音乐的化身。"那些自他身上散发出来的光芒,那些在他跟我之间来回涌动的、恍惚若有节奏的呼吸,简直跟音乐没什么两样,甚至可以说那完全就是音乐,是一种完全不属于物质世界的、极为深奥的音乐。"音乐就是一种呼唤虔诚的光辉,沐浴着科讷希特的"游戏人生"。音乐大师的慈爱、完善、智慧和神圣状态令科讷希特惊叹,并使其立志去捍卫卡斯塔利亚及其纯净的精神境界,这里显然有中国文化精神的影响。[1]

但是,登上游戏顶峰之后,科讷希特的忧患油然而生:玻璃球游戏将衰败于它的极度完美与巨大魅力!尽管谁也不乐意想象卡斯塔利亚和玻璃球游戏有朝一日终成旧迹,但宇宙消长,盈虚有数。从雅科布斯神父那里所学来的世俗历史观念告诉科讷希特,只要是历史的东西都难免烟消云散。1955年,黑塞写信给鲁道夫·潘维茨(1881—1969),信中述说他创作《玻璃球游戏》的初衷乃是表达"变易中的永恒,尤其是传统习俗与精神生命的延续性"。[2]但科讷希特对于玻璃球游戏的永恒和完美的信仰,终归在无情历史风暴的冲刷和真实世俗生活的挑战下濒临崩溃。首先,玻璃球游戏是"专栏时代"的产物,但源自其母体的"杂草"却刬尽还生,"专栏时代"的精神并没有在音乐境界中消逝。音乐大师说,"没有特色的才华、混乱不堪的技艺","再次生根发芽,甚至还在茁壮成长"。其次,玻璃球游戏本身就包含着危险,因其危险而值得珍爱,而危险正在于它是一个统一体的两极,象征着人性的二极性。再次,玻璃球游戏在其内在发展和外在普及过程中越来越形式化和精致化,唯独缺少创造力。正如科讷希特的

---

[1] 第一次世界大战之后的德国掀起了一场中国文化热,许多知识分子面对战后的满目废墟,希望求助于中国文化尤其是道家的世界观,来振作自己破败的精神世界。黑塞就是深受中国道家思想影响的作家之一,他对于玻璃球游戏之音乐境界的描绘,特别契合中国古典艺术精神。按照宗白华先生的见解,"道"的生命和"艺"的生命最终归本于"音乐的节奏","生生的节奏是中国艺术境界的最后根源"。(《美学散步》,宗白华著,上海人民出版社1981年版,第66页)

[2] Field, G. W. *Hermann Hesse*. New York: Twayne, 1970.

辩论对手普利尼奥所说："玻璃球游戏的存在完全是一种倒退，通过它，人们终于成功退化到了'专栏时代'；这种游戏充其量不过是一种极其不负责任的、随意玩弄字母的小游戏罢了，然而，我们如今已经将各种艺术和科学的语言融入了游戏，与游戏深度捆绑到了一起。"。最后，科讷希特已经凭着宇宙意识把握到了玻璃球游戏形式的老化、缺乏创造性和衰落的危机，更令他忧虑的是，玻璃球游戏及其宗教团体"把自身视作纯粹的目标"，拒绝对国家和世界负责。其必然后果是越来越贫瘠，越来越歉收，渐渐与整个人类生命脱离关系，一步一步地走向衰亡。早在科讷希特的研究年代，他就因预感到精致游戏的衰亡而恐惧，离经叛道地写了一首题为《最后的玻璃球游戏玩家》的诗，诗中的景象颇有启示录的意味：战火、灾难、荒芜的大地，为常春藤所环绕又为蜜蜂所歌唱的废墟上，柔美的圣歌穿越昏暗的和平，多余人一般的老者独自游戏，玻璃球从他手中滑落，无声无息地消逝于沙海之中……在写给卡斯塔利亚最高当局的"传阅的信"里，科讷希特痛心疾首地表示：

> 虽然我本人就是现任"卢迪大师"，但我绝对没有抱持这样一种想法，认为阻止或者推迟我们卡斯塔利亚人所拥有的玻璃球游戏这一珍宝的毁灭，是我本人（或者说我们大家）应该想方设法去完成的一项重大使命。实话实说，在这个世界上，哪怕是极为美好，乃至于最美好的事物，也是稍纵即逝的，转眼即成为历史，化身凡尘俗世之间的一抹幻影，仿佛从未来过。

玻璃球游戏导致了科讷希特宗教团体的失败，或者说，一件值得骄傲的成就反过来葬送了一项伟大的事业，而这便是宇宙的悖论、生命的绝境，谁也无法回避，无法跨越。玻璃球游戏的衰亡标志着浪漫时代的终结，黑塞因此而成为浪漫主义的守灵人。浪漫主义者们曾经生活在那个令人羡慕的诗思合一、包罗万象、绝对同一的宇宙里，但这个宇宙内部对立的二极必将导致这个宇宙的分崩离析,而人类精神生活的整体则陷入绝对分裂的处境中。这就是悲剧绝对性的最高境界,也是悲剧绝对性的终结。

乌托邦的秋天——卡斯塔利亚的意义

《玻璃球游戏》的兴衰、游戏大师科讷希特的生死,以一个存在于未来2400年的神圣教育区为背景展开。这个神圣教育区是一个纯粹的精神王国,无处不在而魔力无边,却又虚无缥缈而难以触摸。它的名字叫"卡斯塔利亚"(Kastalie),源于古希腊神话故事,意思是被一条蛇所守护的圣泉。在《玻璃球游戏》附录的《印度传记》里,印度王子达萨就在圣泉边体验到了万象虚无、人生如梦、爱恨皆空的"摩耶"境界。"卡斯塔利亚"究竟是一个学者的理想国,还是一个戒备森严的警察国家?《玻璃球游戏》是对乌托邦的激情讴歌,还是对动物庄园的残酷再现?

小说的标题、副标题、题词以及尾声,处处都提供了一种暗示:卡斯塔利亚的确是一个乌托邦,但它是一个已经进入肃杀秋天的乌托邦。像科讷希特个性之中的分裂以及玻璃球游戏的二重性一样,这个乌托邦也是一个二极分裂的宇宙之再现以及二极分裂的精神生活之象征。1943年小说一问世,关于卡斯塔利亚究竟意味着什么,这个问题就马上出现了两种对立的看法:一是认为它是乌托邦国家的再现,[1]二是认为它是衰败颓废的象征。[2]如果从包容万有、涵盖乾坤、主导灵魂的"二极分裂"观之,这两派意见各执一端,合则完美——卡斯塔利亚是一个正在衰颓的乌托邦。黑塞本人对于这些意见的回应表明,他很乐意用"乌托邦"来描述他的卡斯塔利亚。1955年,他写给鲁道夫·潘维茨的信被广为引用,其中就明确表示:

---

1 Faesi, Robert. "Hermann Hesse's *Glasperlenspiel*." *Neue Schweizer Rundschau*. No.7, 1943.
2 Humm, Robert Jacob. "Hermann Hesse's *Glasperlenspiel*." *Die Weltwoche*. 10 December, 1943.

我别无选择，唯有将这个精神王国和灵魂世界建构为实存的、不可征服的、显而易见的屏障，从而抵抗满目疮痍的现实，所以，我要将我的乌托邦诗篇，把这幅美丽的图画投射向未来，用安详宁静的往昔来抚慰邪恶的现时。[1]

在另一段出自黑塞本人的文字里，上述关于乌托邦的正面意见受到了赞扬："令我欣慰的是，他们正确地认识到了我的乌托邦结构并如此完美地表达了它的含义：它只不过指示了一种精神生活的可能性，一种柏拉图式的梦境而已。"[2]

可是，不论黑塞本人如何雄辩，我们从《玻璃球游戏》中所体验到的乌托邦却并非一个纯粹的精神王国。理由很简单，正如诞生于"专栏时代"的玻璃球游戏亦带着这个时代的"杂草"一样，为抵抗满目疮痍的现实而构建的乌托邦也不可避免地沾染现时的邪恶。齐奥尔科夫斯基敏锐地发现，在这部小说中黑塞为我们描述了三个截然不同的卡斯塔利亚：第一个是硕果仅存的卡斯塔利亚，一个符合作家初始意向的世界，作为抵御平庸和猥琐的屏障；第二个是作为戒备森严、组织严密的宗教团体的卡斯塔利亚，一个越来越令人恐惧的世界，一个科讷希特决意逃离的世界；第三个是叙述者心目中的"圣灵降临"后的精神王国，科讷希特的犀利批评和慷慨殉道将还这个世界以纯粹圣洁的本源。[3]这种描述大体符合小说叙述的历史节奏，那就是引言中所呈现的卡斯塔利亚、科讷希特生平正传所呈现的卡斯塔利亚以及《印度传记》中所呈现的第三王国。

小说引言在概述玻璃球游戏的发展时把卡斯塔利亚与这种游戏描述为"一种极为精致巧妙的方式，从象征层面来探索完美和谐之境界。它是一门艰

---

1 Michels, Volker, ed. *Materialienzu Hermann Hesses Das Galsperlenspiel*. Suhrkamp taschenbuch 80 and 108, Frankfurta. M., 1973—1974.
2 同上。
3 Ziolkowski, Theodore. *The Novels of Hermann Hesse: A Study in Theme and Structure*. Princeton: Princeton UP, 1965.

深又高雅的炼金术，是一套几乎能够让个体超越一切具象、一切多重性的统合精神——换句话说，可以借游戏来接近神"。卡斯塔利亚宗教组织还具有一种秘传的神圣语言，而这种语言则以古典音乐为典范：

> 古典音乐是我们文化的精华与缩影，因为它是我们文化最清晰、最具特色的姿态与表达。在这种音乐之中，我们继承了来自古代和基督教时代的遗产，继承了宁静致远、勇敢无畏的虔信精神，继承了无可比拟的骑士道德。

我们感到，只有这个卡斯塔利亚才具有乌托邦的结构，才是精神生活可能形式的描摹以及一种柏拉图式梦境的再现。

随着游戏大师科讷希特的成长，求学，成功及最后加冕，卡斯塔利亚渐渐去神圣化了。在这个宗教组织里，个人无足轻重，隐姓埋名是他们的基本做法。想撰写游戏大师生平的作家都无法轻易地使用秘密档案，只能从游戏大师的学生那里获得一些只言片语。即使是荣登游戏大师宝座的科讷希特，其日常行为也必须接受严密的监护。在卡斯塔利亚，只有下属以"您"或者"阁下"来称呼上司，而上司总是习惯于居高临下地对下属颐指气使。更可怕的是，人与人之间的交谈总是使用反讽修辞术，言在此而意在彼，听者诧异而言者迷惘，这表明在卡斯塔利亚缺乏真诚。卡斯塔利亚王国的最高统治者亚历山大宗师的那双眼睛既可以放射出发号施令的眼光，也可以放射出虔敬服从的眼光，但对于这个宗教团体的一般成员而言，只有虔敬服从而永远不可能发号施令。亚历山大宗师、音乐大师、前任游戏大师托马斯、科讷希特的忠实奴仆特古拉尼乌斯以及科讷希特本人都是一些孤独的天才、孤独的先驱者和无意识的虚无主义者，对他们而言，即使是"独断专行"，本质上也是奴隶一般地服从。科讷希特在想象中向亚历山大宗师吼叫："此行并非通往自由，而是走向全新的、未知的、卡斯塔利亚人无法想象的束缚；我并非一名逃亡者，而是受召唤者，我的行动并非出于自我意志，而是服从命令，我的身份不是主人，而是一名受害者！"

　　觉醒了的科讷希特感到卡斯塔利亚不是天堂，而是由神秘官僚制度、森严等级关系构成的地狱。他要穿越这个披着神圣光辉然而却冷酷无比的空间返回到世俗世界，从静观冥想者变成身体力行的服务者。"在卡斯塔利亚人眼中，世俗世界的生活无疑是落后的、低劣的，是一种毫无秩序可言的混乱生活，一种在行为举止、礼貌礼仪上没有要求的粗鄙生活，是崇尚激情、无法集中精力进行思考的生活，没有任何可被视为美好的地方，没有丝毫可取之处。"但是，"外来人"普利尼奥反问：

　　　　这难道不是一个完全人造、虚伪透顶，因为受了精神阉割而在思想上绝育的、无法繁衍更新的、被冠冕堂皇的严苛教育精心修剪过的残缺世界吗？缺乏真正的生命力，缺乏创新活力，只有你们这一小撮懦弱的废人，仿佛盆栽植物一般，被强行种植在这里，在这个支离破碎、残缺无聊的世界里，在这个因为过分崇尚精神而接近虚妄的世界里，在这个没有罪恶，没有激情，没有饥饿，既没有果汁也没有盐分的寡淡世界里，在这个没有家庭、没有母亲、没有孩子，甚至几乎不存在任何女人的世界里！在这里，基于原始本能的那部分生活，借助冥想这种手段，受到了彻底的压制……

　　当科讷希特受到本笃会雅科布斯神父启发而怀疑卡斯塔利亚，怀疑这架复杂而又敏感的机器是否已经老迈而主张求助于世俗历史时，卡斯塔利亚忠实而又孤独的奴隶特古拉尼乌斯却告诉他："历史——却是如此丑陋之物，乍看起来平庸乏味，细看又显得邪恶狰狞。"卡斯塔利亚日益精细纯粹，这个神圣教育区同外在世界之间的深渊也日益扩大，以至于完全没有可能弥平。当战争和瘟疫的时代降临，当历史风暴席卷整个世界，卡斯塔利亚及其游戏的精致形式已经无力维持生存。在卡斯塔利亚的神圣秩序里苟且偷生的人们，都像黑塞在《一个堤契诺人的故事》之中所描绘的马里奥那样，在两个彼此分裂却又生死相依的世界之间痛苦挣扎，但不可遏制地向往着自己的青春与故乡。"故乡就是母亲、婆姨……"，"故乡就是二月在湿润的草地上摘花，是夜晚的钟声……这故乡真实而美好，受人爱戴，主宰着他的生命"。[1]科讷希特最后在高山冰湖自沉，真正地返回到了自己的故乡。男孩蒂托在初升的太阳下赤身裸体，跳起了献祭之舞，与四周波涛起伏的光芒融合，与宇宙生命之流合二为一，游戏大师也在这壮美的景象之中彻悟了内心深处最高贵的本质。他跳下冰冷的高山湖，湖水似乎不是刺骨的寒冷，而是焚烧着他血肉之躯的熊熊烈火。他返回到了母亲温暖热烈的子宫，无怨无悔。此刻，他沐浴着来自东方的光辉。

科讷希特壮美回归后，卡斯塔利亚才真正成为一个属灵的王国，那是诺瓦利斯所期待的"一个伟大的和解时代"，"一个充满预言的，创造奇迹和治愈创伤的，给人带来安慰和点燃永恒生命的时代"。[2]在《印度传记》里，这就是王子达萨体验到了世界的"摩耶本质"之后的世界，"根本无法令其熄灭，根本无法走向终结"。在短暂的一瞬间，王子从监狱里走出来，失去了妻子、儿子和一个王国，却融入了森林中无疆的大爱，超越图像与偶像而进入了"圣灵世界"。世界超越了音乐大师仁慈、博爱、圣洁的音乐所放射的光辉，超越了战争和瘟疫笼罩的废墟，超越了老迈龙钟、机械冷漠、枯萎

---

[1] 据一些学者考证，《一个提契诺人的故事》的情节同《玻璃球游戏》有关，尤其是这个故事的主人公关于故乡和母亲的联想，同《印度传记》中关于母权神话的构想具有内在一致性。关于黑塞与巴霍芬母权神话的关系，研究者早就展开了一些有趣的探索。有人认为，黑塞和荣格都"坚持把人类全部文化的根源追溯到母亲崇拜的巴霍芬的命题"，"抛弃了欧洲的市民社会，成为一位背叛传统基督教秩序的信徒"，"按照自己的愿望来塑造新的神"。（《神话与理性——19世纪末至20世纪初欧洲的知识界》，上山安敏著，孙传钊译，上海人民出版社1992年版，第200—202页）还有人认为，巴霍芬的母权神话影响了黑塞和荣格，而荣格的精神分析学说对黑塞影响甚巨，甚至还诱使黑塞进入了"奥丁神秘主义"。（《荣格崇拜——一种有超凡魅力的运动的起源》，诺尔著，曾林等译，上海译文出版社2002年版，第313—319页）

[2] Novalis. *Philosophical Writings*. Trans. and ed. Margaret Mahony Stoljar. Albany: State U of New York P, 1997.

萧瑟的状态，进入了神话世界里的春天：美丽、快乐、神圣、光辉灿烂的黄金时代。

《玻璃球游戏》所叙述的是卡斯塔利亚的衰败阶段，是乌托邦的秋天，但黑塞用隐微之笔传达了神圣再度降临的暗示。纯粹精神形式的卡斯塔利亚、以古典音乐境界为至境的玻璃球游戏，是一个充满审美诱惑的乌托邦，本质上是一种奴役："美感的诱惑与奴役总是削弱个体人格价值，并取代个体人格的生存核心，扭曲整体的人。"[1]而弥漫着父权强力意志、强调服役义务、建构严密制度的卡斯塔利亚，是20世纪道德意识的象征，是极权主义政治的幽灵王国。"神话的暴力要求牺牲"，"以一己之偏好执行对神圣生命的灭绝"。[2]最后，那个以游戏大师的生命所赎回并且沐浴在东方的光辉之中的卡斯塔利亚，则是"第三王国"，即属灵的王国，这就是以母性来象征的故乡和青春："这个来自圣灵的第三种幸福也许就是奥利金所说的'万物的复归'。"[3]正如保罗所说："让神在万物之上，为万物之主。"

---

1 参见《人的奴役与自由：人格主义哲学的体认》，别尔嘉耶夫著，徐黎明译，贵州人民出版社1994年版，第210页。
2 Derrida, Jacques. "Force of Law: The Mystic Foundation of Authority." *Deconstruction and the Possibility of Justice*. Ed. Drucilla Cornell, et al. London: Routledge, 1992.
3 参见《但丁传》，梅列日科夫斯基著，刁绍华译，辽宁教育出版社2000年版，第400页。

书 信

致儿子马丁[1]

1940年4月

亲爱的马丁:

随此信附上所作新诗的定稿版[2]。是啊,这挺滑稽:当整个世界都在为战壕和碉堡之类的东西做准备,要将我们既往的世界彻底粉碎时,我却没日没夜地忙于这首小诗,试图修改出一个更好的版本。刚开始时,这首诗共有四节,现在只剩下三节了——我希望它因此而变得更加简练、更显优美,与此同时,内蕴亦不会有丝毫减损。在第一节中,第四行从一开始起就困扰着我,誊抄给朋友们览读时,我开始逐行逐字地推敲,试图找出其中哪些文字可有可无,不能删掉的又有哪些。

事实上,九成读者根本就不会注意到,这首诗还有这样那样的版本。将要刊登这首诗的报纸,就算一切顺利,也只会给我十瑞郎

---

[1] 1940年4月,黑塞在战争的炮火声中给儿子马丁写下了这封信。此时黑塞正在创作《玻璃球游戏》,因此不少研究者认为这封信不仅是一则教育儿子的家信,也可以看成一篇解开《玻璃球游戏》创作之谜的导读。——编者注
[2] 此处所指为1940年4月3日定稿的诗作《吹笛》。——译者注

左右的稿费，无论登的是这一版还是那一版。对全世界而言，从事这门职业简直毫无意义，既儿戏又滑稽，甚至可以说是发了疯。大家难免会腹诽：这位诗人何必为了笔下区区几行小诗殚精竭虑，甚至不惜虚耗时间？

对此，大概可以这样回答：

首先，这位诗人所做的事情，恐怕的确没有任何价值可言，因为他几乎不可能创作出一百年甚或五百年后，仍然具有生命力的极少数诗歌之一——尽管如此，这位看似离经叛道的先生，他做的依然是一件更好的事，一件比现今大多数人所做更无危害、更显善意、更可取的事情。他创作诗歌，将词语一行行排列起来——相比之下，他可既没有开过枪，也没有放过炸药，没有滥用毒气，没生产过弹药，没击沉过船只，凡此种种，从未涉及。

对此，大概也可以这样回答：

这位诗人身在一个明天可能就会被毁灭的世界上，他精心琢磨、安排、挑择自己那些小小词藻，就跟眼下漫山遍野生长的银莲花、报春花和其他各种小野花所做的事情完全一样——身在这样一个世界上，明天可能就会被毒气所扼杀，今天却仍旧小心翼翼地让自己的花瓣和花萼生长，无论花瓣有四片、五片还是七片，无论边缘光滑抑或长有锯齿，一切都要做到位，要尽可能体面。

（文泽尔　译）

黑塞生平大事年表

1877年　　　7月2日生于德国巴登-符腾堡州卡尔夫。

1881年　4岁　随家人迁居瑞士的巴塞尔，上小学。

1883年　6岁　由于他对父母教育的叛逆态度，被送到一所男子传教士寄宿学校。

1886年　9岁　随家人返回卡尔夫，在卡尔夫文法学校上小学和中学。

1890年　13岁　在格平根文法学校准备符腾堡国家考试，不再和父母住在一起。

1891年　14岁　以优异成绩考入毛尔布隆神学院。

1892年　15岁　逃离毛尔布隆神学院后被警察带回，被送到精神病院，几度自杀未遂；11月进入坎施塔特文法学校，在一年内完成了学业。

1893年　16岁　在埃斯林根一家书店当书商学徒，仅3天就中断了；此后和他的父母在卡尔夫住了9个月，没有固定工作。

1894年　17岁　在卡尔夫的佩罗特教堂钟表厂当了15个月的学徒。

1895年　18岁　在图宾根市赫克肯豪尔书店当学徒，同时自学文学和哲学。

1898年　21岁　在赫克肯豪尔书店当书商，自费出版诗集《浪漫之歌》和散文集《午夜后一小时》。

1901年　24岁　在巴塞尔的赖克书店当助理；开始第一次意大利之旅，为期7周；在巴塞尔的瓦滕维尔古董书店工作，这是他最后一份正式工作。

1902年　25岁　母亲去世，献给母亲的《诗歌》出版。

748

1903年	26岁	进行第二次意大利之旅，和瑞士第一位职业女摄影师玛丽亚·伯努利一起，同年两人订婚。
1904年	27岁	《彼得·卡门青》出版；搬到德国盖恩霍芬，成为自由撰稿人，为多家报纸撰稿。
1906年	29岁	《在轮下》出版；第三次去意大利北部，与画家弗里茨·威德曼一起；成为批评德意志帝国的自由派杂志《三月》的联合出版人。
1907年	30岁	短篇小说集《此岸》出版。
1908年	31岁	短篇小说集《邻居》出版；结识斯蒂芬·茨威格。
1909年	32岁	次子海纳出生。
1910年	33岁	音乐家小说《生命之歌》出版。
1912年	35岁	迁居伯尔尼，结交了许多艺术家。
1914年	37岁	一战爆发，黑塞成为战争反对者和和平主义者，发表了大量的反战文章和政治论文，并因此结识罗曼·罗兰。
1915年	38岁	在伯尔尼的战争俘房救济机构义务工作，直到1919年战争结束，其间编辑出版多种供战俘阅读的书报；小说《克诺尔普》、诗集《孤独者的音乐》、散文集《路边》相继出版。
1916年	39岁	父亲的去世和小儿子的重病导致黑塞精神崩溃；黑塞接受了心理治疗并开始绘画。
1917年	40岁	为了保护他与战俘的关系，黑塞用埃米尔·辛克莱的笔名发表他的反战文章。
1919年	42岁	匿名发表论文《查拉图斯特拉的归来》，小说《德米安》以埃米尔·辛克莱的笔名出版，《童话集》出版；搬到提契诺，在几个月内写出了各种短篇小说和诗歌，开始用水彩画科利纳多罗的风景；成为《呼唤活着的人》杂志的联合出版人。
1920年	43岁	中篇小说《克林索尔的最后夏天》出版。
1921年	44岁	出版了自己较满意的《诗选》和一本水彩画集；与荣格一起进行精神分析。
1922年	45岁	《悉达多》出版。
1923年	46岁	在苏黎世附近的巴登温泉疗养，此后每年秋天都待在那里。
1925年	48岁	《温泉疗养客》《皮克多变形记》出版。

1926年	49岁	经常光顾苏黎世的艺术家圈子;成为普鲁士艺术学院诗歌系的成员。
1927年	50岁	《荒原狼》《纽伦堡之旅》出版,他的朋友雨果·鲍尔在他50岁生日时为他写的《黑塞传》出版。
1930年	53岁	《纳尔齐斯与歌尔德蒙》出版。
1931年	54岁	离开普鲁士艺术学院,搬进蒙塔诺拉的新房子卡萨罗萨,在那里度过余生。
1932年	55岁	《东方之旅》出版;开始创作《玻璃球游戏》,连续写了11年,这本书的各个章节在杂志上接连发表,直到1942年完成。
1933年	56岁	开始接待逃离纳粹德国统治的文化界人士,并筹措救济资金,卡萨罗萨成为逃亡者的聚会地点,直到二战结束。
1934年	57岁	成为瑞士诗人和作家协会的一员,以更好地保护自己免受纳粹文化政策的侵害,并为移民同事提供更有效的帮助。
1936年	59岁	《花园里的时光》出版,展现玻璃球游戏概念的形成过程。
1939年	62岁	作品在德国遭禁,直到1945年。
1942年	65岁	完成《玻璃球游戏》全书。
1943年	66岁	第一个无删节版的《玻璃球游戏》在瑞士印刷。
1946年	69岁	8月获歌德文学奖,11月获诺贝尔文学奖。
1947年	70岁	纪德于新年之际造访黑塞;获伯尔尼大学荣誉博士头衔;成为卡尔夫荣誉市民。
1950年	73岁	获德国威廉·拉贝文学奖。
1955年	78岁	《黑塞与罗曼·罗兰书信集》出版;获得德国和平功勋勋章。
1961年	84岁	晚年诗歌集《阶段》出版。
1962年	85岁	8月9日在睡梦中去世。

欢迎您从《玻璃球游戏》走进读客三个圈经典文库

亲爱的读者，感谢您选择读客三个圈经典文库。

我们的封面统一使用"三个圈"的设计，读者可以凭借封面上形式各异的"三个圈"找到我们，走进经典的世界。

你想成为什么样的人？

对你来说什么是重要的？

这个世界应该是什么样子？

我们在生命中遇到的这些问题，或许可以在浩如烟海的文学经典中找到答案。

跟随读客三个圈经典文库，认识世界、塑造自我，成为更好的人！

《漫长的告别》  《西西弗神话》  《人间失格》  《人类群星闪耀时》  《鼠疫》

《小王子三部曲》  《局外人》  《月亮与六便士》  《基督山伯爵》  《罗生门》

如果你喜欢《玻璃球游戏》
你可能也会喜欢 "探索自己的内心" 书单

《漫长的告别》
文库编号：025

《局外人》
文库编号：055

《人间失格》
文库编号：002

《红与黑》
文库编号：024

《少年维特的烦恼》
文库编号：003

《窄门》
文库编号：157

《背德者》
文库编号：170

《田园交响曲》
文库编号：171